Theodor Wiedemann

Oesterreichische Vierteljahresschrift für Katholische Theologie

Sechster Jahrgang

SALZWASSER VERLAG

Theodor Wiedemann

Oesterreichische Vierteljahresschrift für Katholische Theologie

Sechster Jahrgang

1. Auflage | ISBN: 978-3-75251-949-5

Erscheinungsort: Frankfurt am Main, Deutschland

Erscheinungsjahr: 2021

Salzwasser Verlag GmbH, Deutschland.

Unveränderter Nachdruck der Originalausgabe von 1867.

Oesterreichische Vierteljahresschrift

für

katholische Theologie.

In Verbindung mit

DD. Josef Danko, Anton Gruscha, Albert Jäger, Josef Vitvar,

Professoren der k. k. Universität Wien

herausgegeben von

Dr. Theodor Wiedemann

Redacteur der „Allgemeinen Literaturzeitung“.

Sechster Jahrgang.

Wien, 1867.

Wilhelm Braumüller

k. k. Hof- und Universitätsbuchhändler.

Inhalt.

Anzeige.

Im Verlage von **Wilhelm Braumüller**, k. k. Hof- und Universitätsbuchhändler in **Wien**, erscheint:

Oesterreichische Vierteljahresschrift

für

katholische Theologie.

In Verbindung mit DD.

Josef Danko, Anton Gruscha, Albert Jäger, Josef Vitvar,

Professoren der k. k. Universität Wien

herausgegeben von

D. Theodor Wiedemann,

Redacteur der „allgemeinen Literaturzeitung".

Sechster Jahrgang.

Die Nothwendigkeit ein literarisches Unternehmen, das für die höhere Pflege der katholisch-theologischen Wissenschaft nach ihrer theoretischen und praktischen Seite thätig ist, zu besitzen und zu erhalten, leuchtet von selbst ein. Die Aufgabe eines solchen Organs dürfte mit Rücksicht auf die Bedürfnisse unserer Tage und Zeitverhältnisse darin zu suchen sein, daß dieses literarische Unternehmen speciell auf historische und praktische Theologie angewendet werde, ohne die positiven und exacten Fächer der Theologie, Bibelkunde,

Dogmatik und Moral auszuschließen. Demnach erschienen folgende vorzugsweise als zu behandelnde Gegenstände:

I. Kirchengeschichte im weitesten Sinne und im engern österreichische und zwar:

1. historisch,

2. statistisch mit Bezugnahme auf ältere kirchliche Einrichtungen und Anstalten der Diöcesen, Archidiaconate und Decanate.

3. Mittheilung wichtiger Actenstücke als: Capitelsstatuten, Nekrologe, Anniversarbücher, Chroniken, Annalen, Diarien und Urkunden, jedoch nicht in trockenem, wenngleich richtigem Texte, sondern von einem lebendig erklärenden Commentar begleitet.

4. Mittheilungen und Notizen zur neuesten Geschichte der Diöcesen Oesterreichs, namentlich über kirchliche Erlasse von besonderer Wichtigkeit.

5. Biographien verdienter Oberhirten und Prälaten alter und neuer Zeit, streng historisch und ohne Schönfärberei.

II. Monumentale Theologie in ihrer vierfachen Abstufung:

1. kirchliche Baukunst,

2. kirchliche Malerei,

3. kirchliche Tonkunst,

4. Archäologie und den nothwendigen Anhang: päpstliche und bischöfliche Numismatik und Heraldik.

III. Theologische Literärkunde in ihren Abtheilungen als:

1. theologische Bibliographie,

2. Recensionen, theils in Gruppen, theils in längeren Recensionen, je nach dem Werthe des zu beurtheilenden Buches. Um der in dem Kritikwesen so nachtheiligen Parteinahme für oder wider vorzubeugen, wäre die Zeichnung des Namens beizubehalten.

3. Nekrologe verdienter Gelehrter alter, neuer und neuester Zeit.

4. Reproducirung älterer, sehr seltener Schriften oder wenigstens eine gründliche bibliographische Behandlung derselben.

IV. Pastoral und zwar

1. Pastoraltheologie im engern Sinne und

2. Pastoraltheologie im weitern Sinne als:

a) Schule mit Rücksicht auf Kirche und Leben,

b) katholisches Vereinswesen und Association,

c) sociale Fragen der Gegenwart in der Arbeiterfrage, Verehelichungsfrage und öffentlichen sittlichen Zuständen.

3. Liturgik sowohl theoretische als praktische.

V. Miscellen als der Sammlungsort verschiedener Bemerkungen.

Die Sprache des Ganzen ist die deutsche, ausnahmsweise die lateinische.

Die größeren Artikel müssen gezeichnet sein. Die kleineren vertritt der Herausgeber nach dem Sinne des Preßgesetzes.

Daß die aufzunehmenden Artikel auf der Höhe der bezüglichen Forschung stehen, zur Zierde und zum Gewinne der katholischen Wissenschaft sei, wird Aufgabe jener Männer sein, welche diesem Unternehmen ihre Kräfte besonders widmen wollen.

Im Kampfe gegen theoretischen und praktischen Unglauben und Gesinnungslosigkeit sind die katholischen Gelehrten mehr als je aufgefordert, ihre vereinten Kräfte für das hohe Gut der kirchlichen Wissenschaft einzusetzen; da die Gegner ihre Angriffe mit anmaßender Kühnheit verdoppeln. Es gilt daher mannhaft zu streiten und muthvoll zu kämpfen. Mit erneuten Kräften, mit frischem Muthe unverzagt und unverdrossen wollen wir daher die Fahne unserer hl. Kirche hochhalten. Der Segen unserer Oberhirten wird uns begleiten. Wir kämpfen ja für die Ehre dessen, der unser Heil und unsere Seligkeit ist.

Wien am 16. Februar.

Der vorstehenden Uebersicht der Redaction beehrt sich die Verlagshandlung die Mittheilung zuzufügen, daß die „Vierteljahresschrift" wie bisher in Heften von 10 Bogen, im Format und Ausstattung dieses Prospectus erscheinen wird und demnach jeder Jahrgang oder Band mit 4 Heften, welche nicht getrennt werden, abgeschlossen ist.

Der Pränumerations-Preis eines Jahrganges beträgt 5 fl. (3 Thlr. 10 Ngr.) mit directer Postversendung 6 fl.

Die für die Vierteljahresschrift bestimmten Beiträge können entweder direct an die Redaction oder an die Verlagshandlung eingesendet werden; das entfallende Honorar wird, falls nicht eine entgegengesetzte Disposition bekannt gegeben wird, von der Redaction zugesendet.

Recensions-Exemplare werden auf Buchhändlerwege erbeten, und die Belege gleich nach Erscheinen des Heftes, in welchem die Besprechung erfolgte, übermittelt.

Indem die Verlagshandlung zu gefälliger Pränumeration auf diesen neuen Jahrgang der Vierteljahresschrift höflichst einladet, macht sie zugleich auf den beigedruckten Inhalt der **bisher erschienenen 5 Jahrgänge** aufmerksam.

Der Preis der ersten beiden Jahrgänge, 1862, 1863 zusammen, ist auf 5 fl. ermäßigt — für Jahrgang 1864, 1865, 1866 beträgt derselbe je 5 fl.

Außerdem empfiehlt die Verlagshandlung die 8 Jahrgänge der dieser Vierteljahresschrift vorausgegangenen

Zeitschrift

für die

gesammte katholische Theologie

herausgegeben von

der theologischen Facultät in Wien,

welche sie, um den neu hinzutretenden P. T. Pränumeranten die Anschaffung möglichst zu erleichtern, auf

10 fl. — 6 Thlr. 20 Ngr.

im Preise herabgesetzt hat.

Zu diesem ermäßigten Preise existirt jedoch nur mehr **ein geringer Vorrath.**

Wien, im März 1867.

Wilhelm Braumüller,
k. k. Hof- und Universitätsbuchhändler.

Inhalt des ersten Jahrganges der Vierteljahresschrift.

Inhalt des zweiten Jahrganges.

Inhalt des dritten Jahrganges.

Inhalt des vierten Jahrganges.

Inhalt des fünften Jahrganges.

Druck von Adolf Holzhausen in Wien
k. k. Universitäts-Buchdruckerei.

Methode, die Geschichte mit Nutzen zu studiren.

Vortrag

gehalten von dem Professor Dr. Albert Jäger bei der Eröffnung des philologisch-historischen Seminars am 23. October 1866.

Wer eine Reise unternimmt, muß nicht nur das Ziel, welches er erreichen soll, sondern auch die Wege kennen, welche zu diesem Ziele führen; aber selbst mit der Kenntniß der Wege, insofern sie nur als Linien die Richtung zum Ziele anzeigen, würde ihm nicht geholfen sein, wenn er sich nicht genaue Kenntniß verschafft von den Schwierigkeiten, welche auf dem Wege zu überwinden, und von den Beförderungsmitteln, welche ihm über die Schwierigkeiten hinweghelfen, und ihn nicht nur endlich einmal, sondern schneller und bequemer zum Ziele führen.

Ganz in derselben Lage befinden wir uns, meine Herren, auf dem Gebiete der Wissenschaft. Jeder von Ihnen muß sich nicht nur über das Ziel, welches er auf seiner Wanderung durch die gewählte Wissenschaft zu erreichen trachtet, sondern auch über die Mittel und Wege, auf denen er zum Ziele gelangen kann, vollkommen klar sein.

Kehren wir diese allgemeinen Sätze um, m. H., und vergegenwärtigen wir uns einen jungen Mann, welcher sich über das Ziel, das er bei seinen Studien erreichen soll, nicht klar ist, der wird auf dem weiten Felde der Wissenschaft herumirren, wie ein Wanderer, welcher sich auf Gerathewohl in einen unermeßlichen und unübersehbaren Wald begibt und sich ziel- und zwecklos in demselben herumtreibt. Vergegenwärtigen wir uns einen zweiten, der zwar ein Ziel vor Augen hat, aber die Wege und Mittel zur Erreichung dieses Zieles entweder nicht näher oder gar nicht kennt, der gleicht einem Wanderer, der wohl im Allgemeinen weiß, daß dort weit hinter dem

Walde der Ort liegt, den er erreichen soll, die Wege aber nicht kennend bald diesen bald jenen einschlägt, auch mühevoll und schweißtriefend Höhen hinanklimmt und in Tiefen hinabsteigt, dabei aber Gefahr läuft, selbst die Richtung zu verlieren und das ausgesteckte Ziel gar nicht zu erreichen.

Sie, m. H., sind sich über das Ziel, welches Sie anstreben, wohl klar; dies beweist die von Ihnen getroffene Wahl jener Gruppe unserer Disciplinen, auf deren Gebiete Sie ihre Zukunft zu gründen und ihre Lehr- oder wissenschaftliche Thätigkeit dereinst zu entfalten beabsichtigen; — nicht ganz dasselbe dürfte aber der Fall sein hinsichtlich der Wege und Mittel zum gewählten Ziele zu gelangen; in dieser Beziehung dürfte manche Unklarheit und Unsicherheit und selbst plan- und erfolgloses Herumirren, oft bei großer Anstrengung und bei vielem Zeitaufwande, nicht zu den seltenen Fällen gehören; um es mit einem Worte zu sagen: vielen jungen Männern, welche über das Ziel, das sie bei ihren Studien anstreben, mit sich vollkommen eins sind, fehlt die Kenntniß der besten Methode zu studiren. Die Methode, m. H., ist mehr als die Hälfte der Arbeit; eine gute Methode ist der kürzeste Weg zum Ziele, ist die sicherste und erfolgreichste Art, sich die Wissenschaft in ihrem Umfange, in ihrer Tiefe und mit ihrem praktischen Nutzen anzueignen. Ich machte es daher mir zur Aufgabe, Ihnen, m. H., von meinem Standpunkte aus, d. h. von dem Standpunkte jener Wissenschaft, welche auch ich neben meinen verehrten Herren Collegen zu vertreten habe, in Umrissen Andeutungen mitzutheilen, in welcher Weise Sie das Studium der Geschichte mit dem besten Erfolge und mit dem größten Nutzen betreiben sollen.

Wenn ich die Frage hinstelle, wie das Studium der Geschichte mit dem größten Nutzen betrieben werden soll, so liegt darin schon die Andeutung, daß es letzte Aufgabe dieses Studiums nicht sein könne, in der Virtuosität des bloßen Memorirens, d. h. in dem bloßen Wissen der Facta, Namen und Jahrzahlen zu culminiren, sondern daß mit ihm etwas erreicht werden soll, was bildend und veredelnd auf Geist und Herz wirken muß. Beide Momente sind freilich von einander untrennbar und verhalten sich gegenseitig wie Prämissen und Schlußfolgerungen; ich möchte ersteres als das Vehikel, letzteres als den Zweck bezeichnen, jenes die formelle, dieses die materielle Seite des historischen Studiums nennen. Da nun aber die materielle Seite des historischen Studiums nicht erreicht werden kann, ohne die formelle gewonnen zu haben, da Niemand aus dem reichen Fonde der Geschichte Bildung und Veredlung des Geistes und Herzens schöpfen kann, der sich nicht zuvor mit ihrem Mechanismus, d. h. mit den Thatsachen in ihrer chronologischen Folge und in ihrem inneren Zusammenhange, mit deren Rückwirkung auf das Wohl und Wehe entweder einzelner Menschen oder ganzer Völker und mit ihren die Cultur fördernden oder vernichtenden Wirkungen bekannt gemacht hat: so will ich zuerst über die formelle Seite des historischen Studiums und dann über die materielle Seite meine Ansichten mittheilen.

Daß das Studium der Geschichte, von seiner formellen Seite betrachtet, zunächst Sache des Gedächtnisses ist, wird Niemand in Abrede stellen; es konnte ihr diese Eigenschaft auch nur in einer Zeit zum Vorwurfe gemacht werden, wo man den menschlichen Geist blos aus Verstand bestehen ließ, ungefähr wie die Maler die Seraphim nur mit einem Kopf und zwei Flügeln ohne Leib darzustellen pflegen. Dieser Wahn ist glücklicher Weise überwunden, und wer immer sich mit ernsten Wissenschaften beschäftigt, weiß, daß jede, selbst die abstrakteste, auf einer Grundlage beruht, welche unserem Wissen und Denken von dem Gedächtnisse bereitet werden muß. Erste Bedingung eines erfolgreichen Studiums der Geschichte ist daher Uebung des Gedächtnisses; es muß memorirt werden; denn wenn der Satz von einer Wissenschaft gilt, so gilt er von der Geschichte: tantum scimus, quantum memoria tenemus, was das Gedächtniß aufbewahrt, das wird unser Eigenthum und ein Schatz auf Zeitlebens.

Die Nothwendigkeit wie den Werth der Gedächtnißstärkung durch Uebung haben ausgezeichnete Männer aller Zeiten anerkannt; von vielen Beispielen erwähne ich nur des Philosophen Gassendi, der es sich zur Regel gemacht hatte, täglich mehrere hundert auswendig gelernte Verse zu wiederholen. Außer dem ganzen Lucrez hatte er bei 6000 Verse aus lateinischen Dichtern im Gedächtnisse. Er pflegte zu sagen, es sei mit dem Gedächtnisse wie mit allen andern Fähigkeiten: will man es nicht nur stärken, sondern auch vor der Abnahme bewahren, welche mit dem Alter allmälig eintritt, so muß man es beständig üben, und mit der Uebung frühzeitig

1*

beginnen. Verwendung und Anstrengung des Gedächtnisses, dieser unendlich dankenswerthen Fähigkeit unseres Geistes, ist demnach, wie ich bemerkte, erste Voraussetzung eines von Erfolg begleiteten Studiums der Geschichte.

Allerdings ist das Memoriren eine mühesame Sache, erfordert Ueberwindung und entschiedenen Willen. Allein die Wissenschaft ist zu Hilfe gekommen und hat eine Menge Mittel geschafft, durch welche das Gedächtniß unterstützt und das Memoriren erleichtert werden kann. Ich zähle zu diesen Mitteln vor allen ein Handbuch, dann tabellarische Uebersichten, Karten, sowohl geographische als geographisch-historische, genealogische, und das eigene Anfertigen von Uebersichtstabellen.

Daß zum Studium der Geschichte ein Handbuch unentbehrlich ist, bedarf keiner Erörterung; ich möchte aber hervorheben, daß man nur Eines wähle und bei demselben verbleibe; es soll der Leitfaden werden durch unser ganzes Studium der Geschichte, gewissermaßen der Kristallisationspunkt, an und um welchen sich in immer größerem Umfange die neuerworbenen Theile unsers erweiterten Wissens anschließen können. Bei ein- und demselben Handbuch sollen wir aber verbleiben, weil das Gedächtniß so beschaffen ist, daß es mit dem Anschauungsvermögen unseres Geistes in innige Verbindung tritt, und daraus das sogenannte Localgedächtniß seine Stärke schöpft. Bis zu welchem Grade diese Stärke durch den fortgesetzten Gebrauch eines und desselben Handbuches ausgebildet werden kann, dafür zeugt die Erfahrung, daß wir uns, auch ohne das Buch aufzuschlagen, klar vorzustellen vermögen, auf welcher Seite, an welcher Stelle, und in welchem Wortlaute eine Angabe sich vorfindet. Von diesem Handbuche gilt dann insbesondere die Regel, non multa, sed multum legendum; eben weil wir uns nur an dieses Eine halten sollen, muß es oft gelesen, muß es dem Gedächtnisse eingeprägt werden und es wird dann der Satz seine Geltung haben: lectorem unius libri timeo.

Was die andern Behelfe, die tabellarischen Uebersichten, historisch-geographischen Karten u. s. w. anbelangt, so gilt von ihnen dasselbe, was ich von dem Handbuche sagte, nur in erhöhtem Grade. Weil sie uns den Gegenstand im Bilde darstellen, prägt sich dieses dem Gedächtnisse um so dauernder ein, je stärker dasselbe und das Anschauungsvermögen in uns ausgebildet ist. Wie wir von einer

Landschaft, die wir uns angesehen, oder von einem Gemälde, das wir betrachtet haben, das Bild in lebhafter Erinnerung mit uns davontragen, so haftet das Bild der Uebersichtstabelle und der Karte in unserer Vorstellung und unterstützt und stärkt das Localgedächtniß. Darum sind wir im Stande, eine solche Tabelle oder eine solche Karte auch ohne Vorlage aus dem Gedächtnisse treu nachzuzeichnen. Unter den vorhandenen Uebersichtstabellen möchte ich den Zeitstrom von Friedrich Straß und den historischen Atlas von Le Sage, deutsch bearbeitet von Dusch, und unter den geographisch-historischen Atlasen den Spruner'schen als besonders empfehlenswerth hervorheben.

Alle diese Behelfe werden aber, insoferne sie zur Gedächtnißstärkung beitragen und das Memoriren unterstützen sollen, von der eigenen Anfertigung tabellarischer Uebersichtskarten übertroffen. Es scheint, als könne sich unser Geist nur in einer von ihm geschaffenen Form des Denkens und Auffassens am leichtesten bewegen; darum unterstützen auch jene Uebersichtstabellen, welche wir selbst als der Individualität unseres Gedächtnisses am meisten zusagend entwerfen, unser Erinnerungsvermögen am kräftigsten.

Erheischt also, wie eben gezeigt wurde, die formelle Seite des Studiums der Geschichte zunächst die angestrengteste Thätigkeit des Gedächtnisses, so bedarf der Historiker, um in sein Fach eingeführt zu werden, noch einer Menge anderer Behelfe, die sämmtlich unter dem Namen der historischen Hilfswissenschaften begriffen sind, und mit Recht die Schlüssel der Geschichte genannt werden können, denn sie sind zur Einführung in ein gründliches und erfolgreiches Studium der Geschichte so nothwendig, wie die Schlüssel zum Eintritt in verschlossene Gemächer. Unter den historischen Hilfswissenschaften begreift man vorzugsweise die Geographie, Chronologie und Diplomatik, Numismatik und Heraldik, Alterthumskunde, philologische oder Sprachenkenntniß, Kenntniß der Regeln der historischen Kritik und Quellenkunde. Um nicht zu weitläufig zu werden, will ich nur ein Par dieser historischen Hilfswissenschaften des Weitern besprechen.

Chronologie und Geographie wurden von den Alten die beiden Augen der Geschichte genannt; ich möchte die Chronologie bezeichnender den Zeiger an der Uhr, und die Geographie den

Boden der Geschichte nennen. Wie die beste Uhr uns über die Tageszeit nicht belehrt, wenn der Zeiger an ihr fehlt, so fehlt an der Geschichte das regulirende Moment, wenn nicht bestimmt wird, wann, in welcher chronologischen Aufeinanderfolge oder in welcher Gleichzeitigkeit die Ereignisse sich zugetragen haben. Ein genaues Studium der verschiedenen Zeitrechnungssysteme und Calendarien ist daher eine wesentliche Vorbedingung gründlicher Geschichtskenntniß. Wer findet sonst den Ausweg z. B. aus dem Labyrinthe der übereinander gestappelten Tausende und wieder Tausende von Jahren in den Ueberlieferungen der asiatischen Geschichte? Wer kann sich gründlicher Kenntniß des griechischen und römischen Alterthums rühmen, wenn er in der Zeitrechnung der Griechen und Römer nicht zu Hause ist? Wer wird die Widersprüche in den chronologischen Daten der mittelalterlichen Geschichte entwirren wollen, wenn er keine Kenntniß der verschiedenen Calendarien und des zwischen Weihnachten und Ostern schwankenden Jahresanfangs sich erwirbt?

Die Geographie können wir den Boden der Geschichte nennen, und mit vollem Rechte. Der einzelne Mensch, wie ganze Völker, diese Hauptfaktoren der Geschichte, wurzeln in dem Boden, auf dem sie wandeln, tiefer als ein flüchtiger Blick anzunehmen geneigt sein dürfte. Ihre physische Beschaffenheit, Lebensweise, Charaktereigenthümlichkeit, Gewerbefleiß, Verkehr, Kunst, intellectuelle Bildung, die ganze Gestaltung ihrer gesellschaftlichen und politischen Einrichtungen, ihr Wohlstand und ihre Armuth, und selbst ihre äußeren Schicksale sind bedingt durch den von ihnen bewohnten und cultivirten, dankbaren oder undankbaren Boden. Man vergleiche nur den Insulaner Großbritanniens mit dem Steppenbewohner Asiens, die armen Hirtenvölker der sterilen Hochalpen mit dem im Genuße der üppigsten Naturprodukte schwelgenden Südländer, die physische und geistige Regsamkeit der Bewohner der gemäßigten Zone mit den unter der sengenden Glut der Tropenländer erschlafften Halb- oder Ganzwilden, und man wird einen einflußreichen Zusammenhang zwischen dem Menschen und den von ihm bewohnten Boden nicht in Abrede stellen wollen. Das Studium der Geographie, natürlich nicht jenes mechanische, welches sozusagen nur in der Arbeit unseres Zeigefingers auf der Karte besteht, sondern jenes geographische Studium, welches uns vorzugsweise in die Kenntniß der physikalischen Beschaffenheit des Erdbodens, der Beziehungen zwischen diesem und den Menschen, und der Cultur-Bedingungen und Cultur-Elemente, die in seiner Plastik liegen, einführt, muß demnach dem Studium der Geschichte nothwendig vorangehen und dasselbe begleiten. — Ebenfalls nothwendig, aber von secundärer wissenschaftlicher Bedeutung, ist die Kenntniß der politischen Geographie, d. h. die Kenntniß jener Grenzlinien, welche die Individualisirung der Völker und ihrer Stämme, und deren Schicksale zu verschiedenen Zeiten verschieden gezogen haben.

Von gleicher Unentbehrlichkeit wie Chronologie und Geographie zum Behufe eines gründlichen Studiums der Geschichte sind die philologischen oder sprachlichen Kenntnisse. Kann die Chronologie mit dem Zeiger an der Uhr, und die Geographie mit dem Grund und Boden eines Gebäudes verglichen werden: so dürfen wir die philologischen oder sprachlichen Kenntnisse den Schlüssel nennen, der uns den Zutritt in das Gebiet der Geschichte öffnet. Wie Niemand zu einer gründlichen Kenntniß der Geschichte gelangt, der sie nicht aus ihren Quellen schöpft, so gelangt Niemand zum richtigen Verständnisse der Quellen, zumal jener, die uns die Geschichte der vergangenen Jahrhunderte überliefern, dem die Sprache, in der sie geschrieben worden, ein versiegeltes Buch ist. Ich werde mich aber weder über die Nothwendigkeit der Kenntniß der modernen Sprachen, noch über die Nothwendigkeit des Studiums der semitischen Dialekte oder überhaupt der alten außereuropäischen Sprachen verbreiten, sondern in meinem Hinweise nur bei den zwei Sprachen des classischen Alterthums verweilen. Erwarten Sie aber nicht, m. H., daß ich abweichend von dem Ziele meines Vortrages mich in einer Lobrede auf die herrlichen Sprachen Roms und Griechenlands ergehen werde; ich könnte es thun, und Sie besonders auf ein Moment aufmerksam machen, welches als der Schlüssel zum Verständniß ihrer Vortrefflichkeit geeignet ist, uns den Umstand zu erklären, warum man sie seit 2000 Jahren als die nachahmungswürdigen Muster betrachtete, und sie so lange als solche bewundern und nachahmen wird, so lange Sinn und Verständniß für classischen Gedanken-Ausdruck vorhanden sein wird. Jemand hat dieses Moment in ungefähr folgender Weise bezeichnet: „In der Geschichte des menschlichen Verstandes zeigt es sich, daß zuerst das Allerwichtigste ausgemacht wurde, und daß derselbe, ehe er auf minder nützliche Forschungen verfiel, erst viel Zeit und Mühe darauf verwenden mußte, die Grundbegriffe jener Kenntnisse, auf denen das Wohl der Einzelnen wie der Gesammtheit beruht, zu erforschen und festzusetzen. Diesem Streben mußte auch die sprachliche Bezeichnung, der Ausdruck der Grundbegriffe in Einfachheit und Klarheit entsprechen. Darum ist das Lesen der Alten so sehr anzurathen, da sie über Moral, Politik und alles menschliche Wissen die Grund-Ideen enthalten, von welchen alle späteren ausgegangen sind, und weil sie dieselben uns in einem sprachlichen Kleide überlieferten, das an Durchsichtigkeit die Florgespinste übertrifft, welche von den Inseln Kos und Amorgos kamen." Die unübertreffliche Klarheit und Kürze der zwei classischen Sprachen, ich möchte sagen, ihre Kunst, den Gedanken zu photographiren, bildet demnach ihre Classicität. Doch dies weiter zu verfolgen ist nicht meine Aufgabe; diese besteht in dem Nachweise der Nothwendigkeit ihrer Kenntniß zum Zwecke eines gründlichen Studiums der Geschichte.

Weitaus der wichtigste Theil der Geschichte des Alterthums spann sich ab zur Zeit, wo die Griechen und Römer durch die Macht ihrer Cultur und ihrer Waffen die bekannte und gebildete Welt beherrschten. Ihr Verlauf knüpfte sich an die Schicksale dieser zwei Völker, und wir kennen sie nur aus den monumentalen oder schriftlichen Ueberlieferungen, welche Griechen und Römer uns hinterlassen haben. Diese Ueberlieferungen wurden aber für uns die Quellen ihrer Geschichte. Woher also soll die gründliche Kenntniß der Geschichte des Alterthums in ihrem wichtigsten Verlaufe erworben werden, wenn nicht aus diesen Quellen? Wie aber will und soll sie Jemand aus ihnen schöpfen, wenn ihm die Kenntniß ihrer Sprache fehlt? Sie, m. H., werden nicht erwarten, daß ich vor Ihnen von Uebersetzungen spreche; diese mögen wohl dem Laien in der Wissenschaft genügen etwa wie dem nächtlichen Wanderer das Mondlicht, wir aber sind berufen im Sonnenlichte zu wandeln.

Aber nicht blos wegen ihrer Beziehung zur Geschichte des classischen Alterthums, sondern auch wegen ihrer Unentbehrlichkeit für die ganze mittelalterliche Geschichte ist die Kenntniß der lateinischen und griechischen Sprache nothwendig. Beide Sprachen blieben, wie ja bekannt ist, die Vermittler alles geistigen Verkehrs im christlichen Abend- und Morgenlande; die Geschichtsquellen, sowohl die Chroniken der Lateiner, als auch die Historien der Byzantiner, sind in der einen, beziehungsweise der andern Sprache geschrieben, und ihre Benützung ohne Kenntniß der Sprache eben so unmöglich, wie im gleichen Falle die Benützung der Geschichtsquellen der alten Römer und Griechen. — Es steht demnach fest, daß die historischen Hilfswissenschaften, wie ich es beispielsweise an der Philologie, Geographie und Chronologie angedeutet habe, für den Historiker, der in seinem Fache sich über den Standpunkt eines Dilettanten erheben und gründliche Kenntnisse erwerben will, nicht zu umgehende Studien bilden müssen.

Allein es gibt noch andere Zweige der Wissenschaften, die scheinbar in keinem so innigen Zusammenhange mit der Geschichte stehen, wie ihre sogenannten Hilfswissenschaften, nichtsdestoweniger zur Vollendung der historischen Ausbildung und zur Kunst, das Studium der Geschichte mit Erfolg und Nutzen zu betreiben, so nothwendig sind, wie das Licht zum Sehen, wie jene wegweisenden Zeigefinger an der Straße zur Orientirung des Wanderers. Ich verstehe zunächst unter diesen das Studium der Geschichte beleuchtenden und den Historiker auf deren weitem Gebiete orientirenden Zweige der Wissenschaften: die Philosophie und die Religion.

Wenn ich das Studium der Philosophie als nothwendig für den Historiker hinstelle, so will ich damit nicht gesagt haben, daß es seine Aufgabe sei, sich blindlings an eines jener vielen Systeme hinzugeben, von denen besonders in neuerer Zeit jedes seine Kathe- der auf der Schädelstätte des vorigen aufrichtete. Für ihn hat es keinen Werth, Schüler eines dieser Systeme zu sein, um mit leidenschaftlicher Unduldsamkeit die Formen des Denkens und der Anschauung Anderer nach seiner Schablone zu richten und zu reguliren. Dem Historiker soll die Philosophie jene Wissenschaft sein, die ihn mit den Gesetzen und mit dem Gange des consequenten Denkens, mit den Eigenschaften der menschlichen Natur, mit den Functionen unseres Geistes und unserer Seele, mit den nicht immer leicht zu entdeckenden Quellen unserer Leidenschaften bekannt macht; indem der Schlüssel zum Verständniß der Geschichte, wie Johannes Müller es treffend bezeichnet, nicht selten in dem Innern des Menschen zu suchen ist; die Philosophie soll dann, eben weil sie in ihrer letzten und höchsten Aufgabe der Versuch des menschlichen Geistes ist, die ersten Principien aller Dinge zu erforschen, den Zusammenhang derselben zu erkennen, und sich Alles in einer Einheit zu denken, uns über die Harmonie zwischen der Natur und den Weltbegebenheiten, über die Ursachen und Folgen, über Ziel und

Zweck des Ganges der Geschichte der Menschheit belehren. Ohne höhere philosophische Auffassung wird die Geschichte mit ihrem unermeßlichen Materiale kaum als etwas Anderes erscheinen, als ein unübersehbares chaotisches Durcheinander. Freilich muß bei diesem Vorgange eine höchst gefährliche Klippe mit Sorgfalt vermieden werden. Wer seinen Standpunkt zur philosophischen Auffassung der Geschichte, anstatt ihn in ihrer Mitte zu nehmen und mit vorurtheilsfreiem Blicke die in ihr liegenden Ideen und Gesetze zu erforschen, außerhalb derselben auf dem Boden irgend einer aprioristischen Theorie wählt, und sie nach dem Maßstabe vorgefaßter politischer und moralischer Dogmen mißt, und dies für philosophische Auffassung der Geschichte hält, wird Gefahr laufen, Vorurtheile und Hypothesen in dieselbe hineinzutragen und sie in die Formen seiner Theorie zu gießen.

Als zweiten, das Studium der Geschichte beleuchtenden und den Historiker orientirenden Zweig der Wissenschaften bezeichnete ich die Religion. Es bedarf wohl keiner besondern Versicherung, daß die Religion seit Anbeginn einer der wichtigsten Factoren in der Geschichte des Menschengeschlechtes ist und war. Alle Völker führen ihren Ursprung und ihre älteste Geschichte auf Daten zurück, die entweder als historische oder mythische Ueberlieferungen dem Gebiete der Religion angehören; ich erinnere hier nur beispielweise an Aegypten, wo die uralte Eintheilung des Landes in Districte oder Nomen mit ebenso vielen Tempeln und Niederlassungen der Priesterkaste zusammenhing; an die Mythologie der Griechen, welche den Schlüssel zum Verständniß des ganzen höheren hellenischen Alterthums in sich birgt; und an die Staatsreligion der Römer, bei denen die religiösen Institute in der engsten Verbindung mit der politischen Verfassung standen. Die Religion wurde die Quelle der Sitten, Gebräuche, Cultur und Verfassungen der Völker. Insbesondere aber gilt dies von der christlichen Religion; ihr Zusammenhang mit der Weltgeschichte ist ein so inniger und allumfassender, daß die ganze Geschichte des Mittelalters und der neueren Zeit, wenn man von ihr absehen wollte, gar nicht zu verstehen wäre. Das Christenthum wurde das Mittelglied zwischen der alten und neuen Welt; es war gerade zur Zeit, als die Völkerwanderung beinahe unsern ganzen Erdtheil und alle Herrlichkeit der alten Welt zerstörte und eine allgemeine Wüste aus demselben zu machen drohte, in allen Ländern ausgebreitet, um das einigende Band der sonst durch Religion und feindselige Politik getrennten Völker werden zu können. Es rettete herüber aus der untergehenden Römerwelt, was an Wissenschaft und Cultur noch vorhanden war, und wurde beim Aufbau der neuen mittelalterlichen Staaten neben der nationalen Sitte und dem nationalen Rechte der zweite Grundpfeiler, auf dem das ganze Gebäude ruhte. Von dieser Zeit an durchdrang das Christenthum alle Zustände und Verhältnisse des öffentlichen wie privaten Lebens, wurde die Quelle aller neubeginnenden Cultur und Wissenschaft, leider aber auch, wenn es mißverstanden oder mißbraucht wurde, die Veranlassung zu unheilvollen Verirrungen und verwüstenden Umwälzungen, so wie, wenn es gänzlich abhanden kam, sein Abgang die schrecklichsten Folgen für die Sitten und die öffentliche Ordnung nach sich zog. Kenntniß der verschiedenen alten Religionssysteme, und bezüglich des Christenthums, Kenntniß seiner Lehren und seines Einflusses, mit einem Worte, Kenntniß der Kirchengeschichte muß daher, wenn der Historiker mit Erfolg und Nutzen an seiner Ausbildung arbeiten will, erworben werden.

Es wären wohl noch andere Disciplinen zu erwähnen, deren Erwerbung der Historiker, wenn ihm an seiner vollkommenen Durchbildung gelegen ist, nicht versäumen darf, z. B. das Studium der Rechtsgeschichte im Allgemeinen, das Studium des römischen Rechtes im Mittelalter, des canonischen Rechtes, des Lehenrechtes, der Kunstgeschichte u. m. a.; allein um nicht allzuweitläufig zu werden, überlasse ich die Untersuchung der Nothwendigkeit dieser ergänzenden Studien ihrer eigenen Erwägung, und gehe dafür über zur Erörterung einer andern Frage, die ich für die Hauptsache bei dem ganzen Studium der Geschichte, für den Schlußstein halte, der demselben aufgesetzt werden muß.

Wir gelangen nämlich zur Frage, welches denn das Endresultat, die letzte Aufgabe und der eigentliche Gewinn des historischen Studiums sein soll? Soll die gesammte Bemühung zu keinem andern Ziele führen, als daß unser Gedächtniß angefüllt werde mit einer Menge historischer Daten, die wir bei jeder beliebigen Gelegenheit mit Sicherheit zu memoriren im Stande seien? Soll das Ergebniß nur darin bestehen, daß wir dunkle Partien und streitige Punkte der Geschichte mit größerer Sicherheit des Wissens festzustellen und aufzuklären vermögend sein sollen? Soll es nur Aufgabe sein, wenn wir als Lehrer der Geschichte zu wirken berufen werden, daß wir dieselben Experimente und Uebungen am Gedächtnisse der Jugend wiederholen, die wir mit unserm eigenen vorgenommen haben? Oder liegt das letzte Ziel des historischen Studiums, der eigentliche Gewinn desselben weiter zurück? — Ich bemerkte schon Anfangs, daß die letzte Aufgabe dieses Studiums nicht in der Virtuosität des bloßen Memorirens, in dem bloßen Wissen der Facta, Namen und Jahrzahlen bestehen könne, sondern daß als eigentlicher Gewinn noch etwas Anderes, nämlich Bildung und Veredlung des Geistes und Herzens, erreicht werden soll; ich nannte dieses Geist und Herz bildende und veredelnde Moment der Geschichte die materielle Seite ihres Studiums. Fassen wir diese Seite etwas näher in's Auge.

Es mag als ziemlich abgenützt erscheinen, wenn ich mich auf Cicero's Ausspruch berufe, der von den Wissenschaften im Allgemeinen rühmt: „Haec studia adolescentiam alunt, senectutem oblectant, secundas res ornant, adversis perfugium ac solatium praebent, delectant domi, non impediunt foris, pernoctant nobiscum, peregrinantur, rusticantur“ (pro Archia c. 7) der jedoch die Geschichte vorzugsweise die magistra vitae nennt, oder, wenn ich die Autorität des Polybius anrufe, der versichert, daß zur Belehrung und Bildung des Lebens nichts geeigneter sei, als zu wissen, was ehedem sich ereignet hat; es begegnet uns aber in diesen (lange und allbekannten) Aussprüchen die immer noch neue und unumstößliche Wahrheit, daß in der Geschichte vorzugsweise ein moralisches Moment liegt, welches bildend auf Geist und Herz des Menschen einzuwirken vermag. Und dieses moralische Moment in der Geschichte aufzusuchen, es gleichsam als den nährenden Kern für sich und Andere aus der Schale herauszulösen, bleibt die Hauptaufgabe, der eigentliche Gewinn, den wir aus dem historischen Studium ziehen sollen.

Es handelt sich also zunächst um Moral. Oder soll es an uns völlig ohne Nutzen vorüber gehen, wenn wir Tausende und wieder Tausende von Beispielen sehen, von darbender Armuth neben immensem Reichthum, von Sparsamkeit und Schwelgerei, von Ruhm und Schande, von Treue und Verrath, von Tücke und Edelmuth, von Barbarei und Humanität, von Unwissenheit und Gelehrsamkeit, von Tyrannei und Aufruhr, von der Wetterwendigkeit der Pöbelnatur, von Religiosität und Irreligiosität, und wenn wir die beglückenden oder verheerenden Folgen dieser Tugenden oder Verbrechen wahrnehmen? Sollen wir bei diesem Anblicke nicht genöthigt werden, eine Moral für unsere Grundsätze, für unser Thun und Lassen, für unser Leben abzuleiten? Ich erinnere mich, irgendwo eine treffende hieher gehörige Bemerkung gelesen zu haben. „Es sei merkwürdig, daß uns, obgleich so viele wichtige Bücher der alten Welt verloren gegangen, dennoch von den historischen so viele übrig geblieben, daß wir, ungefähr vom dreitausendsten Jahre der Welt bis auf den heutigen Tag, wenige unbeträchtliche Lücken abgerechnet, die Weltgeschichte kennen?" Ist es nicht, als hätte uns die Vorsehung diesen Spiegel der Moral mit großer Sorgfalt aufbewahrt, und gilt also nicht im vollsten Sinne, was Livius in seiner Vorrede sagt: „Hoc illud est praecipue in cognitione rerum salubre et frugiferum, omnis te exempli documenta in illustri posita monumento intueri: inde tibi tuaeque reipublicae (setzen wir dafür vitae) quod imitere, capias; inde, foedum inceptu, foedum exitu, quod vites." „Die Erfahrung von 30 Jahrhunderten", sagt Johannes Müller, „unterrichte Sie vom Charakter wahrer Weisen und Edeln, denen gleich zu werden unsere Pflicht ist; über schlechte Menschen, deren Absichten man ausweichen und vereiteln muß; über die Manier, das Beste überall zu schaffen, wenn wir können, und, wenn Zeiten und Menschen es uns verwehren, über Gründe, sich darüber zu trösten."

Moral aus der Geschichte abzuleiten ist aber nicht blos für die Veredlung und Bildung unseres eigenen Lebens, sondern auch wegen unserer Stellung als Erzieher und Lehrer der Jugend nothwendig. Die Lehrer sind die Bildner der Jugend; Sie, m. H., sind diejenigen, welche jenen Theil der Jugend heranzubilden haben, der einst berufen sein wird, in hervorragenderer und einflußreicherer Stellung der Menschheit und dem Staate zu dienen. Wie nun keine Gesellschaft und kein Staat ohne sittliche Grundlage bestehen kann: so müssen nothwendig auch diejenigen, welche an der Gesellschaft und an der Leitung der öffentlichen Angelegenheiten theilnehmen, von sittlichen Grundsätzen geleitet sein. Der Dichter Plautus hat dies in treffender Weise ausgesprochen. „Ut munitum muro tibi visum est oppidum?" fragt Sagaristio bei Plautus, und dieser antwortet: „Si incolae bene sunt morati, pulcre munitum arbitror. Perfidia et peculatus ex urbe et avaritia si exulant; quarta invidia, quinta ambitio, sexta obtrectatio, septimum perjurium, octavo indiligentia, nona injuria, decimum quod pessimum aggressu scelus: — haec nisi urbe aberunt, centuplex murus rebus servandis parum est.“ Die sittlichen Grundsätze werden aber der Jugend nach dem altbewährten Lehrsatze: verba movent, exempla trahunt, durch die Moral der Geschichte beigebracht, und Staat und Gesellschaft werden am sichersten bestehen, wenn ihre Städte nicht mit Mauern, sondern mit den Tugenden der Bürger geschützt sind.

Allein der Gewinn des Geschichtsstudiums soll nicht blos in der Geist und Herz veredelnden Moral bestehen; es soll der Geist des Menschen auch zu einer höheren Weltanschauung erhoben werden. Wer wollte läugnen, daß in dem Gange der Weltbegebenheiten ein Plan, und zwar ein fortgehender Plan liege, der, wenn er auch nicht mathematisch erweisbar, und nicht immer schon beim Beginn der Ereignisse sichtbar ist, doch in den Folgen und im Zusammenhange des Ganzen unverkennbar zu Tage tritt? Wer wollte der durch die Geschichte bestätigten Thatsache widersprechen, daß gewisse Begebenheiten, die an sich von keiner großen Bedeutung zu sein scheinen, in ihren Wirkungen mit dem in's Wasser geworfenen Steine zu vergleichen sind, dessen Kreise sich bis an die fernsten Ufer ausdehnen, Begebenheiten, die zu Resultaten führten, welche im Anbeginne Niemand voraussehen konnte, die aber später für die fernsten Zeiten und Orte von unberechenbarem Einflusse waren? Wer z. B. hätte damals, als Alexander mit 35,000 Mann bei Sestos den Hellespont übersetzte, der Prophet sein wollen, um vorauszusagen, daß, noch ehe drei Menschenalter vergehen, griechische Cultur bis an die Ufer des Indus und bis an die Grenzen Aethiopiens ausgebreitet sein würde? Wer hätte damals, als Scipio Africanus die Flotte Karthago's im Angesichte des gedemüthigten Nebenbuhlers verbrennen ließ, vorausgesagt, daß von jetzt an Rom die Königreiche, nach dem Ausdrucke des Jesajas, wie Vogelnester wegnehmen, und die Herrschaft seiner Adler von den Säulen des Herkules und von den Gestaden Britanniens bis an die Sandwüsten Afrika's und bis zum Strande des caspischen Meeres ausdehnen werde? Und als der Stifter unserer Religion am See Genesareth zwölf Fischer um sich sammelte, welche menschliche Voraussicht hätte damals versichern wollen, die Fahne des ersten dieser Fischer werde dereinst von den Zinnen des Capitoliums in Rom wehen und das Christenthum die weltbesiegende Religion werden? Wird es demnach nicht Aufgabe desjenigen sein, der das Studium der Geschichte mit Gewinn und Nutzen betreiben will, sich zu dieser höheren Auffassung der Weltbegebenheiten zu erheben, und den weisen Plan zu erforschen, der in ihrer Entwickelung und in ihrem Ineinandergreifen zum Wohle der Menschheit sich offenbart? Wer in der Geschichte nichts Anderes erblicken wollte, als ein immerwährendes Werden und Vergehen, eine beständige Wiederholung des Schauspieles, wie eine Nation auf der Bühne des Welttheaters erscheint, um bald wieder abzutreten und einer andern Platz zu machen, der würde einem Wanderer gleichen, der am Ufer eines mächtigen Stromes angelangt, und weder dessen Ursprung noch Ausgang kennend, nichts weiter sieht, als wie im ewigen Einerlei eine Woge die andere vor seinen Blicken vorüberdrängt. Einer solchen Geschichtsauffassung dürfen wir uns nicht hingeben; Aufgabe desjenigen, der aus ihrem Studium reellen Gewinn ziehen will, ist es vielmehr, die höheren Ideen, die in dem Buche der Weltgeschichte enthalten sind, und sich in Religion, in Kunst und Wissenschaft, und in den Formen des gesellschaftlichen und staatlichen Lebens der Völker ausgesprochen haben, zu erforschen, und ihre Quelle aufzusuchen. Hat einer der Alten die Geschichtschreiber „Diener der göttlichen Vorsehung" genannt, so werden wir, bei einem Studium der Geschichte, wie ich es eben als das richtige bezeichnete, in der Geschichte selbst eine „Dienerin der göttlichen Vorsehung" finden, die uns nicht nur mit den Rollen bekannt macht, welche in dem großen Drama der Weltgeschichte den einzelnen Völkern zugewiesen wurden, sondern auch mit dem Zwecke, den die Vorsehung mit dem Ganzen erreichen will.

Wenn wir nun das, was ich vorgetragen, in Kürze zusammenfassen wollen, so kehre ich zu dem zurück, was ich Eingangs gesagt habe. Wer das Studium der Geschichte mit dem größten Nutzen betreiben will, der muß sich mit der zweckmäßigsten Methode bekannt machen. Die zweckmäßigste Methode weist aber auf zwei Wege, auf den Weg des formellen und auf den des materiellen Studiums der Geschichte. Ohne Uebung des Gedächtnisses, ohne Gebrauch jener Behelfe, welche das Gedächtniß unterstützen, ohne Studium der historischen Hilfswissenschaften, zumal der Geographie, Chronologie und Philologie, ohne philosophische Bildung, ohne genauere Kenntniß jenes wichtigen Factors der Geschichte, der Religionssysteme des Alterthums, insbesondere der christlichen Religion und ihres Einflusses, kann die formelle Seite des historischen Studiums, d. i. die sichere Kenntniß der Thatsachen und ihres Zusammenhanges nicht gewonnen werden. Allein damit dürfen wir uns nicht begnügen; wer das Studium der Geschichte für sich und Andere fruchtbar machen, und einen reellen Gewinn aus demselben ziehen will, muß auch den zweiten Weg, den des materiellen Studiums betreten; die moralischen Momente, die in der Geschichte liegen, dürfen von ihm nicht übersehen werden. Die aufmunternden Beispiele der herrlichen Tugenden, die aus dem Leben einzelner Menschen wie ganzer Völker hervorleuchten, das abschreckende Gegentheil derselben, die Handlungen gemeiner Leidenschaften und verbrecherischer Gesinnung, denen die göttliche Nemesis zur Warnung der Menschen nicht selten auf dem Fuße folgte: müssen für ihn die Quelle moralischer Grundsätze in Gesinnung und Handlung werden; er muß jene Stufe der Weltanschauung ersteigen, auf welcher ihm die Geschichte als das erscheint, was sie nach dem geistreichen Ausspruche eines unserer tiefsten Denker, des Philosophen Schelling, ist: „Das größte und erstaunungswürdigste Drama, das nur in einem göttlichen Geiste gedichtet sein kann." Nur unter diesen Bedingungen wird das Studium der Geschichte für uns werden, was es sein soll, eine Fundgrube reichen Wissens, eine Leuchte der Wahrheit und eine Lehrerin der Lebensweisheit.

II.

Zur Geschichte des Schwärmers Martin Boos und zur Charakteristik Sailer's.

Mitgetheilt von Dr. J. A. Ginzel, Domcapitular in Leitmeritz.

Obwohl vorausgesetzt werden darf, den verehrlichen Freunden unserer „Vierteljahrsschrift" seyen die Schicksale und falschen Ansichten des Aftermystikers M. Boos nicht unbekannt, deuten wir doch dieselben in Kürze an, damit das, was wir über denselben und sein Verhältniß zu dem berühmten Sailer beibringen, seine rechte Stelle und Beleuchtung finde.

Martin Boos, in der Pfarrei Bärenbeuern (zwischen Kaufbeuern und Füssen) am 25. December 1762 geboren, studirte am Gymnasium der Exjesuiten zu Augsburg und später zu Dillingen unter Sailer, Weber, Zimmer, um sich dem geistlichen Stande zu widmen. Nach empfangener Priesterweihe wurde er im Jahre 1790 Caplan zu Unterthingau bei Kempten, nach zwei Jahren Stiftscaplan in Kempten und bald darauf Canonicus zu Grönenbach im Kemptischen — unter dem vorletzten Fürstabte von Kempten Rupert II. von Neuenstein. Seine dort gehaltenen Predigten erregten Gährung und er wurde von diesem Posten entfernt. Er wurde darauf Caplan in Wiggensbach, wo seine Neujahrspredigt 1797 so gegen ihn aufregte, daß er fliehen mußte. Er kam im selben Jahre als Caplan zu Pfarrer Feneberg nach Seeg im Algäu und wurde gleich wie dieser ob der ihnen zur Last gelegten Schwärmerei in geistliche Untersuchung gezogen, in deren Folge er in das Correctionshaus zu Göggingen gewiesen wurde und selbst im Stadtarreste zu Augsburg saß. Darauf wurde er im Februar 1798 zur Aufsicht dem Pfarrer in Langeneifnach beigegeben; aber schon in kurzer Zeit erhoben sich die alten Klagen gegen ihn, und wieder wurde er vor das geistliche Gericht gerufen. Boos ergriff die Flucht und wanderte mehrere Monate unstät von Freund zu Freund. Dessen müde, stellte er sich am 9. December 1798 dem Gerichte und drückte den Wunsch aus, aus der Diöcese zu scheiden. Man ließ ihn gerne ziehen, und durch das Fürwort guter Freunde fand er Aufnahme in die Diöcese Linz unter Bischof A. J. Gall. Im April 1799 reiste Boos dahin ab. Er wurde Cooperator zu Leonding, Waldneukirchen und Peyerbach, und im Jahre 1806 Pfarrer in Gallneukirchen. Wegen einer zu Mariä Geburt 1810 gehaltenen Predigt kam er auch hier in Untersuchung; da er aber trotz der erhaltenen Zurechtweisung nicht ruhiger wurde, kam er 1815 in klösterliche Haft bei den Carmeliten in Linz und wurde 1816 von Amt und Pfründe entsetzt. Er kehrte nach Baiern zurück und erhielt 1817 einen Ruf an das Gymnasium zu Düsseldorf. Im Jahre 1819 wurde er Pfarrer zu Sayn, unweit Neuwied, und starb als solcher am 29. August 1825 (S. Freiburger Kirchenlexikon IX. 830 f.).

Stand M. Boos in Verbindung mit J. M. Sailer und hielt ihn dieser für einen Schwärmer und Aftermystiker?

Von der Verbindung des M. Boos mit Sailer gibt des Letzteren Schrift: „Aus Feneberg's Leben“, München 1814, das verläßlichste Zeugniß. Durch Johann Michael Feneberg, den die innigste Freundschaft mit Sailer verband[1]), kam Martin Boos auch mit diesem in Verbindung, und die hohe Meinung, welche Feneberg von dem ihm geistesverwandten und gleich ihm verfolgten Boos hatte[2]), ging auch auf Sailer über.

---

[1]) In der biographischen Skizze, welche Feneberg über sich selbst niedergeschrieben, sagt er: „Im J. 1770 trat F. zu Landsberg in das Jesuiten-Noviziat. Hier bewegte sich in ihm die erste Liebe zu Sailer, der in Landsberg mit ihm in Einem Hause lebte nnd im gleichen Rocke einherging. In Ingolstadt, wo er zwei Jahre die Philosophie studirte, hatte er Anlaß, näher mit ihm bekannt zu werden; und was bisher verborgene Liebe gewesen, ging nun in erklärte Freundschaft über, die wohl ihre ganze Lebenszeit dauern, und will es Gott, über dies Leben hinüberreichen wird.“ Sailer aber gab von der erklärten Freundschaft zu Feneberg öffentlich Zeugniß, indem er demselben den zweiten Theil seiner Pastoraltheologie in zweiter Auflage mit den wärmsten Freundesworten widmete und in seiner Schrift „Aus Feneberg's Leben“ ein unvergänglich ehrend Denkmal setzte.

[2]) In seiner Selbstbiographie schreibt Feneberg: „Als Pfarrer in Seeg hatte er die edelsten Priester zu Gehilfen: Martin Boos, Xaver Bayer,

Da M. Boos als Pfarrer in Gallneukirchen, wie oben angedeutet wurde, in Untersuchung kam, nahm Sailer sich desselben aufs Wärmste und Entschiedenste an. Hievon mag der folgende Brief Sailer's an Freindaller, den Herausgeber der Linzer Monats- und Quartalschrift, Zeugniß geben [1]).

Landshut, 2/Dec. 1811.

Geliebtester Freund

Ihr herzlicher Brief kam fast mit mir in Landshut an. Es freuet mich sehr, daß Sie Ihre Monatsschrift als Quartalschrift fortsetzen. Der helle, milde Geist, der darin herrscht, kann nur Gutes wirken, u/ ich wünsche sehr, soviel Zeit gewinnen zu können, und selbst mitarbeiten zu können. Wir dürfen alle brüderlich zusammenstehen, um das Evangelium in seiner alten Herrlichkeit auszubreiten u/ zu erhalten in unsern Tagen. Es ist mir ein besonderer Trost, daß Sie im Grundsatze der Liturgie mit mir Eines sind ...

Christoph Schmid, Johannes Goßner, Philipp Nerius Zech." Nach der Untersuchung in Augsburg 1797 bat F. den Generalvicar aufs Angelegentlichste, „daß man ihm um Gotteswillen den geistreichen Martin Boos wieder als Caplan lassen solle." Und in dem Aufsatze „Meine Gesinnungen über unsere Richter" schrieb Feneberg unterm 28. December 1797: „Hat es uns so viel gekostet, uns selbst zu verläugnen, die vernünftelnden Einwendungen zu verachten, über den Anschein des Aergernisses wegzusehen, um dem lieben Boos alles das zu glauben, was er uns von Gottes Wundern erzählte — uns — die wir ihn und andere Personen doch kannten, herzlich liebten und hochachten; — hat es uns so viel gekostet, daß wir aus Aergerniß in der nächsten Gefahr waren, Gottes Gnade von uns zu weisen: was Wunder, wenn unsere Richter das Nämliche in sich erfahren, und nicht, oder doch nicht recht, glauben können, wo ihnen Kenntniß und Liebe der Personen das Glauben nicht nur nicht erleichtert, sondern Unbekanntseyn, Abneigung und Widerwillen dasselbe noch gar sehr erschwert?" Ferner ebendaselbst: „Das Allerschwerste ist, was sie mit B. verfüget, und scheint fast gar nicht zu entschuldigen zu seyn. — Allein sie haben sich doch gleich bestrebet, und selbst darauf gedrungen, daß es wieder gemildert werde, und es scheint, sie wären nun selbst froh, wenn sie ihm auf eine recht annehmliche Weise zur Ruhe helfen könnten; nachdem sie ihn, Gott weiß wie, und ohne recht zu wissen warum — so jämmerlich gequält haben, und jetzt sicher wider ihren Willen quälen; weil sie sich zuvor allzu hart an höchster Stelle herausgelassen, und nun auf einmal nicht so geschwind umlenken, oder das Vorurtheil wegschaffen können. Der Herr möge Rath schaffen, und ihnen, und dem lieben B. zur Ruhe helfen. Amen."

[1]) Ich bürge für die Echtheit dieses und der folgenden Briefe, die mir im Orlginal vorlagen, und die ich mit Beibehaltung ihrer Form und Orthographie hier veröffentliche.

Was Pfarrer Boos in Gallneukirchen betrifft, so kenne ich ihn, die Erweckungsgeschichte in Algön, seine Schicksale, seine Leiden, seine innern Erfahrungen u/ den itzigen Zwist in seiner Gemeine sehr genau. Der Mann hat einen kräftigen Geist, der nicht aus der Erde u/ nicht im Schulstaube u/ nicht in mechanischer Askese geboren ist. Ich habe dem Berichte Huth's in seiner Kirchengeschichte mit **möglichster Schonung**

1. **Huth's**,
2. des **Inquisitors**,
3. des **Ordinariates Augsburg** eine kurze Darlegung der Wahrheit im Felder'schen Intelligenzblatt entgegengesetzt. Ich bitte Sie, vor der Hand blos zu glauben (bis ich mündlich die wahre Wahrheit werde erzählen können) daß mein Gegenbericht durchaus treu sey.

Können Sie was beytragen, die Gegenparten in Linz zu stillen, so thun Sie ein Gotteswerk.

In allen solchen Geschichten sollte wohl Gamaliels Wort geltend werden: Ists aus Gott, so könnt ihrs nicht zerstören, ists nicht aus Gott, so kann es sich nicht halten.

Im strengsten Vertrauen darf ich Ihnen schon sagen, daß ich an den Bischof, an Berger, an Boos schon oft geschrieben habe, und daß ich vielleicht noch in der Sache eine Reise nach Linz machen werde.

Es ist mir nur um Ruhe der Gemeine, um die Wahrheit und ganz besonders um die heilige Sache zu thun.

Mit herzlichster Verehrung u/ Liebe

Ihr aufrichtigster
J. M. Sailer.

Ob Sailer die hier in Aussicht gestellte Reise nach Linz in der Sache des M. Boos, welche er für eine heilige Sache und die Sache der Wahrheit hielt, gemacht habe, ist mir unbekannt; schwerlich aber wird man fehlgreifen, wenn man vorzüglich der Intercession Sailer's zuschreibt, daß Boos bei der ersten Untersuchung in Linz mit einer Zurechtweisung davonkam. Auch in der Folgezeit blieb Sailer der guten Meinung treu, die er von Boos gefaßt hatte, und gab derselben öffentlichen Ausdruck in seiner Schrift: „Aus

Feneberg's Leben. München 1814" [1]). — Als Martin Boos sich in dieser Weise von einem Sailer gleich Feneberg öffentlich gepriesen und verherrlicht sah, konnte es nicht anders kommen, als daß er dadurch bestärkt in seiner Geistesrichtung beharrte und bei seinem aufgeregten Naturell die feine Linie, welche die wahre kirchliche Mystik von der falschen scheidet, übersprang und hiemit auch von der Norm des kirchlichen Glaubens sich entfernte; denn bald nach dem Erscheinen der Sailer'schen Schrift über Feneberg erregten neuere Vorgänge in Gallneukirchen die Aufmerksamkeit des Linzer bischöflichen Ordinariates in dem Grade, daß wider Pfarrer

[1]) Daselbst liest man: „Am 19. Februar 1794 las Feneberg (nach vollkommener Heilung seines Beinbruches) um 8 Uhr Morgens im Zimmer seine erste Messe. Er ließ die Kinder der Pfarrgemeinde dazu kommen, und feierte in ihrem Kreise das Fest, wornach sein Herz so sehr verlangte. — Martin Boos, der in der zweiten Leidensgeschichte in capite libri vorkommen soll (NB. soll, aber nicht wird. Denn sein Leben wartet einer andern Zeit, und eines andern Biographen), bethete laut mit den Kindern unter dem ersten Opfer, das der liebe Alte Gott zum Dank brachte." — Als Sailer dies schrieb, ahnte er wohl nicht von Ferne, daß der Biograph, den Boos finden sollte, Johannes Goßner (in der Schrift: „Martin Boos, der Prediger der Gerechtigkeit, die vor Gott gilt." Leipzig 1826) seyn werde, den sein aftermystisches Unwesen und Treiben zum Abfalle von der Kirche gebracht hatte!

Ferner schrieb Sailer im „Leben Fenebergs": „Das dritte Moment der Leidensgeschichte F. war sein prekäres Daseyn auf der Pfarre Seeg... Zu diesem Leiden der ungewissen Existenz gesellte sich das größere, den gottseligen Priester M. B., von dessen Lauterkeit in Lehre und Leben er so fest überzeugt war, als von seinem eigenen Daseyn, immer von Neuem inquirirt, gelästert, verfolgt zu sehen, bis er den Wanderstab ergriff und einen mildern Himmelsstrich aufsuchte." Und weiter: „Endlich muß man es zur Ehre der Wahrheit bekennen, daß selbst im geistlichen Rathe zu Augsburg die Ueberzeugung von Fenebergs und seiner Freunde Unschuld nicht aussterben konnte... Selbst der Chef des Collegiums, der Domherr und Generalvicar Cölestin Nigg war es, der unfähig das Gemüth des Bischofs ganz umzustimmen, mancherlei Versuche machte, um die Härte der Verfügungen zu mildern, wie man es seinen Beschlüssen, die an Feneberg ergingen, anmerkt, und aus einem eigenhändigen Schreiben des Generalvicars an Feneberg, das vor mir liegt, mit Freude ersehen kann. Er hat auch, was ihm Gott vergelten wolle, einem andern lieben Verfolgten den Rath gegeben, den Kirchensprengel zu verlassen, weil er vorher sah, daß der aufgeregte Haß außerdem sich nicht legen würde. Eben demselben hat er manchmal einige Ducaten, einige Louisdors in die Hand gedrückt, mit dem Verbote, es ja vor dem Z. nicht zu verrathen, und beim Abschiede gab er ihm noch das schöne Zeugniß auf den Weg mit: ihr seyd formaliter Sancti, wenn ihr gleich materialiter fehl gegriffen hättet."

M. Boos aufs Neue eingeschritten werden mußte, in Folge dessen derselbe seines Amtes entsetzt wurde.

Wenn es in dem Artikel „Schwärmerei und schwärmerische Secten der neuesten Zeit“ im Freiburger Kirchenlexikon (Bd. IX. S. 831) heißt: „Die von Martin Boos gestiftete Secte zu Gallneukirchen verschwand bald“, so wird der folgende Brief des Linzer Bischofs Gregor Thomas Ziegler an Sailer aus dem Jahre 1829 lehren, daß jenes „bald“ keineswegs nach der Entfernung des Boos von Gallneukirchen eintrat. Bischof Ziegler schrieb an Bischof Sailer also:

Reverendissime Illustrissime DD. Episcope, Frater in Christo Charissime!

Vetus animum meum tenet desiderium atque ardens, nonnihil litterarum ad Te, charissime Frater! exarandi. Pari enim quondam passu et multis annis in arenam litterariam descendimus, libris editis sacra praesertim studia pia aemulatione illustrare, defendere fidem, omnemque clerum et adolescentiam cultiorem recta facere et docere multorum annorum curriculo adlaboravimus; e suggestu tandem scholasticorum supremum sacerdotii gradum ascendere, atque plebi christianae praeesse jussi ambo fuimus, pedo pastorali, mitra et salutis galea ornari.

Postquam Tarnoviensem ego dioecesim uno lustro et amplius instruxi rexique feliciter Deo benedicente exiles licet conatus, ad ecclesiam subito Lincensem gubernandam vocatus sum a remotissimis oris ad dulces Danubii aquas. Verum enim vero, quam me heic durum et asperum coepit initium, quo in discrimine verae fidei et salutis amittendae non tot quam plurimos homines constitutos inveni! Mali tanti author est Martinus Boos, ab origine Augustanae dioeceseos presbyter, inde nefasto die huc migratus, atque tandem, nescio, quo promotore, amplam parochiam S. Galli, Gallneukirchen vocant accolae, regendam accepit. Videbatur is homo simplex, a fuco alienus, laboris amans, integer vitae, sciolus aliquando, solidioris scientiae numquam. Idem tamen posthac ingenium perversum ac vaferrimam animam aperuit, absurdissimam fanaticorum crambem, quam propter Augustae

Vindelicorum notatus, et a sacris suspensus fuit, hisce in oris clam ab initio, mox et palam spargendo. Tali modo rudiorem plebem commentis plurimis infecit, suasque clanculo in partes traxit, utriusque quidem sexus, praesertim vero foeminei excitatos animos, unde natum schisma est. Quod ut animadverterunt vicini et cooperatores presbyteri, item nonnulli laici, monita dederunt bono, ut arbitrabantur, homini. Contra vero causam suam tuitus ridebat objecta, urgebatque fortius ac antea coeptum telum, subinde libellos haud parum suspectos, imo vero vitiosos, magna copia spargendo. Haec omnia tam nefanda sub ementitae pietatis specie. Eo demum ventum est, ut ad reddendam praedicationis suae rationem coram episcopali judicio citaretur. Comparuit, non uti oportuit, candido animo ac docili, sed qui doctrinam a se ore et scripto traditam, unquam a se traditam esse, negaret, causatus pejorem in sensum sua verba trahi. Contra ac testes omni exceptione majores, charta suo ipsius calamo exarata, contra ac turba a se edocta palam loquebatur. Gloriabatur enim illa magno verborum fastu, uti ad hanc diem usque jactat, se solam electam esse aeternae beatitudinis obtinendae progeniem, quae eadem M. Boosius postea sentiebat, docebat et adfirmabat. Haec sane trita sed turpissima ars est maleferiatorum hominum. Totus Boosius iste in eo erat, ut crassum illud Lutheri axioma tueretur: Sola fides justificat homines, sola fides, ajebat, absque operibus. Opera enim inane stramen et fatuum, quid ni stercora dixit esse. Addidit frequenter: omnem conatum benefaciendi v. gr. agendi poenitentiam, vitiosum esse, fidei rectae et Christi meritis derogantem ...

Ecquis nam opinaretur, hodiedum tam insulsum quid propinari posse, dudum veluti abortivum figmentum a sobrio quovis philosopho et theologo explosum. Fanaticorum somniis accedit, quod multoties recitavit de apparitionibus et revelationibus specialibus cuique singulariter faciendis. Talia idem ipse vir tam absona meis ingessit auribus, quo tempore theologicas ego Lincii disciplinas explicavi. Ajebat nimirum, spiritum internum cuivis electo (die Erweckten ut dicere amant) dari certo quodam signo sive specialissima quadam revelatione singulis facienda; qua demum semel percepta peccare deinceps nemo amplius queat, vel potius id omne, quod facturus sit, etsi legibus contrarium esse videatur et reapse fuerit, peccatum minime esse. Electum tali modo non solum peccare non posse, sed de sua eaque aeterna felicitate tutissimum existere. Satis est; taceamus caetera, quae de purgatorii poena post mortem apud eas animas, quae nondum penitus emunctae sordibus reatuum discesserint, blatteraverat, ac si novum quidpiam nec satis probatum commendaret ecclesia orientalis non minus ac occidentalis catholica. Silentio praetereamus, quae porro de usu Sacramentorum, de ecclesiae Christianae visibili capite, de apostolica missione Sacerdotii et potestate dimittendi peccata vere contritis et confessis inepte, proterve plane dixerat scripseratque. Taceamus item viri, nescio an sua sponte, an vitio naturae, an seductione perplexi, perplexa plura alia sophismata a recta fide non secus ac a sana ratione atque a societatis civilis justissimis institutionibus multo alienissima. Unum reticere nolim, quod pios omnes maximopere offendit, ipsamque rei christianae substantiam subvertit: B. V. M. dici non debere Dei genitricem, et Christi passionem divinam ceu infiniti meriti non exstitisse, sed solum hominem passum esse, non autem Deum-hominem θεανθρωπον; passionem adeoque esse mere humanam, sine omni divinae communionis ceu unionis Dei et hominis in una persona participatione. Ecquis post natura ex Maria Virgine aeternum Dei Filium, Verbum aeternum separare ausit ab homine? Deus-homo natus, homo-Deus passus est pro omnibus nobis. Hoc fidei christianae, inquam, praecipuum dogma est. Divinitas utique impassibilis, passibili juncta hypostatice humanae naturae, voluit potuitque peccatorum tollere ineffabilem nequitiam, facta infinitae justitiae plena satisfactione. Sic Apostoli et Patres, sic semper docuit, semper docebit sancta Dei ecclesia. Quod profecto christianae doctrinae princeps caput est.

Quae cum ita se habuissent, nec errorum sibi objectorum tenorem negasset, nec reprobationem eorum deposuisset Martinus Boos, munere suo exutus est ab utraque potestate 1816. Quo tamen facto error, qui ingens vulnus huic regioni et dioecesi tunc jam inflixit, ad hodiernam usque diem grassatur excitatis turbis, dissidiis, odiis, veluti ex turbidissima scaturigine prodeuntibus. Quae veluti horrenda monstra tranquillas quondam casas totamque regionem molestant vexantque. Quae medela ista contagione infectis, superbia usque tumentibus, salubriter adponi valeat hucusque haud invenimus. Tentavimus quaecunque charitatis, religionis, pacis, instructionis promovendae pia officia commendaverunt. At vero uti non incassum laboravimus apud plurimos nondum plene abreptos, ita tamen offensionis removere lapidem, eos nimirum ad saniorem frugem reducendo, qui a magistro suo Boosianos se adpellarunt et vulgo adpellantur, nullatenus potuimus. Nec poterimus, nisi miraculum gratiae intercedat; quod ut largiatur obduratis seductione longa mentibus divinum Numen, quaeso una mecum Deum exores, Frater amandissime! Tantopere suis suasionibus, rectius suis illusionibus simplicem rudemque plebem malesanus magister decepit. Et quodnam tantae dementiae, obstinationis tantae firmamentum, irritamentum? — Dicam quod verum et verissimum est, initium horum malorum, incrementum et stabilimentum citari procul dubio quam falsissime, magni Doctoris, Praesulis eximii oraculum, ac si is, qui maximo apud omnes in numero fuit, atque Deo sospite diu adhucdum florebit et floreat, ac si is tantus atque talis adprobaret, atque ratihaberet inauditam aut vix non inauditam turbidamque superstitionem; quod impudenter saepe memoratus D. Martinus Boos adseveravit. Tanti celebravit doctrinam a se sparsam impostor, ut ad Lutheranorum castra citius transitire sodales suos hortaretur, quam eamdem deponere, sic reapse in magistri verba jurantes jamjam transierunt ruricolae non pauci; ad confessionem Augustanam? Nequaquam; sed ad eos, qui nullum errorem a se alienum esse videntur opinari, quos vulgo indifferentistas adpellant ceu omnium horarum homines.

Scire desiderat orbis catholicus, imo vero christiana plebs omnis, quam late et longe eam ambit Germania, funesti dissidii auctorem aut saltim tutorem et patronum.

Atqui o celeberrime Praesul, o Doctor Optime, Frater in Christo Suavissime! talem atque talem indicavit pro sua incredibili protervia Te auctorem, Te istius fidei tam superstitiosae praeconem ore ac calamo ausus est celebrare, sexcenties ferme supranominatus, ingratus usque adeo Tuus discipulus Martinus Boos. Idem hodiedum frequenter crepant sic dicti a proprio stipite Boosiani. Te, o vir litteratissime atque de religione christiana et patria Tua meritissime, Te catholicae ecclesiae antistitem desperatae causae, perversi tantopere dogmatis antesignanum aut praesidem, saltim laudatorem existere, non credimus, non patimur, non sustinémus, et nomen et Praesulem venerandum id genus criminationibus proscindi, ac turpissimae factionis passim veluti coriphaeum citari, charitate sincera excitati non patimur.

Novimus profecto Martini istius dolos et mendacia, mutilationes verborum et sententiarum, fraudes et ausus temerarios, fidem a se fictam putidamque sive imaginationem, non tam stupidam quam perniciosam, et propagandi et magnorum virorum nominibus muniendi, quo magis magisque illuderet rudiori plebi. Eo progressus est homo obstinatione, ut ad saniora consilia reduci omni animae fomento, blando, serio, uti conabatur hujas episcopale consistorium, non tantum non voluerit, sed de persecutione potius quaerularetur; quam petulanter! id contestantur acta, dictaque ipsa, ut mox dixi, secta tumultuans. Ita olim Arius, Nestorius, Pelagius etc. persecutionem se passos esse gloriabantur.

Quantam operam dederim ego totius anni spatio ad tollendum emendandumque lugubre istud schisma, nemo ignorat nostrorum popularium. Unum superest medium, quod adpello, id quod multo efficacissimum esse reor, ad errorem quantocius supprimendum, Tua, Illustrissime Frater, Tua adperta definitio, sive declaratio distincta, doctrinam Martini Bosii, quam supra delineavi, a veritate christianae, adeoque evangelicae fidei quam longissime recessisse, adeoque a Te non solum non probari, sed toto corde respui, veluti male partam religionem nascentis propudiosae sectae. Addas, rogo, amicitiam, qua personam olim istius sacerdotis prosequi dignabaris, nullatenus ejusdem placita defendere aut adoptare voluisse, quae aliunde recta esse praesumebas, sed eandem Te, Illustrissime Praesul! fidem de Christo Domino, de ejusdem personae humano-divinae passione utique divino-humana, de

B. V. M. Dei genitrice, de bonorum operum et poenitentiae necessitate unam eamdemque fidem tenere, quam tenet conc. Trid., quam catholica semper ecclesia tenuit, et quam in istis litteris satis clare dilucidavimus. Affirmanti, quaeso, credas, haec et non alia definitio declaratiove necessaria et celeberrimi nominis Tui existimationi eliberandae, necessaria catholicorum theologorum honori, quorum decus esse non mediocre videris, necessaria ad emolliendos rudium ac obstinatorum hominum animos, necessaria denique mihi et meis commilitonibus agnos et oves deperditas solicite quaerentibus, et rationem Deo de singulis reddere obstrictis.

Deus Te orbis litterarii praecipuum decus quam diutissime servet etiam atque etiam precamur.

Lincii XVII Decembris MDCCCXXVIII.

Bischof Ziegler schrieb mit eigener Hand:

Reverendissimi DD. Fratris

Lincii cal. Julij
MDCCCXXIX.

addictissimus servus

Gregorius Thomas
ppia Eppus.

Dieses Schreiben, welches Bischof Ziegler im Entwurfe vom 17. December 1828 Vertrauten und öffentlichen Behörden mitgetheilt und erst am 1. Juli 1829 an den bischöflichen Coadjutor Sailer erlassen hatte, erwiederte dieser mit folgendem Briefe [1]):

Hochwürdigster Bischof,
Gnädigster Herr!

Nachdem ich erst am 28. Oct. 29 von einer schweren Krankheit hergestellt ward, und als wirklicher Bischof von Regensburg das Bisthum in Besitz genommen hatte, so halte ich es für eine

---

1) Dieser, so wie der frühere Brief an Freindaller, war von Sailer mit schwacher und zitternder Hand geschrieben.

meiner heiligsten Pflichten, den Wink unsers Freundes Job[1]), den er mir voriges Jahr gab, zu befolgen.

Ich bitte Sie, die Beylage, die vor Gottes Angesicht die lauterste Wahrheit ausspricht, gütig aufzunehmen und zu glauben, daß ich, Hochwürdigster Bischof, bis zum letztem Augenblicke meines Hierseyns bin und bleibe

Ihr gehorsamster Diener

J. Michael v. Sailer

Vertatur. Bischof v. Regensburg.

Am 17. Nov. trete ich in mein 79. Lebensjahr...

Es ist unangenehm, sich gegen Fehltritte, die man nicht gemacht hat, vertheidigen zu müssen — — Indeß ist die Wahrheit auch dieses Opfers werth.

Gott mit Ihnen und

Ihrem Verehrer

J. M. S.

Die in diesem Briefe erwähnte und demselben angeschlossene Beilage lautete also:

Urkunde.

I.

Wenn es wahr ist, daß sich einer oder mehrere von der Kirche sich trennende in Gallneukirchen auf mich bezogen haben sollten, so muß ich diese Berufung als grundlos erklären; denn

1. war ich nie in Gallneukirchen;
2. kenne ich kein einziges Glied aus dieser Pfarrgemeine, weder Mann noch Weib;
3. hatte ich nie auch nur den geringsten Verkehr mit dieser Gemeine gehabt;
4. habe ich nie weder einen persönlichen noch schriftlichen Besuch von einem Gallneukirchner gehabt;

---

1) Sebastian Job, Beichtvater Ihrer Majestät der Kaiserin Carolina Augusta.

5. wußte ich da, wo der Uebertritt geschah, nicht einmal, daß sich in Gallneukirchen so eine Gährung entwickelt hatte und ein wirklicher Abfall geschah. Es geschah, was geschah, **ohne all mein Bewußtseyn** und ohne die **geringste Theilnahme** von mir. Erst später las ich in öffentlichen Blättern von dieser Geschichte.
6. Aber nicht nur grundlos ist die obengenannte Berufung; sie enthält überdem

II.

ein großes Unrecht, das meiner Person, meinen Grundsätzen, und meinem Charakter angethan wird. Denn

1. ich habe seit meinem ersten theologischen Studium gerade darin „zwischen der reinen katholischen Mystik und zwischen der After- oder Pseudo-Mystik den wesentlichen Unterschied gefunden, daß jene, die katholische Mystik, wie wir sie in der heiligen Theresia und andern Heiligen Gottes bewundern, gehorsam gegen Kirche und Papst macht und hält," diese hingegen, die After-Mystik, Trennungen, Spaltungen, Schwärmereyen anbahnet.

III.

Es war in meinem theologischen Lehramte, das mehr als vierzig Jahre fortdauerte, selbst auch in den Tagen der **höchsten** Gesetzlosigkeit, mein höchstes Streben, die Studierenden im Glauben an Gott, Christus und die heilige Kirche zu bewahren, wie Sie aus der Inlage, die ich im Jahre 1794 herausgab, und die Director Wiedemann deu Alumnen des Georgianischen Klerikalseminars in München zum neuen Jahre 1829 als Xenium neu gedruckt in die Hände gab, entnehmen können.

IV.

Ich habe vier Jahre nach einander als bischöflicher Coadjutor die ganze Diöcese Regensburg als firmend und visitirend besuchet und untersuchet, und unter der halben Million katholischer Christen keine Spur des pseudo-mystischen Wesens gefunden: demnach fällt aller Verdacht weg, als wenn ich diese Irrlehre begünstigt hätte.

Und doch ist (was mir sehr leid thut) dieser grundlose Verdacht bis nach Rom gekommen..... Doch der mein Herz kennt, der Alldurchschauende, weiß, daß ich mir hierin nicht das Geringste habe zu Schulden kommen lassen.

V.

Hätten einige Gallneukirchner einige Stellen aus meinen Schriften so **gröblich mißverstanden**, als wenn ich je den Uebertritt begünstiget, so bin ich der erste, der die so mißverstandenen Stellen als Irrthum zu erklären und zu verdammen nicht umhin könnte... dies vor Gottes Angesicht —

Regensburg, den 13. Nov. 1829.

Joannes Michael Bischof v. Regensburg.

Diese Erklärung Sailer's entsprach, wie man sieht, nicht in allen Stücken dem Wunsche und Verlangen des Bischofs Ziegler. Insbesondere erwähnt Sailer mit keiner Sylbe des Martin Boos, dessen Irrthümer über die Person und das Leiden des Erlösers, die Gottesgebärerin und die Nothwendigkeit der guten Werke zur Erlangung der Seligkeit Sailer ausdrücklich als den Grundlehren des christlichen Glaubens widerstreitend erklären und verwerfen sollte. Was bestimmte Sailer, über Boos und die ihm zur Last gelegten irrthümlichen Glaubensansichten mit gänzlichem Stillschweigen hinwegzugehen? Zur Zeit, als diese Erklärung von Sailer verlangt und gegeben wurde, war M. Boos seit Jahren der Zeitlichkeit entrückt worden; er war im Glauben und in der Gemeinschaft der Kirche verstorben, nachdem er im Jahre 1823 das Ansinnen, aus der Kirche zu treten, auf's Entschiedenste zurückgewiesen hatte. Angesichts dieser öffentlich bekannten Thatsachen konnte Sailer es nicht über sich bringen, über den Mann, der den untrüglichen Spruch des göttlichen Richters bereits vernommen hatte, irgend ein Urtheil zu fällen — um so weniger als derselbe, seines seligen Freundes Feneberg Freund und Genosse, seinem Herzen einst nahe gestanden.

Es dünkt mir sehr wahrscheinlich, daß der Verkehr zwischen Sailer und Boos auch nach der Entfernung des Letztern von Gallneukirchen nicht ganz aufgehört habe, den der Erstere unstreitig und vorzüglich dazu benützte, um den auf Abwege vom kirchlichen Glauben Gerathenen auf die rechte Bahn wieder zurückzuführen. Ist diese meine Vermuthung gegründet, so erklärt sich um so mehr der Umstand, daß Sailer in der zu Handen des Linzer Bischofs ausgestellten „Urkunde" des M. Boos und der demselben zugeschriebenen Verstöße gegen den kirchlichen Glauben mit keinem Worte gedenket.

Bischof Ziegler hatte ferner als nothwendig erklärt, daß Sailer seine Uebereinstimmung mit dem Glauben der Kirche über die Person des Erlösers, sein Leiden u. s. w. ausdrücklich erkläre. Wer da bedenkt, daß dies Verlangen, an einen Bischof der katholischen Kirche, an Einen der ersten Theologen Deutschlands und Vertreter des Kirchenglaubens gestellt, der zarten, einem Sailer gegenüber zu nehmenden Rücksichten ermangelte, wird das Stillschweigen Sailer's über diese Punkte eben so erklärlich als gerechtfertigt finden, und nicht weniger den feinen Tact bemerken, mit welchem Sailer, ohne des Ziegler'schen Briefes vom 1. Juli 1829 zu erwähnen, die Zusendung seiner urkundlichen Erklärung vom 13. November 1829 an Bischof Ziegler durch „den Wink unsers Freundes Job" hervorgerufen seyn läßt.

Weil aber nach der Versicherung des Linzer Bischofs M. Boos und nach dessen Tode noch die Boosianer in Gallneukirchen für das aftermystische Unwesen, das sie trieben, die Autorschaft Sailer's anriefen, konnte der Regensburger Bischof freilich nicht unterlassen, diese Berufung in seiner „Urkunde" als grundlos und ungerecht zu erklären, indem er jederlei mündlichen sowohl als schriftlichen Verkehr mit irgend einem Gliede von Gallneukirchen in Abrede stellt und erklärt, daß, falls einige Gallneukirchner einige Stellen aus seinen Schriften so gröblich mißverstanden hätten, als wenn er je den Abfall vom Glauben und der Gemeinschaft der Kirche begünstigt hätte, er der Erste sey, der die so mißverstandenen Stellen als Irrthum zu erklären und zu verdammen nicht umhin könnte.

Da das Wesen der Kirche, als des mystischen Leibes Christi, durch und durch mystischer Natur ist, so hatte der erleuchtete Theologe Sailer nicht nur ein tiefes Verständniß der echten kirchlichen Mystik, sondern es ging auch durch das ganze Wesen Sailer's, der ein lebendiges Glied der Kirche war, ein tief mystischer Zug; und das Gleichgewicht, welches Verstand, Wille und Gemüth im christlichen Geiste Sailer's gegen einander hielten, bewahrte ihn vor der Gefahr einer Abirrung in die Verkehrtheiten der Aftermystik.

Wahrscheinlich blieb auch Feneberg vor einer solchen Abirrung bewahrt; wenigstens hat ihn Sailer gegen den ihm gemachten Vorwurf der Schwärmerei glänzend vertheidigt. Ob aber Martin Boos, den Sailer als einen „Erweckten" sehr genau zu kennen versicherte, und über ihn im Jahre 1811 an Freindaller schrieb: „Der Mann hat einen kräftigen Geist, der nicht aus der Erde und nicht im Schulstaube und nicht in mechanischer Askese geboren ist", und den Sailer noch im Jahre 1814 im „Leben Feneberg's" öffentlich pries und verherrlichte, — ob M. Boos noch zu dieser Zeit frei und unberührt vom Geiste des Aftermysticismus war? Sailer war dieser Meinung. Sollte dem edlen Manne nicht begegnet seyn, was de imitatione Christi l. I. c. 14 geschrieben steht: Verum judicium propter privatum amorem faciliter perdimus?

III.

Kirchliche Verordnungen über Kirchengesang und Kirchenmusik

chronologisch geordnet.

Von Dr. Dominicus Mettenleiter, Stiftsvicar an der alten Capelle in Regensburg.

Es ist meine vollste Ueberzeugung, daß alle Bemühungen, die leidigen kirchenmusikalischen Zustände zu bessern, nur dann Erfolg haben, wenn man, wie überall, so auch hier, die Geschichte sprechen läßt. Alle sonstigen Bestrebungen verlaufen, ob sie noch so gelehrt und gutgemeint sind, in nutzlose Declamationen und Elucubrationen. Die Wirklichkeit liefert auch da den Beweis. Entweder werden solche Abhandlungen nur oberflächlich gelesen und total ignorirt, oder als Parteisache und subjective Anschauung mit vornehmem Besserwissen oder mitleidigem Kopfschütteln behandelt. Solches Gebahren, positives oder negatives, ist aber unmöglich den Thatsachen gegenüber, welche die Blätter der Geschichte entrollen. Hier redet die Erfahrung, die bekanntlich die größte Lehrmeisterin ist; doch was sage ich „Erfahrung", ich sollte vielmehr sagen die „Kirche", und sie ist untrüglich und maßgebend auch für den katholischen Musiker, sei er Chorregens, Organist, Choralist, Componist oder Dilettant. Ich habe deßhalb etwas Nützliches zu thun geglaubt, indem ich im Nachfolgenden die wichtigsten kirchlichen Verordnungen, Gebote, Verbote und Wünsche bezüglich der gottesdienstlichen Musik nach Hefele (Concil-Geschichte) und anderen Werken zusammenstellte.

I. Die sogenannten **apostolischen Canonen** verordnen:

a) Can. XXVII. (XXV.)

Innuptis autem, qui ad clerum sunt, praecipimus, ut si voluerint, uxores accipiant, sed lectores cantoresque tantummodo.

Schon Paphnutius erklärte es auf der Synode zu Nicäa für ein altes Gesetz, daß, wer unverheirathet in den Clerus eintrete, nicht mehr zur Ehe schreiten dürfe. Ebenso kannte schon die Synode von Ancyra im J. 314 dies Gesetz. Die Synode von Elvira aber ging bekanntlich noch weiter. Hienach ist unser Canon ohne Zweifel vornicänisch und repräsentirt durchaus die alte Praxis der Kirche.

b) Can. XLIII. (XLII.)

Subdiaconus, lector aut cantor similia faciens (verschiedenes Unrechte), aut desinat, aut communione privetur. Similiter etiam laicus.

Dieser Canon gehört zu den ältesten unter allen sogenannten apostolischen. Seine Quelle ist unbekannt.

c) Can. LXIX. (LXVIII.)

Si quis episcopus aut presbyter aut diaconus aut lector aut cantor sanctam Quadragesimam non jejunat, aut quartam sextamque feriam, deponatur, nisi infirmitate corporis impedietur; laicus vero segregetur.

d) Die Apostel-Constitutionen verordneten ferner lib. II. c. 57 daß, wenn das Lesen aus der Bibel geendet sei, Einer die Psalmen David's vorsingen, das Volk aber in die letzten Theile einfallen sollte. Diesen Gebrauch des Singens bestätigt Eusebius in seiner Kirchengeschichte II. c. 16: „Wenn Einer angefangen hatte, einen Psalm wohlklingend zu singen, so hörten die Uebrigen stillschweigend zu und sangen nachher in einem Chore die letzten Theile des Verses."

e) Endlich wird lib. VIII. c. 5 vorgeschrieben, daß, wenn der Diakonus sein Gebet abgesungen, die Knaben und hierauf das Volk mit dem Kyrie schließen sollen. — (Auf Gregor's Verordnung wird das Kyrie neunmal gesungen.)

II. Concilien gegen die Irrlehrer bezüglich des Kirchengesanges.

Unter den alten Irrlehrern, welche gegen den Kirchengesang angingen, sehen wir die Nicolaiten und Gnostiker an der Spitze. Das zweite Concilium von Antiochia, das 269 gehalten wurde, verurtheilte den Paul von Samosata, nicht allein als Stifter von Irrlehren gegen die Dogmen der Kirche, sondern auch, weil er kühn genug war, den religiösen Gesang und die Psalmen David's abzuschaffen, und dafür Gesänge zu seinem eigenen Lobe und Ruhme einzuführen. Nach dem Berichte des hl. Augustin nahmen die Donatisten anstatt der Psalmengesänge andere Lieder. Sie wurden aber in dem römischen Concilium unter dem hl. Papste Melchiades (313) verurtheilt, und eben so im folgenden Jahre im Concilium zu Arles unter dem Pontificat des hl. Sylvester I. Der hl. Athanasius war im beständigen Kampfe mit den Meletianern allein darum, weil sie die Psalmen auf eine ungebührliche und lächerliche Weise sangen unter Begleitung von Händeklatschen und Glockenspiel. Die Anhänger von Apollinaris dem Jüngern, welche statt der beim Gottesdienste gebräuchlichen Gesänge und Psalmen andere Lieder und sogenannte Psalmen selbst componirten, wurden unter dem hl. Damasus I. in einem römischen Concilium 373, und in einem allgemeinen Concilium 381 verurtheilt. Auch die Arianer wichen von der vorgeschriebenen rechtmäßigen Praxis im Gesange ab, und wurden deshalb vom hl. Ambrosius zurecht gewiesen. — Der Apostat Julian, dem Luther hierin folgte, vergriff sich auch an dem Kirchengesang.

III. Das zweite Concilium zu Nicäa 315 beschloß:

Can. II. Daß Keiner zur bischöflichen Würde zugelassen werden solle, der nicht in der Psalmodie unterrichtet sei.

Decernimus quemlibet quidem qui ad episcopalem gradum est provehendus, psalterium omnino nosse, ut ex eo omnem quoque suum clericum ita initiari moneat.

IV. Synode von Laodicea 372. Sie verordnet:

a) Can. 15: „Daß außer den dazu bestellten Psalmsängern, die den Ambo besteigen und aus dem Buche singen, Andere in der Kirche nicht singen sollen."

Daß unter den κανονικοῖς ψάλταις die kirchlich Angestellten und zum Clerus im weitern Sinne gehörigen Sänger zu verstehen seien, ist zweifellos. Es kann sich nur fragen, ob diese Synode den Laien allen Antheil am Kirchengesange untersagt habe, wie Binius und Andere die Textesworte verstanden; oder ob sie blos das Vorsingen den Nichtcantoren habe verbieten wollen. Für letztere

Deutung sprachen sich besonders Van Espen und Neander aus, darauf hinweisend, daß ja nach der Synode von Laodicea das Volk in den griechischen Kirchen mitzusingen pflegte, wie Chrysostomus und Basilius d. Gr. hinlänglich bezeugen. Eine eigenthümliche Meinung stellte Bingham auf, daß nämlich die Synode allerdings den Laien alles Singen in der Kirche, auch das Mitsingen verboten habe, jedoch aus gewissen Gründen temporär; es obwaltet kein Zweifel, daß Van Espen und Neander hier das Richtigere gesehen haben.

b) Can. 17: „Daß man bei den gottesdienstlichen Versammlungen die Psalmen nicht aneinander fortsingen, sondern nach jedem Psalm eine Lesung abhalten soll."

Passend bemerkt hiezu Van Espen, daß dieser Grundsatz auch bei unserem Brevier, namentlich in den Nocturnen (der Hauptsache nach) beobachtet sei.

c) Can. 23: „Daß die Lectoren und Cantoren das Orarium nicht tragen und in demselben nicht vorlesen und singen dürfen."

d) Can. 24: „Daß die geistlichen Personen von den Presbytern bis zu den Diaconen und sofort in der geistlichen Ordnung bis zu den Dienern (Subdiaconen), oder Lectoren oder Cantoren, oder Exorcisten, oder Thürhütern, oder von der Classe der Asceten, in kein Wirthshaus gehen sollen."

Aehnliches verordnet auch der 53. (54.) unter den apostolischen Canonen, der nur bei Reisen eine Ausnahme von diesem Verbote gestatten wollte. Gratian nahm den Canon in c. 2. Dist. XLIV. auf.

e) Can. 59: „Daß man in der Kirche keine von Privaten gefertigten Psalmen vorlesen dürfe, noch uncanonische Bücher, sondern blos die canonischen des neuen und alten Bundes."

Mehrere Häretiker, z. B. Bardesanes, Paul von Samosata und Apollinaris hatten Psalmen, d. i. kirchliche Gesänge gedichtet. Die Synode von Laodicea verbot nun alle von Privaten herrührende, d. h. nicht approbirte Kirchenlieder. Lüft bemerkt hiezu, daß damit nicht wollte gesagt sein, man dürfe keine andern als die biblischen Psalmen und Lieder benützen, denn auch nach unserer Synode noch seien bekanntlich viele von einzelnen Christen gedichtete Hymnen, z. B. von Prudentius, Clemens, Ambrosius, in den Kirchengebrauch übergegangen. Nur die nichtapprobirten sollten entfernt werden.

f) Cantoren dürfen keine häretischen Frauen heirathen, ihre Kinder nicht von Häretikern taufen lassen, und nicht an Häretiker, Juden oder Heiden verheirathen.

V. Die Synoden zu Ephesus und Toledo im J. 400 befehlen:

a) Can. 6: Eine gottgeweihte Jungfrau soll mit Männern, denen sie nicht nahe verwandt ist, keinen Verkehr haben, namentlich mit keinem Lector und Confessor (= Cantor).

Confiteri ist in der hl. Schrift oft = Dei laudes decantare, daher confessor = cantor; vergl. Du Cange Glossar. sub h. v.

b) Can. 9: Eine gottgeweihte Jungfrau oder Witwe darf in Abwesenheit des Bischofs zu Hause die Antiphonen nicht singen, gemeinschaftlich mit ihrem Diener oder einem Confessor (s. d. vor. Can.). Auch darf das Lucernarium (die Vesper) ohne einen Bischof, Priester oder Diacon nicht gehalten werden.

VI. Die Canones der Synode von Chalcedon im J. 451 besagen:

„Da es in einigen Provinzen den Lectoren und Cantoren gestattet ist, zu heirathen, so beschloß die hl. Synode, Keiner derselben dürfe eine heterodoxe Frau nehmen; diejenigen aber, welche bereits aus solchen Ehen (mit häretischen Frauen) Kinder haben, müssen sie, wenn sie dieselben bereits bei den Häretikern haben taufen lassen, der Gemeinschaft der katholischen Kirche zuführen. Sind sie aber noch nicht getauft, so dürfen sie dieselben nicht bei den Häretikern taufen lassen und nicht an Häretiker oder Juden oder Heiden verheirathen, wenn nicht die mit dem orthodoxen Theile zu verbindende (zu vermählende) Person den orthodoxen Glauben anzunehmen verspricht. Wenn aber Jemand diese Verordnung der hl. Synode übertritt, so soll er canonisch gestraft werden."

VII. Irische Synoden unter Patricius († 465) zwischen d. J. 450—456 haben:

a) Can. 7: Jeder Cleriker muß bei der Matutin und Vesper anwesend sein.

b) Can. 10: Wer im Psalliren nachlässig ist und das Haar wachsen läßt, soll aus der Kirche ausgeschlossen werden.

VIII. Canones der Synode zu Vennes im J. 465.

a) Can. 11: Priester, Diaconen und Subdiaconen und Alle, die selbst nicht heirathen dürfen, sollen auch den Hochzeiten Anderer nicht beiwohnen, ebenso nicht den Gesellschaften, wo Liebeslieder gesungen, unanständige Bewegungen bei Tänzen 2c. 2c. gemacht werden.

b) Can. 14: Ein Cleriker in der Stadt, der ohne hinlängliche Entschuldigung wegen Krankheit von der Matutin wegbleibt, soll sieben Tage lang von der Communion ausgeschlossen sein.

c) Can. 15: In der Provinz soll ein Ritual und eine und dieselbe Sangweise statthaben.

IX. Das Religionsgespräch im burgundischen Reiche zu Lyon.

Durch Sirmond in seinen gelehrten Anmerkungen zu den Briefen des Avitus erfahren wir, daß das ite missa est in alter und theilweise mittlerer Zeit nicht blos beim hl. Opfer, sondern auch bei anderen Culthandlungen üblich war und deßhalb auch die Metten missae matutinae, die Vespern missae vespertinae genannt wurden.

X. Canones der Synode von Agde im J. 506.

a) Can. 30: Der Gottesdienst soll überall gleichmäßig gehalten werden. Nach den Antiphonen sollen die Collecten von den Bischöfen oder Priestern gebetet, die hymni matutini und vespertini täglich gesungen, am Schluße der Matutinen und Vespern (welche hier missae heißen) sollen nach den Hymnen Capitel aus den Psalmen gesprochen und das Volk nach der Oration in der Vesper vom Bischof mit einem Segen entlassen werden. Vrgl. c. 13. De consecrat. Dist. V.

b) Can. 39: Priester, Diaconen, Subdiaconen, oder wer sonst nicht heirathen darf, sollen auch den Hochzeitsmahlzeiten Anderer nicht beiwohnen, ebenso nicht den Gesellschaften, wo erotische oder unanständige Lieder gesungen werden 2c. Eine Wiederholung von c. 11 des Concils von Vennes vergl. c. 19. Dist. XXXIV.

XI. Beschlüsse der Synode zu Tarragona im J. 516.

Can. 7: Wenn an einer Landkirche (ecclesia dioecesana) ein Priester und ein Diacon angestellt sind sammt andern Clerikern, so sollen jene zwei nach Wochen mit einander abwechseln. In der einen Woche soll der Priester, in der andern der Diacon den Gottesdienst besorgen, der täglich in Matutin und Vesper bestehen muß; aber am Samstage müssen alle Cleriker zur Vesper erscheinen, damit um so sicherer am Sonntage Alle anwesend sind.

XII. Synode zu Gerunda im J. 517.

a) Can. 1: Die Meßordnung, sowie die Weise des Gesanges und des Altardienstes soll in der ganzen Provinz die gleiche sein, wie in der Metropolitankirche.

b) Can. 2: Nach Pfingsten, in der folgenden Woche, sollen die ersten Litaneien (Rogationen) an den drei Tagen vom Donnerstag bis Samstag mit Fasten gefeiert werden.

c) Can. 3: Die zweiten Litaneien sollen vom 1. November an (wieder durch drei Tage hindurch) statthaben. Wenn aber einer dieser drei Tage Sonntag ist, so sollen die Litaneien auf eine andere Woche verlegt werden. Sie sollen am Donnerstage beginnen und am Samstage Abends nach der Messe endigen. An diesen Tagen darf man kein Fleisch und keinen Wein genießen.

d) Can. 10: Täglich soll nach der Matutin und Vesper das Gebet des Herrn vom Priester (Bischof) gesprochen werden. Vergl. c. 14. De consecrat. Dist. V.

XIII. Synode von Lerida im J. 524 oder 546.

Can. 2: Wer sein im Ehebruch erzeugtes Kind, sei es nach der Geburt oder noch im Mutterleibe, zu tödten suchte, darf erst nach sieben Jahren wieder zur Communion zugelassen werden, muß aber sein ganzes Leben lang dem Weinen und der Demuth obliegen. Ist er ein Cleriker, so kann er sein Amt nie mehr wieder erlangen und darf nach erlangter Communion nur noch als Sänger functioniren.

XIV. Synode von Valencia im J. 524.

Can. 4: Stirbt ein Bischof plötzlich, ohne daß benachbarte Bischöfe anwesend sein können, so soll sein Leichnam nur einen Tag und eine Nacht lang ausgestellt bleiben, umgeben von singenden Brüdern (Clerikern), Mönchen u. A.

XV. Zweite Synode zu **Vaison** im J. 529.

a) Can. 1: Alle Priester in den Parochien sollen, wie dies bereits in ganz Italien sehr heilsame Gewohnheit ist, die jüngern unverheiratheten Lectoren zu sich in ihr Haus aufnehmen und sie im Psalmengesang (psalmos parare), in den kirchlichen Lesungen und im Gesetze des Herrn unterrichten, damit sie tüchtige Nachfolger für sich heranziehen.

b) Can. 3: Wie in Rom, im Oriente und in Italien, so soll auch in unsern Kirchen das Kyrie eleison öfters zur Erweckung der Reue gesungen werden, sowohl bei Matutin, als bei der Messe und Vesper. Auch soll bei allen Messen, sowohl in den Frühmessen, als in denen während der Quadragese und in den Todtenmessen, das dreimalige Sanctus ebenso wie in der öffentlichen Messe gesprochen werden.

XVI. Zweite Synode von **Orleans** im J. 533.

Can. 12: Wer ein Gelübde gemacht hat, in der Kirche zu singen oder zu trinken oder sonst Unfug zu treiben, darf es nicht vollziehen; denn durch solche Gelübde wird Gott eher beleidigt, als daß sie ihm gefallen.

XVII. Dritte Synode zu **Orleans** im J. 538.

a) Can. 14: Wenigstens an den Hauptfesten soll die Messe um die dritte Stunde (9 Uhr Vormittags) beginnen, damit die Priester, wenn das Officium zu den gehörigen Stunden absolvirt ist, zur Vesper zusammen kommen können, denn an solchen Tagen muß der sacerdos der Vesper anwohnen.

b) Can. 29: Bei der Messe und Vesper darf Niemand in Waffen erscheinen.

XVIII. Synode zu **Barcelona** im J. 540.

a) Can. 1: Vor dem Canticum soll der 50. Psalm (Miserere) gebetet werden.

b) Can. 2: In der Matutin soll wie in der Vesper der Segen gegeben werden. Vgl. C. 30. von Agde.

XIX. Zweite Synode zu **Braga** im J. 563.

a) Can. 1: Es soll eine und dieselbe Art des Psalmengesangs in den Früh- und Abendgottesdiensten überall statthaben, und nirgends, namentlich nicht in Klöstern, dürfen besondere Gewohnheiten herrschen.

b) Can. 11: Die Lectoren dürfen nicht in weltlicher Kleidung in der Kirche singen, und keine herabhängenden Haare tragen.

c) Can. 12: Außer den Psalmen und Hymnen der Bibel A. und N. Test. soll nichts Poetisches in der Kirche gesungen werden, wie die hl. Canonen vorschreiben.

d) Can. 16: Für Selbstmörder soll bei dem Opfer keine Commemoratio gemacht und ihre Leiber nicht unter Psalmengesang begraben werden. Ebenso in Betreff der hingerichteten Verbrecher.

XX. Synode zu Tours im J. 567.

a) Can. 4: Sowohl bei den Vigilien als bei den Messen dürfen die Laien nicht unter den Clerikern neben dem Altare stehen, auf welchem die hl. Geheimnisse gefeiert werden; sondern der Raum zwischen dem Gitter und Altar ist nur für die Chöre der singenden Cleriker bestimmt.

b) Can. 17: Am 1. Januar, dem Beschneidungsfeste, soll die Messe um 8 Uhr gesungen werden.

c) Can. 18: Zur Ehre des hl. Martin soll sowohl in seiner Kirche als in den andern folgende Ordnung des Psallirens festgehalten werden: an den Festtagen (nach anderer Leseart aestivis diebus) sollen zur Matutin sechs Antiphonen mit je zwei Psalmen gesungen werden; im ganzen August sind manicationes (d. h. frühes Aufstehen, vergl. Du Cange, sub h. v.), weil in diesem Monat Feste und Heiligen-Messen sind; im September sind sieben Antiphonen mit je zwei Psalmen; im October acht mit je drei Psalmen; im November neun mit je drei Psalmen; im December zehn mit je drei Psalmen; ebensoviele im Januar und Februar bis Ostern, mehr oder weniger, nach Möglichkeit. Doch dürfen es bei der Matutin nie weniger als zwölf Psalmen sein, wie bei der Sext sechs und bei der Duodecima zwölf, sammt Alleluja. Wer bei der Matutin weniger als zwölf Psalmen nimmt, soll fasten bis zum Abend, und dann nur Wasser und Brod genießen. Erst am andern Tage darf er sich wieder erquicken.

d) Can. 23: Außer den Ambrosianischen Hymnen, welche wir haben, können auch andere, die dessen würdig sind, gesungen werden, wenn ihre Verfasser genannt sind.

e) Can. 24: Wer (bei kriegerischen Einfällen in einen andern fränkischen Reichstheil) Kirchengut raubt oder confiscirt ꝛc., soll zur Rückgabe ermahnt, und wenn er hartnäckig bleibt, zuletzt von den Bischöfen gemeinsam unter Absingung des Psalm 108 nicht nur mit Excommunication, sondern auch mit dem Anathem, d. h. Excommunication sammt Verwünschung oder Verfluchung (vergl. Du Cange), belegt werden bis zum Tode.

XXI. Synode zu Auxerre im J. 578.

a) Can. 9: In der Kirche dürfen nicht weltliche Chöre oder Gesänge von Mädchen aufgeführt, auch keine Mahlzeiten gehalten werden.

b) Can. 40: Ein Priester darf bei Mahlzeiten nicht singen oder tanzen.

XXII. Dritte Synode zu Toledo im J. 589.

a) Can. 2: In der Messe soll nach dem Vorschlage des Königs vor dem Gebete des Herrn das Symbolum von Constantinopel mit heller Stimme gesungen werden.

b) Can. 22: Bei Beerdigungen soll man nur Psalmen singen; die besondern Leichengedichte und der Gebrauch, sich an die Brust zu schlagen, werden verboten. Wo möglich soll der Bischof dies bei allen Gläubigen, wenigstens bei den Geistlichen, durchsetzen.

XXIII. Synode zu Narbonne im J. 589.

Can. 2: Nach jedem Psalm soll gloria patri etc. gesungen werden; größere Psalmen sind zu theilen, und nach jeder Abtheilung ist gloria patri zu singen (vgl. c. 15 der vierten Synode zu Toledo).

XXIV. Römische Synode im J. 595.

Can. 1: Es ist seit längerer Zeit Sitte in der römischen Kirche, Cantoren und Diaconen zu weihen und sie doch ferner für Gesang, statt für Predigt und Armenpflege zu verwenden. Dies hat die Folge, daß man bei der Anstellung zum hl. Dienste mehr auf gute Stimme, als auf gutes Leben sieht. Deshalb darf fortan kein Diacon mehr in der Kirche singen, außer das Evangelium in der Messe; die übrigen Lectionen oder Psalmen sollen von Subdiaconen, oder wenn es nöthig ist, von Minoristen gesungen werden.

XXV. Vierte Synode zu **Toledo** im J. 633.

a) Can. 2: In ganz Spanien und Gallien (Narbonensis) soll eine und die gleiche Art des Psalmengesangs, der Meßfeier, der Vesper und Matutin eingeführt werden.

b) Can. 11: Während der ganzen Quadrages darf das Alleluja nicht gesungen werden. Ebenso nicht am 1. Januar, der von Vielen, den heidnischen Gebräuchen entgegen, als Fasttag begangen wird.

c) Can. 12: Die laudes dürfen nicht vor, sondern erst nach dem Evangelium gesungen werden.

d) Can. 13: Es ist nicht recht, alle von Ambrosius u. A. gefertigten Hymnen zu verwerfen und nur die biblischen im Kirchengebrauche zu gestatten.

e) Can. 14: In ganz Spanien und Gallien soll der Hymnus der drei Knaben im Feuerofen in jedem Officium gesungen werden.

f) Can. 15: Am Ende der Psalmen soll nicht blos, wie von Einigen geschieht, gloria patri etc., sondern gloria et honor patri etc. nach Ps. 28, 2 und Offenbarung Johannis 5, 13 gesungen werden.

g) Can. 16: Bei den Responsorien soll es so gehalten werden: ist es freudig, so ist gloria anzuhängen, ist es traurig, so ist der Anfang zu wiederholen.

XXVI. Synode zu **Chalons** im J. 644.

Can. 19: Es ist nicht erlaubt, an Kirchenweihen und Martyrfesten unanständige Lieder in den Kirchen oder deren Porticus, oder auch nur auf den Kirchhöfen (atrium) zu singen.

XXVII. Synode zu **Rouen** im J. 650.

Can. 15: An Sonn- und Festtagen sollen alle Gläubigen zur Vesper, zu den Nocturnen und zur Messe kommen. Die Decani müssen hierüber wachen.

XXVIII. Synode zu **Emerita** im J. 666.

Can. 2: Auch in der lusitanischen Provinz soll wie anderwärts Abends, wenn das Licht angezündet ist, an Festtagen die Vesper vor dem sonus gesungen werden (d. i. vor dem Psalm venite exultemus, mit dem die Matutin beginnt, und der wegen des hohen Tons, der dabei einzuhalten war, sonus genannt wurde, vergl. Du Cange s. v.).

XXIX. Eilfte Synode zu Toledo im J. 675.

Can. 14: Wenn es möglich ist, soll jeder Geistliche, welcher singt oder opfert (Messe hält), einen Gehilfen hinter sich haben, der im Erkrankungsfall in seine Stelle treten kann.

XXX. Die Quinisexta oder Trullanische Synode im J. 692.

Can. 75: Der Psalmengesang soll nicht ungeordnet und nicht schreiend sein.

XXXI. Das achte Concilium von Toledo im J. 730 befiehlt:

Can. 6: Daß Keiner zu irgend einem kirchlichen Amte gelangen könne, ohne daß er den heiligen Gesang gut verstehe. „Decernimus, ut nullus cujusque dignitatis deinceps percipiat gradum, qui non totum psalterium vel canticorum usualium et hymnorum .... perfecte noverit supplementum."

Gregor II. († 731) schickte Missionäre nach Baiern, mit dem ausdrücklichen Auftrage, Sorge dafür zu tragen, daß der Kirchengesang nach den Regeln und Vorschriften des römischen Stuhles ausgeführt werde.

Ministris, quorum canonicam adprobaveritis promotionem, sacrificandi et ministrandi, sive etiam psallendi, ex figura et traditione apostolicae et Romanae sedis ordine tradetis potestatem. Gerb. de cantu I. p. 274.

Den Choralgesang nennt man gewöhnlich Gregorianischen Gesang; er muß aber, um das zu sein, wofür ihn dieser Name ausgibt, auch in den Tonarten des hl. Gregor I. geschrieben sein. Dieser Gesang hat seit Jahrhunderten allgemeine Aufnahme in der Kirche gefunden, dient als Gefährte der übrigen Gebräuche und um diese noch mehr zu heben. Aber so viel müssen wir im Vorbeigehen doch bemerken: vergleichen wir diesen Gesang, wie er sich nun großentheils vorfindet, mit dem alten, echt und unverfälscht überlieferten Gesange, so müssen wir gestehen, daß er vielfach so entstellt und verstümmelt ist, daß man ihn kaum wieder erkennen kann.

XXXII. Die Canones der siebenten allgemeinen **Synode**.

Can. 22: „Bei den Laien ist erlaubt, daß beide Geschlechter mit einander essen, nur müssen sie dem Geber aller Speisen Dank sagen und sich dabei aller mimischen Darstellungen und satanischer Gesänge ꝛc. enthalten.

XXXIII. In den 27. capitula des Papstes **Zacharias** wird Can. 5: durch Hinweisung auf cap. 26 des Papstes Gelasius die Frage, ob auch Klosterfrauen während der Messe und am hl. Samstag die Lectionen lesen oder das Alleluja ꝛc. singen dürfen, verneinend beantwortet.

XXXIV. Synode zu **Claveshoe** im J. 747.

Besonders verdient um Verbesserung und Reinerhaltung des Gregorianischen Kirchengesanges machte sich im 8. Jahrh. der Bischof Benedictus von York. Er hielt auf strenge Befolgung der auf der Kirchenversammlung zu Claveshoven 747 gegebenen Verordnung, in welcher bestimmt war, den Gregorianischen Kirchengesang in allen Klöstern und Kirchen Englands unverfälscht zu erhalten.

Auch Alfred der Große war sehr dafür bemüht.

a) Can. 15: Die sieben canonischen Gebetstunden sollen mit Psalmodie und Gesang fleißig gehalten werden, und zwar überall gleich und nach der Gewohnheit der römischen Kirche.

b) Can. 20: Die Bischöfe sollen dafür sorgen, daß die Klöster das seien, was ihr Name aussagt, Wohnungen schweigender, ruhiger und für Gott thätiger Menschen, nicht die Wohnung von Parten, Musikanten und Spaßmachern, sondern von Betenden, Lesenden und Gott Lobenden ꝛc. Diese sollen nicht die Stätten unanständiger Gespräche, Schmausereien ꝛc. sein, und die Nonnen sollen sich mehr mit Bücherlesen und Psalmengesang beschäftigen, als mit dem Weben bunter und schöner Kleider.

c) Can. 27: Wenn auch der Psalmensänger nicht lateinisch versteht, so soll er doch im Herzen die Intention auf das richten, um was man Gott eben anfleht (z. B. um Sündennachlaß). Nach jeder Psalmodie soll Jeder entweder lateinisch oder, wer es nicht versteht, in sächsischer Sprache mit gebogenen Knien beten, und zwar, wenn die Psalmodie für einen Lebenden galt:

„Herr erbarme dich seiner und verzeihe ihm seine Sünden und bekehre ihn, daß er deinen Willen vollziehe;“ wenn aber für Verstorbene: „verleihe, o Herr, nach deiner großen Barmherzigkeit jener Seele die ewige Ruhe rc.“ Aber man darf nicht für sich durch Andere Psalmen singen lassen und dafür nachlässiger sein im Wandel, im Fasten und Almosengeben rc. Vor Allem muß Jeder für sich selbst beten mit Herzenszerknirschung und dann auch andere Diener Gottes zum gemeinsamen Gebete mit ihm auffordern. Wer anders handelt, der vermindert seine Sünden nicht, sondern vermehrt sie. Ueber diesen Punkt ist aber darum ausführlicher (auf der Synode) verhandelt worden, weil kürzlich ein Reicher, der nach einer großen Sünde wieder reconciliirt werden wollte, behauptete: diese Sünde sei bereits durch Psalmodie und Fasten Anderer gesühnt, ohne daß er selbst zu fasten braucht. Wenn es den Reichen möglich wäre, so durch Andere Gott zu versöhnen, wie hätte Christus sagen können: „es ist leichter, daß ein Kameel rc.“?

XXXV. Das Concilium von **Constantinopel** im J. 760 befiehlt:

Can. 75: „Die Sänger sollen in den Kirchen nicht durcheinander rufen und schreien und kein Betragen annehmen, das mit der Heiligkeit des Hauses Gottes ganz unvereinbarlich ist; sondern sie sollen mit aller Andacht und Gottesfurcht ihre Gesänge dem Herrn darbringen, der das Innerste des Herzens durchforschet, damit nach dem Ausspruche der hl. Schrift ihre Gesänge heilig und Gott wohlgefällig werden.“

XXXVI. Concilium zu **Nicäa** im J. 787.

Hier wurde der Beschluß gefaßt, daß Keiner zu der bischöflichen Würde zugelassen werden solle, der nicht in der Psalmodie unterrichtet sei.

XXXVII. Die Synodal-Statuten des **hl. Bonifaz** besagen:

Can. 21: Es ist nicht erlaubt, in den Kirchen weltliche Chöre und Gesänge von Weibern aufzuführen oder Gastmähler zu halten (vgl. can. 9 von Auxerre).

XXXVIII. Synode zu **Aachen** im J. 789.

a) Can. 69: Die Bischöfe sollen über ihre Priester und deren Glauben wachen, ob sie richtig taufen und Messe lesen, die

Meßgebete verstehen, die Psalmen mit gehöriger Unterscheidung der Verse singen, das Vaterunser recht verstehen und dem Volke erklären, auch keine Waffen tragen.

b) Can. 71: .... Es sollen Schulen für die Knaben errichtet werden, die Psalmen, Noten, der Gesang, das Rechnen und die Grammatik in allen Klöstern und an allen bischöflichen Kirchen gelehrt und richtig emendirte katholische Bücher gelesen werden.

c) Can. 79: Ueberall soll der römische Gesang erlernt werden, wie schon unser Vater, König Pipin, verordnete, als er den gallicanischen abstellte.

XXXIX. Synode zu Friaul im J. 796.

Can. 6: Die Geistlichen ꝛc. sollen nicht weltliche Ehrenämter bekleiden, sich nicht mit Jagd, weltlichen Gesängen, Spielen, Lustbarkeiten ꝛc. abgeben.

XL. Synode zu Riesbach, Freisingen und Salzburg im J. 799.

Can. 3: Alle Gläubigen sollen bei den Processionen andächtig mitgehen und Kyrie eleison rufen, aber nicht bäurisch wie bisher, sondern besser.

XLI. Synode zu Aachen im J. 809.

Can. 5: Die Geistlichen sollen Schüler haben, welche im Verhinderungsfalle für sie zur Kirche läuten und die Terz, Sext, Non und Vesper singen.

XLII. Reform-Synode zu Mainz im J. 813.

a) Can. 43: Kein Priester kann allein die Messe singen. Wie könnte er dann sprechen: dominus vobiscum etc.?

b) Can. 48: Unanständige Lieder sind überhaupt zu vermeiden, besonders aber in der Nähe von Kirchen.

XLIII. Synode von Aachen im J. 816.

„Die Sänger", ermahnt can. 127, „sollen das ihnen von Gott anvertraute Talent nicht verderben, sondern es vielmehr durch Demuth, Nüchternheit und andere Zierden hl. Tugenden veredeln, damit die Herzen des zur Feier hl. Geheimnisse versammelten Volks nicht allein durch die erhabenen Worte, sondern auch durch die lieblich begleitende Melodie von ihnen (den Sängern) in Andacht gehoben werden."

XLIV. Die großen Reichstags-Synoden zu **Aachen** in den J. 816 und 817 befehlen weiter:

a) Can. 126—133: Ueber die canonischen Tagzeiten. Die Canoniker sollen während des Chorgebets stehen, nicht sitzen, sich auch nicht auf einen Stock lehnen, nicht schwatzen.

b) Can. 127: Die Sänger sollen ob ihrer herrlichen Kunst nicht die Demuth vergessen und den Gesang nach den Bedürfnissen der Kirche einrichten. Diejenigen, welche noch nicht singen können, sollen lieber schweigen als stören. Die Psalmen müssen einfacher als die andern Lieder gesungen werden.

XLV. Die Regel **Chrodegangs** verordnet:

a) Can. 5 und 6: Ueber die canonischen Tagzeiten. In der Winterszeit ist um die achte Stunde der Nacht (2 Uhr) zu den Vigilien aufzustehen. Nach ihrer Absolvirung ist ein Interstitium für Meditation u. dgl.; aber es soll dabei Keiner schlafen. In der ersten Stunde des Tages sollen Alle in der Kirche des hl. Stephan die Prim singen.

b) Can. 7: Man muß mit aller Ehrerbietung vor Gott die Psalmen singen und darf sich dabei nicht auf einen Stock stützen.

c) Can. 33: Nach der Prim müssen Alle in ihrer Amtskleidung bereit sein, sobald das Zeichen gegeben wird, zum Capitel zu erscheinen. Nach diesem gehen sie in die Kirche, singen die Terz und erwarten den Bischof.

XLVI. Synode zu **Mantua** im J. 827.

a) Can. 34: An allen bischöflichen und Landkirchen und wo es sonst nöthig ist sollen Lehrer (magistri et doctores) angestellt werden, welche die artes liberales und die sancta dogmata lehren.

b) Can. 35: Einige, besonders Frauenspersonen, kommen an Sonn- und Feiertagen zur Kirche nicht in der rechten Absicht, sondern um sich auch (nach der Kirche) zu ergötzen durch Tanz (ballare), unanständige Lieder und Chöre, nach heidnischer Art. Solche gehen nach Haus mit größeren Sünden, als sie mitgebracht haben. Die Priester sollen daher das Volk ermahnen, daß es nur um des Gebetes willen an diesen Tagen zur Kirche komme.

XLVII. Synode zu **Valentia** (Valence) im J. 855.

Can. 18: Die Bischöfe sollen unter sich berathen und Anordnungen treffen in Beziehung auf die Schulen sowohl geistlicher als weltlicher Gelehrsamkeit und des kirchlichen Gesanges. Sie liegen darnieder.

XLVIII. Synode zu **Tribur** im J. 895.

Can. 27: Ein von der Kirche erzogener Cleriker, der schon öffentlich in der Kirche gelesen oder gesungen hat, darf nicht mehr in die Welt zurücktreten. Thut er das, so muß er zur Rückkehr in die Kirche gezwungen werden. Verharrt er in seiner Unordnung, so daß er das Haar wachsen läßt, so soll er wieder geschoren werden, und darf dann weder heirathen, noch eine heilige (höhere) Weihe erhalten.

XLIX. Synode zu **Hohenaltheim** im J. 916.

Can. 38: Wenn ein Herr aus Liebe zu Gott einen seiner Knechte unterrichten und zum Priester weihen ließ, und ihm Kleidung und Nahrung gewährte, der Geweihte aber stolz wird und für seinen Herrn nicht mehr Messe lesen und die canonischen Stunden nicht mehr singen will, da er jetzt frei ist, so spricht die Synode über einen solchen das Anathem und schließt ihn von der Communion aus, bis er sich bessert und seinem Herrn gehorcht. Bleibt er hartnäckig, so soll er von dem Bischof, der ihn weihte, degradirt und wieder ein Knecht seines früheren Herrn werden.

L. Die Synode zu **Dingolfing** am 16. Juli 932 verbietet, an den Vigilien das Alleluja zu singen, falls die Vigil nicht auf einen Sonntag falle.

LI. Das französische Concil. Alebat. 1028 sagt:

„Wer zweifelt, daß ihr (Sektirer) von einem unreinen Geiste getrieben werdet, da ihr ein unter dem Beistande des heiligen Geistes zu Stande gebrachtes Werk der katholischen Kirche, nämlich die Gesänge und heiligen Dichtungen, in der Kirche verwerfet, als sei dieser Gebrauch ein götzendienerisches Werk. Die Wahrheit ist aber vielmehr, daß die Kirche diese Lieder nicht von Possenreißern gelernt, sondern aus den Büchern des alten und neuen Testaments geschöpft hat."

LII. Synode zu Rheims im J. 1049.

Bei Beginn dieser (5. October) wurde nicht die gewöhnliche Antiphon Exaudi nos Domine, sondern das Veni creator abgesungen, und es ist dies der erste Fall, wo uns dieser Hymnus begegnet.

LIII. Leo IX. zu Worms.

Am ersten Weihnachtsfeste celebrirte der Papst selbst, am zweiten that dies der neue Erzbischof von Mainz. Da ein Diacon des letztern nach der Procession eine Oration nicht nach römischer Weise sang und trotz Leo's Befehl den Gesang weder änderte, noch unterbrach, sprach der Papst sogleich wegen Ungehorsams die Degradation über ihn aus. Wir sehen hieraus das Streben des Papstes, überall den römischen Ritus und Cantus zur Geltung zu bringen.

LIV. Große Synode zu Rom im J. 1059.

Can. 3: Dem Priester, Diacon und Subdiacon, der noch nach dem Erscheinen der Verordnung unseres hl. Vorfahrers Leo eine Concubine öffentlich genommen oder die früher genommene nicht entlassen hat, verbieten wir im Namen Gottes und der Apostel Petrus und Paulus, die Messe zu singen, oder das Evangelium oder die Epistel zu lesen.

LV. Synode zu Toulouse im J. 1119 [1]).

Can. 5: Opfer, Gebete, Almosen u. dgl., von Lebenden für Verstorbene dargebracht, allein nützen diesen nichts, und Gott lacht der

---

[1]) Bernard v. Clairvaux († 1153) schreibt: „Der Kirchengesang sei so ernst, daß er sich von den Regungen der Wollust, wie von den Ausbrüchen der Rohheit gleich fern halte; er sei lieblich, ohne leichtfertig zu machen, und reizend für das Ohr, ohne die tieferen Regungen des Herzens zu verfehlen. Er verscheuche den Trübsinn und besänftige den Zorn; er drücke den Sinn des Buchstabens aus und lasse den Geist nicht leer ausgehen. Wer beim Singen die Herzensstimmung zum Göttlichen verliert, hat viel verloren. Und wenn die Töne mehr darauf ausgehen, sich mit dem Zauber der Melodie in das Herz zu schleichen, als die Wahrheit, welche sie bezeichnen sollen, ins Herz zu senken: so ist es ein Beweis, daß der Gesang zweckwidrig und das Hören schädlich sei."

kirchlichen Gesänge, denn er, der nur an frommen Empfindungen und Werken sein Gefallen hat, kann nicht durch hohe Töne und musikalische Melodien allein erweicht werden.

LVI. Synoden unter Papst Clemens III., J. 1189 u. 1190.

Can. 1: Die Suffragankirchen müssen sich in Betreff des Gesangs und der Lesungen nach der Metropole richten.

LVII. Synode zu Avignon im J. 1209.

Can. 17: An den Vigilien der Heiligenfeste dürfen in den Kirchen keine theatralischen (lies histrionicae nicht historicae) Tänze und obscöne Bewegungen oder Reigen aufgeführt und keine erotischen Lieder gesungen werden.

LVIII. Synode zu Trier im J. 1227.

Can. 9: Die Trutannen (herumziehende Bettler, welche Späße machen), fahrende Scholaren und Goliarden (Possenreißer) darf man nicht beim Gottesdienst singen lassen, weil der Celebrirende dadurch gestört und das Volk geärgert wird.

LIX. Synode zu Rouen im J. 1231.

Can. 15: Auch keine Vigilien (Vigilfestlichkeiten) dürfen mit theatralischen Darstellungen u. dgl. in den Kirchen gehalten werden, außer am Patrocinium.

LX. Pariser Synode im J. 1248.

Can. 13: Die Capitularen der Säcularstifte, namentlich an den Domkirchen, müssen in Gemeinschaft mit ihren Clerikern Tag und Nacht das Officium absingen. In der Mitte der Verse müssen gehörige Pausen gemacht werden, und es darf nicht ein Theil des Chors einen neuen Psalm beginnen, bevor der andere beendigt ist. Im Chor zu schwatzen ist verboten.

LXI. Concilium zu Grada. 1297.

Wenn auch die Kirche zu jeder Zeit darauf bedacht war, daß die Stücke aus der hl. Schrift bei der hl. Messe mehr durch eine feierliche Sprache als durch Gesang vorgetragen würden, so machte sie doch für einzelne Fälle Ausnahmen, z. B. für das liber generationis, wie Gerbert Musica sacra Tom. I. p. 425 aus einem Concilium von Grada (conc. Gradense, anno 1297) nachweiset. Es heißt da wörtlich. Can. 7, cavetur: „Ne melodiae seu cantilenae in epistolis, evangeliis, et praefationibus, dum cantantur, intellectum audientium impediant, vel perturbent, et propter hac in mentibus fidelium devotio minuatur, auctoritate Concilii auximus statuendum, ut epistolae, et evangelia, et praefationes in missis, exceptis liber generationis et Factum est autem, et primis evangeliis diaconorum cum melodiis praeter episcopi licentiam nullatenus decantentur."

LXII. Concilium von Constantinopel.

Can. 75: „Die Sänger sollen in der Kirche nicht durcheinander rufen und schreien, und kein Betragen annehmen, das mit der Heiligkeit des Hauses Gottes ganz unvereinbarlich ist; sondern sie sollen mit aller Andacht und Gottesfurcht ihre Gesänge dem Herrn darbringen, der das Innerste des Herzens durchforschet, damit, nach dem Ausspruche der hl. Schrift, ihre Gesänge heilig und Gott wohlgefällig werden."

LXIII. Synode zu Cöln von 1307.

Hier (cap. II.) war es Vorschrift für die Priester gewesen, an gewissen hohen Festen das Gloria zu singen. Bei Absingung dieses englischen Hymnus wandte sich ehedem der Bischof oder Priester mit den Diaconen zum Volke. Aber nicht blos bei Darbringung des eucharistischen Opfers, sondern auch bei sonstigen feierlichen Anläßen wurde das Gloria angestimmt. So sang es der Papst Leo III. bei seinem Eintreffen bei Carolus M., und die Väter des sechsten allgemeinen und des achten zu Toledo abgehaltenen Conciliums schloßen damit ihre Versammlungen. Vergl. Janssen's wahre Grundregeln rc. von Smeddink, S. 166.

LXIV. Concilium in Basel im J. 1414.

Den Mißbrauch derer, welche das Credo, die Praefatio, das Pater noster zu singen anfangen und den Gesang nicht vollenden, oder die das ganz ohne Gesang nur aussprechen, verwirft es und will es abgeschafft wissen.

LXV. Synode zu **Eichstädt** im J. 1447.

Wir verwerfen den Mißbrauch einiger Kirchen, in denen das Credo nicht ganz bis zum Schlusse gesungen oder der Gesang des Pater noster unterlassen wird. (Die ausgezeichnete Instructio pastoralis für diese Diöcese enthält auch herrliche Verordnungen über Kirchengesang und Kirchenmusik; erst neu gedruckt 1866.)

LXVI. Synode zu **Schwerin** im J. 1492.

a) Zuerst gestattete die Synode ein deutsches geistliches Lied während der hl. Messe ꝛc.

b) Es setzte fest und verordnete, daß Jeder, der ein Hochamt singe, Gloria, Credo, Offertorium, die Praefatio und das Pater noster nach den Vorschriften der hl. Canonen von Anfang bis zu dem Ende singe, ohne etwas wegzulassen, abzukürzen oder abzuschneiden, und daß im Credo langsamer gesungen werden die Worte: „Ex Maria virgine“ und die Worte: „homo factus est“ mit gebogenen Knien.

LXVII. Die Synode zu **Navaras** im J. 1500

nennt es einen Mißbrauch, wenn abwechselnd einen Vers das Orgelspiel ausfüllt, den andern die Sänger mit Orgelbegleitung singen.

LXVIII. Synode von **Basel** im J. 1503.

Bei Messen, die nach Noten gesungen werden, darf das Credo nicht verstümmelt werden, sondern es soll ganz, ernst und würdig bis zum Ende gesungen werden.

LXIX. Concilium von **Cöln** im J. 1536.

Schon dies sei nicht recht in manchen Kirchen, daß aus Rücksicht auf Sänger und Orgel Wichtiges übergangen oder abgekürzt wird, z. B. der Vortrag jener Stellen von Propheten oder Aposteln, die man Epistel nennt, dann Credo, Praefatio, Pater noster. Es soll also dies Alles ganz deutlich und verständlich wie alles Uebrige gesungen werden, außer wenn ein wichtiger Grund zum Abkürzen da wäre. Auch sollen die Responsorien dem Gesange des Priesters gleichmäßig und nicht übereilt sein.

LXX. Synode von Trier im J. 1549.

Beim feierlichen Hochamte dürfen Praefatio und Pater noster nicht leise gesprochen oder abgebrochen werden. So müssen auch Credo, Epistel und Evangelium vollständig deutlich und laut gesungen werden. Auch darf man nicht dulden, daß der Chor die Worte des Priesters oder Subdiacons fast schon im Beginne der Lesung unterbrechend das Graduale, den Tractus oder das Alleluja anfange, als ob es nämlich bis hieher schon genug sei, während die Umstehenden wissen, wessen Amt es sei, die Lesung oder Epistel noch vorzutragen. Bei der Erhebung des Leibes oder Blutes Christi und nachher bis zum Gesang des Agnus Dei soll die Orgel schweigen.

LXXI. Concilium zu Cöln im J. 1550

befiehlt den Kirchenvisitatoren sich zu erkundigen, „num organa quid saeculare resonent," ob der der Organist weltliche Stücke spiele?

LXXII. Concilium von Trient

will, daß der Gesang in den Seminarien solle gelehrt werden, bestimmt, daß bei Vergebung einer Stiftspfründe caeteris paribus demjenigen der Vorzug verliehen werde, der den gregorianischen Gesang gut verstehe; ferner befiehlt es ausdrücklich: Jene Musik, welcher entweder durch die Orgel oder den Gesang etwas Schlüpfriges oder Unreines beigemengt wird.... sollen die Bischöfe.... von den Kirchen zurückweisen, damit das Haus Gottes wahrhaft als ein Bethaus erscheine und genannt werden könne. (Sess. 22. de ref.)

LXXIII. Concilium von Harlem im J. 1564.

Es wird besser sein, das Credo ganz zu singen, ebenso die Praefatio und das Pater noster, als einen Theil der Orgel zu überlassen, wie es mit großem Mißbrauch hie und da zu geschehen pflegt.

LXXIV. Concilium von Rheims im J. 1564.

Es beschließt, das Credo sei ganz vom Chore, nicht abwechselnd von der Orgel vorzutragen.

LXXV. Concilium von **Mailand** im J. 1565.

Obgleich die Hymnen und Cantica abwechselnd mit der Orgel gesungen werden, so sollen doch alle ihre Versikel im Chore deutlich vorgetragen werden.

LXXVI. Concilium von **Cambray** im J. 1565 verordnet:

a) Da einige Stücke in der hl. Messe zur Belehrung und zum Unterricht der Gläubigen gehören, wie die Epistel, das Evangelium und Credo, einige zum Lobe Gottes, andere hingegen zum Bittgebet, so beschließt die hl. Synode, daß das, was zum Unterricht gelesen, oder gesungen wird, so gelesen oder gesungen werde, daß die Gegenwärtigen jedes einzelne Wort genau vernehmen können. Sie verordnet daher, daß bei einem gesungenen Credo weder Orgel noch Instrumentalmusik angewendet werde, außer sie sei einfach und der Art, daß jedes Wort ohne Wiederholung verstanden werden kann. Was aber zum Lobe Gottes gehört, z. B. Hymnen, Gloria, Sanctus, sei hier die Musik am Platze. Was sich aber in den Messen auf das Bittgebet bezieht, das werde, es mag nun gelesen oder gesungen werden, so behandelt, daß sich mehr die Gemüthsstimmung des Flehens, als freudigen Jubels zeige.

b) Ferner Cap. 4. Die hl. Synode beschließt, daß der Gebrauch der Orgel bei den Messen so beachtet werde, wie es im Tridentinum vorgeschrieben ist, nämlich daß nicht das Orgelspiel gemeine Lieder nachahme. Was übrigens auf dem Chore gesungen werden muß zur Unterweisung, das werde so gesungen, daß man es verstehen kann, nicht aber mit der Orgel gespielt, denn diese kann nie so erbauen, wie das lebendige Wort, des frommen Sinnes Dollmetsch und Bote. Hingegen zur Verherrlichung des Gottesdienstes möge es gestattet sein, Orgelspiel zu gebrauchen in dem Offertorium, beim Sanctus und Agnus Dei.

LXXVII. Synode zu **Toledo** im J. 1566.

Nachdem die Väter (Act. 3. Cap. XI.) von der Beschaffenheit des Gesanges, und von der in Kirchen zuläßigen Musik im Allgemeinen geredet hatten, verordneten sie: „Davor hüte man sich am meisten, daß ja nicht die Musik, welche zur Verherrlichung Gottes, oder zur Verkündung seines Lobes dienen soll, theatralischen, schlüpfrigen oder Kriegsmelodien ähnlich werde;" u. Act. III. C. 11. „Zum Gottesdienste darf nur jene Art von Gesang und Orgelspiel zugelassen werden, welche die Andacht nicht stört und den Zuhörer nicht, wie es schon geschehen ist, zum Tanze stimmt."

LXXVIII. Synode von **Augsburg** im J. 1567.

a) Da das Orgelspiel an manchen Orten ausgeartet ist, so bedarf es einer Verbesserung, damit eine üppige Modulation, welche auf die heiligen Gebete als auch Andacht der Zuhörer störend einwirkt, entfernt werde.

b) Beim Officium, namentlich beim Meßgesang, soll der Chor der Art beschaffen sein, daß nicht so fast das Ohr als das Herz an dem Gesange seine innerliche Befriedigung finde... darum soll ein für allemal geboten sein, daß kein ausgelassenes Spiel das Volk in seiner Andacht störe; daß keine fremdartige und unwürdige Musik, die in weltlichen, schlechten Liedern besteht, dem so leicht entnervten Gefühle zu Hilfe und gleichsam entgegen komme, anstatt mit frommen Weisen, dem eigentlichen Zwecke nach, das Gefühl der Andacht zu wecken.

c) Es schickt sich nicht, die hl. Hymnen, nämlich Gloria, Praefatio, Sanctus, Agnus Dei abzukürzen, oder durch andere Gesänge oder Musiksätze so zu verdecken, daß sie nicht vollständig gehört werden. Abgeschafft werde der Mißbrauch, der in vielen Orten sich eingeschlichen hat, daß Credo, Praefatio, Pater noster still gebetet oder abgebrochen werden.

LXXIX. Synode von **Constanz** im J. 1567.

Tit. 11. cap. 6. sagt: Es ist unser Wille und wir befehlen nachdrücklich, daß das Credo ganz bis zu Ende gesungen, daß die Praefatio nicht abgekürzt, das Pater noster nicht leise gebetet werde. Am Schluße hingegen zur Verherrlichung des Gottesdienstes möge es gestattet sein, Orgelspiel zu gebrauchen. Unter der Wandlung Stillschweigen!

LXXX. Provinzial-Concilium von **Mecheln** im J. 1570.

Tit. de off. et cult. div. cap. 10 gedenkt dieses Gegenstandes ebenfalls. Nach ihm sollen die Bischöfe nicht dulden, daß von den

Organisten weichliche, theatralische Melodien gespielt werden. Sie sollen sogar den Uebertreter in Strafe nehmen, und ihn im Wiederholungsfalle mit Gefängniß belegen.

LXXXI. Concilium von Namur im J. 1570.

Tit. VIII. cap. 7: Was auf der Provinzial-Synode von Cambrai über Musik und den Gebrauch der Orgel in Uebereinstimmung mit dem Beschluße des Tridentinum festgesetzt worden ist, das wollen wir überall beachtet wissen. Wir befehlen, daß die Praefatio und das Pater noster beim Hochamt vollständig vom Priester gesungen und weder durch Gesang (des Chores) noch durch Orgel fortan unterdrückt werde.

LXXXII. Provinzial-Concilium von Roermond im J. 1570.

Es wird angeordnet, daß kein Organist, Sänger oder Schullehrer fortan sich unterfange, die Epistel, Praefatio oder das Pater noster abzukürzen oder zu unterbrechen; auch soll die Orgel schweigen beim Kyrie, Credo und Sanctus, letzteres ist vor der Wandlung zu beendigen; auch das Uebrige soll von den Stimmen der Sänger ganz, nicht abgekürzt und mit der größtmöglichsten Andacht gesungen werden.

LXXXIII. Synode von Gent im J. 1571.

Tit. XI. cap. 6: Wir verbieten, daß bei einem gesungenen Hochamte Credo, Praefatio und Pater noster durch den Organisten oder die Sänger theilweise verstümmelt werde, und befehlen, daß dies Alles, wie es die hl. Handlung vorschreibt, vollständig gesungen werde.

LXXXIV. Synode von Herzogenbusch.

Tit. XI. cap. 1. verordnet, daß das Meßopfer ehrerbietig, fromm und andächtig, und vollständig, ohne Abkürzung oder Verstümmlung des Credo, der Praefatio, des Pater noster durch Orgel und Chor gefeiert und abgesungen werde.

LXXXV. Concilium von Tournay im J. 1574.

Tit. IX. cap. 16. Beim feierlichen Hochamte soll Praefatio und Pater noster vom Celebranten, Gloria und Credo vom Clerus ganz gesungen und nicht durch die Orgel unterdrückt werden.

LXXXVI. Concilium von Cambray im J. 1575.

In den Messen lese und singe man alles, was zur Belehrung der Gläubigen dient, wie die Epistel, das Evangelium, das Glaubensbekenntniß so, daß die Anwesenden alles deutlich hören und die einzelnen Worte verstehen können. Was aber zur Lobpreisung Gottes gehört, wie die Hymnen, das Gloria und Sanctus, so gestattet es den Gebrauch der Musik, jedoch keine leichtfertige oder eine, die mehr für Tanzchöre, als in das Chor paßt. Was endlich den Charakter des Gebets hat, so bete oder singe man das so, daß dadurch mehr das Gefühl des Betenden, als das Vergnügen der Zuhörenden offenbar wird.

LXXXVII. Concilium von Mailand im J. 1575

beschloß: „Bei dem Gottesdienste sind profane Gesänge, weichliche Weisen, in der Kehle verschluckte Worte zu unterlassen. Der Gesang sei würdevoll, um die Worte zu verstehen, die Sänger seien, wo möglich, Cleriker. Nur der Orgel soll in der Kirche eine Stelle eingeräumt, die Flöte, Hörner, und übrigen musikalischen Instrumente ausgeschlossen sein; und wenn bei Hymnen und Psalmen 2c. wechselweise mit der Orgel gesungen wird, so sollen doch alle Versikel von dem Chore besonders deutlich vorgetragen werden."

LXXXVIII. Synode von Rheims im J. 1583.

„Soviel als möglich sollen über einer Sylbe nie mehr Noten stehen als eine oder soviel unumgänglich nothwendig sind."

LXXXIX. Concilium von Bordeaux im J. 1583.

Beim Credo und der Passion soll durchaus weder Orgel noch Musik angewendet werden, außer sie sei höchst einfach und untergeordnet, und derart, daß man jedes Wort verstehen kann.

XC. Concilium von Beray im J. 1584.

Der Gesang sei religiös und bescheiden, und die Musik der hl. Zeit entsprechend; den Klang und das Verständniß der Worte soll sie nicht hindern, namentlich beim Credo, Gloria und bei der Verkündung der Passion; vermieden sollen werden überflüssige Wiederholungen von Worten und Sylben.

XCI. Synode von Breslau im J. 1592.

Es soll an Sonn- und Festtagen beim Amt der Messe von der Gesangschule gesungen werden: Der Introitus, das Kyrie und das Gloria. Nach Ablesung der Epistel soll der Präcantor mit dem ganzen Volke einen frommen Gesang in der Muttersprache singen (Predigtlied) an Stelle des Graduale. Nach der Elevatio soll abermals zur Anbetung der Eucharistie ein Lied in der Muttersprache gesungen werden. In denjenigen Landkirchen aber, wo Lieder in der Muttersprache bisher nicht üblich waren, sondern noch die ganze hl. Messe lateinisch ausgesungen wurde, soll auch künftighin gar keine Aenderung stattfinden; ja wir ermahnen vielmehr die Pfarrer, in den Kirchen, wo Kirchenschreiber und Gesangschulen bestehen, die deutschen Hymnen bei der hl. Messe fortzulassen und den Gebrauch, die ganze heilige Messe lateinisch zu singen, einzuführen. (Man vergleiche über diesen Gegenstand noch die Schrift: Apologie des lateinischen Kirchengesanges von Smeddink und dessen Artikel in der Cäcilia 1863; dann 1867, wo er die allerjüngsten Verordnungen bringt.)

XCII. Directorium des Frangipani im J. 1597

befiehlt: Man soll darauf bedacht sein, daß Epistel, Praefatio und Pater noster die Haupttheile dessen, was bei der Messe zu singen ist, durch den Vortrag der Sänger oder Orgel nicht verstümmelt oder unterbrochen, sondern ganz und gar, genau und verständlich abgesungen werde. Auch soll man wachen, daß nicht das Orgelspiel durch zu großes Eilen und durch Kürze der Erhabenheit des Gottesdienstes etwas entziehe. — Unter der Wandlung bis zum Agnus Dei werde von Sängern und der Orgel das tiefste Schweigen beobachtet.

XCIII. Concilium von Tournay im J. 1600.

Beim Hochamte sollen Praefatio und Pater noster vom Celebranten, Gloria und Credo vom Chore vollständig gesungen und von der Orgel nicht unterdrückt werden. (cf. auch S. 58.)

XCIV. Das Ceremoniale der Bischöfe im J. 1600

besagt: Beim Hochamte wird die Orgel abwechselnd gespielt: beim Kyrie, beim Gloria im Anfange der Messe, dann am Ende der

Epistel, dann beim Offertorium, dann beim Sanctus abwechselnd, dann bei der hl. Wandlung, aber mit ernsteren und süßeren Klängen, dann beim Agnus Dei abwechselnd, und beim Versikel vor der Oration nach der Communion, endlich am Ende der Messe. Aber beim Credo soll sich die Orgel nicht darein mischen, sondern es soll vom Chore verständlich gesungen werden.

XCV. Synode von Brixen im J. 1600, vom 23. bis 26. September.

Credo und Pater noster sollen stets ganz vorgetragen werden. Um die Zeit der Wandlung tiefes Schweigen.

XCVI. Concilium von Mainz im J. 1604.

Die Charta visitatoria et instructa pro clericis et parochis bestimmt ausdrücklich: „Es sollen die Pfarrer während der Messe keine deutsche Gesänge, auch wenn sie katholisch sind — von ketzerischen kann gar nicht einmal die Rede sein — singen lassen.

XCVII. Concilium von Prag im J. 1604

ertheilt die Vorschrift, daß während der hl. Messe, oder der Vesper, oder dem sonstigen Gottesdienste die Orgel solle gespielt werden, um die Gläubigen zur Andacht zu stimmen, ohne jedoch im Geringsten etwas Unanständiges oder Weltliches einzumischen.

XCVIII. Synode von Culm im J. 1605.

Wünscht man einen musikalischen Gesang, so werden die Herren Pfarrer dafür Sorge tragen, daß er ernst und würdevoll sei, und einen sanften und frommen Geist verrathe. Auch darüber werden sie wachen, daß keine profanen Lieder dabei vorkommen, oder solche, welche einen flüchtigen, leichtsinnigen Charakter durchblicken lassen; noch auch zu rauschende, zu lärmende Stücke, welche eher geneigt sind, Zerstreuung zu verursachen, als den Gedanken einen religiösen Aufschwung zu geben, und sie in ernster Sammlung zum ewigen Vater zu erheben.

XCIX. Concilium von Prag im J. 1605.

Wenn mit Orgelbegleitung etwas zu singen oder abwechselnd zu respondiren ist, bei den Versikeln der Hymnen oder Cantica, soll das, was die Orgel zu respondiren hat, von einem Chorsänger mit deutlicher Stimme vorgetragen werden.

C. Concilium von **Mechlin** im J. 1607.

Nur ernste und fromme Gefühle anregende Musik und Orgelspiel und Musikinstrumente dürfen beim Gottesdienste gebraucht werden; sie sollen der Praef. und dem Pater noster in der Messe Raum lassen.

CI. Synode von **Constanz** im J. 1609.

Während der Consecration soll die ganze Seele auf diese hochheilige Handlung gerichtet bleiben, darum durch nichts abgezogen werden von der Betrachtung dieses heiligen Geheimnisses. Orgel und Chor sollen deshalb während dieses Augenblickes schweigen.

CII. Concilium von **Antwerpen** im J. 1610.

Nichts von dem, was bei der Messe gesungen werden muß, darf ausgelassen oder durch Sänger oder Orgel abgekürzt werden.

CIII. Synode von **Augsburg** im J. 1610.

Credo, Praefatio und Pater noster sollen nicht abgebrochen, sondern stets ganz gesungen werden. Um die Zeit der Wandlung tiefes Schweigen.

CIV. Concilium von **Ermeland** im J. 1610.

Kyrie, Gloria, Credo, Sanctus, Benedictus und ähnliches Andere darf nicht verstümmelt, sondern muß ganz gesungen werden.

CV. Synode von **Herzogenbusch** im J. 1612.

Auch soll die Messe ganz und ohne Abkürzung von Credo, Praefatio und Pater noster durch Orgel oder Chor, gefeiert und gesungen werden.

CVI. Concilium von **Namur** im J. 1639.

Die Messen wie auch die Vespern sollen an keinem ihrer Theile im Gesange abgekürzt werden; auch soll nichts in ihnen versetzt oder angefügt werden.

CVII. Synode von **Paderborn** im J. 1644.

Keiner soll den Introitus, das Kyrie, die Cantica, nämlich Gloria, Credo, Praefatio und Pater noster, Sanctus und Agnus

Dei beim Hochamte, aus welcher Ursache immer, abkürzen, auslassen oder verkleinern, sondern dies mit Feierlichkeit nach den Bestimmungen des Baseler Conciliums beachten und erfüllen.

CVIII. Synode von Cöln im J. 1651.

a) Wir gebieten dem jeweiligen Chor die Versikel, Responsorien ꝛc. mit der Orgel genau und vernehmlich abzusingen und dies Geschäft nicht blos der Orgel zu überlassen.

b) Die Bischöfe sollen dafür sorgen, daß beim feierlichen Hochamte und den Messen für die Verstorbenen, Epistel, Credo, Praefatio und Pater noster als die Haupttheile dessen, was bei der Messe gesungen wird, beim Vortrage der Sänger und Orgel nicht verstümmelt oder abgebrochen werden; noch weniger darf der übrige Theil der gesungenen Messe unmittelbar nach der Wandlung mit gedämpfter Stimme vollendet werden, sondern Alles werde vollständig, genau und wohl unterscheidbar gesungen. Bei der hl. Wandlung werde von Sängern und Orgel das tiefste Schweigen beachtet.

CIX. Concilium von Roermond im J. 1652.

Credo, Praefatio und Pater noster in einer gesungenen Messe auslassen und anders verstümmeln, ist durchaus gegen den Ritus und die Ceremonien der Kirche.

CX. Synode zu Breslau im J. 1653.

Es wisse aber der Chor, und die Sängerschule, daß es ihnen durchaus untersagt sei, in den Hochämtern und in den feierlichen Vespern irgend etwas Anderes zu singen außer dem, was im Officium des betreffenden Tages oder Graduale, oder im Psalterium enthalten ist; vielmehr sollen sie sich in allem Diesem den übrigen Kirchen conformiren, in welchen alle Officien im römischen Ritus abgehalten werden; von allem Ungewöhnlichen und allem Dem, was dem römischen Ritus fremd ist, was sowohl in den Messen und Vespern und Processionen bisher unpassend und ungeziemend geschah, soll man sich von jetzt ab enthalten bei Vermeidung von Urtheilsspruch und Strafe.

CXI. Concilium von Münster im J. 1655

sagt kurz: ut in organis non adhibeantur melodiae, quae sapiunt levitatem, vel nugas saeculares.

CXII. Synode von Cöln im J. 1662.

Tit. III. cap. 10. §. 2 heißt es: Jeder Gesang, welcher mit der Orgel oder mit anderen Instrumenten begleitet wird, in der Kirche sowohl als bei Processionen, halte sich fern von aller Aehnlichkeit mit schlüpfrigen, unreinen, militärischen und ungeziemenden Melodien, damit das Herz auch empfinde, was der Mund singet. Damit Alles fortan beim Gottesdienste mit Würde und Ehrfurcht geschehe, schärfen wir ernstlich ein, daß das Meßopfer vollständig gefeiert und gesungen werde, ohne daß Credo, Praefatio und Pater noster durch Orgel oder Chor abgekürzt oder verstümmelt werde.

CXIII. Synode von Münster im J. 1662

zeigt deutlich, daß nur wegen Mangel an Sängern deutscher Kirchengesang beim liturgischen Gottesdienste gestattet worden ist, indem sie sagt: „Da wo deutsche Gesänge wegen Mangel an Priestern oder qualificirten Personen — mit Unterschied zu zulassen sind, singe man nichts, was nach Lutherthum riecht, sondern..." — also nur nothgedrungen bis zur Zeit, wo man gebildete Sänger hat.

CXIV. Synode von Trier im J. 1678.

Die das Hochamt halten oder am Grabe für die Todten beten, sollen die Sequenzen, Gloria, Credo und Pater noster nicht verstümmeln, sondern Alles vollständig beten und dafür sorgen, daß es so gebetet und gesungen werde.

CXV. Synode von Paderborn im J. 1688.

Die Bischöfe sollen dafür sorgen, daß beim feierlichen Hochamte und den Messen für die Verstorbenen Epistel, Credo, Praefatio und Pater noster als die Hauptheile dessen, was bei der Messe gesungen wird, beim Vortrage der Sänger und Orgel nicht verstümmelt oder abgebrochen werden, noch weniger darf der übrige Theil der gesungenen

Messe unmittelbar nach der Wandlung mit gedämpfter Stimme vollendet werden, sondern Alles werde vollständig, genau und wohl unterscheidbar gesungen. Bei der hl. Wandlung werde von Sängern und Orgel das tiefste Schweigen beachtet.

CXVI. Römisches Concilium im J. 1725.

Das Concilium bestimmt:

a) daß bei Vergebung einer Stiftspfründe caeteris paribus demjenigen der Vorzug verliehen werde, der den Gregorianischen Gesang gut verstehe, und empfiehlt dringend

b) .... sub poenis interea,... cohibeant episcopi musicae magistros, organistas et cantores, aliasque quoscumque a quibusvis in ecclesia in decori cantus modulationibus, ne fidelium magis videantur auribus prurire, quam pios in Deum affectus excitare .... den Bischöfen die Sorge für einen guten Gesang.

CXVII. Das Concilium in Baltimore im J. 1837

besagt: Decret VIII. „Damit Alles in Ordnung zugehe, und die feierlichen Gebräuche der Kirche rein erhalten werden, ermahnen wir die Kirchenrektoren (Pfarrer), daß sie fleißig darüber wachen, daß die eingeschlichenen Mißbräuche, welche beim Kirchengesange bei uns vorkommen, abgestellt werden. Darum haben sie Sorge dafür zu tragen, daß dem hochheiligen Meßopfer und den andern Gottesdiensten die Musik diene, nicht aber, daß der Gottesdienst der Musik diene. Die Pfarrer werden wohl wissen, daß nach dem Ritus der Kirche bei der feierlichen Messe und Vesper keine Gesänge in der Muttersprache dürfen gesungen werden.“

CXVIII. Die Synode von Philadelphia im J. 1842

beruft sich hierauf und schärft dieses aufgeführte achte Decret besonders ein.

CXIX. Synode in Lüttich im J. 1851.

Der Celebrant soll in der Messe nicht fortfahren, so lange man das Credo singt; dies soll vollständig gesungen werden, so daß das Orgelspiel nur zur Begleitung des Gesanges diene.

Die neuen und neuesten Verordnungen z. B. der Cölner, Prager ꝛc. Provinzialsynoden, die Erlasse des päpstlichen Generalvikars, des Erzbischofs Sterx von Mecheln, ꝛc., das meisterhafte Ausschreiben des verstorbenen Bischofes Valentin von Regensburg u. s. w. übergehe ich, sie als bekannt voraussetzend.

Aus den vorstehenden Verordnungen erhellt, um das Wichtigste kurz zusammenzufassen, daß die Kirche von den Zeiten der Apostel an, bis herauf in die Gegenwart dem Gesange bei dem Gottesdienste nicht nur große Aufmerksamkeit geschenkt und mit scharfem Auge über die Heiligkeit desselben gewacht habe, sondern daß sie eben der Wichtigkeit der Sache halber eine eigene Classe von Kirchendienern dafür geschaffen, und diese im Laufe der Zeit mit gewissen Vorrechten, ja sogar Würden ausgezeichnet hat.

Mögen sich das die jetzigen Kirchensänger, Cantores, Choralisten, geistliche oder weltliche, wohl zu Herzen nehmen, und ihr Benehmen als Sänger und Menschen darnach bemessen; es kann ein Vergleichen nur nützlich wirken, wenn auch allerdings beschämend, sich schämen ist ja schon der Anfang der Besserung.

Mit Strafen sogar schritt die Kirche gegen Diejenigen ein, welche sich erkühnten, an die Stelle der von ihr gewidmeten Gesänge (Text und Melodie) eigenes oder fremdes Elaborat einzuschmuggeln, oder die traditionellen heiligen Weisen zu verstümmeln, zu ändern. Man mag daraus entnehmen, wie sehr im Unrechte diejenigen sind, welche den liturgischen Gesang (Cantus Gregorianus) willkürlich abkürzen, ihn seiner oft so herrlichen Melismen, Jubilationen, ꝛc. entkleiden, ihn in das für ihn so fremdartige Gewand des modernen Dur- und Molls-Taktes ꝛc. zwängen, und erst gar seine in den alten Kirchentonarten empfundenen Weisen mit dem oft sehr zweideutigen Flitter von allen möglichen Dissonanz-Accorden behängen.

Unendlich ernste Mahnungen ergingen an die Organisten; die Kirche eiferte förmlich gegen die Profanirung dieses erhabenen Instrumentes, das für den Tempel von Gott eigens gegeben zu sein scheint, und dessen Hereinziehung in die Concertsäle unserer Tage, man mag dagegen sagen was man will, eine Verballhornung zu nennen ist. Möchten nur die Organisten unsrer Zeit, das Wort der Kirche in ihren Herzen nicht verfallen lassen. Sie sind, an der Orgel sitzend, nicht die Virtuosen, nicht Galanterie-Spieler, sondern Diener der Kirche. Es ist also sehr verkehrt, wenn sie statt Gott zu verherrlichen, durch ihr Spiel nur sich verherrlichen; wenn sie statt die Gemeinde zu erbauen, durch ihre faden Künsteleien und durch ihr weltliches, sinnliches und sentimentales Geplackel die Betenden zerstreuen und ärgern. Der Organist hat, wie der Sänger, auch eine Mission in der Kirche; oft schlägt sein Ton stärker in das Herz als selbst das Wort des Predigers. St. Augustin erzählt darüber in s. Confess. ebenso Wunderbares als Rührendes. Wenn aber der Organist oder Sänger nicht selbst fromm ist und durchdrungen von der hl. Handlung, so kann er auch nicht erbauen: Tod gebiert wieder Tod. Das sich Breitmachen der Musik als solche wird ebenso scharf abgewiesen als der Lärm der Instrumente, welche, wenn sie auch geduldet werden wollen, doch nur auf ein Minimum quantitativ und qualitativ zu beschränken sind. Denjenigen, welche beide, Musik und Instrumente, um jeden Preis dem Gottesdienste vindiciren möchten, dürfte es schwer fallen, zu reussiren, ohne in Widerspruch mit der Kirche zu gerathen. Aber auch diejenigen, welche jedem Instrumente in der Kirche ein Anathema zurufen, können ersehen, daß sie nahe daran sind, das Kind sammt dem Bade auszuschütten. In medio virtus! Das Wort beherrsche den Ton, ob er aus der menschlichen Stimme oder aus dem Instrumente erklingt; beide aber, Wort und Ton vereint, sollen dienen der hl. Handlung; kommt dazu noch das Zurücktreten des Subjectivums auf Kosten der kirchlichen Objectivität, also auch das Aufhören von Solovorträgen auf einzelnen Instrumenten, und ein durchaus untergeordnetes Verwenden derselben, so kann man sich Musik, ja selbst Instrumentalmusik hie und da, etwa bei besonders festlichen Gelegenheiten, gefallen lassen.

Der Volksgesang, die Betheiligung der Gemeinde an dem gottesdienstlichen Gesange, welche die Reformation als alleiniges Vorrecht so sehr in Anspruch nehmen will, ist ebenfalls constatirt.

Das Volk, nicht etwa blos die Knaben aus der Sängerschule, stimmte in die Psalmodie, in die Hymnen ein; später ließ es auch fromme Lieder in der Muttersprache erschallen, aber dies nur in streng geregelten Weisen. Leider riß nach dieser Richtung in der Neuzeit mancher Unfug ein, indem nicht nur etwa Lieder an total ungeeigneten Zeitpunkten des Gottesdienstes, während der Hauptheile des hl. Sacrificiums gesungen werden, sondern sogar auch solche, die nach Text und Melodie nichts weniger als kirchlich sind. Schön wäre es freilich, wenn die alte Uebung wieder zurückkehrte, wenn das Volk wieder in die liturgischen Gesänge einfiele, dem Clerus respondirend, mit ihm alterirend. Unmöglich ist es nicht, am Rhein, in Frankreich singt die Gemeinde nicht nur das lateinische Kyrie, Gloria, Credo, Sanctus, Benedictus, Agnus Dei, Requiem sondern selbst die Hymnen Pange linqua etc. Litaneien 2c. Die Andacht wird, wenn solches Vorgehen allgemein würde, viel gewinnen; die Kunst aber dürfte, wenn die vielfach übliche Kirchenmusik auf den Chören der Dörfer, Märkte, kleinen und selbst großen Städte in ihrer oft gar zu argen Erbärmlichkeit und Weltlichkeit in Betracht kömmt, ebenfalls nicht viel verlieren. Das Enchiridion chorale, an dessen Vollendung ich so eben die letzte Hand gelegt (Regensburg 1853, 1867 bei Pustet) ist überall verwendbar und zugleich der einzig sichere Weg zum Verständnisse und zur Einführung der Musica divina, mit welchem Titel Dr. Proske seine Sammlung von kirchlichen Meisterwerken des Mittelalters ebenso schön als berechtigt geziert hat. Beide Werke aber im harmonischen Vereine führen, das ist allgemein anerkannt, ad instaurandam Musicam in ecclesia.

* * *

Wir fügen noch bei die bezügliche Bestimmung des Wiener Provinzial-Conciles vom Jahre 1858. Das Concil (Tit. IV, cap. 6. De cantu ecclesiastico et Musica) verordnet: Quum ea sit hominis conditio, ut ad animi affectus significandos et excitandos sonus apte dispositus maxime valeat, cantus et musica a laudibus divinis nunquam abfuerunt. Curibus Pharaonis et exercitu ejus in mare projectis Moyses et filii Israel carmen cecinerunt Domino, et Maria prophetissa sumsit tympanum in manu sua egressaeque sunt omnes mulieres post eam cum tympanis et choris. In templo Hierosolymitano Levitae numerosissimi deputati erant, qui Dominum in psalmis laudarent et canticis, in citharis et cymbalis jubilationis. Ritum hunc sacrum Ecclesia novi testamenti suam in liturgiam ita transtulit, ut omnia quae pietatem impedirent magis, quam augerent omnino semota vellet. Vocum modulatio et organorum sonus id praestet oportet, ut altius haereat sensus verborum sacrorum.

Nihil igitur habeat, quod mundum sapiat, aut ex theatrorum symphoniis desumtum efficacius sit ad animi fragilium amore vulnerati tumultus, quam ad sanctae dilectionis sensus exprimendos; neque tolerandum, ut cantus, qui redemtionis mysteria in Missae sacrificio renovata comitatur, spectaculi profani vicem subeat. Quamvis nostris in regionibus fieri nequeat, ut homines saeculares a choro arceantur, nemo tamen admittatur, cujus conversatio notoria labe contaminata sit.

Scholae puerorum ad cantum ecclesiasticum efformandorum, modo rite dispositae sint, decori cultus divini egregie consulunt: unde in cathedralibus saltem ecclesiis, ubi adsint, augeantur, ubi desint, instituantur. (Acta et Decreta Concilii Provincialis Viennensis anno Domini MDCCCLVIII. Vindobonae 1859. pg. 121.)

Beiträge zur Geschichte des Bisthums Wiener-Neustadt.

Von Dr. Theodor Wiedemann.

III.

Caspar von Logau.

Caspar von Logau auf Altendorf war der Sohn des Freiherrn Mattheus von Logau aus dem Hause Altendorf, Erbherrn in Kinsberg und Landeshauptmannes der Fürstenthümer Schweidnitz und Jauer [1]). Er wurde Erzieher des am 3. Juni 1540 zu Wien geborenen Erzherzoges Carl, des 15. Kindes Ferdinands I. Als der Prinz 10 Jahre alt war, erhielt er zum Hofmeister und Erzieher den Grafen Leonhard Harrach [2]), Caspar wurde Hofcaplan mit einer monatlichen Besoldung von 33 fl. 20 kr. und Propst des Collegialstiftes St. Stephan in Leitmeritz. Das Collaturrecht zu dieser Propstei stand dem Landesherrn zu. Die für diese ebenso ansehnliche als einträgliche Würde ausersehenen Männer gehörten fast durchgängig den kaiserlichen Hofcaplänen an.

Ferdinand ernannte ihn zum Bischofe von Wiener-Neustadt. Im April 1560 war er bereits Bischof, denn seine Hofbesoldung war vom 1. Juni 1558 bis zu Ende März 1560 also durch 22 Monate unbezahlt geblieben und belief sich auf 733 fl. 20 kr. Caspar, „Erwölter Bischof zu Neustadt" bat um Bezahlung. Am 23. April 1560 wurde nun die Hälfte zur Bezahlung angewiesen

---

[1]) Sinapius J. Schlesischer Curiositäten Erste Vorstellung, Darinnen die ansehnlichen Geschlechter des Schlesischen Adels... beschrieben. Leipzig 1720, 4. I. 609.

[2]) Buchholtz, Geschichte der Regierung Ferdinand des Ersten, VIII. S. 736.

Im September 1560 bat er auch um den Fortgenuß der seinen Vorfahren zugestandenen 24 Fuder Salz aus der kaiserlichen Salzkammer zu Gmund [1]). Seine Wirksamkeit konnte bei der kurzen Dauer seines Aufenthaltes in Neustadt nur eine geringe sein. Er hatte die Absicht die Jesuiten nach Neustadt zu verpflanzen und trat deßwegen mit dem Rector des Collegiums in Wien in Unterhandlungen. Der am 20. Jänner 1562 erfolgte Tod des Bischofes Balthasar von Promnitz (erw. 19. Sept. 1539) von Breslau unterbrach diesen Versuch die Väter der Gesellschaft Jesu den reformatorischen Bestrebungen in Neustadt entgegenzusetzen. Kaiser Ferdinand und sein Sohn Erzherzog Maximilian schickten rasch den Herzog von Brieg und Doctor Georg Mehl zu den wahlberechtigten Capitularen nach Breslau um den Bischof von Wiener-Neustadt zu empfehlen. Am 16. Februar 1562 wurde nun Caspar als der 38. Bischof von Breslau postulirt. Nach vollbrachter Wahl ließ er unter das Volk meißnische Gröschlein auswerfen [2]). Am 12. Mai wurde er inthronisirt. — Caspar wird als ein milder, gelehrter und fleißiger Mann gelobt, von dem einige Städte des Fürstenthums Neiße ein sogenanntes Kirchenrecht erhielten [3]). Er starb am 4. Juni 1574 in Breslau in einem Alter von 49 Jahren, 10 Monaten und einem Tage, und wurde in Neiße begraben. Seine Brüder ließen ihm ein Denkmal mit folgender Inschrift setzen:

Casparus a Logau, splendore generis, ingeniique praestantia, belli pacisque artibus ab Adolescentia inter aequales Pueros regios nobilissimos semper conspicuus: omnium bonarum disciplinarum, diversarumque Linguarum Scientiae Cultor insignis, virtutum vero Gloria Domi forisque Clarus, magno Inclyti ac Potentissimi Regis Ferdinandi desiderio Sereniss. Archiduc. Caroli Filii chariss. Praeceptor: Dein Antistes Ne-

---

[1]) Acten des Bisthums Wiener-Neustadt im Archive des k. k. Finanz-Ministeriums.

[2]) Dewerdeck G. Silesia numismatica, Jauer 1711. 4. S. 508. — Im Anfange des Sept. 1563 wohnte Caspar der Krönung Maximilian II. zum Könige von Ungarn in Preßburg bei (Coronatio Regis Maximiliani, apud Scriptores rerum Hungaricarum minores ed. Kovachich, Budae 1798. 8. I. p. 137., und Firnhaber, die Krönung Kaiser Maximilians zum Könige von Ungarn, im Archive für Kunde österr. Geschichtsquellen XXII. 320).

[3]) Menzl K. A. Topographische Chronik von Breslau, Breslau 1805. 4. S. 247.

apoli Austriae designat. Mox Vratislavien. Episcopus rite postulatus, annos XII Ecclesiae ac Patriae tam Episcopalis dignit. quam Supremi per utramque Silesiam Capitaneus munere, singulari fide Prudentia ac Pietate Summaque cum Laude feliciter praefuit. Vixit annos XLIX. Menses X. diem I. Moritur placide magno piorum luctu et desiderio, Viribus Corporis morbi diuturnitate plane exhaustus Vratislaviae IV. die Mensis Junii, Anno reparatae Salutis humanae MDLXXIIII. Hic sepultus quiescit in spe Resurrectionis et Vitae sempiternae. Cui Matthias Swid. et Jaur. Praefectus, Georgius in Frid. et Kinsberg, Henricus Capit. Provinc. in Bechaw Gottfried in Skotschaw et Schwarz-Wass. Fratres germani, mutuae benevolentiae g. hoc Monumentum P. P.[1]).

* * *

Bald nach dem Abgange des Bischofes brach an dem Bischofssitze Neustadt die Pest aus. Ungeachtet der zweckmäßigsten Verfügung des Magistrates faßte dieses Uebel so schnelle Wurzeln, daß der Gottesacker am Pfarrplatze kaum mehr die Leichen aufzunehmen vermochte und der alte Friedhof außer der Stadt an der zerstörten St. Ulrichskirche wieder in Anspruch genommen werden mußte. Die Predigten, welche einige Tage in der Woche in der Domkirche gehalten wurden, mußten wegen des düstern Anblicks einer Menge neuer Gräber im Gottesacker am Pfarrplatze, im Neukloster gehalten werden; selbst die Stadt Baden verbat sich den Besuch der Neustädter und versagte ihnen den Gebrauch des Wildbades. Sehr schwach scheint auch damals die ärztliche Hilfe gewesen zu sein, da Ferdinand erst im September, wo das Uebel schon sehr um sich gegriffen hatte, aus Wien schrieb, man möchte sich mit einem Doctor der Arzneikunde versehen. Und an all diesem Uebel sollen nach der abergläubischen Meinung jener Zeit zwei Todtengräber, der eine zu Baden, der andere zu Neustadt Ursache gewesen sein. Rupert Schlemmer hieß der Unglückliche. Er und sein Weib Apollonia wurden am 26. Juni 1562 dieser Missethat wegen als Opfer der Unwissenheit und des Aberglaubens zu Neustadt lebendig verbrannt. Das Verbrechen beider war nach der aus des Mannes Munde

[1]) Dewerdeck, c. l. p. 211.

durch die Tortur erpreßten Aussage Folgendes: „Er habe sich voriges Jahr gegen Etliche beklagt, daß er gar keine Arbeit habe, und sich nur einmal ein solches Jahr wünsche, wie sein Vorfahre gehabt hatte. Bald darauf sei er nach Baden zu dem dortigen Todtengräber Jörg gegangen, und habe zu ihm gesagt: „Mein Werkgenoß, bei dir stirbt es ehrlich, und bei uns nicht," und am selben Tage seien 7 Personen zu begraben gewesen. Hernach sei er mit dem Badner in den Gottesacker gegangen, wo er ihm Erdreich in ein Gefäß zu faßen geheißen. Diese Erde habe er nach Jörgs Anweisung zu Hause im Friedhofe, auf den Kirchsteigen und in den Gässen, wo das meiste Volk geht, ausgesäet, auf daß es ehrlich sterben solle. Item bekannte er, daß er ein Kind von 8 Wochen habe ausgegraben, solches sein Weib in einem Häfen gesotten und mit diesem Wasser seien hernach die Kirchenwände, Kirchensteige, da, wo zuvor das Erdreich ausgesäet wurde, besprengt und die Weihbrunnen in den Kirchen gefüllt worden". Diese That schien dem Gerichte ein so unerhörter Fall, daß man für zweckdienlich erachtete, darüber bei einigen Rechtsgelehrten in Wien Rath zu suchen, „was wider solche seltsame und unchristliche Zauberei vorzunehmen, auch was man gegen sie handeln oder lassen soll, oder was in dieser Sache für Anhalten sei." Ihr Genosse Jörg entleibte sich im Kerker. Die Pest währte in Neustadt nicht so lange wie in Wien, und dieses veranlaßte den Kaiser mit seinem Sohn Maximilian II. sammt der Gemalin und Familie des letzteren im Monate November 1563 von Preßburg anstatt nach Wien nach Neustadt zu übersiedeln, und Jedermann wurde auch von dieser Zeit an, auf Maxens Befehl der Einlaß versagt [1]).

Christian Noponaeus Radidncius.

Christian war Prior des Benedictinerklosters Cornelimünster in Belgien [2]). Der Zustand der deutschen Kirche war ein derartiger, daß der Kaiser verzweifelte, aus dem einheimischen Clerus einen Mann zu finden, der nicht allein im Stande sei das winzige, aber höchst ungezogene Bisthum Neustadt zu leiten, sondern mehr ihm Rathgeber und Stütze bei Anbahnung einer nöthigen und heilsamen Reform sein könnte. Ein

[1]) Boeheim c. l. I. S. 198—200.

[2]) Ueber dieses Kloster vergl. Nicolai J. Der hl. Benedict, Gründer von Aniane u. Cornelimünster (Inda). Cöln, 1865. 8.

Jahr und darüber verstrich. Endlich lenkte der kaiserliche Hofprediger und Beichtiger, der Dominicaner Matthäus Citardus die Wahl auf den durch seine Gelehrsamkeit, Frömmigkeit und tüchtige Leitung seines Klosters bekannten Prior von Cornelimünster. Am 28. August 1563 setzte ihn ein kaiserliches Handschreiben von der getroffenen Wahl in Kenntniß.

Folgender Briefwechsel dürfte von Interesse sein:

Ferdinandus etc. Honorabilis, religiose, devote nobis dilecte.

Vacat jam aliquandiu in hisce nostris inferioribus provinciis Austriacis Episcopatus Novae Civitatis nostrae Austriae, qui hinc octo milliaribus distat, ad quem cum nobis ut Principi hujus Patriae jus patronatus spectet, cupimus nominare et praesentare virum Catholicum et idoneum, qui eum hisce calamitosis temporibus recte gubernare possit. De quo eum diligenter circumspiceremus commode accidit, quod Honorabilis religiosus, devotus, nobis dilectus F. Mathias Cittardus concionator et confessor noster nobis eximiam tuam eruditionem, pietatem, ac vitae morumque honestatem, ac alias praeclaras virtutes maximis laudibus extulerit, ita ut iisdem virtutibus tuis inducti fuerimus, quod te prae caeteris ad hoc Episcopale munus eligere, et ad dictam Ecclesiam Cathedralem, ut moris est, Summo Pontifici nominare, ac praesentare decrevimus, quatenus ad id voluntas tua accesserit; quemadmodum non dubitamus, quin huic vocationi obsecuturus, et Ecclesiae Catholicae haud gravatim operam tuam impensurus sis, cui nimirum hoc loco utiliter servire poteris. Quare te benigne ac gratiose hortamur, et requirimus, ut hanc provinciam prompto animo suscipias, et quamprimum in aulam nostram Caesaream venias, ut te praesente possimus eo commodius hoc nostrum institutum executioni mandare. Caeterum pollicemur tibi, quod si huic nostrae petitioni locum dederis, nos vicissim, te cum Ecclesia tua clementer protegemus, defendemus ac manutenebimus, omnique gratia prosequemur. De statu vero et qualitatibus ipsius Episcopatus informabit te supernominatus Concionator noster per praesentium Litterarum latorem, cui in hac re fidem prestes, atque te primo quoque tempore itineri accingas. Facturus in eo rem nobis gratissimam Caesarea nostra benignitate recognoscendam.

Datum in Civitate nostra Vienna die XXVIII mensis Augusti, Anno Domini MDLXIII. Regnorum nostrorum Romani XXXIII, Aliorum vero XXXVII.

Honorabili, Religioso, devoto, nobis dilecto, Christiano Noppeneo Radiducio Priori Monasterii Sancti Cornelii ad Indam.

Gerardi a Croisperch Decani Leod. ad Christianum Nopponeum. Venerabilis Pater et Domine. Superioribus diebus Sacra Caes. Maj. ad R.' in Christo P. et. D. istius monasterii Abbatem literas dedit, quibus ab eo serio petiit, ut potestatem tibi facere vellet ad Maj. suam te conferendi ad suscipiendum episcopatum novae civitatis in Archiducatu Austriaco, hoc tempore pastore et antistite destitutum. Quem ad episcopatum Sacra Majestas ab egregiam tuam eruditionem et pietatem caeterasque tibi ab omnipotente Deo collatas dotes, a quibus Majestati suae majorem in modum commendatus es, ut te Sanctissimo D. N. Papae nominare cupiat. Scriptis etiam alteris ad te literis, quibus ex te magnopere hortatur, act avedente Dni. Abbatis consensu ad Majestatem suam hac de causa te conferas. Porro ut hoc non vulgare quoddam aut mediocre Maj. suae desiderium, sed ejusmodi plane esse intelligeretis, cui non satisfieri, Majest. suae valde molestum futurum sit, missa ad me sunt Majestatis suae jussu ambarum harum epistolarum exemplaria, ut ac hunc D. Abbatis consensum et voluntatem tuam obtinendam meo quoque Majestatis suae nomine procuratio interveniret. Quod ego officium petente S. Caes. Maj. Domino meo clementissimo defugere non debeo. Itaque ad Dominum Abbatem hac de re sic scribo, quemadmodum in exemplari his incluso videbis. Quibus in literis, quas rationes affero ad persuadendum D. Abbati, ne tam piae et justae Principis voluntati reluctetur, cum apud te quoque ita valere cupiam, ut et ipse ei voluntati satisfaciendum tibi putes, non agam pluribus, ut tibi hanc obedientiam optimo Caesari omni jure a te debitam persuadeam. Quare responsum super hoc negotio sicut D. Abbatis, sic tuum quoque ejusmodi, quale ego una cum Maj. sua cupio, expectans, optabo te interim venerabilis Pater et Domine in

Christo quum rectissime valere, me tibi ex animo commendans. Leodii 18. Oct. 1563.

Literae ejusdem ad Abbatem Indensis in eadem causa.

Rev. in Christo Pater et Domine. Sacra Caes. Majestas ad R. P. V. Superioribus diebus literas dedit, quibus serio petiit, ut Paternitas vestra potestatem facere vellet venerabili Patri I. Christiano Noppenio Radiducio monasterii sui Priori se ad Majestatem suam conferendi, ad suscipiendum episcopatum Novae civitatis in Austria, hoc tempore pastore et antistite destitutae. Quem ad episcopatum admissus S. Caes. Majestas, ut eundem Priorem ob egregiam ipsius eruditionem, prudentiamque et vitae probitatem Sanctissimae D. N. Papae nominare cupiat, scriptis etiam alteris ad Priorem ipsum litteris, quibus eum non minus serio hortatur, ut avendente Paternitatis V. consensu se ad Maj. S. hac ipsa de causa conferat. E quibus Majestatis S. desiderium colligi possit, ut Paternitas V. hac in re adeo aequa et vero etiam pia se non difficilem item praebeat, et ipsa Prior Maj. Suae voluntati libens obsequatur. Illud etiam accedit, quod harum epistolarum exemplaria Maj. Suae jussu ad me missa sunt, ut ad hunc Patern. Vest. consensum obtinendum praeter ipsas Maj. Suae literas mea quoque apud P. V. petitio et tanquam Maj. Suae nomine procuratio quaedam interveniret, si tamen opus esse videretur. Quod ego officium postulanti S. C. Maj. Domino meo clementissimo defugere non debeo. Quamobrem illum, rogo, cogitet P. V. qui hanc rem petat, eum esse Principem, cujus justissimo desiderio obtemperare, non dicam ob summam ejus potestatem consultum (nam id ejus par potestati mansuetudo et clementia sibi non sumit) sed ob insignem erga Deum pietatem, assiduamque atque indefessam in fide et religione Catholica tuenda operam et diligentiam pium imprimis et laudabile futurum sit; sicut e contrario Maj. suam hujus sui voti compotem non facere, non video sane, quo pacto justam reprehensionem declinare possit, cum n. pientissimus princeps hac in re quid quam nisi ecclesiae Dei utilitatem spectet, tantumque absit, meo quidem judicio, ut P. V. quia hoc viro per hanc occasionem carere debeat, dolendum sit, ut et ipsam potius sibi, et omnes isti monasterio gratulari aequum sit, unde ejusmodi homines prodeant, digni qui sint, ut ad tuam illustres et quamplurimis utiles et fructuosas in ecclesiam Dei functiones invitentur. Verum enim vero has rationes cum non dubitem apud P. V. tantum momenti habituras, ut ipsa optimi Caesaris desiderium gravatura non sit suo anteferre ac passura potius, ut cum nonnullo sui monasterii incommodo (Si quod tamen hinc existet) uni alicui integre dioecesi consulatur. Pluribus non petam, ut P. V. hoc consensu suo praebendo non tantum Caesaream sibi benignitatem et clementiam conciliare, sed me etiam ad omnia amicissimum hominis officia devincere velit. Opto P. V. in Domino quum rectissime valere, cui me ex animo commendo.

Leodii 18. Octob. 1563.

Gerard von Croisperk, Decan und Administrator von Lüttich an Christian.

Reverende in Christo Pater, amice sincere. Responsum tuum ad literas meas, humanitatis officii plenum accepi, ex quo, quod intelligo ita te de temetipso sentire, ut onus, quod tibi Sac. Caes. M. imponere cupit, viribus tuis gravius esse existimes, et proinde id declinare, quam subire malle videaris; ad id nihil est aliud, quod respondeam, nisi, neminem, quam tu meliorem esse posse judicem atque aestimatorem non tuam facultatis et virium tuarum (de quibus tibi quidem licet, ut quantumvis modice sentias) quam voluntatis et desiderii tui talentum a Deo tibi reditum ad ecclesiam tot jam modis, ut scribis, afflictae auxilium et consolationem pro virili tua parte, postulante id praesertim Caes. Majestate convertendi. Non quod addis te jam hoc ipsum onus datis ad Maj. suam litteris esse deprecatum, ne hic quidem aliud habeo dicere, nisi expectandum videri Mtis. S. responsum, e quo clarius intelligi poterit, num vel Abbati vel sodalitio tuo, vel tibi denique diutius integrum futurum sit, pio optimi Principis voto non satisfacere. Quod superest Paternitati T. de tam promta ipsius erga me voluntate et studio gratias ago.

Ex Leodio XXI. Dec. 1563.

Item ad eundem.

Reverende in Christo Pater, amice carissime. Accepi gratissimas litteras tuas una cum exemplis earum, quas S. C. M. ad reverendum D. Abbatem tuum et ad Paternitatem Tuam iterum dedit: mihique jucundissimum accidit intelligere, esse tibi constitutum opt. Principis pientissimo desiderio morem gerere. Ac sunt profecto hujus desiderii rationes illae quidem etiam Mtis S. litteris explicatae ejusmodi, ut non videam, quomodo tibi vel apud Deum excusabile, vel apud ipsum Principem honestum futurum fuisset, hanc divinam (ut ego cum Majestate sua plane sentio) vocationem diutius subterfugere. Quare cum Majestatis etiam suae causa laetor, cui jucundum futurum sit videre, optimae suae voluntati fieri satis, tum non tam tibi quidem, quam Ecclesiae ipsi Neostadiensi gratulor, cui ejusmodi, ut tu es pastoris solatium singulari Dei beneficio obtinget. Cui te salutariter gubernandae quanquam sciam ita assiduam operam daturum, ut parum civile fore videatur, eam ad alias res requirere: non verebor tamen abs te, quanto maximo possum opere petere, ut si qua res inciderit ad hujus Ecclesiae et Principatus Leodiensis rationes pertinens, ob quam vobis ad Majestatis suae clementiam confugiendum sit: tu ei quoad fieri poterit commendandae et promovendae auctoritate et gratia, qua te apud Majestatem S. merito valiturum suo, deesse nobis, mihique promittas, ut eadem fiducia at te de hujusmodi negotiis, quoties opus erit, perscribam, qua apud Reverendum in Christo Patrem et amicum Sincerissimum D. Cytardum jampridem utor. Hoc autem ego tanto mihi abs te impetrare posse videor, quod hac Ecclesia et patria una cum Ecclesia Neostadiensi adjuvanda tantum aberit, ut quicquam facturus sis ab Episcopi officio alienum, ut potius geminae solicitudinis in Ecclesia Dei duplex item praemium apud ipsum Deum promeriturus sis. Nam quod scribis vel huc te venire paratum prius quam ad Majestatem suam proficiscare, de eo tametsi summus equidem tibi gratias ago, plurimumque debere me agnosco, tamen quia ex M. S. litteris te in maximo ipsi desiderio et expectatione esse intelligo non ausim mihi permittere, ut hoc incommodi mei causa suscipias.

Leodii 17. Jan. 1564.

Idem ad eundem.

Hortatur abeuntem propediem ad Caesarem, ut una cum Citardo tum ob patriae communionem, tum ob sanctissimum amicitiae foedus negotia ex rationes Ecclesiae Leodiensis apud Caesarem commendatas habeat.

Dat. Leodii III. Kal. Feb. 1564.

Christian hatte nach langem Sträuben die Ernennung angenommen, und machte sich auf die Reise. In Ulm wurde er von einem Mönche aus Emden, Rupert Fronhover begrüßt. Im April 1564 traf er in Neustadt ein, am 18. Juni bat er als „Erwelter zur Neustadt" um den Fortgenuß des Gmundner Salzes. Am 20. Juni befahl der Kaiser ihm diese herkömmliche Gabe verabfolgen zu lassen [1]). Christian fand traurige Zustände vor. Die Bürgerschaft der Stadt und die Bauerschaft des kleinen Bisthumes huldigte dem Protestantismus. Das Hauptmotiv war Widersetzlichkeit und der ungebundene Geist, der aus der neuen Lehre winkte und lockte. Ein „ausgelofener" Mönch von St. Poelten Georg Egger in Eisenstadt und Enzersfeld, ein entlaufener Regensburger Mönch Michael Fischer in Höflein, Leonhard Frauenholtz in Hafnerbach, der Pfarrer Martin Fischer in Pottenstein (später in Tribuswinkel), Johann Ypfer, 1561 in Wien ordinirt, Cooperator in Nußdorf, Johannes Kraus aus Deggendorf in Bayern, 1560 in Wien ordinirt, Lorenz Summerberger aus Böhmisch-Waidhofen, Hieronymus Weichler aus Linz (später Pfarrer in Zwentendorf), vagirende Prediger, spielten abwechselnd die Reformatoren in Wiener-Neustadt. Hiezu kam das Bestreben einer gewissen liberalisirenden Partei unter den Katholiken Oesterreichs, von einer mehr vom Staate an der Kirche vollzogenen Reform Heil zu erwarten und den Kaiser zur Forderung von halben Maßregeln zu drängen. Solche Forderungen waren das Zugeständniß des Laienkelches und der Priesterehe. Am 16. April 1564 bewilligte endlich Pius IV. den Gebrauch des Laienkelches, die Priesterehe wurde weder bewilligt noch verweigert, sondern einer längeren Erwägung vorbehalten. Bischof Urban von Gurk und Administrator von Wien berief eine Versammlung von Bischöfen, Aebten, Doctoren und Lectoren der Theologie nach Wien, um über die Art

1) Acten des k. k. Finanz-Ministeriums.

und Weise der Einführung des Kelches zu berathen und lud auch unsern Bischof ein. Christian erschien nicht, er war eben gleich dem Jesuiten-Provinzial Lanojus ein Gegner dieser Halbheit. Bischof Urban schrieb ihm am 3. Mai: optarem et multis modis copsulerem, ut postpositis omnibus ad nos Viennam revolaret, atque huic piissimo et valde necessario operi incumberet, ne in suspicionem incidat, quod temporalia praeferat Spiritualibus, et privata publicis, primam hanc absentiam, utcumque potui, apud reliquos deputatos excusavi. Die Berathungen in Wien nahmen ihren Fortgang und es wurde folgende Ermahnung und Vorschrift verfaßt und am 14. Juni dem Bischofe von Neustadt mitgetheilt:

Modus administrandi communionem sub utraque.

Sacra Caesarea Majestas Dominus Noster Clementissimus posteaquam intellexit instantem petitionem suam, quam fecit primum per suos Oratores in sacro Tridentino concilio, deinde vero apud sanctissimum in Christo Patrem ac Dominum Dominum Pium sanctae Romanae et universalis Ecclesiae summum Pontificem, jam tandem exauditam esse, sacrique calicis usum, iis qui digne illum in Communione sanctae catholicae matris Ecclesiae petent, posthac minime esse denegandum, existimavit nunc summam adhibendam esse curam ac diligentiam, ne quod suprema ac legitima Ecclesiae auctoritate jam licet, illicito ullo modo ad usum praximve redigatur, quinimo ne ipsa concessio in sensus non veros a quocunque trahatur, ac ne quod a Majestate sua Caesarea pia mente procuratum fecit, et ejusdem Ecclesiae auctoritate ob eam praecipue causam concessum, ut diu frustra exoptata fidelium concordia fieret, schisma majus deterioresque pariat contentiones. Quare tametsi Majestas sua caesarea nihilminus cogitat, quam falcem in messem ejusdem sanctissimi domini N. caeterorumque Episcoporum immittere quandoquidem probe novit ac libenter et aperte profitetur quod minime ad Principes seculares, sed ad Ecclesiasticum Ordinem pertineat de rebus fidei statuere, gravioresque religionis et fidei causas ad apostolicam sedem sacraque concilia divina dei dispositione esse reservatas, verumtamen ut Majestas sua Caesarea tanquam primogenitus Ecclesiae filius supremusque ejus Advocatus ac Defensor omnem suam promptitudinem assistentiam et auxilium pro legitima executione pie hujus sacri calicis concessionis seu permissionis ita exhibeat, ut fructus inde, Deo Auspice, animabus fidelium salutaris proveniat, visum est Majestati suae Caesareae negotium dare piis aliquot et doctis pacisque studiosis viris, qui in Dei nomine ac sancti Spiritus gratia invocata diligenter cogitarent, perpenderent, examinarentque omnia, quae juxta formam emanatae jam concessionis sacri calicis usum illius (quantum humana discretio, cautela diligentiave assequi potest) fructuosum reddant: deque tandem omnibus super quibus unanimiter eos convenire contingeret Caesaream suam Majestatem commonefacerent. Cum itaque ab iisdem Caesarae suae Majestatis mensae voluntas diligenter fuerit executioni demandata, placuit suae Caesarae Majestati, quae ab illis pie proposita sunt, cum Romanis Archiepiscopis et Episcopis, quorum provinciae ac Dioeceses Majestatis suae regna ac inferioris Austriae Dominica patrimonialia attingunt, pro sacri calicis dispensatione delegatis tenore praesentium benigne confere.

Quoniam vero in hac tota actione unius Majestatis suae scopus est, at sacri calicis rectus usus instituatur, piaque Ecclesiae intentio votivum sortiatur effectum, antequam ea exponantur, quae servanda pii viri consuluerunt nonnulla, sine quibus institutum hoc utiliter executioni mandari minime posse videtur, praemittenda esse duxit.

Concessionis hujus fructum ex confessorum et concionatorum diligentia inprimis pendere plane constat, licet autem de salutari peccata confitendi more, quo ab initio Catholica Ecclesia unanimi sanctorum antiquorum patrum consensu, usa est, et modo etiam utitur, non sit praesentis instituti ex professo disserere, maxime cum praesupponendum sit, sacerdotes conscientiarum praesides ac judices divina ordinatione institutos a confitentibus sacramentalem confessionem semper requirere, ac potestate dimittendi, retinendique peccata divinitus eis tradita, nequaquam abuti, tamen quae hoc tempore, quo calix populo laico exhibebitur, precipue introducenda et promovenda ipsisque confessoribus observanda videntur, haec sunt.

Primum Dei populus ita docendus, exhortandus, atque admonendus, ut intelligat sentiatque Romanam Ecclesiam sub qua matre et magistra caeteris divisim Ecclesiis fides catholica tradita est, nequaquam esse ideo reprehendendam, quod in sacramentorum dispensatione, salva illorum substantia, ea statuat vel mutet, quae suscipientium utilitati seu ipsorum sacramentorum venerationi pro rerum, temporum et locorum varietate magis expedire judicarit, quinimo potestate sua rectissime et piissime usam esse. Videtur insuper populum ita docendum, exhortandum atque admonendum esse, ut in sanctissimo Eucharistiae sacramento sub qualibet specie totum et integrum divinitate, anima, corpore et sanguine Christum contineri et sumi firmiter credat, ac, quod ad fructum sacramenti attinet, nulla gratia necessaria ad salutem defraudari eos, qui unam speciem solam accipiunt, ideoque asserentes sub una panis specie integrum Christum non sumi, aeque ac docentes parvulis antequam ad annos discretionis pervenerint, necessariam esse Eucharistiae communionem, a piis fidelibus Ecclesiasticam unitatem servantibus esse rejiciendos. Piisque pariter ac prudentibus confessoribus faciendum erit pro viribus, ut quisque sentiat, quod si ad communionem accedet, nisi integram atque inviolatam eam teneat et credat fidem, quam sol justitiae Christus Jesus docuit, et Apostolus Beatus Petrus ejusque legitimi successores tradiderunt, et praedicta Catholica Spiritu sancto suggerente Ecclesia perpetuo retinuit, reum eum esse corporis et sanguinis Domini judiciumque sibi manducare ac bibere.

Et quoniam sua Caesarea Majestas non sine dolore intellexit esse in Dominiis ac Regnis ejus, et praesertim in Austria, qui conquerantur, nescitur qua incuria, Sacerdotes in aliquibus locis ut plurimum omnes, qui ad confessionem accedant, publice et illorum facta quasi in corona audire, ac mox deinde absolvere, ideoque non posse singulos omnia peccata mortalia quibus, si conscientiae suae latebras diligenter prius explorarent, Deum suum mortaliter se offendisse animadverterent, apud solum sacerdotem secreto confiteri, salutaria subinde consilia quaerere, ac per absolutionem postmodum a peccatis revelari: arbitratur Majestas sua Caesarea Catholicum apprimeque pium confitentium Zelum fovendum esse. Quare ut sacerdotum omnium, inprimis autem Dominorum ordinariorum hac in re diligentia merito requiritur, remediumque ab eis sedulo expetitur, ita etiam Confessores omnes in ejusdem Majestatis Dominiis degentes, seriose videntur praemonendi, ut in privatis, secretis confessionibus audiendis prudenter se gerant, juxtaque captum confitentium, quorum omnium et singulorum una atque eadem non est ratio, procedant: tandemque cui vel lac vel solidus cibus convenit, lac solidumve cibum pie prebeant, caveantque perdiligenter ne Theologalibus difficultatibus aliisve occultis mysteriis captum confitentium excedentibus (quae omnia inutilium dispositionum, unde haereses etiam proh dolor orta sunt, multarumque deinceps discordiarum causa et fomentum extiterunt) vel confitentes deterreant, vel leviter a sacra communione, qua digne sumentibus medicina semper est salutaris, arceant aut repellant, sed rite omnia tractantes incorrupteque disponentes, Dei gloriam atque animarum salutem duntaxat se quaerere ostendant. Et posteaquam legitima catholicae Ecclesiae auctoritate provisum quoque est, ut recipiendis ad Ecclesiae unitatem et gremium lapsis vere poenitentibus de rigore Canonum remittatur, videtur tam Rdis. Dominis Ordinariis, quam caeteris sacerdotibus prudenter maximaque cum circumspectione agendum esse, ut non modo ea praestentur atque exigantur (ubi tamen de lapsis notoriis ac scandalosis agetur) quae in ipsa concessione pro Disciplina Ecclesiastica conservanda pie sunt expressa, verum etiam cum promiscua plebe, quae ignorantiae vitio vel errorum tenebris abducta vel in erroribus nata, atque hactenus educta fuit, tanta cum charitate procedatur, ut ea ipsa erroris sui a confessore suo diligenter admonita, ac desuper munere sacramentalis absolutionis accepto, in foro conscientiae plane tuta, et in unitate Ecclesiae constituta, ad communionem admittatur. Efficiantque pii sacerdotes, ut quae pro rerum, locorum, personarum, ac temporum conditione ad Dei honorem, poenitentium utilitatem expedire cognoverint, ea ipsas prudenter implevisse constare possit. Denique in Confessionibus et in Concionibus ita se gerant, ut observantiam conditionum, qui Smi. Domini concessioni pio conscientiarum sublevandarum studio insertae sunt, Christianis exhortationibus et sacra doctrina efficaciter ac suaviter introducant.

Superest de illis loqui quae suae Majestati a saepenominatis piis viris pro sacri calicis administratione pientissime proposita fuerunt, Sanguis Domini nostri Jesu Christi non aliter quam ex calice propter formam in Ecclesia perpetuo usitatam administrandus esse videtur, Calicesque plures et capaciores, quemadmodum major aut minor communicantium frequentia requiritur, possint praeparari.

Et quoniam totus Oriens atque aliae nationes sub rege Poloniae et magno duce Moscoviae degentes, licet utramque speciem laicis dare consueverint, hoc tamen servarunt et hodie observant, ut infirmis unica tantum species porrigatur, examinare debent pii quique cum reverentia periculum, ne propter motum atque aeris mutationem vini species, dum longius extra Ecclesiam portatur, vel ob eam causam diutius custoditur, acescat, vel alteretur, sufficiat igitur piis fidelibus quotiescumque ad Ecclesiam venient, Eucharistiae sacramentum sub utraque specie illis porrectum; si tamen ante confessi fuerint, ac secundum divi Pauli doctrinae catholicum super his verbis intellectum, se ipsos probaverint, sumere. Quod si forte contigeret infirmum aliquem sanguinis Domini mero devotionis fervore ita ferri, ut sacerdos (cujus discretio hac in parte requiritur) consolationem hanc ei minime esse censeat denegandam pro inconvenienti nequaquam haberi posse videtur, si sacerdos in ipsa infirmi Domo Missam celebraret, atque infirmum sub Missa communicaret, sed in casu necessitatis, ac si id pro consolatione anxiarum mentium omnino expediens esse videretur et maxime ubi tempus vel locus aut etiam extremum aegrotantium periculum missam celebrari non patietur, posset aliquando in Civitatibus, terris, ac castris debita cum reverentia summaque cum diligentia sacramentum Eucharistiae sub utraque specie ad infirmi cedes, quae ab Ecclesia nimium non distabunt perferri, atque ut id (quod tamen non nisi, ut supra dictum est, in casu verae necessitatis esset faciendum) rite ac sine scandalo fiat, procuranda erunt in omnibus Ecclesiis id generis vasa tanta arte parata, ut clauso eorum orificio, etiam si huc atque illuc jactentur, ne gutta quidem liquoris (nisi forsan frangantur) exire inde possit, ac ubi ad infirmum perventum erit, sanguis eidem non aliter quam ex calice administretur. Quod si propter rusticos ad quos propter locorum distantiam caeteraque impedimenta sacerdotes sanguinem adferre non debent, nova quaedam difficultas oriretur, vel alia inciderent, quae novitate remedii indigerent, poterunt ea omnia ad Apostolicam sedem humiliter referri: hac enim ratione provinciarum necessitatibus pro Dei gloria Ecclesiae tranquillitate rite consuli ac provideri posse videtur. Quo autem praecaveatur sanguinem Domini communicantibus neque dificere, neque supra quam par sit abundare diligentiam adhibeant pii sacerdotes non modo consecrando sub Missa eam alterius speciei quantitatem, quae communicantium numero, quem ipsi pro sua discretione majore ex parte cognoscere studebunt, conveniat, quod si quid absoluta communione supererit, id a sacerdotibus cum tremore ac debita reverentia sive eodem seu etiam altero subsequenti die sumatur. Casu autem quo aliquid defuerit, diligenter elaborandum erit, ut ex sacerdotibus, quibus Missarum celebrandarum officium incubuerit, ita paulatim alter alteri succedat, ut quidquid in uno altari defuerit, ex altero suppleatur, vel saltem, ut ubi numerus sacerdotum non fuerit sufficiens, differatur reliquorum, qui accessuri erant, communio in crastinum. — Tempus vero magis conveniens Eucharistiam populo dispensandi procul dubio erit, quod et a primaevis Ecclesiae temporibus planum est hactenus fuisse observatum, quamvis in majori hebdomata atque in die Nativitatis Domini Resurectionis et Pentecostes propter frequentiam communicantium recte liceat, ut etiam extra Missam sacerdotes ante altare Domini, servatis omnibus quae Catholica Ecclesia semper observavit ac servat, sacram populo utramque speciem, sub Missa tamen antea consecratam omnibus rite eam appetentibus exhibeant.

Ac ne Schisma inter fratres ullum oriatur, quinimo ex hac sacri concilii et Apostolicae sedis gratia et concessione illud obtineatur, quod pii viri jam multum diuque in votis habuerunt, nempe ut vinculum charitatis sarciatur ac conservetur, atque ut omnes in sancta unius catholicae ac apostolicae Ecclesiae unitate non modo uno et eodem ore Deum glorificent, sed unum atque idem esse exterioribus signis quoque dignoscantur, pie arbitrati sunt, sincereque consuluerunt ministrorum, templorum et Altarium differentiam prorsus tollendam esse, pariter etiam prius et posterius in re tanti momenti omnino esse evitandum. Quare omnes tam sub una, quam sub utraque specie communicaturi indiscriminatim ad communionem accedere debere, hoc tamen ordine omnino observato, ut sacerdote catholico, qui corpus Domini sub specie panis praebet, in medio altaris existente levita vel alius sacerdos Catholicus ministrans e dextro altaris cornu calicem sacrum, e Sinistro vero et infra altaris gradus aedituus vel aliquis alius honestus laicus meram ablutionem vini non consecrati, quemadmodum hactenus in usu fuit, porrigat, ita ut ii, qui unica specie contenti esse volent, ad illum, puta aeditum solum, qui vero sub utraque communicare maluerint, etiam ad sacrum calicem sese conferre queant.

Ne vero Christi oves esuriant, neve parvuli panem petant, et non sit, qui frangant eis, praemittendam consuluerunt piam aliquam populo exhortationem, praesertim in publica et frequenti communione in lingua vernacula, verbis tamen ejusmodi conceptam, ut populus ex ea summatim de essentialibus ad Doctrinam fidei sanctissimi Eucharistiae sacramenti atque ejus fructum instruatur, doceaturque tam illos, qui sub altera quam qui sub utraque communicant, utrosque carnem et sanguinem Domini integre ac rite sumere, atque ut juxta Pauli sententiam manducans non manducantem contemnere non debet, ita bibenti non bibentem ne contemnat, cavendum erit. Et quemadmodum per varietatem hujus ritus fides aut religio minime variatur, ita debere omnes solicitos esse servare unitatem spiritus in vinculo pacis.

Simili modo quandoquidem rudes homines mentem a terrenis haud facile avocant ad animos in gratiarum Deo actionem et laudem excitandos, posset post communionem hymnus aliquis vel Psalmus cum responsorio instituto conveniens, et ab Episcopo diligenti examinatione praemissa approbatus vulgari Lingua decantari.

Super his autem omnibus expressa Dominorum Ordinariorum diligentia requiritur in visitatione bis aut semel saltem in anno per universam dioecesim per Catholicos prudentes, doctos et Dei gloriam quaerentes, non avaros, non in fide dubios imperitosque homines instituenda, executionique demandanda. Certe alioquin in Die tremendi judicii de manibus eorum animae sibi subditorum requirentur, sentirentque se hominibus et Deo potissimum displicuisse.

Haec sunt pia illa salutariaque consilia, quae ut Caesareae suae Majestati syncere exhibita ac proposita sunt, ita saepe nominatis Reverendissimis Dominis Praelatis, concessioni tamen apostolicae sedis, sacrique concilii innitendo, benigne significanda esse duxit, non ut eorundem munus, quemadmodum etiam superius factum est, sibi usurpare, aut quidcunque contra boni Imperatoris ac privilegiorum Ecclesiasticorum defensoris officium attentare unquam cogitaverit, sed ut protectionis atque assistentiae suae Caesareae studia cum Apostolicae sedis sacrique concilii studiis pie conjuncta esse, saepe nominati Reverendissimi Episcopi omnino sentiant, ac quid eis liceat pariter, et quid expediat, perpendant, certumque habeant Majestatem suam Caesaream in executionem praemissorum ita effecturam, ut favor et auxilium Majestatis suae eis nunquam desit.

Haec omnia Majestas sua Caesarea tam Reverendo Domino Zachariae Delphino Episcopo Pharensi Sanctitatis suae Nuntio, quam caeteris Reverendissimis praenominatis archiepiscopis et episcopis benigne significare voluit. Cupitantem Majestas sua Caesarea hoc pium et saluberrimum negotium sine omni dilatione per Reverendissimos Dominos archiepiscopos executioni demandari. Vti sane Majestatis suae Caesareae judicio curandum erit, ut etiam suffraganei Episcopi ab Archiepiscopis subdelegandi, nihil difficultatis faciant, neque moras nectant: sed cum ipsi talia per se solum passim per universam Dioecesim suam praestare non possint, mox hujusmodi facultatem Praelatis, Decanis, ruralibus Parochis, Prioribus, Quardianis seu aliis monasteriorum Praepositis tribuant, eosque de iis omnibus, quae supra scripta sunt, copiose edoceri curent, ut Deo propitio hoc institutum ad Dei gloriam et salute quietem et unitatem Ecclesiae ac Germaniae Regnorumque et Dominiorum Majestatis suae Caesarae jam tandem perficiatur. Quemadmodum Majestas sua Caesarea futurum sibi plane persuasum habeat, atque id Caesarea sua benevolentia pariter ac benignitate libenter recognoscet. Decretum per Majestatem suam Caesaream die decima quarta Junii Anno Domini Millesimo quingentesimo sexagesimo quarto.

Die ganz richtige katholische Lehre, der Genuß des Sacramentes unter Einer Gestalt habe dieselbe Wirkung, wie der Empfang unter beiden Gestalten, erregte den Unmuth der Protestanten und brach dem päpstlichen Indulte und der vom Kaiser gehegten Erwartung die Spitze ab. Trotzdem erfolgte die Publication des Indultes zu Wien am 18. Juni. Am 18. Juni hielt Bischof Urban in der Stephanskirche eine Anrede an die Gemeinde, worin er ausführte, wie der Kaiser befunden, daß dieser Artikel einer sei, wodurch die christliche Einigkeit entsprießen und aufwachsen möchte; — der Papst aber, nach der Genehmigung des Concils, diese Erlaubniß für den Kaiser und dessen Lande zum Trost der Gewissen ertheilt habe. Er ermahnte dann, daß der, welcher die eine Gestalt gebrauche, jenen, welcher unter beiden das Sacrament empfange, nicht verachten solle, noch umgekehrt, und erinnerte, daß jeder wider die Eintracht und rechte Liebe sündige, welcher vermeine, daß der eine mehr als der andere empfange. Jeder solle sich mit dem Bekenntniß der Sünden rechtschaffen dazu vorbereiten rc. rc. Das Uebrige der Anrede entwickelte den eben angeführten Modus. [1])

Bischof Urban verfaßte auch eine „Christliche vnd Catholische Information. Wie sich im Brauch des Hochwürdigen Sacraments des Altars vnder Bayderlay gestalt, bede Priester vnd Layen halten sollen" (Ingolstadt 1564. 8.) und ließ sie unter das Volk vertheilen.

Am 25. Juli 7 Uhr Abends starb in höchst erbauender Weise der treffliche Kaiser Ferdinand I. Wenige Wochen vor seinem Hinscheiden befahl er seinem Beichtvater Mathias Citard ihn im letzten Kampfe mit keinem Titel, sondern bei seinem Taufnamen anzureden und dann zu sagen: Ferdinand, mein Bruder, streite wie ein frommer Ritter Christi, sei deinem Herrn bis in den Tod getreu. [2])

Am 16. August erließ Bischof Urban die Publication des päpstlichen Indultes nach Neustadt. Sie lautet:

---

[1]) Publicirung Kayserlicher Erlaubnus von Entfahung des heiligen Abendtmales nach der Einsehung des Herrn Christi. Wien 1564. 4.

[2]) Buchholz, Ferdinand der Erste. VIII. S. 757.

Urbanus Episcopus Gurcensis Apostolicae Sedis delegatus insinuat, posse sub clausulis hic scriptis in dioecesi Neostad. Communionem sub utraque tolerari.

Urbanus Dei et Sanctae Sedis Apostolicae gratia Episcopus Gurcensis nec non vacantis Episcopatus Viennensis Austriae Administrator etc. Reverendissimo in Christo Patri, ac Domino Domino Christiano et Episcopo novae civitatis Austriae dignissimo, Domino et fratri charissimo salutem et sinceram in Domino charitatem. Sanctissimus in Christo Pater ac Dominus D. N. Pius PP. IV. pro pastorali suo officio ac singulari erga fluctuantem Germaniam in unione catholicae fidei conservandam, labefactatamque reducendam, ac stabiliendam pietate, nullum medendi studium intermittens, de communione sub utraque specie laicis hominibus, catholico, ac pio devotionis Zelo eam petentibus, breve apostolicum ad nos benigne transmittit, cujus tenor sequitur, et est talis: Venerabili fratri Urbano Gurcensi Episcopo & Venerabilis frater, Salutem et Apostolicam benedictionem, cum sacrosancta Tridentina Synodus in Sessione de sacrificio missae habita, referendum ad Nos esse decreverit negotium alias in eodem Synodo propositum de usu sacri calicis alicujus nationis vel regni populis concedendo, ut id nos consilium caperemus, quod animabus ipsum calicem petentium Salutare futurum esse judicaremus; peracto concilio charissimus in Christo filius noster Ferdinandus Romanorum Imperator electus, insigni et perpetuo suo pietatis Zelo adductus, ne prius, sicut ad nos scripsit, communicata cum nonnullis praecipuis sacri Romani Imperii Praelatis, ac Principibus Ecclesiasticis, et dilecto filio Nobili viro Alberto Bavariae duci, genero suo, per literas, et per oratorem suum diligentissime nobis exposuit ingens, evidensque periculum, quod in provinciis inclytae nationis Germanicae, et aliis regnis, ac dominiis suis imminet religioni catholicae, ne ibi penitus extinguatur, propterea quod illae catholicorum reliquiae tanto desiderio communicandi sub utraque specie teneantur, ut non pauci jam ad haereticos sese ob eam ipsam causam contulerint, a quibus catholicae fidei veritatem abjurare coacti sunt, et de ceteris, nisi calicis usus ipsis concedatur, magnopere, ne idem faciant, atque ita omnes ab

Ecclesia recedant, verendum sit. Itaque vehementer nos oravit, obsecravit, et institit, suo et ipsius Ducis Bavariae nomine, ut tot Germanicae nationis, et regnorum, ac provinciarum suarum populis opitulari, pro concessa nobis a Domino potestate vellemus. Qua eadem de re idem Bavariae dux, Princeps non genere magis, quam pietate insignis, ac nobilis, per oratorem ipse quoque, et per litteras diligentissime nobiscum egit, multique praeterea, doctrina, religione, prudentiaque praestantes viri, nos hortati sunt. Commota fuerunt perinde ac debuerunt, et penitus concussa viscera nostra dolore quodam intimo, postquam de tot animarum jactura, pro quibus Christus Dominus noster pretiosissimum suum sanguinem in ara crucis effudit, et de tanta, ac tam manifesto discrimine, quod Catholicorum reliquiis in illa nobilissima natione, et dictis regnis, ac dominiis impendet, ex tam piorum Principum, et aliorum gravium virorum testimonio cognovimus. Huic igitur periculo, quod proponitur, pro pastorali officio cupientes obviam ire, et multorum infirmitati paternae charitatis visceribus subvenire, ne unquam de nobis dici possit, tot pereuntes animas a nobis neglectas fuisse, et non fecisse nos, quidquid potuerimns, ut nutantes confirmaremus, lapsos erigeremus, errantes in salutis viam reduceremus: de fraternitatis tuae Zelo diligentia et circumspectione confisi, si ita esse et saluti animarum expedire cognoveris, in quo conscientiam tuam oneramus, tibi, et iis, qui maturo rectoque judicio subdelegabuntur a te, tenore praesentium de potestatis Apostolicae plenitudine facultatem damus, atque concedimus, eligendi et deputandi catholicos sacerdotes, qui in provincia tua utramque speciem decenti ordine servato, et omni offensione vitata, quae oriri posset inter communicantes sub utraque, et sub una tantum specie, ministrare possint illam ex devotionis fervore, dummodo ii, qui illam petierint, cum sancta Romana ecclesia communionem habeant, et tum caeteris in rebus fidem ejus doctrinamque sequantur, tum hoc quoque confiteantur, profiteantur et credant, in sanctissimo Eucharistiae sacramento tam sub una, quam sub utraque specie verum et integrum Christi corpus esse, nec Romanam Ecclesiam errasse, aut errare, quae exceptis duntaxat sacerdotibus celebrantibus, tam clericos quam laicos, sub specie tantum panis communicat. Et praeterea contriti ac confessi, munere sacramentalis absolutionis accepto, ad ipsam sub utraque specie communionem summendam accedant, ut vero lapsis etiam, si ad gremium matris Ecclesiae redire voluerint, remisso rigore canonum consulamus, permittimus, ut si vere, et ex animo resipiscant, errores et haereses, in quibus fuerint, apud te vel subdelegatos abs te, detestentur, abjuratio eis secreta, sufficiant, injuncta tamen eis poenitentia salutari, nisi magis eam abjurationem publice fieri, tibi, ipsiusve subdelegatis visum fuerit, quod arbitrio vestro relinquimus; atque ita ab omnibus poenis, censuris et sententiis, in quas propter haeresis crimen incurrerint, absoluti et fidelium unitati, ac sacramentis Ecclesiae restitutis ipsi quoque ad communionem sub utraque specie admitti possint. Illud fraternitatem tuam monemus, et deligenter curare volumus, ac mandamus, ut confessores, ac sacerdotes abste, illisve, quibus tu hanc potestatem subdelegabis, eligendi et deputandi in concionibus, et hortationibus suis, sedulo populum sub utraque specie communicatum doceant, adhortentur ac moneant, ut integrum Christum, sicut diximus, tam sub una, quam sub utraque specie contineri fideliter credat, confiteatur et teneat. Datum Romae apud Sanctum Petrum sub Anulo piscatoris die 16. Aprilis, Anno 1564, Pontificatus nostri Anno V. Cum itaque Idem S. D. N. per hasce literas ex paternae ejus charitatis visceribus profectas Nos in hac praesenti causa delegatum constituerit, potestatemque dederit, alios deinceps subdelegandi, matura rectaque deliberatione praemissa, dilectionem vestram, de ejus discretione, diligentia, ac circumspectione in Domino confisi, sedis Apostolicae in hac causa subdelegatum constituimus, et ordinamus, tenoreque praesentium dilectioni vertere facultatem damus atque concedimus, ut in Ecclesia, atque dioecesi sua, eligere et deputare possit catholicos sacerdotes, qui inibi utramque speciem, decenti ordine servato, et omni offensione vitata, quae oriri possit inter communicantes sub utraque, et sub una tantum specie, ministrare possint, illam ex devotionis fervore petentibus, ac juxta suae sanctitatis in suprascripto Brevi Apostolico expressam facultatem qualificatis. Illud praeterea dilectioni vestrae diligenter curandum cupimus, ut confessores, et sacerdotes, a vestra dilectione ad hoc munus eligendi, et deputandi, in concionibus, et hortationibus suis populum sub utraque specie communicaturum sedulo doceant, adhortentur, ac moneant, ut ex catholicae Ecclesiae doctrina, integrum Christum tam sub una, quam sub utraque specie contineri fideliter credat, confiteatur, et teneat in hoc suae sanctitatis, et apostolicae sedis voluntatem executiri. Harum literarum testimonio, sigilli nostri appensione munitarum, et manu nostra subscriptarum. Datum Viennae in Curia Episcopali nostrae residentiae 16. die mensis Augusti, anno Domini millesimo quingentesimo sexagesimo quarto.

Urbanus Episcopus Gurcensis.

Bischof Christian machte das Indult bekannt und zwar am 22. August, weigerte sich aber geradezu das heilige Sacrament unter beiden Gestalten zu reichen. Er suchte seinen Clerus zu heben, befahl ihm sich tüchtige Kenntnisse anzueignen, namentlich die Kanzel als ein „wichtiges Object" zu betrachten, fleißig, rechtschaffen, und kenntnißreich zu predigen. Arbeitend, lehrend, von der Bürgerschaft gehöhnt, mußte doch selbst Erzherzog Carl am letzten December 1570 den Magistrat ermahnen, „mit ihrem Seelenhirten, wie es frommen, treuherzigen Schäflein gebühre in Einigkeit zu leben" [1]), von den lutherischen Prädikanten insultirt, geduldig, ein treuer Nachfolger des gekreuzigten Jesus verlebte er kummervolle Tage in der „allzeit getreuen" Neustadt.

Er starb am 16. November 1571. Sein einziger, wohl nicht zu tadelnder Fehler war seine Geduld. Den rohen, bengelhaften Prädikanten gegenüber wäre ein derber Keil von entschiedenem Erfolge gewesen.

In seinem Nachlasse fanden sich 1175 fl. 58 kr. baares Geld, 40 Mutt 21 Metzen verschiedenes Getreide, 7 Mutt Mehl und 824$^1/_4$ Eimer Wein. Sperre und Inventur geschah auf Anordnung der Niederösterreichischen Kammer durch den Verwalter der Hauptmannschaft und Rentmeister zu Neustadt, Wolf Kellner. Die Verwaltung des Bisthums übernahm Wenzel Klemens. Am 24. November wurde auf kaiserlichen Befehl vom 19. November aus der

[1]) Böheim, I. S. 203.

Verlassenschaft 800 Gulden (103 ungr. Ducaten zu 185 fl. 24 kr., 252 Stück Salzburger und Klagenfurter Ducaten zu 441 fl., 27 Chemnitzer Ducaten zu 41 fl. 24 kr., 12 Goldgulden zu 15 fl. und 100 Thaler zu 116 fl. 40 kr.) erhoben und zur Befestigung der Stadt verwendet. Das Uebrige verwendete der Verwalter auf Erhaltung der Gebäude und zur Fortführung der Oekonomie. Dies war der gewöhnliche Hergang. Auch am 20. November 1563 hatte der kaiserliche Kammerfourier und Burggraf zu Wien beurkundet, daß der bischöfliche Hofmeister in Neustadt Hanns Förstel dem Edlen Hanns von Höhenkirchen „zu abzalung der handwerchsleut vnd sonst Allerlay Nottwendigem gepeu so für J. K. M. un̄d Frl. Erzherzog Carl in der Purkh daselbst beschehen“ 270 fl. geliehen habe. [1])

Seinem Freunde Citardus erwies Christian die letzte Ehre und gab Reden, die er 1563 theils zu Wien, theils zu Preßburg vor Kaiser Ferdinand gehalten hatte, bei Maternus Cholinus in Köln in den Druck. Der Titel dieses herrlichen Predigtwerkes lautet: Mathiae Citardi Sieben vnd Zwaintzig Gottselige, vnd zu dieser zeit hochnötige Predige, wie er dieselbige am Kayserlichen Hove zu Wien in Oesterreich, vnd Preßburg in Hungarn, fürgetragen vnnd gehalten, Darinnen die Erste Canonische Epistel des Hailigen Apostels vnd Evangelisten Johannis, des Herrn Jesu Christi geliebten Jüngers, Christlich, deutlich vnnd gantz tröstlich außgelegt vnnd erklärt wirdt. Seindt auch heran gesetzt zwo Christliche vnnd tröstliche Leichpredig, gemeltes Herrn Citardi, aber vnd bei der vorgestelten eingesarckten Leich des aller Christlichsten, großmechtigsten Römischen Keysers Ferdinand, hochlöblichster, Gottseligster ewigwerender Gedechtnuß. Köln 1571. Durch Maternum Cholinum. — Die Dedikation an Kaiser Maximilian II. ist „Datum Newstadt den 5 tag Januarij in ain vnd siebentzigsten. —

[1]) Acten des k. k. Finanz.-Minist.-Archives.

Johann Bonaventura Han,

Propst zu St. Andrä an der Traisen, Kein Bisthums-Candidat für Breslau.

Von

Wilhelm Bielsky, Chorherr von Herzogenburg und Stadtpfarrer in Tirnstein.

Es mögen ungefähr drei Luster in den Strom der Zeiten geflossen sein, als ein bereits für die österreichische Geschichte zu früh verblichener Gelehrter an den Verfasser dieser Zeilen das Ansinnen stellte, aus den noch vorhandenen Manuscripten des Propstes Augustin Erath, der bei seiner Mitwelt im Rufe besonderer Gelehrsamkeit stand, wenigstens dessen „Annales Andreani“ der Oeffentlichkeit nicht länger vorzuenthalten. Die entgegen gestellte Bemerkung, daß der Werth dieser Annalen nicht hoch anzuschlagen sei, ja das Bessere darin z. B. die miteinbezogene Zeitgeschichte oft wörtlich aus den damaligen gedruckten Quellen: Gerard von Roo, Theatr. Europ. u. s. w. entnommen sei, sonst aber vielfach mit Unrichtigkeiten und Mangel an strenger Kritik und Sichtung des vorgefundenen Materials ausgestattet sei und oft den Leser unangenehm berühre, wollen wir hier nur mit einer einzelnen Partie aus denselben erhärten, um allen künftigen Anwandlungen zur Publication der Handschrift die nöthige Scheu einzuflößen.

Es handelt sich hier um die Trennung einer historischen Person in zwei Kirchenprälaten des gleichen Namens „Johann Bonaventura Han“, deren Jüngerer, als Neffe des Aelteren, viele Schriftstücke als Familienerbe mit nach St. Andrä gebracht hatte, welche den Annalisten Augustin Erath zum vielfach absurden Geschreibsel gleichsam als über eine und dieselbe Person verleitet haben. In Folge dieser Erath'schen Relation wurden dem im Jahre 1552 geborenen

Johann Bonaventura Han, dem Sohne des gleichnamigen Doctors beider Rechte und bischöflichen Kanzlers zu Breslau von dem dortigen Bischofe Balthasar die 4 minderen Weihen ertheilt. Darauf begab sich dieser Minorist nach Ingolstadt zum Studium der Philosophie, und kehrte 1571 als Doctor der freien Künste und Weltweisheit nach Breslau zurück, wo ihn der Bischof unter die Domcapitulare seines Cathedralkapitels aufnahm. Der junge Domherr ging 1575 zur Erlernung der Rechte nach Rom, wurde dort 1577 vom Cardinal Sabelli zum Priester geweiht, und erhielt in demselben Jahre vom Papste Gregor XIII. ein Canonicat an der Collegiatkirche zu Großglogau in Schlesien. Jetzt kam eine Reihe von Auszeichnungen in geistlicher und weltlicher Sphäre: 1. Der Doctorsgrad von Bologna 1578; 2. die kaiserliche Adelserhebung für ihn und seine Brüder Gabriel und Christoph durch Kaiser Rudolph II. dd. Prag 10. Juni 1581[1]); 3. ein Canonicat zu Hildesheim durch den Kölner Erzbischof Ernst dd. Lüttich 25. Februar 1595.

Bis hieher Alles wahr und richtig in Bezug auf den älteren Han als Bonaventura II.

Nun beginnt die Abschweifung zu Hypothesen und geschichtlichen Unrichtigkeiten. Erath läßt jetzt seinen Helden alle Würden niederlegen, nach Seckau in Steiermark wandern, dort Noviciat und Profeß vollbringen (Schade, daß er uns nicht mit einer fingirten Jahreszahl beschenkt hat!), und, weil den wirklich am 6. Mai 1629 ein sicherer Johann Bonaventura Han zu St. Andrä an der Traisen durch Postulation zum infulirten Propste befördert wurde, den 77jährigen Mann zu dieser Klosterwürde gelangen, bei welchem Erath, der sonst an den verkommensten Subjecten seiner kanonischen Vor-

---

[1]) Eigentlich war dieses Adelsdiplom nur eine Bestätigung des schon früher von Kaiser Carl V. dd. Speier 29. April 1544 dem älteren Han verliehenen Adels, dessen Wappen im zweiten Documente abgemalt und verbessernd also beschrieben ist: Ein schwarzer Schild, in dessen unterstem Theile von links nach rechts (heraldisch) eine schräge aufwärts gerichtete gelbe oder goldgelbe Straße, in derselben zwei rothe Rosen mit gelben Knospen; zu unterst eine gelbe oder goldgelbe Lilie; im oberen Theile ein gelber Hahn mit rothem Kamm und Lappen, mit dem rechten Fuße auf der Straße vorwärts schreitend. Auf dem Schilde ein offener Turnierhelm mit hinterer schwarzer und gelber und vorderer gelber und rother Helmdecke, und darüber eine königliche Krone. Zu oberst ein aufrecht stehender gelber Hahn mit rothem Kamm und Lappen und den zum Fluge ausgebreiteten Flügeln.

fahren nichts als Gelehrsamkeit, klösterliche Frömmigkeit und bürgerliche Tugenden erblickt, der immer ein volles Capitel in leeren Klosterräumen sieht, das bei jeder Prälatenwahl den Würdigsten zu finden gewußt — derselbe Grath fängt bei dem alten Han an, strengere Kritik als sonst zu üben. Er schreibt nämlich:

Illud quam maxime erat dolendum, quod senio jam confectus et prehendere debuerit Andreanos fasces; qui enim cum corporis imbecillitate ac gravi senio conflictari debet, via suas vires ea colligere poterit, ut sustinendae oeconomiae spirituali ac temporali pares supponat humeros. Unde etiam iste senex, quod lustrandis rebus domesticis ob fractas vires esset ac sibimetipsi gravis, Canoniam nostram aere alieno ultra triginta millia florenorum [1]) oneravit, nulla quidem sua morali culpa, sed physico aetatis vitio, et exemplo prorsus manifesto, quod praelatus, qui rei suae domesticae ob gravem senectutem, imbecillitatem corporis, diuturnam absentiam et evagationem, negligentiam ac alias causas sive moraliter sive physice praesens non est, suaeque oeconomiae angulos ipsemet non investigat, Canoniam sibi concreditam necessario et lege inevitabili perdat, uti quotidiana experientia docemur. Cum Dominus Bonaventura adhuc Canonicus saecularis esset, ex paterna haereditate ei debebantur quinque-millia florenorum. Hanc praetensionem postea jure suae sacrae professionis intulit ad cathedralem Canoniam Seccoviensem [2]). Factus postmodum Praelatus ad S. Andream debitum illud quinque millium florenorum ea conditione pro Canonia S. Andreae a Domino Praelato Seccoviensi accepit, ut quidem pecuniam illam ea Silesia pro Canonia Andreana sollicitaret, et in ejus incrementum impenderet,

[1]) Diese wahrscheinlich aus den Breslauer Schriftstücken entnommene Angabe ist mit den unten vorkommenden 22,000 Thalern Prozeßschulden zur Durchsetzung der streitigen Bischofswahl in Verbindung zu bringen.

[2]) Alles unrichtig, weil dieser Han nie nach Seckau gekommen. Dies gilt auch von der hier zunächst besprochenen Action bei der n. ö. Regierung in Bezug auf den Proceßgegenstand, weil denn seit jener Zeit, als im 15. Jahrhunderte der Bischof Scheit von Seckau, die zwei Chorherren Laurenz und Johann Zwickl und andere Wohlthäter von dort dem erarmten Stifte St. Andrä öftere und ausgiebige Hilfeleistung gebracht, leicht durch Verrechnung eine Schuld von 5000 Gulden sich herausstellen konnte, ohne deren Ursprung aus Schlesien herleiten zu müssen.

statis tamen ac successivis temporibus Canoniae Seccoviensi iterum persolveret. Utrum vero Dominus Bonaventura suum illud patrimonium re ipsa ex Silesia acceperit, hodie non constat. Unde cum D. Maximilianus Ernestus Comes de Gleisbach Cathedralis Praepositus Seccoviensis nuper Canoniae nostrae Andreanae coram excelse regimine Viennensi in Austria litem intentasset, et illa quinque millia florenorum a nobis repetiisset, tandem per publicam sententiam causa cecidit jussusqua est Canoniam nostram ab hoc debito relinquere indemnem, cum Seccoviensis numeratam pecuniam probare nunquam potuerit. Praefuit Bonaventura annis undecim, mensibus decem, diebus undecim, majore sua difficultate et aetatis onere quam nostro emolumento; vita ac decrepito corpore tandem excessit Anno Christi 1641 aetatis octuagesimo septimo.

Hätte sich Erath statt diesem einseitigen und unhaltbaren Urtheile mehr in der Geschichte Schlesiens umgesehen, so hätte er uns beiläufig Folgendes erzählen müssen:

Nach des Breslauer Bischofes Jerin Tode 1596, hatte das wählende Domcapitel einen schweren Standpunkt, indem jede der zwei Parteien (schlesische und schwäbische) ihren Candidaten durchzusetzen bemüht war. Der Kaiser Rudolph II., welcher der schwäbischen Partei günstig war, hat Commissäre zur Wahl abgeordnet; allein die schlesische Partei achtete weder der Wahlcommissäre noch der Empfehlung des Landesfürsten, und wählte in der Eile einen gebornen Glogauer B o n a v e n t u r a H a n zum Bischofe. Eine solche Geringschätzung des Capitels nahm der Kaiser sehr übel auf, und versagte als Landesherr dem zum Bischofe gewählten Bonaventura Han die Bestätigung. Vielleicht würde er jedoch zu gewinnen gewesen sein, wenn nicht die schwäbische Partei alles gethan hätte, um diese Bestätigung zu hintertreiben. An ihrer Spitze stand der Domcapitular Wacker, Kanzler des verstorbenen Bischofs Jerin, und dieser brachte es sogar dahin, daß Rudolph beim päpstlichem Hofe auf die völlige Vernichtung der Wahl drang. Die Folge davon war, daß ein für beide Theile kostspieliger Proceß entstand, und ein Administrator des Bisthums aufgestellt wurde; dieser war bis 1598 der Prälat Christoph Gerßmann, und der Gewählte kam nicht zum Besitze seines Bisthums. Endlich aus Gefälligkeit gegen den Kaiser erklärte der Papst die Wahl des Bonaventura Han wirklich für ungiltig, vermittelte aber, daß das Domcapitel die Hälfte der Schulden zahlte, welche Han zur Durchsetzung seines Rechtes gemacht hatte. Das Quantum betrug 22,000 Thaler [1]). Han wendete sich an den Cardinal Dietrichstein in Olmütz, um durch dessen Vermittlung zum Besitze seines Bisthumes zu gelangen; er starb aber daselbst am Schlage im J. 1602, sage sechzehnhundert und zwei, konnte also 1629 in dieser sublunarischen Welt durch keine Prälatenwahl ein klösterliches Vorsteheramt erlangen.

Wenn demnach der Annalist Erath oder ein anderer von des Propstes Johann Bonaventura Han berühmten Voreltern und Verwandten in die Klostergeschichte von St. Andrä an der Traisen etwas einflechten wollte, so hätte sich das Geschichtlich-Wahre nach vorhandenen Archivalien auf folgendes reduzirt:

Der Kanzler der Breslauer Bischöfe Balthasar von Promnitz und Caspar von Logau, Namens Johann Bonaventura Han (wir wollen ihn der Deutlichkeit wegen Bonaventura I. nennen) erzeugte mit seiner Gemalin Barbara Schoressin zu Großglogau drei Söhne: Johann Bonaventura, Gabriel und Christoph. Der erstgeborene Sohn, Bonaventura II., studirte zu Rom und Bologna, und erlangte jene Würden und Auszeichnungen, die oben angegeben sind. Ein Certificat in Gestalt eines Geburtszeugnisses dd. Großglogau 15. April 1595, vielleicht zum Behufe des Canonicates zu Hildesheim oder als Vorsichtsmaßregel für gewisse ehrgeizige Zukunftspläne, belehrt uns, daß Bürgermeister und Rath Zeugniß ablegen über die katholische Verehelichung obigen Ehepaares „rechter deutscher vntadelhafter" Abkunft, und über die Geburt des Sprossens aus rechtem Ehebette „des Bonaventura Han beider Rechten Doctor, deß hohen Stiffts St. Johannes zur Breßlaw Thumherr vnnd daselbsten zum heiligen Creuz Decanus." Derselbe ist auch der im Jahre 1596 erwählte aber nicht bestätigte Bischof von Breslau.

Der zweitgeborne Sohn, Gabriel Han, wurde beider Rechte Doctor und Apellationsrath des Kaisers Rudolph II. zu Prag, und diesen Gabriel Han beschenkte seine Gemalin um das Jahr 1598

[1]) S. Fragmente aus der Geschichte der Klöster und Stiftungen Schlesiens von ihrer Entstehung bis 1810. Breslau bei Groß und Barth. Ohne Jahreszahl. Mit illum. Kupfern.

oder 1599 mit einem Sohne Bonaventura III., welcher zu Prag Syntax und Rhetorik, zu Bologna Logik, zu Graz in Steiermark Philosophie studirte, und mit 19 Jahren in das Chorherrenstift Seckau unter dem Propste Sebastian Khieler trat, wo er sich 1618 vergelübbete. Dessen Vater Gabriel Han war der Erbe des Domherrn Bonaventura II., und hierdurch gelangten manche Familiendokumente an diesen, und durch ihn an den geistlichen Sohn Bonaventura III.

Ueber die Wahl oder eigentlich Postulation des Letzteren zur erledigten Propstei im Chorherrenstifte St. Andrä wollen wir aus den Passauer Acten folgende Notizen den Lesern darbieten.

Propst Philipp Jakob Edler von Hüttendorff starb zu Wien am 15. December 1628, und wurde am Dienstage den 19. December nach St. Andrä zur Beerdigung überführt. Alsbald ordnete der Klosterrath die Sperre an, und ernannte als weltliche Commissäre den nied.-österr. Regimentsrath Dr. Carl Perger und den Hofrichter (Oberbeamten) zu St. Andrä. Das Passau'sche Offizialat beeilte sich zur Aufrechthaltung der Transaction von 1592 an den Klosterrath unterm 17. December 1628 das Begehren zur gemeinschaftlichen Sperre zu stellen, und eine Verständigung über den künftigen Propst einzuleiten, weil das Capitel zu St. Andrä nur aus zwei Chorherren bestand, und somit weder Wahl noch Postulation Statt haben konnte [1]). Zu geistlichen Commissären wurden bestimmt: Johann Harlander, Pfarrer zu Albrechtsberg, und Dr. Martin Huetter, passau'scher Notar.

Am 5. Februar 1629 rückte der passau'sche Offizial Freiherr von Kirchberg in offizieller Weise an den Klosterrath mit der Namhaftmachung zweier Prälaturs-Candidaten hervor. Diese waren: Dr. Adam Curtius, Pfarrer zu Sieghartskirchen „eiusdem Ordinis Canonicorum regularium," also aus dem Stifte Baumburg in Bayern, guter Wirth und exemplarischer Priester — und zweitens ein Cano-

[1]) Das halbe Capitel repräsentirte der Chorherr Georg Eisenhofer, über dessen Flucht und Annexirungen ein Verzeichniß vom 27. Jänner 1629 vorliegt. Der Hofrichter von St. Andrä meldete dem passau'schen Consistorialnotar unterm 1. März 1629 mit Einsendung dieses Verzeichnisses die gefängliche Haft des zu Krems erhaschten Flüchtlings „dessen grosse contrition vnnd gedult" und bat um fernere Verhaltungsregeln. — Der Annalist Erath weiß kein Sterbenswörtlein davon.

nicus von Seckau Fr. Johannes Bonaventura Hann „de meliori vita wohl recommendirt.“ Der Offizial urgirte die baldige Prälaturbesetzung wegen der großen Schuldenlast der Canonie. Sollte aber die schleunige Besetzung nicht genehm sein, so mache er den Vorschlag, mit dem Propste von Klosterneuburg in Verhandlung zu treten, durch welchen momentane Hilfe in Aussicht stehe, „weilen er ohne das ein Zimbliche summa geldtß im Laundthauß auf interesse ligen hat“ somit „administratorio modo“ eintreten könne, wobei aber die Gefahr erwähnenswerth sei, daß St. Andrä eine Filiale werden müsse, wenn die Abzahlung auf die „lange bankh“ geschoben werde.

Schon nach fünf Tagen, also am 10. Februar, beschwerte sich der Offizial unmittelbar bei dem Kaiser, daß der Klosterrath die bekannte Transaction von 1592 umgangen und verletzt habe, indem zur Sperre und Inventur nach St. Andrä ganz allein der Klosteraths-Secretär ohne Ordinariats-Mitwissen gekommen sei, und eben so allein erst am Montag den 5. Februar die Verlassenschafts-Abhandlung des verstorbenen Pfarrers und Dechants zu Altenpölla gepflogen habe. Er bat um Genugthuung „zu complanirung der geistlichen grauamina.“ Mangel an weiteren Schriftstücken lassen uns über das Resultat im Ungewissen.

Ueber die definitive Einsetzung des Johann Bonaventura Han berühren wir kurz den Inhalt folgender Documente: 1. Klosterraths-decret zur Installation dd. 31. März 1629. 2. Entlassungsgesuch des Passau'schen Offizials dd. Wien bei U. L. F. auf der Stiege 6. April 1629 an den Seckauer Dompropst Anton de Potiis. 3. Intimation desselben Offizials an den Chorherrn Han dd. eod. 4. Entlassung für Johann Bonaventura Han vom Gelübde „Obedientiae et Stabilitatis Loci“ durch obigen Dompropst dd. Seckau 10. April 1629, welcher seine Besorgniß nicht bergen wollte wegen der vielen Temporal- und Spiritualgebrechen zu St. Andrä, und der erwiesenen großen Schuldenlast, und dann auch, ob die gerühmten Vorzüge des ernannten Propstes so wünschenswerth zu Tage treten würden. 5. Annahme von Seite des auserwählten Chorherrn Han dd. Seckau 11. April 1629.

Aus Wien vom 21. April 1629 datirt sich das übliche Examen futuri Praepositi, vorgenommen in der Kanzleistube des Passau'schen Offizialates. Obschon dergleichen Examina gewöhnlich von unbedeutendem historischen Werthe sind, und somit füglich ignorirt werden können, so lohnt es sich hier besonders, dasselbe nach seiner ganzen Ausdehnung wortgetreu (quoad responsa) in diese kleine Monographie aufzunehmen, als es den unumstößlichen Beweis gegen die Erath'schen Figmente und zur Sicherstellung unserer dargelegten Klärung über die beiden gleichnamigen Kirchenprälaten Han abgeben muß.

Interrogatoria.	Responsa.
1. Quod sit illi Nomen?	1. Johannes Bonau. Han.
2. Quae Patria?	2. Pragensis.
3. Qui Parentes?	3. Gabriel Han Caesaris Rudolphi consiliarius appellationis.
4. An catholice educatus?	4. Fatetur.
5. Utrum habeat literas natalitias et quot annorum sit?	5. Literas natalitias non habet in promptu. Triginta annos natus.
6. Ubi et quid studuerit?	6. Pragae ad Syntaxin usq. ad Rhetoricam, Bononiae, logicam, Graecii totum cursum philosophicum absoluit.
7. Quo anno aetatis ingressus sit monasterium.	7. Nouendecim annorum ingressus monasterium Seccoviense.
8. An in alio monasterio fuerit?	8. Negat.
9. Quamdiu fuit Novitices?	9. Integro anno.
10. Sub quo Praeposito susceptus?	10. Sub praeposito Sebastiano Khieler.
11. An statuta Ordinis observaverit?	11. Fatetur, admonitus.
12. Quoties soleat confiteri?	12. Singulis mensibus solitus confiteri.
13. An sponte, vel jussu, vel ex Regula?	13. Ex Regula et sponte.

Interrogatoria.	Responsa.
14. Quoties soleat celebrare?	14. Ter aut 4 in septimana.
15. Quo anno ordinatus?	15. 1618 fecit professionem.
16. An curam animarum habuerit, et an concionatus?	16. Fuit 6 annos parochus in Conuets (Kobenz im Dekanate Knittelfeld). Concionatus fuit.
17. An posset regere Monasterium et Conuentum?	17. Deo adiuvante sperat.
18. An sit suspensus vel interdictus?	18. Negat.
19. An ciborum parsimonia et lectio mensalis in usu sit?	19. Communi cibo utuntur. Legitur ad mensam.
20. An habeat et legat libros haereticos?	20. Negat.
21. An oret breviarium et quale?	21. Romano breviario utitur.
22. An originem ducat ab haereticio?	22. Fuerunt catholici parentes.
23. An alligatus putativo matrimonio?	23. Negat se concubinarium.

Wir stehen am Ziele der gelösten Aufgabe, und scheiden von den Manen des Propstes Han, der am 22. December 1640 von dieser Welt abgeschieden ist.

* * *

Herr Wilhelm Bielsky ging am 22. December 1866 zur ewigen Ruhe. Geboren am 2. Februar 1798 in St. Lambert in der Steiermark trat er am 19. October 1817 in den Orden des hl. Augustinus im regulirten Chorherrenstifte Herzogenburg, legte am 22. October 1820 Profeß ab und wurde am 28. August 1822 zum Priester geweiht. 1823 wurde er Cooperator in Haizendorf, 1829 Pfarrprovisor daselbst, 1830 kehrte er in das Stift zurück, 1831 wurde er Provisor in Hain, 1831 Stiftsbibliothekar und Novizenmeister, 1834 Pfarrer in Hain, 1841 Pfarrer in Reidling und 1851 Stadtpfarrer in dem alterthümlichen Tirnstein an der Donau. — Bielsky gehörte jener Tafelrunde an, an welcher Max Fischer in Neuburg, Ulrich Hartenschneider in Kremsmünster, Frast in Zwettel, Chmel und Stelzhammer in Wien, Friedrich Blumberger in Göttweig, Jos. Weis in Heiligenkreuz die österreichische Geschichte bearbeiteten, Ig. Keilblinger in Melk und Jodok Stülz in St. Florian noch bearbeiten. In Tirnstein beschäftigte er sich besonders mit Sichtung und Ordnung des Archives des ehem. Nonnenklosters in Tirnstein und einer Darstellung der Geschichte des mit Herzogenburg vereinigten Chorherrenstiftes St. Andrä an der Traisen.

Seine Druckschriften sind:

1. Der Stiftungsbrief der Canonie Herzogenburg, (Archiv für Kunde österr. Geschichtsquellen VI. 296—298);

2. Die ältesten Urkunden des Canonikatstiftes St. Georgen in Unterösterreich, v. 1112—1244 (c. l. IX. S. 234—304);

3. Catalogus canonicorum regularium lateranensium S. Augustini in ecclesia collegiata ad S. Georgium Hegemonopoli (sive Herzogenburg) in Austria Inferiori 1858, Viennae 1858. gr. 8. — S. 39 ff. liefern ein genaues Verzeichniß der Pröpste von Herzogenburg, St. Andrä, Tirnstein und der Abtissinen von St. Clara in Tirnstein; S. 53 ff. ein Necrologium von Herzogenburg v. J. 1658—1858; S. 63 ff. Epochae Canoniarum Andreanae et Tirnsteinensis; S. 75 ein Necrologium von St. Andrä, v. J. 1616—1815; S. 79 ein Necrologium von Tirnstein v. J. 1600—1822. Das Werk ist mit einem nachahmenswerthen Fleiße und einer nachahmenswerthen Gründlichkeit bearbeitet;

4. Ruinen der Nonnen-Klosterkirche zu Tirnstein und Grabstein Stephans von Haslach, Stifters der dortigen Canonie. Wien 1860. 4.

5. Benedict Welzer, regulirter Domherr von Gurk und nachheriger Propst zu St. Andrä an der Traisen. (Oester. Vierteljahresschrift für kath. Theologie, V. S. 441—454).

Seit Jahren war er der Herausgeber des Directorium officii divini ecclesiae collegiatae ad s. Georgium in Herzogenburg, und nie unterließ er es einen Anhang werthvoller historischer Notizen beizufügen. Wir verweisen nur auf das Directorium pro anno 1865, pag. 69—80.

Als Ordensmann darf er den Besten des Stiftes Herzogenburg beigesellt werden. — R. I. P.

Maria Magdalena, die Sünderin,

die dem Herrn die Füße gesalbt hat, ist Maria, die Schwester des Lazarus.

Von Lorenz Hopfenmüller zu Bamberg.

Mathias Thorz, Weltpriester des Olmützer Metropolitan-Bisthums (? wie er sich selbst nennt) hat im Verlage zu Kolk in Troppau 1866 eine Abhandlung in 214 Seiten (8., Pr. 1 fl. 80 kr.) erscheinen lassen über die heilige Maria Magdalene, deren Ergebniß er am Schluße dahin zusammenfaßt: „wie gewichtig die traditionellen und exegetischen Momente gegen die Identität den (? der) Marien auch immer sein mögen, so bestimmt uns doch die Autorität der Kirche, die in kirchlichen Fragen immer die höchste bleiben wird, daß wir der von der Kirche angenommenen nnd in der Oration zum 22. Juli ausgedrückten Meinung derselben über die Identität ehrerbietigst huldigen. Dieser Anschauung wurde in den kath. Literaturblättern zur Sion und zum Pastoralblatt Nr. 1, Juni 1866 beigepflichtet mit der Bemerkung: es ließen sich keine positiven exegetischen Beweisgründe zu Gunsten der Meinung, daß Maria Magdalena, die Sünderin, die dem Herrn die Füße gesalbt und Maria, die Schwester des Lazarus identisch seien, aufbringen und auf rein exegetischem Gebiete sei das Uebergewicht der Gründe für die Nichtidentität dieser Frauen.

Dem gegenüber dürfte es im Interesse der Sache von Wichtigkeit sein, zu zeigen, daß es für die Identität genannter Frauen keineswegs an positiven, exegetischen Beweisgründen fehlt, und daß das angebliche Uebergewicht der Gründe für die Nichtidentität, als welche besonders die von Estius vorgebrachten bezeichnet werden, nicht geradezu unaufwiegbar ist.

Der Apostel und Evangelist Johannes, der Lieblingsjünger und stete Begleiter des Herrn, der durch diese seine Beziehung zu Jesus und durch persönliche Bekanntschaft den besten Aufschluß über die mit dem Herrn in persönliche Berührung gekommenen Personen geben kann, gibt uns in dieser Sache eine entscheidende Notiz. Im XI. Cap., wo er die Auferweckung des Lazarus erzählt, heißt es V. 1.: „Es war ein Kranker, Lazarus von Bethanien, aus der Ortschaft Maria's und Martha's, ihrer Schwester" und dann fügt er V. 2 die Notiz hinzu: „Es war aber Maria, welche den Herrn mit Balsam gesalbt und seine Füße mit ihren Haaren abgetrocknet hatte, deren Bruder Lazarus krank war." Der Evangelist erinnert seine Leser hier offenbar an ein früher geschehenes ihnen bekanntes Ereigniß und sagt von diesem, es sei diese Maria, die Schwester des Lazarus, die damals betheiligte Person gewesen. Nun ist die Hauptfrage: Welches Ereigniß meint hier der Evangelist? Alle vier Evangelisten erzählen von einer Salbung des Herrn durch eine Frau, welche von den drei ersten nicht mit Namen genannt wird. Ein auch nur oberflächlicher Blick überzeugte uns sofort, daß die von Lukas Cap. 7 erzählte Salbung von der, von den drei übrigen Evangelisten berichteten durchaus verschieden ist. Bei Lukas ist es eine Sünderin, die unter einem Strome von Reuethränen die Füße des Herrn salbt und mit ihren Haaren trocknet, und die Handlung spielt im Anfange der öffentlichen Lehrthätigkeit Jesu, bei den übrigen Berichterstattern wird nichts von einer Sünderin erwähnt und fällt das Ereigniß in die Zeit kurz vor dem Tode des Herrn. Verschiedene andere Nebenumstände machen die Verschiedenheit der beiden Salbungen zweifellos. Welche von beiden kann nun Johannes mit obiger Notiz meinen? Offenbar nicht die von Matthäus [1]) und Marcus [2]) erzählte, da diese von einem Salben der Füße und Abtrocknen mit den Haaren nichts melden, sondern nur von einem Salben des Hauptes, noch weniger die von ihm selbst erst Cap. 12, 3 ff. erwähnte; denn er setzt das Gesagte als schon bekannt und früher geschehen voraus und es hieße dem Evangelisten eine Verkehrtheit zumuthen, auf etwas als bekannt hinzuweisen, wovon weder er noch ein Anderer vor ihm etwas gesagt, wovon also seine Leser noch nichts

---

1) Matthäus 26, 7. ff.

2) Marcus 14, 3. ff.

wissen konnten. Zudem wäre dann diese Notiz ganz zwecklos, indem bei der Erzählung 12, 3 die Personen Lazarus, Martha und Maria ausdrücklich wieder genannt werden. Johannes kann also mit der Salbung und Abtrocknung der Füße des Herrn Cap. 11, 2, welche er der Maria, der Schwester des Lazarus von Bethanien zuschreibt, keine andere als die von Lukas Cap. 7 berichtete Salbung der Sünderin, am Anfange der Lehrthätigkeit des Herrn gemeint haben. Maria von Bethanien, die Schwester des Lazarus ist also jene Sünderin, die im brennenden Schmerze über ihre Sünden reichliche Thränen vergoß, in tiefsinniger Liebe und Verehrung des Herrn Füße salbte und von ihm in Gnaden aufgenommen wurde. Dieselbe nahm nach Johannes 12, 3 auch jene zweite Salbung unmittelbar vor dem Tode des Herrn zu Bethanien im Hause des Pharisäers Simon des Aussätzigen vor, so daß angenommen werden muß, Maria habe zweimal zu verschiedenen Zeiten den Herrn gesalbt. Bestätigt wird dies durch einige Angaben, welche Ort und Zeit der ersten Salbung errathen lassen. Der Herr redet dort den Pharisäer „Simon" an, bei der zweiten Salbung nennt ihn Mathäus ebenso. Sind nun beide dieselbe Person, so wissen wir auch, wo die erste Handlung vorging. Nach Matthäus 26, 6 wohnte dieser in Bethanien bei Jerusalem. Diese Vermuthung erhält sogleich eine Bestätigung. Lukas berichtet kurz vorher, daß der Herr zu Naim den Sohn einer Witwe aus dem Tode ins Leben zurückrief, nachdem er V. 1. noch in Kapharnaum gewesen. Naim liegt auf der Grenze zwischen Galliläa und Samaria an der Straße, die nach Jerusalem führt. Der Herr scheint also auf einer Festreise nach Jerusalem begriffen zu sein und es trifft sich ganz recht, daß wir ihn kurz darauf zu Bethanien in der Nähe von Jerusalem treffen. Es geschah also auf einer der Festreisen Jesu, daß er in Bethanien im Hause Simons von derselben Maria, der Schwester des Lazarus gesalbt wurde, welche den Herrn auf seiner letzten Reise nach Jerusalem in demselben Orte und in demselben Hause zur Bezeigung ihrer Verehrung und Dankbarkeit gesalbt hat, jene reuige Sünderin ist also identisch mit Maria der Schwester des Lazarus. Ist nun diese Identität durch die Notiz des hl. Johannes festgestellt, so ist es unschwer, auch die Identität der Maria von Bethanien mit der Maria Magdalena nachzuweisen. Die Harmonie der Charaktere, die Bemerkung, daß Maria Magdalena von sieben

Dämonen befreit worden, der innere historische Zusammenhang und einige andere, zusammentreffende Umstände geben uns hiebei treffliche Anhaltspunkte.

An allen Stellen, wo Maria von Bethanien und Maria Magdalena auftritt, finden wir bei den Evangelisten ganz dieselbe Characterzeichnung. Ueberall leuchtet dieselbe Innigkeit, dieselbe zarte und tieffühlende Seele, dasselbe von feuriger Liebe zum Herrn flammende Herz sowohl bei der Schilderung der reuigen Büßerin Luc. 7. als auch bei der Zeichnung der betrachtenden, zu den Füßen Jesu sitzenden Schülerin, Luc. 10, und bei der Auferweckung des Lazarus, bei der zweiten Salbung Joh. 12, 3 f. wie in dem steten Begleiten des Herrn Luc. 8, 2, in der standhaften Ausdauer beim Kreuze Matth. 27, 56. 61. Marc. 15, 40. 47. von der unerschütterlichen Liebe zu dem im Grabe ruhenden Herrn Matth. 28, 1. Marc. 16, 1, und der Erscheinungsscene des auferstandenen Heilandes, Joh. 20, 1 ff. Diese innere Harmonie des Characters und der ganzen Haltung der Maria von Bethanien und der Maria Magdalena, die gleiche Liebe und derselbe Opfersinn lassen die Identität beider Frauen unzweideutig erkennen.

Nehmen wir dazu die von Marcus 16, 9 und Lukas 8, 3 gemachte Bemerkung, daß der Herr von Maria Magdalena 7 Dämonen ausgetrieben, so erhält unsere These eine neue Bestätigung. Fast allgemein haben ältere und neuere Exegeten aus dieser Angabe die Identität der Maria Magdalena und der Luc. 7 erwähnten Sünderin geschlossen und die von Estius dagegen geltend gemachten Gründe sind nicht geradezu zwingend. Der Zusammenhang zwischen Luc. 7 und 8 ist durchaus nicht gegen diese Annahme, indem es ganz gut der Fall sein kann, ja wirklich der Fall ist, wie wir später noch sehen werden, daß Lukas zwar von den treffenden Ereignissen, aber nicht von der Identität der Personen sichere Kunde hatte; im Gegentheile, der Zusammenhang ist für den Schluß auf die Identität; denn hier zeigt sich die in Gnaden aufgenommene Büßerin als dankbare Begleiterin und opferwillige Wohlthäterin des rettenden Heilandes. Auch die angebliche Verschiedenheit der Sündenvergebung einerseits und die Befreiung von Dämonen andererseits ist in Wirklichkeit nicht vorhanden. Man mag die 7 Dämonen wie Ambrosius, Gregor d. Gr. und Beda als die sieben Hauptsünden erklären, oder wie Andere, eine wirkliche Besessenheit annehmen, in beiden Fällen ist die Verschiedenheit nicht unvereinbar. Bei der ersten Annahme ergibt sich das von selbst, bei der Annahme der wirklichen Besessenheit, ist die Befreiung von den Dämonen eben die Vorbereitung und Veranlassung der folgenden Scene Luc. 7. In der That wäre diese Scene ganz ex abrupto ohne vorhergehende Veranlassung nicht zu begreifen. Und da der Teufel mit der Sünde in der engsten Verbindung steht, diese geradezu als das Werk des Teufels bezeichnet wird, so ist nicht schwer einzusehen, daß gewisse Seelenzustände in ähnlicher Weise wie gewisse körperliche Erscheinungen, eine teuflische Besessenheit zur Veranlassung oder Folge haben können und daß darum hier die Befreiung von der dämonischen Besitznahme Veranlassung der folgenden Sinnesänderung und Bekehrungsscene sein konnte und war. Also auch die Bemerkung der Befreiung der Maria Magdalena von sieben bösen Geistern führt uns auf ihre Identität mit der Sünderin und darum mit der Maria von Bethanien.

Einige andere Umstände sind ebenso überraschend und sprechen dafür, daß die genannten evangelischen Frauen eine und dieselbe Person sind. Die Sünderin salbt den Herrn mit kostbaren Oel und der Pharisäer Simon hindert sie nicht in sein Haus zu kommen, sie muß also reich und angesehen gewesen sein. Merkwürdig treffen dieselben Umstände auch bei Maria Magdalena und Maria von Bethanien zu. Jene unterstützt den Herrn mit ihrem Vermögen Luc. 8, 3 und kommt am Auferstehungsmorgen, um mit kostbaren Salben den Leichnam des Herrn einzubalsamiren, selbst ihr Name deutet auf diesen Umstand; diese ist die Schwester des reichen und angesehenen Lazarus und die Salbe, die sie bei der Salbung des Herrn anwendet, hätte um mehr als 300 Denare verkauft werden können. Jedenfalls ein merkwürdiges Zusammentreffen.

In der Erzählung von der zweiten, durch Maria zu Bethanien vorgenommenen Salbung weist der Herr nach Johannes die unzufriedenen Jünger abweichend von Matthäus und Markus mit den Worten zurecht: „Lasset sie auf den Tag meines Begräbnisses es (das Oel nämlich) aufbewahren; denn die Armen habt ihr immer bei euch, mich aber habt ihr nicht immer.“ Joh. 12, 7. 8. Mit diesen Worten hat der Herr auf seinen Tod vorbereitet und die Erweisung der Verehrung und Liebe auch nach seinem Tode zum Voraus von ihr angenommen, während er zugleich aufs Huldreichste anerkennt, was sie so eben gethan. Sein Wort tief zu Herzen nehmend, hat sie die noch übrige kostbare Salbe auf den Tag seines Begräbnisses aufbewahrt. Nun begreifen wir, warum sie Allen voran den ersten Tag nach dem Sabbat am frühesten Morgen zum Grabe eilt. Sie hat die Salbe hergebracht, wovon sie des Lebenden Füße vor wenigen Tagen gesalbt. Gewiß ist dies ein äußerst auffallender Umstand, der unzweifelhaft auf die Identität der beiden Frauen schließen läßt.

Endlich steht das von den verschiedenen Frauen Erzählte im inneren, historischen Zusammenhange und fügt sich vortrefflich zu einem historischen Gesammtbilde zusammen. Gleich am Anfange seiner öffentlichen Lehrthätigkeit, auf einer seiner ersten Festreisen nach Jerusalem kommt Jesus in das Städtchen Bethanien nahe bei Jerusalem und wird hier von einem Pharisäer Namens Simon zu Tische geladen. Während der Mahlzeit kommt eine reiche und vornehme Sünderin der Stadt herein, benetzt die Füße des Herrn mit Reuethränen, salbt sie, trocknet sie mit ihren Haaren und wird vom Herrn in Gnaden aufgenommen. Sicherlich wird der Herr durch dieses Ereigniß mit der Bekehrten in besondere Beziehung getreten sein. Richtig, gleich darauf finden wir sie in seiner Begleitung, ihn mit ihrem Vermögen unterstützend Luc. 8, 3. Einige Zeit später kommt Jesus wieder nach Bethanien und wird hier „von einer Frau mit Namen Martha“ in ihr Haus aufgenommen. Dies ist die Schwester der genannten Neubekehrten, die ihrerseits eifrig für ihr ewiges Heil bedacht, zu den Füßen Jesu sitzend, seinem Worte lauscht. Luc. 10, 38 ff. Der Herr ist also schon mit der Familie und dem Hause jener bekehrten Sünderin vertraut geworden; er kommt auch mit dem Bruder der beiden Schwestern in Berührung, gewinnt ihn lieb und erweckt ihn nach viertägiger Grabesruhe aus dem Tode. Kurz vor seinem Tode kommt Jesus wieder nach Bethanien ins Haus des Pharisäers Simon; man bereitet ihm ein Gastmahl, Lazarus, der Bruder der Genannten ist Tischgenosse, Martha ihre Schwester Aufwärterin, sie selbst gibt dem Herrn einen neuen Beweis ihrer Liebe und Dankbarkeit, indem sie die Füße des Herrn zum zweitenmale mit kostbarem Nardenöle salbt und mit ihren Haaren abtrocknet. Durch die Unzufriedenheit des Judas veranlaßt, zollt der Herr dieser Handlung der Liebe seine Anerkennung, er benützt die Gelegenheit, um auf seinen bald erfolgenden Tod vorzubereiten und gibt der liebenden Büßerin eine zarte Andeutung, wie sie ihm ihren letzten Liebesdienst erweisen könne. Wie von der tieffühlenden und unzertrennlich mit dem Herrn geeinigten Seele nicht anders zu erwarten, harrt sie aus in seiner Nähe bis zu seinem am Kreuze erfolgten schmachvollen Tode; gleich am ersten Tage nach dem Sabbat zur frühesten Morgenzeit kommt sie wieder ans Grab, um die theuere Leiche zu balsamiren und zu beweinen; da belohnt der Herr ihre Liebe und Ausdauer, er steht lebendig vor ihr und versetzt sie in unbeschreibliche Freude. Ein so harmonisches und liebliches Bild stellt uns die evangelische Geschichte dar, wenn die Identität der Martha von Bethanien mit der Maria Magdalena und der Büßerin des Lukas erkannt wird.

Die von Estius zu Gunsten des Unterschiedes der evangelischen Frauen vorgebrachten Gründe, nämlich die Verschiedenheit des Geburtsortes oder der Heimat der gedachten Sünderin und der Maria von Bethanien, sowie dieser und der Maria Magdalena haben in der hl. Schrift selbst gar keinen Halt. Nirgends ist etwas von einem Geburtsorte oder der Heimat der Betreffenden die Rede, bei Luc. 7 heißt es einfach „eine Frau in der Stadt, die eine Sünderin war". Wenn von Maria der Schwester des Lazarus die Rede ist, erfahren wir bloß, daß sie zu Bethanien ihren Aufenthaltsort hatte, und daß Maria Magdalena wegen des Beinamens, den sie hat, aus Magdala in Galliläa gewesen, ist nicht so fast aus der Schrift zu erweisen. Aber selbst angenommen, Magdala sei wirklich der Geburtsort der Maria gewesen, ist denn nicht eine Ortsveränderung, eine Uebersiedlung nach Bethanien denkbar, wie auch Petrus mit seiner Familie aus seinem Geburtsorte Bethseida nach Kapharnaum Luc. 4, 31. 38. übersiedelte?

Den unterscheidenden Beinamen „Magdalena" betreffend, so gibt uns auch hier die evangelische Geschichte namentlich Matth. 28, 1 einigen Aufschluß. Dort heißt es: Nach dem Sabbate aber, als es licht wurde für den ersten Tag der Woche, kam Maria, die Magdalena und die andere Maria (ἡ ἄλλη Μαρία), um das Grab zu schauen. Man sieht der Evangelist nennt nur zwei verschiedene Marien, die Magdalena und die andere, welche Marc. 15, 40 als die Mutter des Jacobus und Joseph, und Joh. 19, 25 als Gemalin des Cleophas bezeichnet wird. Auch Johannes berichtet, daß Maria Magdalena am ersten Tage nach dem Sabbate in aller Frühe zum

Grabe gekommen sei. Er nennt sie hier, wie auch schon vorher unter den Frauen, die am Kreuze standen, Maria Magdalena, ohne andere nähere Bezeichnung. Es kann also keine andere sein, als die dem Herrn so nahe befreundete Maria von Bethanien, die reiche und vornehme Schwester des Lazarus. Sie mochte wohl zum Unterschiede von der armen, nicht angesehenen Maria des Cleophas, der Mutter des armen Jacobus ihren Beinamen „Magdalena" unter den Anhängern Christi empfangen haben. Denn der hebräischen Etymologie nach heißt Magdalena (von גָּדַל Parth. Hiph. מַגְדִּיל) die Reiche, die Angesehene, die Vornehme. Und selbst wenn man den Namen von einem Orte Magdala herleitet, der übrigens nach dem Texte der Vulgata im ganzen neuen Testamente nicht vorkommt, da Matth. 15, 39 die Vulg. Magedan und nicht Magdala liest, so könnte auch dann dieser Name der Maria von Bethanien, wie wir oben gesehen, ganz gut zukommen.

Wenn ferner von Estius geltend gemacht wird, daß das Ansehen und der gute Ruf des Hauses des Lazarus gegenüber der übelberüchtigten Sünderin einen Unterschied begründe, so ist das nicht einzusehen. Das Ansehen, welches Lazarus nach den Andeutungen der Schrift genoß und das in der zahlreichen Theilnahme an seinem Tode Joh. 11, 19 und in dem Verkehre mit dem vornehmen Pharisäer Simon sich zeigt, ebenso der gute Ruf des Hauses Lazarus, der in der Schrift einzig durch die öftere Einkehr des Herrn sich begründen läßt, hindert durchaus nicht, daß seine Schwester vordem Sünderin, nunmehr aber bekehrte Büßerin und eifrige Anhängerin Christi gewesen sein kann.

Auffallend könnte es sein, daß Lukas gar nichts von der Identität der genannten Personen weiß. Er erzählt Cap. 7 das Ereigniß mit der Büßerin, sagt C. 8, 3 von der Maria Magdalena, daß sie den Herrn begleitet und mit ihrem Vermögen unterstützt, berichtet C. 10, 38 f. daß eine gewisse Martha den Herrn in ihr Haus aufgenommen, und daß ihre Schwester Maria in heilige Betrachtung versunken zu den Füßen des Herrn seinen Worten horchte; — daß aber diese drei ein und dieselbe Person sind, davon sagt er kein Wort. Woher kommt nun dies? Es kommt dies entweder daher, daß der Evangelist, wie der ehrwürdige Beda sagt, darum den Namen der Sünderin verschwiegen hat, um den Ruhm ihres ehrwürdigen Gedächtnisses nicht geradezu mit der Erinnerung an ihr früheres

Irren zu verbinden, oder daher daß er zwar über die gemeldeten Ereignisse, nicht aber über die betheiligten Personen nähere und sichere Kunde hatte. Er sagt einfach, eine Frau in der Stadt, die eine Sünderin war, mithin scheint er sie nicht persönlich zu kennen. Ganz richtig, Lukas darf sie nicht persönlich kennen und gerade diese Nichtbekanntschaft ist ein Beweis für die historische Echtheit und Glaubwürdigkeit seines Berichtes. Er ist selbst nicht in persönliche Berührung mit ihr gekommen, da er auf einem ganz anderen Schauplatze sich bewegte, er weiß nichts von der Erweckung ihres Bruders Lazarus, übergeht die ihr vom Herrn nach seiner Auferstehung gewordene Erscheinung, ja er nennt sie auffallender Weise nirgends bei den Begebenheiten am Kreuze und am Grabe; da spricht er nur immer von Frauen im Allgemeinen. Man sieht, er war nicht persönlich bekannt mit ihr. Und das ist von der größten Bedeutung. Wie konnte er von der Auferweckung des Bruders nichts oder nichts Sicheres wissen und dieselbe unerwähnt lassen, wenn er die Schwester kannte! Aber nein, er ahnt den Zusammenhang dessen nicht, was er von den Beziehungen derselben Frau zum Herrn zufällig erfahren und an verschiedenen Orten so treu und wahrheitsgemäß erwähnt. Er schrieb eben nichts nieder, als wovon er sichere Kunde hatte.

Aus dem bisher Gesagten ergibt sich, daß die Tradition der abendländischen Kirche, die vom 4. Jahrhundert an immer mehr und mehr Zustimmung erhielt und seit Gregor dem Großen in derselben allgemein ist, mit der biblischen Geschichte vollkommen zusammentrifft. Die vom Herrn selbst ausgehende Vorhersagung, daß, wo immer das Evangelium verkündet wird, die That Mariens zu ihrem Andenken gepriesen werde, hat erst so ihre vollkommene Erfüllung erhalten, wenn die Identität der Büßerin, der Maria von Bethanien und der Maria Magdalena anerkannt wird, die in der ganzen Kirche als Urheberin dieser That gerühmt und verherrlicht wird.

* * *

Wie mit den exegetischen Bedenken, die übrigens Thorz einer Rede des verdienten W. Estius entlehnt hat (ohne sie jedoch zu citiren, sie findet sich in der Venetianer Ausgabe 1759. III, 35. s.), verhält es sich auch mit den traditionellen Momenten. Letztere hat Thorz durchgehends aus mittelbaren Quellen geschöpft. Auch ist er mit der Literatur dieser Controverse wenig vertraut. Daß nicht nur C. Baronius, der berühmte J. Fisher und der Bollandist Sollerius die Ansicht der Kirche vertheidigten, sondern eine lange Reihe von Gelehrten besten Klanges: B. Socio, M. Grandval, Huet, C. Jansenius, Maldonat, Natalis Alexander, Lamy, Mauduit, Pezron dasselbe unternahmen, ist ihm gänzlich unbekannt geblieben. Ueberhaupt erscheint uns die ganze Schrift unbegründet. Denn, wenn wie der Verfasser richtig gesteht: „die Autorität der Kirche in dieser Frage die höchste“ ist, wozu sind dann die Hiebe gegen C. Baronius, der die Ansicht der Kirche vertritt? Wozu die ganze Beweisführung, von welcher Thorz S. 3 bemerkt, sie komme freilich in Collision mit unserem Brevier.

Recensionen.

Die Ablässe, ihr Wesen und ihr Gebrauch. Von P. A. Maurel, Priester der Gesellschaft Jesu. Nach der neunten französischen Ausgabe mit Genehmigung des Verfassers übersetzt von einem Mitgliede derselben Gesellschaft. Zweite verbesserte Auflage. Mit Genehmigung geistlicher Obrigkeit. Paderborn 1863. Schöningh. S. XVIII u. 516. 8. Pr. 24 Ngr.

Der Ablaß in der katholischen Kirche ist eine von jenen Lehren, die trotz vieler und gründlicher Darstellungen noch immer, selbst von manchen Katholiken, mißverstanden und irrig aufgefaßt werden. Noch immer sind manche von der Ansicht befangen, es werde durch den Ablaß entweder die Schuld der Sünde selbst, oder doch die ewige Strafe, welche die Folge der Todsünde ist, erlassen, da doch beide nur durch die würdig empfangene sakramentale Lossprechung getilgt werden. Noch öfter begegnet man irrigen Ansichten in Bezug auf die Arten des Ablasses und auf die Mittel und Wege, durch welche der reuige Sünder sich die Gnaden desselben erwerben kann. Mit großer Freude begrüßten wir daher das gleichfalls 1863 erschienene Werkchen von Dr. V. Gröne: „Der Ablaß, seine Geschichte und Bedeutung in der Heilsökonomie. Regensburg bei Manz", welcher von dem richtigen Standpunkte ausgehend, daß eine blos katechetische Kenntniß der Wahrheiten des Christenthums heutzutage nur den Wenigsten mehr genügt, die Lehre vom Ablasse einer tief eingehenden Prüfung unterzieht und nachweiset, daß sie die dreifache Probe, der Geschichte, des Verstandes und der Moral bestehen kann, und daß die katholische Kirche auch in betreff dieser Lehre keine Verdummungsanstalt, sondern wie im Ganzen und Großen, so in jeder einzelnen ihrer Lehren, ein Licht der Völker, die Säule und Grundfeste der Wahrheit ist, welche dem wirklich geistigen Fortschritt der Menschheit überall Rechnung trägt. Befriediget daher dieses Buch durch seinen fleißigen Nachweis aller Quellen, die mit vielem Geschicke benützt sind, und durch seine klare Darstellung insbesondere auch den gebildeten Laien, so dürfte das oben angeführte

Werk von Maurel ganz vorzüglich für den praktischen Seelsorger ein wahres Schatzkästlein werden. Wie oft kommt dieser in seinem pastoralen Leben nicht in die Gelegenheit, über diesen oder jenen zu gewinnenden Ablaß einen Aufschluß geben, diese oder jene unrichtige Praxis berichtigen zu sollen. Mit Hilfe dieses Buches wird ihm Beides ungemein erleichtert. Der Verfasser bemerkt mit Recht (S. VI): „Handelte es sich nur um theologische Grundsätze und Beweise aus der heil. Schrift oder Ueberlieferung, auf denen die Wahrheit, Verleihung und Wirksamkeit der Ablässe beruht, so wäre hier wenig Schwierigkeit, und neue Werke würden überflüssig sein; haben ja ausgezeichnete Lehrer der heil. Wissenschaft, Kirchenversammlungen und apostolische Verordnungen längst schon unsern Glauben in diesem Punkte festgestellt, und gegenüber der Irrlehre und dem Unglauben vollständig gerechtfertigt. Soll aber die praktische Seite der Ablässe erörtert werden, d. h. der Wortlaut und die Echtheit der sie bewilligenden Actenstücke, wie Bullen, Decrete, Rescripte u. s. w., ferner die Bedingungen, an welche sie geknüpft sind und ohne die man sie nicht gewinnt, dann erheben sich Zweifel und Ungewißheiten, welche lösen und zu entfernen man sich bemühen muß."

Diese praktischen Schwierigkeiten nun zu heben, ist das Buch Maurels vorzüglich bestimmt. Ueber die Entstehung desselben gibt er selbst folgenden Aufschluß: Er war durch einige Jahre an einem der besuchtesten Wallfahrtsorte der katholischen Kirche, an dem Heiligthum unserer lieben Frau zu Fourvière versetzt. Die zahlreichen Wallfahrer pflegen daselbst irgend ein Andenken, etwa ein Crucifix, eine Marienmedaille, ein Bild, einen Rosenkranz mitzunehmen, Gegenstände, die sie segnen und mit Ablässen versehen lassen. Einige nehmen das Scapulier vom Berge Carmel, oder das der unbefleckten Empfängniß, andere lassen sich in die Bruderschaft des heil. Herzens Mariä aufnehmen u. s. w. Die Meisten wollen sich zugleich über die Segnungen und Ablässe, verschiedene Andachten und Bruderschaften belehren lassen. Aber man konnte, trotz des Nachschlagens in den vorhandenen Büchern, doch mehr denn einmal den Wallfahrern nur ungenügende oder ungenaue Antworten ertheilen. Der Schmerz darüber bewog den Verfasser, seine Obern um die Erlaubniß anzugehen, dieses Werkchen schreiben zu dürfen. Er wendete sich allsogleich an die eigentliche Hauptquelle für Alles, was auf Ablässe Bezug hat, nach Rom. Er trat in Briefwechsel mit den ausgezeichnetsten Theologen daselbst, und in Bezug auf den praktischen Theil unterstützte ihn besonders die Wissenschaft und langjährige Erfahrung des hochgeehrten Substituts der heil. Congregation, der Ablässe und der heil. Reliquien, des Monsignor Aloisius Prinzivalli, der schon 38 Jahre Mitglied jener Congregation ist. Diesem legte er alle seine Zweifel und Bemerkungen vor, und erhielt über Alles Antwort. Durch Prinzivalli's Bemühen erschien eben damals auch die 13. Auflage der Raccolta d'orazioni e pie opere. Sammlung von Gebeten und frommen Werken, die von den Päpsten mit Ablässen versehen sind, deren Verfasser der fromme Domherr D. Telesphor Galli, Consultor der heil. Congregation der Ablässe, ist. Diese Sammlung wurde zuerst im Jahre 1807 zu Rom gedruckt. Die 12. und 13. Auflage besorgte und verbesserte Prinzivalli und vermehrte dieselbe mit den von Pius IX. gnädigst bewilligten Ablässen. Die heil. Congregation der Ablässe hat diese Ausgabe für authentisch erklärt und ausdrücklich gutgeheißen („omnibus Christi fidelibus vivis et defuntis maxime perutile fore probavit et ut authenticum recognovit.“ 15. Dec. 1854). Diese 13. Auflage der Raccolta ist bei dem Werke Maurel's durchgängig benützt, welchem auch auf einen von Prinzivalli an die betreffende Congregation erstatteten Bericht Se. Eminenz, der Präfect der Congregation, seine Gutheißung verlieh. Gleich die erste Auflage wurde in Frankreich, sowohl in religiösen Zeitschriften als auch sonst ungemein günstig beurtheilt; rief aber doch auch zugleich manche Anfragen und Zweifel hervor. Um diese vollständig lösen zu können, ging der Verfasser selbst nach Rom, und so entstand die zweite, stark vermehrte, an manchen Stellen verbesserte Ausgabe, die abermals durch ein Decret der heil. Congregation der Ablässe empfohlen wurde, und der auch Se. Heiligkeit Pius IX. seinen Segen zu ertheilen geruhte. Seitdem erschien das Werk in neun Auflagen und nach der neunten wurde die gegenwärtige Uebersetzung gearbeitet, die nun ebenfalls schon in der zweiten Auflage vor uns liegt.

Das Werk zerfällt in drei Theile. Der erste (S. 1—95) enthält die dogmatischen und allgemeinen Begriffe. Nachdem der Verfasser das Wesen und die Grundlagen des Ablasses dargestellt, und die Lehre der Kirche über die Gewalt, Ablässe zu ertheilen, entwickelt hat, spricht er über die heilsamen Wirkungen des Gebrauches der Ablässe und darüber, ob und wie sie den armen Seelen im Fegfeuer zugewendet werden können. Daran reiht sich eine sehr genaue Erörterung über die verschiedenen Arten von Ablässen und über die nothwendigen Erfordernisse zur Gewinnung derselben. Der Verfasser beantwortet hierauf noch die Frage, ob bei Verlegung eines Festes von dem Tage, auf den es fällt, auf einen anderen Tag auch die mit dem Feste verbundenen Ablässe verlegt werden. — Der zweite, und in diesem Werke der wichtigste Theil enthält den eigentlichen Kern der Arbeit, nämlich die besonderen Bemerkungen und Uebungen. Derselbe umfaßt allerdings nicht alle Gebete, fromme Uebungen, alle Werke des christlichen Eifers, alle frommen Vereine und Bruderschaften, denen die Päpste Ablässe verliehen, denn „diese Arbeit wäre unermeßlich“ und liegt auch nicht in der Absicht des Verfassers, der offenbar nur auf diejenigen Ablässe die Aufmerksamkeit der Gläubigen hinlenken wollte, welche mit den am allgemeinsten verbreiteten Gebeten, frommen Uebungen, Werken der Liebe und des Seeleneifers verbunden sind, so wie auch mit jenen Bruderschaften und Vereinen, welche allgemeiner bekannt sind, und in welche sie sich gern einschreiben lassen. Mit der zweckmäßigen Zusammenstellung und — was besonders hervorzuheben ist — mit der quellenmäßigen Nachweisung ihrer Echtheit hat sich der Verfasser ein großes Verdienst erworben. Wie ich schon oben bemerkte, geschehen ja häufig genug ganz unrichtige Anwendungen von kirchlichen Erlässen, in welchen Ablässe verkündet werden, und der Seelsorger ist oft beim besten Willen nicht im Stande, diese Irrungen in ihrer Unhaltbarkeit darzulegen, weil er dieselbe nicht quellenmäßig beweisen kann. Für ihn muß also die Sammlung Maurel's ungemein erwünscht sein; aber auch dem gläubigen Laien wird sie von großem Nutzen sein, der die Gnaden der Ablässe sich erwerben, die Mißbräuche jedoch vermeiden will. — Nach einigen allgemeinen belehrenden Bemerkungen über die Art der Publication und der Gewinnung der Ablässe, geht Maurel über zur Erörterung der einzelnen frommen Uebungen, die in acht Abschnitte zusammengestellt sind, und zwar 1. Gebete, 2. fromme Uebungen, 3. besondere Andachten, 4. Werke des Seeleneifers und der Liebe, 5. Bruderschaften und fromme Vereine, 6. Einsegnung frommer Gegenstände, Kreuze, Rosenkränze u. s. w. 7. besondere Ablässe (Portiuncula, Jubiläum, altare privilegiatum u. s. w.) 8. besondere Ablässe für Ordensleute. Jeder der einzelnen Abschnitte enthält eine große Anzahl jener frommen Uebungen oder Werke, mit denen Ablässe verbunden sind, und immer zugleich auch die nöthige Belehrung über die Art der Verrichtung dieser Werke, worauf es ja eben am meisten ankommt und worüber dennoch unter den Gläubigen oft eine große Unklarheit herrscht. Ich will nur einige Punkte näher bezeichnen. Welch reichen geistigen Segen kann ein Seelsorger unter seinen Pfarrkindern oder sonst unter den Gläubigen stiften, wenn er sie nur über einige von den vielen Gebeten, mit denen päpstliche Ablässe zu gewinnen sind, genauer belehrt, z. B. über das dreimal „Heilig", über das „Gloria Patri", über das „Memorare", über Schlußgebete, über die heiligsten Namen „Jesus" und „Maria", über „der Engel des Herrn", das „Salve Regina", „Sub tuum praesidium" u. s. w.; oder wenn er ihnen gründliche Anweisung gibt, gewisse besondere Andachten, die auch sonst gern verrichtet werden, die aber zugleich, recht verrichtet, reiche Ablässe gewinnen lassen, eben im Geiste und nach der Intention der Kirche zu verrichten. Hieher gehört z. B. die Andacht des Kreuzweges, des Rosenkranzes, des vierzigstündigen Gebetes, des Marien=Monates u. s. w. Ueber alle diese und noch sehr viele andere Andachten und gottselige Werke, und die damit verbundenen Ablässe, ist hier ein vollkommen genügender, und — was ich noch einmal betonen muß — ein auf die authentischen Quellen hinweisender Aufschluß gegeben, die, weil sie genau citirt sind, die Selbstprüfung erleichtern. Der dritte, ebenfalls nicht unwichtige Theil (S. 318—346) enthält eine Reihe von Formularen theils bei verschiedenen Einsegnungen z. B. benedictio crucis, imaginum, coronarum seu rosariorum u. s. w., theils bei verschiedenen Gelegenheiten z. B. ritus benedicendi et imponendi scapulare rubrum, oder bei der Aufnahme in Bruderschaften üblich, so wie den ordo und modus communicandi indulgentiam plenariam morientibus. Aus dieser nur kurz angedeuteten Uebersicht des Inhaltes ist ersichtlich, wie wichtig und wie segensvoll derselbe werden kann, wenn Seelsorger oder fromme Laien von demselben eine rechte Anwendung, die oft so leicht ist, machen wollen; und ich kann darum den gerechten Wunsch aussprechen, daß dieses Buch in keiner einzigen Pfarrbibliothek fehlen sollte.

Dr. Benedict Gsell.

Das Weihwasser im neunzehnten Jahrhundert. Von Gaume, apostolischem Protonotar. Mit Genehmigung des Verfassers aus dem Französischen übersetzt von J. K. Regensburg, 1866. Druck und Verlag von Georg Joseph Manz. 214 S. 8. Preis 3/4 Thl.

Diese Schrift enthält 23 Briefe, gerichtet von dem hochverdienten Verfasser an einen deutschen Freund zur Belehrung über die Kraft des Weihwassers und die Motive, dessen Gebrauch den mancherlei Angriffen gegenüber zu rechtfertigen. (1. Brief). Ihr Titel: „Das Weihwasser im neunzehnten Jahrhundert“ will andeuten, was dasselbe der Gegenwart, weil im Privatgebrauche vielfach gar nicht oder nur gedankenlos angewendet, nicht ist, und doch sein sollte, weil es von der Kirche als ein Mittel zur Bewältigung dämonischer Einflüsse betrachtet wird, die auch in mehreren Erscheinungen unseres Jahrhunderts, z. B. im Spiritismus sich geltend machen (2. Brief). Diesen Grundgedanken entwickelt die Schrift in folgender Weise: Das Weihwasser ist ein Sakramentale. Wie die Lehre der Theologen, die Praxis der Kirche und unbestreitbare Thatsachen bezeugen, sind die Wirkungen der Sakramentalien im Allgemeinen: „1. Die Nachlassung läßlicher Sünden, 2. die Verleihung wirklicher Gnaden, 3. die Nachlassung der zeitlichen Strafen, 4. die Austreibung der Dämonen, 5. die Verleihung der Gesundheit und der heilsamen Güter“ (3. u. 4. Brief). Vermögen wir auch ihre Wirkungsweise nicht zu erklären, so ist sie doch als eine operatio ex opere operato und operantis zu betrachten, so daß dieselben, sieben an der Zahl, ein treffliches Heil- und Schutzmittel sind „in moralischen Kämpfen, Krankheiten und Nöthen“ (5. Brief). Das Wasser ist in der natürlichen Ordnung der Dinge die „Mutter der Welt, weil Himmel und Erde aus ihr gebildet wurden“ und „das Blut der Natur“, weil Bedingung ihrer „tausend verschiedenen Produktionen;“ in der moralischen Ordnung dagegen ist es Substrat mehrerer Culthandlungen und wurde namentlich als Materie der Taufe schon wiederholt durch Wunder verherrlicht (6. Brief). Durch die Weihe wird es „dem Einflusse Satans entzogen und zur Hervorbringung übernatürlicher Wirkungen fähig gemacht;“ hiezu hat die Kirche von Christus die Bevollmächtigung erhalten, ein Wasser, dem man eine reinigende und sühnende Kraft vindicirte, war jedoch schon vor Christus bei Juden und Heiden im Gebrauche (7. Brief). Christus heiligte durch seine Taufe im Jordan das Wasser; die Einsetzung des Weihwassers im kirchlichen Sinne stammt von Papst Alexander I.; nach dem achten Buche der apostolischen Constitutionen hat der Apostel Matthäus „die Formel der Wasserweihe“ angeordnet. Es gibt übrigens drei Gattungen von Weihwasser: Das Wasser zur Einweihung und Reconciliation der Kirchen, das Taufwasser und das gewöhnliche Weihwasser. Ersterem ist aus tiefsinnigen symbolischen Gründen Salz, Asche und Wein beigemischt (8. Brief). Das Taufwasser dient zur Vermittlung der Wiedergeburt; darum ist seine Weihe mit einem ergreifenden Ritus umgeben. Es wird ihm Oel und Balsam beigemischt; jenes ist um seiner natürlichen

Eigenschaften willen ein Sinnbild der übernatürlichen Gnade und genoß schon bei den Heiden eine „religiöse Achtung und Werthschätzung;" dieser wird aus einer niedrigen Staude gewonnen, welche ursprünglich nur in Judäa „auf dem Hügel Engaddi in der Nähe von Jericho" heimisch war, und von dort in andere Gegenden verpflanzt wurde. Weil aus Judäa stammend, durch Einschnitt in die Staude gewonnen, alle anderen Wohlgerüche übertreffend, sehr kräftig wirkend, vor Fäulniß und Verwesung bewahrend und Schlangengift unschädlich machend ist es ein Sinnbild des Heilandes. Mit seinem Heilande durch die Taufe verbunden soll jeder Christ „ein Wohlgeruch Christi" sein, wobei nicht außer Acht zu lassen, „daß in moralischer wie in physischer Hinsicht jeder Mensch seinen besonderen Geruch hat," der sich zwar im gewöhnlichen Leben der sinnlichen Wahrnehmung entzieht, aber an vielen Heiligen bemerkt worden ist (8., 9., 10., 11., 12. Brief). — Das gewöhnliche Weihwasser hat den Zweck zu reinigen und zu bewahren. Es reinigt den Menschen „von den durch die läßliche Sünde nur zu oft erhaltenen Makeln, die übrigen Geschöpfe von den schlimmen und schädlichen Eigenschaften, die von den verderblichen Einflüssen des bösen Geistes herrühren"; es bewahrt „den Menschen vor den Versuchungen des Satans, dieser allzu gewöhnlichen Quelle der Sünde und Verderbniß; den Menschen und alle anderen Geschöpfe vor Allem, was ob der Bosheit des großen Menschenmörders ihr Leben, ihre Gesundheit, ihre Güter bedroht und sie durch Abwendung von ihrem vorgesetzten Ziele unglücklich zu machen sucht." Diese doppelte Bestimmung ist in dem kirchlichen Benediktionsformulare ausgedrückt (13. Brief). Daß dem Weihwasser einiges Salz beigemischt ist, erklärt sich theils aus symbolischen, theils aus historischen Gründen; denn das Salz „befruchtet, bewahrt, schützt vor Verwesung und vertritt" insoferne „gleichsam die Stelle der Seele"; es kam schon im socialen Leben vorchristlicher Völker bei Schließung von Verträgen, bei Contrahirung von Ehebündnissen und zur Bezeugung der Gastfreundschaft, um die Dauerhaftigkeit solcher Verhältnisse zu sinnbilden, zur Anwendung; auch wurden Opfer von Juden und Heiden mit Salz bestreut, weil Salz „die Speisen angenehm und verdaulich macht" und darum die innere Verfassung symbolisirt, welche das äußere Opfer begleiten soll (14. u. 15. Brief). Was die Wirkungen des Weihwassers betrifft, so vermittelt es: 1. „Verzeihung der läßlichen Sünden: sanitas mentis; 2. Nachlaß der für die Sünden gebührenden zeitlichen Strafen: in salutem credentium; 3. verschafft die Gesundheit des Leibes: sanitas corporis; 4. vertreibt den bösen Geist und macht seine Ränke zu nichte: effugiat omnis versutia diabolicae fraudis omnisque spiritus immundus; 5. verhütet die Krankheiten und Plagen, welche immer sie sein mögen: non illic resideat spiritus pestilens etc. Die Folge davon ist, daß unser Leib, unsere Seele und unser Hab und Gut unter den Schutz des heiligen Geistes gestellt werden: et praesentia s. spiritus nobis ubique adesse dignetur." Thatsächliche Beweise für die beiden ersten Wirkungen, deren Eintritt durch den Stand der Gnade und die Abwesenheit einer Neigung zu läßlichen Sünden bedingt ist, können selbstverständlich nicht beigebracht werden; die Realität der übrigen Wirkungen aber ist sehr oft und namentlich solchen physischen Uebeln gegenüber, welche von dämonischen Einflüssen herrühren, im christlichen Alterthume faktisch bezeugt worden (16., 17., 18., 19. Brief). Wollte man diese auffallenden Thatsachen darum bezweifeln, weil man sie nicht selbst beobachtet habe, so wäre zu entgegnen, daß es Thorheit sei, nur die Objekte der Autopsie für wahr zu halten, und Jedermann Vieles glaube, was er nicht selbst gesehen, weil es der Vergangenheit angehört; zudem sind die fraglichen Thatsachen hinlänglich bezeugt und haben sich ähnliche auch noch in späteren Jahrhunderten und selbst im laufenden wiederholt (20. Brief). Die Frage, warum das Weihwasser nicht immer so augenfällig wirke, ist ungehörig, weil wir auch die Ursache vieler anderer Erscheinungen nicht erkennen und die Nichterkenntniß der Ursache die Realität der Wirkung nicht beeinträchtigt. Was Gott „durch sich selbst oder durch seinen Diener segnete," ist gesegnet und dieser Segen wirkt unfehlbar, sobald er auf ein Geschöpf fällt, das ihm kein Hinderniß in den Weg stellen kann, wie die unbeseelten Wesen". Jedenfalls wurde die Wirksamkeit des Weihwassers „von allen wahren Katholiken des Morgen- und Abendlandes" anerkannt; man bediente sich desselben in der Kirche, im Hause, auf Feldern, Morgens und Abends, bei öffentlichen Bedrängnissen und zum Frommen schwer Kranker; selbst Todte und Begräbnißstätten wurden und werden damit besprengt, weil es „uns reinigt und den Zerstreuungen und Versuchungen durch den Feind zuvorkommt, damit unsere Gebete für die Verstorbenen ihnen nützlicher sein;" weil „es von den Leibern der Todten die bösen Geister ferne hält, die wegen des Bösen, das sie ihnen im Leben nicht zufügen konnten, nach dem Tode noch sich zu rächen streben;" weil es endlich auch „unserem Wunsche Ausdruck gibt, den Hingeschiedenen die Leiden und Qualen des Fegfeuers zu lindern" (21. und 22. Brief). Nicht gewohnheitsmäßig, sondern „mit Verständniß der Sache und aus persönlicher Ueberzeugung" soll sich daher der Katholik des Weihwassers bedienen beim Eintritte in die Kirche, bei der sonntäglichen Austheilung, im eigenen Hause, Morgens und Abends, in Versuchungen, auf der Reise, bei Landplagen und Krankheiten. Sehr zu empfehlen ist die jährliche feierliche Segnung der Häuser (23. Brief). — Dies ist der Inhalt unserer Schrift. Seine Entwickelung bewegt sich nicht in gedrängt wissenschaftlicher, sondern, wie schon die gewählte Briefform erwarten läßt, in einer mehr rhetorischen, effectvollen Sprache. Sie athmet eine glühende Begeisterung für ihren Gegenstand, eine gläubig-fromme Werthschätzung der kirchlichen Weihungen und Segnungen, ein sinniges Verständniß ihrer rituellen Formen, deren tiefe, dem oberflächlichen Auge ungewöhnliche Symbolik in gründlicher, oft frappanter, hin und wieder leider auch allzu gekünstelter Weise gedeutet wird. — Was aber die Kraft und Wirksamkeit des Weihwassers betrifft, so hat darüber die Kirche eine lehramtliche Entscheidung nicht gegeben; auch zählt dieser Punkt nicht zu den materiellen Dogmen; somit dürfte die Behauptung, es sei eine „Ketzerei," die Kraft desselben zur Hervorbringung der angegebenen Erfolge läugnen zu wollen (S. 133), unmotivirt sein. Zum Mindesten mißdeutbar ist der Satz, „es empfange das Wasser durch den Segen der Kirche unfehlbar alle in der Segensformel ausgesprochenen Eigenschaften" (S. 181); denn die kirchlichen Segnungen enthalten keine collatio passiva oder imperativa, sondern nur eine collatio votiva oder optativa und wirken non semper et infallibiliter, sed per modum impetrationis ex meritis ecclesiae (Bened. Constant). Wenn ein Priester nach dem von der Kirche vorgeschriebenen Ritus Wasser geweiht hat, so fällt es allerdings Niemanden ein, nach dem Glauben und der sittlichen Beschaffenheit jenes Priesters zu fragen, um dieses Wasser als Weihwasser anzuerkennen und ihm die im Weiheformular ausgesprochenen Eigenschaften beizulegen. Objectiv nämlich wirken die Sakramentalien ex opere operato; die Macht zu segnen hat die Kirche von Christus erhalten und sie segnet im Namen Christi, ja Christus segnet durch sie, weil sie sein mystischer Leib ist. Wer möchte also sagen, ein solcher Segen sei unwirksam oder hänge ab von der Würdigkeit des Organs, welches ihn vermittelt? Aber die Wirksamkeit der Sakramentalien in dem oder für den Menschen ist ordentlicher Weise wesentlich durch ihn selbst bedingt; subjectiv wirken sie ex opere operantium. Dieses wichtige Moment hätte nach unserm Dafürhalten unser Buch, um mißliebigen Deutungen vorzubeugen, schärfer betonen sollen, als es wirklich geschehen ist. „Nimmt Jemand", sagt Mattes in seinem gediegenen Artikel über die Sakramentalien im Freiburger Kirchenlexicon, „von geweihtem Wasser, um mittelst desselben zu wirken, was an sich oder objectiv möglich ist, nämlich dämonische Einflüsse von sich abzuhalten und Reinheit der Gesinnung zu bewahren, dann hängt die beabsichtigte Wirkung wesentlich von ihm selber ab. Wälzt er sich unterdessen im Schmutz und verrichtet er Werke des Teufels, so mag er sich mit dem Weihwasser nicht nur besprengen, sondern übergießen, es kann ihm nicht nützen; darum ist aber die Wirkung, wenn sie erfolgt, nicht dem Menschen als solchem zuzuschreiben; das eigentlich Wirkende ist das Weihwasser oder die in diesem vorhandene Kraft" des Namens Jesu und des Kreuzzeichens; „aber dieses Wirken findet nicht ohne den Menschen Statt oder es vollzieht sich nur mittelst des Menschen." — Daß das Weihwasser „die Verzeihung der läßlichen Sünden und Nachlaß der für die Sünde gebührenden zeitlichen Strafen bewirke," behauptet unsere Schrift, ohne es entsprechend zu begründen. Wie diese Wirkung eintrete, bleibt gänzlich unerörtert. Und doch sind unseres Bedenkens schwere Mißverständnisse unvermeidlich, wenn man nicht entschieden betont, daß die fragliche Wirkung nur eine mittelbare und indirekte sei und sein könne. Die Nachlassung läßlicher Sünden, lehrt Thomas von Aquin, bedingt „aliquis actus procedens ex gratia, quo aliquis detestetur peccatum veniale vel explicite vel saltem implicite, sicut cum aliquis ferventer movetur in Deum," und das Weihwasser bewirkt sie, „in quantum est cum aliquo motu reverentiae in Deum et ad res divinas" (Summ. III. qu. 87. art. 3. cf. qu. 65. art. 1. ad. 6. qu. 83. art. 3. ad 3.) Ferraris (bibl. prompt. ad V. Peccatum N. 52) leitet die Nachlassung läßlicher Sünden mittelst der Sakramentalien ab ex opere operato, remote tamen et mediate, quatenus nempe per preces ecclesiae junctas rebus sacramentalibus, dum iis pie utimur, movetur Deus (etsi non infallibiliter), ut in nobis excitet pios illos motus, quibus annexa est remissio venialium;

partim ex opere operantis, quatenus homo iis sacramentalibus pie utitur in remedium ac remissionem peccatorum suorum cum piis motibus displicentiae peccatorum, conversionis in Deum, amoris adorationis et hujusmodi.“ Aehnlich urtheilt auch Alphons von Liguori. Im hom. apost. (append. III. n. 3.) erklärt er ausdrücklich: „Sacramentalia non habent per se vim remittendi peccata, sed tantum impetrandi auxilia divina ad eliciendos actus bonos, quibus postea peccata remittuntur,“ und in seiner theol. moral. libr. IV. n. 90—94 erläutert er diese Auffassung in folgender Weise: „Sacramentalia non habent vim ex opere operato conferendi gratiam aut remittendi peccata vi sua et per se, sed tantum, quatenus in nobis pium motum excitant. Ratio prioris est, tum quia nusquam promissio gratiae aut remissionis peccatorum iis facta reperitur, tum quia peccatum etiam veniale non remittitur sine infusione gratiae, quam conferendi ea nullam per se habent vim. Ratio posterioris est, quia id accomodatum est sacramentalium institutioni et consecrationi, quae fit per preces ecclesiae, quibus ipsa nobis tales motus precatur.“ Diese Erklärung, welche auch Ambergers Pastoraltheologie (III. Bd. S. 982) adoptirt, dürfte selbst zur Würdigung jener Thatsachen dienlich sein, welche unser Buch registrirt, um die oft in auffallender, wunderbarer Weise zu Tage getretene Wirksamkeit des Weihwassers zu constatiren, denn die historische Wahrheit solcher außerordentlicher Wirkungen vorausgesetzt, dürfte als deren Causalität kaum das Weihwasser allein und als solches zu proklamiren, sondern auch die Concurrenz anderweitiger Umstände z. B. der Intercession heiligmäßiger Personen, des Einflusses besonderer Gebets- und Fastenübungen u. s. w. in Rechnung zu bringen sein. Gehen wir ins Einzelne, so glauben wir die S. 20 gegebene Definition der Sakramentalien („äußere religiöse Akte, die von der Kirche eingeführt und geheiligt die Kraft besitzen, übernatürliche Wirkungen hervorzubringen“); als zu unbestimmt notiren zu sollen. Ihre Zahl ist weder kirchlich, noch theologisch fixirt (S. 35), indem über dieselbe keine officielle Erklärung vorliegt und die Theologen bald sechs, bald sieben, bald noch mehrere annehmen. Ob die bekannte Unterscheidung einer Wirksamkeit ex opere operato und ex opere operantis „mehr scheinbar als wirklich“ sei (S. 31), möchten wir eben so bezweifeln, wie die Beweiskraft der Stelle bei Osee 2, 9 für die einstige Apokatastasis der materiellen Schöpfung und Hebr. 9, 13, 14 für die Wirksamkeit des Weihwassers (S. 55, 64). Wie der Uebersetzer richtig bemerkt, hat die Kritik gegen die Aechtheit der Dekretale des Papstes Alexander I. (C. 20. Dist. III. de consecr.) sehr gewichtige Bedenken erhoben, die aber unser verehrter Verfasser unbeachtet läßt; auch bilden die apostolischen Constitutionen nicht wie es S. 65 heißt, ein Glied in der Kette der Ueberlieferung von P. Alexander I. bis Christus, weil sie und namentlich ihr achtes Buch einer späteren Zeit angehören. — Manche Aeußerungen klingen uns nicht maßvoll genug, sondern, um nicht mehr zu sagen, allzu mystisch, z. B. Die Benediktion macht aus dem Salze „ein Princip der Heiligung“ (S. 111); „das Salz ist das vorherrschende Element beim gewöhnlichen Weihwasser oder, wenn man will, das erzeugende Princip“ (S. 116). „Das Salz theilt nicht bloß allen Wesen die Fruchtbarkeit mit, sondern einer zärtlichen Mutter ähnlich, trägt es auch Sorge für ihre Kinder, ernährt und erhält sie. Die von der Vorsehung ihm bestimmte Aufgabe und seine Liebe zu uns ist derart, daß es uns sogar nach dem Tode nicht verläßt. Mit mehr als mütterlicher Liebe schließt es sich mit uns im Grabe ein und bleibt daselbst, um unsere Leiber so lange als möglich vor Verwesung zu bewahren und ihnen so eine Art Unsterblichkeit zu verleihen. Durch selbes erlangen wir zumeist die drei höchsten Güter der Natur: daß wir sind, daß wir wohl sind und daß wir fast ohne Aufhören sind" (S. 119 aus dem spanischen Schriftsteller Gomes citirt). — „Es kann nichts Würdevolleres und Erhabeneres geben, als das Weihwasser; denn es geht bis zum Anfange der Welt zurück" (S. 57); die Asche im Consecrationswasser „sinnbildet nicht die Demuth eines gewöhnlichen Menschen oder eines Volkes, sondern die Demuth des Gottmenschen, des Repräsentanten der ganzen Menschheit; ich frage dich nun, welche Gewalt muß diese Asche, das Sinnbild seines eingebornen Sohnes, auf das Herz des Vaters der Erbarmung ausüben?" (S. 71). „An sich betrachtet und von der Schwere abgesehen trägt die läßliche Sünde alle abscheulichen Merkmale der Todsünde an sich; sie ist Empörung, Undank, Hohn, Thorheit" (S. 136). — Das Weihwasser ist eine „allgewaltige Waffe" (S. 149). — Es ist „Glaubenswahrheit, daß die Luft, die uns umgibt, voll von Dämonen ist" (S. 154).

Ungeachtet dieser Bemerkungen, die sich uns aufdrängen, glauben wir das besprochene Buch vielseitiger Beachtung empfehlen zu sollen. Es ist ganz geeignet, einen Verächter des Weihwassers eines Besseren zu belehren und über die sinnige Weisheit aufzuklären, welche die Kirche auch in ihren Riten und Gebräuchen leitet. Die Uebersetzung liest sich, einige wenige sprachliche Unebenheiten abgerechnet, vortrefflich.

Regensburg. Dr. J. B. Kraus.

Die auf S. 120 aufgestellte Behauptung, daß die Sacramentalien objectio ex opere operato wirken, wenngleich subjectio ex opere operantis, vermag wohl kaum auf Richtigkeit Anspruch zu machen. Sie widerstreitet der gemeinsamen Ansicht der Theologen und der Lehre des Wiener Provinzial-Concils Tit. III., cap. 14., wo es heißt: „Sacramentalia, — licet sanctificandi vim opere operato se exserentem non habeant, tamen, quando debita cum intentione adhibentur, Pater misericordiarum et luminum pios in nobis motus excitat etc." Die richtige Anschauung dieser Sache ist: Sie wirken per modum impetrationis, ratione precum Ecclesiae.

D. Red.

Kirchliche Geographie und Statistik, oder Darstellung des heutigen Zustandes der katholischen Kirche mit steter Rücksicht auf die früheren Zeiten und im Hinblick auf die anderen Religionsgemeinschaften. Von Stephan Jakob Neher, Priester der Diöcese Rottenburg. Specielle kirchliche Geographie und Statistik. Erste Abtheilung: die europäischen Kirchenprovinzen. Erster Band: Kirchliche Geographie und Statistik von Italien, Spanien, Portugal und Frankreich. Regensburg 1864. Manz, XV u. 617 S. 8°. Zweiter Band: Kirchliche Geographie und Statistik von Irland, Großbritannien, Niederlande, Schweiz, Deutschland und den angrenzenden Staaten, Rußland, Türkei und Griechenland, Regensburg 1865. Manz. VIII u. 568 S. 8°. Pr. à $2^1/_2$ Thl.

Vorstehend bezeichnetes Werk liegt uns bis jetzt, was den projectirten Umfang betrifft, zur Hälfte vor. Die vorliegenden zwei Bände enthalten die specielle Geographie und Statistik der europäischen Kirchenprovinzen, des ganzen Werkes erste Abtheilung. Die zweite Abtheilung des Werkes, welche die außereuropäischen Kirchenprovinzen darstellen soll, wird in einem dritten Bande versprochen, und der vierte Band soll zum Schluße die allgemeine kirchliche Geographie und Statistik umfassen.

Die Schwierigkeiten, womit ein solches literarisches Unternehmen zu kämpfen hat, sind größer, als es auf den ersten Blick scheinen möchte, und für den einzelnen Mann fast unüberwindlich. An Vorarbeiten ist nur sehr Weniges vorhanden, und dies Wenige ist zudem äußerst mangelhaft und unzuverlässig. Die Wissenschaft der „Statistik" ist überhaupt erst von neuerem Datum, die „kirchliche Statistik" aber will erst geschaffen werden. Ein competenter Kritiker des Neher'schen Werkes, Professor Schulte in Prag, hat in mehreren Artikeln der „Allgemeinen Literaturzeitung" (vgl. Nr. 15, 16 u. 48 Jahrg. 1865), worin er vorliegenden zwei Bänden eine ausführliche Besprechung widmete, die ersten und nothwendigsten Anforderungen, welchen die Wissenschaft der kirchlichen Statistik zu entsprechen hat, mit gewohnter Klarheit und Schärfe hervorgehoben. Von vorneherein konnte nicht erwartet werden, daß der erste Versuch einer vollständigen kirchlichen Geographie und Statistik — einen solchen müssen wir Neher's Arbeit wenigstens auf katholischer Seite nennen, indem die bezüglichen Schriften von dem Karmeliter P. Karl vom heiligen Aloys auf solchen Namen keinen Anspruch machen, — die Wünsche der Wissenschaft befriedigen werde, selbst wenn diese sich auf das bescheidenste Maß beschränkten. Offenbar war auch Herr Neher nicht in der Lage, daß er die wirklich schon vorhandenen Hilfsmittel für seine Arbeit vollständig hätte ausbeuten können. Primäre Quellen fehlen hier noch größtentheils, die secundären und tertiären Quellen, welche Ersatz leisten sollen, gestehen, soweit sie sich noch einiges Ansehen wahren, die Unzuverlässigkeit ihrer Angaben selbst ein und bringen das ohnedies schwankende Material ihrerseits noch in weitere Schwankungen. Dem Verfasser freilich kann nicht als Schuld aufgebürdet werden, was Andere gethan oder unterlassen haben. In der Lage, worin der Verfasser sich immer befand, und versehen mit den Mitteln, die ihm theils Anfangs zu Gebote standen, theils erst während der Arbeit zur Verfügung gestellt wurden, soll derselbe nicht darüber gefragt werden: wie er es wagen konnte, an die Lösung einer so schweren Aufgabe zu gehen. Vielmehr soll, weil hier eine wirkliche Lücke in unserer Literatur auszufüllen war, die Arbeit des Verfassers vollständig anerkannt und dem ganzen Unternehmen aller mögliche Vorschub geleistet werden. In diesem Sinne wollen nachfolgende Bemerkungen gedeutet sein, welche auf einige Mängel des Werkes aufmerksam machen, die der Verfasser auch bei seinem unzureichenden Material leicht hätte vermeiden können. — Sachgemäß erscheint die Anlage des Werkes auf vier Bände und der jedem Bande zugewiesene geographische Umfang, obgleich der specielle Theil vor den allgemeinen zu stehen kommt. Der Verfasser wird letztere Anordnung zu seiner Zeit rechtfertigen, indem er im Vorworte zum ersten Bande erklärt: „Die allgemeine kirchliche Geographie und Statistik, die einen Band füllen wird und die wir aus besonderen Gründen erst nach der speciellen folgen lassen, wird diese Eintheilung näherhin rechtfertigen." Die Sonderung des speciellen Theiles in zwei Abtheilungen, nämlich einerseits für Europa, anderseits für die außereuropäischen Länder, ist aber nicht nur unbegründet, sondern scheint auch unnöthig, die einzelnen Bände des speciellen Theiles sollen für sich wieder als ein abgeschlossenes Ganzes zu haben sein: „Jeder Band wird übrigens ein für sich abgeschlossenes Ganzes bilden." Wenn dies nun wirklich der Fall ist, wozu dient demnach die Ordnung der drei Bände des speciellen Theiles in zwei Abtheilungen? Jetzt heißen die zwei vorliegenden Bände, welche die erste „Abtheilung" ausmachen, bald „Bände", bald „Halbbände", so daß es zweifelhaft bleibt, ob auch diese zwei Bände oder Halbbände „als ein für sich abgeschlossenes Ganzes" zu haben sind. — Daß der Verfasser bei dem Beginne seiner Arbeit über Aufgabe, Methode und Behandlungsweise sich vollständig klar gewesen, ist kaum anzunehmen, wenn wir seine hierauf bezüglichen Aeußerungen des Vorworts zunächst nur ansehen. „Mit Rücksicht auf die Auffassung und Darstellung der kirchlichen Geographie und Statistik, glaubten wir der mehr historischen Weise den Vorzug geben zu müssen, wobei wir uns jedoch gezwungen sahen, die älteren Klöster, Abteien u. s. w. vorderhand bei Seite zu lassen, und uns mehr nur auf die Beschreibung der Bisthümer an sich zu beschränken. Daß aber selbst hierbei mancher Gegenstand ausführlicher als der andere behandelt, manches nur angedeutet, vieles wohl auch — was wir selbst nur zu sehr fühlen, — mangelhaft dargestellt wurde: das hat seinen Grund in den bald reichen, bald nothdürftigen, bald ganz mangelnden Quellen. So haben wir z. B. über Spanien nur das neueste Concordat vom Jahre 1851 benutzen können, über Frankreich dagegen den neuesten Almanach: France ecclésiastique. Almanach du Clergé pour l'anne de grace 1863. Treizième année. Paris. Ebenso stand uns über Italien gar kein neueres Quellenwerk zu Gebot, und erst nachträglich konnten wir die oft kargen statistischen Angaben nur aus Moroni (Dizionario di erudizione storico-ecclesiastica da S. Pietro sino ai nostri giorni. Compilato dal Cavaliere Gaetano Moroni romano, primo ajutante di Camera di SS. Venezai 1840—1861. Vol. I—CIII) benützen, indem der geehrte Herr Verleger, G. J. Manz, mit rühmlich anzuerkennender Opferwilligkeit uns dieses große Werk zur Verfügung stellte, nachdem das Manuscript schon vollendet war." Hier fehlt jegliche Angabe, was die Wissenschaft der Statistik überhaupt ihre besondere Aufgabe nenne, welches Ziel sie sich vorsetze und auf welchem Wege sie sich fortschreitend dem Ziele nähere. Der Mangel einer klaren und festen Methode ist für die Gestaltung des Werkes nicht weniger verhängnißvoll, als der Mangel des Quellenmaterials. Am wenigsten durfte die größere oder geringere „Ausführlichkeit" der Darstellung nach dem größeren oder geringeren Reichthum der Quellen bemessen werden, die sich zufällig in den Händen des Verfassers befanden. Man ist fast versucht, es für ein Glück anzusehen, daß der Verfasser über keinen größeren Quellenreichthum zu gebieten hatte; denn je vollständiger und reichhaltiger die Quellen vorliegen, desto wirksamer muß die Methode ordnend und sichtend eingreifen, um den ungelenken Stoff dem Ziele der Wissenschaft fügsam zu machen. Wenn der Verfasser seine Darstellung eine „mehr historische" nennt, so vermehrt er nur unsere Verlegenheit, indem wir nicht absehen können, was dieses „mehr" bedeuten soll. — An die „historische" Darstellung ist aber nicht nur viel Raum vergeudet, sondern es wird dadurch auch die Uebersichtlichkeit der statistischen Nachrichten selbst erschwert. Wir lassen diese historische Darstellungsweise in erzählender Form gelten für die „Uebersichten", welche ganzen Ländern vorausgeschickt werden. Aber bei den einzelnen Bisthümern, Städten u. s. w. müßte die breite Form der erzählenden Darstellung jedesmal durch eine einfache statistische Tabelle ersetzt sein. Dazu kommt noch der wirklich „fatale" Umstand, daß der Verfasser in seiner Erzählungsweise sich einiger sprachlicher Constructionen bedient, die der Grammatik ganz unerträglich sind. Fast auf jeder Seite begegnen wir der sprachwidrigen Redeweise: „der Christen sind es", „der Klöster sind es", „der Priester sind es", statt Christen gibt es u. s. w. — In Europa gibt es 112 Erzbisthümer, 498 Bisthümer, 14 apostolische Vicariate, 1 apostolische Präfectur, 143 Millionen Katholiken, 262.500 Priester, so daß im Ganzen auf 550 Laien durchschnittlich 1 Priester gerechnet werden kann. Daneben leben 50 Millionen Protestanten und 49 Millionen schismatische Griechen. In der Bevölkerung Europa's bilden daher die Katholiken nicht nur den Grundstock, von dem die anderen Bekenntnißgemeinschaften durch die Unbilden der Zeit mehr oder weniger getrennt wurden, sondern sie behaupten diesen Gemeinschaften gegenüber auch immerfort noch ein so entschiedenes numerisches Uebergewicht, daß man mit sehenden Augen blind sein muß, um etwa noch an eine Zukunft des Protestantismus glauben zu wollen. Wohlbekannte protestantische Großmauligkeit und Geschäftsbaumeisterei kann freilich von der „alten Sage" nicht ablassen: als ob der Katholicismus die naturgemäße Religionsform der romanischen, der Protestantismus die ebenso natürliche Religionsform der germanischen „Menschenraçe" sei, eine Sage, welche, trotz ihrer Vernichtung durch Gams (vgl. Tübinger Quartalschrift, 1850, S. 197—248) und andere vorurtheilsfreie Gelehrte, gleichwohl noch als „bleiches Gespenst" umherwandelt. Obschon Deutschland „überwiegend" katholisch ist, indem unter seinen Bewohnern 23,690.000 oder $52._{82}$ Proc. Katholiken, und nur 20,348.000 oder $46._{01}$ Proc. Protestanten gezählt werden (nach der Zählung von 1860), bringt unsere „norddeutsche Wissenschaft", unfehlbar wie sie ist, mit wahrem Köhlerglauben stets aufs neue das veraltete Programm von dem „protestantischen Berufe" der deutschen Nation unter ihre Leute, als ob durch häufige Wiederholung einer Unwahrheit die Wahrheit selbst vernichtet werden könnte. Herr Neher gibt sich im Ganzen wie im Einzelnen viele Mühe, lügnerische Berichte, welche auf antikatholischer Seite so geflissentlich verbreitet werden, durch

Darstellung des wahren Sachverhalts zu widerlegen. Das ist gewiß an vielen Stellen seines Werkes nicht nur statthaft, sondern, wie unsere Verhältnisse einmal liegen, geradezu erfordert. Doch hätte die Rücksichtnahme auf die anderen Religionsgenossenschaften und die damit entwickelte Polemik nach unserem Ermessen durchgängig conciser gefaßt werden sollen. Auch in den historischen Excursen überhaupt wird die nothwendige Präcision der Darstellung vermißt, indem Manches erzählt wird, woran, als an etwas Bekanntes, höchstens nur zu erinnern war. In dieser Richtung kann der formelle Theil der Darstellung unseren jetzigen Anforderungen nicht genügen. — Jedem Bande sind zwei Register beigegeben, von denen das eine die im Bande vorkommenden Bisthümer nach ihrer lateinischen Benennung, das andere nach ihren deutschen Namen in alphabetischer Ordnung verzeichnet. 1. Bd. S. 587—617. 2. Bd. S. 545—578. Möge hier noch eine kurze Uebersicht der einzelnen europäischen Länder folgen. — Italien, Bd. 1, S. 4—319, ist in folgende Abschnitte zertheilt: I. Kirchenstaat; II. Königreich beider Sicilien; III. Toscana; IV. Modena und Parma; V. Benedig und Mailand; VI. Sardinien. Die Bisthümer sind in Italien bekanntlich im Verhältniß zu allen anderen Ländern am zahlreichsten; ihre Zahl beläuft sich im Ganzen auf 264. Die Rechtfertigung dieser großen Zahl mit den Worten des P. Karl vom heil. Aloys ist wohl nicht stichhaltig. Derselbe sagt: „Außerhalb Italien sind die Bisthümer in der Regel von sehr beträchtlicher Ausdehnung, und dies ist gut, denn dadurch erscheint in den Augen der unbefangenen Mehrzahl groß der Bischof; in Italien dagegen sind in der Regel die Bisthümer von geringerer geographischer Ausdehnung, und dadurch erscheint in den Augen der unbefangenen Mehrzahl groß der Papst." Das heißt doch auf den Schein zu viel Gewicht legen und die Sache unberührt lassen. In der Sache besteht allerdings ein Mißverhältniß, mag der Grund hiervon nun auf der einen, oder auf der anderen Seite gesucht werden. — Spanien und Portugal, S. 320—411, Bd. 1., haben zusammen 78 Bisthümer, Frankreich, 1. Bd., S. 412—567, 86. In einem „Anhange," S. 569—580, Bd. 1, werden nach dem Werke von Girolamo Petri: L'Orbe cattollico ossia Atlante geografico-storico-ecclesiastico, Roma 1858—59, 3 voll., welches dem Verfasser erst nachträglich zur Hand kam, „authentische Angaben" nachgeliefert, wodurch die im Texte, meist dem P. Karl vom heil. Aloys entnommenen Nachrichten, „welche durchaus nicht zuverläßig erscheinen", vielfach berichtigt werden. Bd. 1. S. 581—586 folgen noch anderweitige „Berichtigungen und Nachträge" des Verfassers. Irland und Großbritannien, Bd. 2. S. 1—105, weisen zusammen 44 Bisthümer auf mit ungefähr 6½ Millionen Katholiken, gegenüber der englischen Staatskirche mit ihren 44 Bischöfen. Verfasser gibt die Zahl der Anglicaner auf 13,700.000 an, wogegen Margotti, Rom und London, Wien 1860, S. 192 sagt: „Aus der 1853 auf Befehl des Parlaments vorgenommenen Volkszählung geht hervor, daß die Anglicanischen in ganz Großbritannien nicht über 5½ Millionen stark sind, während die Independenten 6 Millionen zählen. 5½ Millionen betreten niemals eine Kirche, daher man nicht weiß, welche Religion sie bekennen. Beiläufig 8 Millionen sind Katholiken, weitere 3 Millionen vertheilen sich auf die Presbyterianer, Wesleyaner und andere Secten mit Inbegriff der Juden. Die Gesammtbevölkerung von England, Irland und Schottland beträgt 28 Millionen. Es gibt demnach in Großbritannien viel mehr Katholiken als Protestanten der anglicanischen Kirche, welche ungerechter Weise Staatskirche ist." Die Niederlande, 2. Bd. S. 106—134, haben 11 Bisthümer, 6 in Belgien und 5 in Holland, die Schweiz, 2. Bd. S. 135—152, wie Holland 5 Bisthümer. — Auf Deutschland, 2. Bd. S. 153—410, übergehend, stellt der Verfasser zuerst die 75 Bisthümer dar, welche das Kaiserthum Oesterreich mit Einschluß Venetien enthält, darauf die 27 Kirchensprengel, welche sich auf die anderen deutschen Länder vertheilen, Bayern, oberrheinische Kirchenprovinz, Preußen mit Sachsen und Anhalt, Hannover mit den nordischen Vicariaten. Bei der Erzdiöcese Köln findet sich S. 339 folgender unrichtige Satz: „In jedem Decanat sind auch einer oder mehrere Specidl-Commissäre für" u. s. w. Diese Special-Commissäre bestehen nicht mehr seit der Einrichtung der Definitoren, letztere sind an deren Stelle getreten, wie der Verfasser aus dem ihm vorliegenden „Handbuche der Erzdiöcese Köln pro 1863" schon hätte ersehen können. — Rußland mit Polen, 2. Bd. S. 411—459, ist mit 20 Bisthümern verzeichnet. Daß in den weiten Erdstrichen, welche dem Scepter des russischen „Selbstherrschers" unterworfen sind, die mit allen Listen umstrickte, mit allen Verfolgungen gepeinigte, mit systematischer Grausamkeit zerstückelte katholische Kirche noch fortbesteht, wird einst, wenn eine genauere und vollständigere Statistik, als jetzt möglich ist, die russischen Grenzsperren überwunden hat, mit unter die sichtbaren Erweise des göttlichen Beistandes gezählt werden, womit der Herr seine Kirche gegen den Willen und gegen die Hoffnung der Welt stets zu erhalten und stets zu mehren gewußt hat. — Die europäische Türkei, 2. Bd. S. 460—516, mit 17 bischöflichen Amtsbezirken (5 Erzbisthümer, 7 Bisthümer, 5 apostolische Vicariate) nimmt einen größeren Raum in der Darstellung ein, als Rußland. Unter dem türkischen Sultan steht die katholische Kirche besser, als unter dem russischen Zaar. In beiden Ländern aber liefert die schismatische Kirche der Griechen mehr statistisches Material, als die katholische Kirche. Der Verfasser gibt die Zahl der Katholiken nach Hübner's Tabelle auf 200.000, nach Petri auf nur (?) 336.289, nach dem gothaischen Hofkalender auf 640.000 an. Der schismatische Patriarch von Konstantinopel gebietet noch über 12 Millionen Schismatiker und hat, „wie Döllinger sagt," in einigen Beziehungen mehr als päpstliche Gewalt. Wir finden nicht, daß der Verfasser die Schriften von Pitzipios-Bey und Schmitt als Quellen benutzt hat. Statt der im ersten Bande gezählten 5 Erzbischöfe, 7 Bischöfe, 5 apostolischen Vicare werden im zweiten Bande 3 Erzbischöfe, 6 Bischöfe und 6 apostolische Vicare aufgezählt, ohne daß wir erfahren, welche Zählung die richtige sei. Griechenland mit den jonischen Inseln, 2. Bd. S. 516—544, hat nur 29.000 Katholiken, welche „unter 2 Erzbischöfen und 5 Bischöfen in 8 Diöcesen stehen." Die Schismatiker mit 10 Bischöfen, werden von der „heiligen Synode des Königreiches" regiert.

— Schließlich wollen wir keineswegs die Verdienste verkennen, die sich der Verfasser durch die mühsame Zusammenstellung so mannigfacher und minutiöser Details erworben hat. Die Mängel seiner Arbeit weiß derselbe wohl noch besser zu würdigen, als wir selbst, indem er schreibt: „Mögen unserem Versuche auf diesem noch wenig bebauten Felde noch manche Mängel ankleben, so hoffen wir auf die Nachsicht derer rechnen zu dürfen, welche sich mit dieser Wissenschaft vertraut gemacht haben, und welche es mit uns beklagen, daß für dieselbe bisher im Ganzen noch zu wenig geschehen ist.“ Neher hat muthig einen Anfang gemacht, Andere werden seine Arbeiten dankbar benützen, mit besseren Hilfsmitteln weiter arbeiten und dem Ziele der Wissenschaft, als welche die „kirchliche Statistik“ fortan angesehen werden will, mehr und mehr sich nähern.

Dr. Stiefelhagen.

Heitere Studien und Kritiken in und über Italien. Von Sebastian Brunner. 2 Bände. Wien 1865. Braumüller, 8. XII. und 704 S. Pr. 2²/₃ Thl.

Daß Sebastian Brunner ein geistreicher Mann ist, der viele Verdienste sich erworben, ist männiglich bekannt. Sein Name hat in der Lesewelt einen guten Klang, mit der allerdings auch wohl vorkommenden Nebenwirkung einer etwas bitteren Medicin. Er reicht aber auch wirklich immer Medicin, heilbringende, kräftige Medicin; daß die verzuckerten Gaumen den Geschmack unangenehm finden, und die Medicin deshalb verschmähen, dafür kann Brunner nicht zur Verantwortung gezogen werden. In dem angezeigten Buche fehlt es — wie das vorausgesehen war — nicht an gewichtigen Dosen recht herber Medicin. — Es ist eigentlich eine ganz hübsche Erfindung unserer Zeit, unter dem Titel von Reisebildern oder Reisebeschreibungen möglichst wenige geographische Notizen über ein Land zu geben, dafür aber desto mehr kritische Sentiments über tausend und einige Gegenstände. So wird mit wenig Mühe und einigen Plagiaten aus verschiedenen Werken ein leidlich starkes Buch fertig und ein Verleger findet sich immer schon noch in — Leipzig oder Berlin. Daß derartige Elaborate oft oder fast immer das Allernothwendigste — nämlich von einem geistreichen Verfasser geschrieben zu sein — vermissen lassen, wollen wir hier nur andeuten. Und selbst geistreiche, wirklich geistreiche Leute werden bei dieser Art Literatur Dinge mit einfließen lassen, deren Aufnahme und Beschreibung eben nicht geistreich ist. Einige Lückenbüßer könnten sogar bei Brunner fehlen. — Italien ist von Alters her das Land der Reisenden wie der Künstler, die Reisebeschreiber sind aber gegen kein Land so ungerecht, als gegen dieses schöne Land der Sehnsucht, der Pilgerung und Wallfahrt. Brunner gibt uns Proben von der lügenhaften, ungerechten Art, über Italien zu schreiben, aus Domingo's „Neapel, wie es ist.“ Golz hat ohnlängst in „Mensch und Leute“ auch das Mögliche geleistet. „Ganz Italien (meint der Mann) bildet in Wahrheit eine

Nation von verblümten und handgreiflichen Lumpen. Eine gemeine Organisation, eine sich forterbende, potenzirte Ehrlosigkeit und Nichtsnutzigkeit, ein abgründlicher, mit sich selbst kokettirender Materialismus, ein unverschämter, zeugungsunkräftiger und schuftiger Naturalismus macht die italienische Durchschnittsconstitution von Venedig bis Sicilien aus." Wir wollen den Effect dieses allerchristlichsten Urtheils nicht stören. Italia wird nun personificirt Herrn Golz ansingen müssen:

„Du hast mich zu Grunde gerichtet,
Mein Liebchen was willst du noch mehr?"

Gegen solchen altpreußischen Ingrimm ist doch der königliche Divisionsauditor Nicolai ein humaner Mann; er verzeichnet doch nur gewissenhaft alle ausgestandenen Flohbisse (insbesondere des nach ihm benannten pulex giganteus Nicolaji), Paßchicanen und übermäßige Rechnungen; kommt freilich dann auch zu dem Resultate, daß in diesem Lande sich kein edler, gemüthvoller, gebildeter und reinlicher Mensch wohl fühlen, daß nur ein schmutziger Cyniker sich dort gefallen kann. Du lieber Gott! was mußte den Unglücklichen auch auf die Idee bringen, Italien zu sehen?! War doch Treptow und Stralow schöner als Venedig, und Neapel konnte er in Gropius Diorama für „zwei jute Jroschen" viel schöner sehen!! Dutzendweise könnten wir solche Reisebeschreiber, die nur noch viel lügenhafter und bissiger sind gegen alles Katholische, als Nicolai und Golz, hier Revue passiren lassen, und wir würden manchen stattlichen Herrn dort finden, der am Klostertisch mehr als einmal sich satt gegessen hat.

Solchen Bücherfabrikanten gegenüber sind Arbeiten auf demselben Gebiete von Brunner am rechten Platze. Er hat von Gott besondere Anlagen für Polemik — in Satyre und Spott — bekommen und findet immer den wunden Fleck des Gegners; — gerade deshalb bereitet er auch so manchen Schmerz. — Dabei ruht in ihm und zeigt sich, wo er nicht zur Abwehr gereizt ist, eine tiefe Innigkeit, wie wir sie nur bei den bestangelegten poetischen Naturen finden können. „Zur Nachtzeit unter den Särgen der Dogen" um gleich für das Gesagte einen Beleg zu liefern, kann nur schreiben, wer tief poetisch empfindet, dessen Herz aber gleichzeitig veredelt ist durch willige Hingabe an Gott und Seine heilige Kirche. „Es ist schon bei Tage ergreifend, unter diesen mächtigen triumpfbogenartigen Renaissance-Monumenten herumzugehen, um so gewaltiger wirkt der Eindruck, wenn man ein paar Stunden vor Mitternacht herumwandelt. Todtenstille; einige Lampen verbreiten spärliches Licht. Fährt aus einer Ampel die Flamme bisweilen zuckend auf und nieder, so hat es den Anschein, als ob die Statuen auf den Grabmälern anfingen, sich zu bewegen, und als ob sie dem Pilger in diesem Todtenreiche zuriefen: „Weißt du nicht, daß hier die Beherrscher der Meeresbraut ruhen?" ꝛc. und der Pilger antwortet den Statuen, die sich bedientenartig um ihre hohen Herrschaften, die in ihrem Todtenkästlein schweigsam drinnen liegen, annehmen: „Wohl gedenke ich der Großen Pläne, der stolzen, hochfahrenden Gedanken, der endlosen Sorgen, die alle diese Herzen einst bewegt haben;—

und — so viel Mühe um ein Leichentuch! Noch stehen in den Wasserstraßen Venedigs die steinernen Paläste da, in denen diese Todten gewohnt haben, wie zum Hohn auf die Spanne Zeit, die dem Menschen beschieden ist — und dieser Palläste spottet wieder die Meereswelle, die ohne Unterlaß nagend an die Grundvesten anschlägt, bis auch diese Palläste einst zusammenstürzen." (I. 20.) In den „Zellen Savonarola's" sagt er sich: „Wie mag es hier oft in dem Herzen dieses Mannes getobt und gestürmt, wie viele schlaflose, in Aufregung und Bangigkeit vergangene Nächte mag er hier auf seinem ärmlichen Lager hingebracht haben. Fast vier Jahrhunderte sind seither vorübergegangen. Die Asche des auf dem Scheiterhaufen verbrannten wurde bei der alten Brücke in den Arno geworfen und trieb hinab nach Pisa und hinaus ins tyrrhenische Meer. Hier in diesen zwei Zellen war die eigentliche jahreslange Leidensstätte dieses Mannes, der öfters die Ahnung ausgesprochen, was für ein Geschick ihn ereilen, welchen Dank er in Florenz für seine Liebe zu seinem Vaterlande und zu seinem Volke einerndten werde!" (I. 71.) Wie zart ist das Gedenkblatt, das Brunner dem verstorbenen Plaßmann (Friede seiner Seele! Er hat es gut gemeint!) widmet: „Der Fürst Hohenlohe nahm den armen, kranken Mann großmüthig und liebevoll in seine Villa auf, um ihm eine bessere Luft angedeihen zu lassen, als in Rom. Was mag dem armen todtkranken Manne daran gelegen sein, daß hier auch Tasso einmal edle Gastfreundschaft genossen? Ach wer todtkrank ist, der ist auch todtmüde, dem können alle classischen und alle romantischen Reminiscenzen nichts helfen; in dem brechenden Auge ist auch alle Herrlichkeit und Pracht der Natur eingebrochen." (I. 359.)

„Wohlwollen, höchste aller Tugenden, Ziel der christlichen Charitas! Vor dem Sarge eines anerkannt um Gotteswillen wohlwollenden Menschen, verschwindet jedes Todesgrauen — da scheinen Strahlen der Liebe noch aus dem kalten Herzen, und durch die Steinwände des Sarges zu leuchten." (II. 8.) Wie alle poetischen Naturen, hat Brunner ferner ein angeboren richtiges Auge für Natur und Kunst. Er sieht das Schöne in dem Thurme des Palazzo vecchio in Florenz, der wie eine architectonische Blüte aufstrebt und oben sich in den Kragsteinen blumenartig auseinanderblättert, so daß die Zierlichkeit anspricht, und die Leichtigkeit, mit der diese steinerne Wunderblume auf dem Schafte ihres Stempels schwebt, vollkommen befriedigt." Er weiß in der Academia delle belle arti in Pisa die Perlen zu finden! Man fühlt es, daß er Recht hat, wenn er Gentile Fabriano nachrühmt: „Er ist Einer jener wenigen Meister, die gezeigt haben, was wahre Schönheit ist." Er geht nicht vorüber an den Gradinobildern von Giotto, und die Nonne im Sarge auf einer ganz kleinen Gradinotafel fesselt ihn: „das ganze Gesicht ist mit Eile und Sicherheit in ein paar Pinselstrichen abgethan — kaum so groß, wie eine kleine Haselnuß, und doch das ganze scharfe Gepräge des Todes mit vollendeter Meisterschaft dem Antlitz aufgedrückt." Maderno's „Cäcilia" ist Brunner das beste Sculpturwerk aller Zeiten und er hat Gründe für seine Meinung; „den Moses" des Michel Angelo meinen wir fast zu sehen bei Brunners Schilderung: „die Statue ist prophetisch und welthistorisch;

der Zorn ist kolossal wie die Statue." Wie wahr und ergötzlich lieset sich endlich die Schilderung aus der Galleria Corsini: „Ein Martin Luther und seine Katharina von Bora, beide schon in ihren älteren Tagen, porträtirt von Holbein. Katharina hat in ihren Zügen etwas ungemein Spitziges, der Mund sieht wie ein wohlbewaffnetes Arsenal aus, vollgefüllt mit schnippischen, boshaften Antworten. Die Gesellschaft dieser Dame mag dem armen Doctor manchen Seufzer gekostet haben; wer sie betrachtet, wird das Cölibat zu würdigen wissen; jeder unbefangene Gesichtskundige aber muß sich in Anbetracht dieses sehr characteristisch ausgeführten Porträts, wenn er anders aufrichtig sein will, das Geständniß machen: „Gott wolle mich vor der Nähe dieser Dame bewahren." Mag sein, daß Katharina auch im Kloster sich auf eine alte, bissige Nonne herausgewachsen hätte; das kann man eben nicht beweisen; sicher aber ist, daß Gemüth und häuslicher Friede auf dieser Physiognomie ihren Wohnsitz nicht aufgeschlagen haben. — Die heilige Familie des Fra Bartolomeo gehört zu den besten Bildern dieses Meisters. Der lebensgroße Hase von Albrecht Dürer steht auf der höchsten Höhe der Kunst in Hasenbälgen. Der Hase aller Hasen! Einen Hasenbalg und Hasenohren, wie diese, konnte nur Albrecht Dürer machen. Man kann wohl sagen: der Pelz ist so täuschend, daß man fürchtet, es möchten an heißen Tagen Schaben hineinkommen." Was Brunner in der Schilderung der Tonkunst geleistet haben würde, läßt sich leider nicht bestimmt sagen. Er hatte früher über die Musik geschwiegen; jetzt aber hat er die päpstliche Kapelle ein paar Tage nach einander singen gehört, und daher scheint er berechtigt, über seine subjective Stimmung ein paar Worte zu sagen: „Ich habe nun, erzählt er, am Allerheiligenfeste und am Allerseelentage dem Gottesdienste in der Sixtina beigewohnt, und da ist es mir zum erstenmale in meinem Leben vorgekommen, als hätte ich einen harmonischen Gesang gehört. Das dies irae von Paini am Allerseelentage tönt wie das Klingen von Silberglocken. Nun muß aber jeder Freudenbecher seine obligate Spinne haben, anders geht es nicht im Leben. Hinter mir stand ein dünner Herr mit einem dünnen Barte, der es für einen heiligen Beruf zu halten schien, auch mich an seiner musikalischen Begeisterung theilnehmen und mir von dem Ueberfluße derselben etwas zukommen zu lassen. Er sang mit seiner dünnen, heiseren Stimme auch das dies irae mit; und so warf er mir in den schäumenden Silberbecher der Harmonien, die vom Chor der Sänger herabquollen, diese seine heisere Stimme wie eine Spinne mit langen, dünnen, zitternden Füßen hinein. Ich war nahe daran, ihm den ganzen dies irae an den Hals zu wünschen". Wir würden den uns zugemessenen Raum überschreiten, wollten wir auf alle die Schönheiten der Schilderung aufmerksam machen, die uns Blatt für Blatt erquicken. Nur folgende Stelle möge als Muster der Naturschilderung noch Platz finden (II. 33 f.): „das eigentliche Leben des St. Petersplatzes, sein pulsirendes Blut, seine Augen, sein Licht sind die zwei unablässig wie in gewaltigen silbernen Flammen leuchtenden Kandelaber — die zwei Springbrunnen, die ihre Wässer über die umgestürzten Granitschalen herabwerfen. — Diese Springbrunnen kann man sich nicht genug anschauen — kein Bild vermag ihre Wirkung wiederzugeben.

Nehmt sie weg vom Petersplatz — und der Platz ist öde wie ein Kirchhof — sie sind die eigentlichen Herren der Situation. Ihr garbenartig aufsteigender Silberschaum, die Farben des Regenbogens, welche die Sonne auf den Wolken der stäubenden Wasserperlen zaubert, das Rauschen und Sausen nimmt die ganze Aufmerksamkeit desjenigen gefangen, der zum ersten Male herkommt. Und erst beim Mondenschein! Welche Wirkung, da dehnen sich die Räume der Ellipse noch weiter aus, die Travertinsäulen heben sich durch den Schatten, sie werden größer und breiter, die Kirchenfaçade gewinnt an Massenhaftigkeit; wie eine Lohe geschmolzenen Silbers steigen die Wassersäulen hinauf und fallen in Millionen schimmernder Perlen herunter, das ist der Triumph der Wasserkünste und die Magie der Springbrunnen." Ebenso genau, wie er die Natur zu beobachten versteht, lauscht er dem Volke seine Eigenthümlichkeiten ab. Was tausend Andere gar nicht sehen, das faßt Brunner, einer durch Wissenschaft und Erfahrung ausgebildeten Naturanlage folgend, als wesentlich ins Auge, und daher schreiben sich die in allwege zutreffenden Charakteristiken des Volkes und seiner Sitte. Ob dann andere anders urtheilen, ob sie bei seiner Schilderung ein Kreuz schlagen, das kümmert ihn gar wenig: denn Selbstständigkeit ist wie im Handeln, so im Urtheilen, die nota characteristica an Brunner. So weiß er aus den kleinsten Kleinigkeiten effectvolle Bilder zu weben. „Die Zahnklinik auf Piazza del Gran Duca" in Florenz (I. 155), gibt dafür ebenso Beweis, wie die an muthigen Reflexionen (II. 95) über „nichtconservative Römerinnen" die am letzten Octobersonntage dem Weine tüchtig zugesprochen hatten: „Vielleicht dachten diese römischen Jungfrauen an ihre Ahnherrn Romulus und Remus, die bekanntlich mit Wolfsmilch genährt wurden, und meinten, wenn die Herren Großväter dieses scharfe Getränk ohne Schmerzen hinunterbrachten, so können wir in Erinnerung an die Gründung Roms doch einige Gläser des gepanschten Sausers von Albano auch riskiren."

Mit schonungsloser Liebenswürdigkeit geißelt Brunner alles nach modernem Schnitte künstlich Gemachte, sowohl auf dem Gebiete der Politik, als auf dem des Privatverkehrs, die Ferravesen, die sich allen Ernstes und mit vieler Würde dem Haarkräusler überlassen, (I. 45), werden an ihre langen Ohren erinnert, und die Cloaca maxima in Rom bietet Gelegenheit, die Antikensentimentalität in das rechte Licht zu setzen. (II. 40.)

Viktor Emanuel, den er schon zu Ponte Lagoscuvo als gypsenen Nebukadnezar — als Büste — fand, der die Kunst erdacht hat, Italien glücklich zu machen, muß die verdienten Geißelhiebe schon hinnehmen. Als Brunner in Ferrara im Gasthofe Stella d'oro war, fand er Vieles verändert, seit die Stadt vom päpstlichen Joche befreit worden ist. „Ich erinnere mich, daß man in früherer Zeit hier billig und anständig lebte. Jetzt fand ich es in gleichem Verhältnisse sehr theuer und sehr miserabel. Ich war ganz allein in einem Speisezimmer des ersten Stocks gegenüber dem Kastell der Este, hinter mir auf einer Holzsäule stand ein Victor Emanuel aus lakirtem Gyps, vor mir hing einer Ditto im Bilde an der Wand, und neben ihm ein Garibaldi im rothen Hemde. Als ich den letzten mit einem Augenglas betrachtete, mochte meine Miene dem arroganten Kellner nicht recht behagen, er fragte mich sehr entschieden, ob ich „diesen großen Mann“ kenne. „Oder meinen Sie nicht, daß diese beiden große Männer sind?“ Ich erwiederte aufstehend: „darüber will ich mit Ihnen gar nicht streiten. Ich bedauere nur, daß man bei Euch jetzt so kleine Cottelets bekommt, seit diese großen Männer hier hängen. Bringen Sie nun den Conto. Der Bursche rächte sich; er brachte einen Conto, welcher der großen Männer würdig war“ (I. 43). Schärfer und zugleich feiner kann man nicht geißeln, während später (I. 276) die reine Wahrheit mit den dürren Worten der Denkschrift des Herzogs von Maddaloni den Piemontesen „gezeigt“ wird — „aber das genirt sie nicht viel, die aufgedrungenen Beglücker Italiens, sie ziehen jetzt Kirchengüter ein und saugen das unterjochte Land aus, so lange es geht.“ Wir dürfen unsere Anzeige nicht weiter ausdehnen, da wir ohnehin nicht erschöpfend sein können, um auf alle Schönheiten dieser prächtig zusammengefügten Mosaik aufmerksam zu machen. Wir bitten, diese „heiteren Studien und Kritiken“ zu kaufen und zu lesen: da ist gesunde Nahrung für Geist und Herz, und eine Form, die wir eleganter in keinem Reisehandbuche und auch in keinem modernen Novellistiker gefunden haben. Nirgends sprudelt so reichlich der edelste Witz und wenn man dann im herzlichen Lachen sich ausgeschüttet, so weiß man, daß kein Stachel der Sünde und Unlauterkeit in die Seele eingedrungen ist: so rein und edel ist Alles gehalten. Wer noch gesund ist an Geist und Herz, den muß diese Lectüre ergötzen, erquicken und stärken. Schulte.

Trauungsreden von Ludwig Gemminger, Stadtpfarr-Prediger bei St. Peter in München. Wien 1866. Mayer. 8°. S. 157. Pr. 80 kr. östr. W.

Predigten (Anreden) zur Feier der ersten heiligen Communion, unter Mitwirkung mehrerer Pfarrgeistlichen der Diöcese Rottenburg, herausgegeben von Joh. Bapt. Hafen, Pfarrer in Gattnau. Zweite, vermehrte, veränderte und verbesserte Auflage. Stuttgart 1865. Koch. 8°. S. 312. Pr. 21 Sgr.

Einhundertsechzig Entwürfe zu Grab- oder Leichenreden zumeist für arme und niedriggestellte Leute von Joh. Bapt. Hafen, Pfarrer in Gattnau. Zweite, vermehrte und verbesserte Auflage. Stuttgart 1866. Koch. 8°. S. 286. Pr. 18 Sgr.

Die sieben Worte Jesu am Kreuze. In vierzehn Fastenpredigten beleuchtet in der Hof- und Stiftskirche zum heil. Cajetan in

München von Dr. Thomas Wieser, bisch. geistl. Rath, Stiftsdechant zu U. L. Frau bei der alten Kapelle und Kreisscholarch bei der Oberpfälz'schen Regierung in Regensburg. Zweite verbesserte Auflage. Schaffhausen 1866. Hurter. 8°. S. VIII. 267. Pr. 21 Ngr.

Reden bei der Schließung einer Ehe, Reden sobald die Frucht dieser Ehe den Leib des Herrn zum erstenmale empfängt, Reden bei Beerdigungen, wenn der Leib des Christen der Erde als Samenkorn übergeben wird, bezeichnen Momente, die den Seelsorger drängen und treiben Worte der Hoffnung, der Freude, der Trauer zu reden. Vorstehende Werke wollen Muster und Anleitung hiezu liefern. Ich bin der Ansicht, daß jeder Seelsorger bei diesen und ähnlichen Veranlassungen in der Lage sein wird, Passendes zu reden, weiß er nichts zu reden, dann ist er eben kein Seelsorger, kein Mann, der Freud und Leid mit der Gemeinde fühlet und weiß, diesem Gefühle Ausdruck zu geben. Herr Gemminger scheint dieser Ansicht nicht zu sein. Er sagt in dem Vorworte, er übergebe seine Anreden dem Drucke mit dem herzlichen Wunsche, „dieselben möchten den Mitbrüdern recht gute Dienste in ihrem mühevollen Berufe leisten, der oft beim besten Willen ein eigenes Studium zur Vorbereitung nicht zuläßt und manchmal den Geist in eine solche trockene Stimmung versetzt, daß er sich nach anregenden Gedanken von anderer Seite wahrhaft sehnt. Der Seelsorger kommt auch nicht selten in die Lage, irgend einen guten Freund oder eine Person von Distinction zu copuliren, wobei er gern etwas mehr und etwas anderes, als das gewöhnliche Ritual bietet, sagen möchte." Es ist richtig, daß die Seelsorger im besten Zuge sind, sich zu Tintenfässern, Papierfalzen und Schreibfedern umzustalten. Haben doch schon viele Seelsorger in klar und schön gedruckten Täfelchen vor ihrem Zimmer angekündigt: Kanzleistunde von 9—1 Uhr. Ich sage, wir sind im besten Zuge. Noch ist es nicht so weit, daß unsere Stimmung der Art trocken ist, daß sie keines vernünftigen Gedankens mehr fähig ist. Wir sind wohl noch gerade keine Tintenfässer geworden, am allerwenigsten aber bestaubte und ausgetrocknete. Im Zuge, wie gesagt, es zu werden sind wir. Was Herr Gemminger unter dem Passus „etwas Anderes, als das gewöhnliche Ritual bietet, zu sagen", andeuten will, verstehe ich nicht. Das Rituale Romanum ist kostbar und enthält einen Schatz des Trefflichsten. Besser und eindringender als die Kirche redet, kann auch Herr Gemminger nicht reden. Wozu also eine solche Wortmacherei. Und die Reden selbst? Worte, gar zarte, weiche, hübsche, sentimentale Sätze, viel Blumen, herrliche Myrthen mit prächtig grünen Blättern, Augentrost, Friedendistel, sonnenhelle Lichter, kurz gar rare Sachen, behäbige Ruhepolster für die Gemächlichen, „die in trockener Stimmung sind", nur nicht das Wort des armen gekreuzigten Jesus. Eine tüchtige, unparteiische Abhaltung der Sponsalien, am kräftigsten bei „Personen bei Distinction" führt am sichersten zu einem heilsamen und eindringenden Thema zu einer Anrede bei der Trauung. Lassen wir das weiche Gewässer des Herrn

Gemminger! — Von ganz anderem Gehalte und Werthe sind die Anreden zur Feier der ersten heiligen Kommunion. Die Ausspendung der ersten heiligen Kommunion ist eine der erfreulichsten Handlungen des Seelsorgers im Laufe des kirchlichen Jahres. Erfreulich für den Priester, der dem kommenden Geschlechte den hochheiligen Leib des Gottmenschen zum ersten Male reichet, erfreulich für die Kinder, die mit leuchtendem Gesichte zum Tische des Herrn eilen, erfreulich für Alle, die dieser rührenden Handlung beiwohnen. Diesen herrlichen Tag darf kein Seelenhirt vorbeigehen lassen, ohne eine Ansprache an Kinder, Eltern und Gemeinde zu richten. Diese herrliche Seelsorgerfreude kehrt jedes Jahr. Es ist nothwendig alle und jede Einförmigkeit zu vermeiden, jede Wiederholung zu beseitigen. Die Handlung einer ersten Kommunion ist ja ewig neu und segensvoll. Ebenso müssen auch die Worte sein, die bei dieser Festfreude gesprochen werden. Herr Pfarrer Hafen, ein fleißiger Sammler, hat sich nun wirklich den Dank aller Seelsorger erworben. Seine hier gebotenen Anreden sind sehr brauchbar, geben gute, gedankenreiche Abwechselung *ohne jeden* Schwulst. Es sind Reden, die von Herzen kommen und wieder zu Herzen gehen werden. Nebst dem Herausgeber haben auch Pfarrer Burkhart in Schnörzingen, Stadtpfarrer Dursch in Rottweil, Kaplan Haas in Rottenburg, Stadtpfarrer Dr. Hauschel in Spaichingen, Pfarrer Köhler in Unlingen, Domcapitular Longner in Rottenburg, Pfarrer Martin in Aitrach und der gelehrte Pfarrer Mack in Ziegelbach mitgewirkt. Eines ist spärlich beleuchtet, die Bedeutung der Ablegung der Taufgelübde. Hier zu Lande, d. h. in unserem schönen Oesterreich wird leider bei Spendung der ersten heil. Kommunion auf die so wichtige und eindringende Erneuerung der Taufgelübde gar keine Rücksicht genommen. Es ist dies ein Jammer. Die Consistorien befehlen es nicht und meine gutmüthigen Amtsgenossen glauben nun, gehorsam des alten Spruches quod non est in scriptis, non est in mundo es nicht thun zu müssen.

Für die Nützlichkeit und Nothwendigkeit der Leichenrede ist Manches pro und contra geschrieben und gesprochen worden. Zarbl verwarf sie als unnützen, ja schädlichen Trödel, Fluck wünscht sie beizubehalten, weil sie von jeher in der Kirche üblich waren und „die vorzüglichsten Kanzelredner des Alterthumes“ Leichenreden gehalten haben. „Parochorum conciones, schreibt der Synodalstatut von Regensburg v. J. 1588 vor, quas in funere ad popolum habent, non ad inanes demortui laudes, sed totae referantur ad humanam miseriam fidelium oculis proponendam, omnes ad vigilandum cohortandos, ne cum venerit Dominus hora, qua non putarint, inveniat eos dormientes.“ Meidet der Prediger am Grabe das Verhimmeln des Verstorbenen, fällt er nicht in die einfältige Entschuldigungssünde „wir sind alle den menschlichen Schwachheiten unterworfen“, sind die Trostgründe für die Hinterbliebenen in gehöriger Auswahl gespendet, mag die Leichenrede immerhin Manchen aus seinem Sündenschlummer aufwecken und dessen Rückkehr zu Gott anbahnen. Das geöffnete Grab ist eben ein trefflicher Beleg zu den allgemeinen christlichen Wahrheiten: Tod, Gericht, Hölle, Fegfeuer, ewige Seligkeit und Verdammniß, Eitelkeit aller irdischen Größe und Macht. Die von Pfarrer Hafen gebotenen Entwürfe sind einfach, zweckmäßig und von großer Abwechslung und verdienen immerhin eine Beachtung. —

Wiesers Fastenpredigten sind von großem Werthe. Eine edle, kräftige Sprache, eine klare und verständige Anordnung und Vertheilung des Stoffes wohnen diesen Predigten im hohen Grade inne. Wieser ist ein Feind des Theaterpathos und diese Eigenschaft ist sehr zu schätzen. Fügen wir noch bei, daß er einer ermüdenden Breite sehr gut aus dem Wege zu gehen verstehet, dann dürfte es keiner weitern Empfehlung an alle Seelsorger und Solche, die sich mit dem Predigtamte befassen, bedürfen. Pfarrer A. Moser.

Die katholischen Kanzelredner Deutschlands seit den drei letzten Jahrhunderten. Als Beitrag zur Geschichte der deutschen Kanzelberedsamkeit, sowie als Material zur practischen Benützung für Prediger. Von Dr. Johann Nep. Brischar. Erster Band. Die Kanzelredner des 16. Jahrhunderts. Schaffhausen 1867. Hurter. 8. S. XVIII. 914. Pr. 2 Thl. 24 Sgr.

Herr Dr. Brischar hat den Plan gefaßt: aus den in deutscher Sprache erschienenen Werken sämmtlicher katholischer Prediger unseres Vaterlandes seit dem 16. bis zum Schluß des 18. Jahrhunderts eine Auswahl zu treffen, die ausgewählten Predigten und Homilien nur insoweit als zum Zweck des Verständnisses unerläßlich schien, stilistisch zu verbessern und diese von den Theologen der Vorzeit gesammelten Schätze durch eine frische und neue Publication der Gegenwart und Zukunft zugänglich und nutzbar zu machen. Gegenüber der einseitigen und zugleich böswilligen Behauptung, die Theologen des 16. und 17. Jahrhunderts hätten die Kanzel vernachlässiget, es hätte ihnen an theologischer, classischer und rhetorischer Bildung gefehlt, ist ein solches Unternehmen sehr verdienstvoll. Vielleicht bekehrt es manchen Literaturhistoriker diesen gelästerten katholischen Theologen einen Blick zu schenken und Gelegenheit zu nehmen einige Löcher des Wissens auszustopfen. Her Brischar stellt die Prediger aus dem 16. Jahrhunderte in dem vorliegenden Bande zusammen. Die aus den folgenden Jahrhunderten werden nach den verschiedenen Orden gruppirt. Der erste Band liefert somit Predigten von Friedrich Nausea, dem berühmten Wiener Bischofe, von Johann Eck, Georg Witzel, Joh. Hofmeister, L. Haller, Michael Sidonius, Johannes Fabri (wohl zu unterscheiden von dem Wiener Bischofe Johann Faber), W. Sedelius, Benedictiner aus Tegernsee, aus dem „geistlichen Mai," einem sehr geistreichen Werke, welches das Leiden Jesu Christi durchaus in mystisch-allegorischer Weise behandelt, Joh. Wild, Mich. Bentz, Pfarrer in Straubing, Franz Agricola, Pfarrer zu Rodingen, Wolf. Holl, Weihbischof in Eichstädt, Martin Eisengrein, Jak. Feucht, Joh. Ertlin, Weihbischof in Bamberg, Quirin Rest, Abt des Klosters Tegernsee, Michael

Buchinger aus Colmar, Johann Rasser, Pfarrer in Ensißheim, Johann Nas und von dem Franziskaner-Mönche Michael Anisius. Herr Brischar bemerkt von diesen Kanzelrednern mit Recht: „Die lange Vorbereitung auf den Predigerberuf, die gründliche classische Bildung, das eifrige Studium der alten Classiker und der Kirchenväter erhielt den Geist frisch und bewahrt vor Roheit und Geschmacklosigkeit. Die Prediger waren von der Wichtigkeit ihres Amtes tief durchdrungen, und oft nicht blos tüchtige Theologen, sondern auch echte Geistesmänner, welche ihre ganze Lebenskraft, all ihr Meditiren, Studiren, ihre Lebenserfahrungen auf ihren Beruf hinwandten und nicht selten erst am Abende ihres Lebens, als ihre physische Kraft erschöpft war, sich mit der Herausgabe ihrer Predigten beschäftigten, wenn sie nicht darüber von dem Tode überrascht wurden. Viele Prediger zeichnen sich aus durch gründliche Kenntniß und fruchtbare Anwendung der heiligen Schrift und der Werke der Kirchenväter, durch treffenden Gebrauch der Sprüchwörter, Veranschaulichung des Gegenstandes durch Beispiele aus der Profan-, Kirchen- und Heiligengeschichte, durch eine sinnige Naturbetrachtung, durch Beibringung von schönen Vergleichungen, Symbolen und Allegorien, für welche freilich unsere Zeit Sinn und Interesse fast verloren hat, während sie früher eine wichtige Stelle einnahmen." Daß diese alten Prediger unsere modernen an Zartheit, Innigkeit und Tiefe des religiösen Gefühles und der Schönheit der Gedanken weit überragen, zeiget die Lectüre dieses ersten Bandes. Wir finden nichts Steifes, Gezwungenes, nichts Eingelerntes, namentlich nicht die entsetzliche Ueberfüllung mit manchmal der fadesten und mit den Haaren herbeigerissenen Exempeln. Es ist der Erguß eines tiefreligiösen und tüchtig geschulten Theologen, der seiner Sprache vollkommen Herr und Meister ist. Unter dem Prospectus fehlt bei den Dominikanern einer der tüchtigsten Redner, nämlich der kaiserliche Hofprediger Math. Citardus (S. 697 ist sein Name in „Cithardus" verdruckt). Wir empfehlen Herrn Brischar seine „Sieben vnd Zwantzigh Gottselige Predige", Köln 1571. Fol. Dr. Wiedemann.

Adjumenta Oratoris sacri, seu divisiones sententiae et documenta de iis christianae vitae veritatibus et officiis, quae frequentius e sacro pulpito proponenda sunt, collecta atque ordine digesta opera Fr. X. Schouppe S. J. Bruxellis excudebat H. Goemare 1865. III et 543 pgg. 8, 1 Thl. 14 ngr.

Daß die Gesellschaft Jesu die geistliche und weltliche Beredtsamkeit sehr eifrig gepflegt, ist zu bekannt, als daß es nothwendig wäre, näher zu begründen. Beispielweise möge nur an P. Nicolaus Caußin (geboren zu Trojes 1580. † zu Paris 1651) errinnert werden, dessen „de Eloquentiae sacrae et humanae Parallela l. XVI. Flexiae 1619." noch zur Zeit des Verfassers in acht Auflagen erschienen sind. Auch in unseren Tagen war P. Schleiniger's d. G. gut gearbeitete Schrift „Grundzüge der Beredtsamkeit" in wenigen Wochen ganz vergriffen. Diesen schließen sich die eingangserwähnten „Adjumenta Oratoris s.“ passend an. Der Verfasser ist bereits durch seine „Elementa Theologiae Dogmaticae“ (2. B. III. Aufl.) und das „Compendium perfectionis sacerdotalis“ dem theologischen Publicum bekannt. Von welcher Absicht er sich bei der Ausarbeitung der Adjumenta O. s. leiten ließ, gibt er mit wenigen Worten in der Vorrede zu wissen: „ut viris ecclesiasticis, ad sacrum praedicationis ministerium vocatis, praesertim junioribus, auxilium quoddam praestetur, quo labor ad illius munus requisitus brevior evadat et facilior.“ Zur Erreichung dieses ebenso nützlichen als practischen Zweckes, hatte Schouppe S. 23—534 fünfzig Vorwürfe „quae ad christiane vivendum communius pertinent“ und die wegen ihrer Nothwendigkeit „argumenta praedicationis fundamentalia vocari possint“ dergestalt abgehandelt, daß aus der hl. Schrift, den hl. Kirchenvätern, Theologen, Asceten und Predigern sachgemäß und übersichtlich der zu behandelnde Stoff, in seine Hauptheile zerlegt, an die Hand gegeben wird. Voraus geht eine Tractatio praevia, die von der Person und Bildung des Predigers S. 1—22 spricht; endlich sind zwei Inhaltsverzeichnisse beigegeben S. 535—543; deren ersteres die einzelnen Gegenstände der fünfzig Vorwürfe wiederholt, das zweite aber nach der Reihenfolge des Kirchenjahres jedem einzelnen Sonn- und Feiertag den nöthigen Stoff zuweist. Die Methode des Verfassers dürfte am Besten veranschaulicht werden, wenn wir ein Schema als Beispiel wählen. Da wir am Beginne der h. Charwoche stehen, so ist uns das argumentum XLII. de Passione Domini; schema secundum de Christo crucifixo speciatim, S. 430 f., ganz nahe gelegt. Nach einem kurzen Eingange mit Hinweisung auf die Stellen Apoc. 21, 2. Num. 21, 9. wird der Gedanke ausgesprochen, der Baum des Lebens ist der Baum des Kreuzes; die Früchte und Blätter „Domini exempla et documenta“. Hierauf kommen die drei Fragen in Erwägung: 1. quid patiatur Dominus crucifixus? 2. quid expiet? 3. quid doceat? Auf die erste wird geantwortet: 1. Hoc ut intelligamus contemplemur spectaculum istud, hominem scilicet pendentem, in quem omnium odia, injuriae, vindictae, tela diriguntur. 2. Quid patitur in corpore et omnibus membris ac sensibus, quid in anima per desolationem, quid in honore? 3. Quid patitur omnium bonorum et consolationum privatione. 4. Damnatus est ad crucem: at saltem mitissimo modo Agnum hunc immolabunt: relinquent ipsi vestimenta, vinculis alligabunt ligno. Nequaquam sed clavis ferreis. At saltem in tormentis positum reverebuntur inimici, saltem populus cui benefecit, saltem discipuli aliquam consolationem afferrent. At aspiciens coelum, videbit Patris suavissimam faciem. Saltem sitienti porrigetur aquae guttula. Saltem respiciens ad homines per se redemptos gratitudine eorum recreabitur. Saltem benedictam matrem suam adstantem videns, doloris mitigationem sentiet. Proh dolor quam aliter seres habent! 5. A quibus omnia haec patitur? Ah carnifices non sunt solummodo Judaei; veri ac principales carnifices sunt peccata „mea“. Auf die zweite Frage: quid expiat? wird geantwortet „peccatum“, „meum“, „multiforme.“ Auf die dritte: quid docet? „Non enim tantum crux est lectulus morientis, sed et cathedra docentis." S. Bern. 1. Docet verbis, docet silentio, docet omnibus vulneribus suis, quantopere amet me. 2. Docet, quid sit peccatum. 3. Quanta sit Dei misericordia. 4. Docet ea quaerere et amplecti, quae mundus abhorret. 5. Quomodo homines hanc crucis doctrinam audiunt? An non fere omnes transeunt moventes capita sua. 6. Attendam et videbo: Christus innocens patitur, quid ego peccator? Als peroratio wird Hebr. 13, 13. wörtlich angezogen. Aus diesem Beispiele geht hervor, daß Schouppe ein verständliches Latein schreibt, und gerne sich der Schriftsprache bedient. Seine Argumentation ist vielfach auf dem sogenannten „sensus consequens" gebaut, dessen Nützlichkeit für Homilie und Predigt außer allem Zweifel steht; nur muß bei der Anwendung dieses Sinnes alle jene Vorsicht angewendet werden, welche die Hermeneutik (S. Patritii S. J., de interp. S. S. I. 17, 3.) feststellt. Formell wäre wünschenswerth, daß bei den citirten Texten auch die Versnummer, bei den Kirchenvätern Buch und Capitel ihrer Schriften angegeben werden möchte. Diese und andere kleine Verstöße (z. B. in der oben bezogenen Stelle Apoc. 21. statt 22.) wird die nächste Auflage sicher beseitigen. Wir empfehlen unsern verehrten Lesern dieses Buch, indem wir uns die Worte der vorgedruckten Approbation des hochw. Herrn Bischofs von Lüttich aneignen, daß die Adjumenta: ut praedicationis mysterium cum vero fructu impleatur, egregie conducant. Druck und Papier sind gut. Danko.

Der heilige Petrus in Rom und Rom ohne Petrus. Eine Festschrift zur achtzehnhundertjährigen Jubelfeier des Apostelfürsten, von Dr. P. Karl Brandes, Benedictiner des Stiftes Einsiedeln. Einsiedeln, 1867, Benziger 8. XV, 127 S. Pr. 27 ngr.

Aus der stillen Klosterzelle des h. Meinrad, die selbst erst vor 6 Jahren ihr Millenarium gefeiert und dasselbe in einer historisch gediegenen Denkschrift verewigt hat, kommt vorliegende Festgabe zum achtzehnhundertjährigen Jubiläum des Martyriums St. Petri. Mit um so innigerer Freude begrüßen wir diese Erstlingsgabe zum Jubelfeste der katholischen Kirche, weil sie der Mutter in Liebe und Ehrfurcht geboten wird von einer ihrer ältesten geistlichen Töchter, von einem ihrer treuesten Söhne. Die wesentliche Verbindung des päpstlichen Stuhles und der Weltstadt, die Nothwendigkeit dieses Erdencentrums für den christlich socialen Völkerverband mit der tiefinnersten Ueberzeugung des gläubigen wie geschichtlichen Bewußtseins hervorzuheben, ist Aufgabe und Inhalt dieser Festschrift. Es war dies, wir gestehen es, keine leichte Aufgabe, mit der prägnanten Lapidarkürze, wie sie dem Charakter einer Festschrift eignet, den Pragmatismus einer weltumfassenden Geschichte, wie es die des Stuhles Petri ist, zu verbinden. Mit Meisterschaft hat der Herr Verfasser diese schwierige Aufgabe gelöst. Bild um Bild sehen wir ein Jahrhundert nach dem andern in der Geschichte des Pontificates an unserem Auge vorüberziehen, wir sehen, was Rom und die Welt, Urbs et Orbis, durch Petrus geworden, was Rom ohne Petrus gewesen, was es wieder werden würde und müßte — ohne den Papst. Vergangenheit und Gegenwart erschließen uns den Ausblick in die nahe, ernste Zukunft Roms und der ganzen christlichen Gesellschaft, deren schwere politische, sociale und religiöse Krise der Verfasser schon in der Einleitung in ergreifend wahrer Diagnose zu kennzeichnen verstand. — Von besonderem kirchenhistorischen und archäologischen Interesse ist die detaillirte Hinweisung auf den Codex „Anonymus von Einsiedeln" in Cap. XIII. der ersten Abtheilung des Buches, durch welchen bekanntlich dieses hochberühmte Stift in seiner Urgeschichte bereits mit der Geschichte der christlichen Roma in urkundliche Beziehung getreten ist. Das Bild des Petrus unserer Tage, des heiligen Vaters Pius IX., wie selbes der Autor — dem Titelbilde des Buches so ganz entsprechend, mit begeisterter Liebe am Abschluß der neuesten Geschichte entwirft, krönt in würdigster Weise Anfang und Ende der ganzen Festschrift, die, wohl nicht blos für den Moment des Festes blos verfaßt, eine monumentale Huldigung des Pontificates genannt zu werden verdient.

Gruscha.

Miscellanea.

I.

In dem Buche „Praktische Anleitung zur christkath. Seelsorge" von Dr. Franz Hayker, 2. Auflage, Wien 1847, liest man Seite 223 folgendes:

„Die Form der Taufe besteht in folgenden Worten: Ego te baptizo in nomine Patris et Filii et Spiritus Sancti. Amen." Ebenso findet man die Formel in der Eichstädter Instructio pastoralis vom Jahre 1854 pag. 64. Zieht man die Werke des h. Liguori zu Rathe, so wird man in der „Theologia Moralis, Ratisbonae" 1846 pag. 547 et seq. unter Nr. 108 sehen: „Forma necessaria baptismi est haec: Ego te baptizo in nomine Patris et Filii et Spiritus sancti. Amen." und pag. 548 Nr. 2. Valet forma, etsi omittat (baptizans) ego et Amen. Indem sich nun dieses letzte Wort „Amen" in vielen Büchern nicht findet, wie z. B. in dem gelehrten dogmatischen Werke des Dr. Joh. Schwetz, theol. dogmatica, edit. 4. Viennae 1864 pag. 182 ff.; Pastoraltheologie des Dr. Jos. Amberger, Regensburg 1857. Band 3. S. 374; theol. moralis universa auctore Petro Scavini. Neapoli 1859, tom. 3. pag. 31.; Moraltheologie von Thomas M. J. Goußet, deutsch, Aachen 1854 im 2. Bande S. 40 und noch in vielen andern, so entstand darüber natürlich ein Zweifel, der durch eine im Jahre 1853 erflossene Entscheidung gelöst wurde. Die Anfrage an die Sacra Congregatio Rituum lautet: „Plures theologi, inter quos S. Alphonsus Maria de Liguorio, sentiunt veniale esse omittere vocem „Amen" in fine formae Baptismi, quae tamen vox non reperitur in Rituali Romano; quaeritur ergo: utrum adhibenda sit vel omittenda? S. C. resp.: Strictim in casu servetur Rituale Romanum." Romae 9. Junii 1853.

Die Form der Taufe lautet daher nach dem Rituale Romanum, Romae 1864 pag. 14, wie folgt: „N. Ego te baptizo in nomine Patris † (fundat primo), et Filii † (fundat secundo), et Spiritus † Sancti (fundat tertio). Und es hat also das „Amen" in der Tauffformel wegzubleiben.

II.

In officio Confessoris non Pontificis, und zwar im Capitulum, welches dem Buche Ecclesiasticus XXXI. 8, 9. entnommen ist, kommen einige Worte vor, die einen Zweifel hervorriefen, ob man nämlich lesen soll: „nec speravit in pecunia et thesauris“ oder „nec speravit in pecuniae thesauris.“ Da man aber am Besten den Zweifel aus dem Votum des Magister caeremoniarum ersieht, so setzen wir das Dubium hier nach dem Buche Decreta authentica Congregationis Sacrorum Rituum, op. et st. Wolfgangi Mühlbauer, Monachi 1863, tom I. pag. 262: Dubitatur: In communi conf. non Pont. ad capitulum quaedam recentiores editiones Breviarii Rom. habent: „nec speravit in pecunia et thesauris;“ aliae vero habent, nec speravit in pecuniae thesauris: quomodo ergo legendum? S. C. rescribendum censuit juxta votum Magistri caeremoniarum nimirum: Legendum in pecunia et thesauris.“ Atque ita rescripsit, ac servari mandavit. Die 11. Sept. 1841. Somit entschied die S. R. C. nach der Vulgata, wo es Ecclesiasticus XXXI. 8. heißt: et qui post aurum non abiit, nec speravit in pecunia et thesauris.

III.

Im Breviario lautet in Off. Communi Virginum die 3. Antiphone: „Revertere, revertere, Sunamitis; revertere, revertere, ut intueamur te“. Da man aber Aehnliches im hohen Liede Salomons, und zwar im Cap. VI. 12: „Revertere, revertere, Sulamitis: revertere, revertere, ut intueamur te“ gelesen und indem es ferner bekannt ist, daß fast alle Antiphonen im Breviere der heiligen Schrift entlehnt sind, so darf man sich nicht wundern, wenn über die Lesung des einen Wortes ein Zweifel sich erhoben, ob man Sunamitis oder Sulamitis im Breviere recitiren soll. Um den Zweifel gelöst zu sehen, wendete man sich an die S. R. C., welche in dergleichen Angelegenheiten vom Magister Caeremoniarum ein Votum verlangt. Dieser verfaßte ein Votum, und setzte am Schluße desselben folgendes Dubium auf:

Dubitatur: In Communi Virginum Nocturno I., Antiphona III. Revertere, revertere, an legendum Sunamitis, an Sulamitis? S. C. rescribendum censuit: Juxta votum Magistri Caeremoniarum nimirum: „Sunamitis dicendum est.“ Atque ita rescripsit ac servari mandavit. Die 11. Sept. 1841. So mitgetheilt nach Mühlbauer Decreta authentica S. R. C. tom I. pag. 55.

Dr. Vitvar.

Kirchliche Actenstücke.

DECRETUM VINDOBONEN. *Beatificationis et canonizationis ven. Servi dei Clementis Mariae Hofbauer, sacerdotis professi e congregatione sanctissimi redemptoris ac Propagatoris insignis ejusdem congregationis ultra montes.*

Divina Sapientia, quae omnia suaviter disponit, Sancto Alphonso, antequam moreretur, solatium parare et instituti ab ipso fundati Propagatorem eximium suscitare voluit in Servo Dei Clemente Maria Hofbauer. Natus hic die 26 Decembris anni 1751 ex piis honestisque parentibus Tassovicii in Moravia plura in tenera aetate virtutum praebuit exempla. Adhuc juvenis bis pedes Romam venit ad visitanda Apostolorum limina, altioresque perfectionis gradus in solitudine quaerens eremum Beatae Mariae Virginis de Quintiliolo nuncupatae prope Tybur incoluit. Sed Dei monitu ad vitam Apostolicam vocatus anno 1784 Congregationem Sanctissimi Redemptoris ad S. Julianum in colle Esquilino ingressus est, votisque religiosis emissis, anno 1786 sacerdotio est initiatus. Paulo post a Sacra Congregatione de Propaganda Fide Praeses missionis in Imperio Russiaco instituendae fuit electus superstite adhuc Sancto Alphonso, qui hunc filium suum septentrionalibus in regionibus divinae gloriae instrumentum fore praedixit. Varsaviae vero a Nuntio Apostolico morari coactus, incredibile dictu est, quantum verbi Dei praedicatione et vitae innocentia apud omnes profecerit. Instituti sui propagandi cupidissimus non solum Varsaviae, sed et in reliqua Polonia, et in Germania, Helvetia, Dacia Collegia plurima erexit, suaeque Congregationis Vicarius Generalis trans Alpes fuit constitutus. Impiorum vi anno 1808 Polonia expulsus Vindobonam venit, ibique postremos duodecim vitae suae annos moratus est, ac praedicando, pauperibus et infirmis assistendo, omnibus omnia factus uberrimos fructus collegit, plurimos heterodoxos Ecclesiae conciliavit, fidemque catholicam fere elanguentem excitavit. Post ejus obitum, qui die 15 Martii anni 1820 in eadem civitate contigit, sanctitatis ejus fama, qua vivens inclaruerat, magis increbuit desideriumque erat apud omnes, ut de fama Sanctitatis, Virtutum et Miraculorum ejusdem processuales Tabulae conficerentur. Verum illa fuerant rerum adjuncta, ut nonnisi postremis hisce temporibus eadem inquisitio ab Emo ac Rmo Domino Cardinale Josepho Othmaro de Rauscher, Archiepiscopo Vindobonensi, potuerit absolvi. Haec autem Sanctitatis ejus testimonia quum ulterius comprobarint iteratis litteris postulatoriis Principes Imperiali vel Regia dignitate fulgentes, quamplures Emi et Rmi Cardinales, Antistites, Canonicorum Collegia, Academiae Theologicae, Religiosorum et Sanctimonialium Instituta, Viri denique innumeri vel nobilitatis titulo vel militari gloria vel celebritate doctrinae spectatissimi; Emus et Rmus Dominus Cardinalis Carolus Augustus de

Reisach, hujus Causae Ponens, satisfacturus piis votis Rmi Patris Brixii Constantini Queloz, Procuratoris generalis Congregationis Sanctissimi Redemptoris et hujus Causae Postulatoris, in Ordinario Coetu Sacrorum Rituum Congregationis hodierna die ad Vaticanum habito, sequens proposuit Dubium: „An sit signanda Commissio Introductionis Causae in casu et ad effectum, de quo agitur?“ Emi porro ac Rmi Patres sacris tuendis Ritibus praepositi rem omnem accurate expendentes, post auditum voce et scripto R. P. D. Petrum Minetti, Sanctae Fidei Promotorem, rescribendum censuerunt: „Affirmative, si Sanctissimo placuerit.“

Die IX Februari MDCCCLXVII.

De quibus postea facta a subscripto Secretario Sanctissimo Domino Nostro Pio Papae IX fideli relatione, Sanctitas Sua Rescriptum Sacrae Congregationis ratum habens propria manu signare dignata est Commissionem Introductionis Causae Ven. Servi Dei Clementis Mariae Hofbauer praedicti.

Die XIV iisdem mense et anno.

C. Episcopus Portuen. et S. Rufinae Card. Patrizi S. R. C. Praef.

Loco + Signi D. Bartolini S. R. C. Secretarius.

PAULUS CULLEN, *Dei et Apostolicae Sedis gratia archiepiscopus Dublinensis et Primas Hiberniae.*

Nos infrascripti fidem facimus decreti sessionis XXIV Concilii Tridentini caput primum, in quo matrimonia sine praesentia parochi et duorum testium attentata nulla et irrita declarantur, pluribus abhinc annis per totam Hiberniam publicatum fuisse et nunc plene ubique vigere et observari quando agitur de matrimoniis catholicorum. Etenim decretum istud vel a tempore Elisabethae reginae, labente saeculo XVI, in plerisque partibus provinciarum Armacanae et Tuamensis, anno autem MDCCLXXV per integram provinciam Casheliensem; et denique anno MDCCCXXVII per totam provinciam Dublinensem et per eas partes Armacanae et Tuamensis provinciarum in quibus antea non fuerat receptum, rite promulgatum in singulis parochiis et in usum deductum fuisse constat. Quod ad dioecesim Dublinensem et ad dioecesim Waterfodiensem spectat, in utroque Tridentina ista lex de matrimoniis claudestinis plenam vim obtinet. Observandum tamen est S. Pontificem Pium sextum fel. recordationis, per rescriptum S. Congregationis de Propaganda fide datum die XIX martii anno MDCCLXXXV decrevisse matrimonia mixta in Hibernia contracta aut contrahenda, non servata forma Conc. Triden., quamvis illicita, habenda tamen esse uti valida, nisi aliud impedimentum canonicum obstat. In quorum fidem haec omnia manu propria subscribimus et sigillo nostro obsignamus.

Datum Dublini die VIII martii MDCCCLXVI.

Sig. † Paulus Cullen, Archiep. Dublinensis.
Primas Hiberniae.

Bibliographische Uebersicht

der

im Jahre 1866 [Nov. 1865 bis Ende December 1866] erschienenen Recensionen über Werke auf dem Gebiete der Theologie und der an dieselbe angrenzenden Wissenschaften [Vergl. Vierteljahresschrift 1866 133 ff.]

Mitgetheilt von Dr. Theodor Wiedemann.

Abulfathi annales samaritani, ed. E. Vilmar. (Gothae 1865, Perthes, 8. 3 Thl.) — Tüb. Theol. Quartalsch. 2.

Ackermann C. Der Kampf, den unsere evang. Kirche zu bestehen hat. (Meiningen 1866, Gadow, 8. 2 Ngr.) — Zimmermann Theol. Litt. Bltt. 8.

Acta ex iis decerpta, quae apud Sanctam Sedem geruntur. (Romae 1866, 8.) — Oesterreichische Vierteljahresschrift für kath. Theol. 4.

Adams W. Der Schatten des Kreuzes. (Berlin 1865, Wohlgemuth 8., 1/6 Thl.) — Zimmermann Theol. Lit. Bltt. 1866, 5.

Adelberg N. Bibelgebetbuch. (Nürnberg 1862, 8. 2 fl. rh.) — Zimmermann Theol. Lit. Bltt. 1866, 6.

Agricola S. Das Verständniß der ewigen Erlösung durch Jesus Christus. (Bamberg 1866, Reindl 8., 4 1/2 Ngr.) — Allg. Lit. Zt. 46.

Ahlfeld. Epistel-Predigten. (Halle 1866, Mühlmann 8., 2 2/3 Thl.) — Zimmermann Theol. Lit. Bltt. 103.

Ahrens H. L. Das Amt der Schlüssel. (Hannover 1864, Rümpler 8.) — Zeitsch. f. luth. Theol. und Kirche 1866, 1.

Aichinger G. Joh. Michael Sailer. (Freib. 1865, Herder 8. 28 Sgr.) — Augsb. Postz. 1865, Nr. 276; 296; Ueber Land und Meer 10; Reusch. Theol. Lit. Bltt. 1.

Allies T. W. La Formation du Christianisme. (Londres, Longman.) — Bouix, Revue, 75; Reusch. Theol. Lit. Bltt. 16.

Allihn F. H. Die Grundlinien der allg. Ethik. (Leipzig 1861, Pernitsch 8.) — Jahrb. für deutsche Theol. X. 4.

Allioli J. Glückseligkeitslehre. (Augsb. 1866, Schlosser, 8. 18 Ngr.) — Lit. Bltt. zur Sion, Juli 2; Schles. Kirchenblatt 51.

Allmers H. Unsere Kirche. (Hannover 1865, Krüger, 8. 4 Ngr.) — Allg. kirchl. Zeitsch. 2.
Alt J. C. Predigten über die neuen epistolischen Texte. (Hamburg 1864, Nolte 8.)—Die Predigt der Gegenwart II, 9. u. 10.
Altartafeln im gothischen Style. (Paderborn 1865, Schöningh, 2 Thl.) — Linzer Christliche Kunstblätter, 1865, 11.
Alvensleben's christliches Glaubensbekenntniß. (Stendal 1864, Franzen & Grosse, 8.) — Braunschw. luth. Kirchenbltt. 2.
Alzog Joh. Grundriß der Patrologie. (Freib. 1866, Herder, 8. 1 Thl.) — Katholik, August; Augsb. Postzt. 235; Allg. Lit. Zt. 49; Schles. Kirchenbltt. 36; Reusch, theol. Lit. Bltt. 25; Sion, Lit. Bltt. Dez. 1.
Anderson. Geschichte der deutschen Ordens-Commende Griefstedt. (Erfurt, 1866, 8.) — Lit. Centralbltt 49.
Andreä H. V. Die Weltanschauung des Glaubens. (Frnkf. a. M. 1865, Heyder und Zimmer, 8. $1^1/_3$ Thl.) — Reich Gottes 13; evang. Kirchen- und Volksbltt. f. Baden 21; sächs. Kirchen- und Schulblatt 32; Zimmermann Theol. Lit. Bltt. 79.
Andreä H. V. Der Zweck heiligt das Mittel. (Gütersloh 1865, Bertelsmann 8. 4 Ngr.) — Sächs. Kirchen- und Schulblatt 31; Zimmermann, theol. Lit. Bltt. 47.
Anselmi. Cant. opuscula ed Haas. (Tubing. 1863, Laupp, 8. $^1/_2$ Thl.) — Oesterr. Vierteljahresschrift für kath. Theologie 1866, 2.
Anselmi hl. Buch der Betrachtungen und Gebete. (Tüb. 1863, Laupp, 8. 1 Thl. 3 Ngr.) — Oest. Vierteljahresch. für kath. Theologie 1866, 2.
Archiv für kath. Kirchenrecht. (Mainz 1863—65, Kirchheim 8.) — A. Allg. Zt. 1866, 71, Beil.
Arnaud E. Le Pentateuque Mosaique. (Strassburg 1865, Berger-Levrault 8.) — Neue ev. Kirchzt. 2; Lit. Centralbltt 21; Reusch, theol. Lit. Bltt. 26; Zimmermann Theol. Lit. Bltt. 88.
Arndt Joh. Die Rechtfertigung d. d. Glauben. (Magdeburg 1864, Heinrichshofen, 8.) — Gesetz und Zeugniß 7.
Arndt Joh. Predigten. (Stuttg. 1865, Besser 8. 1 Thl. 6 Sgr.) — Gesetz und Zeugniß 6.
Aschbach J. Geschichte der Wiener Universität. (Wien 1865, Braumüller 8. 4 fl. 42.) — Tüb. Theol. Quartalschrift 4.
Auberlen, Beiträge zu christl. Erkenntniß. (Basel 1864, Bahnmaier, 8. 25 Ngr.) — Zimmermann, theol. Lit. Bltt. 1865, 104; Theol. Studien und Kritiken, 2; Zeitschrift für luth. Theologie und Kirche 1; Sächs. Kirchen- und Schulblatt 37.
Aubigné. Geschichte der Reformation in England. (Elberfeld, Friedrichs, 8.) Blätter für lit. Unterh. 42.
Augustinus' Bekenntnisse, von Dr. Wilden. (Schaffh. 1865, Hurter 8. 2 fl. 24 kr. rh.) — Schles. Kirchenblatt 18; Bamberger Pastoralblatt 25.
Augustinus' Bekenntnisse, v. Merschmann. (Frankf. 1866, Heyder und Zimmer, 8. 1 Thl.) — N. ev. Kirchenz. 43.

Augustini Divi res gestae ed. Mommsen. (Berlin 1864, Weidmann, 8.) — Heidelberger Jahrb. 18.

Aurach v. d. S. Die kirchlichen Simultanverhältnisse in der Pfalz am Rhein. (Mannheim 1866, Schneider, 8. 36 kr. rh.) — Zimmermann, Theol. Lit. Bltt. 17 u. 71; Lit. Centralbltt 24.

Bach J. Meister Eckhardt. (Wien 1864, Braumüller, 8.) — Hist. pol. Bl. LVIII, 12.

Bagge O. Fermenta theologica. (Leipzig 1866, Breitkopf u. Härtel, 8. 1 Thl. 6 Sgr.) — Lit. Centralblatt 40.

Bayder E. Bibelstunden. (Darmstadt 1866, Würtz, 8.) — Gesetz und Zeugniß 8 u. 9.

Baieri Compendium. (Berlin 1864, Schlawitz, 8. 1 Thl.) — Braunschw. luth. Kirchenbl. 1865, 12; Zeitschrift f. d. ges. luth. Theol. u. Kirche 3.

Ballien Th. Geschichte der Pädagogik. (Stuttg. 1864, Besser, 8.) — Allg. Schulzt. 25.

Ballien Th. d. Katechismus. (Brandenburg, im Selbstverlag 1865, 8.) — Christl. Schulbote aus Hessen 4.

Balmes J. Die wichtigsten Religionswahrheiten. (Freib. 1863, Herder, 6 Sgr.) — Allg. Lit. Zt. 34.

Barach S. Zur Geschichte des Nominalismus von Roscellin. (Wien 1866, Braumüller, 8. 6 Sgr.) — Lit. Centralblatt 7; Allg. Lit. Zt. 18; Gött. G. A. 14; Reusch, Theol. Lit. Bltt. 21.

Barnabae epistula, ed. H. Hilgenfeld. (Lips. 1866, Weigl, 8. 28 Sgr.) — Reusch, Theol. Lit. Bltt. 13; Lit. Centralblatt 27.

Baron R. Jesus mit Martha und Maria in Bethanien. (Oppeln 1866, Reisewitz, 8. 1/6 Thl.) — Zimmermann, Theol. Litt. Bltt. 52.

Barth W. Der Meister in der Volksschule. (Ulm 1865, Wohler, 8. 12 Ngr.) — Allg. Lit. Zt. 51.

Bartels. Kern des Heidelberger Katechismus. (Aurich 1864, Dunkmann, 8.) — Evang. ref. Kirchenz. 4.

Bartholomaeus a Martyribus. Compendium spiritualis doctrinae, ed. Fessler. (Einsidlae 1864, Benzinger, 8.) — Études Religieuses, 36.

Baur Gust. Predigtsammlungen. (Hamb. 1865, Nolte, 8. 2 2/3 Thl.) — Gesetz u. Zeugniß 4; Zimmermann, Theol. Lit. Bltt. 28.

Baur F. C. Vorlesungen über neutestamentliche Theologie. (Leipzig 1864, Fues, 8. 2 Thl.) — Die Predigt der Gegenwart II, 9 u. 10; Lit. Centralblatt 7; Theol. Studien und Kritiken 4.

Baur C. F. Vorlesungen über christliche Dogmengeschichte. (Leipzig 1865, Fues, 8. 6 Thl.) — Jahrb. für deutsche Theol. XI, 1; Reusch, Theol. Lit. Bltt. 12; N. ev. Kirchenzt. 17; Lit. Centralbl. 30; Rev. de theol. IV. 4.

Baxmann R. Ueber die Grenzen protest. Lehrfreiheit. (Bonn 1865, Marcus, 8. 1/4 Thl.) — Allg. kirch. Zeitsch. 2.

Becker D. Die Kirche und die Naturforschung. (Mainz 1865, Kirchheim, 8. 7 1/2 Sgr.) — Oest. Volksfreund 1865, Nr. 297; Reusch, Theol. Lit. Bltt. 1; Philothea 4; Lit. Bltt. zur Sion, Juli 2.

Becker F. Das Spott-Crucifix der röm. Kaiserpaläste. (Breslau 1866, Mälzer, 8. 10 Sgr.) — Tüb. Theol. Quartalsch. 2; N. evang. Kirchenzt. 7; Lit. Centralbltt. 45.

Becker F. Die Darstellung Christi als Fisch. (Breslau 1866, Mälzer, 8. 25 Sgr.) — N. ev. Kirchenzt. 25; Reusch, Theol. Lit. Bltt. 15.

Bedeutung, die, der Lehre vom Teufel. (Hannover 1864, Hahn, 8.) — Zeitsch. für luth. Theol. u. Kirche 3.

Bedeutung, die, des hl. Geistes. (Basel 1866, Balmer u. Riehm, 8. 24 Ngr.) — N. ev. Kirchenzt. 9.

Beecher H. W. Lebensgedanken. (Berl. 1864, Müller, 8.) — Jahrbuch für die Theol. XI, 1.

Beleuchtung, kritische, der Broschüre. „Aurach, kirchl. Simultanverh. in der Pfalz." (Speyer 1866, Bregenzer, 8. $^1/_6$ Thl.) — Zimmermann, Theol. Lit. Bltt. 17.

Benkewitz. Die Frage: Was könnte uns Hoffnung machen, daß das Christenthum, das Vielen schon gebrochen und geschmälert dazuliegen scheint, noch bestehe und fort und fort unbewegt sich erhalten werde? (Kreuzburg 1864, Thielemann, 8.) — Die Predigt der Gegenwart, II, 9. u. 10.

Bergamo K. M. v. Die Ordensperson in der zehntägigen geistlichen Einsamkeit. (Trier 1865, 8. Linz, 21 Sgr.) — Linzer theol. prakt. Quartalsch. 1865, 4; Allg. Lit. Zeit. 6.

Bericht, sechster, über die Diakonissen-Stationen im Morgenlande. (Kaiserswerth.) — Zimmermann, theol. Lit. Bltt. 5.

Bernays J. Theophrastos' Schrift über Frömmigkeit. (Berlin 1866, Hertz, 8. $1^1/_2$ Thl.) — Zimmermann, Theol. Lit. Bltt. 78.

Bernhardt. Melanchthon als Mathematiker. (Wittenberg 1865, Herrosé 8. 14 Sgr.) — Protest. Kirchenzt. 13; Lit. Centralblatt 31.

Besser W. F. St. Pauli erster Brief an die Corinther. (Halle 1862, Mühlmann, 8.) — Ztsch. für luth. Theol. 2.

Besser W. F. St. Pauli zweiter Brief an die Corinther. (Halle 1863, Mühlmann, 8. 1 Thl. 3 Ngr.) — Zeitschrift für luth. Theol. 2; Jahrbuch für deutsche Theol. XI, 4.

Besson Panegyrique du J. Jean Berchmans. (Besançon 1866, Jaquin, 8.) — Etudes 42.

Beweis des Glaubens. (Güterloh 1866, Bertelsmann, 8. $1^1/_2$ Thl.) — Zimmermann Theol. Lit. Bltt. 60.

Beyschlag W. Die Christologie des N. T. (Berlin 1866, Rauh, 8. 1 Thl.) — A. kirchl. Zt. 2, 3; Neue evang. Kirchenz. 6; Zimmermann theol. Lit. Bltt. 41 f.; Gött. Gel. A. 26; Jahrb. für d. Th. XI, 3; Zeitschrift f. wissensch. Theol. 3; Ev. Kirchenzt. 79, 6.

Biasi V. L. Introductio in sacram scripturam. (Ratisb. 1865, Manz, 8. $2^1/_4$ Thl.) — Reusch. Theol. Lit. Bltt. 1.

Bilder aus der Geschichte der Kirche in Deutschland. (Leipzig 1865, Bergson-Sonnenberg, 8. 1 Thl.) — Westermann's Monatshefte 2; Allg. Schulzeit. 19; Blätter f. lit. Unterhaltung 42.

Bilder biblische. (Leipzig 1866, Naumann, 8. $1/6$ Thl.) — Christl. Schulbote aus Hessen 30.

Billroth A. Die Auferstehung Jesu u. Dr. Strauß. (Wiesbaden 1866, Riedner, 8. $1/6$ Thl.) — N. ev. Kirchenzt. 29; Reich Gottes 46.

Binder M. und Kerschbaumer A. Kath. Fest- und Gelegenheitsreden. (Wien 1866, Sartori, 8. 80 kr. österr. W.). — Allg. Lit. Zt. 41.

Birkl F. X. Gesundheitspillen für kranke Seelen oder katholische Sonn- u. Festtagspredigten. (Innsbruck 1863, 8. Rauch. 2 fl. 42 kr. rh.) — Linzer theol. prakt. Quartalsch. 1865, 4.

Bischoff. Gesch. der christl. Kirche in Bildern. (Leipzig 1865, Wöller, 8.) — N. schles. Schulbote 3; Kirchenbltt. f. d. ref. Kirche d. Schweiz 15.

Bisping A. Exegetisches Handbuch zu den Evangelien und der Apostelgeschichte (Münster 1864, u. 1865, Aschendorff, 8.) — Katholik 1865, 12; Allg. Lit. Zeit. 17; Reusch theol. Lit. Bltt. 22.

Blampignon Ae. De sancto Cypriano. (Paris 1862, Didot, 8. 3 Fr.) — Tüb. theol. Quartalschrift 2.

Blech W. Ph. Grammatik der hebr. Sprache. (Danzig 1864, Anhuth, 8.) — Zeitschrift für die ges. luth. Theol. u. Kirche 1.

Blenk's F. Vorlesungen über die Briefe an die Colosser, den Philemon u. die Ephesier. (Berlin 1865, Reimer, 8. 1 Thl. 15 Sgr.) — Protest. Kirchenzt. 1865, 51; Zimmermann, Theol. Lit. Bltt. 33 u. 34; Lit. Centralbltt. 40.

Blenk F. Einleitung in das A. T. (Berlin 1865, Reimer, 8. $3^1/_2$ Thl.) — Jahrb. für deutsche Theol. XI, 1.

Blumhardt. 15 Predigten. (Stuttg. 1865, Lisching, 8.) — Gesetz und Zeugniß 2, 3.

Bluntschli J. C. Alt-asiatische Gottes- und Weltidee in ihren Wirkungen auf das Gemeinleben der Menschen. (Nördl. 1866, Beck, 8. 26 Sgr.) — Augsb. Allg. Zt. 1866, 28. Beil.; Reusch, Theol. Lit. Bltt. 1866, 3; Berkholz, Mitth. 1865, 6; Lit. Centralblatt 1866, 9; Zimmermann Theol. Lit. Bltt. 27; Protest. Kirchenzt. 43; Jahrbuch f. deutsche Theol. XI, 4.

Bock Fr. Geschichte der liturg. Gewänder des Mittelalters. (Bonn 1866, Cohen 8. 5 Thl.) — Lit. Centralblatt 52; historisch politische Blätter, LVIII, 10.

Bock Fr. Das Album mittelalterlicher Ornament-Stickerei. (Aachen 1866, Hensen, à Lief. 1 Thl. 10 Sgr.) — Allg. Lit. Zt. 38; Augsb. Postzt. 226; Katholik, Novemberheft.

Boche K. G. Der preuß. legale ev. Pfarrer. (Braunschweig 1866, Schwetschke 8. $5/6$ Thl.) — N. ev. Kirchenzt. 50.

Bodenmüller F. J. Anweis. zur Ertheilung des Religionsunterrichtes. (Freib. 1865, Herder, 8. 10 Sgr.) — Kenteuich, Zeitsch. für Erziehung und Unterricht XV, 2; Philothea 1; Süddeutsch. kath. Schulwochenblatt 22, 47; Allg. Schulzeit. 26; Sion Lit. Bltt. Dec. 1.

Boeckeler H. Processionale. (Aachen 1866, Hensen, 8. 5 Sgr.) — Allg. Lit. Zt. 44.

Böhmer H. Die Offenb. Johannis. (Breslau 1866, Maruschke und Berendt, 8. $1^2/_3$ Thl.) — N. ev. Kirchenzt. 2.

Böttcher B. Neue exeg. krit. Aehrenlese. (Leipzig 1864, Barth, 8.) — Gött. Gel. Anz. 5.

Bomhard G. Ch. Predigten. (Augsb. 1866, Jenisch. u. Stage, 8. 2 fl. 24 kr. rh.) — Zimmermann Theol. Lit. Bltt. 8; Braunschweiger, luth. Kirchenblatt 3; Volksblatt für Stadt und Land 82; N. ev. Kirchenzt. 43.

Bone. Buch der Altväter. (Paderb. 1864, Schöningh, 8.) — Philothea 4.

Bonnechose E.; Joh. Huß und das Concil zu Costnitz. (Leipzig 1865, Senf, 8. 1 Thl.) — Mitth. des Vereines für Gesch. der Deutschen in Böhmen. IV, 7.

Bonnet Jul. Lebensbilder aus der Reformationszeit. (Berlin 1864, Reimer 8.) — Evang. ref. Kirchenzeit. 1865, 11.

Bosizio Ath. Das Hexaemeron und die Geologie. (Mainz 1865, Kirchheim, 8. 4 fl. rh.) — Tüb. Theol. Quartalschrift 1866, 1.

Bottiglia di Salvoux. Leben der ehrw. Maria Clotilde, Königin von Sardinien. (Wien 1865, Mechitharisten, 8. 24 Ngr.) — Allg. Lit. Zt. 45.

Bouillerie. Betrachtungen über das allerh. Altarssakrament. (Schaffh. 1865, Hurter, 12. 15 Ngr.) — Allgemeine Literarische Zeitung 26; Philothea 10.

Bourier A. Rüstung zum geistlichen Stande und Leben. (Augsb. 1866, Kranzf. 8. 1 Thl.) — Allg. Lit. Zeit. 13.

Bovet F. Reise ins gelobte Land. (Zürich 1866, Schultheß, 8. 1 Thl. 18 Ngr.) — Volksblatt f. Stadt und Land 44; Novellenzt. 25; St. Galler Bltt. 25; Zimmermann, Theol. Lit. Bltt. 56; Philothea 10; Gött. G. A. 40; Ev. Kirchen- u. Volksblatt f. Baden 35; Menzel Lit. Bltt. 46 u. 47.

Bramesfeld Fr. A. Kirchenordnung f. d. ev. Gemeinden d. Pr. Westphalen u. der Rheinprovinz. (Gütersloh 1865, Bertelsmann, 8. 2 Thl. $7^1/_2$ Sgr.) — Lit. Centralblatt 18.

Brandes F. Katechismus. (Gött. 1865, Vandenhoeck u. Rup. 8. $^1/_3$ Thl.) — Südd. Schulbote 26.

Braun G. Betrachtungen über die Festevangelien. (Berlin 1865, Wiegandt, 8. 12 Ngr.) — Gesetz und Zeugniß 8 u. 9.

Braun St. Jerusalem. (Freib. 1866, Dilger, 8. 1 fl. rh.) — Bamberger Pastbltt. 1866, 12.

Breiteneicher M. Die Stationen des hl. Kreuzweges. (München 1866, Pustet, 8. 1 fl. 30 kr. rh.) — Allg. Lit. Ztg. 9; Münchner Sonntagsblatt 10.

Breitenstein L. Das Charakterbild Jesu von Schenkel. (Basel 1866, Bahnmaier, 8. 8 Ngr.) — Kirchenblatt f. d. ref. Kirche d. Schweiz 18; Reich Gottes 49.

Bright G. A. Goldsmith P. Libri precum. (London 1865, Williams, 12, 1 Thl. 10 Sgr.) — Reusch, Theol. Lit. Bltt. 9.

Broglie A. L'Église et L'Empire Romain au IVe. Siècle. (Paris 1866, Diedier, 8.) — Études 40.

Brückner B. Betrachtungen über die evang.-sächs. Agende. (Leipz. 1865, Edelmann, 8. $^1/_2$ Thl.) — Gesetz u. Zeugniß 2, 3.

Brückner. Evang. und Briefe Johannis. (Leipzig, Hirzel, 8.) — Protest. Kirchenzt. 43, 45.

Brückner G. Hebräisches Lesebuch. (Leipzig 1863, Vogel, 8.) — Neue Jahrbücher für Philologie und Pädagogik 91. u. 92. Band, 10.

Brunn Fr. Evang. luth. Mission. (Leipzig 1864, Naumann 8.) — Zeitsch. für luth. Theol. und Kirche 1866, 1.

Brunnemann K. M. Servetus. (Berlin 1866, Müller, 8. $^1/_3$ Thl.) — Zimmermann, Theol. Lit. Bltt. 19.

Bucher J. Die Chronologie des N. T. (Augsb. 1865, Kollmann, 8. 13$^1/_2$ Ngr.) — Allg. Lit. Zt. 15; Schles. Kirchbltt. 16; Lit. Centralb. 44.

Bucher J. Apostelgeschichte. (Schaffhausen, Hurter.) — Philothea 9; Schles. Kirchenblatt 37.

Buchrucker C. Die biblische Geschichte. (Nürnberg 1864, Sebald, 8. 4$^1/_2$ Ngr.) — Zeitschrift für die ges. luth. Theol. und Kirche 3; Ev. Schulbltt. 5, 6.

Büdinger M. Von den Anfängen des Schulzwanges. (Zürch 1865, Orell, Füßli, 8. 15 Sgr.) — Lit. Centralbltt 1866, 21.

Bunsen Ch. C. J. Vollständiges Bibelwerk für die Gemeinde. (Lpz. 1865, Brockhaus, 8. 1 Thl. 20 Sgr. für die 3. Abth.) — Reusch, Theol. Literaturblatt 1866, 3; Gött. G. Anz. 8; Grenzboten 14; N. ev. Kirchenzt. 23; Zimmermann theol. Lit. Bltt. 55; Kirchenblatt f. d. ref. Kirche der Schweiz 17.

Bunyan Joh. Der Pharisäer u. der Zöllner. (Hamburg 1864, Onken, 8.) — Ev. ref. Kirchenzt. 6; Gesetz und Zeugniß 11.

Burger, Predigten. (Nördl. 1865, Beck, 8.) — Gesetz u. Zeugniß 7; Jahrb. f. deutsche Theol. XI, 4.

Burk M. J. Spiegel edler Pfarrfrauen. (Stuttg. 1865, Steinkopf, 8. 2 fl. 12 kr. rh.) — Zimmermann, Theol. Lit. Bltt. 8.

Burkhardt G. Zinzendorf u. die Brüdergemeinde. (Gotha 1866, Besser, 8. 18 Sgr.) Lit. Centrallbltt. 47; Neue ev. Kirchenzt. 33.

Burkhardt C. A. H. Dr. M. Luthers Briefwechsel. (Leipzig 1866, Vogel, 8. 3 Thl.) — Reusch, Theol. Lit. Bltt. 21.

Busl. Die Stiftskirche zu Ellwangen. (Ravensb. 1864, Dorn.) — Menzel, Lit. Blt. 42.

Bussy M. Ch. Die Empörer gegen Kirche und gesellschaftliche Ordnung. (Wien 1865, Mechith. 8. 2 fl. 40 kr. österr. W.) — Allg. Lit. Zt. 14; Schles. Kirchenbltt 32; Philothea 8.

Cabrini Fr. Der Samstag Maria's Weihetag. (Regensb. 1866, Pustet, 12. 21 Ngr.) — Schles. Kirchenbltt. 32.

Cahiers Ch. Les Characteristiques des Saints. (Paris 1865, Poussielgue, 8.) — Études 45.

Cairns J. Falsche Christi und der wahre Christus. (Hamburg 1864, Onken, 8.) — Zeitschft. für luth. Theol. und Kirche. 1.
Calendar of state papers. (London, Longman.) Europa 32.
Calinich R. Kampf und Untergang des Melanchtonismus in Chursachsen. (Leipzig 1866, Brockh., 8. 1 2/3 Thl.) — Sächs. Kirch. und Schulblatt 50; Zimmermann, Lit. Theol. Bltt. 98.
Calinich R. Wie Sachsen lutherisch wurde. (Chemnitz 1866, Brunner, 8. 4 Ngr.) Allg. kirchl. Zeitsch. 5.
Calvini Opera ed. Baum. (Braunschweig, Schwetschke.) — Protest. Kirchenzt. 37.
Canisius P. Katechismus, herausgegeben von P. Gall Morell. (Einsiedeln 1865, Benziger, 8. 11 Sgr.). — Der Schulfreund XXI, 4; Süddeutsch. kath. Schulwochenblatt 30.
Caspari K. H. Das erste Hauptstück in Predigten. (Stutt. 1865, Steinkopf, 8. 1/4 Thl.) — Zimmermann, theol. Lit. Bltt. 1865, 104.
Cassel P. B. Richter und Ruth. (Bielefeld 1865, Velh. u. Klasing, 8. 8 Ngr.) — Reusch, theol. Lit. Bltt. 10.
Cassel P. Israel in der Weltgeschichte. (Berlin 1866, Beck, 8. 3 1/2 Ngr.) — N. ev. Kirchenzt. 18.
Càstro A. de. Gesch. der span. Protestanten. (Frankf. a. M. 1866, Sauerländer, 8. 1 1/2 Thl.) — St. Galler Bltt. 48; Zimmermann, Theol. Lit. Bltt. 99 ff.
Chaignon P. Nuovo corsodi Meditazioni pei Sacerdoti. (Bologna 1864—1865, lib. dell'Immacolata, 16.) — Civilta Cattolica, 3 Marzo.
Charge A., delivered to the Clergy and Churchwardens of the Diocese of Ely. (London 1865, Longmanns.) — The Contemporary Review 1866, 1.
Chastel Et. Le christianisme dans les six premiers siècles. (Leipz. 1865, Dürr, 8.) — Lit. Centralbltt. 50.
Chastel Et. Le christianisme et l' église au moyen-âge. (Leipz. 1859, Brockhaus, 8.) — Lit. Centralblatt 1866, 1.
Chemuitii M., de incarnatione tractatus, ed. Hachfeld. (Berlin 1865, Schlawitz, 8. 6 Ngr.) — Braunsch. luth. Kirchenbltt. 1.
Choral und Liturgie. (Schaffh. 1865, Hurter 8. 18 Sgr.) — Katholik 1866, Jan.; Reusch, Theol. Lit. Bltt. 20.
Chocarne P. P. Lacordaire. Sa vie intime et religieuse. (Paris 1866, Poussielge, 8.) Augsb. Postzt. Beil. 79.
Christenthum, das, und der Positivismus. (Hamburg 1866, Onken, 8. 6 Ngr.) — N. ev. Kirchenzt. 41.
Christoffel R. Charakterbilder aus der Reformationsgeschichte Italiens. (Erlangen 1865; Deichert, à Lief. 7 1/2 Ngr.) — Zimmermann, Theol. Lit. Bltt. 1865, 95; Kirchenblatt f. d. ref. Schweiz 2; N. evang. Kirchenzt. 4.
Chrysostomus de sacerdotio. rec. Bengel. (Leipz. 1866, Tauchnitz, 8.) — Jahrb. für deutsche Theol. XI, 2.

Chwolson D. Achtzehn hebräische Grabschriften aus der Krim. (Leipz. 1865, Voß, 4. 2 Thl. 17 Sgr.) — Lit. Centralbltt. 21.
Clarus L. Die Auswanderung der protestantisch gesinnten Salzburger in den Jahren 1731 u. 1732. (Innsbruck 1864, Vereinsbuchhandl. 8. 1 Thl. 12 Ngr.) — Allg. Lit. Ztg. 11.
Clarus L. Herzog Wilhelm von Aquitanien. (Münster 1864, Theissing, 8. 1 Thl. 15 Sgr.) — Chilianeum VII, 12; Allg. Lit. Zt. 14; Lit. Centralblatt 25.
Clarus L. Das Tridentinische Glaubensbekenntniß. (Schaffh. 1865, Hurter, 8. 1 Thl. 6 Sgr.) — Allg. Lit. Zt. 1866, 8.
Clarus L. Eine lit. Hasenjagd. (Paderb. 1866, Junfermann, 8. 1/3 Thl.) — Allg. Lit. Zt. 1866, 26.
Clemen H. Rom, Germanen u. Christenthum. (Lemgo 1865, 8. 1/6 Thl.) — Zeitschrift für luth. Theol. und Kirche 1866, 1.
Clementis Romani epistulae ed. Hilgenfeld. (Leipzig 1864, Weigel, 8.) — Protest. Kirchenzt. 42.
Clericus. 10 Gebote kath. Kindererziehung. (Mainz 1864, Kirchheim, 8.) — Schulfreund 3.
Cochem M. Büchlein von Gott. (Paderb. 1864, Schöningh, 8. 24 Sgr.) — Chilianeum VIII, 12.
Cochem M. Das hl. Meßopfer. (Köln 1865, Bachem, 18 Sgr.) — Schles. Kirchenblatt 1865, 52; Allg. Lit. Zeit. 19, Philothea, 7.
Cognat J. Vie de Msr. Alexandre-Raymond Devie, évêque de Belley. (Paris et Lyon 1665, Pelagaud, 8.) — Études 41.
Colani. Jesu-Christi. (Strassb. 1864, Treuttel, 8.) — Zimmermann Theol. Lit. Bltt. 9; Zeitschrift f. d. g. luth. Theol. 3.
Colenso, the Pentateuch. (London, Longman.) — Heidenheim, Vierteljahrsch. 8.
Le saint concile oecumenique de Florence. (Rome 1864, 8.)—Études, 40.
Confessio Helvetica, ed. Böhl. (Wien 1866, Braumüller 8. 24 Sgr.) — Zimmermann, Theol. Lit. Bltt. 61; Lit. Centralbltt. 45.
Conti A. Storia della Filosofia. (Firenze 1864, Barbèra.) — Allg. Lit. Zt. 22.
Coquerel A. Predigten. (Leipzig 1866, Breitkopf und Härtel, 8. 1 Thl.) — Zimmermann, Theol. Lit. Bltt. 104.
Coquerel A. Le forçats pour la foi. (Leipzig 1866, Dürr, 8.) — Lit. Centralbltt. 37.
Corpus Reformatorum vol. XXXII. (Braunschweig, 1866. Schwetschke, 8.) — Zimmermann, Theol. Lit. Bltt. 57.
Culmann Ph. Th. Christl. Ethik. (Stuttg. 1866, Steinkopf, 8. 2 Thl. 7 Ngr.) — Zimmermann, Theol. Lit. Bltt. 87.
Cureton. History of the martyrs in Palestine. (London, Williams et Norgate, 8.) — Gött. G. A. 17.
Curtmann J. G. Erziehungslehre. (Leipzig 1866, Winter, 8, 1 1/3 Thl.) — Zimmermann, Theol. Lit. Bltt. 48.

Coulin F. Jesus der Menschensohn. (Basel 1866, Balmer 8. 18 Ngr.) — Reich Gottes 49; Zimmermann, Theol. Lit. Bltt. 93.

Dächsel. Die Bibel. (Breslau 1866, Dülfer, 8.) — Evangel. Sonntagsbote 16; Reich Gottes 26; Braunschweiger luth. Kirchenblatt 8; Süddeutsch. Schulbote 21.

Dalton H. Geschichte der reform. Kirche in Rußland. (Gotha 1865, Besser, 8. 1 Thl. 6 Sgr.) — Evang. ref. Kirchenzt. XVI. 2; Zimmermann, Theol. Lit. Bltt. 33 u. 34; Lit. Centralbltt. 1866, 20; Kirchenblatt f. die ref. Schweiz 12; Berkholz, Mittheil. 3.

Dalton H. Nathanael. (St. Petersburg 1664, Schmitzdorf, 8.) — Zimmermann, Theol. Lit. Bltt. 19.

Dambrowski. Predigten. (Thorn 1864, Lambeck, 8.) — N. ev. Kirchenzt. 36.

Danko J. Constitutiones Synodales almae ecclesiae Strigonensis A. D. 1450. (Strigonii 1865, fol.) — Chilianeum VII, 12; Katholik 1865, 12; Oest. Viertelj. f. kath. Theol. 1866, 2; Reusch, Theol. Lit. Bltt. 5.

Danko J. Katholikus Lelki Kalauz. (Wien 1866, Ueberreutter, 8. 65 kr.) — Allg. Lit. Ztg. 1866, 22.

Daumer G. F. Der Tod des Leibes — kein Tod der Seele. (Dresden 1865, Türk, 8. $^3/_4$ Thl.) — Allg. deutsche Lehrerzt. 1865, 50; Wissensch. Beilage der Leipz. Ztg. 1865, 104.

Daurignac J. M. S. Geschichte des hl. Franz von Xavier. Verdeutscht von L. Clarus. (Frankf. a. M. 1865, Hamacher, 8. $1^3/_4$ Thl.) — Allg. Lit. Ztg. 1865, 49.

Daurignac J. M. S. Der hl. Franz von Assisi. (Insbruck 1865, Vereinsbuchhandl. 8. $^3/_4$ Thl.) — Linzer theol. prakt. Quartalsch. 3; Philothea 9; Lit. Bltt. zur Sion, Mai 2.

Daurignac J. M. Geschichte des hl. Aloysius von Gonzaga. (Frankf. 1866, Hamacher, 8. $1^3/_4$ Thl.). — Allg. Lit. Zt. 1866, 37.

Decker A. Was wir predigen und lehren und zum Streit über den Vorwurf der Verleugnung Gottes des Vaters. (Hamb. 1862, Nolte, 8.) — Jahrb. f. deutsche Theol. X, 4.

Deichert G. Ch. Epistel-Predigten. (Stutt. 1866, Liesching, 8. 1 Thl.) — Berkholz, Mitth. 1865, 5.

Deinhardt H. Ueber die Vernunftgründe für die Unsterblichkeit der menschlichen Seele. (Bromberg 1863, Fischer, 4.) — Zeitschrift für Philosophie u. philos. Kritik, XLVIII, 1.

Deiß W. Gesch. der evang. reform. Gemeinde in Lübeck. (Lübeck 1866, Grautoff, 8. 1 Thl.) — Zimmermann Theol. Lit. Bltt. 74; Ev. reform. Kirchenzt. 11.

Delitsch Fr. Jesus und Hillel. (Erlangen 1866, Deichert, 8. 1 Thl.) — Jahrb. f. deutsche Theol. XI, 4.

De Wette W. M. L. Lehrbuch der heb. jüdischen Archäologie. (Leipz. 1864, Vogel 8.) — Jahrb. für deutsche Theologie XI, 1; Zeitschft. f. die ges. luth. Theologie u. Kirche 3.

De Wette W. M. L. Kurze Erklärung des Briefes an die Galater. (Leipz. 1864, Hirzel, 8.) — Jahrb. f. deutsche Theol. XI, 1.

De Wette W. M. L. Kurze Erklärung der Briefe d. Petrus, Judas und Jakobus. (Leipzig 1865, Hirzel, 8.) — Zimmermann, Theol. Lit. Bltt. 44.

Deynoodt F. Der sel. Johann Berchmans. (Aachen 1866, Hensen, 8. $^3/_8$ Thl.) — Allg. Lit. Zt. 1866, 23; Schles. Kirchenbltt. 36.

Dieckhoff. Luthers Lehre von der kirchlichen Gewalt. (Berlin 1865, Schlawitz, 8. 1 Thl.) — Braunschweiger luth. Kirchenbltt 1865, 12; Zeitschrift f. d. luth. Theologie 1867, 1.

Dieckoff Fr. Compendium ethicae christianae catholicae. (Paderborn 1864, Schoeningh, 8.) — Linzer theol. prakt. Quartalsch. 1865, 4.

Diedrich J. Zeugnisse vom Reiche Jesu Christi. (Neu-Ruppin 1863, Oehmigke, 8.) — Zeitsch. f. luth. Theol. 2; Jahrb. f. deutsche Theol. XI, 4.

Dieffenbach G. Ch. Hausagende. (Mainz 1866, Kunze, 8. 2 Thl. 12 Ngr.) — N. ev. Kirchenzt. 25; Volksblatt f. Stadt und Land, 51.

Dieringer F. X. Das Epistelbuch der kath. Kirche. (Mainz 1863, Kirchheim, 8. 6 Thl.) — Lit. Handweis. 42.

Dieringer F. X. Laienkatechismus über Religion, Offenbarung u. Kirche. (Mainz 1865, Kirchheim, 8. 1 Thl. 20 Ngr.) — Allg. Lit. Zeit. 1865, 52; Chilianeum VIII, 2; Reusch, Theol. Litt. Bllt. 12; Philothea 7; Lit. Handw. 45.

Diestelmann Th. Beleuchtung des Lebens Jesu. (Hannover 1864, Schmorl, 8.) — Zeitschrift für luth. Theologie und Kirche 1866, 1; Braunschw. luth. Kirchenbltt 6.

Diestelmann Th. Jugendleben des Saulus. (Hannover 1866, Schmorl, u. Seefeld, 8. 8 Ngr.) — N. evang. Kirchenzt. 30; Jahrb. f. deutsche Theol. XI, 4.

Dietlein W. O. Evangelisches Ave Maria. (Halle 1863, Fricke 8. 18 Sgr.) — Bamberger Pastoralbltt. 17.

Dietlein W. O. Das Urchristenthum. (Halle 1864, Mühlmann, 8.) — Erlanger Sonntagsbltt. 1865, 32.

Diöcesan-Archiv, Freiburger. (Freib. 1865, Herder, 8. 1 $^1/_3$ Thl.) — Allg. Lit. Zt. 27; Katholik, Juni.

Dixon W. H., the Holy land. (Leipzig 1865, Tauchnitz, 8. $^1/_2$ Thr.) — Lehmann, Magazin 1865, 52.

Döring. Choralkunde. (Danzig 1865, Bertling, 8.) — Altpreuß. Monatsschrift 1; Sächs. Kirchen- und Schulblatt, 31.

Dörpfeld F. W. Enchiridion der bibl. Geschichte. (Gütersloh 1865, Bertelsmann, 8. 3 $^1/_2$ Thl.) — Zeitschrift f. d. Gymnasialw. 6; Cornelia VI, 1; Hannov. Schulz. 46; Volksblatt für Stadt und Land, 82.

Domainko J. E. Christkatholische Lehre. (Wien 1866, Mechitar. 4. 3 fl. 20 kr. österr. W.) — Schles. Kirchenbltt. 18; Allg. Lit. Zt. 1866, 30; Philothea 10.

Dometian. Das Leben des hl. Simeon und des hl. Sava. Herausgegeben von Dj. Daničic. (Belgrad 1855, 8.) — Études Religieuses, 36.

Dove R. W. Sammlung der wichtigeren neuen Kirchenordnungen. (Tübing. 1865, Laupp, 8. 1 Thl. 15 Sgr.) — Lit. Centralbltt. 1866, 2; deutſche Gerichtsʒt. 1865, 52; Proteſt. Kirchenʒt. 50.

Dozy R. Die Iſraeliten zu Mekka. (Leipz. 1864, Engelmann 8.) — Jahrbuch f. d. Theol. XI, 2.

Drechsler M. Iſaia. (Berlin 1865, Schlawitz, 8. 2 Thl.) — Neue ev. Kirchenʒt. 2; Zeitſch. f. d. luth. Theol. 1867, 1.

Dreves L. Des hl. Bonaventura Nachtigallenlied. (Einſiedeln 1865, Benziger, 12.) — Schleſ. Kirchenblatt 13; Menzel, Lit. Bltt. 40.

Dreves L. Geſchichte der kathol. Gemeinden zu Hamburg und Altona. (Schaffh. 1866, Hurter, 8. 2 Thl.) — Allg. Lit. Ztg. 34; Augsb. Poſtʒt. Beil. 79; Hiſt. polit. Bltt. LVII, 10.

Drexelius J. Jeſus Chriſtus, die Wonne des Menſchengeſchlechtes. (Mainz 1865, Kirchheim, 8. 4 fl. 50 kr. öſterr. W.) — Chilianeum VIII, 2; Allg. Lit. Zt. 14; Lit. Bltt. zur Sion Mai 2; Philothea 10.

Dubois H. Hodegus seminaristarum. (Wien 1866, Mayer, 8. 9 Ngr.) — Schleſ. Kirchenbltt 9; Sion, Lit. Bltt. April; Kath. Blätter aus Tirol 6; Allg. Lit. Zt. 45.

Ducpetiaux E. Les Ordres monastiques et religieux. (Bruxelles 1865, Devaux, 8. 11¼ Ngr.) — Allg. Lit. Zt. 4.

Ducpetiaux E. Le Pretre hors de l'Ecole. (Bruxelles 1865, Devaux, 8. 4½ Ngr.) — Hiſt. pol. Bltt. LVII, 1; Allg. Lit. Zt. 12 u. 36.

Dümmler E. Auxilius und Vulgarius. (Leipzig 1866, Hirzel 8. 1 Thl. 10 Sgr.) — Lit. Centralbltt 15; Reuſch, Theol. Lit. Bltt. 18; Heidelb. Jhrb. 37.

Düſterdiek Fr., Die Offenb. Joh. (Gött. 1865, Vandenhoeck und Rup, 8. 2 Thl.) — Zimmermann, Theol. Lit. Bltt. 13 ff.; Proteſt. Kirchenʒt. 10; Sächſ. Kirchen- und Schulbltt. 34.

Duſchak M. Geſchichte des jüdiſchen Cultus. (Mannheim 1866, Schneider, 8. 2⅓ Thl.) — Lehmann Magazin 42; Europa 46.

Dworzak K. Aus den Erfahrungen eines Unterſuchungsrichters in Eheſtreitigkeiten. (Wien 1867, Mayer, 8. 18 Ngr.) — Oeſterr. Volksfreund 273, 274.

Eberl F. Die Kirche und die Aſſociation der Arbeiter. (Paſſau 1866, Deiters, 8. ⅚ Thl.) — Reuſch, Theol. Lit. Bltt. 26; Augsb. Poſtʒt. 310.

Ebrard Aug. Das Evang. des Johannes. (Königsb. 1861, Unzer, 8.) — Zeitſch. für luth. Theol. 2.

Ebrard Aug. Handbuch der Kirchen- und Dogmengeſchichte. (Erlangen 1866, Deichert, 8. 1 Thl. 12 Ngr.) — N. ev. Kirchenʒt. 12.

Eder W. Geſchichte des Kloſters Pielenhofen. (Regensb. 1865, Coppenrath, 8. 48 kr. rh.) — Allg. Lit. Zeit. 5.

Ehrlich J. N. Apologetiſche Ergänzungen zur Fundamental-Theol. (Prag 1864, Ehrlich, 8. 1 fl. 45 kr. rh.) — Tüb. Theol. Quartalſch. 1866, 1.

Eichhorn. Predigten. (Regensb. 1864, Coppenrath, 8.) — Prediger und Katechet, 3.

Einführung, die, des Christenthums in der Ostschweiz. (St. Gallen 1865, Scheitlin und Zollikofer, 8. 1/4 Thl.) — Allg. Lit. Zt. 1865 Nr. 50; Lit. Centralbltt 1866, 10.

Encyclica epist. Pii IX. (Ratisb. 1865, Pustet, 8. 27 Sgr.) — Allg. Lit. Zt. 7; Lit. Handweis. 42.

Encyclica Die Papst Pius IX, vom 8. December 1864. Stimmen aus Maria Bach. (Freib. 1865, Herder, 8.) — Linzer theolog. prakt. Quartalsch. 1.

Endert J. H. Dr. Die Prometheussage im Lichte der Offenbarung betrachtet. (Cöln 1865, Programm.) — Katholik 1865, 12.

S. Ephraemi Syri Opera selecta. (Oxford 1865. 8.) — Lit. Centralbltt. 39.

S. Ephraemi Syri Carmina Nisibena, ed. Bickell. (Leipzig 1866, Brockhaus, 8. 5 Thl. 10 Sgr.) — Lit. Centralbltt. 38; Gött. Gel. A. 46.

Epinois H. Le Gouvernement des Papes. (Paris, Didier, 8.) — Études 42.

Epp F. Seelenkunde. (Mannheim 1866, Schneider, 8. 1/3 Thl.) — Natur und Offenbarung 12.

Erdmann H. Herder als Religionsphilosoph. (Hersfeld 1866, Maier, 8. 12 Ngr.) — Allg. Lit. Zt. 27; Lit. Centralbltt. 36; N. ev. Kirchenzt. 33; Bltt. für lit. Unterh. 48; Reusch, Theol. Lit. Bltt. 24.

Erdmann. Missionspredigt. (Oels 1864, Grüneberg, 8.) — Zimmermann, Theol. Lit. Bltt. 69.

Erinnerungen aus dem Leben eines ostind. Missionärs. (Halle 1865, Fricke, 8. 1 1/4 Thl.) — Grenzbote 7; Evang. Missions-Magazin 1; Zeitsch. für luth. Theol. 2; Lit. Centralbltt. 48.

Erläuterung des Evang. St. Johannis. (Berlin 1865, Wiegandt und Grieben, 8. 1 Thl. 12 Ngr.) — Neue evang. Kirchenzt. 4; Zimmermann, Theol. Lit. Zt. 77; Gesetz und Zeugniß 12; Jahrb. f. deutsche Theol. XI, 4.

Ernesti. Katechismus. (Braunschweig 1865, Mayer, 8.) — Zimmermann Theol. Lit. Bltt. 93.

Evangelium, das, der Wahrheit und Freiheit. (Leipz. 1865, Mayer, 8. 1 Thl. 6 Sgr.) — Lit. Centralbltt. 38.

Ewald H. Die Dichter des alten Bundes. (Göttingen 1866, Vandenhoeck, 8. 2 Thl.) — Zimmermann, Theol. Lit. Bltt. 38; Jahrb. für d. Theol. XI, 3; Protest. Kirchenzt. 48.

Eyssel G. F. Johanna d'Arc. (Regensb., Manz 1864, 8.) — Neue Jahrbücher für Philologie u. Pädagogik 91 u. 92; H. 12.

Fabri F. Zeit und Ewigkeit. (Barmen 1865, Langewiesche, 12. 12 Ngr.) — Gesetz und Zeugniß 7.

Faerber C. De Erh. Schnepfio. (Jena 1865, Deistung, 8. 1/3 Thl.) — Zimmermann, Theol. Lit. Bltt. 69; Lit. Centralblatt 47.

Falk F. Geschichte des ehem. Klosters Lorsch. (Mainz 1866, Giani, 8. 27 Ngr.) — Katholik, Juni; Allg. Lit. Zt. 30; Reusch, Theol. Lit. Bltt. 15; Heidelb. Jahrb. 25; Anzeiger F. Kunde d. deutschen Vorz. 8.

Falkenheiner W. Ich weiß, an wen ich glaube. (Cassel 1865, Luckhardt, 8. 1 Thl.) — Zimmermann, Theol. Lit. Bltt. 1865, 99.

Familiae Clericorum Regularium Scholarum piarum Provinciae Bohemiae, Morav. et Siles. (Pragae Haase, 1866, 8.) — Allg. Lit. Zt. 7.

Fechner Th. Die Motive und Gründe des Glaubens. (Leipzig 1863, Härtl, 8.) — Zeitschrift für Philos. und philos. Kritik XLVIII, 1; Jahrb. für deutsche Theol. X, 4.

Fechner Th. Das Büchlein vom Leben nach dem Tode. (Leipz. 1864, Voß, 8.) — Zimmermann, Theol. Lit. Bltt. 19; Allg. kirchl. Zeitsch. 10.

Feldbausch P. A. Leben Jesu. (Speier 1866, Bregenzer 8. 28 Sgr.) — Reusch, Theol. Lit. Bltt. 17; Augsb. Postz. 149; Allg. Lit. Zt. 45.

Feldmann T. E. Der wahre Christus. (Altona 1865, Haendke, 8. $^2/_3$ Thl.) — Zeitsch. für Philos. u. philos. Kritik 49, 2.

Ferrier C. H. St. Vincenz-Buch. (Cöln 1866, Bachem, 8. 12 Sgr.) — Allg. Lit. Zt. 45.

Feuerbach. Gottheit, Freiheit. (Leipzig, Wigand.) — Deutsches Museum 37; N. ev. Kirchenzt. 43.

Fischer F. Kath. Religionslehre. (Wien 1866, Mayer, 8. 50 kr. öst. W.) Oest. Volksf. 1866, 72; Kentenich, Zeitschrift für Erziehung und Unterricht XV, 2; Linzer theol. pract. Quartalsch. 2; Philothea 6; Kath. Blätter aus Tirol 10; Schulfreund 4.

Flörke W. Die letzten Dinge. (Rostock 1866, Stiller, 8. 16 Ngr.) — Zimmermann, Theol. Lit. Bltt. 69; Volksblatt für Stadt u. Land 51.

Floquet H. Études sur la vie de Bossuet. (Paris 1855, Didot 8.) — Études 38.

Flügel O. Der Materialismus. (Leipz. 1865, Pernitzsch, 8. 18 Ngr.) — Oest. Vierteljahressch. für kath. Theol. 3; Lit. Centralbltt. 1866, 28.

Flügge. Lehrbuch der bibl. Geschichte. (Leipz. 1864, Merseburger 8.) — Allg. deutsche Lehrerzeit. 1865, 52; Braunschw. luth. Kirchenbltt. 5; Katech. Vierteljahresschrift 3.

Frank G. Geschichte der protest. Theologie. (Leipz. 1865, Breitkopf und Härtel, 8. 2 Thl. 10 Sgr.) — Lit. Centralblatt 1865, 52; Protest. Kirchenzeit. 1865, 51.

Freihoffer. Bibl Geschichten. (Stuttg. 1864, Nitzschke, 8.) — Süddeutsch. Schulbote 21.

Freppel. Saint Cyprien et l'eglise d'Afrique au III, siècle. (Paris 1865, Bray, 8. 6 Fr.) — Tüb. theol. Quartalsch. 2.

Freund u. Marx. Präparation zum Pentateuch. (Leipzig 1865, Violet, 8.) — Zimmermann, Theol. Lit. Bltt. 56.

Fricke. Hebräerbrief. (Halle, Fricke.) — Braunsch. luth. Kirchenbltt. 8.

Friedberg E. Das Recht der Eheschließung in s. geschicht. Entwicklung. (Leipz. 1865, Tauchnitz, 8. 4 Thl. 15 Sgr.) — Lit. Centralbltt. 4; Reusch, Theol. Lit. Bltt. 8; Neue evang. Kirchenzt. 36.

Friedhoff F. Moraltheologie. (Regensb. 1865, Manz, 8. 4 Thl.) — Reusch, Theol. Lit. Bltt. 11.

Friedrich J. Das wahre Zeitalter des hl. Rupert, Apostels der Bayern. (Bamb. 1866, Reindl, 8. 21 kr. rh.) — Bamberg, Pastoralbltt. 18; Salzb. Kirchenbltt. 25 f; Allg. Lit. Zt. 38; Menzel, Lit. Bltt. 53.

Friedrich E. F. Das Hohelied. (Königsb. 1866, Schubert und Seidl, 8. 2/3 Thl.) — G. G. A. 13.

Friedrichs. Der bildl. Schmuck auf den Grabsteinen. (Hamb. Rauhe Haus.) — N. ev. Kirchenzt. 50.

Frind A. Die Kirchengeschichte Böhmens. (Prag 1863, und 64. Tempsky, 8. 5 Thl.) — Linzer theol. prakt. Quartalsch. 1865, 3; Mittheilungen des Vereines für Geschichte der Deutschen in Böhmen V, 1; Augsb. Postzt. 107; Tourtual, Forschungen S. 243—250.

Frincken F. A. Trost- und Andachtsbuch für Leidende und Kranke. (Cöln 1866, Bachem, 12. 18 Sgr.) — Allg. Lit. Zt. 44; Schles. Kirchenbltt. 33.

Führich J. Der Bethlehemitische Weg. (Dresden, Gaber.) — Zimmermann, Theol. Lit. Bltt. 6.

Fuhlrott J. Festtags- und Gelegenheitspredigten. (Augsb. 1865, Kollmann, 8. 1 2/3 Thl.) — Philothea 4; Allg. Lit. Zt. 28.

Fuhlrott J. Materialien für Prediger und Katecheten. (Paderborn 1866, Schöningh, 8. 1 Thl. 1 1/2 Ngr.) — Philothea 8.

Fuller J. M. An Essay on the Authenticity of the Book of Daniel. (Cambridge 1864, 8. Deighton.) — Heidenheim, Vierteljahresſch. III, 1.

Furrer K. Wanderung durch Palästina. (Zürch 1865, Orell, 8. 1 Thl. 20 Sgr.) — Lit. Centralbltt. 4; Lehmann, Magazin 6; Jahrbücher für deutsche Theologie XI, 1; Blätter für lit. Unterhalt. 7; Deutsches Museum 11.

Gangauf Th. Des heiligen Augustinus speculative Lehre von Gott dem Dreieinigen. (Augsb. 1866, Schmid 8. 1 Thl. 24 Sgr.) — Chilianeum VIII, 2; Bamberger Pastoralblatt 3; Augsb. Postzt. 17; Reusch, Theol. Lit. Bltt. 7; Katholik, April; Allg. Lit. Ztg. 24; Philothea 6; Zimmermann, Theol. Lit. Bltt. 38; Kath. Blätter aus Tirol 5; Schlesf. Kirchenbltt 23.

Garnier J. Grammaire hebraïque et chaldaïque suivie de l'explication du premier chapitre de Ruth. (Luxemburg 1864, Brück, 8. 18 Sgr.) — Lit. Centralbltt. 1865, 51.

Gaß W. Zur Geschichte der Athosklöster. (Gießen 1865, Ricker, 4. 20 Sgr.) — Augsb. Allg. Zt. 193: Lit. Centralbltt. 31.

Gaussen. Die Aechtheit der hl. Schriften. (Basel 1865, Balmer, 8.) — Zeitsch. f. d. luth. Theol. 1867, 1.

Gaume. Das Weihwasser. (Regensb. 1866, Manz, 8. 3/4 Thl.) — Reusch, Theol. Lit. Bltt. 25.

Gazeau F. Histoire Sainte. (Paris 1866, Albanel, 8.) — Études 46.

Gebauer Strahlen des Glaubens. (Leipzig, Wöller, 8.) — Braunschweig. luth. Kirchenbltt. 6.

Gebhardt. Die Auferstehung Christi und ihre neuesten Gegner. (Gotha 1865, Besser, 8.) — Sächs. Kirchenbltt. und Schulbltt. 1865, 51; Zeitschrift f. luth. Theol. 4.

Geiger. Das Judenthum und seine Geschichte. (Breslau 1864, Schletter, 8.) — Zimmermann, Theol. Lit. Bltt. 1865, 100; Protest. Kirchenzt. 4; Breslauer Zt. 42; Jahrb. f. deutsche Theologie XI, 1; Hilberg's Monatshefte II, 2; Lehmann, Magazin 24.

Gelbe H. Beitrag zur Einleit. ins A. T. (Leipzig 1866, Matthes, 8. 16 Ngr.) — Zimmermann, Theol. Lit. Bltt. 92.

Gerbet. La Stratégie de M. Renan. (Paris 1866, Tolra et Haton.) — Études, 41.

Gerhardt's geistliche Lieder v. J. F. Bachmann. (Berlin 1866, Oehmigke, 8. 2 Thl.) — N. ev. Kirchenzt. 24; Europa 30; Ev. Kirchenzt. 44; Lit. Centralblatt 30; Zimmermann, Theol. Lit. Bltt. 61.

Gerhardi J. Loci theol. ed. Preuss. (Berlin 1863—64, Schlawitz, 8.) — Gesetz und Zeugniß 2, 3; Jahrb. f. deutsch. Theol. X, 4; Zeitschrift f. d. luth. Theol. 4.

Gerhardi J. Meditationes ed. Mayer. (Nordl. 1864, Beck, 16.) — Jahrb. f. deutsch. Theol. X, 4.

Gerlach H. Die römischen Statthalter in Syrien und Judäa. (Berlin 1865, Schlawitz, 8. 20 Ngr.) — Zeitsch. f. d. g. luth. Theol. und Kirche 3; Lit. Centralblatt 1866, 34; Jahrb. f. deutsche Theol. XI, 4.

Germann W. Joh. Philipp Fabricius. (Erlangen 1865, Deichert, 8. 20 Sgr.) — Lit. Centralblatt 22.

Gersdorf E. C. Codex diplomaticus Saxoniae Regiae. (II. Hauptheil: Urkundenbuch des Hochstiftes Meißen. (Leipz. 1865, Giesecke und Devrient, 4. 7 Thl.) — Wissensch. Beilage d. Leipz. Zt. 12; Lit. Centralbltt. 21.

Die biblische Geschichte des alten und neuen Testaments. (Einsiedeln 1865, Benziger, 8. 5¼ Sgr.) — Der Schulfreund XXI, 4; Süddeutsch. kath. Schulblatt 25.

Gesangbuch, katholisches für die Diöcese Rottenburg. (Schwäbisch-Gmünd. 1865, 8. Schmid, 1 fl. rh.) — Allg. Lit. Zt. 9.

Gesangbuch evangelisches. (Gött. 1865, Vandenhoeck u. Ruprecht, 8.) N. Jahrb. f. Philol. 5, 6; Katechet. Vierteljahresschr. 4.

Geschichten biblische. (Leipz. 1865, Klinkhardt.) — Ev. Schulbltt 5 u. 6; N. schles. Schulbote 4; Süddeutsch. Schulbote 26.

Geschichte des ev. Kirchenliedes. (Halle 1865, Fricke, 8. ¼ Thl.) — Ev. Schulblätter 5 u. 6; Lit. Centralblatt 39.

Geß W. Fr. u. Riggenbach Ch. J. Apologetische Beiträge. (Basel 1863, Bahnmaier, 8.) — Jahrb. f. deutsche Theol. X, 4.

Giefers W. E. Das ungarische Fluchformular. (Paderb. 1866, Schöningh, 8. 12 Sgr.) — Allg. Lit. Zt. 34; Menzel Lit. Bltt. 68.

Gildemeister J. de Evangeliis in arab. translatis. (Bonn 1865, Marcus, 4. 1 Thl.) — Reusch, Theol. Lit. Bltt. 13.

Ginella F. G. De authentia epistolarum S. Pauli Apostoli pastoralium. (Vratislav. 1865, Aderholz, 8. 1/3 Thl.) — Katholik 1865, 12.

Giovine P. De dispensationibus matrimonialibus. (Neapol. 1866, Marchese 8.) — Civilta Cattolica Ser. VI. vol. VIII.

Gladisch A. Anaxagoras und die Israeliten. (Leipz. 1864, Hinrichs, 8.) — Jahrbücher für deutsche Theologie XI, 1.

Gmelch A. Unterrichtsfreiheit und Schulzwang. (Augsburg 1866, Kranzfelder, 8. 1/4 Thl.) — Augsb. Post. Zt. Beil. 60; Reusch. Theol. Lit. Bltt. 26.

Gobineau. Les religions et les philosophies dans l' Asie centrale. (Paris 1866.) A. Allg. Zt. 1866, N. 73. Beil.

Godet F. Commentaire sur l'evangile de St. Jean. (Paris 1865, 8. 8 Fr.) — Zimmermann, Theol. Lit. Bltt. 29 ff.; Jahrb. für deutsche Theol. XI, 2.

Godet F. Prüf. der wichtigsten Streitfragen. (Zürch 1866, Meyer, 8. 12 Ngr.) — Kirchenbltt. f. d. ref. Kirche der Schweiz 17; Zimmermann, Theol. Lit. Bltt. 80.

Göring Ch. Katechismus. (Nürnb. 1863, Raw, 8.) — Zeitschft. für luth. Theol. u. Kirche 2.

Görlich F. X. Das Benediktiner-Jungfrauenkloster Liebenthal. (Breslau, 1864, Max, 8. 1 Thl.) — Lit. Centralblatt 3.

Götzinger E. Zwei Kalender v. J. 1527. (Schaffh. 1865, Schock, 8. 9 Sgr.) — Zimmermann Theol. Lit. Bltt. 8; St. Galler Bltt. 9; Lit. Centralblatt 23.

Goldschmidt B. A. Lebensgeschichte des Cardinal-Priesters Franz Wilhelm, Graf von Wartenberg und Fürstbischof von Osnabrück. (Osnabrück 1866, Richard, 8. 1 Thl. 5 ngr.) — Chilianeum VIII, 8; Kirchen- und Volksbote 6; Allg. Lit. Zt. 28; Katholik, Juni; Kath. Bltt. aus Tirol 14; Lit. Handweiser 50.

Golz H. Antrittsreden. (Basel 1864, Bahnmaier, 8.) — Zimmermann, Theol. Lit. Bltt. 1865, 103.

Golz H. Ueber die universale Bedeutung der Bibel. (Basel 1865, Bahnmaier, 8. 4 1/2 Ngr.) — Gesetz und Zeugniß 5.

Gott in der Natur in der neuesten Schrift des Dr. D. F. Strauß: Die Halben und die Ganzen. (Berlin 1865, 8.) — Zimmermann, Theol. Lit. Bltt. 3.

Gottschalk G. Ueber den Einfluß des römischen Rechts auf das canonische Recht. (Mannheim 1866, Wittwer, 8. 1 Thl.) — Lit. Centralb. 43.

Graf K. H. Der Prophet Jeremia. (Leipz. 1862, Weigl.) — Zeitschrift f. luth. Theol. u. Kirche, 3.

Graf K. H. Die geschichtlichen Bücher des A. T. (Leipz. 1866, Weigel, 8. 1 Thl. 10 Sgr.) — Lit. Centralblatt 45; Gött. G. A. 25; N. ev. Kirchenzt. 52; Jahrbücher f. d. Theol. XI, 1.

Grau R. F. Semiten und Indogermanen in ihrer Beziehung zu Religion u. Wissenschaft. (Stuttg. 1864, Liesching, 8. 1 Thl. 2 Ngr.) — Vilmar,

Pastoral-theol. Blätter 1866, 1; Berkholz Mittheilungen 1865, 6; Dorpater Zeitsch. für Theol. 1; Gött. G. A. 22.

Grau R., Ueber den Glauben als die höchste Vernunft. (Gütersloh 1865, Bertelsmann, 8. 1/4 Thl.) — Neue evang. Kirchenzt, 2; Zimmermann, Theol. Lit. Bltt. 37.

Gregor von Nazianz. Predigten. (Soest 1865, Nasse, 8. 18 Ngr.) — Philothea 3; Schles. Kirchenbltt. 20.

Gregorii. Nyss. opera, ed. Oehler. (Halle 1865, Buchhandlung des Waisenhauses. 8. 3 1/2 Thl.) — Protest. Kirchenzt. 1866, 1; Zeitsch. f. d. luth. Theol. 1867, 1.

Gregor's v. Nyssa Dialog über Seele und Auferstehung, bearbeitet von H. Schmidt. (Halle 1864, Waisenhaus.) — Jahrb. für deutsche Theol. X. 4.

Greif B. Berthold von Regensburg in seiner Wirksamkeit in Augsburg. (Augsburg 1865, Wirth, 4.) — Allg. Lit. Zt. 9.

Greith. Die hl. Glaubensboten Kolumban und Gall. (St. Gallen 1865, Sonderegger, 8. 4 Ngr.) — Allg. Lit. Zeit. 1865, 50.

Grüneisen C. Predigt. (Stutt. 1865, Wörner, 8.) — Zimmermann, Theol. Lit. Bltt. 1865, 98.

Gsell B. Das Gültenbuch des Stiftes Heiligkreuz. (Wien 1866, Mayer, 8. 1 fl. 50 kr. öster. Währ.) — Allg. Lit. Ztg. 49.

Guerike H. E. Handbuch der Kirchengesch. (Leipz. 1866, Engelmann, 8. 3 Thl. 4 Ngr.) — Zeitsch. für luth. Kirche 2; 1867, 1; Zimmermann, Theol. Lit. Bltt. 47.

Guizot. Meditations. (Leipz. 1866, Brockhaus, 8. 1 1/3 Thl.) — N. ev. Kzt. 28; Lehmann Magazin 32; Allg. Lit. Zt. 40; Gött. G. A. 33; Zimmermann, Theol. Lit. Bltt. 83; Reusch, Theol. Lit. Bltt. 25.

Gury. J. P. Casus conscientiae. (Ratisb. 1865, Manz, 8.) — Reusch, Theol. Lit. Bltt. 5.

B. ter Haar. Zehn Vorlesungen über Renan, Leben Jesu. (Gotha 1864, Perthes, 8.) — Zeitsch. f. luth. Theol. und Kirche 1866, 1.

Haas C. Die erste Liebe und der letzte Versuch. (Augsb. 1866, Lampart, 8. 6 Ngr.) — Bamb. Pastoralbltt. 12.

Haas C. Die zwei Hauptfeinde des Christenthums in unserer Zeit. (Tüb. 1866, Laupp, 8. 12 Ngr.) — Menzel Lit. Bltt. 52.

Haberl F. X. Liederkranz zu Ehren der seligsten Jungfrau Maria. (Regensb. 1866, Pustet, à Heft 42 kr. rh.) — Allg. Lit. Zt. 31.

Hafen J. B. Eintausend Entwürfe zu Predigten. (Lindau 1865, Stettner, 8. 2 Thl. 18 Ngr.) — Allg. Lit. Ztg. 1866, 5; Schles. Kirchenbltt. 19; Litt. Bltt. zur Sion, Sept. 1.

Hafen J. B. Predigten. (Stuttg. 1865, Koch, 8. 18 Ngr.) — Schles. Kirchenbltt 13; Kath. Blätter aus Tirol 1; Philothea 10.

Hafen J. B. 160 Entwürfe zu Grabreden. (Stuttgart 1865, Koch, 18 Ngr.) — Schles. Kirchenbltt. 20; Kathol. Blätter aus Tirol 1; Philothea 10.

Hagemann H. Die römische Kirche (Freib. 1864, Herder, 8. 2 Thl. 10 Sgr.) — Reusch, Theol. Lit. Bltt. 8; Oest. Vierteljahresſch. für kath. Theol. 3; Linzer Theol. prakt. Quartalſch. 4.

Hagen. Aphorismen aus den Papieren eines Landgeistlichen. (Jena 1859—1863. Schreiber). — Zeitschrift f. d. g. luth. Theol. und Kirche 3.

Hahn=Hahn J. St. Augustinus. (Mainz 1866, Kirchh. 8. 1 Thl.) — Hist. pol. Bltt. LVIII, 6; Menzel, Lit. Bltt. 77; Augsb. Postzeit. 98; Lit. Bltt. zur Sion, Juni 2; Schles. Kirchenbltt. 34; Philothea 12.

Hahn H. Geschichte der kath. Mission. (Cöln 1857—1865, Du=Mont=Schauberg, 8. 10 Thl.) — Lit. Handweiser 49.

Hake P. Die christliche Idee des Königthums. (Paderborn 1864, Schöningh, 8. 3 Ngr.) — Oester. Vierteljahresſch. für kath. Theologie 1.

Haltaus. 20 Geschichten von Kirchenliedern. (Stuttgart. Belser.) — Zimmermann, Theol. Lit. Bltt. 91.

Hamberger J. Christenthum und moderne Cultur. (Erlangen 1863, Bläsing, 8.) — Jahrb. f. deutsche Theol. X, 4.

Hamm A. Essai sur la Satisfaction vicaire. (Strassburg, 1864, 8.) — Zeitsch. für luth. Theol. und Kirche 1866, 1.

Handbuch für Lehrer zur unterrichtlichen Behandlung biblischer Geschichten. (Cassel 1865, Luckhardt 8.) — Zimmermann, Theol. Lit. Bltt. 1866, 5; Hannov. Schulzeit. 29; Christl. Schulbote aus Hessen 8.

Handbücher für das priesterliche Leben. (Schaffh. 1866, Hurter, 8. a.) $^3/_4$ Thl. — Lit. Bltt. zur Sion 1; Philothea 4; Bamb. Pastoralblatt 32; Lit. Bltt. zur Sion, Juli 2.

Hand=Concordanz, biblische. (Bremen 1866, Tractathaus, 1 Thl. 7$^1/_2$ Sgr.) — Zimmermann, Theol. Lit. Bltt. 18.

Harder E. Die Entstehung und Ausbreitung des Christenthums in den ersten drei Jahrhunderten. (Neuwied 1865, Heuser, 8. 2 Thl.) — Jahrb. f. deutsche Theol. XI, 2; Allg. Lit. Zt. 49; Ohly, Pastoralbltt. III, 2; Allg. kirchl. Zeitsch. 9; Zimmermann, Theol. Lit. Bltt. 71; Lit. Centralblatt 50.

Hartmann Ph. Repertorium Rituum. (Paderb. 1865, 8. Schöningh, 8. 3 Thl. 7 Ngr.) — Allg. Lit. Zt. 15 u. 39; Lit. Bltt. zur Sion, Mai 2; Bamberger Pastoralbltt. 46; Schles. Kirchenbltt. 34.

Hartwig G. Gott in der Natur. (Wiesbaden 1864, Kreidel, 8.) Die Predigt der Gegenwart, II, 9 u. 10.

Hase C. A. Vom Ev. des Johannes. (Leipz. 1866, Breitkopf und Härtel, 8. 12 Ngr.) — Zimmermann, Theol. Lit. Bltt. 99.

Hase. Handbuch der protest. Polemik. (Leipz. 1864, Breitkopf u. Härtel.) — Heidenheim. Vierteljahresſch. III, 3.

Hasler F. Ueber das Verhältniß der heidnischen und christlichen Ethik. (München 1866, Franz, 8. 12 Ngr.) — Allg. Lit. Zt. 30; Zimmermann, Theol. Lit. Bltt. 67; Sion, Theol. Lit. Bltt. Dec. 1.

Hauck W. Theol. Jahresbericht. (Wiesbaden 1866, Niebner, 8. 1 Thl.) — Jahrb. f. deutsche Theol. XI, 2; Zimmermann, Theol. Lit. Bltt. 37; Protest. Kirchenzt. 25; Kirchenbltt. f. d. ref. Schweiz 14.

Haupt F. Das Episcopat der deutschen Reformation. (Frankf. 1866, Heyder und Zimmer, 8. 1 1/2 Thl.) — N. ev. Kirchenzt. 30.

Hausherr M. Compendium Ceremoniarum. (Frib. 1866, Herder, 8. 12 Ngr.) — Allg. Lit. Ztg. 49.

Hausrath A. Der Apostel Paulus. (Heidelberg 1865, Bassermann, 8. 24 Sgr.) — Protest. Kirchenzeit. 1865, Nr. 49; Zimmermann, Theol. Lit. Bltt. 103; 1866, Nr. 45; Allg. kirchl. Zt. 2; Bremer Sonntagsblatt 1; Augsb. Allg. Zeit. 1865, Nr. 339 Beil.; Grenzboten 14; Zeitstimmen aus der ref. Kirche d. Schweiz 8; Blätter für lit. Unterhalt. 22; Neue evang. Kirchenzt. 19; Jahrb. f. d. Theol. XI, 3; Lit. Centralblatt 42.

Hausrath A. Gesch. der alttestamentl. Lit. (Heidelb. 1865, Mohr, 8. 14 Ngr.) — Allg. kirchl. Zeitschrft. 4.

Havenstein. Geistl. Reden. (Frankf. 1866, Harnecker, 8. 1 1/2 Thl.) — Neue ev. Kirchenztg. 23.

Hebenstreit A. Jesus unser Vorbild. (Graz 1866, Ferstl, 8. 12 Ngr.) — Allg. Lit. Zt. 28.

Hechelmann A. Hermann II. Bischof von Münster. (Münster 1866, Regensberg, 8. 1/2 Thl.) — Reusch, Theol. Lit. Bltt. 14; Lit. Handweiser 49; Menzel, Lit. Bltt. 96.

Heimbach P. Schaubühne des Todes. (Augsb. 1864, Schmid, 8. 1/4 Thl.) — Linzer theol. prakt. Quartalsch. 1865, 4; Philothea 9.

Held C. F. W. Jesus der Christ. (Zürch 1865, Mayer, 8. 1 Thl.) — Jahrb. für deutsche Theol. XI, 2; Zeitstimmen aus der ref. Kirche der Schweiz 9; Braunschweiger luth. Kirchenbltt 8.

Heller S. Zur Charakteristik der Schriften und Schriftsteller des N. T. (Prag 1867, Steinhauser, 8. 60 kr. öst. Währ.) — Allg. Lit. Zt. 46.

Henn P. Das schwarze Buch. (Paderb. Schöningh, 8. 12 Ngr.) — Zimmermann, Theol. Lit. Bltt. 47.

Henke E. Zur neueren Kirchengeschichte. (Marburg, 1867, Elwert, 8. 1 Thl.) — Theol. Studien und Kritiken 1867, 1; N. ev. Kirchenzt. 44.

Hergenröther Ph. Die Antiochenische Schule und ihre Bedeutung auf exegetischem Gebiete. (Würzb. 1866, Stahel, 8. 12 Ngr.) — Bamberg, Pastoralblatt 43.

Hergenröther J. Photius. (Regensb. 1867, Manz, 8. 3 Thl. 18 Ngr.) — Allg. Lit. Zt. 51.

Hergenroether J. Entalma graecum. (Wirceburgi 1865, Thein, 4.) — Allg. Lit. Ztg. 5; Études, 40.

Hergt C. Palästina. (Weimar 1865, Geogr. Institut, 8. 2 Thl. 15 Sgr.) — Gött. G. A. 11; Litt. Centralblatt 1866, 6; Bltt. f. Lit. Unterh. 7; Ausland 14; Wissensch. Beilage d. Leipz. Zt. 45; Jahrb. f. deutsche Theol. XI, 4.

Hettinger Fr. Apologie des Christenthums. (Freib. 1865, Herder, 8. 2 Thl. 10 Sgr.) — Allg. Lit. Ztg. 7 u. 52; Linzer theol. prakt. Quartalschrift 2; Augsb. Postzt. 69; Katholik, August.

Heubner H. L. Christliche Topik. (Potsdam 1863, Riegel, 8.) — Zeitsch. f. luth. Theol. 2; Jahrb. f. d. Theol. XI, 3.

Hilgenfeld. Bardesanes, der letzte Gnostiker. (Leipzig. Weigel, 8.) — Rev. crit. 9.

Hindberg C. G. Die Berufsthätigkeit des Gefängnißgeistlichen. (Leipzig 1866, Fritsch, 8. 1½ Thl.) — Allg. Lit. Ztg. 43; Volksblatt für Stadt und Land 82; Lit. Centralbltt 51; Philothea 12.

Hinschius P. Decretales Pseudo-Isidorianae. (Lipsiae 1863, Tauchnitz, 8. 5 Thl. 10 Sgr.) — Tübinger theol. Quartalschrift 3.

Hipler Fr. Meister Johannes Marienwerder. (Braunsberg 1865, Peter, 8. 1 fl. 24 kr. rh.) — Tüb. Theol. Quartalschrift 2; Reusch, Theol. Lit. Bltt. 26.

Hirsch K. Ueber Diptychen, Necrologien, Martyrologien u. Verbrüderungsbücher im Mittelalter. (Graz 1865, Kienreich, 4.) — Allg. Lit. Zt. 7; Anzeiger f. K. d. deutschen Vorzeit 4.

Hirscher J. B. Selbsttäuschungen. (Freib. 1865, Herder, 8. 7½ Sgr.) — Kentenich, Zeitschrift f. Erz. u. Unter. XV, 1; Linzer Theol. prakt. Quartalsch. 2.

Hirscher J. B. Leben Mariens. (Freib. 1865, Herder, 8. 22 Sgr.) — Lit. Bltt. zur Sion, 1.

Hirschfeld G. Religionsstatistik der preuß. Monarchie. (Arnsb. 1866, Schilgen, 8. 1¾ Thl.) — Lit. Handweiser 46; Lit. Centralblatt 37.

Hirzel J. Das apost. Glaubensbekenntniß. (Zürch 1865, Meyer, 8. ⅓ Thl.) — Braunschw. luth. Kirchenblatt 8; Ev. Kirchen- und Volksblt. f. Baden 44.

The Historic character of the Pentateuch vindicated. (London 1863, Skeffington.) — Jahrbücher f. deutsche Theologie XI, 1.

Hitzig F. Die Psalmen. (Leipzig 1864—65, Winter, 8. 3 Thl. 18 Ngr.) — A. kirchl. Zt. 1866, 1; Jahrb. f. deutsche Theol. XI, 1; Zimmermann, Theol. Lit. Bltt. 28 ff.

Hobein C. Buch der Hymnen. (Schwerin 1864, Stiller, 8.) — Zeisch. f. luth. Theol. 2.

Hölemann H. G. Neue Bibelstudien. (Leipz. 1866, Bredt, 8. 2⅓ Thl.) — N. ev. Kirchenzt. 52.

Höllrigl B. Das betrachtete hl. Magnificat. (Wien 1865, Braumüller, 8. 1 Thl.) — Allg. Lit. Zeit. 18.

Hövelmann W. Biblische Geschichte des alten und neuen Testamentes. (Paderborn 1865, Junfermann, 8. 10 Sgr.) — Allg. Lit. Zt. 3; Reusch, Theol. Litt. Bltt. 14.

Hofacker L. Predigten. (Stuttg. 1866, Steinkopf, 8. 1 Thl. 4 Ngr.) — Zimmermann, Theol. Lit. Bltt. 01.

Hoffinger J. B. J. Nep. Ehrlich. (Prag 1866, 4.) — Allg. Lit. Zt. 50.

Hofmann J. Der erste Corintherbrief. (Nördl. 1866, Beck, 8. 1 Thl. 26. Ngr.) — Protest. Kirchenzt. 15; N. ev. Kirchenzt. 31.

Hofmann R. Die Lehre vom Gewissen. (Leipz. 1866, Hinrichs, 8. 1 Thl. 26 Ngr.) — Neue evang. Kirchenzeit. 46; Zimmermann, Theol. Lit. Bltt. 101.

Hoffmann W. Ein Jahr der Gnade in Jesu Christo. (Berlin 1864, 8. Wiegandt.) — Zeitsch. für luth. Theol. und Kirche 1866, 1; Gesetz u. Zeugniß, 2, 3.

Hoffmann. Zwölf Festpredigten. (Halle, Mühlmann, 8.) — Evang. Sonntagsbote 2.

Hoffmann F. Eine offene Stimme aus den Sächsischen Landen für Dr. Schenkel in Heidelberg und seine Schrift „Das Charakterbild Jesu" gegen Oberschulrath Dr. Weidemann in Meiningen und sein Buch „Die neuesten Darstellungen des Lebens Jesu rc." (Salzungen 1865, Scheermesser, 8. 7 1/2 Sgr.) — Die Predigt der Gegenwart, II, 9. u. 10.

Holzwarth F. J. Der Abfall der Niederlande. (Schaffh. 1865, Hurter, 8. 3 fl. 48 kr. rh.) — Chilianeum VIII, 4. Augsb. Allg. Zt. 7, Beil.; Lit. Centralblatt 12; Gött. Gel. Anz. 7; Reusch, Theol. Lit. Bltt. 8; Tüb. Theol. Quartalschrift 3. Bltt. für lit. Unterh. 43; Oest. Vierteljahresschrift für kath. Theol. 4.

Hoppe L. A. Die Epiklesis der griechischen und orient. Liturgien und der römische Consecrationscanon. (Schaff. 1864, Hurter, 8. 1 Thl. 26 Sgr.) — Lit. Handweiser 42; Reusch, Theol. Lit. Blt. 10.

Horawitz J. Das Buch Jesus Sirach. (Breslau 1865, Schletter, 8. 10 Sgr.) — Lit. Centralblatt 1865, 52.

Horning G. Resumé dogmatique, historique et critique des débats sur le saint Ministère. (Strassbourg 1864, 8.) — Zeitschrift für luth. Theol. und Kirche 1866, 1.

Huber J. Die Idee der Unsterblichkeit. (München 1864, Lentner 8. 20 Sgr.) — Zeitschrift für d. ges. luth. Theologie und Kirche 3; Lit. Handweiser 45; Hauck, Jahresbericht 2, 3.

Huber Joh. Johannes Scotus Erigena. (München 1861, Stahl. 8.) — Zeitsch. f. Philosophie u. philos. Kritik. XLVIII, 1.

Huch J. G. Das nichtige und vernichtende Wesen des Bösen. (Zeitz 1863, Huch, 8.) — Jahrb. f. d. Theol. X, 4.

Huguet. Der Schild der Kinder Mariens. (Schaffh. 1864, Hurter, 8.) — Prediger u. Katechet 4.

Hübner J. Glockenklänge aus dem Diesseits und Jenseits. (Berlin 1865, Matthies, 8. 1 Thl.) — Zimmermann, Theol. Lit. Bltt. 1865, 95.

Hundeshagen K. B. Beiträge zur Kirchenverfassungs-Geschichte und Kirchenpolitik. (Wiesbaden 1864, Niedner 8.) — Jahrbuch für deutsche Theol. X, 4.

Hunolt F. Fastenpredigen. (Paderborn 1866, Schöningh, 8. 1/4 Thl.) — Allg. Lit. Ztg. 41.

Hurter Fr. v.; Kirche und Protestantismus. (Wien 1864, Mechitharisten, 8.) — Glaser Jahrbücher VI, 1.

Huyssen G. Des Christen Trost in Kriegsnoth. (Kreuznach 1866, Maurer, 8. $2\frac{1}{2}$ Ngr.) — Zimmermann, Theol. Lit. Bltt. 58.

Huyssen G. Die Feste der christl. Kirche. (Iserlohn 1865, Bädecker 8. 1 Thl. 6 Ngr.) — Zimmermann, Theol. Lit. Bltt. 54; Neue ev. Kirchenzt. 35.

Jacobson H. F. Das evangel. Kirchenrecht des preuß. Staates. (Halle 1866, Pfeffer, 8. 2 Thl.) — Protest. Kirchenzt. 1866, 2; Altpreuß. Monatssch. 4; Neue ev. Kirchenzt. 36; Zimmermann, Theol. Lit. Bltt. 73; Lit. Centralblatt 49.

Jäger O. Die Zerstörung von Jerusalem durch Titus Fl. Vespasianus. (Moers 1865, Spaarmann, 8. 5 Sgr.) — Lit. Centralblatt 20.

Jaensch B. Der Schulzwang kein Stück moderner Tyrannei. (Regensburg 1866, Manz 8.) — Archiv f. kath. K. R. 1866, 3.

Jaffé. Bibliotheca rerum germanicarum. (Berlin 1864—1866, Weidmann, 3 voll. 8. 13 Thl.) — Lit. Handw. 46; Lit. Centralblatt 26; Allg. Lit. Zt. 33; Katholik, Sept.; Sybel, hist. Zeitsch. 4; Gött. Gel. Anz. 45; Hist. pol. Bltt. LVII, 5.

Jahr G. Die Psalmen. (Neuwied 1864, Beck, 8. 12 Ngr.) — Jahrb. f. deutsche Theol. XI, 4.

Jahr G. Buch Hiob. (Neuwied 1865, Beck, 8. 12 Ngr.) — Jahrbuch f. deutsche Theol. XI, 4.

Jahrbuch des Gustav-Adolf-Vereines. (Elberf. 1866, Friedrichs, 8. $\frac{1}{2}$ Thl.) — Zimmermann, Theol. Lit. Bltt. 14.

Janet. Der Materialismus. (Paris, Jung-Treutel, 8.) — Protest. Kirchenztg. 36; Zeitschrift für exacte Philos. VII, 2.

Jastram. Katechismus-Tabellen. (Gött. Deuerlich, 8.) — Hannov. Schulzeit 31.

Jaspis. Ueber kirchliche Katechisationen. (Stettin 1865, Nahmer, 8.) — Gesetz u. Zeugniß 4.

Ibn Hischam. Das Leben Mohammeds. Aus dem Arabischen übersetzt von Professor Dr. G. Weil. (Stuttgart 1864, Metzler, 8. 5 Thl. 24 Sgr.) — Lit. Centralblatt 52.

Jesus in Samarien. (Basel Bahnmaier, 8.) — Sächs. Kirchen- u. Schulz. 6.

Jirsik J. B. Populäre Dogmatik. (Wien 1865, Mayer, 8. 2 fl. 60 kr. öst. W.) — Allg. Lit. Zt. 11.

John J. 6 Fastenpredigten. (Hamburg 1866, Mauke, 8. $\frac{2}{3}$ Thl.) — Zimmermann, Theol. Lit. Bltt. 76.

Josephson. Eschatologische Bilder. (Stuttg., Steinkopf 8.) — Gesetz u. Zeugniß 10; Zimmermann, Theol. Lit. Bltt. 103.

Isenberg D. Der Primat und der Episcopat. (Hannover 1866, Schmorl, 8. $\frac{1}{3}$ Thl.) — Neue ev. Kirchenzt. 33; Allg. kirchl. Zeitsch. 9; Zimmermann, Theol. Lit. Bltt. 98.

Itzerott. Handbuch für bibl. Geschichten. (Quedlinburg, Basse, 8.) — Hannov. Schulzt. 31; Zimmermann, Theol. Lit. Bltt. 53; Schulbote aus Hessen 40.

Jütting. Bibl. Wörterbuch. (Leipzig 1864, Teubner, 8.) — Süddeutsch. Schulbote 6.

Kahnis K. Ueber die Principien des Protestantismus. (Leipz. 1865, Dörffling und Franke, 8. $^1/_3$ Thl.) — Allg. kirchl. Ztsch. 2; Evang. Sonntagsbote 17; Zimmermann, Theol. Lit. Bltt. 90; N. ev. Kirchzt. 49.

Kahnitz E. Aufklärung nach Actenquellen über den 1835—1842 in Königsberg i. P. geführten Religionsproceß. (Basel 1862, Balmer.) — Jahrbüch. f. deutsche Theol. X, 4.

Kahnitz E. Hist. Auszug 2c. (Basel 1865, Balmer, 8.) — Jahrbüch. für deutsche Theol X, 4.

Kaim If. Das Kirchenpatronat. (Leipz. 1865, Prieber, 8. 2 Thl. 24 Sgr.) Archiv. f. kath. Kirchenrecht 1866, 3; Reusch, Theol. Lit. Bltt. 12; Protestantische Kirchenzeit. 37; Zimmermann, Theol. Lit. Bltt. 73.

Kampschulte H. Geschichte der Einführung des Protestantismus im Bereiche der jetzigen Provinz Westfalen. (Paderborn 1866, Schöningh, 8. 1 Thl.) — Reusch, Theol. Lit. Bltt. 8; Katholik, Mai; Lit. Centralblatt 25; Lit. Handweiser 46; Allg. Lit. Zt. 40; Bamberger Pastoralbltt. 41; Lit. Bltt. zur Sion, Sept. 1; Schlef. Kirchenbltt. 39.

Kapff. Passions-Predigten. (Stuttg. 1866, Steinkopf, 8. 14 Ngr.) — Gesetz und Zeugniß 8 u. 9; Zimmermann, Theol. Lit. Bltt. 89.

Kapplmayr F. X. Verherrl. Gottes und Mariens. (Würzb. 1865, Julien, 8. $12^1/_2$ Ngr.) — Philothea 4.

Karajan Th. G. Abraham a Sancta Clara. (Wien 1866, Gerold, 8. 4 fl. öster. W.) — Allg. Lit. Ztg. 46 u. 47; Deutsche Bltt. 43; Augsb. Postzt. 247; Petzholdt, Neuer Anzeiger für Bibliog. u. Bibliothekswissensch. 11.

Kartner J. Theoret. und prakt. Eherecht. (Innsb. 1865, Wagner 8.) — Reusch. Theol. Lit. Blt. 21.

Kayser J. Ueber den sogenannten Barnabas-Brief. (Paderborn 1866, Junfermann, 8. 16 Sgr.) — Reusch. Theol. Lit. Bltt. 14; Kathol. Blätter aus Tirol 31; Schlef. Kirchenbltt. 41.

Kayser J. Beiträge zur Geschichte und Erklärung der Kirchenhymnen. (Paderborn 1866, Junfermann, 8. $17^1/_2$ Sgr.) — Allg. Lit. Zt. 52.

Keerl Ph. F. Die Einheit der biblischen Urgeschichte. (Basel 1864, Bahnmaier, 8.) — Protest. Kirchenzt. 3; Reich Gottes 23.

Keerl Ph. F. Der Gottmensch, das Ebenbild des unsichtbaren Gottes. (Basel 1866, Bahnmaier, 8. 2 Thl.) — Lit. Centralblatt 52; Neue ev. Kirchenzt. 52; Menzel, Lit. Bltt. 30.

Kehrein J. Das „Vater Unser" und das „Ave Maria." (Frankf. a. M. 1865, Hamacher, 8. 12 Ngr.) — Oest. Volksfreund 1865, Nr. 297.

Keil C. F. und Delitzsch Fr. Biblischer Commentar über das A. T. (Leipz. 1864—66, Dörffling, 8. 2 Thl. 4 Ngr.) — Zeitsch. f. d. ges.

luth. Theol. u. Kirche 1866, 2, 3; N. ev. Kirchenzt. 24; Gött. G. Anz. 25; Berkholz Mittheil. 3; Dorpat. Ztschrift f. Theol. u. Kirche 3.

Keim Th. Der geschichtliche Christus. (Zürch Orell, Füßli u. C., 8. $1^1/_3$ Thl.) — Die Predigt der Gegenwart, II, 9. u. 10; Protest. Kirchenzt. 10; Allg. Lit. Zt. 20; Deutsches Museum 15; Allg. kirchl. Ztsch. 5; Revue de Theol. IV, 2; Lit. Centralblatt 32; Kirchenblatt f. d. ref. Schweiz 13; Ztsch. f. d. luth. Theol. 4.

Keller E. L'Encyclique... et les principes de 1789 ou l'église, l'état et la liberté. (Paris 1865, Poussielgue, 8.) — Lit. Handweiser 42.

Keller C. F. Geschichte Nassau's von der Reformation bis zur Neuzeit. (Wiesbaden 1864, Limbarth, 8.) — Allg. Lit. Zt. 29.

Kellner H. Hellenismus und Christenthum. (Köln 1865, Du Mont Schauberg, 8. 1 Thl. 20 Sgr.) — Allg. Lit. Zt. 1866, 1; Katholik, 1866, Jan.; Glaser, Jahrbücher V, 1; Chilianeum VIII, 8; Reusch. Theol. Lit. Bltt. 9; Lit. Handweiser 46.

Kellner L. Die Pädagogik der Volksschule. (Essen 1865, Bädecker, 8. $^1/_2$ Thl.) — Hamb. Schulbl. 382; Musik und Lit. Bltt. 1; Süddeutsch. kath. Schulwochenblatt 8; Allg. Schulzeit. 15; Berliner Schulzeit. 26; Allg. deutsche Lehrerzt. 33.

Kempis Thomas von. Vier Bücher von der Nachfolge Christi. (Augsb. 1865, Schlosser, 8. 5 Sgr.) — Allg. Lit. Zt. 40.

Kempis Thomas von. Nachfolge Christi. Uebersetzt von Brunner. (Wien 1866, Sartori 8. 40 kr. öster. W.) — Allg. Lit. Zt. 40.

Kempis. Thomae a De imitatione Christi lib. IV. (Lips. 1866, Teubner, 12.) — Allg. Lit. Zt. 40.

Kern der hl. Geschichte d. A. u. N. T. (Köln 1866, 8. $5^1/_3$ Sgr.) — Reusch, Theol. Lit. Bltt. 14.

Kerschbaumer A. Lehrbuch der kath. Pastoral. (Wien 1863, Braumüller, 8. 2 Thl.) — Reusch, Theol. Lit. Bltt. 6; Oester. Vierteljahresſch. für kath. Theol. 3.

Kerschbauer A. Leitfaden der Erziehungskunde für Theologen. (St. Pölten 1866, Passy und Sydy, 8. 50 kr. öster. W.) — Allg. Lit. Zt. 4.

Kerschbauer A. Cardinal Klesel. (Wien 1865, Braumüller, 8. $2^2/_3$ Thl.) — Lit. Handweiser 50.

Ketteler W. E. Ist das Gesetz das öffentliche Gewissen? (Frankf. 1866, Hamacher, 8. 3 Ngr.) — Allg. Lit. Zeit. 22.

Kieß G. Fr. Ueber Dogmatik und freie Forschung. (Stuttg. 1864, Schober, 8.) — Jahrb. f. deutsche Theol. XI, 1.

Kihn H. Die Bedeutung der Antiochenischen Schule auf dem exegetischen Gebiete. (Ingolstadt 1866, Krüll 8. 36 kr. rh.) — Augsb. Postzt. Beil. Nr. 65.

Kist L. Geistl. Schatzgräber. (Mainz 1866, Kirchheim, 8. $^5/_6$ Thl.) — Menzel, Lit. Bltt. 67.

Kist L. Dienstbüchlein fürs Christenthum. (Mainz 1865, Kirchheim, 8. 12 Ngr.) — Menzel, Lit. Bltt. 33.

Kirchengesangbuch Wittembergisches. (Wiesbaden 1866, Riedner, 8. 18 Ngr.) — N. ev. Kirchenzt. 22.

Kirchenlieder 80. (Hamburg 1865, Rauhe Haus, 8.) — Süddeutsche Schulb. 25.

Kirchen-Ornamentik Evangelische. (Berlin 1865, Amsler u. Ruthardt, 2 Thl. 20 Sgr.) — Zimmermann, Theol. Lit. Bltt. 1865, 96.

Kirchmann J. H. Ueber die Unsterblichkeit. (Berlin 1865, Springer, 8. 1 Thl. 10 Sgr.) — Breslauer Zeit. 1865, 403; Allg. Lit. Zt. 1866, 4; Lit. Centralblatt 1866, 6; Volksblatt für Stadt und Land 25; Lit. Handweiser 45; Protest. Kirchenzt. 28.

Klein J. De Jansenismi origine, doctrina, historia. (Nissae, 1863, Graveur, 8. $^3/_4$ Thl.) — Allg. Lit. Zeit. 1866, 11.

Kleinert P. Jesus im Verhältniß zu den Parteien seiner Zeit und zu Johannes dem Täufer. (Berlin 1865, Wiegandt u. Grieben, 8. 6 Ngr.) — Zimmermann, Theol. Lit. Bltt. 1865, 95: Hauck, Jahresbericht 2, 3; Zeitsch. f. d. luth. Theol. 4; Braunschw. luth. Kirchenbltt. 12.

Klemperer W. Festpredigten. (Breslau 1866, Schletterer, 8. 1 Thl.) — Lehmann, Magazin 37.

Kleist-Retzow H. H. Der Adel und die Kirche. (Berl. 1866, Hertz, 8. Sgr.) — Menzel, Lit. Bltt. 64; Volksbltt. für Stadt und Land 44; Reusch, Theol. Lit. Bltt. 12.

Kletke G. M. Rechtsverhältnisse bei Kirchenbauten. (Neu-Ruppin 1865, Oehmigke, 8. $1^1/_3$ Thl.) — Becker u. Pözl, Vierteljahresſch. 1865, 4; Lit. Centralblatt 19.

Kleutgen J. Die Theologie der Vorzeit. (Münster 1865, Theißing, 8. cpl. $6^1/_3$ Thl.) — Allg. Lit. Zt. 1865, 10; Katholik, März.

Kliefoth Th. Das Buch Ezechiels. (Rostock 1864—65, Hinstorff, 8. 3 Thl.) — Lit. Centralblatt 20; N. ev. Kirchenzt. 17 ff.

Kliefoth Th. Sacharja. (Schwerin, Stiller, 8.) — Zeitschrift für luth. Theol. 4.

Klofutar L. Commentarius in Evang. s. Matthaei. (Vindobon. 1866, Mechitharisten, 8. 2 fl. 12 kr. öst. Währ.) — Allg. Lit. Zt. 50; Reusch, Theol. Lit. Blt. 24.

Klopsch R. Christlicher Familien-Tempel. (Glogau, Fleming, 8. pr. Heft 4 Ngr.) — Zimmermann, Theol. Lit. Bltt. 1865, 98.

Klostermann Aug. Vindiciae Lucanae. (Götting. 1866, Vandenhoek, 8. 12 Sgr.) — Lit. Centralbl. 22; Zimmermann, Theol. Lit. Bltt. 43.

Knaake J. K. Luthers Antheil an der Augsburgischen Confession. (Berlin, 1863, Wiegand und Grieben, 8.) — Jahrb. f. deutsche Theol. X, 4.

Knauth Fr. Melanchthon. (Berlin 1865, Wohlgemuth, 8. $^1/_6$ Thl.) — Bltt. für Lit. Unterh. 8; Lauckhard, Reform 1.

Knoll A. Institutiones theologiae generalis. (Oenip. 1865, Wagner, 8.) — Lit. Handweiser 43.

Knoll S. Die Apostelgeschichte in Kanzelvorträgen. (Schaffh. 1863, Hurter, 8. $1^1/_2$ Thl.) — Lit. Handweiser 42.

Knoll S. Der Pfingstkreis. (Schaffh. 1865, Hurter, 8. 1½ Thl.) — Allg. Lit. Zt. 1866, 9; Lit. Handweiser 42; Schles. Kirchenblatt 26; Philothea 10.

Koch E. Gesch. d. Kirchenliedes. (Stutt. 1866, Beser, 8.) — Lit. Centralbltt. 46; N. ev. Kirchenzt. 52.

Koch L. Graf Elger von Hohnstein, der Begründer des Dominikaner-Ordens in Thüringen. (Gotha 1865, Perthes, 16 Sgr.) — Lit. Centralblatt 1865, 51; Allg. Lit. Zt. 1866, 15.

Koerber J. S. Irenaeus de gratia sanctificante. (Wirceb. 1865, Thein, 8. 27 Ngr.) — Bamberg, Pastoralblatt 1866, 9; Allg. Lit. Zt. 1866, 22; Kathol. Mai; Reusch, Theol. Lit. Bltt. 13; Sion, Lit. Bltt. März.

Körber J. Das Geheimniß der Einheit und Verschiedenheit der vier Evangelien. (Regensb. 1866, Manz, 8. 1¼ Thl.) — Bamb. Pastbltt. 19; Reusch, Theol. Lit. Bltt. 17.

Kögel. Der erste Brief Petri. (Mainz Kunze, 8.) — Braunschweig, luth. Kirchenbltt. 12.

Köhler A. Die nachexilischen Propheten. (Erlangen 1860—65, Deichert, 8. 2 Thl. 24 Sgr.) — Reusch, Theol. Lit. Bltt. 14; Lit. Centralbltt. 38; Hauck, Jahresbericht 2, 3.

Köllner E. Ordnung u. Uebersicht der Materien der christlichen Kirchengesch. (Gießen, 1864, Rothe, 8. 1 Thl.) — Lit. Centralblatt 1866, 3.

König G. Psalmenbilder. (Bern 1865, Mann, 3 Thl.) — Zeitschrift für bild. Kunst 6; N. ev. Kirchenzt. 23.

König J. L. Hauptliturgien der alten Kirche. (Neustrelitz 1865, Barnewitz, 8. 1½ Thl.) — Zimmermann, Theol. Lit. Bltt. 1865, 101; Evang. Kirchenzt. 45, 48.

Königsfeld G. A. Lateinische Hymnen und Gesänge. (Bonn 1865, Weber, 8. 1 Thl. 10 Sgr.) — Lit. Centralbltt. 44.

Kohut A. Ueber die jüdische Angelologie und Dämonologie in ihrer Abhängigkeit vom Parsismus. (Leipz. 1866, Brockhaus, 8. 20 Sgr.) — Lit. Centralblatt 47.

Kolbe. Religionsbuch. (Bresl. 1864, Trewendt, 8.) Sächs. Schulzt. 1865, 52.

Koopmann. Das ev. Christenthum. (Hamburg 1866, Nolte, 8. 18 Sgr.) — Volksblatt f. Stadt u. Land 51; Lit. Centralblatt 34; Neue ev. Kirchenzt. 32; Zimmermann, Theol. Lit. Bltt. 82.

Kradolfer J. Schulpredigt über Ephes. VI, 1—4. (Zürch 1864, Lohbauer, 8. 3 Sgr.) — Die Predigt der Gegenwart, II, 9 u. 10.

Krätzinger J. G. Predigten. (Darmstadt 1865, Würtz, 8. 1 Thl.) — Zimmermann, Theol. Lit. Bltt. 4; Gesetz u. Zeugniß 10.

Kraft W. Arnoldi, Bischof von Trier. (Trier Lintz, 8.) — Lit. Bltt. zur Sion 1.

Kraft K. G. Maria u. Jesus. (Neuburg 1863, Prechter, 8.) — Bamberg. Pastoralblatt 1866, 2.

Kramer F. Von der alleinseligmachenden kath. Kirche. (Düsseldorf 1865, Kampmann.) — Kath. Blätter aus Tirol 4.

Krause A. Erlösung u. Versöhnung. (Hamb. 1865, Niemeyer, 8. 24 Ngr.) — Zimmermann, Theol. Lit. Bltt. 13.

Krawutschke R. Requiem. (Einsiedeln 1865, Benzinger, 4. 24½ Ngr.) — Allg. Lit. Zt. 8; Philothea 12.

Kreitmair G. Die Irrth. d. Irving'schen Apostel. (Ansbach 1866, Junge, 8. 8 Ngr.) — Zimmermann, Theol. Lit. Bltt. 97.

Krementz Ph. Israel Vorbild der Kirche. (Mainz 1865, Kirchheim, 8. 7½ Sgr.) — Katholik 1865, 12; Allg. Lit. Zt. 1866, 15; Reusch, Theol. Lit. Bltt. 7; Märkisches Kirchenblatt 20; Sion, Lit. Bltt. März; Kath. Blätter aus Tirol 7; Schles. Kirchenbltt. 31; Augsb. Postzt. 141.

Kritzler H. Humanität und Christenthum. (Gotha 1866, Perthes, 8. 2 Thl.) — Zimmermann, Theol. Lit. Bltt. 21; London Review 312.

Krüger. Das ev. Kirchenjahr. (Langensalza Verlags-Comptoir.) — Zimmermann, Theol. Lit. Bltt. 94.

Krumacher F. W. David. (Berlin 1866, Wiegand und Grieben, 8. 1⅓ Thl.) — Volksblatt f. Stadt und Land, 8; N. ev. Kirchenzt. 45; Braunschweig, luth. Kirchenbltt 12.

Krumel L. Geschichte der böhmischen Reformation. (Gotha 1866, Perthes, 8. 3 Thl.) — Ev. Sonntagsbote 9; Mitth. des Vereines f. Gesch. der Deutschen in Böhmen IV, 7; Ev. Kirchen- und Volksblatt f. Baden 11; Neue ev. Kirchenzt. 11; Zimmermann, Theol. Lit. Bltt. 62; Gesetz und Zeugniß 10; Kirchenbltt. der reform. Schweiz 20; Reusch, Theol. Lit. Bltt. 21.

Künzer F. Der röm. Katechismus. (Schaffh. 1866, Hurter. 1 Thl. 12 Ngr.) Philothea 10; Litt. Bltt. zur Sion, Mai 1.

Küper. Das Priesterthum des alten Bundes. (Berlin 1866, Hertz 8. 1 Thl. 6 Ngr.) — Lit. Centralblatt 1866, 21; Neue ev. Kirchenzt. 7; Zimmermann, Theol. Lit. Bltt. 41.

Kugler B. Studien zur Gesch. des zweiten Kreuzzuges. (Stuttg. 1866, Ebner und Seubert, 8. 1 Thl. 6 Ngr.) — Revue crit. 29; Sybel, Hist. Zeitschrift 1866, 4; Pädag. Archiv 10; Gött. Gel. Anz. 44.

Kumpfmüller J. B. de Anastasio Sinaita. (Regensb. 1865, Pustet, 8. 27 Sgr.) Lit. Centralblatt 1866, 31; Lit. Handweiser 47; Reusch, Theol. Lit. Bltt. 18.

Kupfer. Was hältst du von Israels Rettung? (Bern 1865, Mann, 8. 3 Ngr.) — Gesetz u. Zeugniß 2, 3.

Kurts F. Ueber Schuldisciplin. (Brieg 1866, Bänder, 8. 3½ Ngr.) — Schles. Prov. Bltt. 7.

Kurtz J. H. Geschichte des A. B. (Berlin 1864, 8.) — Jahrbücher für deutsche Theol. XI, 1; Lit. Bltt. zur Sion, 1; Ballien, Vierteljahresschrift 1; Philothea 9.

Kurtz J. H. Bibel und Astronomie. (Berlin 1865, Wohlgemuth, 8.) — Protest. Kirchenzt. 2, 3; Jahrb. f. deutsche Theol. XI, 1; Ballien, Vierteljahressch. 1; Gesetz und Zeugniß 12.

Kurtz J. H. Biblische Geschichte. (Berlin 1864, Wohlgemuth, 8. 10 Ngr.) — Zeitsch. f. d. ges. luth. Theol. u. Kirche 3.

Laacke F. X. Darf der Protestant für die Verstorbenen beten? (Berlin 1863, Jansen, 8. 1/3 Thl.) — Oest. Vierteljahresschrift für kath. Theol. 1866, 2.

Laemmer H. Scriptorum Graeciae orthodoxae Bibliotheca selecta. (Frib. 1865, Herder, 8. 2 Thl. 24 Sgr.;) — Oesterr. Vierteljahresschrift für kath. Theol. 2.

Laemmer H. In decreta Concilii Ruthenorum Zamoscensis animadversiones. (Friburg 1865, Herder 4. 28 Sgr.) — Allg. Lit. Zt. 5; Reusch. Theol. Lit. Bltt. 3; Chilianeum VIII, 8; Études 40.

Laemmer H. Coelestis urbs Jerusalem. (Freib. 1866, Herder, 8. 1 1/2 Thl.) — Reusch, Theol. Lit. Bltt. 10; Allg. Lit. Zt. 39.

Lagarde P. Clementina. (Leipzig 1865, Brockhaus, 8. 2 Thl. 20 Sgr.) — Litt. Centralblatt 1866, 1.

Lamy J. Introductio in sacram scripturam. (Mecheln 1866, Dessain, 8. 5 Fr. 30 c.) — Reusch, Theol. Lit. Bltt. 13.

Landriot. L'Eucharistie. (Paris 1866, Palmé 12.) — Études 43.

Lang H. Religiöse Charaktere. (Winterthur 1862, Lücke, 8.) — Jahrbücher für deutsche Theol. X, 4.

Lang G. Handbuch zur homil. Behandl. der Evangelien des Kirchenjahres. (Breslau 1865, Dülfer, 8. 1 1/3 Thl.) — Zimmermann, Theol. Lit. Bltt. 18, 60; Sächs. Kirchen- und Schulbltt. 33; Jahrb. für deutsche Theol. XI, 3; Braunschw. luth. Kirchenbltt. 8.

Langbein B. A. Der Weg des Friedens. (Leipz. 1865, Naumann, 8. 1 Thl. 4 Ngr.) — Gesetz und Zeugniß 7.

Lange J. P. Theol. homil. Bibelwerk. (Bielefeld 1865, Velh. und Klasing, 8. der Band 1 Thl.) — Jahrbücher f. deutsche Theol. XI, 1; Allg. kirchl. Zeitsch. 3; Reusch, Theol. Lit. Bltt. 10; Gesetz und Zeugniß 7; Hauck, Jahresb. 2, 3.

Lange, Beiträge zur Erklärung der Evangelien. (Halle, Mühlmann, 8.) — Gesetz und Zeugniß 8 u. 9; Zeitsch. f. d. luth. Theol. 4.

Lange F. A. Gesch. des Materialismus. (Iserlohn 1866, Bädecker, 8. 2 Thl. 7 1/2 Sgr.) — London Review, 312; Augsb. Allg. Zt. 166; Blätter f. lit. Unterh. 28; Glaser Jahrb. V, 6; N. ev. Kirchenzt. 30; Lit. Centralbltt 47; Naturwiss. Lit. Bltt. 1; Köln. Zt. 361.

Langen J. Die letzten Lebenstage Jesu. (Freib. 1865, Herd. 8. 1 Thl. 10 Sgr.) — Bamberg, Pastoralbltt 19; Reusch, Theol. Lit. Bltt. 11.

Langen J. Das Judenthum in Palästina zur Zeit Christi. (Freib. 1866, Herder, 8. 1 Thl. 24 Ngr.). — Katholik, Sept.; Volksblatt f. Stadt und Land 82; Augsb. Postzt. 251; Allg. Lit. Zt. 50; Neue ev. Kirchzt. 47.

Langhans E. Der Pietismus. (Leipz. 1866, Wigand, 8. 1 2/3 Thl.) — Europa, 30; Zeitsch. f. Norddeutschl. 5261; St. Galler Bltt. 14; Aach. Zt. 88; Zeitstimmen aus d. ref. Kirche der Schweiz 15; Sion, August 2.

Langhans E. Die heilige Schrift. (Bern Dalp, 8.) — Allg. kirchl. Zeitsch. 9.

Laurent J. C. M. Joh. Valentin Andreä. (Stuttg. 1864, Liesching, 8.) — Jahrb. f. D. Theol. X, 4.

Laurent J. C. M. Neutestamentliche Studien. (Gotha, 1866, Perthes, 8. 1 Thl. 10 Sgr.) — Reusch, Theol. Literaturblatt 1866, 2; Gött. G. 1; Lit. Centralbltt. 1866, 13; Jahrb. für deutsche Theol. XI, 2; Neue ev. Kirchenzt. 22; Zimmermann, Theol. Lit. Bltt. 66.

Laurent J. C. M. Peregrinatores medii aevi quatuor. (Leipz. 1864, Hinrichs, 4. 4 Thl. 24 Sgr. — Reusch. Theol. Lit. Bltt. 1866, 3.

Leben der Altväter der luth. Kirche. (Leipzig 1864, Naumann, 8. 1 Thl. 18 Ngr.) — Zeitsch. f. luth. Theol. 2.

Leben, das, des hl. Franz von Sales. (Wien 1866, Mayer, 18. 13 1/2 Ngr.) — Linzer theol. prakt. Quartalsch. I, 3.

Leben, das kirchliche, in Wien in der letzten Periode. (Wien 1865, Sartori, 8. 6 Ngr.) — Chilianeum VII, 12; Kentenich, Ztsch. für Erzieh. und Unterricht XV, 2; Philothea 6; Natur und Offenbarung XII, 6; Linzer theol. prakt. Quartalschrift 3.

Le Blant inscriptions chretiennes de la Gaule. (Paris 1856—65, 4. 120 Fr.) — Reusch, Theol. Lit. Bltt. 19.

Leclercqu. Theologie du Catechiste. (Paris 1866, Haton, 12.) — Études Religeuses, 36; Bouix Revue, 74.

Leder. Schulatlas zur bibl. Geschichte. (Essen Bädeker 1.) — Cornelia V, 4; N. schles. Schulbote 3.

Leitmaier D. Apologie d. christl. Moral. (Augsb. 1866, Kranzfelder, 8. 1 fl. rh.) — Allg. Lit. Zt. 29.

Lentz E. G. H. St. Ansgar. (Hamb. 1865, Kittler, 8.) — Jahrb. für deutsche Theol. XI, 2.

Leonhardi. Altarreden. (Leipz. Teubner, 8.) — Sächs. Kirchen- und Schulbltt. 12.

Leonhardi G. Galicius, Reform. Graubündens. (Bern 1865, Heuberger, 8. 12 Ngr.) — Zeitschft. f. d. luth. Theol. 1867, 1.

Leu J. B. Predigten. (Stans 1865, Matt. 8. 2 Thl. 8 Ngr.) — Allg. Lit. Zeit. 21; Schles. Kirchenblatt 21; Augsb. Postztg. 141; Philothea 10.

Levy J. chald. Wörterbuch über die Targumim. (Leipz. 1865, Baumgärtner, 8. 1 Thl.) — Zeitsch. für die luth. Theol. 1867, 1.

Liebner T. A. Das Wachsen der Kirche zu ihrer selbst Besserung. (Dresden 1865, Am Ende, 8.) — Zeitsch. f. luth. Theol. 2; Wissensch. Beil. der Leipz. Zt. 59.

Liederlust der Zionspilger. (Leipz. 1865, Naumann, 8. 7 1/2 Ngr.) — Zeitsch. für luth. Theol. und Kirche 1866, 1; Zimmermann, Theol. Lit. Bltt. 12.

Lierheimer F. X. Leib und Seele. (Regensb. 1864, Manz, 8. 1 1/2 Thl.) — Lit. Handweis. 42.

Lierheimer F. X. Die Kirche Jesu Christi. (Regensb. 1865, Manz, 8. 1¼ Thl.) — Chilianeum VII, 12; Lit. Handweiser 42; Wiener Kirchenzt. 10.

Lipf A. Katechismus für kath. Volksschulen. (Regensb. 1863, Pustet, 8.) — Salzb. Kirchenbltt. 1866, 9.

Lipp M. Erinnerungen an Prof. Dr. A. Th. Rixner. (Landsh. 1865, Thomann, 4.) — Allg. Lit. Zeit. 8.

Lipsius H. A. Grammat. Untersuchungen über die bibl. Gräcität. (Leipzig 1863, Heinrichs 8.) — Jahrb. f. deutsche Theol. XI, 1.

Lipsius B. Zur Quellenkritik des Epiphanius. (Wien 1865, Braumüller, 8. 1⅓ Thl.) — Allg. kirchl. Zt. 2.

Literaturblatt, Theol., (Bonn 1866, Henry, 8.) — Bouix, Revue 47.

Livingstone D. u. Ch. Neue Missionsreisen. (Jena 1866, Costenoble, 8.) 3 Thl.) — Hamb. Nachrichten 1865, 290; Grenzbote 1866, 1, 13; Kölner Zt. 28; Heidelb. Jahrb. 1865, 59; Lehmann Magazin 16; N. ev. Kirchenzt. 27; Blätt. f. lit. Unterh. 35; Petermann, Mitth. 8; Menzel, Lit. Bltt. 49 u. 50.

Lobstein F. Die christlichen Festtage. (Basel 1863, Bahnmaier, 8. 12 Ngr.) — Zeitschrift für luth. Theol. u. Kirche 1866, 1; Gesetz und Zeugniß 8 u. 9.

Löhe W. Hausbedarf christl. Gebete. (Nürnb. 1864, Sebald, 8. 18 Ngr.) — Zeitsch. f. luth. Theol. u. Kirche 1866, 1.

Löwenthal E. Eine Religion ohne Bekenntniß. (Berlin 1865, Grieben, 8. ⅓ Thl.) — Zimmermann, Theol. Lit. Bltt. 1865, 103.

Lohmann. Die glückliche Ehe. (Aachen 1866, Hensen, 8. ½ Thl.) — Philothea 12.

Lorenz Fr. Haydn, Mozart und Beethoven's Kirchenmusik. (Breslau 1866, Leukart, 8. ½ Thl.) — Reusch, Theol. Lit. Bltt. 10; Allg. Lit. Zt. 27; Ueber Land und Meer 33; Signale 32.

Lorinser Fr. Kath. Predigten. (Schaffh. 1866, Hurter 3 fl. österr. W.) — Salzburger Kirchenbltt. 14; Allg. Lit. Ztg. 29; Sion, Lit. Bltt. April; Philothea 12.

Lucas a. S. Theresia. Die Braut des Gekreuzigten. (Wien 1866, Sartori, 8. 1 Thl. 12 Ngr.) — Kathol. Blätter aus Tirol 22; Schles. Kirchenbltt. 36.

Lucidi A. De visitatione sacrorum liminum. (Romae 1866, 8.) — Civilta Cattolica, Ser. VI, vol. VIII.

Ludolfus de Saxonia. La Grande Vie de Jesus-Christ. (Paris 1865, Dillet 8.) — Études 41.

Ludwig H. Bethlehem. (Bern 1865, Dalp. 8.) — Jahrbücher für deutsche Theologie XI, 1.

Lukas Jos. Der Schulzwang ein Stück moderner Tyrannei. (Landsh. 1865, Thomann, 8. 15 Sgr.) — Der Schulfreund XXI, 4; Reusch, Theol. Lit. Bltt. 7; Pfälz. Schulblatt 5; Oest. Schulbote 7; Wiener Kirchenzt.

24; Linzer theol. prakt. Quartalschrift 3; Kath. Schulblatt 3; Allg. Schulzt. 28; Sächs. Schulzt. 33; Allg. deutsche Lehrerzt. 33.

Lübke W. Vorschule zum Studium der kirchlichen Kunst des Mittelalters. (Leipzg. 1866, Seemann, 8. 2 fl. 24 kr. rh.) — Neue evang. Kirchenzt. 32; Bamb. Pastoralblatt 44; Grenzboten 46; Zimmermaun, Theol. Lit. Bltt. 89.

Lützow. Die Meisterwerke der Kirchenbaukunst. (Leipz. 1866, Seemann 8.) Ohly, Pastoralblatt 18.

Luthardt Ch. Compendium der Dogmatik. (Leipz. 1866, Dörffl. und Franke, 8. 1 1/3 Thl.) — Zimmermann, Theol. Lit. Bltt. 75.

Luthardt, Apolog. Vorträge. (Leipz. 1866, Dörffl. u. Franke, 8. 1 Thl. 2 Ngr.) — Zimmermann, Theol. Lit. Bltt. 19 ff., 90; — Ev. Sonntagsbote 15; Neue ev. Kirchenzt. 49.

Luthardt E. Kahnis K. F. u. Brückner B. Die Kirche nach ihrem Ursprung, ihrer Geschichte zc. (Leipz. 1865, Hinrichs, 8. 27 Sgr.) — Jahrb. für deutsche Theol. XI, 2; Reusch, Theol. Lit. Bltt. 22; Protest. Kirchenzt. 40.

Luthers Briefwechsel. (Leipz. 1866, Vogel, 8.) — London, Review 326; Neue evang. Kirchenzt. 43, 49; Zimmermann, Theol. Lit. Bltt. 99.

Lutheri M. Colloquia, ed. Bindseil. (Lemgo. 1864—1866, Meyer, 8. 1—3 5 1/2 Thl.) — Zeitschrft. für die ges. luth. Kirche 1866, 1; Neue evang. Kirchenzt. 52; Heildelb. Jahrb. 45; Zimmermann, Theol. Lit. Bltt. 99.

Lutheri M. Opera Latina. Curavit H. Schmidt. (Frankf. 1865, Heyder u. Zimmer. 8. 1 Thl.) — Lit. Centralblatt 1865, 51; Zimmermann, Theol. Lit. Bltt. 88.

Luthers Glaubenslehre. (Leipzig 1866, Naumann, 8.) — Katechetische Vierteljahresch. 3.

Lutteroth H. Le recensement le Quirinus en Judée. (Paris 1865, Klienksieck 8.) — Lit. Centralblatt 39.

Macaire, Histoire de L' Eglise Russe. (S. Petersburg 1866, 8.) — Études 42.

Macarii S., fragmenta duo, ed. H. J. Floss. (Bonnae 1866, 4.) — Lit. Centralblatt 36.

Mader Ph. F. Die heilige Taufe. (Leipz. 1864, Teubner 8.) — Zeitsch. f. d. g. luth. Theol. u. Kirche 3.

Mändl C. Das Leiden und Sterben Jesu in 52 Betracht. (Aachen 1865, Hensen, 12. 10 Sgr.) — Philothea 3; Allg. Lit. Zt. 38.

Magnan. Histoire d'Urbain V, et de son siècle. (Paris 1863, Bray 8.) — Tübinger Quartalsch. 3.

Maier A. Commentar über den zweiten Brief Pauli an die Corinther. (Freib. 1865, Wagner, 8. 1 Thl. 12 Ngr.) — Allg Lit. Zt. 1866, 1; Lit. Centralblatt 1866, 8; Philothea 10; Reusch, Theol. Lit. Bltt. 26.

Majer. Was hast du wider das A. T. (Stuttg. 1866, Liesching, 8.) — Süddeutsch. Schulbote 11.

Maitre L. Les Écoles episcopales et monastiques de L'Occident. (Paris 1866, Dumoulin.) — Études 41.

Mangold W. Der Römerbrief. (Marburg 1866, Elwert, 8. $^5/_6$ Thl.) — N. ev. Kirchenzt. 30; Protest. Kirchenzt. 40; Allg. kirchl. Zeitsch. 9; Gött. Gel. Anz. 44.

Manning H. E. The temporal mission of the holy Gast. (London, 8.) — Études Religieuses 36.

Manning H. E. The Reunion of Christendom. (London 1866, Lomgmanns, 8. 2 s. 6 d.) — Reusch. Theol. Lit. Bltt. 9; Philothea 10.

Marbach J. Die hl. Weihnachtszeit. (Frankf. 1865, Sauerländer, 8 $^1/_2$ Thl.) — Gesetz u. Zeugniß 8 u. 9.

Margotti J. Rom und London. (Wien 1865, Mechitharisten, 8. 2 fl. 40 kr. österr. W.) — Allg. Lit. Zt. 9; Menzel, Lit. Bltt. 9, 10.

Margraf J. Kirche und Sclaverei seit der Entdeckung Amerika's. (Tübingen 1865, Laupp, 8. 27 Ngr.) — Reusch, Theol. Lit. Bltt. 4; Allg. Lit. Zt. 21; Lit. Centralblatt 2; Schles. Kirchenblatt 25; Kath. Blätter aus Tirol 19.

Marks L. Geschichte des kathol. Seminars. (Breslau 1865, Aderholz, 8. $^1/_2$ Thl.) — Süddeutsch. kath. Schulwochenbltt. 2; Schulfreund 3.

Matthes K. Allg. Kirchl. Chronik. (Altona 1866, Haendke, 8. 12 Ngr.) — Menzel, Lit. Bltt. 29, 30.

Matthias G. W. Der Galaterbrief. (Cassel 1865, Kay, 8. 25 Sgr.) — Lit. Centralblatt, 1865, Nr. 52; Zimmermann, Theol. Lit. Bltt. 71.

Matthias L. Religionsbuch für Taubstumme. (Friedb. 1866, Bindernagel, 8. $^1/_3$ Thl.) — Allg. Schulz. 22.

Martin K. Ein bisch. Wort. (Paderb. 1864, Schöningh, 8.) — Zeitsch. für luth. Theologie u. Kirche 1866, 1.

Martin K. Zweites bischöfliches Wort. (Paderb. 1866, Schöningh, 8. 18 Sgr.) — Allg. Lit. Zt. 1866, 32; Bamb. Pastoralblatt 40; Lit. Bltt. zur Sion, Aug. 2; Reusch, Theol. Lit. Bltt. 18; Schles. Kirchenbltt. 36, N. ev. Kirchenz. 52.

Martin K. Das Ave Maria. (Mainz 1865, Kirchheim, 8. $^1/_2$ Thl.) — Allg. Lit. Zeit. 1866, 6; Schles. Kirchenbltt. 8; Philothea 7.

Mastai-Ferretti A. Les Evangelistes Unis. (Paris 1866, Lecoffre.) — Études, 41.

Materne C. Christliche Glaubens- und Sittenlehre. (Eisleben 1863 und 1864, Reinhardt, 8.) — Zimmermann, Theol. Lit. Bltt. 1866, 3; Sächsische Schulzeit 44; Süddeutsch. Schulbote 26.

Matignon A. La Liberté de l'Esprit humain dans la Foi catholique. (Paris 1864, 8. Leclercle.) — Revue 73.

Maurenbrecher W. Karl V. und die deutschen Protestanten. (Düsseldorf 1865, Buddeus, 8. 3 Thl.) — Athenaeum 2005; Gött. G. A. 28; Lit. Centralblatt 43; Köln. Zeit. 298; Reusch, Theol. Lit. Bltt. 25.

Maurenbrecher W. England im Reformationszeitalter. (Düsseld. 1866, Buddeus, 8. 1 Thl.) — Lit. Handweiser 46; Deutsches Museum 27; Bltt. für lit. Unterh. 32; Grenzboten 45; Allg. kirchl. Zeitsch. 10.

Maurer. Zur Erinnerung an F. L. Mallet. (Bremen 1866, Müller 8.) — Zimmermann, Lit. Blt. 101.

May J. Kurfürst, Card. u. Erzbischof Albrecht II. von Mainz. (München, 1866, Franz, 8.) — Lit. Handw. 50.

Mayer K. Die messianischen Prophezieen des Daniel. (Wien 1866, Braumüller, 8.) — Bamberger Pastoralblatt 40; Reusch, Theol. Lit. Bltt. 19; Kath. Blätter aus Tirol 25; Schles. Kirchenbltt 36.

Mayer. Strauß' Leben Jesu. (Leipzig 1866, Brockhaus, 8.) — Zimmermann, Theol. Lit. Bltt. 1865, 100.

Mayer Ch. Amtskalender für die protest. Geistlichkeit 1866. (Nördlingen 1865, Beck, 8.) — Zimmermann, Theol. Lit. Bltt. 5 u. 87; Zeitsch. f. luth. Theologie 4.

M' Cosh L. Die gegenwärtige Richtung des religiösen Gedankens in den drei Königreichen England, Schottland und Irland. (Berlin 1865, Missionsverein, 8. 3 Ngr.) — Zimmermann, Theol. Lit. Bltt. 42.

Medicus E. Gesch. d. evang. Kirche in der Pfalz. (Erlangen 1865, Deichert 8.) — Zeitschrift für luth. Theologie 2.

Mehring G. Die philosophisch-kritischen Grundzüge der Selbstvoraussetzung oder die Religionsphilosophie. (Stuttg. 1864, Belser, 8.) — Zeitschrift für Philosophie u. philos. Kritik XLVIII, 1; Zeitsch. für die ges. luth. Theol. 2.

Meier. Die Apologetik auf der Kanzel. (Leipz. 1866, Teubner, 8.) — Jahrb. f. deutsche Theol. XI, 3.

Meier. Kirchenrechtliche Abhandlungen. (Leipzig, Brockhaus.) — Protest. Kirchenzt. 19.

Mejer O. Die Grundlagen des luth. Kirchenregiments. (Rostock 1864, Stiller, 8.) — Jahrb. für deutsche Theolog. X, 4; Zeitsch. für luth. Theol. 4.

Mejer O. Das Veto deutscher protest. Staatsregierungen gegen kathol. Bischofswahlen. (Rostock 1866, Stiller, 8. 10 Sgr.) — Lit. Centralblatt 1866, 12; Zimmermann, Theol. Lit. Bltt. 43.

Meiller A. v. Regesta Archiepiscoporum Salisburgensium. (Wien 1866, Gerold, 4. 10 fl. österr. Währ.) — Allg. Lit. Zeit. 32; Lit. Centralblatt 50.

Meyer. Hosiannah. (Hannover 1866, Meyer, 8.) — Braunsch. luth. Kirchenbltt. 1865, 11; Hannov. Schulzeit. 1865, 31; Berliner Schulzeit. 9; Zeitsch. f. ges. luth. Theol. u. Kirche 3.

Meyer H. A. W. Kritisch exeg. Handbuch über den Brief an die Galater. (Götting. 1862.) — Zeitsch. f. d. ges. luth. Theol. und Kirche 2.

Meyer H. A. W. Evangelium des Matthäus. (Göttingen, 1864, Vandenhoeck u. Rup. 8.) — Zeitsch. f. d. g. luth. Theol. u. Kirche 3; Ev. ref. Kirchenzt. 11.

Meyer H. A. W. Commentar zum Römerbrief. (Götting. 1865, Vandenhoeck, 8. 1 Thl. 18 Sgr.) — Protest. Kirchenzt. 7, 8; Zimmermann, Theol. Lit. Bltt. 35, 36; Sächs. Kirchen- und Schulblatt. 21.

Meyer E. Der Muth in Sachen des Glaubens. (Frauenfeld 1865, Huber, 8. 1/3 Thl.) — Kirchenblatt f. d. ref. Schweiz 3; Zimmermann, Theol. Lit. Bltt. 55.

Memken. Dörr, Statistik der ev. Geistlichen Nassau's. (Wiesbaden 1866, Feller, 8.) — Zimmermann, Theol. Litt. Bltt. 73.

Merke M. Die Tolleranz nach kath. Principien. (Augsb. 1865, Kollmann, 4. 1/3 Thl.) — Allg. Lit. Zeit. 1865, 49.

Merx E. O. A. Cur in libro Danielis juxta hebraeam aramaea adhibita sit dialectus explicatur. (Halle, 1865, Anton, 8. 10 Sgr) — Reusch, Theol. Lit. Bltt. 5.

Methodii, S. Opera et S. Methodius Platonizans. Ed. A. Jahnius. (Halle 1865, Pfeffer, 8. 4 Thl.) — Allg. Lit. Zeit. 1865, 49; Lit. Centralblatt 8; Heidelb. Jahrb. 1; Schweizerische Kirchenzt. 1866, 3; Zimmermann, Theolog. Lit. Bltt. 44; Kirchenblatt für die reformirte Schweiz 10.

Mettenleiter D. Faßliche und praktische Grammatik der kath. Kirchensprache. (Regensb. 1866, Bößenecker 8. 27 Ngr.) — Allg. Lit. Zt. 1865, Nr. 52.

Michelis F. Wer ist der Dr. K? (Münster 1866, Brunn, 8. 13 Ngr.) — Allg. Lit. Zt. 1866, 35.

Ming J. Der selige Bruder Nikolaus von Flüe. (Luzern 1861, Räber, 8.) — Oest. Vierteljahresschr. f. kath. Theol. 1.

Mirville J. E. Des Esprits et de leurs manifestations diverses. (Paris 1866, Surcy, 8.) — Études 41.

Mislei. Die Mutter Gottes. (Wien 1866, Mayer, 8. 2 Thl.) — Reusch, Theol. Lit. Bltt. 17.

Missale Romanum. (Campid. 1866, Koesel, fol. 6 1/2 Thl.) — Lit. Handweiser 40; Reusch, Theol. Lit. Bltt. 15.

Missale Romanum. (Mechl. 1864, 4. 5 Thl. 26 Sgr.) — Lit. Handweiser 40.

Missale Romanum. (Ratisb. 1866, Pustet.) — Reusch, Theol. Lit. Bltt. 15.

Missionsbilder. (Stuttg. 1866, Steinkopf, 8. à 1/4 Thl.) — Volksblatt f. Stadt u. Land 51.

Mittermüller R. Die hl. Hostien und die Juden in Deggendorf. (Landshut 1866, Thomann, 12, 4 Sgr.) — Allg. Lit. Zt. 45; Lit. Handweiser 48.

Mönckeberg C. Joachim Westphal und Johannes Calvin. (Hamburg 1865, Nolte, 8. 24 Sgr.) — Lit. Centralblatt 1865, Nr. 51; Gesetz u. Zeugniß 2, 3.

Mönkeberg. Die Bibel in Hamburg. (Hamb., Nolte 8.) — Gesetz und Zeugniß 2, 3.

Monnin. Leben des Pf. Vianney. (Neuß 1865, Schwann, 8.) — Kath. Bltt. aus Tirol, 3.

Monod A. Jesus Tempted in the Wilderness: The Combat — The Weapons — The Victory. (London 1865, Nisbet.) — The Contemporary, Review 1866, 1.

Monsabré P. Conferences du convent de Saint-Thomas d'Aquien de Paris. (Paris 1866, 8.) — Bouix, Revue 80.

Montbach. Leben der beiden Romaniker P. Kolaric u. J. Hoffmann. (Neiſſe 1865, Hinze, 8.) — Schleſ. Kirchenbltt. 12.

Montpellier Th. A. J. Défense des droits, de l'église catholique et de ses membres contre le projet de loi sur le temporel des cultes, déposé à la chambre des représentants de Belgique de 17 Nov. 1864. (Liége 1864, Dessaint, 8.) — Archiv. f. kath. Kirchenrecht, 1866, 1.

Monumenta Evangelicorum Aug. Conf. in Hungaria historica. (Pest 1865, Osterlamm, 8. 6 $^2/_3$ Thl.) — Theolog. Lit. Bltt. v. Zimmermann 36.

Morgengebet der alten Kirche des Orients. (Leipzig, Vogel, 8.) — Geſetz und Zeugniß 12.

The mosaic origin of the Pentateuch. (London, 1864, William.) — Jahrb. f. deutſche Theologie XI, 1.

Moſer R. Sorge für die Bewahrung der Unſchuld an ſich und Andern. (Innsbruck, 1863, Rauch, 8. 30 kr. öſterr. W.) — Linzer theol. prakt. Quartalſch. 1865, 4.

Moufang Chr. Gedanken über die Gründung einer freien kath. Univerſität in Deutſchland.. (Trier, 1865, Lintz, 8. 2$^1/_8$ Sgr.) — Reuſch, theol. Lit. Bltt. 9.

Moufang Ch. Cardinal Wiſeman in ſ. letzten Krankheit. (Mainz 1865, Kirchheim, 8. 6 Ngr.) — Menzel, Lit. Bltt. 34.

Moussy M. de Memoire Historique sur la Decadence et la Ruine des Jesuites dans le Bassin de la Plata. (Paris Douniol, 8. 5 Fr.) — Études 38.

Mozzoni J. Tableaux chronologiques-critiques de l'histoire de l'Eglise universelle. (Strassbourg 1865, Simon, 8.) — Bouix, Revue 72.

Muehlbauer W. Decreta authentica S. Rituum Congregationis cum nobis Gardellini. (Monach. Lentner.) — Bamb. Paſtoralbltt 14; Kath. Blätter aus Tirol 7.

München N. Das canoniſche Gerichtsverfahren und Strafrecht. (Köln 1865, Schwann, 8. 2 Thl. 20 Sgr.) — Reuſch, Theol. Lit. Bltt. 1, 4; Lit. Centralblatt 1866, 34, 41.

Münchmeyer A. F. O. Huſchke und Majer oder wie faſſen beide die Fragen vom Kirchenregiment und wem iſt Recht zu geben? (Einbeck 1865, Ehlers, 8. 20 Sgr.) — Lit. Centralbltt. 1866, 3.

Muralt E. Antrittsrede. (Bern 1865, Haller, 8. 4 Ngr.) — Kirchenbltt. f. d. ref. Schweiz 1865, 24.

(Schluß folgt.)

Druck von Adolf Holzhauſen in Wien
k. k. Univerſitäts-Buchdruckerei

VII.

Der Apostat Dr. Feßler und sein Verhältniß zur katholischen Kirche.

Von

Dr. J. Ginzel, Domcapitular in Leitmeritz.

„Am 15. December 1839 starb zu St. Petersburg der durch seine Schicksale und Schriften berühmte General-Superintendent und Kirchenrath der lutherischen Gemeinde, Dr. Ignaz Feßler im 83. Jahre seines Alters."

So meldete, nach St. Petersburger Blättern, die Augsburger „Allgemeine Zeitung" vom 9. Jänner 1840 den Tod eines Mannes, dessen Taufname Ignaz schon dem aufmerksamen Leser die Vermuthung nahe legen konnte, der Träger desselben dürfte ursprünglich der katholischen Kirche angehört haben. So ist es. In der That ist Feßler ein durch seine Schicksale und seine zahlreichen Schriften, wenn auch nicht berühmter, so doch merkwürdiger Mann; und wenn es schlechthin kein Menschenleben gibt, das für Jedermann völlig uninteressant wäre, so ist das Leben Feßler's insbesondere für den katholischen Klerus Oesterreichs, in dessen Reihen Feßler einst stand, kein interesseloser Gegenstand der Betrachtung. Feßler ist eine ungemein belehrende und warnende Erscheinung; und wir glauben umsomehr diese merkwürdige Persönlichkeit vor die Anschauung der verehrlichen Leser der „Vierteljahresschrift" führen zu sollen, je weniger dieselbe, besonders den jüngeren Gliedern des österreichischen Klerus bekannt seyn dürfte. Vermöge des Zweckes der „Vierteljahresschrift" betrachten wir aber besonders Feßler's Stellung zur katholischen Kirche, sowie auch in der That dieses Moment das Hauptmoment im Leben Feßler's war. Feßler ist trotz seiner Apostasie ein Zeuge für die katholische Kirche. Das katholische Christenthum äußerte auf diesen Apostaten fortwährend bis an sein Ende den unwiderstehlichen Einfluß der göttlichen Wahrheit; und obwohl er sich dem Protestantismus in die Arme geworfen hatte, huldigte er doch nie allen Ansichten desselben, und fühlte sich nach dem Austritte aus der Kirche niemals heimisch in den Lagern extra Ecclesiam. Feßler hat die Welt selbst hierüber umständlich belehrt, vorzüglich in zwei Schriften: „Rückblicke auf seine siebzigiährige Pilgerschaft. Breslau 1824", und „Resultate seines Denkens und Erfahrens. Breslau 1826". Diesen zwei Büchern, deren erstgenanntes ungemein selten geworden ist — weil alle Exemplare desselben, deren man habhaft werden konnte, von einer protestantischen Regierung aufgekauft wurden — sind die folgenden Mittheilungen entnommen.

Ignatius Aurelius Feßler wurde am 18. Mai 1754 im ungarischen Marktflecken Czurendorf (Zurány) von katholischen Eltern geboren. Seine Erziehung leitete bis in das 16. Jahr desselben fast allein seine Mutter. Von ihr lernte er in seinem fünften Jahre lesen und schreiben; sie pflanzte in ihn die Elemente des katholischen Christenthums, welche keine Zeit in ihm zu zerstören vermocht hat.*) Feßler erzählt dies Alles sehr ausführlich, und wir finden als Resultat seiner Erzählung die Bestätigung der doppelten Wahrheit: Die in der Kindheit und Jugend empfangenen Eindrücke haften tief und bleibend im Gemüthe des Menschen, und: die Mütter sind die natürlichen ersten Erzieherinnen des Menschen in jeglicher, besonders aber in religiöser Beziehung. — Obwohl Feßler's Mutter eine recht verständige Frau war, versah sie es doch an ihrem jungen Ignaz darin, daß sie die übermächtige Phantasie und das allzu rege Gefühl desselben nicht gehörig zu zügeln verstand. Diese rissen ihn später ins Verderben.

Nebst seiner Mutter nahmen auf die erste Bildung Feßler's den meisten Einfluß seine Lehrer; und diese waren — Jesuiten. Feßler erlernte Latein-Sprechen von einem, des Herumwanderns aus einer Stadt und Schule zur andern wegen, so genannten legatus natus, den seine Mutter dieses Zweckes wegen ins Haus genommen hatte. In seinem zehnten Jahre wurde er in das Raaber Gym-

*) Andererseits ist nicht zu verkennen, daß sie etwas protestantisirte. Auch dieser Zug in Feßler's Mutter ging auf den Sohn über.

nasium zu den Jesuiten geschickt; er hatte aber hier trotz seines Latein-Sprechens das Mißglück, in der untersten und mittleren Grammaticalclasse auf der Eselsbank zu sitzen, weil er sich in dem grammaticalischen Dornen- und Distelgehäge nicht zurecht finden konnte. Der Eselsbank entsprang er nur durch eine Concertation; woraus man ersieht, wie bei der auch für die schwachen Schüler berechneten Lehrmethode der Jesuiten dieselbe doch das Aufstreben der ausgezeichneten Köpfe nicht hinderte. Feßler wünschte Jesuit zu werden; allein die Aufnahme wurde ihm seiner Jugend wegen versagt. Hätte Feßler doch diesen Grund, welchen er einen Vorwand nennt, ein wenig mehr berücksichtiget. Er würde dann schwerlich das lange Capitel „meine Verirrungen" geschrieben haben; sicher wäre es nicht so lang geworden. Auch hatten seine Lehrer aus dem Jesuitenorden ihm keinen Grund gegeben, daß er später mit brennendem Hasse die Gesellschaft Jesu so arg verfolgte.

Schon nach Vollendung seines 17. Jahres wurde Feßler auf seinen flüchtig angeregten Wunsch als Noviz des Kapuzinerordens unter dem Namen Fr. Innocenz eingekleidet. In diesem Orden machte er seine weiteren Studien. Feßler war unstreitig ein sehr fähiger Kopf, der unter seinen Ordensgenossen nicht leicht Einen seines Gleichen finden mochte. Feßler fühlte sich aber als Solchen allzusehr; und da die Demuth nicht in ihm wohnte, war sein Herz und sein Kopf dem Eindringen des Bösen blosgestellt.

Die Kapuzinerklöster Ungarns und Oesterreichs bildeten zusammen eine Provinz; darum wurde Feßler behufs seiner Universitätsstudien ins Kapuzinerkloster nach Wien geschickt. Dieser Umstand war für ihn verderblich. Seine Geisteseigenthümlichkeit war ganz dazu angethan, um in der damaligen Atmosphäre Wiens von unkatholischen und antikirchlichen Meinungen angesteckt zu werden. Da die Ansichten des Febronius*) über die Grundsätze des Kirchenrechtes damals in Wien zu hoher Geltung gelangt waren und als die einzig wahren und stichhaltigen vom Katheder angepriesen wurden, so geriethen die unbefestigten Gemüther der Studirenden hiedurch in eine widerkirchliche Strömung. Feßler schwamm in diesem Strome voll Lust und Wonne, und je mehr er von Tag zu Tag am

*) Sein Buch „de Statu Ecclesiae" nannte die große Kaiserin Maria Theresia ein „ziemlich grobes Buch."

Glauben ärmer wurde, desto reicher dünkte er sich an Weisheit geworden zu seyn. — Sein vorzügliches Geistestalent befähigte ihn vollkommen dazu, die examina rigorosa aus der gesammten Theologie zu bestehen, und er ward nach öffentlicher Disputation zum Doctor der Theologie promovirt. Feßler gefiel sich nicht wenig in dem Glanze, der erste Doctor der Theologie im Kapuzinerorden zu seyn.

Es konnte nicht fehlen, daß der aufgeklärte Kapuziner die Aufmerksamkeit vieler Leute aus der aufgeklärten Welt auf sich zog. Er fiel aber der schlimmsten Sorte dieser Leute in die Hände, nämlich — den Jansenisten. Wir brauchen diesen Namen hier in dem Sinne, in welchem man damals „jeden Anhänger der Neuerung, Jeden, der den Glauben in seinem Herzen verläugnet hatte, Jeden, der die Freiheit der Kirche an den Staatsabsolutismus verrieth, mit einem Worte Jeden einen Jansenisten nannte, der der Willkür der weltlichen Macht gegenüber in kirchlichen Dingen servil, im Verhältniß zur Kirchengewalt aber gleichzeitig revolutionär dachte und handelte, wenn er außerdem noch seinen Unglauben durch Beibehaltung einiger kirchlichen Formen heuchlerisch zu verhüllen suchte." — Und als Feßler vollends Geschmack fand am Umgange mit Frauenzimmern, — die er seiner Versicherung nach freilich nur ihres gebildeten Geistes wegen suchte — war seine Religion als Priester und Ordensmann schiffbrüchig geworden.

Die erhabene Persönlichkeit unserer großen Kaiserin Maria Theresia war der hohe Damm, der die gewaltigen Fluthen der widerkirchlichen Strömung noch aufhielt. Sie sprach in einer, im letzten ihrer Lebensjahre eigenhändig geschriebenen, Resolution die wahren, und weil aus solchem Gemüthe gekommen, wahrhaft merkwürdigen Worte: „In unsern Zeiten nicht mehr zu fürchten ist, daß der römische Stuhl denen weltlichen Fürsten zu nahe trette; wohl aber selbe zu viel in das geistliche Wesen und Religions-Sätze, und Verehrung des Haupts der Kirche sich einmischen, und zudringen, woraus die üblesten Folgen entstehen werden. Diese kann man also nicht genug vorsehen, und alles, was Anstößig ist, fleißigst abwenden." *)

Als die große Frau, die dies geschrieben, nicht mehr war, brach die Sündfluth der aufgeklärten Ansichten und Meinungen über das

*) Oesterreichisches Archiv für Geschichte 2c. 1831. N. 73.

Kirchenthum in Oesterreich ein. Wie hoch die Fluthen gingen, wie groß die Gefahr war, mag Jedermann daraus erkennen, daß Papst Pius VI. Rom verließ und nach Wien eilte, um den hier gegen die Kirche losgebrochenen Sturm zu beschwören. Feßler war ein aufmerksamer Beobachter des „Peregrinus apostolicus“, und sein Bericht über den Aufenthalt des Papstes in Wien mag um des Interesse der Sache willen umsomehr hier seine Stelle finden, da derselbe den Berichterstatter selbst in seinem wahren Lichte zeigt. „Pius VI. — schreibt Feßler — der schönste, stattlichste Mann, den ich in meinem Leben gesehen habe, ist voll schöner Hoffnungen am 22. März in Wien eingezogen, und gestern (am 22. April 1782) ohne Hoffnung von Wien ausgefahren; in der Zwischenzeit von jesuitischgläubigen Andächtlern als sichtbarer Statthalter Christi auf Erden angebetet, von wohlerzogenen Menschen als kraftvoller Greis, als Herr und regierender Fürst eines für Wissenschaft und Kunst classischen Bodens verehrt, von ungezogenen Philistern und Bethels muthwilligen Knaben als ein zweiter Elisa verspottet, von dem Kaiser auf alle mögliche Weise ausgezeichnet. Am 25. März hatte er sich zum ersten Male öffentlich gezeigt und alle Damen vom ersten Range in die Kapuzinerkirche auf dem neuen Markte beschieden. Dort las er ohne Musik und Gesang, unter Assistenz des Titular-Patriarchen von Constantinopel, Franz Anton Marcucci und des Titularbischofs von Athen, Joseph Maria Contessini, die Messe. Am Ende der Messe, welche 56 Minuten gedauert hatte, befestigte sich in mir die Ueberzeugung, daß ich entweder einen in Liebe zu Gott brennenden Seraph oder den größten Schauspieler auf Erden gesehen habe. Ich glaube nicht, daß Anstand und Würde in Stellung und Haltung des Körpers, Ebenmaß und Rundung in allen Bewegungen, Feuer und Inbrunst der Liebe im Blick und Erhebung der Augen gen Himmel, Kraft und Verklärung der Andacht in dem ganzen Antlitz, unter den laut gesprochenen Gebethen, menschlicher Weise höher getrieben werden können, als ich es hier gewahrte und anstaunte. — Auf sein Geheiß wurde die klösterliche Clausur auf einige Stunden aufgehoben. Die Damen versammelten sich in dem geräumigen Speisesaale des Klosters, hinter ihnen standen wir Conventualen, Alle in gespannter Erwartung des Eintrittes Sr. Heiligkeit. Er kam aus der kaiserlichen Gruft, wo er an Maria Theresia's Mausoleum ein kurzes Gebeth verrichtet hatte. Er trat ein mit dem anziehenden Ausdrucke der

Majestät, mit Liebe und Sanftmuth verschmolzen, in päpstlicher Hauskleidung, einem weißen Talar vom feinsten schafwollenen Zeuge, scharlachener Mozetta (Schulterbekleidung), das bischöfliche Kreuz an goldener Kette vor der Brust, verfügte er sich auf den erhöhten für ihn bereiteten Stuhl, um die Damen zum Kusse der segnenden Hand, oder vielmehr des geheiligten Fischerringes zuzulassen. Allein die frommen, von Ehrfurcht ergriffenen Damen verlangten noch mehr; die Vornehmste derselben, die junge Fürstin Liechtenstein, fiel ihm zu Füssen und küßte den mit dem heiligen Kreuze gezierten Schuh. Ihr folgten die Andern, alle in gleicher Ehrerbietung, zuletzt sämmtliche Conventualen. Nach vollbrachter Veneration wandte er sich zu uns jüngern Geistlichen, fragte jeden nach seinem Namen, Alter im Orden und im Priesterthume, auch nach unseren Studien, und ermahnte uns väterlich, feste Steine zu werden zum Baue für das Haus Israel in gegenwärtiger und künftiger schlimmer Zeit... Am Ostertage (den 31. März) sah ich das sichtbare Oberhaupt der römischen Kirche im hohen Dome zu St. Stephan im Glanze seiner höchsten Pracht und Herrlichkeit. In Anwesenheit einer großen Anzahl Bischöfe und unter Assistenz mehrerer Cardinäle, alle im prächtigsten Ornate, feierte er die Hochmesse. Nur bei dem Offertorio, bei der Consecration und bei dem Schluße des Hochamtes stand er am Altare, mit dem Angesichte gegen das Volk gewendet; bei den übrigen Ceremonien stand oder saß er auf seinem Throne, von welchem her ich ihn mit kräftiger Stimme bethen, nach abgesungener Epistel und Evangelium, zuerst in lateinischer, dann in griechischer Sprache, in der lateinischen kurz, aber mit Würde und Begeisterung predigen gehört, und die geheiligten Zeichen des Sacraments, den Kelch vermittelst eines goldenen Röhrchens, genießen sah. An diesem feierlichen Tage war angesagt, der Papst werde von dem Altan der Jesuitenkirche am Hof herab das auf dem Platze versammelte Volk segnen. Gegen fünfzigtausend Menschen waren daselbst zusammengedrängt; überdies alle Fenster und Dächer der umliegenden Häuser mit Menschen besetzt. In der dritten Stunde traten der Papst, die dreifach gekrönte Tiara auf dem Haupte, drei Cardinäle und zwei Bischöfe, alle im vollen kirchlichen Ornat, auf den Altan heraus; der Papst setzte sich auf den erhöhten Thron unter goldgesticktem Baldachin; intonirte mit weithallender Stimme die Absolutionsformel, welche 400 Hofchorsänger fortsetzten. Nachdem sie geendigt hatten, erhob sich

Pius von dem Throne; die Tiara wurde ihm abgenommen, er trat vorwärts, erhob in abgemessener Rundung Arme und Hände, und die Augen gen Himmel gerichtet, begann er in einer Verklärung der Andacht ein inbrünstiges Gebeth. Nur Seufzer und Schluchzen unterbrachen bisweilen die tiefe Stille, welche unter der auf dem Platze niedergesunkenen Menschenmenge herrschte. Er schien mehr himmelan zu schweben als zu stehen. Unter dem langen Gebethe unterstützten die Bischöfe seine Arme. Endlich ließ dieser zweite Moses seine Arme sinken und erhob seine Rechte, im Namen des dreieinigen Gottes zu segnen. Auf sein „Amen" wurde von der Freiung her mit gewaltigem Feuern geantwortet, und sogleich erscholl der Donner der Kanonen von den Wällen der Stadt. Er begab sich wieder auf den Thron, dem der Cardinal und Graner Erzbischof Batthyányi mit tiefer Verbeugung sich näherte, und im Namen des versammelten gläubigen Volkes um einen Ablaß der Sünden bat. Der oberste Bewahrer der Schlüssel Petri bewilligte einen vollkommenen, den der Cardinal dem Volke sogleich verkündigte. Hiermit war die Handlung vollbracht." *)

Als man in Wien des Papstes los war, suchte man das Werk der Kirchenverbesserung recht gründlich zu betreiben. Ein Reformvorschlag folgte dem anderen; auch unser P. Innocentius entwarf einen solchen, und theilte ihn Rautenstrauch, van Swieten, Molinari und Andern mit. Es ist zur Kennzeichnung des Feßler'schen Geistes nothwendig zu vernehmen, was er darüber selbst sagt: „Ich stellte — schreibt er — über Nationalbildung, Aufklärung, über die Grenzen des Regenten in Beförderung derselben allgemeine Grundsätze auf, aus welchen ich hernach die besonderen Vorschläge in Bezug auf Wissenschaften, Schulen und Preßfreiheit ableitete. Hiernächst bestimmte ich die festzusetzenden Verhältnisse des Staatsoberhauptes zu dem Papste und den Landesbischöfen. Die Mitwirkung des ersteren zu dem Zwecke müßte durch kluge Begünstigung seines Interesses, die Bereitwilligkeit der letzteren durch Nahrung ihres Ehrgeizes erzielt werden. Hierauf ließ ich einen vollständigen Plan zu zweckmäßiger Bildung des Klerus und Einrichtung des Pfarrwesens folgen. Als das wirksamste Mittel, den geistlichen Stand zu reinigen, schlug ich vor, Mönchen und Weltpriestern frei zu stellen,

*) Rückblicke. S. 97 ff.

unter dem Schutze des Staates, gegen Verfolgungen der kirchlichen Macht gesichert, den unstreitigen Menschenrechten gemäß aus ihren geistlichen Verbindungen zu treten, und mit den Vortheilen des weltlichen Bürgers auch seine Pflichten und Lasten zu übernehmen. Ihrem Gewissen, ihrem Einverständnisse mit sich selbst wäre alles Uebrige zu überlassen, und wenn sie mit Verzichtleistung auf das Sacrament vor dem bürgerlichen Richterstuhle sich verehelichen wollten, ihre Ehe für giltig zu achten und zu beschützen. Ich forderte sodann eine gleiche Verpflichtung aller weltlichen und geistlichen Stände, nach Maßgabe ihrer bürgerlichen Vortheile und ihres reinen Vermögens zu den Bedürfnissen des Staates beizutragen, und auch an mehreren mir ausführbar scheinenden Plänen ließ ich es nicht fehlen. Dabei kam ich auf die Darstellung der gerechten Ansprüche aller Religions-Genossen auf gleiche bürgerliche Rechte, auf unbestrittene Denkfreiheit über kirchliche Lehrbegriffe und auf unbeschränkte Duldung ihres öffentlichen Cultus... Alle Klöster der Bettelmönche wollte ich mit einem Schlage aufgehoben, und die Nonnenklöster, welche sich entweder zur Verpflegung der Kranken oder zum zweckmäßigem Unterrichte der weiblichen Jugend nicht bequemen wollten, allmälig aufgelöst haben... Der klösterliche Stand sollte hinfort lediglich aus zwei Classen, der gemeinnützig thätigen und contemplativen bestehen. In diesen Klöstern allen sollte die Perpetuität der Ordensgelübde aufzuheben seyn. Die Verminderung der Abteien und Chorherrnstifte und die Einziehung ihrer Güter widerrieth ich... Ich war bei dem Entwurfe (dieser meiner Reformvorschläge) von der Meinung ausgegangen, daß der Kaiser im Einverständnisse mit dem geldbedürftigen Papste, mit dem ehrgeizigen Cardinal Migazzi, und mit einigen helldenkenden Bischöfen, bei der ziemlichen Anzahl aufgeklärter oder wenigstens gelehrter Prälaten und Pfarrer alle Schwierigkeiten überwinden würde, sobald er etwas Großes und Ganzes wollte. Das Ganze der bezweckten Reform sollte auf ein Mal verkündigt, der Umfang desselben vollständig angegeben und ihre Grenzen genau bestimmt werden, indem einzelne nach und nach erlassene Verordnungen nur den entschlossenen Muth oder die redliche Absicht der Regierung verdächtig machen, die Unzufriedenheit jedesmal erneuern, und weil kein Ziel, zu welchem Alles führen sollte, abzusehen wäre, den Widerstand aufreizen, die Gemüther erbittern und mit schreckenden Vorstellungen einer ungewissen

Zukunft quälen dürften. Ueberall durchleuchtende Rechtschaffenheit der Absicht, unerschütterliche Festigkeit in der Ausführung und nachdrückliche Bestrafung der kühnen Widerspenstigkeit waren die von mir aufgestellten Bedingungen des gewissen Erfolges." *)

Das war der revolutionäre Reformplan des tollen Kapuzinerpaters Feßler. Die Männer, die damals am Ruder der Regierung standen, hatten trotz dessen, daß sie allesammt mehr oder weniger den Ansichten des Febronius und dem Neuerungsgeiste in Religionssachen huldigten, dennoch zu viel Besonnenheit und praktischen Blick, als daß sie Feßler's Plan einer ernstlichen Erwägung hätten werth halten können. Feßler erklärt zwar die Nichtannahme seiner Vorschläge aus ganz anderem Grunde, indem er meinte: „Mein Vorschlag rücksichtlich der Klöster und Abteien verdarb das Ganze. Den klugen Geschäfts- und Staatsmännern schienen Gold und Silber die einzigen Mittel, dem verschuldeten Staate wieder aufzuhelfen. Bei den Bettelmönchen war nichts zu holen; aber die Abteien und ihre Kirchen waren an Geld, Gold und Silber reich; ein anständiger Vorwand, dieses Reichthums sich zu bemächtigen, ward von der gepriesenen Aufklärung durch das beliebte dominium eminens principis in bona Ecclesiae dargeboten, und die Rechtmäßigkeit des Verfahrens war außer Zweifel gesetzt, sobald man seinen eigenen kleinen Geist, der das Rechtliche nur nach dem Nutzen, und das Nützliche nur nach den Folgen für morgen, höchstens für übermorgen zu wägen wußte, zu dem gebietenden Zeitgeiste erhoben hatte." — Wer da aber erwägt, daß, obwohl während der Regierung Kaiser Josephs II. siebenhundert Klöster aufgehoben wurden, dennoch 1324, und unter ihnen grade die reichsten Stifte fortbestanden, wird den wahren Grund, aus dem Feßler's Vorschläge nicht beachtet wurden, in ihrer Ungereimtheit und Unausführbarkeit nicht verkennen.

Man wird es sehr glaublich finden, daß der mit dem Glauben und Einrichtungen der katholischen Kirche so ganz zerfallene P. Innocenz in seinem Kloster nicht die geachtetste Person war. Das Aergerniß, das er gab, ward zu offenbar, als daß es länger geduldet werden konnte. Man mußte ihn aus Wien entfernen. Er ward Professor der Theologie in Lemberg. In welchem Geiste er lehrte, bedarf keiner Auseinandersetzung. Seine Stellung war auch hier

*) Rückblicke. S. 108 ff.

bald gänzlich unhaltbar geworden. Er wußte Lemberg verlassen und es blieb ihm kein anderer Ausweg als — nach Preußen. Er ward Protestant.

Bei dem in jener Zeit unter den Protestanten schon stark eingerissenen Rationalismus und Indifferentismus konnte er durch seine Apostasie kein besonderes Glück in Preußen machen. Er suchte Anstellung im Lehrfache und anderwärts, konnte aber keine finden. Er führte durch lange Jahre ein sehr sorgenvolles Leben, welches er durch Hofmeisterdienste und Bücherschreiben nothdürftig fristete. Er verheirathete sich endlich, um sein Elend nicht allein zu tragen.

Diese seine traurigen Erfahrungen hatten aber die gute Folge, daß sie das Wilde seines Charakters zähmten und ihn in eine solche Gemüthsverfassung setzten, daß er seine großen Verirrungen sich nicht verbergen konnte. In dieser Periode läuterte sich zum Theil wieder seine religiöse Ueberzeugung, so daß er immer mehr vom Protestantismus sich entfernte.

Er erhielt endlich einen Ruf nach Rußland und ward als Professor der orientalischen Sprachen und der Philosophie an der Alexander-Newski-Akademie angestellt. Später ward er zum Bischof der evangelischen Gemeinden zu Saratow im asiatischen Rußland ernannt. Feßler wollte aber nicht bloßer Namensbischof seyn, sondern bischöfliche Weihe empfangen. Er glaubte mit der katholischen Kirche, die er verlassen und abgeschoren, an den character indelebilis des Weihe-Sacramentes, welcher weder durch Häresie noch Schisma verloren gehet. Es war ihm, der Presbyter war, darum zu thun, von einem Bischofe apostolicae successionis zum Bischofe geweiht zu werden. Solche glaubte Feßler in den protestantischen Bischöfen Schwedens zu finden.*) Er erbat sich daher die Erlaubniß zu einer Reise nach Schweden, um sich dort zum Bischofe weihen zu lassen. Daß Dr. Zacharias Cygnäus, Bischof von Borgö, von dem er sich weihen ließ, wahrer Bischof gewesen sey, weiset Feßler also nach: „Im Jahre 1531 war Laurentius Petri in Stockholm am 27. September in der Ritterholmskirche, in Gegenwart des Königs Gustav Wasa, von dem ein paar Jahre vorher zu

---

*) Daß diese Meinung Feßler's ein arger Irrthum sey, leuchtet ein; denn der Abfall vom Glauben der kath. Kirche unterbricht natürlicher Weise die successio apostolica. Wie können Irrlehrer Nachfolger der Apostel seyn?

Rom geweiheten Bischofe von Westeräs, Dr. Peter Magnusson, zum ersten lutherischen Bischofe consecrirt worden. Laurentius hatte demnach während seiner 43jährigen Amtsführung sämmtliche Bischöfe des Reiches geweiht."

Weil also seiner Meinung nach von einem Bischofe apostolicae successionis geweiht, hielt sich Feßler ebenfalls für einen wahren Bischof und Nachfolger der Apostel und dachte nicht an die Lehre der katholischen Kirche — welche zwar die Gültigkeit einer von einem häretisch gewordenen Bischofe ertheilten Weihe, wenn sie nach dem Ritus des Pontificale Romanum gespendet wurde, nicht in Abrede stellt — daß die außer der Kirche gespendeten und empfangenen Weihen nichts nützen, vielmehr Ausspender und Empfänger eines Sacrilegiums sich schuldig machen, und sich so das Verderben bereiten.

Feßler überreichte bei dieser Gelegenheit der russischen Regierung sein Glaubensbekenntniß, welches er unter die Beilagen seiner „Rückblicke" aufgenommen. Aus diesem Glaubensbekenntnisse ersieht man, daß er den Protestantismus fast ganz hatte fahren lassen und in den meisten Punkten mit den Lehren der katholischen Kirche übereinstimmte. Er soll von Rußland aus — wie uns ein Conventuale des Wiener Kapuzinerklosters, dessen Mitglied Feßler einst war, im Jahre 1830 mittheilte — an seine ehemaligen Ordensbrüder nach Wien geschrieben und seinen Willen in die Kirche zurückzutreten, erklärt haben, unter der Bedingung, daß sein Weib und seine Kinder versorgt würden. Wie dem auch sey, Feßler's Glaube stimmte in seinen letzten 30 Lebensjahren mehr mit den Lehren der katholischen Kirche überein, als mit den Irrthümern des Protestantismus. Davon zeugt nicht nur sein genanntes Glaubensbekenntniß, sondern auch sein Buch „Resultate seines Denkens und Erfahrens", aus dem wir zum Schluße unserer Darstellung mehrere Urtheile Feßlers über Reformation, Protestantismus u. s. w. mittheilen.

Feßler stellt die Reformation dar als das Werk der sogenannten Reformatoren, die von zwei Grundtrieben, der Religiosität und dem leidenschaftlichen Hasse seyen getrieben worden. „Der leidenschaftliche Haß verleitete sie zu mehreren unersetzlichen Unterlassungen, z. B. vernachläßigte Anerkennung oder Einsetzung einer allgemein gültigen, repräsentativen Social-Auctorität; — unterlassene Aufstellung fester Grenzmarken gegen die jeder Kirche als solcher verderbliche Lehrfreiheit. 2c. Dieser Haß riß sie hin zur Verwerfung manches Ehrwürdigen und Heilsamen aus dem Kirchenwesen der ersten drei Jahrhunderte, z. B. eines geheiligten Priesterthumes, als göttlicher Einsetzung und apostolischer Fortpflanzung 2c. Er führte sie zu mancherlei Mißgriffen, z. B. Uebertragung oder vielmehr stillschweigende Anerkennung der Episcopalrechte an die oder in den weltlichen Fürsten, als wären nicht schon ihre Majestäts- und Territorialrechte circa sacra völlig hinlänglich zur Erreichung des Staatszweckes... Er verwickelte sie in mehrere arge Inconsequenzen, z. B. Gestattung der Freiheit an alle Kirchengenossen, die Bibel nur aus ihr selbst und nach dem einigen Wortverstande zu erklären; und hernach Anfeindung derer, die sich dieser Freiheit bedienten, wenn sie wie Zwingli, Carlstadt, Calvin, Bucer, Osiander, Socinus 2c. nach Verschiedenheit ihrer geistigen Eigenthümlichkeit über manche Glaubenslehren auch einen von Luthers, Bugenhagens, Brentius 2c. Interpretation ganz verschiedenen, bisweilen auch entgegengesetzten Wortverstand herausbrachten. Mußten doch schon im siebenten Jahre nach Luthers Tode Michael Servet, und im zwanzigsten Johann Valentin Gentilis und der Osiandrist Johann Funk, auf Antrieb ihrer reformirenden Gegner, diese durchaus unstatthafte Freiheit mit öffentlicher Hinrichtung büßen. — Das Schlimmste war, daß aus dieser Freiheit unter den Reformatoren selbst und unter ihren Parteigängern ärgerliche Trennungen und Streitigkeiten entstehen mußten. Da sollten solche sogenannte Religionsgespräche, von weltlichen Fürsten angeordnet, und ohne Religiosität geführt, die getrennten Parteien über dogmatische, aus der Bibel erweisliche Lehrsätze vereinigen. Allein nachdem der Buchstab der Bibel als einzige Erkenntnißquelle der kirchlichen Dogmen anerkannt, nachdem in der Bestimmung seines einzig wahren Sinnes alle kirchliche Autorität, alle urchristlichen, gleichmäßigen und allgemeinen Ansichten waren verworfen, nachdem als Grundsatz war festgestellt worden, die Schrift sey auch ohne außerordentliche Erleuchtung des göttlichen Geistes durchaus klar und müsse in dem einigen Verstand, der sich jedem von selbst darbietet, angenommen werden; da mußten alle Religionsgespräche ihren Zweck verfehlen und als theologische Schulgefechte endigen. Weder diese noch irgend eine kirchliche oder weltliche Autorität konnte nun der einmal eingerissenen Lehrfreiheit mehr Grenzen setzen."

Feßler träumte von einer „evangelischen Kirche" und meinte, „der Vorzug und die Würde Einer heiligen, allgemeinen und apostolischen Kirche sey auf diese evangelische Kirche, wo sie wirklich noch Kirche ist, übergegangen". Andererseits aber konnte er sich doch von dem wirklichen Vorhandensein dieser geträumten Kirche nicht überzeugen, und mußte sich gestehen, daß es niemals durch die Reformation zu einer Kirche gekommen sey, noch kommen konnte. „Leider — sagt er — daß die Reformatoren und ihre eifrigen Anhänger selbst, vom sectirenden Geiste beherrscht, unter den obwaltenden, nicht mehr zu vermittelnden Streitigkeiten der evangelischen Kirche, der Kirche ärgste Feinde wurden! Durch die Lehrfreiheit, welche Alle behaupteten, doch Keiner dem Anderen gestatten wollte, wurde bald auch das unmäßige Streben nach Freiheit zu verschiedenartiger und willkürlicher Bildung des Cultus aufgeregt, und neue Streitigkeiten erhoben sich über kirchliche Formen, Gebräuche und Ceremonien. Allen Parteien ahnete es, daß in dem bis dahin üblich gewesenen Cultus unter vielem theils Abergläubigen, theils Gleichgültigen, doch auch etwas Wesentliches und Heiliges liege. Alle Parteien waren darüber einig, daß selbst das Wesentliche, mit Ausnahme der Sacramente, keine Kraft habe, Gnade und Seligkeit zu bewirken oder mitzutheilen. Allein nachdem die Lehrfreiheit alle kirchliche Social-Autorität ausgeschlossen, und auch das ehrwürdige apostolisch-kirchliche Alterthum als einzig sichere und angemessene Richtschnur verworfen hatte, konnte auch nicht mehr als allgemein gültig bestimmt werden, was in die Classe der wesentlichen und in die Classe der gleichgültigen Mitteldinge gesetzt werden sollte. Die Folge war, daß Viele, was die eine Partei für wesentlich hielt, und als zur Erbauung oder zu guter Ordnung dienlich im Cultus beibehalten wissen wollte, die andere Partei für gleichgültig erklärte und unter dem Vorwande, daß es an sich unnütz nur den papistischen Aberglauben begünstige, abschaffte. — Ganz parallel und mit gleicher Erbitterung schritt nun das Treiben und Drängen der dogmatischen und liturgischen Fehden fort, bis die bisherigen Parteiungen ermüdet und erschöpft zwei neuen Parteien, dem Pietismus und dem aus Verstandesbegriffen willkürlich construirten Protestantismus den Kampfplatz überließen... Der Protestantismus nach kurzem Kampfe Sieger über den Pietismus steigerte die Lehrfreiheit zur Lehrfrechheit, und erzeugte mit dieser, unterstützt von der

Wolfischen Philosophie, den theologischen Naturalismus, unter dessen Herrschaft überall, wo er waltete, die evangelische Kirche sich als Kirche für das Volk in eine triviale, kalte, trockene Moralschule, für Männer vom Stande und Männer vom kirchlichen Fache in eine philologisch-biblische, und philosophisch-zierliche Redeanstalt auflöste. Dort erstarrte nach und nach das Volk unter einem frostigen, sogenannten Gottesdienst; hier geizten die gelehrten Fachmänner und Schönredner um den Beifall der Leute vom Stande, priesen sich einander selbst, und gefielen sich darin, wenn sie aus der heiligen Urkunde des Glaubens, sie wie ihren Platon oder Cicero behandelnd, mit der Fackel philologischer Kritik ein Wunder nach dem andern, dann bald diesen, bald jenen biblischen Abschnitt, bisweilen auch ein ganzes Evangelium oder eine Epistel, jetzt dieses, dann ein anderes kirchliches Dogma weggebrannt, und am Ende sogar das Wissen der Vernunft von, oder das Glauben an Gottes Seyn zu einem bloßen Postulat des praktischen Verstandes degradirt hatten. — Daher kam, daß die Anhänger der Reformation, wie es die theologischen Naturalisten heute noch thun, selbst das Apostolische und Urchristliche (die Priesterweihe durch gnadebringende Auflegung der Hände, den uralten englischen Lobgesang, die altkirchlichen Collecten, eine gedrängte Summe der wesentlichen Lehren des Christenthums, die Präfation, das apostolische Symbolum, das Zeichen des Kreuzes rc.) des griechischen und römischen Kirchenwesens für Abgötterei, für Aberglauben, für Verläugnung des Evangeliums, für papistischen Sauerteig und für Teufelsdienst erklärten."

Weil nun eine solche evangelische Kirche, wie sie Feßler im Kopfe hatte, sich nirgends fand, gab er Rathschläge zu ihrem Aufbau. „Zu aller Reform der tiefgesunkenen evangelischen Kirche ist das christliche Alterthum, d. i. die Lehre, der Cultus und die Verfassung der ersten drei kirchlichen Jahrhunderte, die einzige und sicherste Richtschnur... Als solche muß das christliche Alterthum einmüthig und allgemein geachtet werden, einmal, weil sich dasselbe factisch ausmitteln läßt, und die Wahrheit erwiesener Thatsachen durch kein Klügeln, Kritteln und Protestiren sich aufheben läßt; dann weil der sacer antiquitatis horror gewiß in allen durch Erziehung nicht verwahrlosten, gottselig und kirchlich gesinnten Gemüthern lebt, auf welcher Stufe der Zeitcultur sie auch stehen mögen; endlich weil es keinem von Unwissenheit, Eigendünkel, Hoch- und Uebermuth freien Kirchengenossen in den Sinn kommen wird, zu wähnen oder zu behaupten, daß unsere heutigen Bischöfe, Superintendenten, Pastoren und Consistoria tiefer in den Geist des Evangeliums eingedrungen, inniger von dem Lichte, von der Kraft und von der Salbung der Religion ergriffen, mit der kirchlichen Praxis der Apostel und ihrer ersten Jünger gründlicher und vollständiger bekannt, in die Weisheit, die Kirche Jesu zu regieren, und die ihnen anvertrauten gläubigen Gemeinden durch Lehre und Gottesverehrung zu pflegen, zu erbauen, zu heiligen, tiefer eingeweihet seyen, als die heiligen Märtyrer, Bischöfe, Presbyteri und Synoden der ersten drei christlichen Jahrhunderte es waren."

Wie unglücklich mußte der Mann seyn, der es lebhaft fühlte, *man könne* ohne Kirche nicht leben und doch diese Kirche in den Lagern, die er bezogen, nicht fand! Deshalb träumte er wenigstens von einer evangelischen Kirche, die er sich aus einigen katholischen Elementen selbst construirt hatte. Sein Haß gegen die katholische Kirche, die Mutter, die ihn geboren hatte, den er mit den Reformatoren theilt, dieser Haß allein hinderte ihn an der Erkenntniß, daß es nur Eine Kirche gebe, die da ist die Säule und Grundveste der Wahrheit: die katholische. So bewährte sich an Feßler, der in der Apostasie von der katholischen Kirche in einem Alter von mehr als 85 Jahren starb, das Wort der Schrift: „Impossibile est enim eos, qui semel sunt illuminati, gustaverunt etiam donum coeleste, et participes facti sunt Spiritus sancti, et prolapsi sunt, rursus renovari ad poenitentiam." Hebr. 6, 4.

Erklärung.

Zur Geschichte des M. Boos und zur Charakteristik Sailers theilte ich im vorigen Hefte dieser „Vierteljahrsschrift" S. 22 ff. einen Brief des sel. Bischofs Ziegler mit, welchen derselbe unterm 1. Juli 1829 an Bischof Sailer gerichtet hatte. Auf diesen Brief hin, in welchem betreffs der dem M. Boos zugeschriebenen schwärmerischen Meinungen versichert wird „Talia idem ipse vir (M. Boos) tam absona meis ingessit auribus, quo tempore theologicas ego Lincii disciplinas explicavi" hatte ich Boos als

Schwärmer bezeichnet. Ich würde dies nicht gethan haben, wenn ich damals das Zeugniß gekannt hätte, welches Ziegler als Professor der Theologie in Linz dem Boos zur Zeit, als dieser im Linzer Carmeliterkloster in Haft gehalten wurde, ausstellte. Dieses Zeugniß lautet also:

„Vitam doctrinamque Martini Boos delineatam vides apud Michaelem Sailer, Pastoraltheologie II. B. S. 469. 1812. Fides, de qua inquiritur M. B. haec est, quam ab adolescentia in ecclesia catholica didicit, quam vero diu minus claram tenuit; dum tandem per frequens studium, meditationem, tentationem, ac per Dei illustrationem non solum verissimam et clarissimam vidit cognovitque, sed eo usque adamavit, ut omnium hominum, maxime fidelium animos pari in Christum crucifixum amore et confidentia accensos cupiat, atque eandem sibi religionem persuadeant cuncti cruce precetur.

Lincii, 9. Aug. 1815.

Gregorius Thomas Ziegler.
theologiae dogm. et hist. ecclesiast professor publicus.

NB. Hanc delineationem abstraxit, deditque post multa et longa tum oretenus tum scriptotenus de fide viva mecum habita colloquia. Idem qui supra."

Dies Ziegler'sche Zeugniß vom Jahre 1815 kannte Bischof Sailer sehr wohl, und vorzüglich aus diesem Umstande dürfte sich das gänzliche Stillschweigen, womit Sailer über den an ihn gerichteten Brief Ziegler's vom J. 1829 hinwegging, sattsam erklären. Indem ich dieses sprechende Stillschweigen nachahme, bemerke ich nur, daß die Geschichte des Martin Boos eine weitere Darstellung in meiner demnächst erscheinenden „Sammlung kirchenhistorischer Schriften" finden wird. Dr. Ginzel.

VIII.

Dr. Pichler's Geschichte der kirchlichen Trennung zwischen dem Orient und Occident *).

Von

Dr. Joseph Zoll, Professor der Theologie an der Universität Graz.

Man gesteht ziemlich allgemein, daß die orientalische Angelegenheit die schwierigste und wichtigste von allen ist, mit deren Lösung sich unser Jahrhundert zu beschäftigen haben wird. Italien und Deutschland haben in Sachen der Cultur und der gesellschaftlichen Ordnung ihre festen Stellungen eingenommen, und arbeiten heute nur noch am Ausbau ihres Staatslebens. Im Orient ist aber alles noch unfertig, unentschieden, und das gesammte private und öffentliche Leben desselben soll nun auf einmal Grundlage und Richtung bekommen; allerdings eine Aufgabe von so übermäßiger Größe, daß ihr politisches Element bei all seiner Bedeutsamkeit darin nur als ein nebensächliches und abhängiges erscheint. Wir fühlen und wissen aber, daß der Osten nicht in den Fluß kommen kann, ohne uns Andere in seine Wirbel mitzuziehen. Diese Zeit scheint nun gekommen zu sein. Nicht genug, daß die alten Dämme der europäischen Staatsklugheit innerlich morsch geworden sind, auch von Außen wird frevelhaft gewühlt und gerüttelt. Die in den letzten Jahren hier und da erlebten Triumphe politischer Gewissenlosigkeit, haben anderwärts ein brennendes Verlangen nach ähnlichen Erfolgen angefacht, und vielleicht wird schon der nächste Zusammenstoß, welcher irgendwo auf Erden die Kräfte einiger Staaten ernstlich in Anspruch nimmt,

*) In zwei Bänden. I. Band, byzantinische Kirche. II. Band, die russische, hellenische und die übrigen orientalischen Kirchen, mit einem dogmatischen Theile. München. M. Rieger'sche Universitätsbuchhandlung, 1864. 1865. 8. I. S. XXII. 558, II. S. XXVI. 789 S. S. Pr. 7 Thl. 16 Gr.

denn dünnen Faden, woran das Damoklesschwert annoch hängt, zerreißen, und die ungeheuere Wucht der orientalischen Frage zum Rollen bringen.

Es kommt daher Alles darauf an, daß die Fürsten und Völker sich in die Verfassung setzen, den Ereignissen zu begegnen, und nicht nur sich selbst vor Schaden zu bewahren, sondern auch dem Osten im Geiste der Gerechtigkeit und Liebe beizustehen, damit er zu einem gesunden Leben und nicht zu neuem Elende wiedergeboren werde.

Denn diese Gefahr ist allerdings vorhanden. Unläugbar wurzeln die beweinenswerthen Zustände des Orients zuletzt in religiösen und kirchlichen Verschuldungen. Nie wäre es dem byzantinischen Kaiserhofe gelungen, die so hoch begabten, einst so gebildeten, freiheitsliebenden und thatkräftigen Völker jener Gegenden zu entnerven und für eine tausendjährige Sklaverei unter dem muhamedanischen Joche zuzurichten, wenn diese Völker an der Liebesgemeinschaft mit dem Abendlande und der kirchlichen Suprematie des römischen Papstes festgehalten hätten. Und selbst nachdem die eigene Widerstandskraft schon zum großen Theile gebrochen war, hätte ein aufrichtiger Anschluß an die katholische Kirchengemeinde die nachhaltige geistige und materielle Unterstützung des Abendlandes zur Folge haben müssen. Allein die Griechen zogen es vor ihre eigenen Wege zu gehen, und wir wissen, wie theuer sie ihre Isolirung zu bezahlen hatten.

Die Entstehungsgeschichte einer Krankheit ist aber von der entscheidendsten Bedeutung für die Diagnose und Therapie derselben. Dies gilt für Völker nicht minder wie für Einzelnpersonen. Es ist in späteren Zeiten oft schwer, das Notthuende richtig zu ermitteln, weil die äußere Erscheinung mitunter zu wenig ausgeprägt ist, um eine unmittelbare Erkenntniß des wirklichen Thatbestandes zu eröffnen. Hier hilft aber die Geschichte aus, und man wird selten irren, wenn man annimmt, daß die vor Jahrhunderten offenbar gewordenen Tendenzen und Charaktereigenthümlichkeiten noch heutzutage im innersten Herzen einer Nation fortleben, und bei den zu treffenden Vorkehrungen sorgfältigst in Rechnung zu bringen sind. Der Orient wird in sich krank sein und einen Ansteckungsherd für seine Nachbarn bilden, so lang er in Schisma und Häresie befangen ist. Jede Schlichtung der orientalischen Dinge also, durch welche der kirchliche Gegensatz zwischen Constantinopel und Rom geschärft oder befestigt würde, wäre nur eine Erschwerung der Last, unter welcher Europa seufzt, oder im günstigsten Falle eine andere Formulirung der Frage, nur eine andere Gestaltung der Gefahren und Schwierigkeiten, welche der christlichen Gesellschaft seit tausend Jahren im Wege liegen. Es ist aber kein Zweifel, daß Versuche werden gemacht werden, und zwar mit dem Aufgebote ungeheuerer Kräfte, um solch eine Scheinlösung zu Stande zu bringen.

Daß unter solchen Umständen eine ausführliche Geschichte des orientalischen Schisma von großem Interesse sei, versteht sich von selbst. Auch hat Dr. Pichler ganz Recht, wenn er von dem Fortschritte der Erkenntniß über die Ursachen, Phasen und Folgen der Kirchentrennung irenische Wirkungen hofft, vorausgesetzt, daß diese Erkenntniß vollkommen objectiv sei, und zum Gemeingute der betheiligten Völker werde, da in Angelegenheiten von so tief in das innerste Leben der Einzelnen einschneidender Bedeutung die Einsicht und der gute Wille von Ministern und Fürsten, von Bischöfen und Päpsten wenig Erfolg haben wird, so lang nicht die große Mehrzahl ihrer Völker hinter ihnen steht. Ob Pichler's Werk die zu diesem Zwecke nöthige Objectivität besitze (denn für die Ausführlichkeit bürgt der stattliche Umfang des Buches von mehr als 1300 Seiten großen Formates, das allgemeine Bekanntwerden aber hängt nur zum geringsten Theile vom Autor selber ab), soll im Nachfolgenden etwas eingehender untersucht werden.

Pichler beginnt sein Buch damit, daß die bisherigen Darstellungen des Schisma viel zu einseitig gewesen seien. Das christliche Abendland habe den Brauch gehabt, alle Schuld auf die Orientalen zu schieben. Es gehe aber durchaus nicht an, einzig und allein den Hochmuth und Separatismus der Griechen anzuklagen. Der Occident sei mitschuldig. Das Schisma sei nichts Anderes, als das Resultat einer seit langer Zeit aus vielen Ursachen sich immer mehr und mehr ansammelnden Verbitterung der Gemüther. Zu diesen Ursachen gehörte auf orientalischer Seite einmal die eigenthümliche Neigung der dortigen Völker Geistliches mit Weltlichem zu verschmelzen, der durch die römische Unterjochung hervorgerufene Nationalhaß und endlich das Interesse der bürgerlichen Gewalthaber, sich zur Befestigung ihrer Machtstellung auch die Kirche zu unterwerfen und, da dieses Streben bei den Päpsten auf Opposition stoßen mußte, ihre Unterthanen vom Einfluße Roms zu emancipiren.

Von Mißgriffen der Occidentalen, welche die Abneigung der Griechen genährt und hiemit das Schisma vorbereitet haben, könne man anführen: Die Erdichtung der Constantinischen Schenkung, die weltliche Souverenität des Papstes und das abendländische Kaiserthum, welche Ereignisse, weil sie wenigstens eine theoretische Absetzung der byzantinischen Kaiser in sich schloßen, diese Machthaber und das ihnen ergebene Volk erbittern mußten. Dazu kamen die blutigen Kämpfe in Unteritalien, der Verfall des römischen Clerus, welche das Papstthum verächtlich gemacht habe und endlich gelegentliche Eingriffe der Päpste in die Gerechtsame der orientalischen Kirche. In Folge dessen sei das schon längst latent gewesene Schisma endlich offen hervorgetreten. Vielleicht wäre es anfangs heilbar gewesen, allein unglücklicherweise gaben die Kreuzzüge zu harten Zusammenstößen und Gewaltthätigkeiten von Layen und Geistlichen Anlaß, endlich ward den Griechen selbst ihre Hauptstadt mit bewaffneter Hand entrissen, und hierdurch ihre Abneigung wider die Lateiner auf das Aeußerste getrieben. Aber auch abgesehen von diesen Ereignissen sei die kirchliche Wiedervereinigung durch das mittelalterliche Papalsystem unmöglich gemacht worden, und die Aufrechthaltung der päpstlichen Machtomnipotenz sei bis auf die Gegenwart das größte Hinderniß der Union, welche erst nach der Zurückführung der Primatialgewalt auf den altkirchlichen Standpunkt eintreten werde.

Dies der Ideengang Pichler's im Allgemeinen. Was nun die specielle Disposition des Stoffes betrifft, so behandelt der erste Band, in welchem offenbar der Schwerpunkt des ganzen Werkes liegt, die Geschichte der byzantinischen, d. h. der unter den schismatischen Patriarchen graeci ritus stehenden Kirche. 1. Verhältniß der griechischen Kirche von Constantin dem Großen bis Basilius I. (S. 33—103). Enthält eine Geschichte der immer mehr hervortretenden cäsaropapistischen Tendenz der byzantinischen Kaiser. 2. Verhältniß der griechischen Kirche zum Papstthume bis Photius (Seite 133—146). Eine fleißig gearbeitete Dogmengeschichte des Primats, die sich zwar vorherrschend mit dem consensus ecclesiae orientalis beschäftigt, aber auch die wichtigsten Zeugnisse der Occidentalen vorführt. In der Honoriusfrage nimmt Pichler eine häretische Entscheidung ex cathedra an. 3. Das Verhältniß der griechischen Kirche zum Papstthume von Photius bis Cärularius. a. Geschichte des Papstthumes bis Leo IX. (S. 146—180). Hier kommen die päpstliche Souveränität, das abendländische Kaiserthum ꝛc. zur Sprache, womit der Occident die Griechen gereizt haben soll. b. Die byzantinische Kirche in ihrem Verhältniß zum römischen Primate von Photius bis Cärularius (180—211). Fortsetzung des früheren. Päpstliche Uebergriffe, welche die Griechen zur Aufstellung ihrer famosen Patriarchaltheorie veranlaßt haben sollen, nach welcher Gott die Kirche auf den fünf Patriarchen gleichmäßig gegründet habe, so daß man, wenn einer von ihnen falle, sich an die orthodox gebliebenen halten solle. c. Das Verhältniß der byzantinischen Kirche zur weltlichen Gewalt von Photius bis Cärularius (S. 211—220). Reine Cäsaropapie, ohne daß die griechische Kirche einen ernstlichen Versuch zur Wahrung ihrer Selbstständigkeit gemacht hätte. 4. Ein Blick auf die weitere Entwicklung des Papstthums bis zum 16. Jahrhunderte (S. 220—255). In diesem Abschnitte kommt das Meiste von dem vor, was man etwa Pichler's Anklage wider das mittelalterliche Papstthum als ein die Gefühle und Rechte der Griechen verletzendes und die Reunion verhinderndes Institut nennen könnte. Aber es ist wohl zu merken, daß Pichler den Päpsten keine absichtliche Verletzung der Orientalen vorwirft. 5. Die weitere Entwickelung des Schisma von Cärularius bis zum lateinischen Kaiserthum in Constantinopel. a. Die Ausbildung der griechischen Patriarchaltheorie im 11. u. 12. Jahrh. (S. 255—278). Interessante, aus den bedeutendsten griechischen Autoren jener Zeit geschöpfte Belege für die schon durch und durch schismatische Gesinnung des Orients, und nicht minder für seine gänzliche Verkennung der kirchlichen Selbstständigkeit. b. Die Beziehungen der römischen und byzantinischen Kirche zu einander (S. 278—316). Damit sind im Wesentlichen Unionsversuche gemeint, welche die Päpste zu unternehmen nicht ermüdeten, obschon sie griechischerseits fast gar kein Entgegenkommen fanden. Die zweite Hälfte des Abschnittes handelt unter Anderem von den entsetzlichen Gräuelthaten, die a. 1182 zu Constantinopel wider die Lateiner begangen worden sind, und sicherlich alles an Furchtbarkeit übertreffen, was die Occidentalen den Griechen jemals (z. B. bei der Eroberung von Thessalonika) angethan haben. Auch die Errichtung des lateinischen Kaiserthums zu Constantinopel kommt in diesem Abschnitte vor. 6. Geschichte der Unionsverhandlungen bis zur Eroberung Constantinopols durch die Türken (S. 316—403). Die ersten davon knüpfen sich an den Namen Innocenz III., dem Pichler ebensowenig wie

Gregor IX. volle Gerechtigkeit widerfahren läßt. Innocenz konnte das fait accompli des lateinischen Kaiserthums anerkennen, ohne den Grundsätzen der Moral und des Rechtes etwas zu vergeben, da es keineswegs so ganz klar vorlag, namentlich im Wirrsal des Augenblicks, daß die Griechen den Lateinern keinen gültigen casus belli geboten hatten. Die Union, welche Innocenz auf den 4. Concil vom Lateran abgeschlossen zu haben glaubte, hatte keinen Bestand, ebenso wenig die des 2. Concils von Lyon. Die Unionsverhandlungen zwischen Benedikt XII. und Kaiser Andronicus II. geben Pichler Gelegenheit, umfangreiche Auszüge aus den Schriften von Barlaam und Nilus Cabasilas vorzuführen. Wie zu anderen Zeiten äußerer Bedrängniß, so eröffneten die Griechen auch unter Eugen IV. eine Unionscomödie, und unterschrieben die Unionsacte ohne den animus (se) obligandi. Schon nach wenigen Jahren fiel Constantinopol in die Gewalt der Türken. Papst Nicolaus V. hatte sich alle Mühe gegeben, den Griechen Hülfe zu schaffen, aber die Fürsten wollten nichts davon hören. 7. Verhältniß der byzantinischen Kaiser zur Kirche von Cärularius bis zum Untergang des Reiches (S. 403—420). Unumschränkte Cäsaropapie. Die Kaiser befördern, wie Pichler meint, um sich die Kirchenherrschaft zu sichern, absichtlich möglichst unfähige Individuen auf den Patriarchenstuhl von C. P. Und von ein Paar Ausnahmen abgesehen, findet der griechische Clerus dieses Unwesen ganz in der Ordnung. Gute Belege dazu aus Balsamon und anderen orientalischen Gewährsmännern jener Zeit. 8. Verhältniß der byzant. Kirche zur türkischen Staatsgewalt (S. 420—457). Die Türken wissen mit echt orientalischer Schlauheit den griechischen Episcopat als Mittel zur Beherrschung des griechischen Volkes zu brauchen. Daher unerhörte Privilegien der Bischöfe und hierdurch völlige Trennung ihrer Interessen von denen des Volkes. Grausame Bedrückungen der Christen, die aber mehr im türkischen Nationalstolz als in religiöser Intolleranz ihren Grund haben. Seite 457 steht ein dem christlichen Leser fast unglaubliches Pröbchen des griechischen Sklavensinns in kirchlichen Dingen. Griechische Patriarchen können sich über eine religiöse Frage, z. B. eine liturgische, nicht einigen, und bringen die Sache deshalb vor die türkische Behörde, welche nach dem Koran entscheidet. Und diese saubere Procedur wird von der obersten Kirchenbehörde der Griechen als ganz ordnungsmäßig hingestellt. Manche Ausführungen dieses Abschnittes, z. B.

über den Hat-Houmayum hängen übrigens mit der Geschichte der Kirchentrennung nur sehr lose zusammen. 9. Entwicklung der Anschauungen der byzantinischen Kirche über die höchste geistliche Gewalt vom Untergange des Reiches bis auf die Gegenwart (457—497). Ein durch den Reichthum seiner Belegstellen aus orientalischen Autoren, z. B. Nectarius, Elias Meniotes, dem Pedalium ꝛc. ausgezeichneter Abschnitt. Neue Gedanken finden sich übrigens in diesen Citaten nicht, sondern nur Variationen über das bekannte Thema von den fünf Patriarchaten, dem zeitweiligen Ehrenprimate Roms u. s. w. 10. Beziehungen zwischen dem Occident und den Christen in der europäischen Türkei von der Eroberung Constantinopel's bis zur Gegenwart (S. 497—552). Im Wesentlichen eine Geschichte der katholischen Missionen unter den Griechen in der Türkei, und der neuen päpstlichen Vorkehrungen zur Anbahnung der Union. Darauf folgen Zusätze S. 553—558 über die Croaten und Serben, und über Berno's Angaben bezüglich des römischen Symboliums.

Der erste Touptheil des zweiten Bandes bringt die Geschichte der übrigen schismatischen Kirchen des Orients und natürlich am ausführlichsten die Geschichte der russischen Kirche. 1. Abschnitt. Die russische Kirche bis auf Peter den Großen (S. 1—144). Die russische Kirche tritt bald nach ihrem Entstehen in bewußte Opposition wider Rom. Die Gewaltthaten der Lateiner in Lievland und Esthland machen deren Kirche verhaßt und hindern die Union. Kiew aber wird lithauisch, später polnisch, und in Folge dessen unirt (S. 35 ff.) Interessanter Auszug aus dem Kormczaja kniga (was nicht „gottgehauchtes Buch“ sondern Steuerungsbuch bedeutet, wie das griechische Pedalion) über den römischen Papst und die Trennungsursachen (S. 47—41). Erzbischof Isidor will die Union, findet aber keinen Anklang. Die Kirchenregierung fällt auch hier in die Hände der Fürsten (S. 56). Wichtiges Concil der Russen a. 1551, genannt Stoglawnik. Dasselbe erklärt das Bartscheeren für die schlimmste Ketzerei (S. 68). Stiftung des russischen Patriarchats, welches das abgefallene römische ersetzen, und die „fünf Sinne“ der Kirche wieder vollzählig machen soll (S. 84 ff.). Unbefriedigender Zustand des kirchlichen Lebens in Polen (S. 117 ff.). 2. Verhältniß der russischen Kirche zu den Kaisern, zum römischen Stuhle und zu den Patriarchen von Constantinopel von Peter dem Großen bis auf die Gegenwart (S. 144—304). In diesem Abschnitte sind besonders die

Vorkehrungen Peters zur Beherrschung seiner Kirche von Bedeutung, z. B. seine dirigirende Synode (S. 174 ff.). Die Kirchengewalt des russischen Kaisers ist größer als die der protestantischen Landesfürsten, aber der Russe sieht darin keinen Despotismus, sondern legitime Theokratie. Wichtig, obschon nicht vollständig sind auch die Angaben über die Katholikenverfolgungen in Rußland, namentlich in der neuern Zeit unter Nicolaus I. und Alexander II. 3. die russische Theologie über die kirchliche Autorität und das Papstthum (S. 305—340). Interessante Auszüge russischer Autoren z. B. Teophanes Procopowicz, Eugen Bulgar, Stourdza, Murawieff, Macarius, Wasilijeff, Karatheodory. Daneben Chomjakow als Repräsentant des zum Protestantismus hingeneigten Jung-Rußlands.

III. Hellenische Kirche. 1. Beziehungen zum Patriarchat von Constantinopol und zur ganzen Christenheit im Befreiungskampfe (S. 343—382). Dieser Abschnitt hat mit der „Geschichte der kirchlichen Trennung" nichts zu thun, sondern ist eine bloße Fortsetzung des schon im ersten Bande angefangen Berichtes über den griechischen Unabhängigkeitskampf. 2 Kirchliche Verfassung und Stellung des Königreiches Griechenland (S. 382—421). Mittheilungen über die neueste griechische Theologie. Nach ihr gibt es keinen Primat, ist Rom häretisch geworden und versinkt immer tiefer in Häresie, (immac. concept.), ist die Entwicklung der Kirche mit den ersten acht Jahrhunderten und sieben Concilien für ewige Zeiten abgeschlossen — nur die anatolische Kirche ist die wahre und außer ihr kein Heil. Auch das rationalistische Element ist in der neugriechischen Kirche vertreten. So verwirft Pharmacides die ganze Hierarchie, selbst die ökumenischen Concilien nicht ausgenommen.

IV. Die übrigen orientalischen Kirchen (S. 425—557), nämlich die Nestorianer, Armenier, Jakobiten, Kopten und Abyssinier, Maroniten. In diesem Abschnitte handelt Pichler aber nicht blos von den schismatischen, sondern auch von den unirten Fractionen dieser Völkerschaften. Daran schließt sich ein Bericht über die protestantischen Missionen in der Levante (S. 557—579), die Pichler etwas zu überschätzen scheint. Belehrend ist, was er über die streng abwehrende Haltung der griechischen Kirche diesen Missionen gegenüber vorbringt.

Der zweite Hauptheil des 2. Bandes ist dogmenhistorisch und soll den Schlüssel und die Rechtfertigung der auffallenderen Ansichten des Verfassers bieten. Wir meinen übrigens, daß Pichler sich über die Bedeutsamkeit seiner Abhandlung einigermaßen getäuscht hat; denn wie man im Vorhinein erwarten mußte, waren auf dem so ungemein oft bearbeiteten Boden keine neuen Früchte mehr zu gewinnen. Die Abhandlung zerfällt in drei Theile, 1. Primat und Kirche (S. 583—603), 2. Primat und Patriarchen (S. 603—666), und 3. Primat und Dogma (S. 603—748). Der erste Theil handelt von der Nothwendigkeit eines Gipfelpunktes im kirchlichen Organismus, und dem factischen Primat Petri; die kirchliche Verfassung kann nur aus dem Wesen der Kirche erkannt werden, der eine h. Geist muß die kirchliche Einheit hervorbringen, und diese nach dem allgemeinen Gesetze der Organismen sichtbar hervortreten. Als organisches Leben geht die kirchliche Entwicklung von innen heraus, und erheischt das Zusammenwirken aller Organe, deren keines die Stelle der Gesammtheit einnehmen kann. Die Kirchenverfassung ist in allen ihren wesentlichen Stücken von Christus gegründet worden, aber der h. Geist soll sie nach den auftretenden Bedürfnissen allmälig entwickeln. Der Primat insbesondere ist „die auf unmittelbarer göttlicher Begabung und Wahl beruhende Fähigkeit eines einzelnen Bestandtheils der Kirche zur Bewahrung der ihr wesentlich nothwendigen Einheit" (S. 589). Als einheitlicher Vermittler des Lebens in der Kirche übt er auf alle ihre Glieder einen Einfluß und eine Macht, welche denselben weder einzeln noch in ihrer Gesammtheit zukommt, indem die Trennung von jenem Lebensmittelpunkte zugleich die Trennung vom Leben selbst ist. Bibelbeweis für den Primat Petri (S. 589—596). Da Pichler von den Vätern spricht, die bei dem „Fels" Matth. 16. an den Glauben gedacht haben, so hätte er erwähnen sollen, daß sie zumeist paränetische Zwecke verfolgend, den Primat Petri nicht zu besprechen brauchten, weil er nicht controvers war, wohl aber die Kraft und den Segen des Glaubens zu schildern hatten, da ihre Zuhörer zwar nicht zu den Functionen des kirchlichen Primates, wohl aber zur Tugend des Glaubens berufen waren. Der Text: ego rogavi Luc. 22. gibt Pichler Veranlassung zu einem Excurs über das Verhältniß des Primas zur kirchlichen Unfehlbarkeit, der ohne erschöpfend zu sein, von dem guten Sinne unseres Autors Zeugniß gibt. Die Kirche hat ihre Unfehlbarkeit nicht vom Primas, aber dessen Ausspruch constatirt die Wahrheit der kirchlichen Entscheidung, sowie die Probe eine Rechnung nicht richtig macht, wohl aber die Richtigkeit derselben nachweist. Sind also Meinungsverschiedenheiten unter den Bischöfen, so weiß man, daß bei jener Gruppe die Wahrheit ist, welcher der Primas sich angeschlossen hat. Doch hätte Pichler immerhin bemerken sollen, daß der Primas nicht blos post festum die Probe macht, sondern durch seine jurisdictionelle Lehrthätigkeit schon früher auf die richtige Construction der Rechnung, d. h. auf die objectiv richtige Entwicklung des kirchlichen Bewußtseins Einfluß nimmt. Traditonsbeweis für den Primat (S. 600 ff.). Wie die kirchlichen Einrichtungen überhaupt nur allmälig in die Erscheinung treten, so offenbart sich auch der Primat durch sein Wirken zur Zeit des Bedürfnisses, und wie die allmälige Abnahme von Liebe und Demuth in der christlichen Gemeinde zur Offenbarung der bischöflichen Gewalt Veranlassung gab, so auch die Spaltungen und Häresien zum Hervortreten der Primatialgewalt. Daß Protestanten und Griechen den Primat läugnen, macht die Verkennung des Entwicklungsgesetzes in der Kirche. Eine herrliche Stelle von St. Maximus über den römischen Primat Seite 602 und 603.

2. Abschnitt. Die niedrigeren Jurisdictionsstufen im Episcopate (Patriarchat, Metropolie) entsprechen ebenso (!) wie der Primat einem kirchlichen Bedürfnisse und sind mittelbar oder unmittelbar von Christus eingesetzt. Untersuchung über den Ursprung der Metropolien. Sie sind keine Nachbildung der jüdischen Synedrien oder der heidnischen Oberpriestercollegien. Sie lehnen sich meistentheils an die politische Eintheilung des römischen Reiches an, daher die frühe Ausbildung des Metropolitanverbandes im Orient, wo einzelne Städte als Regierungssitze oder aus anderen Ursachen den Titel von Metropolen führten. Doch hatten politische Aenderungen der Metropolien nicht immer auch kirchliche zur Folge. Im Occident gab es vor Constantin dem Großen keine Metropoliten. Die Patriarchen (S. 618 ff.). Der 6. nicänische Canon handelt nicht von Patriarchal-, sondern von Metropolitanrechten der Bischöfe von Alexandrien, Rom 2c. Der Name Patriarch, der früher ein bloßer Ehrentitel mancher Bischöfe war, kommt erst seit dem Concil von Chalcedon in der heutigen Bedeutung vor. Seit dieser Zeit hatten die Patriarchen das Recht, für ihre Sprengel Metropoliten zu weihen, und Synoden abzuhalten; über ihre sonstige Stellung wurde aber nichts entschieden, sondern sie blieben untereinander auf gleicher oder ungleicher Stufe wie bisher. Mit dem Primat insbesondere hat die

Patriarchalwürde zunächst gar nichts zu schaffen. Patriarchat von Constantinopol (S. 628 ff.). Seine Errichtung stammt weder aus dem Ehrgeize der Kaiser, noch der Bischöfe von Byzanz, sondern aus der Natur der Sache. Geschichte des 28. Canons von Chalcedon. Die Synode geht allerdings vom politischen Standpunkte aus, aber nicht in erster Linie (sonst hätte sie Rom an die zweite Stelle gesetzt), und wollte den Primat nicht läugnen, in Rom aber kannte man den Orient zu wenig, und war nur um die Wahrung der eigenen Ehre besorgt (!). Papst Leo hielt an der Kirchenordnung des Nicänums fest, obschon selbe durch die kirchliche Entwicklung längst überholt war und ohne die größte Verwirrung gar nicht mehr hergestellt werden konnte. Die Opposition des Papstes hatte daher keinen anderen Erfolg, als daß der 28. Canon von Chalcedon bis auf Photius nicht in die Sammlungen aufgenommen wurde, praktisch aber ward er durchgeführt. Ja die Bischöfe von Constantinopel übten auch in den Patriarchaten von Antiochien und Alexandrien Jurisdictionsrechte (!) aus (S. 639, 651 u. ö.). Im Occident aber wurde bald nach dem Concil von Chalcedon die Lehre aufgestellt, daß der Patriarchentitel nur den Bischöfen Petrinischer Stiftung zukomme, also nicht nur Constantinopol, sondern auch Jerusalem aus der Zahl der Patriarchalkirchen ausgeschlossen. Erst seit dem 8. allgemeinen Concil fing diese Theorie im Abendlande zu verschwinden an, und seit dem 4. Concil vom Lateran gilt auch im Abendlande die Trullanische Reihenfolge der Patriarchen. Von Titel „ökumenischer Patriarch" der Bischöfe von Constantinopol (S. 647—666). Pichler will erweisen, daß diese Benennung nichts Verfängliches, sondern ein schmückendes Epithet war, wie deren verschiedene verschiedenen Bischöfen gegeben zu werden pflegten (z. B. dem von Alexandria der Titel: „Richter der Welt"), ohne daß hiemit über die Jurisdiction des Titularen etwas ausgesprochen werden sollte.

3. Abschnitt. Der Orient wirft uns die Aufstellung neuer Dogmen vor (Primat), weil er von der Entwicklung in der Kirche keinen rechten Begriff hat. Die subjective Aufnahme des Offenbarungsinhaltes hat eine Ausbildung der Wahrheit zur Folge, die von der unfehlbaren Kirche zu leiten, und als echt zu constatiren ist. Die Kirche macht daher keine neuen Dogmen, sondern erklärt, ob eine Lehre in der christlichen Offenbarung enthalten ist oder nicht. Eine solche Erklärung der Kirche über den Primat ist wirklich

erlassen worden, aber ziemlich spät, und schon nach Ausbruch des Schisma, nämlich auf dem 4. Lateranconcil, wiederholt zu Lyon und besonders zu Florenz. Betrachtet man den Ausspruch des Florentinums, so zeigt es sich, daß nichts von dem, was die Griechen an der Lehre vom Primat anstößig finden (der Papst als Quelle aller Jurisdiction, aller Unfehlbarkeit und Macht in geistlichen und weltlichen Dingen) in unserem Dogma enthalten sei. Nur einige theologische Schulen haben solches behauptet, die Kirche aber nicht. Die Excesse der Schulen wurden aber häufig der Kirche selbst angerechnet, und so hat die unhistorische Erhebung der Papstrechte zur gänzlichen Verwerfung des Primats im Lutheranismus und dem griechischen Schisma beigetragen. Uebertreibungen der Gegner Luthers (S. 674). Opposition der Sorbonne, und vieler Bischöfe des Conciliums von Trient (S. 684—686). Die Theologie der letzten drei Jahrhunderte über die Papstrechte (mit Citaten und Deutungen, die mitunter ungenau sind). Unterschied von Gallicanismus (aristokratisch-monarchische Kirchenregierung) und Febronianismus (allgemeines Priesterthum). Von Seite 727 an die neueste Theologie, Seite 743 —748 eine Erörterung der päpstlichen Unfehlbarkeit.

Mit diesem Auszuge und etlichen Bemerkungen des Referenten wäre die Sache bei einem anderen Buche abgethan. Aber Pichler's Werk ist durch ein Zusammentreffen von Umständen zu einer wahren cause célèbre geworden, Freund und Feind haben sich wetteifernd mit den geschichtlichen Angaben und noch viel mehr mit den theologisch-canonistischen Grundsätzen des Verfassers beschäftigt, die einen haben seine historische Gelehrsamkeit und seine correcten Grundsätze hochgepriesen, die andern wieder in beiden Richtungen die bedenklichsten Mängel und Gebrechen wahrgenommen, und seltsam genug — beide in beiden Beziehungen mit Recht und ebensosehr mit Unrecht.

Dem gewissenhaften Berichterstatter obliegt vor Allem, Pichler'n gegen den Vorwurf unkatholischer Gesinnung, einer Läugnung des römischen Primates, und bewußten Parteilichkeit für die Griechen in Schutz zu nehmen. Der echtkatholische Sinn des Autors verräth sich fort und fort, und durchbricht immer und immer wieder die Nebel von Paradoxien und Mißverständnissen, welche freilich von Zeit zu Zeit den Horizont verhängnißvoll umlagern.

Daß Pichler an der Göttlichkeit der katholischen Kirche zweifle, hat noch Niemand behauptet. Diese göttliche Kirche ist ihm aber seit

Ausbruch des Schisma unsere römisch-katholische Kirche (S. 257*). Ihr Papstthum ist die göttlich berechtigte Centralauctorität über die ganze Kirche (S. 269. f. 165, 222 u. ö.), der Papst hat keinen bloßen Ehrenvorrang, sondern eine von Gott selbst verliehene Jurisdiction (II. S. 603), alle Patriarchen, Primaten und Bischöfe sind seinen Anordnungen unterworfen (S. 223), und kein Patriarch könnte gegen den Willen des Papstes sein Amt ausüben (II. S. 632, 633). Freilich war sich das Alterthum darüber nicht immer klar, aber die Ereignisse, z. B. die unter den Bischöfen ausgebrochenen Streitigkeiten bewiesen die Unhaltbarkeit von St. Cyprian's Theorie (S. 109). Die orientalische Kirche liefert in ihren Vätern und Theologen, und insbesondere in ihrer Liturgie die schönsten Zeugnisse für den *römischen* Primat (S. 103—164). Die Päpste (und Bischöfe) mußten *im* Mittelalter nach Gütern und Fürstenthümern streben, weil die für den sittlichen und intellectuellen Fortschritt erforderlichen materiellen Bedingungen auf keine andere Weise zu beschaffen waren (S. 148). Die Päpste konnten manchmal nicht umhin, die Schranken der rein geistlichen Jurisdiction zu überschreiten; es könne aber Niemand in Abrede stellen, daß das Kirchenoberhaupt in außerordentlichen Fällen zu außerordentlichen Mitteln greifen darf (S. 223). Der Papst hat einen wesentlichen Einfluß auf die Lehre; die ökumenische Synode hat ihre Unfehlbarkeit zwar nicht vom Papste, aber auch nicht ohne ihn. Denn da die verschiedensten Ansichten im Episcopate ihre Vertreter finden, so muß ein kirchlicher Würdenträger vorhanden sein, dessen Beitritt zeigt, auf welcher Seite die Wahrheit zu finden ist (S. 472). Die orientalische Kirche hat selbst bekannt, daß wohl die Theilnahme des römischen Bischofs, nicht aber der griechischen Patriarchen zum ökumenischen Concil erforderlich sei (S. 138). Der Schlüssel zum Verständnisse der Geschichte des Schisma ist, daß die Päpste die Kirchenfreiheit erringen mußten (S. 32). Der Bischof von Rom war der Träger dieses Princips, während die griechische Kirche durch eigene Schuld immer mehr und mehr zur Creatur des Staates geworden ist. Papst Nicolaus wollte die griechische Kirche frei machen, Photius aber hat sie gänzlich unfrei gemacht (S. 49, 103). Nur einem Sophisten ist es möglich diese Thatsachen in ihr Gegentheil umzusetzen, und so die Geschichte in

*) Bei den Citaten ist, wenn nicht die römische Zwei (II.) auf den zweiten Band verweist, immer der erste Band gemeint.

einen Roman zu verwandeln (S. 482). So lang die Griechen Photius wegen seiner Opposition wider Rom hochschätzen, haben sie nicht einmal den ersten Schritt zur Selbstkenntniß gethan (S. 103). Schon vor Photius gab es zeitweilige Schismen, welche die Päpste trotz der Martin I. zugefügten Mißhandlungen beizulegen wünschten, aber sie fanden bei Kaisern und Patriarchen kein Entgegenkommen (S. 86). Aber auch in der späteren Zeit hat außer den Päpsten Niemand die Union aufrichtig gewollt (S. 389). Wie aber jede vom göttlich gegründeten Papstthum sich trennende religiöse Gemeinschaft nothwendig zur Staatskirche werden muß (II. S. 189), so büßte die griechische Kirche ihr Schisma mit scheußlicher Cäsaropapie (S. 412), und sank so tief, daß sie selbst das Bewußtsein ihrer Erniedrigung verlor, und ihre Sklaverei für normal und gesetzmäßig hielt (S. 413). Auch sind die Orientalen mehr und mehr daran, sich in lauter nationale, von einander unabhängige Hierarchien aufzulösen, eine Folge der Verwerfung des Papstthums, welches keineswegs die Aufgabe hat, die Nationalitäten zu vernichten, oder ihre Rechte zu verkümmern, sondern durch Unterwerfung unter einen gemeinsamen Zweck zu veredeln (II. S. 382). Dies einige Züge aus der Theologie Pichler's, denen leicht andere nicht weniger bezeichnende an die Seite zu stellen wären, und wenn Jemand noch eines Weiteren bedürfte, so würde er dem ehrenden Siege, den unser Autor über sich selbst errungen (laudabiliter se subjecit), einen vollgültigen Beleg des theoretischen und praktischen Katholicismus des Münchner Gelehrten entnehmen können.

Aber auch dem Historiker muß man hohe Anerkennung zollen. Pichler sagt in der Vorrede zum 2. Bande, daß er bemüht war, alle ihm erreichbaren Hülfsmittel zu benutzen, vor keiner Schwierigkeit zurückzuweichen, die strengste Objectivität und Unparteilichkeit einzuhalten, und die Resultate seiner Forschung mit offenem Freimuthe darzulegen. Zeige sich nun auch die Mitschuld des Abendlandes an der traurigen Kirchenspaltung, so sei der Autor doch keinegswegs mit der Absicht ans Werk gegangen, solch eine Mitschuld finden zu wollen ꝛc. Was nun die Quellenforschung betrifft, so redet Pichler viel zu bescheiden von seiner Arbeit: Man staunt — si tamen torcular calcavit solus — über das enorme Material, welches hier verwendet worden ist. Nicht nur die bekannten Quellenwerke und Bearbeitungen sind benützt, sondern Pichler hatte das

Glück, eine Menge von Schriftstücken ausbeuten zu können, welche sonst einem occidentalischen Gelehrten sehr schwer zu Gesichte kommen, darunter besonders viele dem Neugriechenthume angehörige. Es bestehen vermuthlich aus der bavaro-hellenischen Zeit her literarische Verbindungen zwischen München und Griechenland. Und daß Pichler den aufrichtigen Willen hatte, mit vollster Objectivität zu arbeiten, ist von seiner bestimmten Versicherung abgesehen, schon daraus ersichtlich, daß er sich mit der Hinstellung seiner Resultate nicht begnügt, sondern meistens seine Quellen selbst in umfangreichen Citaten und Auszügen vorführt, wodurch der Leser in Stand gesetzt wird, den Autor Schritt für Schritt zu controliren.

Allein durch diese Controle gewinnt man die Ueberzeugung, daß Pichler's Streben nach Objectivität nicht immer den entsprechenden Erfolg gehabt hat. Manche Thatsachen sind unrichtig dargestellt, viele Documente mißverstanden, allerlei seltsame Theorien vertheidigt, wunderliche Ansichten über die kirchliche Autorität und ihre Träger vorgebracht worden — man trifft zu Zeiten eine ganz ungerechtfertigte Bevorzugung der Schismatiker, und mitunter eine Ausdrucksweise an, die stark an antikirchliche Bücher und Journale erinnert und vermuthlich auch nichts Anderes als ein unbewußter Widerhall derselben ist. Denn es geschieht gar leicht, daß wir uns trotz aller Gerechtigkeitsliebe für die Gegenstände unseres Studiums mehr erwärmen als von Nöthen war und die heutzutage unvermeidliche Beschäftigung mit den Geistesproductionen der verschiedensten Parteien hat nicht selten ein gewisses Nachklingen von Worten und Sätzen zur leidigen Folge, die wir bei ruhiger Ueberlegung kaum als die unsrigen anerkennen würden.

Die Richtigkeit dieses Urtheils ergibt sich zum Theile schon aus der oben gelieferten Skizze des Pichler'schen Werkes, wird aber im Verlaufe dieses Referates noch einleuchtender hervortreten. Der kurze Inhalt unserer „Geschichte der Kirchentrennung" ist nämlich, wie vorhin gesagt wurde, daß das Schisma nicht den Griechen allein zur Last gelegt werden dürfe, sondern zu einem großen Theile durch die Feindseligkeiten der Lateiner wider die Griechen, und durch päpstliche Uebergriffe und Rechtsverletzungen hervorgerufen worden sei. Am schwersten würde der letzte Theil der Anklage wiegen, allein bei genauerer Prüfung der Thatsachen zeigen sich die den Päpsten gemachten Vorwürfe fast sämmtlich unbegründet. Von den wenigen

Ausnahmen ist wohl die Zustimmung Johanns XI. zur Erhebung des Prinzen Theophylakt auf den Patriarchenstuhl von Constantinopel die gravirendste. Jedoch war dieser Act der Connivenz gegen den weltlichen Machthaber, so sehr er auch die Achtung von dem damaligen Inhaber des päpstlichen Stuhles abschwächen konnte, nicht im Mindesten wider die griechische Kirche als solche gerichtet. Hätte Pichler aber auch viele Beispiele von Ungebühr sicherstellen können, so hätte er damit doch nichts anderes erwiesen, als die Richtigkeit des Satzes, daß auch die Kirchenfürsten Menschen sind. Wird aber dadurch das Schisma gerechtfertigt, oder auch nur erklärt? Hatten die Griechen das Recht, von den Lateinern Impeccabilität zu verlangen oder vorauszusetzen? Hatten sie sich nicht ebenfalls vieler Ungebühr wider die Lateiner und vieler Kränkungen der Päpste schuldig gemacht? Sie haben aber nicht nur Aehnliches wie die Lateiner gethan, sondern auch Unähnliches, d. h. sie haben Ereignisse, welche etwa eine gerechte Ursache des Unmuthes sein konnten, so ausgebeutet, als ob sie eine gerechte Ursache der Kirchenspaltung gewesen wären. Es ist überhaupt ein folgenreicher Irrthum in Pichler's Darstellung, daß Unzufriedenheit und Schisma in einen solchen Causalnexus gestellt werden, als ob die Verstimmung ihrer Natur nach mit dem Abbruch der Kirchengemeinschaft enden müßte. Hat es nur unter den Griechen Leute gegeben, welche gelegentlich durch die in der menschlichen Schwäche begründeten Mißgriffe dieses oder jenes Papstes zu leiden hatten? Veranlaßten die zahlreicheren Berührungen zwischen Rom und den Provinzen des Abendlandes nicht weit häufigere Kränkungen deutscher, französischer ꝛc. Bischöfe und Laien? Nach Pichler's Theorie hätten im Occident viel mehr Schismen ausbrechen müssen als im Orient, außer es würde angenommen, daß die Differenz der Längengrade auch eine wesentliche Verschiedenheit der menschlichen Natur zur Folge habe, und die kirchlichen Pflichten nach der geographischen Lage wechseln. Wo es sich um das Thun freier Wesen handelt, müssen Anlässe und Ursachen besonders sorgfältig auseinandergehalten werden, wenn man nicht in die schwersten Irrthümer verfallen will. De corde exeunt cogitationes malae. Aeußere Ereignisse können Gelegenheiten bieten, Versuchungen herbeiführen, daß man aber der Versuchung nachgibt, macht die Böswilligkeit im eigenen Selbst. Für das Schisma als solches gibt es trotz der Polemik des Autors wider die Hochmuthstheorie (S. 543 u. ö.) keinen andern Entstehungsgrund als die Hoffart und Nationalitätsvergötterung, und Helfert hat so unrecht nicht, wenn er (S. 550) selbst das filioque nur als willkommenen Vorwand bezeichnet, welcher den Abfall der Griechen von der Kirche maskiren sollte.

In der Geschichte der Unionsverhandlungen zeigen sich noch schlimmere Mißgriffe und Mißverständnisse. Pichler's Meinung ist nämlich, daß die römischen Primatialrechte theoretisch und praktisch so überspannt worden seien, daß die Griechen, denen man unbedingte Unterwerfung unter die Theologie und Canonistik des Abendlandes zugemuthet habe, die Union moralisch unmöglich finden mußten. Nach dieser Darstellung wäre dem Papstthume freilich eine schwere Mitschuld oder, aufrichtig gesprochen, der größere Theil der Schuld an der Fortdauer des Schisma zuzuschreiben. Pichler drückt sich zwar stellenweis gemäßigter aus, und begnügt sich etwa die Hebung der Papalrechte im Occident mit ihrer Senkung im Orient in Parallele zu bringen oder zu sagen, daß sie nicht nur zur Verwerfung des Primats durch Luther beigetragen habe, sondern auch zur Lostrennung der griechischen Kirche eine Hauptveranlassung gewesen sei (II. S. 673). Aber stellenweis macht sich die innere Logik des Princips geltend, und S. 255 heißt es bestimmt und scharf, „nach den Grundsätzen über die Papstgewalt, die von Leo IX. bis Leo X. und noch später, wenigstens am päpstlichen Hofe, die herrschenden blieben, war eine Vereinigung mit der griechischen Kirche geradezu unmöglich, und die Kluft mußte immer größer werden.“ Pichler bringt verschiedene Belege dieser angeblichen Theorie und Lehre von der Praxis der Papalrechte vor, im theoretischen Theile natürlich die Lehre von der Unfehlbarkeit des Papstes in Glaubensentscheidungen, und von seiner allgemeinen Machtfülle, vermöge welcher auch die Staatsgewalt dem Papste untergeordnet und von ihm delegirt sei. Da die Infallibilitätslehre ganz besonders verderblich gewirkt, nämlich zu den schon vorhandenen dogmatischen Unterschieden zwischen den Griechen und Lateinern noch einen neuen, d. i. die orientalische Lehre von der Alleingültigkeit der sieben Synoden (S. 255 u. ö.) hervorgerufen haben soll, so kommt Pichler in der Schlußpartie des 2. Bandes auf sie zurück, um den Griechen zu beweisen, daß sie sich ohne Grund ereifern, indem die Lehre von der päpstlichen Infallibilität eine bloße Schulmeinung und zwar einer Fraction von Katholiken sei, der Beitritt zur Union also keineswegs die Anerkennung dieser Lehre nach sich ziehe.

Hier ist Pichler etwas zu weit gegangen. Denn wenn die Infallibilitätslehre auch kein Dogma ist, so steht sie doch mit der Fallibilitätsdoctrin nicht auf gleichem Fuße, sondern ist ein Resultat kirchlich-theologischer Entwicklung und hängt mit kirchlichen Aufgaben und Pflichten eng zusammen. Pichler läugnet nicht, daß man dem Papste Gehorsam schuldet. Man denke sich nun den öfters vorgekommenen Fall, daß Rom die innere Zustimmung zu irgend einer neu formulirten Lehre anordnet. Hier ließe sich der Ungehorsam rechtfertigen, wenn der Papst fallibel ist. Es hilft nichts zu sagen, daß der Papst in einem solchen Falle nur die Identität dieser Lehre mit dem altkirchlichen Glaubensbewußtsein constatire, denn wer die Infallibilität überhaupt in Abrede stellt, wird auch keinen Anstand nehmen, dem römischen Stuhle die Befugniß zu jenem Constatiren und Formuliren abzusprechen. Kein Theologe hat die Infallibilitätslehre aus bloßer Liebhaberei aufgestellt, sondern um sich über das praktische Leben in der Kirche zu orientiren, und die besser Gesinnten unter den Gallicanern, welche wohl die Infallibilität nicht aber die oberhirtliche Auctorität des römischen Bischofs in Abrede stellten, geriethen bei solchen praktischen Fragen mit sich selbst in unlöslichen Widerspruch. Pichler, der mit Recht vor Unterschätzung der Schwierigkeiten des Unionswerkes warnt (S. 549), macht hier den Griechen die Sache leichter, als sie ist. Denn man wird von den rückkehrenden Griechen freilich ebensowenig als von den Katholiken ein Glaubensbekenntniß auf die päpstliche Infallibilität verlangen, aber man wird sie ebenso wie alle bisherigen Katholiken zur Verwerfung der in Rom censurirten Thesen und zur Annahme aller in Rom formulirten Glaubenssätze verpflichten. Die Acte ex cathedra romana werden freilich in kürzester Zeit auch schon Definitionen der ecclesia dispersa sein, allein man wird nicht abwarten, bis sich Jemand mit dem Nachweis der bischöflichen Zustimmungen befriedigt erklärt, sondern der Ausspruch Roms wird ohne weiteres für ein Anzeichen des bestehenden oder sich bildenden consensus ecclesiae dispersae angenommen werden müssen.

Die angebliche Uneinigkeit der Theologen über die Merkmale einer decisio ex cathedra ist für unseren Zweck bedeutungslos, denn beim consensus ecclesiae dispersae findet sich die nämliche

Schwierigkeit und zwar so oftmals wieder, als die Zahl der votirenden Bischöfe beträgt, deren jeder ex cathedra sua des Amtes waltet. Auch die übrigen Gründe des Verfassers sind nicht stichhältig. Freilich sagt er S. 255 u. ö., es sei die Lehre der gesammten alten Kirche gewesen, daß keinem ihrer Organe die Unfehlbarkeit zukomme. Aber vergebens sucht man nach einem unzweifelhaft auf unseren Fall passenden Beweis dieser Angabe. Pichler beruft sich auf das Schweigen der Väter des vierten Conciliums zu Constantinopol als der kaiserliche Bevollmächtigte in antirömischem Sinne sprach. Allein gerade dieses Concil hat gern oder ungern der Lehre von der päpstlichen Unfehlbarkeit ausdrücklich zugestimmt. Daß der Papst nicht mit der Kirche identisch ist (S. 224 u. ö.), hat allerdings seine Richtigkeit, ob er aber nicht als infallibler Lehrer in der Kirche waltet, namentlich, wenn kein öcumenisches Concil versammelt ist, ist eine andere Frage. Es ist nicht unmöglich, daß die Phrase „persönliche“ Unfehlbarkeit des Papstes den Autor chicanirt hat. Allein wer so stylisirt, drückt sich eben ungenau aus. Kein Theologe meint eine persönliche, sondern jeder eine amtliche Unfehlbarkeit. Wenn aber nach S. 336, II. S. 592 etc. der Papst deshalb, weil er Person ist, unter allen Umständen nicht nur der Sünde, sondern auch dem Irrthum unterworfen sein soll, so müßte man auch dem Concil die Infallibilität absprechen, weil es ebenfalls lauter persönliche Mitglieder hat, also eine Summe von falliblen Einheiten darstellt. So wie der hl. Geist im Concil bewirkt, was bloße Naturkräfte nicht zu Stande brächten, so kann er, wenn er will, auch die amtliche Lehrthätigkeit des römischen Bischofs leiten, und jeden Irrthum von ihr fern halten. Pichler scheint sich Bossuet's Theorie zuzuneigen, nach welcher zwischen dem Papst und dem römischen Stuhle unterschieden, und letzterem wenigstens eine gewisse Indefectibilität zugemessen wird, so daß der Papst zwar Irrthümliches lehren könnte, aber bald wieder auf den rechten Weg zurückkehrte, und im schlimmsten Falle das angerichtete Aergerniß von seinem Nachfolger wieder gutgemacht würde. Allein abgesehen von der Neuheit dieser wunderlichen Doctrin (Pichler selbst zeigt S. S. 134, 136, 256, daß das kirchliche Alterthum zwischen dem Bischof und seinem Stuhle keinen Unterschied machte), ist sie nicht nur eine Herabsetzung des römischen Stuhles sondern auch eine Gefährdung der Lehrauctorität der gesammten Kirche. Letzteres weil sich jedenfalls während der Dauer des päpstlichen Irrthums die Wahrheit nicht constatiren ließe, ersteres, weil die Irrthumsfähigkeit des Primas einmal zugestanden, Niemand mehr die baldige Ueberwindung des Irrthums in sichere Aussicht stellen könnte. Kann der Papst heute eine irrige Entscheidung geben, so kann er auch morgen und übermorgen dabei beharren, und auch sein Nachfolger kann es, und der Irrthum kann in Rom ebenso wie in einer anderen Stadt permanent werden. Natürlich wäre auch das Umgekehrte, d. i. die baldige Rückkehr zur Wahrheit möglich, allein hiemit hätte das Oberhaupt der Kirche vor den Bischöfen, ja vor dem nächst besten Laien kein Titelchen voraus. Denn uns allen ist die Möglichkeit und der Beruf geworden, unsere etwaigen Irrthümer durch demüthiges Zurückgehen auf die Kirchenlehre bäldestens abzulegen. Nur als ein Pröbchen schismatischer Theologie mag hier noch ein ganz absonderlicher Einwand gegen die päpstliche Infallibilität verzeichnet werden, welcher dem Apostaten Theophanes Prokopowicz, diesem Hauptwerkzeuge der Cäsaropapie des Czaren Peter angehört. Der Papst sei nicht irrthumslos, weil es sonst auch Bernardiner, Capuciner ꝛc. wären, deren Meinungen der Papst möglicherweis bestätigen könnte (II. S. 307). Der „feile Schmeichler“, wie ihn der Russe Ustrialew nennt, hat übersehen, daß auf solche Art kein Concilium infallibel wäre, weil es ebenfalls das Unglück haben könnte einer Anschauung recht zu geben, die schon früher von einem niedriger gestellten Christen geäußert worden wäre. Seltsam ist nur, wie das alberne Geschwätz des Prokopowicz Pichler'n zur Bemerkung Anlaß geben konnte „so verächtlich habe sich die katholische Theologie mit ihren maßlosen Uebertreibungen gemacht“.

Nicht viel stärker sind die übrigen Beschwerdepunkte, welche Pichler offenbar deshalb in gutem Glauben aufgeführt hat, weil die Griechen gelegentlich durch sie das Schisma zu vertheidigen gesucht haben. Da Pichler aber mehr als einmal zeigt, daß sich die Griechen der Anerkennung des Primates überhaupt entzogen haben, also diese göttliche Institution an und für sich beschwerlich fanden, so hätte er ihre Declamationen etwas kühler aufnehmen sollen. Die Erhebung des Papstthums durch die Lateiner und seine Erniedrigung durch die Griechen laufen erstens nicht parallel, sondern in den letzten Jahren, wo man im Occident an den Primatialrechten erklecklich gerüttelt hat, sind die Orientalen in der Verwerfung des

Papstthums weiter gegangen als vorher und haben nicht die leiseste Regung einer Geneigtheit zur Annahme irgend eines gallicanischen Katholicismus kund gegeben. Wo aber ein Parallelismus besteht, wäre erst noch zwischen dem cum hoc und propter hoc zu entscheiden. Es gibt Häretiker, die uns dogmatisch ferner (Protestanten) und solche die uns näher (Jansenisten) stehen, als die schismatischen Griechen. Sie alle haben ihre Trennungsgründe vorgebracht. Werden wir sie gelten lassen? Oder besteht eine triftige Ursache, den disunirten Griechen eine größere Objectivität als den anderen Häretikern oder Schismatikern zuzuschreiben? Die Griechen sollen die päpstliche Machtvollkommenheit der mittelalterlichen Theologie unannehmbar gefunden haben. In welcher Quelle steht aber geschrieben, daß man ihnen die Annahme aller kirchenrechtlichen Satzungen und Gepflogenheiten des Abendlandes zugemuthet habe? Jede Unionsverhandlung beweist das Gegentheil. Manches wollte man bei den Griechen eingeführt wissen und verhandelte darüber, die Griechen aber waren viel zu geriebene Politiker, als daß sie nicht gewußt hätten, daß das Unterhandeln stets einige Nachgiebigkeit zur Folge habe. Und das Resultat war auch immer, daß den Orientalen ihre Gepflogenheiten belassen und nur einige Maßregeln getroffen wurden, die vollzogene Union ersichtlich zu machen, und den Rückfall ins Schisma hintanzuhalten. Pichler aber beruft sich auf die abendländische Doctrin von den beiden Schwertern, wenn sie, wie manchmal*) geschehen ist, in dem Sinne gefaßt ward, daß der Papst auch in temporalibus die Obergewalt über die weltlichen Machthaber besitze. Diese Lehre sei der griechischen Kirche fremd gewesen, und habe für die Machtstellung der byzantinischen Kaiser fürchten lassen (S. 547, 257). Aber Pichler weiß, daß diese überspannteste Auffassung der Papalrechte zu keiner Zeit so allgemein herrschte, daß die Griechen berechtigt gewesen wären, sie als die Lehre der lateinischen Kirche anzusehen. Die Unionsverhandlungen zeigen auch zur Genüge, daß man über diesen Punkt beiderseits vollkommen im Klaren war. Wenn also von der Union eine Verminderung der kaiserlichen Gewalt zu befürchten stand, so hätte sie

*) Denn häufig und in den officiellen Acten der Kirchenoberen fast durchaus bedeutet das zweite Schwert nur die wesentliche Amtsgewalt der Kirche in foro externo.

nur jenen Theil derselben betroffen, welcher nach den klaren Worten des Evangeliums dem Staate abgenommen werden mußte, oder mit anderen Worten: nicht des Unterganges der byzantinischen Kaisermacht, sondern der byzantinischen Cäsaropapie mußten die Griechen als einer unvermeidlichen Consequenz der Kircheneinheit gewärtig sein. Wenn man aber vom orientalischen Cäsaropapismus redet, so drängt sich einem wohl die Erwägung auf, daß selbst die rücksichtsloseste Einführung des abendländischen Kirchenrechtes in die morgenländische Kirche im Vergleich mit ihrem bisherigen Zustande keine Belastung, sondern eine Erleichterung gewesen wäre und die geistliche Obergewalt wenigstens in geistliche Hände gelegt hätte. Daß der griechische Episcopat eine gewisse Bevormundung brauchte, hat er eben durch seine servile Unterwerfung unter die Staatsgewalt unwidersprechlich erwiesen. Daß man occidentalischerseits die Union nicht unmöglich gemacht habe, ergibt sich übrigens schon aus der Thatsache, daß orientalische Diöcesen und Kirchenprovinzen, ja ganze Völker (Maroniten) in die Union eingetreten sind. War der kirchliche Verband mit Rom den Einen erträglich, so würde er auch für die Andern nicht unleidlich gewesen sein, und das Verhalten des Theiles beweist, was die Gesammtheit zu thun vermochte, wenn sie christliche Erkenntniß, Demuth und Opferwilligkeit besaß.

Aber auch die Chronologie widerspricht der Pichler'schen Behauptung. Denn lange Zeit vor der mittelalterlichen Papalhöhe hat es bereits Secessionen des Orients gegeben. Seit dem fünften Jahrhundert machten sich die Griechen (namentlich die Kirche von Constantinopol) kein Gewissen, der unbedeutendsten Anlässe halber die Gemeinschaft mit dem römischen Stuhle abzubrechen. Pichler zeigt S. 214, 215, daß die Gesetze von Basilius I. (9. Jahrhundert) für den Primat keinen Platz mehr haben. Anna Comnena (Anfang des 12. Jahrh.) läßt die ganze kirchliche Hierarchie zugleich mit dem Kaisersitze nach Constantinopol übertragen sein (S. 262). Patriarch Michael Anchialus (12. Jahrh.) spricht dem Papste sogar die Würde des Priesterthums ab (S. 270), und der römische Primat wird von den Griechen im 12. Jahrhundert schon allgemein verworfen, während die angebliche Papstomnipotenz doch nicht vor dem 13. Jahrhundert angesetzt werden könnte. Aber der von Pichler selbst gebrachte Hauptbeweis für die Richtigkeit der gewöhnlichen Anschauung über die Ursachen des Schisma liegt darin, daß die

Griechen niemals aus religiösen Gründen irgend eine Initiative zur Herstellung der Union ergriffen haben. Man lese die Unionsverhandlungen unter Gregor X., man merke auf die Frivolität, womit sie en famille die Union als einen bloßen Köder für den Papst zu bezeichnen pflegten, man erwäge den Bericht von Ducas (S. 401), daß die Constantinopolitaner selbst einen Engel vom Himmel verschmäht hätten, der die Union gepredigt haben würde, man beherzige diesen gänzlichen Mangel an Verständniß und Sinn für die einheitliche Kirche Christi, und man wird nicht länger umhin können, jede Ansicht, welche das Unionshinderniß irgendwie in die abendländische Kirche verlegt, als unhaltbar zu bezeichnen. So gestimmte Naturen, wie die Griechen damals waren, hätten durch keine Nachgiebigkeit der Päpste gewonnen werden können.

Es ist klar, daß eine unrichtige Vorstellung der päpstlichen Gewalt auch auf die Schilderung der kirchlichen Aufgabe der Gegenwart Einfluß nehmeu muß. Pichler sagt S. 543, 544, daß das Abendland den Griechen Hülfe bringen müsse (er meint die geistliche Hülfe thunlichster Nachgiebigkeit und Erleichterung der Union) weil es am Schisma mitschuldig sei. Er ermahnt zu Demuth und Liebe, warnt vor Unterschätzung der Schwierigkeiten und Vertuschung der bestehenden Differenzen (in dogmatischer Hinsicht die Lehre vom hl. Geiste, vom Primat, von der unbefleckten Empfängniß). Alles dieses recht schön und gut, aber worin soll eigentlich die Erleichterung des Unionsabschlusses bestehen? In welchen Stücken und bis zu welchem Punkte sollen wir nachgeben? Pichler sagt in der Vorrede zum ersten Bande, daß er nicht die Absicht habe einen Unionsentwurf zu liefern. Das ist aber im eigenen Interesse des Autors sehr zu bedauern, denn nichts hätte klärender gewirkt, als wenn er aus dem Gebiete des Abstracten heraustretend, die uns obliegenden Zugeständnisse bestimmt formulirt hätte. So viel sieht man aber, daß er eine starke Verminderung der päpstlichen Gewalt (übrigens mehr in exercitio als in radice) im Sinne hat. Hierauf ist offenbar die Bemerkung S. 384 gemünzt, daß die lateinische Kirche in Folge des Schisma theilweis noch größere Uebelstände als die griechische zu beklagen habe, S. 550, daß besonders auf unserer Seite der Union große Schwierigkeiten entgegenstehen, S. 546, daß unser Kirchenrecht durch das Schisma gelitten habe, S. 547, daß ohne die Kirchentrennung die überspannte Theorie von der päpstlichen Machtvollkommenheit nicht entstanden wäre u. s. w. Ja S. 255 schreibt er mit aller Zuversicht, daß am Tage an welchem die Occidentalen von ihrer Uebertreibung zurückkommend, die unwesentlichen Rechte des Papstes als solche bezeichnen werden, die Griechen, die ihm entrissenen wesentlichen Befugnisse zurückerstatten werden! Aber es ist eine mißliche Sache um das Prophezeien, weil die Acte freier Menschen nicht mit der strengen Regelmäßigkeit von Naturereignissen vor sich gehen, sondern oft von unberechenbaren Einflüssen abhängig sind. Sonst hätte das Schisma längst aufhören müssen, da die abendländischen Theologen in ihrer großen Mehrzahl schon lange Zeit keine andre als wohlbegründete Ansichten über die Primatialgewalt vortragen, und den Orientalen ohnehin die Annahme der gesammten abendländischen Disciplinargesetzgebung niemals zur Unionsbedingung gemacht wird. Daß aber die lateinische Kirche bei sich zu Hause eine plötzliche Reduction der päpstlichen Vorrechte unternehme, können die Griechen wohl nicht verlangen, und ließe sich solches unmöglich ins Werk setzen. Denn sowie die jeweilige Machtstellung der kirchlichen Behörden das Resultat allmäliger Entwicklung ist, so könnte auch das Zurücktreten der Primatialgewalt nur das endliche Ergebniß einer neuen Entwicklung sein. Daß die kirchliche Strömung der nächsten Zeiten eine solche Richtung nehmen werde, ist geradezu unmöglich. Vielleicht stehen uns Verwicklungen bevor, welche häufiger als bisher das Einschreiten der gesammten Kirchengewalt erfordern werden. Wie soll man aber amtiren, wenn der Papst nicht als Functionär die ganze Kirche vorstellt?*) Man kann doch nicht jeden Augenblick ein ökumenisches Concil versammeln. Bliebe also die ecclesia dispersa. Allein die Einholung ihres Spruches erfordert ebenfalls Zeiträume, welche nur nach Decennien bemessen werden könnten, da man doch nicht ex abrupto votiren würde, sondern vorher entweder brieflich oder durch Sendboten berathschlagen müßte. So trefflich auch die

*) Der Sinn der meisten Stellen, in welchen Papst und Kirche verwechselt zu sein scheinen, ist nämlich, wie man bei genauerer Prüfung derselben ersieht, kein anderer, als daß in den Primatialacten die apostolisch-bischöflich-kirchliche Gewalt nicht in einer bestimmten Abgränzung, sondern in ihrer lebendigen Einheit und Vollständigkeit flüssig wird. Dabei wird dem Episcopate nichts entzogen, sondern jeder einzelne Bischof mit seiner Jurisdiction muß als ein in der päpstlichen Thätigkeit mitbegriffener und ideel mithandelnder aufgefaßt werden.

Verkehrsmittel der Neuzeit im Allgemeinen sind, so schafft doch die Ausbreitung der Kirche der gesammtbischöflichen Berathung und Abstimmung ungeheure Schwierigkeiten. Ein anderes Mittel wären Patriarchalcollegien. Aber Pichler selbst bezweifelt S. 191, daß der Patriach an und für sich vor den einzelnen Bischöfen etwas voraus habe. Pichler redet an dieser Stelle freilich nur von der Lehrgewalt, allein was von dieser gilt, gilt im Wesentlichen auch von den übrigen Zweigen der kirchlichen Jurisdiction, die in ihrer Gesammtheit nichts anderes, als das göttlich verliehene Hirtenamt ist. Pascite gregem. Die Machtbefugniß der Mittelstufen zwischen Episcopat und Primat ist ohne Zweifel eine delegirte, und zwar entweder vom obersten Hirten der Kirche delegirt, was am wahrscheinlichsten ist, oder in Gemäßheit der katholisch-kirchenrechtlichen Grundsätze wenigstens nicht gegen den Willen des Papstes delegirbar. Man könnte noch an einen Synodalausschuß nach russischem Muster denken. Ein solcher ist aber am Ende doch nur ein bureaukratisches Mittelchen und man darf wohl zweifeln, ob es in der Ordnung ist, die höchste kirchliche Auctorität willkürlich geschaffenen Instanzen abzutreten. Allein die Hauptsache ist, daß mit allen diesen Vorkehrungen nicht das Mindeste gewonnen wäre. Griechen und Nichtgriechen haben sich mit Recht oder Unrecht durch päpstliche Regierungsacte beschwert gefunden, und davon Anlaß genommen, die jetzige Kirchenpraxis für unleidlich zu erklären. Wenn nun statt des römischen Bischofs andere Prälaten mit ihm und neben ihm regieren würden, so bliebe die menschliche Natur doch wie sie ist, das regierende Collegium bliebe ebenso peccabel wie das regierende Individuum, einzelne Mißgriffe und Härten könnten soweig ausbleiben wie bisher, und dem Laien oder Cleriker, welcher sich heute durch eine päpstliche Anordnung vorgeblich gekränkt findet, wäre blutwenig geholfen, wenn ihm die nämliche Kränkung morgen von einem souverän gewordenen Bischof oder Concilium angethan würde. Dies was die Gutgesinnten angeht. Die Uebelgesinnten aber, die Leute von schismatischer oder häretischer Geistesrichtung würden den gerechtesten Maßregeln kirchlicher Versammlungen ebenso wie den päpstlichen Erlässen widerstehen. Hat ja auch bisher kein ökumenisches Concil die Häresie oder das Schisma zum Schweigen bringen können, so wenig als es der apostolische Stuhl zu bewirken im Stande war.

Daß aber die Ausbildung der Papalrechte nicht blos eine Zulassung, sondern im Großen und Ganzen eine positive Fügung Gottes war, steht außer allem Zweifel. Der Papst mußte allerorten eingreifen, weil sonst allgemeine Verwilderung eingegriffen hätte. Pichler läugnet dies nicht, sondern spricht es an vielen Stellen seines Buches (z. B. S. 223) schön und offen aus. Wie viel aber von den einmal geltend gemachten Einflüssen der Papst auch in solchen Zeiten festhalten oder aufgeben soll, in welchen die Verhältnisse anders geworden zu sein scheinen, läßt sich theoretisch nicht bestimmen. Denn die Unterscheidung der wesentlichen und unwesentlichen Primatialrechte ist ohne jegliche Begründung. In der Idee ist freilich nur eines wesentlich, nämlich die Befugniß, in jedem Augenblicke das für heilsam Erkannte zu vollziehen. Aber was ist im Augenblicke jenes Heilsame, welches der Statthalter Christi den ihm anvertrauten Seelen bieten soll? Hierüber kann es Meinungsverschiedenheiten geben, theologische Controversen, auch amtliche Controversen unter den Kirchenvorstehern, aber am Ende wird die jeweilige kirchliche Praxis als Resultat der bisherigen Entwicklung die Antwort auf die Frage geben. Denn Gottes Vorsehung waltet über uns, und läßt nicht zu, daß das Leben in der Kirche zu irgend einer Zeit unerträglich werde, sondern, wie wir füglich annehmen dürfen, weit erträglicher sei, als unter einem Kirchenregimente, welches sich der Einzelne nach seiner Privatmeinung eingerichtet hätte. Seien wir froh, daß die Kirchenverfassung eine gegebene ist, und nicht von menschlichem Belieben abhängt. Wir würden nichts besser, sondern Alles bedeutend schlechter machen. Daß das Alterthum irgend eine päpstliche Befugniß oder eine darauf bezügliche theologische Darstellung nicht kannte, ist von geringer Bedeutung, weil das Alterthum nur ein einzelnes Moment der kirchlichen Entwicklung ist. Hätte man aber einem Kirchenlehrer oder einem Concilium der patristischen Periode unsere geschichtlichen Erfahrungen und unsere theologischen Untersuchungen dargelegt, so würden die ehrwürdigen Männer der Vorzeit auch im Sinne der jetzigen Theologie und Canonistik gesprochen haben. Das führt uns aber noch zu einer anderen Erwägung. Wir haben öfters gesagt, daß die unionsfreundlichen Orientalen keineswegs eine Belastung mit allen Disciplinarsatzungen der lateinischen Kirche zu besorgen hätten. Aber andererseits würden sie auch gewisser Verpflichtungen, die ihnen bisher fremd waren, nicht ganz und gar überhoben sein. Denn soll es eine wirkliche Union und nicht eine bloße Ueberkleisterung des alten Risses geben, so muß unsere Zusammengehörigkeit zu einer Kirche jedenfalls auch in der Disciplin irgend einen Ausdruck finden; und da die lateinische Kirche nicht wie im Sprunge auf die Formen des neunten Jahrhunderts zurückgehen kann, so müßten die Orientalen allerdings der en-bloc-Annahme einiger Satzungen gewärtig sein, die, so leicht erfüllbar sie an und für sich sind, ihnen etwas beschwerlich fallen würden, weil sie an ihrem allmäligen Zustandekommen nicht betheiligt waren. Das mag ihnen und uns unangenehm sein, allein es ist die natürliche Folge davon, daß sie sich durch ihr Schisma außerhalb des kirchlichen Entwicklungsganges gestellt haben, und kein Papst und kein Concil kann es ändern. Uebrigens wird, wer guten Willens ist, die anfänglichen Schwierigkeiten bald überwunden haben, der Böswillige ist aber mit und ohne Opfer unbekehrbar.

Die auf Beschränkung der päpstlichen Machtbefugniß gegründete Irenik Pichler's ist vermuthlich an der Hyperkritik schuld, womit er gelegentlich päpstliche Handlungen und papstfreundliche Theologumena beurtheilt. Daß can. 3. Sardic. für den Nachweis des röm. Primates offenbar nicht benützt werden könne, ist wenigstens nicht genugsam offenbar, ebensowenig, daß die arabischen Canonen von Nicäa dem römischen Bischofe nur den ersten Rang als Patriarchen und nicht unter Einem auch den Primat einräumen, wenn sie sagen: et sit princeps ac praepositus ipsis Dominus sedis divi Petri Romae, sicut praeceperunt apostoli (II. p. 435.)

Pichler bekämpft die römische Auffassung von can. 28. Chalced. Allein die Stylisirung dieses Canons ist gelinde gesagt eine höchst unglückliche gewesen, und es war gewiß nicht Unwissenheit und Ehrgeiz, wenn der hl. Leo und die übrigen Päpste sich einem so zweideutig motivirten Acte widersetzten. Pichler erwähnt ja im Verlaufe seines Buches an vielen Stellen, wie man den Satz ausbeutete, daß „die Väter Rom als dem Kaisersitze Vorrechte eingeräumt, und diese nunmehr aus der gleichen Ursache dem Bischof von Constantinopol zuerkannt haben". Wer die Menschen und die Verhältnisse nur einigermaßen kannte, mußte voraussehen, daß eine schismatische Ausnützung solch eines Conciliartextes nicht ausbleiben würde. Aehnlich steht es um den Titel „ökumenischer Patriarch“, aus welchem Pichler's eigenem Geständnisse zufolge (II. S. 666) gegenwärtig das Papstthum des Bischofs von Constantinopol abgeleitet wird. Aber diese schismatische Exegese wird nicht erst heute angestellt, sondern war schon im Mittelalter gang und gäbe. Man sehe S. 268 das Raisonnement von Nilus Doxapatrius, welcher der ersten Hälfte des 12. Jahrhunderts angehört. Pichler hat im besten Falle erwiesen, daß die Urheber dieser Titulatur und des Chalcedonensischen Canons ohne Arg verfuhren, nicht aber, daß diejenigen, welche trotz des päpstlichen Widerspruches hartnäckig dabei verblieben, von einer schweren Verschuldung freigesprochen werden können.

Auf S. 202 werden die Worte von Papst Formosus: Dignitatem dare non potuit (Photius) quia non habebat, also gedeutet, daß Photius nicht gültig ordinirt gewesen sei. Diese Auslegung und der angehängte kleine Excurs über die Weihegewalt der Excommunicirten sind unnöthig, weil die Stelle ganz gut von der bloßen Jurisdictionsgewalt, die Photius nicht hatte, verstanden werden kann. Der Brief von Papst Johann IX. an Bischof Stylian in der nämlichen Angelegenheit verrathe (S. 203) grobe Unkenntniß und gehe viel weiter als Formosus. Es sei bereits die Zeit der schmählichsten Erniedrigung des Papstthums vorhanden gewesen, aber auch in der schimpflichsten Lage habe man in Rom den Grundsatz gehabt, keinen Fingerbreit nachzugeben. Alles unrichtig. Johann IX. gehörte nicht zu den unwürdigen Päpsten, sein ganz kurzes und sehr schönes Schreiben geht nicht weiter als Formosus, verräth keine Spur von Unkenntniß, und athmet nur Standhaftigkeit und Milde. Der Papst hatte in Rom eine sehr unangenehme Stellung, aber dieselbe war doch sicherlich kein Grund, die kirchliche Disciplin preiszugeben.

Seite 259 wird behauptet, daß Leo IX. bei milderem Entgegenkommen wohl das Schisma verhütet haben würde, weil Nicetas und Cärularius vor der Katastrophe von 1054 noch keine dogmatische Anklage wider die Lateiner (das Filioque) erhoben hatten. Kaum wahrscheinlich. Die Heftigkeit, womit sie die Lateiner aus Anlaß wahrer Lappalien angegriffen hatten, macht ihren schismatischen Sinn genugsam offenbar. Was läßt sich aber gegen den bösen Willen thun?

Aus der Forderung von Innocenz III., daß der Patriarch von Constantinopol sich das Pallium, „ohne welches er sein Amt nicht rechtmäßig ausüben könne“, von Rom erbitte (S. 304), zieht Pichler die ungeheuerliche Folgerung, daß der Papst hiemit alle griechischen Patriarchen für unrechtmäßig erklärt, und ihre Würde nicht mehr von Petrus (!) sondern unmittelbar von der Gnade des Papstes abgeleitet habe. Aber der Brauch mit dem Pallium besteht noch heutzutage, und es fällt Niemandem ein, ihm eine andere Bedeutsamkeit zuzuschreiben, als die eines Ausdruckes der jurisdictionellen Unterordnung unter den römischen Stuhl, ohne welche allerdings keine geistliche Gewalt rechtmäßig ausgeübt werden kann, weil sie eine Bedingung des Verbleibens in der katholischen Kirche ist. Die Ansichten über Natur und Ursprung der geistlichen Jurisdiction sind bei unseren Patriarchen und Erzbischöfen verschieden, und stehen mit ihrer Einhohlung des Palliums in keinem Zusammenhange. Die römischen Ritualbücher nennen das Pallium plenitudo pontificalis officii, enthalten aber gleichfalls nicht ein Wort über die Theorie der kirchlichen Gewalt. — Ferner habe Innocenz III. durch seine an Kaiser Balduin gerichtete Ermahnung im Gehorsam der römischen Kirche zu verbleiben, „wodurch er auch sein Reich sicherer besitzen werde“, das constantinopolitanische Kaiserthum für ein päpstliches Lehen erklärt (S. 310), eine Auffassung, welche nicht den Schatten einer Berechtigung für sich hat. — Der nämliche Papst habe durch einen Machtspruch die schändlichsten Ausschweifungen der Lateiner bei der Eroberung von Constantinopol zur gottgewollten Strafe des Schisma gestempelt (S. 322). Ganz unnöthige Ereiferung. Der Papst hat ja nur die christliche Lebensanschauung auf einen einzelnen Fall angewendet, auf welchen sie auch wahrscheinlich anwendbar gewesen ist. Die sündhafte That, die Gott zuläßt, hat eine mehrfache Bedeutung. Sie ist Sünde für den Menschen der sie begangen, (und Innocenz verwies den Eroberern von Constantinopol ihr sündhaftes Gebahren eindringlich genug), und Gerechtigkeit für Gott, der mittelst ihrer den Lasterhaften züchtigt, den Frommen aber läutert und vervollkommt. Es lag aber dem Papste nahe genug, an die erste Alternative zu denken. Aber Pichler findet es nicht bloß an dieser Stelle tadelnswerth, die Calamitäten des Orients als Strafen des Schisma aufzufassen, sondern polemisirt sehr oft (z. B. S. S. 321, 403, 499, 544, II. S. 113 etc.) wider Päpste, Bischöfe und

Theologen, wegen Aeußerungen dieser Art. Wir meinen nun, daß Pichler insoweit recht hat, als Niemand ohne besondere göttliche Offenbarung einen Unglücksfall in concreto mit Bestimmtheit als eine Strafe des Himmels für diese oder jene Sünde zu erkennen vermag, und daß man mit Strafreden dieser Art im Allgemeinen mehr schadet als nützt, mehr aufreizt als erbaut. Auch bessere Menschen lassen sich solche Reden nicht immer gefallen. Denn nichts ist peinigender für unseren Hochmuth, als wenn man uns ins Angesicht sagt, daß unsere Sündhaftigkeit so zu sagen durch ein Gottesgericht constatirt worden sei. Von Seiten der Pastoralklugheit wird also Pichler nicht unrecht haben, an und für sich aber werden die getadelten Päpste und Theologen oft das Richtige getroffen haben, d. h. manche Heimsuchungen der Orientalen werden wirklich Strafen ihres Schisma gewesen sein, und nichts wäre heilsamer, als wenn sie sich das selber sagen würden, was sie sich von Andern so ungern sagen lassen.

Seltsam ist die Stelle S. 323: „Hieraus (der Papst hatte die communio in sacris mit den Schismatikern verboten) sieht man, wie mit Gregor IX. Unionsverhandlungen zu pflegen waren“. Das Verbot der Cultusgemeinschaft mit Akatholiken ist ja ein apostolisches. Der Abschluß der Union hätte die communio in sacris herbeigeführt, aber man konnte ja doch nicht die Früchte der Kircheneinheit pflücken, ehe diese Einheit zu Stande gekommen war. — Auch II. S. 27 thut Pichler Gregor IX. sehr unrecht. Dieser Papst hatte Mischehen zwischen Katholiken und Schismatikern mit der Motivirung untersagt, daß es sich nicht zieme „membra salvatoris Christi membris Satanae perditi sociare“ und zwar mit Hinweis auf den russischen Brauch, die ihnen angetrauten Katholikinnen nochmals zu taufen und zur Theilnahme an ihren „verdammenswerthen“ Irrthümern zu verhalten. Pichler wirft hierbei die Frage auf, ob nicht auch die Päpste zur Erweiterung der Kluft zwischen Lateinern und Russen das Ihrige beigetragen haben. Nie seien die Lateiner von den Russen „der Verdammniß geweiht“, nie zum Religionswechsel verhalten worden ꝛc. Alles dieses ist sehr sonderbar. Das Schisma ist ja eine schwere Sünde, und jede Todsünde zieht die Verdammniß nach sich. Natürlich wird vielen Schismatikern die ignorantia invincibilis zu Gutem kommen, aber dieselben sind nur Gott bekannt. Und erst die russische Toleranz! Der Papst spricht ja von der Wiedertaufe der Gattinnen. Oder sollte sie etwa kein Beweis des verlangten Religionswechsels sein? Pichler widerlegt sich aber selbst. II. S. 13 berichtet er, wie der Metropolit Johann I., 150 Jahre vor Gregor IX., die Lateiner nach Art der excommunicati vitandi zu behandeln angeordnet hat. Unsere Taufe erscheint ihm ungültig, man muß uns zur Religion der Russen zu bekehren trachten, mit den Widerspänstigen nicht einmal gemeinschaftlich essen, wenn man mit ihnen nothgedrungen Umgang pflegen mußte, nachträglich Buße thun ꝛc. Etwa 70 Jahre vor Gregor IX. hatte der Metropolit Nifon von Nowgorod einen eigenen Ritus für die Aufnahme des Lateiners in die russische Kirche vorgeschrieben (II. S. 18). Erst nach Vornahme desselben soll der gewesene Lateiner für einen Christen gelten. (So muß das „pro novo Christiano habeatur“ übersetzt werden. Pichler hat den Satz durch zu große Worttreue etwas undeutlich gemacht). Und wie vor Gregor IX., so dachten und handelten die Russen auch in der Folgezeit. Metropolit Johann III. läßt die Lateiner zwar für eine Art von Christen gelten (II. S. 19, 20), beschuldigt sie aber vieler Häresien, wozu er das Fasten am Samstag, die Azymen u. dgl. rechnet. Der Stoglawnik (II. S. 68), in dessen wider die Lateiner gerichteten Partei die Dummheit mit der Bosheit um die Palme ringt, hält das Bartscheeren für die schrecklichste aller Ketzereien, und für ein Anzeichen von Sodomie. Noch zur Zeit Peter des Großen mußten Katholiken, die zum Schisma übertraten, sich neuerdings taufen lassen, auch Peters Gemalin Katharina, ja man glaubte, daß die lateinische Kirchengemeinschaft die Wirkungen der im Schisma empfangenen Taufe aufhebe, weshalb der schismatisch getaufte und später unirt gewesene Russe, wenn er zum Schisma zurücktrat, abermals die Taufe empfangen mußte. Und der Russe, der uns für Ungetaufte hält, spreche uns die Seligkeit nicht ab?

Auf S. 358 wird den Päpsten ausgestellt, daß sie auf Anerkennung des Primates drangen. Aber da der Primat göttlicher Einsetzung ist, so war es ihnen ja gar nicht gestattet, seine Anerkennung nachzusehen. Es ist also unrecht, ihnen vorzuwerfen, daß sie „vor Allem stets auf ihre eigene Ehre bedacht und in den beschränkten Anschauungen ihrer Zeit befangen waren“.

Aus der neuesten Zeit könnte man die Erwähnung der Beziehungen Gregor des sechszehnten zu Kaiser Nicolaus von Rußland anführen, die so lautet (II. S. 255), daß man versucht wird, den

Papst einer tadelnswerthen Preisgebung der katholischen Interessen zu beschuldigen. Allein was sollte Gregor in der Gutkowsky'schen Angelegenheit thun? Der Bischof war verbannt und fern von seiner Diöcese, ohne daß der Papst irgend ein Mittel hatte seine Rückkehr zu ermöglichen. Was war nun besser, Gutkowsky die Resignation anzurathen, oder die Angehörigen seines Bisthums ohne Hirten zu lassen, und allen Verführungen zum Schisma preiszugeben? Daß Gregor sich zu seinem Schritte sehr schwer entschlossen haben mußte, wie einst Pius VII. in der Angelegenheit der französischen Bischöfe, versteht sich von selbst. Die Verantwortung für solche Härten obliegt aber nicht den Päpsten, sondern den weltlichen Gewalthabern, die sie veranlaßt haben.

Vielleicht gehört auch die maßlose Verumglimpfung des Legaten Humbert (S. 259, 260) zu den Beispielen einer mißgünstigen Behandlung der Päpste. Denn Leo IX. durfte Humbert entweder nicht nach Griechenland schicken oder mußte ihn nach seiner Rückkehr desavouiren, wenn er wirklich so „roh und bübisch" gewesen ist und gehandelt hat, wie Pichler schismafreundlichen Autoren nacherzählt. Nicht als ob wir Humbert und seine Begleiter gegen die Anwürfe von Derbheit und Schärfe ganz und gar rechtfertigen wollten. Man hatte vermuthlich in Rom über keine feinen Diplomaten zu verfügen, und was die päpstliche Gesandschaft in Griechenland erfuhr, mochte wohl geeignet sein, ihr vollends die Geduld zu rauben. Aber daß Humbert gegen Nicetas in jeder Hinsicht unrecht gehabt habe, ist falsch. Die Schrift des Nicetas ist viel glatter als die Entgegnung Humberts, aber nicht weniger verletzend, (z. B. wenn er die Lateiner höhnisch als sapientissimos anredet, wie c. 17 u. ö.), und was die Hauptsache ist, durch und durch schismatisch. Er greift nicht wie Humbert einzelne Personen, sondern die ganze abendländische Kirche an. Er läßt die Lateiner dem göttlichen Fluche verfallen sein (c. 12), behauptet, der lateinische Ritus sei durch geldsüchtige Juden in die Kirche eingeschwärzt worden (c. 17), nennt die Dogmen der lateinischen Kirche Lügen (c. 18) u. s. w. Man sollte denken, dies sei arg genug. Die Angabe Pichler's daß Cärularius mit seinem Anhange von den Legaten unter „gräulichen Flüchen" excommunicirt worden sei, ist ebenfalls unrichtig. In der Excommunicationsformel stehen die zu jener Zeit allgemein üblich gewesenen Phrasen „sint anathema maranatha cum Simoniacis — et cum omnibus haereticis immo cum diabolo et angelis ejus, nisi forte resipuerint, amen, amen, amen". Der verschuldete Kirchenbann ist eben ein Ausschluß aus dem Reiche Gottes, ob man ihn und seine Folgen ausdrücklich anführt oder nicht.

Auch andere Personen und Körperschaften, welche mit den Schismatikern in Conflicte kamen, haben sich deshalb, wie es scheint, die Mißgunst unseres Autors zugezogen, darunter insbesondere die Polen und die Jesuiten. Wir haben es hier natürlich nicht mit der Beurtheilung der polnischen Staatseinrichtungen zu thun, obschon nicht hätte verschwiegen werden sollen, daß die Abschaffung des liberum veto und überhaupt jede Ermannung des polnischen Adels größtentheils durch russische Umtriebe verhindert worden ist. Sondern es handelt sich hier um das Urtheil Pichler's über den sittlichen und geistigen Gehalt des polnischen Clerus und über die Behandlung der Dissidenten in diesem Reiche. Rücksichtlich des ersten Punktes hätte vor Allem untersucht werden sollen, ob der Welt- und Ordensclerus jener Gegenden unter der Höhe, welche er in seinen Lebensverhältnissen erreichen konnte, wesentlich zurückgeblieben sei, oder mit anderen Worten, ob ein russisch-schismatischer Clerus es an seiner Stelle besser gemacht haben würde oder nicht. Wir wissen ja, daß unsere jeweilige Cultur vom Zusammenwirken einer ganzen Summe von Umständen abhängig ist. Wenn der polnische Clerus also einige Culturmittel mit seinen geistlichen Zeitgenossen in Frankreich, Italien ꝛc. gemein hatte, andere aber nicht, so kann man ihn für seine niedrigere Entwicklungsstufe nicht verantwortlich machen. Ein Jesuitencollegium in der Ukraine und eines in Paris können darum nicht ohne Weiteres mit einander verglichen werden. Denn haben sie auch die nämliche katholische Lehre und die gleichen Ordenssatzungen, so ist doch in allen übrigen Factoren die größte Ungleichheit vorhanden, und entstehen deshalb beiderseits sehr verschiedene Resultate. Noch viel einseitiger dünkt uns aber Pichler's Urtheil über die Behandlung der Dissidenten in Polen. Wie alle anderen Menschen auf Erden, werden auch sie manche Ungebühr erfahren haben, allein im entschiedensten Gegensatze wider die Behauptung, daß Polen das letzte Land Europa's gewesen, wo die Ideen der Toleranz Eingang fanden (II. S. 203 und sehr oft), finden wir daß die polnischen Dissidenten zu allen Zeiten mehr politische und sociale Toleranz gefunden haben, als die

Katholiken in den Ländern der Protestanten und Schismatiker. Namentlich ist die Schilderung Polens und Rußlands zur Zeit von Katharina der Zweiten (II. S. 203—221) eine Probe seltsamer Verschiebung der Gesichtspunkte. Pichler klagt fortwährend über die polnischen Katholiken, als ob sie viel schlimmer als die Schismatiker gewesen wären, erzählt aber Thatsachen, die das Gegentheil beweisen, so daß der Leser nicht umhin kann, der Aeußerung des Reichsrathes von 1766 (daß die Dissidenten in Polen mehr Freiheit als die Katholiken in Rußland genießen, und daß Rußland, welches den Vertrag von 1686 gebrochen und den Katholicismus in seinen heimischen Provinzen zu Grunde gerichtet habe, kein Recht besitze, sich in die polnischen Angelegenheiten einzumischen) vollkommen beizupflichten.

Aber noch viel schlimmer als mit den Polen springt Pichler mit den Jesuiten um. Es ist ein merkwürdiges Gemälde, Schwarz in Schwarz, ohne die Möglichkeit eines lichten Fleckchens. In der Türkei eröffnen sie ihr „Geschäft“ (d. h. ihre Mission) S. 505, und bethätigen ihren Eifer dadurch, daß sie die Türken auf ihre christlichen Mitbrüder hetzen S. 437, 516 ff. (Ganz irrig. Die Jesuiten verlangten keine Verfolgung von Christen, sondern sagten nur, daß die Katholiken wenigstens eben so vieler Duldung als die Schismatiker werth seien.) Ihre Collegien werden niemals fähige Missionäre zu bilden vermögen S. 539. (Aus dem Munde des Jesuitenfeindes Cerri, dessen Behauptung die Geschichte Lügen straft. Denn ohne die übrigen Missionäre herabzusetzen, muß doch jeder Unparteiische, denen aus der Gesellschaft Jesu die Palme zuerkennen. Als bewährte Verkündiger des Glaubens konnten sie aber unmöglich der Fähigkeit baar gewesen sein, andere zu tüchtigen Glaubenspredigern heranzubilden.) Die aufständischen Griechen wußten (!) vor Allem die Jesuiten ihrer Sache abhold II. S. 365 (obschon die Jesuiten mit ihnen vermuthlich weder in Gnaden noch in Ungnaden etwas zu thun hatten). In Rußland finden sie „Unterschluf“ bei einer vornehmen Dame (II. S. 143), und kamen einst — horribile dictu — drei Dominikaner an, die vielleicht (!) nur verkappte Jesuiten waren (II. S. 155). Katharina verfuhr nach einer ihr von den Jesuiten an die Hand gegebenen Taktik, wenn sie den Unirten ihres Reiches befahl, entweder lateinisch oder orthodox (!) zu werden (II. S. 215). Das Mittel, wodurch die Jesuiten sich und ihre Sache zu festigen suchten (II. S. 229), gereichte ihnen zum Verderben. (Dieses Mittel waren aber die Bekehrungen der Schismatiker zur katholischen Kirche). Die Bibelgesellschaften hatten in Rußland nur die Wirkung, die Jesuiten völlig verhaßt zu machen, (leicht möglich, obschon man den Zusammenhang nicht einsieht. Denn die Bibelgesellschaften wirken meistens nur destructiv). Aber erst in Polen! Wenn dieses Land das letzte war, wo die Ideen der Toleranz Eingang fanden (aber siehe das oben Gesagte), so sind diese „Engel des Religionsfriedens" daran Schuld (II. S. 113), denn nirgends übten sie eine solche Herrschaft aus wie hier. Nicht einmal für den Unterricht thaten sie etwas, ib. S. 211. (Aber nach II. S. 113 hatten sie in ganz Polen ihre Schulen eröffnet.) Bei solcher Stimmung ist es begreiflich, daß *Pichler* die den Jesuiten ungünstigsten Berichte über die Vorgänge *in* Thorn a. 1724 auf Treu und Glauben annimmt. „Die Jesuiten setzten es bei der polnischen Regierung durch, daß der Bürgermeister Rösner und neun andere Bewohner hingerichtet wurden und die Stadt den größten Theil ihrer Privilegien verlor. Ganz Europa entrüstete sich hierüber und nahm sich der Nichtconformisten an &c." (II. S. 187). Nach anderen Berichten aber haben die Jesuiten das strenge Urtheil des Criminalgerichtes nicht nur nicht herbeigeführt, sondern im Gegentheile Alles gethan (durch Fürsprache, Eidverweigerung u. s. w.), um den Vollzug desselben zu verhindern. So hart uns übrigens die Sentenz der polnischen Gerichtsbehörden erscheinen muß, so dürfen wir doch zwei Dinge nicht vergessen: erstens, daß die Connivenz der städtischen Beamten einer Pöbelrotte gegenüber, welche das Collegium der Jesuiten stürmt, seine Bewohner mißhandelt, die Capelle verwüstet und selbst das Allerheiligste frevelhaft verunehrt, eine strenge Strafe verdiente, und daß nur die übergroße Schärfe derselben aus Verbrechern Märtyrer gemacht hat, zweitens, daß die Entrüstung Europa's wohl nur darin ihren Grund hatte, daß in Thorn nicht Katholiken sondern Protestanten der leidende Theil gewesen sind. Wenigstens hat es Europa nicht im Mindesten incommodirt, als ein paar Jahre vor der Thorner Scene Czar Peter die Mönche von Polock eigenhändig mordete, und 44 Jahre später Katharina II. Tausende und abermals Tausende wehrloser Katholiken schlachten ließ. Möglicherweis ist auch das „komische" Element in der Tragödie des Pseudodemetrius (II. S. 101) nur darin zu suchen, daß Jesuiten sich durch den „Gauner" täuschen ließen, wenn er anders ein Gauner war, was keineswegs erwiesen ist, wie z. B. Mérimée in seiner Schrift über die falschen Demetrius darthut. Waren die Jesuiten getäuscht, so hatten sie jedenfalls die übergroße Mehrzahl ihrer russischen und nichtrussischen Zeitgenossen zu Schicksalstheilnehmern.

Diese Strenge des Urtheils contrastirt bedeutend mit dem Wohlwollen, welches Pichler den Schismatikern zuwendet. Hätte er den Einen wie den Andern die gleiche Nächstenliebe angedeihen lassen, so wäre dawider nichts zu sagen, so aber kann er dem Vorwurfe der Einseitigkeit nicht entgehen. Den ersten Beleg dessen wollen wir seiner Darstellung des bulgarischen Jurisdictionsstreites zur Zeit von Photius (S. 196) entnehmen. Wenn auch Dardanien, meint er, oder das nunmehrige Bulgarenland vorher zum römischen Patriarchate gehört habe, so habe es doch dem neueingewanderten und neubekehrten Volke der Bulgaren frei gestanden, dem constantinopolitanischen Patriarchate beizutreten. Ist nicht die Folge. Die Gläubigen können nicht prätendiren, daß man ihnen die Abgränzung der Jurisdictionsbezirke überlasse, sondern sind in diesen wie in allen anderen geistlichen Angelegenheiten ihren kirchlichen Oberen Gehorsam schuldig. Der Papst war also zu einer Preisgebung seiner alten Patriarchalrechte über dieses Land keineswegs verpflichtet.

S. 203 heißt es, man staune über die treue Anhänglichkeit der griechischen Kirche an den römischen Primat in der Zeit von Photius bis Cärularius, obschon sie von den damaligen Päpsten gar nicht gut behandelt worden sei. Als Beweis für Letzteres wird das Verhalten des Papstes Anastasius III. wider den Patriarchen Nicolaus Mysticus in Sachen der 4. Ehe des Kaisers Leo VI. angeführt. Es scheint aber nicht, daß man Ursache habe über jene angebliche Devotion so groß zu staunen, wenigstens hat Pichler nirgends irgend einen bedeutsamen Akt des Gehorsams zu registriren, als wodurch sich die Anhänglichkeit besser als durch gelegentliche Sendschreiben und wohlfeile Phrasen bewährt haben würde. Das Zerwürfniß mit Nicolaus war ein bedauerlicher Fall; allein es geht nicht an dem Patriarchen ohne Untersuchung beizupflichten, ob die orientalische Kirche auch befugt gewesen sei, sich im Widerspruche mit dem Mittelpunkte der Christenheit ein apartes Eherecht zu schaffen, und die 4. Ehe nicht nur für tadelnswerth (was Rom nicht beanständet hätte) sondern auch für ungültig zu erklären. Allein auch angenommen, daß man dem Papste in merito causae Unrecht geben und ihn obendrein für alle Schritte seiner Legaten verantwortlich machen dürfe, so hatte Patriarch Nicolaus doch sicherlich noch viel mehr Unrecht, die ihm etwa zugefügte Unbild sofort mit dem Schisma, dessen Symbol das Ausstreichen des Papstes aus den Dyptichen war, zu vergelten. Für diesen Act der Selbsthilfe hat Pichler kein tadelndes Wort, sondern untersucht S. 207—209 die „wichtige, sehr schwierige Frage, wann die Päpste in der Zeit bis Cärularius aus den Dyptichen getilgt wurden" mit einer Kaltblütigkeit, als ob es sich um die Ausmittelung von Material und Ornamentirung dieser interessanten Gedenktafeln handeln würde.

S. 204 steht durch einen unliebsamen Druckfehler (siehe deren Verzeichniß am Ende des 2. Bandes) daß in der Zeit von Photius bis Cärularius die meisten der 46 Päpste (in Pichlers Manuscript hieß es nicht „die meisten" sondern „mehrere", noch richtiger aber hieße es „sehr wenige", nämlich etwa drei aus 36 und nicht 46) nichtswürdige Leute, die Patriarchen von Constantinopol aber sämmtlich, mit Ausnahme des einzigen Theophylakt, durch Tugend und Charakter ausgezeichnete Männer gewesen seien. Letzteres ist freilich ebenfalls nicht ganz richtig, und Pichler selbst erzählt (S. 219) wie Patriarch Alexius sich seine Gewissensskrupel um 50 Pfund Goldes abkaufen ließ. Zu dieser Geschichte paßt auch die gleichfalls durch einen Druckfehler entstellte Lobeserhebung S. 320 ungemein schlecht „der echt kirchliche Zug der Verachtung des Irdischen sei der griechischen Kirche jener Zeit als wesentliche Auszeichnung vor der lateinischen nicht abzusprechen", davon ganz abgesehen, daß die Simonie, welche der Autor als den Krebsschaden der nachherigen griechischen Kirche bezeichnet und mit vielen eklatanten Thatsachen belegt (z. B. S. 350, 410, 425—427, 443, 454, 541 rc.) nicht wie über Nacht einen erst so heiligmäßigen Clerus befallen haben konnte.

Im zweiten Bande fällt insbesondere die unendlich milde Beurtheilung der russischen Gewaltacte auf, umsomehr angesichts der herben Strenge, womit das Verfahren der Polen gegen die Dissidenten gegeißelt wird. Iwan IV. ist (II. S. 74) gegen fremde Religionen sehr tolerant. Seine Toleranz hinderte ihn aber nicht sämmtliche Kirchen der Katholiken in Polock zu verbrennen (S. 72). Metropolit Mogilas nimmt dem eben erst geschlossenen Vertrage zuwider den Unirten die Sophienkirche weg, (II. S. 112), aber wie

Pichler vermuthet, nur ad interim, bis nämlich die Kathedrale der Schismatiker aufgebaut sein würde. Und wohlgemerkt, dies durfte Mogilas in einer Stadt des angeblich so unduldsamen Polenreiches thun, und nicht etwa in Rußland, wo es als selbstverständlich keiner Erwähnung werth gewesen wäre. Was Czar Peter, dessen Toleranz mehrmals rühmliche Erwähnung findet, in Polock gethan, ist bei einer früheren Gelegenheit angegeben worden. Wie aber die Verfolgung der Unirten in Polock fortdauerte, die Mönche verjagt, die Kirchen entweiht und geplündert, die Gläubigen ohne Gottesdienst und Sacramente waren, mag man II. S. 161 nachlesen. Katharina der Zweiten Heuchelei und Gewaltthätigkeit hat Pichler zwar hier und da (z. B. II. S. 221) Gerechtigkeit wiederfahren lassen, allein die unmenschlichen Gräuel, welche sie 1768—1775 in Polen begehen ließ, berührt er kaum, entschuldigt was er erwähnt, mit der russischen Nationalitäts- und Staatsidee, erzählt in seltsamem Widerspruche mit sich selbst von der vollen Cultusfreiheit, die sie gegeben, ja S. 219 von der größeren Freiheit, die sie den Katholiken und Protestanten als ihren eigenen Confessionsverwandten eingeräumt habe, denn — man höre und staune — die Katholiken und Protestanten durften unter sich nach Belieben die Religion tauschen, die Schismatiker aber nicht. Warum hat er nicht auch gesagt, ob die Katholiken ebenso frei einen bisherigen Schismatiker in ihre Gemeinschaft aufnehmen durften als umgekehrt? Auch bleibt nach der Erzählung II. S. 215 von den unirten Bisthümern, die mit Ausnahme eines einzigen sämmtlich aufgehoben, und S. 213 von den 1200 weggenommenen Kirchen und drei Millionen von Gläubigen, die durch körperliche Züchtigung zur Annahme des Schisma gezwungen worden seien, die Angabe auf der nächstfolgenden Seite (214) schwer verständlich, daß das russische Volk von seinem unirten (oder wie Pichler sagt latinisirten) Clerus nichts wissen wollte, und sich lieber der Orthodoxie (d. h. dem Schisma) anschloß.

Die Stellung Rußlands wider die katholische Kirche in der neuen und neuesten Zeit erfährt ebenfalls eine mildere Behandlung als sie verdient. Die Intoleranz des Kaisers Nicolaus wird zwar nicht in Abrede gestellt und seine Katholikenverfolgung ziemlich ausführlich geschildert (S. 251—274), allein zum Theil mit dem politischen Interesse entschuldigt, zum Theil auch den Beamten in die Schuhe geschoben, welche in ihrem Eifer über den kaiserlichen Willen hinausgegangen seien (S. 246, 256). Wie katholikenfeindlich der jetzige russische Kaiser ist, zeigt Pichler S. 274, 275 u. ö., doch meint er (S. 282), daß die katholische Kirche nur in Polen gedrückt sei, im eigentlichen Rußland aber volle Cultusfreiheit genieße. Allein was ist das für eine Cultusfreiheit, wo die unter Nicolaus erlassenen Strafgesetze (siehe S. 245, 251, 263 ꝛc.) noch in Geltung sind, der Verkehr mit dem Oberhaupte der Kirche nahezu unterdrückt ist, und den Gläubigen durch die Forderung sich über ihre Personalien auszuweisen, selbst der Empfang des Bußsacramentes verleidet wird.

Man möge diese unsere Bemerkungen nicht übel auslegen. Wir wiederholen, daß es uns nicht im Entferntesten in den Sinn kommt, den Autor einer bewußten Parteilichkeit anzuklagen, denn wir kennen die Fascinationskraft, welche eine angestrengte Beschäftigung mit einem Gegenstande zu äußern vermag. Nur hätten wir noch etwas Principielles vorzubringen. Der Historiker soll wahr sein — Wahrheit sei das Ziel seiner Forschung und die Richtschnur seiner Darstellung. Wir verlangen durchaus keine Bemäntelung der Verbrechen, Fehler und Mißgriffe, welche auf katholischer Seite begangen worden sind, und verwerfen jede Entstellung oder schiefe Beleuchtung dessen, was auf gegnerischer Seite unternommen wurde. Die Frage ist nur, wie der Historiker der objectiven Wahrheit am nächsten komme, wenn die Unzulänglichkeit der Quellen durch Conjektur geheilt werden muß, was bezüglich der Thatsachen häufig und rücksichtlich der Motive fast durchgängig der Fall ist. Wir meinen nun, daß das, was man Pietät nennt, dem Historiker ebenso heilsam wie dem Christen sei, weil die Menschen überhaupt, und die Organe der Kirche insbesondere, viel bessere Beweggründe zu haben pflegen, als die nakte Thatsache ersichtlich macht. Auch dürfte es keine überschwengliche Annahme sein, daß Gott den frommen Sinn des Forschers zu belohnen, ihm desto eher jenen feinen Takt einflößen würde, welcher zur Ausmittelung der Wahrheit nothwendig ist.

Noch haben wir einiges Unrichtige oder Zweifelhafte von mehr untergeordneter Bedeutung anzumerken, was zum Theil mit dem Bisherigen den gleichen Ursprung haben dürfte. Unrichtig ist die Angabe S. 81, daß die Christen der ersten drei Jahrhunderte durchaus die Ehegesetze des römischen Staates befolgt haben. Daß sie es nur insoferne thaten, als die christliche Lehre keine Einsprache erhob, kann man unter Anderem aus Justin. M. Apolog. I. 15. (Migne. P. gr. tom. 6. col. 349) ersehen.

S. 85. Nach Theophanes habe Papst Theodor den Patriarchen Paul von Constantinopol als Urheber des Typus unter gräulichen Flüchen verdammt. Aber Theophanes erzählt nichts von Flüchen, und nicht einmal von der Excommunication des Paulus, sondern nur des Pyrrhus.

S. 8. Die Tübinger wollten zu Gunsten der griechischen Allianz ihre eigenen Unterscheidungslehren aufgeben. Credat Judaeus Apella! Wenn sie es wirklich gewollt hätten, so würde sie Patriarch Jeremias nicht daran gehindert haben.

II. S. 709. Die Sorbonne habe sich 1663 und 1664 gegen die päpstliche Infallibilität erklärt. Freilich, aber unter welchen Umständen? Man lese die Acten bei Durand de Maillane.

II. S. 674. Bossuet hatte die Freude zu erfahren, daß die Protestanten sich leichter bekehren, wenn man ihnen nur die gallicanische Lehre über den Papst vorträgt. Bossuet hat nichts derartiges erfahren. Freilich haben ihn die Protestanten becomplimentirt, daß er den Katholicismus erträglicher gemacht habe, wer aber ist speciell auf Grund der gallicanischen Doctrinen zur katholischen Kirche zurückgekehrt? Was aber auf S. 722 gesagt wird, ist wenigstens sehr zweifelhaft, weil Festigkeit dem Hofe gegenüber leider nicht zu den hervorstechenden Eigenschaften dieses in vieler Beziehung so großen Mannes gehört hat. Dagegen gibt Pichler an dieser Stelle die eigentliche Tragweite der kirchlichen Verwerfung der vier Artikel von 1682 ganz richtig an. Sie sind wirklich nicht als Doktrin an und für sich verworfen worden, wie manche geschätzte Theologen zu behaupten pflegen, sondern es ergibt sich aus dem Texte des Erlasses von Alexander VIII. „quae acta et gesta sunt, irrita inania et nullum robur habentia declaramus“, daß der Papst zunächst nur die Maßregeln, welche Bischöfe, Hof, Parlament &c. zur Durchführung ihrer Verabredungen getroffen hatten, annulliren wollte. Wäre die Doctrin als solche verworfen worden, so würden die Worte anders lauten.

II. S. 743 stehen Barruel und La Luzerne unter den Repräsentanten der neueren französischen Theologie. Mit Unrecht. Beide gehören nach ihrem Bildungsgange zum ancien régime.

II. S. 646. Der Papst ernennt die orientalischen Patriarchen, die aber nur den Titel führen und bei ihren Patriarchalkirchen in Rom residiren. Unrichtig. Es gibt Real- und Titularpatriarchen des Orients; von ersteren einer (der von Jerusalem) dem lateinischen, die übrigen verschiedenen unirten orientalischen Riten angehörig. Diese residiren natürlich in ihrem Patriarchaten. Die Titularpatriarchen brauchen aber nicht in Rom zu sein, und haben in der ewigen Stadt keine Kirchen. Die basiliche patriarcali Roms sind päpstliche Concathedralen und stehen mit den Titularpatriarchen in keiner Verbindung.

II. S. 273. Der Erzbischof von Warschau wurde im December 1861 hingerichtet. So arg war es doch nicht. Der Diözesan-Administratur (der Erzbischof war einige Monate vorher gestorben) wurde vom Kriegsgerichte zum Tode verurtheilt, aber zu einem Jahr Gefängniß begnadigt.

II. S. 287. Die Ansicht sei falsch, daß der Czar rechtlich und factisch das Oberhaupt der russischen Kirche sei. Aber factisch ist er es ohne Zweifel (cf. S. 193, 194 u. ö.) und nach der Meinung vieler Russen auch rechtlich. Auch die russische Synodalordnung (II. S. 175 ff.) ist nur in dieser Voraussetzung verständlich.

In die Kategorie des Zweifelhaften wird wohl auch ein großer Theil der pikanten Anecdoten gehören, welche Pichler aus Memoiren und ähnlichen Ablagerungen uncontrolirbaren Klatsches geschöpft hat, z. B. II. S. 701 die melodramatische Geschichte, wie man Richer zum Widerrufe gezwungen. Oder Consalvi's Antwort an die femme de qualité (II. S. 744), daß die päpstliche Unfehlbarkeit in Rom Glaubensartikel sei. Möglich, daß Consalvi so etwas gesagt hat um das naseweise Ding los zu werden, aber wahrscheinlicher ist das Gegentheil. Sehr zweifelhaft ist auch, ob Cardinal Marini das, was ihm Michon (nach II. S. 739) zumuthet, wirklich gesprochen habe. Es scheint, daß er nicht so geredet haben könne.

Wir haben eine sehr große Zahl von Unrichtigkeiten bisher nicht erwähnt, weil sie vielleicht nur aus einer irrigen Deutung von Texten stammen, und deshalb eher Anlässe als Resultate einer uncorrecten Haltung zu nennen sind. Vielleicht gehört auch Manches von dem, was wir im bisherigen Verlaufe unseres Referates ausstellten, diesen viel eher zu entschuldigenden Mißgriffen an. Es ist nämlich ganz begreiflich, daß bei der enormen Masse des Pichler'schen

Quellenmaterials die Interpretation hier und da zu wünschen übrig lassen werde. Beispiele eines Mißverständnisses in Bezug auf Doctrinen sind:

II. S. 742. Die Lehre der Scholastiker, daß der Papst von jedem menschlichen und positiven Gesetze entbunden sei. Pichler verwechselt hier Moral und Recht. Die moralische Verpflichtung ist nicht geläugnet worden, die rechtliche aber hängt von einer Thatsache, nämlich von der Intention des Gesetzgebers (oder des Dispensberechtigten) also wiederum des Papstes ab, seine eigene Person unter sein Gesetz zu stellen oder nicht. Das Widerliche dieser Unterscheidung darf uns nicht gegen die theoretische Richtigkeit derselben verblenden.

S. 251 ist die Lehre Cusa's unrichtig aufgefaßt worden. Der berühmte Cardinal sagt mit keinem Worte, daß der Papst von der Kirche eingesetzt sei, sondern nur, daß er jene Stücke der Kirchenverfassung, welche wir juris divini nennen, nicht ändern könne. Dabei übertreibt Cusa noch die Machtvollkommenheit des Apostel Petrus, als ob dieser statt eines bloßen Organes Christi der souveräne Organisator der Kirche gewesen wäre. Cusa gibt dem Papste nicht weniger, Petro aber mehr, als die übrigen Theologen.

II. S. 80. Possevin's „(non) rite nec legitime“ heißt nicht „gültig und rechtmäßig“, sondern pleonastisch „recht und ordnungsmäßig“. Daß aber jene schismatischen Bischöfe, denen keine ignorantia invincibilis zu Gutem kam (was Possevin weder in abstracto läugnen, noch in concreto wissen konnte), nicht gesetzmäßig fungirten, nämlich in den Augen des Katholiken, welcher wußte, daß sie in die excommunicatio latae sententiae, Suspension 2c. verfallen waren, ist vollkommen richtig. Die etwaige Theorie Possevin's über Natur und Umfang der Papalrechte war in diesem Falle ganz bedeutungslos, weil die Schismatiker den Kirchenstrafen unterliegen, ob die Verfassung der Kirche monarchisch oder aristokratisch oder gar demokratisch gedacht wird.

Mißverständnisse in Bezug auf päpstliche Erlässe. Nach S. 177, 178 soll Leo IX. an den griechischen Kaiser und Cärularius geschrieben haben, daß der Papst von Christus selbst die irdische und himmlische Obergewalt erhalten habe. Allein der Papst sagt nur „Petrus coelestis regni meruit gubernacula obtinere, Domino Christo sibi dicente: Tibi dabo claves regni coelorum“. Die politische Gewalt (imperialis dignitas) leitet er aber aus staatlicher Concession, d. h. aus der vermeintlichen Schenkung Constantins ab.

S. 235. Innocenz IV. habe die Constantinische Schenkung als Restitution bezeichnet, womit die schon Peter verliehene doppelte Gewaltfülle dessen Nachfolgern zurückerstattet worden sei. Allein der Text in Raumer's Hohenstaufen enthält nichts Derartiges. Was Raumer nur in deutscher Uebersetzung gibt, lautet ziemlich überschwenglich, redet aber gleichfalls von keiner Restitution.

S. 339. Urban IV. habe gesagt, daß die Lateiner Ausschweifungen wider die Griechen begangen haben, um sie zu bekehren. Dergleichen Excesse müsse man eigentlich den Urhebern des Schisma zur Last legen ꝛc. Aber so argumentirt der Papst nicht, sondern sagt nur, was ganz richtig ist, daß die Lateiner den Krieg (letzteren bedeutet vexatio nach dem Contexte) auch mit der Absicht führten, die Griechen zur Union zu zwingen. Die Gräuelthaten des Krieges seien nicht allen Lateinern zu imputiren, sondern latrunculis et praedatoribus unter ihnen, den Zwietrachtstiftern ꝛc.

S. 341 wird ein Schreiben von Clemens IV. an Michael Paläologus nach zwei Richtungen mißverstanden. Der erste Irrthum betrifft die Verweigerung eines Conciliums, welche weder absolut war, noch deshalb stattfand, „weil die römische Kirche allein die Wahrheit zu erkennen vermöge". Clemens läugnet nämlich blos die Berechtigung des Concils, die schon geschehene Definition des Dogma (des filioque) als ungeschehen zu behandeln und die Frage in merito einer neuen Discussion zu unterziehen. Er sagt ausdrücklich „fidei veritatem..... sicut nec decet sic nec volumus novae discussioni ac diffinitioni subjacere, ipsam quasi per hoc quomodolibet contra fas et licitum in dubium revocando.... Nullo modo proponimus concilium ad discussionem seu diffinitionem hujusmodi convocare". Und der Papst konnte nicht anders, und die ganze Kirche kann nicht anders thun. Die während des Schisma geschehenen Definitionen in Glaubenssachen müssen die Rückkehrenden einfach acceptiren. Hierin liegt, wie wir schon bei einer früheren Gelegenheit gesagt haben, eine Schwierigkeit der Bekehrung, allein sie läßt sich nicht wegschaffen. Spätere Concilien können schon erledigte Glaubensfragen etwa nach Art des dubium methodicum unserer Dogmatiker discutiren, nicht aber in vollem Ernste in neuerliche Untersuchung ziehen.

Das zweite Mißverständniß P.'s ist, daß Clemens den Cäsaropapismus in den Dienst der Union habe ziehen wollen. Aber das „coërcere schismaticos" braucht durchaus nicht von cäsaropapistischen Acten verstanden zu werden, sondern der Papst hält dem Kaiser einfach die Richtigkeit seiner Ausrede vor, daß er durch den schismatischen Clerus am Beitritt zur Union gehindert werde. Tu in praelatos, sagt der Papst, et clerum longe majorem quam deceat obtines potestatem (also Tadel des Cäsaropapismus) quibus et contra Deum et omnem justitiam in errore hujusmodi credere non deberes, sed eosdem tanquam schismaticos evitare, si coërcere non valeres. Den gleichen Vorwurf macht Pichler (S. 404) auch Innocenz VI., aber wie der erste Blick in Raynald zeigt, ganz und gar ohne Grund. Nicht nur hatte Johann Paläologus in seinem Schreiben an den Papst keine Sylbe von einem zu Gunsten der Union anzuwendenden Zwange vorgebracht, sondern ausdrücklich hervorgehoben, daß sein Wirken zur Herstellung der Kircheneinheit wegen der schwierigen Verhältnisse „cum modo sapientiae et moderatione prudentiae" vor sich gehen müßte. Die päpstliche Antwort ergeht sich in allgemein gehaltenen Lobpreisungen dieses guten Sinnes, in Mahnungen zu gewissenhafter Pflichterfüllung, Ausdauer 2c., enthält aber ebenfalls kein Wort, welches wie eine Empfehlung unerlaubter Bekehrungsmittel aussehen würde, sondern eher das Gegentheil. Vielleicht hat Pichler den Ausdruck „temporaliter juste regens et spiritualiter dirigens" in einem Augenblicke mißverstanden, in welchem er eben von der Meinung befangen war, daß jede spiritualis directio durch einen Laien cäsaropapistisch sein müsse. Da er aber noch öfters von ähnlichen Vorkommnissen zu sprechen hatte, z. B. II. S. 44 von dem General-Vikariat Jagello's (einer Analogie der monarchia sicula wie es scheint), so hätte er gut gethan, eingehend zu untersuchen, ob es noch Cäsaropapie sei, wenn ein Fürst nicht aus eigener Machtvollkommenheit, sondern über ausdrückliche oder stillschweigende Delegirung des Kirchenoberhauptes in geistliche Angelegenheiten eingreift. Freilich ist die Uebertragung geistlicher Gewalt an weltliche Machthaber eine höchst delikate Maßregel, nur ist es nicht unsere Sache, in concreten Fällen die Thunlichkeit oder Bedenklichkeit derselben zu untersuchen, sondern jener Kirchenoberhäupter, welcher die Ertheilung der Delegation zusteht. Uebrigens braucht man nicht erst zu bemerken, daß nur Befugnisse der Jurisdiction in foro externo delegabel sind.

Seite 235 läßt P. Bonifaz VIII. sagen, daß wer die zwei Schwerter der Kirche läugnet, häretisch wie die Manichäer zwei Principien aufstellt. Allein der Papst sagt nur: Wer der Kirche widersteht, widersteht entweder (dem einen) Gott, oder stellt häretischerweis zwei Principien auf.

Clemens V. kommt besonders übel weg. Nach S. 354, 355 war es Fanatismus im Bunde mit Herrschsucht, was ihn zum Kreuzzug wider Andronicus II. bewog. (Aber mochten auch politische Motive mit im Spiele gewesen sein, so war doch schon die Zerreißung der Lyoner Union und die fürchterliche Mißhandlung ihrer Anhänger nach den Anschauungen jener Zeit zum Kreuzzug wider den Kaiser vollkommen zureichend, auf dessen Antrieb oder unter dessen Schutz jene Frevel gegen die Kirche begangen worden waren). Der Papst habe sich für competent erachtet, auch Naturrechte zu zerreißen, denn er excommunicirte den Kaiser, und erklärte ohne irgend eine Beschränkung alle Bündnisse der Katholiken, mochten sie auch eidlich bekräftigt sein, für null und nichtig. Hierdurch sei dem Griechen gegenüber der abscheuliche Grundsatz sanctionirt worden, daß man nicht schuldig sei, dem Ketzer Treue zu halten. Much ado about nothing. Clemens V. mochte oft und viel gefehlt haben, aber diesmal leidet er unschuldig. Er annullirte nicht alle Bündnisse mit Andronicus ohne Beschränkung, sondern jene, welche die Unterstützung des Schismatikers in dem wider ihn geführten Kreuzzuge, und überhaupt die Förderung der schismatischen Interessen zum Zwecke gehabt hätten. Der Papst sagt ja „in iis, pro quibus excommunicatus est“. Pichler meint zwar, kein Katholik würde sich mit dem Kaiser wider andere Katholiken verbündet haben, vergißt aber, wie es scheint, auf seine eigene, durch einen seltsamen Druckfehler (S. 338 Z. 19 lies „verriethen“ statt „verraten“) freilich fast unverständlich gewordene Angabe von der Hülfeleistung, womit die Genuesen dem Vater des Andronicus wider den lateinischen Kaiser von Constantinopel beigestanden hatten. Die Möglichkeit war also vorhanden, daß sich unter dem Sohne wiederhole, was unter dem Vater geschehen war, und der Papst war gar nicht in der Lage, Naturrechte zu zerreißen oder Eidbrüche zu gestatten, sondern hatte nur die einschlägigen Moral- und Rechtspflichten einzuschärfen, die bei der völligen Verwirrung der damaligen Verhältnisse vielleicht von Einem oder dem Andern mißkannt worden wären. Es ist ja eine naturrechtliche, von Katholiken und Akatholiken zugestandene Wahrheit, daß ein Eid, durch welchen man sich zu etwas Sündhaftem verpflichtet null und nichtig ist. Accessorium sequitur principale.

Eugen IV. soll im Widerspruche mit Clemens IV. eingewilligt haben, daß die Wahrheit des filioque auf dem Wege der (eigentlichen) Discussion gesucht und aufgefunden werde (S. 387). Aber der Papst redet nur von einem „patefacere“ d. i. von einem Nachweis der Richtigkeit des von der Kirche schon definitiv festgestellten Dogma.

Der Leser von S. 538 kommt auf den Gedanken, daß Gregor XV. auch die griechischen Bewohner der Türkei „zum Blödsinn herabgesunkene und verthierte“ Leute nenne. Aber der Papst redet blos von den „Agarenern“ d. i. Muhamedanern. Vielleicht ist aber nur der Ausdruck Pichler's undeutlich, ebenso wie II. S. 718, wo das imprimatur des magister s. palatii zu Roccaberti's Bibliothek so betont wird, als ob es eine päpstliche Approbation sämmtlicher Meinungen und Aufsätze dieses großen Sammelwerkes bedeutete. Es ist aber einfache Druckbewilligung, weiter nichts.

II. S. 739 werden die beiden Encykliken des jetzigen Papstes von 1859 und 1860 so besprochen, als ob sie einander rücksichtlich der weltlichen Herrschaft des römischen Stuhles theilweise widersprächen. Dies ist aber unrichtig. Beide Rundschreiben enthalten genau die nämlichen Gedanken über dieses Thema und differiren nur im Wortlaute und in der Ausführlichkeit.

Viel Mißverstand herrscht auch in der Darstellung der Ritusfrage. Zuvor aber einige principielle Bemerkungen. Erstens, daß es uns nicht in den Sinn kommt, alle Verletzungen und Kränkungen in Abrede zu stellen, welche Individuen der lateinischen Kirche in diesen wie in anderen Stücken wider die Griechen begangen haben mögen. Wir haben kein Recht gerade in Ritusangelegenheiten eine Art von Impeccabilität, sei es der Lateiner, sei es der Griechen, zu erwarten. Es werden also Lateiner wider Griechen gesündigt haben und Griechen wider Lateiner, umsomehr in Zeiten, wo man dem Allegorisiren besonders hold war, wo man den Drang hatte, zwischen jeder Ceremonie und irgend einem Dogma einen wesentlichen

Zusammenhang zu finden, daher liturgische Verschiedenheiten als Anzeichen von Glaubensunterschieden zu betrachten. Die Frage ist nur, ob die Griechen mehr als die Lateiner berechtigt waren sich durch ihre Nachbarn verletzt zu wähnen, denn nur in diesem Falle bliebe, nicht zwar ein Grund zum Schisma, aber doch zur Unzufriedenheit auf griechischer Seite übrig. Es ist aber zweifellos, und von Pichler selbst vollkommen constatirt, daß die Griechen hier viel mehr gefehlt haben als die Lateiner. Letztere haben den griechischen Ritus für unvollkommen, erstere den lateinischen für häretisch erklärt, (z. B. die Azymen, das Fasten am Samstage, das Bartscheeren ꝛc.) Zweitens sind die Ausschreitungen (die nämlich in Wirklichkeit solche gewesen sind) lateinischerseits von Individuen ausgegangen, griechischerseits von der eigentlichen Kirchenbehörde, den Patriarchen, Synoden (Cärularius, Stoglawnik ꝛc.). Erstere haben also privaten, letztere amtlichen Charakter. Drittens wurden die Lateiner in der Beurtheilung dieser Verschiedenheiten im Laufe der Zeit immer milder, die Griechen immer schroffer (man denke an die heutige Doctrin der Schismatiker über die lateinische Taufe, Consecration ꝛc.).

So viel von den unberechtigten Ausstellungen, in welchen das bei Weitem größere Maß von Verschuldung auf griechischer Seite liegt. Es gibt aber auch berechtigte und dies hat Pichler leider übersehen. Die Päpste strebten nach Einheit des Ritus. Das war an und für sich kein Fehler, denn sie ist ein schönes Ideal, welches nur wegen der menschlichen Unvollkommenheit noch keine Aussicht auf Realisirung hat. Erkannten ja auch die Griechen das Wünschenswerthe *eines* Ritus (siehe den Schluß des Citates aus Nicetas S. 267). Die Päpste *verordneten* auch zuweilen Abänderungen von Einzelnheiten des griechischen Ritus, besonders für die Griechen in Italien, aber auch anderwärts. Allein Pichler irrt, wenn er Verbesserungsversuche mit zwecklosen Eingriffen gleichsetzt. Nicht alle Riten sind gleich vollkommene Ausdrücke der Gottesverehrung, auch ist das bloße Alter und die Verbreitung einer Ceremonie noch kein entscheidender Beweis ihrer Trefflichkeit. Hier ist also ein Fortschritt möglich. Die lateinische Kirche ist sich dieser Aufgabe auch klar bewußt, wie so viele Verhandlungen und Erlässe der congregatio rituum zu erkennen geben, und mit Rücksicht auf die nur innerhalb des latein. Ritus gepflogene methodische Arbeit von Jahrhunderten dürfen wir wohl ohne Selbstüberhebung sagen, daß unser Ritus in allen wesentlichen Stücken den ersten Rang unter seinen Brüdern einnimmt. Kann es nun nicht geschehen, daß der Episcopat eines Ritus die gehörige Fortbildung desselben vernachlässiget? Kann in Folge dessen nicht sogar das Einschreiten des obersten Hirten der Kirche nöthig werden? Oder hat der Primat gerade in Ritusangelegenheiten keine Jurisdiction? Da aber in diesen Dingen wie in so vielen andern nicht blos das objective sondern auch das subjective Moment zu beachten kommt, z. B. die Anhänglichkeit des Volkes an seine kirchlichen Gebräuche, welche nach Zeiten und Orten verschieden ist, so muß man hier freilich äußerst behutsam und duldsam sein, so lang es ohne Gefährdung des Seelenheiles der Gläubigen geschehen kann. Diese Toleranz haben die Päpste auch in zureichendem Maße geübt. Es wäre aber ein neues Mißverständniß, wenn man jedes Actenstück, in welchem von der „Tolerirung“ dieses oder jenes Ritus gesprochen wird, für eine Art von Beschimpfung desselben auffassen wollte. Das, was man tolerirt, kann sündhaft und verwerflich sein, z. B. die Ehetrennung in casu adulterii, wo die Toleranz nur stattfindet, um den Uebergang der materiellen Sünde in die formelle zu verhüthen; es kann aber auch etwas minder Vollkommenes, weniger Erwünschliches bedeuten. Der Anwurf einiger Unvollkommenheit ist aber in Anbetracht der menschlichen Schwäche so gelind, um nicht zu sagen so selbstverständlich, daß sich nur die Hoffart durch ihn groß beleidigt fühlen kann.

Nach diesen allgemeinen Bemerkungen wollen wir uns einige päpstliche Erlässe in Ritussachen näher ansehen, die Pichler nicht richtig erfaßt zu haben scheint. Dazu gehört z. B. S. 347 die Forderung von Nicolaus III., daß die Orientalen sich im Symbolum (und nicht wie es durch einen Druckfehler heißt im Ritus) den Lateinern conformiren, den Primat beschwören, und sich ad cautelam von Censuren absolviren lassen sollen. Hierin liegt eben nichts Uebertriebenes, umsomehr als der Papst sich über den griechischen Ritus im Allgemeinen so ausspricht: intendit romana ecclesia Graecos, quantum cum Deo poterit, favorabiliter prosequi.

Nur ein starkes Mißverständniß konnte bewirkt haben, daß Pichler auf S. 512 einen Erlaß von Clemens VIII. wie einen Beleg der päpstlichen Unnachgiebigkeit in Ritussachen darstellt. Vor Allem betrifft er nicht die Griechen überhaupt, sondern die in den

Diöcesen der lateinischen Bischöfe lebenden unirten Orientalen, welche da sie doch nicht exleges sein können, eben der Jurisdiction dieser Prälaten unterworfen sind, in ritualibus wie in andern kirchlichen Dingen. Die Instruction von Clemens VIII. hat nun folgenden, ganz unverfänglichen Inhalt. 1. Die Firmung soll künftig nicht mehr von einfachen Priestern gespendet werden, und die ehedem von Priestern Getauften, bei denen zu vermuthen war, daß sie more graeco unter einem auch die Confirmation erhalten hatten, sind von einem Bischofe sub condicione zu firmen. Hievon später. 2. Die hl. Eucharistie soll öfters erneuert, nicht mit Oel gesotten oder gestampft werden, um sie dauerhafter zu machen (ein Beispiel der vorbesprochenen rituellen Mängel, die verbessert werden müssen). 3. Mann und Weib sollen nicht auf einmal beichten (ebenso). 4. Die von Schismatikern Ordinirten sollen das Schisma abschwören, um Absolution zu erlangen. Wünschen sie den ordo auszuüben, müssen sie erst die Dispens ab irregularitate erwirken, und sodann dem Diöcesanbischofe den canonischen Gehorsam leisten. (Ganz in der Ordnung, denn weil die Irregularität keine Sünde ist, so erlischt sie nicht schon mit der Absolution). 5. Eine Ehetrennung quoad vinculum kann nicht stattfinden. Das griechische Eheweib kann zum lateinischen Ritus ihres Gatten übergehen. Die Kinder folgen dem Ritus des Vaters, außer, wenn die lateinische Mutter es (über ihren Mann) vermag, (daß er die Kindererziehung im lateinischen Ritus zugibt). So ist offenbar das „nisi latina mater praevaleat“ des Textes zu nehmen, und nicht wie Pichler meint, „außer, wenn die lateinische Mutter es anders w ü n s c h e“. 6. Die Griechen sollen die Feste der lateinischen Kirche mitfeiern. Eine Bevorzugung, aber eine höchst unbedeutende, ist hier dem lateinischen Ritus allerdings eingeräumt, im Ganzen aber hat Clemens nichts Anderes verordnet, als was ein gewissenhafter griechischer Bischof, wenn diese unirten Italiener einen solchen gehabt hätten, gleichfalls hätte vorschreiben müssen.

Auch den Ausdruck „contrariis non obstantibus“ in einem Breve dieses Papstes hat Pichler als einen Hinweis auf das Vorhandensein entgegengesetzter, d. h. den griechischen Ritus verbietender oder beschränkender päpstlicher Verordnungen aufgefaßt. Allein jene Phrase beweist nichts, weil sie, ähnlich wie die absolutio ad effectum, zu den stehenden Clauseln der päpstlichen Erlässe gehört.

Sehr selten, daß sie fehlt, und dann kommt ihr Wegbleiben sicherlich auf Rechnung eines Concipienten, welcher sich von der Schablone emancipiren wollte. Hätten derlei mißgünstige Anordnungen existirt, so würde man sie heutzutage wohl ohne Schwierigkeit ausfindig machen können.

S. 528—530 handelt Pichler von der Lehre Benedict's XIV. über die griechische Firmung, aber nicht ohne mancherlei irrthümliche Deutungen derselben. Der Papst habe nicht die tridentinische Erklärung über den Ausspender der Firmung, sondern auch die mit der griechischen Praxis ganz unvereinbare Meinung Eugens des Vierten wiederholt, nach welcher einfache Priester nur über Dispens des Papstes gültig confirmiren können. Da man aber vor dem Florentinum keine Thatsache solch einer päpstlichen Dispensation anführen könne, so habe sich die occidentalische Theologie mit der Annahme einer stillschweigenden Bevollmächtigung geholfen, eines theologischen Monstrums, dessen Herkunft Niemand anzugeben vermöge. Wann soll denn diese Dispens gegeben worden sein, durch welche die von den Päpsten so oft als nicht gefirmt Erklärten nachträglich zu Gefirmten gemacht worden seien? Vor dem Florentinum nicht, später aber auch nicht, sonst hätten Clemens VIII. und Benedict XIV. die Gültigkeit der durch Priester ertheilten Firmung ja nicht bezweifeln können. Benedikt rede von der Bevollmächtigung der Priester durch den römischen Papst mittelst der griechischen Patriarchen und Bischöfe, widerspreche sich aber selbst, indem er das Vorgehen von Nicolaus I. daraus ableite, daß Photius als Excommunicirter und Suspendirter nicht bevollmächtigen konnte. Hier erscheine also wieder der Patriarch als Vollmachtgeber ꝛc.

Welch ein Gewirr von Mißverständnissen! Jenes Theologumenon hat nichts Monströses an sich, wenn man es nicht durch ein Vexirglas betrachtet. Die Herkunft desselben vermag aber wirklich Niemand anzugeben, da es, wenn nicht dem Wortlaute doch der Sache nach, so alt als die Kirche und nur die Anwendung eines sehr allgemeinen Grundsatzes auf einen besonderen Fall ist. Ein vollkommenes Seitenstück dazu bildet die Lehre vom Gewohnheitsrechte. In diesen finden ebenfalls „stillschweigende" Regierungsacte des Inhabers der Legislativgewalt statt. Denn so wenig die Untergebenen zur formellen Legislation berechtigt sind, ebensowenig sind sie es zur usuellen, und der Obere bleibt hier wie dort der eigentliche Gesetzgeber. Wenn er nämlich von Jurisdictionsüberschreitungen u. s. w. der Untergebenen in belangreichen Dingen Kunde hat, und dazu schweigt, sie nicht abstellt, so muß man unter Umständen, „stillschweigende“ Ratificationen der Acte, Jurisdictionserweiterungen, Delegationen rc. annehmen. Ganz so verhält es sich mit der Delegation der Firmungsgewalt. Der Priester bekommt in der Ordination die Fähigkeit, von den competenten kirchlichen Oberen zur Ausspendung der Firmung (und der Buße) verwendet zu werden. Wie diese Vollmacht ertheilt werden soll, wörtlich oder factisch, ausdrücklich oder stillschweigend, ist, so lang die Kirche keine Specialvorschriften gibt, dem Obern anheimgestellt. Der Obere ist zunächst der Bischof, vielleicht aber ist die Delegation dem Papste reservirt, was man a priori nicht wissen kann. Wenn also in der alten Zeit die Priester *unter* den Augen ihrer Bischöfe firmten, und der Papst diesen Brauch kannte, und nicht abstellte oder angriff, so war die Delegation zur Firmung entweder noch kein päpstliches Reservat und jene Priester von ihren Bischöfen stillschweigend delegirt, oder das Reservat bestand bereits und sind die firmenden Priester als päpstliche Bevollmächtigte unmittelbarer oder mittelbarer Delegation (durch die nach der Intention des Papstes zum Subdelegiren berechtigten Bischöfe) aufzufassen. Welche dieser Delegationsformen zu einer bestimmten Zeit und an einem gewissen Orte stattgefunden habe, ist für die Theorie ohne Bedeutung, und Benedict XIV. legt behufs der Vorgänge in Bulgarien nur darauf Gewicht, daß die Firmungen der von Constantinopel ausgesandten Priester in jenem Lande gewiß ungültig waren, weil vom Jurisdictionsverluste des suspendirten Photius abgesehen, der Patriarch von Constantinopel für einen fremden Sprengel weder delegiren noch subdelegiren konnte, eine directe Delegation durch den Papst aber ebenfalls nicht erfolgt war. Es kommt nicht darauf an, ob man sich diesen Hergang in jenen Zeiten zum klaren Bewußtsein gebracht hat oder nicht, noch viel weniger, ob auch schon das Wort „stillschweigende Delegation“ im Gebrauche war. Denn was die kirchlichen Vorsteher gethan, und nicht, wie sie über ihr Thun und Lassen geredet haben, ist entscheidend. Daraus folgt aber, daß kein Papst die einmal ungültig gespendeten Firmungen durch eine stillschweigende Dispensation nachträglich zu gültigen gestempelt habe, wie Pichler zu glauben scheint. Solch eine Reconvalidation wäre nicht möglich. Sondern die durch

Priester vorgenommenen Firmungen, denen der Papst seine Zustimmung verweigerte, waren ungültig, jene, denen er sie ertheilte, gültig. Ein Papst mochte mit seiner Zustimmung freigebiger, ein anderer sparsamer gewesen sein. Da aber sichere Anhaltspunkte zur Entscheidung der Thatfrage, ob ein bestimmter Papst seinen Consens gegeben habe oder nicht, selten vorlagen, so konnten die späteren Päpste über die Gültigkeit der unter ihren Vorgängen gespendeten Firmungen selbst nichts Bestimmtes wissen. Darum ihre Weisungen, die Firmung sub condicione zu wiederholen.

Das bisher verhandelte Mißverständniß findet sich II. S. 266 noch mit einem anderen complicirt. Benedict XIV. erklärt nämlich die durch Priester in den italienischen Diöcesen zu seiner Zeit (wo eine stillschweigende Delegation gewiß nicht vorhanden war) ertheilte Firmung folgerecht für ungültig, sagt aber, daß die so Gefirmten nicht zum Empfange dieses Sakramentes durch den Bischof gezwungen werden sollen, „cogendi non sunt, si ex tali coactione scandala oriri possent“ obschon man sie dazu ermahnen soll, da der absichtliche Nichtempfang des Sakramentes eine schwere Sünde ist. In dieser Lehre des Papstes findet Pichler einen Widerspruch. Wenn die Priesterfirmung ungültig, und die Weigerung sich vom Bischof firmen zu lassen eine schwere Sünde ist, so müssen die Griechen eben bei Verlust des ewigen Heiles die Firmung empfangen, ob sie sich darüber ärgern oder nicht. Vollkommen richtig, aber Pichler übersieht, daß der Papst nur von der Pflicht der Bischöfe und nicht der Gläubigen redet, daß er nur vorschreibt, man dürfe die Erfüllung der obliegenden Gewissenspflicht nicht durch äußeren Zwang, sondern durch Lehre und Mahnung herbeiführen wollen.

Vielleicht sollte man mit unserem Autor noch über die Fügsamkeit rechten, womit er den Ausdruck „Besprengung“ durch welchen die Schismatiker den lateinischen Taufritus herabzusetzen pflegen, adoptirt (z. B. II. S. 44, 213, 301, 303 und sehr oft). Allerdings lehren fast alle katholischen Theologen, daß man auch durch Besprengung (aspersione) gültig taufen könnte, allein wir sind unter einer schweren Sünde verpflichtet, die Vorschrift des Rituals zu befolgen, nach welchem die Taufe durch Begießung (affusione) gespendet wird. Indessen gehört dieser Umstand wohl in das Capitel der stylistischen Nachlässigkeiten, welche in diesem Buche häufiger sind, als man angesichts der meist so ausgezeichneten Diction und Darstellungsweise desselben vermuthen sollte, wir meinen auch nicht zu irren, wenn wir einen guten Theil der Vorwürfe, die man Pichler'n katholischerseits gemacht hat, insoweit für unbegründet erachten, als die provocirenden Stellen oft mehr in einer unglücklichen Wahl des Ausdruckes als in einer uncorrecten Gesinnung des Verfassers ihren Grund haben dürften, so daß Pichler's Werk für die Erklärung der zum Verständnisse mancher Indexverhandlungen so wichtigen Ausdrücke „sensus auctoris objectivus — subjectivus" ein reiches Material von Belegstellen gewähren würde.

Zu solchen frappanten Aeußerungen, die schlechterdings im Style ihren Grund haben müssen, da sie der an andern Orten klar ausgesprochenen Gesinnung des Verfassers schnurstracks zuwider laufen, gehört z. B. der Tadel der Lehre von Vitriacus (S. 282), daß die Griechen durch ihre Verwerfung des Primats der göttlichen Anordnung widersprechen, nach welcher Rom im Geistlichen allen Gläubigen vorstehen soll. Desgleichen S. 340 der Unwille über die Lehre von St. Bonaventura u. A., daß die griechische Meinung über den Ausgang des hl. Geistes häretisch sei. Man sei im 11. u. 12. Jahrhundert so weit gekommen, daß eine wissenschaftliche Erörterung der Differenzpunkte nur mehr erlaubt war, wenn sie sich von vornherein die Aufgabe stellte, die Sache der Lateiner zu vertheidigen. (Damals war ja der Consensus ecclesiae dispersae längst sicher gestellt, und was Bonaventura betrifft, so hatte bereits vor einigen Decennien ein ökumenisches Concil — das 4. vom Lateran — gesprochen). Oder S. 546 das tadelnde Urtheil über die Lehre der lateinischen Theologen, daß ökumenische Concilien auch ohne Theilnahme und im Widerspruche mit der griechischen Kirche möglich seien. (Letzteres wegen S. 257 sicherlich ein bloßer Stylfehler). Von minderer Bedeutung, aber doch anstößig ist z. B. die Angabe S. 30, Zörnikaw beweise den Lateinern viele Fälschungen der Kirchenväter (über diese Lämmer, Biblioth. script. Graec. orth.); S. 179, Cärularius habe eine gerechte (statt gegründete) Besorgniß gehegt, seine (usurpirte) Jurisdiction in Unteritalien zu verlieren; S. 263, die Hauptschuld am Verluste der kirchlichen Autorität habe der römische Hof gehabt; S. 287, die Lateiner im Orient seien das größte Hinderniß der Union gewesen; S. 331 Gregor IX. wollte das griechische Christenthum (statt Schisma) ausrotten; S. 390, Phranzes konnte das Concil von Florenz mit Recht die Hauptursache des Falles von Constantinopel nennen; S. 403 dieses Ereigniß gelte noch heute allen Eiferern für die alleinige Folge des Schisma; S. 466 die Protestanten blieben rücksichtlich der Lehre vom allgemeinen Priesterthume beim apostolischen Zeitalter stehen (in welchem eine solche Lehre so wenig als in dem unsrigen bestanden hat. Auch S. 490 wird die Ueberwachung, welches das griechische Volk über seinen Clerus übt, allgemeines Priesterthum genannt), S. 507 unmöglich konnten die protestantischen Gesandten die katholische Mission in Constantinopel gewähren lassen; S. 527, Bartholotti kam wegen zu großer Toleranz (statt wegen Indifferentismus) auf den Index; II. S. 144, nie sei in Rußland der Grundsatz geltend gewesen, daß der Landesfürst auch die Religion vorzuschreiben habe (ist der Zwang zum Schisma etwas Anderes?) aber auch keine Bartholomäusnacht schände die Annalen der russischen Kirche (so wenig als der französischen, da die Bartholomäusnacht in den Annalen der Staatsgeschichte ihren Platz hat). Auch die Angabe Adrians v. Utrecht über Johann XXII. (II. S. 681) hätte anders stylisirt werden sollen. So kommt es heraus, als ob der Papst wirklich den Seelenschlaf gelehrt hätte. Unangenehm berührt es auch, wenn man immer nur Ignatius Loyola liest, statt der heilige Ignatius. Freilich war er zur Zeit von welcher Pichler handelt, noch nicht canonisirt, aber jetzt ist er es. Oder wenn man, was ungemein oft vorkommt, Katholiken und Schismatiker ohne Unterschied Parteien nennen hört, oder römische Kirche statt katholische, und umgekehrt orthodox statt schismatisch u. s. w. Die Phraseologie „liberaler" Journale ist in einem Werke ernster Wissenschaft ebenfalls nicht am Platze. Ob etwas human aussieht oder nicht (S. 9) ist für die Ausmittlung des Wahren bedeutungslos. Die communio in sacris ist nicht eine Probe von Duldsamkeit (II. S. 217) sondern von Indifferentismus. Versöhnlichkeit (S. 258) läßt dem Beleidigten gut, aber Cärularius stand zu dem Kirchenoberhaupte nicht im Verhältniß des ungerecht Beleidigten. So haben wir in den letzten Jahren die Versöhnlichkeit der italienischen Gewalthaber dem Papste gegenüber bis zum Eckel preisen hören, und nach diesem Sprachbildungsgesetze wird man es Versöhnlichkeit nennen müssen, wenn der Räuber dem Wandersmann zwar die Börse abnimmt, aber weiter keinen sonderlichen Groll nachträgt. Ausdrücke wie „frommer Betrug" S. 5, „gottselige Räuber" S. 317, „Theodosius II. war wettergerecht und beschwichtigte einen Sturm durch sein Gebet" S. 68 u. ö. überlasse man den Kirchenfeinden. Wie ungeziemend ist nicht die Rede II. S. 110, „die Einwohner von Witepsk ermordeten den unduldsamen Erzbischof" (nämlich den heiligen Josaphat), wie frivol, was S. 505 von Mönchen, Nonnen und Marketenderinnen geschrieben wird, davon abgesehen, daß ja nicht eine aus Mönchen und Nonnen bestehende, sondern durch den Einfluß der Ordensleute aufzubringende Armee in Aussicht genommen war. Das Aergste ist aber wohl die Art und Weise, wie hie und da von den Päpsten geredet wird, welche hartnäckig (S. 203), fanatisch und herschsüchtig sind (S. 354), hetzen (S. 331, 353, 431, 502), kuppeln (S. 353, 502), Prätensionen hegen (S. 190, 256) u. dgl. mehr. Doch befiehlt die Gerechtigkeit, dem Autor zu bezeugen, daß solche Unwürdigkeiten im zweiten Bande seines Werkes bereits ungleich seltener vorkommen als im ersten.

Eine Anzahl unrichtiger Ausdrücke wird wohl auf Rechnung einer gewissen Eilfertigkeit zu setzen sein, womit diese oder jene Partie des Werkes ausgearbeitet worden sein mag, z. B.: Hadrians heimliche Kaiserwahl Carl des Kahlen S. 158 (nur die Mittheilung des Planes geschah heimlich); S. 343 lateinische Geistliche als Betreiber ehrloser Gewerbe (die artes illiberales sind deshalb noch nicht ehrlose Handtierungen); II. S. 691, Sixtus V. war nahe daran selbst auf den Index zu kommen, II. S. 116 Casimir III. (eigentlich V.) selbst Jesuit und Cardinal (statt gewesener Jesuit und Cardinal); II. S. 278, kein ruthenischer Bauer wünscht die Union (hat der Berichterstatter alle Bauer consultirt?); II. 476, der Abt (etwa Quardian) der Kapuziner; II. S. 487, Lazzaristen statt Mechitaristen von St. Lazzaro. Auch das hors-d'oeuvre von der fast noch über Müller's mexicanischen Heldenthaten hinausgehende Tapferkeit der Muhammedaner II. S. 504 wird eine wegen Eilfertigkeit in dieses Buch geschlüpfte Lesenotiz sein. Curiosa verwandten Charakters sind: S. 467 „die herzzerreißende" Klage des Cyrillus Lucaris über den Hochmuth der Lateiner 2c. Aber die Declamationen des Heuchlers thun uns nicht wehe. Oder S. 491, „So prophezeite der ehrwürdige Greis". Keine Spur von Prophezeiung sondern nur triviales Gerede. Einige Verwirrung herrscht II. S. 736 ff., wo die Macht des Papstes über auswärtige Fürsten, und die über seinen eigenen Staat untereinander gemengt werden. Wenn

Theologen die erste läugnen, so folgt daraus nicht, daß sie auch die zweite verwerfen. Die Stellen: Erzbischof von Aquae (II. S. 698), Bischof von Tornace (II. S. 712), Nicolaus von Thudisco Erzbischof von Panormo (II. S. 592) sind auch schwerlich bloße Druckfehler, deren es übrigens ziemlich viele gibt (z. B. undultsam, Sanft, apogryphisch, Simeon von C. P., Cinnanus, Meyer Autor der „Propaganda" und darunter recht ergötzliche, z. B. II. S. 10: Kein Russe darf einen Polen heurathen u. s. w.

Weil diese Besprechung im Verhältniß zur ungewöhnlichen Reichhaltigkeit des Buches ungewöhnlich lang ausgefallen ist, so dürfte es nicht überflüssig sein, schließlich noch einmal nach den Resultaten der mühsamen Arbeit Pichlers zu fragen. Aber die Antwort wäre, daß die Mühe mit Rücksicht auf directe Ergebnisse ziemlich unfruchtbar geblieben ist. Wir wissen jetzt ungefähr so viel wie vorher, nämlich, daß, wie bei der menschlichen Unvollkommenheit nichts Anderes zu erwarten war, neben vielem Guten von allen Seiten viel gefehlt worden ist, von Orientalen und Occidentalen, Layen und Clerikern, Völkern und Regenten.

Den unmöglichen Nachweis aber, daß die dem Orient zugefügten Unbilden die eigentliche Ursache des Schisma gewesen seien, und eine Art von Rechtfertigung desselben in sich schließen, hat Pichler nicht geliefert, so wenig er zu beweisen im Stande war, daß der Occident die Heilung des bereits entstandenen Schisma durch seine unbilligen Forderungen verhindert habe, eine Ansicht, welche freilich schon durch die factische Reunion so vieler Orientalen Lügen gestraft würde. Nichtsdestoweniger darf man von der Förderung der Studien über orientalische Geschichte und Theologie, um welche neben Männern wie Schmitt, Hergenröther, Denzinger, Silbernagl u. A. auch unser Autor sich hoch verdient gemacht hat, indirecte Folgen von großer Wichtigkeit erwarten. Könnte er sich nur entschließen, diese „Geschichte der kirchlichen Trennung" eingehend umzuarbeiten. Freilich fällt es einem Autor schwer, grundsätzliche Aenderungen zu unternehmen, allein da dieses Buch, wie wir gezeigt zu haben glauben, so verschiedene Principien zum Ausdruck bringt, da es nach Art des manichäischen Menschen in einem Leibe von unermeßlichem historischen Material zwei sich gegenseitig bekämpfende Seelen einschließt, so würde durch die Bannung der einen Seele kein Todschlag verübt, sondern erst ein einheitliches, lebendiges Wesen geschaffen werden.

* * *

Wir erlauben uns nur noch an die vorangehende treffliche Auseinandersetzung Dr. Tosi's die Bemerkung zu knüpfen, daß es nach unsern Dafürhalten dem Pichler'schen Geschichtswerke am meisten fehlt, woran es selbem am wenigsten fehlen sollte: nämlich an der ehrfurchtsvollen Pietät gegen die h. r. k. Kirche, welche in dem Wesen dieser göttlichen, unter dem besondern Walten des Heiligen Geistes stehenden Stellvertreterin Jesu Christi, ihre vollste und unbedingte Berechtigung hat.

D. Red.

IX.

Die fürstbischöflich-bambergischen und würzburgischen Münzen und Medaillen in ihren sinnbildlichen Darstellungen und Sprüchen.

Von

Dr. Joseph Gutenäcker, qu. k. Studienrektor.

Herausgegeben von Dr. A. Ruland, Oberbibliothekar in Würzburg.

Der fromme Schotte Kilian, von heiligem Glaubenseifer getrieben, begab sich um die Mitte des VII. Jahrhunderts nach Deutschland, und ersah sich hier unser Franken zum Schauplatze seiner apostolischen Thätigkeit. Von da pilgerte er nach Rom, um dort am Sitze des Stellvertreters Christi die nöthigen Weihen und Vollmachten zu empfangen, kehrte ausgestattet mit diesen als Episcopus regionarius (Wanderbischof) wieder nach Franken zurück und begann mit seinen Gefährten, dem Priester Kolonat und dem Diaconen Totnan, den Samen des Christenthums in die Herzen der Franken zu legen. Das gesegnete Wirken dieser gottbegeisterten Männer ward 688 durch ihren Martyrtod, herbeigeführt durch Gailana's Racheplan, unterbrochen. Schon drohte die erleuchtende und erwärmende Flamme des Christenthums in den fränkischen Gauen zu erlöschen, als der hl. Bonifaz seinen thätigen und frommen Verwandten Burkard, 741, auf der altehrwürdigen Salzburg bei Neustadt an der fränk. Saale zum ersten Bischof von Würzburg (Ostfranken, Radenzgau u. s. w.) und Wilibald zum ersten Bischof von Eichstädt salbte.

Das neue Bisthum Würzburg zeigte sich auch dankbar für die Liebesopfer, welche der hl. Kilian mit seinen Gefährten ihm dargebracht hatte, indem es an vielen Orten seines weiten Sprengels dem Andenken dieser frommen Männer Kirchen und Altäre weihte. Der Ruhm dieser Glaubensboten mehrte sich bald in der Art, daß fromme Gläubige, wie selbst Carl der Große, den Ort, wo sie ihr Blut für ihren Glauben vergossen hatten, aus Verehrung besuchten[1]), daß jährlich aus allen Theilen des Bisthums Processionen zu dieser Stätte wallfahrteten[2]), und daß der Name des hl. Kilian für gleichbedeutend mit Würzburg gebraucht oder doch mit ihm verbunden wurde[1]).

Schon hatte sich das neue fränkische Bisthum durch reiche Schenkungen zu einem ansehnlichen Gebiete erweitert und sich so manchen Privilegiums zu erfreuen, als der Bayern-Herzog Heinrich IV. unter dem Namen Heinrich II. den deutschen Königsthron 1002 bestieg. Bewältigt von dem wohlthuenden Eindrucke, den Bamberg's Lage schon bei seinem ersten Besuche auf ihn gemacht hatte, beschloß er als Freund von Kirchen und Klöstern, vielleicht auch aus Gewissensskrupel[3]) mit Einwilligung seiner frommen Gemahlin Kunegunde von Luxemburg in dieser schönen Gegend, in Mitte der Bisthümer Würzburg und Eichstädt ein neues Bisthum zu stiften und arbeitete trotz der vielen Hindernisse, die es deshalb zu besiegen gab, unausgesetzt an der Verwirklichung seines Planes. Nicht blos die Bischöfe von Würzburg und Eichstädt, die sich bei Ausführung dieses Vorhabens in ihren Kirchensprengeln bedroht sahen, widersetzten sich diesem Plane, sondern auch der bayerische Herzog Heinrich V., der Bruder der Kaiserin Kunegunde und Bruo, Bischof von Augsburg, des Königs Bruder, kämpften anfangs gegen die Veräußerung der bambergischen Güter, der Morgengabe Kunegundens, welche zur Gründung des neuen Bisthums verwendet werden sollten. Des Königs und nachmaligen Kaisers Bitten, Demüthigung und Versprechen bestimmten endlich den würzburgischen Bischof Heinrich I. (995—1018) der Errichtung des Bisthums

---

1) Unter dem J. 793 erzählen Annales Tiliani (s. Pertz M. G. H. I. p. 222) von Carl dem Großen: celebravit natale Domini ad sanctum Chilianum. — Einhardi Annales (s. Pertz l. c. p. 45): celebravit natalem Domini apud s. Chilianum juxta Moenum fluvium. — Annales Laurissenses (s. Pertz l. c. p. 178—179): natalem Domini celebravit ad s. Chilianum in Wirzinburg. ccf. Poeta Saxo apud Pertz l. c. p. 250.

2) S. Fries Würzb. Chronik, herausgegeben v. Heffner und Reuß. Würzburg, Bonitas-Bauer. 1848. 8. I. Bd. S. 269—271.

3) Ebend. I. Bd. S. 133 unten.

Bamberg nicht länger hinderlich zu sein, worauf die Grafschaft Bamberg 1007 mit päpstlicher Genehmigung zum Bisthum erhoben wurde.

Aber K. Heinrich II. beschränkte sich nicht auf die Stiftung des Bisthums Bamberg, auch äußerer Glanz sollte seiner Schöpfung nicht fehlen. In weltlichen Angelegenheiten stellte er daher den Bamberger Bischof unter seinen und seiner Nachfolger Schutz, in geistlichen unmittelbar unter den Papst. Ersteres war aller Wahrscheinlichkeit nach Veranlassung, daß die Kathedralkirche Bamberg den Titel kaiserliche Kirche (ecclesia imperialis) führte, und daß das neue Bisthum zugleich den Rang, wenn auch nicht den Titel eines weltlichen Fürstenthums erhielt, indem der Kaiser vier weltliche Fürsten, den Markgrafen von Brandenburg, den Pfalzgrafen bei Rhein, die Herzoge von Sachsen und Böhmen und deren Nachfolger zu Oberkämmerern, Obertruchsessen, Obermarschallen und Oberschenken des Bischofs bestimmte und ihnen dieselben Verbindlichkeiten wie an dem k. Hoflager selbst auferlegte. In kirchlicher Hinsicht ward der neue Bischof dadurch ausgezeichnet, daß er dem päpstlichen Stuhle unmittelbar untergeordnet und daß B. Hartowich (1047—1053) mit dem Pallium geschmückt wurde, doch nur mit der Befugniß, sich desselben dreimal des Jahres zu bedienen. Erst Otto der Heilige (1102—1139) und sein Nachfolger erhielt die Erlaubniß, das Pallium siebenmal des Jahres sich anlegen und den Kreuzstab (vexillum crucis (sich vortragen zu lassen.[1]) (Ussermann Episc. Bamb. Codex probat. p. 12, Nr. VIII; p. 38—39, Nr. XXXIV; p. 63—64, Nr. LXV.) So hatte es des Königs Liebe für eine Schöpfung dahin gebracht, daß die Tochter der Mutter an Ruhm und äußerem Glanze voranging, — ein Sporn für die Letztere, sich durch inneren Gehalt hervorzuthun.

Zu den besonderen Privilegien der Bischöfe von Bamberg und Würzburg gehörte frühzeitig das Münz-, Mark- und Zollrecht. Bamberg erhielt es höchst glaublich schon von seinem Stifter K. Heinrich II., denn dessen Nachfolger K. Konrad II. (1024—

[1]) Die Patriarchen und Erzbischöfe dürfen sich des Palliums etliche 30 Mal des Jahres bedienen, die Tage, an denen dies gestattet ist, sind aufgezählt im Pontificale Romanum T. I. in dem Abschnitte: Dies, quibus Pallio uti potest Patriarcha sive Archiepiscopus.

1039) bestätigte dasselbe als etwas Vorhandenes im Jahre 1034[1]), nachdem er dem Bischofe Meinhard (Meginhard) von Würzburg (1018—1033) und dessen Nachfolgern das Münzrecht (die gemeine Münze) schon laut Urkunde d.do. Bamberg 30. Oct. 1030 verliehen hatte[2]). Wohl sind bereits unter den Karolingern und Ottonen in Würzburg Münzen geprägt worden; in neueren Zeiten ist, wie behauptet wird, eine von Pipin daselbst geschlagene dort aufgetaucht; mein sel. Freund Prof. Dr. Keller hat eine dem Schmelztiegel entrissen, welche im Avers die Umschrift „† HLVDOVVICVS RE." und im Revers „VVIRZIBVRG CIVIT." hat[3]) und schon Schneidt im Thes. jur. franc. Tab. I. 1. führt einen Schlag an, der im Avers die Umschrift „Otto Imperator" und im Revers „S. Kilianus" trägt, allein diese und andere hieher gehörige Münzen sind nicht bischöflich-würzburgische, sondern königliche oder kaiserliche Münzen, welche ein Karolinger oder einer der Ottonen in seinem Königshofe (Königspalaste, palatium regium — daher monetae palatinae) zu Würzburg hatte prägen lassen.

Würzburg ist an Münzen und Medaillen weit reicher als Bamberg. Heller zählt in seiner Beschreibung bambergischer Münzen 356 rein bambergische Gepräge auf, eine Zahl, die gewiß zu gering ist. Denn daß die fragliche Münzbeschreibung einen Anspruch auf Vollständigkeit nicht machen kann, dafür dürfte das Folgende und namentlich der XXVII. Bericht des hist. Vereins Bamberg den sprechendsten Beweis enthalten, indem die hier befindliche Abhandlung: „Franz Ludwig F. B. von Bamberg und Würzburg in seinen Münzen" (S. 7—57), 95 Nummern aufzählt, während Heller deren nur 44, also nicht einmal die Hälfte beschreibt. Die Zahl der Würzburger Gepräge kann dagegen wohl auf tausend angeschlagen werden. Wenn nun Prof. Dr. Keller im Archiv des hist. Vereins Würzburg Bd. VI, Heft 3, S. 1 sagt: „daß von B. Melchior von Zobel (1544—1558) allein mehr Thaler verschiedenen Gepräges vorhanden sind[4]), als die Bischöfe Bambergs

[1]) Heller, die bamb. Münzen. Bamberg, 1839. 8. S. 1.

[2]) Fries, Würzb. Chronik. I Thl. S. 181.

[3]) Archiv des hist. Vereins zu Würzburg. Bd. IV. Hft. 1, S. 167.

[4]) Dr. Keller zählt a. a. O. Bd. XI, Heft 1, S. 164—173 von Melchior von Zobel 4 Doppelthaler, 26 einfache, 1 Thalerklippe und 2 Dickthaler auf, ohne die halben und Viertelsthaler rechnen zu wollen.

insgesammt schlagen ließen"; so hätte er dasselbe auch von Adam Friedrich, Grafen von Seinsheim (W. 1755. B. 1757 † 1779) behaupten können, von dem wir über 40 Würzb. Thaler, aber so viel ich weiß, troß des bei Schultheß-Rechberg unter Nr. 4085 aufgeführten Thalers, nicht einen Bamberger besitzen; ja selbst von Franz Ludwig von Erthal (W. B. 1779 † 1795) der nur 19 Würzburger und 2 Bamberger Thaler prägen ließ, dürfte sich dies einigermassen annehmen lassen, da die sämmtlichen rein Bamberger Thaler die Zahl 19 kaum übersteigen. Aber nicht blos an Zahl werden die bamb. Münzen von den würzb. übertroffen, auch an Alter, und zwar um 40 bis 50 Jahre reichen die würzburgischen weiter hinauf als die bambergischen. Schon Köhler schreibt daher S. XIX in seiner Vorrede zum V. Theile seiner „historischen Münzbelustigung" von den würz. Thalern: „Die Thalern der Bischöfe zu Würzburg geben wegen ihres Alters, ihrer Schönheit und Menge einem Thaler-Cabinet eine sonderliche Zierde". Doch auch Bamberg hat einen unbestreitbaren Vorzug vor Würzburg und zwar an Zahl (12 gegen 7) und Schönheit seiner Sedisvacanzmedaillen.

In dem Folgenden soll nun versucht werden, an den Münzen und Medaillen der beiden Hochstifte Bamberg und Würzburg. I. die allmälige kirchlich-politische Entwickelung derselben anzudeuten, II. das religiöse Princip, dem sie in den Landespatronen huldigen, nachzuweisen und III. zu zeigen, wie sie sich auf ihren Spruchmünzen und Medaillen in religiöser, ethischer, historischer Hinsicht u. s. w. aussprechen.

Noch möge die Bemerkung erlaubt sein, daß in der folgenden Abhandlung nur jene Münzen und Medaillen Berücksichtigung finden, welche von den bamb. und würzb. Bischöfen selbst ausgegangen sind, und daß sonach die Huldigungs-, Curs-, Sterb- und Sedisvacanzmünzen, sowie jene, welche speciell Mainz und Erfurt betreffen, in der Regel unbeachtet bleiben.

I.

Welche Andeutung der kirchlich-politischen Entwicklung geben die beiden Hochstifte Bamberg und Würzburg auf ihren Münzen? [1])

Der anfängliche Plan, die beiden Bisthümer hier (I) getrennt zu behandeln, wurde der Kürze und Uebersichtlichkeit wegen

[1]) Daß ich keine genügende Sammlung Bamberger und Würzburger Münzen zu dieser Abhandlung benützen konnte, bedauere ich sehr, weil nur dadurch

aufgegeben und dafür die Zusammenstellung des Gleichartigen gewählt.

1. Die ältesten würz. Münzen, von B. Meinhard an beginnend, zeigen auf der Vorderseite einen Bischof, theils sitzend, theils in halber Figur, welcher meistens in der Rechten ein blankes bald quer über den Schooß gelegtes (Schneidt T. I, 3. 5. T. III, 26. 28. 32. T. IV, 34. 35.), bald aufrecht gehaltenes Schwert (Schneidt T. I, 4. 7. II, 14—16. 19 u. s. w.) und in der Linken gewöhnlich ein aufgeschlagenes Buch (Evangelium) hat. (Schneidt T. I, 3. 7. II, 15. 16. III, 25. 26. 28.) Statt dessen hält der Bischof in der R. auch ein Kreuz und in der L. ein Buch (Schneidt T. I, 2.), oder in der R. ein Schwert und in der L. einen Stab (Schneidt T. I, 5. II, 14. III, 24. 27. 29—32. IV, 34—36. 38. 40. 41.), in der R. einen Stab und in der L. ein Buch (Schneidt I, 8. 10. II, 11. 12.), in der R. einen Stab und in der L. eine Fahne (Schneidt II, 17. 18.), in der R. ein Schwert und in der L. ein Kreuz (Schneidt II, 19. III. 21—23.), in der R. eine Fahne und in der L. einen Stab (Schneidt IV, 33.), in der R. ein Schwert und in der L. eine Fahne (Schneidt IV, 52). Auf der letzten Münze steht ein K vor dem Schwerte, wodurch der Bischof wohl als St. Kilianus

---

Vollständigkeit hätte erzielt und etwaige Irrthümer hätten vermieden werden können. Als Führer benützte ich zunächst A. für Bamberg: a. Die bamb. Münzen, chronol. geordnet und beschrieben v. Jos. Heller, Bbg., 1839. 8. — b. „die Münzkunde Bambergs im Mittelalter von Dr. jur. Philipp Meyer," abgedr. im VII. Berichte des hist. Ver. Bamberg, 1844 mit II Tafeln Abbildungen. S. 45—59. — c. Die Sammlung der bamb. Münzen des hist. Ver. dahier. — B. für Würzburg. a. P. Ignatius Gropp Collectio scriptorum et rerum Wirceburgensium novissima. 1744. Fol. Tom. I. p. 174. 277. 300. 310. 394. 430. Tom. II. p. 222. 287. 303. 462. 509. 515. 532. 547. 632. 674. 688. 718 mit Münzabbildungen v. Lorenz v. Bibra bis Friedrich Carl von Schönborn (1495—1746) — b. Schneidt Thesaur. juris franconici. Abschnitt I, S. 471—480 mit Tab. I—IV. Abschnitt II, S. 976—985 mit Tab. V—VI. Absch. I. S. 2909—2914 mit Tab. VII—X. — c. J. Rost's leider druckunvollendeter „Versuch einer vollständigen Beschreibung sämmtlicher Münzen und Medaillen." Meiningen. 1831. 8. Gedruckt sind Bog. 1—7, und reichen bis in die Zeiten von Johann Philipp v. Schönborn (1642—1673). Die Benützung des vollständigen Mscr. verdanke ich der Güte der Familie des Seligen, die mir die freundschaftlichen Gesinnungen ihres Vaters treu bewahrt hat. — d. Prof. Dr. Keller's verschiedene Abhandlungen über würzb. Numismatik im Archiv des hist. Vereines Würzburg, Bd. V—VII und IX—XI. — C. Für Bamberg und Würzburg: eigene Aufzeichnungen.

bezeichnet werden soll, der durch Schwert und Fahne als Herzog von Franken dargestellt ist. Auch (Schneidt T. V, von 49 und 59 anfangend) steht der Bischof aufrecht in ganzer Gestalt, führt in der Rechten ein Schwert, in der Linken einen Stab und ist durch die Umschrift: „Sanctus Kilianus" näher gekennzeichnet. — Auf der Rückseite sehen wir theils ein Kirchengebäude (Kathedralkirche, Basilika, Dom,) (Schneidt I, 2. 4. 7. II, 13. 14. u. s. w.) theils das würzb. Monogramm: Bruno Episcopus [1]) (Schneidt I, 3. III, 26. 28. 29.), theils einen Bannerträger mit einem Palmzweige (Schneidt I, 8. II, 11. 12.) und ohne den letzteren (Schneidt I, 10.) endlich das Familienwappen des Bischofs, mit B. Gottfried, Grafen von Hohenlohe (1314—1322) beginnend (Schneidt III, 32.), und mit dem Capitelswappen (Fränk. Rechen) unter Gerhard Grafen v. Schwarzburg. (1372—1400. — Schneidt IV, 37. 39.)

Aehnlich ist es mit den ältesten bamb. Münzen. Diese beginnen, soviel bis jetzt bekannt ist, mit Bischof Rupert's (1075—1101) reichen und kunstlosen Soliden (Heller S. 3- 4, Nr. 8—14. und Dr. Meyer Taf. I, Rupert Nr. 1—5.), die im Avers einen Kopf ohne Infel, an dessen rechter Seite ein Bischofsstab lehnt, mit der Umschrift RVPERT, und im Revers ein Kirchengebäude enthalten, welches BABENBERG umschrieben ist. Ueber die älteste Münze mit dem hl. Kaiserpaare Heinrich und Kunegunde von B. Eberhard II. v. Reihenberg (1146—1170), s. unten II, B. 1. Ueber angezweifelte Soliden desselben Bischofs, die im Av. einen Bischof darstellen, der bald auf einem Throne sitzt, bald mit halbem Leibe abgebildet ist, der in der Rechten einen Stab und in der Linken ein Buch trägt, und die im Rev. mit Engelsköpfchen geziert sind, werde ich mich, so fern es meine Gesundheit erlaubt, bei einer andern Gelegenheit aussprechen. (Heller S. 4—5, Nr. 16—24.) — Ueber zwei Denare von B. Thiemo (1196—1201) mit der hl. Kunegunde im Av. und im Rev. mit einem Kirchengebäude, s. unten II, B. 5. Von B. Leopold — wahrscheinlich III. — (1353—1363) besitzen wir mehrere Denare, die im Av. einen Kopf mit der Infel und der Umschrift LVPOLDVS EP. und im Rev. theils ein Kirchengebäude, theils den bamb. Löwen, und in beiden

---

[1]) Prof. Dr. Keller im Archiv des hist. Vereines Würzburg. Bd. VI, 1. S. 68 flg.

Fällen die Umschrift BABENBERG haben. (Dr. Meyer Taf. I., Leopold III., Nr. 1—4). Ein Denar mit FRIDERICVS — wahrscheinlich Friedrich III. Graf von Tuhendingen (1363—1366) — Av. Bischofskopf mit Stab an der linken Seite und geschmückt mit dem Pallium, Rev. mit dem Bamberger Löwen — ist abgebildet bei Dr. Meyer Taf. I, Friderich.

Auf allen diesen Münzen sind die bildlichen Darstellungen: Der Bischof — auf Bamberger Münzen mit dem Pallium — das Evangelium, das Kreuz, der Hirtenstab, die Insel, das Kirchengebäude, das Monogramm, die Engelsköpfe — mit Ausnahme des Schwertes, der Fahne und des Wappens — kirchlicher Art; und die beiden Bisthümer Bamberg und Würzburg geben dadurch Zeugniß von ihrem kirchlichen Ursprunge.

2. Nur das blanke Schwert in den Händen des würzb. Bischofs, welches, wo es sich auf mittelalterlichen bischöfl. Münzen findet, als ziemlich untrügliches Kennzeichen alter würz. Münzen angenommen werden darf, deutet, wie auch die Fahne auf die alte herzogliche Würde (Franciae orientalis Ducatus) und auf den bekannten, auf diese Würde sich gründenden Spruch: Herbipolis sola judicat ense et stola („Würzburg allein richtet mit dem Schwerte und der Stola") also auch auf die weltliche Macht dieses Bischofs hin. Doch diese herzogliche Würde ward Gegenstand mehrfacher Anfeindung. Der B. Erlongus (1106—1122) beklagte sich daher bei K. Heinrich V. während dessen Anwesenheit in Würzburg über die Verletzung seiner Gerechtsame mit der Bitte um kaiserliche Bestätigung derselben. Diese erfolgte am 1. Mai 1120 in der Kirche des hl. Kilian zu Würzburg [1]). Deßhalb begegnen wir schon auf einem Brakteaten des B. Embriko, eines Grafen von Leiningen (1125—1147) dem Titel EPI(scopus) und DVX [2]) und auf vier Soliden des Bischofs Reginhard, eines

[1]) Die Urkunde selbst nebst Anderem hieher Gehörigem findet sich in Fries Würzb. Chronik. Würzburg. Bonitas-Bauer. 1848. I, S. 196—199.

[2]) Vergl. Rost, S. 19, Nr. 13²/₄ EPIDVX. — Fries a. a. O. I, S. 208 bekämpft jene Geschichtsschreiber, welche behaupten, das Herzogthum Franken sei erst zu Embriko's Zeiten an das Hochstift Würzburg gekommen. — Am 10. Juli 1168 bestätigte K. Friedrich I., der Rothbart, zu Würzburg dem B. Herold v. Höchheim (1165—1172) den Besitz des althergebrachten fränkischen Herzogthums. S. Fries I, S. 245—251. — Hier ist zugleich auch die Rede von dem Ehren-

Grafen von Abensberg, (1172—1184) steht im Avers ein Bischof mit dem Hirtenstabe in der R. und mit dem Evangelium in der L. und im Revers das rechtshinsehende Brustbild eines Herzogs, der die Fahne in der R. und einen Palmzweig (soll dieser vielleicht an den Märtyrertod der Frankenapostel erinnern, oder soll vielleicht dadurch angedeutet werden, daß der hl. Kilian schon Herzog in Franken gewesen ist?) in der L. hält. Die Umschrift des Rev. heißt: WIRCEB-DVX. (Schneidt T. I, 8. 10. T. II, 111. 12.) Seltener ist die schon oben angegebene Abbildung des Bischofs mit dem Stabe in der R. und der Fahne in der L. Zuweilen scheint man unschlüssig gewesen zu sein, ob dem Bischofe oder dem Herzoge der Vorrang gebührt, oder, was dasselbe ist, ob der Bischofsstab oder das Schwert (die Fahne) rechts zu stehen habe. (Schneidt T. I, 6. T. II, 20. T. IV, 37, 39.) Doch dieses Schwanken war nur vorübergehend, indem es bald als Regel feststand, daß der Franciae orientalis Dux die letzte Stelle in dem Titel einzunehmen und selbst dem späteren Princeps nachzugehen habe. So ist also die herzogliche (weltliche) Würde des jeweiligen Bischofs von Würzburg nicht blos durch Schwert und Fahne [1]) sinnbildlich sondern auch durch DVX wörtlich bezeichnet. Die letztere Bezeichnung hat sich, wenn auch mit einiger Unterbrechung bis zur Säcularisation erhalten, ist dann in die k. k. österr. Titulatur [2]) übergegangen und hat sich endlich in der k. bayr. Titulatur erneuert [3]).

3. Bamberg und Würzburg gehen nun einige Zeit entgegengesetzte Wege. Erst über dritthalbhundert Jahre später

---

gepränge beim Aufzuge des neugewählten Bischofs und bei dessen Begräbniß, — von dem Landgerichte im Herzogthum Franken und von den vier erblichen Ehrenämtern des Herzogthums zu Franken. (Obermarschall Graf v. Henneberg — Oberschenk Graf v. Kastell; — Obertruchseß Graf v. Rinek; — Oberkämmerer Graf v. Wertheim.)

[1]) Sonach läßt sich auch historisch nachweisen, daß das Fähnchen im Würzburger Wappen Zeichen des Herzogthums ist. S. unten I, 5. — Vergl. „Dr. Buchinger: Feierliche Belehnung des Bischofs Conrad III. (v. Thüngen) zu Würzburg mit dem Herzogthum zu Franken durch Kaiser Carl V. im J. 1525," in Hormayr's und Rudhart's Taschenbuch XL. Jahrg. 1852—1853 S. 59—71.

[2]) S. Chronik des Churfürstenthums Würzburg. Herausgegeben von Dr. Bonaventura Andres. 1806. Würzb. Bonitas 4°. Urkundenbuch. S. 18.

[3]) S. Kön. Bay. Reg.-Bltt. v. 20. Oct. 1835. Nr. 53, S. 889—894.

kommt in Bamberg unter dem kenntnißreichen B. Leopold III. v. Bebenburg (1353—1363) auch ein Zeichen der weltlichen Macht der Bischöfe auf Münzen vor, nämlich der aufsteigende schwarze Löwe mit dem silbernen rechten Schrägbalken auf goldenem Felde (Stangenreiter im Munde des Volkes), welcher auf dem ersten Sedisvacanz-Thaler vom Jahre 1693 Insigne Principatus Bambergensis (Wappen des Fürstenthums Bamberg) genannt wird. Der Avers der eben angeführten Leopold'schen Münze zeigt einen mit der Infel bedeckten Bischofskopf mit der Umschrift: LVPOLD und der Revers den näher bezeichneten Löwen als Stiftswappen mit der Umschrift: BABENBERG. (Dr. Meyer Taf. I, Leopold III., Nr. 4.) wodurch angedeutet wird, daß der Bischof nicht blos das geistliche sondern auch das weltliche Regiment zu führen hat, daß aber die geistliche Macht der weltlichen vorgeht. Bald darauf ging der bamb. B. Lampert v. Brunn (1373 — resign. 1398 † 1399) einen Schritt weiter. Nicht blos, daß er ähnliche Münzen wie Leopold III. nur mit seinem Namen prägen ließ, setzte er auch zum ersten Male sein Familienwappen seinen Münzen bei, (S. Dr. Meyer a. a. O. Taf. I, Lampert. Auf Nr. 5 steht die Brunn'sche Angel vor dem Kopfe des Löwen, auf Nr. 6 und 7 unter dem Kopfe des Bischofs und auf Nr. 8 füllt sie die eine und der Löwe die andere Seite der Münze), und sein Nachfolger Albert Graf von Wertheim (1398—1421) vereinigte zuerst auf zwei halbovalen Schildchen rechts das Stifts- und links sein Familienwappen auf einer Münzseite, in regelrechter auch später beibehaltener Form. (Dr. Meyer Taf. II, Albert v. Werth. Nr. 1. 2. 3.)

4. Umgekehrt war es in Würzburg. Hier ließen die Bischöfe ihr Familienwappen früher auf Münzen prägen als das Capitelswappen, wahrscheinlich weil sie Herzoge von Franken waren und deshalb ihre weltliche Macht nicht in Zweifel gezogen werden konnte. B. Gottfried, Graf v. Hohenlohe (1313—1322) nahm zuerst aus seinem Familienwappen einen schreitenden Löwen in seine Münzen auf (Schneidt T. III, 32. T. V, 43—35) [1]) und seinem Beispiele folgte B. Gerhard, Graf von

[1]) Ueber die in diese Zeiten fallende Falschmünzerei auf dem Schlosse Rotenhan und über die Zerstörung desselben durch den W. B. Wolfram v. Grum-

Schwarzburg (1372—1400), indem er den aufrechtstehenden gekrönten halben Löwen mit ausgereckter Zunge und vorgeworfener Pranke (Schneidt T. IV, 36. 38. 40. 41) seinen Münzen einverleibte. Auch die späteren Bischöfe thaten dies, nur Rudolph v. Scherenberg (1466—1495) und Lorenz v. Bibra (1495—1519) bedienten sich auf ihren schillinger- oder batzenartigen Geprägen blos der drei aufwärtsgehenden silbernen Spitzen im rothen Felde, d. i. des Capitels- nicht ihres Familienwappens. (Schneidt T. VI, 67.; T. V, 49.; T. VI. 72—74.) Doch möge hier nicht unbeachtet bleiben, daß Lorenz v. Bibra seinen Thaler (Schneidt T. VI, 68. 69) und Goldgulden (Schneidt T. VI, 70. 71.) mit dem Capitels- (drei Spitzen), Herzogs- (Fahne) und mit seinem Familienwappen (Biber), also zum ersten Male mit dem Hochstiftswappen schmückte. Während wir die drei Heerspitzen (Capitelswappen) zuerst in dem Revers eines Solidus von B. Gerhard von Schwarzburg (Schneidt T. IV, 37. f. 39) finden, war sein Nachfolger Johann v. Egloffstein der Erste, welcher das Fähnchen (Herzogsfahne) seinem Familienwappen beifügte, bis endlich die Heerspitzen und die Fahne ständigen Sitz in dem bischöflich-würzburgischen Wappen (Hochstiftswappen) gewannen.

5. Meiner Ansicht, daß die drei aufsteigenden silbernen Spitzen im rothen Felde, auch Heerspitzen oder fränkischer Rechen genannt, das Capitelswappen und das Fähnchen das Wappen des Herzogthums zu Franken und beide zusammen das Hochstiftswappen sind, stehen mehrere gewichtige Autoritäten entgegen: a. Das neue k. bayr. Wappen (s. Anmerk. 3. S. 261.) b. Die Fürst Hohenlohe-Waldenburgische heraldische Monographie: „Das Wappen der Reichsschenken von Limburg. Stuttgart, Blum und Vogel. 1861". c. Die Behauptung des Leg. Rathes Dr. Scharold im Archiv des hist. Vereines Würzburg. Bd. VI, Heft 3, S. 190. d. Die öfters ausgesprochene Meinung meines sel. Freundes, Dr. Keller (z. B. Archiv des hist. Vereines Würzburg Bd. X, Heft 1, S. 5; Heft 3, S. 144—145 u. s. w.), und andere entgegen,

bach (1322—1333) und den b. B. Johann v. Güttingen (1321 resign. 1324 † 1324) s. Fries, Würz. Chronik I, S. 444—445 u. Jäck's Allgem. Gesch. Bambergs. Bamb. u. Würz. 1817, 8. S. 59. — In Folge dessen ging das Unter-Mundschenkenamt am bisch. Hofe zu Bamberg von der Familie v. Rotenhan auf die Famlie v. Aufseß über.

welche gerade das Gegentheil behaupten und die drei Spitzen zum fränkischen Herzogswappen machen. Meine Ansicht stütze ich durch folgende Gründe:

α. Von den frühesten Zeiten bis zur Säkularisation hatten die Spitzen in dem bisch. und fürstbischöflichen würzburgischen Wappen den Vorrang vor der Fahne, natürlich weil der Bischof von Würzburg höher stand als der Herzog zu Franken und weil selbst der spätere Princeps (Fürst) in der Titulatur dem Dux voranging, denn der Principatus und Ducatus waren ein bloßes Annexum des Episcopatus, aber ja kein Annexum im modernen Sinne des Wortes.

β. Die Missalia Herbipolensia von Rudolph v. Scherenberg, namentlich die von 1493 und 1495, sowie die von Lorenz v. Bibra, von 1503 und 1509 enthalten, nach den bischöflichen Vorreden je einen Holzschnitt, der rechts das quadrirte bischöflich-würzburgische Hochstiftswappen (1. Feld: die Heerspitzen, 2. u. 3. Feld: Scherenberg oder Bibra, 4. Feld: die Herzogsfahne) und links einen Bischof in vollem Ornate zeigt, der in der Rechten das Schwert und in der Linken den Hirtenstab trägt, ob St. Kilian oder Rudolph v. Scherenberg, oder Lorenz v. Bibra, ist nicht angegeben, doch die zwei Engel, welche vor ihm knien und die ihm auf einem halbovalen Schilde den fränkischen Rechen oder die aufsteigenden silbernen Spitzen vorhalten, lassen den hl. Kilian vermuthen. Gropp, der in Collectio scriptorum et rerum Wirceb. novissima Tom. I. pag. 163, diese Abbildung aus dem Missale v. 1509 aufgenommen hat, fügt die Bemerkung bei: Additis iterum Laurentii Episcopi et Cathedralis Capituli Insignibus, quae pariter exhibemus. Die Insignia Laurentii Episcopi sind das bischöfl.-würzburgische quadrirte Hochstiftswappen und die Insignia Capituli sind die vor dem Bischof stehenden, von den zwei Engeln gehaltenen, drei silbernen Spitzen im rothen Felde. (Schneidt T. VI, 70. 71). Ist dies nicht klar?

γ. Im J. 1749 wurden rechts und links am Presbyterium (Chore) des Würzburger Domes eine Sakristei und eine Ornatkammer angebaut, und die Fenstergesimse derselben, die sich heute noch hier befinden, mit eben diesen Spitzen als Capitels- — nicht

Herzogswappen — geziert, weil der Bau von dem Bischof und seinem Capitel aufgeführt worden war.

δ. Auf allen sieben Würzburger Sedisvacanzmedaillen (1749. 1754. 1779. 1795), welche das Domcapitel zu Würzburg nach dem Tode seines jeweiligen Fürstbischofes zum Zeichen seiner geistlichen und weltlichen Macht während des Interregnums oder der Sedisvacanz prägen ließ, kommen nur die Spitzen, nie die Fahne vor und auf den beiden ersten vom Jahre 1749 haben die Spitzen zu allem Ueberflusse noch die Umschrift: Capitulum cathedrale Wirceburgense.

ε. Auf allen diesen sieben Sedisvacanzmedaillen sind diese Spitzen mit der Grafen- oder überhaupt Adelskrone bedeckt, was man gewiß nicht zugelassen hätte, wenn die Spitzen das Zeichen des Herzogthums und nicht des Domcapitels wären.

ζ. Salver, der in der Heraldik, und namentlich in der fränkischen, sehr wohl bewandert war, nennt in seinen Proben des Teutschen Reichs-Adels 1775. Fol. Tab. XVI, Nr. 52 die drei Spitzen oder den fränkischen Rechen ausdrücklich „das Wappen des hohen Domkapitels."

Daß das Schwert und die Fahne Zeichen des Herzogthums sind, ergibt sich im Allgemeinen aus der Belehnung der Herzoge mit Schwert und Fahne, daß aber die Bischöfe von Würzburg als Herzoge zu Franken sich des Schwertes und der Fahne als besonderen Zeichens ihrer Herzogswürde bedienten, geht nicht blos daraus hervor, daß

αα. der hl. Kilian als angeblich erster Herzog zu Franken nie anders als mit dem blanken Schwerte abgebildet wird, und daß auf den ältesten Würzburger Münzen der jedesmalige Bischof oder der hl. Kilian in der Regel mit dem blanken Schwerte gewöhnlich in der Rechten erscheint, sondern auch daraus, daß

ββ. die Fahne ständigen Sitz in dem bischöfl.-würzburgischen Wappen erhalten hat, und zwar an der letzten Stelle, weil auch der Franciae orientalis Dux in dem bischöflichen Titel die letzte Stelle einnimt.

γγ. Ferner darf nicht unerwähnt bleiben, daß Joannes Boemus Aubanus in Omnium Gentium mores, leges et ritus etc. Antverpiae. In aedibus Joannis Stelsii. 1562. Lib. III, Cap. XV. De Franconia et Francorum multis ritibus p. 343 schreibt: (Ein Auszug findet sich auch in Gropp Collectio script. et rer.

Wirceb. noviss. Tom. I, p. 862. a.) „Ecclesiasticus Herbipolensis terrae Ducatum habet, quare dum sacris operatur, in altari denudatum gladium habet atque vexillum.

δδ. Endlich aus einem alten Chronikmanuscript des Klosters Theres führt Gropp a. a. O. Tom. I, p. 90—91, die ehemaligen Consecrationsfeierlichkeiten der Würzburger Bischöfe an, und da heißt es am Schluße: Et sic semper in Ecclesia cathedrali, quotiescumque Episcopus in majoribus Festivitatibus sacris operatur, Archimarschallus (Comes de Henneberg), qui post ipsum stat, denudatum portat gladium vel ensem, et alter vexillum, tanquam Ducatus Franconici insignia. Lassen diese Worte wohl noch einen Zweifel über die Bedeutung der Fahne im Würzburger Wappen und auf Würzburger Münzen? (Vergl. II, A, 4.)

Allerdings mögen die aufsteigenden silbernen Spitzen schon sehr frühe von fränkischen Edlen in ihr Wappen aufgenommen worden sein, wie von den Grafen von Limpurg, vom Kaiser Conrad II., von den alten Grafen des Kochergaues (S. Dr. Scharold im Archiv des hist. Vereines Würzburg VI, 3. S. 190), aber wo die Spitzen und die Fahne in einem Wappen, wie in dem bischöfl.-würzburgischen Hochstiftswappen vereinigt sind, da kann nach der Zeichnung und nach der Titulatur wohl kein Zweifel sein, daß die Spitzen den Vorrang vor der Fahne haben und daß sonach die Spitzen das Capitelswappen und die Fahne das Herzogswappen sind.

6. Das vierfeldige (quadrirte) Wappen finden wir im Bisthum Bamberg zuerst unter Anton v. Rotenhan (1432—1459) und in Würzburg unter Gottfried IV. Schenk von Limburg (1443—1445), dort in der bis zur Säcularisation beibehaltenen Form: 1. und 4. Feld: Bamb. Löwe; 2. und 3. Feld: Familienwappen. (Dr. Meyer, Ant. v. Rotenhan Taf. II, 7) hier in zweifacher Form: a. 1. und 4. Feld: Die Heerspitzen; 2. die Fahne; 3. Limburg; (Schneidt T. V, 59) — b. 1. und 4. Feld: die Heerspitzen; 2. Limburg; 3. Fahne; (Schneidt Tab. V, 60) woraus sich mit dem Anfange des XVI. Jahrh. als ständige Form entwickelte: 1. Feld: die Heerspitzen; 2. und 3. Feld: Familienwappen; 4. Feld: Herzogsfahne. Waren die Münzherren zugleich Bischöfe in Bamberg und Würzburg, dann war folgende

Wappenstellung gebräuchlich: 1. und 4. Feld: Bamberger Löwe, weil Bamberg a. als Ecclesia imperialis und b. als unmittelbar unter dem Papste stehend der würzburger Kathedralkirche vorging; 2 Feld: die Heerspitzen; 3. Feld: die Herzogsfahne, endlich das Familienwappen als Herz- oder Mittelschild.

So wie die weltliche Macht der Bischöfe durch das Herzogs- und Familienwappen einen sinnbildlichen Ausdruck erhielt, so gewann sie auch einen thatsächlichen durch die Vereinsmünzen (monetae principum), welche Bamberg unter Lambert von Brunn und Anton v. Rotenhon (Heller Nr. 37—45), Würzburg unter Johann II. v. Brunn (Schneidt T. V, 50—53) und Gottfried IV, Schenk von Limburg (Schneidt T. V, 61. 62) gemeinschaftlich mit dem Burggrafen von Nürnberg aus dem Hause Zollern und andern benachbarten Fürsten schlugen. Die Münzvereinigungen legten aber nicht blos Zeugniß ab, von der Erweiterung der weltlichen Macht der Bischöfe, sondern sie waren auch ein Zeichen der Nothwehr gegen die immer mehr einreißende Münzverwirrung.

7. Während in Würzburg schon unter Embriko, Graf von Leiningen (1125—1147) in dem Titel des Bischofs der Beisatz Dei Gratia (von Gottes Gnaden) vorkommt (Schneidt T. I, 5), unter Otto v. Lobdenburg (1207—1223) sich wiederholt (Schneidt T. II, 16) und von Melchior v. Zobel (1544—1558) an — wenigstens auf dessen Goldgulden — (Schneidt T. X, 84, 85) sich bis zur Säcularisation behauptet, war in Bamberg der durch Sparsamkeit für die Wohlfahrt seines Landes so sehr besorgte Bischof Veit II. von Würzburg (1561—1577) der Erste, der seinem Titel die Formel Dei Gratia beisetzte, und sich Vitus Dei Gratia Episcopus Bambergensis nannte. (Heller Nr. 76—79). Diesem Beispiele folgten: Martin v. Eyb (1580— resig. 1583 †?) bekannt durch die Einführung des Gregorianischen Kalenders, Ernst v. Mengersdorf, (1583—1591), der Stifter des dasigen Gymnasiums und des ernestinischen Priesterseminars, (Heller Nr. 84) Johann Philipp v. Gebsattel (1599—1609), (Heller Nr. 86), von allen seinen Unterthanen geliebt wegen seines wohlwollenden und herablassenden Benehmens; so wie die folgenden bamb. Bischöfe und Fürstbischöfe bis auf die beiden letzten Franz Ludwig

v. Erthal (1779 † 1795) und Christoph Franz v. Buseck (1795—1802 † 1805). Dabei möge aber ja nicht übersehen werden, daß der Erstere auf all' seinen würzb. Münzen sich Franciscus Ludovicus Dei Gratia Episcopus Bambergensis et Wirceburgensis, sacri Romani imperii Princeps, Franciae orientalis Dux nannte. Zu seinen bamb. Münzen gehören außer den Kreuzern vom Jahre 1786 und den Hellern von 1780 und 1786, denen aber sein Name nicht aufgeprägt ist, nur jene beiden Conventionsthaler, welche er laut Rescript d. d. Würzburg 14. December 1794 aus seinem Bamberger Hoffilber ZUM BESTEN DES VATERLANDS zu schlagen befohlen hatte. Dieser seine Vaterlandsliebe und Herzensgüte ehrende Beschluß konnte aber erst nach seinem genau zwei Monate später erfolgten Tode († 14. Febr. 1795) vollzogen werden, und die Ablieferung der fraglichen Thaler verzögerte sich bis zum Juli 1795 [1]).

Die Beseitigung des Beisatzes „von Gottes Gnaden" darf also gewiß nicht auf Rechnung des Frömmsten und Frommen gesetzt werden, so wenig als die Weglassung des Kreuzstabes hinter der Kaiserkrone auf den beiden fraglichen Thalern. Anders mag es sich vielleicht mit den Cursmünzen seines Nachfolgers in Bamberg, des F. B. Christoph Franz v. Buseck verhalten. Von diesem besitzen wir a. nur einen Vierundzwanziger, b. drei halbe und c. drei ganze Conventionsthaler [2]). Andere Cursmünzen sind meines Wissens von ihm nicht vorhanden. Diese sieben Gepräge stammen aus dem J. 1800 und haben die Umschrift: Christoph Franz, Bischof zu Bamberg, des heiligen römischen Reiches Fürst, ohne den Beisatz: von Gottes Gnaden, obgleich die Huldigungsmedaille der Stadt Bamberg vom 7. April 1795 — in Gold und Silber — die Umschrift trägt: CHRISTOPH : FRANC : D. G. EP : BAMB : S. R. I. P. Das Münzgeschäft der angeführten sieben Cursmünzen

---

[1]) S. XXVII. Bericht des histor. Vereines Bamberg, S. 30—33.

[2]) Heller a. a. S. 136—137 kennt außer dem 24ger nur einen halben und zwei ganze Conventionsthaler. Der hist. Verein dahier besitzt aber nicht blos den 24ger sondern auch die drei halben und die drei ganzen Conventionsthaler dieses Fürstbischofs. Ob er vielleicht auch noch andere Cursmünzen hat prägen lassen? Einige wollen wenigstens behaupten, einen 24ger mit dem Porträte dieses Fürstbischofs gesehen zu haben. Mir ist er noch nicht vorgekommen. Eine zuverlässige Nachricht hierüber wäre sehr wünschenswerth.

war dem bamb. Hoffactor Heßlein, einem Israeliten, dem ehemaligen Besitzer der jetzigen Anwesen auf dem Maxplatze dahier Nr. 554—555 b. übertragen, und dieser ließ das Silber zu diesen Münzen, sowie das Gravieren und Prägen derselben durch den Fürther Israeliten Dinkelsbühler besorgen. Der Buchstabe D (= Dinkelsbühler) unter dem Portraite des Fürstbischofs auf einem der drei halben Conventionsthaler, (den Heller aber nicht gekannt hat), findet daher hierin seine Erklärung, sowie die Charakteristik, welche der Katalog des großen v. Wambolt'schen Münzcabinets in Heidelberg in Bd. II, 1839, S. 430, einem unter Nr. 1077 beschriebenen halben Conventionsthaler beigesetzt hat (Heller Nr. 567). Wem die Beseitigung des Beisatzes: „von Gottes Gnaden" in den beiden letzteren Fällen zur Last gelegt werden muß, vermag ich nicht zu bestimmen, wohl aber hat es in Folge der französischen Revolution auch schon damals — wie jetzt — Leute gegeben, denen ein Fürstenthum von Gottes Gnaden unerträglich erschien, weil sie die wahre Bedeutung desselben weder auf Seite der Fürsten noch auf Seite der Unterthanen kannten. [1])

8. Georg III, Schenk von Limburg, (1505—1522) bedeckte das bischöfl.-bambergische Wappen zum ersten Male mit der Kaiserkrone und zwar auf dem ersten bamb. Thaler vom J. 1506 (Heller Nr. 64) und symbolisirte dadurch die Ecclesia imperialis bambergensis. Von den Würzburger Bischöfen konnten nur jene ihr Wappen mit der Kaiserkrone schmücken, welche zugleich Bischöfe von Bamberg waren, nämlich: Gottfried von Aschhausen, Franz Graf von Hatzfeld, Peter Philipp von Dernbach, Friedrich Carl Graf von Schönborn, Adam Friedrich Graf von Seinsheim und Franz Ludwig von Erthal. Der Schmuck der Kaiserkrone erhielt sich auf bambergischen Münzen bis zur Säkularisation.

9. Als Zeichen der geistlichen (bischöflichen) Macht dient auf Wappen und Münzen theils der Kreuzstab oder das erzbischöfliche Kreuz, (vexillum crucis) theils

2) Wie viel höher steht Homer, wenn er seine Fürsten (βασιλῆες) mit den Prädicaten διογενέες und διοτρεφέες belegt, und wenn er Ilias. II, 101—108 angibt, welchen Ursprung der Szepter Agamemnons hat und wie dieser Fürst auf legale Weise, durch göttliches Geschenk (Dei gratia) und dann durch Erbschaft in directer Linie zu demselben (d. i. zur Herrscherwürde) gelangt ist?

der Hirten- oder Bischofsstab, und als Zeichen der weltlichen (fürstlichen) Macht das Schwert, abgesehen von andern sinnbildlichen Darstellungen auf Wappen und Münzen. Den Kreuzstab oder das erzbischöfliche Kreuz sich vortragen zu lassen, war ein Vorrecht der Erzbischöfe und jener Bischöfe, denen, ohne daß sie die erzbischöfliche Würde besaßen, das Pallium verliehen war. Zuweilen wurden diese Privilegien — Pallium und Kreuzstab — gesondert ertheilt. Bamberg erhielt diese Auszeichnung schon im Jahre 1053 vom Papste Leo IX., Würzburg aber erst 1753 vom Papste Benedikt XIV. So wie den mit dem Pallium geschmückten Bischöfen der Vorrang vor jenen gebührt, denen dasselbe nicht verliehen ist, so hat auch der Kreuzstab als Wappenzierde den Vorrang (rechts) vor dem Bischofsstabe (links).

Johann Philipp von Gebsattel (1599—1609) war der Erste unter den Bamberger Bischöfen, der sein Wappen rechts mit dem Kreuzstabe und links mit dem Bischofstabe zierte (Heller Nr. 89) und dadurch die geistliche Würde für die Hauptsache erklärte. Sein Nachfolger Johann Gottfried von Aschhausen (B. 1609 — W. 1617 † 1622), der die beiden Bisthümer Bamberg und Würzburg nach einer Trennung von 610 Jahren zum ersten Male wieder vereinigte, behielt diese Anordnung des Wappenschmuckes so lange bei, als er blos Bischof von Bamberg war, (Heller Nr. 94) aber nach dem Antritte der bischöflichen Würde von Würzburg erscheint nun auf dem Guldenthaler von 1619 (Gropp T. II, p. 222. Heller Nr. 102) der Kreuzstab hinter der Kaiserkrone, rechts der Hirtenstab und links das Schwert, wodurch der Vorzug der geistlichen Macht vor der weltlichen ausgesprochen war, aber auf dem Revers eben dieses Thalers hält der hl. Kilian das Schwert in der Rechten und den Bischofsstab in der Linken, was das Gegentheil zu sagen scheint. Freilich darf hier nicht übersehen werden, daß er das Schwert nicht als Bischof von Bamberg führte, sondern wegen Würzburg als Herzog von Franken, was sich daraus ergibt, einmal, daß keiner der vorhergehenden Bischöfe von Bamberg sich das Schwert als Wappenschmuck beilegte, und dann, daß die folgenden rein bambergischen Bischöfe Johann Georg II., Fuchs von Dornheim, (1623—1633) Melchior Otto, Voit von Salzburg (1642—1653), Philipp Valentin, Voit v.

Rineck, (1653—1672)[1]) noch immer sich des Kreuz- und Bischofstabes, nicht aber des Schwertes in ihren Wappen bedienten und daß Marquard Sebastian, Schenk von Stauffenberg (1683—1693), sein Wappen bald mit dem Stabe und dem Schwerte — mit dem letzteren, weil nach dem westphälischen Frieden — (Heller Nr. 237 folg.) bald mit dem Kreuz- und Hirtenstabe (Heller Nr. 248 folg.) zierte. — Johann Philipp von Frankenstein (1746—1753) war der erste rein bambergische Bischof, welcher seinem Wappen rechts das Schwert und links den Bischofsstab anfügte und dadurch seine weltliche (fürstliche) Macht nicht blos constatirte, sondern ihr auch den Vorrang vor der geistlichen (bischöflichen) zusprach, ein Grundsatz, der bis zur Säcularisation eingehalten wurde. Ob wohl auch zum Vortheile der Fürstbischöfe? Hat man denn auch bedacht, daß die ersten Bischöfe keine Fürsten waren und daß den Bischöfen die Fürstenwürde blos darin beigelegt wurde, weil sie Bischöfe waren?

In Würzburg schwankte man bezüglich der Stellung des Bischofsstabes und des Schwertes. In dem quadrirten Wappen, ohne und mit einem Herzschilde, wie man solches, einige frühern abgerechnet, von Lorenz von Bibra bis zur Säcularisation findet, steht in der Regel rechts das Schwert und links der Stab. Nur Gottfried von Aschhäusern (Gropp, T. II, p. 222); Peter Philipp von Dernbach — der auf seinen würzb. Münzen der eben angegebenen Regel folgt, auf seinen bambergischen Geprägen aber rechts den Stab und links das Schwert einsetzt (Gropp, T. II, p. 515) — und Johann Philipp von Greifenklau (Gropp, T. II, p. 632) machen theilweise eine Ausnahme, indem sie auch rechts den Stab und links das Schwert anfügen. Folgerecht sollte nun auch die Haltung des Schwertes und Stabes in den Händen des hl. Kilian die Ordnung dieser Machtzeichen auf den Wappen einhalten, was aber der Fall nicht ist. In den späteren Zeiten scheint man jedoch anderer Ansicht geworden zu sein, denn auf den

[1]) Die in Mitte liegenden Bischöfe, denen außer Bamberg noch andere Bisthümer (Würzburg, Mainz) übertragen waren, sind: Franz von Hatzfeld (W. 1631—B. 1633 † 1642), Peter Philipp v. Dernbach (B. 1672—W 1675—† 1683), Lothar Franz v. Schönborn (B. 1693—M. 1695—† 1729), und Friedrich Carl v. Schönborn (W. u. B. 1729 † 1746).

Münzen und Medaillen mit den drei Heiligen von Johann Philipp von Greifenklau (Gropp, T. II, p. 632), Johann Philipp Franz von Schönborn, (Gropp, T. II, p. 674), Franz Ludwig von Erthal und Georg Carl v. Fechenbach, dann auf den fünf letzten Sedisvakanzmedaillen von 1754, 1779 und 1795 (nicht aber auf den beiden ersten von 1749) erscheint der hl. Kilian in seiner eigentlichen geistlichen Stellung, d. h. er hält den Hirtenstab in der Rechten und das Schwert in der L., sowie auch auf den beiden Thalern v. J. 1790 und auf den 24gern von 1785, 1786, 1787 und 1790, auf denen der hl. Kilian allein abgebildet ist. Dagegen trägt der hl. Kilian auf den Schillingern bis zur Säkularisation durchaus das Schwert in der R. und den Stab in der L.

10. Ferner verdienen die fünf Medaillen, welche auf die Wiedervereinigung der beiden Bisthümer Bamberg und Würzburg unter einem Oberhirten geprägt worden sind, hier erwähnt zu werden. Die beiden ersten a. von 1618, unter Johann Gottfried I. von Aschhausen (von Heller unter Nr. 99 unrichtig beschrieben) und b. von 1637, unter Franz von Hatzfeld veröffentlicht, (von Heller gar nicht erwähnt), unterscheiden sich blos durch die Namen und Wappen der Münzherren und durch die Prägungsjahre. Die Umschrift des Avers von a. heißt: IOH : GODE : D. G : EPI : BAMB . ET . HERBIP : FRAN : OR : DVX. und die des Avers von b. FRANCISC : D. GR : EPI : BAMB . ET HERBIP : FRAN : OR : DVX. Auf beiden steht rechts der Bamberger und links der Würzburger Dom, jener zwischen den Thürmen durch B, dieser durch W bezeichnet. Die Abbildung des letzteren ist besonders „deswegen höchst merkwürdig, weil man darauf noch den Dom in seiner alten Gestalt mit der Grede — gradus — und seinem Vestibulum erkennt, was längstens ganz verändert worden". [1]) Unten in der Mitte der beiden Dome befindet sich auf a. das quadrirte bamberg-würzburgische Stiftswappen mit dem Aschhausen'schen Herzschilde, mit der Kaiserkrone bedeckt, dann rechts mit dem Hirtenstabe und links mit dem

[1]) So Oberthür's Verzeichniß von Gedächtniß-Münzen auf merkwürdige Menschen und Begebenheiten. Würzburg. 1825. Stephan Richter. 8. S. 154—155. — Putzsüchtigen und Hoffärtigen rief man früher in Würzburg zu: „Zieh den Dom an, so schleppt die Grede nach."

Schwerte geschmückt, und auf b. dasselbe Wappen nur mit dem Hatzfeld'schen Herzschilde. Auf dem Rev. stehen sich die Brustbilder der beiden Schutzpatrone, des Kaisers Heinrich II. und des Frankenapostels Kilian gegenüber; der Erstere rechts in kaiserlichem Ornate hält das Scepter in der R. und den Reichsapfel in der L., der Letztere links in bischöflichem Anzuge trägt das Schwert in der L., einen Stab hat er nicht. Die Stellung des Scepters und des Schwertes der beiden Stiftspatrone (ersterer r., letzterer l.) hat ihren Grund in der Symmetrie, sonach in künstlerischer und nicht in politischer Rücksichtnahme. Die Umschrift auf beiden heißt: S. HENRICVS 1024. S. KILIANVS . 688. Die Zahlen bezeichnen die beiderseitigen Todesjahre. Unten im Abschnitte stehen die Prägungsjahre auf a. 1618 und auf b. 1637. Abgebildet ist a. in Gropp. Coll. T. II, p. 222.

Die dritte c.) hierhergehörige Medaille, eine sehr seltene ovale Gußmedaille von Peter Philipp v. Dernbach, ohne Jahrzahl, kenne ich nur aus Heller's Beschreibung Nr. 223 und aus Dr. Keller's Berichtigung. (Archiv des hist. Ver. Würzburg. Bd. VI, Hft. 1. S. 88.) Der Av. zeigt das Brustbild Peter Philipp's und den Rev. beschreibt Heller a. a. O. also: „Die heiligen Kaiser Heinrich, Kunigunda und Bischof Otto auf Wolken sitzend; darüber: CONCORDIA. Unter das quadr. Bamb. und Würzb. Wappen mit Schwert und Stab geziert, von zwei Engeln gehalten." Dr. Keller berichtigt a. a. O. diese Beschreibung dahin: daß die Figur, welche nach Heller den hl. Otto darstellen soll, nicht diesem, sondern dem hl. Kilian angehört. Denn nur der Letztere wird stets mit dem Schwerte abgebildet nicht aber der Erstere. Dann deutet die Umschrift CONCORDIA an, daß unter Peter Philipp die Bisthümer Bamberg und Würzburg zum dritten Male wieder unter einen Oberhirten vereinigt worden sind. Zu bedauern ist nur, daß man über die Stellung des Schwertes an der Hand des hl. Kilian auf dieser Medaille weder bei Heller noch bei Dr. Keller etwas erfährt.

Stimmen diese drei Widervereinigungsmedaillen darin miteinander überein, daß durch die Zusammenstellung der Stiftspatronen von Bamberg und Würzburg, als Repräsentanten der beiden Bisthümer, die Wiedervereinigung auf das Einfachste und Natürlichste symbolisirt wird; so zeigen die vierte und fünfte Medaille dieser

Art unter F. B. Friedrich Karl von Schönborn einen modernisirenden jedoch nicht kirchlichen Fortschritt, indem auf d), welche 2 Loth in Silber, und in Gold 15 Ducaten — aber nur in Goldguldengold — wiegt, nicht mehr die Schutzpatronen der beiden Hochstifter, sondern die weiblichen Repräsentantinen von Bamberg und Würzburg — Bamberga und Herbipolis — beide mit Fürstenmänteln bekleidet, jene zur rechten Seite bedeckt mit der Kaiserkrone wegen der Ecclesia imperialis Bambergensis, diese zur linken Seite mit dem Herzogshute wegen des Ducatus Franciae orientalis, sich vereinigend die Hände reichen, während beide mit der L. je einen Schild mit dem treffenden Hochstiftswappen halten, und so den vermeintlichen Vorzug der weltlichen Macht vor der geistlichen, oder den der fürstlichen vor der bischöflichen Macht zur Schau tragen. Die Umschrift heißt: QUAM BENE CONVENIUNT, „wie gut passen die beiden Fürstenthümer zusammen". Unten im Abschnitte stehen die Worte: ELECTUS HERBIP. | D. 18. MAY. 1729. |, wodurch diese Medaille zugleich in ihrer zweiten Eigenschaft — als Wahlmedaille — charakterisirt wird. (S. Gropp. Coll. II, p. 718.) — Auf einem anderen Exemplare findet man unter der hier gegebenen Inschrift im Abschnitte noch den Buchstaben W. d. i. der Name des Graveurs Werner; auf einem dritten Exemplar steht statt der Inschrift des Abschnittes blos die Jahrzahl MDCCXXIX und auf einem vierten heißt diese Inschrift: MDCCXXIX | P. P. W = Peter Paul Werner. (S. Dr. Keller, Archiv X, 2. und 3. Heft, S. 170—171, Nr. 1, 2, 3 — Heller Nr. 352—353.)

Aehnlich ist es mit der e) Medaille, die gleiches Gewicht in Silber und Gold wie die vorige hat, nur daß im Rev. statt der beiden personificirten Hauptstädte Bamberg und Würzburg, als Repräsentanten der beiden Fürstenthümer, hier die Flüsse, an denen diese Städte liegen und die einen großen Theil der beiderseitigen Gebiete durchlaufen, sich befinden. Da aber auf der zu besprechenden Medaille zwei bärtige Flußgötter statt einer Flußgöttin (Radantia) und eines Flußgottes (Moenus) vorkommen, so glaube ich folgende Bemerkung vorausschicken zu müssen. Der durch Bamberg sich hinziehende Fluß, der jetzt mit Unrecht den Namen „die Regnitz" führt, heißt urkundlich von den ältesten Zeiten an bis ins XVII. Jahrhundert „die Radanz, Radenz, Radeniz, Radnitz" und im Lateinischen „Radantia“ [1]). Der Humanist und Poeta laureatus Konrad Celtes (Klipfel?) von Wipfeld am Main in Unterfranken bediente sich in „Libellus de origine, situ, moribus, et institutis Norimbergae, 1502.“ Cap. 2 zuerst des Namens Regnesus statt Radantia, wahrscheinlich um der Nürnberger Pegnitz — Pegnesus — einen ähnlich lautenden Namen gegenüber zu stellen. Der bärtige Flußgott Radantia ist daher nur eine Nachahmung des Regnesus [2]). Der Rev. der fraglichen Medaille enthält ein großes Wasserbecken, in welchem Anspielung auf den Namen „Schönborn“ sich übereinander zwei schöne Springbrunnen befinden, von denen jeder in mehreren Wasserstrahlen sich in das Becken ergießt und deren unterer Theil den mit dem Herzogshute geschmückten Schild des Schönborn'schen Familienwappens enthält. Vor dem Wasserbecken sitzen zwei bärtige Flußgötter, rechts Regnesus (die Regnitz), links Moenus (die Main), jener mit der R. den bamberger, dieser mit der Linken den quadrirten Würzburger Hochstiftsschild haltend. Als Umschrift dient der Hexameter QVAM BENE CONVENIVNT ET AB VNO FONTE RIGANTVR. „Wie gut passen die beiden Fürstenthümer zusammen und werden von einer Quelle bewässert.“ Die Worte des Abschnittes BEATA QUARTUM | HIS IRRIGUIS | FRANCONIA. | „Glücklich zum vierten Male durch diese Bewässerung ist Franken“, deuten darauf hin, daß nun zum vierten Male die fränkischen Fürstbisthümer mit einem Gliede der Schönborn'schen Familie besetzt waren: diese sind: 1. Johann Philipp I. wurde 1642 Fürstbischof von Würzburg, (1647 Kurfürsterzbischof v. Mainz, 1664 Fürstbischof von Worms), † 12. Febr. 1673; — 2. Lothar Franz 1693 Fürstbischof von Bamberg, (1694 Coadjutor und 1695 Kurfürsterzbischof von Mainz, 1701 wird die Schönborn'sche Familie in den Grafenstand erhoben) † 30.

---

[1]) Herr Prof. Dr. Gerhard sagt in seiner Brevis Bavariae Geographia in usum studiosae literarum juventutis. Wirceburgi 1844, p. 34: „ad sinistram influit in Moenum: Regnesus (Ragantia, Regnitz)“. Worauf gründet sich diese Zusammenstellung? Wer ist Gewährsmann für diese Namen? namentlich für Ragantia?

[2]) S. „Rednitz und Regnitz. Vom Ober-Consistorialrath Dr. Ebrard in Erlangen.“ Abgedruckt im „Anzeiger für Kunde der deutschen Vorzeit. 1864, Nr. 9—12“ und „Rednitz oder Regnitz? v. Pfr. Schweitzer.“ Abgedruckt im: 28. Bericht über das Wirken und den Stand des historischen Vereines Bamberg. 1865, S. 72—77“.

Januar 1729; — 3. Johann Philipp Franz 1719 Fürstbischof von Würzburg † 18. Aug. 1724; — 4. Friedrich Karl 1708 Coadjutor seines Oheims Lothar Franz, deshalb 30. Jan. 1729 bei dem Tode desselben Fürstbischof von Bamberg, 18. Mai desselben Jahres Fürstbischof zu Würzburg, † 25. Juli 1746. (S. Gropp. Coll. II, p. 718). — Auch von dieser Medaille gibt es Varietäten. S. Dr. Keller im Archiv Bd. VI, 1, S. 90, Nr. 338 und Bd. X, Heft 2 und 3, S. 171—172, Nr. 3 und 4. Von Adam Friedrich von Seinsheim und Franz Ludwig von Erthal sind Medaillen der Art nicht vorhanden.

11. Die ehemalige patriarchalische Sitte der deutschen Reichsstände, ihren Münzen den Namen des regierenden Kaisers beizusetzen, zum Zeichen, daß sie den Kaiser als ihr weltliches Oberhaupt anerkannten und von diesem ihre weltliche Macht empfangen hatten, findet sich in Bamberg nur von einem Bischofe beobachtet, von dem liebenswürdigen Johann Philipp v. Gebsattel, welcher den Namen des Kaisers Rudolph II. (1576—1612) seinen Ducaten (Heller Nr. 86—88) beifügte. — Um so fester hielt Würzburg an diese schöne Sitte. Denn auf Thalern und Goldmünzen von Konrad von Thüngen an bis auf Franz von Hatzfeld inclus. — also von 1519—1642 sind die Namen der deutschen Kaiser: Karl V. (Schneidt, Tab. VII, 75, 76. Gropp Coll. Tom. I, p. 217. Schneidt T. VIII, 79, 80. T. IX, 81—83. T. X, 84—86 und T. XI, 87. Gropp Coll. I, p. 310 und 354). Maximilian's II., (Gropp Coll. I, p. 394). Rudolph's II., (Gropp Coll. I, p. 430). Matthias', (Gropp Coll. I, p. 430) und Ferdinand's II., (Gropp Coll. II, p. 287) d. h. von 1519 bis 1637, oder bis gegen das letzte Drittel des 30jährigen Krieges aufgeprägt. Von den B. Friedrich von Wirsberg (1558—1573) besitzen wir, so viel mir bekannt ist, keine Münzen vor 1569, darum fehlt Ferdinand I. (1558—1564) in der Reihe der eben angeführten Kaiser. Bemerkenswerth ist noch ein Viertelsthaler von Johann Gottfried v. Aschhausen, der die beiden Bisthümer unter seinem Hirtenstabe vereinigte. Denn einmal war diese Münze Hellern unbekannt, dann trägt sie die Jahrzahl 1623, obgleich Johann Gottfried schon 29. December 1622 gestorben war, ferner hat sie den Stempelfehler FERDINANVS II

und endlich ist sie die einzige Münze Johann Gottfried's, der ein Kaisername aufgeprägt ist. (S. Dr. Keller Archiv, VI. Bd., Hft. 1, S. 83).

Der für Deutschland so unheilvolle 30jährige Krieg — ein Bruderkrieg [1]) — in welchem sich das Erbübel der Deutschen — Uneinigkeit — im hellen Lichte zeigte, in welchem, um unser Unglück voll zu machen, das Ausland sich einmengte, in welchem es bei dem für Deutschland so nachtheiligen Bündnisse zwischen dem französischen Kardinal Richelieu und dem protestantischen Schwedenkönige Gustav Adolph schon damals auf den Sturz des Hauses Oesterreich abgesehen war, und welchen neuere Geschichtsschreiber, trotz des genannten widernatürlichen Bündnisses so gerne zu einem Religionskriege stempeln möchten [2]), — dieser Krieg unterstützte die deutschen Reichsstände in ihrem Streben, sich von der kaiserlichen Oberherrlichkeit frei zu machen, bis sie endlich durch den westphälischen Frieden die ersehnte Landeshoheit errangen. Durch die Lockerung der Bande zwischen den deutschen Fürsten und ihrem Oberhaupte, ward aber auch Deutschlands Kraft zersplittert und geschwächt, ward dem Auslande der Weg gebahnt, sich zu seinem Vortheile in die deutschen Angelegenheiten zu mischen,

---

[1]) Auch der dermalige, durch einen ewigen Frieden (hat man denn auch, abgesehen von der alten Formel der ewigen Friedensschlüsse, sich die Fragen beantwortet: Wer ist ewig? Was ist ewig?) beendete Krieg war ein Bruderkrieg, ein parricidium, ein scelus, nefarium et detestabile. — Das Blut das im brudermörderischen Kampfe vergossen wird, ist das Blut Abels, das von der Erde zum Himmel schreit. (Gen. 4, 10.)

[2]) Auch jetzt fehlt es nicht an Versuchen, dem eben beendeten brudermörderischen Kampfe den Charakter eines Religionskrieges beizulegen. Handelt es sich wirklich um Religion und nicht um Materialismus, um Macht, erhöhte Finanzen, und — Freimaurerthum. Ist Freimaurerthum nicht das Gegentheil von Religion, ist es nicht Gottlosigkeit. Der Kürze wegen möge auf folgende drei Thatsachen hingewiesen werden, um die anscheinende Härte des Ausdruckes „Gottlosigkeit" zu rechtfertigen: a) auf den Tod des Theodor Verhaegen, des Großmeisters der belgischen Logen am 8. December 1862; b) auf die Abstimmung der Delegirten aller französischen Freimaurerlogen zu Paris, im Juni 1865 über die Frage: Ob in der Constitution des Ordens die Annahme der Existenz Gottes und der Unsterblichkeit der Seele verbleiben solle oder nicht: und c) auf die Heidelberger Ableger der belgischen Solidaires unter dem Titel: „Handle wie du denkst", die das Programm aufstellten: „Keinen Priester bei der Geburt, keinen bei der Ehe, keinen bei dem Tode!"

ward Deutschland von der Höhe, zu der es durch seine physische und geistige Kraft berechtigt ist, durch eigene Schuld herabgedrängt.

12. Die Landeshoheit, welche sich die Reichsstände 1648 errangen, hatte aber auch noch eine andere Folge. Schon im XIV. und XV. Jahrh. waren wie oben unter 6. bemerkt wurde, in Folge von Münzvereinigungen monetae principum geschlagen worden, ohne daß die sich betheiligenden Bischöfe von Bamberg und Würzburg sich deshalb den Titel: „Princeps — Fürst“ beigelegt hätten. Ihnen genügte der bescheidene Titel: „Bischof von Gottes Gnaden“. Aber seit dem westphälischen Frieden wurde der Titel: „Sacri Romani Imperii Princeps — des heiligen römischen Reiches Fürst“ — allgemein und die geistlichen Reichsstände wurden nun: „Kurfürsterzbischöfe, Fürstbischöfe, Fürstäbte ꝛc.“ — Zur Zeit des eben genannten Friedens saß in Bamberg auf dem bischöflichen Stuhle Melchior Otto, Voit von Salzburg (1642—1653), ein für Religion, Vaterland und Wissenschaft begeisterter Mann, aber er nannte sich auf seinen Münzen nie anders als: „Melchior Otto, Episcopus Bambergensis“, oder: „M. O., Dei gratia Episcopus Bambergensis“ und auch auf der von dem bamb. Domcapitel auf ihn geprägten Sterb- und Gedächtnißmünze erhielt er nur die erste Benennung: „Melchior Otto, Episcopus Bambergensis“, ohne den Beisatz: Sacri Romani Imperii princeps. Auch sein Nachfolger Philipp Valentin, Voit von Rieneck (1653—1672), der sich eifrigst bemühte, die Wunden des 30jährigen Krieges möglichst zu heilen, legte sich auf seinen Münzen nie einen andern Titel bei als: Philippus Valentinus, Dei gratia Episcopus Bambergensis, aber sein Domcapitel gab ihm auf dem ihm zu Ehren geschlagenen Begräbnißgroschen den Titel: Philippus Valentinus, Episcopus Bambergensis, sacri Romani Imperii Princeps. Zweierlei ist hier zu beachten: a) das Domcapitel beseitigte wie auch bei seinen Vorfahren die Formel: Dei gratia, und b) legte dem Dahingeschiedenen den Titel: Sacri Romani Imperii Princeps bei, den hier zum ersten Male ein bamb. Bischof führt, und den sich seine Nachfolger von jetzt an bis zur Säkularisation als Fürstbischöfe beilegten. Doch darf nicht übersehen werden, daß Marquard Schenk v. Stauffenberg, der Erbauer

des Lustschlosses Seehof, auf einem Thaler von 1691 (Heller Nr. 264) nicht blos Dei gratia wegließ, sondern noch weiter ging und den Episcopus Bambergensis dem sacri Romani Imperii Princeps nachsetzte.

In Würzburg gelangte 1642 Johann Philipp I. von Schönborn zur bischöflichen Würde, ward 1647 Erzb. v. Mainz u. 1664 auch Bischof von Worms. Von nun an hatte er den Titel: Joannes Philippus Dei gratia sacrae sedis Moguntinae Archiepiscopus, sacri Romani Imperii per Germaniam Archicancellarius, Princeps Elector, Episcopus Herbipolensis et Wormatiensis, Franciae orientalis dux. Da ihm als Erzbischof von Mainz schon an und für sich das Amt des Erzkanzlers im heil. röm. Reiche durch Germanien oblag und da er auch die kurfürstliche Würde bekleidete, so hatte er den Sacri Romani Imperii Princeps überholt, weshalb auch dieser Titel hier nicht in Betrachtung gezogen werden kann. Sein Nachfolger auf dem bischöflichen Stuhle von Würzburg, Johann Hartmann von Rosenbach, (1673—1675) legte sich den Titel: Sacri Romani Imperii Princeps zwar selbst nie bei, aber auch sein Domcapitel nennt ihn auf der zu seinem Andenken geprägten Sterbemünze Johannes Hartmannus S. R. I. Princeps Episcopus Herbipolensis, Franciae orientalis Dux, und beging also denselben doppelten Fehlgriff, wie drei Jahre früher das Domcapitel in Bamberg und wie 1691 der bamb. Fürstbischof Marquard Sebastian, ohne zu bedenken, das der Principatus blos eine Folge des Episcopatus, nicht aber umgekehrt war. Von Peter Philipp v. Dernbach an bis zur Säcularisation (1675—1802) führten die würzb. Bischöfe auch den Titel: „Principes, Fürsten“, setzten aber diesen Titel nie vor dem Episcopus; nur die Münzen von Konrad Wilhelm von Wernau (1683—1684) und Johann Gottfried II. v. Guttenberg (1685—1698) sind bald mit dem Titel: S. R. I. Pr. versehen, bald entbehren sie denselben.

So unschuldig vielleicht auch der neue Titel Princeps erscheinen mochte, so nachtheilig wirkte er in seinen Folgen. Die kleineren deutschen Fürsten, geistliche wie weltliche, sahen nun in ihren Hoheitsträumen auf die größeren Höfe hin, nahmen sich diese zu Vorbildern, ahmten auch das Schlimme derselben nach und fanden daher auch von der Seite ihren Sturz, von welcher sie ihr Heil gehofft hatten. So bewährte sich auch hier in gewissem Sinne der sprichwörtlich gewordene Ausspruch Lukan's: Exeat ex aula, qui volet esse pius. (Vergl. Bamberger Pastoralblatt 1866, Nr. 31.)

II.

Wie huldigen Bamberg und Würzburg dem religiösen Principe in den Landespatronen (Heiligen) auf ihren Münzen.

Der würz. Fürstbischof Johann Philipp Franz (1719—1724) aus dem Hause der kunst- und prachtliebenden Schönborne, durch Vorzüge des Geistes und Herzens ausgezeichnet, dessen unglückliches Ende die allgemeinste Theilnahme hervorrief, ließ zum Andenken an seine am 18. September 1719 erfolgte Bischofswahl eine schöne, große, 16 Loth schwere silb. Medaille von Vestner in Nürnberg prägen, sie im Avers mit seinem Portrait und der Umschrift: IOAN:PHILIP:FRANC:D.G.EP.HERB:S.R.I.PR:F.O. DVX&PRAEP:MOG.EX S.R.I.COMIT.DE SCHÖNBORN. versehen und im Revers mit dem Bildnisse der drei Frankenapostel schmücken, die auf Postumenten stehen, von denen das in der Mitte mit dem Namen ST.KILIANUS, das rechts mit ST.COLONATVS und das links mit ST.TOTNANVS bezeichnet ist. Der hl. Kilian in bischöflichem Ornate trägt in der Rechten den Bischofsstab und in der Linken das Herzogsschwert; der hl. Kolonat hat als Priester den Kelch in der L., und als Märtyrer den Palmzweig in d. R.; der hl. Totnan hält als Diacon das Evangelium mit der R. auf der Brust und als Märtyrer den Palmzweig in der L. Die Haltung der Palmzweige in den Händen beider Gefährten des heiligen Kilian hat ihren Grund in der symmetrischen Darstellung. Die Häupter der drei Heiligen sind von Strahlen umgeben. Unten im Abschnitte enthält die dreizeilige Inschrift, den Geburts- und Wahltag des Fürstbischofs Johann Philipp Franz: NATVS 15. FEBR: 1673 | ELECTVS 18. SEPT. | 1719. | Die dem Psalm 150 v. 1 entnommene Umschrift heißt: LAVDATE DOMINVM IN SANCTIS EIVS. (Gropp Coll. II, p. 674), „Lobet den Herrn in seinen Heiligen", ruft der sinnige Fürstbischof Jenen zu, welche diese Medaille beschauen, zwar nicht eigentlich, wie der Urtext es will: lobet den Herrn in seinem Heiligthum, obgleich auch die Heiligen, als reine, dem Dienste des Herrn geweihte Gefäße, Heiligthümer sind. Diese Inschrift erklärt am Einfachsten, weshalb die Heiligen und insbesondere die Landespatrone auf Münzen und Medaillen das religiöse Princip vertreten. Die christliche Religion besteht in dem Glauben an die göttliche Offenbarung und an der aus diesem Glauben entsprungenen Selbstverläugnung verbunden mit opferwilliger Liebe, der Quelle guter Werke, denn der Glaube ohne Werke ist todt. Beider Tugenden haben sich die Heiligen beflissen, diesen Tugenden entstammte die unwandelbare christliche Ueberzeugung, daß das Gute und Wahre im zeitlichen Untergange seinen Sieg feiert, diese Ueberzeugung war der Grund ihrer heldenmüthigen Todesverachtung, und darum sind sie auch zu Auserwählten Gottes geworden. Wer also diese Heiligen verehrt, der preiset Den, Dessen Gebote sie erfüllt haben, und Der sie dieser ihrer Verdienste wegen auch verherrlicht hat. Darum betet der Priester in der hl. Messe: Oramus te, Domine, per merita Sanctorum tuorum. Von einer Anbetung der Heiligen, die man den Katholiken so häufig als Götzendienern vorwirft, nirgends eine Spur!

A. Würzburg.

Würzburg verehrt als Landespatronen die drei Frankenapostel Kilian, Kolonat und Totnan, dann seinen ersten Bischof den hl. Burkard, vor Allem aber die hl. Jungfrau Maria als Patrona Franconiae. Betrachten wir das Einzelne.

1) Der hl. Kilian ist theils allein, theils zugleich mit seinen Gefährten Kolonat und Totnan auf Würzburger Münzen abgebildet.

Die erste Münze mit Sanctus Kilianus wird dem Bischof Siegfried von Querfurt (1147—1151) zugeschrieben. (Schneidt T. I. 6). Die batzenartigen Gepräge mit Sanctus Kilianus beginnen aber erst mit Gottfried IV. Schenk v. Limburg (Schneidt T. V, 59—61) und werden fortgesetzt von Johann III. v. Grumbach (Schneidt T. V, 63, VI, 65) und Rudolph von Scherenberg (Schneidt T. VI, 67). Unter Lorenz v. Bibra verwandelten sich diese Münzen in Schillinger, welche von 1496 an mit der Jahreszahl versehen sind (Gropp Coll. I, p. 174, Nr. 3), und recht eigentlich als fränkische Landesmünze betrachtet werden können. (Schneidt T. V, 49, VI, 72—74). Von den drei folgenden

Bischöfen Konrad III. von Thüngen, Konrad IV. von Bibra und dem thalerreichen Melchior von Zobel sind derartige Gepräge nicht bekannt. Friedrich von Wirsberg (1558—1573) schlug in den Jahren 1571 u. 1572 wieder Schillinger, aber mit einer wesentlichen Abänderung. Statt des hl. Kilian setzte er den Reichsapfel, der die Werthzahl 28 (d. i. 28 Schillinger = 1 fl. fränk.) enthält, und gab als Umschrift den Namen des Kaisers Maximilian II. Die beiden Nachfolger dieses Bischofs: Julius Echter von Mespelbrunn und Johann Gottfried von Aschhausen ließen keine Schillinger schlagen, aber Philipp Adolph von Ehrenberg prägte wieder Schillinger mit dem hl. Kilian. Die traurige Kipper- und Wipperzeit (1621—1623), die während seiner Regierung das Land hart bedrängte, nöthigte ihn, die Schillinger in Knackenschillinger zu verringern, die zwar damals eben so viel als die guten Schillinger (1 Sch. = 3 Dreier) galten, in der Folge aber nur zu 2 Dreiern angenommen wurden.[1]) Auch die Nachfolger Philipp Adolph's bis Johann Philipp II. von Greiffenklau (169 —1719) inclus. setzten diese Kursmünzen fort. (Gropp Coll. II, p. 303, p. 462, p. 509, p. 515 p. 532, p. 547, p. 632). Letzterer schlug auch Batzen (4) und halbe (2) Batzen mit dem Brustbilde des hl. Kilian. (Gropp Coll. II, p. 632). Die Reihe der Schillinger wurde nur auf einige Zeit unterbrochen. Joh. Phil. Franz v. Schönborn (1719—1724) prägte blos Goldmünzen und silberne Medaillen aber keine Kursmünzen. Christoph Franz von Hutten (1724—1729) folgte so ziemlich dem Beispiele seines Vorfahrers, schlug aber doch nebst einigen andern Kursmünzen einen Schillinger im Jahre 1726 (Gropp Coll. II, p. 688) und dem F. B. Friedrich Karl von Schönborn, der außer Goldmünzen und silbernen Medaillen nur III Hellerstücke seinem Lande gab, wird der strittige Schillinger von 1746, den Einige wiewohl mit Unrecht für eine Sedisvacanz- resp. Capitelsmünze, andere für ein Gepräge Anselm Franzens von Ingelheim hielten, zugeschrieben[2]). Anselm Franz von Ingelheim (1746—1749) und Karl Philipp von Greiffenklau

[1]) Ueber die Knackenschillinger s. Gropp II. Thl. S. 407—408. Gropp Coll. II, p. 158.

[2]) S. Dr. Keller im Archiv des hist. Vereines Würzburg. Bd. X, Heft 2, S. 182—184.

(1749—1754) prägten wieder Schillinger in ergiebiger Anzahl, aber Adam Friedrich, Graf von Seinsheim, ließ, obgleich er 24 und 12kr.-Stücke, dann Sechser und Groschen, Batzen und Halbbatzen, Dreier und Kupfermünzen in großer Anzahl dem Verkehre übergab, doch nur einen Schillinger im Jahre 1763 aus seiner Münzstätte hervorgehen. Die Beschreibung dieses Schillingers, den ich noch nicht gesehen habe, ist nach Heller Nr. 402 folgende: Rev. „622½ EINE FEINE MARCK. 1763. Das verzierte quadr. Wappen mit dem Seinsheim. Mittelschild." Rev. „SANCTVS KILIANVS stehend im bischöflichen Ornat, neben: M—P." (= Martinengo. Prange). Die beiden letzten würzburgischen Fürstbischöfe Franz Ludwig von Erthal (1779—1795) und Georg Karl v. Fechenbach (1795—1802 † 9. April 1808 zu Bamberg) beschenkten ihr Land, bevor es der unerbittlichen Säcularisation verfiel, noch einmal mit Schillingern und dem hl. Kilian.

Die Schillinger von Philipp Adolph von Ehrenberg, kleiner an Größe und geringer an Werth als die batzenartigen Gepräge von Gottfried IV. an, behaupteten von hier bis zur Säcularisation treu ihren Typus. Im Avers zeigen sie das Hochstifts- und Familienwappen des jeweiligen Fürstbischofs mit dessen Namen und im Revers das Stand-, seltener Brustbild des hl. Kilian, der mit der Infel bedeckt und im bischöflichen Ornate das blanke Schwert durchaus in der R. und den Bischofsstab in der L. hält, und SANCTVS KILIANVS umschrieben ist.

2) Offenbar ließ man die Batzen, dann die Schillinger und Knackenschillinger mit dem Bildnisse des hl. Kilian deshalb in solchen Massen prägen, damit sie in die Hände Aller, selbst der Aermsten kommen sollten und damit die Bewohner des Bisthums ohne Ausnahme auf die leichteste Weise mit den Anfängen der Geschichte ihres heimischen Bodens, mit der Ausbreitung des Christenthums und dem Märtyrertode der Frankenapostel bekannt gemacht würden. Die Predigten, vorzüglich jene an dem Festtage des hl. Kilian, (8. Juli) lieferten hiezu belehrende Commentare, weckten die Liebe zum Vaterlande und entzündeten zugleich religiöse Gefühle. Aber auch durch größere Münzen und Medaillen in Silber und Gold theils mit dem hl. Kilian allein, theils zugleich mit seinen beiden Gefährten, suchte man in den höheren Kreisen des Volkes diese edlen Gefühle zu wecken, zu beleben und zu unterhalten. Solche Gepräge

wurden denn auch in Familien als Schatzgeld hochgehalten, wurden in Kirchen an Altären als Opfer dargebracht, zu Pathengeschenken benützt, als Andenken an freudige Ereignisse besonders in verwandschaftlichen Kreisen gespendet, zu Belohnungen verwendet und selbst als Schmuck von Frauen und Jungfrauen getragen.

3) Gepräge der Art waren: a) Thaler und Thalertheile (ganze, halbe, Viertels- und Sechstelsthaler), α. mit dem heiligen Kilian allein. Auf diesen Münzen erscheint das Bild des heiligen Kilian gewöhnlich in ganzer, zuweilen in halber Figur, meistens stehend, seltener sitzend, bald mit dem bischöflichen Wappen, bald ohne dasselbe, mit der Inful bedeckt, im bischöflichen Ornate, das blanke Schwert in der R., den Bischofsstab in der L. haltend, theils ohne nähere Bezeichnung, theils durch die Buchstaben S—K kenntlich gemacht, theils mit den Umschriften versehen: Sanctus Kilianus Episcopus — Sanctus Kilianus Episcopus et Martyr (Gropp Coll. I, p. 394) — Sanctus Kilianus. Hic plantavit, alter rigavit, Deus incrementum dedit. (1. Epist. Pauli ad Corinth. I, c. 3, v. 6). — Sanctus Kilianus Francorum Apostolus. — β. Mit den drei Frankenaposteln Kilian, Kolonat und Totnan und mit der Umschrift: Hac magna Triade patrocinante, (Gropp Coll. II, p. 632) oder: Sanctus Kilianus cum Sociis, Francorum Apostoli. — b) Ducaten und Goldgulden und auch hier: α. mit dem hl. Kilian allein, theils in ganzer, theils in halber Figur, und β. mit den drei Heiligen. — c) Medaillen. Die hieher gehörigen Medaillen sind nicht gar häufig, deshalb dürfte eine etwas genauere Angabe derselben Entschuldigung finden. α. Medaillen in Gold und Silber auf die Wiedervereinigung der beiden Bisthümer Bamberg und Würzburg unter einen Oberhirten in den Jahren 1618 und 1637 und unter Peter Philipp von Dernbach ohne Jahrzahl; (s. I, 10, a. b. c.) — β. Die Confraternitätsmedaille für Mainz und Würzburg von Johann Philipp I. v. Schönborn, Av. CONFRATERNITAS SANCTI MARTINI. MDCLVII. Der hl. Martin zu Pferde schneidet ein Stück von seinem Mantel ab und gibt dies einem Bettler, über ihm halten zwei Engel eine Krone und unter dem Pferde stehen die Wappenschilde von Mainz und Würzburg und darunter der Schönborn'sche. Rev. CONFRATERNITAS SANCTI KILIANI. MDCLVII. Der hl. Kilian mit Infel, Schwert und

Stab und vor ihm dieselben drei Wappenschilde. — γ. Eine 16 Lth. schwere silberne Medaille im Av. mit dem Porträt des F. B. Johann Philipp II. von Greiffenklau und im Rev. mit den drei Heiligen, die auf Postumenten mit den Namen: ST. COLONATUS — ST. KILIANUS — ST. TOTNANUS stehen und die chronographische Umschrift haben: HAC MAGNA TRIADE PATROCINANTE (1702) — δ. Dieselbe Medaille im Gewichte v. 8 Loth (Gropp Coll. II, p. 632). — ε. Die bereits im Eingange zu II näher beschriebene, 16 Loth schwere silberne Medaille, welche Johann Philipp Franz von Schönborn mit den drei Heiligen und der Umschrift: Laudate Dominum in Sanctis ejus im J. 1719 prägen ließ. — ζ. Eine 10 Loth schwere silberne Medaille im Av. mit dem Porträte des großen Geschichtskenners und unerschrockenen Vertheidigers der Rechte seines Stiftes: Christoph Franz von Hutten, im Rev. mit der Stadt Würzburg. Oberhalb der Stadt schwebt der hl. Kilian im bischöflichen Ornate in den Wolken, segnet mit gehobener Rechte die rechts vor ihm knieende, sich auf das fürstbisch. würzb. Wappen stützende und den Heiligen mit den Worten der Umschrift: BENEDIC HÆREDITATI TUÆ Psalm 79 (irrig ist Psalm 27, 9), um seinen Segen bittende Frankonia. Eine Abbildung dieser Medaille s. Eckhart Comment. de rebus Fr. or. Tom. I, p. 802. — Endlich η. glaube ich noch den sogenannten Herzogsthaler von Adam Friedrich Grafen von Seinsheim anführen zu müssen. Die Prägung dieses ziemlich seltenen Thalers ist zwar nicht aus Verehrung des hl. Kilians, dessen Bildniß er höchst wahrscheinlich trägt, wie die anderen Gepräge dieses Frankenapostels erfolgt, aber gerade wegen der eigenthümlichen Ursachen seiner Erscheinung und wegen seiner besondern von andern Geprägen so sehr verschiedenen Darstellungsweise soll er nicht mit Stillschweigen übergangen werden. Auf wessen Veranlassung dieser Thaler ins Dasein gerufen worden ist, ob auf Befehl des Fürstbischofs Adam Friedrich in einer augenblicklichen Gereiztheit, oder aus einer Schmeichelei des damaligen Hofrathes und Münzdirectors Johann Friedrich Meidinger, läßt sich aus Mangel an urkundlichen Nachrichten nicht bestimmen. Nur soviel kann als gewiß angenommen werden, daß er in Folge des Rechtsstreites der Abtei Ebrach mit dem Bisthume Würzburg über die Reichsunmittelbarkeit erschienen ist. Die Ausführung desselben ist folgende: Der Av. zeigt den Fürstbischof im herzoglichen Gewande und die Umschrift: ADAM.FRID.D.G. FRANC.ORIENT.DUX. läßt über die Absicht desselben keinen Zweifel, wenn man sich gleich nicht verhehlen darf, daß die dargestellte Idee, die Trennung der bischöflichen und herzoglichen Würde und der beanspruchte Vorrang der letzteren vor der ersteren aus schon angeführten Gründen eine verunglückte ist. Unter dem Porträte des Fürstbischofs steht der Name des Graveurs G(eorg) F(riedrich) LOOS F(ecit). Im Rev. sehen wir rechts das fürstbisch. bamb. würzb. Wappen mit dem Seinsheim'schen Herzschilde; — dieses ist mit dem Herzogshute bedeckt, mit dem Schwerte r. und mit dem Stabe l. geschmückt, rechts von einem aufrechtstehenden Löwen gehalten und mit einem Hermelinmantel umspannt, auf dem die Kaiserkrone ruht und hinter welcher der Kreuzstab hervorragt; — links von diesem Wappen steht der hl. Kilian (oder der Bischof Adam Friedrich?) in vollem bischöflichem Ornate, mit dem blanken Schwerte in der R. und dem Stabe in der L. Stellung und Haltung des Bischofes neben dem Wappen ist nichts weniger als erhebend und ehrfurchtsgebietend und läßt deutlich erkennen, daß der Zeichner eben so unglücklich in ästhetischer, wie in kirchlich-politischer Hinsicht war. Die Umschrift heißt: ADAM.FRID.D.G. EP.BAM.ET WIR.S.R.I.PRI. Unten links vom Bischofe ist nochmals der Name des Graveurs LOOS angebracht und im Abschnitte stehen in 4 Zeilen: X. EINE FEINE | MARK | 1766 | M(artinengo) P(range) [1]).

4. Mit dem Bildnisse des hl. Burkard besitzen wir nur zwei würzb. Goldgulden aus den Jahren 1786 und 1790, wodurch der fromme, weise und gerechte Franz Ludwig von Erthal eine längst verfallene Schuld abtrug. Auf diesen beiden Goldgulden ist der hl. Burkard stehend abgebildet, mit der Infel auf seinem umstrahlten Haupte und im bischöflichen Gewande, in seiner R. hält er das unter sich gekehrte blanke Schwert, und in der L. die Fahne. Beide Gepräge tragen die beachtenswerthe Inschrift: S:BURKARD:(us) PRIM:(us) E—P(iscopus) HERB:(ipolensis) FR:O:DUX.

---

[1]) Ueber diesen Herzogsthaler s. U. Prof. Dr. Lippert im Archiv des hist. Vereines Würzburg Bd. V, Hft. 2, S. 111—120. — Würzburger Chronik. Würzburg, Bonitas-Bauer 1848—1849, II. Bd. S. 491—492.

Mit Recht heißt Burkard der erste Bischof von Würzburg, da der hl. Kilian, nicht wie Fries in seiner sonst mit Recht sehr gerühmten würzb. Chronik erzählt, der erste Bischof von Würzburg, sondern blos Episcopus regionarius (Wanderbischof) war. Diese Würde behauptete der hl. Burkard. Da er nämlich die Gesandschaft an Papst Zacharias, mit welcher er von dem fränkischen Majordomus Pipin betraut worden war, glücklich vollführt hatte, soll er von diesem, sobald er auf den fränkischen Königsthron erhoben war, mit der Würde eines Herzogs von Ostfranken beehrt worden sein. Die symbolischen Zeichen dieser Würde waren das Schwert und die Fahne mit dem der hl. Burkard hier ausgestattet ist. (S. I, 5, γγ und δδ).

5) Der große Julius Echter von Mespelbrunn, der seine innige Verehrung Maria's durch die Erbauung der Wallfahrtskirche zu U. L. Fr. bei Dettelbach und des daran liegenden Franziskanerklosters offen an den Tag legte, [1]) war der Erste, welcher dies auch auf Münzen aussprach, und zwar auf zwei Ducaten ohne Prägejahr (Gropp Coll. I, p. 430). Sein dritter Nachfolger Franz von Hatzfeld ließ vier ganz ähnliche Thaler in den Jahren 1637, 1638, 1640 und 1641 schlagen (Gropp Coll. II, p. 303). Die angeführten sechs Münzen enthalten im Av. den Namen und Titel des Münzherrn als Umschrift, dann den hl. Kilian mit dem blanken Schwerte in der R., mit dem Stabe in der L., im bischöflichen Ornate und unter ihm das entsprechende bischöfliche Wappen. Der Rev. zeigt die Mutter Gottes mit dem Christkinde auf dem linken Arme und dem Reichsapfel oder Scepter in der R., von Strahlen umgeben, auf Wolken sitzend, unter ihren Füßen den Halbmond. Die untere Hälfte füllt der Reichsadler mit dem österr. Herzschilde, dann mit Schwert und Scepter, und das Ganze hat die Umschrift: INVICTI PATRIAE CVSTODES. Auf dem einen der Julius'schen Ducaten steht der Stempelfehler CVSTODIS. Wer sind die invicti patriae custodes? Doch wohl die hl. Maria, ihr

---

[1]) P. Ignatii (Gropp) Collectio Scriptorum et rerum Wirceburgensium novissima enthält Tom. I, p. 32—44. Dissertatio de cultu beatissimae Virginis Mariae, primae Episcopatus Wirceburgensis Patronae, variis ejus Sodalitiis et Confraternitatibus Saeculo XVI. institutis seu restitutis: deque reliquorum Franconiae Tutelarium eodem saeculo publica veneratione. cf Tom. II, p. 54—96.

göttlicher Sohn und der hl. Kilian. Dabei deuten das Reichswappen unter der Himmelskönigin und das fürstbischöfliche unter dem hl. Kilian darauf hin, daß auch der weltliche Arm verbunden ist, das Seine zur Ehre Gottes zu thun. Darum war früher mit der deutschen Kaiserkrone das römische Kaiserthum und die Schutzpflicht der Kirche verbunden.

6. Der Vers 5 aus Cap. XXX der Sprüche Salomons: Clypeus omnibus in te sperantibus: „Du bist ein Schild allen denen, die auf Dich hoffen", wird in einer Reihe würzb. Münzen auf die jungfräuliche Mutter unseres Heilands angewendet. α. Der Erste, der die hl. Maria mit diesen Worten anredet und sie mit dem Jesukinde auf Wolken sitzend und den Halbmond zu ihren Füßen auf zwei Ducaten von den Jahren 1637 und 1638 abbildete, war der durch Milde und Gerechtigkeitsliebe ausgezeichnete, aber von den Schweden hart bedrängte B. Franz Graf von Hatzfeld. (Heller Nr. 143—144.) β. Sein Nachfolger Johann Philipp I. von Schönborn, durch sein geistliches wie weltliches Regiment gleich achtungswürdig, — und davon zeugen laut die seiner Obhut anvertrauten drei Bisthümer: Würzburg, Mainz und Worms, — erfreute die Verehrer Maria's mit fünf Thalern, auf denen die Heilige mit der Krone auf dem Haupte und mit wallenden Haaren auf dem Halbmonde steht, den göttlichen Heiland auf dem linken Arme trägt und das Scepter in der Rechten hält. Diese Thaler gehören den Jahren 1643, 1652 (Gropp Coll. II, p. 462) und 1659 an, der eine hat keine Jahreszahl und der fünfte, ein Zwitterthaler, hat im Av. die Jahrzahl 1643 und im Rev. 1659. Der von 1643 und der Av. des Zwitterthalers tragen zu beiden Seiten des Halbmondes und oberhalb der Jahreszahl 16—43 die Anfangsbuchstaben des Namens C(onrad) S(tutz), welcher als Stempelschneider in Fürth lebte und Münzmeister des fränkischen Kreises war. γ. Die beiden folgenden Bischöfe: Johann Hartmann von Rosenbach (1673—1675) und Peter Philipp von Dernbach (1675—1683) ließen ganz ähnliche Thaler prägen (Gropp. Coll. II, p. 509 et 515), Ersterer zwei, Letzterer vier (Heller Nr. 218—221), und jeder ein Goldstück mit einem dieser Thalerstempel im Gewichte zu fünf Ducaten.

7. Der Fürstbischof Johann Philipp II. von Greiffenklau beurkundete seine treue Verehrung der heiligen Maria nicht blos dadurch, daß er im Jahre 1707 bei einem Einfalle der Fran-

zosen unter Villars öffentliche Gebete anstellte, um den Schutz der Landespatronin zu erflehen, und daß er, als das drohende Ungewitter, ohne besonderen Schaden sich wieder verzogen hatte, aus Dankbarkeit das alte Marienbild auf dem vorderen Thurme der Festung Marienberg wieder neu herzurichten und zu vergolden befahl [1]); ferner, daß er, als im J. 1711 durch einen Blitzstrahl der obere Theil des Marienkapellenthurmes in Würzburg abgebrannt war, das noch heute im strahlenden Glanze auf die Stadt und ihre Umgegend niederblickende Standbild der hl. Jungfrau, welches mit der Kuppel, auf welcher es steht, eine Höhe von 18½ Fuß einnimmt, aus Kupfer verfertigen und mit 400 Stück Ducaten aufs Beste vergolden ließ [2]), sondern auch dadurch, daß er das Bildniß der seligsten Gottesgebärerin verschiedenen Münzen aufzuprägen anordnete. Die Heilige sitzt hier theils auf Wolken, während ihre Füße auf dem Halbmond ruhen, theils steht sie auf dem Halbmonde und hält hier wie dort das weltbeglückende Kind bald auf dem rechten, bald auf dem linken Arme und das Szepter in der entgegengesetzten Hand. Die meisten dieser Münzen tragen als Umschrift das schöne, gedrungene und dem durch Krieg vielfach bedrängten Herzen des Fürstbischofs entstammende Gebet: Suscipe et protege, d. h. „Nimm uns und unser Land in deinen Schutz und Schirm, o heilige Maria!“ Zu diesen Geprägen gehören: a) eine dreifache Ducate von 1707, b) eine einfache Ducate geprägt mit dem Batzenstempel von 1706, c) ein sehr schöner — medaillenartig geschnittener Thaler von 1702 — dieser soll auch als Doppelthaler vorhanden sein — d) ein halber Thaler von 1707 [3]), e) ein ganzer und f) ein halber Batzen von 1706 (Gropp Coll. II, p. 632). Hieher ist noch zu zählen g) ein Viertelsthaler von 1702, auf dessen Av. die Mutter Gottes ohne Umschrift steht, dessen Rev. aber die sechszeilige chronographische Inschrift trägt: MATER DECORA GRATIAE PROTEGE NOS IN PACE.

[1]) S. Würzburger Chronik. Bonitas-Bauer 1849, Bd. II, S. 364—365 — Die Blokade der Festung Marienberg und des Mainviertels zu Würzburg in den Jahren 1813 und 1814 von Ullrich. Würzburg 1819. Bonitas. S. 65 ff.

[2]) Ueber den Brand des Marienkapellenthurmes in Folge eines Blitzstrahles am 5. Juli 1711 und über die Anfertigung des am 14. Juni 1713 hier aufgestellten Standbildes der hl. Maria, s. Würzb. Chronik. Bonitas-Bauer 1849, II. Bd. S. 372—373.

[3]) Von den Greiffenklau'schen Thalern sind noch mehrere in Gold als 10Ducatenstücke und von den halben Thalern als 5Ducatenstücke ausgeprägt.

Erwähnenswerth sind noch folgende Medaillen dieses Fürstbischofs: h) eine große Medaille theils von 8½ Loth, theils von 8 Loth Silber an Gewicht. Auf diesen ist die Stadt Würzburg mit der Festung Marienberg abgebildet. Darunter befinden sich zwei übereinander gelegte Füllhörner und unter diesen die Jahreszahl 1706, die Stadt ist mit WÜRTZBURG überschrieben und auf dem einen Festungsthurme steht das Marienbild mit: S. MARIA P(atrona) FR(anconiae). Die aus Psalm LXIV, 12. entnommene Umschrift heißt: Benedices coronae anni benignitatis tuae et campi tui replebuntur ubertate. („Segne den Kreislauf des Jahres deiner Güte und deine Felder werden angefüllt werden mit Fruchtbarkeit.") — i) eine weitere große Medaille „Zur Gedächtnuß des Stuck Schiffen in Würtzburg 1711." Der durch Milde und Güte ausgezeichnete Fürstbischof, der aber während seiner 20jährigen Regierung sich nur selten des Friedens erfreuen durfte, bittet die hl. Jungfrau um dieses Gut. — den Frieden — mit der Umschrift des Av.: „Dich loben Wir danken, vor Krieg behüt Franken." Die heilige Maria selbst, ganz von Strahlen und am Haupte mit einem Sternenkranze umgeben, trägt das Jesuskind auf dem linken Arme, hält in der rechten Hand eine Lilie und steht auf einem Postumente, welches auf dem oberen Rande die Worte aus Psalm CXXI, 7: Fiat pax in virtute tua („Es werde Friede in deiner Kraft = bei deinem Volke") als Gebet enthält und auf seiner vorderen Seite das fürstbischöfliche Stifts- und Geschlechtswappen zeigt. Vor diesem stehen rechts und links je eine aufwärts gerichtete, sonach nicht feindliche Kanone und die Anfangsbuchstaben des Namens des Nürnb. Medailleurs G(eorg) H(autsch). Im Rev. befindet sich eine Kanone. Auf das rechte Rad derselben lehnt sich der Kriegsgott Mars, der in seiner Rechten eine brennende Lunte hält und vor welchem rechts ein Faß mit Feuerkugeln steht. (Symbol des Krieges). Auf dem linken Rade der Kanone sitzt eine Taube mit einem Oelzweige im Schnabel. (Symbol des Friedens). Die hierauf bezügliche Umschrift heißt: „Der Krieg würd verzehrt, der Fried ernehrt." Kann man sich auch mit der Mischung des Christlichen und Heidnischen nicht befreunden, so ist doch des Fürstbischofs Vertrauen zu der Mutter Gottes und seine friedliebende Gesinnung über jeden Zweifel erhaben und ermuthigend für schlimme Zeiten.

8) Der durch seine Beredsamkeit, Staatsklugheit und Gewandtheit in diplomatischen Verhandlungen ausgezeichnete Fürstbischof Johann Philipp Franz von Schönborn (1719—1724) ließ zum Andenken an seine, am 18. September 1719 erfolgte Bischofswahl eine große Medaille zur Ehre der hl. Jungfrau anfertigen und dieselbe in zweierlei Exemplaren a) zu 16 und b) zu 12 Loth Silber ausprägen. Der Av. enthält wie die meisten dieser Medaillen das Porträt des jeweiligen Fürstbischofs und der Rev. stellt einen Baum vor, auf dem die hl. Maria mit dem Jesuskinde in Wolken sitzt. Zur Rechten des Baumes halten zwei Engel die päpstlichen Insignien in die Höhe, links auf dem Baume ist der Reichsadler mit Schwert und Szepter, dem ein Engel eine Krone aufsetzt, an dem Stamme des Baumes ist das Stiftswappen angeheftet. Zur Linken sitzt ein gekrönter Löwe (der schönbornische) und im Hintergrunde sieht man die Mainbrücke und die Festung Marienberg. Das Ganze umschließt die chronographische Umschrift: EN HIs sVB TRInIs VMBRIs ConCReDIta seRVat (1720 — „Sieh, was ihr [der hl. Maria] unter diesen drei Schatten anvertraut ist, das schützt sie.")

Könnte die symbolische Darstellung einen Zweifel darüber aufkommen lassen, was man unter den trinis umbris zu verstehen hat, so müßte dieser schwinden, wenn man zwei andere Medaillen dagegen betrachtet, nämlich α) die außerordentlich schöne, nur ein Loth Silber wiegende Medaille auf die Wahl eben dieses Fürstbischofs. Vor der Festung Marienberg und der Mainbrücke steht aufrecht der Bischofsstab, vor diesem kreuzen sich ein blankes Schwert und ein seine Gaben ausschüttendes Füllhorn, welche drei durch einen Lorbeerzweig zu einem Ganzen verbunden sind. Die Umschrift lautet: PRO DEO CAESARE ET PATRIA, d. h. „Für Gott, für Kaiser und für das Vaterland", denn wenn die geistliche und weltliche Macht aufrichtig sich verbinden und in Eintracht und gegenseitiger Achtung Hand in Hand gehen, da ergießen sich reichliche Früchte über das Vaterland. (Gropp Coll. II, p. 674). — β) Die kleinere Consecrationsmedaille (CONSECR. 27. AVG. 1747) des Fürstbischofs Anselm Franz von Ingelheim. Eine aus den Wolken ragende rechte Hand hält am Daumen und den zwei folgenden Fingern je einen Ring. Die drei Ringe bezeichnen wohl zunächst das Wappen der Echter, von welchen die Ingelheimer ein Seitenzweig sind, und zu beiden Seiten dieser Ringe stehen die Worte: HIS TRIBVS.

Unmittelbar darunter zeigt sich noch eine andere höhere Trias. In der Mitte steht ein Altar, auf welchem ein Kissen mit dem Reichsapfel liegt (imperium), rechts davon befindet sich die Religion, eine aufrecht stehende weibliche Figur, welche in der R. ein doppeltes Kreuz und in der ausgestreckten L. einen Kelch mit einer strahlenden Hostie hält (ecclesia), links davon steht Frankonia mit dem Herzogshute, sie deutet mit der R. auf den Reichsapfel und hält in der L. einen der Länge nach getheilten Wappenschild mit dem Rechen und dem Fähnchen (patria). Zur Erklärung stehen darunter die Worte: ECCLESIÆ IMPERIO PATRIÆ. (S. Dr. Keller im Archiv des hist. Vereines Würzburg X, Heft 2 und 3, S. 194, Nr. 4). Dadurch soll wohl die in neuerer Zeit außer Acht gelassene Lehre angedeutet werden: Das Wohl des Vaterlandes kann nur in dem aufrichtigen Zusammengehen der geistlichen und weltlichen Macht, der Kirche und des Staates, gedeihen, nicht aber in der Trennung derselben[1]).

9) Von den folgenden Fürstbischöfen: Christoph Franz v. Hutten (1724—1729), Friedrich Karl von Schönborn (B. und W. 1729—1746), Anselm Franz von Ingelheim (1746—1749) und Karl Philipp von Greiffenklau (1749—1754), kenne ich kein Gepräge auf die hl. Maria, mit Ausnahme der zahlreichen Ingelheim'schen Batzen mit Suscipe et protege von 1748. Adam Friedrich von Seinsheim (W. 1755 — B. 1757 † 18. Febr. 1779), der wegen seiner Menschenfreundlichkeit eben so geliebt, als wegen seines Scharfsinns geachtet war, scheint mit besonderer Liebe den Mariencult befördert zu haben. Denn obgleich er eine weit größere Zahl von Münzen prägen ließ als irgend einer seiner Vorfahren, und Nachfolger in Würzburg und Bamberg, so ist es doch Thatsache, daß er den hl. Kilian, den Landespatron von Würzburg, nur zweien Münzen einverleibte, nämlich dem oben II, A, ı beschriebenen Schillinger von 1763 und dann dem gleichfalls

[1]) In welch' sonderbarer Täuschung sind doch Jene befangen, die von einer Trennung des Staates und der Kirche, der Kirche und der Schule in all ihren Richtungen sprechen? Hat denn Jemand schon von einer selbstständigen Trennung des physischen und psychischen Organismus, oder von einer solchen Trennung unseres körperlichen und geistigen Lebens gehört? Ist eine solche Trennung nicht nach unserer Ausdrucksweise der Tod? Worauf steuern also jene zu, die den Ruf nach Trennung des Staates von der Kirche, der Kirche von der Schule im Munde führen? — Worauf beruht der Name und das Wesen des Gottmenschen?...

II, 3, η erwähnten Herzogsthaler v. 1766, (wenn anders der hier aufgeprägte Bischof wirklich den hl. Kilian und nicht den Fürstbischof selbst darstellen soll) — so wie, daß er den hl. Kaiser Heinrich II., den Landespatron von Bamberg, nur dreimal seinen Bamberger Unterthanen auf Münzen zum Beschauen gab, nämlich auf zwei halben Batzen von 1766 (Heller, Nr. 393 und 394) und auf einem ganzen Batzen von demselben Jahre (Heller, Nr. 395), niemals aber diese Ehre der hl. Kunegunde zukommen ließ. Seine Vorliebe für den Marienkult bethätigte er dagegen dadurch, daß er mit dem Bildnisse der hl. Jungfrau viele seiner Münzen ausstattete, so drei seiner Ducaten von 1774, 1776 und 1778 mit der Umschrift: PATRONA FRANCONIÆ (Heller, Nr. 509, 510, 511), so wie viele ganze und halbe Thaler mit derselben Umschrift, (einmal mit dem Stempelfehler PATRONA FRANCONIE. Heller Nr. 496), dann eine sehr große Anzahl von Vierundzwanzigern und Zwölfern ohne diese nähere Bezeichnung und endlich die Batzen mit Suscipe et protege. — Franz Ludwig von Erthal, der seine Verehrung gegen den hl. Kilian, gegen diesen und seine beiden Gefährten und gegen den hl. Burkard dadurch bezeigte, daß er ihre Bildnisse auf Münzen setzte, ließ auch 1786 einen schönen Conventionsthaler mit der Patrona Franconiae ausmünzen, und Georg Karl von Fechenbach, der in die Fußstapfen seines großen Vorgängers Franz Ludwig aus Ueberzeugung trat, und ein besseres Loos verdient hätte, als das, welches ihm von Westen her durch die Jacobiner bereitet wurde, der letzte Fürstbischof von Würzburg, prägte im Jahre 1795 Vierundzwanziger mit dem Bildnisse der auf Wolken thronenden Maria mit dem Christkinde, welche gleichfalls die erwähnte Umschrift tragen.

10) Zum Schluße mögen hier noch jene Gepräge eine Stelle finden, welche einige Fürstbischöfe der Verehrung ihrer Namenspatronen gewidmet haben. Diese sind:

a) Ein Goldgulden von Johann Philipp II. von Greiffenklau ohne Jahreszahl. Der nicht umschriebene Av. enthält das von zwei Engeln gehaltene, mit Fürstenhut, Schwert und Stab geschmückte quadrirte Stifts- und Geschlechtswappen in geschweiftem Schilde, auf welchem sich die Brustbilder der drei Stiftspatrone Kilian, Kolonat und Totnan befinden. Der gleichfalls umschriftslose Rev. zeigt die hl. Maria, umgeben von den beiden Namenspatronen des Fürstbischofs, dem hl. Johann und dem hl. Philipp. Unter diesen steht das von zwei Greifen gehaltene Würzburger Fähnchen im ovalen Schilde. Eine Zusammenstellung, ebenso erhebend für den Verstand, wie ehrend für das Herz.

Drei Goldmünzen ohne Jahreszahl b) und c) zwei Doppelducaten und d) einen einfachen Ducaten ließ Christoph Franz von Hutten seinem Namenspatron, dem hl. Christophorus (Christusträger) zu Ehren prägen. Die beiden Doppelducaten unterscheiden sich in ihren Vorderseiten, indem die erste hier das Porträt des Fürstbischofs, die zweite das fürstbischöflich-würzburgische Wappen trägt, mit welchem letzteren auch der einfache Ducaten ausgemünzt ist. Die Rückseiten der drei Goldstücke haben gleiches Gepräge, nur daß das Bild der beiden ersten Gepräge etwas größer ist, als das des Letzten. Die Legende des hl. Christoph wird hier mit kindlich patriotischem Sinne nach Würzburg versetzt, der Heilige trägt auf seiner rechten Schulter das Jesuskind und durchwadet mit einem Baumstamme, den er in der Linken als Stock führt, den Main, der an der hier liegenden Festung Marienberg vorüberfließt. Als Umschrift dienen die Worte aus Psalm XV, 8, die auch in der Apostelgeschichte II, 25 wiederholt werden: A dextris est mihi ne commovear, „Der Herr steht mir zur Rechten, damit ich nicht wanke.“ Ein schöner Zug des Gottvertrauens, welches den Fürstbischof beseelte!

B. Bamberg.

Die Landes- und Schutzpatrone Bambergs sind zunächst Kaiser Heinrich II. der Heilige, und dessen Gemahlin die hl. Kunegunde von Luxemburg, denen wir daher auch bald vereint, bald einzeln auf bambergischen Münzen begegnen.

1) Mit der ältesten Münze, welche das hl. Kaiserpaar darstellt, hat uns Dr. Keller in seinen „Supplementen zu Heller's bamb. Münzen“ im Archiv des hist. Vereines Würzburg, Bd. VI, Hft. 1, 1840. S. 81—82 bekannt gemacht. Es ist dies ein Solidus, den Dr. Keller, ein erprobter Münzkenner, dem Bischof Eberhard II. von Reifenberg (1146—1170) beilegt und den er also beschreibt:

„Av. VERARDVS. Ein Bischof mit rechtsgewendetem Gesichte, die Rechte zum Segen erhoben, in der Linken einen Bischofsstab, ober dem ein Sternchen."

„Rev. Zwei gegeneinander gekehrte Brustbilder, das männliche rechts mit der Kaiserkrone auf dem Haupte, das links stehende weibliche mit einem Heiligenscheine. Zwischen beiden ein Kreuz, welches die Umschrift theilt, und an das jede von den beiden Heiligen eine Hand legt. Oben zwischen beiden Häuptern BA + BE."

Wenn Dr. Keller S. 82 bemerkt: „er glaube durch Publicirung dieser, seines Wissens noch nirgends beschriebenen Münze der bambergischen Numismatik keinen unwichtigen Beitrag geliefert zu haben"; so wird ihm jeder einigermaßen Sachverständige gerne beipflichten. Daß man aber bezüglich seines freundlichen Anerbietens S. 85*) „Der Eigenthümer dieses seltenen Solidus ist nicht abgeneigt, denselben gegen eine zusagende Würzburger Münze zu vertauschen," damals nicht Schritte gethan hat, um diese Seltenheit dem hiesigen historischen Vereine zu erwerben, muß man aufs Tiefste bedauern.

2) Die weiteren Münzen, auf welchen das hl. Kaiserpaar abgebildet ist, sind in chronologischer Reihe folgende: a) ein Goldgulden ohne Jahreszahl (Heller Nr. 65) geprägt von Georg III. Scheuk von Limburg (1505—1522), der in seinem Eifer für Gerechtigkeit die peinliche Halsgerichtsordnung, die später zur Grundlage der Karolina diente, verfassen ließ. Die Darstellung auf diesem Goldgulden, nach welcher Kaiser Heinrich und Kunegunde die Domkirche auf ihren Händen halten, und zu deren Füßen das Limburgische Wappen steht, ist der Typus zu den folgenden Abbildungen geworden, so b) zu einem sehr seltenen Ducaten von Johann Philipp von Gelbsattel vom Jahre 1600. Dieser Bischof, der durch sein liebevolles und herablassendes Benehmen sich die Herzen seiner Unterthanen gewann, legte seine Pietät auch nach oben — Kaiser Rudolph II. (s. I, 10) — und seinen mehrfach bethätigten Eifer auch noch durch folgende Münze an den Tag; c) durch einen Ducaten, gleichen Gepräges v. 1601: d) durch einen solchen doppelten Ducaten (s. Heller Nr. 86—88) e) Von Johann Gottfried von Aschhausen, der durch seinen Eifer für den Katholicismus und durch die Unterstützung der Laien sich die Zuneigung des päpstlichen und kaiserlichen Hofes im hohen Grade erwarb, besitzen wir eine

Gußmedaille mit Kaiser Heinrich und Kunegunde (Heller Nr. 98), und B. Johann Georg II. Fuchs von Dornheim, von den Schweden hart bedrängt, ließ f) einen Thaler mit dem hl. Kaiserpaar prägen, das den Dom auf seinen Händen trägt, so wie g) einen gleichen Ducaten von 1628; ferner h) und i) zwei Goldgulden von 1624 und 1628 mit derselben Darstellung (s. Heller Nr. 123—126). Auch Marquard Sebastian, Schenk von Stauffenberg, der durch Sparsamkeit die große, durch den unheilvollen, vom Auslande geschürten, 30jährigen Bruderkrieg und durch die folgenden französischen Einfälle sein Land schwer drückende Schuldenlast minderte, schmückte k) 1691 einen Thaler mit dem hl. Kaiserpaare und dessen Kehrseite mit dem Bildnisse der Gottesgebärerin und mit der Umschrift: Clypeus omnibus in te sperantibus (s. Heller Nr. 264 und oben II, A. 6).

3) Hier mögen sich noch anreihen: a) eine gut gruppirte ovale Medaille von Johann Gottfried von Aschhausen aus dem J. 1610 (Heller Nr. 94), die er als F. B. von Bamberg und Dompropst von Würzburg prägte. Der Rev., der keine Umschrift hat, zeigt folgendes Bild: Die hl. Jungfrau mit der Krone auf dem Haupte, steht aufrecht auf dem Halbmonde und trägt das Jesuskind, welches den Reichsapfel in der ausgestreckten Rechten hält, auf dem rechten Arme. Etwas tiefer stehen zu beiden Seiten im kaiserlichen Schmucke, der Kaiser Heinrich mit dem Szepter in der R. und die Kaiserin Kunegunde mit dem Szepter in der L. und halten, jener mit der L. diese mit der R. den Dom hinter der hl. Maria, so daß je zwei Thürme des Domes auf je einer Seite der hl. Maria hervorragen. Unten zwischen dem Kaiserpaare und zu den Füßen der hl. Jungfrau befindet sich das quadrirte bamb. Aschhausen'sche Wappen, geziert mit der Kaiserkrone, dem Kreuz- und Bischofsstabe; — b) ein achteckiges Amulet, welches Lothar Franz von Schönborn, Erzbischof von Mainz und Fürstbischof von Bamberg, ausgeben ließ und auf welchem sich die Mutter Gottes mit dem Christkinde und der hl. Heinrich im kaiserlichen Ornate, der die Domkirche in der R. und den Szepter in der L. trägt, befinden; (Heller Nr. 329) — c) die Medaille von Peter Philipp von Dernbach, auf welcher neben dem hl. Kaiserpaare auch noch der heilige Otto abgebildet sein soll. Schon oben I, 10, c. ist dieselbe erwähnt und gezeigt, daß Heller Nr. 223 den hl. Kilian für den hl. Otto

angesehen hat; — und endlich d) und e) die beiden gleichfalls oben I, 10, a. und b. angeführten Medaillen von 1618 u. 1637 mit dem hl. Kaiser Heinrich und dem hl. Kilian auf die Wiedervereinigung von Bamberg und Würzburg unter einem Oberhirten.

4) Erscheint der hl. Heinrich allein auf Münzen, so ist er in kaiserlichem Ornate, mit dem Szepter in der R. und dem Reichsapfel in der L., das Haupt mit einem Heiligenschein umgeben, theils in ganzer, theils — und so am häufigsten — in halber Figur abgebildet. Mit Ausnahme eines einzigen Thalers von 1506 und einiger wenigen Goldmünzen sehen wir ihn nur auf kleinen bamb. Münzen, auf Batzen, ganzen und halben, die zum täglichen Verkehre bestimmt waren, wie die Schillinger mit dem hl. Kilian im Würzburgischen. Münzen derart begegnen wir zuerst unter Anton von Rotenhan s. Dr. Meyer Ant. v. Rotenham, Taf. II, Nr. 5, 6 und 7. Heller Nr. 42, 43, 46 und 47; — unter Georg v. Schaumberg, s. Dr. Meyer G. v. Schaumberg, Taf. II, Nr. 1, Heller Nr. 50. Georg III. Schenk von Limburg, gab seinem Lande im J. 1506 einen nun höchst seltenen Thaler mit SANCT HENRICV—S—IMPERATOR 1506. (Heller Nr. 64) dann noch drei gleichfalls sehr seltene Goldgulden 1506, 1511 und 1513 mit dem Bilde des Stiftspatrones (Heller Nr. 66, 68 und 60). Erst über 100 Jahre später — 1627 — ließ Johann Georg II. Fuchs von Dornheim den hl. Heinrich auf zwei Halbbatzen von 1627 und 1629 und auf vier Batzen von 1627—1630 ausprägen (Heller Nr. 116—122), und seine beiden Nachfolger setzten diese Gepräge fort, Franz, Graf von Hatzfeld, wenigstens auf einem Batzen im J. 1635 (Heller Nr. 141), und Melchior Otto Voit von Salzburg, auf einem halben und einem ganzen Batzen, beide von 1649 (Heller Nr. 164 und 165). Nachdem Philipp Valentin, Voit von Rieneck, während seiner 19jährigen Regierung mit der Prägung des Landespatrones ausgesetzt hatte, brachte sein Nachfolger, Peter Philipp von Dernbach, dies dadurch ein, daß er nach Heller (Nr. 191—195) in den Jahren 1673, 1676, 1677, 1683 fünf Halbbatzen und (Nr. 205—209) in dem Jahre 1680 fünf ganze Batzen mit dem hl. Heinrich ausmünzen ließ. Auch Marquard Sebastian Schenk von Stauffenberg widmete keine Münzen der Art dem Verkehre, aber sein Nachfolger Lothar Franz von Schönborn, prägte wieder zwei Halbbatzen

im J. 1696 (Heller Nr. 278—279) und zwölf ganze Batzen in den Jahren 1690, 1694, 1696, 1698 und 1700 mit dem Stiftspatrone (Heller Nr. 280—291), während sein Nachfolger und Neffe, Friedrich Karl, Graf von Schönborn, sich mit goldenen Geprägen und kostbaren Medaillen so beschäftigte, daß er diese kleinen Münzen eben so außer Acht ließ, wie auch sein Nachfolger Franz Konrad, Graf von Stadion. Zum letzten Male sah sich Bamberg mit seinem Stiftspatrone beschenkt von Adam Friedrich, Grafen von Seinsheim, und zwar auf zwei halben und einem ganzen Batzen vom Jahre 1766 (Heller Nr. 393—395), da die beiden letzten Fürstbischöfe von Bamberg, Franz Ludwig von Erthal und Christoph Franz von Buseck ihr Land nicht mehr mit den Landespatronen bedachten. Doppelt auffallend muß dies von Franz Ludwig erscheinen, da er als Fürstbischof von Würzburg seine Unterthanen mit den Bildnissen der Patrona Franconiae des heiligen Kilian, dann dieses und seiner Gefährten Kolonat und Totnan, und endlich des hl. Burkard auf Ducaten, Thalern, Vierundzwanzigern und Schillingern beglückte. Was mag wohl der Grund hievon sein?

5) Die hl. Kunegunde, Bambergs Schutzpatronin, findet sich zuerst abgebildet auf zwei Denaren, des Bischofs Thiemo (1196—1201). Heller kennt diese nicht und Dr. Meyer hat das Verdienst, am a. O. N. 47, Taf. II, Thiemo Nr. 1 und 2 uns damit bekannt gemacht zu haben. Beide Denare stellen im Av. das gekrönte Brustbild der Kaiserin dar, sie hebt beide Hände empor, hält in der R. ein Kreuz und hat die Umschrift: S. CHVNIG..... Der Rev. von beiden Denaren zeigt ein Kirchengebäude, auf ersterem wahrscheinlich der Dom, umgeben von Kreuzchen, auf letzterem vielleicht die Stephanskirche, umgeben von Röschen. Beide Münzchen gehören sonder Zweifel dem J. 1200 an, in welchem die Kaiserin Kunegunde († 1040) vom Papst Innocenz III. heilig gesprochen wurde, und sind vermuthlich eigens zu diesem Feste, das man mit möglichst großer Feierlichkeit beging, geprägt worden.

Die weiteren wenigen derartigen Münzen tragen im Avers Namen und Titel des Münzherrn mit dem bamb. Wappen und im Revers das gekrönte Brustbild der Kaiserin, die in der R. den Dom und in der L. das Scepter hält, mit der Umschrift: Sancta Kungundis Imperatrix. Diese Gepräge sind nach Heller folgende Schillinger: von Veit Truchseß von Pommersfelden (Nr. 55), von Georg III. Schenk von Limburg (Nr. 60—63), von Weigand von Redwitz (Nr. 70) und von Veit II. von Würzburg (Nr. 73). — Wo hielt man mehr auf das: Laudate Dominum in Sanctis ejus, in Bamberg oder Würzburg?

III.

Spruchmünzen und Spruchmedaillen.

Die hieher gehörigen Gepräge zeichnen sich im Durchschnitte theils durch glücklich gewählte Gedanken, theils durch gelungene Arbeit, theils durch hohen Metallwerth aus, und erhalten hiedurch nicht leicht vergängliche Vorzüge.

A. Würzburg.

Unter den Medaillen, welche

1) von ächt religiösem Sinne, von Gottergebenheit und Gottvertrauen Zeugniß ablegen, wollen wir a) mit jenen beginnen, welche den Namen Jehova an der Spitze tragen. Es sind dies die Gepräge Johann Philipp's I. von Schönborn — ovale Anhängemedaillen in Gold und Silber, dann Ducaten, — welche die aus Psalm LXXXVI, v. 1, entnommenen Worte: Fundamenta ejus in montibus sanctis als Umschrift haben, d. h. „Seine [Jerusalems, des geistigen Sion, der Kirche] Grundfesten ruhen auf den heiligen Bergen [auf den Aposteln]“. Dies der Sinn der biblischen Worte, denn der gottbegeisterte Sänger weissagt in diesem Psalme, daß Jerusalem einst der Mittelpunkt des Christenthums werden werde. Hier hat Christus sein Opfer vollendet, hier wurde die Kirche gegründet. Die fraglichen Gepräge zeigen drei silberne Spitzen, welche von dem darüber stehenden Namen Jehova beschienen werden. Läßt sich dies auch rein biblisch deuten, da Jerusalem auf drei Bergen gebaut war, so hat dies doch Johann Philipp I. auf seine Familie bezogen, denn in ihrem Wappen bilden drei silberne Spitzen die Grundlage, über die der Schönborn'sche Löwe rechtshin schreitet, und dürfte dadurch das Versprechen geben wollen, daß auch seine Familie, mit des Allerhöchsten Gnade eine

treue Stütze der Kirche sein werde. — b) Sein und seiner Familie festes Gottvertrauen charakterisirt Johann Philipp Franz Graf von Schönborn, der mit vielseitigen Kenntnissen eine große Religiösität verband, noch deutlicher mit den Worten: Firma in Deum fiducia, mit welchen er sein Familienwappen, die drei silbernen Spitzen mit dem darüber hinschreitenden Löwen, auf einem Ducaten umgab. — c) Durch Adjutorium nostrum in nomine domini aus Psalm CXXIII, 8. bekennt Johann Philipp II. von Greiffenklau offen, daß er Hilfe nur im Namen des Herrn erwartet, und zwar sagt er dies α) auf einem doppelten Ducaten v. 1705, β) auf einem einfachen von 1703 und noch drei große Medaillen γ) von 16, δ) von $8^1/_2$ und ε) von 8 Loth Silber an Gewicht (Gropp Coll. 2, p. 632). — d) den Grund dieses Gottvertrauens drückt Johann Philipp Franz Graf von Schönborn, mit den Worten des Psalmisten XLII, v. 2.: Quia tu es, Deus! fortitudo mea, (Weil du, o Gott, meine Stütze bist!) aus, α) auf einem doppelten, β) einem einfachen Ducaten, γ) auf einer großen, 16 Loth schweren Medaille und endlich auf δ) und ε) zwei Medaillen im Gewichte zu je drei Loth Silber, von denen die eine im Jahre 1720 vom Bestner geprägt ist (Gropp Coll. II, p. 674). e) Christoph Franz von Hutten bekennt sich voll des Dankes für die göttlichen Gnaden auf seinen vier Thalern von 1725 (Gropp Coll. II, p. 688), 1726, 1727 und 1728 seinen Diöcesanen gegenüber zu dem Ausspruche des Psalmisten LXXXVIII, 2. Misericordias Domini in aeternum cantabo (Die Erbarmungen des Herrn will ich ewig besingen), und ermuntert sie zu gleichem Streben. — f) Auch scheut dieser Fürstbischof sich nicht, offen zu gestehen, daß er seine einzige Hoffnung auf den Himmel allein setzt, indem er einen Goldgulden mit den Worten schmückt: In solo spes unica coelo. — g) Denn „von Gott kommt alles Gute“ — Hinc omne bonum rufen Religion und Gerechtigkeit, über einen Altar auf dem ein offenes Buch, ein Schwert und eine Wage liegen, und auf den aus strahlendem Himmel Blumen herabfallen, sich die Hände reichend, als am 18. September 1719 die Kunde von der Wahl Johann Philipp's Franz, Grafen von Schönborn, zum Fürstbischof von Würzburg und Herzoge von Franken erscholl, auf einer von Bestner gravirten und zu zwei Loth Silber ausgeprägten Medaille. — h) Bei all' seinen Gaben ist aber Gott an Nichts gebunden, denn — Deus dat, cui vult — sagen zwei Viertelsthaler von Christoph Franz von Hutten (Gropp Coll. II, p. 688), o. J. und 1728. — i) Aber wenn Gott gibt, da jubeln Frömmigkeit und Ueberfluß — Dat Deus, applaudunt pietas et copia rerum — wie sich Gerechtigkeit und Religion auf einer Medaille vernehmen lassen, welche Karl Philipp von Greiffenklau auf seine am 14. April 1749 erfolgte Bischofswahl, auf die Huldigung am 16. Juni und auf seine Consecration am 5. Oct. desselben Jahres von Bestner in Gold zu 12, 10 und 6 Ducaten und in Silber zu 2 Loth prägen ließ. — k) Fest im Glauben an die Vorsehung Gottes, dessen er stets gedachte, sprach Johann Gottfried von Aschhausen, sich und seinen Unterthanen in Augenblicken der Gefahr Muth mit den Worten zu: Audendum! Deus providebit; [1]) — l) und Franz Graf von Hatzfeld, ein wahrer Vater all seiner Unterthanen, ließ zwei ovale Medaillen von verschiedener Größe aber von gleicher Zeichnung, die größere in Gold zu $6^1/_2$ Krone, die kleinere in Silber, mit dem Gedanken versehen: Deo volente premor non opprimor (s. Heller Nr. 145). — m) Zu gleichem Muthe und zu gleicher Hoffnung mahnt Johann Gottfried II. von Guttenberg auf einem Viertelsthaler von 1696 mit den Worten: Ferendum et sperandum (Man muß ertragen und hoffen). — n) Um dazu fähig zu werden, bedürfen wir der Erhörung des Gebetes, in welchem sich Johann Philipp Franz, Graf von Schönborn mit den Worten Davids Psalm LXXXV, v. 11, zu Gott wendet: Deduc me Domine in via tua „Führe mich Herr auf deinem Wege“, und welches er auf einer Medaille v. 3 Loth Silber seinem Lande ans Herz gelegt hat. — o. Findet dieses Gebet Erhörung, dann dürfen wir uns um so zuversichtlicher mit v. 4, desselben Psalmes zu Gott wenden und ihn bitten: Laetifica animam servi tui, „Erfreue die Seele deines Dieners“, einem Gebete, mit welchem Christoph Franz von Hutten sich auf einer Medaille in Guldens Größe an den Höchsten wendet.

2) Nicht selten finden wir auch Regierungsgrundsätze und Wahlsprüche der Fürstbischöfe auf ihren Münzen niedergelegt und dadurch interessante Beiträge zu ihrer Charakteristik.

[1]) Heller Nr. 96 beschreibt diese ovale goldene Medaille v. 3 Kronen aus dem J. 1618, gibt aber die Umschrift irrig so an: Audendum Dominus. Providentia. — Abgebildet in Gropp Collect. nov. II, p. 222.

a) Die vierte Anhängemedaille von Peter Philipp von Dernbach mit Vincit et sanat (Heller Nr. 224 — Gropp Coll. II, p. 515), dann eine andere α) 8 Loth und β) 3¼ Loth schwere Medaille desselben Fürsten, welche das von zwei Löwen gehaltene, quadrirte bamberg.-würzb. Wappen mit dem Dernbach'schen Herzschilde darstellt (Heller Nr. 217?), endlich γ) ein lange unbekannter Thaler v. 1680 (s. Archiv des hist. Vereines Würzburg VII, 2, S. 182) zeigen theils als Rand- theils als Umschrift die Worte: Candide Cordate, Constanter, und mit Recht, denn er war ein Vorbild aller priesterlichen Tugenden, ein Mann von Einsicht und Standhaftigkeit. — b. Den gleichen Wahlspruch — nur mit Versetzung der letzten Worte — hatte Carl Philipp von Greiffenklau, wie dies die Inschrift Candide Constanter et Cordate — auf der schon oben III, A, 1. i. angeführten Medaille zeigt. — c) Konrad Wilhelm von Wernau bekennt sich auf einem Ducaten ohne Jahreszahl, und auf zwei Medaillen, von denen die eine zu 6, 5 und 4¾ Loth Silber ausgeprägt ist, die andere aber nur die Größe eines Thalers hat, zu dem Grundsatze: Consulte et Constanter. — d) Friedrich Karl Graf von Schönborn, sagt auf einer Medaille von 2 Loth Silber, auf einem vierfachen Ducaten, auf drei Karolinen vom Jahre 1735, auf zwei Karolinen v. J. 1736, auf vier halben Karolinen v. J. 1735, auf zwei halben Karolinen vom J. 1736, auf drei Viertelskarolinen v. J. 1735, auf drei Viertelskarolinen v. J. 1736, auf drei Doppelducaten v. J. 1729, auf einem Doppelducaten von 1730, auf einem v. 1731, auf zwei Ducaten von 1729, auf einem v. 1730, auf drei v. 1731 auf einem v. 1732, auf einem v. 1733 und auf einem halben v. 1729, „daß er für den Glauben und das Vaterland mit reinem Sinn und mit Klugheit lebe" und drückt dies mit seinem Wahlspruche aus: Pro fide et patria candide et cordate: wobei nicht übersehen werden darf, daß sämmtliche Goldmünzen Friedrich Carl's nicht in Ducatengold, sondern nur in Goldgulden- oder Karolinengold ausgemünzt sind (s. Archiv des hist. Vereines X, 2 u. 3. S. 170—171). — e) Auf zwei doppelten und einem einfachen Ducaten hat Johann Philipp Franz Graf von Schönborn, der sich die Sicherheit und die Rechtspflege seines Landes ganz besonders angelegen sein ließ, seinen Wahlspruch: Pro securitate et justitia niedergelegt. — f) Doch auch noch auf Höheres war sein Streben gerichtet, er wirkte für Gott, den Kaiser und sein Vaterland, wie wir dies aus der Inschrift: Pro Deo, Caesare et Patria auf der ausgezeichnet schönen, kleinen Medaille (18. Sept. 1719), die nur das Gewicht von 1 Loth Silber hat, entnehmen (s. II, 8). — g) Adam Friedrich Graf von Seinsheim, ausgezeichnet durch seine hohe Begabung und Menschenfreundlichkeit, ließ von Franz Andreas Schega, Nürnberger Hofmedailleur in München, drei Medaillen von gleichem Gepräge aber verschiedener Größe — α) in Silber zu 5 Loth und auch in Gold zu 20 Ducaten, β) in Silber zu 2 Loth und γ) zu 1 u. 1½ Loth auf seine Wahl zum Fürstbischof in Würzburg fertigen und sein mit seinem Regierungsgrundsatze: Justitia, Charitate, Pietate, (durch Gerechtigkeit, Liebe, Frömmigkeit) ausstatten. — h) Franz Ludwig von Erthal und Georg Carl von Fechenbach äußern auf den Conventionsthalern und Vierundzwanzigern mit der Aufschrift: Pro patria, ihren freudigen Dank für die Opferwilligkeit der geistlichen Stifter, mit der diese das Vaterland zur Zeit harter Bedrängniß unterstützen, und bekennen sich selbst zu gleicher Vaterlandsliebe. — i) Auf einer 3 Loth schweren silbernen Medaille, welche Christoph Franz von Hutten zur Erinnerung an die ihm dargebrachte Landeshuldigung von dem kunstfertigen Andreas Vestner hatte prägen lassen, adoptirte der Fürstbischof für sich und seine Unterthanen den dem damaligen deutschen Charakter entnommenen Grundsatz: „ein Mann ein Wort!" in folgender Weise: Quod semel dictum, stabilis per aevum terminus servet. — Und jetzt? k) Zu den vorzüglichsten würzburgischen Fürstbischöfen zählt Johann Gottfried II. von Guttenberg. Seine edle Denkweise, die noch durch seltene geistige Anlagen, so wie durch seine gründliche Gelehrsamkeit gehoben wurde, offenbarte sich ganz besonders auf einigen Münzen, von denen die einen seine ächt deutsche Gesinnung bezeugen, indem er sie mit der Umschrift: Super omnia germana fides! (Gropp II, p. 547) „Ueber Alles geht deutsche Treue!" ausstatten ließ. Von diesen, das ehemalige Deutschland ehrenden Geprägen, besitzen wir α) zwei Thaler ohne Jahreszahl, deren einer den Namen des Stempelschneiders I. L. (= Johann Link) trägt, der andere entbehrt, β) einen Thaler mit der Jahreszahl 1694 und γ) einen Goldabschlag, der bald zu 5, bald zu 10, bald zu 20, bald zu 24 Ducaten angegeben wird. Edler Fürstbischof!

wenn Du jetzt wieder erstündest und hörtest, wie es mit der Wahrheit und Treue in Deutschland steht, wie man öffentlich und dreist der Wahrheit ins Gesicht schlägt, wie Lüge und Verrath sich brüsten, wie man Macht über Recht und Wahrheit setzt, wie häufig Meineide geschworen werden, die das Herz des Menschenfreundes so tief erschüttern und betrüben, würdest Du diesen an die ehemalige deutsche Wahrhaftigkeit und Ehrlichkeit erinnernden Spruch noch einmal Deinen Münzen aufprägen lassen? (s. vorher i.) — l) Der Türkenkrieg, die muthwilligen Raub- und Verwüstungskriege Ludwigs XIV., welche Leben und Vermögen Unzähliger gefährdeten, hatten in dem Herzen Johann Gottfried's II. bei seiner treuen Anhänglichkeit an den deutschen Kaiser und das deutsche Reich einen so gründlichen Abscheu gegen alle Kriege erzeugt, daß er 1693 einen sehr schönen von I. M. W. (?) gravirten Thaler mit dem aus Virg. Aen, XI, 362 entnommenen Verse: Nulla salus bello, pacem deposcimus omnes, und einem ähnlichen halben Thaler mit demselben Spruche ausgeben ließ. Welchen Schmerz hätte dieser ächt deutsche Fürst empfinden müssen, wenn er im Grabe die Stimme hätte vernehmen können, die 1866 in Deutschland zum brudermörderischen Kampfe aufforderte?! — Sollten in dieser unbeschreiblich traurigen Zeit sich nicht alle deutschen Fürsten geloben, jeder sein Land mit einer Münze zu beschenken, welche den Spruch enthalte: „Kein Heil im Kriege! Frieden verlangen dringend wir Alle!“ — um im verhängnißvollen Augenblicke an das gegebene Wort zu erinneren und den Frevel eines Bruderkampfes zu bannen!

3) Auch Wohlthätigkeit und Genügsamkeit, letztere besonders beachtenswerth in unserer putz- und genußsüchtigen Zeit, finden hier Aufmunterung. a) Auf zwei Fünfzehnkreuzerstücken von 1725 und 1726 mahnt Christoph Franz von Hutten mit den Worten Sirach's XIV, 13. jeden seiner Unterthanen: Secundum vires da pauperi „Nach deinem Vermögen spende den Armen“, — b) legt ihnen auf einem halben Thaler von 1725 die Worte unseres göttlichen Heilands, Apostelgeschichte XX, 35: Beatius est dare quam accipere „Seliger ist geben als nehmen“ ans Herz, und belehrt sie c) auf zwei einfachen Ducaten von 1725 und auf einem halben Thaler von 1726 über das, worauf man vor Allem bei zeitlichen Gütern sehen soll, mit dem Ausspruche Sirach's XIV, 16: Da et accipe et justifica animam tuam „gib

und nimm und rechtfertige deine Seele". — d) Johann Philipp II. von Greiffenklau setzte auf die drei großen Medaillen, die auch noch zu je $8\frac{1}{2}$ Loth Silber ausgemünzt wurden, α. Adjutorium nostrum in nomine Domini, β. Hac magna triade patrocinante, und γ. Semper idem, als Rundschrift die Worte Salomons XV, 16: Melius est paucum cum timore Domini, quam thesauri magni et insatiabiles: „Besser ist Weniges mit der Furcht des Herrn, als große und unersättliche Schätze", um zu zeigen, daß des Menschen höchstes Gut nicht im Reichthum besteht (Gropp Coll. II, p. 632). Welche Bedeutung man jetzt diesen Worten beilegt, zeigt die Geschichte unserer Zeit.

4) Zur Feier des I. und II. Jubiläums der Universität Würzburg zur Belohnung für wissenschaftliche Tüchtigkeit und zur Aufmunterung für Berufstreue wurden folgende Medaillen geprägt:

a) Peter Philipp von Dernbach beging 1682 das erste 100jährige Jubiläum der Universität Würzburg unter großen Feierlichkeiten und ließ auf dieses, für ihn sehr erfreuliche und für sein Land bedeutungsvolle Ereigniß zwei Medaillen schlagen, eine größere (von verschiedenem Gewichte von 7, 6, 5, 4 und 2 Loth Silber) und eine kleinere (thalerförmige) aber von gleicher Zeichnung. Der Av. zeigt das Porträt des F. B. ↔ mit dem Namen des Stempelschneiders I. L. (= Joh. Link). Der Rev. enthält zu äußerst von concentrischen Kreisen eingeschlossen die chronographische und die Medaille erklärende Umschrift: ABIT ANNVS CENTESIMVS FVNDATÆ VNIVERSITATIS HERBIPOLENSIS. Im Inneren der Medaille hält eine rechts aus den Wolken ragende linke [!] Hand zwei an Schnüren verbundene, von Palm- und Lorbeerzweigen umgebene Wappenschilde, rechts den von Echter'schen (den des Stifters der Universität) und links den von Dernbach'schen (den des Festgebers), welche überschrieben sind: SVB BINA TRIADE GLORIOSIOR. Die bina trias sind die drei Ringe des Echter'schen und die drei Herzchen des Dernbach'schen Wappens (Heller Nr. 235, Gropp Coll. II, p. 513). — b) Die zweite [1]) Jubelfeier der Universität Würzburg wurde vom

[1]) Die jüngste „Kurze Lebensbeschreibung Franz Ludwig's von und zu Erthal, Fürstbischofs von Bamberg und Würzburg u. s. w. Bamberg 1865, Verlag von Otto Reindl", läßt in der ersten und zweiten Auflage unter Andern S. 54 den großen Würzburger Fürstbischof Julius Echter von Mespelbrunn von 1573

29. Juli bis 8. Aug. 1782 mit außerordentlichem Pompe von dem großen Freunde der Wissenschaften und der Gelehrten Franz Ludwig von Erthal begangen. Zum Andenken an dieses erhebende Ereigniß ließ der seltene Fürst vier Medaillen prägen, die sein Münzstempelschneider Johann Veit Riesing gravirte. Die große Medaille (a. in Gold zu 20 Ducaten, b. in Silber zu 6, 5 und 4 Loth ausgeprägt), gibt im Av. das trefflich ausgeführte Porträt des Fürstbischofs und im Rev. umschließt ein Wappenkranz jener Würzburger Bischöfe, welche die Universität gestiftet und bis zum 2. Jubiläum regiert haben, folgende eilfzeilige Inschrift: Academia | Wirceburgensis | a Joanne I condita | a Julio instaurata | a XV Successoribus [sic!] aucta | sacrum sæculare II | jubente Julii | abnepote | IV Kal. Augusti | MDCCLXXXII | celebrat. — Die zweite, in Gold zu 6 Ducaten und in Silber zu 2 und 1 Loth ausgeprägte Medaille zeigt im Av. drei mit dem Fürstenhute, Schwert und Stab gezierte Wappenschilde α. oben den v. Egloffstein'schen mit der Umschrift: IOANNES I, β. unten rechts den v. Echter'schen mit: IULIUS und γ. links den v. Erthal'schen mit: FRANC. LUDOV., und im Rev. dieselbe eilfzeilige Inschrift wie auf der großen Medaille. — Das dritte silberne Medaillchen nur 1/2 Loth schwer, ist der zweiten Medaille gleich, nur auf der Vorderseite im verjüngten Maßstabe und auf der Kehrseite die Inschrift zehnzeilig wegen Zusammenziehung der Worte IUBENTE IULII ABNEPOTE in eine Zeile [1]) u. Abkür-

---

bis 1610 regieren, während er doch erst am 13. September 1617 seine segensreiche Regierung mit seinem thatenreichen Leben beschlossen hat — und läßt des Julius Geistes- und Geschlechtsverwandten, den Fürstbischof von Bamberg und Würzburg Franz Ludwig von Erthal S. 22, das „dreihundertjährige" und S. 31 das „300jährige" Jubiläum der Universität Würzburg, welche 1582 eröffnet wurde, feiern, obgleich Heller in seinen bambergischen Münzen Nr. 557 und 558 das SÆCULARE II. auf den Inschriften der beiden großen, von Franz Ludwig geprägten Jubelmedaillen der Universität Würzburg richtig wiedergegeben hat.

[1]) Ausführlicheres über die erwähnten vier Jubelmedaillen der Universität Würzburg v. J. 1782 f. im XXVII. Bericht des hist. Vereines Bamberg, S. 42—48. Daß von der Universität Würzburg diese Jubelmedaillen auch benützt worden sind, um hervorragende Verdienste anzuerkennen oder um das Andenken an Ereignisse, die für sie eine gewisse Bedeutung haben, zu erhalten, dafür sind aus neuester Zeit folgende Thatsachen bekannt:

zung des Wortes AUGUSTI in AUG. — Auf dem vierten nur 1/4 Loth wiegenden silbernen Medaillchen fehlen im Av. die Ueberschriften auf den drei Wappenschildchen und im Rev. ist die Inschrift abgekürzt und nur siebenzeilig.

c) Zur Aneiferung der studirenden Jugend ließ der letzte der Würzburger Fürstbischöfe, Georg Karl von Fechenbach, zwei Preismedaillen im J. 1796 prägen, verschieden an Größe, gleich an Zeichnung, mit dem Unterschiede, daß auf dem Av. der größeren, 6 Loth schweren, unter dem Porträte des Fürstbischofs der Name des Graveurs DOELL F. steht, während er auf der kleineren, in der Größe eines halben Conventionsthalers, blos durch D bezeichnet ist. Auf dem Rev. steht die gewappnete Pallas, die sich mit dem linken Arme auf ihren Schild stützt und mit der rechten den Speer hält. Zu ihren Füßen liegen rechts, Münzen, Bücher, eine Lyra, ein Globus und ein Fernrohr, links ein Mercurstab, eine Palette und ein Zirkel. Unten im Abschnitte stehen die aus Cic. pro Arch. 7, 16 gewählten Worte in drei Zeilen HAEC STUDIA | ADOLESCENTIAM | ALUNT (Die schönen Wissenschaften geben Nahrung der Jugend).

d) Diesen Medaillen reihen sich die Franz Ludwig'schen Thaler mit Merces laborum an[1]), die er theils als Preise, zur Aufmunterung der Schuljugend, theils als Belohnung für pflichtgetreue Lehrer, theils als Anerkennung besonders rühmlicher Leistungen in andern Berufsarten verwendete. Sie haben auf der Vorderseite das Porträt des Fürstbischofs und auf der Kehrseite sehen wir einen Tisch, auf welchem eine Landkarte ausgebreitet ist, auf der ein Globus mit einem Abseher steht und an welchem ein aufgeschlagenes Buch anlehnt. Rechts davon sitzt ein nackter, geflügelter Genius mit

---

a. Zur Anerkennung der besonderen Verdienste, welche sich die Würzburger Feuerwehr am 6. Jänner 1865 bei dem Brande des der Universität gehörenden Neubauthurmes erworben hat, erhielten der Kommandant dieser Feuerwehr Herr Posamentir Scheuring die große Jubelmedaille in Silber, und die beiden Herren Candidaten der Medizin Friedrich Brand und Friedrich Hopp, beide aus Würzburg, die zweite silberne Jubelmedaille, b. erhielt das Corps Bavaria zu seinem 50jährigen Jubiläum, welches es am 1. August 1865 in Würzburg feierte, als Ehrengeschenk die große silberne Jubelmedaille mit Diplom.

[1]) Das Genauere über den Thaler mit Merces laborum s. XXVII. Bericht des hist. Vereines Bamberg S. 24–27.

einem leichten Umhange, mit der L. (auch mit der R.) hebt dieser einen Kranz in die Höhe und schüttet aus einem Füllhorn Geld aus. Die Ueberschrift heißt: MERCES LABORUM. Von diesen Thalern sind mir bekannt α) ein Doppelthaler v. J. 1786 mit der Unterschrift V EINE FEINE MARCK und β) sechs einfache aus den Jahren 1786, 1791 und 1794 mit der Umschrift X EINE FEINE MARCK.

5. Hier fasse ich die noch übrigen Würzburger Spruchmedaillen zusammen, die sich meistens auf geschichtliche Ereignisse theils des Landes, theils des Fürstbischofs und dessen Familie gründen und die zuweilen in einer gewissen selbstgefälligen Ueberhebung bestehen. Da sich diese Medaillen aber nicht leicht zusammenhängend unter sich verknüpfen lassen, so gebe ich dieselben in chronologischer Reihenfolge.

a) Peter Philipp von Dernbach ließ eine silberne Ovalmedaille prägen, welche im Av. sein linksſehendes Porträt mit dem bamb.- würzb. Stifts- und Geschlechtswappen am rechten Oberarm enthält, und im Rev. die Erdkugel mit planetarischen Zeichen darstellt. Unter dieser windet sich ein unheilverkündender Basilisk und auch oben auf derselben befindet sich ein solcher, welcher sich um das von einer mit Trauben behangenen Rebe umschlungene Kreuz, das auf der Erdkugel steht, windet. Dem Kreuze entlodert oben eine Flamme und die Umschrift VINCIT E—T SANAT d. i. „Der Wein besiegt und macht gesund," umgibt die obere Hälfte. Eine Jahrzahl hat die Medaille nicht. Wahrscheinlich wollte der heitere Fürstbischof mit diesem Gepräge wie Horat. Od. I, 18, auf die schlimmen und guten Wirkungen des Weines hinweisen. In letzterer Beziehung schwebte ihm wohl das Sprichwort: „Frankenwein Krankenwein" im Allgemeinen vor, im Besonderen aber wollte er den Genuß guten, alten Frankenweines als Mittel gegen die im J. 1681 aus Böhmen auch in Würzburg eingeschleppte böse Krankheit — die Pest genannt — empfehlen. (Heller Nr. 224. Gropp II, p. 515. — Würzb. Chronik. Würzb. Bonitas-Bauer II, S. 332).

b) Auf α. einem Ducaten v. 1703, β. einer großen, 16 und γ. einer kleinen, 8½ Loth schweren silbernen Medaille, δ. einem Thaler v. 1702 (Gropp II, p. 632) und einem halben Thaler von demselben Jahre, steht hinter dem quadrirten fürstbischöflichen und von zwei Greifen gehaltenen Wappen ein Tannenbaum mit der

Umschrift: Semper idem „immer derselbe". Ob der Fürstbischof Johann Philipp II. v. Greiffenklau hiermit seinen eigenen oder seiner Familie Grundsatz, als Anspielung auf den Tannenbaum über seinem Wappen aussprechen wollte, ist ungewiß. — c) Derselbe Fürstbischof verherrlicht auf der bereits unter III, A. 1. c. angeführten Medaille von $8^1/_2$ Loth Silber, welche er von G. Hautsch graviren und im Rev. mit der Umschrift: Adjutorium nostrum in nomine Domini umgeben ließ, den auf die herzogliche Würde von Franken, mit welcher der würzburgische Bischof betraut war, bezüglichen Spruch: Herbipolis | Sola | Judicat ense | et | Stola (I, 2). Dieser Spruch steht auf einem mit dem herzoglichen Mantel umgebenen Schilde, der mit dem Herzogshute, Schwert und Stab geschmückt ist. — Zur Verherrlichung der am 18. Sept. 1719 einhellig auf Johann Philipp Franz Grafen von Schönborn gefallenen Wahl zum Fürstbischofe von Würzburg und Herzog in Franken sind fünf verschiedene Wahlmedaillen vorhanden. Die erste d) ist im Abschnitte mit D. 18. sept. MDCCXIX | V (= Vestner) und jede der vier letzten e—h) mit: Natus 15. Febr. 1673 | electus 18. Sept. | 1719 | bezeichnet. — a. Ob die erste theils zu 3, theils zu 4 Loth Silber ausgeprägte Medaille mit der Umschrift: Quo dare nil potuit munere majus, „Ein größeres Geschenk als dieses konnte der Himmel nicht geben", von dem Neugewählten selbst ausgegangen ist, möchte ich wegen seiner besonderen Geistes- und Herzensvorzüge, mit denen er eine große Religiösität verband, bezweifeln. Vielleicht daß diese Medaille vom Domkapitel oder sonst einem Freunde oder Verehrer desselben veranlaßt wurde. Der Av. enthält das 9feldige, von zwei Löwen gehaltene und mit dem Fürstenhute, Schwert und Stab geschmückte und mit 9 Helmen gezierte würzburgisch-Schönborn'sche Wappen mit der Umschrift: Joan. Phil. Franc. D. G. Ep. Herb. S. R. I. PR. F. O. Dux & Praepo. Mog. ex S. R. I. Comit. de Schönborn, welche im Vergleiche mit früheren Umschriften wesentlich erweitert worden ist. Im Rev. steht ein Baum, links an diesem heftet ein Engel einen ovalen Schild mit folgender siebenzeiligen Inschrift auf: Joh. Phil. | Franc. | comes | à Schönborn | elect. | Rechts von diesem Baume steht eine Frauensperson, die mit der L. ein auf dem Boden stehendes Füllhorn hält, mit einem Mercurstabe in der R. auf den Schild hindeutet und sich dabei auf die ihr zur R. sitzende Franconia, die sich mit dem r. Ellbogen auf den ovalen fränkisch-würzburgischen Schild stützt, hinwendet, um sie auf den Namen des nunmehrigen Fürstbischofes aufmerksam zu machen. (Gropp II, p. 674). — Die weiteren Wahlmedaillen e) mit Hinc omne bonum sind schon oben III, A, 1. g.—f., die mit Laudate Dominum in sanctis ejus oben II, init. — und g) die mit Pro Deo, Caesare et Patria oben II, A, 8 und III, A, 2, f besprochen worden. Es übrigt noch die von Vestner gearbeitete Wahlmedaille h) mit Lætior exurgit, premitur cum conscia recti mens, die aber nach der chronographischen Porträtumschrift im Av. erst im Jahre 1720 ausgegeben worden ist. Diese heißt: Ioan : PhILIp : FranC : Ep : HerbIpoLen : S. R. I. PR : OR : DVX Præpo : Mog. Der Rev. zeigt den Theil des Gartens am Schönborn'schen Schlosse zu Gaibach, welcher durch mehrere Springbronnen und in Mitte dieser durch den über das Ganze mächtig sich erhebenden Hauptwasserstrahl belebt ist. Das Postament des Hauptspringbronnens ziert der gekrönte Schönborn'sche Löwe; auf den drei Spitzen oberhalb desselben sitzt ein Löwe, der den gewaltigen Hauptwasserstrahl emporspeit. Ob die Umschrift den moralischen Gedanken: „Freudiger hebt sich der Geist des Rechts sich bewußt, wenn er gedrückt wird" im Allgemeinem ausspricht, oder ob er auf ein besonderes Ereigniß im Leben des Fürstbischofs sich bezieht, vermag ich nicht zu entscheiden (Gropp II, p. 674). — Die Consecration des neu gewählten Fürstbischofs Johann Philipp Franz wurde am 20. Nov. 1720 von seinem Oheim, dem Kurfürst-Erzbischof von Mainz und Fürstbischof von Bamberg, Franz Lothar Grafen von Schönborn vollzogen, und zwar unter Assistenz des Weihbischofs von Erfurt, Jakob Senfft, der damals Dechant des Collegiatstiftes zu Aschaffenburg war, und des Weihbischofs von Würzburg, Johann Bernard Mayer. Auf diese hl. Handlung sind zwei Medaillen jede im Gewichte von 3 Loth Silber von Vestner gravirt worden; i) Die erste enthält im Av. das Brustbild des neuen Bischofs und im Rev. eine Kirche, worin der Mainzer Erzbischof mit den beiden assistirenden Weihbischöfen vor dem Altare steht und seinem vor ihm auf einem Kissen knienden Neffen die Infel aufsetzt, mit der Umschrift: A Loth(ario) Franc(isco) Archiepis(copo) et Elect(ore) Mogun(tino) et Pr(incipe) Bamb(ergensi) consecratur Ep(iscopus) Herbip(olensis). Unten im Abschnitte steht die 3zeilige chronographische Inschrift: EN SACERDOS MAGNVS VNCTVS - A PATRVO NEPOS. (Heller Nr. 325). — Die zweite k) Consecrationsmedaille gibt im Av. das Porträt des Erzbischofs von Mainz und Bischofs von Bamberg Lothar Franz &c. und im Rev. unten einen Theil der Erdkugel, der rechts mit MOGVNT: und links mit HERBIPOL: beschrieben ist. Rechts und links von diesem Theile der Erdkugel kniet je ein Genius, jeder von diesen hält einen ovalen, quergetheilten Schild, der mit einem Fürstenhute bedeckt, dort mit dem Mainzer Rade und mit dem Schönborn'schen Löwen, hier mit dem Würzburg'schen Fähnchen und dem Schönborn'schen Löwen bezeichnet ist. Beide Genien weisen auf die ober ihnen schwebenden Fürstenbilder hin. Die einander gegenüberstehenden Schönborn'schen Brustbilder, rechts das des Mainzer Erzbischofs u. s. w. Lothar Franz und links das des würzburgischen Fürstbischofs Johann Philipp Franz befinden sich in Sternen, die reichliche Strahlen um sich verbreiten und mit folgenden Ueberschriften, jenes mit LUX HAEC FRANCISCI, dieses mit NOVA LVX EST ISTA PHILIPPI, zusammen einen Hexameter bildend, versehen sind. Das Ganze umgibt die chronographische Umschrift: INGENTI MAGNI PATRVI DE LVCE REFVLSIT (1720). „Er [Johann Philipp Franz] strahlt wider von des großen Oheims gewaltigem Lichte," und unter dem Abschnitte steht die weitere dreizeilige chronographische Inschrift: IN CONSECRATIONE NEPOTIS | QVARTO IDVS | NOVEMBRIS (Heller Nr. 326). Auch von dieser Medaille gilt die oben unter c. bei der Medaille: quo dare nil potuit munere majus gemachte Bemerkung. — l) Auf Christoph Franz von Hutten sind zwei Wahlmedaillen mit dem Wahltage: ELECT. 1724. 2. OCT. vorhanden, beide von Vestners kunstgeübter Hand. — Schon als Domdechant hatte Christoph Franz von Hutten durch seltene Vorzüge des Geistes und Herzens, durch treue Anhänglichkeit an die Religion, durch Milde gegen die Domkapitel'schen Unterthanen, durch Unterstützung der Bedrängten, durch Strenge in Handhabung des Rechts, durch Eifer für die Wissenschaften, besonders für die Geschichte, sich die Liebe und Verehrung Aller in dem Grade erworben, daß bei Erledigung des fürstbischöflichen Stuhles Aller Augen sich auf ihn richteten, daß er daher einstimmig zum Fürstbischof gewählt wurde und daß dieser Wahl ein so allgemeiner Jubel folgte, wie kaum einer andern je zuvor. Wir dürfen es daher nicht als Selbstüberhebung betrachten, wenn er dem Reverse der einen

Wahlmedaille die Worte: Gregis amor ducem fecit, „der Heerde Liebe hat den Führer gemacht", oben ansetzte und denselben mit folgendem Bilde ausstattete: Franconia sitzt unter einem verdorrten Baume, woran sich noch ein grünender Ast befindet, hält in der R. das Würzburger Fähnchen, lehnt sich mit demselben Arme auf das Familienwappen des Fürsten und legt die linke Hand schützend auf einen vor ihr stehenden Bienenkorb, während die Bienen mit ihrer Königin in der Ferne schwärmen. Ist diese Medaille als Zeichen des Dankes unseres Fürstbischofs für seine Wahl zu betrachten, so spricht er durch die m) folgende seinen Vorsatz aus, daß er nach religiösen Grundsätzen mit Gerechtigkeit und Liebe regieren wolle. Aus Ecclesiastes IV, 12 verwandelt er: Funiculus triplex difficile rumpitur in die chronographische Umschrift: tRIPLeX DIffICILe rVMpItVr „Das Dreifache reißt schwer", woraus wohl hervorgeht, daß diese Medaille zu 3 Loth Silber, die auch in Gold zu 15 Ducaten existirt, erst ein Jahr nach der Wahl — 1725 — ausgegeben worden ist. Auf ihr halten Religion (in der Mitte), Gerechtigkeit (rechts) und Liebe (links) — die sichersten Stützen der Throne und die zuverläßigsten Bürgschaften für die Wohlfahrt der Unterthanen — das mit dem Fürstenhute bedeckte dreischildige Stifts- und Geschlechtswappen. — n) Endlich gehört noch hieher eine halbe Ducate, welche Christoph Franz von Hutten zum Lobe Würzburgs prägen ließ und welche recht laut von des Fürstbischofs bekannter Gutmüthigkeit Zeugniß ablegt. Der Av. enthält das mit dem Fürstenhute, Schwert und Stab gezierte quadrirte Stifts- und Hutten'sche Familienwappen mit der Umschrift HERB: (ipolis) — Sola, die sich in der Umschrift des Rev. DEFENDIT NON LAEDIT fortsetzt. Letztere zieht sich über ein aufrecht stehendes, blankes Schwert hin, das mit der Stola umwunden und mit einem Zingulum daran befestigt ist. Ja, Würzburg führte das Schwert nur zur Vertheidigung nicht zum Verletzen! Welche beneidenswerthe Aufgabe! — o—p) Sein Nachfolger war Friedrich Karl Graf von Schönborn, ein Bruder des am 18. Mai 1724 so plötzlich auf freiem Felde dahingeschiedenen Fürstbischofs Johann Philipp Franz und Neffe des bamb. Fürstbischofs und Kurfürsterzbischofs von Mainz Lothar Franz, dessen Coadjutor in Bamberg er seit 1708 war und dem er deshalb nach dessen Tode (30. Jan. 1729) hier unmittelbar folgte, worauf er auch am 18. Mai 1729 in Würzburg auf den fürstb. Stuhl erhoben wurde. Sein glühender Eifer für Religion, seine väterliche Sorge für seine Unterthanen, seine Liebe für die Wissenschaften, seine Pflege der Künste, verbunden mit reicher Erfahrung und großer Geschäftsgewandheit bewirkten, daß man noch lange nach seinem Tode (25. Juli 1746) sich des Ausdruckes: „Schönborns Zeiten" für gleichbedeutend mit „gute Zeiten" in Franken bediente. Ueber die beiden auf die Wahl dieses Fürsten geprägten Medaillen s. oben I, 10, d—e.

q) Anselm Franz Graf von Ingelheim stand bereits im 63. Lebensjahre, als er am 29. Aug. 1746 zum Nachfolger Fried. Karls von Schönborn in Würzburg gewählt wurde. Eine Krankheit, die ihn kurz nach seiner Wahl befiel, schob seine Consecration um ein Jahr, bis zum 27. Aug. 1747 hinaus. Sein bisheriges zurückgezogenes Leben und sein religiöser Eifer hatten seine neuen Unterthanen mit den schönsten Hoffnungen erfüllt, aber diese so wie manche andere Verdienste, die er sich während seiner kurzen Regierung († 9. Febr. 1749) erwarb, wurden durch seinen Hang zur Alchemie, welche ihn Betrügern in die Hände lieferte, ihn zu großen Verschwendungen verleitete und wahrscheinlich auch Ursache seines plötzlichen Todes wurde, sehr verdunkelt. (Ueber die Münzen dieses Fürsten s. Archiv des hist. Vereines Würzburg, Bd. X, Heft 2 und 3, S. 187—205.)

Zwei Medaillen sind auf seine Wahl und drei auf seine Consecration geprägt worden. Sind diese vom Fürstbischofe selbst ausgegangen, so beurkunden sie eine kaum zu billigende Eitelkeit, wenn von Anderen, so verrathen sie eine tadelnswerthe Schmeichelei. Die erste Wahlmedaille im Gewichte zu zwei Loth Silber hat im Av. das Porträt des Fürstbischofs und im Rev. das Chronodistichon, welches 1646 statt 1746 aussagt:

E CRVCE NATA SALVS OLIM PROVENERAT ORBI
PROVENIT EX ISTA NVNC TIBI FRANCO CRVCE

Dieses Distichon, eine Auspielung auf das Ingelheim'sche Wappen heißt:

„Heil, das dem Kreuze entsproß, erschien vor Zeiten dem Erdkreis
Fränkisches Volk! es blüht nun dir aus jenem hervor."

Welche selbstüberhebende Zusammenstellung! — Rechts ruht auf einem Felsen die Weltkugel und auf diesem das Lamm Gottes mit dem von Strahlen umgebenen Kreuze. Um den Felsen und die

Erdkugel windet sich eine Schlange, um die durch das Gotteslamm besiegte Hölle zu bezeichnen. Links steht auf drei Spitzen zwischen zwei Panieren eine Kugel, die das Frankenland vorstellen soll. Die Kugel ist mit einem Herzogshute bedeckt und auf diesem befindet sich ein Ring aus dem Echter'schen Wappen und darüber steht das ingelheimische geschachtete Kreuz. Unten vor den beiden Kugeln liegt ein Band mit der Aufschrift: „ELECT. XXIX AUG."

r) Die zweite seltene Wahlmedaille von zwei Loth Silber zeigt im Av. das Brustbild von Anselm Franz mit dem Namen des Graveurs VESTNER unter dem Arme des Fürsten und im Rev. oben das von einem Strahlenkranze umschlossene und rechts und links von Wolken umgebene, ingelheimische, geschachtete Kreuz. Unter diesen befinden sich in zwei aneinander angelehnten, mit Palmzweigen besteckten und muschelartig verzierten ovalen Schildchen rechts das Stifts- (Rechen) und links das Herzogs- (Fähnchen) Wappen. Die Umschrift bildet folgendes Chronostichon:

qVot CrVCe sVnt LapIDes, tot et aVrea sæCLa notantVr:
CrVX ea præDICIt, franCIs eoa, tIbI.

„So viel Steine das Kreuz, so viel Jahrhundert des Glückes!
Franken dir kündet das Kreuz morgentlich heitere Zeit." (?)

Unten im Abschnitte: ELECT. 29. AUG.

s) Zu den Consecrationsmedaillen gehört eine vier Loth Silber wiegende, von Vestner gearbeitete Medaille, die im Av. mit dem Porträte des Fürsten ausgestattet ist. Der Rev. enthält einen großen Mispelbaum, dessen Stamm den Namen ECHTER trägt. Am untersten Zweige rechts befindet sich ein mit dem Herzogshute bedeckter Ring, welcher IVL, den Namen des großen Echters von Mespelbrunn umschließt, und ober welchem drei Ringe hängen. Die Spitze des Baumstammes trägt einen Herzogshut, der einen mit A (= Anselmus, Namen des regierenden Fürstbischofs) bezeichneten Ring bedeckt, unter welchem zwei leere Ringe angebracht sind. Die linke Seite des Baumes enthält noch fünf größere und kleinere Ringe. Der Mespel- oder Mispelbaum, Anspielung auf den Namen Mespelbrunn, ist mit dem aus Virg. Aen. VI, 143 entnommenen Versausgange: PRIMO AVULSO NON DEFICIT ALTER „Ist der erste (Goldzweig) abgerissen, gleich kommt ein zweiter nach" umschrieben. Hat man denn dabei auch bedacht, daß dem großen Julius, der nach einer 44jährigen, nur dem Wohle seiner Unterthanen gewidmeten Regierung am 13. September 1617 starb, Anselm Franz erst 130 Jahre später gefolgt ist, und daß er dem Stamme Echter nur als ein Seitenzweig angehörte? — Unten im Abschnitte: CONSECR. 27. AVG. | 1747. |

t) Ueber die zweite gelungene Consecrationsmedaille s. oben II, A, 8, b. — Ueber die beiden kleinen nur wenig bekannten Denkmünzen u) SEQUENDO DUCEM AD ASTRA PER CRUCEM und v) IN CRUCE GLORIA s. Dr. Keller im Archiv des hist. Vereines Würzburg, Bd. X, Heft 2 und 3, S. 194—195, Nr. 5 und 6 *) und **).

B. Bamberg.

1. Diesen Abschnitt, der sich mit den Bamberger Spruchmedaillen religiösen Inhaltes beschäftigt, beginne ich a) mit einer bisher gänzlich unbekannten Gußmedaille des B. Martin v. Eyb (1580 resig. 1583 † ?), welche erst in jüngster Zeit von Herrn Konrad Kirchner von hier, dermalen Baupraktikanten in Haßfurt, (Sohn des am 14. Januar 1850 † hiesigen prakt. Arztes, der auch als Numismatiker noch in gutem Andenken steht) ans Tageslicht gebracht, und Freunden der Numismatik auf die liberalste Weise zur Ansicht mitgetheilt worden ist. Diese Medaille befaßt sich mit der Trinität, dem Symbol des katholischen Glaubens. Die Vorderseite enthält das sehr schöne, verzierte, zweimal behelmte, quadrirte, bambergisch-eybische Wappen ohne Schwert und Stab mit der von der linken Seite beginnenden Umschrift: MARTINVS D—G. EPSCOPVS [Stempelfehler statt: EPISCOPVS] BAM—B. Die Rückseite ist mit dem Bilde der hl. Dreifaltigkeit ausgestattet: oben befindet sich der hl. Geist in Gestalt einer Taube, darunter rechts Gottes Sohn, wie er vom Kreuze abgenommen wird, links Gott Vater, und um das Ganze läuft ein Band mit der gleichfalls links beginnenden Umschrift: T(rinitas) SIMBOLVM [Stempelfehler für SYMBOLVM] — FID—EI. CATHOLICAE.

b) Ernst von Mengersdorf, der Erbauer des Schlosses Geyerswörth, des jetzigen Appelationsgerichtshofes, und Nachfolger des Martin von Eyb, bewies seine religiöse Gesinnung durch eine nur sehr seltene Gußmedaille zu $4^1/_2$ Ducaten in Gold und zu $^{11}/_{16}$ Loth in Silber, die im Av. das Brustbild des Fürstbischofs mit der Umschrift: ERNESTVS D. G. EPS. BAMB. trägt und im Rev. das verzierte, zweifach behelmte und quadrirte Bamberg-Mengersdorf'sche Wappen ohne Schwert und Stab mit der Umschrift: ADIVTOR—DEVS MIHI (Gott ist mein Beistand. — Heller Nr. 84).

c) Franz Lothar von Schönborn bekennt auf einem von Georg Fr. Nürnberger geprägten halben Thaler von 1694, dann auf mehreren ganzen Thalern von 1694, 1696, 1697 und auf einer im Jahre 1694 von Hautsch gearbeiteten ovalen Medaille (Heller Nr. 292—296 und 311) seine Abhängigkeit von Gott durch den Spruch aus Psalm XXX, v. 16: IN MANIBVS DOMINI SORTES MEÆ („in den Händen des Herrn ruht mein Schicksal").

d) Ob den aus Pauli Epist. ad Timoth I, 1, 17 oder aus Judae Epist. v. 25 entlehnten Satz: SOLI DEO GLORIA („Gott allein sei Ehre!") mit welchen die seltene Gußmedaille von Johann Georg I. Zobel von Giebelstadt ausgestattet ist, der Bischof selbst ausgewählt hat, oder ob diese Medaille als Huldigungsmedaille betrachtet werden muß, ist sehr zweifelhaft. Ist Ersteres der Fall, so hat der Bischof nach Ausweis der Jahrzahl 1577 diese Medaille unmittelbar nach seiner Wahl prägen lassen und dadurch einem seiner religiösen Grundsätze Ausdruck gegeben, dann müßte aber die Inschrift des Av. für IOHAN:[nes] GEORGE: [? ius] EPISCO:[pus] BAMB[ergensis] stehen. Haben wir aber in diesem Gepräge eine Huldigungsmedaille vor uns, dann steht die Inschrift für IOHAN:[ni] GEORGE:[? io] EPISCO:[po] BAMB:[ergensi] und der Spruch Soli Deo gloria müßte als Mahnung für den Bischof aufgefaßt werden: mehr im katholischen Sinne zu handeln und die Ersparnisse seines Vorfahrers Veit II. von Würzburg (1561—1577) nicht blos zu seinem Vergnügen, (Geyerswörthgarten und Maierhof bei Memmelsdorf jetzt Seehof) zu verwenden. Aber mußte man sich in diesem Falle nicht fragen: warum hat man, wenn man dies schon damals vermuthete, den Johann Georg I. auf den bischöflichen Stuhl erhoben? (Heller Nr. 82).

Ueber die Medaillen e) Audendum! Deus providebit s. III, A, i. k. Heller Nr. 96 und 97. — f) Deo volente premor non opprimor s. III, A, 1. l. Heller Nr. 145. — g) Pro fide et patria candide et cordate s. III, A. 2. d. Heller Nr. 335, f. qq.

h. Den tiefsten Gedanken enthält wohl die seltene ovale Gußmedaille von Johann Philipp von Gebsattel aus dem Jahre 1600, welche in Gold, Silber und Blei ausgemünzt worden ist und welche den Satz: DOMINE NOLO VIVERE NISI TECVM MORIAR zur Beherzigung zeigt. („Herr! ich will nicht leben, wenn ich nicht mit dir sterben werde.“ Heller Nr. 89). Wohl mögen dem frommen Bischofe die Worte des hl. Paulus in seinem Briefe ad Philipp I, 25: ἐμοὶ γὰρ τὸ ζῆν Χριςτὸς, καὶ τὸ ἀποθανεῖν κέρδος. oder des Thomas von Kempis in: De imit. Christi I, 23, 6. vorgeschwebt haben: Stude nunc taliter vivere, ut in hora mortis valeas potius gaudere quam timere. Disce nunc mori mundo, ut tunc incipias vivere cum Christo. Disce nunc omnia contemnere, ut tunc possis libere ad Christum pergere.

2) Die Sprüche ethischen Inhaltes, mit denen mehrere Medaillen geschmückt sind, gelten der Liebe, der Tugend, der Treue, der Eintracht und ermuntern zur Ausdauer im Unglücke a) Veit II. von Würzburg, dessen ungewöhnliche Sparsamkeit dem Stifte sehr zu statten kam, sprach auf einer ovalen Gußmedaille den Satz aus: VIRTUTI FORTVNA COMES „Der Tugend schließt sich das Glück als Begleiterin an“, nur darf man dabei nicht, wie es gewöhnlich geschieht, blos an das äußere Glück denken, sondern an das höhere, an das innere Glück, welches der Tugend stets zur Seite steht (Heller Nr. 77).

b) Von demselben Bischofe haben wir zwei Gußmedaillen aus dem Jahre 1575, auf denen er zur alten deutschen Ehrlichkeit ermuntert und seinen Unterthanen die Lehre einprägt: „Worthalten macht reich“ und dies im Gegensatze zur Jetztzeit mit den Worten thut: DITAT SERVATA FIDES. (Heller Nr. 78, 79).

c) Auf einem Ducaten und d) auf einem Thaler, beide vom Jahre 1750 und geprägt im Avers von P. P. W. (= Peter Paul Werner) und im Revers von C. G. L. (= Cristoph Gottlieb Laufer), legt der Fürstbischof Johann Philipp von Frankenstein durch den Hexameter INVIOLATA FIDES PAX ET CONCORDIA FIRMANT. („Unverletzte Treue, Friede und Eintracht machen stark“ Heller Nr. 365 und 366), seinen Unterthanen eine jetzt wenig geachtete Wahrheit ans Herz.

e) Franz Lothar von Schönborn empfiehlt die den Deutschen nicht oft genug einzuprägende Lehre: „Eintracht macht stark“, durch das Homoioteleuton MVNIMVR SI VNIMVR auf einer zwei Loth Silber schweren und von P. H. M. = Philipp

Heinrich Müller geprägten Medaille (Heller Nr. 316) — f) wiederholt diese Lehre auf einer weiteren, von eben diesem Augsburger Künstler gravirten Medaille mit den Worten: NON NISI CONIVNCTIS RADIIS. („Nur wenn die Strahlen sich vereinen." Heller Nr. 315) und g) rühmt endlich die Eintracht als Mutter des Friedens mit den Worten PACIS CONCORDIA MATER auf einer ein Loth Silber wiegenden, von Peter Paul Werner geprägten Medaille. — h) Bischof Melchior Otto, Voit von Salzburg (1642—1653), dessen Fürsorge für Wissenschaft und Unterricht Bamberg zu beständigem Danke verpflichtet hat, tröstet sich auf einer sehr interessanten Medaille für all das Herbe, welches ihm die letzte Zeit des 30jährigen Krieges noch verursacht hat, mit den Worten: POST ADVERSA | RVR' QVIESCAM. Auf dieser von Philipp Heinrich Müller gearbeiteten, und 2 Loth Silber wiegenden Medaille (Heller Nr. 168), beurkundet er sein Gottvertrauen zugleich dadurch, daß er über Bamberg die Segensstrahlen Jehova's sich ausbreiten läßt, und ermuntert die Seinigen in Hinblick nach Oben so zur Ausdauer im Unglücke.

3) Die übrigen Spruchmedaillen, die meist durch geschichtliche Begebenheiten veranlaßt sind, glaube ich hier am zweckmäßigsten in chronologischer Reihe aufführen zu können. Franz Lothar verherrlichte den Frieden zu Ryßwick (1697), in welchem der raublustige und ländersüchtige Ludwig XIV. seine sogenannten Reunionen außerhalb der deutschen Provinz Elsaß wieder herausgeben mußte, durch folgende Medaillen und Münzen, die, weil er sie doch zunächst als Erzbischof von Mainz schlagen ließ, nur nach ihren Sprüchen angeführt werden sollen. Diese sind: a) ein medaillenartig geschnittener Ducaten von Georg Fr. Nürnberger mit ARA PACIS (Heller Nr. 297); — b) ein doppelter Ducaten von gleichem Gepräge (Heller Nr. 298); — c) ein medaillenartiger Ducaten mit FAVENTE NVMINE von demselben Künstler (Heller Nr. 299); — d) ein ähnlicher doppelter Ducaten (Heller Nr. 300); — e) ein Ducaten mit CONCORDIA (Heller Nr. 301); — f) ein Ducaten ähnlich a. (Heller Nr. 302); g) eine silberne Medaille von P. H. Müller mit der Umschrift: PRO GLORIA DEI ET SALVTE IMPERII, erinnert an die unter II, A, 8. aufgeführten Medaillen (Heller Nr. 313 und 314); — h) Die bereits unter 2. erwähnten Medaillen NON NISI CONIVNCTIS RADIIS; MVNIMVR SI VNIMVR;

PACIS CONCORDIA MATER; — i) IRRIGAT VT ERIGAT. (Heller Nr. 318) u. s. w.

4. Hieher gehören noch: a) die Medaille auf Lothar Franzens 51. Geburtstag, den 4. October 1706, (Heller Nr. 320, — b) die Medaille auf die im Jahre 1711 zu Mainz erbaute Fontaine mit LYMPHAM HAVRIS: VENERARE DEVM FONTEMQVE CORONA (Heller Nr. 321); — c) die Medaille auf die Weihe seines Neffen Johann Philipp zum Bischof von Würzburg (Heller Nr. 325), und endlich d) und e) die beiden Sterbemedaillen d. mit PRINCIPALIS VENA DEFECIT A. 1729 (Heller Nr. 324) und e. (Heller Nr. 327) mit TERRENA RELINQVO.

* * *

Die vorstehende Arbeit war die letzte, welche der am 4. November 1866 verstorbene Verfasser wenige Tage vor seinem Ableben vollendete. Er hatte dieselbe ursprünglich auf meinen Wünschen hin für die treffliche Zeitschrift „Chilianeum" begonnen. Ehe er sie aber, damals schon leidend, zum Abschluß bringen konnte, hörte leider jene Zeitschrift auf. Sofort bestimmte ich erstere, welche, weil in ihrer Art trefflich, für die Oesterreichische Vierteljahresschrift, die in ihrem Programme „II. Monumentale Theologie" ausdrücklich die bischöfliche Numismatik in die Reihe der zu behandelnden Gegenstände setzt, indessen in der ganzen Arbeit jener ächt katholische Geist weht, der seit Jahrhunderten das Erbtheil der Kinder des hl. Kilian, so nannten sich die Franken gerne, — gewesen war.

Ein solcher Franke war auch der nun selige Gutenäcker, geb. am 4. Dec. 1800 zu Stadtschwarzach in Franken, ein Mann der seine Bildung in Wirzburg erhielt, seit 1824 bis 1861 ununterbrochen dem Staate mit seltener Liebe und Treue diente, sich als Lehrer und Erzieher der studierenden Jugend auszeichnend. Gutenäcker war kein Philologe jener Schule, die über die Sylbe den Geist zu vergessen pflegt, auch kein Lehrer, der dem Grundsatze huldigt, Studienanstalten seien Lehr- aber keine Erziehungsanstalten. Im Gegentheile, ihm war die Philologie blos Mittel zur Verstandes- und Herzensbildung, wobei ihm überdies das positiv christliche Element das Höchste war. Gutenäcker war Laie, war Familienvater, aber den Vorschriften und Geboten seiner Kirche so aus inniger Seele treu, daß viele Geistliche sich ihn als Vorbild hätten wählen können.

Drei Gegenstände waren es, die ihn in seinen Erholungsstunden beschäftigten a) die griechischen Mathematiker, b) die fränkische Geschichte und c) speciell die fränkische Numismatik, zu der er durch eine Reflexion Oberthürs, mit welcher dieser seine Erzählung von Entstehung der zuerst von dem hochsinnigen Franz Ludwig mit der Aufschrift Pro Patria geprägten Münzen schließt (Taschenbuch 1796, S. 70–73), hingelenkt worden war.

Die Stelle, welche er selbst in seiner Festrede „Ueber würzburgisch-fränkische Numismatik" Würzburg 1858, S. 23, aufführt, lautet:

> „Für die Liebhaber und Sammler müssen diese Münzen nun einen viel höheren Werth haben, und der gelehrte Numismatiker wird sich freuen, daß er zur Empfehlung seiner Wissenschaft nun auch sagen könne: selbst für die Tugendlehre sei sie wichtig. Und wer immerhin eine solche Münze fürohin in die Hände nimmt, wird an den großen Grundsatz, worauf das Glück der bürgerlichen Gesellschaft ruht, erinnert: daß jedes einzelnen Menschen Kräfte dem Vaterlande und der gesammten Menschheit zugehören, und zum allgemeinen Menschenwohle verwendet werden müssen."

Dieses Letztere hat der liebe Freund Gutenäcker treu erfüllt, ohne hier besonderen Dank zu ernten! Indem ich diese seine letzte Arbeit [1]) die mit dem bedeutungsvollen Schlußworte: Terrena relinquo — endet, vor mir liegen sehe, entwindet sich dem Herzen der letzte Freundes Wunsch: Have pia anima! Ruland.

---

[1]) Außer seinen Programmen und Gelegenheitsschriften (13 an der Zahl), die sich in seiner vortrefflichen Schrift „Verzeichniß aller Programme und Gelegenheitsschriften, welche an den k. bay. Lyzeen, Gymnasien und Lateinschulen vom Schuljahre 1823/24—1859/60 erschienen sind. Bamberg 1862" — verzeichnet finden, gab Gutenäcker heraus:

1825. Kreismessung des Archimedes nebst dem Commentare des Eutokius, griech. und deutsch. Würzb. 8. (10 Bogen.)
1834. Vita Pauli Melissi Schedii ab A. R. Possidio Zitter scripta. Wirceb. 8. (4 Bg.)
1835. Geschichte des Gymnasiums in Münnerstadt. — 1 Heft. Würzburg 8. (9 Bogen.)
1838. Ueber würzburgisch-fränkische Numismatik. 8. (2 Bogen.)
1841. Der Würzburger Gymnasialcursus vom 3. Nov. 1815 bis 30. Aug. 1820. Würzb. (5 Bogen.)
1842. Beitrag zu einer kritischen Geschichte der Salzburg. Würzb. 8. (2 Bogen.)
1860. Satzungen der k. b. Studienanstalt Bamberg 8. (2 Bogen.)
1862. Beiträge zur Litteraturgeschichte Bambergs. Bamb. (3 Bogen.)
1864. Franz Ludwig Fürstbischof von Bamberg und Würzburg, Herzog zu Franken in seinen Münzen. Bamb. (5 Bogen.)
1866. Zur Geschichte des Freiherrl. von Aufsessischen Studienseminars zu Bamberg. Bamb. (5 Bogen.)

Miscelle.

Verzeichniß
der unter Kaiser Joseph II. aufgehobenen Klöster.

Zusammengestellt von Dr. Theodor Wiedemann.

I. Niederösterreich.

Chorherrenstifte: St. Andrä an der Traisen, St. Pölten, Tirnstein.
Benediktinerstifte: Klein-Mariazell.
Prämonstratenserstifte: Perneck.
Cisterzienserstifte: Lilienfeld; Seißenstein.
Piaristenkollegien: Wiener-Neustadt.
Dominikaner: Krems.
Paulaner: Neustadt, Ranna.
Karmeliten: Mannersdorf, Neustadt, St. Pölten.
Camalduneser: Josephsberg bei Wien.
Franziskaner u. Minoriten: Aspern, Eggenburg, Enzersdorf, Feldsberg, Hainburg, Ibs, Kazelsdorf, Klosterneuburg, Langenlois, Neulengbach, Stockerau und Zistersdorf.
Kapuziner: Bruck an der Leitha, Hollabrunn, Korneuburg, Krems, Medling, Neunkirchen, Neustadt, Poysdorf, Scheibs, Schwechat, Tuln, Waidhofen an der Ibs, Waidhofen an der Thaya.
Augustiner: Baden, Bruck an der Leitha, Korneuburg, Maria Brunn.
Hieronymitaner: Kirnberg, Schönbach.
Karthäuser: Agsbach, Gamming, Mauerbach.
Dominikanerinnen: Imbach.
Chorfrauen des hl. Augustin: Kirchberg am Wechsel.

II. Oberösterreich.

Chorherrenstifte: Ranshofen, Suben, Waldhausen.
Benediktinerstifte: Garsten, Gleink, Lambach, Mondsee.
Cisterzienserstifte: Baumgartenberg, Engelhartszell.
Piaristen: Freistadt.
Dominikaner: Münzbach, Steyer.
Paulaner: Thalheim.
Franziskaner u. Minoriten: Enns, Greinburg, Linz, Pupping, Wels.
Kapuziner: Braunau, Freistadt, Gmunden, Linz am Urfar, Linz im Weingarten, Schärding, Steyer und Wels.

Karmeliter-Nonnen: Linz.
Cölestinerinnen: Steyer.
Dominikanerinnen: Windhaag.

III. Inneröſterreich. (Steiermark und Krain.)

Chorherren nach der Regel des hl. Augustin: Pöllau, Rottmann, Stainz.
Benediktiner: Admont, (der bezügliche Befehl wurde durch Vermittlung Salzburgs rückgängig gemacht), Arnoldstein, St. Lambrecht, Ossiach, St. Paul, am 23. October 1783 wieder als bestehend erklärt.
Cisterzienser: Landstraß, Sittich, Straßengel.
Piaristen: Gleinsdorf, Graz, Marburg.
Dominikaner: Graz, Leoben, Neukloster, Pettau.
Paulaner: Cilli, Maria Trost, Ulimie.
Karmeliten (unbeschuhte): Graz am Schloßberg, Graz im Münzgraben, St. Johann bei Herberstein.
Karmeliten (beschuhte): Voitsberg.
Franziskaner u. Minoriten: Feldbach, Friedau, Graz, Judenburg, Lankowitz, Marburg, Mautern, Mürzzuschlag, Nazareth, Rudolphswerth, Run, Graz (Minoriten), Laibach, Windisch-Feistritz.
Kapuziner: Bruck a. d. Mur, Cilli, Falkenburg, Graz in und vor der Stadt, Hartberg, Knittelfeld, Krainburg, Laibach, Leibnitz, Leoben, Marburg Murau, Radkersburg, Rudolphswerth, Schwamberg.
Augustiner (Barfüßer): Graz im Münzgraben, St. Johann bei Herberstein, Laibach vor der Stadt.
Trinitarier: Graz auf dem Grieß.
Augustiner (beschuhte): Laibach, St. Leonhardt.
Barmherzige Brüder: Graz.
Serviten: Tybein.
Karthäuser: Freudenthal.
Benediktinerinnen: Göß.
Dominikanerinnen: Graz, Mahrenberg, Michelstätten, Studenitz.
Klarissinnen: Bischoflack, Graz, Judenburg, Laibach und Münkendorf.
Karmeliterinnen: Graz.
Cölestinerinnen: Marburg.

IV. Littorale.

Franziskaner: Görz, Grigano, Porpeto, Salkano.
Kapuziner: Görz, Gradiska, Triest.
Barmherzige Brüder: Triest.
Dominikaner: Farra, Kormons.
Karmeliter Barfüßer: Kastagnavizza.
Poverellen: Farra.
Benediktinernonnen: Triest.
Klarissinnen: Görz.
Mitschwestern der Liebe: Kormons.

V. Tirol.

Kollegiatstifte: Bozen, Innichen.
Regulirte Chorherren: Grieß, Wälschmichel.
Benediktiner: Marienberg.
Cisterzienser: Stams.
Dominikaner: Bozen.
Augustiner: Seefeld.
Karmeliter (beschuhte): Lienz.
Franziskaner: Brankolim, Innsbruck, Kaltern, Reifnitz.
Kapuziner: Eppan, Innsbruck, Kitzbühel, Lanna, Mals, Ried, Roveredo.

Serviten: Volders, Waldraft, Weißenstein.
Hieronymitaner: Vorstlberg.
Benediktinerinnen: Münster, Seben, Sonnenburg;
Adeliges königl. Damenstift in Hall.
Cölestinerinnen: Grieß.
Karmeliterinnen: Lizzana.
Dominikanerinnen: Lienz, Marienthal, Steinach.
Augustinerinnen (beschuhte): Sacco.
Augustinerinnen (unbeschuhte): Schwaz.
Servitinnen: Arco, Innsbruck.
Gesperrtes Regelhaus in Innsbruck.

VI. Vorarlberg.

Kapuziner: Bludenz, Bregenz.
Klarissinnen: Valduna.
Dominikanerinnen: Altenstadt, Bludenz.
Cisterziensernonnen: Ohlsberg.

VII. Mähren und Schlesien:

Regulirte Chorherren: Fulneck, Olmütz und Sternberg.
Cisterzienser: Saar, Wellehrad.
Prämonstratenser: Bruck, Hradisch und Obrowitz.
Paulaner: Morziz, Pirnitz, Wranau.
Serviten: Jaromirz, Woßely.
Augustiner (beschuhte): Fratting, Gewitsch.
Dominikaner: Boskowitz, Brünn, Iglau, Schönberg u. Troppau.
Franziskaner u. Minoriten: Brünn, Kremsier, Mährisch-Trübau, Olmütz (Minoriten und Franziskaner), Troppau und Znaim.
Kapuziner: Brünn, Gaya, Iglau, Namiest, Nikolsburg, Olmütz, Proßnitz, Wischau, Znaim.

VIII. Vorderösterreich.

Regulirte Chorherren: Waldsee.
Dominikaner: Konstanz.
Kapuziner: Altbreysach, Freiburg, Ratholdszell, Rottenburg, u. Villingen.
Dann fielen 14 Klöster der Dominikanerinnen, 17 Klöster der Tertiarien des hl. Franziskus, 2 der Clarissinnen und 4 der Cisterzienser-Nonnen.

IX. Wien.

1. Aufgehobene Klöster.

Das sogenannte Königskloster zu St. Maria, Königin der Engel, vom Orden der hl. Clara, nächst der kaiserl. Stallburg am Josephsplatz. 1582 von Elisabeth, Tochter Kaisers Maximilian II. und Witwe Königs Carl IX. von Frankreich gestiftet, wurde es 1782 aufgehoben. Die Vorder- und Nebengebäude wurden abgebrochen, die Bauplätze verkauft und an deren Stelle der gräfl. Fries'sche Pallast (jetzt Palavicini) und die beiden evangel. Bethäuser erbaut. (Austria Sacra IX. 1 p. 164—170; Hormayr, Stadt Wien, VI, 3. S. 71—76; Schimmer, Wien seit sechs Jahrhunderten, Wien 1847, II, S. 434—442).

Das Chorfrauenkloster zur Himmelspförtnerin in der Rauhensteingasse. 1230 von Constantia, der Tochter Bela's III. von Ungarn gestiftet und 1320 von Agnes, Königin von Ungarn und Tochter Kaisers Albrecht I. erneuert, wurde es am 28. Sept. 1783 aufgehoben, Kirche und Kloster abgebrochen und der Platz zu Privatwohnungen verbaut. (Thonhauser, Ortus et Progressus aedium religiosarum

Viennensium, Viennae 1727, p. 25—29; Austria Sacra c. l. p. 93—102; Hormayr, S. 48—60; Schimmer a. a. O. 378—384).

Nonnenkloster zu St. Nicolaus in der Singerstraße. 1275 gestiftet, 1468 dem St. Georgsorden, 1545 den Franziskanern und 1624 den Clarissinnen übergeben wurde es 1782 aufgehoben. Die zierliche Kirche sammt den Klostergebäuden wurde abgebrochen und der Platz mit 2 Häusern in der Grünangergasse, einem in der Nicolausgasse und mit 2 in der Singergasse verbaut. (Austria Sacra c. l. 70—82; Hormayr, 42—48; Stelzhamer, kirchliche Topographie XIII, S. 226—262; Schimmer, S. 371—427).

Kloster der unbeschuhten Karmeliterinnen bei St. Joseph in der Sterngasse (Siebenbüchnerinnen). 1628 von der Kaiserin Eleonore gestiftet wurde es 1783 aufgehoben, die Kirche entweiht und das Ganze in ein Polizeihaus umgewandelt. (Austria Sacra c. l. 126—130; Hormayr, 69—71 und Schimmer a. a. O. 417—421).

Frauenkloster zu St. Jakob auf der Hülben. Bei der Aufhebung wurde die Kirche und der sogenannte Jakoberhof abgebrochen und der Platz verbaut, im Klostergebäude und in dem Nebenhause das kaiserliche Stempelamt, Staatsgüteradministration u. a. untergebracht. (Thonhauser, Ortus et Progressus, c. l. 61—62; Austria Sacra, IX, 1. p. 59—62; Hormayr, c. l. VI, 3. S. 65—67; Schimmer a. a. O. S. 384—389).

Nonnenkloster zu St. Laurenz auf dem Fleischmarkt. 1320 von Friedrich dem Schönen gestiftet, von Rudolph IV. erweitert und 1630 abermals vergrößert wurde es 1783 aufgehoben und an die Stelle von Kirche, Kloster und Zubäusern der jetzige große Lorenzerhof erbaut. (Thonhauser, p. 8—11; Austria Sacra c. l. 50—53; Hormayr, 67—69 und Schimmer, 412—417).

Minoritenkloster in der Stadt. Dieses berühmte Kloster aus der Zeit der Babenberger wurde 1783 aufgehoben, die Mönche in das Kloster der Weißspanier in der Alservorstadt übersetzt, die Kirche der ital. Gemeinde eingeräumt und das Klostergebäude zum Sitze der niederöst. Regierung bestimmt. (Thonhauser, p. 19—25; Austria Sacra, 150—160; Hormayr, S. 90—102; Schimmer, 400—412, und Lind, zur Baugeschichte der Minoritenkirche, in den Berichten und Mittheil. des Alterthumsvereines in Wien, IX, 93—96).

Chorherrenstift St. Dorothea. Ursprünglich 1357 von Albrecht II. erbaut, von Andreas Plank, Pfarrer zu Gars, 1410 in ein Chorherrenstift umgewandelt wurde es 1782 mit Klosterneub. vereinigt, die Kirche 24. April 1787 entweiht, in derselben und dem Stiftsgebäude das Versatzamt untergebracht und aus dem Dorotheerhofe der jetzige große Klosterneuburgerhof hergestellt. (Fischer, Hist. Darstellung des Klosters der regul. Chorherren St. Dorothea in Wien, in der kirchlichen Topographie von Stelzhammer, Decanat inner den Linien Wiens.).

Das Kloster der Paulaner auf der Wieden, 1627—1651 erbaut, 1784 aufgehoben. (Thonhauser, c. l. 36—40; Austria Sacra, VIII, 473—476.)

Karmeliten zu St. Joseph ob der Laimgrube, 1692 erbaut, 1784 aufgehoben. Die Kirche wurde zur Pfarrkirche, in das Klostergebäude wurde eine Arbeits- und Besserungsanstalt gelegt. Gegenwärtig dienen sie dem erzbischöflichen Knabenseminare.

Kapuziner zu Maria Schutz in St. Ulrich, 1600 erbaut, 1684 renovirt, 1784 aufgehoben u. 1810 den Mechitaristen übergeben.

Trinitarier (Weißspanier) in der Alservorstadt, 1695—1702 erbaut, 1784 den Minoriten übergeben.

Das Kloster zu St. Maria de Monteferrato (Schwarzspanier) in der Alservorstadt, 1632 gestiftet und 1690 neu erbaut. 1782 erfolgte die Aufhebung. Die Kirche wurde Anfangs Garnisonskirche der Alserkaserne, wurde in der Folge entweiht und in ein Militärmagazin umgewandelt. Unter dem protest. Kriegsminister Grafen von Degenfeld wurde sie zur Garnisonskirche der protestantischen Soldaten bestimmt. Die katholischen Soldaten der Garnison besitzen keine eigene Kirche. Der Kasernhof ist ihr Gotteshaus. Ueber die Klöster der Weißspanier und

Schwarzspanier ist zu vergl. Austria Sacra VIII, 431—441; Hormayr, Wien VI, 3. S. 79—86.

Die Klöster der unbeschuhten Karmeliten in der Leopoldstadt u. der Augustiner auf der Landstraße wurden später (ersteres 1831, letzteres 1812) aufgehoben.

2. Aufgehobene Kapellen und Hauskirchen.

Die Kapelle des hl. Johannes auf der hohen Brücke. — Wurde später wieder restaurirt.

Die Kapelle der Theatiner neben der hohen Brücke rechts an der zweiten Ecke, 1703 durch den Herzog Christian August von Sachsen-Zeitz, Cardinal und Bischof zu Raab, gestiftet. Vergl. Austria Sacra, IX. 1. S. 131—133.

Die Kapelle des hl. Georg im Freisinger- oder Trattnerhofe, 1776 neu erbaut, 13. Mai 1778 eingeweiht und am 27. Feb. 1783 execrirt.

Die Kapelle der hl. Katharina im Zwettelhofe, 1782 execrirt. Vgl. Frast, Beiträge zur Geschichte des Zwettelhofes und der darin befindlichen Katharinen-Kapelle. (Hormayr, Archiv, 1823, S. 704--705); Schimmer, Ausführliche Häuserchronik der inneren Stadt Wien. Wien, 1849, S. 70.

Die Kapelle des hl. Apostels Thomas im Gundelhofe, um 1540 von der Familie Straßer erbaut.

Die Kapelle des hl. Philippus im Kölnerhofe, 1783 aufgehoben. Vergl. Austria Sacra IX, 50.

Die Kapelle des hl. Bruno im Gaminger (jetzt Seitenstettner) Hofe.

Die Kapelle zum hl. Nicolaus im Seitzerhofe. Vergl. Weidmann. Der Seitzerhof in Wien und der neue Umbau desselben. Mit einer hist. Uebersicht von Kaltenbäck, Wiener-Zeitung 1840, Nr. 76 und 77.

Die Kapelle des hl. Stanislaus Koska in der Curentgasse.

Die Kapelle zur hl. Dreifaltigkeit im Dreifaltigkeitshofe am Kienmarkte (Austria Sacra IX, 1, S. 122—126).

Die Kapelle des hl. Ivo in der Residenz der Piaristen in der Schulerstraße, 1788 entweiht. (Schimmer, Häuserchronik der Stadt Wien, S. 159). Die in diese Kapelle gestifteten Gerdesi'schen Messen wurden nach St. Stephan übertragen und nach Ableben des Beneficiaten dem Religionsfonde einverleibt.

Die Kapelle der hl. Barbara am Graben, „im Schild zum goldenen Kopf", 1433 gestiftet, 1633 von Dr. Martin Haffner restaurirt. (Schimmer, Häuserchronik, S. 219).

Die Kapelle des hl. Franz Xaverius in der Ballgasse 1676 erbauet und durch Emerich Esterhazy, Weihbischof von Gran den 5. September 1734 aufs Neue geweihet. (Weiskern, Oester. Topographie, III, S. 121).

Die Kapelle des hl. Andreas im fürstl. Lichtenstein'schen Hause in der Herrengasse, von Albrecht von Oettingen vor 1346 gestiftet. (Schimmer, a. a. O. S. 57).

Die Kapelle aller Heiligen im fürstl. Trautsohn'schen (später Dietrichsteinischen) Hause in der oberen Breunergasse, von Sixtus von Trautsohn 1590 gestiftet, 1783 gesperrt. (Schimmer, c. l. S. 220).

Die Kapelle Mariä Verkündigung beim goldenen Hirschen, von der Haiperger'schen Familie erbaut und 1650 durch einen wienerischen Rathsherrn Anton von Lumago erneuert.

Die gräflich Ernst Harrach'sche Kapelle in der Herrengasse, 1591 von Camillus von Mindelheim zu Ehren der hl. Apostel Peter und Paul gestiftet. (Schimmer, Häuserchronik, S. 23).

Die Kapelle in dem gräflich Neubergischen Hause auf der Freiung.

Die Kapelle zu Ehren der sel. Jungfrau im Melkerhofe, 1510 erbaut und 1514 eingeweiht.

Die Kapelle des hl. Joh. v. Nepomuk im fürstl Esterhazy'schen Palais in der Wallnergasse, 1699 durch den Cardinal Leopold Grafen v. Kollonitsch eingeweiht.

Die Kapelle des hl. Petrus u. Paulus im Althann'schen Pallast in der hintern Schenkenstraße, 1591 von Julius Camillus von Mindelheim, Münzmeister, gestiftet und 1592 durch den Bischof von Wien Johann Caspar geweiht. (Weiskern a. a. O. S. 139).

Die Kapelle zu Ehren der seligsten Jungfrau im Schwarzenberg'schen Pallaste, 1586 von Ferdinand Weidner von Pillenburg errichtet.

Die Kirche St. Magdalena auf dem Stephansfriedhof gegen die Kärntnerstraße. Baufällig und dem Einsturze nahe, wurde sie nach dem Brande 1781 abgebrochen.

Das Kirchlein zu Maria Heimsuchung zum Klagbaum auf der Wieden wurde sammt dem Spitale 1267 gestiftet, 1581 und 1684 neu hergestellt. 1783 wurde das Spital aufgehoben und die Kirche abgebrochen (Vergl. Das ist die Regel die maister Gerhart der Stiffter des Siechhaus dacz dem chlagpawm hat gegeben, in der Kirchlichen Topographie. Decanat inner den Linien Wiens. S. 222–225).

Die kleine Kirche zu St Augustin, welche sich auf dem Bürgerspitals-Gottesacker in der Nähe der Carlskirche befand, wurde 1571 erbaut. Als im Jahre 1784 die sämmtlichen Gottesäcker innerhalb den Linien aufgehoben wurden, wurde die Kirche abgebrochen und der Platz mit der Carlsgasse und später mit dem polytechnischen Institute überbaut. (Schimmer, Geschichte von Wien. Wien 1844, 8. S. 344).

Die St. Nicolauskirche auf dem Gottesacker der Landstraße, 1698 erbaut, wurde 1784 abgebrochen.

3. Aufgehobene Bruderschaften.

Hofkirche bei den Augustinern: Erzbruderschaft der Todten; Erzbruderschaft Mariä von Trost der schwarzledernen Gürtel; Bruderschaft der jungen Gesellen.

St. Michael: Spanische Bruderschaft des allerheiligsten Altarssakramentes; Bruderschaft der Fronleichnams Jesu Christi; Bruderschaft des hl. Michael; Bruderschaft der Gnade Gottes; Bruderschaft der Musikanten unter dem Schutze des hl. Nikolai.

Im Königin Kloster: Bruderschaft des hl. Blutes Christi.

Stift Dorothea: Bruderschaft des hl. Joseph, Liebesversammlung der hl. Barbara.

St. Peter: Bruderschaft der allerheiligsten Dreifaltigkeit (zu dieser Bruderschaft stiftete 17. Febr. 1769 Anna Maria Hoffer eine Monatmesse); Liebesversammlung der armen Seelen.

Bürgerspital: Bruderschaft aller Heiligen.

Kapuziner: Der dritte Orden des hl. Franciscus für beide Geschlechter.

St. Anna: Bruderschaft der hl. Anna.

St. Ursula: Bruderschaft des Herzens Jesu; Bruderschaft der hl. Ursula.

St. Stephan: Bruderschaft des hl. Johannes von Nepomuk (am 17. Febr. 1769 stiftete Anna Maria Hoffer zu dieser Bruderschaft und zu der der sterbenden armen Seelen testamentarisch je zwei Wochenmessen. Acten des fürsterzbischöfl. Consistoriums); Bruderschaft Corporis Christi; Bruderschaft der Musikanten unter dem Schutze der hl. Cäcilia, Bruderschaft des hl. Johannes des Almosens; Liebesversammlung der Sterbenden unter dem Schutze unserer lieben Frau, der weinenden Mutter Gottes; Hülfsversammlung der armen Seelen.

In der Magdalenakapelle: Bruderschaft des hl. Erasmi; Bruderschaft der unbefleckten Empfängniß.

Bei den Franziskanern: Bruderschaft des guten Hirtens; Erzbruderschaft der unbefleckten Empfängniß; der dritte Orden des hl. Franciscus.

Bei St. Jakob: Bruderschaft des Herzens Mariä.

Universitätskirche: Congregation der vier Facultäten unter dem Schutze Mariä Himmelfahrt; Congregation der 5. u. 6. Schule unter dem Schutze Mariä Empfängniß; Congregation der 3. und 4. Schule unter dem Schutze Maria Reinigung.

Dominikaner: Erzbruderschaft des hl. Rosenkranzes; Bruderschaft des hl. Thomas von Aquin.

Dreifaltigkeitskirche: Bruderschaft des hl. Philippi Neri.

St. Kajetan: Bruderschaft der unbefleckten Empfängniß.

Kirche am Hofe: Herrenbruderschaft; Bruderschaft der Lehrjungen; Bruderschaft Jesu Christi Todesangst am Kreuze; Bruderschaft der 72 Jünger unter dem Schutze der ewigen Anbetung des hochwürdigsten Gutes; Christenlehrbruderschaft unter dem Schutze des hl. Johannis Franziski Regis; Congregation der Studenten der 5. und 6. Schule unter dem Schutze Mariä Heimsuchung; Congregation der Studenten der 3. und 4. Schule unter dem Schutze Mariä Vermälung; Andächtige Verbindung des hl. Aloys Gonzaga.

Pfarrkirche bei den Schotten: Bruderschaft des hl. Benedict; Bruderschaft um ein glückseliges Ende unter dem Schutze unser lieben Frau; Bruderschaft des allerheiligsten Frohnleichnams Christi; Bruderschaft des hl. Sebastian; Bruderschaft der sieben Schmerzen Mariä.

Minoriten: Bruderschaft des hl. Anton von Padua; Bruderschaft des hl. Kreuzes; Bruderschaft des hl. Franziskus; der 3. Orden des hl. Franziskus.

Maria Hülf: Bruderschaft Maria Hülf; Bruderschaft des sel. Alexander Saul; Bruderschaft des hl. Leopold mit der Christenlehre unter dem Schutze der allerheiligsten Dreifaltigkeit.

Karmeliter auf der Laimgrube: Bruderschaft des hl. Skapuliers; Bruderschaft des hl. Joseph.

St. Ulrich: Bruderschaft Mariä Trost; Bruderschaft der Todesangst Christi; Bruderschaft des hl. Judas Thaddäus; Bruderschaft des hl. Peter und Paul; Bruderschaft des hl. Johann v. Nepomuk.

Piaristen in der Josephsstadt: Bruderschaft Maria Treu; Bruderschaft der Freundschaft Christi; Bruderschaft des hl. Johann von Nepomuk; Christenlehrbrubruderschaft des hl. Joseph Calesantz; Congregation der Studenten unter dem Schutze Maria Treu.

Trinitarier: Bruderschaft der allerheiligsten Dreifaltigkeit; Bruderschaft der fünf Wunden Christi.

Invalidenhauskirche: Bruderschaft der armen Seelen.

Spanische Spitalskirche: Bruderschaft Jesus Maria und Anna.

Schwarzspanier: Bruderschaft von der ewigen Tugend..

Serviten: Bruderschaft der sieben Schmerzen Mariä.

Lichtenthal: Bruderschaft der hl. 14 Nothhelfer; Christenlehrbruderschaft unter dem Schutze Jesus, Maria und Joseph.

In der Kirche des hl. Joseph in der Leopoldstadt: Bruderschaft des hochwürdigsten Gutes; Bruderschaft der fünf Wunden Christi; Christenlehrbruderschaft unter dem Schutze des hl. Apostels Matheus.

In der Kirche der Karmeliten in der Leopoldstadt: Erzbruderschaft des hl. Skapuliers; Bruderschaft des hl. Joseph; Liebesversammlung um ein glückseliges Ende unter dem Schutze U. L. Frau.

St. Margarethen unter den Weißgärbern: Christenlehre unter dem Schutze Jesus, Maria und Joseph.

Erdberg: Christenlehre unter dem Schutze Jesus, Mariä und Joseph.

Pfarrkirche auf der Landstraße: Bruderschaft des hl. Nicolai von Myra; Christenlehre unter dem Schutze des allerh. Altarssakramentes.

Augustiner auf der Landstraße: Erzbruderschaft der Maria von Trost der schwarzledernen Gürtel; Bruderschaft des hl. Nicolas von Tolentin; Bruderschaft des hl. Rochus.

In der Waisenhauskirche: Christenlehre unter dem Schutze Mariä Heimsuchung.

St. Markus: Bruderschaft zum zarten Fronleichnam Christi.

Salesianerkirche auf dem Rennwege: Bruderschaft des Herzens Jesu.

St. Carl: Bruderschaft der hl. 3 Könige; Bruderschaft des hl. Carolus Borromäus.

Gottesackerkirche des Bürgerspitales: Bruderschaft von Allerheiligen; Bruderschaft Mariä Seelenhilf.

Paulanerkirche auf der Wieden: Bruderschaft der hl. Schutzengel; Bruderschaft des hl. Bonifacius und Vitalis; Christenlehre unter dem Schutze des hl. Franz de Paula; dritte Orden des hl. Franz de Paula.

Piaristen auf der Wieden: Bruderschaft der hl. Thekla.

St. Florian in Matzleinsdorf: Bruderschaft des hl. Florian; Christenlehre unter dem Schutze Jesus, Maria und Joseph.

Sonnenhofkirche am Hundsthurm (jetzt St. Margarethen): Bruderschaft der schmerzhaften Mutter Gottes.

Gumpendorf: Bruderschaft des allerheiligsten Fronleichnams Christi; Bruderschaft des hl. Johann Baptist und der hl. Cäciliä.

4. Nationalversammlungen:

In der Hofkirche bei St. Augustin, schwäbische, böhmische und schlesische Nationsversammlung.

St. Michael: Mährische Nationsversammlung.

St. Dorothea: Französische und fränkische Nationsversammlung.

St. Peter: Ob der ennsische, kärnthnerische und savojardische Nationsversammlung.

St. Johann in der Kärnthnerstraße: Ungarische Nationsversammlung.

St. Stephan: Oesterreichische, sächsische und rheinische Nationsversammlung.

Kirche am Hofe: Tirolische Nationsversammlung.

Minoriten: Italienische Nationsversammlung.

(Austria Sacra, IX. Anhang, S. 278—284).

Kirchliche Actenstücke.

Mitgetheilt von Prof. Dr. J. Danko.

I.

Die Frage über den Gebrauch der Classiker in Mittelschulen, hat auch außer Europa zu wiederholten Erörterungen veranlaßt; insbesonders von Seite des Clerus in Canada war der Streit durch zwei volle Jahre pro und contra geführt, so zwar, daß sich der hochwürdigste Herr Bischof von Floa, welcher zugleich das Bisthum Quebeck in Canada administrirt, bewogen fand, an die Congregatio S. Officii nach Rom um Instruction zu recurriren. Hierauf erhielt er vom Präfecten dieser Congregation nachfolgendes, die Anfrage völlig erschöpfendes Schreiben:

Illustris ac Reverendissime Domine uti frater.

Ex tuis literis die 23. novembris anno proxime elapso ad me datis Eminentissimi Patres Cardinales una mecum Sacrae Inquisitioni praepositi aegre admodum intellexerunt graves in ista dioecesi abortas esse et adhuc commoveri dissensiones inter viros potissimum ecclesiasticos, propterea quia tradendis humanioribus litteris tum in Seminario dioecesano, tum in aliis puerorum juvenumque collegiis vigilantiae atque auctoritati tuae commissis libri ab ethnicis auctoribus conscripti, licet emendati, praeleguntur. Non est profecto, cur qui huiusmodi libros a litterarum studiis amandandos existimant, hac in re vehementer sollicitos anxiosque se praebeant. Explorata enim res est et antiqua constantique consvetudine comprobata, adolescentes etiam clericos germanam dicendi scribendique elegantiam et eloquentiam sive ex sapientissimis Sanctorum Patrum operibus, sive ex clarissimis ethnicis scriptoribus ab omni labe purgatis absque ullo periculo addiscere optimo iure posse. Id ab Ecclesia non toleratur modo, sed omnino permittitur, et a SSmo Domino Nostro Pio Papa IX. perspicue declaratum fuit in epistola encyclica ad Galliarum Episcopos die 21. martii 1853 missa. Quum igitur antiqui libri ab ethnicis graece aut latine conscripti, qui in seminario et collegiis istis adhibentur, non ii nimirum sint, qui res lascivas seu obscenas tractant, narrant aut docent, imo ab omni labe sint jam diligentissime expurgati, sicut insigni testimonio tuo ultra fateris, idcirco nihil est quod in usu huiusmodi librorum iure possit reprehendi. Verumtamen illud maxime dolendum est, quod hanc ob causam, disturbata isthic cleri concordia, non parum commoti sint animi: quia si semper, nunc certe viri catholici praesertim ecclesiastici non in agitandis fovendisque importunis controversiis, sed in catholica tuenda veritate et in Sanctae Ecclesiae juribus, quae adeo divexatur, propugnandis omnem operam et industriam debent impendere. Quare Te maximopere Sacra haec Congregatio in Domino cohortatur, ut non minori contentione quam pastorali caritate ecclesiasticos istos viros concordissimis animis idipsum dicere omnes et in eodem sensu atque in eadem sententia perfectos esse moneas atque efficias, ut ab omni quaestionum vanitate abhorrentes, sedulo naviterque Dei et proximorum negotium agant. Non dubitatur, quin pro spectata tua prudentia a procurando hoc salutari officio nunquam desinas; et interim fausta cuncta ac felicia Tibi precor a Deo.

Romae, die 15. Februarii, 1867.

Amplitudinis Tuae

Addictissimus uti frater

(Sign.) Card. Patrizi.

R. P. D. Episcopo Administratori Apostolico Dioecesis Quebecensis.

II.

Die veränderten politischen Verhältnisse in den verschiedenen annectirten italischen Provinzen bewogen viele Ordinariate derselben sich bei der S. Poenitentiaria in Rom anzufragen: a. wie man Jenen antworten solle, die sich Raths erholen, ob sie eine Abgeordnetenstelle zum italischen Parlamente annehmen dürfen? und b. wie sich die Ordinariate zu benehmen hätten, wenn sie angegangen werden, zur Erwählung gutgesinnter Männer in die Kammern mitzuwirken? Die Poenitentiarie beschied die Fragesteller dahin:

Decretum s. Poenitentiariae Romanae d. 1. Dec. 1866 de officiis Deputatorum electorum ad Parlamentum uti vocant Italicum.

Sacra poenitentiaria, re mature ac diligenter discussa factaque de ea re relatione Sanctissimo Domino Pio IX., respondet:

Ad primum affirmative sub sequentibus conditionibus:

1. Ut deputati electi, in emittendo juramento fidelitatis et obedientiae, a lege praescripto, adjiciant limitationem: salvis legibus divinis et ecclesiasticis.

2. Ut hujusmodi limitatio fiat expresse in recitatione formulae ipsius juramenti audientibus saltem duobus testibus.

3. Ut ipsi deputati electi animo comparati sint et declarent se nunquam legibus improbis et injustis favorem et suffragium esse laturos: imo huiusmodi leges, quatenus proponantur, esse notorie reprobaturos.

Ad secundum nihil obstare, quominus Episcopi et ordinarii, occasione electionum, quoties ad eas requisiti fuerint, in mentem populi revocent quemcunque fidelium propriis viribus teneri ad impedienda mala et ad promovenda bona.

Datum Romae, in Sac. Poen. die 1. decembris 1866.

A. N. Cajet. Cagiano, not.

D. Peirano, S. P. secretarius.

III.

In unsern Tagen, wo um mit den trefflichen Worten Sr. Emminenz des hochw. Hrn. Cardinal-Fürsterzbischofs [Fastenmandat f. 1865] Rauscher zu reden, das geschriebene Wort mit rastloser Geschäftigkeit mißbraucht, um die Kurzsichtigen zu täuschen und die Schwachen zu verführen um die sittliche Scheu abzustumpfen und das Gewissen einzuschläfern, thut nichts so sehr Noth, als mit allen gesetzlichen Mitteln dahin zu streben, der hereinbrechenden literarischen Sündfluth einen Damm einzeln und vereint durch Association entgegen zu stellen. Letztere besonders unter kirchlicher Leitung, Ordensdisciplin, fördert gleiche Gesinnung und stählt den Muth. Ein solches durch beinahe zwei Decennien bewährtes Unternehmen, ist die von der Gesellschaft Jesu in Rom gegründete „Civiltà Cattolica“. Die jeweiligen Mitglieder der Redaction bilden durch das nachfolgende apostolische Breve nunmehr ein eigenes Collegium mit allen Rechten und Privilegien, um ihrer schwierigen aber erhabenen Aufgabe zu entsprechen. Dieses höchst wichtige Document verbreitet sich über Nothwendigkeit, Nutzen und Einrichtung der Periodischen und Flugschriftenliteratur in so eingehender überzeugender Weise, daß wir in vorhinein sicher sind, unsere P. T. Leser werden es mit dem größten Interesse durchstudiren.

Pius PP. IX.

Ad perpetuam rei memoriam.

„Gravissimum Supremi Nostri apostolici ministerii munus omnino postulat, ut intentissimo studio ea semper peragenda curemus, quae ad catholicae Ecclesiae causam, animarumque salutem, Nobis ab ipso Christo Domino divinitus commissam tuendam quovis modo conducere posse cognoscimus. Incredibili cente animi Nostri moerore, ubi ad hanc Petri cathedram nullis Nostris meritis, sed arcano divinae providentiae concilio fuimus evecti, vidimus et lamentati sumus maxima et nunquam satis lugenda damna et mala, quae asperrimis hisce temporibus catholicae religioni, ac vel ipsi civili societati inferuntur ab omnis iustitiae ac veritatis osoribus per pestiferos libros, libellos, et praesertim ephemerides perniciossimis quibusque erroribus pravisque doctrinis plenissimas, ac acerrimo et plane diabolico contra divinam nostram religionem odio conscriptas, ac longe lateque in vulgus editas ac disseminatas. Itaque inter alia haud omisimus viros pietate, ingenio, sanaque doctrina praeditos etiam atque etiam excitare, ut sub proprii potissimum antistitis ductu suis scriptis augustam nostram religionem defenderent, eiusque oppugnatores refutarent, ac tot monstrosa illorum opinionum portenta detegerent, reffellerent, profligarent, et incautorum praesertim hominum, ac imperitae iuventutis cereae in vitium flecti mentes animosque veritatis lumine illustrarent. (Alloc. die 20. april. 1849). Ac non mediocri certe afficimur laetitia, cum complures ubique surrexerint viri, qui Nostris hisce exhortationibus ac votis perlibenter obsequentes, et egregio erga catholicam Ecclesiam et hanc sanctam Sedem studio animati, idoneis scriptis teterrimam tot serpentium errorum colluviem, ac funestam pravarum ephemeridum pestem propulsare et veritatem justitiamque tutari cum sui nominis laude non desinunt. Ut autem certi semper existerent homines, qui Nobis et huic Petri cathedrae ex animo addicti, ac sanctissimae religionis nostrae amore ac sanae solidaeque doctrinae et eruditionis laude spectati valeant bonum certare certamen, suisque scriptis rem catholicam, salutaremque doctrinam continenter tueri, et ab adversariorum fallaciis, iniuriis et erroribus vindicare; optavimus, ut religiosi inclytae societatis Jesu viri scriptorum collegium, ex ipsius societatis sodalibus conflatum, constituerent, qui opportunis et aptis scriptis tot falsas ex tenebris emersas dotrinas naviter scienterque refutarent, et catholicam religionem, ejusque doctrinam, ac iura totis viribus indesinenter propugnarent. Qui religiosi viri Nostris desideriis omni observantia et studio quam libentissime obsecundantes, iam inde ab anno 1850 ephemeridem, cui titulus „La Civiltà cattolica“ conscribendam, typisque vulgandam susceperunt. Atque illustria maiorum suorum vestigia sectantes, et nullis curis nullisque laboribus unquam parcentes, per eamdem ephemeridem diligenter, sapienterque elaboratam, nihil antiquius habuere, quam doctis eruditisque suis lucubrationibus divinam augustae nostrae religionis veritatem, ac supremam hujus apostolicae Sedis dignitatem, auctoritatem, potestatem, rationes viriliter tueri, defendere, ac veram doctrinam edocere, propagare, et multiplices huius precipue infelicissimae nostrae aetatis errores, aberrationes, et venenata scripta cum christianae, tum civili reipublicae tantopere perniciosa detegere, oppugnare, ac nefarias illorum conatus retundere, qui catholicam Ecclesiam, si fieri unquam posset, et civilem ipsam societatem funditus evertere commoliuntur. Ex quo evenit, ut commemoratae ephemeridis scriptores Nostram benevolentiam, existimationemque et venerabilium fratrum sacrorum antistitum, et clarissimorum virorum laudes sibi quotidie magis merito comparaverint, eorumque ephemeris a bonis omnibus ac bene sentientibus viris summo in pretio fuerit habita et habiatur. Et quoniam ex huiusmodi ephemeride sexdecim abhinc annos vigente, non levia in rem christianam ac litterariam rempublicam bona Deo bene iuvante, cum ingenti animi Nostri gaudio redundarunt; idcirco Nostris in votis omnino est, ut tam praeclarum opus ad maiorem Dei gloriam, animarumque salutem curandam, atque ad rectam studiorum rationem magis in dies iuvandam stabile perpetuo consistat, et efflorescat. Itaque hisce litteris idem collegium societatis Jesu scriptorum ephemiridis vulgo La Civiltà cattolica in peculiari ipsis domo habendum auctoritate Nostra apostolica, perpetuam in modum erigimus, et constituimus iuxta leges et privilegia, quibus alia eiusdem societatis Jesu collegia utuntur ac fruuntur, ita tamen, ut collegium idem a praeposito generali ipsius societatis in omnibus pendere plane debeat. Huius autem collegii institutum esse volumus, ut qui ab ipso praeposito generali electi fuerint ad eamdem ephemeridem, vel alia scripta conficienda, prout Nobis, aut Romanis Pontificibus successoribus Nostris opportunius videbitur, debeant omnem eorum operam, industriam ac studium sedulo impendere in lucubrandis edendisque scriptis pro catholicae religionis, et huius sanctae Sedis defensione. Quocirca volumus, ut iidem scriptores pergant habitare in aedibus, quas ipsis in hospitio hic in Urbe haereticis convertendis iam destinavimus, iis tamen servatis conditionibus, quas praescripsimus, atque id donec opportunior domus comparari queat. Concedimus autem, ut iidem pro sui muneris ratione possint librarias officinos habere, librosque typis in lucem edere ac disseminare. Redditus vero, qui in praesentia sunt, quique in posterum esse poterunt, ad opus idem sustentandum, ac magis in dies amplificandum adhiberi debent, ut tot tantisque inimicorum hominum aggressionibus ampliora semper ac validiora obiiciantur praesidia. Quod si unquam quocunque casu contigerit, ut eidem scriptorum collegio ab hac alma urbe Nostra sit recedendum, volumus, ut ipsi in alia qualibet opportuniore civitate a praeposito societatis Jesu generali cum Nostro, et Romanorum Pontificum successorum Nostrum consensu statuenda, possint consistere, ibique suum manus obire, quod amotis impedimentis in pristinam sedem ab eodem praeposito generali revocentur. Si autem nullus forte oportunus locus operi prosequendo reperiatur, volumus, ut tum fundi, tum reditus in eamdem operam reserventur mature instaurandam, ubi primum licuerit. Atque has omnes facultates non solum praesentibus commemorati collegii sociis, verum etiam aliis, qui a praeposito generali ad idem munus obeundum hoc futurisque temporibus deligentur, perpetuum in modum concedimus, reservata Nobis ac successoribus Nostris dumtaxat facultate aliquid circa idem societatis Jesu scriptorum collegium immutandi, et aliis omnibus cuiusque dignitatis, auctoritatis, et gradus penitus interdicta. Haec omnia statuimus, volumus, concendimus, praecipimus, atque mandamus, decernentes has Nostras litteras, et in eis contenta quaecunque, etiam ex eo quod quilibet interesse habentes, vel habere praetendentes vocati et auditi non fuerint, ac praemissis non consenserint, nullo umquam tempore de subreptionis vel obreptionis, aut nullitatis, seu intentionis Nostrae vitio, vel alio quolibet etiam substantiali defectu notari, impugnari, aut alias infringi, suspendi, restringi, limitari, vel in controversiam vocari, seu adversus eas restitutionis in integrum, apertionis oris aut aliud quodcumque iuris vel facti, aut iustitiae remedium impetrari posse, sed semper validas et efficaces existere, et fore, suosque plenarios, et integros effectus sortiri, et obtinere, et ab omnibus, ad quos spectat et quomodolibet spectabit in futurum, inviolabiliter observari, ac supradicto collegio societatis Jesu scriptorum ephemeridis vulgo La Civiltá cattolica, nec non personis, quarum favorem praesentes litterae concernunt, perpetuis futuris temporibus suffragari debere, neque ad probationem, seu verificationem quorumcunque in iisdem praesentibus narratorum unquam teneri, nec ad id iudicio vel extra cogi, seu compelli posse; et si secus super his a quoquam quavis auctoritate scienter vel ignoranter contigerit attentari, irritum et inane esse, ac fore volumus, et declaramus. Non obstantibus, quoties opus fuerit, de iure quaesito non tollendo, aliisque cancellariae Nostrae apostolicae regulis, itemque societatis Jesu etiam confirmatione apostolica, vel quavis alia firmitate roboratis, statutis, et consuetudinibus, privilegiis quoque, indultis et concessionibus, quamvis expressa, specifica et individua mentione ac derogatione dignis, quibus omnibus et singulis, eorum totis tenoribus, ac formis praesentibus pro insertis habentes ad praemissorum dumtaxat effectum latissime, plenissime ac specialiter et expresse derogamus, ceterisque contrariis quibuscumque.

Datum Romae apud sanctum Petrum sub annulo piscatoris die XII. februarii anno MDCCCLXVI, pontificatus Nostri anno vicesimo.

Locus Sigilli. Pius PP. IX."

Ein gleiches, wenn auch im geringeren Maßstabe angelegtes Unternehmen ist neuestens mit dem Monat Mai in Pest entstanden. Dr. Peter Hatala, Professor an der Universität und Michael Zoványi, Literat, beide Priester der Graner Erzdiöcese, haben mit oberhirtlicher Erlaubniß unter dem Titel „Egyházi Lapok" (kirchliche Blätter) eine katholische wissenschaftliche Zeitschrift, die in monatlichen 6—8 Bogen starken Heften erscheint, gegründet. Wir können nicht umhin jenen Erlaß des fürsterzbischöflichen Ordinariates mitzutheilen, mit welchem dieses zeitgemäße Unternehmen empfohlen wird:

„Ea vivimus tempora, quibus increduli preli frequens in arcem veritatis assultus magis ac magis exigit, ut quo plures ministri Dei fundata et solida rerum divinarum cognitione subacti in arenam litterariam evocentur ibique in omni doctrina repellant eos qui, pro luce, ut ait S. Bernardus, tenebras effundunt, et pro melle venenum propinant, novum cudentes populis Evangelium. Quo magis optandum est, ut in vicem inanium ac passim hostilium ephemeridum ac libellorum, in quae aes profundere res est proditioni causae Dei proxima, pagellae catholicae litterariae comparentur, quo item certum est, pagellas idmodi tanto majorem perfectionem nacturas, quanto alacrius succollatae, latiusque diffusae fuerint, eo impensius praeallatas patrocinio Venerabilis Cleri devoveo.

Datum Strigonii die 26-a Martii 1867.

Josephus Durguth,
Cons. Episc. Vic. Genrer.

IV.

Venerabiles Fratres et Filii in Christo Dilectissimi!

Appropinquant tandem calentissimis populi votis per tria et quod excedit lustra expetiti laetitiae et exultationis dies, dum Augustissimum Dominum nostrum imperialis et apud nos regiae Majestatis ac potestatis participem quia etiam legitimum haeredem, una cum augustissima sua Conjuge in Reginam Hungariae coronanda, Sancti et Apostolici Protoregis Stephani corona redimitum cernere licebit. Venerandum hoc Regem inter et populum, Subditos ac Imperantem foedus, quod Ecclesia apud nos a primordiis Regiae Dignitatis, mysticae unctionis sacramento consecrare ac benedicere consvevit, uti generatim cunctos, spiritu religionis animatos cives immenso pietatis sensu replere, mentesque profundae significationis fulgore percellere debet: ita imprimis nobis, sacrae coronae Regni Hungariae subditis fuit semper, et est maximorum, quae animus capere potest, gaudiorum fons et argumentum. Preces solum, quas Ecclesia occasione Coronationis dicendas, libro suo pontificali jussit inserendas, attentius percurrere oportet, ut quisquis ultro intelligat, quanta huic actui insit dignitas ac majestas, quantae per illum a Deo exorentur et obtineantur gratiae, quantave coronam Regni sic indeptam gloria circumdet gloria vera, quia coelesti ac religioso, etiam charactere insignita, qualem nec mundus dare, nec spiritus mundi capere potest. At vero nobis clenodium isthoc una pretiosissimi vinculi loco est, quo diversarum lingvarum, vel si mavis nationum, unius eiusdemque Regni populi ab octingentis et ultra annis invicem arctissime connectuntur; spontaneae huius cohaesionis glutine, si tamen ea rationibus, et christianae prudentiae consiliis effici nequivisset, per ipsum diuturni temporis spatium indissolubili reddito, ac omnes alias, sive naturalis, sive politicae naturae connexiones, ac foedera vi, fortitudine, sanctimonia longe superante. Ita sacrum hoc unionis „symbolum non tantum regiae potestatis semper augustae, sed et fraternae dilectionis, et sanctae inter nos pacis tessera evasit; estque communis, quam per decursum tot saeculorum experti fuimus, prosperae, et adversae fortunae memoriale. Mandamus igitur, ut per ambitum totius Archi-Dioeceseos, die coronationem Suarum Majestatum praecedente, omnes omnium parochialium, aliarumque etiam, quae ad regulares pertinent Ecelesiarum, campanae post vespertinam salutationem angelicam dimidiae horae spatio pulsentur, cum ob solemnitatem futurae diei indicandam, tum ut ad illam fidelis populi attentio hoc etiam extraordinario festivo pulsu dirigatur. Ordinamus porro, ut die pro coronatione Suarum Majestatum designanda, — de qua in praesenti nondum certissime nobis constat, quae tamen ad publicam notitiam mox perferenda, facile omnibus innotescet, in omnibus parochialibus et Regularium Ecclesiis, premissa publicorum magistratuum invitatione, — missa solemnis sive cantata cum „Te Deum“ decantetur, fusis ad Deum sub sacrosancto Sacrificio precibus pro Coronato Rege et Coronata Regina, pro pace item et incolumitate totius Regni, omnium ordinum ac civium concordia. Sed etiam sermonem volumus haberi ad populum, qui exhortandus erit ad recolenda Dei beneficia, quae data per Christi

Vicarium Sancto Stephano, Protoregi Apostolica corona, in omnes populos, huic sacrae Coronae subditos dimanaverunt. Monendus porro erit ad fidelitatem intemerate servandam Regi, ad obedientiam legitimis sacrae et civili potestatibus exhibendam. Dein excitetur populus ad amorem et dilectionem erga omnes concives, quos idem regni et imperii nexus ad communem omnium salutem et securitatem copulavit. Orandum denique, ut quod facundis Ecclesiae precibus svaviter exprimitur, „cum omnis potestas a Deo sit, per quem Reges regnant et legum conditores justa decernunt“ repleantur omnes, potestatis huius, a Deo acceptae administri, pietate erga Deum, et sacrae religionis amore, ut „iustitiam, sine qua nulla societas diu consistere potest, erga omnes inconcusse“ administrent „bonis praemia, noxiis debitas poenas retribuendo. Viduas, pupillos, pauperes ac debiles ab omni oppressione defendant; ut non ad propriam, sed totius populi utilitatem regnare, praemiumque benefactorum suorum non in terris, sed in coelo expectare“ videantur. (Pontificale Romanum). Orate Fratres et Dilectissimi Filii! ut „Omnipotens Deus Creator omnium, Imperator Angelorum, Rex Regum, et Dominus Dominantium, qui Abraham fidelem servum suum de hostibus triumphare fecit, Moysi et Josue multiplicem victoriam tribuit, humilemque David puerum suum regni fastigio sublimavit, et Salamonem sapientiae pacisque ineffabili munere ditavit, respiciat preces humilitatis nostrae, et super famulum suum Imperatorem et Regem Franciscum Josephum, eius Consortem Elisabeth Reginam nostram benedictionum suarum dona multiplicet, eosque dexterae suae potentia semper et ubique circumdet — per Christum Dominum nostrum, qui virtute s. crucis tartara destruxit, regnoque Diaboli superato, ad coelos victor ascendit, in quo potestas omnis regnique consistit victoria, qui est gloria humilium, et vita salusque populorum. Sit eis Dominus turris fortitudinis a facie inimici. Nihil proficiat inimicus in eis, et filius iniquitatis non apponat nocere eis. — Sit eis Deus contra acies inimicorum lorica, in adversis galea, in prosperis sapientia, in protectione clypeus sempiternus, praestet, ut gentes illis teneant fidem, proceres habeant pacem, diligant caritatem, abstineant (omnes) a cupiditate, loquantur justitiam, custodiant veritatem; et ita populus iste sub imperio illorum pullulet, coalitus benedictione aeternitatis: ut semper tripudiantes maneant in pace ac victores. Amen.“ Si ob urgentia rationum momenta contingeret coronationem in diem 8. curr. sive Vigiliam Pentecostes defigi, sciant DD. Curati, Nos pro hoc casu V. Clero et fideli Archi-Dioecesis, imo totius Regni populo, de apostolica dispensatione in lege jejunii et abstinentiae providisse. Erga humillimas nostras preces SSmus Dominus Noster jejunium, in Vigilia Pentecostes servandum, in praecedentem feriam sextam id est 7-am curr. transferre, die autem 8-o sive Sabbati in lege abstinentiae ab esu carnium cum Clero et fideli populo clementissime dispensare dignatus est. Quam apostolicam jejunii transpositionem et dispensationem fideli populo si opus fuerit, notam reddere festinent DD. Curati.

Datum Budae in Aedibus Residentiae Nostrae Primatialis die 1. Junii anno Domini 1867. Joannes m. p. Archi-Episcopus.

V.

Nachfolgendes Decret der h. Congregation der Riten ist wohl schon im Jahre 1848 erflossen, allein wegen den Unruhen jener Zeit beinahe ganz unbekannt geblieben, wodurch sich die gegenwärtige Mittheilung hinreichend rechtfertiget.

Decretum Quinquecclesiensis confirmationis cultus ab immemorabili praestiti ven. servo Dei Mauro ex ordine S. Benedicti episcopo quinquecclesiensi.

Etsi ante annum Christi millesimum Hungariae regnum multa et adversa fuerit perpessum ex parte ethnicorum, multo plura tamen tolerare debuit a Turcis, cum quibus anno MDXXVI. certare copiis instituit, qui parta pro se victoria per centum quinquaginta annos ferro et flamma post direptionem omnia consumpserunt, non exceptis archivis et ecclesiis quae solo aequatae sunt, ac si quid residui forsan supererat insequenti saeculo haereticorum et schismaticorum perfidia destructum fuit. In hoc universae rei naufragio vix memoriae proditum habetur, BEATUM MAURUM Ecclesiae saeculo XI. Ordinem S. Benedicti, et Quinquecclesiensem sedem eximio virtutum fulgore illustrasse. Imbutus siquidem a pueritia in coenobio S. Martini montis Pannoniae praeceptis fidei sanctissimisque moribus, jugi prece, divinarum rerum commentatione, humilitate, angelica puritate, omnium obsequium ac venerationem, praesertim sanctorum Stephani regis, et Emerici filii sibi facillime conciliavit. Regis ipsius opera ac studio e recensiti coenobii praepositura ad regimen ecclesiae Quinquecclesiensis nuper fundatae evocatus fuit, et inculto illi asperoque solo multum operae ac laboris impendit dum lucis usura rex frueretur, sed eo sublato, ethnici, veluti jugo discusso, saevire coeperunt in christianos, eorumque pastores adeo, ut Maurus fuerit a sua sede deturbatus. Rebus tamen, Deo favente, restitutis, remeavit Antistes ad suos instituitque, quantum in se erat, sedulo incumbere qua medendis ovium suarum vulneribus, qua adducendis ad Christi caulam aliis ovibus, quae ex ovili non fuerant. Annos plus triginta cum exegisset in apostolicis hisce laboribus, universarumque vitutum exercitio, caelo jam maturus, cumulatus meritis, clarusque miraculis obdormivit in Domino, anno post Christum natum ferme MLXX. Conspicua haec vitae sanctitas ab ipsa morte, vel certe paulo post, cultum publicum et ecclesiasticum Mauro rite promeruit, ac fideles illi praestiterunt, ac non obstante veteris aevi obscuritate, ac pene totali inopia antiquorum Hungaricae ecclesiae monumentorum parta a teterrimis illius regionis cladibus, ex historia tamen et traditione hoc evincitur, et cultum ad hoc usque tempus perstitisse aperte innuit complurium Scriptorum consensus, qui de Mauro disserunt ac de Beato et Sancto. Ad hoc accedit, imaginem ejus non semel fuisse cusam cum titulo Beati: prostant missalia anno 1534 edita et Mauri elogia referentia, martyrologiis nomen Mauri inditum, commentaria de illius gestis eximiaque sanctitate verba facientia, quae omnia animo reputans Rmus Quinquecclesiensis Episcopus, ac probe sciens indubie extare signa publici et ecclesiastici cultus Beato Mauro ab immemorabili praestiti, per suum Procuratorem R. P. Mag. Fr. Alexandrum Kampus Sacerdotem professum ac Generalem Definitorem Ordinis Minorum S. Francisci Conventualium ab Sacrorum Rituum Congregatione humillime petiit, ut cultus hic formiter de more approbaretur. Quae in Ordinariis Comitiis ad Quirinales Ædes subscripta die coadunata, ad relationem Eminentissimi et Reverendissimi Domini Cardinalis Ludovici Altieri Ponentis, allatis omnibus mature consideratis, riteque libratis, auditoque R. P. D. Andrea Maria Frattini Sanctae Fidei Promotore, qui scripto et voce suam sententiam exposuit, rescribendum censuit: „Constare de casu excepto a Decretis sa. me. Urbani Papae VIII.“ Die 22. mense Julio anno 1848.

Super quibus omnibus facta postmodum Sanctissimo Domino Nostro PIO PAPÆ IX. per me subscriptum Secretarium fideli relatione SANCTITAS SUA rescriptum Sacrae Congregationis adprobavit, confirmavitque cultum publicum et ecclesiasticum Beato MAURO Episcopo praedicto ab immemorabili praestitum, die 4. mense Augusto anno eodem.

Loco Sigilli.

Pro Emo et Rmo Dno Card. Lambruschini S. R. C. Praef.

D. A. Card. Bianchi.

Joseph Gaspar Fatati S. R. C. Secretarius.

Bibliographische Uebersicht

der

im Jahre 1866 [Nov. 1865 bis Ende December 1866] erschienenen Recensionen über Werke auf dem Gebiete der Theologie und der an dieselbe angrenzenden Wissenschaften [Vergl. Vierteljahresschrift 1866 133 ff.]

Mitgetheilt von Dr. Theodor Wiedemann.

(Schluß.)

Nägelsbach C. W. B. Hebräische Grammatik. (Leipz. 1862, Teubner, 8.) — Neue Jahrb. für Philologie und Pädagogik 91 u. 92 B. 10.

Nagelschmitt H. Frühpredigten. (Paderborn 1865, Schöningh, 8. 2 Thl. 4 Ngr.) — Philothea 3.

Naville E. La vita eterna. (Prato 1865, Guasti 8.) — Civilta Cattolica 3 Marzo.

Neander A. Vorlesungen über Geschichte der christlichen Ethik. (Berlin 1864, 8.) — Zeitsch. f. luth. Theol. und Kirche 1866, 1.

Nebe. Zur Geschichte der evang. Kirche in Nassau. (Herborn 1866, Beck, 8.) — Zimmermann, theol. Lit. Bltt. 76.

Neher St. J. Kirchliche Geographie und Statistik. (Regensb. 1864, Manz 8. $2^1/_2$ Thl.) — Lit. Handweiser 46.

Neigebauer. Bilder aus der Gesch. der Kirche. (Leipz. 1866, Bergson-Sonnenberg, 8.) — Hamburger Nachrichten 1865, 248.

Neumann W. Geschichte der Messianischen Weissagungen im Alten Bunde. (Bleicherode 1865, Ruediger 8. 1 Thl. 6 Sgr.) — Lit. Centralblatt 1866, 2; Zimmermann, Theol. Lit. Bltt 1865, 103; St. Galler Bltt. 32; Gesetz und Zeugniß 10; Hauck, Jahresbericht 2, 3.

Neumann W. Die messian. Erscheinungen bei den Juden. (Bleicherode Rüdiger 8.) — Zimmermann, Theol. Lit. Bltt. 1865, 103; Hauck, Jahresbericht 2, 3.

Newman J. H. Geschichte meiner religiösen Meinungen. (Köln, 1865, Bachem, 8. 1 Thl.) — Reusch, Theol. Literaturblatt 1866, 3; Chilianeum VIII, 4; Evang. Kirchenzt. 78, 1; Lit. Handweiser 43; Lehmann, Magazin 20; Bltt. f. lit. Unterhaltung 22; Philothea 7.

Newman J. H. Die hl. Maria. (Köln 1866, Bachem, 8. 1/2 Thl.) – Allg. Lit. Zt. 38; Reusch, Theol. Lit. Bltt. 17; Schles. Kirchenbltt. 33; Menzel. Lit. Bltt. 73.

Newman J. H. A letter tho the Rev. E. B. Pusey, D. D. on bis recent Eirenicon. (London 1866, Longman, 8. 3 s. 6 d.) — Reusch, Theol. Lit. Bltt. 5.

Nicolas Aug. La divinita de Gesu. (Bologna 1865, 8.) — Civilta Cattolica VI, 6.

Nicolai Methonae orationes duae contra haeresim. (Leipz. 1865, Wigand, 8. 24 Sgr.) — Reusch, Theol. Lit. Bltt. 11.

Nick. Der hl. Sturmius. (Fulda 1865, 8.) — Katholik, Feb.

Niemann E. Jesu Sündlosigkeit. (Hannover 1866, Meyer 8. 1/6 Thl.) — Zimmermann, Theol. Lit. Bltt. 25; Gesetz und Zeugniß 10.

Nitzsch F. Augustinus Lehre vom Wunder. (Berlin 1865, Mittler, 8. 18 Sgr.) — Lit. Centralblatt 1866, 3; Gött. G. A. 19.

Noeldechen E. Die Gnade der Seeligkeit. (Berlin 1863, Wiegandt, 4.) — Zeitsch. für luth. Theol. 2.

Nöldecke. Christl. Gesangbuch. (Hannover 1866, Hahn, 8.) — Allg. Schulzt. 20.

Norlin Th. Geschichte der schwedischen Kirche. (Lund 1864, 8.) — Zeitschrift f. d. g. luth. Theol. und Kirche 3.

Noroff Abrah. de, Pelerinage en Terre Sainte de l' Igouméne Russe Daniel. (Petersburg, 1864, 8.) — Reusch. Theol. Lit. Bltt. 1866, 3.

Notizie storiche su l'origine de Potere temporale de Papi. (Neapoli 1865, Majo. 8.) — Civiltá Cattolica 1866, 6 Gennaro.

Nourisson M. La Philosophie de Saint Augustin. (Paris 1865, Didier 8.) — Études 46.

Nuyens W. J. F. Geschidenis der nederlandsche beroerten in de XVI, Ceuw. (Amst. 1865, Langenhuysen, 8. 2 1/2 Thl.) — Allg. Lit. Zeit. 4 und 50.

Oakeley F. The leading topics of Dr. Pusey's recent work. (London 1866. Longman, 8. 2 s.) — Reusch, Theol. Lit. Bltt. 5.

Oesterley H. Der Gottesdienst der engl. u. deutschen Kirche. (Göttingen 1863, Vandenhoeck, 8. 15 Ngr.) — Protest. Kirchenzt. 1866, 1; Zeitschrift für luth. Theol. und Kirche 1866, 1.

Oesterzee J. J. Das Bild Christi. (Hamb. 1864, R. Haus, 8.) — Zeitschrift f. luth. Theol. und Kirche 1866, 2.

Oettinger F. Neue Evangelien-Predigten. (Stuttg. 1865, Steinkopf, 8.) 1 Thl. 6 Ngr.) — Zimmermann, Theol. Lit. Bltt. 68.

Oeuvres de Monseigneur L' Eveque de Poitiers. (Poitiers, Oudin.) — Études 40.

Officium hebdomadae sanctae. (Mechliniae 1865, Dessain 32. 2 Fr. 50.) — Bouix, Revue 74.

Ohly E. Mancherlei Gaben und ein Geist. (Wiesbaden 1865, Niedner, 8. 2 Thl. 20 Sgr.) — Die Predigt der Gegenwart, II, 9 u. 10.

Obly E. Diarium pastorale. (Wiesbad. 1864, Niedner 8.) — Zeitsch. für luth. Theologie und Kirche 1866 1; Zimmermann. Theol. Lit. Bltt. 1865, 102; Bote aus dem Alsterthale 13. — Reich Gottes 21.

Oischinger P. Die Einheitslehre der göttlichen Trinität. (München 1862, Lentner, 8.) — Zeitsch. f. luth. Theol. und Kirche 1866, 1.

Opel J. O. Valentin Weigel. (Leipz. 1864, Weigel 8.) — Zeitsch. für luth. Theolog. und Kirche 1866, 1; Wissensch. Beilage der Leipziger Zt. 73.

Opel. Choräle. (Offenbach, André 8.) — Zimmermann, Theol. Lit. Bltt. 14.

Oppert G. Der Presbyter Johannes in Sage und Geschichte. (Berlin 1864, Springer 8.) — Zeitschrift für die gesammte luth. Theol. und Kirche 3.

Ortenberg. Zur Textkritik der Psalmen. (Halle 1866, Mühlmann, 8.) — Ev. Sonntagsbote 2.

Oser F. Kreuz- und Trostlieder. (Wiesb. 1865, Niedner, 8. 5/6 Thl.) — St. Galler Blätter 2; Kirchenbltt. f. d. ref. Schweiz, 4.

Ossenbeck. Der Streit Gregor VII. mit Heinrich IV. (Frankf. 1866, Hamacher, 8. 3 Ngr.) — Zimmermann, Theol. Lit. Bltt. 97.

Ostertag A. Die Bibel und ihre Geschichte. (Basel 1863, Bahnmaier 8.) — Jahrbücher f. deutsche Theol. X, 4.

Oswald J. H. Die dogmatische Lehre von den heil. Sakramenten. (Münster 1864, Aschendorf, 8. $3^1/_2$ Thl.) — Lit. Handw. 44.

Otto C. De Johanne V. Turzone, Episcopo Wratislaviensi Commentatio. (Wratislaviae, 1865, Maruschke et Berendt, 8. 12 Ngr.) — Chilianeum VII, 12; Lit. Centralblatt 1866, 1; Oesterr. Vierteljahresschrift für kath. Theol. 3.

Otto C. W. Wider die Abrenuntiation bei der Kindertaufe. (Zwickau 1864, Döhner 8.) — Zeitsch. für luth. Theol. 2.

Otto C. W. Die Inspirationslehre der modernen Theologie. (Glauchau s. a. 8.) — Zeitsch. f. d. luth. Theol. 2.

Overbeck J. J. Die orthodoxe katholische Anschauung im Gegensatze zum Papstthum und Jesuitismus, sowie zum Protestantismus. (Halle, 1865, Schmidt, 8. 2/3 Thl.) — Chilianeum VII, 12; Zimmermann, Theol. Lit. Bltt. 1865, 96.

Oxenham. Dr. Pusey's Eirenicon. (London 1866, Longmann 8.) — Reusch, Theol. Lit. Bltt. 16.

Pablasek M. Die Fürsorge für die Blinden. (Wien 1867, Beck, 8. 1 fl. 50 kr. öst. W.) — Allg. Lit. Zt. 50; Oest. Schulbote 36.

Pachmann Th. Lehrbuch des Kirchenrechtes. (Wien 1865, Braumüller, 8. $3^1/_3$ Thl.) — Allg. Lit. Zt. 1866, 5; Archiv für kath. Kirchenrechte 1866, 2; Haimerl Vierteljahresch. 1.

Palmer. Ev. Pastoraltheol. (Stuttg. 1866, Steinkopf 8.) — Gesetz und Zeugniß, 2, 3; Zeitsch. f. luth. Theol. 1867, 1.

Palmer. Evangelische Hymnologie. (Stuttg. 1866, Steinkopf 8.) — Neue ev. Kirchenzt. 28; Theol. Studien und Kritiken 1867, 1; Gesetz und Zeugniß 12.

Parisis. Jesu Christus ist Gott. (Prag 1865, Steinhauser, 8. 1/3 Thl.) — Ballien, Vierteljahresschrift 1.

Pascal's Gedanken über die Religion. (Halle, 1865, Waisenh. 8. 1 1/2 Thl.) — Zeitsch. f. luth. Theol. und Kirche 1866, 1.

Passavant Th. Abriß seines Lebens; nebst 7 Predigten. (Basel 1865 Schneider 8. 18 Ngr.) — Ev. ref. Kirchenzt. 1865, 11.

Passavant Th. Colosserbrief. (Basel 1865, Bahnmaier, 8. 1 Thl.) — Ev. Reichsbote 1; Kirchenbltt. f. die ref. Schweiz 6; Sächs. Kirchen- und Schulblt. 12; Jahrb. f. deutsche Theol. XI, 4.

Patiß G. Der selige Johannes Berchmans. (Wien 1866, Mayer 8.) — Katholik, Juni; Sion, Lit. Bltt., April; Kath. Blätter aus Tirol 5; Philothea 9.

Patiß G. Das Apostolat und Martyrium der Gesellschaft Jesu in Japan. (Wien, Mayer 8.) — Kritisch. Bltt. 18.

Patiß G. Sonntags-Predigten. (Innsbruck 1864, Rauch, 8. 12 Ngr.) — Linzer theolog. prakt. Quartalschrift 1865, 4.; Bamberger Pastoralblatt 29.

Patiß G. A, B, C der Scholastik. (Wien 1866, Mayer, 8. 36 kr. ö. W.) — Allg. Lit. Zt. 1865, 52; Katholik 1866, Jan.; Études Religieuses 36; Reusch, Theol. Lit. Bltt. 4; Lit. Handw. 43; Kath. Blätter aus Tirol 5; Linzer theol. prakt. Quartalsch. 4.

Patiß G. Novene. (Wien 1866, Mayer, 8. 50 kr.) — Allg. Lit. Zt. 1866, 11.

Patiß G. Das Leben Jesu. (Wien 1865, Mayer, 8. 2 Thl. 24 Sgr.) — Reusch, Theol. Lit. Bltt. 10.

Patrum apost. opera, ed. Dressel. (Leipz. 1866, Hinrichs, 8.) — Zeitschrift f. d. luth. Theol. 4.

Paulitsch J. P. Gebetbuch für Kranke und Sterbende. (Klagenf. 1867, Leon, 8. 1/2 Thl.) — Allgem. Lit. Zeit. 33; Katholische Blätter aus Tirol 20.

Pawlikowski K. Der Talmud. (Regensb. 1866, Manz, 8. 1 Thl. 3 Sgr.) — Reusch, Theol. Lit. Bltt. 7; Lit. Centralblatt 21.

Pécaut F. Die reine Gottesidee des Christenthums. (Wiesbaden 1866, Kreidel, 8. 24 Sgr.) — Lit. Centralblatt 1866, 15; Neue ev. Kirchenzeit. 16. Deutsches Museum 24; Protest. Kirchenzeit. 30.

Perkmann R. Zur Geschichte der Wiener Universität. (Leipz. 1865, Wigand, 8. 1 Thl.) — St. Galler Bltt. 1866, 1; Bresl. Zt. 40; Augsb. Allg. Zt. 1865, Nr. 338 Beil.

Permaneder M. Handbuch des gemeingültigen kath. Kirchenrechtes. Herausgegeben von J. Silbernagel. (Landshut 1865, Krüll, 8. 4 Thl.) — Archiv f. kath. Kirchenrecht. 1866, 1 und 5; Augsb. Postzt. 59.

Pernaud A. L'Oratoire de France au XVII. et au XIX. Siècle. (Paris 1866. Douniot, 8.) — Études Religieuses. 36.

Perrot. Geistliches Morgenbrod. (Einsiedeln, Benziger 8.) — Prediger und Katechet 3.

Peter. Vom thätigen Glauben. (Chemnitz 1866, Focke, 8. 1/4 Thl.) — Zimmermann, Theol. Lit. Bltt. 72.

Petersen A. Die protest. Lehrfreiheit und ihre Grenzen. (Frankf. a. M. 1865, Winter, 8. 1/4 Thl.). — Zimmermann, Theol. Lit. Bltt. 35.

Petri L. A. Salz der Erde. (Hannover 1865, Hahn 8.) — Zeitschrift für luth. Theol. u. Kirche 1866, 1.

Philippi F. A. Kirchliche Glaubenslehre. (Stuttg. 1863, Liesching, 8.) — Zeitsch. f. d. g. luth. Theol. und Kirche 3.

Philippi F. A. Eingang des Johannes Evang. (Stuttg. 1866, Liesching, 8. 1 Thl.) — N. ev. Kirchenzt. 50.

Philippson L. Haben wirklich d. Juden Jesum gekreuziget? (Berl. 1866, Gerschel, 8. 1/4 Thl.) — Reusch, Theol. Lit. Bltt. 1866, 1; Allg. Lit. Zt. 1866, 7; Gött. G. A. 10; Jahrb. f. deutsche Theol. XI, 2; Neue ev. Kirchenzt. 73; Zimmermann, Theol. Lit. Bltt. 37.

Phillips G. Die große Synode zu Tibur. (Wien 1865, Gerold, 8. 10 Sgr.) — Reusch, Theol. Lit. Bltt. 9.

Phillips. Scholia on passages of the Old Testament. (London, Williams et Norgatte.) — Gött. G. A. 17.

Philothea. Blätter für religiöse Belehrung. (Würz. 1866, Stahel 8.) — Allg. Lit. Zt. 1866, 13.

Pichler A. Geschichte der kirchlichen Trennung zwischen dem Orient und Occident. (München 1865, Rieger. 8. 7 Thl. 16 Sgr.) — Augsb. allg. Zt. 1866; Nr. 18, Beil.; Berkholz Mitthlgen. 6.

Pinart D. Krippe und Kreuz. (Mainz 1865, Kirchheim 8. 2/3 Thl.) — Allg. Lit. Zeit. 1866, 12; Philothea 10.

Piper. Ev. Kalender. (Berlin, Wiegand und Grieben.) — Dorpat. Ztsch. f. Theol. u. Kirche 3.

Pircher J. Die Schule der göttl. Religion Jesu Christi. (Innsb. 1864, 8.) — Bamberger Pastoralbltt 28.

Pitra E. Juris ecclesiastici Graecorum historia et monumenta. (Romae 1864, 4. 12 Thl.) — Archiv f. kath. K. R. 1866, 3.

Plantier. Études Litteraires sur les Poetes Bibliques. (Paris 1865, Giraud, 8.) — Études Religieuses, 36; Bouix, Revue, 74.

Pleyte W. La religion des Pré-Israélites. (Leiden 1865, Hooiberg, 8.) — Lit. Centralbltt. 1866, 16.

Plitt. Glaubenslehre. (Gotha 1863, Perthes 8.) — Jahrbücher f. d. Theol. XI. 3.

Ponlevoy A. Leben des G. Xav. von Ravignan. (Köln u. Neuß 1865, Schwann, 8. 1 Thl. 22 1/2 Sgr.) — Bamberger Pastoralblatt 29.

Postel D. Bibelkunde. (Langensalza 1865, Greßler, 8.) — Volksblatt f. Stadt u. Land 101; Christl. Schulbote aus Hessen 46.

Postel O. Palästina. (Langensalza 1866, Greßler, 8. 24 Ngr.) — Christl. Schulbote aus Hessen 46.

Predigtbuch. (Berlin 1865, Wiegand, 8.) — Zeitsch. f. luth. Theol. 4.

Pressensé E. Die christl. Familie. (Leipz. 1864, Bredt, 8. 15 Ngr.) — Zeitsch. f. luth. Theol. und Kirche 1866, 1.

Pressensé E. Jésus-Christ, son temps, sa vie, son oeuvre. (Paris 1865), — Deutsches Museum 38; Augsb. Allg. Ztsch. 1866, Nr. 97, Beil.; Berliner Revue 46, 7.

Preuner. Hestia-Vesta. (Tüb. Laupp, 8.) — Gött. Gel. Anz. 3; N. ev. Kirchenzt. 43.

Preuß. Die römische Lehre von der unbefleckten Empfängniß. (Berl. 1865, Schlawitz, 8. 1 Thl.) — Reusch, theol. Lit. Bltt. 1; Gesetz u. Zeugniß 10; Lit. Centralblatt 48.

Prinzing G. Das Gebet in der Schule. (Nördlingen 1865, Beck 8. 21 Ngr.) — Allg. deutsch. Lehrerzt. 9; Reich Gottes, Beil. 7; Allg. Schulzeit. 12; Christl. Schulbote aus Hessen 29.

Prüvost. A. Vie du R. P. Philippe de Scouville. (Luxemb. 1866, Bruck, 8. $1\frac{1}{2}$ Thl.) — Luxemburger Wort 267; Allg. Lit. Zt. 51.

Pusey E. B. Daniel the Prophet. (Oxford et London 1864, Parker, 8. 12 s.) — Reusch, Theol. Lit. Bltt. 5; Heidenheim, Vierteljahresschrift III. 1.

Radenhausen C. Die Bibel wider den Glauben. (Hamburg 1865, Meißner, 8. 18 Sgr.) — Reusch, Theol. Lit. Bltt. 1.

Radics P. v. Die Gegenäbte Albert und Peter von Sittich. (Wien 1866, Mechitaristen 8. 60 kr. österr. W.) — Allg. Lit. Zt. 31; Philothea 12.

Räß A. Die Convertiten seit der Reformation. (Freib. 1866, Herder, 8. 2 Thl. 12 Sgr.) — Études 38; Bouix Revue 75; Schles. Kirchenbltt. 14; Reusch, Theol. Lit. Bltt. 9; Chilianeum VIII. 10; Allg. Lit. Zt. 31; Katholik. Feb.; Tüb. Theol. Quartalsch. 4.

Raspe F. Die christl. Sonntagsfeier. (Rostock 1864, Stiller, 8. 10 Ngr.) — Zeitsch. f. d. g. luth. Theologie u. Kirche 3.

Rattinger D. Der Papst und der Kirchenstaat. (Freib. 1866, Herder, 8. 16 Sgr.) — Katholik, Juli; Reusch. Theol. Lit. Bltt. 15.

Rau. Handbuch des Güter- und Erbrechts der Ehegatten. (München 1865, Rieger, 8.) — Schletter, Jahrb. XI. 3.

Rauscher J. O. Gefahr und Rettung. (Wien 1866, Sartori, 8. 10 kr.) — Bamberger Pastoralblatt 44; Allg. Lit. Zeit. 47; Menzel, Lit. Bltt. 82.

Reichensperger A. Der christl. Unterricht. (Augsb. 1866, Wolf, 8. 2 Ngr.) — Philothea 12.

Reichensperger Aug. Die Liebfrauenkirche zu Trier. (Trier 1865, Lintz, 8. 4 Ngr.) — Menzel. Lit. Bltt. 41.

Reinerding F. H. Theologiae fundamentalis tractatus duo. (Münster 1864, 8. Aschendorf, 8. 2 Thl.) — Linzer theol. prakt. Quartalschrift 1865, 3; Reusch. Theol. Lit. Bltt. 5.

Reininger. Die Weihbischöfe von Würzburg. (Würzb. 1865, Stahel, 8. 1 2/5 Thl.) — Lit. Handweiser 50.

Reinke L. Der Orden U. L. Frau von Sion. (Münster 1865, Regensb. 8. 1/4 Thl.) — Allg. Lit. Zt. 1865, Nr. 52.

Reinke L. die Veränderungen des heb. Urtextes des A. T. (Münst. 1866, Niemann, 8. 2 Thl.) — Allg. Lit. Zt. 1866, 19; Reusch, Theol. Lit. Bltt. 13; Lit. Centralblatt 44.

Reinkens J. H. Die Geschichtsphilosophie des hl. Augustinus. (Schaffh. 1866, Hurter, 8. 9 Ngr.) — Breslauer Zt. 1866, 34; Lit. Handweiser 43; Allg. Lit. Zt. 1866, 18.

Reinkens J. H. Martin von Tours. (Breslau 1866, Mälzer, 8. 1 Thl. 10 Sgr.) — Allg. Lit. Zt. 1866, 31; N. ev. Kirchenz. 43; Volksb. f. Stadt und Land 99; Lit. Centralblatt 46.

Reithmayer Fr. Commentar zum Briefe an die Galater. (München 1865, Lentner, 8. 4 fl. 48 kr. rh.) — Salzb. Kirchenbltt. 10; Kath. Blätter aus Tirol 3; Reusch, Theol. Lit. Bltt. 11.

Religion Die, der Bibel. (Würz. 1865, Stuber 8. 1/3 Thl.) — Evang. Schulbote 5 u. 6.

Renan E. Das Leben Jesu. (Leipzig 1865, Hasselberg, 8. 10 Ngr.) — Zeitsch. für luth. Theol. u. Kirche 1866, 1.

Renan E. Die Apostel. (Leipz. 1866, Brockhaus 8.) — Lehman, Magazin 17; Europa 17; Études 41; Rostocker Tagesbltt. 112; Romanzt. 20; Europa 20; Kath. Schweizerbltt. für christl. Wissensch. u. Kunst 6; Bresl. Zt. 232; Europa 22; Allg. Modenzt. 18; Reusch, Theol. Lit. Bltt. 12; Weserzt. 7019; N. ev. Kirchenzt. 21; Grenzboten 29; Berlinische Nachrichten 147; Hamb. Nachrichten 114; Allg. Lit. Zeit. 1866, 36; Revue crit. 26; Lit. Centralblatt 1866, 36; Jahrb. für deutsche Theol. XI, 3; Gött. G. A. 33; Revue de Theol. IV, 3; Kirchenblatt für die reformirte Kirche der Schweiz 18; Zimmermann, Theol. Lit. Bltt. 79; Ev. Kirchen- u. Volksblatt f. Baden 51.

Rendtorf H. Die Kreuzzeitung und die Holsteinische Geistlichkeit. (Kiel 1864, Homann, 8.) — Zeitschrift für luth. Theologie und Kirche 1866, 1.

Renner C. E. Der Prophet Jesaias. (Stutt. 1865, Schober, 8. 21 Ngr.) — St. Galler Blätter 32; Ev. Kirchen- und Volksblatt f. Baden 44.

Reusch F. H. Bibel u. Natur. (Freib. 1866, Herder, 8. 1 2/3 Thl.) — Bamberger Pastoralblatt 29, 30; Lit. Handw. 46; Allg. Lit. Zeit. 41; Kath. Bltt. aus Tirol 24; Augsb. Postzt. 233; Natur u. Offenb. XII, 9; Volksblatt für Stadt und Land 82; Tüb. theol. Quartalschrift 4; N. ev. Kirchenzt. 42; Glaser Jahrb. VI, 6.

Reuß. Gesch. d. hl. Schriften des N. T. (Braunschweig 1865, Schwetschke, 8.) — Jahrb. für deutsche Theolog. XI, 4.

Reuter H. Geschichte Alexander III. (Leipz. 1864, Teubner, 8.) — Bltt. für lit. Unterh. 30.

Riant E. D. De Haymaro Monacho. (Paris 1865, 8.) — Sybel, Hist. Zeitsch. 1866, 1.
Richard. Vie de la B. Françoise d'Amboise. (Nantes 1866, Forest et Grimaud 8.) — Études 41
Richter Aem. L. Lehrbuch des kath. und evang. Kirchenrechts. (Leipzig 1865, Tauchnitz, 8) 3. Thl.) — Archiv. f. kath. Kirchenrecht, 1866, 1; Neue ev. Kirchenzt. 36.
Richter R. Bibelstunden aus der Offenbarung St. Johannes. (Leipzig 1864, Neumann, 8. — Zeitsch. f. luth. Theologie u. Kirche 1866, 1.
Ricker A. Der Syllabus. (Wien 1866, Sartori, 8. 20 Sgr.) — Wiener Sonntagsblatt 52.
Ricker A. Via dolorosa. (Wien 1866, Mayer, 8. $^2/_3$ Thl.) — Allg. Lit. Zt. 1866, 11.
Riedel A. Das Verhältniß Gottes zur Welt. (Augsb. 1864, Kranzfelder 8.) — Natur und Offenbarung 11.
Riegel u. Schöberlein. Schatz des liturg. Gesanges. (Gött. 1865, Vandenhoeck 8.) — Zimmermann, Theol. Litt. Bltt. 13 ff. 93; Sächs. Kirchen- und Schulbltt. 11; Gesetz und Zeugniß 4.
Riehm E. Die bes. Bedeutung des A. T. (Halle 1864, Buchhandl. des Waisenh. 8. 6 Ngr.) — Jahrb. f. deutsche Theol. XI, 1; Zeitsch. für luth. Theol. u. Kirche 1866, 1.
Riehm E. De natura et notione symbolica Cheruborum. (Basil. 1864, Balmer, 8. 9 Ngr.) — Zeitsch. f. luth. Theol. und Kirche 1866, 1.
Rieß Fl. Der sel. Petrus Canisius. (Freib. 1865, Herder, 8. 1 Thl. 18 Sgr.) — Reusch, Theol. Lit. Bltt. 20.
Rietter A. Breviarium der christlichen Ethik. (Regensb. 1866, Pustet, 8. 1 Thl. 27 Ngr.) — Reusch, Theol. Lit. Bltt. 10; Allg. Lit. Zeit. 1866, 27.
Riggenbach J. Ein Cap. aus Matthäus in Predigten. — (Basel 1865, Bahnmaier, 8. 8. Ngr.) — Ev. Kirchen- und Volksblatt f. Baden 4.
Rimely C. Historia Collegii Pazmaniani. (Viennae 1865, Mechitaristen, 8. 2 fl. 40 kr.) — Oest. Vierteljahresschr. f. kath. Theol. 4.
Rink H. Vom Zustande nach dem Tode. (Basel 1865, Balmer und Riehm, 8. 1 Thl.) — Neue evang. Kirchenzt. 15; Zimmermann Theol. Litt. Bltt. 52.
Ritter H. Unsterblichkeit. (Leipzig 1866, Brockhaus, 8. $1^1/_3$ Thl.) — Lit. Handweiser 50.
Ritter J. H. Geschichte der jüd. Reformation. (Berlin 1865, Peiser, 8. $2^2/_3$ Thl.) — Jahrb. f. deutsche Theologie XI, 2.
Robertson F. W. Zehn Predigten. (Hamb. 1866, Rauhe Haus, 8. 18 Ngr.) — Zimmermann Theol. Lit. Bltt. 104.
Robinson E. Physische Geographie des hl. Landes. (Leipzig 1865, Brockhaus, 8. 2 Thl. 10 Sgr.) — Lit. Centralblatt 1866, 6; Protest Kirchenzt. 1866, 4. Jahrbb. f. d. Theol. XI, 1; Bltt. für lit. Unterh. 7; Zeitsch. für luth. Theol. 2; Ausland 14.

Rocholl R. Graf Wolrad von Waldeck. (Hannov. 1865, Mayer 8.) — Zeitsch. f. luth. Theol. u. Kirche 3; Jahrb. f. d. Theol. X, 4.

Röckerath P. J. Biblische Chronologie. (Münster 1865, Aschendorff, 8. 1 Thl. 20 Sgr.) — Lit. Centralblatt 1866, 24; Allg. Lit. Zt. 42.

Roos. Das Verhältniß der Philosophie zur Offenbar. (Basel 1863, Bahnmaier, 8.) — Braunsch. luth. Kirchenbltt. 2; Jahrb. f. d. Theol. X, 4; Sächs. Kirchen- u. Schulbltt. 36.

Rosen G. Das Haran von Jerusalem und der Tempelplatz des Moria. (Gotha 1866, Besser, 8. 20 Sgr.)— Augsb. Allg. Zt. Nr. 121 außerordentl. Beil.; Köln. Zeit. 98; Lit. Centralblatt 44; Gött. Gel. Anz. 41; Heidenheim Vierteljahresschr. III. 3.

Rosenthal D. A. Convertitenbilder aus dem 19. Jahrhundert. (Schaffh. 1865, Hurter, 8. 2 Thl. 3 Sgr.) — Chilianeum VIII, 10; Reusch. Theol. Lit. Bltt. 13; Katholik, Juli und October; Lit. Centralblatt 29; Bltt. f. lit. Unterh. 32; Allg. Lit. Zt. 39; Lit. Handweiser 48; Allg. kirchl. Zeitsch. 10; Sybel, hist. Ztsch. VIII, 4; Hist. pol. Bltt. LVIII. 12,

Roskovany Aug. de Monumenta Catholica pro Independentia Potestatis Ecclesiasticae ab Imperio civili. (Pest 1865, Emich, 8. voll. 5 et 6. 6 Thl. 20 Sgr.) — Lit. Centralbltt. 1865, 49.

Rossi. Roma sotteranea. (Roma 1864, 4. 12 Sc.) — Reusch, Theol. Lit. Bltt. 7.

Roßhirt C. F. Aeußere Encyklopädie des Kirchenrechts. (Heidelb. 1865. Weiß, 8. 1 Thl. 5 Sgr.) — Lit. Centralbltt. 24.

Roth L. M. Fundamenta artis catecheticae. (Mainz 1865, Kirchheim, 8. 1/3 Thl.) — Schles. Kirchenblatt 27.

Rudloff. Die Lehre vom Menschen. (Gotha 1863, Perthes, 8. 3 Thl. 6 Sgr.) — Zeitsch. für luth. Theol. 2.

Rüling L. B. Reden an Geistliche. (Leipz. 1866, Hinrichs 8. 1 Thl.) — N. ev. Kirchenzt. 25; Allg. Lit. Zt. 37; Gesetz und Zeugniß 8, 9; Berkholz, Mittheil. 3; Zimmermann, Theol. Lit. Bltt. 73.

Ruland A. Prakt. Unterricht zum erstmaligen Empfang der hl. Communion. (Würzb. 1866, Stahel, 8. 9 Ngr.) — Allg. Lit. Ztg. 33.

Rundschreiben das päpstl. und die 80 verdammten Sätze. (Duisb. 1865, Falk und Volmer, 8. 12 1/2 Sgr.) — Diesterwegs Rhein. Blätter für Erziehung und Unterricht, XVII, 1.

Rütges A. G. Mein Reich ist nicht von dieser Welt. (Emmerich 1863, Romen, 24 Ngr.) — Allg. Lit. Zt. 1866, 35.

Sachs. Predigten. (Berlin 1864, Gerschel, 8.) — Lehmann Magazin 14 37 und 39; Frankl, Monatsschrift 8.

Sack. Ausgew. Psalmen. (Neuwind 1866, Heuser 8.) — Jahrbuch für D. Theol. XI, 4.

Sack. Die Lieder in den hist. Büchern des A. T. (Barmen 1866, Langewiesche 8.) — Jahrbuch f. D. Theol. XI, 4.

Saedt O. Die kath. Kirchenfabriken. (Köln 1865, Bachem, 8. 24 Sgr.) — Reusch, Theol. Lit. Bltt. 11.

Sammlung von Actenstücken bezüglich der Gründung einer kath. Universität. (Mainz 1865, Kirchheim 8. 10 Sgr.) — Reusch. Theol. Lit. Bltt. 9.

Sanders. Ueber das hohe Lied. (Leipzig 1866, Wigand 8.) — Aachner Zeit. 51.

Saulcy, De. Voyage eu Terre Sainte. (Paris 1865.) — Augsb. Allg. Zt. 1866, 153.

Schätzler C. Natur und Uebernatur. (Mainz 1865, Kirchheim, 8. 1 Thl. 15 Sgr.) — Allg. Lit. Zt. 1865, 51; Augsb. Postzt. 1865, Nr. 279; Lit. Bltt. zur Sion, Dec. Nr. 2; Schweizerische Kirchenzt. 1866, 5; Philothea 8; Reusch, Theol. Lit. Bltt. 18, 19, 22.

Schaff Ph. Die Person Jesu Christi. (Gotha 1865, Besser, 8. 24 Ngr.) — Zimmermann Theol. Lit. Bltt. 1866, 7 und 19 ff.; Neue evang. Kirchenzt. 23.

Schaff Ph. Der Bürgerkrieg und das christl. Leben in Nordamerika. (Berlin 1866, Wiegandt und Grieben, 8. 1/3 Thl.) — St. Galler Bltt. 32.

Schaub J. Festpredigt. (Friedb. 1865, Bindernagel u. Schimpf, 8. 6 kr. rh.) — Zimmermann, Theol. Lit. Bltt. 1865, 98.

Schaubach F. Ausgew. Psalmen. (Halle 1863, Mühlmann 8.) — Ztsch. für luth. Theol. 2; Jahrb. f. deutsche Theol. XI, 2.

Scheeben M. J. Die Mysterien des Christenthums. (Freib. 1865, Herder, 8. 2 Thl. 10 Sgr.) — Schles. Kirchenbltt. 1865, 49; Katholik 1865, 12, 1866, 9; Bamb. Pastoralblatt 1866, 5; Reusch, Theol. Lit. Bltt. 12; Oesterr. Vierteljahresschrift für kath. Theol. 4; Lit. Handweiser 50.

Scheffer-Boichorst P. Kaiser Friedrich I. letzter Streit mit der Curie. (Berlin 1866, Mittler 8. 1 1/3 Thl.) — Menzel, Lit. Bltt. 85.

Schegg P. Die hl. Evangelien. (Münch. 1859—1865, Lentner 8. 6 Thl.) — Reusch, Theol. Lit. Bltt. 8.

Schematismus der Geistlichkeit des Bisthums Chur für 1861, 1863, 1865. (Chur, 1867, Ingenbohl, 8.) — Katholische Schweizerblätter 1865, 12.

Schematismus des Piaristenordens in Ungarn und Siebenbürgen für 1865—1866. (Pest, Emmich, 8.) — Allg. Lit. Zt. 1866, 7.

Schenkel D. Charakterbild Jesu. (Wiesbaden 1865, Kreidel, 8.) — Heidenheim, Vierteljahresschrift III, 1.

Schenkel D. Die protest. Freiheit. (Wiesbaden 1865, Kreidel, 8. 1 Thl.) — Kirchenbltt. f. d. ref. Schweiz 1.

Schenkl K. Ueber die Zeus-Religion. (Graz 1866, Leuschner und Lubensky, 8. 1/3 Thl.) — Allg. Ztg. 28; Menzel, Lit. Blt. 86.

Scherer A. Bibliothek für Prediger. (Innsbruck 1866, Pfaundler 8.) — Philothea 10.

Schiekopp. J. 8 apol. Vorträge über die Person Jesu Christi. (Königsb. 1866, Gräfe und Unzer, 8. 1 2/3 Thl.) — Altpreuß. Monatsschrift 2; N. ev. Kirchenzt. 34; Neue Kirchenzt. 51.

Schirlitz. Die hl. Frauen des N. T. (Leipz. 1866, Gerhard, 8.) — Zimmermann Theol. Lit. Bltt. 1866, 1.

Schirmer A. G. F. Die Feiertage der evang. Kirche. (Berlin 1865, Reimer, 8.) — Zimmermann, Theol. Lit. Bltt. 1866, 3; Neue evang. Kirchenzt. 3.

Schlapper. Das Wittenbergische Kirchengesangbuch. (Wiesbaden 1862, Niedner 8.) — Reich Gottes 21.

Schlayer G. A. Beiträge zur Lehre von dem Patronatrechte. (Gießen 1865, Roth, 8. 20 Sgr.) — Archiv f. kath. Kirch. R. 1866, 3; Reusch, Theol. Lit. Bltt. 21.

Schlegel Th. Reise nach dem hl. Lande. (Sorau, 1865, 8. Rauert, 10 Sgr.) — Allg. Lit. Zeit. 1865, 50; Lehmann, Magazin 1865, 52; Zeitsch. f. luth. Theol. 2; Menzel, Lit. Bltt. 25.

Schleiermacher Fr. Das Leben Jesu. (Berlin 1864, Reimer 8.) — Theol. Studien und Kritiken 1866, 3.

Schletterer M. Geschichte der kirch. Dichtung. (Nördl. 1866, Beck, 8. 1 $^1/_6$ Thl.) — Augsb. Postzt. 100; Allg. Lit. Zt. 1866, 27; Europa 31; Reusch, Theol. Lit. Bltt. 16; Signale 37; Zimmermann, Theol. Lit. Bltt. 59; Allg. deutsche Lehrerzt. 29; Illust. Zt. 1210; Bltt. für lit. Unterh. 43; Lit. Centralbltt 45; Neue ev. Kirchenzeit. 50.

Schletterer H. M. Die kirchl. Festzeit in der Schule. (Augsb. 1864, Schlosser 8.) — Deutsche evang. Volksschule 1; Leipz. allg. mus. Zt. 14.

Schlünkes F. Die Lehren der kath. Religion. (Köln 1865, Du Mont-Schauberg, 8. 15 Sgr.) — Reusch, theol. Lit. Bltt. 6.

Schmieder P. Notizen zur älteren Baugeschichte der Stiftskirche und des Klosters zu Lambach. (Wien 1866, Staatsdruckerei, 4.) — Allg. Lit. Zeit. 47; Linzer theolog. prakt. Quartalsch. 4.

Schmid. Encyklopädie des Erziehungswesen. (Gotha, Besser 8.) — Allg. Schulzeit. 26; Zimmermann Theol. Lit. Bltt. 77. f.

Schmid F. S. Lectiones in usum Cleri. (Vind. 1866, Sartori, 8. 60 kr. österr. Währ.) — Allg. Lit. Zt. 42.

Schmid Ch. F. Biblische Theologie des Neuen Testamentes. (Stuttgart 1864, Liesching 8.) — Die Predigt der Gegenwart, II, 9. u. 10.

Schmid. Katech. homil. Repertorium. (Schaffhausen 1865, Hurter, 8.) Schulfreund 4.

Schmidt Ch. F. Christliche Sittenlehre. (Stuttg. 1865, Liesching 8.) — Die Predigt der Gegenwart II, 9 und 10.

Schmidt K. Nicolaus von Basel. (Wien 1866, Braumüller, 8. 2 Thl. 20 Ngr.) — Allg. Lit. Zt. 47.

Schmidt H. Lebensbild von drei Geschwistern des christlichen Alterthums. (Halle 1864, Waisenh. 8.) — Zeitschft. für luth. Theol. und Kirche 1866, 1.

Schmidt. Zur Erziehung und Religion. (Cöthen, Schettler, 8.) — Litbltt. z. „Natur" 1865, 3.

Schmidt A. Wissenschaftliche Richtungen auf dem Gebiete des Katholicismus. (München 1862, Lentner, 8.) — Jahrb. für d. Theol. X, 4.

Schmitt J. Anleitung zur Ertheilung des Erstkommunikanten-Unterrichtes. (Freib. 1865, Herder, 8. 18 Sgr.) — Bamberger Pastoralblatt 1866, 6; Reusch, Theol. Lit. Bltt. 9; Linzer theol. prakt. Quartalsch. 3.

Schmitt H. J. Harmonie der morgen- und abendländischen Kirche. (Würzb. 1863, Stahel, 8. 3 fl. 12 kr. rh.) — Tüb. theol. Quartalschrift 2.

Schmitz. Kath. Katechismus. (Köln, Schwann, 8.) — Kath. Bltt. aus Tirol 3.

Schmitz. Der dreifache Segen der Ehe. (Köln, Schwann, 8.) — Gesetz und Zeugniß 5.

Schneckenburger. Vorlesungen über die Lehrbegriffe der Kirchenparteien. (Frankfurt a. M. Brönner 8.) — Ztsch. für luth. Theol. 4.

Schneemann G. Die Irrthümer über die Ehe. (Freib. 1865, Herder 8. 12 Ngr.) — Allg. Lit. Zt. 1865, 49.

Schneemann G. Studien über die Honorius-Frage. (Freib. 1864, Herder, 8.) — Linzer theol. prakt. Quartalsch. 3.

Schneider J. Manuale Sacerdotum. (Coloniae 1865, Bachem, 18. 1½ Thl.) — Archiv für kath. K. R. 1866, 3; Allg. Lit. Zt. 1866, 29; Lit. Handweis. 49.

Schneider R. Christliche Klänge aus den griech. und röm. Classikern (Gotha 1865, Perthes, 8. 2 Thl.) — Augsb. Allg. Zt. 1866, 75 Beil. Neue evang. Kirchenzt. 19; Zimmermann, Theol. Lit. Bltt. 63.

Schneider. Das musik. Lied. (Leipz. Breitkopf und Härtel, 8.) — Lit. Centralbltt. 1866, 28.

Schöbel E. Lehrbuch der kath. Religion. (Prag 1864, Credner, 8. 24 ngr.) — Kentenich, Zeitsch. für Erziehung und Unterricht XV, 2; Linzer theol. prakt. Quartalsch. 2; Philothea 6; Schles. Kirchenbltt. 19; Sion Lit. Bltt. April; Kath. Blätter aus Tirol 5; Oest. Vierteljahressch. f. kath. Theol. 4; Schulfreund 4.

Schönfelder J. M. Salomonis Bassorensis liber Apis. (Bamberg 1866, Reindl, 8. 18 Sgr.) — Lit. Bltt. zur Sion, Juni 2; Allg. Lit. Zeit. 46; Gött. Gel. A. 46.

Schöpf. Handbuch des kath. Kirchenrechts. (Schaffh. 1863—1865, Hurter, 3. Aufl. 8.) — Archiv f. kath. Kirchenrecht 1866, 1.

Scholz H. Die Schriften der apostolischen Väter. (Gütersloh 1865, Bertelsmann, 8. 24 Sgr.) — Lit. Centralblatt 1866, 23; Volksbltt. f. Stadt und Land 51.

Scholz Paul. Die Ehen der Söhne Gottes mit den Töchtern der Menschen. (Regensb. 1865, Manz, 8. 15 Sgr.). — Märkisches Kirchenbltt. 1865, 48; Reusch, Theol. Lit. Bltt. 7; Allg. Lit. Zeit. 1866, 37.

Schouppe F. X. Adjumenta oratoris sacri. (Bruxellis 1865, Goemare, 8.) — Lit. Handweiser 43.

Schrader Cl. Theses theologicae. (Vindobonae 1865, Mayer, 8. ⅔ Thl.) — Allg. Lit. Zt. 1865, 50; Bouix, Revue 77.

Schrader Cl. Die Theologie der Schule. (Wien 1866, Sartori, 8. 5 Sgr.) — Reusch, Theol. Lit. Bltt. 4; Wiener Kirchenzt. Nr. 13.

Schrader Cl. De Unitate Romana. (Vindob. 1866, Mayer, 8.) — Oesterr. Volksfreund 1866, Nr. 202; Wiener Kirchenzt. 42.

Schrader L. Meine Mission nach Meklenburg in Sachen des Herrn Prof. Dr. Baumgarten. (Kiel 1865, Schröder, 8.) — Zimmermann, Theol. Lit. Bltt. 95.

Schrotter G. Historia sacra. (Linz 1864, Danner, 8. 3 fl. österr. W.) — Allg. Lit. Zt. 1866, 3.

Schuhmacher. Bibl. Geschichte. (Elberfeld, Fridrichs, 8.) — Neuer schles. Schulbote 4; Allg. deutsche Lehrerzeit. 1865, 52; Christl. Schulbote aus Hessen 28.

Schuler G. M. Die Intoleranz der kath. Kirche mit bes. Bezugnahme auf die päpstl. Encyklica .... beleuchtet. (Augsb. 1865, Kollmann, 8. 9 Sgr.) — Lit. Handw. 42; Kath. Blätter aus Tirol 7.

Schulte F. Status dioecesium catholicarum in Austria, Bavaria, Germania, Borussia, reliquis Germaniae terris sitarum descriptus. (Giessen 1866, Roth, 8. 1 Thl.) — Lit. Hand. 46; Reusch, theol. Lit. Bltt. 17.

Schultz. Die Schöpfungsgeschichte. (Gotha 1865, Perthes 8.) — Zimmermann Theol. Lit. Bltt. 9; Theol. Studien und Kritiken, 3; Tüb. Theol. Quartalsch. 2; Zeitschrift f. luth. Theol. 4.

Schultz H. Der Begriff des stellvertretenden Leidens. (Basel 1864, Bahn-

Schulze. Passions- und Osterfeier. (Gotha, Perthes, 8.) — Volksb. f. Stadt und Land 51.

maier 8.) — Jahrb. für deutsche Theol. XI, 1.

Schulze L. Martha und Maria, Gotha 1866, Perthes, 8.) — Zimmermann, Theol. Lit. Bltt. 29.

Schütze. Entwürfe und Katechesen. (Leipzig, Teubner, 8.) — Neue schles. Schulbote 1865, 50; Christl. Schulbote aus Hessen 5; Süddeutscher Schulbote 22.

Schumacher J. J. H. Die hl. Geschichte des A. u. N. T. (Saarlouis 1865, Stein, 8. 10 Sgr.) — Reusch, Theol. Lit. Bltt. 14.

Schunken A. Geschichte der Reichsabtei Werden a. d. Ruhr. (Köln u. Neuß 1865, Schwann, 8. 1 Thl.) — Reusch, theol. Lit. Bltt. 7.

Schuster J. Handbuch zur biblischen Geschichte des A. u. N. Testaments. (Freib. 1865, Herder, 8. 1 Thl. 24 Sgr.) — Katholik 1865, 12; Reusch, Theol. Lit. Bltt. 8; Chilianeum VIII, 8; Bamberger Pastoralblatt 37; Lit. Bltt. zur Sion, Mai 1; Schulfreund 4.

Schuster J. Die biblische Geschichte. (Freib. 1865, Herder, 8. 4 1/2 Sgr.) — Reusch theol. Lit. Bltt. 14; Süddeutsch. kath. Schulwochenblatt 52.

Schwabe. Geistl. Liederbuch. (Gießen, Heinemann, 8.) — Zimmermann Theol. Lit. Bltt. 86.

Schwarz. Ueber Gott und Welt. (Zürch 1865, Schultheß, 8.) — Protest. Kirchenzt. 22.

Schwarz C. Zur Geschichte der neuesten Theologie. (Leipz. 1864, Brockh. 8. $2^1/_2$ Thl.) — Preußische Jahrbücher XVI, 6; Jahrb. für. deutsch. Theol. XI, 1.

Schwarz G. L. Christus u. seine Heiligen. (Berlin 1862—1864, Wohlgemuth, 8. 1 Thl. 6 Ngr.) — Vilmar, Pastoral-theol. Blätter 1866, 1; Zeitschrift für luth. Theologie und Kirche 1866, 1; Zimmermann, Theol. Lit. Bltt. 1865, 101; Jahrb. f. deutsch. Theol. XI, 2; Ev. Kirchen- u. Volksblatt f. Baden 19; Hauck, Jahresbericht 2, 3.

Schwarzkopf A. Shakespeare in seiner Bedeutung für die Kirche unserer Tage. (Halle 1864, Mühlmann, 8.) — Jahrb. für deutsche Theol. X, 4.

Schweizer A. Christliche Glaubenslehre. (Bern 1862, Heuberger, 8.) — Jahrbuch f. deutsche Theol. X, 4; Zeitschrift f. d. luth. Theol. 1867, 1.

Scriver. Herrlichkeiten der Kinder Gottes. (Neu-Ruppin 1865, Bergmann, 8.) — Gesetz und Zeugniß 5.

Sederholm K. Zur großen Frage der Religionsphilosophie. (Leipz. 1866. Breitkopf und Härtl, 8. $7^1/_2$ Sgr.) — Reusch, Theol. Lit. Bltt. 6 u. 7.

Sederholm K. Leitfaden der evang. Glaubens- und Sittenlehre. (Leipzig 1866, Breitkopf u. Härtl, 8.) — Allg. deutsche Lehrerzeit. 14; Zimmermann, Theol. Lit. Bltt. 53, 57.

Seeberg P. Predigten. (Berlin 1865, Beck, 8. 2 Thl.) — Zimmermann, Theol. Lit. Bltt. 23.

Seebold H. Einfache Erklärung des kleinen Katechismus Dr. M. Luthers. (Gött. 1865, Vandenhöck, 8. 18 Sgr.) — Zimmermann, Theol. Lit. Bltt. 1866, 6; Südd. Schulbote 24.

Seemann O. Wohin? (Berlin 1866, Springer 8. 12 Ngr.) — Allg. Lit. Ztg. 1866, 19; Protest. Kirchenzt. 21; Blätter für lit. Unterh. 24; Ueber Land und Meer 36; Allg. kirchl. Ztsch. 7.

Sengelmann Ev. Evang. Erinnerungen. (Leipz. 1864, Bredt, 8. 15 Ngr.) — Zeitschrift für luth. Theol. u. Kirche 1866, 1.

Sepp J. N. Jerusalem und das hl. Land. (Schaffhausen 1863, Hurter, 8.) — Jahrb. für deutsche Theol. XI, 1; Bamberger Pastoralblat 36.

Sepp J. Geschichte der Apostel. (Schaffh. 1866, Hurter, 8. 1 Thl. 26 Sgr.) — Reusch, Theol. Lit. Bltt. 9.

Sevin. Die drei ersten Evangelien. (Wiesbaden, Niedner, 8.) — Ev. Sonntagsbote 36; Zimmermann, Theolog. Lit. Bltt. 69; Neue ev. Kirchzt. 33; Jahrb. für d. Th. XI, 4.

Seydel. Die Lehre Jesu. (Dresden 1863, a. Embde 8.) — N. ev. Kirch. 50.

Silbernagl J. Verfassung und gegenwärtiger Bestand sämmtlicher Kirchen des Orients. (Landshut 1865, Krüll, 8. 1 Thl. 10 Sgr.) — Oesterr. Vierteljahresschrift für kath. Theologie 4.

Simar Th. Die Theologie des heil. Paulus. (Freib. 1864, Herder, 8. 24 Ngr.) — Oest. Vierteljahressch. für kath. Theologie 1; Jahrbücher für deutsche Theologie X, 4; Reusch, Theol. Lit. Bltt. 25.

Skizzen aus dem Pastorat zu Mastland. (Elberfeld 1863, Bädeker, 8.) — Braunschw. luth. Kirchenbltt. 1866, 1.

Smith, a dictionary of the Bible. (Berlin 1865, Asher, 8. 42 Thl.) — Lehmann, Magazin 1866, 3.

Speil F. Exhorten für Klosterfrauen. (Breslau 1865, Aderholz, 8. 1 Thl.) — Philothea 8.

Speil F. Die Lehren der kath. Kirche gegenüber der protestantischen Polemik. (Freib. 1865, Herder 8. 1 Thl. 10 Sgr.) — Chilianeum VII, 12; Allg. Lit. Zeit. 1866, 2; Bamberg, Pastoralbltt. 1865, 36; Westfäl. Kirchenblatt 1865, 50; Katholik 1866, Jan.; Lit. Bltt. zur Sion, 1; Reusch, Theol. Lit. Bltt. 9.

Sperber. Evangelien des Kirchenjahres. (Eisleben 1865, 8.) — Allg. deutsch. Lehrerzt. 10.

Spiegel B. Hermann Bonnus. (Leipz. 1864, Roßberg, 8. 20 Sgr.) — Lit. Centralbltt. 1865, 51.

Splittgerber F. Schlaf und Tod. (Halle 1866, Fricke, 8. 2 Thl.) — Lit. Handweiser 44; N. ev. Kirchenzt. 20; Volksblatt f. Stadt und Land 51; Braunschw. luth. Kirchenbltt. 8; Theol. Studien u. Kritiken 1867, 1; Zimmermann, Theol. Lit. Bltt. 67; Menzel, Lit. Bltt. 39.

Spörlein J. Die christl. Gesellschaftsordnung und die neue Zeitt. (Nördlingen 1866, Beck, 8. 24 kr. rh.) — Allg. Lit. Zt. 1866, 11; Zimmermann theol. Lit. Bltt. 39; Jahrb. für d. Theol. XI, 3; Reusch, Theol. Litt. Bltt. 24.

Spörri H. Zwingli-Studien. (Leip. 1866, Hirzel, 8. 20 Sgr.) — Neue evang. Kirchenzt. 23; Lit. Centralblatt 44; Zimmermann, Theol. Lit. Bltt. 101.

Sprenger A. Das Leben und die Lehre des Mohammed. (Berlin 1865, Nicolai, 8.) — Lit. Centralbltt. 1866, 1.

Spurgeon C. H. Der Weg des Heils. (Basel 1863, Palmer, 4. 24 Ngr.) — Zeitschrift für luth. Theol. 2.

Stabell Th. Lebensbilder der Heiligen. (Schaffhausen 1865, Hurter, 8.) — Linzer theol. prakt. Quartalsch. 1865, 3; Kentenich, Zeitschrift für Erziehung und Unterricht XV, 1; Philothea 4; Bamberger Pastoralbltt. 29; Kath. Blätter aus Tirol 4; Schulfreund 3; Philothea 9; Südd. kath. Schulwochenblatt 42; Reusch, Theol. Lit. Bltt. 26.

Stadelmann H. Zionsgrüße. (Halle 1864, Buchhdl. des Waisenh. 12. 10 Ngr.) — Zimmermann, Theol. Lit. Bltt. 1865, 102; Zeitschrift f. die ges. luth. Theol. 2.

Stähelin. Leben Davids. (Basel, Georg, 8.) — Kirchenblatt f. d. ref. Schweiz 14.

Stamm. Die evang. Lehrfreiheit. (Wiesbaden 1865, Niedner 8.) — Neue evang. Kirchenz. 50.

Stanihurst W. Geschichte des unsterblichen in einem sterblichen Leibe leidenden Gottes. Aus dem lat. von J. Kinzl. (Innsbruck 1865, Vereinsbuchhandl. 8. 1 fl. 50 kr. öst. W.). — Linzer theol. prakt. Quartalsch. 1865, 4.; Bamberger Pastoralbltt. 32.

Starke Chr. Bibelwerk. (Berlin 1865, Beck, 8.) — Gesetz und Zeugniß 7.

Statistik kirchliche, für das Bisthum Mainz. (Mainz 1866, 8.) — Allg. Lit. Zt. 1866, 28.

Staudenmeyer. Lehrpredigten. (Stuttg. 1866, Schober, 8.) — Zimmermann Theol. Lit. Bltt. 11.

Steichele A. Das Bisthum Augsburg. (Augsburg 1861—66, Schmidt, 8. Heft à 30 kr. rh.) — Lit. Handw. 42; Augsb. Allg. Zt. 188; Allg. Lit. Ztg. 35; Historisch politische Blätter LVII, 9, 10.

Stein A. G. Die kath. Kirchenmusik. (Köln 1864, Bachem, 8.) — Linzer theol. prakt. Quartalsch. 3.

Stier R. Die Reden der Apostel. (Leipzig 1866, Wöller, 8. 2 1/6 Thl.) — Reich Gottes 13; Zimmermann Theol. Lit. Bltt. 27.

Stier M. Luthers Katechismus. (Berlin 1866, Beck, 8. 3/4 Thl.) — Berliner Blätter für Schule 29; Pädag. Archiv 7.

Stöber. Die Kindertaufe. (Basel 1865, Bahnmaier 8.) — Sächs. Kirchen- und Schulbltt. 6.

Stöckl A. Geschichte der Philosophie des Mittelalters. Mainz 1865—66, Kirchheim, 8. 6 Thl.) — Allg. Lit. Zt. 1866, 9 und 10; Reusch, Theol. Lit. Bltt. 1, 22; Lit. Bltt. zur Wiener „Presse“ 4; Augsb. Postzt. 69; Schles. Kirchenblatt 12; Katholik, Feb.; Lit. Handweiser 44; Philothea 8; Hauck, Jahresbericht, 2, 3; Hist. pol. Bltt. LVIII, 1; Menzel, Lit. Bltt. 49, 50.

Stolz A. Legende. (Freib. Herder, 4.) — Kentenich, Zeitschrift f. Erziehung und Unterricht, XV, 2; Philothea 10.

Stolz A. Die heilige Elisabeth. (Freib. 1866, Herder, 8. 1 Thl.) — Linzer Theol. prakt. Quartalschrift 3; Hist. pol. Bltt. LVIII, 1.

Strack K. Bilder aus der Reformationsgeschichte. (Leipzig 1864, Schlicke, 8.) — Die Predigt der Gegenwart, II, 9 u. 10.

Stramm. Die evang. Lehrfreiheit. (Wiesbaden 1866, Niedner, 8.) — Zimmermann, Theol. Lit. Bltt. 82.

Strauß D. Die Halben und die Ganzen. (Berlin, Dunker, 8.) — Zimmermann, Theol. Lit. Bltt. 1866, 1; Ev. Kirchenzt. 78, 1; Reusch, Theol. Literaturblatt 25.

Strauß D. Kleine Schriften. (Berlin, Dunker, 8.) — Neue evang. Kirchenzt. 49.

Strauß V. Meditationen über das erste Gebet für Leute des Gedankenernstes und des Gewissens. (Leipz. 1866, Fleischer, 8.) — Glaser, Jahrb. V, 2; Sächs. Kirchen- und Schulblatt 7.

Ströbel K. Ein protest. Wort an den Bischof von Paderborn. (Leipz. 1866, Dörfling 8.) — Zeitsch. für die ges. luth. Theol. und Kirche 2.

Stroh. Christus der Erstling der Entschlafenen. (Stuttg. 1866, Steinkopf, 8.) — Gesetz u. Zeugniß, 8 u. 9; Zimermann, Theol. Lit. Bltt. 65.

Sturm. Hausandacht. (Leipz. Amelang, 8.) — Hamb. Nachrichten. 1865, 300; Zimmermann, Theol. Lit. Bltt. 1865, 101.

Sturm. Unterhaltungen mit Gott in der Natur. (Hannover, Hahn, 8.) Wissensch. Beilage d. Leipz. Ztg. 51.

Stutz. Die Thatsache des Glaubens. (Zürich 1866, Hanke, 8.) — Kirchenbltt. f. d. ref. Schweiz 3; Zimmermann, Theol. Lit. Bltt. 19; Evang. Sonntagsbote aus Oesterr. 13; Zeitschft. f. d. luth. Theol. 1867, 1.

Stützner. Leitfaden zum Katechismus. (Plauen 1866, Neupert 8.) — Ballien Vierteljahresschr. 1; Allg. Schulzt. 39.

Sulzbeck F. X. Leben des hl. Otto. (Regensb. 1865, Manz, 8. 1 Thl. 3 Sgr.) — Lit. Handweiser 49.

Sulze E. Hauptpunkte der christl. Glaubenslehre. (Hannover 1865, Rümpler, 8.) — Zimmermann, Theol. Lit. Bltt. 1865, 101; Augsb. Allg. Ztg. 1866, Nr. 97 Beil.; Protest. Kirchenzt. 19.

Sulze. Bibel und Bekenntniß. (Götting. 1866, Deuerlich, 8.) — Sächs. Kirchen- und Schulblatt 14.

Suttner J. G. Bibliotheca eistetensis dioecesana. (Eichstaett 1866, 4.) Allg. Lit. Ztg. 41 und 49.

Swientek A. Sechs Predigten. (Kreuzburg 1865, Thielmann, 8. 1/4 Thl.) — Schles. Provinzialblatt 1865, 11.

Tafel F. J. Das Leben Jesu. (Basel 1865, Palmer, 8. 24 Ngr.) — Zeitschrift für d. ges. luth. Theol. und Kirche 3; Lit. Centralbltt. 1866, 31.

Tanner A. Sammlung von Predigten. (Einsiedeln 1866, Benzinger, 8. 21 1/2 Sgr.) — Allg. Lit. Zeit. 41.

Tappehorn A. Leben des hl. Ansgar. (Münster 1863, Theissing, 8. 1 1/3 Thl.) — Jahrb. f. deutsche Theol. X, 2; Oest. Vierteljahresschrift für kath. Theologie 3.

Tauler. Predigten. (Frankf. 1864, Hermann, 8. 18 Ngr.) — Allg. Lit. Zt. 1866, 21; Zeitsch. f. die ges. luth. Theol. und Kirche 8; Jahrbuch für deutsche Theol. XI, 4.

Tegow Th. Die moderne Bildung und die christliche Kirche. (Hamburg 1865, Meißner 8. 1/4 Thl.) — Allg. Lit. Zt. 1866, 2; Hist. pol. Bltt. LVII, 1.

Tersteegen. Weg der Wahrheit. (Köln, Roemke, 8.) — Kirchenbltt. f. d. ref. Schweiz 6.

Tertulliani Apologeticum, ed. J. Kayser. (Paderb. 1866, Junfermann, 8. 15 Sgr.) — Allg. Lit. Ztg. 1866, 24; Sion, Lit. Bltt. März; Kath. Blätter aus Tirol 9.

Testamentum Vetus graece juxta LXX interpretes, ed. V. Loch. (Ratisbonu 1866, Manz, 8. 4 fl. 48 kr.) — Bamberger Pastoralbltt. 16; Allg. Lit. Zt. 1866, 23; Reusch, Theol. Lit. Bltt. 13.

Testamentum novum graece, ed. Tischendorf. (Lips. 1865, Brockhaus 8.) — Zeitsch. für die ges. luth. Theol. und Kirche 2.

Testamentum Novum ed. Hilgenfeld. (Lips. Weigl, 8.) — Protest. Kirchenzt. 30.

Thenius O. Das Evangelium der Evangelien. (Leipz. 1865, Vogel, 8. 7 1/2 Sgr.) — Die Predigt der Gegenwart II, 9 und 10; Jahrb. für deutsche Theol. XI, 2; Lit. Centralblatt 1866, 23; Allg. kirchl. Zeitsch. 5; N. ev. Kirchenzt. 45.

Théologie du catechiste. (Paris 1865, 8.) — Revue des Sciences Ecclesiastiques, 71.

Thilo W. Geschichte der preuß. Haupt-Bibelgesellschaft in ihrem ersten Halbjahrhundert 1814—1864. (Berlin 1864, Beck, 8. 25 Sgr.) — Lit. Centralbltt. 1866, 4.

Tholuck. Gesch. des Rationalismus. (Gotha 1865, Perthes 8.) — Braunschw. luth. Kirchenbl. 1865, 12; Zeitsch. f. luth. Theol. 1867, 1.

Thomassy J. Pensées sur la Religion. (Paris 1865, Plon, 8.) — Études 38.

Thorz M. Die hl. Maria Magdalena. (Troppau 1866, Kolck, 8. 1 fl. 80 öst. W.) — Allg. Lit. Zt. 35; Litt. Bltt. zur Sion, Juni 1.

Thudichum F. Ueber unzuläßige Beschränkungen des Rechts der Verehelichung. (Tübingen 1866, Laupp, 8. 25 Sgr.) — Lit. Centralblatt 3; Allg. Lit. Zt. 17.

Thünen A. G. Chrästos. (Bremen 1866, Tannen, 8. 20 Sgr.) — Lit. Centralbltt. 13.

Thym. Homilet. Handbuch. (Gratz 1866, Thym, 8. 1/4 Thl.) — Zimmermann, Theol. Lit. Bltt. 61, 71.

Tischendorf C. Apocalypses apocryphae. (Lipsiae 1866, Mendelssohn, 8. 1 Thl. 10 Sgr.) — Jahrb. f. d. Theol. XI, 2; Reusch, Theol. Lit. Bltt. 10; N. ev. Kirchenzt. 25; Gött. Gel. Anz. 28.

Tischendorf C. Wann wurden unsere Evangelien verfaßt? (Leipz. 1865, Hinrichs, 8. 7 1/2 Ngr.) — Beweis des Glaubens 1; Wochenblatt für Schlesien und Oberlausitz 7; Jahrb. für deutsche Theol. XI, 2; Reusch, Theol. Lit. Blt. 16; Allg. Lit. Zt. 44; Beweis des Glaubens II, 1; Zeitschrift für luth. Theol. 4; Linzer Theol. prakt. Quartalsch. 4; Protest. Kirchenzt. 46; Illust. Zt. 1211; Europa 39.

Tischer. Method. Lehrbuch zum Religionsunterricht. (Saalfeld 1866, Weidemann, 8.) — Lauckhard, Reform 1.

Tobler T. Theoderici libellus de locis sanctis. (St. Gallen 1865, Huber, 8. 1 Thl. 15 Sgr.) — Lit. Centralblatt 1866, 1; Reusch. Theol. Lit. Bltt. 2; Zimmermann, Theol. Lit. Bltt. 57.

Tölle W. Die Wissenschaft der Religion. (Götting. 1865, Vandenhoeck, 8.) — Jahrb. f. deutsche Theologie XI, 1; N. evang. Kirchenzt. 30.

Torén C. A. Der ev. Religionsunterricht in Deutschland. (Gotha 1865, Besser, 8. 1/2 Thl.) — Kirchenbltt. f. d. ref. Schweiz 12; Zimmermann, Theol. Lit. Bltt. 51; Sächs. Schulzt. 45.

Tosi J. Vorlesungen über den Syllabus errorum der päpstlichen Encyklika vom 8. Dec. 1864. (Wien 1865, Braumüller, 8. 1 Thl.) — Wiener Kirchenzt. 1866, 4; Lit. Handweiser 42; Reusch, Theol. Lit. Bltt. 8.

Tractatus theologicus de Beata Maria Virgine. (Paris 1866, 8.) — Bouix Revue, 80.

Trapp. J. A. Commentary on the New Testament. (London 1865, Dickinson, 8.) — The Contemporary Review 1866, 1.

Trost im Leiden. (Darmstadt 1866, Köhler 8.) — Zimmermann, Theol. Lit. Bltt. 1866, 5.

Tücking K. Geschichte des Stiftes Münster unter Christoph Bernard von Galen. (Münster 1865, Aschendorff, 8. 1 Thl. 20 Sgr.) — Allg. Lit. Zt. 1866, 34; Lit. Handweis. 50.

Tylor. Industrie und Schule. (Stuttg. Nitschke 8.) — Deutsche Industriezt. 1865. 11; Allg. Schulzt. 2; N. schles. Schulbote 1, 2; Sächs. Kirchen- und Schulblatt. 21; Ballien Vierteljahresschrift 1.

Ulhorn G. Die modernen Darstellungen des Lebens Jesu. (Hannover 1866, Mayer, 8. 12 Ngr.) — Jahrb. f. deutsche Theol. XI, 2; Braunschw. luth. Kirchenbltt. 5; Reich Gottes 23.

Ulrici. Gott u. d. Mensch. (Leipz. Weigel. 8.) — Glaser, Jahrb. V, 1; Heidelb. Jhrb. 29, 47; N. ev. Kirchenzt. 48.

Ungewitter F. W. Die Geschichte der Juden. (Gütersloh 1865, Bertelsmann, 8.) — Zimmermann, Theol. Lit. Bltt. 44 u. 54; Volksblatt für Stadt und Land 44; Lit. Centralblatt 1866, 27; Ev. Kirchen- und Schulblatt für Baden 23; Reich Gottes 23; Sächsisches Kirchen- und Schulbltt. 29; Sächs. Schulzt. 34.

Veith J. E. Von Advent bis Pfingsten. (Wien 1866, Braumüller, 8. 1 fl. 50 kr. öster. Währ.) — Allg. Lit. Zt. 1866, 9.

Veith J. E. Prophezie und Glaube. (Wien 1866, Braumüller, 8. 1 fl. 50 kr. ö. W.)—Allg. Lit. Zeit. 1866, 13; Reusch, Theol. Lit. Bltt. 24.

Verkündigung, Die, gemischter Ehen und das hoheitliche Placet im Kanton Aargau. (Aarau 1862, Albrecht, 8. 1 Thl. 10 Sgr.) — Lit. Centralbl. 1866, 15.

Veuillot L. Leben uns. H. J. Ch. übersetzt v. Dr. Waldeyer. (Köln u. Neuß 1865, Schwann, 8. $1^1/_2$ Thl.) — Allg. Lit. Zt. 1866, 17; Kentenich, Ztsch. für Erzieh. und Unterricht XV, 2; Archiv f. kath. K.R. 1866, 3; Bamb. Pastoralblatt 29; Menzel, Lit. Bltt. 28.

Vierteljahresschrift für kath. Theol. (Wien 1862—66, Braumüller, 8. à. 5 fl.) — Allg. Lit. Zt. 48.

Vietor C. R. Jesaias 53. (Bremen 1865, Valett, 8. 18 Ngr.) — Neue ev. Kirchenzt. 9.

Vincenzi A. Origines ab impietatis et haereseos nota..... vindicatus. (Romae 1864. 8.) — Civilta Cattolica VI, 6; Reusch, Theol. Lit. Blt. 14, 15.

Vinet A. Ev. Silberblicke. (Zwickau 1863, Döhner, 8.) — Jahrb. fü deutsche Theol. XI, 2.

Vögelin. Die Gemeinschaft der Kirche und ihr Grund. (Zürch, Bürkli, 8.) — Kirchenblatt f. die reform. Schweiz 5.

Völter L. Das hl. Land. (Stuttg. 1864, Steinkopf 8.) — Gesetz u. Zeugniß 4; Zeitschrift f. d. g. luth. Theol. u. Kirche 3.

Bömel J. Th. St. Pauli Brief an die Galater. (Frankf. 1865, Bömel, 8). Zeitsch. f. d. ges. luth. Theol. u. Kirche 2; Hauck, Jahresbericht 2, 3; Zimmermann, Theol. Lit. Bltt. 67.
Vogüé M. Le Temple de Jerusalem. (Paris 1864, fol.) — Reusch, Theol. Lit. Bltt. 1866, 4.
Volkmar G. Der Ursprung unserer Evangelien. (Zürch 1866, Herzog, 8. 24 Sgr.) — Zeitstimmen aus den ref. Kanton. der Schweiz 1866, 1, 2; Kirchenblatt f. d. ref. Schweiz 1865, 25 ff.; Gött. G. A. 23; Zimmermann, Theol. Lit. Bltt. 61; Lit. Centralblatt 45; N. ev. Kirchenzt. 44.
Vormbaum R. Die Caplane der ostindischen Campagnie in Bengalen. (Elberfeld 1865, Bädecker, 8.) — Zimmermann, Theol. Lit. Bltt. 35.
Vorreiter. Luthers Ringen. (Halle, Mühlmann, 8.) — Evang. Sonntagsbote 17.
Vosen H. Rudimenta linguae hebraicae. (— Frib. 1860, Herder, 8.) — Neue Jahrbücher für Philologie und Pädagogik, 91 u. 92, 10.
Vosen H. Das Christenthum und die Einsprüche f. Gegner. (Freib. 1864, Herder, 8.) — Linzer theol. Quartalsch. 1866, 1.
Vosen H. Der Katholicismus und die Einsprüche seiner Gegner. (Freib. 1865, Herder, 8. 1 Thl. 6 Sgr.) — Allg. Lit. Zt. 1866, 4; Salzb. Kirchenblatt 1866, 9; Augsb. Postzt. 1866, 9; Reusch, Theol. Lit. Blt. 7; Bamb. Pastoralblatt 19; Kath. Blätter aus Tirol 9; Lit. Bltt. zur Sion, Juli 1.
Vosen H. Galileo Galilei. (Frankf. a. M. 1865, Hamacher, 8. $2^1/_2$ Sgr.) — Lit. Centralblatt 1866, 2; Jahrbuch f. deutsche Theol. XI, 2.
Vosen H. Trauerrede auf Kolping. (Köln 1865, Bachem, 8. $^1/_3$ Thl.) — Allg. Lit. Zt. 15.
Vosen H. Kolpings Gesellenverein in seiner socialen Bedeutung. (Frankfurt a. M. 1865, Hamacher, 8. 3 Ngr.) — Allg. Lit. Zt. 15.
Vraetz A. Speculative Begründung der Lehre der katholischen Kirche über das Wesen der menschl. Seele. (Köln und Neuß 1865, Schwann, 8. 20 Sgr.) — Lit. Handweiser 43.
Wackernagel Ph. Das deutsche Kirchenlied. (Leipzig 1864, Teubner, 8. 5 Thl. 10 Sgr.) — Lit. Centralbltt. 47.
Wagner E. Das Volksschulwesen in England und seine neueste Entwicklung. (Stuttg. 1864, Metzler, 8.) — Glaser Jahrbücher V, 2.
Walter F. Das alte Erzstift Köln. (Bonn 1866, Marcus, 8. $2^1/_3$ Thl.) — Reusch, Theol. Lit. Bltt. 26.
Walther C. F. Die rechte Gestalt einer vom Staate unabhängigen evang.-luth. Ortsgemeinde. (St. Louis 1864, 8. $1^1/_3$ Thl.) — Zeitschrift für luth. Theol u. Kirche 1866, 1.
Walther C. F. Grundlegende Sätze über die Kirchenordnungs- und Kirchenregiments-Frage. (Leipzig 1864, Naumann, 8.) — Zeitsch. für luth. Theol. u. Kirche, 1866, 1.
Wangemann. Das Lutherbüchlein. (Berlin 1865, Wohlgemuth, 8. 4 Ngr.) — Zimmermann, Theol. Lit. Bltt. 1866, 6; Bltt. für Lit. Unterh. 8;

Lauckhard, Reform 1; Hauck, Jahresbericht 2, 3; Ev. Kirchen- und Volksblatt f. Baden 40.

Wangemann T. Luther's kl. Katechismus. (Berlin 1865, Wohlgemuth, 8. 1/3 Thl.) — Allg. deutsche Lehrerzt. 5; Salzunger Schul-Archiv 1; Christl. Schulbote a. Hessen 21; N. schles. Schulbote 23; Süd. Schulbote 23.

Wanzenried Alb. Die wesentlichen Mängel der häuslichen Erziehung. (Bern 1864, Heuberg, 8. 3 1/2 Ngr.) — Der Schulfreund XXI, 4; Christl. Schulbote aus Hessen 25.

Wappler A. Geschichte der göttlichen Offenbarung. (Wien 1863, Braumüller, 8. 1 fl. öst. W.) — Oest. Vierteljahresschr. f. kath. Theologie 3.

Warren W. Systemat. Theologie. (Bremen 1865, Verlag des Tractatenhaus, 8. 2/3 Thl.) — Zimmermann, Theol. Lit. Bltt. 100.

Wartmann H. Urkundenbuch der Abtei St. Gallen. (Zürch 1866, Höhr, 8. 6 Thl.) — Lit. Centralblatt 1866, 19.

Weber J. J. Fortbildungsschule. (Bonn 1865, Henry, 8. 1/2 Thl.) — Trierer Schulfreund 1.

Weber H. Einleitung in A. u. N. T. (Nördl. 1866, Beck, 8. 1 Thl. 4 Ngr.) — N. ev. Kirchenzt. 48.

Weickum K. Das heilige Meßopfer. (Schaffh. 1865, Hurter, 1 Thl. 10 Sgr.) — Allg. Lit. Zt. 6; Tüb. Theol. Quartalschrift 1; Schles. Kirchenb. 1; Lit. Handweiser 43; Bamb. Pastoralblatt 21; Philothea 10.

Weinhofer's Jos. 51 Predigten über die Anbetung des allerheiligsten Altarssakramentes. (Wien 1865, Mayer 8. 1 fl. 50 kr. österr. W.) — Oester. Vierteljahresschr. f. kath. Theol. 1.

Weizäcker C. Untersuchungen über die evang. Geschichte. (Gotha 1864, Besser, 8.) — Zeitschr. für d. g. luth. Theol. und Kirche 3; Reusch, Theol. Lit. Bltt. 16.

Wendel. Gebetsopfer. (Breslau, Dülfer, 8.) — Gesetz u. Zeugniß 2, 3.

Wendel. Bibl. Geschichte. (Breslau, Dülfer, 8.), — Volksbltt. f. Stadt u. Land 82; Christl. Schulbote aus Hessen 45.

Wendt B. Christologische Meditationen. (Leipzig 1864, Bredt, 8. 1 Thl.) — Ev. Sonntagsbote 1866, 2; Zeitsch. f. d. g. luth. Theol. u. Kirche 3.

Wendt B. Kirchliche Ethik. (Leipz. 1864, Bredt, 8. 1 3/4 Thl.) — Zeitsch. f. d. g. luth. Theol. und Kirche 3; Zimmermann, Theol. Lit. Bltt. 68.

Wenig J. B. Schola syriaca. (Oenipont. 1866, Wagner, 8. 2 Thl. 12 Ngr.) — Reusch, Theol. Lit. Bltt. 4; Allg. Lit. Zt. 1866, 15; Lit. Centralblat 1866, 26.

Werner K. Geschichte der apologetischen Literatur der christlichen Theologie. (Schaffh. 1865, Hurter, 8. 1—4, 2 Thl. à. 2 Ngr.) — Chilianeum VII, 12; Allg. Lit. Zeit. 1866, 16; Schles. Kirchenblatt 2; Katholik 1866, April; Reusch, Theol. Lit. Bltt. 16.

Westermeyer J. Heilsordnung. (Nördl. 1865, Beck, 8. 1 Thl.) — Ev. Schlbltt. 1.

Wiesehahn F. De impedimento disparitatis cultus. (Berlin 1865, Mittler, 8. 12 Sgr.) — Lit. Centralblatt 1866, 28; Zimmermann, Theol. Lit. Bltt. 47.

Wilden W. Nationalitäts-Princip und Christenthum. (Wien 1866, Sartori, 8. 10 kr. öst. W.). — Allg. Lit. Zt. 1866, 36; Wiener Kirchenzt. 50.

Wilmarshof K. Das Jenseits. (Leipzig 1863—66, Amelang, 8. $1^3/_4$ Thl.) — Zimmermann, Theol. Lit. Bltt. 40; Lit. Handweiser 45, 50; Menzel, Lit. Bltt. 93.

Winer. bibl. Realwörterbuch. (Leipzig, Reclam sen. 8.) — Zimmermann, Theol. Lit. Bltt. 52.

Winter B. Katholische Religionslehre. (Wien 1865, Mayer, 8. $^2/_3$ Thl.) — Allg. Lit. Zt. 3.

Winter Fr. Die Prämonstratenser des 12. Jahrh. und ihre Bedeutung für das nordöstl. Deutschland. (Berlin 1865, Schweiger, 8. 2 Thl.) — Westermanns Monatshefte, Jan.; Reusch, Theol. Lit. Bltt. 3; Protest. Kirchenzt. 2; Lit. Centralblatt. 20; Anzeiger f. Kunde d. deutschen Vorzeit 8.

Wippermann A. Grundriß der Kirchengeschichte. (Plauen 1866, Schröter, 8. 8 Ngr.) — Volksblatt für Stadt u. Land 82; N. ev. Kirchenzt. 43; Christl. Schulblatt aus Hessen 44.

Wirthmüller J. B. Die Lehre des hl. Hilarius von Poitiers über die Selbstentäußerung Christi. (Regensb. 1865, Pustet 8. 9 Ngr.) — Allg. Lit. Zt. 22.

Wiser Th. Frühprediger. (München 1865, Lentner 8. 1 Thl. 6 Ngr.) — Philothea 9.

Wiser Th. Die sieben Worte Jesu am Kreuze. (Schaffh. 1866, Hurter, 8. 21 Ngr.) — Philothea 10.

Wiseman N. Predigten. (Köln 1865, Bachem, 8. 1 Thl. 6 Ngr.) — Philothea 3; Études, 42.

Wislicenus. Die Bibel. (Leipz. 1864, Keil, 8.) — Allg. kirchl. Zeitsch. 4

Wittichen C. Die Lehre Gottes als des Vaters. (Gött. 1865, Dietrich, 8. 16 Ngr.) — Protest. Kirchenzt. 33; Jahrb. f. deutsche Theol. XI, 3; Hauck, Jahresbericht 2, 3.

Wizenmann Thom. Die Geschichte Jesu nach Matthäus. (Basel 1864, Bahnmaier, 8.) — Jahrb. f. deutsche Theol. XI, 1; Sächs. Kirchen- u. Schulblatt 33.

Wolf M. Die Bedeutung der Weltschöpfung nach Natur u. Schrift. (Frnkf. 1866, Heyder u. Zimmer, 8. $^1/_2$ Ngr.) — Natur und Offenbarung 11; Menzel, Lit. Bltt. 59.

Wolf G. Studien zur Wiener Jubelfeier. (Wien 1865, Herzfeld u. Bauer, 8. 1 Thl.) — Frankl, Monatsschrift 1865, 12.

Wölfing. Gedenkbüchlein an Ph. Melanchthon. (Hildburghausen 1866, Kesselring, 8. $^1/_6$ Thl.) — Zimmermann, Theol. Lit. Bltt. 51; Thüringer Zt. 258.

Wörner B. Joh. A. Möhler. Ein Lebensbild. (Regensb. 1866, Manz, 8. $1^1/_2$ Thl.) — Augsb. Allg. Zt. 228, 229; Lit. Handweiser 48; Wien. Kirchenzt. 43; Augsb. Postzt. 214 ff.

Wörner E. Der Erstling der Entschlafenen. (Tüb. 1865, Osiander, 8.) — Gesetz und Zeugniß 6; Zimmermann, Theol. Lit. Bltt. 50.

Wörter F. Der Pelagianismus. (Freib. 1866, Wagner, 8. 2 Thl.) — N. evang. Kirchenzt. 27; Allg. Lit. Zt. 43; Lit. Bltt. zur Sion, Aug.; Schles. Kirchenbltt 34.

Wollersheim Th. Theoret. prakt. Anweisung zur Erlernung des gregorianischen oder Choral-Gesanges. (Paderborn 1865, Schöningh, 8. $^1/_2$ Thl.) — Linzer theol. prakt. Quartalschrift 3.

Wolters. Der Heidelberger Katechismus. (Bonn 1863, Marcus, 8.) — Ev. ref. Kirchenzt. 5.

Work and Prospects. A Charge to the Clergy of the Diocese of York. (London 1865, Murray, 8.) — The Contemporary Review 1866, 1.

Wright W. Contributions to the apocryphal literature of the New Testament. (London 1865, Williams and Norgate.) — Tüb. Theol. Quartalschrift 1866, 3.

Zahn A. Die Zöglinge Calvins in Halle a. d. S. (Halle 1864, Mühlmann 8. $1^1/_2$ Thl.) — Zeitschrift für luth. Theol. und Kirche 1866, 1.

Zahn Th. Die Voraussetzungen rechter Weihnachtsfeier. (Berlin 1865, Wiegandt, 8. 6 Ngr.) — Zeitsch. für luth. Theol. und Kirche 1866, 1.

Zahn. Das gute Recht des reformirten Bekenntnisses. (Elberfeld 1864, Friedrichs, 8.) — Ev. ref. Kirchenzt. 9.

Zeitschrift allg. kirchliche. (Elberfeld 1866, Friedrichs, 8.) — Lehmann, Magazin 1866, 4; Weserzt. 6869.

Zeitschrift für Protestantismus und Kirche. (Erlangen 1865, Deichert, 8.) — Zimmermann, Theol. Lit. Bltt. 1866, 7, 8.

Zeitschrift für Kirchenrecht. Herausgegeben von Prof. Dove und Dr. E. Friedberg. (Tüb. 1863—65, Laupp, 8.) — Augsb. Allg. Zt. 1866, Nr. 71, Beil.; Protest. Kirchenzt. 19.

Zeller bibl. Wörterbuch. (Gotha, Besser, 8.) — Zimmermann, Theol. Lit. Bltt. 24; Reich Gottes 13; Allg. Schulz. 15; Ev. Kirchen- u. Volksblatt f. Baden 21; Zimmermann, Theol. Lit. Bltt. 52; Ohly, Pastoralbltt. III, 1.

Zeller G. Zur kirchlichen Statistik des evangelischen Deutschlands im J. 1862. (Stuttg. 1865, Cotta, Fol. 1 Thl.) — Lit. Centralblatt 40; Hauck, Jahresbericht 2, 3; Augsb. Postzt. Nr. 224, Beil. Nr. 49.

Zeschwitz C. A. System der christl. kirchl. Katechetik. (Leipz. 1864, Hinrichs, 8.) — Zeitsch. f. luth. Theol. 3.

Zeschwitz C. A. Zur Apologie des Christenthums. (Leipz. 1866, Hinrichs, 8. 1 Thl. 15 Ngr.) — Allg. Lit. Ztg. 1866, 12; Zimmermann, Theol. Lit. Bltt. 17; Reusch, Theol. Lit. Bltt. 6; Lit. Centralblatt 1866, 31; Dorpater Zeitschrift für Theol. und Kirche 2; Gesetz u. Zeugniß 8, 9.

Zezschwitz G. Zeugniß vom guten Hirten. (Leipz. 1864, Dörfling, 8. 1 1/3 Thl.) — Zeitsch. f. luth. Theol. 2.

Ziller T. Grundlegung vom erziehenden Unterricht. (Leipz. 1865, Pernitzsch, 8. 1 3/4 Thl.) — Allg. Lit. Zt. 1865, 52, 1866, 5; Eos II, 3; Ev. Schulblatt 5 u. 6.

Zimmermann K. Geschichte des ev. Kirchenliedes. (Halle 1865, Fricke, 8. 7 1/2 Sgr.) — Lit. Centralbltt. 39.

Zimmermann J. A. Die hl. Columban und Gallus nach ihrem Leben u. Wirken. (St. Gallen 1865, Köppel, 8. 20 Sgr.) — Allg. Lit. Zt. 1865, Nr. 50; Schulfreund 2; Katholik, Juni; Lit. Bltt. zur Sion, Mai 2.

Zimmermann G. R. Betrachtungen über Matth. 1—10. (Zürich 1866, Höhe, 8. 18 Ngr.) — Kirchenblatt f. d. ref. Kirche d. Schweiz 17.

Zobl Joh. Dogmengeschichte der kath. Kirche. (Innsbruck 1865, Wagner, 8. 3 Thl.) — Reusch, Theol. Lit. Bltt. 1866, 2.

Zöckler O. Die Evangelienkritik. (Darmstadt 1865, Würtz, 8.) — Zeitschrift für luth. Theologie und Kirche 1866, 1; Braunschw. luth. Kirchenbltt. 6; Hauck Jahresbericht 2, 3.

Zöckler H. Hieronymus. (Gotha 1865, Perthes 8.) — Jahrb. f. deutsche Theol. X, 4; Zeitsch. für luth. Theol. u. Kirche 1866, 1; London Review, Suppl. 288.

Zschokke H. Das neutestamentliche Emmaus. (Schaffhausen 1865, Hurter, 8.) — Lit. Centralblatt 1866, 4; Jahrbuch für deutsche Theol. XI, 1; Allg. Lit. Zeit. 1866, 17; Gött. Gel. Anz. 11; Petermann, Mittheil. 5.

Zschokke H. Beiträge zur Topographie der westlichen Jordans-Au. (Jerusalem 1866, Wien bei Mayer, 8.) — Allg. Lit. Ztg. 43.

Zunz. Literaturgeschichte der synagogalen Poesie. (Berlin 1865, Göschel, 8. 4 Thl.) — Lit. Centralblatt 48.

Druck von Adolf Holzhausen in Wien
k. k. Universitäts-Buchdruckerei

X.

Ueber den Sündenfall der Stammeltern und die erste messianische Weissagung.

Von Prof. Dr. Friedlieb in Breslau.

§. 1.

Wenn der h. Augustinus das Verhältniß der beiden Testamente zu einander Quaest. 73. in Exod. so bestimmt, daß er sagt: in Vetere Novum latet, in Novo Vetus patet; so hat er damit kurz und treffend ein wahres, für den Christen giltiges Axiom ausgesprochen, welches für die richtige Auffassung der Gesammtgeschichte des Messias von Bedeutung ist. Von diesem Gesichtspunkte aus betrachtet ist nämlich die ganze Menschengeschichte bis auf Christus und die ganze Alttestamentliche Heilsoffenbarung auch eine Vorgeschichte des Messias; so zwar, daß die Geschichte der Erlösung und des Erlösers, wie dieselbe im Neuen Testamente vorliegt, richtig und vollständig nur durch ein Zurückgehen auf die Geschichte des Alten Testamentes begriffen und gewürdigt werden kann. Darum weist auch Christus, der Weltheiland, sowohl die ungläubigen Juden wie die gläubigen Jünger wiederholt auf Moses und die Propheten hin, um seine Erscheinung in der Welt, sein Lehren und Wirken, sein Leben und seine Schicksale, kurz um das ganze Erlösungswerk zu glauben und zu verstehen.[1])

Die Erlösungsthat Christi hat eine erste Voraussetzung, nämlich die Erlösungsbedürftigkeit der Menschen. Dieselbe ist so sehr Cardinalpunkt, daß bei ihrer Nichtanerkennung die ganze auf den Mes-

[1]) Vgl. Matth. 5, 17; 16, 20. 21. Luk. 18, 31—33; 24, 25—27. Joh. 5, 46; 8, 56. 58; 13, 18.

*

sias hinzielende Offenbarungslehre und die Erscheinung des Erlösers selbst unverstanden bleiben müssen. Gelänge es aber je einen vollgiltigen Beweis zu führen, daß jene Voraussetzung falsch sei, so würde damit den Grundpfeilern des Christenthums die größte Gefahr erwachsen. Mögen darum die Materialisten und Antichristen unserer Tage, statt an dem soliden und wohlgegliederten Gottesbau an vielen Orten herumzuspielen, hier ihre Kraft versuchen.

Die Anerkennung der Erlösungsbedürftigkeit vermittelt sich jedem Menschen schon durch die innere Erfahrung im Gebiete des Sittlichen. Wenn David, der königliche Sänger, in seiner Zerknirschung spricht: ecce enim in iniquitatibus conceptus sum, et in peccatis concepit me mater mea, und wenn der leidende Hiob ausruft: quis mundabit immundo conceptum semine; so beweisen beide damit, wie richtig, tief und umfassend sie die menschliche Natur erfaßt hatten [1]).

Die Anerkennung der Erlösungsbedürftigkeit des gesammten Menschengeschlechts ist aber auch ein Resultat der Geschichte. Mit dem Ursprunge der Menschen, und mit den Anfängen ihrer Geschichte

[1]) Um solche Erfahrung zu machen, ist freilich der Standpunkt des modernen Materialismus wenig geeignet. Vielmehr wird hierzu neben der Natur und ihren zwingenden Gesetzen die Anerkennung des mit Freiheit wirkenden Geistes, außerdem aber auch das Zugeständniß erfordert, daß Gott, nachdem er die Welt geschaffen, sich nicht zur absoluten Ruhe gesetzt habe, sondern daß er die Welt regiere. Da ist nun z. B. Dr. J. C. Bluntschli (Aufgaben des Christenthums in der Gegenwart. Elberfeld 1866) ganz anderer Meinung: denn „die Naturwissenschaft überzeugte sich, daß in der Natur immer und überall aus denselben Ursachen dieselben Wirkungen hervorgehen, und daß die Naturgesetze mit unwiderstehlicher Nothwendigkeit herrschen und keine Ausnahme verstatten. Wenn Wunder gleichbedeutend war mit einem Vorgang wider die Naturgesetze, dann erklärte sie das Wunder für unmöglich“ (S. 8). Ferner S. 9.: „Folgte man endlich der Naturwissenschaft, verwarf man mit ihr jeden Wunderbegriff als widernatürlich und ungereimt, gab es nur eine starre, kalte, willenlose, unbewußte Naturnothwendigkeit, mußte da nicht das religiöse Grundbedürfniß des Menschen sich an Gott zu wenden, und bei Gott Trost, Stärkung und Hilfe zu suchen, völlig leer ausgehen? mußte nicht das Gebet als eine Thorheit erscheinen des kindischen Unverstands? War nicht damit die Gottesverehrung und alle Religion selbst vernichtet?“ So fragt Bluntschli und antwortet damit, daß er seine neue Aufklärung, einen aus dem Materialismus gewonnenen feinen Extrakt, seinen geehrten Zuhörern zum heitern Genusse vorsetzt. Der fromme Dr. Daniel Schenkel steht dabei, der Theologe bei dem Nichttheologen, und spricht gerührt das Amen (S. 103). So ist der moderne Materialismus richtig wieder bei der Lehre Epikur's angelangt.

ist die Erlösungsbedürftigkeit derselben, sowie die Frage nach Erlösung und Erlöser eng verbunden. So faßt auch die heil. Geschichte diesen Gegenstand auf. Was unter der Voraussetzung einer richtigen Gotteserkenntniß der Menschengeist sofort zu erkennen vermag, daß nämlich das Uebel in der Welt, daß sittliche Unvollkommenheit, Neigung zum Bösen, leibliche Gebrechlichkeit nicht durch den absoluten Willen des ewig guten Weltschöpfers vom Anfang der Schöpfung an und mit derselben gekommen seien, das lehrt auch die heil. Geschichte schon auf ihren ersten Blättern, indem sie über die Entstehung des Uebels in der Menschenwelt berichtet, diese Mittheilungen in Zusammenhang mit der Urgeschichte des Menschengeschlechts bringt; zugleich aber auch als erste Manifestation der Güte Gottes nach dem Sündenfalle, dem wahren Ursprunge des Uebels, die Hoffnung einer Erlösung damit verbindet.

§. 2.

Betrachten wir zunächst die biblische Mittheilung über die Stammeltern, so erfahren wir, daß der erste Mensch aus der Hand Gottes hervorging als Gottes Ebenbild und dem Leibestode nicht unterworfen (Gen. 2, 17.). In geistiger Hinsicht war er mit Erkenntnißkraft und freiem Willen ausgerüstet, sittlich gut, gerecht, heilig und der Vervollkommnung fähig. Dasselbe gilt von der Stammutter Eva. Das Menschengeschlecht sollte die Erde erfüllen, dieselbe sich unterthan machen, die Früchte der Erde genießen und über die Thierwelt, die Fische, Vögel und Landthiere herrschen. Daß damit eine dem göttlichen Willen gemäße geistige Thätigkeit, eine Kraftäußerung der menschlichen Intelligenz gegeben war, ergiebt sich aus der einfachen Erzählung Gen. 2, 19. 20, wonach die vernunftlosen Geschöpfe Gottes, die Thiere des Feldes und die Vögel des Himmels durch den Menschen die ihnen zukommenden und verbleibenden Namen erhalten sollten. Das überlegende und schematisirende Denken bei dieser aus der Herrscher-Idee stammenden Thätigkeit ist a. a. O. V. 20. darin ausgesprochen, daß es heißt: „Adam nannte die Namen von allem Vieh und von allen Vögeln des Himmels und von allen Thieren des Feldes; aber für den Menschen fand er keine Hilfe seines Gleichen."

Ein Geschöpf Gottes, wie der Mensch, konnte aber wie nicht ohne Zweck, so auch nicht ohne eine Aufgabe auf der Erde sein. Beide, Zweck und Aufgabe, konnten sich auch nicht in der Herrschaft über die Thierwelt und in der bloßen Naturbetrachtung erschöpfen. Es liegt vielmehr hier schon nahe, darin nur gewisse Anregungen und Ausgangspunkte für den mit Vernunft und freiem Willen begabten Menschen zu höherem Denken und demgemäßen Wollensakten zu finden. Als intelligentes, sittliches und von Gott, seinem Schöpfer, abhängiges Wesen, konnte und mußte er als höhern Zweck seines Daseins erkennen, daß er das höchste Wesen, welches sich ihm als Schöpfer, Vater und Herrn geoffenbart hatte, als solchen auch anzuerkennen, zu ehren und zu lieben habe und daß er alles dieses durch Vollbringen des göttlichen Willens kundgeben müsse.

Zu dieser Stimmung und Willensrichtung leitete ihn schon die erste allgemeine Gottesoffenbarung und seine enge Beziehung zu Gott, welcher sich ihm nicht unbezeugt gelassen hatte. Eine besondere Offenbarungsmittheilung an die ersten Menschen in dieser Hinsicht ist in der ältesten heil. Geschichte nicht enthalten; wohl aber was die von ihnen zu lösende Aufgabe betrifft. Adam, heißt es Gen. 2, 15, wurde in den von Gott gepflanzten Garten in Eden gesetzt, um ihn zu bebauen und zu bewahren. Dem Herrscher über die Erde, über die Fische des Meeres, über die Vögel des Himmels und über alle Thiere, die sich regen auf der Erde, wird als Aufgabe eine besondere Thätigkeit zugewiesen, die jedenfalls von der verschieden ist, welche nach dem Sündenfall auf der um seinetwillen verfluchten Erde ihm zufiel. War diese Thätigkeit eine rein körperliche, oder zugleich auch eine geistige? Das Bebauen des Gartens könnte auf das Erstere schließen lassen, das Bewahren dagegen verlangt um so mehr eine geistige Thätigkeit und deutet auf einen tiefern Sinn in dem Wortlaute der Stelle, als der Paradiesesfriede durch feindliche Naturkräfte nicht gestört werden konnte. Schon der h. Theophilus von Antiochien, welcher sonst die h. Schrift nach dem Wortsinne zu erforschen und zu erklären strebt, versteht unter dem Bebauen und Bewahren des Paradiesesgartens die Beobachtung der göttlichen Gebote, eine Auffassung, welche der h. Augustinus mit besonderer Betonung des Ausdrucks „bewahren" weiter entwickelt und zergliedert, um so den geistigen Inhalt dieser Aufgabe des Menschen in seinem Urzustande sicher zu stellen [1]).

---

[1]) Theophil. ad Autol. II. c. 24: τὸ δὲ εἰπεῖν ἐργάζεσθαι οὐχ ἄλλην τινὰ ἐργασίαν δηλοῖ ἀλλ' ἢ τὸ φυλάσσειν τὴν ἐντολὴν τοῦ θεοῦ, ὅπως μὴ παρακούσας ἀπολέσῃ ἑαυτόν, καθὼς καὶ ἀπώλεσεν διὰ ἁμαρτίας.

Was für uns hier besonders wichtig erscheint, ist weniger der Inhalt dieser Aufgabe, als die Constatirung der Thatsache, daß Gott, der Weltschöpfer und Schöpfer der Menschen, diesen schon anfänglich allgemein ihre Bestimmung zuwies und demgemäß eine Aufgabe stellte, daß er somit seinen Willen offenbarte und durch diese Offenbarung den Menschenwillen zu dem göttlichen Wollen gemäßen Willensakten antrieb und den Menschen in Beziehung zu Gott erhielt. Die Offenbarungsurkunde deutet somit, und zwar direkt genug an, daß eine Gottesoffenbarung an die Stammeltern stattgefunden habe, wodurch ihnen sowohl ihre nächste Beziehung zur Erde und zu den Geschöpfen auf derselben, als auch ihre Beziehung zu Gott und ihre nächste Aufgabe im Paradiese kund gethan wurde.

§. 3.

Außerdem ist in der Offenbarungsurkunde noch eine Mittheilung Gottes an die Stammeltern aufgezeichnet, nämlich das Verbot von den Früchten eines bestimmten Baumes zu essen. Bei der biblischen Erzählung (Gen. c. 2, 9.) von der Pflanzung des Gartens in Eden, wohin Gott die ersten Menschen setzte, ist ohne weiter ausholende Vermittelung angegeben, Gott habe allerlei Bäume aus der Erde sprossen lassen, lieblich zu schauen und gut zu essen, und den Baum des Lebens mitten im Garten und den Baum der Erkenntniß des Guten und Bösen.

So wollte Gott, daß die Stammeltern, um mich der Worte des h. Augustinus zu bedienen, schon im Paradiese nicht ohne Mysterien lebten [1]), und wie am Baume des Lebens ihnen offenbar werden sollte, daß sie die Fähigkeit besaßen, unsterblich zu sein; [2]) so

Augustin. de Gen. ad lit. VIII. c. 10. v. 22: Positus est quippe homo in paradiso ut operaretur eundem paradisum, sicut supra disputatum est, per agriculturam non laboriosam, sed deliciosam, et mentem prudentis magna atque utilia commonentem; custodiret autem eundem paradisum sibi ipsi, ne aliquid admitteret, quare inde mereretur expelli. Denique accepit et praeceptum, ut sit per quod sibi custodiat paradisum, id est, quo conservato non inde projiciatur. Recte enim quisque dicitur non custodisse rem suam, qui sic egit, ut amitteret eam, etiamsi alteri salva sit, qui eam vel invenit, vel accipere meruit.

[1]) Augustin. de Gen. ad lit. VIII. c. 4. v. 8: Nec sine mysteriis rerum spiritualium corporaliter praesentatis voluit hominem Deus in paradiso vivere.

[2]) Theophil. ad Autol. II. c. 24: Μέσος γὰρ ὁ ἄνθρωπος ἐγεγόνει, οὔτε θνητὸς ὁλοσχερῶς, οὔτε ἀθάνατος τὸ καθόλου, δεκτικὸς δὲ ἑκατέρων.

sollte durch den Baum der Erkenntniß auch ihre geistige und sittliche Kraft ihnen erschlossen und ihre Lebensaufgabe klar werden. An den Baum der Erkenntniß knüpft sich nämlich das Verbot (Gen. 2, 17): „Vom Baume der Erkenntniß des Guten und Bösen, davon sollst du nicht essen; denn welches Tages du davon issest, wirst du sterben.“ So gehörten die beiden Bäume im Paradiese zusammen: der Genuß vom Baume des Lebens war geknüpft an die Enthaltung vom Baume der Erkenntniß des Guten und Bösen.

Zeugt Enthaltsamkeit überhaupt von Willenskraft, so hat dieses Verbot noch die Eigenthümlichkeit, daß es auf die Doppel-Natur des Menschen, als geistig-leiblichen Wesens, Rücksicht nimmt. Sonach war die ihm damit gestellte Aufgabe eine echt menschliche, worin die Stammeltern den auch hierin sich offenbarenden Gott als ihren Herrn anerkennen, ihren Gehorsam und damit ihre Gottesfurcht und Gottesliebe bewähren sollten.

Da die Neigung zum Bösen, das menschliche nitimur in vetitum, bei den Stammeltern vermöge ihrer rechten Richtung[1]) nicht vorhanden war; so war diese Forderung Gottes an dieselben an und für sich nicht zu schwer für die Erfüllung, wenn auch eine Uebertretung immerhin möglich war, wie dies schon der Geisterfall beweist, der uns lehren kann, welch ein bedeutender Faktor die göttliche Gnade im Heilsleben ist. Für die Menschen aber wurde nach göttlichem Rathschluße eine Versuchung durch ein böses Wesen, den Satan, zugelassen, welcher an dem Weibe, der Stammmutter Eva, die Versuchung unternahm, die er als die nicht zuerst geschaffene und wegen der allgemein schwächeren Weibesnatur für leichter zu überwinden halten mochte. Adam, der erste Mensch, aber wurde der Versuchung durch das bereits gefallene Weib ausgesetzt[2]).

Das Wesen dieser Versuchung war eine Ueberredung zum Ungehorsam gegen den göttlichen Willen, begründet durch ein Versprechen und eine eröffnete Aussicht, welche die innere Ueberhebung, den Stolz des Menschen, angeregt durch das Verlangen in der Erkenntniß zu wachsen und zu werden wie Gott, erregte.

---

[1]) Eccles. 7, 30. Vgl. Augustin. de civ. D. XIV. c. 11, 12.

[2]) Augustin. de Civ. D. XIV. c. 11, 2. Fallacia sermocinatus est feminae: a parte scilicet inferiore illius humanae copulae incipiens, ut gradatim perveniret ad totum; non existimans virum facile credulum, nec errando posse decipi, sed dum alieno cedit errori.

An diese Versuchung knüpft sich der Sündenfall der Stammeltern nach der biblischen Erzählung. Fragt man, warum Gott diese Versuchung der Menschen zuließ, so wird man bei Lösung dieser Frage bald zu der Auffassung hingeführt, in der Versuchung eine Prüfung der menschlichen Willenskraft zu finden, insbesondere der Freiheit, sich für das Gute im Kampfe gegen das Böse zu entscheiden. Es sollte sich zeigen, ob die Menschen es bei der ihnen schon inwohnenden reinen Erkenntniß von Gut und Böse bewenden lassen, oder ob sie das Böse auch durch eigene Erfahrung in ihren Handlungen und durch Begehung des Bösen in ihren Folgen kennen lernen wollten. Erläuternd scheint uns hier eine Stelle im Buch Tobia c. 12, v. 13, nach dem Texte der Vulgata: Et quia acceptus eras Deo, necesse fuit, ut tentatio probaret te. [1])

§. 4.

Bevor die Menschen ihre Freiheitsprobe zu bestehen hatten, und wohl schon vor der Erschaffung derselben, hatte sich die höhere Geisterwelt in einem Zustande der Prüfung befunden. Denn Gott hatte keine bösen Engel geschaffen, sondern Alles was er geschaffen hatte, war gut; so erfordert es die Natur des göttlichen Wesens, so lautet der Schöpfungsbericht, so deutet es auch der Siracide an (c. 39, 21), und in Uebereinstimmung damit spricht sich auch die Kirchenlehre aus, indem Conc. Lateran. IV. c. 1, es heißt: Diabolus et daemones alii a Deo quidem natura creati sunt boni, sed ipsi per se facti sunt mali [2]). Satan und mit ihm ein Theil der Engel waren aus guten Engeln böse geworden, indem sie sündigten und so von Gott abfielen. Wegen ihrer Sünde wurden sie in die Hölle verstoßen, heißt es 2. Petr. 2, 4; sie behaupteten ihre Würde nicht, sondern verließen ihre Behausung (Epist. Jud. V. 6). Also auch die Geister hatten eine Prüfung ihres Gehorsams zu bestehen, und es fand unter ihnen ein Sündenfall statt, bestehend in Ungehorsam, Selbstüberhebung und Auflehnung gegen Gott. Ein Gedanke, der auch in den Mythen von den schuldbefleckten Titanen, den

---

[1]) In dem griechischen Texte fehlt die Stelle, welche aber aus innern Gründen als echt anzusehen ist, da hierin die ganze Idee des Buches culminirt.

[2]) Vgl. Augustin. de mirabilibus s. script. I c. 2: Sed absit hoc, ut sentiamus angelum posse suadere homini peccatum in terra, nisi prius ipse peccaret in coelo.

himmelstürmenden Giganten, den Asen der nordischen Mythe, den bösen Riesen der Vorzeit, so wie in verschiedenen Umbildungen ähnlicher Mythen erkennbar ist. Die Offenbarung selbst belehrt uns aber nicht direkt über diesen Sündenfall in der Geisterwelt, wozu der h. Augustinus (a. a. O.) die richtige Bemerkung macht: Angelicum vero vulnus verus medicus qualiter factum sit indicare voluit, dum illud postea curare non destinavit. Et qualiter sit ejectus per sententiam vindictae reticuit, quem per poenitentiam nullo modo revocavit. Einzelne Andeutungen hierüber finden sich jedoch in der christlichen Offenbarung, während die Folgen dieses Sündenfalls in beiden Testamenten deutlich genug verzeichnet sind und in der Apokalypse prophetisch ihren vollen Abschluß finden [1]).

Da bei jenem Prüfungszustande in der Engelwelt wenigstens bei Satan und den Erstgeprüften eine Versuchung zum Bösen durch ein schon vorhandenes böses Wesen nicht stattfinden konnte; da sie auch als unkörperliche, rein geistige Wesen nicht so wie die Stammeltern äußerlich versucht werden konnten; so muß die ihnen zur Versuchung gestellte Aufgabe als rein in der geistigen Sphäre des Erkennens und Wollens gelegen und die begangene Sünde als ganz freie Auflehnung gegen Gott, ihren Schöpfer und Herrn, gefaßt werden, und gemäß dem Schriftworte: Aller Sünde Anfang ist der Stolz (Eccl. 10, 15), werden wir auch die Selbstüberhebung des Satan und seiner Genossen und einen darin gesetzten Act als Ursache ihres Falles anzunehmen genöthigt [2]). Die begangene Sünde war aber in dieser Sphäre eine so qualificirte, daß sie die Verzweiflung zur Folge hatte, und wir können nicht umhin auch hier der Ansicht des h. Augustinus beizutreten, welcher a. a. O. darüber sagt: Angelus in summo honoris sui ordine constitutus, immutationem ad excellentiorem statum non habuit, nisi per contemplationem sui Creatoris confirmatus in eo statu permaneret ubi conditus fuit, et idcirco prolapsus iterum revocari minime potuit, qui de sublimissimo sui ordinis statu proruit. und: Praeterea quoque ad cumulum diabolici peccati illud accidit, quod statim postquam peccavit foveam desperationis incurrit.

---

[1]) Ueber die jüdisch-palästinensischen Ansichten zur Zeit Christi über den Engelfall vgl. Dr. J. Langen: das Judenthum in Palästina zur Zeit Christi. Freib. 1866. S. 320 u. ff.

[2]) Augustin. de Gen. ad lit. XI. c. 14.

Belehrend ist in der h. Geschichte auch die vom Unglauben so vielfach angezweifelte Versuchung Jesu selbst. Der Evangelist Matthäus c. 4, 1. deutet an, daß die Versuchung von dem Gottmenschen zwar frei übernommen, aber auch eine im Heilsplane Gottes liegende und beschlossene war; denn Jesus wurde durch den Geist Gottes in die Wüste geführt, um von dem Fürsten dieser Welt, dem Teufel, versucht zu werden. Das ganze Erlösungswerk war ein vom Sohne Gottes freiwillig und aus Liebe unternommenes. Schon deshalb ist die primitive Ursache der Versuchung auf dem freien Willen des Messias beruhend. Wie in Jesus nicht das Göttliche, sondern das Menschliche in ihm leidensfähig war, und er nach dieser Seite hin in seinem Leben auf Erden viel geprüft wurde und des Fleisches und Blutes theilhaftig den Tod erlitt, damit er durch den Tod den vernichtete, der des Todes Gewalt hatte (Hebr. 2, 14); so wurde er auch in seiner Menschheit von dem Teufel versucht und ließ sich versuchen, um den Versucher zu überwinden, nicht um sich selbst zu retten, da er nicht sündigen konnte; sondern um des zu erlösenden Menschengeschlechtes willen, und zwar auch nicht blos als Beispiel, wie die Versuchung zu bestehen sei, obgleich er allerdings darin die Angriffsweise des Versuchers und die Mittel der Ueberwindung als Muster für die Menschen zeigte. Aufs Engste aber scheint uns die Versuchung mit dem Erlösungswerk und mit der Doppelnatur des Erlösers zusammen zu hängen. An ihm, dem Erstling des neuen Geschlechts, sollte sich die Gewalt des Versuchers zuerst brechen, womit die Sühne für den Fall des ersten Adam eingeleitet wurde; so daß er schon vor seinem Leidenstode, durch welchen die Gewalt des Satan über die Menschen vernichtet wurde, sagen konnte: „Es kömmt der Fürst dieser Welt, und an mir hat er nichts" (Joh. 14, 30), und: „Ich habe die Welt überwunden" [1]).

[1]) Wird die Versuchung Jesu nicht in ihrer tiefern Bedeutung erfaßt, und durch ein Zurückgehen zur Versuchungsgeschichte der Stammeltern und zur Versuchung der Engelwelt illustrirt: so mag dieselbe allerdings wenig verständlich erscheinen, und es erklären sich die absonderlichen Vorstellungen über die Versuchung Jesu, wie sie in der neuesten Zeit aufgetaucht sind, wobei es für deren Qualität gleichgiltig ist, ob sie z. B. bei Hase (Leben Jesu 4. Aufl. S. 87 u. f.), oder bei Strauß, Lange, Ewald (Gesch. Chr. 1855. S. 24) oder Renan (L. J. c. 7) stehen. Verständiger äußert sich übrigens M. Baumgarten (Die Gesch. Jesu 1859. 5. Vortrag), wenn auch der Gegensatz der Versuchung Jesu zu dem Falle Israels ein verfehlter ist. E. v. Pressensé (J. Chr., seine Zeit ꝛc., Halle 1866. S. 235 ff.)

Wie Christus am Schlusse seiner irdischen Laufbahn den Tod überwand, so bestand er am Eingange desselben siegreich die vom Satan, der Nichts unversucht läßt, was vom Weibe geboren, ihm bereitete Versuchung. Er bewies sich so als den Wiederhersteller des Menschengeschlechtes, als den zweiten Adam, von welchem das neue Geschlecht der versöhnten Gotteskinder beginnen sollte.

Nicht so verhielt es sich aber mit dem ersten Adam und seinem Weibe Eva; sondern beide unterlagen der Versuchung. Damit nahm die Sünde in der Menschenwelt ihren Anfang, und Satan wurde, sowie er bereits der Fürst des Höllenreiches war, nun auch der Fürst dieser Welt; denn bei dem Zustande, in welchen die Stammeltern durch die Sünde versetzt wurden, gelang es ihm, dem Gottesreiche gegenüber ein feindliches Satansreich auf der Erde zu gründen, worin er bald als Idol der Freiheit, bald als der Weltgeist von den Seinen angebetet wird.

§. 5.

Eine lehrreiche Parallele zwischen der Versuchung Christi und der Versuchung der Stammeltern ist die schon oben angedeutete, daß nämlich in beiden Fällen der Versucher von Außen herantritt. Da die Stammeltern zwar leiblich geistige Wesen, aber gut erschaffen waren und nichts Sündhaftes in ihrem Innern war, so hatte auch Satan in ihrem Innern zur Versuchung zunächst keinen Raum; dieselbe mußte daher von Außen als eine Zumuthung oder Ueberredung an sie gelangen, von Außen mußte der Versucher auf ihre Erkenntniß und ihren Willen einwirken. Dabei wurde er nicht unterstützt durch eine entgegenkommende Neigung zum Verbotenen, oder durch einen aus unordentlicher Sinnlichkeit stammenden Reiz. Satan, der sich der klugen Schlange als Organes bediente[1]), verhieß Eva durch den Genuß der verbotenen Frucht größere Erkenntniß und so eine Gleichheit mit Gott; er beschwichtigte die Furcht vor dem eintretenden Tode, und entzündete so in ihr das Verlangen, von dem Baume der Erkenntniß zu essen.

---

verkennt das Geheimniß der Doppelnatur des Erlösers, und hat darum den Ausgangspunkt verfehlt.

1) Vgl. Apocal. c. 12, 9; Joh. c. 8, 44. Sap. c. 2, 24. Theophil. ad Autol. II. c. 28. Theodoret. Quaest. in Gen. 31, 32. Chrysostom. in Gen. Homil. 17.

Auch bei Christus sehen wir ein ähnliches Verfahren des Versuchers. Als Feind des Menschengeschlechtes, weil die personifizirte Bosheit, versuchte er ihn wie jeden Menschen. War ihm auch die von Gott beabsichtigte Erlösung des Menschengeschlechts nicht unbekannt; so war ihm doch die Art und Weise der Verwirklichung des Heilsplanes und die Natur des Messias nicht erschlossen [1]). Wäre dies aber auch gewesen, so würde er doch, wie er auch später that, Nichts unterlassen haben das Heilswerk zu stören, wenn er auch Nichts anderes wirken konnte, als dem Gottessohne Leiden zu bereiten.

Als den Sündlosen mußte er aber Christus wohl erkannt haben. Eine Versuchung im Innern des Gottmenschen war darum eben so wenig zulässig als wie bei dem erstgeschaffenen Menschen; darum, um seine Versuchung auszuführen, wählte er wiederum das Mittel wie bei den Stammeltern, er versuchte Christus, indem er ihm äußerlich erschien, und durch Ueberredung auf die Erkenntniß und den Willen des Messias zu wirken suchte. Läßt die erste Versuchung, die Aufforderung ein Wunder zu wirken zur Erhaltung des eigenen Leibeslebens und als Probe, ob er Gottessohn sei, noch nicht geradezu erkennen, daß Satan in Jesus den von den Propheten geweissagten Messias erkannte; so folgt dies doch aus dem Inhalte der zweiten und dritten Versuchung bestimmt genug. Sämmtliche drei Versuchungen erscheinen berechnet, um den Stolz des Messias, das Vertrauen auf die eigene Kraft und entgegen dem Gotteswillen anzuregen; die letzte sogar, um im Bunde mit dem Fürsten der Welt ein Messiasreich zu gründen.

Während Jesus den Zumuthungen des Höllenfürsten den Gotteswillen in allen drei Versuchungen unerschütterlich entgegenhielt und damit den Versucher überwand, hat er gezeigt, wie das Böse zu überwinden sei und was die Stammeltern hätten thun sollen. Diese aber waren in der Versuchung, obgleich Eva dem Versucher anfänglich auch den Gotteswillen entgegensetzte, doch eben dadurch unterlegen, daß der Gehorsam gegen den Gotteswillen die stärkere Probe nicht aushielt und es Satan gelang, den Zweifel an die Wahrhaftigkeit Gottes, der ihnen das Verbot gegeben, und eine Strafe auf die Uebertretung gesetzt hatte, in das Herz der Eva zu

[1]) Vgl. Ignat. epist. ad Ephes. c. 19. Hieron. Comment. in Matth. c. 1.

senken. So bestand die Sünde der Stammeltern zunächst in einer Handlung gegen den ausgesprochenen und auch klar erkannten Willen Gottes. Aber diese Handlung konnte nur vollbracht werden, nachdem neben der Furcht Gottes der Glaube, die Liebe und die Hoffnung, die drei göttlichen Tugenden, aus ihrem Herzen gewichen waren. Damit hatten auch die Gerechtigkeit und Heiligkeit, das göttliche Gnadengeschenk, keine Stätte mehr bei ihnen. Dieses Ebenbild Gottes hatten sie an und in sich ausgetilgt; dagegen besaßen sie eine auf Selbsterfahrung beruhende Erkenntniß der Sünde und ihres unheiligen Zustandes, und damit einen neuen Seelenzustand, die Furcht vor Gott; nicht jene frühere, welche die Beleidigung Gottes hindert, sondern die, welche aus dem Gefühle des beleidigten Gottes, dessen Gewalt man sich nicht entwinden kann, entspringt. Sehr bezeichnend ist die Ansprache Gottes an Adam, indem er ihn rief mit den Worten: „Adam, wo bist du?"; denn Adam war nicht mehr bei Gott, weil Gott nicht mehr in ihm war. Auch giebt die Antwort Adams auf den Ruf Gottes Zeugniß, von welcher Art die Furcht war, welche nach dem Sündenfalle sich des Menschen bemächtigt hatte.

§. 6.

Die vollbrachte Sünde hatte für beide Stammeltern zunächst die Folge, daß sie sich nicht, wie sie gehofft, glücklicher, sondern vielmehr unglücklich, von Furcht und Scham erfüllt fühlten, und so erkennen mußten, daß sie durch den Trug der Schlange überlistet worden waren. An der Strafe, die nunmehr Gott an ihnen vollzog, mußten sie Gottes Wahrhaftigkeit und die mit Liebe verbundene Gerechtigkeit erkennen, Sie verfielen der Gewalt des Todes und dem damit in engster Verbindung stehenden Mühsal des Lebens. Der widerstrebenden Erde mußte im Schweiß des Angesichts die Leibesnahrung abgerungen werden. Das Leben wurde dadurch gefristet, aber nicht dauernd erhalten. Auf der Erde lag der Fluch um des sündhaften Menschen willen. Durch die Sterblichkeit des Leibes war auch dessen Gebrechlichkeit bedingt, die Natur trat in feindlichen Gegensatz zum Leben des Menschen, welchem er durch die Dauer unterliegen mußte, um zur Erde zurückzukehren. Das Weib mutterlos, von dem Manne genommen, nach dem Manne und wegen desselben gebildet, war ohne den Mann dem Rathe der Schlange gefolgt. So hatte es die Ordnung verkehrt und ihm wurde daher die Strafe angekündigt, Mühsale der Schwangerschaft und Schmerzen bei der Geburt jedes Säuglings. Außerdem wurde seine Unterwerfung unter die Herrschaft des Mannes, von welchem es unabhängig gehandelt hatte, und seine Abhängigkeit von demselben, bekundet in dem Verlangen nach ihm, ausgesprochen.

Das waren die nächsten, das Leibesleben treffenden Folgen der Sünde, womit der frühere unschuldige und paradiesische Zustand der Stammeltern sein Ende erreichte. Das Verderben aber traf den ganzen Menschen (Conc. Araus. II. Can. 1.); denn ein nicht minder schwerer Ruin hatte auch seine geistige Seite getroffen. Hier offenbarte sich die Folge der Sünde zunächst in dem Verluste der Gerechtigkeit und Heiligkeit, des übernatürlichen Ebenbildes Gottes, welches die göttliche Gnade den Stammeltern verliehen hatte [1]). Damit war die rechte, zum Guten strebende Richtung in ihnen aufgehoben, der darauf beruhende Friede war entwichen, die Harmonie in ihnen gestört und so wie Furcht und Scham zuerst, so wurden sie gewahr, daß auch noch andere niedere Kräfte und Triebe, entweder neu entstanden, oder in ihnen geruht und jetzt wach geworden waren.

Da die Leuchte des übernatürlichen Ebenbildes Gottes fehlte, so litt auch das natürliche Ebenbild Gottes im Menschen, die geistige erkennende und wollende Kraft in ihm. Es wurde verdunkelt und geschwächt, was früher hell und stark war. Eine lange Erfahrung war bestimmt diese Wahrheit dem Menschen offenbar zu machen.

Innerlich war der Mensch von Gott geschieden und er hatte aufgehört, seinem Schöpfer und Herrn als Kind Gottes anzugehören. Sie konnten die Nähe Gottes nicht mehr ertragen und suchten sich daher vor seinem Angesichte zu verbergen, obgleich sie sich ihrem Herrn nicht entwinden konnten. Stolz und Begehren hatten über Vernunft und Sittlichkeit den Sieg errungen, und so war der Mensch in die Gewalt einer ihm feindlichen Macht gerathen. War er vor dem Falle schon versuchungsfähig, so war er dies jetzt in ganz anderm Maße, da seine geistigen Kräfte durch die erfahrene Niederlage gelitten hatten und selbst seine äußeren Verhältnisse nunmehr der Versuchung geeignete Angriffe boten. Der Versucher selbst war nicht mehr genöthigt in äußerer Erscheinung sich zu seinem

[1]) Conc. Trid. Sess. V. c. 1.

Angriffe zu stellen: denn er hatte bereits einen Zutritt im Innern des Menschen und konnte ihn jedesmal am schwächsten Punkte in der schwächsten Stunde, bei erregter Sinnlichkeit, oder bei niedergedrückter Stimmung fassen.[1]) Da Intelligenz und Freiheit wohl geschwächt, aber nicht erloschen waren, und das Gesetz des Geistes sich geltend machte; so war der Mensch in den Zustand eines beständigen Kampfes versetzt. Eine Niederlage machte seinen Zustand stets trostloser, ein Sieg half ihm nicht für immer. Eine neue Aufgabe war so von selbst für ihn entstanden. Wozu sein Gewissen ihn trieb, er mußte sich wieder Gott nähern, im Glauben und in der Liebe, nur so konnte ihm wieder eine Hoffnung erwachsen. Die Aufgabe war nicht leicht, um sie zu erfüllen, hatte er einen Kampf gegen das Gesetz der Glieder auf Lebenszeit zu bestehen.

§. 7.

In diesem traurigen Zustande bedurften die Stammeltern der Hilfe Gottes; ohne sie lag die Verzweiflung für sie nahe. Daß aber Gott sie nach dem Sündenfalle nicht aufgab und sich selbst und ihrer schwachen Selbsthilfe, wie sie durch das sich Verbergen vor Jehovah und durch die gefertigte Hülle gegen die Nacktheit angedeutet ist, überließ, dies ist in der h. Offenbarung schon dadurch ausgedrückt, daß Adam und Eva zwar Furcht vor Jehovah's Nähe empfanden, aber doch nicht der Verzweiflung anheimfielen. So zeugte sich das Wort Gottes, welches jeden Menschen, der in die Welt kommt erleuchtet, in ihnen wirksam. Ferner erscheint die Hilfe Gottes noch in mehrfacher Weise angedeutet. Gott verstieß die Menschen aus dem Paradiese, welches für sie keine geeignete Wohnstätte mehr war; aber er entließ sie nicht unbekleidet und gab ihnen eine neue Aufgabe, die sie fortan auf der Erde erfüllen sollten. Endlich aber entließ er sie auch nicht ohne Hoffnung auf eine dereinstige bessere Zukunft. Dieselbe ist angeknüpft an die Verfluchung der Schlange: Eine Feindschaft, so lautet die Hoffnung gebende Verkündigung, soll bestehen zwischen dem Weibe und dessen Samen, und zwischen der

---

[1]) Bei vollendeten Heiligen, z. B. dem h. Martinus, der h. Theresia u. A. sehen wir eine Art von Repristinirung des Urzustandes insofern, als Satan, der von ihnen überwundene Versucher, denselben in sichtbarer, aber stets abschreckender Gestalt bisweilen erschien.

Schlange und ihrem Samen; der Same des Weibes aber wird der hinterlistig nachstellenden Schlange den Kopf zertreten.

Zunächst liegt hierin ausgesprochen der Zustand des Kampfes, in welchem die Menschen zur Schlange, d. h. zu dem, der sich in der Schlange als Verführer genaht hatte, fortan stehen, und ersteren ist ihre Aufgabe damit für die Zukunft angewiesen. Auch die Aussicht auf eine Aenderung durch Ueberwindung der Schlange, durch des Weibes Samen, ist damit gegeben, und so die vor der Verzweiflung schützende Hoffnung in das Menschenleben eingeführt, so dunkel auch immer diese erste Weissagung sein und weiterer Ergänzung bedürftig sein mochte. Sehr bedeutungsvoll erscheint hier noch ein in der Weissagung gebrauchter Ausdruck. Während in der Schrift sonst die Nachkommen von dem Erzeuger ausgehen, oder auf ihn zurückgeführt werden, erscheint der Schlangentreter als Nachkomme des Weibes und nicht des Mannes.

Die Worte der Weissagung, dieses mit vollem Rechte genannten Protoevangeliums, an die sich die Hoffnung der Stammeltern und ihrer Nachkommen anlehnte, lauten:

Und Feindschaft setze ich zwischen dich (die Schlange) und das Weib, und zwischen deinen Samen und ihren Samen. Dieser wird dir den Kopf treffen und du wirst ihm die Ferse treffen.

Betrachten wir den Inhalt dieser Verkündigung Gottes näher und in ihrem Zusammenhange mit dem Vorhergehenden und Folgenden; so lehnt sich dieselbe an die eben ausgesprochenen, das Thier, die Schlange, treffenden Strafworte an. Die Schlange, das klügste von allen Thieren des Feldes, welches eben darum auch wohl am meisten in der Nähe des Menschen war, hatte dem Teufel als Werkzeug für die Versuchung gedient. Um den Abscheu Gottes gegen die Sünde zu manifestiren, wird zunächst das Werkzeug gestraft, ähnlich wie in Folge des Sündenfalls die Erde der Fluch traf, wie in der Sündfluth die Thiere vertilgt wurden, wie nach dem Mosaischen Gesetze Thiere, mit denen ein Mensch gefrevelt hatte, getödtet werden sollten [1]), und wie bei dem Banne, der einen Volksstamm traf, auch die Hausthiere nicht verschont wurden. Die Schlange in ihrem Zustande nach der verhängten Strafe konnte nicht mehr Gegen-

---

[1]) Lev. c. 20, 15. 16.

stand des Verkehrs mit den Menschen sein; sie war vielmehr ein Gegenstand des Abscheus und schmerzhafter Erinnerung, indem sie die Zeichen der Bestrafung an sich trug.

Die Schlange, das Thier, hatte aber den Menschen nicht verführt, sondern in ihr und durch sie hatte der Teufel gewirkt, welcher der wahre Verführer war. Die Schlange selbst war ein kluges und vielleicht sehr schönes, aber kein bösartiges Thier zu der Zeit als sie im Paradiese in der Nähe der Stammeltern vor ihrem Falle sich befand[1]). Der Feind des Menschengeschlechts war aber der Teufel; weshalb es im Buch der Weisheit 2, 24. heißt: durch den Neid des Teufels ist der Tod in die Welt gekommen, und Christus selbst (Joh. 8, 44) sagt von ihm: derselbe war Menschenmörder von Anfang. In der Apokalypse (c. 12, 9.) heißt er: die alte Schlange, genannt Teufel und Satan, der die ganze Welt verführt. Ferner (c. 20, 2.) heißt der Drache die alte Schlange, welches ist der Teufel und Satan.

Nachdem das Werkzeug der Verführung, die Schlange, seine Strafe erhalten, richtet sich nunmehr die Rede Gottes abermals an die Schlange und spricht in Gegenwart der Stammeltern, die ihre Bestrafung noch nicht empfangen hatten, zunächst aus, was er, Gott selbst, thun wolle. Es betrifft das künftige Verhältniß, welches zwischen dem Verführer, der als Schlange aufgefaßt wird, und dem Menschen fortan sein solle: Gott wird Feindschaft gründen zwischen der Schlange und dem Weibe, zwischen dem Samen der Schlange und dem Samen des Weibes.

Könnte es für den ersten Augenblick zweifelhaft sein, auf wen sich dieses, was Gott thun will, beziehe, ob auf die Schlange als Thier, oder auf den Teufel, der sich des Thieres als Werkzeuges bedient hatte; so tritt die Beziehung auf den Letztern doch bei näherer Betrachtung unabweisbar hervor. Schon die beiden Ausdrücke Feindschaft und Samen, אֵיבָה und זֶרַע, werden von Thieren sonst nicht gebraucht. Von einem Thiere kann man im eigentlichen Sinne nicht sagen, es sei der אֹיֵב eines Menschen, oder es bestehe Feindschaft zwischen einem Thiere und einem Menschen. Auch Nachkommenschaft eines Thieres wird man nicht mit dem Ausdruck זֶרַע ge-

---

[1]) cf. Augustin. de civ. D. lib. 14. c. 11. J. Damasc. de fide orthod. lib. II. c. 10.

den können, vielmehr bezeichnet es Nachkommen der Menschen, kann aber im übertragenen Sinne wohl von geistiger Nachkommenschaft des Satans, im schlimmen Sinne des Wortes, als Satans-Brut, Schlangengezücht, gebraucht werden.

Mehr aber noch als dieses nöthigen der Zusammenhang und das Ziel dieser Stelle zu der Annahme, daß die Verkündigung hier nicht an die Schlange, welche ihre Bestrafung bereits empfangen hatte, sondern an den Urheber der Sünde, der noch keine Strafe erhalten, an den Satan gerichtet sei, daß sie für ihn eine Bestrafung, für die Menschen aber ein Trost und eine Hilfe sein solle. Die Strafe besteht darin, daß Satan, welcher in der Versuchung über die Stammeltern obgesiegt hatte, sich der Früchte seines Sieges nicht freuen soll. Die Menschen, das Weib und seine Nachkommen, welche vor dem Falle zum Bösen und dessen Urheber in keiner Beziehung standen, durch die Sünde aber in eine verderbliche Beziehung getreten waren, sollen nunmehr nach Gottes Rathschluß ihm nicht in Furcht unterworfen sein, und ihn so als ihren Besieger und Herrn anerkennen; vielmehr werden sie das Böse erkennend ihm als Feinde gegenüber stehen und als solche ihn bekämpfen, so wie er als Feind der Menschen sich gezeigt hat und ihr Feind ist. Da Gott diese Feindschaft gründet, den Menschen also Haß gegen die Sünde und ihren Urheber einflößt, da das Ganze nach seinem Willen und als Aufgabe für die Menschen geschieht; so liegt darin zugleich auch die Zusage göttlichen Beistandes, ein Trost für die Menschen und eine Stärkung zu diesem beständigen Kampfe.

Sodann aber ist noch eine Katastrophe in den folgenden, gleichfalls an Satan, die Schlange, gerichteten Worten Gottes angedeutet:

„Dieser (Vulg. ipsa) wird dir den Kopf zertreten und du wirst ihm nach der Ferse trachten."

Hierin gipfelt sonder Zweifel die Bestrafung des Verführers. So unbestimmt das הוא ille, ipse, auch immer zunächst ist, indem es sich auf זרע, den Samen des Weibes, zurückbezieht [1]); so ist doch

[1]) Vgl. Reinke Beiträge zur Erklärung des A. T. 2. Bd., Münster 1853. S. 242. ff., welcher in der daselbst befindlichen exegetisch-historischen Abhandlung: Ueber das Protoevangelium 1 Mos. 3, 15, mit Gründlichkeit den ganzen Gegenstand behandelt hat.

eine für die Schlange verderbliche Katastrophe damit in Aussicht gestellt. Der Weibessame wird ihr den Kopf, den Sitz ihres Lebens und ihres Giftes, zertreten, während sie im Kampfe nicht im Stande sein wird den Sitz des Lebens zu treffen, sondern nur die Ferse verwunden, somit keinen gefährlichen Nachtheil zufügen kann.

Wer ist dieser Schlangentreter? Sind es sämmtliche Nachkommen des Weibes oder nicht? Der Ausdruck זרע hat gewöhnlich collective Bedeutung und bezeichnet Nachkommenschaft, Nachkommen, auch Gattung, Geschlecht in gutem und bösem Sinne. Es bezeichnet auch einen einzelnen Nachkommen, so Gen. 4, 25; 15, 3; 21, 13. 1 Sam. 1, 11.

Im ersten Satzgliede ist das Weib und sein Same entgegengesetzt der Schlange und ihrem Samen, und da das Letztere zu beziehen ist auf den Teufel und die Teufelsbrut, d. i. die geistigen Kinder des Teufels; so wird auch das Weib und sein Same zu beziehen sein auf Eva und ihre Nachkommen. In dem letzten Satzgliede stehen aber nicht mehr das Weib und sein Same gegenüber der Schlange und ihrem Samen; sondern die Katastrophe, welche der Schlange so verderblich sein wird, läuft aus in einem Einzelkampf zwischen der Schlange und dem זרע. Somit ist הוא unbestimmt und die Möglichkeit einer neuen Beziehung über den Literalsinn hinaus vorhanden, daß nämlich ein Einzelner aus der Nachkommenschaft des Weibes der Schlangentreter sein werde.

In dieser Unbestimmtheit hält sich diese erste Offenbarung. Der Zweck, warum sie gegeben ward, den Menschen eine Aussicht auf einstige Rettung zu geben, konnte damit schon erreicht und späteren Offenbarungen vorbehalten werden, nähern Aufschluß zu geben. Die vorhandene Dunkelheit in Betreff der Art und Weise der Errettung des Menschengeschlechts hängt mit der nachweisbaren Oekonomie der Offenbarungsmittheilungen überhaupt und der messianischen insbesondere zusammen. Sie zeigt sich auch noch in den Offenbarungen an Abraham (Gen. c. 12, 3; 22, 18), durch dessen Samen alle Völker der Erde gesegnet werden sollen. Dieselbe Verheißung wird wiederholt an Isaak, Gen. c. 26, 4, und an Jacob, Gen. c. 28, 14. Durch den Samen Abrahams, Isaaks und Jakobs sollen alle Geschlechter der Erde gesegnet werden. Ob dies eine Nachkommenschaft oder Ein Nachkomme sein sollte, war noch verhüllt. Der Apostel Paulus spricht von den Verheißungen, welche dem Abraham gegeben wurden, und bemerkt: der Same beziehe sich nicht auf Viele, sondern auf Einen, und sei Christus (Gal. c. 3, 16. 19). Dies war aus dem Wortlaute, in welchen die Verheißungen gefaßt waren, damals als sie gegeben wurden, noch nicht mit Sicherheit zu entnehmen. Erst dem sterbenden Jacob wurde der Schleier gelüftet, und er weissagte den Friedensbringer Schiloh in der Offenbarung als Einen. Von da an, im Fortschritte der Offenbarungen, enthüllt sich der Eine, der Retter, aber auch jetzt nur successive; denn ob er ein bloßer Mensch sein werde, was schon im Protoevangelium in der Unbestimmtheit der Fassung als Same des Weibes offen gelassen war, oder ob er mehr als Mensch, neben dem Menschen auch noch ein Höherer sein werde, dies war dem Moses, als er von dem Propheten der Zukunft sprach, Dt. c. 18, 15 ff. und dem Bileam Num. c. 24, 17 ff. noch nicht geoffenbart; sondern diese Offenbarung enthüllte sich erst dem David, nachdem die Messiasoffenbarung soweit fortgeschritten war, daß es feststand, der Messias werde aus dem Samen Abrahams, aus dem Stamme Juda und aus dem Geschlechte Davids kommen.

Wir sind demnach wohl berechtigt, neben dem in der Stelle Gen. c. 3, 15 zunächst sich bietenden Literalsinne, wie dies bei einer großen Zahl von prophetischen Weissagungen nachweisbar und für unsere vorliegende Stelle auch durch die Quelle, durch welche uns Gottes Wort als solches erschlossen wird, verbürgt ist [1]), noch einen höhern Sinn anzunehmen, wornach der wahre Schlangentreter der Erlöser, der Messias ist. Den Stammeltern war diese Bedeutung der Worte Gottes, wenn nicht eine höhere Erleuchtung hinzutrat, für deren Annahme in der h. Schrift aber kein Haltpunkt gegeben ist, noch nicht bekannt. Aber ein Trost in ihrer durch die Sünde entstandenen unglücklichen Lage mußte ihnen durch die gebotene Aussicht auf einstige Hilfe wie auf Beistand Gottes in dem von nun an bestehenden Kampfe mit dem Satan durch den Inhalt des Gotteswortes entstehen; so wie sie auch dadurch gekräftigt wurden, die nunmehr nach diesen Trostesworten erst für sie (Gen. 3, 16—19) folgende Straffentenz zu vernehmen, ohne der Muthlosigkeit und Verzweiflung anheimzufallen. Und wie eine That, bevor sie eintritt, schon durch die feste Erwartung und die den Glauben zur Grund-

---

[1]) Den Traditionsbeweis sehe man bei Reinke a. a. O.

lage habende Hoffnung wirksam sein kann; so zeigt auch die nunmehr folgende Geschichte des Menschengeschlechts, daß die ihnen aus dem Paradiese mitgegebene Hoffnung bei dem nunmehr folgenden Kampfe mit dem Bösen für einen Theil der Menschen nicht ohne Frucht war, indem diese, die Kinder Gottes, der Sünde widerstanden und die Hoffnung auf eine bessere Zukunft festhielten, und zwar Einzelne in dem Grade, daß sie, wie Lamech (Gen. c. 5, 29), den Trost sehr nahe glaubten; oder in einer Vollkommenheit, daß sie verdienten Träger der Verheißung zu werden, die Hilfe Gottes ganz besonders in ihrem Leben zu erfahren; andere sogar, wie z. B. Henoch und später Elias, ganz außerordentlicher Begnadigung gewürdigt zu werden.

Im Allgemeinen aber zeigten sich, nachdem die Stammeltern außerhalb des Paradieses auf den Schauplatz der Geschichte getreten, das durch den Sündenfall gekommene Böse verderblich in ihren Nachkommen. Ausgerüstet mit einer richtigen Gotteserkenntniß, wornach sie Gott als ihren Schöpfer, Herrn und Erhalter, als heilig, gerecht und gütig, der die Sünde verabscheut und das Gute liebt, erkannt und erfahren hatten, waren sie in ihre neuen Verhältnisse eingetreten und fühlten sich in Verbindung mit Gott; wie denn Eva, als sie ihren ersten Sohn gebar (Gen. c. 4, 1), Gott als den Herrn des Lebens ausdrücklich anerkannt, und desgleichen bei der Geburt des Seth die ihr gewordene Tröstung und Liebe preist (Gen. c. 4, 25). Auf dasselbe weisen hin die Opferhandlung des schlechten Kain und des guten Abel, so wie Lamechs, des fünften Nachkommen Kains, Ausspruch, als er einen Mord begangen hatte. (Gen. c. 4, 23. 24).

Aber auf dieser geistigen Höhe, gestützt auf diese primitive Gotteserkenntniß, vermochten sich doch nur wenige Nachkommen Adams zu erhalten. Die Sünde zeigte sich in ihren Folgen und gar viele Adamiten, des beständigen Kampfes gegen das andrängende Böse müde, beugten sich unter das Joch der alten Schlange, und mit dem Hinschwinden guter Sitten verlor sich auch die wahre, richtige Gotteserkenntniß. Wie früh dies geschehen, dafür haben wir Gen. c. 4, 26 einen Anhalt. Zur Zeit des Enos, eines Sohnes des Seth, begann man den Namen Jehovahs zu verkündigen.[1]) 235 Jahre nach Adam wurde Enos geboren. In diesem kurzen Zeitraume, wo Adam noch

[1]) Ueber die Bedeutung des Wortes קָרָא vgl. Exod. 33, 10.

lebte, muß doch die Verehrung Gottes und somit auch die richtige Gotteserkenntniß in einem Grade unter den Sethiten abgenommen haben, daß die h. Urkunde die Bemerkung macht, man habe damals mit der Verkündigung Jehovahs begonnen, und damit auf ein entstehendes Prophetenthum hinweist, welchem später Henoch und Noah angehörten [1]). Die Kainiten waren schon vorher Gott fremd geworden. Ihr Stammvater Kain war nach vollbrachtem Brudermorde hinweggegangen vom Angesichte Jehovahs (Gen. c. 4, 16) und der Kainite Lamech kannte in Gott nur noch einen an Härte zunehmenden Bestrafer des Bösen. Ein Symptom des fortschreitenden Uebels zeigt sich auch in der Notiz über denselben Lamech, daß er zwei Frauen genommen, wodurch er als der Urheber der gegen Gottes Ordnung eingeführten Vielweiberei indirekt bezeichnet wird.

In zehn langen Generationen, von Adam bis Noah, war das Uebel ins Unermeßliche fortgeschritten. Nur noch bei Noah und seiner Familie hatte sich die wahre Erkenntniß und Verehrung Gottes erhalten. Die Gesammtheit der Menschen aber war, seit sich die Sethiten mit den Kainiten verbunden, ein von Gott gekehrtes, und sittlich verwildertes Menschengeschlecht, und da der Mensch erfahrungsmäßig in dem Maße, wie er sich von Gott entfernt, der Gewalt des Bösen, und damit dem Irrthum anheimfällt, so ist es kaum einem Zweifel unterworfen, daß zur Zeit des Enos der Götzendienst bereits entstanden war, und daß dieses in dem Gegensatze, Gen. 4, 26. auch angedeutet ist [2]).

§. 8.

Bisher haben wir ganz auf dem Boden der h. Geschichte die Belehrung über den Ursprung der Sünden in der Welt, ihre Folgen und die göttliche Verheißung des Heilmittels in dem Erlöser zu erkennen gesucht. Auch ist eine andere weiter führende Quelle für das Geschichtliche dabei nicht vorhanden. Der Uebertritt der Stammeltern aus dem Paradiese auf die mit dem Fluche behaftete Erde, die unseligen Folgen des Sündenfalls und die trostreiche Verheißung des Messias waren aber so bedeutende Ereignisse in dem Leben der ersten Eltern, daß bei ihren Nachkommen die Erinnerung daran so zu

---

[1]) Vgl. 2 Petr. 2, 5.

[2]) Vgl. Stiefelhagen, Theologie des Heidenthums. Augsbg. 1858. S. 387.

sagen mit jedem Schritte und Tritte auf der Erde dargeboten war. Darum ist es sehr begreiflich, wenn wir, während die, welche Gott nicht vergaßen, in dem ihnen geoffenbarten Lichte wandelten und dieses ihnen auch ein Leitstern zum Heile war, noch in den Ueberlieferungen der von Gott abgewendeten Geschlechter noch einzelnen Trümmern der Gottesoffenbarung und Spuren der frühern Erkenntniß von dem Sündenfalle und der trostreichen Verheißung der Erlösung begegnen; wir meinen die in den Ueberlieferungen mancher alten Völker und Stämme erhaltenen Nachrichten über einen ehemaligen glücklichen Urzustand der Menschen nebst den mannichfach geformten Erzählungen über die Art und Weise, wie die Menschen in schlimmere Verhältnisse gerathen seien. In diesen religiösen Mythen sind daneben auch Andeutungen über den Sündenfall und selbst über die Aussicht auf Rettung erhalten, welche je nach ihrer Beschaffenheit und Verbreitung einen Schluß auf uralte Ueberlieferung und somit auch eine Vergleichung mit dem in der heil. Geschichte Ueberlieferten gestatten.

Solche Ueberlieferungen, auf welchen theilweise der alte heidnische Volksglaube beruhte, finden sich wohl auch bei den Dichtern und Philosophen; jedoch selten ohne bedeutende Umbildung, so daß das traditionell Alte nur mit Vorsicht, und nicht ohne Anschluß an den alten Volksglauben selbst, und zwar durch Umfrage bei mehreren, ja möglichst vielen Völkern festzustellen ist. Erschwert wird das Ganze noch dadurch, das die alten Mythen über den Ursprung der Menschen, über ihre ursprünglichen und nachherigen Verhältnisse, vielfach nach irrigen Ansichten über den Ursprung der Welt umgebildet und durchgängig mit kosmogonischen Mythen verbunden und von diesen durchdrungen sind. In den Hellenischen Mythen z. B. sind Götter und Menschen Eines Geschlechts. Die Götter sind unsterbliche Menschen, und die Menschen sterbliche Götter. Beide, Götter und Menschen, sind nicht von Ewigkeit, sondern im Verlauf eines kosmogonischen Entwickelungsprocesses entstanden, so daß die Erde die Mutter der Götter und der Menschen ist. So geschieht es denn, daß in einzelnen Darstellungen die ersten Menschen selbst als Götter an der Spitze der Schöpfungsentwickelung stehen, und daß Göttern zugelegt wird, was sich auf den Urmenschen bezieht, aus welchem durch Emanation Menschen und selbst Götter hervorgehen. Bald gehört der erste Mensch dem Göttergeschlechte an, der auf Befehl eines höheren Gottes die Menschen bildet, entweder durch Hervorgehen aus sich selbst, oder indem er sie aus Erde bildet und ihnen vom göttlichen Wesen mittheilt. Bald erscheinen die Menschen als Abkömmlinge von Wesen, welche sich gegen den höheren Gott empörten. Im Zusammenhange mit jenen kosmogonischen Ideen erscheinen der Urmensch und das erste Weib in verschiedenen Mythen als geschlechtslos und unsterblich, in verschiedenen Benennungen und Beziehungen zu den Göttern. Eine Folge hiervon ist eine verschiedene Gestaltung der Mythen über die ersten Wohnsitze der Menschen und ihren Urzustand daselbst.

Beginnen wir nach dieser Vorerörterung mit den Ueberlieferungen über den Urzustand der Menschen, so zeigt sich eine wesentliche Uebereinstimmung derselben mit der biblischen Darstellung darin, daß sie die ersten Menschen in den glücklichen Verhältnissen der goldenen Zeit, und zwar bedingt durch ihren ersten Wohnsitz und ihren Verkehr mit den Göttern darstellen.

Uebereinstimmend in dieser Beziehung ist die griechische Sage von dem goldenen Zeitalter, wie dasselbe Hesiod (Op. et dies v. 108 ff.) schildert, mit der römischen nach der Darstellung Ovids (Metamorph. I. 89 ff.). Die Menschen lebten unter ihrem Könige Kronos oder Saturn eine glückliche, sorgenlose und schmerzensfreie Zeit. Die Erde gab ohne Arbeit reichliche Frucht, und dieser Zustand währte bis Kronos, der im Himmel im Verkehr mit den Göttern lebende Urmensch, durch Zeus in den Tartarus gestürzt wurde, worauf das schlechtere silberne Zeitalter seinen Anfang nahm.

Die Indier haben die Sage von dem glücklichen Zeitalter der ersten Menschen in ihren ältesten Religionsbüchern. In den Gesetzen Manu's ist gelehrt, daß die Menschen im ersten Zeitalter glücklich und ohne Krankheit vierhundert Jahre lang lebten. Nachher wurde das Leben kürzer, und im vierten Zeitalter kam die Verschlechterung der Menschen[1]).

Nach dem Avesta ist Yima, Sohn des Vivaghao, der König des goldenen Zeitalters. Nach Ahura-Mazdas (Ormazds) Aufforderung machte er die Welt weit und glücklich, und bildete eine mit Ahura-Mazda in stäter Beziehung stehende Gemeinschaft. Zur Fortführung des vollkommenen Lebens und zur Bewahrung vor bevor-

[1]) Lois de Manou ed. A. L. Deslongchamps. Paris 1833. p. 19. 461.

stehenden Uebeln, richtete Yima auf Ahura-Mazdas Befehl einen besondern Ort ein, als glücklichen und friedlichen Aufenthalt [1]).

Nach der germanischen Mythe stammen die Menschen von den Göttern, den Asen, und lebten mit ihnen während des Goldalters auf dem Idafelde zusammen.

Nach der egyptischen Mythe bestand das goldene Zeitalter unter Osiris, dem erstgebornen Sohne des Seb (Saturn), und dessen Gemalin uud Schwester Isis, den beiden Göttern, unter deren Herrschaft bis zum gewaltsamen Tode des Osiris die Menschen glücklich lebten [2]).

Bei anderen Völkern ist die Nachricht von dem Urzustande der ersten Menschen vorzugsweise abhängig von ihrem Wohnsitze, welcher bald ein Berg, bald eine Insel ist. Daß diese Urwohnsitze gewöhnlich auf die Urheimat der Völker hinweisen, welche diese Mythen besitzen, ist eine von H. Lüken durch eine Reihe von Beispielen nachgewiesene Bemerkung [3]).

Die Indier haben die Sage von dem Weltberg Merus, von dessen Spitze vier Ströme ausgehen und wo der Baum der Unsterblichkeit wächst. In ihren ältesten Religionsbüchern ist Merus die Wohnung Wischnu's, wohin durch Wissenschaft die Menschen gelangen [4]). — Bei den Persern ist dieser Weltberg der Alburj, wo das Haoma gedeiht, von welchem die Menschen der ersten Zeit aßen.

Die Chinesen kennen gleichfalls einen Weltberg, Kuen-Lun, in dessen Mitte sich ein Garten an der verschlossenen Himmelsthüre befindet. In diesem Garten befindet sich auch die Quelle der Unsterblichkeit und der Baum, von dessen Frucht die Erhaltung des Lebens abhängt.

Eine Ueberlieferung der Mexicaner versetzt das Paradies auf einen Berg, wohin der erste Mensch gegangen war den Trank der Unsterblichkeit zu holen.

Bei den Egyptern war der paradiesische Wohnsitz eine Insel, zugleich aber auch ein steiler Berg in Arabien, ihrer Urheimat, mit ewig blühenden Bäumen und nach allen Weltgegenden hin fließenden Quellen. Dies ist der Geburtsort des Osiris und seiner Gemahlin und

---

[1]) Spiegel Avesta, Vendidad S. 7. 69. 70. 73. Yaçna S. 69. 70.

[2]) Diodori bibl. hist. I. c. 14.

[3]) H. Lüken, die Traditionen des Menschengeschlechts. Münster 1856. S. 62. ff.

[4]) Vgl. Colebrooke, über die h. Schriften der Indier. Leipz. 1847. S. 121.

Schwester Isis, welche mit den Menschen das glückliche Zeitalter durchlebten, bis Osiris sich auf Reisen begab und dann in die Gewalt des Dämons Typhon fiel.

Bei den Griechen ist der Atlas der Weltberg, ein Göttersitz, wo sich der von einem Drachen bewachte Garten der Hesperiden mit dem goldene Früchte tragenden Wunderbaum befindet [1]). Aehnlich ist bei den Germanen Asgard, die Asenstadt, mit dem Weltbaume Ydrasill ein Göttersitz, zu welchem in der ersten Zeit die von den Asen stammenden Menschen Zutritt hatten.

Sagen von den Inseln der Seligen finden sich noch bei den Phöniziern, den Celten und den Südsee-Insulanern von Tonga (vgl. Lüken a. a. O. S. 69 f.).

§. 9.

Daß die ersten Menschen ursprünglich an einem paradiesischen Wohnorte und in glücklichen Verhältnissen lebten, dies zeigt sich nach den obigen Angaben als Volksglaube bei den alten Völkern, und somit als eine gemeinsame Ueberlieferung. Einzelne Züge in den Schilderungen dieses Urzustandes beweisen, daß das Andenken an den Aufenthalt der Stammältern im Paradiese auch mit manchen speziellen Umständen festgehalten wurde. Aus der trieterischen Dionysusfeier ließe sich noch die Feier des Dionysus-Zagreus hinzufügen; indem in diesen Mysterien auch das Andenken an den Urzustand der Menschen gefeiert worden zu sein scheint. Frauen und Mädchen umgürteten sich mit Schlangen, reichten jungen Löwen und Rehen die Brust, genossen rohes Fleisch und verfügten mittelst des Thyrsusstabes über die Kräfte und Gaben der Natur [2]). Jedoch bedürfen wir dieser Symbolik nicht, deren Bedeutung außerdem verschieden aufgefaßt wird.

In den obigen Mythen über das glückliche Zeitalter der ersten Menschen ist theils unterstellt, theils wird damit ausdrücklich eine weitere mannichfach geformte Ueberlieferung verbunden, daß die Menschen in diesem glücklichen Zustand nicht verblieben und ihren ursprünglichen Wohnort verließen. Auch fehlt es nicht an ver-

---

[1]) Eine Darstellung dieser Mythe auf einer Münze des Kaisers Antoninus Pius findet sich abgebildet bei Deyling observat. sacrae Lips. 1735. I. p. 1.

[2]) Vgl. K. F. Nägelsbach, die nachhomerische Theologie des griechischen Volksglaubens bis auf Alexander. Nürnberg 1857. S. 388. f.

schiedenen Angaben der Ursachen, wodurch dieß geschah. In dieser Beziehung zeigen sich die Mythen in vielfacher noch erkennbarer Umbildung und namentlich mit späteren Ereignissen verbunden, z. B. mit der Fluthsage, oder mit Kain, dem ersten Nachkommen der Stammeltern, oder auch mit dem frühern Geisterfall.

Doch aber enthalten die sämmtlichen Mythen dieser Klasse den gemeinsamen Gedanken, daß Einmal eine für die Menschen verhängnißvolle Katastrophe eintrat, wodurch sie ihres frühern Aufenthaltsortes verlustig wurden und in die nachherigen üblen Zustände geriethen. Wie verschiedenartig Veranlassung und Ursache dieser Katastrophe angegeben werden, dies wird aus der Mittheilung der Mythen selbst sich ergeben.

Im Allgemeinen ist zu bemerken, daß sich das Andenken an die glückliche paradiesische Urzeit bei den alten Völkern besser erhalten hat, als das Andenken an die Veranlassung, wodurch dieselbe ein Ende erreichte. Besonders trugen zur Verdunkelung in dieser Beziehung die pantheistische Weltanschauung und die Lehre von zwei sich entgegenstehenden Urwesen bei.

Im Avesta finden sich nur einzelne Anspielungen; so im Khorda-Avesta (Spiegel a. a. O. Bd. 3. S. 175.) die Andeutung vom Falle des Yima durch die Lüge, worauf sich die Majestät von ihm entfernte und er seine frühere Herrlichkeit verlor. Ferner Yaçna 29 (Spiegel 2. S. 115), wo des Urstiers Seele, nachdem er von Agra-Mainyus (Ahriman) getödtet, über die seit dieser Katastrophe eingetretene Verschlechterung in der Welt klagt. Nach der Kosmogonie im Avesta aber ist das Böse durch Agra-Mainyus im Gegensatze gegen die gute Schöpfung des Ahura-Mazda geworden und bestand vertragsmäßig neben derselben 9000 Jahre (Spiegel a. a. O. 2, 218); so gab es Gottesverehrer und Daevaverehrer neben einander. Im Bundehesch und anderen Parsenquellen dagegen sind ausführlichere Sagen vorhanden, welche wir im Folgenden zusammenstellen wollen: Die ersten Menschen, Meshias und Meshiana, waren von Ormazd rein und gut erschaffen und zur Seligkeit bestimmt; aber Ahriman, der böse Geist, kam in Schlangengestalt auf die Erde, machte sie durch den Genuß von Früchten unglücklich und brachte sie zum Abfall von Gott [1]). Ormazd hatte

[1]) Vgl. Reinke Beitr. z. Erklärung des A. T. 2. Bd. S. 349. f. Stiefelhagen Theol. des Heidenthums. S. 523.

das reine Eran geschaffen, wo Dschemschid der Urkönig herrschte, und die Menschen vom Lebensbaum Hom aßen, bis Ahriman in das Lichtreich drang und dem ersten Menschen Gayomard den Tod brachte [1]). Gayomards Samen war nach anderer Mittheilung eine Pflanze entsprossen, welche Meshias und Meshiana hervorbrachte. Diese ließen sich von Ahriman verführen und wurden böse. Nachdem sie von Ahrimans Früchten gegessen, verloren sie hundert Seligkeiten bis auf Eine [2]).

Die alte, auf die Vedas gegründete Religion der Indier unterscheidet, wie H. Th. Colebrooke [3]) richtig folgert, nicht hinlänglich das Geschöpf von dem Schöpfer. Nach der indischen Mythologie waren die ersten Menschen Götter, obgleich von kürzerer Lebensdauer als die übrigen Götter, welche auch nur unsterblich sind durch das Amrita-Essen, um welche Speise sich Götter und Titanen in der Urzeit stritten. Nach Manu ist das Böse vom höchsten Gotte selbst geschaffen. Die Verschlechterung der Menschen datirt aber von dem vierten Zeitalter, ohne daß im Manu die Ursache angegeben ist [4]). In den Purana's, auf welche als Urtraditionen über die Schöpfung im Manu selbst verwiesen wird [5]), befinden sich aber noch mancherlei Sagen über die Art und Weise, wie das Uebel in die Menschenwelt kam. Wischnu hatte das Paradies mit dem Amrita und dem Tranke der Unsterblichkeit geschaffen. Um den ersten Menschen zu prüfen, ließ aber Schiwas die Blüthen des Baumes Kaldnir herabfallen. Verführt durch das Weib, welches aus Brahma's Leibe hervorgegangen war, nahm er von der Blüthe und dünkte sich Gott gleich zu sein. Da traf ihn der Fluch. Er wurde aus Brahmapatnam, dem Paradiese, in den Abgrund verstoßen; sein Leib wurde Nebel und Finsterniß. So wurden die Hüter des Paradieses vertrieben und verflucht Riesen zu werden.

In Bezug auf das Weib und ihre Theilnahme an den Sündenfall existiren verschiedene Mythen. Bhawani, die Frau des Schiwas,

---

1) Gayomard als der Urmensch ist auch im Avesta mehrfach genannt, vgl. Yaçna bei Spiegel a. a. O. Bd. 2. S. 89. 110. 185. 200. Khorda-Avesta Bd. 3. S. 231.

2) Vgl. Lüken S. 80 ff. Stiefelhagen a. a. O. S. 523.

3) Abhandlung über die h. Schriften der Indier. S. 25. vgl. S. 141. u. folg.

4) Lois de Manou p. 7. 55. 461.

5) Das. p. 111.

ist die Mutter des Menschengeschlechts und als Mannweib mit Schiwas vereinigt; sie ist aber auch die Gemahlin Brahma's und Wischnu's. Im Paradiese bekämpfte sie die Schlange, den bösen Dämon Mahishasura, trat seinen Kopf mit dem Fuße und schlug ihm denselben ab. Als gefallene Stamm-Mutter ist sie Kali, d. i. die Herrscherin über das Zeitalter der Sünde. Als Riesenmutter ist sie Diti die Gemahlin des Kassiapa, eines Sohnes des Brahma. Sie verführte ihren Mann und soll darum die beiden Riesen gebären, welche vor ihrer Geburt gute Wesen waren und im Paradiese wohnten.

Nach der Lehre der Buddhisten war durch den Fall eines Geistes (Tegri) der obersten Region der Mensch entstanden. Einer derselben fand eine Speise, die Erdbutter, aß sie und so verloren sie das Vermögen am Himmel zu wandeln und sanken auf die Erde; so nahm das Uebel seinen Anfang.

Nach den chinesischen Mythen hat die unmäßige Begierde nach Wissenschaft den Menschen ins Verderben gestürzt. Fohi erfand, von einem aus der Tiefe hervorkommenden Drachen belehrt, die Wissenschaft von In- und Yang, d. i. der Männlichkeit und Weiblichkeit. Als die Ursache des Falles und als erste Quelle aller Uebel wird das Weib genannt, die Gemahlin und Schwester des Fohi, welche zu einem verbotenen Baume gegangen und davon gegessen habe, weshalb sie Niu-hoa heißt [1]).

Nach einer andern chinesischen Sage war der Mensch ein weißer Sonnenvogel, welcher einst in dem Lustgarten der großen Königin einige Blumenknospen kostete. Da gab ihm der geheimnißvolle Vogel, der Hüter des Gartens, einen Stoß mit dem Schnabel, daß er starb. Die Seele des Vogels ging aber in andere Leiber über.

Bei den Egyptern scheint sich eine geringe Spur von dem Sündenfalle erhalten zu haben. Das glückliche Zeitalter der Menschen unter der Herrschaft des Osiris und der Isis währte bis Osiris nach seinen Reisen durch Egypten und alle Länder der Erde auf der Heimkehr in die Gewalt seines Bruders, des bösen Typhon fiel. Typhon erscheint als Personification alles Schädlichen und Verderblichen in der Natur. Derselbe überlistete den Osiris und schloß ihn in einen Sarg. Später aber, nachdem der Leichnam von Isis in Biblos aufgefunden worden war, wurde er von demselben

---

[1]) Lüken a. a. O. S. 93.

Typhon zerstückelt. Ihn rächte nachher sein Sohn, der unsterbliche Horus, welcher die Macht des Typhon überwand. Der Gedanke, daß die glückliche Urzeit für die Menschen durch die Machinationen eines bösen Wesens gegen Osiris ein Ende genommen, ist der einzige, welcher in dieser Mythe klar hervortritt. Allerdings erscheint auch noch die Giftschlange mit Mumienleib und Menschenkopf im Todtenbuche (c. 87) als verachtetes und verwüstendes Wesen; ferner die Gattin und Mutter Isis als Schlangenkämpferin, jedoch beides ohne nachweisbaren Zusammenhang mit dem Sündenfalle [1]).

Alljährlich am Feste der Isis in der Stadt Busiris schlugen sich die Männer und die Frauen nach althergebrachter Sitte. Wenn Herodot Bedenken trug, den Grund dieser Sitte, obgleich er ihn kannte, anzugeben; so können wir eine mysteriöse Handlung, ähnlich wie bei der Feier des Dionysus-Zagreus, darin mit Grund vermuthen, nämlich das Andenken an die mit dem Verlust der glücklichen Urzeit verbundenen Leiden der Mutter Isis. Die in Egypten wohnenden Karier verwundeten sich dabei die Gesichter mit Messern [2]).

Mit der egyptischen Sage von der Wanderung des Osiris verwandt ist eine mexikanische Mythe von Quetzalkoatl, dem Könige des goldenen Zeitalters. Diesen trieb der große Geist aus dem Lande der Glückseligkeit, indem er ihm einen Trank gab, der ihn unsterblich machen sollte, welcher ihm aber auch das Verlangen zu wandern einflößte, womit das goldene Zeitalter verschwand und die Erde unfruchtbar wurde.

Nach einer andern mexikanischen Sage wurde das erste Weib von dem Urriesen Xolotl gebildet und hieß Cihuacohuatl, d. i. die Frau mit der Schlange, oder Quilatzli, d. i. die Frau von unserem Fleische. Sie war die Mutter von Zwillingsbrüdern und erscheint in einem Hieroglyphengemälde als ein Weib redend mit einer

---

1) Mehr und tiefere Beziehungen zum Sündenfalle findet Lüken a. a. O. S. 108 ff. in dem Mythus; wogegen M. Uhlemann nur Historisches, Astronomisches und Naturhistorisches darin anerkennt. Vgl. Handbuch der ges. egypt. Alterthumsk. 2. Thl. Leipzig 1857. S. 161 ff. Dagegen findet derselbe a. a. O. Thl. 4. S. 163 ff. in der egyptischen Kosmogonie eine Analogie mit dem mosaischen Schöpfungsberichte, welche aber eine Probe der Kritik in keiner Weise auszuhalten vermag.

2) Vgl. Uhlemann a. a. O. II. S. 268. Herodot II. 61.

Schlange. Hinter ihr stehen die Zwillingssöhne, deren verschiedener Charakter durch ihre verschiedene Farbe und Haltung angedeutet wird [1]).

Aus den Sagen der Südamerikaner und der Bewohner der Südsee-Inseln, welche Lüken (a. a. O. S. 122 ff.) mittheilt, und worin das Weib als die Ursache alles Bösen auf der Erde dargestellt wird, heben wir heraus die bei den Tamanachiern in Guiana. Als Amalivaca, der erste Mensch, der mit seinem Bruder Vokki die Welt erschaffen, bei seiner Abreise von seinem frühern Aufenthalte, den Tamanachiern die Unsterblichkeit verheißen hatte, glaubte ein altes Weib der Verheißung nicht, weßhalb er ihnen voraussagte, daß sie sterben sollten.

Die Sandwich-Insulaner haben folgende Sage: Etua Rono, der mächtige Gott, auch Rono Akea genannt, der erste König, der noch jetzt im Reiche der Seligen herrscht, lebte zur Zeit des goldenen Zeitalters auf den Sandwich-Inseln. Nachdem aber seine Gemahlin mit einem sterblichen Manne von Owhaihi gesündigt hatte, wurde das Glück dieser Inseln zerstört; Rono verließ die Inseln und es entstanden Krieg und Menschenopfer.

Die Germanen besaßen Ueberlieferungen über die Ursache des Verlustes des Goldalters. Auch hier spielt in den verschiedenen Sagen das Weib eine Rolle. Nach der Voluspa herrschte das Goldalter in Asgard bis Weiber kamen aus Jotunheim. Bis dahin lebten Götter und Menschen in Freundschaft, in Ueberfluß und Freude. Die Riesenweiber aber führten Zauberei und dämonische Kunst ein und Odin verstieß nun das böse gewordene Geschlecht. Das Weib, welches hierbei die Hauptrolle spielt, ist Frigga, die Gemahlin Odins, und Odin selbst erscheint als Gott und als Urmensch, der gleichfalls als Zauberer auftritt. Auch in der Edda wird das goldene Zeitalter zerstört durch die Ankunft der zwei Riesenjungfrauen Fenja und Menja, durch deren Zauberei der Frodi-Frieden in der Welt endigte [2]).

§. 10.

Blicken wir zum Schlusse noch auf die griechischen Mythen über das Ende der goldenen Zeit, wo die Götter mit den Menschen in Harmonie und diese in einem glücklichen Urzustande lebten; so

[1]) Vgl. Lüken a. a. O. S. 120 f.

[2]) Lüken a. a. O. S. 102 f. ff.

steht zwar unbestritten fest, daß der griechische Volksglaube ein Ende der glücklichen Zeit und einen Anfang einer bösen Zeit kennt; dabei ist aber nicht zu verkennen, daß das verbindende Medium sehr verwischt und mit verschiedenen Sagen durchwebt ist, so daß mit einiger Sicherheit weder eine Verschuldung der Menschen, noch weniger eine Sünde der Stammeltern zu erkennen ist. Nichtsdestoweniger sind doch noch einzelne Spuren der Katastrophe vorhanden, welche mit Rücksicht auf den Umstand, daß Götter und Menschen in den Mythen nicht strenge gesondert erscheinen und die Urmenschen auch als Götter aufgeführt werden, einen Schluß auf die Ur-Ueberlieferung gestatten.

Während bei Homer über einen glücklichen Urzustand der Menschen und einen spätern unglücklichen nichts zu entnehmen ist, giebt Hesiod über beide Auskunft. Die Menschen stehen in engster Verbindung mit den Titanen. Als Kronos herrschte, war das goldene Zeitalter, wo die Menschen wie die Götter in Freude und Ueberfluß, frei von Mühsal und Kummer lebten und die Gebrechen des Alters nicht kannten. Mit des Kronos Sturz endete das goldene Zeitalter. In dieser Darstellung erscheint gar keine Schuld auf Seiten der Menschen; sondern sie werden unglücklich durch den Sturz ihres frühern Königs, welcher die Götter nicht wie früher ehrte. Dagegen tritt in der Prometheusmythe ein gewisser Schuldantheil seitens der Menschen hervor. Nach des Kronos Sturz handelte es sich darum, die den Göttern gebührenden Ehren zu ordnen, weßhalb diese mit den Menschen zu Mecone versammelt waren. Ihr Vertreter ist hier der Titanide Prometheus, der Sohn des Japetos. Dieser suchte Zeus bei der Opfertheilung zu überlisten. Zeus, darüber gegen die Menschen erzürnt, nahm den geringern Opfertheil, welchen von da an die Menschen auf den Altar brachten. Nun wird diesen von Zeus das Feuer entzogen. Der listige Prometheus verschafft es ihnen wieder; zieht aber dadurch nicht nur sich Strafe zu, sondern bringt auch schweres Verhängniß über die Menschen; denn nun ließ Zeus durch Hephästos ein Weib bilden, ähnlich der indischen Aditi, der Mutter des Varuna [1]), schön von Gestalt und von Aphrodite, Athene, Apollo und Mercur mit allen Gaben der Götter geschmückt, zugleich aber trugvoll im Innern

[1]) Vgl. Colebr. a. a. O. S. 123.

und von glatter Rede. Dieses Weib, die Pandora, erhielt des Prometheus Bruder, der thörichte Epimetheus von Zeus zum Verderben der Menschen als Geschenk. Epimetheus nahm sie zum Weibe. Pandora lüftete aus Neugierde den Deckel des Gefäßes, welches die Uebel und Plagen barg. Diese entwichen sofort und nur die Hoffnung blieb zurück. So kamen die Uebel unter die Menschen.

In der weiteren Darstellung erscheint als Nachkomme des Epimetheus Deukalion, und als Tochter der Pandora Pyrrha, an welche sich die Fluthsage anlehnt; so daß Promotheus, Epimetheus und Pandora als Urmenschen sich darstellen.

Daß alles dieses nicht rein dichterische Schöpfung des Hesiod gewesen, ist wohl unbestritten. Ein Gedanke tritt aber in dieser Darstellung hervor, nämlich daß durch das Weib das Uebel in die Welt gekommen sei und daß die Menschen in Verbindung mit den schuldbefleckten Titanen und durch sie verführt, die Götter nicht gebührend geehrt und deshalb gestraft worden seien. Diesen Gedanken halten wir mit Rücksicht darauf, daß er auch in den Mythen anderer Völker sich vorfindet, für alt und der Ueberlieferung entnommen.

Ob auch noch in anderen griechischen Mythen, z. B. über Demeter als Urmutter, welche als Rhea und Themis im Olympe, aber als gefallene Eva, als Persephone in der Unterwelt wohnt; ferner über Latone und Io, ähnlich wie in den indischen und egyptischen Mythen, Anklänge an das erste Weib und dessen Schicksale vorhanden seien, wie Lüken a. a. O. S. 97 behauptet, dies glaubhaft zu machen, dürfte mindestens sehr schwer sein.

§. 11.

Daß bei den alten heidnischen Völkern alte, im Volksglauben festgehaltene Ueberlieferungen über einen glücklichen Urzustand der ersten Menschen und über den Verlust desselben vorhanden waren, dies ist aus dem oben Mitgetheilten, ungeachtet die Mythen vielfach gestaltet erscheinen, doch unverkennbar zu entnehmen. In wesentlichen Punkten zeigt sich oft eine materiale, bisweilen selbst formale Uebereinstimmung mit der betreffenden Nachricht in der heil. Schrift. Die Verheißung, welche den Stammeltern bei ihrem Austritt aus dem Paradiese gegeben wurde und womit die Messiashoffnung ihren Anfang nimmt, hat sich nicht minder, und zwar wie in der h. Schrift angeknüpft an die Katastrophe, wodurch der Verlust des goldenen Zeitalters herbeigeführt wurde, in einzelnen Spuren von Ueberlieferungen der Heidenwelt erhalten.

In der Prometheusmythe nach Aeschylos trifft mit Prometheus, dem Titaniden und leidenden Urmenschen, die leidende erste Mutter, die verfolgte Io, zusammen, und erhält von jenem eine ihm von der Titanin Themis gegebene Weissagung, daß aus einer Ehe des Zeus mit einem Weibe ein Sohn kommen werde, welcher der Herrschaft des Zeus ein Ende machen solle. Io werde von ihrem Wahnsinn befreit, durch Berührung des Gottes einen Sohn empfangen und gebären, den Epaphus. Prometheus aber erhält von Hermes die Prophezeihung, daß er nicht eher erlöst werden solle, bis ein Gott als Stellvertreter seiner Qual erscheine, bereit für ihn in den Hades zu steigen. In einer weiteren Sage, welche sich an die von der Schlange Pytho verfolgte Latona anlehnt, ist enthalten, daß aus ihrem Samen ein Sohn geboren werden solle, der die Schlange besiegen und tödten werde. Dieser, Apollo, soll am Ende des eisernen Zeitalters wieder kommen um die erste glückliche Zeit unter Kronos wieder herzustellen. Endlich liegt auch in der Bemerkung Hesiods, daß in dem Gefäße, welches Pandora öffnete, die Hoffnung zurückblieb, ein Hinweis auf den Eintritt einer bessern Zeit für die Menschen.

In den Mythen, welche die Befreiung des Prometheus durch Herakles, die Zurückführung der Ceres durch ihren Sohn Dionysos, der Proserpina durch Theseus melden, in den germanischen Sagen von der Erlösung der Schildjungfrau Brunhilde durch Siegfried, nachdem er den Drachen getödtet und den goldenen Hort gewonnen; ferner von der Wiederherstellung der Goldzeit durch Vidar, welcher den Fenrirswolf tödtet; in der indischen Mythe über die Befreiung der Sita durch Rama, scheinen gleichfalls die Erwartungen, daß der Bann, welcher durch das böse Princip auf die Urmutter gekommen, gelöst werden solle, verhüllt zu sein. Alexander d. Gr. auf seinem Zuge nach Indien suchte die Erwartung einer bessern Zeit politisch auszubeuten. Er erhält daher in der Erythräischen Sibylle (Sibyll. lib. III. v. 383) den Beinamen unechter Sohn des Kronos. Virgil erwartet im Augustischen Zeitalter die Erscheinung des himmlischen Kindes, welches die von der Cumäischen Sibylle geweissagte goldene Zeit zurückbringen werde (Eclog. IV.).

Nach der egyptischen Mythe soll der von Typhon getödtete Osiris, der Gemahl der Mutter Isis, einstens wieder zurückkehren und als Herr der Erde den Segen der glücklichen Urzeit zurückführen. Horus aber, der unechte Sohn des Osiris, wird die Schlange Python binden und tödten, und so die Wendung zum Guten herbeiführen, d. i. die Rückkehr des Osiris ermöglichen. Mit Rücksicht auf diese Sagen gab sich Antonius für den wiedergeborenen Osiris und die Kleopatra für die Mutter Isis aus [1]).

Nach einer indischen Mythe wird Krischna durch den Pfeil einer Schlange an der Sohle des Fußes verwundet. Er aber zertritt der Schlange den Kopf. Krischna ist eine Avatara des Wischnu. Der Mutter Diti war nach ihrem Falle geweissagt worden, daß aus ihrem Geschlechte ein Sohn abstammen sollte, welcher als Rächer an den bösen Riesen auftreten werde. Der reinen Aditi, dem aus aller Götter Wesen gebildeten Weibe, war prophezeit, Wischnu selbst werde ihr Sohn werden, um die bösen Riesen zu bewältigen [2]).

Nach der persischen Sage weissagte der sterbende dem Urstiere entsprossene Urmensch Gayomard dem Ahriman dessen Besiegung durch die Menschen. Ormazd selbst aber sagte dem Genius Goschorun, daß der Mensch geschützt werde für eine Erde und eine Zeit, wo Ahriman keine Macht haben werde. Und so erwarteten die Perser den Sieger Sosiosh, den von drei Jungfrauen empfangenen, von der Quelle gezeugten Nachkommen Gayomards, welcher die bösen Geister und alle ihre Anschläge vernichten werde [3]).

Im Minokhired heißt es: Ahriman hat einen Vertrag auf 9000 Jahre in der unendlichen Zeit mit Ormazd geschlossen, bis diese zu Ende sind, kann nichts geändert werden. Wenn aber die 9000 Jahre zu Ende sind, wird Ahriman abnehmen, Çrosh, der Reine, wird den Dew Aêsm (Aeshma) erschlagen, Mihr, Zrvana-Akarana, das himmlische Gesetz, welche Niemanden hassen, Bakht, Bakho-bakht werden die ganze Schöpfung Ahrimans und zuletzt auch den Dämon der Begierde erschlagen [4]).

---

[1]) Lüken a. a. O. S. 333. f. Stiefelhagen S. 538.

[2]) Stiefelhagen a. a. O. S. 537. Lüken a. a. O. S. 316. f.

[3]) Lüken a. a. O. S. 313 ff. Auch im Avesta erscheint Sosiosh öfters als der, welcher die Ahnenreiche der Reinen von Gayomard an abschließt, vgl. Khorda Avesta bei Spiegel III. S. 231. 240.

[4]) Spiegel Avesta Bd. 2. S. 218.

Die Chinesen erwarten einen großen Heiligen, der im Abendlande erscheinen soll. Confucius soll diese Weissagung gegeben haben. Aber die Ueberlieferung ist älter, da zur Zeit des Confucius die Sekte der Tao-ße glaubte: ihr Stifter Lao-kium habe den Trank der Unsterblichkeit wieder verschafft. Nach altem Glauben soll ein Held Kiunthe erscheinen, der Alles im alten Glanze wiederherstellen werde [1]). Die Einwohner der Insel O-Waihi glaubten zur Zeit, als Cook daselbst landete, ihr Gott Rono sei wiedergekommen; denn sie bewahrten die Sage, daß Rono, der König des goldenen Zeitalters, wegen eines Vergehens seiner Gemahlin in einem Kahne nach dem Paradieslande Haiti gegangen sei, aber geweissagt habe, er werde auf einer reichen schwimmenden Insel zurückkehren [2]).

Die Mexikaner glaubten an die Rückkehr ihres Stammvaters und Gottes Quetzalcoatl, welcher ihnen bei seiner Entfernung geweissagt hatte, er werde wiederkommen und das frühere Glück wiederherstellen. Darum hielten sie die Spanier unter Cortez für die Abgesandten ihres Urkönigs. Eine ähnliche Sage besaßen die Peruaner über ihren Inka Virakocha, weshalb sie die Spanier unter Pizarro als Copak Virakocha begrüßten.

Nach diesen vorhandenen Ueberlieferungen können wir uns dem Resultate, welches Lüken a. a. O. S. 351 am Abschlusse seiner Mittheilungen zusammenfaßt, im Ganzen und in der Sphäre unseres Gegenstandes wohl anschließen, daß nämlich das ganze Heidenthum in der alten und neuen Welt, eine aus der Urzeit des Menschengeschlechts stammende Prophezeiung besaß, wornach am Ende eines langen Zeitraums das nach dem Aufhören des glücklichen Zeitalters eingetretene eiserne, verderbte Zeitalter beendigt werden solle. Die neue Aera werde durch einen Helden, welcher bald als Sohn des ersten Weibes, bald als der Urmensch oder erste König selbst, geschildert wird, und welcher den Urheber des Unglückes, dem bösen Dämon das Haupt zertreten soll, herbeigeführt worden.

Die alte Ueberlieferung ist allerdings durch mancherlei Beigaben vielfach verdunkelt; sie tritt aber auch wiederum in einzelnen Zügen klar hervor, so in dem Antheile, welchen das Weib, wie an dem Falle, so auch an dem Kampfe mit der Schlange und an der

---

[1]) Lüken a. a. O. S. 330. f.

[2]) Das. S. 348. f.

Erlösung nimmt; ferner in dem Erlöser als dem Bekämpfer der Schlange und Zurückbringer der paradiesischen Zeit nebst den Gütern der Urzeit und endlich in dem endlichen Schicksale des Urhebers des Unglücks.

Wie Horus, Krischna und Tistrya als Schlangenkämpfer erscheinen, wobei ihre Thaten als schon vollbrachte dargestellt sind, so sind auch in anderen Mythen Helden die Vorbilder der Befreiung, z. B. in den Sagen von Apollo, Herakles und Siegfried. Freilich machen nicht alle von diesen Mythen gleichen Anspruch auf ein nachweisbares hohes Alter. Schon die Beschaffenheit der Mittheilungen im Manu, im Avesta und in den egyptischen Religionsurkunden, welche in der Regel nur Vorschriften, Bekenntnisse, Lobpreisungen und Gebete enthalten, schließt directe und ausführliche Darlegungen, wie sie in den Sagen hervortreten, größtentheils ganz aus; theilweise aber geben sie doch daneben hergehenden Mythen über den Urstand ausdrücklich Raum, wie z. B. im Manu auf die Puranas, als Legenden über die Schöpfung und andere Urtraditionen hingewiesen ist.

XI.

Kardinal Martinuzzi und die Reformation in Ungarn und Siebenbürgen.

Von Prof. J. H. Schwicker in Groß-Becskerek.

Das 16. Jahrhundert christlicher Zeitrechnung kennzeichnet sich in der Geschichte durch die wichtigsten Umgestaltungen auf dem Gebiete der geistigen und moralischen Verhältnisse Europas. Wenn in jener Beziehung durch die erweiterten erdkundlichen Entdeckungen und durch das Wiederaufleben der alten Klassiker neue Ideen und Anschauungen entstanden, die durch die neuerfundene Buchdruckerkunst in rascher Weise zum Umlauf kamen, so zeigten sich auf moralischem Gebiete nicht minder tiefgreifende Veränderungen. Die hervorragendste Signatur der Zeit gibt sich hier durch das auffallende Sinken der Autoritäten und deren Achtung und Ansehen kund. Verfolgen wir dieses Symptom auf ungarischem Boden! [1])

Hier sank die Macht der Autorität größtentheils in Folge eigner Schuld. Unter den Herrschern aus dem jagjellonischen Hause ging das Ansehen des Königthums zu Grabe; auf den Ruinen desselben aber erhob einerseits eine zügellose Oligarchie ihr Haupt, anderseits entwickelten sich republikanische Ideen, Wünsche, Richtungen. Jene Uebermacht des hohen Adels lastete mit tyrannischem Drucke auf dem niedern Adel, den Städten, vorzüglich aber auf dem leibeignen Bauern, der endlich in seiner Verzweiflung zu den Waffen griff und gegen die Aristokratie im fürchterlichen Bauernkriege schreckvoll wüthete.

---

[1]) Vgl. Hatvani. Történelmi Zsebkönyv, d. i. histor. Taschenbuch (Pest, 1859): „A. XVI. század első felének jelleme Magyarországban", d. i. „Charakter der ersten Hälfte des 16. Jahrh. in Ungarn" S: 1 ff.

Auf mehr gesetzlichem Wege verband sich der niedere Adel gegen die Tyranneien der „Herren". Der König selbst unterstützte diese Adelsbünde, um die zügellosen Gewalthaber in die Schranken zu weisen. Der Kampf hatte indeß kaum begonnen, als die Katastrophe von Mohács diesem Umbildungsprocesse ein gewaltsames Ende machte und damit Ungarns politische wie geistige Entwicklung für Jahrhunderte in fremde Bahnen wies.

Mit dieser Zertrümmerung des königl. Ansehens erlitt aber auch die Kirche Ungarns eine mächtige Erschütterung, denn im Mittelalter stunden Staat und Kirche in engstem Verbande und die Schmälerung der staatlichen Macht mußte auch auf die Stellung der Kirche einen bedeutenden Einfluß ausüben.

Die Bischöfe, der gesammte Klerus wurde Gegenstand zahlreicher Angriffe, Plünderungen und Verspottungen. Sehr Vieles trugen jedoch hiezu die Mängel und Fehler der Geistlichen selbst bei; in der kirchlichen Leitung herrschte Unordnung, die Disciplin war gelockert, der Klerus oft sittenlos. Die Regierung und die weltlichen Herren trieben mit ihrem Patronatsrechte offenbaren Mißbrauch, man verkaufte die Stellen an den Meistbietenden oder verlieh selbe an unwissende, sittenlose oder weltlich gesinnte Verwandte. Die Bischöfe wetteiferten größtentheils mit den weltlichen Magnaten in der Pracht, Verschwendung und sinnlichen Lust, und um die Kosten decken zu können, strebten sie nach Gelderwerb. Einige trieben Handel, andere verbanden sich mit Juden zu Wuchergeschäften [1]) oder quälten den

[1]) Zur Charakteristik einzelner Glieder des damaligen Episcopats in Ungarn führen wir einige Stellen der Relation des venetianischen Gesandtschaftssekretärs Francesco Massaro v. 5. Okt. 1523 an (Vgl. „Quellen u. Forschungen z. Vat. Gesch." Wien 1849. S. 76 ff.). So heißt es über den Bischof von Erlau, Ladislas Szálkán S. 82: „questo e auaro e fa di mercantia e guadagna ducati 40m al anno videlicet XXm dil suo Episcopato Xm dil canzellariato et Xm de mercantia et poi ancora de monti de oro et si dice ha da ducati 300m de contadi." Ueber den Bischof v. Siebenbürgen lesen wir: „qual e homo di suprema auaritia e da assai bon inzegno, ma maligna persona inimico di questo tado non sa faraltro che crapular et acumular danari." Vom Fünfkirchner Bischof Philipp Moré wird uns ein Handelsgeschäft mit Tuch, Seide und Wolle erzählt, bei dem er 40,000 Dukaten gewonnen habe, und es steht dabei: „e homo molto auaro e molto studioso in agregar danari et si le cosse di hongaria passerano quiete si metera a far mercantie e si fara el piu rico homo di hungaria .... ni e di molta verita ne da confidarsi de lui per esser molto falso e adulatore." Das Uebelste wird über den Weßprimer

niederen Klerus so tyrannisch, daß dieser die Reichsstände um Hilfe angehen mußte [1]).

Indeß war auch die niedere Geistlichkeit nicht viel besser, die Synodalstatuten liefern den Beweis, daß die Sitten der Seelsorger den Gläubigen keine Muster christlichen Lebens darboten. Sie waren großentheils unwissend, verweltlicht und vernachlässigten die Bildung des Volkes, das in Unwissenheit und Aberglauben aufwuchs und deshalb auch von den Lehren seiner Religion keinen Begriff hatte. Dadurch verlor diese die Macht über die Gemüther, welche rein gewohnheits- oder maschinenmäßig die äußerlichen Ceremonien beobachteten. Es bedurfte nur einer geringen Veranlassung, und im Glauben des Volkes wie in seinen Sitten entstand die tief- und weitgreifendste Umgestaltung. Diese Veranlassung fand sich vor. Es war die sogenannte „Reformation“.

Die revolutionären Schritte des Wittenberger Augustiner-Mönches, Martin Luther, fanden in Ungarn und Siebenbürgen kräftigen Wiederhall. Seine Schriften gelangten zu baldiger und schneller Verbreitung; Kaufleute brachten sie aus Deutschland nach Siebenbürgen [2]), wo die neue Lehre, besonders unter den Sachsen rasche Verbreitung fand, denn diese standen mit ihren Brüdern in Deutschland von jeher in engen Handelsbeziehungen und waren deshalb mit den geistigen Strömungen des Mutterlandes inniger vertraut und befreundet.

Herrmannstadt bildete den Vorort der kirchlichen Bewegung. Hier predigten bereits im J. 1522 der entlaufene Mönch Ambrosius aus Schlesien und Konrad Veich die lutherische Lehre [3]) und fanden um so eifrigere Anhänger, als die Herrmannstädter gerade zu jener Zeit mit ihrem Oberhirten, dem Erzbischof, wegen

---

Bischof Paul Várday berichtet. Da heißt es: „e mala persona et mendace, non atende mai a promessa chel fazi, ma per consequi qualche suo intento el tributenia tutti li signori et e pouero e debito ha impegnato el suo episcopato per ducati 12m pero zercha de esser thesauriero un altea volta per pagar i soi debiti com le intrade dil ne e facilmente sera facto per qual suo tributar chel fa.“ Auch über die weltlichen Großen liefert Massaro interessante Skizzen. Vgl. Istvánffy, Hist. d. reb. Hung. (Wien 1758) lib. VIII. p. 716.

[1]) Uladisl. II. Decr. III. 53, 69. — Decr. IV. 38. Vgl. übrigens Hatvani l. c. p. 9.

[2]) Vgl. Pray, Specimen Hierarchiae Hung. 1779. Bd. II. p. 215.

[3]) Timon, Epitome Chronologica ver. Hung. (1736) p. 106.

Zehent-Angelegenheiten in Zwist waren [1]). Dazu kam, daß auch der Sachsengraf Marcus Pempflinger, ein „verständiger und geschäftserfahrener Mann“ [2]) die Neuerung allseitig begünstigte und den Prädicanten sogar sein eigenes Haus öffnete.

Um diesem Treiben Einhalt zu thun, schrieb der Graner Erzbischof, Ladislaus Szálkán, unter dem 15. August 1524 an seine untergebenen Dekane zu Herrmannstadt und Kronstadt, womit er ihnen auftrug, die Leser, Käufer und Verkäufer der Schriften Luthers und die Anhänger seiner Lehre aus dem Verbande der Kirche feierlichst auszuschließen [3]).

Allein die Verkündigung des Bannes hatte nur entgegengesetzte Folgen: Die Herrmannstädter zogen alle weltlichen Streitigkeiten zwischen geistlichen Personen vor ihr Gericht, setzten eigenmächtig Pfarrer ab und ein und zwangen dieselben trotz des verhängten Interdicts ihr Amt auszuüben [4]). Dabei verweigerten sie der Geistlichkeit die Zehentgiebigkeiten.

Unter solchen Umständen konnte der Dechant und Pfarrer von Herrmannstadt das erzbischöfliche Schreiben nicht zur Geltung bringen, um so weniger, als man nicht allein sein Leben bedrohte, sondern die Widersetzlichkeit der Neuerer noch dadurch verstärkt wurde, daß selbst mehrere Priester und Mönche den Gehorsam löſten und sich ebenfalls der neuen Lehre zuwandten [5]).

So wuchs denn die Zahl der Lutheraner in Herrmannstadt in erstaunlicher Weise von Tag zu Tag; bald traten sie ohne Scheu öffentlich auf. Nach einem Briefe des Domcapitels und seines Decans, sowie des erzbischöfl. Vicars, Peter Thonhauser, an den Erzbischof von Gran, hatten sie im Hause des Johann Tsukasi eine Schule errichtet, wo sie das nicänische Glaubenssymbol und

---

[1]) Pray l. c. p. 215.

[2]) Mailáth, Religionswirren in Ungarn. Bd. I. p. 5. — Timon l. c. p. 107.

[3]) Timon l. c. p. 197 ex M. S. Patr. Rudolphi Bzenski.

[4]) Mailáth l. c. p. 5.

[5]) Timon l. c. p. 107. Unter den Apostaten verdient insbesondere hervorgehoben zu werden der Herrmannstädter Pfarrer Mathias Ramasch, an den Luther im J. 1543 ein Schreiben richtete, worin er ihn titulirt: „Ven. in domino viro, D. Mathiae Ramassi. pastori Cibin. et Decano eiusdem capituli.“ Vgl. Katona, Hist. crit. Tom. XXI. P. II. p. 262.

die Messe deutsch sangen. Ebenda predigte der einstmalige Mönch Georg, den der frühere Hermannstädter Prädicant, Ambrosius der Schlesier, aus Sachsen geschickt hatte. Georg zog auch in den benachbarten Ortschaften umher und hielt das Volk vom Fasten und den Vorschriften der Kirche ab und predigte das „reine" Evangelium, welches seit mehr als 200 Jahren verunstaltet gewesen sei [1]).

Hermannstadt wurde ein anderes Wittenberg. Von allen Seiten strömten Lehrer des neuen Glaubens herbei. Man stritt sich über deren Aufnahme und Verpflegung, jeder wollte die neuen Gottesmänner in seinem Hause bewirthen. Bald erging vom Senate öffentlich die Einladung zu den Predigten und Niemand konnte wegbleiben. Welcher Art die Reden der neuen Lehrer waren, läßt sich erkennen, wenn man erwägt, daß z. B. in der St. Elisabethenkirche der entlaufene Mönch, Johann Surdaster aus Schlesien, das sich als fruchtbarer Schoß des neuen Apostelthums bewies, ein ungelehrter, roher Mensch, gegen alle kirchliche Ordnung eiferte. Bald kam es zu noch ärgeren Attentaten auf die alte Religion. Die Reformaten fühlten sich schon so stark, daß sie bei öffentlichen Umgängen und Processionen die Katholiken und ihre Lehre verhöhnten [2]).

Eben jener Exmönch Surdaster sagte bei Gelegenheit der Frohnleichnamsfeier unter Anderem: „Die Priester meinen wohl, Gott sei blind, weil sie ihm so viele Lichter anzünden", und „die Priester halten Gott für ein Kind, da sie ihn herumtragen". Der Königsrichter und Sachsengraf, Marcus Pempflinger, ließ den Geistlichen keinen Zehent verabfolgen; man beraubte ferner die Kirchen, belegte die getreuen Priester mit Steuern und quälte sie mit Schimpfworten und Drohungen [3]).

Während in Siebenbürgen die neue Lehre stets weiter um sich griff und bereits zu offenen Gewaltschritten gegen die alte Kirche überging, war auch in Ungarn der Same von Wittenberg auf fruchtbaren Boden gefallen. Michael Siklosy war der erste Prediger der in Ungarn zu Ujhely das neue Evangelium verkündete. Die mächtigsten Geschlechter des ungarischen Adels horchten auf die Worte der Prädicanten, nahmen diese in Schutz und gestatteten auf

[1]) Timon, Epitome p. 108.

[2]) Mailáth l. c. p. 7.

[3]) Vgl. den Brief des Hermannstädter Capitels bei Timon l. c. p. 108.

ihren Gütern volle Freiheit ihrer reformatorischen Thätigkeit. Die hervorragendsten adeligen Anhänger und Beschützer der lutherischen Lehre waren Peter Perényi, der Besitzer des Bisthums Erlau und Apostel Luthers, wie ihn Timon nennt, dann Thomas Nádasdy, Valentin Török, Peter Petrovich u. A. In Ujhely, Sáros-Patak, Debreczin, Munkács waren Prediger ansäßig. Die ältesten waren neben dem erwähnten Siklosy noch: Stefan Kopácsi, Michael Sztárai, Andreas Batizi und Mathias Dévay [1]).

Welche Gegenmaßregeln ergriffen nun Kirche und Staat? Von dem Vorgehen des Erzbischofs von Gran haben wir bereits gemeldet. Auf die Klage desselben erließ König Ludwig II. ein strenges Mandat an die Hermannstädter, daß sie sich in Allem den Verordnungen und Entscheidungen des Graner Erzbischofes zu fügen haben. Die Bürger zeigten sich anfänglich fügsam; dazu kam, daß der Erzbischof nach Rom reiste, Pempflinger aber den Vicar zu beschwichtigen wußte. So wurde also dem Umgreifen der neuen Lehre in Siebenbürgen kein ernstes Hinderniß entgegengesetzt.

Auch in Ungarn erregte die rasche Vermehrung der Protestanten bald die öffentliche Aufmerksamkeit und bewog die Stände des Reiches im J. 1523 zu dem Gesetzbeschlusse, daß Se. Majestät als katholischer König geruhen möge, alle Lutheraner, ihre Gönner und Anhänger, als öffentliche Ketzer und Feinde der h. Jungfrau Maria durch Hinrichtung und Güterconfiscation zu strafen [2]).

In Folge dessen suchte man auch in Siebenbürgen strengere Maßregeln geltend zu machen. Der König erließ einen neuen Befehl an den Magistrat von Hermannstadt, daß derselbe M. Luthers Bücher von Haus zu Haus aufsuchen, auf offenem Markte verbrennen und verkünden soll, daß Niemand mehr dergleichen Bücher kaufe oder lese bei Güterverlust. Die erzbischöflichen Kommissäre, die deshalb nach Siebenbürgen geschickt wurden, verbrannten mehrere Bücher, aber so groß war bereits der Fanatismus, daß bald ein Wunder gefunden und geglaubt wurde; es hieß nämlich: aus dem Bücherbrande habe sich Luthers Psalter frei in die Luft erhoben, sei auf

[1]) Vgl. den Brief des Historikers Istvánffy apud Pray, Specim. Hier. Hung. II. p. 216 und Timon l. c. p. 113. Mit Unrecht wird den ersten Anhängern des Lutherthums in Ungarn auch Caspar Drágfi beigezählt; derselbe wurde erst am 2. Juli 1516 geboren.

[2]) Gesetz vom Jahre 1523, Art. LIV.

das Haupt des Commissärs gefallen, habe ihn zu Boden geschlagen und am dritten Tage sei er am Fieber gestorben [1]).

Auch die Stände verschärften ihr früheres Gesetz zum wiederholten Male (1523 und 1525) und bestimmten, daß sowohl die Verbreiter als Anhänger und Patrone der neuen Lehre dem Feuertode zu übergeben seien [2]). Doch auch dieses unsinnige Gesetz fand gleich aller damals zu Stande gebrachten zahlreichen guten Gesetzesbeschlüssen keine Ausführung. Wir befinden uns eben gerade inmitten des gähen Unterganges des ungarischen Reiches, das weniger durch die äußeren Kriegsstürme der türkischen Barbaren zertrümmert wurde als vielmehr durch innere Zerrüttung und Zerklüftung sich selbst sein Grab bereitete. Es ist jene Zeit, von welcher der Historiker Istvánffy sagt, daß sich damals kein Mensch um das Wohl und den Fortbestand des Staates kümmerte, Niemand nach bürgerlicher Eintracht strebte, sondern alle die Freiheit und Selbständigkeit in üppiger Schwelgerei mißbrauchten, dabei Zwietracht stifteten, nur für ihr eigenes Wohl sorgten, schlechten Reden Gehör liehen, endlich nur Muße und Luxus suchten und jede Zucht und Arbeit verachteten [3]).

Auf diese Weise konnte auch die kirchliche Bewegung, welche Ungarns leichtlebige Magnaten und Edelleute auch von den Gesetzen der Kirche entband, ungestört weiter und tiefer greifen. Die Zahl der Reformirten in Hermannstadt war bereits so groß, daß die klagende Geistlichkeit dem Erzbischof von Gran schrieb, selbst in der Stadt, wo Luther wohnt, könne seine Lehre nicht stärker herrschen [4]).

In Ofen selbst, unter den Augen des Königs, traten Simon Grynäus und Vitus Winshemius, zwei gelehrte Schulmänner, als Verkündiger der neuen Lehre auf. Sie wurden bald in Gewahrsam gesetzt und flohen, von ihren Freunden befreit, nach Deutschland zurück [5]).

Trotzdem behielt in Ofen die neue Lehre zahlreiche Anhänger unter der Bürgerschaft, so daß der Stadtrath es wagte, den

[1]) Mailáth l. c. p. 6 nach Haner.

[2]) Istvánffy l. c. p. 63 und dessen Brief bei Pray Spec. Hier. II. p. 216.

[3]) Istvánffy l. c. p. 71.

[4]) Mailáth l. c. p. 7.

[5]) Timon l. c. p. 106, 141.

bekannten Paul Speratus, der nach seiner zu Wien am 12. Jänner 1522 gegen Priestergelübde und Cölibat gehaltenen Predigt excommunicirt wurde, zum Seelsorger nach Ofen zu berufen, wo dieser fanatisch eifrige Reformator — obzwar nur kurze Zeit — seine umstürzende Thätigkeit fortsetzte [1]).

Mitten in der Türkengefahr gedachte König Ludwig II. nochmals der kirchlichen Wirren in Siebenbürgen und erließ einen strengen Befehl an den sächsischen Königsrichter unter Androhung der Amtsentsetzung und des Verlustes aller Güter, sobald er nicht die Anhänger und Verbreiter der neuen Lehre ergreift und sie für dies Vergehen gebührend straft [2]).

Dieser Befehl ist datirt vom Tage vor dem Feste der heiligen Maria Magdalena (22. Juli); einen Monat später — am 28. Aug. 1526 — ging die unglückliche Schlacht bei Mohács verloren, wo mit der Blüte des Adels auch die Spitzen der Geistlichkeit fielen; der König aber auf der Flucht in einem Sumpf erstickte. Damit ging auch Ungarns staatliche Selbständigkeit unter und bei seiner innern Zerrüttung entwickelten sich die heftigsten politischen und religiösen Kämpfe.

Von einer Zurückdämmung der religiösen Revolution war nach der Schlacht bei Mahács schon gar keine Rede, obzwar der Kronprätendent Johann Szapolya ein strenges Edikt [1]) gegen die Reformirten erließ; er wollte sich hierdurch die Gunst der Geistlichkeit erwerben, aber seine Worte verhallten fruchtlos. Es fehlte ihm die Kraft, seine Befehle durchzusetzen, und als er vor Ferdinands Waffen nach Polen entfloh, entsagte der Verweser Siebenbürgens, Alexius Bethlen, allen gewaltsamen Schritten gegen die neue Lehre. Von gleichem Erfolge waren auch die Bestrebungen des erzbischöflichen Kommissärs, den der Primas Paul Várday, an die Dekane, Seelsorger und Rechtgläubigen in Hermannstadt schickte, damit er diese mahne, sie mögen das Volk zum alten Glauben zurückführen [1]). Ja es dauerte nicht lange, und die Neugläubigen zeigten praktisch, was sie unter „christlicher Freiheit“ verstünden.

---

[1]) Raupach, Evang. Oesterr. Hamburg 1741. II. 8, 10.
[2]) Timon l. c. p. 108.
[3]) Ddo. 25. Jänner 1527 ap. Timon l. c. p. 113.
[4]) Ibid.

Am 22. Februar 1529 erging nämlich an das Capitel, die Priester und getreuen Katholiken beiderlei Geschlechtes in Hermannstadt der Befehl, die Stadt zu verlassen; und nachdem man alle Kirchengüter und fromme Stiftungen eingezogen hatte, wurde die Propsteikirche zum h. Kreuze mit ihren 24 Altären dem lutherischen Gottesdienste übergeben [1]).

Dem Beispiele Hermannstadts folgte im nächsten Jahre Kronstadt, das trotz seiner Hinneigung zu dem strengkatholischen König Ferdinand dennoch die katholischen Priester vertrieb. Die Brüder aus dem Orden des h. Franciscus, welche den Gottesdienst in der Kirche zu den Erzaposteln Petrus und Paulus versahen, begaben sich in den Csiker Széklerstuhl. In gleich gewaltthätiger Weise mußten auch die Dominikaner ihre Kirche sammt Kloster und die „sieben Flecken" (Hétfalu) verlassen [2]). Das waren die Früchte der neuen „Freiheit", die Katholiken hatten nirgends Schutz, nirgends energische Hilfe.

In der Schlacht bei Mohács verloren sieben Bischöfe das Leben, die erledigten Bischofsitze sammt den anklebenden Gütern rissen entweder einzelne Adelige gewaltsam an sich [3]) und die einander bekriegenden Gegenkönige mußten sie ihnen lassen, um nicht dieselben in das Feindeslager zu treiben, oder es gab für die einzelnen Stühle doppelte Ernennungen, eine von Seite Ferdinands, die andere seitens des ehemaligen Siebenbürger Wojwoden Johann Szapolya [4]).

War so das Oberhirtenamt in Ungarn schon vielfach verwaist, und damit die Heerde Christi ohne Leitung und schutzlos den

---

[1]) Von den Priestern ward nur einer abtrünnig, die früheren Apostaten waren (mit Ausnahme des Pfarrers Math. Ramasch) meist Mönche von außen eingewandert. Timon l. c. p. 118.

[2]) Timon p. 120.

[3]) So besaß Peter Perényi das Bisthum Erlau, Johann Saracen Fünfkirchen, Valentin Török Neutra, Paul Bakics Raab, Franz Dobó Siebenbürgen, Caspar Perusich Csanad. S. Istvánffy lib. XII, p. 123. Indeß läßt sich nicht läugnen, daß auch ein früherer Gesetzbeschluß bedeutend auf die Entfremdung des Kirchengutes einwirkte. Gesetzartikel 34, vom J. 1521 bestimmt nämlich, daß erledigte Bisthümer der König an würdige (weltl.) Männer und Adelige verleihen solle, damit diese ein Banderium aufstellen und die Grenzfestungen bewachen mögen.

[4]) Pray, Spec. Hier. Hung. II, p. 235.

feindlichen Angriffen preisgegeben, so vermehrte das Uebel noch jener Umstand, daß im niederen Clerus seit dem letzten blutigen Bauernkriege im Jahre 1514 gefährliche Elemente demagogischer Natur walteten. Ein wüthender Haß gegen den Adel und die geistliche Hierarchie hatte damals zahlreiche niedere Geistliche und Mönche in die Reihen der „Kuruczen" getrieben und diese zeichneten sich durch blutgierige Tollheit und communistische Raserei selbst vor Dózsas Henkern aus [1]).

Der ungarische Bauer erfaßte begierig die Gelegenheit, welche ihn von dem Gesetze der Kirche dispensirte, denn Zehent und Robot lasteten schwer auf ihm; den Edelmann dagegen lockten wie überall die fetten Pfründen der Kirche, die er sich „annectirte". So darf es uns denn nicht Wunders nehmen, daß um die Mitte des 16. Jahrhunderts die mächtigsten Familien Ungarns dem Protestantismus angehörten. Die Balassa, Bathyány, Bebek, Bocskay, Drágfy, Dobó, Drugeth, Forgách, Kendy, Nádasdy, Perényi, Petrovich, Seredy, Révay, Thurzó waren zum Theil oder ganz protestantisch [2]). Ja selbst unter der höheren Geistlichkeit fand der Protestantismus Anhänger. Der Propst von Erlau, Heiczey, ein uralter Mann, hatte Prediger auf seine Propstei nach Kistálya gebracht; der Karlsburger Propst Emerich Bebek, trat zum Protestantismus über und vermählte sich; Joseph Horváth, Propst in der Zips, gab seine Propstei dem Könige zurück, strich aus seinem Wappen die Infel und vermählte sich. Desgleichen die Bischöfe von Wesprim, Martin Kechety und von Neutra Franz Thurzó [3]).

Indessen kehrte Johann Szapolya siegend wieder aus Polen zurück. Er war kein Freund der kirchlichen Neuerungen, nicht sowohl aus religiösem Grunde als vielmehr wegen politischer Ursachen. Szapolya bedurfte der Unterstützung der Geistlichkeit, welche ihrerseits die fremden Prädicanten haßte; dann bedurfte er die Vermittlung des Papstes, und nicht weniger wirkte der Umstand auf Szapolya, daß die Protestanten Siebenbürgens, insbesondere die Sachsen — vielleicht auch aus nationalen Rücksichten — getreue Anhänger seines Gegners Ferdinand waren.

---

[1]) Vgl. Istvánffy, l. c. lib. V. p. 44 sqq.

[2]) Mailáth l. c. p. 8; Horváth, Magyarország történelme (II. Aufl. 1861) Bd. III. S. 175.

[3]) Mailáth l. c. p. 8.

Unter Szapolyas Schutz griff der Bischof v. Siebenbürgen, Johann Statilius, die Protestanten mit vieler Heftigkeit an. Er vertrieb deren Prediger, darunter namentlich auch einen Apostel Calvins Mathias aus Glatz [1]). Allein diese Energie des Siebenbürger Bischofs wurde gelähmt einmal durch den bedauerlichen Umstand, daß er den von Ferdinand bestellten Gegenbischof Nikolaus Gerendy zu fürchten hatte und dann hielten ihn die häufigen politischen Sendungen Szapolyas für längere Zeit von seinem Bisthume entfernt [2]).

Mittlerweile hatten die Neuerer vollkommen freien Spielraum. Vergebens riefen die getreuen Priester den Schutz Szapolyas an; er erließ zwar unter dem 10. Dec. 1539 eine strenge Monition [3]) an die Amtsleute der VII. und II. Stühle, daß Niemand die Rechte, Gerichtsbarkeit und Freiheiten der sächsischen Pfarrer weder durch That noch durch Drohungen kränken solle — allein die Sache hatte keinen Erfolg. Zudem starb auch Bischof Statilius schon im Jahre 1542 [4]) und die siebenbürgische Kirche blieb nun durch zehn Jahre verwaist. Die Güter des Bisthums verlieh König Ferdinand seinem Feldhauptmann Kaspar Seredy [5]), derselbe hat sie jedoch kaum benützt nachdem die Königin Isabella, Witwe Johann Szapolyas selbst davon Besitz nahm und deren Einkünfte für sich verwendete [6]).

In dem ungarischen Theile der Herrschaft Szapolyas verbreitete sich gleichfalls die Neuerung im Glauben; denn auch hier

[1]) Timon, l. c. p. 134.

[2]) Pray, Spec. Hier. Hung. II. p. 235.

[3]) cf. D. G. D. Teutsch, Urkundenbuch d. evang. Landeskirche A. B. in Siebenbürgen (Hermannstadt, 1862) Bd. I. Nr. 64 p. 155—156. Die Monition geschah mit der Motivirung: „Nos ex debito Regiminis nostri officio de speciali fauore et gracia debeamus intendere defensioni Jurium iurisdictionum et quarumcumque libertatum ministrorum dei et Eius Ecclesiae, quo patrocinio Regie celsitudinis suffulti ad dei absequiam et Religionis augmentum, magis ac magis incitentur Notimusque, sicut neque ficet, Eorum iura, et obseruatas consuetudinis quoquo modo infringi, Idcirco etc."

[4]) Chronologia Sigleri apud Bél, Adparatus ad Historiam Hungariae (Posonii 1735) p. 70.

[5]) Vgl. Ferd. Schreiben an den Hermannstädter Gau v. 11. Oct. 1542 apud Teutsch l. c. Nr. 65, p. 156—157.

[6]) Vgl. Die Urkunden Nr. 66 und 67 aus den Jahren 1542 und 1548, (ap. Teutsch l. c. 157—158) worin sie den Pfarrern des Bistritzer Districts und Kyralyer Capitels den Empfang des Martinszinses bestätigt, „quem nobis domini Regnicale cum ceteris Episcopatus proventibus deputaverunt."

war das Bisthum Großwardein in den Händen eines Mannes, der obgleich Katholik und Kleriker, dennoch mehr in kriegerischen Thaten als kirchlichen Pflichterfüllungen bekannt ist. Es war dies Emerich Czibak [1]), der im J. 1543 durch Ludwig Gritti ermordet wurde.

Die schwache Regierung des ehemaligen siebenbürgischen Wojwoden und nunmehrigen Königs eines Theiles von Ungarn und von Siebenbürgen vermochte also nicht im geringsten dem Umgreifen und der allseitigen Festsetzung des Lutherthums Einhalt zu thun, und so kam es, daß bei dem Tode Johannes (Szapolya) seine Witwe in ihren Landestheilen fast nur Protestanten vorfand. Ja in ihrer nächsten Umgebung lebten Anhänger und Beschützer dieser Neuerungen, so der eine Vormund ihres Sohnes, Peter Petrovich, Graf v. Temesvár und Verwandter des verstorbenen Königs [2]) und ihr Leibarzt, der Italiener Georg Blandrata, der spätere Verbreiter des Socianismus in Siebenbürgen.

Diesen gegenüber war aber der andere Vormund des Prinzen Fr. Georg Martinuzzi, Bischof von Großwardein, Schatzmeister, Statthalter und oberster Richter des Reiches [3]), ein geschworner Feind und Gegner des neuen Glaubens, zu dessen Niederhaltung er seine energische Geisteskraft einsetzte, und es ist mit Sicherheit anzunehmen, daß ein entschiedener Erfolg seine Bestrebungen bezeichnet hätte, falls er nicht mitten in seiner Wirksamkeit dem Dolche seiner Feinde und Neider erlegen wäre. Seine Persönlichkeit ist es, die wir deshalb vor Allem betrachten müssen.

Georgs Geburtsort [4]) war die Ortschaft Kamizacz in Kroatien, wo er im Jahre 1484 (od. 1482) das Licht der Welt erblickte.

---

[1]) Czibak war kein Laie, sondern Cleriker, der mindestens die niederen Weihen empfangen hatte. Als Bischof blieb er „electus." Vgl. Timon p. 126.

[2]) Istvánffy, Hist. lib. V. p. 46 *a)* „Erat is (Petrovich) ex Posega provincia Ungariae oriundus, Voivodeque sanguine junctus."

[3]) „Frater Georgius Episcopus Varadiensis, Thesaurarius, Locumtenens, et Iudex Generalis" unterzeichnet sich Martinuzzi selbst in einem Briefe an Anton Veráncsics (Verantius) do. „Varadini Sabbatho ante Dominicam Reminiscere anno Domini 1545" ap. Pray, Annales Regni Hung. Pars V. p. 271.

[4]) Vgl. Martinuzzis Brief an A. Verantius bei Pray l. c. und Istvánffy Hist. lib. XII, p. 126. Ueber Martinuzzi hat der ungar. Historiker Michael Horváth in seinem pseud. als „Mich. Hatvani" herausgegebenen „histor. Taschenbuche" S. 81—462 eine vielfach lehrreiche Biographie veröffentlicht. Nur

Sein Vater Gregor Utyeßenich, ein armer Edelmann, nur an Kindern reich gesegnet, diente im Heere des Herzogs Johann Corvin (Sohn des ung. Königs Mathias) gegen die Türken [1]); seine Mutter Anna stammte aus der altadeligen Familie der Martinuzzi zu Venedig. Schon im achten Jahre kam Georg in die Dienste des Herzogs, der ihn nach seinem Schlosse Hunyad in Siebenbürgen sandte, wo der Knabe unter der rohen, ungebildeten Burgwache und Dienerschaft vergessen, verlassen, Noth und Mangel leidend, bis in sein 21. Jahr lebte. Hierauf kam er (1504) an den Hof der Herzogin Hedwig, Witwe des Zipser Grafen Stefan Szapolya und Mutter des späteren Königs Johann. Georg wurde hier in die Zahl der Pagen aufgenommen und zum Kaminheizer der Herzogin bestimmt [2].)

Der Glanz des Hoflebens, sowie die Zahl der Gäste mochten auf den begabten Georg nicht ohne Eindruck geblieben sein; hier regten sich wohl zuerst die Keime seiner künftigen Größe, es dämmerte vor den Augen seiner Seele, die bisher in den Wildnissen der Hunyadenburg und unter rohen Domestiken verhüllt gewesen.

Seinem eigenen Geständnisse zufolge langweilte ihn das Hofleben, er strebte über den Kreis herzoglicher Dienerschaft hinaus, und da er zur *militärischen* Laufbahn keine Neigung fühlte [3]), so ergriff er das Priesterkleid, das seiner Niedrigkeit einen leichtern und kürzeren Weg zur Erhöhung versprach.

Er trat in das Paulinerkloster St. Laurenz bei Ofen als Laienbruder ein [4]). Von den Mönchen gerne aufgenommen, lebte der

---

des Kardinals Beziehungen zu den kirchlichen Neuerern sind dem geschätzten Historiker fast gänzlich entgangen; nur auf S. 460—461 gedenkt er flüchtig derselben. Wir versuchen in Obigem die Lücke auszufüllen.

[1]) Georgs Vater fiel auf dem Schlachtfelde. Von seinen drei Brüdern waren zwei ebenfalls in Kriegsdiensten, und zeichneten sich der eine, Jakob, bei der Vertheidigung Belgrads im Jahre 1521 rühmlich aus; der dritte, Namens Mathias, war gelehrten Dingen obgelegen. („opinione omnium non infeliciter in litteris versatum" — schreibt Bruder Georg im obigen Briefe).

[2]) D. Czwittinger, Spec. Hung. Literatae p. 245; Horányi, Memoria Hung. II. p. 578.

[3]) Er hatte nämlich einige Zeit mit sechs Reitern unter den Schaaren des Siebenbürger Wojwoden Johann Szapolya gedient. Vgl. Horváth l. c. p. 40.

[4]) Zeugenaussage des Peter Pálczan und Franz Bornemißa im „Magyar történelmi tár" d. i. Ungarisches Archiv f. Geschichte (Pest 1865) Bd. I. S. 252 und 254.

26—28jährige Georg anfänglich ohne Unterricht bis ein frommer und gelehrter Bruder sich seiner erbarmte und den kraftvollen wie geistig begabten jungen Mann in den klösterlichen Wissenschaften unterrichtete [1]).

Durch seine schnellen Fortschritte wie seine ausgezeichneten geistigen Fähigkeiten, erwarb er sich des Priors Gunst; er wurde zum Priester geweiht und erhielt das Oekonomat des Klosters. Sein Eifer, sein wirthschaftliches Talent hoben in kurzer Zeit die ökonomischen Verhältnisse des Klosters bedeutend, wodurch er sich die Bewunderung und Achtung seiner Genossen im hohen Maße errang.

Die Kunde seiner Thätigkeit überstieg bald die engen Klostermauern. Der Ordensgeneral ernannte ihn zum Prior des Klosters Częstochow in Polen, von wo er später in gleicher Eigenschaft nach Sajolad im Comitate Borsod übersetzt wurde.

In beiden Stellungen erstreckte sich sein Ruf über die Sphäre seines unmittelbaren Wirkens. Seine spätere Thätigkeit am Hofe und im Dienste Johann Szapolyas beweist, daß er unter dem Adel in Polen und Ungarn ausgebreitete Bekanntschaft hatte, daß man das Talent und den weisen Rath des Priors aufsuchte und hochschätzte.

So mochten 10—15 Jahre im stillen Klosterleben dahingeschwunden sein, als der Augenblick erschien, welcher den einfachen Eremitenmönch unmittelbar auf den Schauplatz der Geschichte rief.

Ob König Johann (Szapolya) den Mönch schon vor dem gekannt, bleibt unbestimmt, doch höchst wahrscheinlich [2]). Als der

---

[1]) So Georg selbst in dem o. a. Briefe. Dasselbe bezeugt auch Istvánffy Hist. lib. XII. p. 126 *a)*. Damit ist widerlegt die Angabe des Weßprimer Bischofs Paul Bornemißa, der in dem Processe nach Georgs Tod behauptete, dieser habe noch im Jahre 1538 nicht lesen gekonnt. („tunc Literas non didicerat"). Diese Behauptung und die von dem Herausgeber Jos. v. Podhradczky („Történ. tár." p. 260, 266) daran geknüpfte Bemerkung ist doppelt lächerlich durch die Thatsache, daß Georg damals (1538) bereits zehn Jahre König Johanns Rathgeber und Mitglied des geh. k. Conciliums und seit vier Jahren ernannter Bischof von Großwardein war.

[2]) Johann wollte gleich anfangs dem Prior seine Kleinodien zur Aufbewahrung übergeben; dies läßt auf frühere Bekanntschaft schließen, vielleicht vom Hofe der Herzogin Witwe Hedwig oder aus der Zeit des Reiterdienstes Georgs.

König im Jahre 1528 von seinem Gegner König Ferdinand aus Ofen verdrängt wurde, lagerte er längere Zeit am Sajó und ward mehrere Wochen der Gast des Priors zu Sajolad. Bald hatte er in demselben den göttlichen Funken entdeckt; die Männer fanden sich, um sich nie wieder zu trennen. Als Szapolya nach Polen flüchtete, folgte ihm der Prior.

König Johann fand in ihm den treuesten Anhänger, weisesten Rathgeber und Freund, der in allen Fällen glückliche Auskunft wußte; Bruder Georg dagegen hatte in seinem Herrn einen dankbaren Wohlthäter, der ihn mit Gütern und Ehren beschenkte [1]), ihn allmälich zum einflußreichsten Mitgliede des königlichen Rathes und allmächtigen Minister, endlich zum Bischof und Vormund seines Sohnes und Erben machte, bis zu dessen Großjährigkeit er als Statthalter die Geschicke des Reiches lenken sollte.

Die ausführliche Schilderung der politischen Thätigkeit Bruder Georgs liegt außerhalb unserer Aufgabe; dennoch müssen wir derselben mit einigen Worten gedenken. Georg war seit der Bekanntschaft mit dem Könige dessen steter Begleiter. Dieser nahm ihn in den königl. Rath auf, womit der Mönch in den Magnatenstand erhoben wurde. Die Erfindungsgabe, der Scharfsinn, die Bildung, außerordentliche Thätigkeit und der unermüdete Eifer des Eremiten im Dienste seines Herrn machten ihn stets unentbehrlicher, und bald wurde keine Verhandlung geführt, keine Maßregel von Bedeutung beschlossen ohne den Mönch, der ebenso gewandt im Rathe als in der Intrigue war.

Bekanntlich nahm Johann Szapolya seine Zuflucht bei der türkischen Pforte. Die Parteinahme für diesen Erbfeind war damals in Ungarn noch sehr unpopulär; Bruder Georg befreundete sich damit, ja er war der eifrigste Propagandist für das türkische Bündnis. Diese Türkenfreundschaft gilt als eine der schwersten

[1]) Mittelst Urkunde vom 21. Nov. 1533 verleiht König Johann die Güter des ohne Nachkommen verstorbenen Thomas Penczi dem Bruder Georg („attentis et consideratis fidelitate et fidelium Seruiciorum Meritis fidelis nostri Reuerendi fratris Georgij Heremite Consiliarij nostri, que ipse nobis et huic Regno nostro Hungarie sedulo et diligenter exhibuit et impendit“). Es waren diese Lobsprüche keine leeren Formeln; Georg hatte sie redlich verdient. Die Urkunde s. in „Codex diplomaticus patrius“ (Jaurini 1865) Tom II, Nr. 279, p. 443—444.

Anklagen gegen den Mönch. Man urtheile jedoch nicht vorschnell und einseitig. In dem Charakter Georgs finden wir zwei hervorstechende Züge ausgeprägt: glühende Vaterlandsliebe und glühenden Ehrgeiz — beide Charaktereigenschaften übten ihren Einfluß auf seine Handlungen, doch waltete in späteren Jahren die Liebe zum Vaterlande vor. Die Freundschaft mit den Osmanen hatte ihren Grund in den unglücklichen Verhältnissen des zwiespältigen, von Parteiungen durchwühlten ungarischen Vaterlandes. Viele Patrioten meinten, unter einem nationalen Könige werde das Reich neu aufblühen, das Zeitalter des Mathias Corvinus wiederkehren; Ungarn werde wieder einig, groß und mächtig sein. Georg gehörte zu dieser Partei. Sie hofften, die Türkenhilfe werde König Johann in den Stand setzen, das ganze Ungarreich zu beherrschen; während Georg und viele Andere von König Ferdinand befürchteten, daß bei der gegenwärtigen Schwäche Ungarns dieses im deutschen Reiche aufgehen und damit auch die magyarische Nationalität ihre Endschaft erreichen werde. Ohne Zweifel war bei dieser Politik auch Georgs Ehrgeiz im Spiele, der bei König Johann schnellere Befriedigung verhoffte — und fand.

Indeß hatte Georg sich getäuscht, die türkische Hilfe war nicht uneigennützig, zudem konnte König Johann trotz ihrer Unterstützung nicht die ganze Nation unter sich vereinigen; ebenso entsagte auch König Ferdinand seinen gerechten Ansprüchen nicht. Jener Theil der Nation aber, welcher schon früher auf Ferdinands Seite gestanden, wurde durch die Herbeiziehung der Türken von Johann noch mehr entfremdet, selbst dessen Anhänger traten deshalb zu Ferdinand über. Die Türken brachten dem Lande mehr Gefahr als jede sonstige Einwirkung, ja sie bedrohten dasselbe mit völliger Verwüstung. Deswegen war Bruder Georg Friedensgedanken zugeneigt und er bemühte sich, solche Gedanken auch seinem Herrn einzuflößen. Darum rief er im Jahre 1531 Kaiser Carl V. um Vermittlung bei Ferdinand an, und es hörten seitdem die Friedensverhandlungen zwischen den beiden Gegenkönigen nicht auf, bis endlich am 24. Februar 1538 der Friede geschlossen ward.

Während dieser Zeit erhielt Bruder Georg erneuerte Beweise königlicher Huld und Dankbarkeit. Nach der Ermordung des Emerich Czibak, Wojwod von Siebenbürgen und Bischof von Großwardein, ernannte König Johann seinen getreuen Diener noch im Jahre 1534 zum Bischof von Großwardein [1]) und Schatzmeister seines Reiches.

---

[1]) So Istvánffy l. c. lib. XII. p. 126. Sigleri, Chronologiae apud Bél l. c. p. 72; W. Bethlen, Hist. de rebus Transilvanicis (Cibinii 1782). Pray, Annales Regum Hung. V. p. 270. Timon, Epitome p. 127. Dieselbe Nachricht geben auch Czwittinger l. c. p. 245 und Horányi l. c. p. 579, und ist den obigen Quellen auch „Hatvani" in seiner Biographie des Kardinals gefolgt. (Vgl. „Történ zsebkönyv" S. 104). Dagegen schreibt Pray in „Specimen Hierarch. Hung." (1779) II. 187 *c)*: „Videtur Georgius prius fuisse Episcopus Chanádiensis, et ab anno 1539 simul Varadiensem cum illo Episcopatum tenuisse, ut Brutus et Forgachius in MSS Hist. memorant et Consist. Rom. 144. 372 ad praesentem annum refert, Georgium de Chanadiensi **ad** Varadiensem translatum, hoc est, ut ex prioribus liquet, illo dimisso hunc retinuisse." Auf Pray beruft sich alsdann Batthyáni in „Sancti Gerardi Episcopi Chanadiensis Scripta et Acta" (Albo-Carolinae 1790) p. 137 und 143. und beiden folgt der „Schematismus Cleri Dioecesis Csanádiensis", welcher in der „Series Episcoporum Csanádiensium" den Georg Martinuzzi für die J. 1536—1539 als 42. Bischof den Nachfolgern des hl. Gerhardus einreiht. Dagegen ist Martinuzzi im Schematismus der Großwardeiner Diöcese als Bischof von Großwardein von 1534—1550 (?) angeführt. Wie löst sich dieser Widerspruch? Ich glaube am leichtesten durch die Annahme, daß Martinuzzi im J. 1534 zum Bischof von Großwardein ernannt wurde, indeß er das Csanáder Bisthum niemals in kirchlicher Jurisdiction besaß, d. h. Martinuzzi war nie Bischof von Csanád. Pray beruft sich auf Forgách, der von 1556—1557 Bischof von Großwardein war und um das Jahr 1568 seinen „Commentarius rerum Hungaricarum" schrieb, den der gelehrte Piarist A. Horányi im J. 1788 veröffentlichte. Allein Prays Berufung ist nicht gerechtfertigt. Forgách nennt lib I. p. 1 den Bruder Georg einfach „Episcopus Varadiensis" und S. 2 wird erzählt: „Gregorium vero paullo ante Varadiensi Episcopatu donauerat" (Rex Johannes) und weiter: „Sortitis inter se prouinciis Georgius Varadinum et Csanádinum Pontificatus amplissimos, atque Comitatus omnes Hung. Inferioris... obtinebat". Dies kann sich doch nur auf die Civilverwaltung dieser Gebiete beziehen, welche Martinuzzi in seiner Eigenschaft als Mitvormund des Erbprinzen Johann Sigismund und als Gubernator besaß. Dasselbe berichtet W. Bethlen l. c. lib. III. p. 408, wenn er schreibt: „Georgio Monacho Varadiensem et Csanádiensem Episcopatus, nec non totam illam Hungariae partem, quam fluvii Crisius et Tibiscus includunt, regendam attribuit" (sc. Isabella). Von einer Verleihung des Csanáder Bisthums in geistlicher Beziehung ist hier nicht die Rede. Bemerkenswerth ist, daß diese Data für die Zeit nach König Johann gelten, Georg war aber schon bei Lebzeiten Bischof von Großwardein und wurde als solcher im J. 1539 vom Papste bestätigt, wie dies nicht nur die Bulle Papst Paul III. bezeugt, sondern auch Timon, Epitome p. 134 anführt. Es wurden damals bestätigt: Franz Frangepan als Erzb. v. Kalocsa und Bischof von Erlau; Joh. Essek als Bisch. von Fünfkirchen, Johannes Statilius von Siebenbürgen

Bruder Georg betrachtete das letztere Amt als seine Hauptaufgabe. Er war mehr Staatsmann als Kirchenfürst. Bei seiner Ernennung zum Bischof von Großwardein befand sich König Johann noch im Kirchenbanne, weshalb er die päpstl. Präconisation auch nicht gleich empfing, und selbst als diese im Jahre 1539 ihm verliehen wurde, ließ Georg sich nicht zum Bischof weihen. Die kirchlichen Angelegenheiten seines Bisthums besorgte ein Vicar, doch werden wir sehen, daß ihm deshalb die religiösen Verhältnisse nicht ganz ferne blieben. Außer seinem Bisthume besaß er auch noch andere Kirchenpfründen, darunter die Abteien zu Klausenburg und Fünfkirchen [1]).

Trotz der zwiefachen Erhöhung änderte Bruder Georg nichts in seiner einfachen Lebensweise. Er legte sein weißes Eremitenkleid auch als Bischof nicht ab und nannte sich auch von nun an stets „Frater Georgius", unter welchem Titel er auch in den Geschichtsbüchern und Schriftstücken jener Zeit bekannt ist.

Wenn Bruder Georg auch verschmähte, die äußerlichen Abzeichen seiner bischöflichen Würde zu tragen, so vergab er doch niemals etwas seinem geistlichen Charakter. Nach dem Briefe Königs Ferdinand vom 8. Jänner 1552 an den königl. Rath [2]) legte er auf kirchliche Aemter und Auszeichnungen einen hohen Werth. Auch beobachtete er streng die kirchlichen Vorschriften und Disciplinen; er hörte jeden Tag eine hl. Messe, predigte oftmals und hielt das

---

und Georg Martinuzzi von Großwardein. (Timon gibt diese Nachricht nach Sforza Pallavicini lib. 4. cap. 8). Ein indirecter Beweis für die Erhebung des Bruders Georg im J. 1534, wovon Istvánffy, Bethlen u. A. melden, liegt auch in dem Berichte, welchen Weinmeister aus Lippa v. 6. Dec. 1534 an die Herzoge von Bayern schreibt, und worin es heißt: „Die königl. Majestät hat an das Gritti obrister Schazmaister stat den munch frater Jorgen erwellt, dem alle Menschen feindt". S. „Quellen und Forschungen z. bayr. und deutschen Geschichte" p. 427. Das Thesaurariat erhielt aber Bruder Georg nach den obigen Quellenberichten unter Einem mit dem Großwardeiner Bisthum. Nach welchen Quellen der „Schematismus Cleri Dioecesis Csanádiensis" die Jahre von 1536—1539 dem Bruder Georg für sein Csanáder Episcopat zuweist, ist mir ganz unbekannt. Ueberhaupt bedarf die „Series Episcoporum Csanádiensium" einer durchgreifenden Revision. Anmerkung verdient endlich, daß auch Katona in „Historia pragmatica Hung." II. p. 570 den Martinuzzi den Bischöfen von Großwardein und nicht von Csanád zuzählt.

1) Hatvani „Történ. Zsebkönyv" d. i. Hist. Taschenbuch S. 104, 460.

2) Istvánffy lib. XVII. p. 193.

Fastengebot, wie er ja auch am Morgen, die Hora betend, von seinen Mördern getödtet wurde. Daß er sonst durch mildthätige Spenden und Gerechtigkeit sich die Liebe der Unterthanen zu erwerben verstand, ersehen wir aus dem Umstande, daß bei seinem gewaltsamen Tode das Volk der Székler, welches ihn als Vater und Wohlthäter verehrte und liebte, blutige Rache forderte und es nur großen Bemühungen gelang, die Gemüther zu beruhigen. Indeß erhielt sich das Andenken an den Bischof noch lange [1]).

Durchaus ungerechtfertigt erscheinen deshalb die argen Vorwürfe und Beschuldigungen, welche in neuester Zeit gegen den sittlichen Charakter Bruder Georgs erhoben wurden. Abgesehen von den mit Maß gerügten, unerklärten Handlungen und Eigenschaften des Cardinals, wie solche Bucholz [2]) betont hatte, nannte Podrhaczky [3]) den Bruder Georg ein „Ungeheuer", wie solche zum „Heile der Menschheit nur sparsam und selten als erschreckende Kometen" erscheinen und der siebenbürg. Historiker J. K. Schuller heißt ihn einen „schlauen Mönch" von „ränkevollem Wesen, allen sittlichen Haltes bar, herrschsüchtig", dessen Absicht es gewesen sei, „aus dem Sturme, welchen er heraufbeschworen hatte, mit heiler Haut zu entkommen, mit keiner der um die Herrschaft streitenden Parteien so ganz zu brechen, daß kein Weg zur Wiederaussöhnung offen bleibe, jeden Freund aber in demselben Augenblicke zu verlassen, wo der höhere Preis, für welchen der Gegner seine guten Dienste erhandelte, ihm für die Dauer gesichert schien" [4]).

Auf Grundlage umfangreicher urkundlicher Funde, welche der magy. Historiker M. Horváth aus dem Brüsseler Archiv in den von der ung. Akademie herausgegebenen Geschichtsquellen [5]) veröffentlicht hat, baut sich ein ganz anderes Bild der bedeutenden Persönlichkeit des Cardinals auf, dessen hohe staatsmännische Begabung auch seine Gegner bereitwillig anerkannten. König Ferdinand

---

[1]) Hatvani l. c. p. 440. Vergl. auch Forgách Commentarius p. 111, 112.

[2]) In „Geschichte Ferdinand I." Bd. 7. S. 290—291.

[3]) In „Történ. tár" p. 263.

[4]) Schuller, die Verhandlungen von Mühlbach im Jahre 1551 und Martinuzzis Ende. (Hermannstadt, 1862) S. 5, 14, 18 u. a. O.

[5]) „Monumenta Hungariae Historica". Urkunden. Bd. I. u. II. (1858).

beneidete den „Wojwoden" um den „Kuttenmann", der allein 10.000 Bewaffnete aufwiege [1]).

Das war der Mann, den König Johann bei seinem Tode († 23 Juli 1540) zum Vormund seines Sohnes und Regenten des Reiches bestimmte. Dadurch eröffnete sich dem einfachen Mönch eine großartige Zukunft. Erst jetzt kam Georgs Größe in Wahrheit zur Geltung. Von dem Augenblicke an, da er an die Spitze des Reiches getreten, bis zu seinem gewaltsamen Tode ruhte die ganze Last der Regierung fast gänzlich auf ihm. Unter den Mitgenossen im Rathe des verstorbenen Königs, unter den Magnaten und Adeligen des Landes zählte er wenig Freunde, dagegen eine große Anzahl geheimer und offener Widersacher, Neider und Nebenbuhler; man sah mit Haß und Widerwillen den Niedriggeborenen über den Nachkommen stolzer Ahnen.

Georg stand allein. Man muß diese isolirte Stellung wohl beachten, um die Unzahl der Schwierigkeiten, Kämpfe, Hemmungen, und Gefahren zu erkennen, die sich seinem Wirken entgegenstellten. Nur die unendliche Spannkraft seines starken Geistes, welcher auf wunderbar geschickte Weise die Extreme in sich zu verbinden wußte, vermochte mitten durch alle Hindernisse dem vorgesteckten Ziele siegreich nachzustreben. Er zwang mit starker Faust die Widerspänstigkeit aufrührerischer Großen zum Gehorsam, bändigte tückische Empörungen, vernichtete die Anschläge heimlicher Verschwörungen, handhabte überhaupt mit unerbittlicher Strenge Recht und Gerechtigkeit, und es ist zumeist nur Verleumdung, wenn seine Gegner ihn einen Volkstyrannen und parteiischen Richter nannten [2]). Die Größe seiner

---

[1]) Paulus Jovius, Hist. sui temporis lib. XXXIX. Vgl. auch Bethlen, Hist. de reb. Trancs. lib. III. p. 423.

[2]) So namentlich der spätere ungr. Iudex Curiae Graf Thomas Nádasdy in seiner Zeugenaussage bei Pray, Epistolae procerum II. p. 397 sqq. Ueberhaupt verdient bemerkt zu werden, daß man sehr Unrecht gethan, bei Beurtheilung der Thaten und des Charakters Bruder Georgs sich auf diese Zeugenaussagen zu berufen, wie noch jüngstens Schuller, der als Quelle „vorzugsweise das Zeugenverhör benützte, welches Papst Julius III. am 24. Jänner 1552 über die Ermordung des Cardinals Martinuzzi angeordnet" (l. c. p. 2). Diese Zeugenaussagen sind aber größtentheils parteiisch, deshalb unwahr, denn die hervorragendsten Zeugen waren offene, erklärte Gegner des Ermordeten. Ja sie machten aus ihrer Feindschaft selbst vor dem Verhöre kein Hehl. So erklärt obiger Graf Nádasdy: „credo, quod in toto mundo non fuerint maiores ini-

Schätze verdankte der Mönch den bedeutenden Einkünften seiner Würden und Aemter, seiner an Geiz gränzenden Sparsamkeit und den fortgesetzten glücklichen Handelsunternehmungen [1]), keineswegs aber Erpressungen.

So wie der Bischof-Statthalter kraftvoll nach Innen waltete, so blieb auch gegen außen der Leitstern seiner schwierigen oft räthselhaften Politik: Aufrechterhaltung und Befestigung seines bedrängten Vaterlandes.

Das hier in flüchtigen Umrissen gezeichnete Charakterbild Bruder Georgs dürfte vermuthen lassen, daß ein so energischer und strenger Wille auch der kirchlichen Revolution gegenüber nicht gleichgiltig bleiben konnte.

Wir haben gesehen, welche Dimensionen die religiöse Neuerung unter der schwachen Regierung König Johanns angenommen hatte. Als seine Witwe Isabella mit ihrem Sohne Johann Sigismund auf Befehl des Sultans die durch türkische Treulosigkeit und türkischen Wortbruch verlorene Landeshauptstadt verlassen mußte und nach Siebenbürgen zog, fand sie mit Erstaunen den neuen Glauben überall verbreitet. Freilich vermochten weder die Bestrebungen der Bischöfe von Großwardein und Siebenbürgen, noch auch die Befehle des verstorbenen Königs einen Eindruck zu machen, nachdem ihnen die Macht fehlte, sich thatsächliche Geltung zu verschaffen. Auch Isabella war hierzu zu schwach, überdies wurde ihr Wirken gelähmt durch die Protection, welche der eine Mitvormund Peter Petrovich, Graf von Temesvar, der Glaubensneuerung angedeihen ließ. Anders beurtheilte und behandelte Bruder Georg die kirchliche Umwälzung.

Derselbe hatte schon früher in seiner Diöcese strenge Maßregeln gegen die Neuerer und deren Anhänger ergriffen. Als einst

mici, quam ipse F. Georgius et ego." (Pray, Epist. proc. p. 397). A. Verántius, der spätere Erzb. von Gran, erklärt: „non poteram eum amare, quamvis nulla me inimicia afficeret" (Ibid. p. 383). Ein dritter sagt: „Fratrem Georgium non amavi" („Történ. tár" p. 252) u. s. w. Und auf solche Parteiaussagen, die vor keinem Gerichtshofe acceptirt würden, hat man die Verurtheilung des Cardinals begründet!

[1]) Darauf bezieht sich wohl auch ein kurzes Billet (Mühlenbach, 17. Juli 1550), worin der Bischof-Statthalter dem Klausenburger Richter beauftragt, von Franz Zilasy eine „gewisse Geldsumme" in Empfang zu nehmen und an ihn zu überliefern. Codex diplom. patrius. Tom I. Nr. 259, p. 408.

zu Großwardein eine Frau vor einem Heiligenbilde knieend ihr Gebet verrichtete, trat der protestantisch gesinnte Kirchendiener zu ihr und gab ihr eine Ohrfeige. Martinuzzi ließ ihn ergreifen und den Flammen des Scheiterhaufens übergeben [1]).

Eben so streng verfuhr er gegen die Prädicanten. Ein Beispiel für mehrere. Zu den eifrigsten Verbreitern des lutherischen Bekenntnisses zählte Stephan Kis, nach seinem Geburtsorte Szegedin auch „Szegedi" genannt [2]). Derselbe verließ noch in gereifteren Jahren sein Vaterland, um in Wittenberg Luther und Melanchthon zu hören. Zurückgekehrt übernahm er im J. 1541 die Schule in Tasnád (Mittel-Szolnok) und verband mit dem Unterricht der Jugend zugleich die Unterweisung des Volkes im „reinen" Evangelium. Martinuzzi ließ ihm deshalb Stockschläge ertheilen, mishandelte ihn mit eisernen Sporen, so daß er kaum zu athmen vermochte, beraubte ihn seiner Effecten und Bücher, deren er mehr als 200 besessen haben soll, und vertrieb ihn endlich aus der Stadt [3]).

Bei dieser Strenge des Statthalters konnten die Protestanten Siebenbürgens nur mit Furcht den neuen Maßregeln entgegensehen. Als daher Isabella auf Antrieb Georgs im J. 1543 einen Landtag nach Klausenburg berief, um daselbst über die Erhaltung des Reiches und die Religionsangelegenheit zu verhandeln, wurde auf besonderen Befehl auch der Kronstädter Reformator Johannes Honter hiezu eingeladen. Allein die Bürger von Kronstadt wagten es nicht, ihren „Herrn Magister" dahin abzusenden, sondern statt

---

1) So erzählt Haner in seiner „Historia Ecclesiarum Transylv." (Francfurt et Leipzig 1694) p. 200.

2) S. über ihn Czwittinger, Specimen Hung. Litteratae p. 364 sqq. und nach diesem Horányi, Memoria Hungarorum Pars II. p. 388 sqq. Seine Schriften ebenda S. 340—341. Ein Epitaph auf Szegedi bei Czwittinger l. c. p. 365—366.

3) Szegedi, der auch in der ung. Nationalliteratur eine Stelle einnimmt, wurde bald darauf von dem Temeser Grafen Peter Petrovich, dem Feinde Georgs nach Temeswar berufen, wo er bis zum Jahre 1551 lehrte und predigte. Damals mußte er vor Stefan Lossontzi flüchten. Er starb nach einem sehr bewegten Leben, und nachdem er dreimal verheirathet, und Vater zahlreicher Kinder geworden war, am 2. Mai 1572 im 67. Lebensjahre. Proben seiner Poesie bei Toldy, A magyar nyelv és irodalom kézikönyve d. i. Handbuch der ung. Sprache und Literatur (Pest, 1855) Bd. 1, S. 175 ff.

seiner gingen dessen Freunde Johann Fuchs, Richter von Kronstadt, in Begleitung zweier Rathsherren und die Pastoren Jeremias Jeckel von Kronstadt, Nikolaus Stephan von Rosenau, Valentin Heltvimann u. A. nach Klausenburg, um dort die eingeführten Neuerungen zu vertheidigen und von der Königin die freie Uebung derselben zu erlangen [1]).

Martinuzzi schlug scharfe Maßregeln gegen die Bittsteller vor, und wenn wir den protestantischen Nachrichten glauben dürfen, so beabsichtigte der Bischof-Statthalter sogar, die Anhänger und Verbreiter des Lutherthums auf den Scheiterhaufen zu schicken [2]).

Für ein milderes Verfahren sprachen die königlichen Räthe Urban Batthyáni und Michael Csáki, dann Isabellens Leibarzt Blandrada und auch der Erzdiacon von Doboca, die als geheime Anhänger der Neuerungen zugleich nach dem Muster der deutschen Colloquien ein Religionsgespräch veranstalteten, wobei natürlich die Lutheraner sich den Sieg zuschrieben, da sie die Beweise der Gegner schon damit vernichteten, als sie die Privatauslegung der Schrift in Anspruch nahmen und die kirchliche Tradition verwarfen. Das Resultat war dasselbe wie in Deutschland. Das Colloquium erweiterte nur den bestehenden Riß, und ermuthigte die Neuerer zu energischerem Vorgehen, weshalb auch die Bemühungen Isabellens scheiterten. Sie ließ nämlich nach dem Religionsgespräche die Lutheraner vor sich berufen und suchte sie durch Versprechungen und Drohungen zur Wiedervereinigung mit der Mutterkirche zu bewegen [3]). Vergebens.

Die Königin mochte sich täuschen über die politische Tragweite der kirchlichen Spaltung des siebenbürgischen Reiches; dem Bischof-Statthalter hingegen stand die hieraus entstehende Gefahr deutlich vor Augen. Denn mit Recht bemerkt ein ungar. Historiker des vorigen Jahrhunderts [4]): „Nicht die Zwistigkeiten der ferdinandischen und szapolya'schen Partei haben die Macht der Türken in Ungarn erweitert, sondern allein die Spaltungen der Religion, die seit der Schlacht bei Mohács die Einheit des religiösen Bekenntnisses in

[1]) Haner Hist. Eccl. Transs. p. 200; H. Ostermayers Chronik bei Kemény, Deutsche Fundgruben I. p. 27.

[2]) Haner l. c. p. 200.

[3]) Ibid. p. 201.

[4]) Katona, Hist. pragmatica Hung. II. p. 567.

Ungarn vernichteten. Ueber fünfhundert Jahre blieben die Ungarn einig in der Religion des hl. Stephan, aber nun verließen sie dieselbe, um entweder auf die Lehre Luthers oder Calvins zu hören." In Siebenbürgen namentlich stunden die Lutheraner zumeist auf des deutschen Königs Ferdinand Seite; die Calviner aber neigten sich lieber den Türken zu, denn von Ferdinand trennte sie der Nationalhaß, von Martinuzzi der religiöse Glaube.

Der Bischof-Statthalter sah die Erfolglosigkeit milder Behandlung und erachtete zur Heilung des Uebels strenge Mittel für geboten. Auch jetzt, nachdem mündliche Ueberredung, Versprechungen und Drohungen vergeblich waren, schlug er energische Maßnahmen vor, allein seine religiösen und politischen Gegner nahmen die Neuerer in Schutz und ließen die Lutheraner unbehelligt in die Heimat ziehen [1]).

Durch diesen Ausgang ermuthigt, widmeten sich die lutherischen Prediger mit verdoppeltem Eifer und erhöhtem Sicherheitsgefühle der Verbreitung ihrer Lehre. Der Erfolg war sehr bedeutend. Nicht nur verließen zahlreiche Adelige und Vornehme den alten Glauben, um auf Luthers Worte zu hören [2]), sondern binnen zwei Jahren traten alle Sachsenstädte zum neuen Bekenntniß über.

Wie vordem Hermannstadt, so war nun Kronstadt der Vorort kirchlicher Neuerung. In dieser Stadt wurde die „Reformation" unter Beistand des Magistrates, namentlich des Stadtrichters Johann Fuchs, bereits im October des J. 1542 mit Abschaffung der Messe begonnen [3]). Als Reformator fungirte der Magister Johannes Honter. Derselbe war ein guter Redner, gründlicher Mathematiker und tüchtiger Philosoph nach der Weise jener Zeit; auch die gelehrten Katholiken achteten ihn.

Er wurde zu Kronstadt im J. 1498 geboren und seine Familie hieß eigentlich „Groß". Den Namen „Honter" legte er selbst sich bei in Folge eines erlittenen Unfalles. Als er nämlich beim Baden fast ertrunken wäre, verdankte er seine Rettung nur den ins Wasser hangenden Hollunderzweigen, die er erfaßte. Den Hollunder nennt

---

[1]) Haner l. c. p. 202, Ostermayer l. c. p. 27.

[2]) Haner l. c. p. 202: „haud paucis Procerum relictis, qui pro nugis Papistica dogmata, Lutheranum vero Religionem pro Dei oraculis suscipiebant."

[3]) Ostermayer bei Kemény l. c. p. 27.

der sächsische Dialect „Hontert“, und aus Dankbarkeit gab sich der Jüngling darauf den Namen, denn er nach damaliger Sitte „Honterus“ latinisirte.

Honters Vater starb frühe; die Erziehung leitete die Mutter mit vielem Einfluß auf den empfänglichen Knaben, der wahrscheinlich schon im Elternhause die Bekanntschaft mit den wittenbergischen Lehren machte. Im 20. Lebensjahre begab er sich auf die Universität Krakau und von dort gerade nach Wittenberg, wo Luther und Melanchthon den strebsamen Jüngling herzlich empfingen und auch dieser eine große Zuneigung zu den Reformern faßte. Hierauf ging er nach Basel und kehrte von da im J. 1533 nach Hause zurück.

Bezeichnend für seinen Lebensentschluß war, daß er sich aus Basel eine Buchdruckerpresse mitbrachte, um sich dieses Mittels zur Ausbreitung der neuen Lehre zu bedienen.

Zu Hause übernahm er anfänglich kein öffentliches Amt, um nicht die Aufmerksamkeit der Behörden auf sich zu ziehen, sondern hielt nur im Hofe seines Hauses Privatpredigten und unterrichtete die Jugend im „lautern“ Evangelium. Die mitgebrachte Druckerpresse benützte er zur Anfertigung von Schulbüchern und sonstigen moralischen und religiösen Schriften. Sein „Confirmationsbuch“, worin er die Lehre Luthers kurz und faßlich darstellte, übte großen Einfluß; Luther genehmigte es und lobte ihn dafür. Auch übersetzte er Luthers Werke, die damals selten und kostbar waren, ins Ungarische und ließ sie selbst verlegen [1]).

Seine doppelte schriftstellerische und reformatorische Thätigkeit brachte bald das gesammte Burzenland zum Abfall und bewog vorzüglich die Königin und Martinuzzi zur Einberufung der Klausenburger Versammlung, nach deren Beendigung in Kronstadt und Umgebung mit dem alten Glauben völlig aufgeräumt wurde [2]).

Nachdem nämlich der bisherige evangelische Pfarrer zu Kronstadt Jeremias Jeckel, am 16. Februar 1544 seine Pfarrei aufgegeben und die zu Tartlau übernommen hatte, bestellte die Gemeinde ihren Stadtrichter (!) Johann Fuchs zum Verweser der Pfarre und Kirche „bis Gott einen frommen Seelsorger bescheren

---

[1]) Mailáth, Religionswirren S. 9. „Hon“ 1867, Nr. 138. Honter starb am 23. Jänner 1549. S. Kemény l. c. p. 36.

[2]) Kemény l. c. p. 27.

würde" [1]). Unter dieses Verwesers Leitung wurden die katholischen Kirchen demolirt: man schaffte die Bilder daraus fort und begann die weitere Barbarei, auch den großen Altar in der Pfarrkirche abzubrechen [2]). So war diese Reformation auch hier wie überall schließlich nur Revolution und Destruction.

Am 22. April desselben Jahres wurde der bisherige Prädicant und Magister, Johannes Honter, durch allgemeine Wahl zum Pfarrer von Kronstadt erwählt. Er berief sich einen Gehilfen in der Person seines Schülers Valentin Wagner, der zugleich Rector der Kronstädter Schule war [3]).

Honter vollendete nunmehr das Reformationswerk in Kronstadt. Er schaffte die Privatmesse ab, reichte das Abendmahl unter beiden Gestalten und eröffnete eine Schule, in der nach den von ihm abgefaßten Katechismen die augsburgische Confession gelehrt wird. Vergebens suchte der kath. Erzpriester Paul Benkner diesen Neuerungen zu steuern; man duldete den getreuen Priester nicht einmal innerhalb der Stadt, sondern er mußte diese verlassen [4]).

Es folgten nun nacheinander die meist gewaltsamen Bekehrungen der Sachsenorte des Burzen- und Nösnerlandes mit obligater Vertreibung der treugebliebenen Priester und Gläubigen und der Verwüstung der Kirchen. Charakteristisch hierbei ist, daß die Anzahl der Apostaten unter dem Clerus zunahm, eine Folge der langen Verwaistheit des siebenbürgischen Oberhirtenamtes.

In Schäßburg wurde unter Anleitung des Lucas Crocäus im J. 1544 das dortige Kloster gestürmt, die Mönche vertrieben, den getreuen Katholiken die Stadt verboten und mit dem „reinen" Evangelium auch die Communion unter beiden Gestalten gereicht. Dasselbe that in Kysdin (Kezdi) ein abgefallener Priester Aegydius, der in Apostatenweise mit Wuth die Kirche entblößte und für die Lehre Luthers Propaganda machte. In Muschna oblag dem Apostelwerke der Goldarbeiter Vincenz. Als ihn der Domherr Franciscus, Vicar des Karlsburger Bischofs, daran hindern

---

[1]) Kemény l. c. p. 29.

[2]) Ibid. Ostermayer bemerkt, es wäre dies alles „mit Willen der Obrigkeit" geschehen.

[3]) Kemény l. c. p. 29, 37.

[4]) Timon, Epitome p. 143.

wollte, hetzte er das Volk gegen den Vicar, so daß dieser gezwungen war, in Kisselkin Schutz zu suchen. Aber auch hier hatte er kein Bleiben, denn daselbst predigte ein anderer Neuerer Hangarius, täglich die „reine" Lehre und der Vicar mußte abermals weichen. Als die Bewohner von Reichwin das Schicksal des Domherrn und die Thaten ihrer Nachbarn erfuhren, vertrieben auch sie die Mönche und „reformirten" ihre Kirche; ein Exmönch aus Glatz wurde ihr Pastor und Reformator [1]). In Bistritz übte die kirchliche Umwälzung der Exmönch Matthäus Teutscher, der mit dem Verlassen des Klosters auch darin dem Mönche in Wittenberg nachahmte, daß er ein Weib nahm, sich aber trotzdem stets „Pfarrer" nennen ließ [2]). Nach ihm lehrte in Bistritz Albert Cesarius; desgleichen arbeiteten im Neuerungswerke Franz Salicäus zu Birthälm, Bartholomäus Altenberg zu Mediasch, Adam Pomarius zu Heidendorf, ein gewisser Christian zu Lechnitz, Jakob Mellenbriger zu Sebes u. s. w., so daß bis zum Jahre 1545 fast sämmtliche sächsischen Kirchen den „neuen" Gottesdienst feierten und das gesammte Sachsenvolk den Glauben seiner Väter verlassen hatte [3]).

Wie konnte aber der energische und für den alten Glauben so eifrige Bischof-Statthalter solche Umwälzungen gestatten? Auch hier waren die Verhältnisse stärker als die Menschen. Martinuzzi ließ die religiöse Bewegung nicht aus dem Auge, er suchte auch wiederholt ihr Schranken zu setzen; aber die politischen Verwicklungen, denen das zerrissene Ungarn verfallen war, hemmten, und absorbirten seine Kraft. Dessenungeachtet brachte er auf den siebenbürgischen Landtagen die Religionsfrage immer wieder zur Sprache. So beschlossen die Stände in ihrer Versammlung vom St. Georgstage des Jahres 1544, daß forthin in Religionssachen keine Neuerung mehr geschehen soll und jedes öffentliche Aergerniß in Sitten und Lebensweise zu vermeiden sei, namentlich aber wurde anbefohlen, Mönche und andere Geistliche dürfen nicht gehindert werden, den Gottesdienst nach altem Brauch zu verrichten [6]).

---

[1]) Haner l. c. p. 202—203.

[2]) Timon, Epitome p. 143.

[3]) Haner l. c. p. 203.

[4]) Monachos autem et alios ecclesiasticos viros nemo aliquo impedimento officiat, sed divina officia more solito libere exercere possint." Vgl. Teutsch, Urkundenbuch I. Nr. 14. p. 83.

Leider konnte diesem Beschlusse kein Nachdruck gegeben werden, denn gerade in den Jahren 1544—1545 gingen wichtige politische Verhandlungen zwischen König Ferdinand und der Vormundschaft des Prinzen Johann Sigismund Szapolya, und dann wieder zwischen den ungarischen und siebenbürgischen Ständen und endlich zwischen Bruder Georg und der Pforte, welche sämmtlich des Bischof-Statthalters volle Aufmerksamkeit erforderten, so daß er diese den kirchlichen Zuständen seiner Verwaltungsgebiete weniger zuwenden konnte. Ganz unberücksichtigt blieb freilich auch jetzt die religiöse Umwälzung nicht. Ein erneuter Landtagsbeschluß vom 23. April 1545 zu Thorenburg (Thorda) der in Gegenwart der Königin und ihres Sohnes gefaßt wurde, bestimmt, daß hinsichtlich der Religion, der Bilder und der Ausspendung des Altarssacramentes alles „nach dem alten Gebrauche“ gehalten werden soll [1]).

Ganz illusorisch wurden indeß diese Bestimmungen der Landtage durch die administrativen Vorschriften und Maßregeln der Sachsenuniversität, der obersten Municipalbehörde des Sachsenlandes, welche die Beschützung und Propaganda des Lutherthums officiell übernahm. So wurde auf einer Congregation der Sachsenstühle vom 25. Nov. 1544 beschlossen, nachdem „fast alle Städte das (reine) Wort Gottes aufgenommen hätten, so sollten auch in deren Kirchen ein und dieselben Ceremonien gebraucht werden. Diejenigen Städte aber, welche bisher dem (reinen) Worte Gottes nicht folgen, seien brüderlich hiezu aufzufordern, damit alle eines Herzens und Sinnes Gott anbeten und alle mit demselben Worte und demselben Glauben leben [2]).

Auf derselben Congregation beschloß man auch die Absendung einiger Oratores an die Königin, mit der Bitte, die Sachsen in ihrer Religion zu schützen und vertheidigen wollen. Auch wollte man den bischöflichen Vicar von Karlsburg mahnen lassen, daß er in der Kirche die „Diener des Wortes Gottes“ nicht durch ungebührliche Vorladungen beleidigen und verfolgen möge [3]).

---

[1]) Kemény, D. Fundgruben I. p. 30.

[2]) „Eos autem, qui nondum verbum dej receperunt, fraterne adhortentur, ut pro gracia Dej unacum alijs unanimiter supplicent, quo et ipsi simili modo verbum dej acceptare et credere valeant.“ Teutsch, Urkundenbuch l. c. Nr. 1. p. 3.

[3]) Teutsch l. c. Nr. 2. p. 3.

Mit der Erkenntniß, daß die antilutherischen Beschlüsse des siebenbürgischen Landtages keine weiteren Folgen hatten, wuchs den Beschützern der antikirchlichen Bewegung der Muth und auch die sächsische Nations-Universität glaubte energischer auftreten zu können. Auf ihrer Versammlung am Tage vor dem Feste des Apostels Andreas d. i. am 29. Nov. d. J. 1545 beschlossen die sächsischen Abgeordneten, die noch Zögernden seien zwar freundlich zu ermahnen und aufzufordern, das „lautere" Wort Gottes aufzunehmen, zugleich bestimmte die Versammlung aber, da die „weltliche Obrigkeit der erste Wächter des Gesetzes" sei, daß in Städten, Märkten und Dörfern das Volk aus den Theatern, Gasthäusern und Weinschenken unter Androhung von Strafen zur Anhörung des Wortes anzutreiben sei [1]).

Nachdem wir den Gang des Reformationswerkes in Siebenbürgen beobachtet, liegt uns ob, der kirchlichen Neuerung im eigentlichen Ungarn selbst einige Aufmerksamkeit zu widmen. Dem Zwecke dieser Abhandlung gemäß können wir uns nur auf die Theile Ungarns jenseits der Theiß beschränken.

Hören wir zuerst einen Zeitgenossen über die Ausdehnung, welche die kirchlichen Neuerungen in Ungarn genommen hatten! Der kaiserliche Gesandte, **Kornelius Schepper**, welcher im Frühling des J. 1540 an den Hof des Königs **Johann** (Szapolya) geschickt wurde, besuchte unterwegs den Erzbischof von Kalocsa, **Franz Frangepan**, in Erlau, mit dem er sich über die Zeitverhältnisse unterhielt. Sein Bericht hierüber [2]) meldet: „Ich sprach mit dem Erzbischof darüber, daß ich auf meiner Reise das Volk, noch mehr aber den Adel fast überall durch die neuen, unserem Glauben zuwider laufenden Lehren vergiftet gefunden habe. Die Seelsorger und Schulmeister, mit denen ich der lateinischen Sprache wegen in Berührung kam, waren sämmtliche aus der Schule Philipp Melanchthons hervorgegangen; woraus ich üble Folgen befürchte... Der Erzbischof antwortete hierauf, daß die Ungarn fast alle, sowohl die Anhänger des Königs Ferdinand, als die des Königs Johann, sich von dem Glauben abgewandt hätten, und weder an Gott noch an

---

[1]) Ibid. Nr. 3, p. 4.

[2]) Bei **Hatvani**, Monumenta Hung. Hist. I. Diplomataria. Tom. II. Nr. 179, S. 94—91, obige Stelle S. 84, 85.

die Heiligen denken, ja sie bemühen sich, auch das Volk zu verführen, welches bisher von dem Gifte noch weniger ergriffen war. Ihre Absicht ist, fügte er bei, die Priester zu vertreiben und die Kirchengüter an sich zu reißen, um diese theils als Eigenthum zu behalten, theils mit denselben die Steuern an die Türken zu bezahlen."

Den größten Schutz fand die kirchliche Neuerung durch die Parteinahme der ungarischen Magnaten für dieselbe. Die Familie der Nadásdy, Perényi, Török, Drágfy, Petrovich u. A. standen mit einander nicht allein in freundlichen und verwandtschaftlichen Beziehungen, sondern übten durch ihren Reichthum, ihre sociale und amtliche Stellung einen bedeutenden Einfluß. Von besonderer Bedeutung aber ist, daß der ungarische Gutsherr mit dem Patronatsrechte auch die Befugniß hatte, auf seinen Gütern die Pfarrer selbst zu erwählen. Es ist darum kein Wunder, daß unter dem Schutze solcher Familien sowohl die Reformatoren frei wirken konnten, als auch, daß die Reformation eine so große Ausdehnung nahm.

Diesem Schutze gegenüber war die gesammte Energie des Bischof-Statthalters machtlos. Freilich in seiner bischöflichen Residenz sowie in den übrigen Herrschaften und Besitzungen desselben wurde der Neuerung kein Eingang gestattet.

Allein Bruder Georg war nicht blos abwehrend thätig, er suchte auch positiv zu wirken. So wird uns nicht nur von seiner eigenen Wirksamkeit als Prediger berichtet, sondern er präsidirte auch den Ordenscapiteln [1]) und war besorgt, für seine Diöcese tüchtige Priester zu gewinnen. Wir erwähnen hier insbesondere des Franziskaner-Provincials Gregor Szegedi. Dieser hatte in Krakau und Paris studirt, an welch letzterem Orte er Doctor Theologiae und Mitglied der Sorbonne wurde. In sein Vaterland zurückgekehrt, trat er in den Orden der minderen Brüder des hl. Franziscus, wurde später Ordensprovincial und zugleich Prediger in Großwardein, wo er im Jahre 1549 starb [2]). Er bekämpfte in zwei Schriften die Glaubensneuerungen des „ungarischen Luthers" Mathias Biro v. Deva und verdient der Vergessenheit entrissen zu werden.

---

[1]) Timon, Epitome p. 149.

[2]) Vgl. „Dévay Biró Mátyás első magyar reformator életrajza és irodalmi művei". Inta Révész Imre. d. i. Leben und Schriften des ersten ung. Reformators Mathias Biro v. Deva, von Emerich Révéß. (Pest, 1863.) S. 37, ff.

In Niederungarn war Temesvár ein Centralpunkt für die kirchliche Umwälzung; hier lehrte unter des Temeser Grafen Peter Petrovich Schutze der von uns schon genannte Stephan Szegedi alias Kis; und wenn man einigen Historikern, darunter Mailáth, Glauben schenken darf, so wurden zu Temesvár im J. 1549 und 1550 auch kirchliche Synoden gehalten. In der ersteren soll von den Pflichten, dem Betragen und der Kleidung der Prediger in 13 Artikeln, in den letzteren von den Pflichten der Bischöfe und der kirchlichen Visitationen in 19 Artikeln Beschlüsse gefaßt worden sein [1]).

Weit gesicherter und von größerer Bedeutung, als jene gemuthmaßten Synoden zu Temesvár war die Synode, welche im Jahre 1545 zu Erdöd unter dem Schutze des Kaspar Drágfy abgehalten wurde. Auf dieser ersten General-Synode der ungarischen Protestanten, an der 29 Prediger Antheil nahmen, wurde ein Glaubensbekenntniß in 12 Artikeln gefaßt. Dieselben handeln: 1. von Gott, 2. vom Erlöser, 3. von der Rechtfertigung vor Gott, 4. vom Glauben, 5. von den guten Werken, 6. von den Sacramenten, 7. von der Ausspendung der Sacramente, 8. von der Beicht, 9. von der christlichen Freiheit, 10. vom Oberhaupte und der Ordnung in der Kirche, 11. daß auf Befehl Gottes die Kirche vom röm. Papste zu trennen sei, 12. daß man in allen übrigen Punkten das Bekenntniß des Augsburger Glaubenssymbols halten wolle [2]).

In Siebenbürgen fühlten sich die sächsischen Verehrer Luthers bereits so gesichert und gefestigt im neuen Glauben, daß sie diese Wohlthat auch ihren fremdsprachigen Compatrioten zukommen lassen wollten. Um nämlich den in Kronstadt zahlreich wohnenden Griechen die Segnungen des „reinen" Evangeliums zugänglich zu machen, schrieb der eifrige Prädicant und Rector Valentin Wagner im Jahre 1544 den Katechismus Luthers in griechischer Sprache, wofür er von den protestantischen Universitäten Deutschlands großes

---

[1]) Vgl. Bárány, Temesmegye Emléke (Gr. Becskerek, 1848) S. 160. Der siebenbürgische Kirchenhistoriker Haner verlegt jedoch diese Synoden mit mehr Recht nach Torna in Oberungarn.

[2]) Haner l. c. p. 208. Das einzige beglaubigte Exemplar der Erdöber Synodalacten befindet sich in der Bibliothek des siebenbürgischen Museum-Vereines. Das Erdöber Glaubenssymbol soll Franz Toth in einer „Biographie der Bischöfe jenseits d. Theiß" anhangsweise veröffentlicht haben. Vgl. Révész l. c. p. 59[2]), 62[1]). Uns ist die Arbeit von Toth nicht näher bekannt.

Lob erntete. Wenn wir den Angaben des siebenbürgischen Kirchenhistorikers Haner glauben dürfen, so waren Wagners dießbezügliche Bestrebungen von einem gewissen Erfolge begleitet; erfolglos jedoch erwiesen sich alle Bemühungen im Dienste der neuen Lehre bei den Walachen, welche an diesem Lichte keinen Antheil nehmen wollten, und deren Popen, die freilich mit Recht als ungelehrt bezeichnet werden, den neuen Ritus und die neuen Lehren verschmähten und treu am Glauben ihrer Väter hielten [1]).

Nachdem die kirchliche Neuerung bereits in Siebenbürgen und Ungarn die weitesten Dimensionen ergriffen hatte und hiedurch die religiösen Zustände nicht nur geistig, sondern auch materiell in gränzenlose Zerrüttung kamen, so machte sich das dringende Bedürfniß nach einer Ordnung dieser eingerissenen Verwirrung stets fühlbarer. Wie in Deutschland war auch in Ungarn die „Reformation“ kein plötzlicher Riß, sondern die religiöse Trennung geschah langsam, allmälich, nur nach und nach. Das neue Glaubenssymbol, die neuen Kirchen waren äußerlich noch nicht constituirt, ein großer Theil ihrer Priester stand noch in mancherlei Beziehungen zu den römisch-katholischen Bischöfen; die kirchlichen Ceremonien wurden vielen Orts ebenfalls nur successive modificirt [2]).

Die Ordnung der verwirrten kirchlichen Zustände auf Seite der Neuerer nahm in Siebenbürgen die weltliche Obrigkeit für sich in Anspruch; denn sie betrachtete sich ja als die Erbin der Hierarchie. Darnach beschloß die sächsische Nations-Universität in ihrer Versammlung vom 29. Nov. 1545, daß „gelehrte Männer in reifliche Berathung treten sollen, um sich nach dem Texte der heiligen Schrift über die gottesdienstlichen Ceremonien zu vereinbaren und ihre Beschlüsse der künftigen Versammlung der Nations-Universität

[1]) Haner l. c. p.: „Soli Valachi nihil de hoc lumine participabant, quorum sacrificuli, nimis indocti et vix cantiunculas suas consutas legere valentes, novos ritus et dogmata respvebant suaque quae hactenus crediderant constanti animo retinebant et adhunc retinent.“

[2]) Szalay, Magyarország története IV. p. 255. Ein Beispiel, wie Freunde der lutherischen Neuerung trotzdem mit der alten Kirche in Verbindung blieben, liefert der eifrig kath. Hofkaplan des Königs Johann (v. Szapolya) Georg von Sirmien, der erzählt, daß Anhänger des Lutherthums bei ihm die Beichte verlangten. Vgl. Budapesti Szemle, d. i. Pest-Ofner Revue 1860, Heft 31—32, S. 188.

zur Annahme und Beschlußfassung vorzulegen, damit die Einheit des Gottesdienstes gewahrt werde" [1]).

Darauf wurde in demselben Jahre die erste siebenbürgische Synode zu Mediasch abgehalten. Hier wurde beschlossen: Die augsburgische Confession sei als Glaubenssymbol anzunehmen; ferner bestimmte man die kirchlichen Ceremonien, verordnete in jeder Kirche einen Altar zu belassen; der Zehent, welchen „nach göttlichem und königlichem Rechte die Laien den Geistlichen verabfolgen", solle auch hinfüro zum Unterhalt derselben geleistet werden; endlich setzte man fest, daß zur Wahrung der Eintracht und Einigkeit sämmtliche Sachsenkirchen einem Bischofe oder Superintendenten untergeordnet sein sollten" [2]).

Die Mediascher Synodalbeschlüsse wurden später auf wiederholten Beschluß [3]) der Sachsen-Universität von einer Anzahl Prediger in eine ordentliche „Kirchenordnung aller Deutschen in Siebenbürgen" [4]) zusammengestellt und dieselbe als bindende Regel allen unterstehenden Sachsengemeinden aufgetragen.

Zur Charakteristik der lutherischen Kirche Siebenbürgens geben wir nachfolgend einen Auszug dieser „Kirchenordnung".

Die Einleitung spricht salbungsvoll über die „lange Verdunklung des christlichen Glaubens" durch den „Antichrist" und die „schweren Menschensatzungen" durch welche das „Gebot Gottes ist unterdruckt worden", was zwar alles durch „mancherley schreiben genügsam angezeigt wäre", dennoch gebe es so viele Taube und Blinde, die ihr Heil nicht verstehen wollen.

Nun folgt ein heftiger Ausfall gegen die Concilien und deren Beschlüsse, die für gänzlich unnütz erklärt werden, denn „wozu suche man menschlichen Rath in so gewissem Grund der heiligen Schrift und klarem Licht der Wahrheit, wie solche durchs Evangelium überall ist offenbart worden? Warum suchen wir denn auswendig in Concilien, was wir daheim haben in den Evangelien, welchen keine Obrigkeit auf Erden ohne Vermaledeiung nichts abnehmen noch

---

1) Teutsch, Urkundenbuch I. p. 4.

2) Haner l. c. p. 205—206.

3) Teutsch, Urkundenbuch Nr. 4, 5. p. 4—5.

4) Der Text s. Teutsch, Urkundenbuch I. p. 6—36 (lat.) und p. 36—71 die in demselben Jahre (1547) zu Kronstadt erschienene deutsche Uebersetzung, nach der unsere Stellen im Texte citirt sind.

zusetzen kann?“ Wie die Concilien und deren Beschlüsse, so sind auch die Kirchenväter zu verwerfen, denn auch diese wären von „der rechten Altväter (der Apostel) Lehre und von der ersten Kirchenordnung schändlich abgefallen und hätten in der christlichen Gemeinde fremden Gottesdienst und lächerliche Ceremonien ohne Grund der heiligen Schrift aufgerichtet“.

Um nun diesem „bösen Frevel“ zu entfliehen, haben die Verfasser dieser Ordnung „Gott dem Allmächtigen zu Lob und Ehre, zur gemeinen Eintracht aller sächsischen Kirchen in Siebenbürgen nach Anzeigung des göttlichen Wortes“ schriftlich abgefaßt, was „bisher angenommen“ und in den (sächsischen) „Kirchen männiglich gehalten worden ist“.

Man sieht, trotz alles Sträubens wird auch hier wieder eine Tradition berufen. Ebenso merkwürdig ist die weitere Begründung, diese Ordnung sei aufgerichtet, damit „hernach füglicher verhindert werde Aergerniß und Spaltung der Ceremonien und nicht jedermann nach seinem Verstand und Gutdünken neu erdichtete Weise aufbringe, sondern in der Verabreichung der Sacramente und anderen kirchlichen Amtirungen eine bestimmte und dem Worte Gottes gleichförmige Ordnung beibehalten werde“. Dabei steht die wahre Bemerkung, es „sei nichts Verderblicheres und Gräulicheres vor Gott, denn Uneinigkeit des Glaubens und fürwitziger Zank oder Zwietracht“.

Ahnten die Verfasser der „Kirchenordnung“ nicht, daß ihr Verdammniß der Zwiespälter und Aergernißgeber im Glauben gerade sie und ihre Patrone in erster Linie treffe? Oder waren nicht sie es, welche die Fackel der Zwietracht und den „fürwitzigen Zank“ in den Schoß der Mutterkirche geworfen hatten? Auch mit der freien Schrifterklärung des Einzelnen, mit dem „klaren Lichte“ von Wittenberg her und all' den anderen schönen Dingen hat es in dieser „Kirchenordnung“ seine guten Wege, denn es sollte ja „nicht jedermann nach seinem Verstand und Gutdünken neu erdichtete Weise aufbringen“. Was schließlich die Verwerfung der „Menschensatzungen“ und die Berufung auf das alleinige Zeugniß der hl. Schrift und das „Exempel der wahren christlichen Kirche“ zu bedeuten habe, lehrt das Ende der Einleitung, wo es heißt: „Wo zu Zeiten etwas (zu dieser Ordnung) zufallen würde, das allhier nicht inbegriffen ist, eine gottesfürchtige Obrigkeit zu seiner Zeit wohl zu verordnen wissen wird." Das stimmt schlecht zur obigen Verwarnung, „keine Obrigkeit auf Erden könne ohne Vermaledeiung den Evangelien etwas abnehmen oder zusetzen". Das „reine" Evangelium hatte eben recht viel „irdischen, menschlichen" Beigeschmack.

Nach der Einleitung folgt der Text unter 19 Titeln vertheilt mit folgenden Ueberschriften: 1. Von der Berufung der Kirchendiener, 2. von christlicher Lehre, 3. vom Amt der Kirchendiener, 4. vom Sacrament der Taufe, 5. von des Herrn Abendmahl, 6. vom Mißbrauch der Winkelmesse, 7. vom Berichten (Versehen) der Kranken, 8. von der Kraft der Entbindung; 9. vom christlichen Bann, 10. von Errichtung der Schulen, 11. von der Ordnung des Armenkastens, 12. vom Versorgen der Waisen, 13. von Ehesachen 14. von etlichen gemeinen Mißbräuchen und deren Reformation, 15. von jährlicher Visitation, 16. von der Metten oder Frühamt, 17. vom Hochamt, 18. von dem Vesperamt, 19. von Ceremonien in Dörfern.

Wir skizziren nunmehr den Inhalt der Ordnung selbst. Daselbst heißt es: „Man wähle nur gelehrte und geschickte Seelsorger ohne Rücksicht auf Verwandtschaft; wer nicht approbirt und „ordinirt" ist, kann nicht zum Kirchendienst aufgenommen werden. Unbrauchbare, halsstörrige, zank- und gewinnsüchtige Prediger seien zu entfernen. Das Los treffe namentlich auch jene, welche „abtrünnig" von der „Wahrheit" werden, und die „Winkelmeß wiederum aufgericht haben". Erledigte Pfründen sind baldigst mit „gelehrten Leuten" zu besetzen, in der Vacanz fällt der Kirchenzehent der Kirche und nicht den Gemeindeobersten zu, „auf daß sie aus solcher Ursachen nit nachlässiger werden einen neuen Pfarrherrn zu suchen". Niemand darf die althergebrachten Kircheneinkünfte schmälern.

Hierauf empfiehlt die „Kirchenordnung" zwar fleißige Christenlehre, meint aber, ein frommer Leser könne sich in den zahlreichen Schriften der „gelehrten Leute" besser und vollkommener unterrichten. Namentlich bemerkenswerth heißt es, man solle „den Glauben im Christum also lehren, daß die rechtschaffene Frucht und Werk (ohne welche der Glaube todt ist) auch dazu kommen". Auch wird den Predigern eingeschärft, sich nebst fleißiger Lehre auch eines rechtschaffenen und tugendhaften Lebens zu befleißigen. Niemand solle „gedichte Meinungen" predigen. Der Prediger soll stets vorbereitet sein und kein eitles Geschwätz auf die Kanzel bringen, keine Spott-

und Scheltworte gebrauchen. Neulinge sollen lieber aus bewährten Büchern vorlesen als eigenen Irrthum und Unsinn reden. Die festgesetzte Stund der Predigt darf nie verlegt werden.

Nun folgen auch specielle Ermahnungen an die Pfarrherrn zum Pflichteifer, zur Ausdauer im Amte, wenn dieses auch „bürdlich“ sei und sodann an die Gemeinden, den Pfarrherrn durch Lieferung des Nöthigen die Bürde zu erleichtern.

Die Kinder werden nach der wittenbergischen Kirchenordnung in Gegenwart der Pathen getauft, die Ritualsprache ist deutsch, (unsere „natürliche Sprache“). Nothtaufe wird beibehalten; Griechen dürfen beim Uebertritte nicht wieder getauft werden, denn „den Sacramenten gehet nichts ab noch zu aus der Geschicklichkeit der Person, die solche verabreicht oder empfangen hat“. Erwachsene müssen vor der Taufe christlichen Unterricht erhalten. Zur Ertheilung der Taufe bedarf es keines geweihten Wassers, denn „es sei nicht zu glauben, daß durch das Einsegnen die Kraft des hl. Geistes in die unempfindliche Kreatur komme“.

Auch beim „Abendmahl des Herrn“ sei dem Gebrauche der evangelischen Kirche zu folgen, wobei das Motiv der nothwendigen Einigkeit in religiösen Dingen mit Bezug auf Ephes. 4. hervorgehoben wird. Das Abendmahl soll nach dem Beispiele der ersten christlichen Kirchen täglich nur ein gemeinschaftliches sein; nur in mehrsprachigen Gemeinden darf nach Zahl der Sprachen das Abendmahl (wiederholt) gereicht werden. Ohne Communion keine „Winkelmesse“ d. i. kein Meßopfer. Vor dem Empfang des Abendmahles möge jeder Communicant sich genau im Gewissen erforschen und besten Vorsatz zur Lebensänderung nehmen. Wer sich nicht selbst berathen kann, solle „bei Zeiten von einem gelernten und frommen Mann Rath und Unterrichtung begehren“, soll auch nicht „seinem eigenen Gutdünken“ zu viel vertrauen. Wer communiciren will, zeige sich dem „Kirchendiener“ an, dieser hat das Recht, die „Unverständigen“ und „offenbaren Lästerer“ vom Abendmahl auszuschließen. Junge Leute, die zum ersten Mal zum Abendmahl gehen, müssen vorher im Glauben und christlicher Lehre ernstlich geprüft werden. Die Communion geschieht unter beiden Gestalten.

Die Privatmesse ist abzuschaffen. Der Glaube, des Herrn Abendmahl wäre ein Opfer und ein gutes Werk, das auch Andere, für die es dargebracht wird, Sündenvergebung erwerbe, sei eine

„gräuliche Lästerung“ und Schmach des hochwürdigen Testamentes und der Wohlthat Christi, „durch welche wir ihm gar nichts geben, der auch unserer Güter nicht bedarf, sondern wir von ihm durch den Glauben das allerhöchste Gut empfangen als ein Zeugniß der Vergebung unserer Sünden“.

Die Kranken sollen bei Zeiten das hl. Sacrament begehren. Diesfalls hat der Kirchendiener „Brot und Kelch“ in die Herberg des Kranken zu tragen, daselbst nach den „Agenden“ die Worte der Consecration über Brot und Wein zu sprechen und nach kurzem Unterrichte darzureichen. Es darf keine früher consecrirte Partikel gebraucht werden, nach der wunderlichen Regel: „Wie in Sacramenten keine Wirkung hernach folget, wo nicht die Worte auch vorhanden sind, also richten auch die bloßen Worte nichts aus, wo sie nicht der That und dem Werk gehalten werden.“ Die Worte der Consecration hätten aber allerorts gesprochen stets ihre vollkommene Wirkung.

„Von der Metten und Frühamt“ gibt die „Kirchenordnung“ nachstehende Instruction: „Mit dem göttlichen Amte wirds in Städten also gehalten: An Feiertagen nach dem ersten Läuten wird die deutsche Litaney gesungen. Bald nach dem andern Läuten hebt man die Metten an in solcher Ordnung: Zum ersten: „Deus in adiutorium“, darauf drei Psalmen, wie sie nach einander kommen mit der Antiphon. Aber an hohen Festen hält man drei Antiphones mit ihren gewöhnlichen Psalmen. Darnach folgt der Versikel mit seinem Gebet und Responsorien, wie sie nach der Zeit kommen. Nachdem singt man: „Gloria tibi trinitas“ mit dem „Quicunque vult salvus esse“. An großen Festen: „Te Deum laudamus“. So die Predigt darauf folgt, sagt man: „Veni sancte spiritus“. Wo nicht, so wird mit der Collecte und Benedicamus beschlossen.

Vom „Hohenamt“: „Das Amt der Meß und des heiligen Abendmahls“ (ausgenommen den Canon [1]) und andere gedichte

[1]) Als unter den Protestanten Nordungarns Streit entstanden war, ob die Messe zu verwerfen oder beizubehalten sei, wandten sich die streitenden Theile — wie dies von den Hermannstädtern schon früher geschehen war — an Luther, der in einem Schreiben vom Jahre 1544 entschied, jener Theil der Messe, welcher „Canon“ genannt werde, sei jedenfalls zu verwerfen. Vgl. Timon Epitome p. 147. Ueberhaupt waren die kirchlichen Neuerer Ungarns und Siebenbürgens in wiederholte Verbindung getreten mit dem Haupte der „Reformation“; man theilte Luthern die vorgenommenen Neuerungen mit, bat um sein Urtheil und seinen Rath

(Gaukelwerk) wird also gehalten: Am Sonntag anstatt des abgelegten Umganges (Introitum) singt man den Lobgesang Zachariä „Benedictus Dominus". Zu Ostern das „Salve festa dies". An anderen Feiertagen hebt man die Messe an mit dem Introitu nach der Zeit oder dergleichen. Darauf folgt das Kyrie und „Et in terra". Weiter nach den Collecten liest man die deutsche Epistel gegen das Volk. Darnach singt man eine Sequenz von derselbigen Zeit, als zu Weihnachten „Grates nunc omnes"; in der Fasten einen Tractus nach der Zeit oder „Domine non secundum"; nach Ostern „Victime paschali" mit dem Alleluja. Aber die andere Zeit über singet man dergleichen christliche Gesäng lateinisch oder deutsch. Das Evangelium liest man auch deutsch gegen das Volk. Danach singt man in der Gemeinde „Wir glauben" oder das lateinische „Credo". Weiter folgt „Dominus vobiscum" mit der Präfation und „Sanctus". Nach dem allen kehrt sich der Prediger zum Volk und spricht am ersten mit klaren Worten das „Vater unser", bald darauf die Worte der Consecration über Brot und Wein, welche er auch dazu nacheinander in den Händen hält. Nach der Consecration hebt man an das „Agnus Dei". Item „Jesus Christus unser Heiland" u. dgl. singt man bis das Volk ganz bericht (versehen) ist. Darnach Dominus vobiscum, Collect und Benedicamus, welches Alles mit dem Segen im Namen der heiligen Dreifaltigkeit beschlossen wird".

---

und hörte auf seine Auskunft. Luther war mit dem Walten der Reformer in Ungarn sehr zufrieden, insbesondere mit den Leuten im siebenbürgischen Sachsenlande. Als ihm der Prädicant und Schulrector Valentin Wagner sein Büchlein über die Reformation der Kirchen in Kronstadt und dem ganzen Burzenlande („Libellus de Reformatione Coronensis ecclesiae et totius provinciae Barcensis" typis Coronae excusum) überschickte, spendete er demselben hohes Lob und schrieb an den rathsuchenden Pfarrer zu Hermannstadt, Mathias Ramasch; „quae tu a me petis, in isto libro offendes melius, quam ego scribere possum". Der Brief ist datirt „sabbato Aegidii, 1543" ap. Katona, Hist. crit. Tom. XXI. p. 262. Mit den heftigsten Ausfällen aber tractirte der wittenbergische „Gottesmann" die aufkommenden Zwinglianer Ungarns, über dessen Hauptvertreter Dévay er in obigem Briefe an die Zipser folgendes Urtheil fällt: „Maxime autem invehitur non sine diabolo in Dévaium, quod ritus quosdam a suis valde diversos doceret, exerceretque". Luthers Beziehungen zu Ungarn bedürfen noch einer besonderen Untersuchung.

Die Seelenämter für die Todten sind abgeschafft; doch sollen sonst alle Ceremonien in den Dörfern wie bisher beibehalten werden und Niemand „eitler Ursachen wegen vom Gottesdienst etwas abbrechen“.

Das sind die Grundzüge der neuen „Kirchenordnung in den sächsischen Kirchen Siebenbürgens“. Wir finden darin das Bestreben den Predigern ihr Amt „bürdlich“ zu erleichtern, ihnen die Einkünfte unversehrt zu bewahren und in den Ceremonien alles zu vermeiden, was dem lieben Volke auffallen könnte. Es sollte eben die Meinung verbreitet sein, man habe nur „Misbräuche und Verdunklungen“ abgeschafft und das „reine“ Evangelium wieder hergestellt, freilich war es nur ein „Wollen ohne Können“.

Indeß entwickelten sich die kirchlichen Verhältnisse im eigentlichen Ungarn immer mehr nach einer Richtung, die schließlich zu einem völligen Riß zwischen den Protestanten selbst führte. Vorab erwähnen wir kurz der Stellung, welche König Ferdinand gegen die kirchlichen Neuerer in Ungarn beobachtete [1]).

Der König, welcher in Deutschland mit seinem kaiserlichen Bruder so energisch dem Protestantismus entgegen trat, konnte keineswegs gleichgiltig bleiben bei der großen und raschen Verbreitung derselben Lehren in Ungarn, wodurch überdies der Bestand dieses zerrissenen von Parteien durchwühlten Landes noch mehr in Frage gerieth. Er setzte deshalb dem am 18. October 1548 zu Preßburg persönlich eröffneten Landtage, den auch die Königin Isabella, Bruder Georg und die Stände Siebenbürgens mit einer dreifachen Gesandschaft beschickt hatten, hauptsächlich die Unterdrückung der kirchlichen Neuerungen zur Aufgabe.

[1]) Die erste Verordnung König Ferdinands gegen die ungar. Dissidenten datirt v. 20. Aug. 1527, dem Tage seiner Ankunft zu Ofen. Raupach l. c. II. Beil. 60—68. Ein anderes diesbezügliches Schreiben ddo. Prag 1. Juli 1544, an den Vicepalatin Franz Révay s. bei Timon p. 147. Darin wird derselbe wegen seiner Hinneigung zu den Neuerern und seiner Thatlosigkeit wegen getadelt und ihm alsdann aufgeboten: „Quamobrem volumus, et fidelitati tuae firmissime sub indignationis nostrae poena rursus committimus, quatenus si quos tales in isto regno nostro Hungariae esse cognoveris, qui haereses, falsamque doctrinam a vera Dei, ecclesiaeque permanente doctrina, veterique institutione alienam aut sectari aut docere auderent, eos sine cuiuspiam personae, quaecunque haec et quocunque in magistratu et dignitate sit posita, delectu absque omni, et favore perquirere et omnibus opportunis modis castigare debeas, et tenearis.“

Allein die Anhänger Luthers besaßen unter den Ständen so zahlreiche Beschützer, gehörten doch der Vicepalatin Révay, der Judex Curiä Thomas Nádasdy und andere Würdenträger selbst dazu, daß König Ferdinand sein Ziel nicht erreichte. Auf die Ermahnung des Königs wurden zwar neun Gesetzartikel beschlossen „über die Wiederherstellung der alten Ordnung des alten Gottesdienstes und Glaubens und die allgemeine Ausrottung des Ketzerthums“; allein die Stände übergingen strengere Strafbeschlüsse, und meinten, das Zweckdienlichste wäre die Kirchengüter den Weltlichen abzunehmen und die Bisthümer wie Abteien mit tauglichen Geistlichen zu besetzen. Diese sollten dann, wie die Seelsorger überhaupt bei ihrer Heerde bleiben. Auch möge Se. Majestät für ordentliche höhere Schulanstalten Sorge tragen, und bewirken, daß die ihrer Güter und Einkünfte beraubten Bischöfe von Rom aus taxfrei präconisirt werden, damit diese eine hinreichende Anzahl Priester ordiniren könnten [1]).

Doch galt diese milde Maßregelung nur den Anhängern Luthers; gegen die Freunde Calvins und Zwingli's wurde jedoch im Artikel XI beschlossen: die Anabaptisten und Sacramentarier seien von allen Gütern zu vertreiben und nicht mehr ins Reich aufzunehmen.“ Dies führt zur kurzen Betrachtung der Ausbreitung des Zwinglianismus in Ungarn.

Der Hauptapostel der helvetischen Lehre in Ungarn war Mathias Biró von Deva [2]), gewöhnlich Mathias Dévay genannt. Derselbe war entweder im letzten Decennium des 15. oder im Beginn des 16. Jahrhunderts zu Deva in Siebenbürgen geboren, studirte um 1523—1524 an der Universität zu Krakau und trat — heimgekehrt — in einen geistlichen Orden. Als eifrigen kath. Priester finden wir ihn im Jahre 1527 zu Boldogkő bei Kaschau, von wo aus er im J. 1529 nach Wittenberg ging. Hier schloß er sich mehr an Melanchthon, mit dem er in ein freundschaftliches Verhältniß trat und auch später noch in Beziehungen blieb. Die erste Spur des reformatorischen Auftretens Dévays fällt in den Anfang des

---

[1]) Horváth, Magyarorsz. történelme III. p. 173—174. Szalay, Magyarorsz. története IV. p. 255—256.

[2]) Vgl. Révész, Dévay Biró Mátyás.... életrajza és irodalmi művei Pest, 1863.

Jahres 1531. Er war damals Prediger in Ofen, wurde alsdann von dem Stadtrathe nach Kaschau berufen, wo er indeß auf Befehl des Erlauer Bischofs Thomas Szalaházy gefangen genommen und nach Wien abgeführt wurde. Daselbst hatte er mehrere Verhöre vor dem Wiener Bischofe Johann Faber zu bestehen und ward in engem Gewahrsam gehalten. Die Dauer seines Gefängnisses ist nicht bekannt. Nach seiner Befreiung begab er sich unter König Johanns Herrschaft nach Ofen, wo er aber auch seines reformatorischen Eifers wegen ins Gefängniß gesetzt wurde. Hierauf begab er sich unter dem Schutze des Grafen Thomas Nádasdy im Jahre 1535 auf dessen Gut Sárvár, wo dieser Beschirmer des Protestantismus eine höhere Schule errichtet hatte. Hier verfertigte er auch seine Streitschriften gegen den Franciskaner Gregor Szegedy. Ende des Jahres 1536 begab sich Dévay abermals ins Ausland, lebte dort in engen Verhältnissen mit dem Nürnberger Reformator Theodor Veit und mit Melanchthon und kehrte gegen Ausgang des Jahres 1537 in die Heimat zurück. Hier verweilte er abermals auf den Gütern des Grafen Thomas Nádasdy und wirkte in Verbindung mit dem Schulrector Johann Sylvester (Erdösi) für die Sache der Neuerung im Sinne Melanchthons. Sie hatten zu Neu-Szigeth eine Druckerei aufgerichtet und veröffentlichten Schul- und Volksschriften im Interesse der Reformation. Im Jahre 1541 finden wir Dévay abermals im Auslande, wo er nicht allein mit den Wittenbergern Beziehungen hatte, sondern auch mit den schweizerischen Glaubensneuerern schon seit dem J. 1537 persönlich bekannt und befreundet war. Wie lange er diesmal in der Fremde verweilt, läßt sich genau nicht bestimmen; doch befand er sich wahrscheinlich Ende des Jahres 1543 schon wieder in der Heimat. Seine dritte Reise ins Ausland war entscheidend für seinen religiösen Standpunkt. Seitdem trat er nämlich offen für den Zwinglianismus auf, dem er sich freilich schon früher zugeneigt hatte. Wir ersehen dies aus zwei Briefen Luthers an die Seelsorger von Eperies und der Umgegend [1]) worin er seine Verwunderung ausspricht über die empfangenen Nachrichten von Mathias Dévay, der bei

[1]) Der eine Brief ddo. 21. April 1544 ap. Ribini, Memorabilia aug. conf. in Hungaria. 1787. I. 60—61. Den zweiten im Auszuge bei Timon, Epitome, p. 147.

ihnen in gutem Rufe stehe, weshalb er nur schwer glauben könne, was sie (die Zipser Pfarrer) über ihn schreiben. So viel sei gewiß, daß er (Dévay) die Wissenschaft der Sacramentarier nicht bei ihnen gelernt habe, denn sie streiten öffentlich und privatim dagegen. In dem zweiten Briefe erklärt Luther, daß Dévay, vom Satan verführt, einen entgegengesetzten Ritus lehre und übe.

In der That wurde Dévay in Ungarn der erste Verbreiter der helvetischen Lehren, insbesondere, seitdem er von seiner dritten Reise heimgekehrt, Pastor und Dekan zu Debreczin geworden war und als solcher schon vor dem Jahre 1547 starb.

Sein neuester Biograph bemerkt über Dévays religiösen Standpunkt, daß Dévay niemals streng lutherisch war, sondern sich von Anfang an mehr Melanchthon und den Helvetern zuneigte. Ueberhaupt zeige die Geschichte der Reformation in Ungarn deutlich, daß auf das magyarische Volk und so auch auf Dévay insbesondere Melanchthon von besonderem Einflusse war. „Die ursprüngliche Quelle der ungarischen Reformation eröffnete ohne Zweifel der Geist Luthers, aber diese Quelle nahm allsogleich bei dem Magyaren eine Melanchthon'sche Richtung, kehrte sich dann den Helvetern — Grynäus, Zwingli, Oecolampad — zu, und als sie zum Strome heranwuchs, nahm sie geradezu Calvins Geist und Richtung in sich auf" [1]).

Die auffallende Hinneigung des magyarischen Volkes zum Calvinismus suchen die Verehrer dieser religiösen Meinung in gewissen Charaktereigenschaften und Geistesanlagen der Magyaren. Wir glauben mit Unrecht. Hier wirkten nationale Antipathien ein. Mit Recht bemerkt der Franzose Ch. Louis Chassin [2]): „Wenn die Reformation in Ungarn einen solchen Erfolg hatte, so verdankt sie dies mehr der Politik als der Religion. Die Furcht vor Germanisirung, der sie sich unter dem Hause Habsburg ausgesetzt glaubten, trieb die Magyaren zur Opposition gegen ihre Könige und zur Abschwörung des Katholicismus, den diese bekannten und vertheidigten. Was den Calvinismus anbelangt, so gaben sie ihm, der aus Frankreich und der Schweiz kam, den Vorzug vor dem deutschen Lutherthum. Aus diesem Grunde nennt der Magyare auch die calvinische

1) Révész l. c. p. 57—58.

2) In seinem Buche „La Hongrie, son genie et sa mission". (Paris 1856), p. 44.

Lehre „magyar hit“ d. i. den „magyarischen Glauben“; indeß er das lutherische Bekenntniß „német“ oder „tót hit“ d. i. den „deutschen“ oder „slovakischen Glauben“ heißt. Die protestantischen Kernmagyaren hängen sämmtlich dem Calvinismus an; lutherisch sind in Ungarn die Deutschen und Slovaken [1]).

Demnach spielte das nationale Moment in der reformatorischen Thätigkeit eine große Rolle. Die Reformer predigten und schrieben in der Nationalsprache, sie gehören meist alle auch der magyarischen Literaturgeschichte an, so Andreas Batizi, Johann Sylvester, Mathias Dévay, Stephan Szegedi, Paul Karády, Caspar Heltai u. A. [2]). Daher kam es, daß durch ein Paar Jahrzehnte des 16. Jahrhunderts auch in Ungarn die gesammte geistige Bewegung, also auch die Literatur und Dichtung fast ausschließlich protestantisch war, in politischer Hinsicht aber den nationalen Charakter trug [3]).

Wie sich Bruder Georg speciell zu der neuen calvinistischen Bewegung verhielt, läßt sich wegen Mangel an historischen Daten nicht bestimmen; jedenfalls blickte er mit Besorgniß auf die stets wachsende kirchliche Umwälzung. Er verdoppelte deshalb auch seinen Eifer in der Niederhaltung derselben.

Wenn wir den Nachrichten seiner kirchlichen Gegner glauben schenken dürfen, denn katholische Mittheilungen fehlen, so hatte der Bischof-Statthalter die Absicht gehegt, die schon durch Synoden constituirte protestantische Kirche Siebenbürgens gänzlich auszurotten, und er würde diese Absicht auch ausgeführt haben, falls ihn nicht die übrigen Großen daran gehindert hätten [4]).

In Siebenbürgen ergriff nämlich nach der Reformirung der Sachsen die kirchliche Neuerung auch die Magyaren und Szekler; hier war Klausenburg der Mittelpunkt der Bewegung. In dieser Stadt entwickelte ein Vierteljahrhundert (1550—1575) Caspar

[1]) Die kath. Magyaren dagegen nennen die kath. Religion „igaz hit“ d. i. den wahren Glauben.

[2]) Siehe über diese Toldy, A magyar nyelv és irodalom kézikönyve, d. i. Handbuch der ungar. Sprache und Literatur, Bd. I. S. 30 ff. Daselbst finden sich auch Proben ihrer Poesien.

[3]) S. Toldy, A magyar költészet története, d. i. Geschichte der ungar. Dichtung. Bd. I. S. 109—110.

[4]) Haner l. c. p. 209. Was aber dieser Kirchenhistoriker über den Tod des Urban Batthyani und dessen Vergiftung durch Bruder Georg erzählt, so gehört dies in das Reich böswilliger Erfindungen.

Heltai eine staunenswerthe Thätigkeit. Obgleich von Geburt ein Sachse, eignete er sich dennoch, wahrscheinlich unter den Szeklern, die magyarische Sprache vollkommen an, so daß seine diesbezüglichen Schriften unter der magyarischen Literatur des 16. Jahrh. einen ehrenvollen Platz einnehmen. Seine theologische Bildung hatte er auf der Universität zu Wittenberg, wo er im J. 1543 seine Studien begann, erhalten; von da im J. 1545 zurückgekehrt, wurde er Pastor der evang. Gemeinde zu Klausenburg, und erwarb sich in dieser Stellung eine solche Beliebtheit, daß die Kronstädter ihn nach dem Tode des berühmten Valentin Wagner an dessen Stelle nach Kronstadt beriefen. Aber er lehnte nicht allein diesen Ruf ab, sondern entsagte überhaupt allen kirchlichen Aemtern und zog sich mit dem Titel eines „Seniors“ in das Privatleben zurück, um sich ganz der Literatur weihen zu können. Er hatte nämlich schon im J. 1550 zu Klausenburg eine Buchdruckerei errichtet, und gleich Honter in Kronstadt versorgte er die Magyaren und Szekler mit Glaubens- und Erbauungsbüchern im Interesse der kirchlichen Neuerung. Heltai war hierin aber sehr wankelmüthigen Charakters, und bietet in seinem Glaubenswechsel ein merkwürdiges Bild seiner Zeit. Anfänglich hielt er nämlich zu Luther, seit 1558 aber hörte er auf Calvin, wurde aber schon im nächsten Jahre ein Läugner der göttlichen Trinität, und übersetzte bald darauf eine Apologie des Anabaptismus. Durch seine eigenen Schriften und die aus seiner Officin hervorgegangenen Bücher wurde er ein mächtiger Hebel der antikirchlichen Bewegung. Er verpflanzte nicht nur die Fabeln und Märchen der deutschen Volksbücher ins Ungarische, sondern arbeitete auch unter dem Protektorate des Mich. Csáky mit seinen Collegen Stefan Gyulai, Stefan Ozorai und Magister Gregor Vizackna an einer ungarischen Uebersetzung der heil. Schrift, wovon das alte Testament in 4 starken Bänden ohne die Apokryphen in den Jahren 1551—1552 erschien. Zur Grundlage wurde der hebräische Text genommen, aber mit steter Rücksicht auf die Vulgata und andere lateinische Versionen, wie auch mit Beachtung des Werkes von Luther. Den einzelnen Bänden gehen breite Einleitungen voran, die Seitennoten enthalten Variationen, Parallelstellen und andere Erklärungen[1]). Ferner veröffentlichte

[1]) Vgl. „Toldy, A magyar nemzeti irodalom története.“ d. i. „Geschichte der ung. Nationalliteratur.“ Pest, 1864—65, S. 52 ff. und „Toldy, Az

Heltai aus seiner Druckerei ein „Cantionalis“ weltlicher und ein „Gesangbuch“ geistlicher Lieder, so daß der ungarische Literarhistoriker Toldy bemerkt: „Es gab im 16. Jahrhundert keinen eifrigeren, arbeitsameren und glücklicheren Pfleger, Schützer und Verbreiter der ungarischen Literatur als den Sachsen Caspar Heltai“ [1]).

Es war begreiflich, daß Bruder Georg diesem reformatorischen Treiben in unmittelbarer Nähe nicht gleichgiltig zusehen konnte. Er wird ohne Zweifel strenge Maßregel versucht haben, die aber scheiterten einmal an der Mißgunst der übrigen Räthe Isabellens, dann an dem Widerstand der Bürgerschaft, die ihren Pastoren und Lehrern kein Leid geschehen ließ. Billig bezweifeln müssen wir aber die weitere Angabe Haners [2]), daß Bruder Georg durch Bestechung die Bürger Klausenburgs gegen ihre Reformer aufhetzen ließ und einen hohen Preis demjenigen zusagte, der ihm die Köpfe dieser Neuerer überbrächte. Haner gefällt sich in derlei Schauergeschichten, wie er deren wiederholt vom Bischof-Statthalter zu berichten weiß, ohne daß sie deshalb mehr Glauben verdienten.

Der gesammte Charakter Georgs, der wohl in der Intrigue gewandt und sicher war, weil er sie in jenen wirrvollen Tagen in der Politik benutzen mußte, berechtigt zu keiner Annahme, welche auf Meuchelmords-Beschuldigungen hinausliefe.

Indeß war er auch durch nunmehr eintretende politische Verhältnisse genöthigt, seine volle Aufmerksamkeit auf das Gebiet der Politik zu wenden und mußte die religiöse Umwälzung ungestört fortwalten lassen.

Wir können hier nicht im Detail die verwirrten Zustände, Intriguen, Kämpfe und Unterhandlungen darstellen, welche in den Jahren von 1548—1551 zwischen der Königin Isabella mit ihren Räthen und dem Könige Ferdinand, dann dem Kaiser Carl V., dem türkischen Sultan; nicht minder zwischen den Parteien in- und außerhalb Siebenbürgens geführt wurden — das Alles erfordert eine eigene Abhandlung — nur mit einigen Strichen wollen wir diese Situation zeichnen.

---

ujkori magyar nemzeti irodalom története.“, d. i. „Geschichte der neuzeitigen ung. Nationalliteratur. 1. Heft. Pest, 1853, S. 91. — Das neue Testament der Heltaischen Uebersetzung erschien erst 10 Jahre später.

[1]) Toldy, A magy. nyelv és irod. kézikönyve Bd. I. p. 98.

[2]) L. c p. 210.

Seitdem Bruder Georg die Lügenhaftigkeit und Ländergier der Türken durch den Verlust von Ofen und eines Theiles von Ungarn bitter erfahren hatte, war sein unablässiges Bestreben dahin gerichtet, den noch übrigen Theil seines Vaterlandes, in soweit er unter seiner Verwaltung stand, und Siebenbürgen vor der völligen Absorption durch die Türken sicher zu stellen. Zur Erreichung dieses Zieles wollte er Ungarn sammt Siebenbürgen unter dem Scepter des Hauses Habsburg vereinigen; denn die Dynastie Habsburg, damals die mächtigste in Europa, schien ihm auch mächtig genug, dem vernichtenden Vordringen der Türken Einhalt zu thun. Dieses Ziel stund klar vor seiner Seele, ihm widmete er die volle Kraft seines gewaltigen Geistes. Unter dem Hause Habsburg konnte auch den religiösen Zerklüftungen in Ungarn ein heilsames Ende gemacht werden.

Seit dem Landtag des Jahres 1548 liefen deshalb fortgesetzte Unterhandlungen, die endlich in dem Vertrage von Nyirbátor vom 1. August 1549 ihren Abschluß fanden. Darnach erhält die Königin Isabella für ihren Sohn statt der väterlichen Erbgüter in Ungarn die schlesischen Herzogthümer Oppeln und Ratibor mit einem jährlichen Einkommen von 15.000 Gulden; die Königin bekommt für ihre Morgengabe 100.000 Stück Ducaten in Gold; der Prinz Johann Sigismund wird mit einer Tochter Ferdinands vermählt. Dem Bischof Georg wird die Belassung des Thesaurariats und der siebenbürgischen Statthalterschaft zugesichert, überdies versprach ihm König Ferdinand nach dem Tode des jetzigen Erzbischofs Paul Várday das Graner Erzbisthum und die Erwirkung der Cardinalswürde [1]).

Leider gestatteten die eigenthümlich unglücklichen Verhältnisse, insbesondere aber die offenen und geheimen Gegner Georgs nicht, besagten Vertrag allsogleich ins Werk zu setzen.

Die Türken betrachteten nämlich Ungarn und Siebenbürgen als ihr Eigenthum, welches Bruder Georg für ihren minderjährigen

---

[1]) Es verdient angemerkt zu werden, daß man in Rom bereits zwei Jahre früher ohne Zuthun des Bruders Georg diesem den Cardinalhut zugedacht hatte. Vrgl. den Brief des A. Verantius an Bruder Georg bei Katona, Hist. crit. Hung. XXI. p. 794. Für diese gesammte Skizze der politischen Zustände vgl. Hatvani, Tört. zsebkönyv p. 331 ff.

Vasallen Johann Sigismund Szapolya im Namen des Sultans verwalte. Bei dem geringsten Verdachte an Georgs Treue drohte die Pforte mit Tod und Verderben. Schon hatten die Feinde Georgs wegen des obigen Vertrages den Bischof-Statthalter bei der Pforte angeklagt, ja es erhoben sich die Königin Isabella mit dem zweiten Vormunde des Prinzen, Peter Petrovich in offenem Kampfe gegen den Bischof-Statthalter, dem es nur durch große Geschenke und betheuernde Versprechungen gelang, den aufgestachelten Zorn des Sultans zu beschwichtigen. König Ferdinand aber war nicht vermögend, ein genügend starkes Schutzheer zu senden, die ausgebrochenen religiös-politischen Differenzen in Deutschland sowie seines Bruders (Kaiser Carl V.) Kriege mit Frankreich verhinderten ein kräftiges, offenes Handeln gegen die osmanische Gefahr. So kam es, daß Bruder Georg wider seinen Willen durch die Verhältnisse in eine Stellung gezwängt wurde, in der nur seine ungewöhnliche Geisteskraft durch längere Zeit sich behaupten konnte. Während er (nach dem abgeschlossenen Vertrage) treu und fest zu König Ferdinand hielt und diesem einen Theil Ungarns und Siebenbürgens zu sichern strebte, mußte er, genöthigt durch die Umstände, auch gutes Einvernehmen und äußerliche Treue gegen die Türken heucheln.

Dies ist der Schlüssel von Bruder Georgs politischem Verhalten in den letzten Jahren seines Lebens. Wie sehr man diese Politik der Heuchelei vom Standpunkte der Moral verwerfen mag, die Zweckmäßigkeit und Noth — zwei mächtige Gebieter im Staatsleben — dictirten sie ihm und der Erfolg hat sein Verfahren gerechtfertigt. Die Türken vertrauten ihm und verschonten bei seinen Lebzeiten das südliche Ungarn und Siebenbürgen mit einer dauernden Occupation.

Freilich bekam durch diese Politik das Benehmen Georgs den so räthselhaft zweideutigen, viel beschuldigten Charakter der Wetterwendigkeit und erweckte Mißtrauen bei den kurzsichtigen und übelwollenden Heerführern des Königs Ferdinand; der vereinten Cabale dieser Neider und Feinde fiel der Cardinal auch zum Opfer.

König Ferdinand hatte an des Cardinals Treue nicht gezweifelt, selbst dann nicht, als er schon des Italieners Sforza

Pallavicinis Anklagebrief in Händen hatte [1]), und selbst auf die schwerste und letzte Beschuldigung, daß der Cardinal nämlich das deutsche Heer und seine Führer ermorden, Siebenbürgen als tributärer Vasallenfürst von den Türken für sich nehmen wolle u. s. w. [2]), selbst auf diese Anklagen gab Ferdinand nur bedingungsweise seine Einwilligung, einem wirklich beabsichtigten Streiche zuvorzukommen.

Allein der Ränkesucht und Privatrache der Heerführer Ferdinands war diese „bedingte" Zustimmung zur Ausführung des schon früher verabredeten Mordes genug; der Cardinal mußte fallen — und er fiel. Am 17. Dec. 1551 nach sieben Uhr Morgens drangen Castaldo, Pallavicini, Campeggio, Monino, Scaramuzzo, Mercede und Avila, Heerführer und Officiere der Truppen König Ferdinands in die Behausung des Cardinals im Schlosse Alvincz. Der Secretär Mark Anton Ferrari war bestimmt den ersten Streich zu führen. Er trat ins Gemach, wo er den Cardinal bereits außerhalb des Bettes, die Hora betend fand; er überreichte ihm eine Schrift zur Unterzeichnung und während jener sich über den Schreibtisch bückte, stieß ihm der Italiener den Dolch ins Genick. Als der Cardinal sich umwandte und mit seinem Angreifer rang, sprangen die draußen stehenden Mitverschworenen herzu, hieben mit Säbeln auf ihn oder stießen ihre Dolche in seinen Leib; ja Monino feuerte seine Pistole dem noch stehenden Manne in den Rücken. So von Wunden durchbohrt, brach der kräftige, obgleich 70jährige Greis zusammen und mit dem Rufe: „Jesus Maria!" hauchte er seine Seele aus [3]).

---

[1]) S. Ferdinands Briefe vom 12. und 14. Dec. 1551 bei Bucholtz, Gesch. Ferd. I. Bd. VII. S. 278. Ferd. schreibt am 14. Dec. an den Cardinal: „Er (der König) habe bereits hinlänglich erkannt und durchschaut, daß jener (Georg nämlich) weder durch Drohungen noch durch Schmeichelworte erschreckt oder von beharrlicher Treue gegen ihn abgezogen werden könne."

[2]) S. diese Anklagen in einem gleichzeitigen Bericht (Actum Hermanstat den 20 tag december Ao 1551) bei Hatvani, Monum. Hung. hist. Diplomataria II. p. 292—293. Vgl. auch Bucholtz l. c. VII. p. 281—282.

[3]) Ueber die Ermordung des Cardinals vgl. obigen gleichzeitigen Bericht aus Hermannstadt bei Hatvani l. c. 293—294. Dann Istvánffy l. c. lib. XVII. p. 191. Der Leichnam blieb zwei Monate auf dem Schauplatze der blutigen That und erst am 25. Febr. bestatteten ihn die Karlsburger Domherren in ihrer Kirche und gaben dem Grabe die Inschrift: „Omnibus moriendum est."

Die Ermordung des Cardinals erregte ungeheures Aufsehen, nicht allein in Siebenbürgen, wo die Szekler laut um Rache schrien, sondern auch außerhalb des Landes, besonders in Rom, wo der Ermordete erst jüngst auf besondere Anempfehlung Ferdinands [1]) in die Reihe der Cardinäle aufgenommen ward und man auch sonst dem energischen und kirchlich gesinnten Manne geneigt war. König Ferdinand schickte zwar schon am 2. Jänner 1552 eine Denkschrift für den Papst über die Gründe der Ermordung des Cardinals [2]) nach Rom; allein man fand dieselben unbefriedigend und Papst Julius III. forderte eine eingehende Untersuchung. In Graz, Wiener-Neustadt, Raab, Oedenburg und Siebenbürgen wurden im Ganzen 116 Zeugen abgehört [3]). Die meisten und Hauptzeugen waren indeß Neider oder persönliche, politische und kirchliche Gegner des Ermordeten, was man in Rom freilich nicht wissen konnte; und so erfolgte denn unter dem 14. Februar 1555 die Lossprechungsurkunde für König Ferdinand und für die Theilnehmer am Morde [4]).

Ferdinands persönliche Würde, die Ehre seiner Staaten und die Furcht vor dem Bannfluche des aufgebrachten Papstes geboten den Cardinal zum „notorischen Verräther" zu stempeln, der nur die verdiente Strafe empfangen hätte. Die einseitigen Zeugenaussagen dienten sodann auch als Basis für das Urtheil der Nachwelt, welche geschäftig die Verunglimpfung steigerte, bis endlich das Schreckbild

---

[1]) Ferdinand sagt von ihm in seinem Schreiben v. 4. Aug. 1551: „in veteri catholicaque fide et religione nostra christiana sicuti decet, constantem et se istius sedis apostolicae observantem esse omnibusque, quibus possit, modis tum religionis christianae, quam auctoritatis apostolicae defensionem contra eorum impugnatores acriter sustinere et promovere, et quod denique non minus in divinis officiis, quam in aliis etiam piis operibus exercendis ita se gerat et exhiberat, ut boni fidelisque antistitis christiani muneri non deesse videatur".

[2]) Die Denkschrift bei Bucholtz, Urkundenband S. 589 ff.

[3]) Theile dieses Zeugenverhöres veröffentlichten: Pray, Epist. Procerum II. p. 383 ff., Bucholtz, Ferd. I. Bd. VII. p. 285, Podhraczky, Történ. tár I. p. 246, Schuller, die Verhandlungen von Mühlbach im J. 1551 und Martinuzzis Ende p. 3, 4, 6, 7 und an v. Stellen der Abhandlung. Eine vollständige Veröffentlichung des gesammten Zeugenverhörs mit den beiliegenden Schriftstücken fehlt; doch wäre dieselbe sehr wünschenswerth, schon darum, weil auch einige Freunde Georgs, wie z. B. der Abt Dr. Franciscus v. Klausenburg u. A. verhört wurden.

[4]) Die Lossprechungsurkunde bei Bucholtz Urkundbb. p. 612 ff.

eines „menschlichen Ungeheuers“ und der „schlaue Mönch“ alles „sittlichen Ernstes bar“ heraufbeschworen war [1]).

Die Folgen der blutigen That rächten sich nicht nur an deren Vollstreckern [2]), sondern sie waren auch besonders traurig für das Reich. Gleich im nächsten Jahre nach der Ermordung des Cardinals gerieth das Temeser Gebiet bleibend in die Hände der Türken, wurde durch die Intriguen des französischen Hofes die Königin-Witwe Isabella nach Siebenbürgen zurückgeführt, das deutsche Heer geschlagen und vertrieben, der junge Szapolya als Herr von Ungarn und Siebenbürgen proclamirt und somit der Plan des Cardinals, Siebenbürgen sammt Ungarn unter König Ferdinand zu vereinigen, durch die Schuld der beschränkten ränke- und habsüchtigen Diener dieses Königs zu nichte gemacht.

Und wie stand es um den von Bruder Georg bekämpften Protestantismus? Die Lutheraner Siebenbürgens, welche die noch übrigen Reste getreuer Priester unablässig verfolgten [3]), sahen mit Furcht und Besorgniß den Eintritt des deutsch-spanischen Heeres in Siebenbürgen. Man befürchtete, der Cardinal-Statthalter werde sich dieser Streitkräfte des kath. Ferdinand bedienen, um die Rückkehr zum alten Glauben mit Gewalt zu erzwingen. Es scheint, daß in der That Georg die Absicht hegte, gegen das Lutherthum energischer aufzutreten. Wir ersehen dies aus mehreren Maßregeln.

---

[1]) Die eingehende Darstellung der verwickelten Zustände und Verhältnisse Ungarns und Siebenbürgens, denen der Cardinal auch zum Opfer fiel, bedarf einer besonderen Abhandlung, die wir uns für eine andere Gelegenheit vorbehalten. Hier nur die Versicherung, daß alle bisherigen Urtheile über Martinuzzi in deutschen Geschichtsbüchern entschieden falsch oder doch einseitig sind. Unsere Skizze beruht auf vielfach neuen Grundlagen, welche die ungar. Geschichtsschreibung dem Historiker Michael Horváth verdankt.

[2]) Vgl. hierüber den Geschichtsschreiber Istvánffy lib. 17, 191.

[3]) Vgl. den Schutzbrief der Königin Isabella ddo. 11. Febr. 1550 (ap. Teutsch, Urkundenbuch I. Nr. 68, p. 158—159), worin sie die Geistlichkeit des Bistritzer Districts auf deren Ansuchen schützt in allen alten Rechten, Freiheiten und Privilegien, die sie entweder von den ungar. Königen oder von den Bischöfen Siebenbürgens erhalten haben, mit dem Motive: „Unde nos, vel etiam ex timore Dei benigniter inclinatae ad tuendos et conservandos ecclesiasticarum personarum immunitates, quo personae ipsae ecclesiasticae studiosius et ferventius, liberiusque ac tranquillius navent suis functionibus ad propagationem verbi ejus ecclesiaeque sue sanctae.“

Da mit der Entfernung der Königin Isabella die Güter des Siebenbürger Bischofs wieder frei wurden, so ernannte er vor Allem in der Person des Klausenburger Abtes Dr. Franciscus, den die Neuerer vordem aus Muschna und Kisselkin vertrieben hatten, einen neuen Oberhirten für die langverwaiste Diöcese. Denn sicherlich lag in dieser Verwaistheit ein Hauptgrund des ungehinderten Ausbreitens der kirchlichen Umwälzung. Franciscus, war, so viel man weiß, ein thatkräftiger Mann; dies hatte er wiederholt bewiesen und beweisen dasselbe auch die Klagen der Sachsen-Universität vom J. 1544, worin diese sich über ungebührliche Vorladungen und Vexationen der „Diener des Wortes Gottes" durch den bischöflichen Vicar von Karlsburg beschweren [1]). Muth bewies Dr. Franciscus auch in dem Zeugenverhöre nach dem Tode des Cardinals, wo er geradezu behauptete: „Georg würde haben ergriffen werden können, und es würden keine großen Bewegungen erfolgt sein" [2]). Bruder Georg traf deshalb eine vorbedachte Wahl und in der erwählten Person mochte den Abtrünnigen ihre eigene Zukunft trüb genug erscheinen.

Auch soll der Cardinal-Statthalter überdies den Befehl ertheilt haben, die Pastoren und Schulrectoren im Dienste der neuen Lehre auf den Scheiterhaufen oder das Folterrad zu legen, die Priesterweiber und deren Kinder jedoch der Leibeigenschaft zu übergeben [3]).

Man denke sich deshalb die Freude, als das Lutherthum von dieser wahren oder eingebildeten Gefahr errettet ward! Der siebenbürgische Kirchenhistoriker Haner meldet in seinem Geschichtswerke mit sichtlicher Befriedigung die Nachricht von dem Tode des gehaßten Cardinals, der nun die „Kirche" nicht mehr „verfolgen" konnte [4]). Ferdinands Feldherrn aber, welche nun Siebenbürgen besetzten, unternahmen nichts gegen die kirchliche Neuerung. Nachdem auf diese Art die „Kirche" von dem „Schrecken befreit war", legten die Leiter der Protestanten Hand ans Werk, um in das verursachte Chaos

[1]) S. Teutsch, Urkundenbuch I. p. 3.

[2]) Bucholtz, VII. p. 285*). Es sollte nämlich bewiesen werden, daß der Cardinal meuchlings getödtet werden mußte, sonst „wären große Bewegungen zum Verderben der christlichen Religion und jener Reiche erregt worden".

[3]) Haner l. c. p. 215: .... „et uxores Pastorum cum liberio, quod ad aratra adigere velit, minabatur".

[2]) Vgl. Haner l. c. p. 216.

einigermaßen feste Ordnung zu bringen. So hielten die ungarischen Dissidenten gleich im nächsten Jahre zu Bereghßáß einen Convent, auf welchem sie die (kath.) Lehre vom Sacrament des Altars, die Ohrenbeichte verwarfen und öffentlich verdammten; dafür aber um so besorgter waren, die Einkünfte der Minister vor Eingriffen und Schmälerungen sicher zu stellen. Die Herren Reformer bedachten überall fein säuberlich „das vom Altare leben" und setzten stets fest: „Ministro laboranti subveniri debeat" [1]).

In demselben Jahre hielten auch die sächsischen Prediger eine Synode zu Herrmannstadt, woselbst sie den Hermannstädter Pastor Paul Wiener zum Bischofe oder Superintendenten erwählten und zugleich auch sonstige Vorschriften über geistliche Dinge feststellten [2]).

So war denn die lutherische und calvinistische Lehre in Ungarn und Siebenbürgen zum Siege gelangt und zwar so mächtig, daß am Ende des 16. Jahrhunderts die kath. Kirche beinahe gänzlich in Ungarn erlöscht war. In einem Rundschreiben an die europäischen Fürsten und Völker ddo. Kaschau, 16. Juni 1606 erklären die Repräsentanten der ref. Kirchen feierlich, daß in Ungarn nur mehr wenige Katholiken leben und auch diese nicht öffentlich, sondern nur privatim in den Häusern ihren Gottesdienst abhalten [3]).

Die katholische Kirche Ungarns verdankt ihre Restauration der berühmten Periode Leopolds und der Kaiserin Maria Theresia und ist vorzugsweise das Werk und Verdienst des Jesuitenordens und des diesem Orden angehörigen Cardinal-Primas Peter Pázmán, dessen Bemühungen es gelang, den größten Theil des hohen Adels in den Schooß der Mutterkirche zurückzuführen. Einen sehr mächtigen Hebel hierbei bot die Pflege der magyarischen Sprache und Literatur von Seite des katholischen Clerus, woraus abermals hervorgeht, daß bei der Reformation nicht so sehr religiöse als vielmehr politische und nationale Motive gewirkt haben.

---

[1]) Ibid. p. 216.

[2]) Ibid. p. 217.

[3]) „Sunt etiam adhuc, sed pauci, pontificiae seu papisticae religionis, privatis magis quam publice, in privatis aedibus suam religionem exercentes". Révész, Dévay p. 42 [2]).

XI.

Zur achtzehnten Säcularfeier des Martyriums Petri.

I.

Neue Untersuchung über den Episcopat und den Martyrtod des heiligen Petrus in Rom.

Von Dr. J. Ginzel, Domcapitular in Leitmeritz.

Es war eine in der ganzen christlichen Welt der ersten Jahrhunderte allgemein bekannte und bis ins vierzehnte Jahrhundert der christlichen Zeitrechnung unbestrittene Thatsache, daß der Apostelfürst Petrus in Rom das Evangelium gepredigt und daselbst den Martyrtod erlitten habe [1]).

So wenig diese Thatsache selbst von den gewiegtesten protestantischen Kirchenhistorikern der neuen und neuesten Zeit in Abrede gestellt wird, so sehr gehen die Ansichten der Gelehrten über die Zeit auseinander, in welche der Beginn, die Dauer und das Ende der Petrinischen Wirksamkeit in Rom fällt [2]).

Wenn die Gegner der römischen Kirche endlich auch zugeben, der Apostel Petrus habe seinen Lauf als Martyr in Rom geendet,

---

[1]) Die Zeugnisse des kirchlichen Alterthums für diese Thatsache habe ich unter vorzüglicher Rücksicht auf die von Dr. Baur in Tübingen und Dr. Mayerhoff in Berlin gegen dieselbe gemachten Angriffe gewürdigt in Pletz's Neuer Theol. Zeitsch. XI. Jahrg. Wien 1838. 1—3 Hft.

[2]) In meiner an dem genannten Orte veröffentlichten Abhandlung „über den Episcopat Petri in Rom" hatte ich, an die Resultate der Untersuchungen Dr. Anger's über die Chronologie der Apostelgeschichte mich anschließend, kein der kirchlichen Tradition über den fünfundzwanzigjährigen Episcopat Petri in Rom günstiges Ergebniß gewonnen; eben so wenig als Dr. Windischmann in seinen Vindiciae Petrinae. Ratisb. 1836, der ebenfalls meistens Dr. Anger gefolgt war.

so widersprechen sie aufs Entschiedenste der Behauptung, der Fürst der Apostel sey jemals Bischof der römischen Kirche gewesen.

Der katholischen Wissenschaft ist daher die Aufgabe geworden, den Satz der kirchlichen Ueberlieferung von dem Martyrtode und dem fünfundzwanzigjährigen Episcopate des Apostelfürsten Petrus in Rom gegen die Einwendungen alter und neuer Gegner zu begründen und zu erhärten.

Dieser Aufgabe suchen wir gerecht zu werden, indem wir im Folgenden erörtern, wann Petrus in Rom gewirkt und daselbst den Martyrtod erlitten hat, und nachweisen, daß derselbe mit Beginn seines apostolischen Wirkens in Rom seinen bischöflichen Stuhl daselbst aufgeschlagen hat.

I.

Wann Petrus in Rom gewirkt und daselbst den Martyrtod erlitten.

Es fehlt keineswegs an solchen Berichten des christlichen Alterthums, welche uns zuverlässige Kunde geben, wann der Erste der Apostel nach Rom gekommen und daselbst am Kreuze gestorben sey.

Ein eben so ausführlicher als glaubwürdiger Bericht hierüber liegt uns in der Kirchengeschichte des Eusebius [1]) vor. Im II. Buche dieses Werkes, dem XIV. Hauptstücke, welches Eusebius selbst „De Petri Apostoli praedicatione in urbe Roma“ überschrieben

---

[2]) Eusebius Caesareae Palaestinae Episcopus, in scripturis divinis studiosissimus, et bibliothecae divinae cum Pamphilo martyre diligentissimus pervestigator edidit infinita volumina. De quibus haec sunt: Εὐαγγελικῆς ἀποδείξεος libri viginti, Εὐαγγελικῆς προπραςκευῆς libri quindecim. Θεοφανειας libri quinque. Ecclesiasticae historiae libri decem. Chronicorum canonum omnimodam historiam, et eorum ἐπιτομήν. Et de Evangeliorum diaphonia. In Isaiam libri decem, et contra Porphyrium, qui eodem tempore scribebat in Sicilia, ut quidam putant, libri triginta, de quibus ad me viginti tantum pervenerunt. Τοπικῶν librum unum; Ἀπολογιας pro Origine libros sex. De vita Pamphili libros tres. De Martyribus alia opuscula. Etin CL Psalmus eruditissimos commentarios, et multa alia. Floruit maxime sub Constantino Imperatore et Constantio; et ob amicitiam Pamphili martyris ab eo cognomentum sortitus est. Hieronymus de scriptoribus ecclesiasticis. Cap. LXXXI. Opp. S. Hieronymi ed. Maurinorum Tom IV. Pars I. Paris 1706. col. 122.

hat [1]), lesen wir: „Statim ergo praestigiator ille quem diximus (Simon magus), divinae lucis insperato quodam splendore perculsus, simul atque in Judaea a Petro Apostolo convictus est, omniaque ejus malificia patefacta, longissime trans mare fugam arripuit, ab orientis partibus ad occasum profectus; neque aliter se libere et ex animi sui sententia victurum esse speravit, tandem ad urbem Romam delatus, ope atque adjumento subsidentis ibidem daemonis brevi conatus suos tantopere promovit, ut illius civitatis homines ei tanquam Deo statuam collocarint. Sed haec non diu ex voto illi fluxerunt. Confestim enim ipsis Claudii Augusti temporibus benigna et clementissima Dei providentia fortissimum et maximum inter Apostolos Petrum, et virtutis merito omnium principem ac patronum Romam adversus illam generis humani labem ac pestem perduxit. Qui tanquam strenuus divinae militiae ductor coelestibus armis munitus, pretiosam illam lucis intelligibilis mercem ab oriente ad eos qui versus occasum habitabant, detulit; lucem ipsam et salutarem mentibus doctrinam, regnum scilicet eorum eis annuntians [2]).

Aus diesem Berichte des Eusebius tritt uns denn hell und deutlich die Thatsache vor das Auge, daß die göttliche Vorsehung den Petrus, den thatkräftigsten unter allen Aposteln, unter der Regierung des Kaiser Claudius nach Rom geführt habe, als daselbst der Magier Simon sein Unwesen trieb, damit durch den Fürsten der Apostel das Licht der evangelischen Wahrheit zuerst aus dem Oriente zu den Völkern des Abendlandes gebracht würde.

---

[1]) Henricus Valesius, annotationes in indicem capitulorum Histor. eccl. Eusebii Caesar. (Eusebii hist. eccl. ed. Valesii Mogunt. 1672. pag. 3). Solebant antiqui scriptores libris suis indicem capitulorum praefigere... Id autem duobus modis praestare consueverant. Nam aut omnium simul librorum capitula universo operi praeponebant, aut singulis libris titulos capitulorum praefigere solebant, ut in Historia ecclesiastica fecit Eusebius noster. Neque enim dubitandum est, quin Eusebius ipse hos indices seu titulos capitulorum composuerit, et historiarum suarum libris, sicut hodie leguntur, praenotaverit. Certe observare licet, in istis capitulis semper Eusebium de se ipso loqui in prima persona etc.

[2]) Eusebii Pamphili histor. eccl. ed. Valesii Mogunt. 1672. fol. pag. 52.

So ausführlich und umständlich dieser Bericht ist, so glaubwürdig und zuverlässig erscheint er. Denn, wenn auch der Bischof Eusebius v. Cäsarea in Palästina sein kirchengeschichtliches Werk erst in den zwei ersten Decennien des 4. Jahrhunderts schrieb, so trägt doch dieses Werk durch alle zehn Bücher hindurch ein wahrhaft historisches Gepräge; indem Eusebius bei den einzelnen von ihm berichteten Thatsachen die Gewährsmänner zu nennen nicht unterläßt, auf deren Ansehen hin er dieselben seinem Werke einverleibte; das sonach als die erste Geschichte der Kirche einen außerordentlichen Werth hat, der um so höher anzuschlagen ist, als viele Schriften, aus denen Eusebius schöpfte, längst nicht mehr vorhanden sind.

Daß der Vater der Kirchengeschichte aber insbesondere Alles und Jedes, was er im II. Buche seines Werkes aus dem Leben der Kirche erzählt, nur aus älteren Quellen entlehnt habe, bezeugt er selbst, indem er am Schlusse der Capitelüberschriften dieses Buches Clemens von Alexandrien, Tertullian, Josephus und Philo nennt, aus denen er geschöpft [1]), und im Vorworte zum II. Buche schreibt: „Nunc vero quae post adscensionem (Servatoris) subsecuta sunt, in hoc libro dispiciamus, partim ex sacris literis petita, partim etiam ex aliis monumentis, quorum suo loco ac tempore mentionem facturi sumus“ [2]). — Und in der That führt Eusebius für das im 14. und 16. Capitel des II. Buches Erzählte als seine Gewährsmänner Clemens den Alexandriner und Papias von Hierapolis auf, mit den Worten: „Refertur id a Clemente in sexto Institutionum libro. Cui testis etiam accedit Papias Hieropolytanus Episcopus“ [3]).

Gegen die Erzählung des Eusebius von der Ankunft Petri in Rom unter der Regierung des Claudius, zur Zeit, da der Magier Simon daselbst sein Unwesen trieb, steht Dr. Baur mit der Behauptung auf: die Anwesenheit des Magiers Simon, welche die Anwesenheit des Petrus nach sich gezogen haben soll, und die ganze

---

1) 'Οτι συνῆκται ἡμιν ἡ βιβλος ἀπὸ τῶν Κλήμεντος, Τερτουλιανοῦ, Ι'ωσήπου καὶ Φίλωνος' i. e. Nota hunc librum a nobis collectum esse ex Clementis, Tertuliani, Josephi ac Philonis scriptis l. c. p. 36.

2) Eusebii hist. eccl. ed. c. p. 37.

3) Ibidem p. 53.

Scene in Rom sey eine bloße Fiction [1]); Simon sey nie in Rom gewesen, denn was von seinen Zauberkünsten daselbst gesagt werde, sey aus Mißverstand der Aufschrift einer Statue entstanden, und das Auftreten Petri sey nur um des Simon willen ersonnen worden; da nun dieser nie in Rom gewesen, falle auch hiemit die Anwesenheit Petri daselbst in Nichts zusammen.

Daß die von Eusebius aus älteren Urkunden geschöpfte Erzählung von der Anwesenheit des Magiers Simon in Rom unter Kaiser Claudius keine Fiction, sondern eine höchst beglaubigte Thatsache sey, wird sich aus Folgendem ergeben.

Wer immer den Bericht der Apostelgeschichte VIII, 9—24 über den Magier Simon zu Samaria liest, und wie Simon Petrus sich gegen die unfromme, gottesräuberische Gesinnung desselben erhebt, verlangt nach weiterer Kunde über den Zauberer, und kann sich des Gedankens nicht entschlagen, diese beiden Simon dürften noch einmal einander gegenüber treten. Was der christliche Leser der Apostelgeschichte ahnt, hat sich wirklich erfüllt. Den Mann, der mit seinen Trugkünsten das Volk von Samaria so lange berückt und verführt hatte, litt es, seit dort der Glaube unter Zeichen und großen Wundern Eingang gefunden und nachdem ihn Petrus entlarvt hatte, fortan in Samaria nicht mehr. Die gewaltige Hand des Petrus wie aller Verkünder des Glaubens fürchtend wendete er sich dorthin, wo als in der Metropole des Heidenthums, nach Tacitus: „cuncta undique atrocia aut pudenda confluunt celebranturque", und die Zauberei ihren Hauptsitz hatte. Er trat in Rom unter der Regierung des Claudius auf, und zwar mit solchem Erfolge seiner Zauberkünste, daß er dort als Gott verehrt und als solchem ihm eine Bildsäule gesetzt wurde. Für diese Thatsache führt Eusebius in seiner Kirchengeschichte II, 13 den Martyr Justinus als Zeugen mit den Worten auf: „Interea cum jam fides Servatoris nostri Jesu Christi ubique diffusa esset, hostis generis humani regiam Urbem sibi occupare satagens, Simonem illum, de quo superius dictum est, eo destinat. Cujus

---

[1]) In seiner Abhandlung: Die Christuspartei in der korinth. Gemeinde, der Gegensatz des Petrinischen und Paulinischen Christenthumes in der ältesten Kirche, der Apostel Petrus in Rom, Tübinger Zeitschrift für Theologie 1831. 4. Heft S. 143 ff.

nefariis artibus auxilium atque operam suam commodans, animos eorum qui Romae degebant, in errorem inductos sibi mancipavit. Testatur id Justinus, qui non procul ab Apostolorum temporibus inter religionis nostrae sectatores maxime floruit... Hic igitur in priore Apologetico, quem pro nostra doctrina ad Imperatorem Antoninum conscripsit, sic ait: Post Domini nostri in coelum ascensum, inquit, immissi sunt a daemone homines quidam, qui se deos esse dicerent. Quos quidem homines tantum abest ut persecuti sitis, quin potius maximis honoribus affecistis. Ex iis fuit Simon quidam Samaritanus, ortus ex vico qui Gitton dicitur, qui principatu Claudii Augusti, cum per operationem daemonum multa magicae artis miracula in Urbe vestra, quae Imperii caput est, edidisset, Deus a vobis est habitus, statuamque illi perinde ac deo posuistis in insula Tiberina inter duos pontes, cum hac inscriptione: Simoni Deo Sancto" [1]).

Was Eusebius hier aus der ersten Schutzschrift des Justinus als Beleg seines Berichtes über den Aufenthalt des Simon in Rom unter der Regierung des K. Claudius beibringt, findet sich wirklich in der sammt anderen Schriften des Justinus auf uns gekommenen I. Apologie desselben c. 26 [2]). Weil die Echtheit derselben von jeher allgemein anerkannt wurde, unterlag die von dem christlichen Schutzredner angedeutete, den Magier Simon betreffende Thatsache durch 15 Jahrhunderte nicht dem geringsten Zweifel. Aber — unter Papst Gregor XIII. im J. 1574 wurde gerade auf jener Tiberinsel zu Rom eine Säule mit der Aufschrift „Semoni Sanco Deo

---

[1]) Eusebii histor. eccl. ed. cit. p. 50.

[2]) Σίμωνα μέν τινα Σαμαρέα τον ἀπὸ κώμης λεγομένης Γίττων, ὅς ἐπὶ Κλαυδίου Καίσαρος διά τῆς τῶν ἐνεργούντων δαιμόνων τέχνης δυνάμεις ποιήσας μαγικὰς ἐν τῇ πόλει ὑμῶν βασιλίδι Ῥώμῃ θεὸς ἐνομίσθη καὶ ἀνδριάντι παρ' ὑμῶν ὡς Θεὸς τετίμηται, ὅς ἀνδριὰς ἀνεγήγερται ἐν τῷ Τίβερι ποταμῷ μεταξὺ τῶν δύο γεφυρῶν, ἔχων ἐπιγραφὴν Ῥωμαϊκὴν ταυτην· ΣΙΜΩΝΙ ΔΕΩ ΣΑΓΚΤΩ. Und nochmals c. 56 erwähnt Justinus der dem Simon von den Römern unter Claudius durch Aufstellung einer Bildsäule erwiesenen göttlichen Ehren mit den Worten: Καὶ γὰρ παρ' ὑμῖν, ὡς προέφημεν, ἐν τῇ βασιλίδι Ῥώμῃ ἐπὶ Κλαυδίου Καίσαρος γενόμενος ὁ Σίμων καὶ τὴν ἱερὰν σύγκλητον καὶ τὸν δῆμον Ῥομαίων εἰς τοσοῦτο κατεπλήξατο, ὡς θεὸς νομισθῆναι, καὶ ἀνδριάντι, ὡς τοὺς ἄλλους παρ' ὑμῖν τιμωμένους θεοὺς, τιμηθῆναι. S. Justini, martyris et philosophi Apologiae. Ed. J. G. J. Braunins. Editio altera. Bonnae 1860. p. 19 et 46.

Fidio Sacrum" gefunden [1]), und seitdem ist — wie selbst Hefele im Freiburger Kirchenlexicon V. 937 und X. 155 meint — „wahrscheinlich, daß Justin gerade dieses Denkmal im Auge hatte, und die sabinische Gottheit Semo Sancus mit seinem berühmten Landsmann Simon Magus verwechselte." — Gegenüber dieser, wie uns dünkt, sehr unkritischen Bemerkung müssen wir uns auf Entschiedenste für die Wahrheit und Verlässigkeit des Justinischen Berichtes erklären, denn jene Bemerkung enthält eine offenbare, dem berühmten christlichen Philosophen und Apologeten angethane Unbill. Dem hochgebildeten Justinus [2]), der durch lange Jahre seinen bleibenden Aufenthalt in Rom hatte, der alle Götter und Halbgötter des römischen Heidenthums kannte, soll der sabinische Gott Semo Sancus

[1]) Ea autem inscriptio — schreibt Dr. Braun in s. eben genannten Ausgabe der Apologien des Justinus p. 107 — anno 1574 in Tiberina insula reperta, quaeque habetur in maximo illo rerum antiquarum thesauro Vaticano, in haec concepta est verba: SEMONI
SANCO
DEO. FIDIO
SACRUM
SEX POMPEIUS. S. P. F.
COL. MUSSIANUS
QUINQUENNALIS
DECUR
BIDENTALIS
DONUM. DEDIT.

[2]) Justinus Philosophus, habitu quoque Philosophorum incedens, de Neapoli urbe Palaestinae, patre Prisco Bacchio, pro religione Christi plurimum laboravit, in tantum ut Antonino quoque Pio et filiis ejus et senatui librum contra gentes scriptum daret, ignominiamque crucis non erubesceret, et alium librum successoribus ejusdem Antonini, M. Antonino Vero, et L. Aurelio Commodo. Exstat ejus et aliud volumen contra gentes, ubi de daemonum quoque natura disputat, et quartum adversus gentes, cui titulum praenotavit Ἔλεγχος; sed et alius liber de monarchia Dei, et alius quem praenotavit Psaltem; et alius de anima Dialogus contra Judaeos quem habuit adversus Tryphonem principem Judaeorum; sed et contra Marcionem insignia volumina, quorum Irenaeus quoque in quinto adversus haereses libro meminit; et alius liber contra omnes haereses, cujus facit mentionem in apologetico, quem dedit Antonino Pio. Hic quum in urbe Romae haberet διατριβὰς, et Crescentem Cynicum, qui multa adversum Christianos blasphemabat, redargueret gulosum et mortis timidum, luxuriaeque et libidinum sectatorem, et ad extremum studio ejus et insidiis accusatus quod Christianus esset, pro Christo sanguinem fudit. Hieronymus de script. eccl. cap. XXIII. l. c. col. 110.

(Ovid. Fast. 6, 214; Liv. 8, 20.), der in Rom Vielverehrte, so unbekannt gewesen seyn, daß er denselben mit Simon dem Magier verwechselte?! Der gelehrte Justinus soll so beschränkten Geistes gewesen seyn, daß er die Aufschrift der dem Saatengotte gesetzten Säule „Semoni Sanco Deo Fidio Sacrum" zu lesen und zu entziffern außer Stande, sich eingebildet habe, sie laute „Simoni Deo Sancto?!" Wer den christlichen Weisen Justinus nicht zu einem ganz unwissenden, oberflächlichen und beschränkten Kopfe machen will, kann nicht von ferne an die Möglichkeit einer Verwechslung des Götzen Semo Sancus mit dem Zauberer Simon bei Justinus denken. — Wenn man aber vollends erwägt, daß Justinus in einer an den Kaiser Antoninus Pius und den römischen Senat (wahrscheinlich im Jahre 138) gerichteten Schutzschrift für die Sache des Christenthums des Zauberers Simon aus Samaria, seines Auftretens in Rom unter der Regierung des K. Claudius, und der ihm gleich als einem Gotte erwiesenen Ehren wiederholt (cap. 26 und 56) nicht etwa im Allgemeinen erwähnt, sondern umständlich zum Erweise seiner Behauptung auf die dem Simon gesetzte Statue, den Standort derselben zwischen zwei Brücken über der Tiber, und auf die lateinische Inschrift derselben hinweiset, so kann man an der Verläßlichkeit des von dem Apologeten Beigebrachten, als einer über jeden Einwand erhabenen Thatsache, keinen Augenblick zweifeln. Justinus hätte die Sache des Christenthums wahrlich sehr schlecht vertreten, wenn er seine eigenen Träume und Fabeln dem Herrscher des Reiches und dem Senate Roms als vor ihren Augen stehende Thatsachen hätte einreden wollen; denn dieser fabelnde Schutzredner wäre mit vollem Rechte dem öffentlichen Hohne preisgegeben worden [1]).

[1]) Für die Verlässigkeit des Justin'schen Berichtes sprechen noch weitere, in den „historisch-politischen Blättern" 47. Bde. München 1861. S. 586 ff. hervorgehobenen Umstände: „Die Annahme, welche den Cult des Semonen auf die Tiberinsel setzt, gründet sich nur auf die Voraussetzung, daß die Inschrift auch da gestanden habe, wo sie gefunden wurde. Diese Voraussetzung ist durch kein Zeugniß der Alten begründet; nach ihnen standen auf der Tiberinsel nur die Tempel des Aesculap, des Faunus und Jupiter; ein Sacellum der Sancus wird von ihnen auf der Tiberinsel nicht erwähnt, wohl aber auf dem Quirinal. Dort wurde auch das zweite Denkmal (mit der Inschrift Sancto Sanco Semoni Deo Fidio Sacrum. Decuria Sacerdotum Bidentalium Recuperatis Vectigalibus) gefunden, welches die Bidentalen dem Semonen Sancus setzten. Die Vermuthung spricht dafür, daß beide gleichzeitig gesetzt wurden, denn sie ergänzen sich bezüglich

So ist denn das Auftreten des Simon aus Samaria zu Rom unter K. Claudius, das auch von Irenäus bezeugt wird[1]), eine unwidersprechliche Thatsache, so wie nicht minder das von Eusebius berichtete gleichzeitige Auftreten des Simon Petrus in der Welthauptstadt, welcher ausgerüstet mit der Kraft Gottes dem Treiben des vom Glauben abgefallenen Zauberers und seinen Teufelskünsten dort ein baldiges Ende machte[2]).

---

ihres Inhaltes. Die Curie der Bidentalen setzt dem Halbgott ein Denkmal, weil sie die Ausgaben für den Gottesdienst wieder eingebracht hat; ihr fünfjähriger Decurio Mussianus läßt dies Denkmal auf seine Kosten setzen, deshalb seiner besonders Erwähnung geschieht... Der Cult des Semon Sancus war ein noch unter der Herrschaft der Könige eingeführter, er konnte in Rom nicht unbekannt seyn; sollte ihn auch Justin nicht gekannt haben, so mußten doch die Mitglieder der christlichen Gemeinde in Rom von ihm Kenntniß haben. Die Beschaffenheit der Apologie Justin's, die für den Kaiser, den Senat und das römische Volk bestimmt war, macht es nun sehr unwahrscheinlich, daß diese Schutzschrift für die Christen nicht den Mitgliedern der Gemeinde in Rom vor ihrer Ueberreichung mitgetheilt worden sey, und diese eine in ihr wiederholt enthaltene unrichtige Behauptung gänzlich übersehen hätten... Dem Berichte Justins gemäß war dem Magier eine wirkliche Bildsäule (ἀνδριάς) errichtet worden; der auf der Tiberinsel ausgegrabene Stein war aber nach Baronius von anderer Beschaffenheit: praesefert lapis ipse basim, super quam statua locata esset, sed exiqua; nec enim cum valde angusta sit capax fuisse videtur alicuius simulacri humanae statuae similis.

[1]) Adversus haereses l. I. c. 23. Gegenüber den alten Gewährsmännern Justinus und Irenäus erscheint die Angabe bei Ambrosius, Maximus, Cyrillus v. Jerusalem, Philastrius, Augustinus, Cassianus, Sulpitius Severus und Theodoretus, das Zusammentreffen des Petrus mit dem Magier Simon in Rom habe unter der Regierung des Nero stattgefunden, minder verläßig.

[2]) Eusebius histor. eccl. II, 15: Igitur cum Dei doctrina Romanos adventu suo illustrasset, Simonis quidem vis ac potentia cum ipso simul auctore brevi exstincta atque deleta est (ed. c. p. 52). Der schmucklose, nichts als dies Wenige besagende Bericht des Eusebius bewährt sich — abgesehen von den für die Wahrheit desselben namhaft gemachten Zeugen — durch seine Einfachheit als historisch — gegenüber den Fabeln in den Clementinen und den Constitutionen der Apostel VI, 9, welche Eusebius ohne Zweifel kannte. — Wenn J. Ellendorf — um auch dieses Mannes zu gedenken, der nur aus der Absicht den Aufenthalt und Episcopat Petri in Rom bestritt, um den Primat des römischen Stuhls läugnen zu können — in seiner Schrift: Dr. Binterim vapulans oder Revision der Frage: Ist Petrus in Rom und Bischof der römischen Kirche gewesen? Darmstadt 1843. S. 23 schreibt: „Allein des Eusebius Zeugniß wird noch mehr heruntergebracht durch das Zeugniß des Justinus und des Irenäus, die wohl von der Gegenwart des Simon Magus zu Rom unter Claudius reden,

Da Kaiser Claudius vom 24. Jänner 41 bis 13. October 54 n. Chr. regierte, so frägt es sich um die nähere Zeitbestimmung, in welchem Jahre des K. Claudius Petrus nach Rom gekommen sei. Auch diese Frage beantwortet der Bischof Eusebius von Cäsarea, indem er in seinem Chronicon, das er vor seinem kirchengeschichtlichen Werke verfaßt hatte, das zweite Jahr des K. Claudius als die Zeit der Reise des Petrus nach Rom angibt [1]). Unstreitig stammt diese Zeitbestimmung, für welche Eusebius und Hieronymus eine ältere Quelle nicht nennen, aus der Ueberlieferung der römischen Kirche, welche auf das Verlässigste bezeugen konnte, nicht nur daß, sondern wann der Apostelfürst sie gegründet, und wie lange er das bischöfliche Amt in ihr inne gehabt habe.

Die historische Kritik wäre nur dann berechtigt, die vorliegende Angabe zu verwerfen, wenn die Reise des Petrus nach Rom im zweiten Jahre des Claudius in Hinblick auf die durch die Apostelgeschichte festgestellten Thatsachen unmöglich oder unwahrscheinlich erschiene. Dies ist aber so wenig der Fall, daß vielmehr Petri Reise nach Rom im zweiten Jahre des Claudius mit dem Berichte der Apostelgeschichte XII, 3—17 im vollsten Einklange steht.

Die meisten Gelehrten setzen die Gefangenschaft Petri zu Jerusalem in das Todesjahr des Königs Herodes Agrippa, d. i. ins Jahr 44 der christlichen Zeitrechnung — aus keinem anderen Grunde,

---

aber mit keiner Sylbe des Kampfes des Petrus gegen denselben erwähnen, wie beide, namentlich Justinus, doch thun mußten"; so ist ihm zu erwiedern, daß das argumentum a silentio ein sehr verbrauchtes, von der Kritik gewichtlos erklärtes Beweismittel sey, und Justinus wie Irenäus, wenn sie des Petrus bei Erwähnung des Simon Magus hätte gedenken müssen, dies sicher gethan haben würden, und aus ihrer Nichterwähnung des Petrus daher folgt, daß sie seiner dort nicht gedenken mußten.

[1]) Anno secundo Claudii Petrus Apostolus, cum primum Antiochenam fundasset ecclesiam, Romam proficiscitur, ubi evangelium praedicans viginti quinque annis ejusdem urbis episcopus perseverat. Und Hieronymus de script. eccl. cap. I: Simon Petrus Princeps Apostolorum, post episcopatum Antiochensis ecclesiae.. secundo Claudii Imperatoris anno ad expugnandum Simonem magum Romam perrexit, ibique annis viginti quinque cathedram sacerdotalem tenuit, usque ad ultimum annum Neronis, id est, decimum quartum. A quo affixus cruci, martyrio coronatus est, capite ad terram verso, et in sublime pedibus elevatis, asserens se indignum qui sic crucifigeretur ut Dominus suus... Sepultis Romae in Vaticano, juxta viam triumphalem, totius orbis veneratione celebratur l. c. col. 101.

als weil die Apostelgeschichte in demselben Cap. XII. wie die Einkerkerung des Petrus, so auch den Tod des Herodes, der nach Josephus Flavius im J. 44 erfolgte, erzählt. Ich war bei der ersten Bearbeitung des Gegenstandes (Pletz, neue theol. Zeitschrift XI. Jahrg. 1. Bd. S. 70 ff.) vorzüglich auf die Autorität Angers hin, dieser Ansicht beigetreten, finde mich aber bestimmt, die Gefangenschaft des Apostelfürsten nicht in das letzte Jahr, sondern in die erste Regierungszeit des K. Herodes in Judäa und zwar (mit Dr. Bucher, Oesterr. Vierteljahresschrift für kath. Theologie II. Jahr. 4. Heft S. 578 f. und 595) ins Jahr 42 zu setzen, und zwar aus folgenden Gründen. Es war dem Herodes Agrippa, sobald er vom Kaiser Claudius nach dessen Regierungsantritt (24. Jänner 41) als König von Judäa eingesetzt war, darum zu thun, sich bei den Juden in Gunst zu setzen — ut placeret Judaeis, wie Apostelg. XII, 3 bezeugt. Den Beifall der Juden konnte er durch nichts so sehr und sicher gewinnen, als durch Verfolgung der Kirche. Sollte er nun Jahre haben verstreichen lassen, ehe er nach diesem Mittel der Volksgunst griff? Gewiß nicht; vielmehr legte er sogleich nach Antritt seiner Herrschaft in Judäa Hand an Glieder der Kirche, ließ dann den Apostel Jakobus, den Bruder des Johannes, mit dem Schwerte hinrichten, und da dieses Vorgehen wider die Kirche den Juden, wie er vorhergesehen und beabsichtigt hatte, gefiel, auch den Petrus greifen und in Banden legen. Daß Lucas in demselben Cap. XII. dies Alles und den Tod des Herodes erzählt, ist so wenig ein Grund, diese Begebenheiten in ein und dasselbe Jahr zu setzen, als die Apostelgeschichte das Gepräge einer fortlaufenden chronologischen Darstellung der in ihr erwähnten Thatsachen und Ereignisse an sich trägt. In ihr ist vielmehr der Pragmatismus vorherrschend, der die zu einem historischen Gesammtbilde gehörenden Züge zusammenfaßt, sie mögen noch so sehr in Raum und Zeit auseinander liegen. Wie die Apostelgeschichte in dieser pragmatischen Methode die Prophezeiung des Agabus von der großen allgemeinen Hungersnoth unter Claudius, die Sammlung unter den Christen zu Antiochia und die Ueberbringung dieser Liebesgaben nach Jerusalem XI, 27—30 zusammenfaßt, so auch im XII. Cap. Alles, was sich auf die durch den Herodes der Kirche bereitete Verfolgung bezieht, wozu nothwendig der den Wütherich treffende Todesstreich durch den Engel des Herrn als Schlußbild gehörte. Uebrigens ist die

Aneinanderreihung der Begebenheiten im XII. Cap. der Apostelgeschichte so gehalten, daß selbst aus ihr unschwer zu entnehmen ist, es sey nach der Einkerkerung und Befreiung des Petrus eine längere Zeit bis zum Tode des Herodes verflossen [1]).

Das Jahr 42 n. Chr., mit welchem das zweite Jahr der Regierung des Claudius, beginnend am 24. Jänner, zusammenfällt, ist es, in welchem Petrus, aus der Hand des Herodes befreit, Jerusalem verließ und anderwärts hin sich begab [2]). Es war jetzt gerade auch die Zeit der zwölf Jahre seit dem Tode des Herrn im J. 30 verflossen, während die Apostel nach dem Befehle des Herrn sich aus dem Judenlande nicht entfernen sollten; wie der zu Ende des zweiten und Anfang des dritten Jahrhunderts blühende kirchliche Schriftsteller Apollonius [3]) berichtet [4]).

Nach Ostern des Jahres 42 n. Chr. war das nächste Ziel der Reise des Petrus nach der Hauptstadt Syriens Antiochia, wo bereits (Apostelg. XI, 19—26) eine große Menge aus dem heidnischen Volke den Glauben angenommen hatte. Es galt hier ein

---

[1]) Siehe hierüber die Bemerkungen von Foggini in s. gelehrten Buche: „De romano divi Petri itinere et episcopatu ejusque antiquissimis imaginibus exercitationes historico-criticae. Auctore Petro Franc. Fogginio, S. Th. D. Ad Benedictum XIV. Pontificem maximum (Florentiae 1747. 4. XXVIII. 521) pag. 135—188; und von Stenglein in der Tübinger Quartalschrift 1840. S. 254.

[2]) Sehr treffend bemerkt Aberle über das Wort der Apostelg. XII, 17, „et egressus abiit in alium locum“: Den Ort, wohin sich Petrus von Jerusalem aus begab, gibt zwar die Apostelgeschichte nicht an, sondern sie sagt nur: ἐπορεύη εἰς ἕτερον τόπον. Dieser Ausdruck sieht ganz so aus, als ob der Verfasser der Apostelgeschichte den betreffenden Ort recht wohl gekannt, aber gute Gründe gehabt habe, denselben nicht namentlich zu nennen (Freib. Kirchenlexicon VIII. 334).

[3]) Apollonius vir disertissimus scripsit adversus Montanum, Priscam et Maximillam insigne et longum volumen.. Dicit in eodem libro, quadragesimum esse annum usque ad tempus, quo ipse scribebat librum, ex quo haeresis Catafrygarum habuerit exordium. Tertulianus sex voluminibus adversus Ecclesiam editis, quos scripsit περὶ ἐκτασεως, septimum proprie adversus Apollonium elaboravit, in quo omnia, quae ille arguit conatur defendere. Floruit autem Apollonius sub Commodo Severoque principibus. Hieronymus de script. eccl. cap. XI. l. c. col. 1130.

[4]) Eusebii hist. eccl. l. V. c. 18: Apollonius ex veterum traditione refert, Dominum Apostolis suis praecepisse, ne intra duodecim annos Hierosolymis excederent. Ed. Valesii c. p. 186.

geordnetes Kirchenwesen zu gründen; und dies geschah durch das Haupt der Apostel, Petrus, welcher bei seiner Abreise den Evodius als Bischof einsetzte, dem als solcher der Martyr Ignatius folgte [1]).

Nach Ordnung des Kirchenwesens in Antiochia war das nächste Ziel der apostolischen Wirksamkeit des Petrus die Hauptstadt des römischen Reiches, um hier den Aberglauben des Heidenthums, der damals gerade in der Verehrung des Magiers Simon sich seinen Ausdruck gab, zu bekämpfen, und der Verbreitung des Heils durch Christus von Rom aus ins ganze Abendland den Weg zu bahnen [2]).

---

[1]) Ibidem l. III. c. 22: Apud Antiochiam vero defuncto Evodio, qui primus ejus loco constitutus fuerat Episcopus, secundus tum maxime florebat Ignatius; et l. III. c. 36: Ignatius secundus post Petrum Antiochensem ecclesiam sortitus est (l. c. p. 91. 106). Daß Petrus erst nach Gründung der Kirche in Antiochien nach Rom gekommen sey, ist Tradition beider Kirchen. S. Hieronymus lib. I. Comment. in ep. ad Galatas: Denique primum Episcopum Antiochenae Ecclesiae Petrum fuisse accepimus, et Romam exinde translatum, quod Lucas penitus omisit (Opp. ed. Maur. Tom. IV. Pars I. Paris 1706. col. 244). Innocentius P. I. ad Bonifacium a. 415. et ad Alexandrum Antiochenum eodem anno: Non tam pro civitatis magnificentia hoc eidem (eccl. Antiochenae) attributum, quam quod prima primi Apostoli sedes esse monstretur.. quaeque urbis Romae sedi non cederet, nisi quod illa in transitu meruit ista susceptum apud se consummatumque gauderet (Pontificum Rom. Epistolae genuinae ed. Schönemann Gottingae 1796. p. 601 et 603); Leo I. in serm. de Apost. Petro et Paulo; Gelasius I. in conc. Rom. a 494 (Harduin II. 939); Nicolaus I. ad Michaelem Imp. (Harduin V. 162).

[2]) S. Leo I. serm. I. de Apost. Petro et Paulo: Beatissimus Petrus princeps apostolici ordinis ad arcem Romani destinatur Imperii, ut lux veritatis, quae in omnium gentium revelabatur salutem, efficacius se ab ipso capite per totum mundi corpus effunderet. Cujus autem nationis homines in hac tunc urbe non essent? aut quae usquam gentes ignorarent, quod Roma didicisset? Hic conculcandae philosophiae opiniones, hic dissolvendae erant terrenae sapientiae vanitates, hic confutandi daemonum cultus, hic omnium sacrilegiorum impietas destruenda, ubi diligentissima superstitione habebatur collectum, quidquid usquam fuerat vanis erroribus institutum. Ad hanc ergo urbem tu beatissime Petre apostole venire non metuis, et consorte gloriae tuae Paulo apostolo aliarum adhuc ecclesiarum ordinationibus occupato, silvam istam frementium bestiarum et turbulentissimae profunditatis Oceanum constantior, quam cum supra mare gradereris, ingrederis... Jam Antiochenam ecclesiam, ubi primum christiani nominis dignitas est orta, fundaveras... nec aut dubius de provectu operis, aut de spatio tuae ignarus aetatis, trophaeum crucis Christi Romanis arcibus inferebas; quo te divinis praeordinationibus

Als Petrus im zweiten Jahre des Claudius in Rom auftrat, war der Name Jesu Christi und die neue Religion der Bekenner dieses Namens daselbst keine unbekannte Sache, denn in dem Mittelpunkte des Reiches lebten des Handels wegen Juden in zahlreicher Menge, und zu den in die bessere Jahreszeit fallenden Festen in Jerusalem ermangelten auch die römischen Juden nicht ihr Contingent zu stellen, wie dies der Fall am ersten Pfingstfeste der christlichen Zeitrechnung war (Apostelg. II, 10). Da im Laufe von zwölf Jahren der christliche Glaube in und außer dem Judenlande zahlreiche Bekenner gefunden und in Jerusalem heftige Verfolgung erlitten hatte, konnte dies Alles den Juden in Rom nicht unbekannt geblieben seyn und es ist nicht unwahrscheinlich, daß einzelne Christen bereits damals in Rom lebten; auch war aus Veranlassung der Bekehrung des Hauptmannes der italischen Cohorte, Cornelius, welcher sammt seiner Familie als Erstling aus den Heiden getauft worden war (Apostelgeschichte X.), so wie von Antiochia her die Kunde vom Christenthume auch wohl unter die heidnische Bevölkerung Roms und Italiens gedrungen. Wir meinen daher nicht fehlzugreifen, wenn wir annehmen, daß Simon Petrus bei seiner Ankunft in Rom Personen traf, bei denen er Aufnahme und durch die er Gelegenheit zu weiteren Anknüpfungen mit Juden und Heiden fand. Der Sieg über Simon den Zauberer mußte den Erfolg seiner apostolischen Thätigkeit um ein Bedeutendes erhöhen und fördern [1]).

---

anteibant et honor potestatis et gloria passionis. S. Leonis I. P. M. Opera omnia. Venet. 1741. fol. p. 79.

[1]) Eusebius schließt in s. Kirchengeschichte II, 15 an den Bericht über das erste Auftreten Petri in Rom die weitere Kunde, Marcus, der Begleiter Petri, habe auf die Bitte der Gläubigen in Rom daselbst sein Evangelium geschrieben. Tantus autem, schreibt er, veritatis fulgor emicuit in mentibus eorum qui Petrum audierant ut parum haberent semel audisse, nec contenti essent coelestis verbi doctrinam viva voce, nullis traditam scriptis accepisse; sed Marcum Petri sectatorem, cujus hodieque extat evangelium, enixe orarent ut doctrinae illius quam auditu acceperant, scriptum aliquod monumentum apud se relinqueret. Nec prius destiterunt quam hominem expugnassent, auctoresque scribendi illius, quod secundum Marcum dicitur, evangelii extitissent. Quod cum Petrus per revelationem sancti Spiritus cognovisset, delectatus ardenti hominum studio librum illum auctoritate sua comprobasse dicitur. Refertur id a Clemente in sexto institutionum libro. Cui testis etiam accedit Papias Hierapolytanus episcopus (ed. Valesii c. p. 52 s.) Daß Marcus den Petrus im J. 42 nach Ch. begleiten konnte, ist sicher, denn seit dieser Zeit bis zu

Wie lange Petrus während der Regierung des Claudius in Rom geblieben, läßt sich in Hinblick auf seine in der Apostelgeschichte XV, 7 berichtete Anwesenheit in Jerusalem nur dahin beantworten, daß sein Aufenthalt in Rom höchstens bis zu dieser Zeit gedauert haben kann, wo seiner in der Apostelgeschichte das letzte Mal gedacht wird. Es frägt sich also, wann das Apostelconcil, dessen Verhandlungen von Lucas (Apostelg. XV, 5—29) dargelegt werden, stattgefunden hat [1]). Ist die Annahme jener

der von der Apostelg. XII, 25 berichteten Abreise des Johannes Marcus von Jerusalem nach Antiochia mit Barnabas und Saulus, nachdem diese ihr Amt zur Unterstützung der nothleidenden Brüder im Judenlande während der Hungersnoth unter Claudius erfüllt hatten, waren zwei Jahre vergangen. Diese Hungersnoth trat nämlich im 4. Jahre des Claudius ein, nach dem Zeugniß des Paulus Orosius, welcher Historiarum adv. Paganos l. VII. cap. 6. schreibt: Eodem (quarto) anno imperii ejus fames gravissima per Syriam facta est, quam etiam prophetae praenuntiaverant; sed Christianorum necessitatibus apud Hierosolymam convectis ab Aegypto frumentis, Helena, Adiabenorum regina, conversa ad fidem Christi, largissime ministravit (Maxima Bibliotheca vet. Patrum. Tom. VI. Lugduni 1677 pag. 435). Diese Zeitangabe steht im vollem Einklange mit der Apostelg., welche, nachdem sie XII, 23 den Tod des Herodes Agrippa berichtet hat, Vers 25 erwähnt, Barnabas und Saul seyen nach vollendetem Dienste, zu dem sie von Antiochia nach XI, 28—30 waren entsendet worden, von Jerusalem nach Antiochia, wohin sie Johannes Marcus mitnahmen, zurückgekehrt. „Dies geschah jedenfalls — wie Dr. Bucher a. a. O. S. 587 schreibt — nach dem 6. oder 7. August (dem Todestage des Agrippa, also beiläufig im Herbste des Jahres 44). — Ob aber Marcus sein Evangelium zur Zeit der erstmaligen Wirksamkeit Petri in Rom verfaßt habe, ist fraglich gegenüber dem Zeugnisse des Irenäus bei Eusebius Kircheng. V. 8: Ac primum quidem de sacris Evangeliis scribit (Irenaeus) in hunc modum: Matthaeus, inquit, apud Hebraeos propria eorum lingua conscriptum evangelium edidit, dum Petrus ac Paulus Romae Christum praedicarent et Ecclesiae fundamenta jacerent. Post horum vero interitum (μετὰ δε τὴν τούτων ἔξοδον) Marcus discipulus atque interpres Petri, quae a Petro praedicata fuerant, perscripta nobis tradidit (ed. Valesii c. p. 172). Wenn aber auch Marcus sein Evangelium erst nach dem Tode des Petrus geschrieben hat, so fällt hiemit noch keineswegs der Umstand, daß er mit Petrus unter Claudius in Rom gewesen sey; ja selbst dieser Umstand, daß Marcus, nach dem Berichte des Eusebius, mit Petrus in Rom gewesen sey, ist nicht, wie Ellendorf a. a. O. 25 ff. meint, so wesentlich, daß mit ihm auch die Reise des Petrus nach Rom zu Boden fällt.

[1]) Die Zeit desselben wird von verschiedenen Gelehrten verschieden angegeben. Capellus und Wurm setzen dasselbe ins J. 46; ins J. 47 Bengel, Schrader und Bucher; ins J. 49 Baronius, Petau, Pearson; ins J. 50 Basnoge, und Schott; ins J. 51 Tillemont, Köhler und Anger; ins J.

Gelehrten die richtige, welche diese Versammlung in das J. 49, 50 oder 51 setzen, so kann man in Hinblick auf die in der Apostelg. XVIII, 2 erwähnte Thatsache, daß K. Claudius alle Juden aus Rom verwiesen habe [1]), und diese Vertreibung im neunten Jahre des Claudius (24. Jänner 49 bis 23. Jänner 50 n. Chr.) stattfand [2]) annehmen, auch Petrus habe zu dieser Zeit Rom verlassen [3]), — denn die Christen mochten der römischen Staatsgewalt in dieser Zeit nur als eine jüdische Secte erscheinen, und die Ausweisung konnte natürlich nur jene Fremdlinge treffen, welche in Rom nicht fest ansässig waren —; so daß sein Aufenthalt in der Welthauptstadt an die sieben Jahre gedauert haben konnte.

Es scheint aber jene Versammlung in Jerusalem früher als im J. 49 n. Chr. stattgefunden zu haben, indem sie in der Apostelgeschichte Cap. XV zwischen der ersten und zweiten Missionsreise Pauli eingereiht wird. Wenn auch Lucas bei Erzählung der Schicksale und Thaten der Apostel in pragmatischer Manier (wie

---

52 Usher, Hug, Eichhorn, Kuenöl, Winer, d. Wette, Feilmoser; ins J. 53 Spanheim.

[1]) Diese Thatsache wird durch Suetonius in vita Claudii c. 25 nicht blos bestätigt, sondern auch aufgehellt, indem er schreibt: Judaeos impulsore Christo assidue tumultuantes Romae expulit. Als Motiv des Edictes, Kraft dessen unter Claudius die Juden aus Rom vertrieben wurden, erscheinen die unaufhörlichen Streite, Aufläufe und Tumulte, welche die Juden um Christus willen, d. h. um des in Rom immer mehr Anhänger gewinnenden Christenglaubens willen anzettelten und erhoben. Wie aller Orten im römischen Reiche, wo Juden sich aufhielten, die Predigt des Evangeliums dieselben zur Anfeindung nicht nur der Prediger, sondern auch Jener trieb, welche — mochten es Juden oder Heiden seyn — dasselbe gläubig annahmen, so nicht minder in Rom.

[2]) Der Spanier Orosius, der zu den Füßen des Augustinus und Hieronymus saß, schreibt in s. Histor. l. VII. c. 6: Anno ejusdem (Claudii) nono expulsos per Claudium urbe Judaeos Josephus refert; sed me magis Suetonius movet, qui ait hoc modo: Claudius Judaeos impulsore Christo assidue tumultuantes Roma expulit. Quod utrum contra Christum tumultuantes Judaeos coërceri et comprimi jusserit, an etiam Christianos simul velut cognatae religionis voluerit expelli, nequaquam discernitur (l. supra c. p. 435). Die Verlässigkeit dieser Angabe des Orosius weiset gegen Wieseler (Chronologie des apostol. Zeitalters. Göttingen 1848. S. 122) sehr treffend nach Dr. Bucher, a. a. O. S. 569.

[3]) Baronius, Annales ad a. 58. N. LI.: Potissimum creditur, Petrum edicto Claudii cum Judaeis simul Roma pulsum ad externas orbis oras praedicationem evangelii convertisse (ed. Aug. Vindel. Tom I. 1738. col. 644.)

oben S. 459 angedeutet wurde) zusammenfaßt, was der Sache nach obschon in Raum und Zeit auseinanderliegend, zusammengehört, so läuft seine Erzählung der hauptsächlichen Begebenheiten doch am Faden der Zeitfolge fort; und insbesondere ist betreffs der Apostelversammlung, welche Lucas im XV. Cap. zwischen den die erste und zweite Missionsreise Pauli betreffenden Thatsachen einschaltet, nicht anzunehmen, daß sie erst nach dem Jahre 49 oder nach der in diesem Jahre erfolgten Vertreibung der Juden aus Rom stattfand, weil dieser Vertreibung als einer nicht lange vor der Ankunft Pauli in Corinth geschehenen Thatsache in der Apostelgeschichte erst XVIII, 2 erwähnt wird. Wenn das Apostelconcil erst im J. 51 in Jerusalem, wohin sich Paulus nach ununterbrochenem anderthalbjährigen Aufenthalte in Korinth zum Pfingstfeste begab (Apostelg. XVIII, 11. 18—21) wäre gehalten worden, so hätte Lucas bei Erzählung dieser Begebenheit (Apostelg. XV, 6 ff.) dem wirklichen Eintreten desselben um volle vier Jahre vorgegriffen, was unannehmbar erscheint. Wir setzen daher das Apostelconcil in den Frühling oder Sommer des J. 47 n. Chr.[1]); wornach der Aufenthalt Petri in Rom an die fünf Jahre gedauert haben kann.

Doch der Annahme, der Apostel Petrus habe unter der Regierung des Claudius das Evangelium in Rom gepredigt, werden noch besondere, dem Briefe des Apostel Paulus an die Römer entnommene Einwendungen entgegengestellt[2]).

[1]) In Uebereinstimmung mit Dr. Bucher, welcher a. a. O. S. 582 ff. schreibt: Es ist wahrscheinlich, daß Paulus nach der Rückkehr nach Antiochien im Herbste 44 den Winter über dort verblieb, und mit dem Anfang des Frühlings 45 seine erste Missionsreise antrat. Für die Dauer derselben haben wir keinen andern Anhaltspunkt als die Weite der Reise; wir werden daher nicht irren, wenn wir — die Dauer der Zeiträume mit der Weite des Weges ins Verhältniß setzend — die erste Missionsreise des Paulus im Frühling des J. 45 beginnen und mit dem Herbste des J. 46 schließen lassen. Für das Apostelconcil setzen wir den Frühling oder Sommer des J. 47 an, während die 2. Missionsreise des Apostels im Frühling 48 begann, so daß er im Herbste 49 in Corinth eintraf.

[2]) Die Tübinger theol. Quartalsch. 1820. S. 610 f. argumentirt gegen eine frühere Anwesenheit Petri in Rom aus dem Römerbriefe also: „Petrus war noch nicht in Rom vor dem fünften Jahre des Nero, denn in diesem Jahre wurde der Brief an die Römer geschrieben. Wäre Kephas in Rom und das Haupt der dortigen christlichen Gemeinde gewesen, so hätte Paulus nicht in seines Mitapostels Amt gegriffen, er hätte die beiden Theile der Gemeinde, die Juden- und Heidenchristen nicht zur Eintracht ermahnt, er hätte ihre Vorurtheile nicht widerlegt,

Paulus schrieb diesen Brief, wie weiter unten gezeigt werden wird, im J. 55 n. Chr. Schon zur Zeit der Abfassung dieses Briefes muß die Christengemeinde in Rom nicht unansehnlich gewesen sein, und Paulus selbst dankt gleich im Anfange seines Schreibens (1, 8.) Gott, daß von dem Glauben der Christen zu Rom in aller Welt gesprochen werde. Kein Glaube an Jesus Christus ohne Predigt (Römer 10, 14. 17). Wer trug das Licht des Evangeliums nach Rom? Das von Eusebius vorgelegte Zeugniß sagt es bestimmt, der Apostel Petrus habe aus dem Morgenlande der Erste das Licht der Lehre Jesu ins Abendland und zwar nach Rom gebracht. Diesem widerstreitet auch im ganzen Briefe nichts; denn die Unordnungen, Irrthümer, Vorurtheile und Anmaßungen, welche nach der Meinung mancher Ausleger des Römerbriefes unter den Christen in Rom herschend gewesen sein sollen, sind von diesen Auslegern offenbar in den Brief hineingetragen worden [1]), indem Paulus selbst von den angeblichen Irrthümern und Unordnungen unter den römischen Gläubigen so wenig weiß, daß er vielmehr nicht nur

---

ihre Anmaßungen nicht bekämpft, Alles dieses hätte er demjenigen überlassen, welcher von Amtswegen dieses thun mußte, welcher ihr Haupt war. Dieses ist so entscheidend, daß selbst Baronius gestehen muß, Petrus sei damals — von Claudius mit den übrigen Christen und Juden vertrieben — nicht in Rom gewesen. Quaenam sub esse potuit causa — schreibt er ad a. 58. N. LI. — ut ad Romanos Paulus scribens nullam prorsus de Petro habuerit mentionem? At multae quidem: sed ea potissimum creditur, Petrum scilicet edicto Claudii cum Judaeis semel Roma pulsum, ed externas orbis oras praedicationem evangelii convertisse, et in his hactenus laborasse. Hätte der gelehrte Baronius bedacht, daß die in diesem Briefe an die Römer erwähnten Unordnungen, die groben Irrthümer, die der Lehre des Herrn geradezu entgegengesetzten Vorurtheile und Anmaßungen nie in dem Grade entstanden wären, wenn Petrus das Evangelium in Rom gepredigt, als Vorsteher die Gemeinde geleitet hätte — und hätte er sich erinnert, daß Petrus nie den Wirkungskreis eines andern betrat: so würde ihm klar geworden sein, daß auch vor der Verfolgung unter Claudius kein Apostel in Rom das Evangelium gepredigt hat."

[1]) Windischmann, Vindiciae Petrinae l. c. p. 118: Observandum est, viros doctos controversias in ecclesia Romana nimium exaggerare, vel potius ex suo cerebro eas progignere. Recte enim notavit Olshausenus (Comment. in ep. ad Romanos pag. 45), in epistola ad Romanos nullum inveniri dissidiorum vestigium, imo eos propter obedientiam laudari (Rom. 16, 19). Ubi reprehenduntur a Paulo tanti errores et rixae, quantos describunt adversarii? Nusquam; ergo etiam haec accusatio evanescit.

Gott ihres Glaubens wegen, von dem in aller Welt gesprochen werde, dankt (Römer 1, 8), sondern auch seine Ueberzeugung ausdrückt, sie seien selbst so liebevoll und mit allem Wissen ausgerüstet, um einander selbst ermahnen zu können (15, 14), und ihr Gehorsam allerorten bekannt (16, 19). Der geistige Zustand der Kirche in Rom war zur Zeit der Abfassung des Römerbriefes ein so befriedigender, daß der Apostel seine Freude über denselben auszudrücken nicht umhin kann: χαίρω οὖν ἐφ' ὑμῖν (16, 19). Dieser blühende Zustand der römischen Kirche war die Frucht der apostolischen Wirksamkeit des Petrus; und der Brief des Paulus an diese Kirche will so wenig als ein Eingreifen in das Werk eines Andern angesehen sein, daß vielmehr die vorlängst geschehene Pflanzung des Evangeliums in Rom durch einen Andern von Paulus als der Grund erklärt wird, weshalb er bisher nicht dahin gekommen sei, und so er nach Spanien reisen werde, sie auch nur im Vorbeigehen (διαπορευόμενος) zu sehen hoffe (15, 24). Es hatte nämlich der Apostel der Heiden lange in sich den Wunsch und das Verlangen getragen, in der Hauptstadt der Heidenwelt das Evangelium zu verkündigen; und es mochte vielleicht sein menschliches Gefühl unangenehm berührt haben, daß er, der sich vorzugsweise den Apostel der Heiden nannte, nicht in die Lage gekommen war, im Hauptsitze des Heidenthums das Evangelium zu pflanzen. Weil Paulus recht geflissentlich darauf sah, nicht da, wo der Name Christi schon bekannt war, ihn zu verkündigen, um nicht auf einen von Andern gelegten Grund zu bauen: dadurch war er so lange gehindert worden, nach Rom zu kommen (15, 20. 22); denn hier war eben der Name Christi schon verkündigt worden, und ein Anderer hatte den Grund gelegt. Weil er aber auch der Ueberzeugung war, daß der Pflanzer und Begießer gleich seien (I. Cor. 3, 8), und schon seit vielen Jahren ihn sehnlich verlangt hatte, nach Rom zu kommen (Röm. 15, 23), so gab er den Bitten der vielen ihm wohlbekannten Glieder dieser Gemeinde Gehör, und entschloß sich, auf seiner vorgenommenen Reise nach Spanien einige Zeit in Rom sich aufzuhalten, und er war im vorhinein überzeugt, daß diese seine Ankunft in Rom vom vollen Segen des Evangeliums Christi begleitet sein würde (Röm. 15, 24. 29).

Wir sehen also, daß aus dem Briefe des Apostel Paulus an die Römer, wenn aus ihm über die frühere Anwesenheit des Petrus in Rom Etwas gefolgert werden will, eher für als gegen dieselbe geschlossen werden müsse. Wir würden sehr irren, wenn wir aus demselben gegen die frühere Anwesenheit des Petrus in Rom uns Schlüsse bilden wollten, eben so sehr, als wenn wir aus dem Berichte der Apostelgeschichte XXVIII, 16—29 schließen wollten, es müsse gar keine Judenchristen in Rom vor der Ankunft Pauli daselbst gegeben haben. Dieser Bericht allein würde weit eher zu diesem Schlusse berechtigen. Er berechtigt aber eben so wenig dazu, wie zu dem Schlusse, daß vor Paulus kein anderer Apostel in Rom die Lehre des Herrn gepredigt habe. Denn aus der fast gänzlichen Unwissenheit und Unbekanntschaft, welche die Vorsteher der Judenschaft, die Paulus zu sich rufen läßt, in Bezug aufs Christenthum zu erkennen geben, würde man, wenn der Brief Pauli an die Römer nicht entgegen wäre, ebenso gut auf die Nichtexistenz einer christlichen Gemeinde in Rom schließen können. So wenig man also diesen Schluß sich erlauben darf, so wenig jenen, daß vor dem Apostel Paulus kein anderer Apostel in Rom gelehrt habe.

Es ist demnach historisch gewiß, daß **der Apostel Petrus unter der Regierung des Claudius und zwar im zweiten Jahre derselben (42 n. Chr.) nach Rom gekommen und daselbst den Grund der römischen Kirche gelegt habe**[1]). Wahrscheinlich hielt sich der Apostelfürst in Rom bis hin zum J. 47 n. Chr. auf; und wir dürfen im Hinblick auf die dem Petrus eigenthümliche Thatkraft und auf die Bedeutung, welche die Kirche in Rom für die Ausbreitung und Befestigung des Reiches Gottes im ganzen römischen Reiche, vorzüglich aber im Abendlande hatte, mit Grund annehmen, daß Petrus der von ihm gegründeten Kirche in der Welthauptstadt fortan mit seiner apostolischen und bischöflichen Sorgfalt ununterbrochen, auch bei leiblicher Abwesenheit, gegenwärtig gewesen sei; ja daß er sie unter der Regierung des Claudius und Nero zu wiederholten Malen besucht, und sie fort und fort bei seiner persönlichen Abwesenheit durch Stellvertreter seines Amtes geleitet habe.

---

[1]) P. Orosius historiar. l. VII. c. 6.: Exordio regni ejus (Tiberii Claudii) Petrus Apostolus Domini Jesu Christi Romam venit et salutem cunctis credentibus fideli verbo docuit potentissimisque virtutibus approbavit l. c. p. 434.

Wir treten nun an die Beantwortung der Frage, wann Petrus in Rom als Martyr gestorben sei.

Tertullian und Origenes bezeugen, daß der Apostel Petrus unter der Regierung des K. Nero in Rom gewesen und daselbst den Martyrtod erlitten hat [1]). An diese Zeugnisse schließen wir noch jenes aus dem Buche de mortibus persecutorum [2]), in welchem es c. 2 heißt: Inde (post ascensionem Domini) discipuli, qui tunc erant undecim, assumtis in locum Judae proditoris Mathia et Paulo, dispersi per omnem terram ad evangelium praedicandum, sicut illis magister Dominus imperaverat, et per annos 25 usque ad principium Neroniani imperii per omnes provincias et civitates ecclesiae fundamenta miserunt. Cumque jam Nero imperaret, Petrus Romam advenit, et editis quibusdam miraculis, quae virtute ipsius Dei data sibi ab eo potestate faciebat, convertit multos ad justitiam, Deoque templum fidele ac stabile collocavit. Qua re ad Neronem delata, quum animadverteret, non modo Romae, sed ubique quotidie magnam multitudinem deficere a cultu idolorum, et ad religionem novam, damnata vetustate, transire, ut erat execrabilis ac nocens tyrannus — Petrum cruci affixit et Paulum interfecit [3]).

---

1) Tertullianus in Scorpiace: Orientem fidem Romae primus Nero cruentavit. Tunc Petrus ab altero cingitur, quum cruci adstringitur. Opp. ed. Rigaltii Venet. 1744. p. 500. Origines, tom. 3. in Genesis: Πέτρος ἐν Πόντῳ καὶ Γαλατίᾳ καὶ Βιθυνίᾳ, Καππαδοκίᾳ τε καὶ Ασίᾳ, κεκηρυχέναι τοῖς ἐν διασπορᾷ Ἰουδαίοις ἔοικεν, ὅς παὶ ἐπὶ τέλει ἐν Ῥώμῃ γενόμενος, ἀνεσκολοπίσθη κατὰ κεφαλῆς, οὕτως αὐτος ἀξιώσας παθεῖν. (Eusebii, hist. eccl. l. III. c. s. ed. Valesii, c. p. 71.)

2) Dies Buch machte Stephan Baluze (Miscell. Tom. II. Pars I. Paris. 1679) aus einem Manuscripte der Colbertinischen Bibliothek als ein Werk des Lactantius bekannt und es wird heute allgemein demselben zugeschrieben. Eusebius und Hieronymus kannten dasselbe nicht.

3) C. Lactanti Firmiani Opera omnia. Vol. II. Biponti 1786. in 8. p. 367. — Die Bestreiter der Thatsache, daß Petrus die Kirche in Rom unter der Regierung des Claudius gegründet habe — unter denselben besonders Ellendorf a. a. O. S. 31 ff. — stützen sich vorzüglich auf dieses Zeugniß, welches klar und deutlich ausspreche, daß Petrus erst unter der Regierung des Nero nach Rom gekommen und daselbst die Kirche gegründet habe, somit in einem unauflöslichen Widerspruche mit dem Zeugnisse des Eusebius stehe und dasselbe vernichte. — Dagegen bemerken wir, es scheine zwar, der Verfasser des Buches de mortibus persecutorum verlege die Gründung der römischen Kirche

Da hier wie in den älteren Zeugnissen des Tertullian und Origenes der Martyrtod des Petrus in Rom nur überhaupt in die Regierungszeit des Nero (vom 15. October 54 bis 9. Juni 68 n. Chr.) versetzt wird, so gilt es, die Zeit näher zu bestimmen, **wann der Apostel Petrus unter Neros Regierung in Rom gewesen und daselbst als Martyr gestorben sei.**

Bei dem Versuche, diese Zeit näher zu bestimmen, sind wir an die Daten gewiesen, welche uns der Brief an die Römer, die Apostelgeschichte, die Briefe an die Epheser, Kolosser, an Philemon und die Philipper, der erste Brief Petri und der zweite Brief an Timotheus an die Hand geben, aus deren Zusammenhalt mit den das Martyrium der Apostelfürsten betreffenden Zeugnissen wir einige, freilich nur auf Wahrscheinlichkeitsberechnung ruhende Bestimmungen über den Aufenthalt Petri in Rom unter der Herrschaft Nero's gewinnen. In **das erste** Jahr der Neronischen Regierung (15. Oct. 54 bis 14. Oct. 55) fällt die Abfassung des Briefes an die **Römer**, welchen Paulus von Corinth aus, wo er sich in den drei Monaten (Apostelg. XX, 2. 3) vom Jänner bis März 55 n. Chr. aufhielt [1]), durch die Diakonissin Phöbe aus Kenchrä nach Rom sendete. So unwidersprechlich dieser Brief die bereits durch einen andern bewirkte Gründung der römischen Kirche voraussetzt und bestätigt (s. oben S. 466 ff.) und somit indirect für die Verlässigkeit jener Zeugen spricht, welche diese Gründung dem Apostel Petrus während der Regierung des Claudius zuschreiben, so wenig berechtigt der Inhalt dieses Briefes, und die Würdigung des geordneten Zustandes der römischen Kirchengemeinde, der uns aus demselben entgegentritt (s. oben

durch Petrus in die Zeit der Neronischen Regierung, um **dadurch die Neronische Verfolgung zu motiviren.** Indem er aber hiebei die beiden, unter den Christen seiner Zeit allbekannten Thatsachen von der Gründung der römischen Kirche durch Petrus und von dem Martyrium der beiden Apostelfürsten in Rom unter Nero in eine und dieselbe Zeit der Regierung K. Nero verlegte, ist ihm etwas Menschliches begegnet; und da die Meinung desselben über die Gründung der römischen Kirche durch Petrus unter Nero gegenüber den älteren Zeugen bei Eusebius, nach welchen Petrus bereits unter Claudius den Glauben in Rom gepflanzt hat, als der Meinung eines minderunterrichteten Privatmannes erscheint, so ist die angeführte Stelle aus dem Buche de mortibus persecutorum keineswegs so gewichtig, daß sie dem Ansehen der von Eusebius für die Anwesenheit des Petrus in Rom während der Herrschaft des Claudius angeführten Gewährsmänner auch nur den geringsten Abbruch zu thun im Stande ist.

[1]) S. Dr. **Bucher** a. a. O. S. 583 f.

S. 467) zu dem Schlusse, Petrus sei nach dem Apostelconcil im J. 47 (s. oben S. 465) bis zu dieser Zeit (55 n. Chr.) gar nicht mehr nach Rom gekommen, oder habe dieser seiner apostolischen Pflanzung die nöthige Sorgfalt nicht angedeihen lassen. Aber das Eine dürfen wir wohl mit Sicherheit annehmen, Paulus habe von der Anwesenheit des Petrus in Rom zur Zeit, als er den Brief an die Römer richtete, nichts gewußt, weil er sonst einen Gruß an den Kephas zu melden nicht hätte unterlassen können.

Nach dem Pfingstfeste desselben Jahres 55 n. Chr., zu welchem Paulus nach Jerusalem (Apostelg. XX, 16) gereist war, wurde er vom Tribun Claudius Lysias, um ihn gegen die Anschläge der Juden zu sichern, als Gefangener nach Cäsarea zum Präses Felix gebracht, welcher ihn seinem Nachfolger in der Statthalterschaft, Porcius Festus, als Gefangenen hinterließ (Apostelg. XXIV, 27). Dieser ließ den Paulus in Folge seiner Berufung an den Kaiser (XXV, 10—12) im Spätsommer oder zu Anfang des Herbstes 55 n. Chr. zu Schiffe nach Rom schaffen, wo er im Frühling 56 n. Chr. ankam [1]).

[1]) Hieronymus de script. eccl. cap. V. (l. c. col. 103). Post passionem Domini vigesimo quinto anno, id est secundo Neronis, eo tempore quo Festus procurator Judaeae successit Felici, Romam vinctus (Paulus) mittitur — setzt die Transportirung des Apostels nach Rom in das zweite Jahr des Nero, d. i. in die Zeit vom 15. Oct. 55 bis 14. Oct. 56 n. Ch., und ich halte diese Zeitbestimmung für die richtige. Die Gründe, aus denen ich hierin von Dr. Bucher (a. a. O. S. 585 ff.) und anderen Exegeten und Chronologen, welche eine zweijährige Gefangenhaltung des Paulus in Cäsarea annehmen, abzuweichen mich genöthigt sehe, sind folgende: Man stützt diese Annahme einer zwei Jahre dauernden Gefangenschaft Pauli in Cäsarea auf Apostelgeschichte XXIV, 27.; allein wie mich dünkt, ganz unberechtigter Weise, indem diese Stelle, weder für sich, noch in ihrem Zusammenhange mit Vorhergehendem und Folgendem betrachtet, von der Dauer der Paulinischen Gefangenschaft schlechthin nicht verstanden werden kann. Die Stelle lautet: Διετίας δὲ πληρωθείσης ἔλαβε διάδοχον ὁ Φῆλιξ Πόρκιον Φῆστον· θέλων τε χάριτας καταθέσθαι τοῖς Ἰουδαίοις ὁ Φῆλιξ, κατέλιπε τὸν Παῦλον δεδεμένον, welche die Vulgata ganz genau und richtig übersetzt: Biennio autem expleto accepit successorem Felix Porcium Festum; volens autem gratiam praestare Judaeis Felix, reliquit Paulum vinctum. Das handelnde Subject, von welchem Lucas in diesem Satze, wie im Vorhergehenden spricht, ist der Statthalter Felix; nur auf ihn kann auch die Zeitbestimmung „nach Verlauf von zwei Jahren" bezogen werden, und Lukas will offenbar mit seinen Worten nichts Anderes sagen als: Felix erhielt aber, nachdem er zwei volle Jahre Statthalter gewesen war, zum Nachfolger den Porcius Festus; bei seinem Abgange aber entließ er den Paulus nicht, sondern ließ ihn den Juden zu Gefallen in Fesseln zurück. Wer die Zeitbestimmung „nach Vollendung von zwei Jahren" auf Paulus

An die Anwesenheit des Petrus aber in Rom bei der Ankunft Pauli daselbst im Frühling 56 und während der zweijährigen

---

und seine Gefangenhaltung in Cäsarea bezieht, verletzt nicht nur die Sprachgesetze, sondern nimmt etwas höchst Unwahrscheinliches, um nicht zu sagen, praktisch Unmögliches, als geschehen an, nämlich: Paulus habe sich volle zwei Jahre von Felix gefangen halten lassen. Der thatkräftige Paulus, der römische Bürger, hätte sich vom römischen Statthalter so lange Zeit in Haft halten lassen, ohne bei ihm, um dem unwürdigen Spiele mit ihm ein baldiges Ende zu machen, die Berufung an den Kaiser einzulegen? Das ist unglaublich. Der Apostel, dem der Herr eröffnet hatte, er solle eben so wie in Jerusalem so auch in Rom von ihm Zeugniß geben (Apostelg. XXIII, 11), welcher den feilen Felix durchschaute, daß er nur in der Absicht und Hoffnung, von Paulus Geld zu erhalten, häufig mit ihm sprach (ebend. XXIV, 26), sollte volle zwei Jahre haben verstreichen lassen, ohne zu dem Rechtsmittel der Berufung diesem geldsüchtigen Richter gegenüber zu greifen? Nimmermehr. Da nun Paulus dem neuen Statthalter Festus gegenüber, als dieser ein von der Rücksicht auf die Juden eingegebenes Verfahren mit dem Apostel einschlagen wollte, sogleich das Rechtsmittel der Appellation ergriff (ebend. XXV, 6—11), so zwingt dies zu der Annahme, daß nur eine ganz kurze Zeit bis zur Abberufung des Felix seit jenem Tage verstrichen sei, an welchem Paulus demselben überantwortet wurde. Dies bezeugt auch die Apostelgeschichte XXIV, 1—26, aus deren Bemerkung, daß Felix den Paulus häufig habe herbeiholen lassen, um mit ihm zu sprechen (Vers 26.), man mit Grund auf eine zwei volle Jahre dauernde Haft des Paulus um so weniger schließen kann, als dieses häufige Herbeiholenlassen in einer so langen zweijährigen Frist kein auffälliger und hervorzuhebender Umstand gewesen wäre, der aber als ein solcher bei der kurzen Haft des Paulus erscheint, und sich eben so aus der Geldsucht des Felix wie aus dem Umstande erklärt, daß demselben seine nahe Abberufung nicht unbekannt sein mochte. — Es ist befremdend, wie die neueren Commentatoren der Apostelgeschichte, katholische wie protestantische, zu der Meinung von einer zweijährigen Gefangenschaft Pauli in Cäsarea kommen konnten, welche schon Baronius als Irrthum mit den Worten bezeichnet hat: Ex his omnibus etiam illi erroris arguuntur, qui biennium illud, quod Lucas ponit, referendum esse dicunt ad tempus, quo ante Festi adventum Paulus Caesareae sub Felice egit; putantes nimirum tot annos illic a Felice Paulum esse detentum, quem illuc venisse putant ante biennium, ac denique anno secundo Neronis Romam missum.... quod repugnat his quae tum a Hieronymo scribuntur in Chronico tum ab aliis; id nempe contigisse secundo Neronis anno, a passione vero Christi vigesimo quinto. Suadet hoc ipsum et illud maxime: nam si quis exacte consideret, Lucam ipsum, quod praesens esset, adeo distincte et exacte scripsisse res gestas Pauli, ex quo venit Jerusalem, ut nec diem unum praeteriisse videatur narrans quid per singulos ferme sit gestum: quaenam ratio subiit, ut idem auctor, qui tam quae superius gesta sunt, quam quae postea sunt subsecuta, per dierum pene singulorum distinctionem recenseat, sicque faciat usque ad ejusdem adventum Romam; idem, inquam

römischen Gefangenschaft desselben (Apostelg. XXVIII, 30) dürfen wir kaum denken — weniger aus dem Grunde, weil die Apostelgeschichte hierüber schweigt, als weil Paulus in seinen während dieser Gefangenschaft geschriebenen Briefen auch dort (Koloss. IV, 10. 11. und Philem. 23. 24) des Kephas nicht gedenkt, wo er denselben, ohne gegen die Wahrheit und Liebe zu verstoßen, hätte nennen müssen, wäre derselbe damals in Rom gewesen. Denn während seiner Gefangenschaft in Rom (vom Frühjahre 56 bis 58 n. Chr.) schrieb der Apostel Paulus die Briefe an die Epheser, an die Kolosser, an

ipso eodem historiae contextu relinqueret duorum annorum spatium prorsus obvolutum silentio; cum praesertim in enarrandis non tantum rebus gestis, sed etiam singulis verbis, tota ea narratione sit intentissimus? (Annales ad a. Christi 58. num. CLIX. Tom. I. Augustae Vindel. 1738. col. 695 s.) Baronius versteht übrigens die Angabe der Apostelg. XXIV, 27. Biennio autem expleto von der zweijährigen Verwaltung des Felix unter der Regierung Nero's: Porro hoc biennium intelligendum est de Neronis imperio ad quod usque tempus Felix eam administravit provinciam, non autem quod idem tantum biennio perfunctus sit munere; quippe qui (ut vidimus) jam a Cumani temporibus a Claudio imperatore in eandem provinciam missus fuerat, unde ipsum alloquens Paulus (Actor. XXIV, 10) merito dixit: Ex multis annis te esse judicem genti huic sciens (l. c. num. CLVIII.). Der scheinbare Widerspruch löst sich, wenn man annimmt, daß Lukas Apostelg. XXIV, 27 volle zwei Jahre der Alleinverwaltung des Felix im Judenlande zählt und von der früheren gemeinschaftlichen Verwaltung desselben mit Cumanus (ita ut huic Galilaeorum natio, Felici Samaritae parerent) absieht, von welcher Tacitus ad a. Claudii duodecimum sub Coss. Sulla et Othone berichtet (Baronius Annal. ad a. Chr. 50. n. VIII. ed. c. col. 454). Dem richtigen Verständnisse des „Biennio expleto" sind wir unter den älteren katholischen Commentatoren nur bei dem Jesuiten Slesina begegnet, welcher schreibt: Biennio autem expleto Praefecturae Felicis in Judaea, accepit successorem in hoc praesidis Judaeae officio Porcium Festum (Commentarium in Nov. Testamentum a P. Joanne Slesina e Soc. Jesu. Tom. IV. Pragae 1760 in 4. p. 289).

Vierzehn Tage, nachdem Festus seine Verwaltung angetreten (Apostelgesch. XXV, 1—6) appellirte Paulus an den Kaiser, und Festus nahm nach genommener Rücksprache mit seinen Räthen diese Berufung an (XXV, 10—12); in Folge dessen wurde der Apostel ohne weiteren Aufschub — mit kurzer Unterbrechung durch den Besuch des Königs Agrippa bei Festus (XXV, 13—14) — zu Schiffe nach Italien entsendet und dem Hauptmanne der kais. Cohorte Julius übergeben (XXVII, 1), im Spätsommer oder Anfang Herbst, 55 n. Chr., wo die Erreichung des Reiseziels noch in Aussicht stand, die aber durch die in diesem Jahre früher als gewöhnlich eingetretenen Seestürme vereitelt wurde, so daß Paulus erst im kommenden Frühjahre nach Rom kam (XXVIII, 14).

Philemon und an die Philipper. Der Brief an die dem Paulus ganz besonders am Herzen liegende Gemeinde von Ephesus ward ganz sicher zuerst, gleich im Anfange seiner Gefangenschaft geschrieben, um dieselbe einigermaßen seinetwegen zu beruhigen. Der Apostel läßt es aber bei dem Briefe nicht bewenden, sondern gibt den Ephesern zugleich bekannt (VI, 21), daß er den Tychikus zu ihnen sende, in der Absicht, damit sie alle die näheren Umstände erführen, in denen Paulus sich befinde. — Bald nach Abfassung dieses Schreibens, noch ehe Tychikus seiner Bestimmung gemäß nach Ephesus abgegangen war, kam zu Paulus sein geliebter Schüler Timotheus, und mit diesem höchst wahrscheinlich zugleich auch Marcus, der Vetter des Barnabas. Dürfen wir uns nicht der Vermuthung hingeben, der Apostelfürst Petrus habe den Marcus nach Rom entsendet, um seinem um Christi Willen gefangenen Mitapostel einen Beweis brüderlicher Liebe zu geben und sich gewisse Kunde von den Verhältnissen der Gemeinde und ganz besonders der Lage des Paulus zu verschaffen? Daß dies wohl nur der Zweck der Reise des Marcus nach Rom gewesen sei, erhellet aus seinem nur kurzen Aufenthalte bei Paulus. Denn nach der Ankunft des Timotheus und Marcus richtet Paulus in Verbindung mit Timotheus ein Sendschreiben an die Kolosser, und thut ihnen, wie nach Ephesus kund (IV, 7. 8), daß er den Tychikus, welcher also noch nicht abgegangen war, zu ihnen sende, damit sie durch ihn in die Kenntniß alles dessen, was Paulus betreffe, gesetzt würden. Zugleich grüßt er diese Gemeinde (IV, 10) von Marcus, und bemerkt, daß die Kolosser seinetwegen schon Aufträge erhalten hätten, und daß sie ihn gut aufnehmen sollten, wenn er komme. Marcus war also, nachdem er sich von der Lage des Paulus unterrichtet hatte, im Begriffe, bald wieder Rom zu verlassen. Doch als Paulus und Timotheus um dieselbe Zeit den Brief an Philemon schrieben, war Marcus noch nicht abgereist, denn von ihm wird dem Philemon (V. 24) ein Gruß gemeldet. Wir setzen die Abfassung dieser Briefe an die Epheser, Kolosser und an Philemon ins Jahr 56 nach Christus.

Marcus war demnach im Jahre 56 bei Paulus in Rom, und reisete entweder noch in diesem Jahre oder zu Anfang des folgenden von dort ab. Im Briefe an die Philipper, den auch von Rom aus Paulus und Timotheus schrieben, geschieht des Marcus keine Erwähnung mehr, und war wohl dieser Brief im J. 57 oder gar erst zu Anfang des Jahres 58 n. Chr. geschrieben; denn Paulus gibt sich der Hoffnung hin und spricht dieselbe (II, 19. 23) aus, daß er bald, ja unverzüglich den Timotheus zu ihnen werde entlassen können, indem er gegründete Hoffnung zu seiner baldigen Befreiung hatte (II, 24). Während dieser zweijährigen Gefangenschaft des Paulus in Rom war also sicher der Apostel Petrus nicht daselbst.

Da aber der Apostel Paulus nach seiner Befreiung aus dem „Rachen des Löwen“ im Jahre 58 n. Chr. in den Orient zu den von ihm gestifteten Gemeinden sich begab (s. unten S. 478), und wir von dieser Zeit an bis hin zum Ausbruche der Verfolgung unter Nero im J. 64 von dem Zustande der römischen Kirche keine Kunde haben, so liegt die Möglichkeit vor, daß Petrus in dieser Zwischenzeit von sechs Jahren wieder in Rom thätig gewesen sei. Es muß wenigstens der römischen Kirche in der Zeit vor der Neronischen Verfolgung nicht an einer kräftigen Leitung gefehlt haben, welche dem Glauben in der Welthauptstadt eine ungemein große Zahl Bekenner gewann; denn nach dem Zeugnisse des Tacitus wurde in dieser Verfolgung eine „multitudo ingens“ überführt, dem Christenglauben ergeben zu sein. Legt sich da nicht die Vermuthung nahe, das Haupt der Apostel habe, nachdem der frei gewordene Paulus sich in den Orient begeben, gerade jetzt wieder sich bewogen gefunden, aufs neue seine apostolische Wirksamkeit in Rom zu eröffnen und fortzusetzen, bis die ausgebrochene Verfolgung ihm gebot, diesen Schauplatz seiner Thätigkeit zu verlassen? Gerade die unter Nero in Rom außerordentlich große Verbreitung der neuen Secte war es, welche nach Tertullian den Arm des Wütherichs gegen sie bewaffnete: Consulite commentarios vestros. Illic reperietis primum Neronem in hanc sectam tum maxime Romae orientem Caesariano gladio ferocisse [1]).

In späterer Zeit, in einer abermaligen Gefangenschaft Pauli zu Rom [2]), während dessen Timotheus wieder im Oriente, schwerlich aber zu Ephesus (2. Tim. IV, 12) lebte, schrieb Paulus an diesen

[1]) Eusebii histor. eccl. l. II. c. 25. ed. Valesii citt. p. 67.

[2]) Eine zweite Gefangenschaft des Paulus in Rom — so vielseitig sie besonders von protestantischen Gelehrten in Abrede gestellt wird — war eine schon in der alten Kirche angenommene Thatsache, für welche Eusebius (histor. eccl.

und forderte ihn dringend auf, zu ihm eilends nach Rom zu kommen (VI, 8), und zugleich den Marcus mitzubringen, der ihm im

l. II. c. 22. ed. Valesii cit. p. 61 s.) in folgender Weise eintritt: Felici successor a Nerone mittitur Festus. Quo Judaeam procurante Paulus in judicium adductus causam cum dixisset, vinctus Romam perductus est... Atque hic Lucas qui Actus Apostolorum literis tradidit, historiae suae finem fecit: Paulum Romae in libera custodia biennium egisse, et verbum Dei libere praedicasse testatus. Tandem vero cum causam suam apud judices perorasset, rursus praedicandi causa peregre profectus esse dicitur, posteaque cum Romam iteram venisset, vitam martyrio finiisse. Atque hoc demum tempore alteram ad Timotheum epistolam scripsit, in qua et de priore sua defensione, et de imminente vitae exitu non obscure loquitur... Et in hac quidem secunda ad Timotheum epistola Lucam solum sibi adesse testatur; in priore vero defensione ne tunc quidem adfuisse dicit. Quam ob causam videtur Lucas Actuum Apostolicorum historiam illo tempore conclusisse, cum omnia quae quamdiu cum Paulo versatus est gesta fuerant, commemorasset. Haec idcirco a nobis dicta sunt, ut ostendamus Paulum non in primo illo, cujus meminit Lucas, in urbem Romam adventu martyrio esse perfunctum. Quippe probabile est Pauli pro fide nostra defensionem a Nerone, qui circa initia imperii clementius se gerebat, benigne admissam fuisse; verum cum postea ad teterrima quaeque facinora idem Nero prorupisset, Apostolos quoque cum caeteris saevitiam ejus expertos. In gleicher Weise Hieronymus (de scriptor. eccl. cap. V. ed. c. col. 103): Sciendum autem in prima satisfactione, necdum Neronis imperio roborato, nec in tanta erumpente scelera, quanta de eo narrant historiae, Paulum a Nerone dimissum, ut Evangelium Christi in Occidentis quoque partibus praedicaretur, sicut ipse scribit in secunda epistola ad Timotheum, eo tempore quo et passus est, de vinculis dictans epistolam: In prima mea satisfactione nemo mihi affuit, sed omnes me dereliquerunt; non eis imputetur. Dominus autem mihi affuit, et confortavit me ut per me praedicatio compleretur et audirent omnes gentes; et liberatus sum de ore leonis. Manifestissime leonem propter crudelitatem Neronem significans etc. — Wie aus diesen Stellen erhellet, kannte Eusebius und Hieronymus eine zweite Gefangenschaft in Rom — abgesehen von ihrer Beglaubigung durch die Tradition — als eine Thatsache, die sich unabweislich aus dem Martyrtode desselben in Rom zu einer von seiner ersten Gefangenschaft daselbst durch eine Reihe von Jahren getrennten Zeit ergab. Und so ist es. Die erste Gefangenschaft des Apostels in Rom endete im Frühjahre 58 n. Chr., — wie wir überzeugend dargethan zu haben glauben —; sein Haupt fiel für Christus zu Rom am 29. Juni 67 nach Chr., — wie wir im folgendem erweisen werden; sonach bleibt nichts übrig, als eine zweite, wenn nicht auch eine dritte Gefangenschaft Pauli in Rom anzunehmen. Siehe auch Dr. Franz Werner „über die Reise Pauli nach Spanien und dessen zweite römische Gefangenschaft in der Oesterr. Vierteljahresschrift für kath. Theologie II. Bd. S. 321 ff. und III. Bd. S. 1 ff.

Amte dienlich sei (IV, 11). Wir setzen die Abfassung dieses Schreibens zu Ende des Jahres 65 oder ins Jahr 66 n. Chr. Auch zu dieser Zeit war **Petrus** nicht in **Rom**; denn Paulus sagt ausdrücklich (IV, 11): Lucas ist allein bei mir.

Aus dem Auftrage des Paulus an Timotheus, den **Marcus** mit nach Rom zu bringen [1]), glauben wir mit Grund annehmen zu dürfen, derselbe müsse sich in nicht gar großer Entfernung von Timotheus befunden haben [2]); vielleicht in Macedonien oder Kleinasien, nicht aber in Babylon am Euphrat, von wo denselben herbeizuschaffen dem Timotheus kaum möglich gewesen wäre. Wir dürfen nicht zweifeln, daß Timotheus dem Begehren seines Vaters Paulus nachgekommen, und mit Marcus nach Rom geeilt sei; denn der ganze Inhalt des Briefes mußte dem Timotheus lebhaft die Bedrängniß und Gefahr erkennen lassen, in welcher der Apostel sich befand. Es dürfte weiter keinem Zweifel ausgesetzt sein, daß der Apostelfürst **Petrus**, in dessen Umgebung wir uns den Marcus denken, von dieser neuen Gefahr des Paulus unterrichtet, und von dessen Verlassensein so ergriffen ward, daß er dem Zuge seines Herzens nicht widerstehen konnte, und mit Marcus und Timotheus nach Rom eilte, um dem Paulus beizustehen im Kampfe für die Sache Jesu Christi.

Diese zweite Gefangenschaft Pauli muß in die Zeit gesetzt werden, da der erste Sturm der Neronischen Verfolgung gegen die Christen bereits ausgetobt hatte [3]). Diese Verfolgung, von welcher

---

1) Der Grund, aus dem Paulus den **Marcus** bei sich haben will: ἔστι γάρ μοι εὔχρηστος ἐις διακονίαν, est enim mihi utilis in ministerium ist sehr beachtenswerth. Marcus, der Gefährte des Petrus, hatte während seines längeren und öfteren Aufenthaltes in Rom an der Seite des Apostelfürsten eine solche Kenntniß der Personen und Verhältnisse in der Welthauptstadt erworben, daß kein anderer Apostelschüler dem Paulus so ersprießliche Dienste leisten konnte als **Marcus**.

2) Die Worte: Μάρκον ἀναλαβὼν ἄγε μετὰ σεαυτοῦ, Marcum assume et adduc tecum (IV, 11) lassen uns den Marcus in der unmittelbarsten Nähe des Timotheus weilend erkennen.

3) „Aus dem zweiten Briefe an den Timotheus ist gewiß, daß Paulus erst nach einer gerichtlichen Untersuchung verurtheilt ward, mithin wohl nicht zu jener Zeit der Neronischen Verfolgung, wo alles ohne Ordnung zuging, sondern später, wie denn auch eine zweite Gefangenschaft nothwendig später fallen mußte". Dr. **Mayerhoff** in s. Historisch-kritischen Einleitung in die Petrinischen Schriften. Hamburg 1835. S. 89.

uns Tacitus Kunde gibt [1]), brach im Herbste des Jahres 64 nach Christus aus. In dieser Zeit scheint der Apostel Paulus nach seiner Befreiung aus der ersten römischen Gefangenschaft im J. 58 nach Christ. in den von ihm gestifteten orientalischen Kirchen gewirkt zu haben [2]). Als er darauf wieder dem Occidente sich zuwendend in Gefangenschaft gerieth, wüthete die Verfolgung nicht mehr mit dem ersten Ungestüme, und Paulus erzwang wohl durch Berufung auf sein römisches Bürgerrecht, daß erst wieder ein förmlicher Proceß gegen ihn eingeleitet werden mußte. Er war vielleicht von Christen, die ergriffen worden waren, als derjenige angegeben worden, durch welchen sie zum Christenthume bekehrt worden seien, und die römischen Obrigkeiten hatten in Bezug auf seine Verhaftung die gemessensten Befehle erhalten. Er befand sich also um des Evangeliums willen in den Banden ὡς κακοῦργος (2 Tim. II, 8), indem das Bekenntniß des Christenglaubens als ein Verbrechen behandelt wurde [3]). In dieser traurigen Lage, in welcher Paulus sich befand und für das Evangelium litt bis zu Banden, wie ein Verbrecher, war es ihm ein nicht geringer Trost, als Timotheus und mit diesem Marcus, nach denen er verlangt hatte, in Rom ankamen; welcher Trost

---

1) Annales XV, 44: Non ope humana, non largitionibus principis, aut Deûm placamentis decedebat infamia, quin jussum incendium crederetur. Ergo abolendo rumori Nero subdidit reos, et quaesitissimis poenis affecit, quos, per flagitia invisos, vulgus Christianos appellabat. Auctor nominis ejus Christus, Tiberio imperitante, per procuratorem Pontium Pilatum supplicio affectus erat; repressaque in praesens exitiabilis superstitio rursus erumpebat, non modo per Judaeam, originem ejus mali, sed per urbem etiam, quo cuncta undique atrocia aut pudenda confluunt celebranturque. Igitur primo correpti, qui fatebantur, deinde indicio eorum, multitudo ingens, haud perinde in crimine incendii, quam odio humani generis convicti sunt. Et pereuntibus addita ludibria, ut ferarum tergis contecti, laniatu canum interirent, aut crucibus affixi, aut flammandi atque ubi defecisset dies, in usum nocturni luminis, urerentur etc.

2) Daß der Apostel nicht gesonnen war, nach seiner Befreiung aus der ersten Gefangenschaft sich nach Spanien zu begeben, sondern wieder nach dem Oriente sich zu wenden, lehrt sein Brief an Philemon, bei dem er sich eine Herberge bestellt V. 22: Simul autem et para mihi hospitium, nam spero per orationes vestras donari me vobis.

3) Dem κακοῦργος entspricht das κακοποιὸς (1. Petr. IV, 15). — Suetonius, vita Neronis c. 16: afflicti suppliciis Christiani, genus hominum superstitionis novae ac maleficae.

aber ohne Zweifel um ein nicht Geringes vermehrt wurde, als mit diesen auch Petrus, den der Herr beauftragt hatte, seine Brüder zu stärken (Lucas XXII, 32), unaufgefordert in seinem Gefängnisse sich einfand [1]).

Es scheint nun Timotheus seiner ganz besondern, aufopfernden Anhänglichkeit an Paulus wegen ebenfalls seiner Freiheit verlustig geworden zu sein, weil der in späterer Zeit geschriebene Brief an die Hebräer (XIII, 23) uns kund gibt, daß der Bruder Timotheus wieder frei sei. Wir sind dieses Umstandes wegen auch geneigt, dafür zu halten, daß sich die sehr ungünstigen Verhältnisse, in denen sich Paulus nach seinem zweiten Briefe an Timotheus befand, und die ihn ein nahes Ende fürchten ließen, wieder günstiger gestalteten und er abermals frei wurde. Wir dürfen dieses immerhin annehmen, da wir von einem Augenzeugen unterrichtet werden, daß Paulus siebenmal gefangen gewesen sei [2]).

Derselbe verläßliche Zeuge belehrt uns auch, wie der Apostel Paulus die wieder gewonnene Freiheit dazu benützt habe, daß er sich nun seinem schon vor langer Zeit gesetzten Vorhaben gemäß an die Gränze des Abendlandes, nach Spanien, begeben habe, um auch dort das Evangelium zu predigen. Daß die Reise Pauli nach Spanien der letzte Act der Wirksamkeit desselben für die Sache des Christenthums gewesen sei, scheint das Zeugniß des Clemens nicht undeutlich auszusprechen. Denn nachdem er Alles, was Paulus für Jesus Christus gethan und gelitten, in der gedrängtesten Kürze zusammengefaßt hat, erwähnt er ganz zuletzt: καὶ ἐπὶ τὸ τέρμα τῆς δύσεως ἐλθών, καὶ μαρτυρήσας ἐπὶ τῶν ἡγουμένων [3]). Unmittelbar vor

---

[1]) Auch auf dieser Reise kann Petrus nach Korinth gekommen sein — gleichwie Paulus vor seiner zweiten Gefangenschaft daselbst gewesen war. Im J. 55 n. Chr. war er zu Schiffe als Gefangener nach Rom gebracht worden; kurz vor seiner zweiten Gefangenschaft in Rom war Paulus aber nach dem zweiten Briefe an Timotheus zu Miletus in Kleinasien gewesen, wo er den Trophimus krank zurückgelassen hatte (IV, 20), und dann in Korinth, wo Erastus zurückgeblieben war (ebend.). Daß diese Umstände am sprechendsten dafür zeugen, der zweite Brief an Timotheus sei nicht aus der ersten römischen Gefangenschaft geschrieben, springt in die Augen.

[2]) Clemens Rom. epist. ad Corinthios c. 5.: ἑπτάκις δεσμὰ φορέσας (Patrum apostolicorum opera ed. C. J. Hefele altera. Tubingae 1842 p. 49.

[3]) Idem ibidem l. c.

den Martyrtod des Paulus setzt also Clemens die Reise des Paulus nach Spanien [1]).

---

[1]) Fell, Schrader, Baur, Schenkl, Matthies, Otto u. A. erklären das τέρμα τῆς δύσεως von Rom, Hesperien, Italien. Die meisten Gelehrten aber verstehen hierunter Spanien. So Pearson (dissert. 1. de successione primorum Romae episc. c. 8. §. 9.), Neander (Geschichte der Pflanzung u. s. w. I. Bd. S. 265. Note [2]), Olshausen (Studien und Kritiken 1838. IV. 953 ff.) Mayerhoff, welcher (a. a. O. S. 78. Note [1]) gegen die Annahme Dr. Baur's bemerkt: „Einen mittelbaren Beweis gegen die Anwesenheit des Petrus in Rom aus den Worten τέρμα τῆς δύσεως, indem man sie von Italien (Rom) versteht, herzunehmen wie Baur, möchte ich nicht gutheißen, da offenbar in dem Munde eines Römers diese Worte auf ein westlich von Rom gelegenes Land hindeuten. Schrader's Erklärung aber ist in Kürze folgende: Durch das ἐπὶ τὸ τέρμα τῆς δύσεως ἐλθών sei unsere Willkür sehr beschränkt und uns nur die Wahl gelassen anzunehmen, daß Paulus in Spanien oder England hingerichtet worden sei, oder daß, wenn dies in Rom geschehen, auch τέρμα τ. δ. Rom bedeute. Das Erste könne Clemens nicht meinen, dem Andern stehe nichts entgegen. Es könne überhaupt jede Gränze des Abendlandes und auch blos so viel gemeint sein: Paulus habe nur des Abendlandes Gränze betreten, nicht aber sei er in dessen Inneres gedrungen weil ihn der Tod daran gehindert habe. Ja es müsse so verstanden werden, wenn anders Paulus in Rom hingerichtet worden sei. — Diese Folgerung — bemerkt Dr. Mack (Tüb. theol. Quartalschr. 1830. S. 626 ff.) ist ohne Grund. Das ἐλθών kann mit gleichem Recht wie διδάξας als Plusquamperf. genommen werden, und man begreift wohl, warum, wenn eine Reise über Rom hinaus gemeint ist, der Rückkehr keine Erwähnung geschah; sie verstand sich von selbst und gehörte nicht zur Aufzählung dessen, was den besonderen Ruhm des Apostels ausmachte. Daß aber τέρμα, welches immer die äußerste Grenze, das Ende, Ziel bedeutet, überhaupt für Umgränzung (ὅρισμα) genommen werden könne, und ohne Zwang obiger Sinn herauskomme, darf wohl bezweifelt werden. Gehörte ja Griechenland schon zum Abendlande, so daß dieser Sinn schon darum nicht paßt. Wenn man auch nicht an die äußerste Westgränze denken will, so kann Clemens doch nicht blos Rom oder Italien meinen, da er selbst hier lebte und mit den geographischen Verhältnissen des zum römischen Reiche gehörigen Westen nicht unbekannt sein konnte; zudem, wenn der Apostel nicht weiter als bis Rom kam, der Ruhm desselben bei den mit allen Umständen wohl bekannten Korinthern durch eine solche Hyperbel eher geschmälert als vermehrt wurde. Selbst ein Orientale an der Gränze des römischen Reiches konnte damals das allbekannte Rom nicht den Gränzpunkt des Abendlandes nennen. — Dies ist auch Hug's Ansicht von der Stelle. Er sagt im 2. Theile der Einleitung S. 322 ff.: Ich sehe nicht, was man gegen die Nachricht eines mit dem Apostel vertrauten Mannes, der in Rom lebte, von woher die Reise unternommen wurde, wenn man das Denkmal nicht mit großem Unrecht verwerfen will, einwenden kann; zumal da er dieses an die korinthische Gemeinde schreibt, die von den Schicksalen Pauli, der noch nicht so lange in ihrer Mitte gelebt und gelehrt hatte, Auskunft wußte. — Mit besonderer Gründlichkeit hat die

Während der Abwesenheit des Paulus in Spanien blieb Petrus mit Marcus in Rom, und in diese Zeit, also ins Jahr 66 oder 67, fällt die Abfassung seines ersten Briefes.

Der Mangel des Andenkens an eine ecclesia apostolica in Spanien scheint die Annahme nicht zu begünstigen, daß Paulus längere Zeit in Spanien gewirkt habe; er mag vielmehr hier bald nach seiner Ankunft verhaftet und wieder nach Rom abgeführt worden sein. Hier also, der feindlichen Bestrebungen gegen die Staatsreligion wegen, schon in oftmaliger Untersuchung gewesen, fand er diesmal vor seinem heidnischen Richter keine Gnade, und ward des Verbrechens der Verbreitung der christlichen Religion, welche den Heiden eben so thöricht als ruchlos erschien, zum Tode verurtheilt. In Anbetracht seines römischen Bürgerrechtes ward die ehrenvollere Todesstrafe der Enthauptung über ihn verhängt. Mit Paulus zugleich ward der Apostelfürst Petrus, desselben Verbrechens schuldig zum Tode verurtheilt [1]), und zwar zur schmachvolleren Todesart der Kreuzigung [2]). Dem Gesagten zu Folge kann der

---

Thatsache der Reise Pauli nach Spanien gegen Dr. Carl Wilhelm Otto in der Schrift desselben: Die geschichtlichen Verhältnisse der Pastoralbriefe aufs neue untersucht. Leipzig 1860. Dr. Franz Werner erwiesen in s. Abhandlung „über die Reise Pauli nach Spanien und dessen zweite römische Gefangenschaft" in der Oesterr. Vierteljahresschr. für kath. Theologie II. Bd. S. 321 ff. und III. Bd. S. 1 ff. Siehe auch die sehr gründliche Behandlung dieses Gegenstandes in Gams, Kirchengeschichte Spaniens I. Bd. Regensb. 1862 (S. 1—50), und Döllinger, Christenthum und Kirche in der Zeit der Grundlegung. Regensb. 1860, und Gasp. Sanctii tract. de Pauli apostoli profectione in Hispaniam in seinen comment. in actus Apostolorum. Coloniae Agrippinae 1617. p. 98 ss. und Baronii Annales ad a. Chr. 61 num. II—IV. Tom. I. ed. cit. col. 739 s.

[1]) Daß sich Petrus, als Paulus von Spanien gefangen nach Rom gebracht wurde, seiner mit Wort und That annahm, können wir mit Grund annehmen. Diese Theilnahme an dem Schicksale des Paulus bereitete ihm ein gleiches Schicksal. Durch diese Annahme werden die historischen Berichte, welche stets des Martyrtodes beider Apostel zugleich gedenken, bestätigt und aufgehellt.

[2]) Tertullianus de praescript. haeretic. c. 36: Si Italiae adjaces, habes Romam, unde nobis quoque authoritas praesto est. Ista quam felix ecclesia! cui totam doctrinam apostoli cum sanguine suo profuderunt; ubi Petrus passioni Dominicae adaequatur, ubi Paulus Joannis exitu coronatur (Opp. ed. Rigaltii Venet. 1744. p. 215); Scorpiace: Orientem fidem Romae primus Nero cruentavit. Tunc Petrus ab altero cingitur, quum cruci adstringitur (ibid. p. 500); Origenes Tom. 3. in Genesin: Πέτρος . . ἐπὶ τέλει ἐν Ῥώμῃ γενόμενος, ἀνεσκολοπίσθη κατὰ κεφα-

Martyrtod des Petrus und Paulus nicht füglich in eine frühere, und auch nicht in eine spätere Zeit, als ins J. 67 n. Chr. gesetzt werden[1]); der Tag aber, an welchem

λῆς, οὕτως αὐτὸς ἀξιώσας παθεῖν (Eusebii hist. eccl. l. III. c. 1. ed. Valesii c. p. 71); Hieronymus (de scriptor. eccl. c. 1.): Petrus capite deorsum verso, et in sublime pedibus elevatis, cruci configitur, asserens se indignum qui sic crucifigeretur ut Dominus suus.

[1]) Das Todesjahr der Apostelfürsten wird von verschiedenen Gelehrten verschieden angegeben. Dupin und Cave nehmen das Jahr 64 an, Pagi und die Bollandisten 65, Tillemont und Foggini 66. Hieronymus (de script. eccl. c. 5.): Hic (Paulus) ergo quarto decimo Neronis anno, eodem die quo Petrus, Romae pro Christo capite truncatur, sepultusque est in via Ostiensi, anno post passionem Domini tricesimo septimo — ins 14. oder letzte Jahr des Nero, welches aber, weil er es zugleich als das 37 Jahr nach den Leiden des Herrn nennt, mit dem Jahre 67 n. Chr. zusammenfällt. Ebenso gibt Baronius (Annales eccl. Tom. I. Aug. Vindel. 1738. col. 788) als Jahr des Martyriums das 13. Jahr des Nero an, also das Jahr 67 n. Chr., obwohl er meint, das 13. Jahr des Nero falle mit dem Jahre 69 der christlichen Zeitrechnung zusammen. Foggini (l. c. p. 372 s.) verwirft deshalb die Annahme der Jahre 67 und 68, weil die alten Martyrologien das Fest der Apostel Petrus und Paulus einstimmig auf den 29. Juni setzen, die Festtage der Martyrer aber dem ältesten christlichen Gebrauche gemäß immer an ihrem Sterbetage begangen wurden. Wenn also der 29. Juni der Sterbetag der Apostel Petrus und Paulus ist, so könne von dem Jahre 68 oder dem 14. Jahre der neronischen Regierung deshalb nicht die Rede sein, weil Nero an diesem Tage nicht mehr lebte. Aber auch an das Jahr 67 könne nicht gedacht werden, weil im Juni dieses Jahres Nero nicht in Rom gewesen sei. Der Umstand aber, daß Nero im Jahre 67 n. Chr. nicht in Rom gewesen sei, kann doch auf keine Weise der Annahme, Petrus und Paulus seien in diesem Jahre gemartert worden, im Wege stehen. Denn daß Nero selbst das Urtheil gefällt, oder der Vollziehung desselben müsse beigewohnt haben, ist doch keinesfalls anzunehmen, auch dann nicht, wenn er in Rom zugegen gewesen wäre. Zudem sagt Clemens von Rom ausdrücklich: μαρτυρήσας ἐπὶ τῶν ἡγουμένων, was uns nicht daran denken läßt, der Kaiser selbst habe das Urtheil gefällt und der Vollstreckung desselben beigewohnt. Sehr treffend bemerkt hiezu Windischmann (Vindiciae Petrinae l. c. p. 63 s.): Numerus pluralis non ipsum Neronem innui demonstrat;... consules vero seu alii magistratus nomine ἡγούμενοι hic appellati esse nequeunt, quia alioquin e vulgari usu nomina eorum addi oportuisset. Quare nil restat, quam ut Tigellinum et Sabinum ultimis Neronis annis summa cum licentia grassantes intelligamus, qui a Plutarcho (Galb. c. 2.) ἔπαρχοι τῆς αὐλῆς nominantur et praesertim Neroni in Graeciam profecto h. e. anno 67 imperatoriam auctoritatem fere soli exercuerunt. Hefele aber (Patrum apostol. opera. ed. altera. Tubing. 1842. p. 49) bemerkt zu der Stelle des Clemens: Alii h. l. de duobus libertis et amicis Neronis, Helio Caesariano et Polycleto explicant, qui Nerone in Graecia degente A. 67 omnia gubernarunt. — Das Jahr 67 als Todesjahr

die Apostelfürsten zugleich ihren Lauf vollendeten, ist nach dem unverwerflichen Zeugnisse der römischen Kirche der 29. Juni [1]).

---

der Apostelfürsten ist nachgewiesen in der Schrift: Sopra l'anno LXVII dell' era volgare, se fosse quel del martirio dei gloriosi principi degli apostoli, Pietro e Paolo; Osservazioni storico-cronologiche di Monsignore Domenico Bartolini, protonotario apostolico e segretario della S. Congregazione dei Riti Roma, 1866.

[1]) Dieses unverwerfliche Zeugniß der römischen Kirche finden wir niedergelegt in der Feier dieses Tages, des Geburtstages, dies natalis, natalitia, der hl. Apostel Petrus und Paulus zum ewigen Leben, weil sie an diesem Tage ihren irdischen Lauf als Blutzeugen des Herrn vollendend, zum ewigen Leben geboren wurden. Vom ersten Jahre nach dem Martyrium Petri und Pauli an bis auf den heutigen Tag hat die römische Kirche den Festtag der Apostelfürsten an keinem andern Tage als am 29. Juni gefeiert, und darum ist schlechthin keine Thatsache in der ältesten Geschichte der Kirche so unanfechtbar, sicher und gewiß, als daß Petrus und Paulus zu Rom am 29. Juni den Martyrtod erlitten haben. Im Angesichte der römischen Kirche waren sie als Martyrer gestorben; niemals konnte dem Gedächtnisse derselben der Tag ihres Martyriums entschwinden, weil sie schon an der nächsten Wiederkehr dieses Tages in seliger Freude den Festtag der Apostelfürsten zu feiern nicht unterlassen konnte. Oder sollte es in Rom anders gewesen sein als in Antiochia, in Smyrna, in Carthago und in der ganzen übrigen Kirche? Die Augenzeugen des heldenmüthigen Todes, den der Bischof Ignatius von Antiochia zu Rom am 20. December des Jahres 107 n. Ch. starb, berichten darüber nach Antiochia: Contigerunt vero haec a. d. XIII. Calendas Januarias, hoc est, Decembris vigesima, Consulibus apud Romanos iterum Sura et Senecione. Horum nos ipsi spectatores facti... vobis diem et tempus significavimus, ut tempore martyrii ejus convenientes communionem nostram testificemur cum athleta et generoso martyre Christi (Hefele, Patr. apost. opera l. c. p. 191.). Ingleichen schreibt die Kirche von Smyrna an die Kirche von Philumelium und alle Kirchen des Erdkreises über den Martyrtod ihres Bischofs Polykarpus am 26. März 169 n. Chr.: Nos ossa illius gemmis pretiosissimis exquisitiora et super aurum probatiora tollentes, ubi decebat, deposuimus. Quo etiam loci nobis, ut fieri poterit, in exultatione et gaudio congregatis, Dominus praebebit, natalem martyrii ejus diem celebrare (Hefele ibid. p. 219). Und der Bischof Cyprian schrieb während der Verfolgung des Decius aus seinem Zufluchtsorte an die in Carthago zurückgebliebene Geistlichkeit also: Tertullus frater scribat ac significet mihi dies, quibus in carcere beati fratres nostri ad immortalitatem gloriosae mortis exitu transeunt, et celebrentur hic a nobis oblationes et sacrificia ob commemorationes eorum, quae cito vobiscum Domino protegente celebrabimus (Cypriani Opera ed. Maurin. Paris. 1726. Epist. 37. pag. 50). Woraus sattsam erhellen dürfte, daß keine Thatsache aus den ältesten Zeiten der Kirche so sicher gestellt sei, als die Tage, an denen hervorragende Glieder der Kirche den Martyrtod starben, und daß diese Tage unfehlbar aus der kirchlichen Feier derselben erkannt werden. Darum

II.

Der Stuhl Petri in Rom.

Daß der Apostel Petrus in der römischen Kirche das bischöfliche Amt verwaltet habe, erscheint als Zweck seines Aufenthaltes in Rom so unbestreitbar, daß es keines besonderen Erweises zu bedürfen scheint.

Da aber auch der Episcopat Petri in Rom in älterer und neuerer Zeit bestritten worden ist [1]), müssen wir in eine nähere Erörterung auch dieses Gegenstandes eingehen.

---

kennen die ältesten Cataloge der römischen Päpste nur den 29. Juni als den Tag, an welchem Petrus und Paulus ihren Lauf als Martyrer vollendeten. So der älteste bis zu Papst Liberius reichende Catalog: Petrus anni viginti quinque mense uno, diebus novem. Fuit temporibus Tiberii Caesaris, et Caji, et Tiberii Claudii, et Neronis, a consulatu Vinicii et Longini, usque Nervae et Vestini. Passus autem cum Paulo die tertia Kalendas Julias, consulibus supra dictis, imperante Nerone (Acta Sanctorum. Aprilis Tom I. Antverp. 1675 pag. XIV). Und ein anderer alter Catalog: Hic (Petrus) martyrio cum Paulo coronatur... tertio Kalendas Julii (ibid. p. XVII.). Wenn Pius B. Gams in s. Schrift: Das Jahr des Martyrtodes der Apostel Petrus und Paulus. Regensb. 1867. S. 94. zu dem Schluße kommt, die Apostelfürsten seien zwar an demselben Tage (29. Juni) in die Glorie des Herrn eingegangen, aber nicht in demselben Jahre, sondern Petrus im Jahre 65 und Paulus im J. 67; so erscheint diese Berechnung, nach welcher der Tod der beiden Apostelfürsten um zwei volle Jahre auseinander liegt, den ältesten und bewährtesten Zeugnissen gegenüber als eine verfehlte (s. Baronii Annales ad a Chr. 69. ed. Aug. Vindel. 1738. Tom. I. col. 788. s.); denn, „wenn der Herr der Kirche es auch gefügt haben kann, daß die beiden Gründer der römischen Kirche an einem und demselben Tage durch das Martyrium vollendet wurden", so erscheint es unzulässig, zu einer so wunderbaren Fügung die Zuflucht zu nehmen, weil es an sich höchst unwahrscheinlich ist, daß der in verschiedene Jahre fallende Tod der Apostel an einem und demselben Tage erfolgt sei, und weil die oben angeführten ältesten Cataloge nach der in diesem Punkte höchst verlässigen, über jeden Einwand erhabenen Ueberlieferung der römischen Kirche den 29. Juni desselben Jahres als den Tag des gleichzeitigen Martyriums der Apostelfürsten bezeichnen. — Da mir die o. g. Schrift von Gams erst zukam, nachdem ich diese Abhandlung bereits an die verehrl. Redaction der Vierteljahresschrift gesendet hatte, habe ich darin andere von dem Resultate meiner Untersuchung abweichende Meinungen des Herrn Verfassers nicht weiter berücksichtigen können.

[1]) Den Episcopat Petri in Rom läugneten Calvin (inst. l. 4. c. 6. §. 15.): Propter scriptorum consensum non pugno, quin illic (Romae) mortuus

Die von uns als glaubwürdig erwiesenen Zeugnisse der ältesten Kirche über den Aufenthalt und Martyrtod Petri in Rom kennen keinen andern Zweck, um dessen willen der erste der Apostel sich in die Metropole des Römerreiches begeben habe, als um dort dem Glauben an Christus eine bleibende Stätte durch Gründung einer Kirche zu bereiten, wobei die Bekämpfung des Magiers Simon (S. 452 ff.), in dessen Culte sich das damalige römische Heidenthum seinen Ausdruck gegeben hatte, als Gelegenheitsursache mit dem von dem Apostelfürsten verfolgten Hauptzwecke in unmittelbarer Verbindung steht.

Die Gründung einer Kirche aber ist ein Werk, das ausschließlich nur durch Bethätigung der apostolischen oder bischöflichen Amtsgewalt [1]), d. h. durch Bethätigung der vom Erlöser zum Heile der Menschheit gesetzten Lehr-, Priester- und Regierungsgewalt geschaffen werden kann; denn eine Kirche ist so wesentlich eine mit ihrem Hirten im Bekenntnisse des Einen christlichen Glaubens und dem Gebrauche der Einen von Christus verordneten Heilsmittel verbundene Heerde, daß eine noch so große wo immer sich befindende Zahl christlicher Glaubenskenner, die der Leitung eines apostolischen Hirten ermangeln, keine Heerde, keine Kirche

---

fuerit (Petrus), sed episcopum fuisse, praesertim longo tempore, persuaderi nequeo; Basnage (annal. eccl. ad a. 31. n. 31., ad a. 40. n. 20. ad a. 42. n. 20); Schröckh (christl. Kircheng. 2. Thl. S. 157 f.) Paulus (Sophronizon 1819. 3. Heft), Leipziger Literaturzeitung 1829. N. 267. S. 2133; Canonische Wächter 1831. N. 59. S. 513; Ellendorf in s. Schriften: Ist Petrus in Rom und Bischof der röm. Kirche gewesen? Darmstadt 1841, Dr. Binterim vapulans Ebendas. 1843.

[1]) Apostelamt ist nach ursprünglichem und bleibendem kirchlichen Sprachgebrauche Bischofsamt. Petrus spricht vom Apostelamte des Judas Act. I. 20: Episcopatum (τὴν ἐπισκοπήν) ejus accipiat alter. S. Cyprianus ep. 3. Meminisse autem diaconi debent, quoniam apostolos, id est, episcopos et praepositos Dominus elegit (ed. Gersdorf. Lips. 1838. p. 5.). Der Bischof Clarus a Mascula sprach auf dem Concil zu Cathago am 1. September 256: Manifesta est sententia Domini nostri Jesu Christi apostolos suos mittentis, et ipsis solis potestatem a Patre sibi datam permittentis, quibus nos successimus eadem potestate Ecclesiam Domini gubernantes (Ed. cit. Pars II. Lips. 1839. p. 278). Daher erklärt das Concil von Trient Sess. XXIII. c. 4: Sacrosancta Synodus declarat, episcopos, qui in Apostolorum locum successerunt, positos esse, sicut Apostolus ait, a Spiritu sancto regere Ecclesiam Dei.

ist. Wären in Rom vor der Ankunft Petri daselbst im J. 42 nach Christus unter der jüdischen und heidnischen Bevölkerung auch noch so Viele gewesen, welche bereits an Christus und das durch Ihn der Menschheit gewordene Heil glaubten, sie hätten eine Christengemeinde, eine Kirche nicht gebildet.

Die Kirche in Rom wurde nach dem einstimmigen Zeugnisse der heiligen Schriften und des kirchlichen Alterthums durch die Thätigkeit der Apostelfürsten Petrus und Paulus gegründet [1]), d. h. durch Bethätigung der ihnen als Apostel innewohnenden, von Christus zur Heiligung und Beseligung der Menschen verliehenen Gewalt das Wort Gottes zu predigen (Matth. X, 7; XXVIII, 19), den Leib und das Blut Jesu Christi zu weihen, zu opfern und zu spenden (Luc. XXII, 14—20; 1 Kor. XI, 23—25), die Sünden zu vergeben oder vorzubehalten (Joh. XX, 21—23), Diener, Priester und Bischöfe zu weihen und einzusetzen (Apostelg. VI, 3—6 XIV, 22, XX, 28, Tit. I, 5) und alles zur Heiligung der Kinder Gottes Nothwendige und Erspießliche anzuordnen und zu verfügen (Matth. XVIII, 15—18, XXVIII, 20).

Die ersten Träger des apostolischen Amtes hatten ihre Sendung unmittelbar vom Herrn an die ganze Welt, an alle Völker erhalten (Matth. XXVIII, 20), also daß ihre geistliche Gewalt, wie dies durch den Zweck derselben, die Pflanzung des Glaubens, bedingt war, in Betreff des Ortes und der Personen eine unbeschränkte, universale war; dagegen erscheint aber die apostolische Gewalt, welche die ursprünglichen Träger derselben überall, wo sie eine Kirche gegründet, auf den dort eingesetzten Hirten, den Bischof übertrugen, als eine an ein einzelnes Territorium gebundene, auf einen Ort und eine einzelne gläubige Heerde beschränkte,

---

[1]) Daß die Initiative und der Hauptantheil an diesem Werke vom Herrn in die Hand des Petrus gelegt worden war, lehrt unsere Darstellung und das Wort des Apostelfürsten, durch den nicht nur der Hauptmann Cornelius mit den Seinigen als die Erstlinge aus den Heiden in die Kirche aufgenommen wurden (Apostelg. X.), sondern aus dessen Munde Rom die Freudenbotschaft des Heils vernommen hatte, auf dem Apostelconcil zu Jerusalem (Apostelg. XV, 7): Viri fratres, vos scitis, quoniam ab antiquis diebus Deus in nobis elegit, per os meum audire Gentes verbum Evangelii, et credere — hatte natürlich eine sehr verstärkte Bedeutung und Wirkung.

locale Gewalt[1]). Die Gründung einer Kirche wurde von den Aposteln bewirkt und vollendet durch Einsetzung eines Bischofs, — wie überall, so auch in Rom[2]). Die universale Mission der Apostel vertrug sich nicht mit der bleibenden Uebernahme und Verwaltung des bischöflichen Amtes einer Kirche; weßhalb die Geschichte der Kirche kein Bisthum des Apostel Paulus, Johannes u. A. kennt.

So wenig aber die Geschichte der Kirche einen bischöflichen Stuhl kennt, den Paulus, Johannes oder ein anderer Apostel, inne gehabt hätte, so laut bezeugt dieselbe, daß ein Einziger der Apostel, nämlich Simon, welcher der Petrus ist, seinen apostolischen Stuhl in Rom aufgeschlagen hat.

Worin liegt der Grund dieser singulären Erscheinung und historischen Thatsache?

In der ganz singulären, bevorzugten Stellung, welche der Simon, des Jonas Sohn, kraft der Wahl

---

[1]) 1 Petr. V, 2: Pascite qui in vobis est gregem Dei. Act. XX, 28: Attendite vobis et universo gregi, in quo vos Spiritus sanctus posuit episcopos. Tit. I, 5: Hujus rei gratia reliqui te Cretae. S. Cyprianus ad Antonianum ep. 55. c. 20: Jam pridem per omnes provincias et per urbes singulas ordinati sunt episcopi; ep. 59. c. 20: Singulis pastoribus portio gregis est adscripta, quam regat unusquisque et gubernet (Ed. Gersdorf. Lips. 1838. p. 116. 144).

[2]) S. Irenaeus († 202) adv. haereses l. III. c. 3: Habemus enumerare eos, qui ab apostolis instituti sunt episcopi in ecclesiis et successores eorum usque ad nos. Sed quoniam valde longum est, omnium ecclesiarum enumerare successiones, maximae et antiquissimae et omnibus cognitae, a gloriosissimis duobus apostolis Petro et Paulo Romae fundatae et constitutae per successiones episcoporum pervenientem usque ad nos indicantes confundimus omnes... Fundantes igitur et instruentes beati apostoli ecclesiam Lino episcopatum administrandae ecclesiae tradiderunt. Hujus Lini Paulus in his, quae sunt ad Timotheum, epistolis meminit. Succedit autem ei Anacletus; post eum tertio loco ab apostolis episcopatum sortitur Clemens, qui et vidit ipsos apostolos (Opp. ed Maurin. Paris. 1710 p. 175). Tertullianus († 215) de praescript. c. 32: Edant ergo (haeretici) origines ecclesiarum suarum evolvant ordinem episcoporum suorum, ita per successiones ab initio decurrentem, ut primus ille episcopus aliquem ex apostolis vel apostolicis viris, qui tamen cum apostolis perseveraverit, habuerit auctorem et antecessorem. Hoc enim modo ecclesiae apostolicae census suos deferunt, sicut Smyrnaeorum ecclesia Polycarpum a Joanne collocatum refert, sicut Romanorum Clementem a Petro ordinatum edit (Bibliotheca Patrum latin. ed. Gersdorf Vol. VI. Lips. 1841. p. 22.).

und Anordnung des Herrn vor allen andern Aposteln einnahm.

Der Apostolat, als ein aus zwölf Individuen bestehendes Ganze, bedurfte nothwendig eines Trägers, der die Einheit und den Bestand desselben für alle Zeit wahre; darum setzte der Herr, als Er den Apostolat ursprünglich constituirte, eines seiner Glieder zum Haupte des Ganzen, nämlich Simon, den Er zum Petrus Seiner Kirche erkoren hatte [1]), d. h. zum unerschütterlichen Grundsteine und Träger Seiner Kirche für alle Zeit (Matth. XVI, 18), den Er als Solchen mit der unumschränkten Löse- und Bindegewalt des hohen Priesterthums (Matth. XVI, 19, vgl. mit Jesaia XXII 7 und Offenb. III, 7), mit der Gnade eines unerschütterlichen Glaubens zur Stärkung der Brüder (Luc. XXII, 32) und mit dem Oberhirtenamte über Seine ganze Heerde betraute (Joh. XXI, 15—17).

Wie die apostolische Amtsgewalt sich im Bischofsamte fortsetzte, so mußte auch Kraft des Bestandes und Zweckes der Kirche das Amt des Petrus [2]) mit all' seiner unumschränkten Gewalt fortbestehen; denn da der Apostolat ununterbrochen im Episcopate sich fortsetzte, konnte und durfte demselben das ihm vom Herrn gegebene Haupt niemals fehlen. Da die den Aposteln vom Herrn verliehene aller Orten sich äußernde Regierungsgewalt mit ihnen erlosch, und die an ihre Stelle getretene bischöfliche Gewalt auf die Gränzen der einzelnen Kirchen beschränkt war, durfte und konnte um so weniger die über die ganze Kirche in unbeschränktem Maße sich erstreckende Gewalt des Petrus erlöschen.

Da aber Amt und Gewalt des Petrus eine ausschließlich dem Simon verliehene, also dieser individuellen Person inhärirende war,

---

[1]) Matth. X, 2: Duodecim autem Apostolorum nomina sunt haec. Primus: Simon, qui dicitur Petrus. — Dies Primus ist bedeutungsvoll und lehrt nichts weniger, als daß der vom Herrn zum Ersten der Apostel Gesetzte — Fürst, Führer und Haupt aller sei. Im hebräischen Texte des Matthäus-Evangeliums stand unzweifelhaft ראשון, der Erste oder Häuptling von ראש Haupt.

[2]) Petrus ist Amtsname. Daß Simon, des Jonas Sohn, diesen Namen führen werde, eröffnete der Herr, als Er desselben ansichtig wurde (Joh. I, 42). Die Bedeutung dieses Namens erschloß der Herr aber in dem Worte, mit welchem Er denselben Simon, des Jonas Sohn, zum Petrus seiner Kirche machte: Et Ego dico tibi, quia tu es Petrus, et super hanc petram aedificabo Ecclesiam Meam, et portae inferi non praevalebunt adversus eam (Matth. XVI, 18).

so konnte sie auf keine andere Weise in der Kirche bleiben, als daß sie von Simon, dem ersten Inhaber derselben, auf eine andere bestimmte Person übertragen wurde. Es war aber die Petrinische Gewalt von dem Herrn an das apostolisch-bischöfliche Amt des Simon gebunden worden: daher konnte der erste Petrus den ihm vom Herrn verliehenen Primat auf keinen andern als seinen Nachfolger im bischöflichen Amte übertragen.

Aus diesem innern, in der Natur seiner Stellung als Haupt des Apostolates und Episcopates liegendem Grunde mußte Simon, der Petrus, sich eine Kirche ausersehen, in welcher er seinen apostolisch-bischöflichen Stuhl, der zugleich Primatial-Stuhl der ganzen Kirche war, bleibend aufschlug.

Zu diesem Zwecke leitete der Herr die Schritte dessen, den Er zum Petrus Seiner Kirche und zum Oberhirten Seiner ganzen Heerde gemacht hatte, unter der Regierung des Kaisers Claudius nach Rom, damit er in der Welthauptstadt, die sich als keine unfruchtbare Stätte für den Glauben an den Gekreuzigten erwies, seinen Stuhl für immer aufschlage. Darum stand der erste Petrus der von ihm gegründeten Kirche in Rom als Bischof und Haupt der Bischöfe durch 25 Jahre vor, bis er als solcher dort am 29. Juni 67 nach Chr. seinen irdischen Lauf am Kreuze, gleich seinem Herrn und Meister vollendete[1]). Und darum lebt die Primatialgewalt des Petrus in dem Nachfolger desselben auf dem bischöflichen Stuhle von Rom[2]) immer fort, und ist an diesen Stuhl für immer

[1]) Die Thatsache, daß Simon Petrus das bischöfliche Amt in Rom nicht ununterbrochen in eigener Person verwaltete, steht Dem um so weniger entgegen, als der Inhaber eines Amtes, der die Verwaltung desselben einem Stellvertreter überträgt, nicht aufhört Inhaber des Amtes zu bleiben, und der erste Bischof von Rom als Haupt der Apostel und Bischöfe den jüngst gegründeten und in der Gründung begriffenen Kirchen nahe sein mußte.

[2]) Die Reihenfolge der römischen Bischöfe beginnt nach dem ältesten Zeugnisse mit Petrus. Ueber die Nachfolger des Petrus im Episcopate der römischen Kirche bis Ende des ersten Jahrhunderts schreibt Eusebius histor. eccl. l. III. c. 4: Linus vero, quem in secunda ad Timotheum epistola Romae secum versari (Paulus) testatur, primus post Petrum Ecclesiae Romanae episcopatum adeptus est. c. 13: Titi secundo imperii anno Linus ecclesiae Romanae episcopus, cum eam duodecim annis administrasset, Anencleto deinde regen-

gebunden[1]). Von dieser Ueberzeugung war schon die älteste Kirche auf's lebendigste durchdrungen, denn sie nannte den Bischofstuhl von Rom stets den Stuhl des Petrus[2]), und den jedesmaligen Inhaber

dam tradidit. c. 15: Anno autem Domitiani imperatoris duodecimo Anencletus exactis in episcopatu annis duodecim successorem reliquit Clementem. c. 34: Ex Romanis autem Pontificibus Clemens anno supradicti Imperatoris (Trajani) tertio abiit e vita, Evaresto sacerdotium relinquens, cum novem totos annos praedicationem verbi divini procurasset (ed Valesii cit. p. 74 87. 106). Der Liber Pontificalis nennt als Nachfolger des Petrus auf dem Stuhle von Rom im ersten Jahrh. Linus, Cletus u. Clemens (Mansi Concil. Collectio Tom. I. Venet. 1759. col. 69—83) und in derselben Reihe werden sie im Canon der heiligen Messe aufgeführt. — Die officielle Ausgabe der Reihenfolge der Päpste (Serie cronologica di tutti i sommi Romani Pontefici esattamente disposta in der alljährlich ausgegebenen Notizie, vulgo Cracas genannt) zählt vom Jahre 42 n. Chr. bis an Ende des 1. Jahrhunderts 1. San Pietro, 2. S. Lino, 3. S. Anacleto, che sembra essere lo stesso che Cleto (sebbeni alcuni scritori sostengono essere diversi), 4. S. Clemente I.

[1]) Cum Petrus suam sedem Romae fixerit, per annos viginti quinque firmiter retinuerit, et in ea martyrio coronatus gloriose obierit, sive id evenerit ex divino praecepto, seu expressa revelatione ipsi Petro specialiter a Deo facta, sive ex sola voluntate Petri, licet divinitus inspirata: inde factum est, ut supremi Pontificatus praerogativa ita insita remanserit Romanae Sedi, ut qui in hac Petro succedit, necessario succedat in totius Ecclesiae primatu Petro, ejusque legitimis successoribus a Christo collato.... Quamvis itaque possit in aliquo sensu dici, supremam Ecclesiae monarchiam jure tantum humano esse annexam Sedi Romanae, quia nimirum utriusque unio, nexus et alligatio ortum habuit ex facto Petri; attamen non videtur posse sustineri illorum opinio, qui asseruerunt, praefatam annexionem ita esse de jure humano, ut possit ab Ecclesia dissolvi et una ab altera separari: etenim posito, quod Petrus suam Sedem stabiliter Romae collocaverit, et Romanam regens Ecclesiam obierit, nullus, qui Episcopus Romanus non sit, potest dici verus Petri successor, ac propterea nunquam ad eum referri possunt verba Christi Domini, Pasce oves meas. Joan. 21. quibus universalis Ecclesiae curam Petro ejusque successoribus commissit: Benedictus XIV. de synodo dioecesana l. II. cap. 1. n. 1. Mechlin. 1842. Tom I. p. 75 s.

[2]) S. Cyprianus († 258) ad Cornelium P. ep. 59. c. 19: Post ista adhuc insuper pseudoepiscopo sibi ab haereticis constituto navigare audent et ad Petri cathedram atque ad ecclesiam principalem, unde unitas sacerdotalis exorta est, a schismaticis et prophanis litteras ferre nec cogitare, eos esse Romanos, quorum fides apostolo praedicante laudata est, ad quos perfidia habere non possit accessum (ed. Gersdorf. Lips. 1838. P. I. p. 144). Firmilianus Caesareensis ad Cyprianum c. 17: Stephanus, qui per succes-

des römischen Stuhles den Petrus [1]). — Die Thatsache, daß Petrus seinen Stuhl in Rom aufgeschlagen, und daher in dem Bischofe von Rom der Petrus immer fortlebe, war so allgemein bekannt und unbestreitbar beglaubigt, daß auch Häretiker und Schismatiker im Bewußtsein derselben nicht umhin konnten, sie thatsächlich anzuerkennen [2]).

Die Läugnung dieser Thatsache entsprang allezeit nur aus der Feindschaft gegen das Papstthum, die sich nicht scheuete, zur Vertheidigung ihrer Behauptung sich der Waffen einer bodenlosen Kritik zu bedienen.

---

sionem cathedram Petri habere se praedicat, nullo adversus haereticos zelo excitatur (ibid. p. 239). Optatus Milevitanus (c. a. 350) l. 2. contra Parmenianum: Negare non potes, scire te, in urbe Roma Petro primo episcopalem cathedram esse collatam, in qua sederit omnium apostolorum caput Petrus, unde et Cephas appellatus est, in qua una cathedra unitas ab omnibus servaretur (Biblioth. max. Patrum. Lugd. 1677. Tom. IV. 347). Wäre es nicht eine unbestreitbare historische Thatsache, daß der Erste der Apostel den bischöflichen Stuhl Roms inne gehabt, so waren Cyprian von Carthago und Firmilian von Cäsarea nicht minder als der Donatist Parmenian die Männer, welche die Berufung der römischen Bischöfe auf die Autorität ihres Stuhles als des Stuhles Petri, als eine jeden historischen Grundes bare Fiction und Anmaßung zurückgewiesen haben würden.

[1]) Nach dem Tode des Papstes Fabianus († 250) war der römische Stuhl durch 16 Monate unbesetzt. Die Stelle des Fabian nennt Cyprianus geradezu die Stelle des Petrus ep. 55. ad Antonianum c. 7: cum Fabiani locus, id est, cum locus Petri et gradus cathedrae sacerdotalis vacaret (l. c. p. 108).

[2]) Siehe oben S. 487. Note 2. das Zeugniß des Montanisten Tertullianus, und oben in Note 2. S. 490 die Stelle aus Cyprianus und Optatus.

II.

Ueber die Bedeutung der achtzehnten Säcularfeier der Apostelfürsten am 29. Juni d. J. in Rom.

Von
Dr. Heinrich Hurter, Curat-Beneficiat bei St. Peter in Wien.

Unter den Pontificaten ist der größten eines jenes von Papst Pius IX, sei es, daß wir die Ereignisse betrachten, welche seit Beginn seiner Regierung bis an den heutigen Tag die Welt erschütterten und noch gewaltiger erschüttern werden, oder sei es, daß wir die Thaten Pius IX. im Auge behalten. Wohl wenige Päpste haben schon durch ihre Persönlichkeit, ihre Seelengröße und Tugendadel, durch bezaubernde Freundlichkeit und Milde so sehr die Herzen an sich gefesselt, wie Pius IX. Ja die göttliche Vorsehung scheint in Pius nicht nur für die katholischen Christen der Gegenwart das würdige Bild eines Hirten aller Seelen, eines Vaters aller Gläubigen und Stellvertreter des göttlichen Erlösers gezeichnet, sondern auch den Mächtigen dieser Erde ein leuchtendes Beispiel vor Augen gestellt zu haben, woran sie zu erkennen vermögen, was sie durch die Macht des Glaubens, durch den Adel der Gesinnung und die Würde des Lebens sich und ihren Unterthanen sein sollten und sein könnten. Was aber das Pontificat Pius IX. noch bewunderungswürdiger macht, das sind die großen Ereignisse und Thaten, welche sich innigst mit seiner Regierung verflechten. Da steht Er, der ehrwürdige Greis, als der Fels, gegen welchen die schäumenden Wogen der Revolution und des Gotteshasses antoben. Während ein Fürst nach dem andern in den Wirbel revolutionärer Ideen hineingetrieben wird oder diesen zum Opfer fällt, ist er der einzige, welcher ihnen unerschrocken, uneingeschüchtert Widerstand leistet, ihre geheimen Pläne der Welt enthüllt und sie, umheult von den Getroffenen, in seiner Encyclica mit dem Syllabus vom 8. December 1864 offen verdammt. Mochte er als Flüchtling die Gastfreundschaft des vielgeschmähten aber edlen Königs Ferdinand II. von Neapel in Portici genießen, oder nach Rom zurückgekehrt von seinen mächtigen und schlauen Verfolgern seiner Provinzen sich beraubt sehen, dort wie hier handelt er gleich groß — als Oberhaupt der katholischen Kirche, erhebt England zur katholischen Kirchenprovinz, giebt ihm seine Ordinarien wieder zurück, spricht den großen Bann aus über die spoliatores Patrimonii S. Petri, ihre Helfershelfer und ihren Anhang, und fährt fort gleich ruhig und der göttlichen Vorsehung bewußt, die Kirche Gottes zu regieren. Während die liberale Welt von Toleranzgeschrei für Juden und Protestanten ertönt, die Revolutionäre amnestirt, die Freimaurerei begünstigt, Bischöfe verjagt, die Klöster aufhebt und am Unterdrücken der Religion arbeitet, erhebt Pius IX. zu wiederholten Malen seine Stimme für das unglückliche Polen und die bedrängten Katholiken in Baden, errichtet in America, Africa, Asien und Australien 6 neue Erzbisthümer, 67 Bisthümer und 22 apostolische Vicariate, führt die römische Liturgie in einigen Diöcesen Frankreichs wieder ein, regelt die Beziehungen zwischen Kirche und Staat in mehreren Ländern, gedenkt der Vereinigung der orientalischen mit der katholischen Kirche, vermehrt die Kräfte der Mission, setzt eine Congregation ein zur Reform der verschiedenen Orden, verurtheilt die socialen und theologischen Irrthümer, und unterstützt, obwohl der Mittel beraubt, Kunst und Wissenschaften, baut und schmückt Kirchen, errichtet gelehrte und Volksschulen, fördert besonders die Aufhellung der ältesten christlichen Denkmäler und spendet nach allen Seiten hin als laut redende Beweise seiner Freigebigkeit und Güte reiche Almosen an Arme und Kranke.

Es kann nicht die Aufgabe gegenwärtiger Zeilen sein die Thaten des nun mehr zwanzig ein Jahr glorreich regierenden Papstes zu beleuchten; zweier jedoch großartiger in seinen Folgen und in seiner Bedeutung gerecht zu werden, ist in mehr als einer Beziehung Pflicht jedes Katholiken. Die eine ist die am 8. December 1854 erfolgte dogmatische Erklärung der unbefleckten Empfängniß der heiligsten Jungfrau und Gottesmutter Maria. Abgesehen von ihrer dogmatischen Wichtigkeit hat die endgiltige Entscheidung dieser Glaubenslehre einen unberechnenbaren moralischen Werth. Noch tönen in unseren Ohren die damaligen lärmenden Prophezeihungen der protestantischen und ungläubigen Welt, daß mit dieser Entscheidung das Papstthum den Todesstoß sich gegeben, dessen Lehrauctorität an dem Widerspruch gegen den neuen Glaubensartikel ihren letzten Rest von Ansehen verlieren, die katholische Kirche in Parteien sich auflösen werde und rasch ihrem seligen Ende entgegeneile. Allein gerade von diesem Augenblicke an erfüllen sich vollends die Worte der Antiphone: „Notum fecit Dominus opus suum: in conspectu gentium revelavit gloriam genetricis suae.“ (III Nocturn ex off. immac. Concept.). Die seligste Jungfrau, welche von Anfang an das Merkmal des wahren Glaubens war (cunctas haereses sola interemisti in universo mundo) und die Apostel und Gläubigen nach der Himmelfahrt Christi mit sich und unter sich einigte, hat abermals die katholische Welt geeinigt und Bischöfe, Priester und Gläubige um den Nachfolger Petri geschaart. Großartiger als je offenbarte sich die päpstliche Lehrauctorität, alle Welt unterwarf sich ihr mit der vollsten Freiheit und dem freudigsten Jubel; das Wort ging bis an die Grenzen des Erdkreises aus und rief allüberall Huldigungen und Feste zur Verherrlichung der allzeit unbefleckten Jungfrau hervor. Das Bewußtsein des Einen katholischen Glaubens wachte wieder wie eine lang verborgene Flamme mit voller Kraft auf und verzehrte den nationalen Separatismus, die rationalistischen Bestrebungen und den Wissenschaftsdünkel; der Widerspruch verstummte, das Siegesgeschrei der Feinde verhallte oder löste sich in ein miserere mei auf, der Protestantismus schwieg staunend, denn der Erfolg war zu großartig: Der Papst ist wieder anerkannt als der Lehrer der Völker, der Wächter des Glaubens und der Sitten, und einigt die katholische Welt zum Kampfe gegen das moderne Heidenthum.

Allein so unberechenbar auch diese dogmatische Entscheidung in ihren Folgen war und das Signal gab zur erneuerten Einigung im Glauben und offenen, allgemeinen Anerkennung des h. Vaters als Lehrer der Kirche, so halten wir doch die andere große That Pius IX., nämlich die achtzehnte Säcularfeier des Martyriums Petri und Pauli in ihren äußeren Folgen für nicht minder wichtig. Dort fand die katholische Welt den magister und doctor gentium wieder und vereinigte ihren mit seinem Glauben, hier aber findet sie ihr Oberhaupt wieder, Christi vicarius, Petri successor, caput Ecclesiae, summus Pontifex, Pastor gregis und den Felsen, auf welchem die Kirche gebaut ist und den die Pforten der Hölle nicht überwältigen. Als der hl. Vater umgeben von fünfhundert Bischöfen in den Weltdom St. Peter einzog, und die göttliche Verheißung in herrlichen Tönen ihm entgegenscholl: „Tu es Petrus, et super hanc petram aedificabo ecclesiam meam“ — da lebte in Tausender Herzen das langverschwundene, künstlich unterdrückte Bewußtsein von der Einen Kirche unter Einem Oberhaupte, von dem Einen Gottesreiche, welches alle Völker ohne Unterschied der Sprache und des Stammes in und unter sich einigt, mächtig wieder auf. Dieses echte, rein katholische Bewußtsein, das eigenthümliche Merkmal der wahren; der katholischen Kirche, findet seinen Nachhall durch die ganze Welt. Die Welt, wenigstens die katholische, fühlt wieder ihre Zusammengehörigkeit, ihre übernatürliche Einheit im Primate des hl. Petrus, und schon dieses Gefühl ist der Anfang besserer Zeiten. Es scheint daher Pflicht zu sein, auf die Bedeutung dieses großartigen Festes näher einzugehen.

Es ist eine eigenthümliche Fügung, daß gerade jene Anschläge, welche auf die Verdemüthigung, selbst auf den gänzlichen Untergang der weltlichen Macht des Papstthums hinarbeiteten, es waren, die dieses großartige Fest in Rom möglich machten und somit mittelbar zur glänzenden Verherrlichung des Papstthums beitrugen. Hätte der französische Kaiser sich nicht in der berüchtigten September-Convention zum Abzug seiner Truppen verpflichtet, wären demnach seine Truppen in Rom geblieben, so würde er unter verschiedenen Vorwänden die Petrifeier und somit ihre Bedeutung und ihre Folgen verhindert oder mindestens verringert haben. Sie wäre ein Particularfest wie alle Jahre gewesen, wurde jetzt aber durch die Gegenwart des Episcopates der ganzen Welt ein Universalfest, eine ruhmreiche Episode der Geschichte der katholischen Kirche namentlich des Papstthums.

Von jenem Augenblicke an, wo der Apostelfürst Petrus für sich und seine Nachfolger Rom zum bleibendem Sitze erwählte und ihn in seinem Blute heiligte und besiegelte, begann auch der päpstliche Primat gestützt auf die göttliche Verheißung, seine wunderbare Lebenskraft zur Ausbreitung der Kirche und zum Heile der Welt zu entfalten. Gewaltig war durch drei Jahrhunderte der Kirchenkampf mit dem heidnischen Weltreich, bis endlich der Sieg des Kreuzes über das alte Rom und der Triumph des Christenthums über das Capitol, der Burg des weltbeherrschenden Heidenthums entschieden war. 29 Päpste starben, dem Beispiele des Apostelfürsten nachfolgend, als Märtyrer; sie standen an der Spitze jener christlichen Heldenschaaren, welche mehr noch durch ihr Blut als durch ihr Leben dem Glauben an den göttlichen Erlöser siegreiche Bahn brachen. Und wie schon der Apostel Petrus inmitten seiner Ketten von Rom aus Bischöfe zur Belehrung der Völker in die römischen Provinzen, namentlich Italien, Spanien und Gallien aussandte, so vergassen auch seine Nachfolger selbst mitten im Kampfe ihrer Hirtenpflicht nicht. Sie sandten überallhin Glaubensboten, und mochten auch diese den blutigen Tod finden, Rom sandte neue Schaaren, bis der Sieg des Christenthums durch Blut oder Wort entschieden war. Mit diesem Sieg begann von Rom aus die gänzliche Umwandlung der alten Welt zum neuen frischen Leben, zu einer neuen Ordnung der Dinge. Auf denselben Heerstraßen, auf welchen die römischen Heere und römische Bildung mit dem ganzen Apparat des Heidenthumes in die damalige bekannte Welt auszogen, oder wilde Völker nach Rom vordrangen, zogen von nun an die Glaubensboten einher und verpflanzten allüberallhin den Segen des Christenthumes, die Freiheit der Gnade, christliches Recht und Gesittung, oder es kamen Bischöfe und Missionäre nach Rom, um von den Päpsten mit dem Segen die Weihe ihrer apostolischen Thätigkeit zu empfangen; es kamen Könige und Fürsten, um sich und ihre Völker der Kirche anzuschließen und sich unter den Schutz des h. Stuhles zu stellen. Und in der That, auf dem Stuhle des h. Apostelfürsten Petrus saßen aber auch meistens seiner würdige Nachfolger, große gewaltige Geister, durch die Heiligkeit ihres Lebens oder durch Thatenkraft und Gelehrsamkeit bewunderungswürdig, welche jenen Zeiten den Siegel ihres Geistes aufdrückten und der Weltgeschichte auf Jahrhunderte hinaus die Bahnen verzeichneten. Was keinem Fürsten möglich gewesen, daß vermochten die Päpste: sie entflammten und einigten selbst verschiedene Völker zu Einer Idee, wie zum Beispiel zur heroischen Hingabe für die Befreiung Jerusalm, und gelang auch letztere nicht, so blieb doch durch Jahrhunderte ungeschwächt erhalten das Gefühl der katholischen Gemeinsamkeit, die Begeisterung für die Verherrlichung Gottes durch großartige Denkmäler der christlichen Kunst und Anstalten der Barmherzigkeit, und die Lebendigkeit des Glaubens. Die Könige hatten einen Schiedsrichter über sich gefunden, die Völker einen Schutzherrn gegen die Fürsten, diese gegen aufrührerische Unterthanen. Mancher verheerende Krieg, manche blutige Zwiste wurden allein durch die Päpste verhindert; sie bewahrten Italien vor den Verwüstungen der Hunnen und Vandalen, und retteten durch ihre rastlosen Bemühungen Europa vor dem übermächtigen Vordringen des Halbmondes. Selbst in den vergangenen

Tagen war es einzig Pius VII., welcher vor Napoleon I. sein Knie nicht beugte und mit unbeugsamen Muthe seinen Gewaltthätigkeiten Widerstand leistete, gleichwie in der Gegenwart nur Pius IX. um die Gunst eines Napoleon III. nicht buhlt und ungebeugt dessen Politik durchkreuzt und zu Schanden macht.

Was die Päpste für die Reinerhaltung und Einheit des christlichen Glaubens geleistet haben, davon giebt die Kirchengeschichte glänzende Aufschlüsse. Sie standen vom Apostel Petrus angefangen immer auf der Hochwache gegen verderbliche Lehren und Grundsätze. Schwieg auch alle Welt, ja klatschte sie Beifall zu, Rom schwieg nicht, es legte den Irrthum offen. Was wäre ohne dieses Vorgehen aus den christlichen Wahrheiten, aus der Wissenschaft, selbst der Geschichte geworden in dem Gewühle zahlloser wechselnder Meinungen und Irrthümer, welche menschlicher Eigendünkel oder Widerspruchsgeist an das Tageslicht förderte? Ein wahres Chaos, unentwirrbar selbst für die größten Gelehrten. Mögen auch übermüthige Geister, unfehlbar in ihrer eigenen Meinung, diesen Freimuth Roms am härtesten antasten, die Thatsache bleibt immerhin fest, daß die Erhaltung der unverfälschten Lehre Jesu Christi das größte Verdienst des h. römischen Stuhles ist.

Was ferner die Päpste für das innre Leben der Kirche, die Sittenreinheit, klösterliche und priesterliche Zucht, den Aufschwung christlicher Gesittung, die Heilighaltung der Ehe, die Abschaffung der Leibeigenschaft und Sklaverei geleistet, davon geben 18 Jahrhunderte und die Menge päpstlicher Erlaße hinreichendes Zeugniß. Universitäten und Schulen, Kunst und Wissenschaft haben ihre Entstehung wie ihre höchste Blüthezeit vor allem den Päpsten zu verdanken. In Rom fand ein Raphael, ein Michel Angelo einzig ein würdiges Feld ihres Genies, und bis auf den heutigen Tag wandern die größten Künstler nach Rom, um dort zu suchen und zu lernen, was sie in ihrer Heimath nicht finden. Mögen auch in der Reihenzahl von 257 Päpsten, welche durch 29 Märtyrer und 77 Heilige als die großartigste Erscheinung in der Welt verherrlicht wurde, einige Päpste gewesen sein, die schlecht gelebt haben, selbst dieser Umstand kann weder der Heiligkeit noch der segensreichen Wirksamkeit des Papstthums Eintrag thun. Die Protestanten — der Strenge ihrer Berechnung dürfen wir glauben — zählen deren acht, Sergius III., Johann XI. und XII., Benedict IX.,

Paul II., Sixtus IV., Innocenz VIII. und Alexander VI. Die Parteikämpfe im neunten und zehnten Jahrhunderte in Rom waren es besonders, welche unwürdige Subjecte auf den päpstlichen Thron brachten. Unter zwölf Aposteln war schon ein Judas, aber unter 257 Päpsten finden sich blos acht, die unwürdig ihrer hohen Stellung gelebt haben. Giebt es eine glänzendere Rechtfertigung des Papstthums? Wo findet sich in allen fürstlichen Familien Europas, wo in den Reihen der Sittenrichter und Gegner des Papstthums ein solches Verhältniß? Allein glänzender und ruhmreicher wird noch diese Rechtfertigung durch die Thatsache, daß wohl einige Päpste schlecht gelebt haben mögen, keiner aber ein schlechter Papst war, keiner, welcher den Ehebruch vertheidigt, die sittlichen Vorschriften umgestoßen, die Ungerechtigkeit sanctionirt und den Glauben verfälscht hätte. Das böse Werk werfe man dem Menschen vor, das ist Gerechtigkeit; nicht aber dem Papste, welcher es verdammt, denn dieses ist offene Ungerechtigkeit.

Rechnen wir hiezu noch die endlosen Kämpfe der Päpste mit dem Heidenthum, den byzantinischen Kaisern, den stets fort neu auftauchenden Häresien, den deutschen Kaisern und französischen Königen, später mit dem Protestantismus, Gallicanismus und Josephinismus, bald wieder mit den italienischen Volksparteien, endlich mit der falschen Philosophie, socialen Irrlehren und dem Rationalismus — dann mag es den Geist staunend erfassen wie trotz alledem die stetige Reihenfolge der Päpste, die Unbeweglichkeit des h. Stuhles, inmitten der Bewegung der Geister und aller Dinge, und die Einheit des katholischen Glaubens unversehrt blieb. Dieses doppelte, hierarchische und dogmatische Wunder ist von solcher evidenter Größe, daß selbst ein französischer philosophischer Schriftsteller der Aufklärungsperiode die Geschichte der Kirche eine Geschichte von Wundern genannt hat. Ein neuerer protestantischer Schriftsteller aus England hat sich besonders schön über den katholischen Primat dahin ausgesprochen: „Auf dieser Erde existirt nirgends und existirte niemals ein Werk der menschlichen Politik, welches der Prüfung und des Studiums so würdig wäre, wie die römisch-katholische Kirche. Die Geschichte dieser Kirche umschließt die beiden großen Epochen der Civilisation... Kein einziges Zeichen deutet an, daß das Ende dieser langen Herrschaft nahe sei. Sie hat den Anfang aller weltlichen Regierungen und aller Stiftungen von Kirchen, die heute existiren, gesehen, und wir möchten wohl behaupten, daß sie dazu bestimmt ist, auch deren Ende zu erleben. Sie war schon groß und geachtet, ehe die Sachsen ihren Fuß auf den Boden von Großbritannien setzten, ehe die Franken den Rhein überschritten, als noch die griechische Beredsamkeit in Antiochien blühte und die Bilder im Tempel zu Mekka verehrt wurden. Sie kann also auch dann noch groß und geachtet sein, wenn einst ein Reisender aus Neu-Seeland an einem zerbrochenen Bogen der ungeheueren Brücke von London in unabsehbarer Einöde stehen bleibt, um die Ruinen von St. Paul zu zeichnen."

Achtzehn Jahrhunderte mit ihren gewaltigen Ereignissen, die glänzende Reihe der Päpste, die ruhmvolle Schaar der Märtyrer und Heiligen, die Kämpfe und Leiden, die Segnungen der katholischen Kirche über den Erdkreis, zogen somit vor dem Geiste der Anwesenden bei der St. Petrifeier vorüber und Alles, Vergangenheit und Gegenwart, verkündet ihnen die Erfüllung der göttlichen Verheißung und verbürgt die Zukunft. Vor allem lebte bei der Ehrfurcht gebietenden Erscheinung Pius IX. das Bewußtsein lebendig wieder auf, daß in ihm Petrus fortlebt, Petrus nach achtzehn Jahrhunderten in ihm seine Vollgewalt niedergelegt hat als dem Mittelpunkt katholischer Einheit und dem Felsen, auf welchem die Kirche gebaut ist. Mögen auch fernerhin die Wogen der Revolution und die Sturmfluthen treuloser Politik im Bunde mit der vereinigten Gottlosigkeit aller geheimen Secten gegen diesen Felsen anschäumen, mag auch die gegenwärtige weltbewegende Gewalt der Lüge und Verläumdung Alles aufbieten, um ihn aus seinen Angeln zu heben, das frühere Mißtrauen und die ängstliche Kleinmuth beginnt zu verschwinden und die lebendige Ueberzeugung, daß die Pforten der Hölle die Kirche nicht überwältigen, hat ihre alte Kraft wieder gewonnen. Die erhabene Feier des achtzehnhundertjährigen Martyriums der h. Apostelfürsten hat anerkanntermaßen der Welt bewiesen, daß die römische Kirche die Mutter und Lehrerin der Völker, die Regel und Norm des Rechtes und der Sitten, die Arche in der Sündfluth, wohin alle, denen positives Christenthum Bedürfniß des Verstandes und des Herzens ist, ihre Zuflucht nehmen werden. Diesen Glauben und diese Hoffnungen sprach auch die katholische Welt durch den Mund von fünfhundert Bischöfen in deren Adresse an den h. Vater klar und deutlich aus.

Allein was nützt auch die schönste Bedeutung eines Festes, wenn sie nicht auch ihre praktischen Folgen hat? Es sei uns daher vergönnt, auf diese hinzuweisen. Sicher war es eine merkwürdige Fügung, daß, während zu Rom dieses Fest der katholischen Welt gefeiert wurde, zu Paris die Weltausstellung ihre Eröffnung fand. Die vom Stolz erfüllte moderne politische Weisheit ist zwar kühn genug zu behaupten: daß mit dem Feste zu Rom die katholische Kirche ihr seliges Ende beschlossen, mit dem Feste zu Paris aber die moderne Civilisation ihren Sieg und ihre Herrschaft über die Welt begonnen habe. Wir aber glauben gerade das Gegentheil. Die Industrie-Ausstellung zu Paris war die Schlußfeier der gegenwärtigen europäischen Staatenordnung, der antichristlichen Regierungsprincipien und modernen Civilisation, und der Anfang der Weltrevolution. Geist und Materie waren von Anfang an wie im einzelnen Menschen, so auch im Kampfe um die Herrschaft über die Welt. Diese beiden Weltmächte sammeln nun ihre Kräfte zum bevorstehenden Riesenkampf: das christliche Princip in Rom, der Materialismus in Paris. Die Scheidung der Geister vollstreckt sich in immer größeren Kreisen. Was noch gläubigen Sinnes ist und an den göttlichen Erlöser glaubt, wird und muß sich, selbst der Protestant, an Rom anschließen, von wo aus der Glaube des Apostel Petrus: „Tu es Christus, filius Dei vivi“ achtzehn Jahrhunderten der Welt verkündet wird. Was aber dem Unglauben huldigt, fällt jener zweiten Weltmacht anheim, welche schon bei der dritten Versuchung Christi auf dem hohen Berge ihre Rolle zu spielen begann. Der Protestantismus als solcher kommt in keine Betracht; er war und ist der Bahnbrecher des Materialismus, daher die Vorliebe aller Revolutionäre für ihn. Sprach daher der Herrscher an der Seine an die Vertreter der ausländischen Theilnehmer für die Ausstellung die Worte: „Sie, die Vertreter des Gedankens der Arbeit in allen Theilen der Welt, haben sich davon überzeugen gekonnt, daß alle civilisirten Nationen darnach streben, eine einzige Familie zu bilden“, so sprach er insoweit wahr, als der Materialismus alle seine Kräfte sammelt und die europäische Staatenordnung und die moderne Civilisation vernichtet, dem christlichen Weltprincip aber, welchem die göttliche Verheißung zur Seite steht, im Schlußkampfe unterliegt.

Und fürwahr, zu Rom hat eine glückliche Wende mit dem Petrifest für die Kirche begonnen. „Diesem ungläubigen, verkommenen Geschlecht wird kein anderes Zeichen gegeben werden als das Zeichen des Jonas." Wie die Auferstehung Christi, den ungläubigen Juden der Beweis war seiner Göttlichkeit, so feiert auch die Kirche ihre Auferstehung zum wiedererwachten lebendigen Bewußtsein ihrer göttlich gestifteten Einheit und beweist durch ihre Thatkraft und Lebensfülle die Göttlichkeit ihrer Stiftung und die Wahrheit ihres Glaubens. Was einstens die römischen Heerstraßen waren, daß sind nun die Eisenbahnen und Dampfschiffe, auf welchen der Völkerverkehr so großartig sich bewegt, aber auch das moderne Heidenthum sich fortpflanzt; sie dienen dazu, den katholischen Glauben in alle Welt auszubreiten und die Bischöfe und Priester zur neuen Einigung mit dem h. Stuhle zu führen. Daher der Schrecken der Feinde über solche unerwartete Erscheinung, die Schmähungen, Lügen, Kunstgriffe und offene Gewaltthaten: „Quare fremuerunt gentes et populi meditati sunt inania? Astiterunt reges terrae et principes convenerunt in unum, adversus Dominum et adversus Christum ejus", nämlich gegen Pius IX. Der Schrecken ist um so größer, je beraubter in ihren Hilfsmitteln, je schwächer nach außen und zertretener in ihren Rechten die katholische Kirche ist, aber dennoch oder gerade deshalb in solch ungewohnter Weise auftritt, mit solchem Bewußtsein spricht und mit solcher Kraft handelt.

Episcopat und Clerus fühlen sich allerort gehoben und gekräftigt in der festen Zusammengehörigkeit mit dem centrum unitatis — Roma! Nicht mehr vereinzelt wird der einzelne Bischof oder Priester dastehen in seinen Kämpfen für die Rechte und Wahrheit der Kirche, bloßgestellt und verlassen von den übrigen, eine leichte Beute der Verfolgung. Allmählig werden Alle für Einen, Einer für Alle einstehen und ebendadurch an Kraft und Muth, aber auch an Achtung und freiem Walten gewinnen. Der Verkehr der Bischöfe mit dem h. Vater ist reger und inniger geworden, die Einheit in der Liturgie und Cultus dürfte eine andere Folge hievon sein. Die Zerfahrenheit hierin, die Unsicherheit und Mißbräuche, welche nicht nur Länder von Ländern, sondern selbst Diöcesen von Diöcesen ehedem unterschieden, werden allmählig einer geordneten und wahrhaft katholischen Centralisirung weichen. Die Decrete der verschiedenen Congregationen, welche im Namen des Papstes Recht sprechen, Zweifel lösen und streitige Fälle entscheiden, verhallen ferner nicht ungehört und uns unbekannt, sondern erlangen Geltung für Alle. Die Systeme der Pistojer Synode, der Emser Conferenz, des Gallikanismus, Febronianismus und namentlich des Josephinismus verschwinden wie ein Schattenbild, und was die scharfsinnigsten dogmatischen und kirchenrechtlichen Beweisgründe nicht vermögen, wirkte der h. Geist, welcher Haupt und alle Glieder beseelt.

Demnach verschwindet der lächerliche Wahn, Nationalkirchen creiren zu können. Während als gerechte Vergeltung die Staaten immer mehr in Nationen und Nationchen sich auflösen und somit das heidnische Princip und den babylonischen Wirrwar erneuern, offenbart sich die katholische Kirche immer entschiedener als Weltkirche und sammelt die Völker zu Einem Gottesreich und zur Fortsetzung des Pfingstfestes in Jerusalem. Die Zeiten dürften ebenso endlich vorüber sein, wo in verschiedenen Staaten mit verschiedenen Mitteln und unter dem Vorwande des Gesetzes gewühlt, die Kirche verstümmelt und dem Joch der Staatsgesetze unterworfen wurde. Die Larve der Freundschaft und des Staatsschutzes, unter welcher sich so prächtig wühlen ließ, ist herabgerissen und kann mit allen Phrasen von Toleranz und Gleichheit nicht mehr ersetzt werden. Sollte vollends — um das wir eifrig bitten wollen — die göttliche Vorsehung es gewähren, daß der Petrifeier in Rom ihr letztes Siegel durch die Feier eines ökumenischen Concils aufgedrückt werde, dann erwarten wir zuversichtlich die Heilung jener socialen Uebeln, mit denen unser Weltalter so sehr gepeiniget ist; so und nur so kommt das frische Leben über die Welt, das Leben der Gnade und des Glaubens, die wahre Civilisation.

Allein diese Anstrengungen gegen die theoretischen und praktischen Schäden in Glaube und Sitte fordern noch viele harte Kämpfe und schwere Leiden. Die Canonisation der 26 Seligen und die Beatification der 205 japanesischen Märtyrer, welche die Säcularfeier so würdig verherrlichten, sind uns aber eben auch ein trostreiches Unterpfand, daß, wie in diesen christlichen Helden die katholische Kirche über das Heidenthum, das Schisma und Ketzerei gesiegt hat, sie abermals in der Zukunft über ihre Feinde siegen und glorreich aus dem Kampfe hervorgehen werde. Ja wir begrüßen diese Canonisationsfeier als den Beginn der Erfüllung jener Hoffnungen, welche die Kirche längst schon hegt und darum fleht, nämlich die Bekehrung der Heiden, Juden und Irrgläubigen und die

Wiedervereinung der griechischen und russischen Kirche, damit nach der göttlichen Verheißung Ein Hirt und Eine Heerde werde, und die nächste Säcularfeier die ganze Welt um den Nachfolger Petri vereiniget finde.

III.

Actenstücke zur Geschichte der Säcularfeier der hl. Apostelfürsten am 29. Juni 1867.

Mitgetheilt von Prof. Dr. J. Danko.

a.

Aus der großen Anzahl wichtiger Schriftstücke der in seiner Art einzig dastehenden prachtvollen Gedenkfeier des Martyriums der hl. Apostel Petrus und Paulus muß vor allen jene ewig denkwürdige Anrede aufgezeichnet werden, mit welcher Se. Heiligkeit am 26. Juni 1867 das öffentliche Consistorium eröffnete:

Venerabiles Fratres!

Periucunda quidem, licet a fide et devotione vestra prorsus expectanda, Nobis fuerat nobilis illa concordia, qua seiuncti ac dissiti, eadem tenere, eadem asserere profitebamini, quae Nos docueramus, et eosdem, quos damnaveramus, errores in religiosae civilisque societatis exitium invectos execrari. Verum multo iucundius nobis fuit haec ipsa discere ex ore vestro, et nunc rursum a congregatis vobis explicatius et solemnius accipere; dum iis amoris et obsequii officiis Nos cumulatis, quae mentes affectusque vestros luculentius verbis ipsis aperiant.

Cum enim tam prono animo obsecundastis desiderio Nostro, omnique incommodo posthabito, ad nos e toto terrarum orbe convolastis? Scilicet explorata vobis erat firmitas Petrae, supra quam aedificata fuit Ecclesia perspecta vivifica eius virtus; nec vos fugiebat, quam praeclarum utrique rei testimonium accedat e christianorum herroum Canonizatione. Duplex igitur hoc festum celebraturi confluxistis, non modo ut sacris hisce solemniis Splendorem adderetis, sed ut, universam veluti fidelium familiam referentes, praesentia vestra non minus, quam diserta professione testaremini, eandem nunc, quae duodevigenti abhinc saeculis, vigere fidem, idem caritatis vinculum omnes nectere, eandem virtutem exevi ab hac Cathedra veritatis.

Placuit vobis commendare pastoralem sollicitudinem nostram, et quidquid pro viribus agimus ad effundendam veritatis lucem, ad disiiciendas errorum tenebras, ad perniciem depellendam ab animabus Christi sanguine redemtis; nempe ut e coniunctis propriorum magistrorum, sententiis ac vocibus, confirmentur christianae gentes in obsequio et amore erga hanc sanctam Sedem, in eamque acrius mentis oculos intendant. Corrogatis undique subsidiis huc convenistis civilem nostrum sustentaturi Principatum tanta oppugnatum perfidia: ideo sane ut splendidissimo hoc facto, et per collata catholici orbis suffragia necessitatem eius ad liberum Ecclesiae regimen assereretis.

Dilectum vero populum Romanum indubiaque et clarissima eius obsequii in Nos et dilectionis indicia meritis laudibus prosequenda duxistis; quo et alacriores ipsi adiiceretis animos, et eum vindicaretis a conflatis in ipsum calumniis, et foedam illis sacrilegae proditionis notam inureretis, qui felicitatis populi obtentu, Romanum Pontificem e solio deturbare conantur.

Et dum arctioribus mutuae caritatis nexibus per hunc conventum obstringere studuistis omnis orbis Ecclesias; hoc etiam praestitistis, ut uberiore Evangelico spiritu repleti ad Beatissimi Petri Principis Apostolorum et Pauli doctoris gentium cineres fortiores inde discederetis ad perrumpendas hostium phalanges, ad tuenda religionis iura, ad unitatis studium creditis plebibus efficacius ingerendum.

Quod sane votum apertius etiam se prodit in eo communi Concilii oecumenici desiderio, quod omnes non modo perutile sed et necessarium arbitramini. Superbia enim humana, veterem ausum instauratura, iamdiu per commentitium progressum civitatem et turrim extruere nititur, cuius culmen pertingat ad coelum unde demum Deus ipse detrahi possit. At is descendisse videtur inspecturus opus, et aedificantium linguas ita confusurus, ut non audiat unusquisque vocem proximi sui: id enim animo abiiciunt Ecclesiae vexationes, miseranda civilis consortii conditio, perturbatio rerum omnium, in qua versamur.

Cui sane gravissimae calamitati sola certe obiici potest divina Ecclesiae virtus, quae tunc maxime se prodit, cum Episcopi a Summo Pontifice convocati, eo praeside conveniunt in nomine Domini de Ecclesiae rebus acturi. Et gaudemus omnino, praevertisse vos hac in re propositum iamdiu a Nobis conceptum commendandi sacrum hunc coetum eius patrocinio, cuius pedi a rerum exordio serpentis caput subiectum fuit, quaeque deinde universas haereses sola interemit. **Satisfacturi propterea communi desiderio iam nunc nunciamus, futurum quandocunque Concilium sub auspiciis Deiparae Virginis ab omni labe immunis esse constituendum, et eo aperiendum die, quo insignis huius privilegii ipsi collati memoria recolitur.**

Faxit Deus, faxit Immaculata Virgo, ut amplissimos e saluberrimo isto consilio fructus percipere valeamus. Interim vero Ipsa validissimo suffragio suo praesentibus necessariam adiunctis opem Nobis imploret. Deusque eius precibus exaratus misericordiae suae divitias in Nos universamque Ecclesiam effundat. Nos certe amantissimi gratissimique animi sensu non extinguendo compulsi, enixe vobis adprecamur a Deo quidquid spirituali emolumento vestro, quidquid plebium vobis commissarum provectui, quidquid religionis et iustitiae tutelae, quidquid civilis societatis tranquillitati benevertere possit.

Et quoniam aliquot e vobis a peculiaribus populorum suorum necessitatibus coactos, citius a nobis discessuros esse comperimus; iis, si temporis angustiae singulos nobis complecti non sinant, in praesentiarum omnia ominamur secunda, et effuso cordis affectu bene precamur. Universis vero supernorum omnium bonorum copiosique divini auxilii auspicem, simulque praecipuae benevolentiae nostrae et grati animi testem, Benedictionem Apostolicam ex imo pectore depromtam peramanter impertimur.

* * *

Das hiedurch in Aussicht gestellte Concilium oecumenicum fand den freudigsten Wiederhall der in Rom anwesenden Bischöfe, die in ihrer Huldigungsadresse erklärten:

„Summo igitur gaudio repletus est animus noster, dum e sacrato ore Tuo intelleximus, tot inter praesentis temporis discrimina eo Te esse consilio, ut maximum prout aiebat inclitus Tuus praedecessor Paulus III., in maximis rei christianae periculis remedium, Concilium oecumenicum convoces“.

Dieser Ausspruch fand seitdem den begeisterten Beifall der gesammten katholischen Welt.

b.

Die Civilta Cattolica theilt in ihrem 418. Hefte VI, 11. Aug. p. 413 seqq. den Brief des Cardinal-Präfecten der h. Congregation des Concils mit, womit alle Bischöfe der Welt aufgefordert werden sich über siebenzehn Fragen zu äußern, die nach allgemeinem Dafürhalten Gegenstand des vom heiligen Vater zu berufenden öcumenischen Concils werden sollen.

Perillustris ac Rme Domine!

Quum SSmus Dominus Noster Pius PP. IX. in supremo Apostolici Ministerii fastigio Speculator a Deo datus sit domui Israel, ideo si ulla sese offerat opportuna occasio, qua veram populi Christiani felicitatem promovere, vel mala eidem illata ac etiam tantummodo forsan impendentia agnoscere queat, eam nulla interposita mora arripit et amplectitur, ut providentiae et auctoritatis suae studium impense collocet, aut aptiora remedia alacriter adhibeat.

Jam vero in hac tanta temporum rerum, que acerbitate nonnisi singulari Dei beneficio sibi datum iudicans, quod in proxima festiva celebritate centenariae memoriae de glorioso Sanctorum Apostolorum Petri et Pauli martyrio et canonizationis tot christianae religionis heroum, amplissimam pulcherrimamque solio suo coronam faciant nedum S. R. E. Cardinales, sed etiam tot Rmi Episcopi ex omnibus terrarum partibus profecti, periucunda eorumdem praesentia et opera sapienter sibi utendum statuit, mandavitque Episcopis in Urbe praesentibus quasdam proponi quaestiones circa graviora ecclesiasticae disciplinae capita, ut de vero illorum statu certior factus, id suo tempore decernere valeat, quod in Domino expedire iudicaverit. Quae sint huiusmodi disciplinae capita, super quibus ex mandato Sanctitatis Suae haec Sacra Concilii Congregatio ab Amplitudine Tua relationem et sententiam quantum ad tuam Dioecesim pertinet, nunc exquirit, luculenter prostant in syllabo questionum quem hic adnectimus. Si quid vero aliud forte sit, quod abusum sapiat, aut gravem in urgenda sacrorum canonum executione difficultatem involvat, tibi exponere et declarare integrum erit: Apostolica namque Sedes, re mature perpensa, succurrere et providere, prout rerum ac temporum ratio postullaverit, procul dubio non remorabitur.

Ne autem ad hanc relationem cumulate perficiendam Dominationi Tuae congrua temporis commoditas desit, trium vel quatuor, si opus fuerit, mensium spatium a die praesentium Literarum conceditur. Caeterum eamdem relationem mittendam curabis ad ipsam Sanctitatem Suam, vel ad hanc S. Congregationem.

Interim impensa animi mei sensa ex corde profiteor Amplitudini Tuae, cui fausta quaeque ac salutaria adprecor a Domino.

Amplitudini Tuae

Datum Romae ex S. C. Concilii, die 6. Juni 1867.

Uti Frater
P. Card. Caterini Praefectus.

Petrus Archiepiscopus Sardianus
Pro-Secretarius.

Questiones

quae ab Apostolica Sede Episcopis proponuntur.

1. Utrum accurate serventur canonicae praescriptiones, quibus omnino interdicitur, quominus haeretici vel schismatici in administratione baptismi, patrini munere fungantur?

2. Quanam forma et quibusnam cautelis probetur libertas status pro contrahendis matrimoniis: et utrum ipsimet Episcopi vel eius curiae episcopali reservetur iudicium super status cuiuscunque Contrahentis libertate. Quidnam tandem hac super re denuo sancire expediret, prae oculis habita instructione die 21. Augusti 1670, s. m. Clementis X. auctoritate edita?

3. Quaenam adhiberi possent remedia ad impedienda mala ex civili quod appellant matrimonio provenientia?

4. Pluribus in locis, ubi haereses impune grassantur, mixta connubia ex Summi Pontificis dispensatione quandoque permittuntur, sub expressa tamen conditione de praemittendis necessariis opportunisque cautionibus, iis praesertim quae naturali ac divino iure in hisce connubiis requiruntur.

Minime dubitare fas est, quin locorum Ordinarii ab huiusmodi contrahendis nuptiis fideles avertant ac deterreant, et tandem, si graves adsint rationes, in exequenda apostolica facultate dispensandi super mixtae religionis impedimento, omni cura studioque advigilent, ut dictae conditiones, sicuti par est, in tuto ponantur. At enimvero postquam promissae fuerint, sanctene diligenterque adimplere solent, et quibusnam mediis posset praecaveri, ne quis a datis cautionibus servandis temere se subducat?

5. Quomodo enitendum, ut in praedicatione verbi Dei sacrae conciones ea gravitate semper habeantur, ut ab omni vanitatis et novitatis spiritu praeserventur immunes, itemque omnis doctrinae ratio, quae traditur fidelibus, in verbo Dei reipsa contineatur, ideoque ex Scriptura et traditionibus, sicut decet hauriatur?

6. Dolendum summopere est, ut populares scholae quae patent omnibus cuiusque e populo classis pueris, ac publica universim instituta, quae litteris severioribusque disciplinis tradendis et educationi iuventutis curandae sunt destinata, eximantur pluribus in locis ab Ecclesiae auctoritate moderatrice vi et influxu, plenoque civilis ac politicae auctoritatis arbitrio subiiciantur ad imperantium placita et ad communium aetatis opinionum amussim: quidnam itaque offici posset quo congruum tanto malo remedium afferatur, et Christifidelibus suppetat catholicae instructionis et educationis adiumentum?

7. Maxime interest, ut adolescentes clerici humanioribus litteris severioribusque disciplinis recte imbuantur. Quid igitur praescribi posset ad Cleri institutionem magis ac magis fovendam accomodatum, praesertim ut latinarum litterarum, rationalis philosophiae ab omni erroris periculo intaminatae, sanaeque theologiae iurisque canonici studium in seminariis potissimum dioecesanis floreat?

8. Quibusnam mediis excitandi essent clerici, qui praesertim sacerdotio sunt initiati ut emenso scholarum curriculo, studiis theologicis et canonicis impensius vacare non desistant? Praeterea quid statuendum efficiendumque, ut qui ad sacros ordines iam promoti, excellentiori ingenio praediti in de currendis philosophiae ac theologiae stadiis praestantiores habiti sunt possint in divinis sacrisque omnibus disciplinis et nominatim in divinarum Scripturarum, sanctorum Patrum, ecclesiasticae historiae sacrique iuris scientia penitius excoli?

9. Juxta ea, quae a Concilio tridentino c. 16, sess. 23. *de reform.* praescribuntur, quicunque ordinatur illi Ecclesiae aut pio loco pro cuius necessitate aut utilitate assumitur adscribi debet, ubi suis fungatur muneribus nec incertis vagetur sedibus: quod si locum inconsulto Episcopo deseruerit, ei sacrorum exercitium interdicitur. Hae praescriptiones nec plene, neque ubique servantur. Quomodo ergo his praescriptionibus supplendum, et quid statui posset, ut clerici propriae dioecesi servitium, et suo Praesuli reverentiam et obedientiam continuo praestent?

10. Plures prodierunt et in dies prodeunt congregationes et instituta virorum et mulierum, qui votis simplicibus obstricti piis muneribus obeundis

se addicunt. Expeditae ut potius congregationes ab Apostolica Sede probatae augeantur latius et crescant, quam ut novae eumdem prope finem habentes constituantur et efformentur?

11. Utrum sede episcopali ob mortem vel renunciationem vel translationem Episcopi vacante, capitulum Ecclesiae cathedralis in vicario capitulari eligendo plena libertate fruatur?

12. Quanam forma indicatur et fiat concursus, qui in provisione ecclesiarum parochialium peragi debet, iuxta decretum Concilii tridentin. sess. 24. de reform. c. 18, et constitutionem s. m. Bened. XIV. quae die 14 Decembris 1742 data incipit Cum illud?

13. Utrum et quomodo expediret numerum caussarum augere, quibus parochi ecclesiis suis iure privari possunt: nec non et procedendi formam laxius praestituere, qua ad huiusmodi privationes facilius, salva iustitia, possit deveniri?

14. Quomodo executioni traditur quod de suspensionibus ex informata conscientia vulgo dictis decernitur a Concilio tridentino c. 1. sess. 14. de reform. Et circa huius decreti sensum et applicationem estne aliquid animadvertendum?

15. Quonam modo Episcopi iudiciariam qua pollent potestatem in cognoscendis causis ecclesiasticis, potissimum matrimonialibus, exerceant, et quanam procedendi atque appellationes interponendi methodo utantur?

16. Quaenam mala proveniant ex domestico famulatu, quem familiis catholicis praestant personae vel sectis proscriptis vel haeresi addictae vel etiam non baptizatae: et quodnam hisce malis posset opportune remedium afferri?

17. Quidnam circa sacra coemeteria adnotandum sit: quinam hac de re abusus irrepserint et quomodo tolli possent?

c.

Zu den sichersten Führern im Gebiete der kath. Sittenlehre wird mit Recht der h. Alphonsus de Ligorio gezählt. Noch unter Papst Pius VII. erklärte ein Decret der S. Congregatio Rituum vom 18. Mai 1803: „nihil in Sancti huius operibus censura dignum repertum fuisse." Am 5. Juli 1831 entschied die h. Pönitentiarie: „quod non solum Theologiae Moralis Professores sed etiam Confessarii mentem S. Alphonsi in praxi tuto ac secure sequi possint, sola auctoritate huius Sancti confisi". Die Canonisationsbulle Papst Gregor des XVI. 1836 hebt mit besonderem Nachdrucke hervor: „quod licet copiosissime scripserit, eiusdem tamen opera inoffenso prorsus pede percurri a fidelibus posse post diligens institutum examen perspectum est. „Cf. Liter. Circulares ad V. Clerum Alm. Dioec.

Jaurinensis 1862 p. 114, wo der hochwürdigste Herr Fürstprimas von Ungarn ebenso schön wie gründlich die Moraltheologie des h. Alphonsus empfiehlt. Der gegenwärtig glorreich regierende Papst Pius IX. nennt in seinem Briefe vom 7. April 1847, an P. Scavini die Lehren des h. Alphonsus: „salutares sanctissimi ac doctissimi viri“. Die große Verehrung zu dem hl. Bischofe veranlaßte, daß viele geistliche und weltliche Würdenträger Neapels und des Patrimoniums, darunter auch der damalige Erzbischof von Imola Mastai Feretti sich bald nach der Heiligsprechung bittlich an Papst Gregor den XVI. wandten, daß der h. Alphonsus in die Reihe der „Doctores Ecclesiae“ aufgenommen werde. Dieselbe Bitte wurde 1866 bei Gelegenheit des zehnten Concils von Baltimore, und 1867 aus Anlaß des denkwürdigen Centenariums in nachfolgender mit vielen hundert Unterschriften [1]) der Bischöfe des ganzen Erdkreises auf das Wärmste wiederholt:

Beatissime Pater!

Summa cordis nostri laetitia rescivimus, jam a plurimis Orbis christiani Episcopis Sanctitati Vestrae porrectas fuisse supplicationes, ut S. Alphonsus Maria de Ligorio Doctoribus S. Romanae Ecclesiae adnumeretur. Hinc non possumus, quin et nostras humillimas preces ad pedes Sanctitatis Vestrae deponamus.

Quisquis enim Bullam Canonizationis, aliaque Summorum Pontificum Decreta in Causa S. Alphonsi legerit, nequit non agnoscere, quam merito ei tributus fuerit a doctissimis viris Doctoris titulus, quanto vero jure Summi Pontifices gloriosis illum decoraverint titulis: „Stellae lucidissimae in militantis Ecclesiae firmamento“, et „Sideris, maxima inter Catholicae Ecclesiae lumina atque ornamenta refulgentis“; nec potest proin non exoptare, ut is, qui eximia sanctitate ac eminenti doctrina Ecclesiam Dei illustravit, inter ejus Doctores recenseatur.

Et sane si cum Benedicto XIV. tenendum sit, ad Ecclesiae Doctorem constituendum, tria esse necessaria, insignem scilicet Sanctitatem, eminentem Doctrinam et Summi Pontificis declarationem, quid, nisi haec ultima, in S. Alphonso desiderandum putabitur? Etenim, si Vitae Sanctitas spectatur, illam insignem, sublimem ac praeter modum coruscantem fuisse, irrefragabili Sanctae Sedis judicio jam dudum declaratum est. Ad Doctrinam autem quod attinet, omnes plane dotes ad Doctoratum requisitae, in Sancto hoc Antistite constare videntur.

Docuit enim Alphonsus non solum verbo et exemplo, sed etiam Scriptis, praesertim Moralibus, quae, Sedis Apostolicae approbationem consecuta, et in omnibus Scholis catholicis summo plausu acceptata, tutam sanamque regulam in ardua arte regendi et lucrandi animas efformarunt. Ipsis debetur, ut, destructa lue Janseniana, quae rigorosis ac velenosis suis doctrinis studium morale corruperat, Spiritus genuinus Ecclesiae in omnibus regnis, apud

[1]) Es haben 30 Cardinäle der h. R. K., 6 Patriarchen, 1 Primas, 90 Erzbischöfe, 554 Bischöfe, 20 Ordensgenerale unterschrieben.

innumeros Sacerdotes et Saeculares revixerit, et nunc feliciter dominetur. Ipsa misericordiam, benignitatem et dulcedinem Cordis Jesu sacris Tribunalibus redonarunt. Jure igitur S. M. Pius VII. de ipsis loquens in Litteris Apostolicis die 21. Decembris 1815 datis, haec memoratu digna verba edicere potuit: „Intelligent profecto Pastores animarum et divini Verbi praecones, pii quoque et docti viri, quantum sibi in Alphonso Maria imitando, ornamenti ac praesidii constitutum sit"; qui „et voce et scripto in media saeculi nocte errantibus viam ostendis, qua eruti de potestate tenebrarum, transire possent in Dei lumen et regnum".

Docuit Alphonsus victricibus suis Scriptis polemicis et dogmaticis, quibus Catholicae religionis Dogmata contra Deistarum, Atheistarum, Materiarum, aliorumque Haereticorum blasphemias, sophismata atque ludibria, docte et strenue propugnavit, fidelesque in sana doctrina confirmavit. „Inter Scriptores pietate et doctrina praestantes (ait Summus Pontifex Leo XII. in Litteris Apostolicis die 19. Februarii 1825 datis) „quos DEus ad Religionis morumque tutelam misericordi Providentiae suae consilio nunquam perditorum non opponit audaciae, praesertim Vir sanctissimus idemque doctissimus Alphonsus de Ligorio jure optimo numeratur, imo singulari quodam excellit tenerae pietatis affectu", ejusque Scripta „firmissima sunt adversus omnem pravitatem praesidia" [1]).

Docuit Alphonsus, de Apostolica Sede meritissimus, doctissimis suis Operibus ad vindicanda Romani Pontificis jura conscriptis. Quae profecto tanti sunt ponderis et valoris, ut ejus Defensor in Causa Beatificationis, cum miris hisce laudibus efferre potuerit: „Quamquam pii omnes sanctique Viri Summum Romanum Pontificem debita veneratione sint prosecuti, inter ceteros hoc laudis genere micat sacer Antistes Alphonsus Maria de Ligorio. Is enim totam ingenii aciem, natura sublimem, studiisque maxime excultam, in id praesertim intendit, ut ejusdem Pontificis Primatum et Auctoritatem a malignantium dicteriis et cavillationibus defenderet. Id autem doctissimis suis elucubrationibus tam egregie est assecutus, ut, post ipsi tributos Altarium honores, . . . prior erit inter Aris impositos, qui Pontificis Infallibilitatem in fidei rebus definiendis, antequam accedat Ecclesiae consensus, ejusque Auctoritatem supra oecumenicum Concilium, ab iis commentis ac sophismatibus, quibus nostra aetate hae veritates oppugnantur, solidis argumentis vindicavit. Imo vero, ad mortem ipsam subeundam pro huiusmodi veritatum defensione, sese promptum identidem protestabatur"; quippe qui cum lacrymis gemituque dicere solebat: „Sublata hac Pontificis potestate, fides perdita est".

Docuit Alphonsus, aureis suis Scriptis de Beatissima Virgine Maria editis, quibus pietatem et cultum erga Matrem Dei, sibi ut pupillam oculi charam, mirum in modum in cordibus fidelium reaccendit et auxit. Quibus in operibus, Immaculatam Beatae Virginis Conceptionem, a Sanctitate Vestra plaudente universo Orbe catholico, ad dogma fidei evectam, suo jam tempore totis viribus propugnavit tamquam moraliter certam et proxime definibilem de fide. In iisdem quoque Operibus, inter alia adstruit, multisque argumentis probat doctrinam, hodie a Theologis communiter receptam, scilicet, Beatissimam Virginem a Deo constitutam fuisse omnium gratiarum Thesaurariam ac Dispensatricem, seu, omnes, quas a Deo accipimus gratias, nobis concedi per ejus intercessionem et interventum. Adeo fervens erat Alphonsus Deiparae cultor, ut (testante S. M. Pio VII. in Bulla Beatificationis) „de tanta Matre et Virgine praedicare, librosque de ejus laudibus sacra eruditione refertos conscribere, semper habuerit in deliciis".

---

[1]) Es möge gestattet sein, zu bemerken, daß mehrere Schriften des h. Alphonsus selbst in orientalische Sprachen übersetzt wurden. So erschien z. B. 1858 Theologia Moralis S. Alphonsi ex idiomate latino in arabicum translata a P. F. A. Omegna. Jerosolym. Ex Typogr. Francisc. II. voll. in 4.

Docuit Alphonsus, Scriptis suis theologico-ascetitis de Gratia et Oratione, in quibus, variarum Scholarum discussis systematibus, ac confutata perversa Jansenii doctrina, invicte probat: Ad servanda mandata necessariam esse gratiam efficacem ab intrinseco, hanc autem gratiam efficacem obtineri, ope gratia sufficientis Orationis; seu omnibus hominibus a Deo datam esse gratiam, qua possunt actu orare, quin ad hoc nova indigeant gratia; et ab omnibus, ope orationis, obtineri posse omnia ad servanda mandata et salutem consequendam auxilia necessaria. Qua de re loquens Emus Card. Villecourt in Vita S. Alphonsi a se conscripta, summa motus admiratione exclamavit: „En praeclaram doctrinam, vel si mavis, mirabile systema Sancti nostri Auctoris de gratia et oratione. Haec doctrina tantum nobis attulit delectationis, ut, licet elapso iam dimidio saeculo, nunquam ex animo nostro discesserit. Siquidem nobis videbatur, nullam exstare posse Novatorem, quadam aequitate ac ratione praeditum, quem ipsa, aeque ac nos, non convinceret. Haec enim doctrina, dum Dei bonitatem ejusque providentiam mirifice extollit, miserorum peccatorum erigit animos, ne in desperationem incidant, gratiae necessariae orbatos sese credentes. Ipsa peccatoribus simul ostendit, omnes qui mortem incurrunt aeternam, nonnisi propria culpa perire, eo quod Deus nulli deneget donum orationis, cujus ope, omnia impetrantur auxilia ad salutem aeternam consequendam necessaria".

Docuit saluberrimis suis Scriptis asceticis, quae tot tantisque Sacrae Scripturae citationibus, ac doctis simul et piis expositionibus sunt referta, ut quodammodo Scripturarum Commentaria dici possint. De quibus speciatim Ipsa Sanctitas Vestra pulcherrime edixit: „Eorum lectionem non solum Christianae plebi, verum etiam ecclesiasticis viris, animarum praesertim curae et regimini addictis, maxime prodesse. Siquidem illius Sanctissimi ac Doctissimi Viri libri miro quodam tenerae pietatis affectu exarati, singularem Jesu Christi amorem, ejusque misericordiae et meritorum fiduciam undique spirant, summum in Deiparam Virginem Sanctosque Coelites cultum excitant, ad Sanctissima Sacramenta frequenter obeunda inflammant, ac optima quaeque monita, consilia, praecepta, copiose suppeditant, quae ad animarum salutem tuendam, procurandam vel maxime conducunt".

Docuit, uno verbo, omnibus suis Scriptis moralibus, dogmaticis et asceticis, coelesti doctrina pietateque refertis; ac ita bene docuit, ut ipsa totidem sint quasi buccinae, que per universum Orbem, heroicum illius zelum atque eminentem Doctrinam annunciant et ubique depraedicant. — Is enim, non ad duas Urbes, aut decem, neque ad unam gentem a Deo missus sed ad omnem Mundum, et hunc variis criminibus oppressum, ut Chrysostomus ait, doctissimis aeque ac saluberrimis suis Scriptis a Sede Apostolica jam diu approbatis, tum omnium, tum singulorum hominum aeternae saluti et utilitati prospexit. Etenim nulla fuit Fidelium conditio, cui Ipse sua Scripta non accomodaverit. Iis quippe prospexit pueris, adolescentibus puellis, Regularibus. Monialibus, Clericis, Presbyteris, Confessariis, Parochis, Episcopis, Principibus, agentibus animam, capite damnatis, conscientiae angustia sollicitis, singulisque hominibus, tum ad religionem tectam sartamque tuendam, tum ad aeternam salutem assequendam. Per hos profecto aureos Libros, Sanctus Alphonsus, licet mortali vita functus, adhuc tamen per universum Mundum aeternam proximorum salutem operatur, adhuc legentium animos ad Dei amorem, suaque obeunda munera accendit, adhuc multiplicem et uberem quotidie messem in mystico Ecclesiae agro abundantissime colligit.

Quid plura? Omnem excedit fidem, Beatissime Pater, quod, quantumque fidei, religioni et pietati accesserit incrementum ex istius Sancti Viri Scriptis ad omnes nationes feliciter sane perlatis. In stylo scribendi dulcedo mellis; unctio S. Spiritus in ipsius verbis; coelestis quaedam puritas cum perspicuitate conjuncta in doctrinis. Operum scopus, ferventissimus Dei amor cujus ignem, ut magis magisque in cordibus hominum accenderet, divinitus quidem videtur missus fuisse in terras. Jure igitur meritoque Pius VII. S. M. in ejusdem Beatificationis Bulla mirabundus exclamavit: „Sane mirum, quot devios ad rectum tramitem, ac etiam ad christianam perfectionem, verbo, exemplo, ac multipliciter Scriptis adduxerit".

Quid autem praeclarius, quid Sancto huic Antistiti gloriosius, solemni Canonizationis Bullae oraculo: „Sanctitas et Doctrina ornare Episcopum quemque debent . . . Ad eximum hoc egregii Antistitio exemplum instaurandum, datus divinitus superiori saeculo visus est Alphonsus Maria Ligorius... Illud vero omnino mirandum, quod, licet in apostolici functione muneris, perpetuis occupationibus detineretur, tanta nihilominus alacritate in rerum sacrarum studiis versari, ac tantum insumere temporis potuerit, ut doctis aeque ac laboriosis Operibus in lucem editis, rem christianam mirifice juverit... Plurimos sane conscripsit libros, sive ad morum doctrinam tuendam, sive ad plenam Sacri Ordinis institutionem, sive ad confirmandam Catholicae Religionis veritatem, sive ad asserenda hujus S. Sedis Apostolicae jura, sive ad pietatis sensum in Christianorum animis excitandum. In iis porro inusitatam vim, copiam, varietatemque Doctrinae, singularia ecclesiasticae sollicitudinis documenta, exquisitum Religionis studium demirari licet. Illud vero imprimis notatu dignum est, quod licet copiosissime scripserit, ejusdem tamen Opera in offenso prorsus pede percurri a fidelibus posse, post diligens institutum examen, perspectum fuerit".

Mirum igitur non est, quod Sancti Alphonsi Opera, tam splendidis Summorum Pontificum elogiis comprobata, non solum ab universa Europa ingenti plausu fuerint excepta, sed et in omnibus fere linguis edita, montesque ac maria praetergressa, Americae, Asiae et Africae laudes sibi comparaverint.

Quae cum ita sint, profecto optatissimum est, Doctoratus laude et compellatione praefulgentem videre Sanctissimum illum ac Doctissimum Antistitem, qui, saeculi Doctoratu contempto, ut unum Christum crucifixum sciret, et doceret, salutaribus suis Doctrinis, non in persuasibilibus humanae sapientiae verbis, sed in ostensione spiritus et virtutis, Ecclesiam Dei erudivit, eamque victricibus suis scriptis ab hostibus defendit. Videant Ecclesiae hostes strenuum hunc Catholicae Religionis et Sedis Apostolicae defensorem Doctoratus gloria tunc maxime decorari, quum ipsi omni ope atque opera enitantur, ut veritates Catholicae Religionis e fidelium cordibus evellant, ipsamque Ecclesiam ac Sedem Apostolicam, si fieri posset, exstinguant atque funditus deleant.

Hinc, Beatissime Pater, Nos infrascripti Episcopi Sanctitatem Tuam humillime et instantissime exoramus, ut ad majorem Dei, ipsiusque in terris Ecclesiae gloriam, et ad totius Episcopalis Ordinis decus, Sanctum Alphonsum Mariam de Ligorio supremo Tuo oraculo in Album Doctorum S. Romanae Ecclesiae referat, ac Officium Missamque de Doctoribus in ejus Festo celebrari jubeas [1]).

---

[1]) Im Uebrigen machen wir u. g. L. aufmerksam auf Prof. A. Wit's Schrift: „de studio et usu Theologiae Moralis S. Alphonsi Mariae de Ligorio." Diss. theor. pract. Gandae 1867, 8.

Miscellen.

Protokolle der kirchlichen Visitation vom Jahre 1544.

Mitgetheilt von Dr. Theodor Wiedemann.

Für eine Bearbeitung der kirchlichen Zustände Oesterreichs während der Zeit der sog. Reformation bilden diese Protokolle eine Quelle ersten Ranges. Sie sind noch wenig bekannt, und das Wenige was bekannt ist hat der Parteigeist in geradezu unverschämter Weise ausgebeutet. Ich erinnere nur an das kauderwälschende, tolle Buch von Hammer über Klesel. Der wortgetreue Abdruck dieser Protokolle wird zeigen, daß der Clerus rein dastand, wird aber eine andere Thatsache enthüllen, die nämlich, daß die Sucht nach dem Gute der Kirche damals gerade so rege war wie heut zu Tage. In dieser Sucht ist der Vorschub zu suchen, den der Protestantismus in Oesterreich fand.

Wir beginnen mit der Stadt Wien.

I. St. Dorothea, regul. Chorherrenstift [1]).

Vogt und Schirmherr:

Königliche Majestät.

---

[1]) Ueber dieses Stift vergl. Fuhrmann M., Historische Beschreibung und kurzgefaßte Nachricht von der .... Residenz-Stadt Wien (Wien 1766, 8. II, 1. S. 172—181); Thonhauser Th. Ortus, Progressus Aedium religiosarum Viennensium (Viennae 1737. 8. p. 86—93); Historia monasterii s. Dorotheae ap. Kuen coll. script. rer. monast. V. 2, 169—175; Austria sacra (Wien 1788, 8. IX, S. 171—178); Hormayr, Wien, seine Geschicke und seine Denkwürdigkeiten (VI, 3. S. 111—127), und Fischer, Historische Darstellung des Stiftes der regulirten lateranensischen Chorherren S. Dorothea in Wien. (Oesterreichische kirchliche Topographie, Decanat inner den Linien Wiens. Wien 1836, 8.) Am 21. Jan. 1786 wurde dieses Stift aufgelöset und dem Stifte Neuburg gegen eine bestimmte, dem Religionsfonde jährlich zu entrichtende Summe einverleib

Ordinarius:

Bischof zu Wien [1]).

Urkunden:

Propst Franciscus [2]) zeigt vor den Stiftbrief des Herrn Andre Plankh, Pfarrer zu Garsch [3]), des durchlauchtigen Fürsten und Herrn Herzogen Albrechten zu Oesterreich Cannzler, zu Anfangs In nomine domini Amen. Des Datums: Anno Nativitatis ejusdem 1414 Indictione 7 die 12 Decembris [4]).

Mer ain Stiftbrief von Herzog Albrechten, des Datum Wien an dem Heiligen Auffarttag nach Cristi gepurt 1423 Jar [5]).

Item ain Gulden Bull vber all des gotshauß Freyhaitten, gab, gnaden vnd gerechtigkhaitten ꝛc. von Khaiser Friderichen ꝛc. der Datum Wien am mittichen nach vnnser lieben Frauen tag Conceptionis Nach Cristi geburtt In 1460 Jar.

Aber ain guldene Bulln vber all des gotshauß gnadt, Freyhaitten, Privilegien vnd Handvesten ꝛc. von Kaiser Fridreichen dem Dritten. Der Datum in opido nostro Lynnz vicesima tertia die mensis mai Anno Domini 1493.

Merrer ain Handtvest vber des gotshauß gueter von Khunig Mathiasen Khunig zu Hungarn ꝛc. Der Datum Wienn am Sambstag vor dem Heiligen Palmtag Nach Cristi geburt Im 1490 Jar.

Noch ain Confirmation vber all des gotshauß freyhaitten vnd gueter von khaiser Fridrichen loblicher gedachtnuß. Der Datum Lynnz an Mittichen nach Sannd Aegidien tag Nach Cristi gepurt 1490 Jar.

Aber ain Handvest khunig Ferdinando ꝛc. in Zeit als sein K. M. noch Ertzherzog was vber all des gotshauß gerechtigkhaitten und Freyhaitten. Der Datum Neustat am 20tag Juli Nach Cristi gepurt Im 1523 Jar.

Am 24. April 1787 wurde die Stiftskirche entweihet, um zum Gebrauche des Versatzamtes verwendet werden zu können. Die Bruderschaften: Bruderschaft des hl. Joseph und Liebesversammlung der hl. Barbara, wurden aufgelöset und die französische und fränkische Nationsversammlung untersagt.

[1]) Ferdinand I. eximirte in Kraft einer päpstlichen Bulle das Stift von der geistlichen Gerichtsbarkeit des alten Diöcesan, des Passauer Bischofs und unterwarf es dem Wiener Bisthum (Hormayr S. 113).

[2]) Franciscus Püchler aus Tirol, erw. 1531, ref. 1552, st. 22 May 1554. Der Catalogus bei Kuen sagt von ihm:

Successorem habuit Franciscum ex finibus Halae
Qui de Püchlero stemmate natus erat.
Vatis ad exemplum David laudando Tonantem
Tangebat dulcis plectra sonora Lyrae
Obscuras donec migravit corpus in umbras
Nunc vates Superis Carmina laeta canit.

[3]) Ueber Andreas Plank vergl. Fischer S. 11—35. Plank starb 9. Juni 1435 und wurde in der Stiftskirche begraben. Am 27. Juni 1787 wurden auf Befehl der niederösterr. Landesregierung seine Gebeine nach Klosterneuburg übergetragen. In der oberen Sacristei der dortigen Stiftskirche hat eine kupferne Platte auf einem kleinen hölzernen Sarge folgende Inschrift: Hic quiescunt ossa Piissimi Fundatoris Canoniae S. Dorotheae Venerabilis Patris Domini Andrae Plank, Plebani in Gars, Serenissimi Principis Domini Alberti quinti Ducis Austriae Cancellarii Qui obiit Anno Domini 1435. nona die mensis Junii. Ueber die Pfarre Gars im V. O. M. B. vergl. Austria Sacra c. l. IX. 2. S. 114—119.

[4]) Abgedruckt bei Fischer c. l. S. 167—170.

[5]) Herzog Albrecht V. erster Stiftbrief ist vom 15. Aug. 1414, abgedruckt bei Fischer S. 163—166 u. Hormayr c. l. Urkundenbuch S. XVII—XX. Der hier erwähnte Confirmationsbrief ist noch ungedruckt, das Original befindet sich im Archive des Stiftes Neuburg.

Ordenspersonen:

Der Herr Brobst zaigt an, Er hab von seinen vorforden Bröbst gehört, das Closter auf 7 ordens Personen fundiert sey, und sollen bey seinen Zeitten vnd vor etlichen verschinen Jaren in di 20 brueder bey dem gotshauß erhalten sein worden. Dieser Zeit nachdem daz gotshauß in grossen merkhlichen abfall khumen, Ist der Herr Brobst mit 3 Conventbruedern.

Sittlicher Zustand:

Der Herr Brobst sambt seinen Conventuallen ist aines mittern wandls vnnd war guet, daz pössere wiertschaft durch den Herrn Brobst in dem Closter gespürt wurde.

Gottesdienst:

Der Gotsdienst ist vor Jaren mit singen vnd lesen bey tag vnd nacht nach außweisung Irer Regl vnnd Statuten verricht worden. Diser Zeit wirdt er nach anzaigung des Herren Brobst zimblichen gehallten.

Einkommen:

Dienst von dem dorff Gersthoff darüber daz gotshauß obrighait hat vnnd im 29 Jar durch den Turkhen abprennt worden 2 Pf. dl. [1]).

Von dem Dorf Neustifft, darauf dz gotshaus auch obrigkhait hat dienst 2 Pf. 6 ß. dl. [2]).

Zu Nustorff an der Thunnaw vnd Heiligstatt von behausten guetern 2 Pf. 2 ß. dl. [3]).

Dienst von Weingartten zu Praittensee 6 Pf. dl. [4]).

---

[1]) Gersthof, eine halbe Stunde von der Währinger Linie entfernt, zwischen Pötzleinsdorf und Weinhaus. 1444 erwarb das Stift die erste Besitzung bei Gersthof und 1455 Gersthof selbst. Der Ort bestand damals aus 5 Häusern. (Kirchliche Topographie, Decanat Klosterneuburg, 1. Abth. S. 152—156).

[2]) Neustift am Walde, zwischen Sivering und Pötzleinsdorf, 1 St. von den Linien Wiens entfernt. 1413, 6. Nov. kaufte And. Plank von den Gebrüdern Hanns und Michel Zink das Gut Neustift um 1284 Pf. 6 ß. und 6 W. Pf. für die Kapelle St. Dorothea (Fischer c. l. S. 158). Dieses Besitzthum wurde dann dem Chorherrnstifte einverleibet. Neustift blieb bei dem Stifte bis zur Säcularisation. Ueber Neustift vergl. Kirchl. Topographie, Decanat Klosterneuburg, 1. Abth. S. 232—239.

[3]) Diese Besitzungen kaufte Propst Nicolaus de Corona am 28. März 1443 von Catharina Pobin, der Witwe des Michael Bienfelder um eilfthalb Pf. 42 dl. (Fischer, c. l. S. 45). Ueber Nußdorf an der Donau vergl Gerechtsame der Schiffer-Innung zu Nußdorf (Chmel, Geschichtsforscher, I. 21—27) und Kirchl. Topographie, Decanat Klosterneuburg, S. 210—215. Ueber Heiligenstadt vergl. Klinger Joh. Beschreibung der Eigenschaften und Wirkungen des Heiligenstädter Baadwassers Wien 1791, 8; Beiträge zu einer Geschichte des Dorfes Heiligenstatt. Wien 1807, 12; Kirchl. Topographie c. l. S. 190—205.

[4]) Dieses Bergrecht gelangte am 19. Juni 1391 von Johann von Teras, Kaplan auf dem Karner zu Tuln, durch Kauf an Ulrich den Zink, am 6. Nov. 1413 von den Brüdern Johann und Michael den Zinken durch Kauf an die Dorotheen-Kapelle (Fischer, S. 149 und 158.) Ueber Breitensee in der Pfarrei Penzing bei Wien vergl. Kirchl. Topographie, c. l. 2. S. 153.

Behauster Dienst zu Prunn 1 Pf.. 7 ß. dl. [1]).

Item behauster vnd burkhrecht diennst zw Liesing 1 Pf. 4 ß. dl. [2]).

Von ainem Hofe zw Häberstorf 2 ß dl. [3])

Von behausten guetern zu Stockstall dariiber daz gotshauß bj obrigkhait hat XVI. Pf. dl. [4]).

Mer aus dem Huebhauß wocheunlich gestifft güllt 2 Pf. dl. 104 Pf. dl. [5]).

Perkrecht am Alsebach, in walgrist vnd hagenaw, desgleichen an der Neustift, Töbling, Liesing vnd khalltspurg, allenthalben 44 Emer vnd wann di weingerten allennthalben gepaut wurden, ertriegs ain mereres [6]).

Gedreit-Zehent.

Zur Ror baiderlai traid zu mittern Jaren 4 mutt;

Zu Gellerstorf zu mittern Jaren baiderlai vngeverlich 5 mutt;

Zu Leubendorff baiderlai traid III mutt;

Item zu Traßkirchen, Mellerstorf vnd Triebeswinkhl traidzehent neben dem von Melkh, den drittail baiderlai 3 mutt;

Drosinng traidzehent baiderlai III mutt;

Zu Lach innhalb des Wienerperg baiderlay zu mittlern Jaren 12 mutt [7]);

Weinzehent:

Weinzehent zu Liesing, khalsperg vnd Lach zu mittern Jaren 42 Emer [8]).

---

[1]) Durch Propst Nikolaus de Corona durch Kauf von einem Bertholdsdorfer Bürger, Wolfgang Haßler, 1443 erworben (Fischer, S. 44). Ueber Brunn bei Medling vergl. Bestettung der von Prunn (16. Mai 1459), im Archive für Kunde öster. Geschichtsquellen XI. 152—154); und Kirchliche Topographie, Decanat Laa S. 151—155.

[2]) Eigenthum der Dorotheen-Kapelle. Am 6. Februar 1413 bestätigte Herzog Albrecht V. den Erwerb dieser Güter zu Liesing (Fischer, S. 154). Ueber Liesing vergl. Kirchl. Topographie, Decanat Laa, S. 207—217.

[3]) Am 3. Mai 1400 beurkundet Nikolaus Plank von Sengingen wegen des Hofes zu Heberstorf dem Stift „gen Sant Dorotheen zu Wienn von dem egenanten Hof Irrlichen auf Sant Michelstag zu dyenn Sechczig Wienner pfenig zu Purkrecht". (Fischer c. l. S. 10 und 152).

[4]) Dieses Besitzthum erwarb Propst Stephan von Landskron am 11. Juni 1459 dem Stifte (Fischer c. l. 58 und 202).

[5]) Das Huebhaus lag in der Reifstraße zu Wien und gelangte am 3. Mai 1414 an das Stift (Fischer c. l. 162).

[6]) Das Pergrecht am Alsebach, Waligris, Hagenau und Kalksburg ist bereits in der Urkunde Herzog Albrecht V. vom 15. August 1414 verzeichnet, ebenso das zu Neustift und Liesing.

[7]) Die Zehenten zu Ror (Langenrohr) kaufte A. Plank am 10. Feb. 1420 von Margaretha Hawnolt und ihrem Sohne Augustin; mit dem Zehente zu Göllerstorf stiftete am 3. Sep. 1499 Dr. Joh. Fuchsmagen eine tägliche Messe und einen Jahrtag in der Stiftskirche zu St. Dorothea; den Zehent zu Leobendorf erwarb A. Plank am 7. Juni 1413 von den Brüdern Leopold und Berthold Wähingen, und die Zehente zu Traiskirchen, Möllersdorf und Tribeswinkel am 19. März 1420 von Nikolaus Perolt, Dompropst zu Brixen und dessen Bruder Stephan. Den Zehent zu Drösing erwarb das Stift am 5. Aug. 1457 von Leonhard Schermitzer (Fischer c. l. S. 25, 29, 175, 212, 157, 177 und 200; Keiblinger, Geschichte des Benedictiner-Stiftes Melk, II. S. 345 ff. u. 430). „Innhalb des Wienerperg" ist ein eingegangener Ort Willendorf unweit Altmannsdorf. Diesen Zehent erwarb Propst Nikolaus am 19. Dez. 1444.

[8]) Ueber die Besitzungen und Rechte in Laa (hinter Kalksburg) vergleiche Sitzungsberichte der kais. Akademie der Wissenschaften II. S. 175. 156, 177.

* * *

Dieser Zeit hat dz gotshauß anpaw Ackher in alle feld 2 Joch ertragen vngeuarlich zu mittern Jaren 2 mut. Es sein noch nach anzaigung des herrn Brobst zu Rauchenwördt vnd Liesing[1]) vngeuerlich 80 Joch Ackher in alle feld, ligen aber all ödt. Dieselben aber soll Herr Brobst wieder ze pauen vnd vmbzureissen vorhaben. Die Weingarten so vor dem gotshaus aus paut werden vnnd am Nußperg, Neustift vnd vmb dj stat Wienn ligen sein allenthalben $17^1/_2$ Joch und 5 ahrl. ertragen zu gemainen Jaren 24 Dreiling Wein.

Es zeigen der herr Brobst an wie ettlich weingerten durch seinen vorfordern Brobst Hieronimus[2]) hingelassen worden, dieweil er dann die bestanden brief, wieviel davon ime gegeben, deren seinem ainzaig nach den wenigsten taill entpfangen sondern solch Gelt durch Brobst Hieronimo seinen vorfordern anticipiert worden, er nit beyhand, sondern dem Herrn Schalanth aus befelch K. M. beyhenndig haben soll. Jedoch ertragens beyläuffig jährlich 101 Pf. dl.

Wismad 24 tagwerch.

Es ertragen dj grundt Puecher ein Jar in das ander 18 Pf. dl.

Von der Padstuben am Schweinmarkht das dem gotshaus zugehöret wochenlich 5 ß.[3]).

aus verkhanfften Weinen bitz 44 Jahr empfangen 200 Pf. dl.

Von abgebung der Hölzer vber Hausnotturft bei St. Veit an zwaien Pergen 200 Pf. dl.

Gestift Salz aus dem Salzambt Gmunden 90 fueder[4]).

Gotteshaus:

Das Gotteshaus ist in ziemlichen Paw.[5]).

Ausgaben:

Dem Wagenknecht zu besoldung 13 Pf. dl.
Dem Wagen Jungen 8 Pf. dl.
Dem Weingartenknecht 10 Pf. dl.
Der Köchin ain Jar zu Sold 8 Pf. dl.
Dem Hausknecht 8 Pf. dl.
Dem Thorwärtl 6 Pf. dl.
Dem Meyr sambt seinem Weib 16 Pf. dl.
Auf die kuchl um Fleisch 200 Pf. dl.
Auf klaidung dem herren Brobst vnd Conventbrueder ain jar mer dann das ander, aber beileiffig 24 Pf. dl.

---

[1]) Am 4. Sept. 1462 kaufte Propst Stephan von den Brüdern Wolfgang und Ehrenreich Derren einen Viertel Gebreitzehent, und 20. Dez. 1493 Propst Gregor vom Wolfgang Grafenwerder das öde Dorf Rauchenwart (Urk. bei Fischer c. l. S. 204, 211).

[2]) Propst Hieronymus Schmidt, der Vorfahrer unseres Propstes Franz, war ein schlechter Haushalter und wurde als ein Verschwender der Stiftsgüter seiner Würde entsetzt.

[3]) Diese Badstube am Schweinmarkt (jetzt Lobkowitzplatz) kaufte das Stift am 12. März 1434 von Hannsen von Miltenberg, Wachsgießer und Burger zu Wien, um 450 Pf. dl. (Fischer S. 34).

[4]) Dieses Salz zu 90 Fuder schenkte Herzog Albrecht der V. dem Stifte am 29. Aug. 1416 und zwar „an allen Mautstetten Mautfrey". Urk. bei Fischer S. 170.

[5]) Eine Abbildung des Klosters mit der Kirche ist bei Fuhrmann c. l. und in der kirchlichen Topographie. Decanat inner den Linien Wiens.

Auf pauung des Gottshaußweingarten 300 Pf. dl.

Auf das vberpaw ungeverlich ain Jar in das ander 60 Pf. dl.

Auf extra ordinari Ausgaben beileiffig Zinsen von 800 Pf. dl. so durch des Herrn Brobst vorforder von der Universität entnommen worden quattemberlich 10 Pf. dl.

In das Burgerspitall vermug herrn Merten Pfarrer von Tiffer stifftbrief wochentlich 1 Pf. 4 ß. dl.[1]).

In die Steur u. Rüstung gemainer Landschaft 140 Pf. dl.

Auf Pesserung der Kirchen vnd des ganzen Closters in diesem 44 Jahr 400 Pf. dl.

Auf Paw Rauchenward 150 Pf. dl.

Verkaufte Güter:

Erstlich sein durch weillendt Brobst Jheronimen zwai heuser in der Statt alhie zu Wien ains Carl hierschen getaufften Juden beyleiffig umb 200 Pf. dl.[2]) vnnd daz annder Cristoffen krabassen, burger dasselbst, auch um 200 Pf. dl. verkhaufft worden, mit was bewilligung vnd zu was Zeit solcher khauff beschehen zaigt der Herr Brobst an sey Jme unbewußt.

Das Dörfll Neusidl beim lach jhennhalb des Wienner Perg ist dem Herrn Niederoesterreichischen Cannzler Herrn Marxen Beckh[3]) durch Propst Jheronimen vmb 200 Pf. dl. verkhauft worden, mit was bewilligung vnd zu was Zeit solch khauf beschehen ist jetzigen Herrn brobst vnwissent.

Der verschinnen XV vnd XXXI Jar ist durch Brobst Jheronimen in bezalung des 4 taills geistlich gueter der Zehent zu weidndorff dem Herrn von Lembach zu krutt mit 200 Pf. dl. verkauft worden.

Schulden:

Das verschienen XV vnd XL Jar ist jetziger brobst Cristofen waldner auf Pauung der weingartten vnd Padtstuben schuldig warden 100 Pf. dl.

Das XV und XLIII Jar bleibt jetziger Brobst Franntz Pickhl, Burger zu Wien geliehen Gellt zu Pauung der Weingartten vnd ander hausnotturft 100 Pf. dl.

Dem Herrn Brobst zu Closterneuburg für Ausstennd Zehent vnd Perkrecht seither des XV vnd XVIII biß auf das nagst verschienen XLII Jar ze thuen 469 Pf. 7 ß. $27\frac{1}{2}$ dl.

---

[1]) 1443 gab Martin von Gurkfeld, Pfarrer zu Tyffer, gab denen von Wien 600 ungarische Goldgulden für eine jährliche Gült von 30 ung. Goldgulden, welche das Stift St. Dorothea jährlich um Lichtmessen zu beheben habe, und davon den Armen im Bürgerspitale 27 ung. Goldgulden ohne Abrechnung an ihrer übrigen Pfründe auszutheilen habe, die übrigen 3 fl. fallen dem Stifte für die Abhaltung eines feierlichen Jahrtages zu. Am Samstag nach Margarethen (20 Julius) stellte der Bürgermeister Hanns Steger und der Rath zu Wien einen Revers darüber dem Stifte zu. Fischer c. l. S. 44.

[2]) Dieser Verkauf geschah mit Wissen und Einwilligung des Bischofes von Wien Joh. Faber am 31. Mai 1531 (Fischer S. 93).

[3]) Marx Beck (geb. 26 April 1491, gest. 20. März 1553) vermählte sich am 29. Mai 1516 mit Appolonia geb. Lazar, verwitwete Leuniger (geb. 1482) gest. 5. Aug. 1521, in zweiter Ehe mit Martha Heuberger (geb. 7. Feb. 1507) am 12. Feb. 1522. Martha starb am 21. August 1543 und wurde zu St. Dorothea begraben. In dritter Ehe vermählte sich Beck mit Barbara geb. Wendenstein verwittibt v. Schneckenritt (geb. 30. Nov. 1508) am 27. Jan. 1544. Frau Barbara starb 1. Jan. 1557. Vrgl. Archiv für Kunde österr. Geschichtsquellen, VIII, 221. —

Brobst Franz bleibt Gemainer Landtschafft alt Aussteenndt Steurn von dem verschienen XXXVII bis auf ditz 44 Jar vber 400 Pf. dl. schuldig, so zuvor durch Jne ainziger Weiß daran bezalt worden 583 Pf. dl.

Beschwerung:

Des verschinen XV vnd XXXIIII Jar soll nach anzaigung des herrn Brobsts der Herr Niederoesterreichische Cannzler herr Marx Beckh ꝛc. dem gotshauß ain ganzen zehent auf vierthalb Lehen zu Lanntzendorf, di zu mittern Jaren ungevärlich baiderlay 1 mutt ertragen entzogen haben

Die Visitation v. J. 1566 berichtet: Bey diesem Gotshauß ist dißmall kein Prälat (der am 23. März 1565 in temporalibus installirte Propst Gallus Mayer war kurz vorher gestorben), ist nun mahls abgestorben. Die Administration ist dem eltesten Bruder Georgio Castner bevohlen worden. Dieser Administrator Bruder Georg Castner von Beippach geboren, aus Crain, ist in diesem Kloster 25 Jahr, und solang Priester, allda er seine Profeß gethan unter dem Propst Francisko, ist aller seiner Red und Gepür, ain gar frumer und allerreinfältigster Mann, und über 45 Jahr alt. Hat sonst vier Conventuales so alle Priester sein. Frater Ulrich Plinthammer ist 23 Jahr alt, neulich Priester worden, und seine Profeß neulich gethan, von Wasserwurch geboren, und nit lang im Orden. Frater Michael Georg von Costniz ist 24 Jahre alt, hat seine Profeß und priesterlichen Stand gar neulich erlangt. Bruder Adam aus Würtemberg ist dieß Jahr Priester worden, u. 22 Jahr alt, hat seine Profeß verschiedenes Jahr, in diesem Kloster gethan. Bruder Sebastian Sartor, auch aus Würtenberg, ist 26 Jahre alt, und dieß Jahr Priester worden, seine Profeß vor einem Jahr gethan. Bruder Michael Krauß von Aichstatt ist 24 Jahr alt und bei einem Jahr im Kloster, und noch nit Priester. Dießmahl haben die Brüder khain sonder Forcht oder Zucht, denn ihnen dieser Administrator viel zu gütig und lindt, deßen er sich auch selbst beklagt[1]).

Am 21. Juni 1566 wurde dieser Administrator zum Propste gewählt, resignirte 1572 sein Amt in die Hände Kaiser Maximilian II. und behielt sich nur die Stelle eines Sakristanes an der Stiftskirche bevor. 1591 starb er.

Responsum Sanctissimi Patris Pii PP. IX. ad epistolam, quam Collegium et Convictus S. J. Kalksburgi occasione Jubilaei 1865 una cum eleemosyna ex pecunia recreationis ab alumnis ultro collecta ad pedes Sanctitatis Suae transmisit.

Pius PP. IX.

Dilecti Filii, salutem et Apostolicam Benedictionem.

Societas Vestra, Dilecti Filii, ita semper probatam fecit devotionem, qua se addixit huic Sanctae Sedi, ut non modo constantissime propugnaverit praerogativas ejus et jura, sed ubicumque suam exerere potuit actionem, obsequii ejusdem et amoris sensus animis indere curaverit. Et hujus quidem studii perspicuum testimonium praefert epistola Vestra, ubi ipsum non minus fulget in moderatoribus, quam in alumnis, cum decertare inter vos videamini utri apertiorem vividioremque Nobis testemini affectum. Qua re sicuti

[1]) Fischer c. l. S. 99.

summopere delectamur, sic ad gratulationem erga utrosque compellimur. Erga rectores quidem religiosamque familiam, quod adolescentium mentes, quas bonis artibus imbuendas susceperunt, religionis et pietatis sensibus tanta sedulitate et accuratione informaverint; ergo alumnos autem, quod traditae institutioni dociles eam toto pectore sic imbiberint, ut re etiam demonstraturi animum suum, quae justae recreationi deputata fuerant, ultro converterint in communis fidelium Parentis subsidium. Nonnisi fausta Ecclesiae et civili Societati ex egregia ista animorum comparatione ominari possumus: atque idcirco praeceptores hortamur, ut bonae terrae, quam excolere coeperunt, impensiores semper curas adhibeant; alumnos autem ut jactum semen avidius semper excipiant et diligentius foveant: utrisque vero copiosissimum a Deo poscimus incrementum, cujus auspicem et paternae Nostrae benevolentiae pignus Apostolicam Benedictionem peramanter impertimus.

Datum Romae apud S. Petrum die 24. Januarii 1866.

Pontificatus Nostri Anno XX.

Pius PP. IX.

Recensionen.

Historia revelationis divinae novi testamenti, scriptore Josepho Danko, in universitate Vindobonensi professore etc. Vindobonae 1867; sumtibus Guilelmi Braumüller. 8. maj. pag. II, et 544. (Pr. beider Bände 11 fl. 50 kr. ö. W.).

In aufrichtiger Freude begrüßen wir hiemit den zweiten Band eines Werkes, dessen erster Band im 1. Heft des Jahrg. 1864 dieser Zeitschrift eingehend besprochen wurde. Danko's Musen scheinen unter dem Waffenlärm des Vorjahres nicht geruht, sondern rastlos gearbeitet zu haben; dieser zweite Band der historia revelationis divinae gibt lautes Zeugniß davon. Seinem Plane getreu bietet der gelehrte Verfasser im vorliegenden Bande die Geschichte der neutestamentlichen Offenbarung, d. h. der Offenbarung, welche und insoweit sie in den hl. Schriften des neuen Testamentes enthalten ist. Der gesammte Inhalt des neuen Testamentes (revelatio divina novi testamenti) wird — bald mehr bald weniger ausführlich — dargelegt, und zwar in seinem geschichtlichen Zusammenhang, in chronologischer Abfolge; die neutestamentlichen Offenbarungsthatsachen und Offenbarungswahrheiten sind hier so geordnet, wie sie nacheinander in die irdische Erscheinung traten, werden im Rahmen der Geschichte vorgeführt; daher die Benennung historia revelationis etc. — Die Geschichte dieser neutestamentlichen Offenbarung gliedert sich dem Verfasser naturgemäß in zwei Perioden, deren erste vom Eintritt des Erlösers in die Welt bis zu dessen Himmelfahrt reicht und den Gesammtinhalt der vier canonischen Evangelien umfaßt, deren zweite sodann sich von der Himmelfahrt Jesu bis zum Tode des Evangelisten Johannes erstreckt; denn mit dem Tode des letzten Apostels war die revelatio im engsten Sinne des Wortes abgeschlossen; „cum transita Johannis Evangelistae, qui apostolorum ultimus mortem obiit, non ad apostolicae tantum sed et totius historiae revelationis divinae finem pervenimus“ (S. 521). Das Material für diese zweite Periode enthalten Apostelgeschichte, apostolische Briefe und Apocalypse. Jede dieser Perioden hat der Verfasser ganz sachgemäß wieder in Unterabtheilungen zerfällt und das einschlägige Material der neutestamentlichen Schriften je am treffenden Orte eingereiht. Wer sich mit neutestamentlichen Studien befaßt hat, der weiß, wie außerordentlich schwer es sei, die einzelnen Thatsachen, welche uns in den Evangelien erzählt werden, unter sich chronologisch zu ordnen, dieselben, sowie die Thatsachen der Apostelgeschichte in der aera vulgaris entsprechend einzureihen, für die apost. Briefe die Zeit ihrer Abfassung auszumitteln u. s. w. Wie weit gehen in der Harmonisirung der Evangelien, in der chronologischen Disposition ihres Inhaltes, selbst die positiv gläubigen Exegenten auseinander! Wie verschieden bestimmen sie das Geburtsjahr des Herrn nach der aera vulgaris! Wie verschieden das Jahr der Bekehrung Pauli, die Zeit des sogenannten Apostelconcils, das Todesjahr der Apostelfürsten, unzähliger anderer Differenzen in der Chronologie des neuen Testamentes gar nicht zu gedenken! In diesen Dingen muß sich der einzelne Gelehrte nach bestem Wissen und Gewissen auf der Basis vorausgegangener gründlicher, mühsamer, oft furchtbar trockener Studien einen festen Standpunkt zu gewinnen suchen, und von diesem Standpunkte aus, nach den einmal gewonnenen chronologischen und harmonistischen Principien alle Einzelnheiten beurtheilen und ordnen. Welchen Standpunkt unser Verf. gewählt habe, welches die Angelpunkte seiner Chronologie seien und die Gründe, auf welche er sich dabei stütze, legt er eingehend in der von ihm sogenannten Protheoria dar S. I—CII. Danko ist sich klar bewußt, daß von einer völlig sicheren chronologischen Ordnung des Materials unserer Evangelien keine Rede sein könne; „non abs re erit monere, penes omnem cautionem eos, qui Evangelia pro rerum ac temporum rectione contexunt, hoc non praestare, ut semper evincant seriem historiarum, quae a hagiographis relatae sunt, cum esse revera sed eam esse posse“. Unter den verschiedenen Ansichten, welche über das wechselseitige Verhältniß der Evangelien, der synoptischen insbesondere bestehen, eignet er sich die des hl. Augustin an, nach welcher Marcus den Matthäus, Lucas diese beiden und Johannes alle drei Synoptiker vor sich hatte, benützte und berücksichtigte, gleichwohl aber jeder einzelne Evangelist seinen eigenthümlichen Zweck hatte und verfolgte (XVII); von den harmonistischen Künsteleien Körbers sagt er: „somniis et phantasiis indulsit“. Auf Grund eingehender Untersuchungen gewinnt der Verfasser als Geburtsjahr Christi das Jahr 749 der Stadt, also das fünfte Jahr vor Beginn der aera vulgaris; die Taufe Jesu setzt er in den Anfang des Jahres 780 d. St. und da er in die Zeit der öffentlichen Wirksamkeit Jesu vier Paschafeste fallen läßt (Joh. 5, 1 ἑορτὴ τῶν Ἰουδαίων ist ihm ein Osterfest), so mußte er consequent das Jahr 783 der Stadt (30 aerae vulg.) als Todesjahr Christi ansetzen. Die Bekehrung des Apostel Paulus fällt nach ihm erst in das Jahr 37 der aera vulg., das Apostelconcil sodann ins Jahr 51 oder das Martyrium der Apostelfürsten in das Jahr 67. — Es würde zu weit führen, wollte ich hier meine Bedenken gegen die Annahme von vier Paschafesten im öffentlichen Leben Jesu vortragen und begründen; nur gegen eine der chronologischen Aufstellungen des Verfassers will ich eine Bemerkung anfügen, gegen die nämlich, daß die 14 Jahre Gal. 2, 1. von der Bekehrung Pauli an und nicht von seiner ersten Anwesenheit in Jerusalem nach der Bekehrung zu rechnen seien. Zwar hat der

Verf. hierin bedeutende Auctoritäten für sich, aber den Context der Stelle — wie mir scheint — gegen sich. Wie das ἔπειτα 1, 21, so ist auch das ἔπειτα 2, 1. einfach forterzählend, knüpft nicht an die Bekehrung an, und ist mit „sodann" zu übersetzen. Sodann, d. i. nach Ablauf meiner Wirksamkeit in Syrien und Cilicien kam ich wiederum nach Jerusalem nach Ablauf von 14 Jahren (διὰ — nachdem dazwischen 14 Jahre verlaufen waren). Das „πάλιν" 2, 1 correspondirt offenbar mit ἀνῆλθον εἰς Ἱεροσόλυμα 1, 18; ich kam ein zweitesmal nach Jerusalem und zwar nachdem 14 Jahre dazwischen abgelaufen; der terminus a quo für diese 14 Jahre kann, da πάλιν auf ἀνῆλθον sich bezieht, doch offenbar kein anderer sein als jene erstmalige Anwesenheit in Jerusalem; hätte Paulus die Bekehrung als terminus a quo der vierzehn Jahre im Auge gehabt, so hätte er dieß, um klar zu sein, ausdrücklich sagen müssen. — Ist unsere Auffassung richtig, dann muß selbstverständlich die Bekehrung Pauli um 3 Jahre weiter hinaufgerückt werden, da alsdann zwischen ihr und dem Apostelconcil (Gal. 2, 1 ff. vgl. Apg. 15) nicht 14 sondern 17 Jahre liegen. — Nachdem sich der Verf. in seiner Protheoria die Principien und Angelpunkte für die Vertheilung und Ordnung des gesammten Stoffes der neutestamentlichen Bücher festgestellt hat, geht er zur historischen Darstellung der revelatio novi testamenti selber über; S. 1—521. Hier wird so ziemlich Alles geboten, was sonst die specielle Einleitung ins neue Testament enthält; es wird der Inhalt der einzelnen neutestamentlichen Bücher summarisch dargelegt, und zwar durchweg in chronologischer Abfolge, für die vier Evangelien harmonistisch, so daß man eine förmliche Geschichte Jesu, seines Thuns und seines Lehrens erhält. Es wird ferner über die Persönlichkeiten der Verfasser der neutestamentlichen Schriften, dann von Zeit, Ort und Zweck der Verfassung sowie von der Authentie der einzelnen Bücher gehandelt. — In all dem erweist sich der Verfasser als ein Mann von ungewöhnlicher Erudition. Er kennt die obwaltenden exegetischen, dogmatischen, harmonistischen und kritischen Schwierigkeiten in der Regel genau, beurkundet namentlich eine Kenntniß der für die einzelnen Naturen einschlägigen Literatur, wie sie nur ein Mann von staunenswerthem Sammlerfleiße besitzen kann. Schon die sehr umfassenden, fast immer ziemlich vollständigen Literaturangaben machen Danko's Buch für den Exegeten nahezu unentbehrlich, zu einer Art bibliographischen Repertorium für seine Fächer. Stellen, welche exegetische, harmonistische, chronologische oder auch dogmatische Schwierigkeiten darbieten, sind vom Verfasser regelmäßig mit eingehenderen Erörterungen bedacht, welche unter dem Titel Digressiones in Form von Anmerkungen gegeben werden. In einem eigenen Abschnitte gibt der Verfasser, „dem Wunsche mehrerer gelehrten Männer entsprechend" (S. 180) zwölf kleinere Dissertationen über einschlägige schwierigere Gegenstände, nämlich 1. über die Geschlechtsregister in den Evangelien; 2. über die „Brüder des Herrn"; 3. über die im neuen Testament gebräuchlichen Namen Jesu; 4. über die Leibesgestalt des Herrn; 5. über die äußere Lebensweise und die Sprache Christi; 6. über die Besessenen in den Evanglien; 7. über die Taufe der Apostel (daß die Apostel von Christo förmlich getauft worden); 8. über die Maria Magdalena (identisch mit der Sünderin bei Luc. 7, 37 ff. und mit Maria Lazari); 9. über das Paschamahl Christi; 10. über Christi Angst im Oelgarten; 11. über das Kreuz, die Nägel u. s. w.; 12. über die Zeit der Kreuzigung. Bei jedem Gegenstande, welchen der Verfasser in nähere Erörterung zieht, berücksichtigt er die Väter, referirt die Ansichten der gewichtigeren, namentlich der katholischen Gelehrten und legt er die größte Pietät gegen das zu Tage, was in der Kirche traditionell geworden, sozusagen ins Fleisch und Blut katholischer Anschauung übergegangen ist; — das ganze Buch zeigt ebenso sehr von der Gelehrsamkeit wie von der strengen Orthodoxie seines Autors. Damit mein Lob, welches ich im Bisherigen aussprach, nicht als ein einseitiges erscheine, muß ich schließlich auch noch bekennen, daß mir keineswegs Alles an Danko's Buch gefalle. Es gebricht demselben mitunter sehr stark an Einheitlichkeit und Gleichmäßigkeit der Darstellung, weßhalb es sich nicht immer leicht und angenehm liest. Während sich der Verfasser hie und da ins Weite und Breite mit Widerlegung veralteter Ansichten abgibt, ist er dagegen in Darlegung der Lehren Jesu und des Inhaltes einzelner apostolischer Briefe (z. B. des II. Corintherbriefes, Philipperbriefes, I. Briefes Petri u. a.) unverhältnißmäßig kurz. Wie wenig erfährt man aus seinem Buche über den kostbaren Inhalt der Reden Jesu bei Johannes (Cap. III, V, VI, VII, VIII, X, XIV—XVII), über die schönen Parabeln bei den Synoptikern, über die Reden, welche Jesus in den letzten Tagen seines Lebens noch an die Juden hielt! Auch die Bergpredigt, welche so recht das Gesammtprogramm der revelatio novi testamenti im Unterschied von der alttestamentlichen Offenbarung enthält, ist meines Erachtens viel zu kurz abgethan; überhaupt den Offenbarungs-Wahrheiten und ihrem großartigen innern Zusammenhang hätte in der Gesammtdarstellung mehr Aufmerksamkeit und Raum gewidmet werden sollen, wenigstens soviel als den Offenbarungs-Thatsachen; bilden ja hauptsächlich — wenn gleich nicht ausschließlich — die Lehren Christi und seiner Apostel das was man revelatio divina nennt und was Gegenstand des übernatürlichen Glaubens ist. — Der Inspirationsbegriff, an welchem der Verfasser durchwegs zähe fest hält (vgl. z. B. S. 97. Anm. 2, S. 192 in der Mitte), scheint mir doch etwas gar zu eng zu sein; daher kommt es denn auch, daß der Verfasser sich in der Evangelienharmonie zu Combinationen und Manipulationen versteht, die mir und gewiß auch vielen Andern als gewaltsam, als künstlich, als unhaltbar erscheinen. Ich muß mich wundern, wie der Verfasser, welcher doch die ätzende Schärfe der modernen Evangelienkritiker genau zu kennen scheint, in der Harmonisirung der synoptischen Berichte im Ganzen genommen doch so wenig Schwierigkeiten finden, resp. diese Schwierigkeiten so leichten Preises gelöst zu haben meinen konnte. Auch scheint mir, daß er — vielleicht im Gegensatz zu den Güntherianern — der menschlichen Natur des Gottmenschen nicht gehörig Rechnung trage; die Aeußerungen S. 17 über den profectus Christi in sapientia, S. 34 über die Versuchung Christi, machten auf mich diesen Eindruck. Freilich ist es außerordentlich schwer, da, wo es sich um Erklärung einzelner Situationen und Thatsachen im Leben Christi handelt, einerseits der unio hypostatica und andererseits auch der menschlichen Natur des Herrn nach Gebühr und Forderung des Dogma Rechnung zu tragen. Unter den nicht wenigen einzelnen Punkten, in welchen ich dem Verfasser nicht beizupflichten vermag, war mir der frappanteste, seine Annahme, der Apostel Jacobus (Luc. 6, 15) und Jacobus, der Bruder des Herrn (Gal. 2, 19, Jacob. 1, 1) und erste Bischof von Jerusalem seien zwei verschiedene Personen (S. 485 ff.). Freilich sind es ganz andere und edlere Motive, welche Danko bestimmten, den „Bruder des Herrn" aus dem Apostelkreise auszuschließen, als die Motive sind, welche Wieseler, Rückert und einige andere neuere Exegeten veranlaßten, das Gleiche zu thun. Aber gegen diese Exegeten wie gegen Danko zeigt klar und unwiderleglich Gal. 1, 19. 2, 9. Mag man an ersterer Stelle dem Begriffe ἀπόστολος eine weitere Fassung geben, wie Danko thut, oder mag man dem εἰ μή die Bedeutung von ἀλλά aufdringen und es mit „sondern" übersetzen, es ist das Eine und das Andere eine Gewaltthat am biblischen Text und Context, die sich weder durch den Hinweis auf Martyrologien noch durch Citation einzelner Väter rechtfertigen läßt, welchen gegenüber die mehreren für die Identität des Jacobus Alphaei und des Jacobus Frater domini stimmen; dies gilt namentlich auch von Chrysostomus und Theodoret, welche Danko unbegreiflicher Weise für seine Ansicht anführt. — Noch auf andere Punkte einzugehen, in welchen ich dem gelehrten Verfasser nicht beipflichten kann, halte ich für überflüßig; es sind meistens Punkte, bezüglich deren man mit guten Gründen verschiedener Ansicht sein kann. Wohl aber muß ich noch ein anderes Werk unseres Verfassers in Kürze besprechen, welches gleichzeitig mit dem II. Bande der historia revelationis erschienen ist, nämlich:

De sacra scriptura ejusque interpretatione commentarius; pag. XVI et 368.

Der Verfasser hat gut daran gethan, dem Werke einen besonderen Titel zu geben, es nicht kurzweg als dritten Theil Historia revelationis zu bezeichnen; — denn sein Inhalt ist nicht Geschichte der Offenbarung, sondern — wenigstens zum größeren Theile — Geschichte der Offenbarungs-Bücher. Die bei uns gebräuchlichen Namen in Anwendung bringend können wir sagen, das in Rede stehende Buch enthalte die allgemeine Einleitung in die Bücher des alten und neuen Testamentes und eine biblische Hermeneutik. Daß die Benennung „de sacra scriptura commentarius" für die allgemeine biblische Einleitung viel zu weit sei, brauche ich wohl nicht erst noch zu bemerken. — Näher angegeben ist der Inhalt dieses dritten Bandes folgender: Caput primum: a) de canone s. librorum utriusque testamenti; eine ziemlich erschöpfende, übersichtliche Geschichte des alt- und neutestamentlichen Canon; b) de iis, quae sacris bibliis utriusque testamenti connexae sunt; von den verschiedenen Benennungen der hl. Schrift, von der Reihenfolge und Vertheilung der hl. Bücher, von den Abtheilungen des bibl. Textes u. s. w. c) de libris apocryphis; Begriff und kurze Geschichte der alt- und neutestamentlichen Apocryphen. — Caput secundum: de variis sacrae scripturae conditionibus accidentalibus; a) diversae textus divinarum literarum originarii vicissitudines; eine recht gute, für Lehrzwecke hinlänglich ausführliche Geschichte des alt- und neutestamentlichen Urtextes; b) Historiae s. textus in linguas varias translati; eine Geschichte der wichtigeren ältern Bibelübersetzungen, unter denen die Itala und resp. Vulgata am eingehendsten und besten behandelt ist. — Caput tertium: a) hermeneutica sacra; von den verschiedenen Arten des Schriftsinnes (sensus literalis et spiritualis sive mysticus), von den Regeln und Hilfsmitteln, ihn mit Sicherheit aufzufinden; b) de interpretatione sacrae scripturae catholica brevis narratio; — eine kurze oft nur Namen bietende Geschichte der Bibelexegese. — Dieser dritte Band hat mich im Ganzen noch mehr befriedigt als die beiden andern. Die Darstellung ist conciser, die Latinität fließender; der Leser wird nicht so oft durch eingeschaltete Dissertationen und Digressionen unterbrochen, wird kurz und gut über die betreffenden Gegenstände orientirt. Die Literaturangaben sind auch in diesem Bande sehr reichhaltig; sehr zweckmäßig für Candidaten ist die photo-lithographische Tabelle, welche facsimilirte Specimina aus den ältesten und wichtigsten Bibelhandschriften behufs der Veranschaulichung darbietet. Die außerdem noch beigegebene Karte von Palästina wäre füglicher dem ersten Bande angehängt worden; das Gleiche gilt von den mehreren der im Anhang befindlichen chronologischen und genealogischen Tabellen. Des Einzelnen sei nur folgendes bemerkt: Die S. 6 ff. gegebene etymologische u. sachliche Erklärung von „Kanon“ dürfte kaum ganz befriedigen. Wenn der Name Kanon für die biblischen Bücher deshalb üblich wurde, weil deren Inhalt normgebend ist in rebus fidei et morum, warum heißen dann diese Bücher nicht βιβλία κανονέζοντα (Activum) sondern gewöhnlich κανονεζόμενα oder κεκανονεσμένα? (Passivum) — Die Argumente, welche der Verfasser gegen die Existenz der Synagoga magna zur Zeit Esdra's vorbringt, scheinen mir nicht überzeugend zu sein, noch weniger das, was er gegen die Annahme sagt, gemäß welcher die alexandrinischen Zeiten einen von dem der Palestinenser differirenden Kanon hatten. Mag man immerhin die Schließung des palestinensischen Kanon zur Zeit Esdra's in Frage stellen (übrigens muß dann die bekannte Stelle bei Flavius Josephus doch etwas gründlicher erörtert werden, als es von Danko geschieht), so weit wird man mit guten Gründen niemals gehen können, als unser Verfasser geht, der da behauptet: nulla circa aetatem Christi et Apostolorum fuit differentia inter canonem Judaeorum hebraicorum atque graecorum“ (S. 17). Auch die für die Geschichte des neutestamentlichen Canon so hochwichtige Stelle in der Kirchengeschichte des Eusebius III. 25 hat der Verf. nicht vorurtheilsfrei und nicht eingehend genug, namentlich nicht im nöthigen Zusammenhalt mit Bibelcanon der verschiedenen alten Patriarchalkirchen gewürdiget. — Will man die Verwandtschaft der neustamentlichen Handschriften des Urtextes nach Familien (Recensionen) in Abrede stellen, wie unser Verfasser es thut, so müßte man jedenfalls stärkere Gründe geltend zu machen wissen (vgl. S. 108 f.). Ganz einverstanden muß man sein mit dem, was der Verfasser S. 230 über die vom Tridentinum ausgesprochene Authenticität der Vulgata sagt; nur hätte ich gewünscht, daß er den von ihm citirten einschlägigen Artikel von Professor

Reusch im Katholiken mehr benützt hätte und mehr ins Einzelne eingegangen wäre, um entweder den Grundsätzen von Reusch zuzustimmen, oder sie zu beanstanden, wie letzteres bekanntlich auch schon geschehen ist. — Auf S. 243 wird über den Zusatz vom Jahr 1757 zur Regula quarta indicis doch gar zu rasch und leicht hinweggegangen, wie ist das „approbatae aut editae cum annotationibus" zu deuten? conjunctive (wie der Verfasser es zu deuten scheint) oder disjunctive? Diese Frage ist von größter Wichtigkeit; ebenso die weitere, wie es in Deutschland mit der verpflichtenden Kraft der fraglichen regula quarta indicis stehe. — Vermißt habe ich auch eine Erörterung über die Pflichten des Uebersetzers der hl. Schriften und über die wesentlichen Eigenschaften einer guten Bibelübersetzung. Sehr gut und treffend und aller Beachtung werth ist, was der Verf. über die Auslegung der hl. Schriften nach Maßgabe der analogia fidei sagt; seine diesbezüglichen Grundsätze tragen eben so sehr der vom hl. Geiste behüteten, lebendigen Tradition in der Kirche als der exegetischen Wissenschaft Rechnung; möchten sie wenigstens von allen katholischen Exegeten gewissenhaft eingehalten werden! Ich schließe mein Referat, indem ich dem hochverdienten Herrn Verfasser zur Vollendung seines schönen Werkes, das auch typographisch durch die rühmlichst bekannte Universitäts-Druckerei A. Holzhausen wahrhaft splendid ausgestattet ist, vom Herzen Glück wünsche. Möge es recht große Verbreitung finden!

München am 14. August.

Prof. Dr. **Thalhofer.**

Eintausend Entwürfe zu Predigten auf alle Sonn- und Festtage des katholischen Kirchenjahres, theils in längerer, theils in kürzerer Form, nebst einem theoretischen Beitrag zur Homiletik. Von Johann Bapt. Hafen, Pfarrer in Gattnau. Zweite, vermehrte und verbesserte Auflage. Lindau 1866. Stettner, 8. S. XVI. u. 874. Pr. 2 Thl. 18 Ngr.

St. Hedwigs-Blatt. Monatsschrift mit Altem und Neuem aus dem Schatz der katholischen Kanzelberedsamkeit. Herausgegeben von C. Brunn, Curatus zu Nimptsch (Preuß.-Schlesien). Siebenter Jahrgang 1866. Berlin, Jansen. 8. Preis des Jahrgangs von 12 Heften 2 Thaler.

Die Predigt-Literatur ist in einem bedenklichen Steigen begriffen. Die Literaturblätter ziehen vor diesem ärgerlichen Anschwellen sich zurück und betrachten das Steigen der Fluth mit bedenklichem Gesichte. Doch damit ist Nichts gethan. Das Fersengeld der Kritik ermuntert die Homileten zum weiteren Vordrängen. Pfarrer Hafen liefert hier über 80 Sonn- und Festtage gerade 1000 Predigtentwürfe. Daß auf einen Sonntag manchmal 13 bis 14 fallen, liegt in der Natur der Sache. Diese Predigtentwürfe erscheinen in zweiter Auflage und haben somit Anklang und Absatz gefunden. Wenn es nun einmal nicht gehet, daß unsere Seelsorger Zeit, Neigung, Bedürfniß und Liebe haben, die Kanzelvorträge aus den

Früchten eines exegetischen, dogmatischen, moralischen und liturgischen Studiums selbständig zu bearbeiten, und wenn angelehnt sein muß, sind Predigtentwürfe der Benützung fertiger Predigten weit vorzuziehen. Sie dienen wenigstens geistlosen, arbeitsscheuen Predigern nicht zum Ruhekissen, sondern spornen zum eigenen Nachdenken und zur ergiebigen Meditation. Hasens Predigtentwürfe haben den unschätzbaren Vorzug, daß sie von der Ueberzeugung ausgehen, daß die Kirche bei der Auswahl der Evangelien-Perikopen an Sonn- und Festtagen von einem innigst verbundenen Gedanken sich leiten ließ. Wer an der Leine dieser Entwürfe arbeitet und diese Tendenz der katholischen Kirche richtig auffaßt, wird in der Lage sein, seiner Gemeinde den tiefen Zusammenhang der einzelnen Sonn- und Festevangelien in ihrer regelmäßigen Aufeinanderfolge lebenswarm darzulegen und in sichtbarer Klarheit zum Verständniß zu bringen. Wer in dieser Weise predigt, erhält in seinen Pfarrkindern stets einen echtkirchlichen Sinn rege und lebendig. — In dem theoretischen Beitrage entwickelt Hasen recht gute und praktische Gedanken. Z. B.: Man halte doch in der Regel keine langen Predigten. Einige Löffel Wein geben mehr Kraft, als ein Krug voll Wasser. Eine Predigt, die außer dem Zugehör eine halbe Stunde dauert, ist lang genug. Nur Weniges, und dieß dann in rechter und erschöpfender Weise, ist nothwendig. Was in dieser Hinsicht der berühmte allemannische Dichter Hebel den Predigern an's Herz gelegt hat, ist allerdings nur ein Scherz, aber treffend. Er klassificirt die Predigten so: „Kurz und gut, erste Note; kurz und schlecht, zweite Note; lang und gut, dritte Note; lang und schlecht, vierte und letzte Note. Einverstanden!

Das Hedwigs-Blatt hat sich in siebenjährigem Mühen erprobt. Es hat sich als ein frisches, kräftiges Organ erwiesen, das in Altem und Neuem Gutes, ja sogar Treffliches vorzusetzen verstehet. Der vorliegende Jahrgang liefert Predigten für die Feste des Herrn, für Marien- und Heiligenfeste, für die hl. Fastenzeit, Gelegenheitsreden und im Anhange Grabreden. Daß Herr Brunn die alten Homileten, wie Capistran, Faber, Hunolt, Hieber, Penziger, Ruoff, Timpius wieder hervorgezogen, ist ein Verdienst. Die ehrwürdigen Männer waren tüchtige Dogmatiker, verstanden das Brod des armen gekreuzigten Jesus den Hungernden zu brechen in einfacher, ernster und verständlicher Weise, und haßten jedes Wortgeklingel, jede Schönfärberei. Unsere Zeit ist eine derartige, daß der katholische Priester von den Dächern das Wort des Herrn predigen muß, will er nicht das „Wehe den stummen Hunden" auf sich ziehen. Der Ausdruck des Hedwig-Blattes ist durchaus edel, die Sätze wohl gerundet und die Schreibart korrekt.

Pfarrer A. Moser.

Druck von Adolf Holzhausen in Wien
k. k. Universitäts-Buchdruckerei.

XIV.

Deismus und Freidenkerei in England
im Laufe des siebzehnten und achtzehnten Jahrhunderts.

Von Prof. Dr. A. Stöckl in Münster.

Man pflegt das siebzehnte und achtzehnte Jahrhundert als die Periode der „religiösen Aufklärung" zu bezeichnen. Die Repräsentanten dieser „religiösen Aufklärung" nennt man „Deisten" oder „Freidenker". Was aber das Wesen dieser „religiösen Aufklärung" betrifft, wie sie von den Deisten oder Freidenkern in Scene gesetzt worden, so besteht dieselbe in nichts Anderem, als in dem Abfalle vom Christenthume als einer übernatürlichen Offenbarung. Das sechzehnte Jahrhundert hatte mit dem Abfalle von der katholischen Kirche und Lehre den Anfang gemacht; in den beiden folgenden Jahrhunderten ging man noch einen Schritt weiter und emancipirte sich vom Christenthume überhaupt. An die Stelle des Christenthums, als einer auf übernatürlicher Offenbarung beruhenden Religion, setzte man eine sogenannte „Vernunft-" oder „Naturreligion", und mit den Wahrheiten, welche den Inhalt dieser Natur- oder Vernunftreligion bilden, hielt man den Kreis der religiösen Wahrheiten für abgeschlossen. Von diesem Standpunkte aus traten dann die Deisten oder Freidenker an das Christenthum heran, und indem sie dasselbe dem Messer der Kritik unterwarfen, suchten sie ihre Läugnung des Christenthums auch dialectisch zu rechtfertigen, und zwar dadurch, daß sie solche Beweise aufzubringen suchten, welche die Grundlagen des Christenthums zu erschüttern geeigenschaftet wären. Daß schon dieses Gebahren dem Christenthume gegenüber nur aus einer tiefen Abneigung gegen dasselbe hervorgehen konnte, ist klar, es darf uns aber nicht wundern, wenn diese Abneigung im Fortgange der „religiösen Aufklärung“ sich immer mehr zum Haß gegen das Christenthum steigerte, und wenn dieser Haß sich vorzugsweise dahin wendete, wo allein das Christenthum in lebendiger Wirklichkeit verkörpert sich darstellte, nämlich gegen die katholische Kirche. An ihr allein prallten ja die Angriffe des Deismus wirkungslos zurück, während man mit demjenigen, was außer der Kirche vom Christenthume noch übrig geblieben war, leichter fertig werden konnte. Grund genug, um gegen sie vorzugsweise die Waffen des Hasses spielen zu lassen. Aber weil doch die ganze Richtung der „religiösen Aufklärung“ vorwiegend eine negative war, und die „Vernunft- oder Naturreligion“ nur zu dem Zwecke herbeigerufen wurde, um die durch die Läugnung des Christenthums entstandene Leere einigermaßen auszufüllen: so kam es, daß im Fortgange der „religiösen Aufklärung“ zuletzt auch diese „Naturreligion“ der Zersetzung verfiel, und die Freidenkerei endlich bei dem Skepticismus, oder bei der Negation aller und jeder Religion, d. i. bei dem Materialismus anlangte.

Fragen wir nun, wie es denn zu dieser „religiösen Aufklärung“ kam, welches die Quellen waren, woraus die deistische oder freidenkerische Bewegung in den beiden letztverflossenen Jahrhunderten entsprang, so werden wir diese Frage leicht beantworten können, wenn wir auf den Charakter der religiösen Bewegung, welche im sechzehnten Jahrhunderte sich abwickelte, Rücksicht nehmen. Die „Reformation“ hatte die Auctorität der lehrenden Kirche abgeschüttelt, und als die alleinige Quelle und Gewähr des christlich-religiösen Glaubens die hl. Schrift hingestellt. Das war eine Halbheit; kein consequenter Denker konnte bei dieser Halbheit stehen bleiben. Ist nämlich einmal die Auctorität der Kirche als der von Gott gesetzten unfehlbaren Trägerin und Auslegerin des Offenbarungs-Inhaltes abgeworfen, dann ist die menschliche **Vernunft** die alleinige Schiedsrichterin in Allem, was sich auf Religion bezieht. Man mag immerhin noch das todte Wort der hl. Schrift als Quelle und Gewähr der Religion und der religiösen Ueberzeugung beibehalten: aber die Auslegung dessen, was in der hl. Schrift enthalten ist, ist doch dem Denken jedes Einzelnen überlassen, und Niemand kann sich herausnehmen, eine Auslegung der hl. Schrift zu bieten, welche für Andere außer ihm selbst maßgebend und verpflichtend sein müßte.

Wo immer solches versucht wird, tritt man mit der eigenen Voraussetzung in Widerspruch, weil man eben wieder zum Princip der Auctorität zurückkehrt. Ist aber die individuelle Vernunft allein maßgebend in Allem, was auf Religion sich bezieht, dann ist sie auch befugt, dieses Recht nach seiner ganzen Tragweite zur Geltung zu bringen, und sie wird auch nicht geneigt sein, sich dasselbe in irgend einer Weise verkümmern zu lassen. Wenn sie sieht, daß jenes Buch, dessen Inhalt man ihr als göttliche Offenbarung aufdrängt, von Verschiedenen verschieden ausgelegt wird, und daß jeder Einzelne, oder wenigstens jede Secte, die auf diesem Boden erwachsen ist, ihre Ansicht, ihre Auslegung als die allein berechtigte hinstellt und andere abweichende Ansichten des Irrthums beschuldigt — dann wird sich die menschliche Vernunft zuletzt unwillkürlich die Frage stellen müssen: Kann denn da überhaupt von einer göttlichen Offenbarung die Rede sein, wo eine so bunte Menge von widersprechenden Parteiansichten sich um den Vorrang streiten, den wahren Inhalt dieser sog. göttlichen Offenbarung zu besitzen? Hätte Gott eine Offenbarung wirklich gegeben, müßte sie denn dann den Menschen nicht in einer Weise gegenüber treten, daß Alle den wahren Sinn derselben erkennen könnten? Und wenn solches thatsächlich nicht der Fall ist, ist dann nicht dasjenige, was man Offenbarung nennt, eitel und nichtig? — Diese Frage ist, wie gesagt, für jeden denkenden Geist unabweislich, und ist sie einmal gestellt, dann ist auch die menschliche Vernunft an den Scheideweg gestellt. Entweder muß sie zurückkehren zur Auctorität, welche ihr den wahren Inhalt der Offenbarung unfehlbar vor Augen stellt, oder sie muß das, was man übernatürliche, christliche Offenbarung nennt, ganz und gar abwerfen, und sich vollständig auf sich allein stellen. Und wählt sie die letztere Alternative, dann ist sie eben fortgeschritten zum Abfalle vom Christenthum. Es gibt nichts Natürlicheres, nichts Consequenteres, als dieses. — Dabei wird aber der denkende Geist noch nicht stehen bleiben. Er wird die Negation, auf deren Boden er sich gestellt hat, nachträglich auch positiv zu begründen suchen. Er wird es als seine Aufgabe ansehen, die Grundlagen, auf welchen die angebliche göttliche Offenbarung ruhen soll, wankend zu machen, die Beweise, mit welchen man die Göttlichkeit der christlichen Lehre zu stützen sucht, umzustürzen, und sie als unhaltbar und nichtig darzustellen, um so durch Untergrabung der Grundvesten das darauf aufgeführte Gebäude selbst in Schutt zu legen. Nur darin wird er die Vollendung seiner Aufgabe finden. Dann bleibt ihm allerdings nichts anderes mehr übrig, als die sog. Vernunftreligion, d. h. es bleiben ihm nur mehr jene religiösen Wahrheiten übrig, zu deren Erkenntniß die Vernunft allein zu gelangen vermag. Auf diese allein wird er darum auch sich werfen; sie allein werden ihm den Inhalt aller religiösen Ueberzeugung bilden, und außer ihnen wird er, was Religion betrifft, nichts mehr für berechtigt halten. Allein mit der übernatürlichen Offenbarung hat er auch jenes höhere, leitende Princip verloren, welches seine Vernunfterkenntniß auf der rechten Bahn erhalten und für dieselbe ein Prüfstein sein könnte zur Abwägung der Wahrheit oder Falschheit der von der Vernunft gewonnenen Resultate. Die Vernunft ist irrthumsfähig, sie ist der Möglichkeit des Irrthums ganz besonders da ausgesetzt, wo es sich um die höchsten Wahrheiten handelt, welche in das Gebiet der Religion einschlagen. Hat sie daher kein höheres leitendes Princip, welches ihr einen festen Rückhalt bietet, wenn sie in das Gebiet der höchsten Wahrheiten, auf welchen die höchsten Interessen des menschlichen Lebens beruhen, eintritt: dann werden die Meinungen in Bezug auf dasjenige, was den Inhalt der „natürlichen Religion" ausmacht, bald ebenso aus einander gehen, wie sie auseinander gegangen sind in Bezug auf dasjenige, was den wahren Sinn der hl. Schrift ausmacht. Es wird sich dort das gleiche Chaos von Meinungen bilden, wie es hier angetroffen wird. Das wird dann aber nothwendig zur Folge haben müssen, daß sich auch über die sog. „Vernunft-" oder „Naturreligion" der Zweifel in dem Geiste ansetzt, und die Vernunft mit mißtrauischer Reservation auch von der letzteren sich zurückzieht. Der Skepticismus ist auch in Bezug auf jene religiösen Wahrheiten, welche in den Bereich der Vernunft fallen, unvermeidlich. Und hat sich der Skepticismus hier einmal festgesetzt, dann ist nur mehr ein Schritt zum Aeußersten, nämlich zur directen Negation der „Vernunftreligion" selbst und der Grundlagen, worauf dieselbe beruht, d. h. zum Materialismus. Und der Geist wird um so mehr geneigt sein, diesen letzten Schritt zu thun, je unerträglicher der Zustand des Zweifels ist, je tiefer in Folge des Abfalles vom Christenthume sein sittliches Leben bereits gesunken, und je mehr er sich im Hasse gegen das Christenthum und gegen Alles, was daran erinnert, bereits verfestigt hat.

Was man in den beiden letztverflossenen Jahrhunderten „Freidenkerei“ nannte, dafür hat unser gegenwärtiges Jahrhundert einen anderen Ausdruck gefunden, welcher im Munde aller sein muß, die sich rühmen wollen, auf der Höhe der Zeit zu stehen. Er heißt „Freiheit der Wissenschaft“. Die Wissenschaft soll einzig und allein auf sich selbst gestellt sein; die übernatürliche göttliche Offenbarung ist für sie kein leitendes Princip; die Wissenschaft genügt sich selbst. Wer immer die göttliche Offenbarung in der Wissenschaft anerkennt, sie als leitendes Princip für die Wissenschaft hinstellt, d. h. die wissenschaftlichen Resultate an dem Prüfstein der göttlichen Offenbarung abwägt: der versündigt sich an der „Freiheit der Wissenschaft“; er will dieselbe wieder unter die alte Knechtschaft beugen, unter welcher sie ehedem, als sie noch im Besitze der „Hierarchie“ war, gestanden hatte; er kann daher gar keinen Anspruch darauf machen, unter den wissenschaftlichen Männern unserer Zeit mitgezählt zu werden. — Aber es ist merkwürdig — diese „Freiheit der Wissenschaft“ hat thatsächlich zu den nämlichen Resultaten geführt, wie die „Freidenkerei“ in den letztverflossenen Jahrhunderten. Man hat das Christenthum in die Fäden selbstgemachter philosophischer Systeme hineinverwebt, und es so seines eigenthümlichen übernatürlichen Inhaltes entkleidet; man hat es zu einem bloßen Mythus herabgesetzt und den Erlöser seiner Gottheit verlustig erklärt, und nachdem man Alles, was das Christenthum Hohes und Heiliges in sich schließt, rationalistisch verflacht und inhaltsleer gemacht hat, hat man endlich auch noch die Reste religiöser Wahrheiten und Ueberzeugungen, welche als Residuum jenes Processes übrig geblieben waren, über Bord geworfen, und sich auf den Boden des reinen Materialismus gestellt. Es wickelt sich uns also hier vor unseren Augen dasselbe Drama ab, wie es die letztverflossenen Jahrhunderte im Gebiete der Freidenkerei sich haben abspielen sehen; unser Jahrhundert hat in dieser Richtung vor den letztverflossenen Jahrhunderten nichts voraus, hat über dieselben hinaus keinen Fortschritt gemacht. So sehr man sich auch des Fortschrittes, nicht blos auf andern, sondern auch auf diesem Gebiete rühmt — dieser Fortschritt ist in der That nicht vorhanden. Die Form hat sich geändert, die Sache ist dieselbe geblieben.

Unter solchen Umständen dürfte es nicht unzeitgemäß sein, einen Rückblick zu thun in die freidenkerisch-deistische Strömung der letztverflossenen Jahrhunderte, dieselbe in ihren Hauptrepräsentanten Revue passiren zu lassen, um so im Detail nachzuweisen, daß unser Jahrhundert darin, was man „Fortschritt in den religiösen Anschauungen“ nennt, vor den letztverflossenen Jahrhunderten gar nichts voraus hat, daß die Gedanken, mit welchen der moderne, religiöse Liberalismus sich brüstet, durchaus nicht neu sind, sondern vielmehr nur aus der Vorrathskammer jener deistischen „Freidenkerei“, deren Wogen im siebzehnten und achtzehnten Jahrhundert so hoch gingen, in unser Jahrhundert sich herüberverpflanzt haben. Man kann daraus die Lehre ziehen, daß der Gang des Gedankens überall derselbe ist, wenn man einmal von dem Boden des positiven Christenthums sich entfernt hat. Wenn wir daher hier die Aufmerksamkeit des Lesers auf den Fortgang der Freidenkerei in den letztverflossenen Jahrhunderten lenken wollen, so halten wir dieses unser Unternehmen für genügend gerechtfertigt. Wir sind nicht Willens, an dieser Stelle eine förmliche Geschichte dieser deistischen Freidenkerei zu liefern; wir wollen nur die Hauptpunkte hervorheben, in welchen der Geist jener Freidenkerei sich besonders ausspricht, und die wir auch in unserem Jahrhunderte in anderer Form wiederkehren sehen.

Der Deismus und die Freidenkerei gingen von England aus, verbreiteten sich aber von da aus auch nach Frankreich und Deutschland, so daß wir eine dreifache Strömung unterscheiden können: die der englischen, der französischen und der deutschen Freidenkerei. Wir beschränken uns hier vorläufig auf die erstgenannte Strömung, deren Schauplatz England ist.

Der Vater des englischen Deismus ist Herbert, Graf von Cherbury, welcher unter Jakob I. und Carl I. lebte und im Jahre 1648 starb. Er hat seine Gedanken in zwei Hauptschriften niedergelegt, wovon die eine „De veritate“, die andere „De religione gentilium“ überschrieben ist. In der erstern entwirft er die Grundzüge einer neuen Erkenntnißlehre, in der letzteren wendet er die Grundsätze seiner Erkenntnißlehre auf die Religion an. In seiner Erkenntnißlehre erklärt er sich vor Allem gegen den Satz, daß die Seele ursprünglich als eine Tabula rasa bezeichnet werden müsse. Vielmehr trägt nach seiner Ansicht die Seele ursprünglich schon alle Wahrheiten in sich verzeichnet, und Sache des Denkens ist es nur, diese Wahrheiten zu entdecken. Jedes Vermögen des Geistes hat nämlich seine eigene notitia communis, die ihm von Natur aus eingepflanzt ist. Aufgabe des Denkens ist es, diese Gemeinbegriffe zu entdecken, und dann nach ihnen über Alles, was der Erkenntniß gegenüber tritt, zu urtheilen. Entdeckt aber werden sie dadurch, daß man in Beziehung auf einen bestimmten Kreis von Dingen diejenigen Gedanken aufsucht, über welche allgemeine Uebereinstimmung herrscht; denn was in Allen sich auf ein und dieselbe Weise verhält, das muß vom natürlichen Instinkt hergeleitet werden. Ebendeshalb kann aber auch umgekehrt in allen Gebieten der Erkenntniß nur dasjenige das eigentlich Wahre sein, worüber alle Menschen zu allen Zeiten einig waren, weil nur solches auf den der Seele von Gott eingepflanzten Gemeinbegriffen beruhen kann.

Wendet man nun diese Grundsätze auf die Religion im Besondern an, so beruht auch diese auf Gemeinbegriffen, welche uns angeboren sind. Um also den wahren Inhalt der Religion zu finden, muß man auch hier untersuchen, welche Lehrsätze allen Religionen, welche je auf der Erde aufgetreten sind oder noch bestehen, gemeinsam sind. Hat man diese gemeinsamen Lehrsätze gefunden, so besitzt man auch den ganzen wahren Inhalt der Religion; Alles was sonst noch in den einzelnen Religionen als religiöse Doctrin festgehalten wird, ist blos menschliche Zuthat, die ihren Ursprung dem Interesse der Priesterherrschaft verdankt. Als solche gemeinsame religiöse Lehrsätze nun glaubt Herbert folgende fünf aufstellen zu müssen: 1. Dasein eines höchsten Gottes; 2. Pflicht der Verehrung dieses höchsten Gottes; 3. Tugend und Frömmigkeit als die Haupttheile der Gottesverehrung; 4. Verpflichtung, die Sünden zu bereuen und von ihnen zu lassen, und 5. Vergeltung, theils in diesem, theils in jenem Leben. Diese fünf allgemeinen Religionsgrundsätze bilden allein die wahre, allgemeine Kirche, welche nicht irrt und nicht irren kann; alles Andere beruht auf Betrug, erzeugt nur Streit und ist zur Seligkeit keineswegs nothwendig.

Eine übernatürliche Offenbarung ist zwar nach Herberts Ansicht nicht geradezu unmöglich; aber eine solche Offenbarung muß, wenn sie Berechtigung ansprechen will, immer eine unmittelbare sein; „denn was man von Andern als geoffenbart empfängt, das ist schon nicht mehr Offenbarung, sondern Ueberlieferung, Geschichte; da aber die Wahrheit der Ueberlieferung oder Geschichte von dem Erzähler abhängt, so ist sie für uns höchstens nur wahrscheinlich.“ Von dem Christenthume urtheilt Herbert im Grunde nicht besser, als von den heidnischen Religionen. „In den späteren Zeiten des Heidenthums, sagt er, machten Platoniker, Stoiker, überhaupt alle Philosophen den Versuch, die Religion auf Tugend und Pietät gegen Gott und Menschen zurückzuführen. Indem nun die Christen in jenem Zeitalter die besseren und reineren Lehren jener Philosophen herausgezogen und bestätigten, fiel die ganze übrige heidnische Religion saftlos und nutzlos zusammen. Allein die Kirchenväter brachten es bald selbst wiederum dahin, daß an die Stelle der anfänglichen Glaubensartikel andere gesetzt wurden, welche, ob sie gleich einige Jahrhunderte hindurch erst langsam Glauben fanden, doch zuletzt herrschend wurden, und es zum Theil heute noch sind. Ebenso ist die Hierarchie stehen geblieben, welche die Auctorität in der Religion hat [1]). Somit findet Herbert, wie Lechler mit Recht sagt [2]), daß in der Geschichte des Christenthums derselbe Gang sich wiederholt, welchen die Geschichte des Heidenthums darstellt: ursprüngliche Reinheit der auf den fünf Hauptwahrheiten beruhenden Religion, sodann Entartung und Verfälschung der Religion durch die Schuld einer sich bildenden Hierarchie, die Verfälschung bestehend in Beifügung von Glaubensartikeln, Gebräuchen und Institutionen, welche den reinen Religionsglauben verdecken und die Strenge der an die sittliche Kraft des Menschen sich wendenden Religion aufheben.

Damit ist, wie wir sehen, der Deismus bereits nach seiner vollen Tragweite festgestellt. Der positive, übernatürliche Gehalt des Christenthums verschwindet, und an seine Stelle tritt eine „natürliche Religion“, deren Inhalt auf äußerst wenige Lehrsätze zusammenschwindet. Die Vernunft setzt sich als alleinige Richterin in Sachen der Religion auf den Thron, und wirft die übernatürliche Offenbarung als lästigen, nutzlosen und unberechtigten Ballast von sich.

Der Same, welchen Herbert ausgestreut hatte, fiel auf fruchtbaren Boden. Die Zeitverhältnisse wirkten mächtig mit, daß die Saat aufging. Wir stehen in der Zeit der englischen Revolution. Durch die despotische Reformation Heinrichs VIII. war mit der weltlichen Gewalt des Fürsten die fast unbegränzte Gewalt in kirchlichen und religiösen Dingen vereinigt worden; die Episcopalkirche

---

[1]) Vgl. Lechlers Geschichte des englischen Deismus, Stuttgart 1841, S. 36 ff.
[2]) Ebds. 49.

war nur ein Werkzeug in der Hand des Fürsten, suchte sich aber ebendeshalb mit äußerster Härte gegen Andersdenkende in ihrer ausschließlichen Herrschaft zu erhalten. Dagegen erhoben sich aber die Presbyterianer, welche eine mehr republikanische Verfassung der Kirche anstrebten und die kirchliche Gewalt in die Hände der Synode legten. Die Presbyterianer wurden wiederum überholt von den Independenten, welche gar keine einheitliche Organisation der englischen Nationalkirche wollten, sondern jeder einzelnen Gemeinde die Autonomie in religiösen Dingen zusprachen. Noch weiter gingen endlich die Levellers, welche auch die Auctorität der Gemeinde nicht anerkennen wollten, sondern für jeden Einzelnen ein unumschränktes Recht der Selbstbestimmung in Sachen der Religion forderten. So standen sich die Parteien gegenüber, und indem jede derselben mit fanatischer Gewalt sich geltend zu machen suchte, entstanden unabsehbare Wirren, welche endlich in der Hinrichtung Carls I. ausliefen. Wir dürfen uns daher nicht wundern, wenn in Mitte dieses Gewoges der Parteien, wovon jede den wahren Standpunkt des Christenthums einzunehmen behauptete, und sich demzufolge die Alleinherrschaft zu erringen suchte, bei Vielen sich der Zweifel an dem Christenthume selbst ansetzte, und sie sich deshalb auf den neutralen Boden des Deismus zurückzuziehen suchten.

Eine eigenthümliche Erscheinung aus dieser Zeit ist Thomas Hobbes († 1679). Sein Lehrsystem ist aus den Wirren seiner Zeit gleichsam hervorgewachsen, in ihm spiegelt sich das Streben wieder, welches viele Männer der damaligen Zeit beherrschte, nämlich die Ordnung in dem wüsten Chaos der Parteien wieder herzustellen, oder vielmehr einen Weg zu zeigen, wie solches füglich geschehen könne. Das deistische Element spielt in diesem Systeme eine hervorragende Rolle, wenn es auch nicht so exclusiv hervortritt, wie bei Herbert, vielmehr noch mit einem Rest christlicher Ideen versetzt ist. Es ist sein System niedergelegt in seinem Hauptwerke, welches den Titel „Leviathan“ führt, woran sich dann noch die kleinere Schrift „De cive“ anschließt.

Es ist nicht unsere Aufgabe, das Lehrsystem des Hobbes ausführlich zu entwickeln; wir können es nur insoweit berücksichtigen, als es die Folie bildet, auf welcher sich seine religiösen Grundsätze auftragen. Es gibt nach der Ansicht des Hobbes keine absolute Regel des Guten und Bösen; die Begriffe von Gut und Bös sind nur relativ. Was Gegenstand des Begehrens oder der Sehnsucht eines Menschen ist, das wird von ihm in seinem Theile gut genannt, der Gegenstand seiner Abneigung übel. Der Maßstab und die Norm alles menschlichen Handelns ist also der Egoismus. Darum hat jeder Mensch von Natur aus das Recht auf Alles; was sein persönliches Interesse ihm zu erfordern scheint, das kann er sich zu verschaffen suchen, und er braucht hiebei Niemanden zu schonen[1]). Daraus folgt, daß der ursprüngliche Naturzustand der Menschen ein Krieg Aller gegen Alle ist[2]). Allein weil dieser allgemeine Kriegszustand selbst wiederum die Wahrung und Förderung der persönlichen Interessen der Einzelnen unmöglich macht, so müssen die Menschen zur Förderung ihrer Interessen selbst aus jenem Kriegszustande heraustreten und den Frieden suchen. Das ist das erste Naturgesetz[3]). Die Herstellung des Friedens ist jedoch wiederum nur dadurch möglich, daß sie einen Vertrag mit einander schließen, in welchem Jeder einen Theil seines ursprünglichen unbeschränkten Rechtes an die Gesammtheit abtritt. So entsteht die Gesellschaft[4]). Da übrigens ein Vertrag null und nichtig ist, wenn man fürchten muß, der andere Theil werde ihn nicht halten, so ist die Aufrechterhaltung der gesellschaftlichen Verbindung bedingt durch das Bestehen einer Gewalt, welche die Menschen zur Haltung des Vertrages zwingen kann durch die Furcht vor einer Strafe, welche größer ist, als der Nutzen, den sie von dem Brechen des Vertrages erwarten können. Daher müssen die Gesellschaftsglieder einen neuen Vertrag schließen, in welchem sie die Rechte, die sie vorher an die Gesammtheit übergetragen haben, nun an eine einzelne physische oder moralische Person abtreten, und ihr so die Befugniß ertheilen, alle Gesellschaftsglieder durch Furcht vor Strafe in den Schranken der gesellschaftlichen Ordnung zu erhalten[5]). Die Gewalt des Oberhauptes der

---

[1]) Hobbes, Leviathan (ed. Amstelod. 1668) c. 14, p. 66. Jus naturale est libertas, quam habet unusquisque, potentiâ suâ ad naturae suae conservationem suo arbitrio utendi, et (per consequens) illa omnia, quae eo videbuntur tendere, faciendi.... Sequitur (itaque) in conditione hominum naturali omnium in omnia jus esse, ipsis hominum corporibus non exceptis.

[2]) De cive (ed. Amstelod. 1696), c. 1, 12.

[3]) Ib. c. 2, 2.

[4]) Ib. c. 1, 2, p. 6. 3, p. 8. c. 2, 3. c. 5, 12.

[5]) Ib. c. 5, 6. 7. Leviath. c. 17, p. 85.

Gesellschaft ist dann völlig unumschränkt; was er immer gesetzlich gebieten mag, ist Recht; Alle sind ihm zum unbedingten Gehorsam verpflichtet [1]). Das ist der Staat, der große Leviathan, oder, um ehrfurchtsvoller zu reden, der sterbliche Gott, dem wir, nächst dem unsterblichen Gott, unsern Frieden und unsere Vertheidigung verdanken.

In den Rahmen dieser Staatstheorie fügen sich nun die religiösen Lehrsätze des Hobbes unmittelbar ein. Das Verhältniß Gottes zu den Menschen ist factisch gleichfalls in einem Vertrage begründet. Es ist der Bundesvertrag, welchen Gott mit Abraham und seinen Nachkommen geschlossen hat. Vermöge dieses Vertrages war Gott unmittelbar der König des israelischen Volkes, und übte seine Herrschaft über dasselbe aus durch die Patriarchen, durch Moses und die folgenden Hohenpriester. Abraham und seine Nachkommen aber verpflichteten sich in jenem Vertrage, dem positiven Gesetze Gottes sich zu unterwerfen [2]). Dieser Bundesvertrag wurde gelöst, als Saul zum König des israelitischen Volkes eingesetzt wurde. Um ihn wieder herzustellen, erschien der Messias. Dreifach ist das Amt Christi, das Amt des Erlösers, das Amt des Lehrers und das Amt des Königs. Doch das letztere Amt wird er erst dann antreten, wenn er bei der allgemeinen Auferstehung kommen wird in der Herrlichkeit des Vaters. Erst dann wird auch der neue Bund mit Gott vollständig hergestellt werden. Bis dahin haben wir erst die Zeit der Vorbereitung auf denselben. Erst bei der Auferstehung also wird Christus König sein, und zwar nicht blos vermöge seiner Allmacht über Alles, sondern in eigenthümlicher Weise über seine Erwählten, kraft des Vertrages, den sie mit ihm bei der Taufe schließen. Das ist das neue Reich, welches nicht von dieser Welt ist; sein Mittelpunkt wird Jerusalem sein [3]).

Aber eben weil Christus hienieden nicht König war, und es auch nicht sein wird bis zur allgemeinen Auferstehung, können auch seine Diener, die sein Werk hienieden fortsetzen sollen, keine regierende Gewalt für sich in Anspruch nehmen. Sie können keinen Gehorsam in seinem Namen fordern; denn, wenn der oberste Regent keine

---

[1]) De cive, c. 6, 12. 13.

[2]) Ib. c. 16, 2, 99.

[3]) Leviath. c. 41. 42.

königliche Gewalt in dieser Welt hat: kraft welcher Auctorität kann dann Gehorsam für seine Diener gefordert werden? Die Aufgabe der Diener Christi beschränkt sich also darauf, das Evangelium zu predigen, d. h. Jesum als den Messias zu proclamiren, und die Menschen auf seine Wiederkunft vorzubereiten; ihr Geschäft ist, Glauben an Christum zu wecken [1]).

Demgemäß ist auch von Seite derjenigen, welche zum Reiche Christi wiedergebracht werden sollen, als Bedingung zum Eintritte in dieses Reich nichts weiter nothwendig, als Glaube und Gehorsam [2]). Schon der letztere würde, wenn er vollkommen wäre, hinreichen. Allein weil wir alle des Ungehorsams schuldig sind, nicht blos ursprünglich in Adam, sondern auch durch unsere eigenen Uebertretungen, so haben wir nicht blos Gehorsam für die Zukunft, sondern auch Sündenvergebung für die Vergangenheit nöthig: und diese ist bedingt durch den Glauben an Christum. Der Gehorsam, welcher von unserer Seite erfordert wird, ist nämlich der aufrichtige Wille, die Gebote Gottes zu erfüllen, und das Bereuen der Uebertretungen. Verbindet sich nun hiemit der Glaube an Christum, so läßt uns Gott unsere Vergehungen nach, und nimmt bei unsern Werken, wenn sie auch nicht vollkommen gut sind, den Willen für die That. Der einzige Glaubensartikel, welcher die nothwendige Bedingung zur Seligkeit ist, ist dieser, daß Jesus der Christ, d. h. der verheißene Messias sei [3]). Alle andern nothwendigen Glaubenswahrheiten sind mit diesem Mittelpunkte des Glaubens entweder als Voraussetzung oder als Folge desselben schon gegeben. Mehr als dieser Glaubensartikel braucht also innerlich nicht geglaubt zu werden, um zum Heile zu gelangen.

Wenn nun aber, wie wir gehört haben, die Diener Christi gar keine Gewalt über die Gläubigen haben, und autoritativ keinen Gehorsam von ihnen in Anspruch nehmen können: — wie verhält es sich dann mit der Kirche, welche aus den Bekennern der christlichen Religion sich bildet? — Die Beantwortung dieser Frage führt uns wieder auf die Staatstheorie des Hobbes zurück. Wie die Begriffe von Staat und Gesellschaft zusammenfallen, d. h. wie

---

[1]) LL. cc.

[2]) De cive, c. 18, 2.

[3]) Ib. c. 18, 6.

die Gesellschaft sich nur im Staate repräsentirt, und ohne Staat es keine Gesellschaft gibt, so fallen auch die Begriffe von Kirche und Staat in Eins zusammen. Das bürgerliche Gemeinwesen heißt Staat, so ferne seine Unterthanen Menschen sind, und Kirche, soferne sie Christen sind. Es gibt keine allgemeine Kirche, welcher alle Christen zu gehorchen verbunden wären; es gibt nur einzelne Kirchen: und das sind die Staaten [1]). Daher ist auch der Regent des bürgerlichen Gemeinwesens zugleich Regent des Staates und Oberhaupt der Kirche. Weltliches und geistliches Regiment sind nicht zu trennen; sie sind Eins. Und wie die Gewalt des Souverains in weltlichen Dingen eine absolut unumschränkte ist, so ist sie es auch in religiösen Dingen. Er allein hat zu bestimmen, was als Canon im Staate gelten soll, d. h. welche Lehren und Meinungen im Staate vorgetragen werden sollen. Die heil. Schrift ist nur dann Regel des christlichen Glaubens und Lebens, wenn sie vom Souverain gesetzlich als Canon eingeführt ist. Das ganze Unterrichtswesen liegt in seiner Hand. Was er zu lehren und zu glauben vorschreibt, das muß angenommen werden; was er befiehlt, das ist gut. Es ist eine aufrührerische Doctrin, daß jede Privatperson über Gut und Bös urtheilen dürfe, oder daß dasjenige Sünde sei, was Jemand gegen sein Gewissen thue. Daß gilt nur für den Naturzustand; im Staate dagegen ist das G e s e t z das ö f f e n t l i c h e G e w i s s e n, durch welches sich leiten zu lassen Jeder verpflichtet ist, sei es in bürgerlichen, sei es in religiösen Dingen. Recht ist nur, was der Souverain als Recht feststellt und anerkennt. Und ebenso verhält es sich mit der religiösen Doctrin und Uebung. Ketzerei ist nichts anderes als eine Privatmeinung, welche hartnäckig behauptet wird, im Gegensatz gegen die Meinung, welche der Souverain zu lehren befohlen hat. Letzterer kann nie Häretiker sein. Wenn es heißt, daß zum Heile Glaube und Gehorsam erforderlich seien, so ist unter dem Gehorsam, den wir zu leisten haben, nichts anderes zu verstehen, als der Gehorsam gegen die Staatsgesetze, denn das allein ist es ja, was uns Gott durch die Naturgesetze vorschreibt. Dies geht soweit, daß, wenn uns ein gesetzlicher Souverain verbieten würde an Christum zu glauben, wir wenigstens äußerlich mit der Zunge diesem Gebote uns fügen müßten; denn Bekenntniß mit der Zunge ist nur ein äußerliches

[1]) De cive c. 17, 21. 22. 28.

Ding; es ist nicht mehr als eine andere Geberde, durch die wir unseren Gehorsam andeuten. Die Verläugnung Christi ist in diesem Falle nicht unsere Handlung, sondern die Handlung des Souverains; nicht wir sind es, welche Christum verläugnen, sondern unser Regent und das Gesetz unsers Vaterlandes [1]).

Dieser unumschränkte Staatsdespotismus, welchen Hobbes proklamirt, erklärt sich uns allerdings aus den Zeitverhältnissen, in welchen Hobbes lebte. In England hatte sich das religiös politische Parteiwesen nahezu zu einem Kriege Aller gegen Alle gesteigert. Dies mußte allerdings den Gedanken erwecken, daß diesen trüben Wirren nur durch eine eiserne Gewalt, welche sich über das ganze Gemeinwesen legte und mit rücksichtsloser Energie Ordnung in dem Chaos schuf, abgeholfen werden könne. Wenn Hobbes diesen Gedanken aufgriff und ihn zu einem förmlichen System verarbeitete, so ist das nicht zu verwundern. Allein damit ist das Hobbes'sche System wohl erklärt, aber nicht principiell gerechtfertigt. Es ist der deistische Gedanke, welcher das ganze System, soweit es ins religiöse Gebiet eingreift, trägt und durchdringt. So lange das Christenthum noch als eine eigentlich göttliche Institution und als auf einer übernatürlichen Offenbarung beruhend anerkannt wird, ist es logisch unmöglich, den christlichen Glauben ganz und gar der unumschränkten Willkür des Staatsoberhauptes zu überantworten, und ihm die ausschließliche Befugniß in die Hand zu geben, Glaubenssätze vorzuschreiben und abzuschaffen. Es ist logisch unmöglich, die kirchliche Gewalt als einen bloßen Ausfluß der weltlichen Gewalt zu betrachten, und der letzteren das ausschließliche Recht der kirchlichen Regierung und des religiösen Unterrichtes zu vindiciren. Nur wo der deistische Standpunkt bereits eingenommen und die Uebernatürlichkeit des Christenthums bereits aufgegeben ist, können solche Lehrsätze aufgestellt werden. Hobbes hat jedoch in dieser Beziehung wenigstens das Verdienst der Consequenz für sich. Er hat sowohl die kirchliche Freiheit, als auch die Freiheit in allen übrigen Gebieten des Lebens ausdrücklich und systematisch in Abrede gestellt, und Alles und Jedes in die Zwangsjacke des omnipotenten Staates gesteckt. Er predigt in all und jeder Beziehung absolute Knechtschaft. Was sollen wir aber dazu sagen, wenn heut zu Tage der „moderne Staat" die

[1]) De cive c. 13, 5. c. 17, 26. 28. Leviath. c. 29. 42.

Hobbes'sche Staatstheorie nach ihrer ganzen Tragweite sich vindicirt, aber nicht eingestehen will, daß das Wesen derselben Knechtschaft sei, vielmehr sie unter der Firma der „Freiheit" zu Markte bringt! Der „moderne Staat" regiert, wie der Hobbes'sche, die Freiheit der Gewissen; denn auch er lehrt, daß das Gesetz des Staates das „öffentliche Gewissen" sei, mit welchem sich Niemand in Widerspruch setzen dürfe; er negirt wie der Hobbes'sche die Unterrichtsfreiheit, selbst was den religiösen und theologischen Unterricht betrifft, und vindicirt sich allein das Recht, allen Unterricht zu besorgen und zu leiten; die Selbstständigkeit und Unabhängigkeit der Kirche ist ihm ein Stein des Anstoßes, er tendirt naturgemäß dahin, die kirchliche Gewalt zu einem bloßen Ressort der Staatsgewalt herabzudrücken und sie dann für seine Zwecke zu gebrauchen; er will, wie der Hobbes'sche Staat, nur dasjenige als Recht gelten lassen, was er durch seine Gesetze als Recht feststellt, und kein Recht anerkennen, welches diesen Gesetzen vorausgeht und mit dem diese Gesetze selbst sich nicht in Conflict setzen dürfen. Und all dieses wird uns vom „modernen Staate" als die wahre und rechte „Freiheit" gepriesen, als deren Messias er sich proclamirt. Kann es wohl noch eine größere Verkehrung der Begriffe geben? Aber gerade diese Verkehrung der Begriffe ist auch das einzige Originelle der „modernen Staatstheorie". Die Grundsätze selbst, welche sie lehrt, hat sie nicht erfunden; sie hat dieselben einfach aus Hobbes herübergenommen, und wie bei diesem, so bildet auch in der „modernen Staatstheorie" das deistische Element den innersten Kern des ganzen Systems. Hobbes war ehrlich; er w o l l t e keine Freiheit und sprach dieses auch offen aus; die „moderne Staatstheorie" will gleichfalls keine Freiheit, aber sie sagt es nicht, sie sagt vielmehr das Gegentheil, indem sie die Knechtschaft unter der Maske der Freiheit vorführt. Das πρωτον ψευδος!

Als die Wogen der Revolution sich wieder verlaufen hatten und der Thron durch Carl II. wieder aufgerichtet war, wurden auch die bischöfliche Kirchenverfassung und die anglikanische Liturgie in ihre alten Rechte wieder eingesetzt. Die Episcopalkirche hatte aber aus den vorangegangenen Umwälzungen nichts gelernt; sie war nachmals gegen die Dissenters ebenso intolerant und ausschließlich, wie vorher. Sie setzte die neue Uniformitätsbill und die Fünfmeilenacte durch, wornach jeder dissentirende Geistliche sich fünf Meilen von jedem Orte, der ein Parlamentsglied wählte, oder wo er vorher gepredigt hatte, fern halten mußte. So suchte sie wieder die Alleinherrschaft zu gewinnen und diejenigen, welche nicht ihrer Ansicht waren, zu unterdrücken. Die großen Reichthümer, in welchen die Bischöfe schwelgten, konnten ihr Ansehen vor den Augen des Volkes nicht heben. Dazu kam, daß am Hofe Carls II., welcher lange in Frankreich gelebt hatte, ein lockeres Leben und ein frivoler Unglaube sich ansetzte, welcher auch in die peripherischen Schichten der Gesellschaft hinausdrang. So kam es, daß Deismus und Freidenkerei auch nach der Restauration den Boden nicht verloren, sondern vielmehr noch üppiger fortwuchern konnten. Die Opposition gegen den Despotismus der Episcopalkirche, die abschreckende Gestalt, welche die Zerrissenheit der kirchlichen Secten darbot, und die sittliche Ungebundenheit in allen Schichten der Gesellschaft waren die Wurzeln, aus welchen Deismus und Freidenkerei auch nach der Restauration naturgemäß hervorwachsen mußten.

Wir übergehen den Deisten Charles Blount, welcher keine hervorragendere Bedeutung hat, und wenden uns sogleich zu dem Manne, welcher die eigentliche Blütezeit des Deismus in England einleitete. Es ist John Locke († 1704). Wir beschäftigen uns nicht näher mit seiner empiristischen Erkenntnißlehre; wir nehmen nur Act davon, daß er alle „Ideen“ aus der Sensation und Reflexion ableitet, und dann die eigentliche Erkenntniß darin bestehen läßt, daß wir die Uebereinstimmung oder Nichtübereinstimmung dieser Ideen durchschauen. Vernunftwahrheiten nennen wir deshalb solche Sätze, deren Wahrheit wir durch Prüfung und Verfolgung solcher Ideen entdecken können, die wir durch Sensation oder Reflexion haben, und die wir durch natürliche Deduction als wahr oder wahrscheinlich finden. Ist eine Wahrheit nicht durch rationelle Ableitung gewonnen, sondern wird sie auf die Auctorität dessen hin angenommen, der sie als auf einem außerordentlichen Wege von Gott mitgetheilt vorträgt, so ist es eine Glaubens- oder Offenbarungswahrheit. — Handelt es sich nun um das Verhältniß zwischen Vernunft und Offenbarung, so können und dürfen wir allerdings an der Wahrheit der göttlichen Offenbarung wegen der göttlichen Wahrhaftigkeit nicht zweifeln; aber wenn die Offenbarung nicht unmittelbar an uns selbst ergeht, sondern uns Wahrheiten als geoffenbarte von anderen vorgelegt werden, dann hat die Vernunft das Recht und die Pflicht zuerst zu untersuchen, ob dasjenige, was als geoffenbart uns vorgestellt wird, wirklich geoffenbart sei, und welches der richtige Sinn desselben sei [1]). Die Vernunft hat also sowohl die Thatsache, ob etwas geoffenbaret sei, als auch den Sinn des Geoffenbarten zu prüfen und zu bestimmen, und ohne diese Prüfung darf und soll sie nichts als Glaubenssatz annehmen [2]). Gerade darin, daß man der Vernunft dieses Recht bestritt, liegt der Grund aller jener Ungereimtheiten, mit welchen fast alle Religionen angefüllt sind [3]).

Wir sehen, diese Verhältnißbestimmung zwischen Vernunft und Offenbarung geht über das rechte Maß hinaus und tritt in die Bahnen des Rationalismus ein. Allerdings kann und muß die Vernunft an die Offenbarung die Forderung stellen, sich als Thatsache hinreichend zu begründen, so daß die Vernunft über die Thatsache der Offenbarung sich genügend vergewissern könne. Aber es ist nicht Sache der individuellen Vernunft, den wahren Sinn des Geoffenbarten zu bestimmen: das ist Sache der unfehlbaren Lehrauctorität. Für denjenigen allerdings, welcher diese unfehlbare Lehrauctorität nicht anerkennt, bleibt nichts mehr anderes übrig, um den „wahren Sinn" des Geoffenbarten zu bestimmen, als die individuelle Vernunft; aber daraus folgt eben, daß der Abfall von der unfehlbaren Lehrauctorität nothwendig zum rationalistischen Subjectivismus führen muß, insoferne nur mehr die subjective Vernunft allein die Schiedsrichterin in Glaubenssachen sein kann. Und das ist eben der Standpunkt des Deismus.

Fragen wir nun, welches denn nach Locke's Ansicht der „wahre Sinn" des Offenbarungsinhaltes sei, so finden wir die Resultate seiner Prüfung in einer von ihm im J. 1695 herausgegebenen Schrift, welche den Titel führt: „Vernünftigkeit des Christenthums, wie es in der Schrift überliefert ist" [4]). „Adam", so lehrt Locke, „verlor durch seinen Fall das Paradies, d. h. einen Zustand der Glückseligkeit und Unsterblichkeit. In Folge seines Falles sind alle seine Nachkommen in einem Zustande der Sterblichkeit und entbehren des Segens und der Ruhe des Paradieses. Auf jenen Zustand

---

[1]) Essay conc. human. understanding (Lond. 1854), l. 4, c. 16, 4. c. 18, 8.

[2]) Ib. l. 4, c. 18, 8. 10.

[3]) Ib. l. 4, c. 18, 11.

[4]) The Reasonableness of Christianity, as delivered in the scriptures.

der Unsterblichkeit hatte aber der Mensch keinen Rechtsanspruch; deshalb, wenn alle Menschen nach Adam sterben, so ist dieses keine Strafe um fremder That willen. Denn es wird ja dem Einzelnen nichts genommen, worauf er ein Recht hätte. Würde Einer das Gesetz Gottes vollkommen erfüllen, dann würde er dem Tode nicht unterworfen sein; aber es sündigen eben Alle. Aus diesem Zustande des Todes werden nun alle Menschen durch Christum wieder hergestellt, und zwar ist das Leben, das er wiederschenkt, dasjenige, welches sie bei der Auferstehung wieder erhalten". Die Bedingung aber, unter welcher sie das Leben durch Christum wieder empfangen, ist Gehorsam und Glaube. Was zuerst den Gehorsam betrifft, so besteht das Gesetz, welchem der Mensch Gehorsam zu leisten hat, theils in dem mosaischen Moralgesetz, welches kein anderes ist als das natürliche Sittengesetz, theils in neuen Geboten, welche Christus gegeben hat. Mächtig unterstützt wird der Mensch in der Befolgung dieses Gesetzes durch die bestimmte Aussicht auf Belohnung und Bestrafung in einem jenseitigen Leben, welche bestimmte Aussicht wir aber wiederum dem Christenthume verdanken. Der Gehorsam selbst schließt aber nicht blos das Bestreben in sich, das Möglichste zu thun, um alle Handlungen nach dem Gesetze Gottes einzurichten, sondern auch die Buße, d. i. das Bereuen der begangenen Sünden. Jedoch ist und bleibt unser Gehorsam immer ein unvollkommener. Darum muß mit dem Gehorsam der Glaube sich verbinden, um den Mangel des vollen Gehorsams zu ersetzen. Ohne vollkommenen Gehorsam kann Niemand zum Leben gelangen; wäre also der Glaube nicht, welcher den Mangel des vollkommenen Gehorsams ersetzte, so wären alle verloren. Der Glaube beschränkt sich aber, was seinen Inhalt betrifft, auf einen einzigen Glaubensartikel, nämlich auf den Satz: daß Jesus von Nazareth der Messias sei. Dieser Glaube an Jesum als den Messias wird den Christen als Gerechtigkeit, d. h. als vollkommene Erfüllung des Gesetzes angerechnet [1]).

Diese Lehrmeinungen sind unverkennbar denen des Hobbes nachgebildet und man kann nicht läugnen, daß der Grundgedanke, welcher sich durch dieselben hindurchzieht, der socinianische ist. Der Socinianismus war ja überhaupt nur der Vorläufer des Deismus,

[1]) Lechler a. a. O. S. 166 ff.

und wir dürfen uns daher nicht wundern, wenn wir die Gedanken desselben in den deistischen Systemen einer späteren Zeit wiederkehren sehen [1]). Hobbes hat damit den Anfang gemacht jene Gedanken für sein System zu verwerthen; Locke ist ihm hierin nachgefolgt. Darin aber weicht Locke entschieden von Hobbes ab, daß er den straffen Staatsabsolutismus des letzteren nicht billigt, vielmehr im Gegensatze hiezu für eine unumschränkte Duldung sich ausspricht. Locke ist Latitudinarier. In seinen „Briefen über die Toleranz" vertheidigt er den Satz, daß jede religiöse Ansicht und Gemeinschaft gleichmäßig und ohne jede Beschränkung geduldet werden solle. Der Staat ist ein Verein ausschließlich für bürgerliche Interessen, d. h. für Leben, Freiheit, leibliches Wohl und Besitz äußerer Dinge. Nur auf diese Dinge erstreckt sich die Gerichtsbarkeit der Obrigkeit; zur Sorge für die Seelen hat sie keine Vollmacht, weder von Gott noch von dem Volke. Speculative Meinungen und Glaubensartikel kann also der Staat weder gebieten, noch verbieten. Allerdings, was praktische Meinungen betrifft, darf die Obrigkeit keine Meinung dulden, welche der Erhaltung der bürgerlichen Gesellschaft gefährlich wäre, und eine Kirche, welche solche Meinungen lehrte, z. B. daß excommunicirte Könige ihre Kronen und Reiche verwirkt hätten, dürfte der Staat nicht dulden. Weiter aber erstreckt sich seine Befugniß in diesem Gebiete nicht. Und was die Kirche betrifft, so ist dieselbe ein freier Verein; sie kann also Niemand zwingen, ihr beizutreten; sie hat zwar das Recht, Andersgesinnte aus ihrem Vereine auszuschließen, aber diese Ausschließung darf keine bürgerlichen Nachtheile nach sich ziehen. — Der Grundgedanke, welcher dieser Duldungstheorie zu Grunde liegt, ist, wie Lechler mit Recht bemerkt [2]), kein anderer, als die absolute Trennung des Staates von der Kirche. Dem Staate als solchem ist jede Kirche, jede religiöse Gemeinschaft gleichgiltig, wenn sie nur seinen Interessen nicht gefährlich wird. Er ist wesentlich religionslos. Aber freilich hat wiederum Niemand anderer darüber zu entscheiden, ob und in wie ferne eine religiöse Gemeinschaft den staatlichen Interessen gefährlich sei, als der Staat selbst. Und damit ist ihm schon wieder eine Handhabe in die Hand gegeben, um gegen mißliebige Religionsgemeinschaften zu operiren.

[1]) Vgl. über den Socinianismus meine Gesch. der Phil. des Mittelalters Bd. 3, S. 608 ff.

[2]) A. a. O. S. 176.

Der Despotismus verschwistert sich auch hier wiederum mit der zur Schau getragenen Theorie der Freiheit, nur daß es hier in die Entscheidung des Staates gelegt ist, nach welcher Seite hin dieser Despotismus sich äußern solle. Nach welcher Seite hin die despotische Unterdrückung aber naturgemäß sich richten werde, das hat Locke selbst eingestanden, indem er in ziemlich unverblümter Weise den „Papismus" von der allgemeinen Duldung ausnimmt, und die neuere Zeit, welche vielfach mit Locke die absolute Trennung des Staates von der Kirche proclamirt, hat darüber nicht den mindesten Zweifel übrig gelassen.

Blicken wir nochmal zurück auf die religiösen Ansichten Locke's, so sehen wir leicht, daß, wenn es Sache der Vernunft ist, den wahren Sinn des Offenbarungsinhaltes zu erforschen und festzustellen, dieser Offenbarungsinhalt auch nach seinem ganzen Umfange der Vernunft in gleicher Weise zugänglich sein müßte, wie die Vernunftwahrheiten. Man kann dann allerdings noch sagen: die Vernunft für sich allein könne zwar nur sehr schwer oder vielleicht gar nicht zur Erkenntniß der Offenbarungswahrheiten kommen, aber nachdem sie einmal geoffenbaret seien, könne die Vernunft sie eben so gut verstehen und begründen, wie die Vernunftwahrheiten. Denn wie könnte sie denn sonst den wahren Sinn derselben bestimmen? Das heißt aber nichts anderes als: Das Christenthum schließt in seinem Inhalte kein eigentliches Mysterium ein, welches über die Fassungskraft der Vernunft hinausginge.

Diese ganz naturgemäße Folgerung wurde dann auch wirklich gezogen. Es ist John Toland († 1722), welchem wir dieselbe verdanken. In seinem Buche: „Das Christenthum ohne Geheimniß" [1]), herausgegeben im J. 1696, sucht er, auf den Principien der Locke'schen Erkenntnißlehre fußend, den Satz durchzuführen, daß das Christenthum kein Geheimniß weder enthalte, noch enthalten könne. Er behauptet zwar, daß der Inhalt des Christenthums von Gott geoffenbaret und daß diese Offenbarung als Thatsache durch Wunder bekräftigt worden sei; er nimmt auch keinen Anstand, zuzugeben, daß die im Christenthume gegebenen höheren Wahrheiten ohne die Offenbarung nicht hätten entdeckt, oder wenigstens nicht klar hätten eingesehen werden können. Allein er betrachtet die

---

[1]) Christianity not mysterious.

Offenbarung nur als Unterrichtsmittel, d. h. als den Weg, auf welchem wir zur Erkenntniß jener Wahrheiten gelangen. Der Grund aber, aus welchem wir die Ueberzeugung von der Wahrheit des Offenbarungsinhaltes schöpfen, ist nach seiner Ansicht nicht die Offenbarung selbst, resp. die Auctorität des offenbarenden Gottes, sondern die Evidenz der Vernunft. Deshalb und nur deshalb glauben wir an die hl. Schrift, weil ihr Inhalt unserer Vernunft evident ist, d. h. weil wir uns aus Vernunftgründen von der Wahrheit dessen überzeugt haben, was die hl. Schrift lehrt. Denn die Vernunft ist die einzige Grundlage aller Ueberzeugung, aller Gewißheit. Was würde es nützen, sich für die Wahrheit des Schriftinhaltes auf die Kirche zu berufen? Stellt ja jede Kirche, jede religiöse Gemeinschaft das als wahr hin, was sie in der Schrift finden zu müssen glaubt. Was würde es nützen, zu sagen, die Schrift gebe sich selbst Zeugniß? Das könnte man mit gleichem Rechte auch vom Alkoran sagen. Es bleibt nichts anderes übrig, als sich auf die Vernunft zurückzuziehen und auf ihr Zeugniß allein zu hören.

Verhält es sich aber also, dann folgt daraus nothwendig, daß im Evangelium nicht nur nichts der Vernunft zuwider, sondern daß auch nichts in demselben über die Vernunft sein, also kein eigentliches Geheimniß im Evangelium sich finden könne. Denn wäre Etwas im Evangelium über die Vernunft, wie wäre denn dann noch ein Glaube an dasselbe möglich? Die Vernunft wäre ja nicht im Stande, es zu verstehen, es zu begründen, es sich evident zu machen, — und außer der Vernunft gibt es ja keine andere Grundlage, keine andere Gewähr der Gewißheit. Und was soll man sich auch für einen Begriff von dem Uebervernünftigen als solchem machen? Sagt man, es sei etwas übervernünftig, wenn wir keine adäquate Idee von allen seinen Eigenschaften oder gar keine Idee von seinem Wesen haben, so ist darauf zu erwiedern, daß ja in dieser Voraussetzung Alles übervernünftig wäre, da wir nichts vollständig und schlechthin kennen, sondern nur so weit, als es zu uns in einer Beziehung steht. Die reale Wesenheit der Dinge kennen wir ja überall nicht, und die Nominalwesenheit ist nur die Einheit der Haupteigenschaften, die wir im Namen zusammenfassen. Daher kann auch eine christliche Lehre ebensowenig, wie ein Naturding, deswegen für ein Geheimniß angesehen werden, weil wir keine adäquaten und vollständigen Ideen von Allem haben, was dieselbe betrifft. Es kann und muß vielmehr in der christlichen Lehre, eben weil sie für uns so nützlich und nothwendig ist, Alles ebenso leicht verstanden und mit unseren gewöhnlichen Begriffen übereinstimmend befunden werden, als was wir von Naturdingen wissen. Wenn in der hl. Schrift von „Mysterien" die Rede ist, so versteht sie darunter nur entweder Thatsachen, welche blos Gott bekannt und in seinem Rathschlusse enthalten sind, oder aber Ereignisse, die in der Welt völlig vergessen waren, und deshalb unmöglich von irgend Jemand, war er auch noch so weise und gelehrt, entdeckt werden konnten, oder endlich Lehren, welche dem Volke Gottes unbekannt, oder wenigstens bis auf die neutestamentliche Zeit nicht klar und vollständig geoffenbart, sondern typisch verschleiert waren. Fragt man, wie denn doch der Begriff des Geheimnisses im Sinne von Uebervernünftigem in das Christenthum hineinkam: so geschah solches ursprünglich durch Anbequemung im Judenthum und Heidenthum, indem die bekehrten Juden ihre levitischen Gebräuche und Feste, die Heiden ihre Mysterien beibehalten wollten, und so das Christenthum, um es nicht der Verachtung der Ungläubigen auszusetzen, auf gleichen Fuß mit den Mysterien der Ceres und den Orgien des Bachus setzten. Und als einmal die Philosophen es in ihrem Interesse fanden, Christen zu werden, wurde das Christenthum von Tag zu Tag geheimnißvoller, indem diese unter dem Vorwande, das Christenthum durch Philosophie zu vertheidigen, beides so vermischten, daß, was bisher Jedem deutlich war, nur noch Gelehrten verständlich blieb. Als endlich die höchste Obrigkeit das Christenthum offen schützte, wurde das Christenthum vollends paganisirt, in so fern die neuerfundenen christlichen Mysterien den alten Mysterien der heidnischen Religion nicht blos in dem Namen, sondern auch in den Vorbereitungen und Stufen der Einweihung völlig gleich wurden. Die neuen Mysterien wurden über den Bereich alles Sinnes und aller Vernunft in Sicherheit gebracht, ja damit keiner vom Clerus diese erhabenen Mysterien den profanen Laien entdecken möchte, fand man passend, das Verständniß derselben selbst dem „hl. Stamm" unmöglich zu machen [1]).

Wir wollen nicht hinweisen auf die Nachwirkungen dieser Lehre in unserer Zeit; die Encyclica Pius IX. hat sich hierüber klar und bestimmt ausgesprochen, und alles Herabziehen der christlichen

[1]) Lechler, a. a. O. S. 180 ff.

Mysterien in den Bereich der Vernunftwahrheiten unter was immer für einer Voraussetzung als ein irrthümliches Unternehmen bezeichnet.

Gehen wir weiter. Wenn schon die bisherigen Deisten die individuelle Vernunft als die alleinige Schiedsrichterin in Glaubenssachen zur Geltung gebracht hatten, so werden wir es erklärlich finden, wenn dieses Princip endlich dem theologischen Despotismus der bischöflichen Staatskirche gegenüber formell proklamirt und vertheidigt wurde. Es war Anthony Collins († 1729), welcher diesen Schritt vorwärts that. Eng befreundet mit Locke und dessen Grundsätze theilend, schrieb er im Jahre 1713 eine „Abhandlung über das Freidenken, veranlaßt durch das Aufkommen und Wachsthum einer Secte sogenannter Freidenker“ [1]). Diese Schrift ist mit einer tiefen Verbitterung gegen die Vertreter der Episcopalkirche geschrieben, welche die von ihnen aufgestellten Glaubenssätze als allgemein giltig anerkannt wissen, und mit unduldsamer Härte sie Allen zur Annahme aufdrängen wollten. Diesem despotischen Drucke gegenüber tritt Collins entschieden für das „Freidenken“ ein, d. h. für eine Berechtigung der individuellen Vernunft, selbst zu prüfen und zu untersuchen, was in religiösen Dingen als Wahrheit anzunehmen sei und was nicht.

Unter „Freidenken“ versteht nämlich Collins nach seiner ausdrücklichen Erklärung „den Gebrauch des Verstandes in dem Bemühen, die Meinung (Sinn) eines Satzes ausfindig zu machen, indem man das Wesen der Evidenz, die dafür oder dagegen ist, erwägt, und gemäß der scheinbaren Schwäche oder Stärke dieser Evidenz darüber urtheilt“. Als Gegensatz gegen das Freidenken setzt er den blinden Auctoritätsglauben. Wir müssen aufhören, sagt er, uns auf die „Priester“ zu verlassen, und müssen frei für uns selbst denken. Die „Priester“ betrügen uns nur; sie haben kein Interesse uns zu der wahren Ansicht zu führen; sie sind nur dazu gemiethet, die Menschen in Irrthum hineinzuführen; sie studiren auch nicht die Theologie im eigentlichen Sinne dieses Wortes, sondern streben nur nach Aufrechterhaltung eines bestimmten theologischen Systemes.

Dieses Freidenken nun wird von Collins als ein unveräußerliches Recht aller Menschen proklamirt. Es ist ein Recht, sagt er

---

[1]) A discourse of Free-Thinking, occasioned by the Riese and Growth of a Sect call'd Free-Thinkers, Lond. 1713.

welches nicht beschränkt werden kann; denn das Denken kann nicht beschränkt werden außer durch einen Grund oder Gedanken, welcher mir zeigt, daß es mir nicht erlaubt ist, über den Gegenstand zu denken, über den ich will, d. h. „das Denken kann nur durch sich selbst beschränkt werden, und was sich selbst beschränkt, ist frei". — Das Freidenken ist aber auch ein Recht, welches nicht beschränkt werden darf. Denn fürs erste ist es das einzige Mittel, um zur Erkenntniß der Wahrheit, namentlich der religiösen Wahrheit, zu gelangen. Ist eine richtige religiöse Ansicht zum Heil nothwendig, so muß frei gedacht werden; sonst ist es reiner Zufall, wenn man die richtige Meinung trifft, während beim Denken und Prüfen die Evidenz den Menschen für die Wahrheit bestimmt. Fürs zweite trägt das Freidenken zum Wohle der Gesellschaft wesentlich bei; denn es bringt nur Schaden, wenn man gewisse Speculationen, seien sie wahr oder falsch, Andern aufzwingt; geselliger Friede und Ordnung hängt von Erfüllung der sittlichen Pflichten ab, der Eifer, Anderes als sittliche Pflichten zu beobachten, schwächt den Eifer in sittlichen Dingen, und schadet dem Frieden; eifert man für die Priester, so lassen sie Einem sogar Laster hingehen. Fürs dritte endlich ist uns durch die Bibel selbst das Freidenken erlaubt und geboten. Christus selbst fordert auf, in der Schrift zu suchen, und ihren Sinn zu erforschen; er verbot seinen Schülern sich Rabbi nennen zu lassen, d. h. er sprach unfehlbare Auctorität Jedermann ab. Der Apostel Paulus brauchte in seinen Reden und Briefen Gründe und Beweise, ließ also eben damit die Christen, an welche er schrieb, und alle seine Leser in alle Zukunft über die Beweiskraft derselben entscheiden. Schon die Propheten des alten Bundes sind große Freidenker gewesen, sie haben mit so großer Freiheit gegen die bestehende Religion der Juden geschrieben, wie wenn sie geglaubt hätten, Alles sei Betrug. Ueberdies sind auch alle anderen durch Verstand und Tugend ausgezeichneten Männer von jeher Freidenker gewesen, wie Sokrates, Plato, Aristoteles u. s. w. Wendet man ein, daß das Freidenken endlose Meinungsverschiedenheiten, mithin Unordnung in der Gesellschaft hervorrufen werde, so ist darauf zu erwiedern, daß gerade umgekehrt die Beschränkung des Denkens Ursache aller Verwirrung und die Freiheit des Denkens allein das Heilmittel für alle diese Unordnungen sei, welche angeblich aus Meinungsverschiedenheit entspringen. Ist doch in Griechenland durch die verschiedenen philosophischen Schulen nie Verwirrung entstanden auch hatte man keine polemische Theologie. Woher das? Weil man Freidenken und Meinungsverschiedenheit gestattete [1]).

Wir sehen, Collins hat von der wahren Freiheit des Denkens innerhalb des Kreises der durch eine unfehlbare Lehrauctorität getragenen Offenbarung keinen Begriff. Ihm ist die Freiheit des Denkens nicht möglich ohne Auflehnung gegen den positiven Lehrinhalt des Christenthums. Sein „Freidenken" ist die Emancipation der individuellen Vernunft von der Auctorität der göttlichen Offenbarung. Auf seinem Standpunkte hatte er Recht. Die englische Hochkirche konnte innerhalb ihres Kreises kein freies Denken ertragen. Denn so wie das Denken an sie und ihr Lehrsystem herantrat, mußte es sich augenblicklich die Frage stellen: Was hat diese Kirche für ein Recht, Glaubenssätze als bindende Normen aufzustellen? Es ist kein Rechtstitel dafür zu finden. Sie muß also dem Denken seine Berechtigung absprechen, wenn sie sich aufrecht erhalten will. Dagegen muß aber das Denken mit aller Entschiedenheit sich auflehnen. Es muß seine Berechtigung und seine Freiheit wahren, und daher in entschiedenen Gegensatz treten mit einer Gewalt, welche ihm sein Recht und seine Freiheit rauben will. Das ist eine nothwendige Consequenz aus den vorausgesetzten Prämissen, und wenn Collins diese Consequenz zur Geltung gebracht hat, so war er in seinem Rechte. An der Freiheit des Denkens mußte die englische Hochkirche, muß überhaupt der Protestantismus zu Grunde gehen. Die katholische Kirche allein kann ein freies Denken ertragen, weil sie vollkommen giltige Gründe für ihre göttliche Einsetzung und für ihre unfehlbare Lehrauctorität darbietet, und so den Forderungen, welche die Vernunft an sie zu stellen berechtigt ist, vollständig genügt.

Es ist klar, daß, nachdem einmal die individuelle Vernunft in *religiösen* Dingen zur alleinigen Schiedsrichterin erhoben war, dieses Princip a fortiori auch auf die *Moral* angewendet werden mußte. Ist das „Freidenken" im Gebiete der Religion berechtigt, so noch mehr im Gebiete der Sittlichkeit. Wenn es Sache der Vernunft allein ist, den wahren Inhalt der Religion festzustellen, so ist es ebenso ausschließlich ihre Sache den wahren Inhalt der Moral ausfindig zu machen und zu bestimmen. Wie sich das „Freidenken" bei den englischen Deisten gegen die positive Religion, so mußte es sich

[1]) Lechler, a. a. O. S. 222 ff.

auch gegen die positive Moral wenden. Eine rein natürliche Vernunftmoral mußte an die Stelle der positiven Moral treten. Und diese Vernunftmoral mußte von der Religion ganz abgetrennt werden. Die Anhänger der Orthodoxie gingen von dem Grundsatze aus, daß die Moral mit der Religion untrennbar verbunden sei, daß also eine Moral ohne Religion nicht möglich sei. Gegen diese Theorie mußte der Deismus sich wenden, wenn er sich selbst treu bleiben, und seine Consequenzen sämmtlich zu Tage fördern wollte. Wie die Vernunft, so mußte auch der Wille in sittlicher Beziehung von der Dictatur der Religion emancipirt werden. Es geschah wirklich. Wir stehen bei jener Entwicklungsstufe des englischen Deismus, auf welcher die Trennung der Moral von der Religion, die sog. „ethische Autonomie“ proklamirt wurde.

Der hauptsächlichste Vertreter dieser Richtung ist Anthony Cooper, Graf von Shaftesbury († 1713). Er ist Freidenker im vollsten Sinne dieses Wortes. Er fordert vollkommene Freiheit des Denkens und Prüfens in dem doppelten Sinne, daß das Denken weder extensiv noch intensiv beschränkt werde; kein Kreis von Gegenständen soll dem Denken entzogen, über dasselbe hinausgeschoben, und in keinem Stadium des Denkens soll mit demselben Halt gemacht werden. Derjenige, meint er, muß von Gott eine sehr ungünstige Vorstellung haben, welcher sich einbildet, daß ein unparteiischer Gebrauch der Vernunft bei irgend einem Gegenstande der Speculation ihm im Jenseits eine Gefahr bringen könne, und daß eine niederträchtige Verläugnung seiner Vernunft und eine Affectation des Glaubens in irgend einem Punkte, der für seinen Verstand zu schwer ist, ihm Ansprüche auf eine Gunst in einer andern Welt geben könne. Die Offenbarung rechtfertigt sich selbst durch ihren Gehalt und braucht keine Prüfung zu scheuen. Wenn sie nur auf Grund äußerlicher Beweise und als historisches Fürwahrhalten eine Wahrheit ist, dann steht sie auf schwachem Grund. Inspiration und Infallibilität so weit sie die Kritik ausschließen, bedarf der Protestantismus nicht; die Schrift hat keine Kritik, keine Vergleichung zu fürchten. Auch ist der Natur der Sache nach Verschiedenheit der Auffassung und Beurtheilung bei ihr nicht zu vermeiden. Durch Wunder soll man keinen Eindruck auf sich machen lassen. Denn ist das Wunder auf Seite des Glaubens, so ist es überflüssig und man bedarf desselben nicht; ist es gegen den Glauben, so wird man, sei es so groß als es will, nie im Geringsten darauf Rücksicht nehmen, oder es für Betrug halten, und komme es auch von einem Engel [1]).

Steht also Shaftesbury ganz auf dem Standpunkte Collins, so besteht aber das Eigenthümliche, das ihn von den übrigen Freidenkern unterscheidet, wie schon gesagt, darin, daß er ein weiteres Moment des Deismus formell zur Geltung brachte, nämlich das Princip der „ethischen Autonomie". Er unterscheidet dreierlei Neigungen, wodurch die Handlungen der Menschen bestimmt werden. Die ersten gehen auf das Gemeinwohl, und sind natürliche, die andern auf das Privatwohl und sind selbstische, die dritten endlich wirken den beiden ersteren entgegen, und sind unnatürliche Neigungen. Letztere nun sind durchaus böse, die beiden ersteren dagegen können bald gut, bald böse sein [2]). Ist nämlich eine selbstische Neigung so stark, daß das Interesse des Ganzen damit nicht zusammenbestehen kann, daß sie also die Neigungen für das Gemeinwohl überwiegt und zurückdrängt, so ist sie böse. Ist sie dagegen bis zu dem Grade gemäßigt, daß die Neigungen für das Gemeinwohl mit ihr zusammenbestehen können, dann ist sie gut [3]). Dasselbe gilt umgekehrt von den Neigungen für das Gemeinwohl, wenn man sie im Verhältnisse zu den Neigungen für das Privatwohl denkt. Es kommt also, um sittlich gut zu leben, überall darauf an, daß man einerseits alle unnatürlichen Neigungen ablegt, und daß man anderseits die natürlichen und selbstischen Neigungen in das rechte, natürliche Gleichgewicht zu einander bringt, um sie so mit dem Endzwecke der menschlichen Natur in Einklang zu setzen. Die geselligen Neigungen müssen vorwiegen, die selbstischen ihnen untergeordnet sein, so aber, daß auch die ersteren das rechte Maß nicht überschreiten und die letzteren nicht ungebührlich zurückdrängen [4]). Tugend und Sittlichkeit ist somit die Harmonie der selbstischen und geselligen (idiopatischen und sympathischen) Neigungen [5]). In der Herstellung dieser Harmonie und in der Bethätigung derselben werden wir geleitet durch einen gewissen sittlichen Instinkt, welchen wir moralischen Sinn nennen können. Mit der

---

[1]) Lechler, a. a. O. S. 251 ff.

[2]) Shaftesbury, Philos. Werke, Bd. 2. Untersuchung über die Tugend. (Uebersetzung, Leipzig 1777) 1. Buch, Th. 1, Absch. 3, S. 107.

[3]) Ebds. Buch. 1, Th. 1, Absch. 2, S. 27 ff.

[4]) Ebds. B. 1, Th. 3, Absch. 1, S. 48.

[5]) Ebds. B. 1, Th. 2, Absch. 3, S. 33 ff.

Tugend ist die Glückseligkeit unmittelbar verbunden, die natürlichen Neigungen, welche auf Liebe, Wohlwollen und Sympathie mit der Gattung sich gründen, sind zugleich die Hauptmittel zum Genuß. Wollte man das Vergnügen berechnen wie andere Dinge, so könnte man sagen, neun Zehntheile der Lebensfreuden entstehen aus der Theilnahme an der Freude Anderer und aus dem Bewußtsein, sich um Andere verdient gemacht zu haben. Dagegen heißt aber auch lasterhaft sein zugleich elend und unglücklich sein [1]).

So sehen wir also hier die Moral ganz auf sich allein gestellt, die Religion hat damit nichts zu schaffen. Die Begriffe von Recht und Unrecht, sagt Shaftesbury, sind unabhängig vom Begriffe Gottes [2]). Man kann sittlich gut und tugendhaft sein, ohne an Gott zu glauben, ohne eine Religion zu haben. Der Atheismus stiftet an und für sich für die Sittlichkeit weder Nutzen noch Schaden, weil er nicht unmittelbar falsche Begriffe von Recht und Unrecht verursacht [3]). Nicht genug. Die Religion ist für die Sittlichkeit nicht blos nicht nothwendig, sondern sie kann sogar der Sittlichkeit nachtheilig und schädlich sein. Wenn nämlich die Religion das Motiv der Sittlichkeit in die Aussicht auf künftige Belohnung und Bestrafung in einem jenseitigen Leben setzt, so hat die Tugend des Menschen gar keine Stütze und Versicherung mehr, wenn dieser Grund, auf welchen sie gebaut ist, wankend wird, d. h, wenn der Zweifel über diese an sich so ungewissen Aussichten rege wird. Ist dagegen dieser Glaube stark und der Seele tief eingeprägt, so wird er bewirken, daß die Menschen die Vortheile und Pflichten dieses gegenwärtigen Lebens, die Pflichten gegen ihre Freunde, Nachbarn und gegen ihr Vaterland verabsäumen. Macht man ja dem Christenthume nicht ganz mit Unrecht den Vorwurf, daß Privatfreundschaft, Eifer für das Gemeinwohl und für das Vaterland keine wesentlichen Theile seines Tugendsystemes seien. Keine Belohnung also und keine Bestrafung einschärfen, läßt der Uneigennützigkeit mehr Platz; die Tugend ist alsdann freie Wahl und die Großmuth wird unverletzt erhalten [4]).

---

[1]) Shaftesbury, Philos. Werke, B. 2, Th. 1, Absch. 3, S. 121—218.

[2]) Ebds. B. 1, Th. 3, Absch. 2, S. 60.

[3]) Ebds. S. 55 ff. 62, Absch. 3, S. 84.

[4]) Ebds. S. 84.

Nur unter einer gewissen Bedingung und in einer gewissen Hinsicht ist die Religion für die Sittlichkeit von Vortheil. Wenn nämlich vermöge der Verderbniß der menschlichen Natur der wahre Beweggrund, die Vortrefflichkeit der Tugend, unzureichend ist, um zur Tugend aufzumuntern, dann soll Lohn und Strafe zu Hilfe gezogen, und dann in keiner Hinsicht herabgesetzt oder vernachlässigt werden. Wenn den Neigungen zum Gemeinwohl böse Leidenschaften widerstreben, wenn böse Gedanken das Gemüth eingenommen haben, dann kann die Aussicht auf künftige Belohnung und Bestrafung als Gegengewicht und Heilmittel wirken. Und wird dann vollends unter der Hoffnung auf Belohnung verstanden die Liebe und Sehnsucht nach tugendhaften Freuden, nach Ausübung der Tugend im andern Leben, so ist solche Hoffnung ein Beweis der Liebe zur Tugend um ihrer selbstwillen. Dieses Princip ist dann nicht selbstisch; vielmehr wird dadurch die Tugend erst ganz vollkommen. In dieser Hinsicht steht der Atheismus, was seinen Werth für die Sittlichkeit betrifft, hinter dem Glauben an Gott weit zurück [1]).

Also als ein Hilfsmittel der Sittlichkeit wird die Religion noch anerkannt, jedoch nur in Bezug auf solche Menschen, bei welchen das wahre Motiv der Sittlichkeit, die Tugend um ihrer selbstwillen, nichts verfängt, sei es, daß sie zu gemein oder daß sie zu schlecht sind, um zu dieser Höhe des Gedankens sich zu erheben. Wie tief ist dieses Princip heut zu Tage in das öffentliche und Privatleben eingedrungen! Die Religion ist gut für den Pöbel, als ein Hemmschuh für seine gefährlichen Bestrebungen; für die „Gebildeten“ ist sie nicht nöthig. Sie brauchen keinen Gott. Sie sind sittlich ohne Religion und ihre „sittliche Bildung“, ihr „sittlicher Ernst“ reicht aus und ist mehr werth, als alle Uebung religiöser Vorschriften. Das sind die Gedanken, welche man heut zu Tage so oft und in so verschiedenartigen Wendungen aussprechen hören kann. Gewiß, sie sind nur eine praktische Anwendung jener „ethischen Autonomie“, welche dem englischen Deismus entstammt und im Laufe der Zeit in das Leben der Völker eingedrungen ist. Auch in dieser Beziehung zehrt unsere Zeit nur von den Abfällen der „religiösen Aufklärung“ vergangener Zeiten.

---

[1]) Shaftesbury, Philos. Werke. S. 85 ff. Vgl. Lechler, a. a. O. S. 249.

So waren also im Fortgange des englischen Deismus Vernunft und Wille zugleich von der Herrschaft der positiven Religion emancipirt, „Freidenken“ und „ethische Autonomie“ war an die Stelle des Glaubens und des Gehorsams gegen die Gesetze der Offenbarung getreten. Das Werk der „Befreiung“ war vollendet; nun mußte eine neue Phase der Entwickelung des Deismus eintreten. Das „freie“ Denken wendet sich nun direct gegen die positive Religion und greift sie in ihren Grundlagen an. Es genügt der individuellen Vernunft nicht mehr, die alleinige Schiedsrichterin in Sachen der positiven Religion zu sein, sie sucht vielmehr dieselbe gänzlich zu beseitigen, um in ihrer Autonomie vollkommen unbehelligt zu sein und keinen Nebenbuhler mehr neben sich zu haben. Der Kampf wendet sich also gegen die Grundlagen der positiven Religion, gegen die Beweise der Glaubwürdigkeit der Offenbarung, gegen die Weissagungen und Wunder, um durch Untergrabung dieser Fundamente das darauf gegründete Gebäude zum Einsturz zu bringen. Wir stehen bei der merkwürdigen Debatte über die Weissagungen und Wunder, welche sich im Schooße des englischen Deismus entspann.

Die Debatte wurde eingeleitet durch den Freidenker Collins, von dem wir bereits gesprochen haben. Ein englischer Gelehrter, William Whiston, hatte die Hypothese eines doppelten Sinnes verworfen, und den Satz aufgestellt, daß die Weissagungen der Propheten in ihrem einzigen, nämlich buchstäblichen Sinne, sich nur auf die Heilsordnung des Evangeliums beziehen, und von Jesus und seinen Aposteln mit Recht als Beweis, daß er der Messias sei, angewendet worden seien. Dagegen nun erhebt sich Collins. Er behauptet, daß der Hauptbeweis für das Christenthum allerdings der Beweis aus den Weissagungen sei, daß aber die Weissagungen nie unmittelbar und nach ihrem buchstäblichen Sinne auf Christum und die christliche Heilsordnung gehen, sondern nur typisch und allegorisch sich darauf beziehen. So ist z. B. Jes. 7, 14. das eigene Kind des Propheten gemeint, und es ist eine sehr große Abgeschmacktheit, zu glauben, der Prophet habe die Geburt Jesu buchstäblich und unmittelbar vor Augen. Die Weissagung ist also in jener Zeit buchstäblich erfüllt worden durch die Geburt eines Sohnes des Propheten und sie wurde allegorisch oder typisch erfüllt durch die Geburt Jesu, in so fern die Geburt des Prophetensohnes sich typisch verhielt zu der Geburt Jesu. So verhält es sich mit allen übrigen Weissagungen, welche im neuen Testamente citirt werden. Im buchstäblichen Sinne beziehen sie sich immer auf andere Gegenstände, als auf die, welche sie beweisen sollen; nur insoferne sich die ersteren typisch zu den letzteren verhalten, können und müssen sie auch auf die letzteren bezogen werden.

Es legt sich hier ganz gewiß die Frage nahe, ob denn unter dieser Voraussetzung der Weissagungsbeweis noch bündig sei, ob man aus den Weissagungen überhaupt noch einen giltigen und stringenten Beweis für die Wahrheit des Christenthums herleiten könne, wenn sie blos typisch oder allegorisch zu erklären sind? Collins beantwortet diese Frage nicht; aber Jedermann sieht, daß der Weissagungsbeweis, wie er im neuen Testamente selbst für die Wahrheit des Christenthums geführt wird, unter der gedachten Voraussetzung sehr precär wird, und auf sehr schwachen Füßen steht. Wie willkürlich sind denn auch allegorische Deutungen! Mit dem gleichen Rechte, mit welchem der Eine diese allegorische Deutung aufstellt, kann der Andere eine ganz andere allegorische Deutung ein und desselben Gegenstandes beibringen. Und doch soll nach Collins der Weissagungsbeweis die einzig giltige Beweisführung für den Offenbarungscharakter des Christenthums sein. Wie läßt sich auf solcher Grundlage noch eine Apologie des Christenthums aufbauen, wie sie nothwendig ist, damit sie den berechtigten Forderungen der Vernunft genüge!

Man blieb jedoch bei den Weissagungen allein nicht stehen. Dasselbe Princip der Allegorie wurde auch auf die Wunder angewendet, und damit auch dieses zweite Beweismittel für die Glaubwürdigkeit der Offenbarung untergraben. Auf dieser Fährte treffen wir den Engländer Thomas Woolston († 1731).

In seiner Schrift: „Der Schiedsrichter zwischen einem Ungläubigen und einem Apostaten“ [1]), stellt Woolston den Satz auf, daß alle Wunder, welche im neuen Testamente erzählt werden, wenn man sie als wirkliche Begebenheiten auffaßt, keinen Sinn haben und als ganz ungereimt und unmöglich sich darstellen, daß sie aber als Sinnbilder des Glaubens, als prophetische und parabolische Erzählungen dessen gefaßt werden können, was einst auf geheimnißvolle Weise von Christus in der Kirche gethan werden würde. Diese Auffassung der neutestamentlichen Wunder hat Woolston später im Einzelnen weiter durchgeführt, in einer Reihe von Abhandlungen, welche von

[1]) The Moderator between an Infidel and an Apostate.

1727 bis 1730 unter dem Titel: „Von den Wundern unseres Heilandes in Rücksicht auf den gegenwärtigen Streit zwischen Ungläubigen und Abtrünnigen“ [1]) erschienen und großes Aufsehen machten. Fünfzehn Wundererzählungen aus den Evangelien geht er ausführlicher durch und sucht sein Princip darauf anzuwenden. Wir wollen einige Proben seines Verfahrens hier mittheilen.

Es sind die drei Todtenerweckungen des Heilands, welche Woolston besonders beschäftigen. Diese Todtenerweckungen, sagt er, sollen zu dem Zwecke geschehen sein, um die göttliche Sendung Christi zu beweisen. Aber in diesem Falle mußte Christus mit Einsicht und weisem Urtheil die Personen auswählen, denen er diese Gnade erweisen wollte unter der großen Zahl derer, welche zu seiner Zeit starben. Wo war aber hier eine solche Einsicht und Weisheit? Gerade die drei Erweckten haben eine solche Auszeichnung am wenigsten verdient. Die Tochter des Jairus war ein unbedeutendes Mädchen von zwölf Jahren; das Leben des Jünglings von Naim war nachher für die Welt so wenig bedeutend, als vorher; Lazarus freilich war ein Freund Jesu. Aber hätte doch Jesus statt dessen lieber einen nützlichen Beamten, dessen Leben ein Wirken im Segen war, einen thätigen Handelsmann, dessen Tod ein Verlust für das Gemeinwesen war, oder den Vater einer zahlreichen Familie, deren Erhaltung von ihm abhing, oder Johannes den Täufer auferweckt! — Ueberdies war auch keine der drei auferweckten Personen lange Zeit genug todt, um ihre Wiedererweckung als Wunder gelten lassen zu können. Die Tochter des Jairus war eben erst verschieden, als Jesus sie auferweckte; ja er selbst erklärte, sie schlafe nur; und es ist möglich, daß sie durch das leidenschaftliche Schreien der umherstehenden Frauen in eine todtenähnliche Ohnmacht fiel. Beim Jüngling von Naim war schon etwas mehr Anschein des Todes, er war wirklich Leichnam; aber konnte nicht Betrug und Täuschung in der Sache sein? Es gibt ja Geschichten von lebendig Begrabenen; einen solchen todtenähnlichen Zustand konnte Jesus vermuthen, oder es konnte auch zwischen Jesus, dem Jüngling und dessen Mutter ein Einverständniß statthaben, um den Ruf Jesu als Wunderthäter zu heben. Wollte Jesus den Sohn der Witwe auferwecken, so hätte er

---

[1]) A discourse on the Miracles of our Saviour, in view of the present controversy between Infidels and Apostates.

ihn vorher zwei, drei Wochen lang begraben sein lassen sollen; sonst liegt der Verdacht des Betruges nahe. Lazarus freilich war schon vier Tage begraben; ob aber gerade er, als Freund Jesu, nicht ein Einverständniß mit ihm hatte, um eben Jesu Ruf als Wunderthäter zu erhöhen, dies ist für Ungläubige, die das Christenthum als Betrug ansehen, gar keine Frage; denn daß er bereits rieche, sagt nur seine Schwester. Die vier Tage aber, die er bereits sollte begraben sein, konnten nach der Rechnung, die uns auch bei Jesu Tod begegnet, auch nur zwei Tage und drei Nächte sein. — Und warum hat denn keine von den auferweckten Personen Kunde gebracht von dem Zustande, in welchem ihre Seele während ihrer Trennung vom Körper sich befunden hat? Das müßte ja die erste Frage gewesen sein, welche ihre Zeitgenossen an sie hätten richten müssen. Warum haben sich die Juden nicht bekehrt, da doch so erstaunliche Wunder die Bekehrung förmlich hätten erzwingen müssen? — Warum haben sich Jesus, seine Jünger und Lazarus nachher versteckt? War dies nicht ein deutlicher Beweis, daß sie sich des Betruges schuldig hielten, dessen man sie anklagte? Wer die Sache Gottes für sich hat, wird immer auch den Muth besitzen, für die Wahrheit einzustehen. — Auf keine Weise also können diese Todtenerweckungen als wirklich geschehene Ereignisse anerkannt werden. Es bleibt somit nichts anderes übrig, als sie mystisch zu erklären, d. h. sie als Sinnbilder von Ereignissen zu betrachten, welche in der Zeit der geistigen Ankunft Christi kommen werden. Und in dieser Beziehung würde die Auferweckung des Lazarus ein Sinnbild der allgemeinen geistigen Auferstehung des Menschengeschlechtes in der Vollendung der Zeiten sein; des Jairus Tochter ist die jüdische Kirche, die erweckt und belebt werden wird; der Jüngling von Naim bedeutet den tieferen Schriftsinn, der jetzt todt ist, und die Träger seines Sarges bezeichnen die Diener des Buchstabens. —

In ähnlicher Weise behandelt Woolston die Auferstehung Christi. Dieselbe ist nach ihm der großartigste Betrug, welcher je gespielt worden ist. Die jüdischen Priester hatten das Siegel an den Stein legen lassen. Es war dieses gleichsam ein stillschweigender Vertrag mit den Aposteln, durch welchen die Macht, Wahrhaftigkeit und messianische Würde Jesu geprüft werden sollte. Die Bedingung dieses Vertrages war aber keine andere, als daß, wenn Jesus unter den Augen der Hohenpriester, nachdem sie das Grab geöffnet haben würden, wirklich zu der vorherbestimmten Zeit auferstehen würde, ihm dann die Anerkennung als Messias sollte gewährt werden; daß er dagegen, im andern Falle, wenn sein Leib in der Verwesung bleiben würde, offenbar als ein Betrüger erscheine. Statt nun diesen Vertrag zu halten, statt am dritten Tage zugleich mit den Hohenpriestern den Stein zu entsiegeln, nahmen die Apostel den Leichnam hinweg, und sagten dann, Jesus sei auferstanden. Konnten sie das thun, ohne das Bewußtsein, daß, wenn sie die Hohenpriester den Stein entsiegeln ließen, sie und ihr Meister Lügen gestraft werden würden? Ist also hier von den Aposteln nicht ein offener Betrug gespielt worden? Ganz gewiß würde man solches annehmen müssen, wenn man die Erzählung von der Auferstehung Christi im buchstäblichen Sinne nehmen wollte. Es bleibt also auch hier nichts anderes übrig, als die ganze Erzählung im mystischen Sinne aufzufassen, wornach sie nichts anderes ist, als ein Typus und Vorbild des geistigen und mystischen Todes Christi und seiner Auferstehung aus dem Grabe des Buchstabens, des Gesetzes und der Propheten, worin er drei mystische Tage und Nächte lang begraben lag [1]).

Das war also die Art und Weise, wie Woolston mit den Wundern Christi verfuhr. Mit der Läugnung der thatsächlichen Wahrheit der Wunder und der Auferstehung Christi waren nun alle Beweisgründe für die Uebernatürlichkeit des Christenthums hinweggeräumt. Von einer eigentlich übernatürlichen Offenbarung konnte nun nicht mehr die Rede sein. Woolston gesteht dieses offen zu. Die Lehre Jesu und seiner Jünger, sagt er, war nichts anderes, als das Gesetz und die Religion der Natur, und hätten nicht Christen im Verlaufe der Zeiten diese ursprüngliche Religion Jesu verfälscht, ihre systematische Theologie auf ihr aufgebaut und seltsame Erfindungen von Menschen in Christi Verehrung gemischt, hätten sie nicht einander selbst wieder unterjocht durch eine unerträgliche und tyrannische Priesterschaft der Kirche, so würde sich die Welt einer großen Glückseligkeit zu erfreuen gehabt haben [2]).

---

[1]) Noack, Die Freidenker in der Religion oder die Repräsentanten der religiösen Aufklärung in England, Frankreich und Deutschland. Erster Theil: Die englischen Deisten, S. 256 ff.

[2]) Ebendas. S. 267.

Doch diesen Satz systematisch durchzuführen war einem andern Manne vorbehalten. Wir haben bisher gesehen, wie alle mehr negativen Momente des Deismus successiv sich auseinander gelegt haben und zur besonderen Entwicklung gediehen sind, wie jedes derselben durch eine hervorragendere Persönlichkeit vertreten und von derselben gegen den Widerstand der Gegner zur Geltung gebracht worden war. Die „Befreiung" des Denkens und Wollens von der Herrschaft der positiven Offenbarung ward zuerst bewerkstelligt, dann wurden die Grundvesten dieser positiven Offenbarung selbst untergraben, und so die übernatürliche Offenbarung gänzlich beseitigt. Nun war es an der Zeit, dasjenige positiv und systematisch zu bestimmen und festzustellen, was nach diesem Processe als allein giltiges Element des Geisteslebens noch übrig blieb: die „natürliche" oder „Vernunftreligion". Dieser Aufgabe unterzog sich zunächst Matthäus Tindal (1656—1733), den wir daher als den Mittelpunkt und als den Patriarchen des englischen Deismus betrachten können. Die Schrift, in welcher er seine hieher bezüglichen Gedanken entwickelte, führt den Titel: „Das Christenthum so alt als die Schöpfung, oder das Evangelium eine neue Offenbarung des Gesetzes der Natur [1]) (erschienen 1730). Ihr Zweck ist, zu zeigen, daß die natürliche Religion, welche alle Menschen verbindet, von Anfang her ganz vollkommen gewesen, so daß durch keine nachfolgende Offenbarung etwas zu derselben hinzugethan werden konnte, und daß dieses ursprüngliche Gesetz der Natur, welches Alles in sich schließt, was der Mensch von Anbeginn an hat wissen, glauben, bekennen und ausüben sollen, allen Menschen jederzeit so vollkommen klar gewesen sei und noch fortwährend so klar sei, daß es durch keine äußere Offenbarung klarer werden konnte, als es schon sei. — Was ist nun aber diese natürliche Religion?

Die natürliche Religion, lehrt Tindal, besteht ihrem Gehalte nach in Erfüllung der Pflichten gegen Gott und Menschen, indem die Ehre Gottes und das Wohl der Menschen die zwei großen und allgemeinen Gebote sind; alles, was nicht auf die Ehre Gottes und das Wohl der Menschen sich bezieht, das ist nicht Religion, sondern

---

[1]) Christianity as old as the Creation: or, the Gospel a Republication of the Religion of Nature.

Aberglaube. Religion und Moralität sind also dem Inhalte nach Eins und dasselbe.

Dieses vorausgesetzt, muß vor Allem der Begriff der Sittlichkeit näher bestimmt werden. Allgemein genommen besteht die Moralität in der Erfüllung der zu unserm Glücke führenden Pflichten. Die Gesetze, welche Gott seinen Geschöpfen gibt, können, da er schlechthin vollkommen und unendlich glückselig in sich selbst ist, nicht sein Wohl, sondern, da Gott allgütig ist, nur ihr eigenes Wohl und ihr gegenseitiges Glück bezwecken, wie denn auch das Verlangen nach Glückseligkeit das Princip ist, von welchem alle menschlichen Handlungen ausgehen. Wer deshalb seine natürlichen Begierden so regelt, wie sie am meisten zu der Uebung seiner Vernunft, der Gesundheit seines Leibes und dem Vergnügen seiner Sinne, alles zusammengenommen, beitragen (hierin nämlich besteht seine Glückseligkeit), der ist sittlich gut, und kann sicher sein, daß er seinen Schöpfer nie beleidigt. Das Gesetz aber, nach welchem wir in dieser Richtung unsere Handlungen zu regeln haben, ist nichts anderes, als die Reason of things, d. h. das unveränderliche Verhältniß der Dinge zu einander, und die Erkenntnißquelle, durch welche uns diese „objective Vernunft“ zur Erkenntniß vermittelt wird, ist die (subjective) Vernunft. Wir müssen also mit unserer Vernunft die Dinge und das Verhältniß, in welchem sie zu einander stehen, untersuchen und erforschen, und darnach dann über die Angemessenheit oder Unangemessenheit der Handlungen urtheilen.

Darin also besteht die Sittlichkeit. Aber es besteht darin, wie schon gesagt, auch die Religion. Nur ein beziehungsweiser Unterschied findet zwischen beiden statt. Sittlichkeit ist nämlich das Handeln gemäß der Vernunft der Dinge, so fern diese an und für sich selbst betrachtet wird; Religion dagegen das Handeln gemäß derselben Vernunft der Dinge, so fern diese als Wille Gottes betrachtet wird, oder: Religion ist Ausübung der Sittlichkeit in Gehorsam gegen Gottes Willen. Mehr als dieser beziehungsweise Unterschied darf zwischen beiden nicht angenommen werden.

Diese natürliche Religion nun ist, wie aus der Natur der Sache selbst erfolgt, ganz und gar unveränderlich und absolut vollkommen; denn sie beruht ja auf der Vernunft der Dinge, d. i. auf den unveränderlichen Verhältnissen der Dinge zu einander, und kann daher eben so wenig, wie diese, einer Veränderung unterliegen. Nichts kann ihr hinzugefügt, nichts von ihr hinweggenommen werden. Gott ist unveränderlich, die menschliche Natur bleibt dieselbe; das Verhältniß von Mensch zu Mensch bleibt das gleiche; somit müssen auch die Pflichten, die aus diesen Verhältnissen sich ergeben, vom Anfang bis zum Ende der Welt dieselben und immer gleich deutlich sein.

Ist es nun aber ausgemacht, daß die natürliche Religion die wahre, allgemeine und ewige Religion ist, so ist eben damit gesagt, daß jede gegebene Religion nur dann wirklich Religion ist, wenn sie, und nur soweit Religion ist, als sie mit der natürlichen Religion identisch ist. Sie darf nicht weniger enthalten, als diese; sonst ist sie lückenhaft; sie darf nicht mehr enthalten, als diese, sonst ist sie tyrannisch, indem sie unnöthige Dinge auferlegt. Es ist falsch, wenn man annimmt, durch eine positive Offenbarung könne etwas der natürlichen Religion hinzugefügt, könne dieselbe vervollkommnet werden. Positive und natürliche Religion sind dem Gehalte nach identisch; sie können in keiner andern Hinsicht unterschieden sein, als in Hinsicht auf die Art ihrer Mittheilung. Soweit sie wahr ist, fällt jede positive Religion mit der natürlichen Religion zusammen.

Daraus folgt, daß auch die christliche Religion ihrem Inhalte nach ganz mit der natürlichen Religion identisch sein müsse, und daß sie nur in so fern und in so weit auf Wahrheit Anspruch machen könne, als sie mit der natürlichen Religion zusammenfällt. In diesem Sinne ist das Christenthum, wie die natürliche Religion, so alt als die Schöpfung. Das wahre Christenthum ist somit nicht eine Religion von gestern her, sondern es ist das, was Gott von Anfang an geboten hat und noch gebietet, den Christen sowohl als Andern. Nur der Name Christenthum ist neuern Datums; er datirt von der Erscheinung Christi. Diese Erscheinung Christi hatte also nur den Zweck, die natürliche Religion, welche vor ihm mit vielfachem Aberglauben vermischt worden war, in ihrer ursprünglichen Reinheit durch seine Lehre und Predigt wieder herzustellen. Daher ist das Christenthum, als geschichtliche Thatsache aufgefaßt, nichts anderes, als die Wiederherstellung oder Wiederbekanntmachung (restauration, republication) der natürlichen Religion. Alles, was man ihm sonst noch beilegt, ist Aberglauben. —

Unter solchen Voraussetzungen werden wir es erklärlich finden, wenn Tindal, wie alle übrigen Deisten, der individuellen Vernunft die entscheidende Stimme in der Prüfung der Wahrheit oder Falschheit christlicher Glaubenssätze zutheilt. Die heilige Schrift, sagt er, kann keine unbedingte Auctorität für sich in Anspruch nehmen, sondern muß sich vielmehr in Bezug auf ihren Inhalt die Kritik der Vernunft gefallen lassen. Die Masse von Irrthümern, welche in ihr sich vorfinden, muß vorher durch die Kritik der Vernunft beseitigt werden. was dann noch übrig bleibt, ist allein das Wahre. Die Schrift ist daher der Vernunft gegenüber nur eine abgeleitete Norm, so weit als man sie nämlich der Natur der Dinge oder den an und für sich klaren Begriffen, welche die Grundlage alles Wissens und aller Gewißheit sind, entsprechend findet [1]).

Auf derselben Fährte, wie Tindal, treffen wir den Handwerker Thomas Chubb (1679—1747), welcher dasjenige, was Tindal in einer mehr wissenschaftlichen Form gelehrt hatte, in populärer Weise vortrug, aber, was den naturalistischen Standpunkt betrifft, weit über Tindal hinausging. Seine Hauptschrift führt den Titel: „Das wahre Evangelium Christi, u. s. w." [2]). Dazu kommen dann die „nachgelassenen Werke" [3]). — Wenden wir uns zuerst zu der erstgenannten Schrift.

Der Zweck, zu welchem Christus in die Welt gekommen, ist nach Chubb kein anderer, als die Menschen zu retten, d. h. den Menschen die Vorbereitung und Versicherung der Gnade Gottes und ihrer Glückseligkeit in einer anderen Welt zu geben. Die Mittel, welche er zu diesem Zwecke anwendete, waren gewisse Lehrsätze, welche er den Menschen im Interesse des sittlichen Lebens einschärfte; Diese Lehrsätze lassen sich in folgenden drei Hauptsätzen zusammenfassen: Für's Erste fordert Jesus, daß wir unsern Geist und unser Leben einrichten nach der ewigen und unveränderlichen Regel des Handelns, welche auf die Vernunft der Dinge gegründet ist. Für's Zweite, wenn man in Verletzung dieses Gesetzes gelebt und Gottes Mißfallen sich zugezogen hat, so fordert und empfiehlt Jesus als einziges und sicheres Mittel der göttlichen Gnade und Vergebung

---

1) Vgl. Lechler, a. a. O. S. 327 ff.

2) The true Gospel of Jesus Christ.

3) The posthumous Works of Mr. Th. Chubb.

Buße und Umkehr. Für's Dritte, damit diese Wahrheiten größern Eindruck machen, versichert er, daß Gott einen Tag der Vergeltung und des Gerichtes festgesetzt habe. Diese drei Lehrsätze nun bilden den ganzen wesentlichen Inhalt des Christenthums, des Evangeliums. Alles, was sonst noch in dem Evangelium erzählt wird, alle historischen Thatsachen, alle Lehren von der Gottheit Christi, von der Trinität u. s. w. gehören nicht zum Evangelium, sie sind nur Privatmeinungen oder Privattäuschungen der Apostel. Sind ja die Thatsachen, welche die Apostel referiren, größtentheils von der Art, daß sie weit mehr wie jüdische Fabeln, oder poetische Fictionen, oder papistische Legenden aussehen, als wie wirkliche Thatsachen. Und was die Trinitätslehre, die Gottheit Christi betrifft, so ist diese Lehre nur eine Corruption des Christenthums in dem großen Artikel von der Einheit Gottes.

Hieraus ist ersichtlich, daß der Inhalt des Christenthums eigentlich nur besteht in dem natürlichen Gesetze, welchem die Menschen zu gehorchen schon vorher verpflichtet waren, welches aber Christus auf's neue einschärfte. Christus, sagt Chubb, hat keinen neuen Weg zum ewigen Leben gezeigt, sondern nur den guten alten empfohlen, nämlich die Liebe Gottes und des Nächsten, und ebenso, wenn man auf dem bösen Wege sei, als Weg zur göttlichen Vergebung wieder den guten alten Weg der Buße und Umkehr. Aber eben deshalb muß auch das Christenthum, subjectiv betrachtet, d. h. die christliche Religiösität, einzig und allein in dem Gehorsame gegen das natürliche Gesetz bestehen. Daher lehrt Chubb, an die Gesetze Christi glauben und sich denselben unterwerfen: — das allein mache den Christen. Die Unterwerfung der Menschen unter Christus, d. h. unter das Gesetz der Vernunft, welches Christus befolgt wissen will, begründe das Verhältniß zwischen den Menschen und Christus, mache ihn zum Haupt, sie zum Leib [1]). — Wir sehen, es sind dieselben Gedanken, wie wir sie bei Tindal getroffen haben.

Aus dieser ganzen Auffassung des Christenthums ist ersichtlich, daß Chubb dasselbe nicht mehr aus einer eigentlichen übernatürlichen Offenbarung Gottes entspringen läßt. Allerdings, sagt er, ist die Möglichkeit nicht in Abrede zu stellen, daß, wenn die Menschen in Irrthum und sittliche Verdorbenheit hineingerathen sind, Gott sich

[1]) Lechler, a. a. O. S. 346 ff.

gleichsam ins Mittel lege, und den Menschen nützliche Wahrheiten offenbare, die sie sonst nicht gewußt oder worauf sie sonst nicht Acht gehabt haben würden, oder ihnen Vorschriften des Lebens gebe, nach welchen sie wandeln sollen. Allein es wird allemal ein Gegenstand des Zweifels und der Ungewißheit sein, ob sich Gott jemals so geoffenbaret habe; denn wir hätten gar keine Regel, wornach wir mit Gewißheit urtheilen oder eine göttliche Offenbarung von Betrug und Selbsttäuschung unterscheiden könnten. Dies gilt schon von jenen, welche die Offenbarung unmittelbar und aus erster Hand bekämen; um so mehr muß es gelten von jenen, welche sie erst mittelbar und aus zweiter Hand erhalten.

Ueberhaupt muß man daran festhalten, daß Gott nie unmittelbar in den Gang des Weltlaufes eingreift. Nachdem Gott einmal die Welt eingerichtet und geordnet hat, gehen die Dinge ihren Gang ohne ihn. Gott hat mit dem Guten oder Bösen, das unter den Menschen vorgeht, nichts zu schaffen. Des Menschen natürliche Fähigkeiten, seine geistigen und körperlichen Gaben, seine Glücksumstände, sein Stand in der Welt und andere Vortheile oder Bequemlichkeiten, wodurch sich ein Mensch vom andern unterscheidet, sind Dinge, die ganz und gar von Nebenursachen abhängen, und in welche sich die Vorsehung gar nicht mengt. Die Vorsehung hat mit den Ungleichheiten in der Austheilung der menschlichen Schicksale gar nichts zu thun und bekümmert sich gar nicht darum, ob einige Menschen in glücklichen, andere in unglücklichen Umständen leben. Gott mischt sich überhaupt in keine Sachen, wovon andere Ursachen angegeben werden können. Auch einen göttlichen Beistand in der Ausübung des Guten gibt es nicht; wir hätten ja auch gar kein Mittel, diesen göttlichen Einfluß von den Wirkungen unserer eigenen Seele zu unterscheiden. Darum ist auch das Gebet kein Theil der natürlichen Religion; Gott erfüllt unsere Bitten nicht, weil alle Dinge ihren natürlichen Lauf fortgehen, wir mögen beten oder nicht. Nur in so fern das Gebet geeigenschaftet ist, gute Gedanken und Neigungen in uns hervorzurufen, kann man es empfehlen; aber man muß dann auch blos in dieser Meinung beten, nicht aber in der Absicht, um dadurch etwas von Gott zu erbitten.

Ob die Seele ein materielles Wesen sei oder nicht, ob sie vom Körper unterschieden werden müsse, oder nicht, und wenn ersteres, ob sie mit dem Körper sterben oder nach der Trennung von demselben fortleben werde oder nicht: — das sind Dinge, die sich unmöglich entscheiden lassen, da wir gar nichts haben, worauf wir uns dabei stützen könnten. Allerdings stellt das Christenthum ein künftiges Gericht in Aussicht; aber nur um die sittlichen Vorschriften für die Menschen um so wirksamer zu machen. Freilich, wenn man erwägt, daß der Mensch nach seinen natürlichen Gaben und Fertigkeiten ein Geschöpf ist, das Rechenschaft geben kann, so hat es einige Wahrscheinlichkeit, daß er künftig fortdauern werde. Gewiß aber ist es nicht. Uebrigens bleiben jedenfalls die Dinge der Welt ohne die Erwartung eines künftigen Gerichtes eben so gut in der Ordnung, wie bei der Annahme desselben, und die Pflichten und Verbindlichkeiten des Menschen sowie die Beweggründe zur Tugend bleiben immer dieselben, so daß der Glaube an ein künftiges Gericht der menschlichen Gesellschaft in keinem Falle viel nützt. Machen wir uns also mit dem Gedanken vertraut, daß die Menschen wie Pferde sind, von denen einige gute, andere schlimme Herren bekommen, ohne daß sie in einem andern Leben einen gerechten Tausch zu erwarten hätten [1]).

Wir sehen, der Deismus schreitet immer weiter fort. Er hat das positive Christenthum beseitigt, und an dessen Stelle eine frostige Naturreligion gesetzt. Nun aber wird dieser Naturreligion selbst wieder schon das Messer an die Kehle gesetzt. Es werden die wesentlichen Grundlagen jeder, also auch der natürlichen Religion untergraben oder in Frage gestellt. Ohne die Annahme einer unmittelbaren Vorsehung Gottes über alle Dinge, und insbesonders über die Menschen, ohne die Voraussetzung der persönlichen Unsterblichkeit der Seele und einer künftigen Vergeltung ist keine Religion, möge sie nun positive oder Naturreligion sein, denkbar. Und gerade diese unverrückbaren Grundsteine jedes religiösen Verhaltens des Menschen gegen Gott werden von Chubb theils geradehin in Abrede gestellt, theils in Zweifel gezogen. Wie also vorher die Stützen der positiven Religion waren beseitigt worden, so nun auch die Stützen der natürlichen Religion. Der Deismus ist bereits bei jenem Punkte angelangt, wo er mit der positiven zugleich die natürliche Religion der Auflösung preisgibt, um auf den Boden des nackten Naturalis-

[1]) Noack, a. a. O. S. 300 ff.

mus sich zu stellen. Damit hat er aber auch zugleich über sich selbst Gericht gehalten. — Doch die Keime der Negation, welche Chubb gelegt hat, entwickeln sich noch weiter. Folgen wir dieser Entwicklung bis zum Ende.

Als integrirendes Glied in der Kette der Deisten steht neben Tindal und Chubb der Arzt Thomas Morgan († 1743). Er weicht in seiner Religionsanschauung gar nicht von seinen deistischen Zeitgenossen ab, hat aber das Eigenthümliche, daß er die deistische Debatte auf ein anderes Gebiet versetzte, nämlich auf das Gebiet der alttestamentlichen Religion. Von der alttestamentlichen Religion war bisher weniger die Rede gewesen; man hatte blos das Christenthum als übernatürliche Offenbarung bekämpft und ihm die natürliche Religion substitnirt. Allerdings war damit indirect auch die jüdische Religion getroffen; aber direct hatte sich gegen sie der Kampf noch nicht entsponnen. Dies nun geschah durch Thomas Morgan. In seinem „Moralphilosophen" [1]) sucht er zu beweisen, daß das mosaische Gesetz keine göttliche Institution sei. Er beruft sich hiefür vor Allem auf das Zeugniß des Apostels Paulus. Dieser, sagt er, unterscheidet zwischen dem mosaischen Sittengesetz und dem mosaischen Ritualgesetz. Ersteres nennt er heilig, gerecht und gut, eine Vorbereitung auf das Evangelium; aber er nennt es auch schwach, unvollkommen. Und in der That, es war ja blos ein bürgerliches, nationales Gesetz; es bezog sich nur auf das äußere Benehmen des Menschen in der Gesellschaft; keine Vergeltung wurde für ein künftiges Dasein angekündigt. Ein solches Gesetz konnte die Gewissen nicht reinigen, die Gesinnung nicht verbessern, die Unsittlichkeiten nicht heilen. Was aber das Ritualgesetz betrifft, so wird dasselbe von Paulus als ein unerträgliches Joch schlechthin verworfen und verdammt. Es gibt nicht einen einzigen Zweck oder Nutzen des Ritualgesetzes, gegen welchen Paulus nicht opponirt. Wenn also Moses das Ritualgesetz als bleibende Ordnung gegeben hat, Paulus dagegen es absolut verwirft, so ist dieses ein unwiderleglicher Beweis, daß das ganze mosaische Gesetz keine göttliche Institution war. Daß das mosaische Gesetz vorbildlich sich verhalten solle zum Christenthum: davon haben weder Moses noch die Propheten etwas

[1]) The Moral Philosopher. In a Dialogue between Philalethes, a christian Deist, and Theophanes, a christian Jew.

gewußt; erst die späteren jüdischen Gesetzesgelehrten, die Cabbalisten, haben eine figürliche Bedeutung des Gesetzes ausgesonnen, und die Christen haben sich hierin ihnen angeschlossen.

Morgan begnügt sich jedoch nicht damit, die göttliche Institution des Mosaismus in Abrede zu stellen, er führt sogar seinen Ursprung, mittelbar wenigstens, auf böse Mächte zurück, und tritt so in die Bahnen des alten Gnosticismus ein. Die ursprüngliche Religion, lehrt er, bestand in unmittelbarer Verehrung des einen, wahren Gottes. Die reine Urreligion wurde verdorben durch Engelverehrung. Nachdem nämlich die abgefallenen Engel zur Strafe auf die Erde, als in ihr Exil, waren verbannt worden, verführten sie die bisher unschuldig gebliebenen Menschen zum Abfall, beredeten dieselben, sie (die Engel) seien Götter und könnten eine aristokratische Regierung auf der Erde gründen, die weit besser sei, als die Monarchie des Himmels. Sie bewogen anfangs die Menschen nur dazu, sich nicht unmittelbar an Gott, sondern zuerst an sie, als die Mittler und Fürsprecher bei Gott, zu wenden. Später brachten sie es dahin, daß man sie für absolut und unabhängig in ihren Districten ansah, und somit den wahren Gott von der religiösen Verehrung und dem Gehorsam gänzlich ausschloß. So wurden sie in der Meinung der Menschen zu Göttern. Die Verehrung dieser Götter geschah durch Opfer, zu deren Ordnung und Leitung sich allmählig ein Priesterstand bildete. Das erste organisirte Priesterwesen entstand in Aegypten, wo Joseph eine von der Krone unabhängige, erbliche Hierarchie gründete, die mit den Dämonen im Verkehr zu stehen vorgab. Von dieser Zeit an wurde Aegypten die Mutter des Aberglaubens, die Patronin der neuen Götter in der ganzen Welt. Die Israeliten wurden während eines über zwei Jahrhunderte dauernden Aufenthaltes in Aegypten vollkommen ägyptisirt. Da nun Moses und die Propheten das Volk nicht neu schaffen konnten, so mußten sie es nach seiner eigenen abergläubischen Weise regieren. Deshalb gab ihnen Moses ein Gesetz, nicht in der Form eines Naturgesetzes oder einer Naturreligion, sondern in der Form des unmittelbaren Willens und der Stimme Gottes, so daß sie nicht nach Gründen zu fragen hatten. Und der Inhalt dieses Gesetzes schloß sich ganz an die abergläubischen Meinungen der Israeliten an. War ja doch der Gott, auf dessen Offenbarung Moses sein Gesetz zurückführte, gar nicht der höchste Gott selbst, sondern nur ein untergeordneter, beschränkter Schutzgott. Und was vom mosaischen Gesetze gilt, das gilt auch von der Geschichte des Volkes Israel, wie selbe in den Schriften des A. T. erzählt wird. Die Geschichtschreiber richten sich beständig in allen ihren Schriften nach der Unwissenheit, dem Aberglauben und den plumpen Vorstellungen des Pöbels. Ihre Volksgenossen ließen sich durch nichts leiten, als durch Wunder, Zeichen, Weissagungen, Offenbarungen und ähnliche starke Eindrücke übernatürlicher Mächte. Darum führten die Geschichtschreiber und Propheten die ganz natürlichen Ereignisse, welche im Schoße des Volkes sich zugetragen hatten, und welche nur der allgemeinen Vorsehung unterstanden, auf ein wunderbares Eingreifen der göttlichen Macht als auf ihre Ursache zurück, und lieferten so eine Geschichtschreibung, welche den homerischen Dichtungen ähnlicher sieht, als einer wirklichen Geschichte. In diesem Geiste geht Morgan die ganze israelitische Geschichte hindurch, und sucht alle sog. wunderbaren Ereignisse in derselben als absurd darzustellen [1]).

So stellt sich uns denn in der That, wie wir sehen, in Morgans Lehre nur ein besonderes Moment der deistischen Theorie vor Augen, welches bereits in der bisherigen Entwicklung des Deismus implicirt war, aber erst von Morgan ex professo hervorgehoben und weiter ausgeführt worden ist. Anders verhält es sich mit einem weitern Coryphäen des Deismus, auf welchen wir nun überzugehen haben. Es ist dieses Viscount Bolingbroke (1672—1751). „Was nämlich Chubb für die niedere, gewerbtreibende Classe, das war Bolingbroke für die höhere, vornehmere Classe; er wurde der Vertreter der deistischen Grundsätze im Gewande der feinen Weltbildung durch das Mittel geistreicher und leichterer Reflexion, in deren Gewand er die Resultate der bisherigen deistischen Errungenschaften kleidete.“ Einen eigentlichen Fortschritt in der deistischen Lehre bezeichnet er also nicht; er ist blos der geistreiche Erklärer und Vermittler der deistischen Lehrsätze für die feinere Welt.

Als Triebfeder alles menschlichen Handelns betrachtet Bolingbroke die Selbstliebe. Diese Selbstliebe hat zum Endzwecke die Glückseligkeit, auf welche alles Streben der Menschen hingerichtet ist. Die Selbstliebe führt von selbst zur Geselligkeit, sie erweckt in

---

[1]) Lechler, a. a. O. S. 373 ff.

uns die Neigung zum gesellschaftlichen Leben, weil wir nur in der Gesellschaft mit andern die Selbstliebe befriedigen und so zur Glückseligkeit gelangen können. Das Gesetz aber, welches unsere Selbstliebe regelt und in der rechten Bahn hält, ist das Gesetz der Natur, welches wir durch unsere Vernunft erkennen. Die Gesetztafeln der Natur sind in den Werken Gottes aufgehangen und stehen vor den Augen aller Menschen; sie sind so sichtbar, daß Jedermann, wer nur die deutlichsten Züge zu lesen vermag, sich nicht irren kann. Man braucht hiezu durchaus keine übernatürliche Offenbarung. Wenn man auch die Möglichkeit einer solchen zugeben kann, so ist es doch nicht wahrscheinlich, daß Gott seinen Willen den Menschen auf eine andere Weise geoffenbart habe, als durch Natur und Vernunft. Und obgleich das höchste Wesen das System der Natur geschaffen und folglich alle in denselben sich findenden Verhältnisse angeordnet hat, so ist es doch nicht sowohl der göttliche Wille, sondern allein die Einrichtung dieses Systems, welche dem Menschen die natürlichen sittlichen Gesetze von Anfang an auferlegt hat, es mag dasselbe von welcher Macht es auch sei, geschaffen sein. Die Sittlichkeit der Handlungen besteht nicht darin, daß sie durch den Willen, ja selbst durch den Willen Gottes vorgeschrieben sind, sondern darin, daß sie Mittel sind, um eine unserer Natur gemäße Glückseligkeit zu erlangen. Und es ist falsch, zu glauben, es könnte kein Gesetz der Natur sein, wenigstens für kein solches gehalten werden, das eine strenge Verpflichtung mit sich führte, wenn es keinen Gott gäbe; mag immerhin auch derjenige, welcher an einen Gott glaubt, durch die Verpflichtung desselben stärker bewegt und angetrieben werden, als ein Atheist.

Dennoch aber verpflichtet uns das natürliche Gesetz, ein in allen seinen Werken sich offenbarendes höchstes Wesen anzuerkennen und zu verehren, ihm zu dienen und seinem Willen uns zu unterwerfen. Und insofern ist das natürliche Gesetz der Sittlichkeit zugleich auch der Grund der natürlichen Religion. Diese natürliche Religion ist die allein giltige, die Religionen des Heidenthums sind nur aus einer Verfälschung der natürlichen Religion entstanden. Das Gleiche gilt von der jüdischen Religion. Eine geoffenbarte Religion anzunehmen, wäre thöricht. Die berühmten Gesetzgeber und Weltweisen des Alterthums, welche Religionen einführten und Staaten gründeten, suchten nur ihren Lehren und Gesetzen eine größere Auctorität dadurch zu verschaffen, daß sie sich auf eine Offenbarung beriefen und so die Lehren der Vernunft und Philosophie auf ein höheres Princip gründeten. Auch das Christenthum macht davon keine Ausnahme. Es ist in Wahrheit nur das System der natürlichen Religion. Alles was überdem noch als zum Inhalte der christlichen Religion gehörend angesehen wird, ist pure menschliche Erfindung und steht mit der Vernunft im Widerspruch. Dies gilt besonders von der Erlösungslehre, insofern sie auf den Begriff der Mittlerschaft Christi und seiner stellvertretenden Genugthuung sich gründet. Niemand ist im Stande, diese Lehre mit der göttlichen Güte und Gerechtigkeit in Einklang zu bringen.

So erhebt uns also auch das Christenthum in keiner Weise über die Natur. Ueberhaupt darf man nicht annehmen, daß Gott je unmittelbar und auf eine übernatürliche Weise in den Gang der Natur eingreife. Die Welt wird durch die Gesetze regiert, welche der Schöpfer machte, als er den natürlichen und sittlichen Zusammenhang aller Dinge bei der Schöpfung anordnete. Diese Gesetze müssen ihre Giltigkeit behalten, so lange dieser Zusammenhang fortdauert. Sie sind unveränderlich. Jede Veränderung in denselben würde eine Veränderung in jenem Zusammenhange selbst sein. Nachdem die erste bewegende Ursache den Lauf der Natur in Bewegung gesetzt, geht derselbe nach der Lenkung einer allgemeinen Vorsehung in einer unendlichen Verschiedenheit zufälliger Begebenheiten ununterbrochen seinen Gang fort. Die göttliche Vorsehung mag sich zwar auf ganze Völker und Geschlechter der Menschen erstrecken, aber auf jeden Einzelnen insbesonders richtet sie nicht ihre Aufmerksamkeit! Zwar sieht Gott die zufälligsten Begebenheiten, die sich im Laufe seiner allgemeinen Vorsehung zutragen, voraus; seine Vorsehung wollte aber nicht in jedem einzelnen Falle eingreifen, und das wirkliche Dasein jedes einzelnen Menschen hängt gleichfalls nicht von derselben ab. Die göttliche Vorsehung hat nur für die Mittel gesorgt, einzelne Menschen zu bestrafen, indem sie die Menschen dahin lenkte, Gesellschaften zu errichten und Gesetze zu geben, in deren Vollziehung die bürgerlichen Obrigkeiten die Stellvertreter der Vorsehung sind. Die Annahme, daß die Vorsehung für die einzelnen Menschen in einem jenseitigen Leben Belohnungen oder Bestrafungen vorbereitet habe, läßt sich aus der Vernunft nicht beweisen; sie wurde von den alten Gotteslehrern und Weltweisen nur ersonnen, um die Verpflichtung des Gesetzes der Natur zu verstärken, und insofern kann sie nach den Regeln einer guten Politik als eine höchst nützliche Lehre immerhin beibehalten werden. Beweisen aber läßt sie sich, wie gesagt, nicht. Denn sie setzt die Unsterblichkeit und Geistigkeit der Seele voraus, und für diese haben wir gar keinen Vernunftgrund. Immaterielle Geister, als besondere Substanzen betrachtet, sind Geschöpfe der Metaphysik und Theologie. So lange wir leben, behalten wir das Vermögen zu denken, sowie das Vermögen, uns zu bewegen; sterben wir, so sterben all' diese Kräfte mit uns; und man könnte mit dem gleichen Grunde sagen, daß wir ewig gehen, als daß wir ewig denken werden [1]).

Es sind dies die nämlichen Resultate, wie sie uns schon bei Chubb begegnet sind. Die besondere Vorsehung Gottes wird geläugnet und in Folge hievon auch die Unsterblichkeit der Seele, sowie die jenseitige Vergeltung in Zweifel gestellt. Es ist aber leicht einzusehen, daß, wenn einmal diese Grundsäulen aller Religion gefallen sind, auch die Naturreligion, welche man dem Christenthume substituirt hatte, keinen Halt mehr hat, und sozusagen in der Luft schwebt. Denn wozu noch einen Gott anerkennen und verehren, wenn er sich um uns nicht kümmert! Wozu noch eine innere sittliche Selbstbeherrschung und Selbstvervollkommnung, wenn wir doch mit dem Thiere auf gleicher Linie stehen, wenigstens die Unsterblichkeit der Seele ein sehr zweifelhaftes Problem ist! Ganz gewiß konnte der Deismus auf dieser Stufe der Entwicklung, auf welcher wir ihn gegenwärtig vor uns haben, nicht stehen bleiben. Die Macht der Consequenz mußte ihn zum Aeußersten treiben. Er mußte zuletzt auch die natürliche Religion selbst, nachdem ihr alle Stützen entzogen waren, preisgeben, und entweder offen den Materialismus proklamiren, oder wenigstens auf den verzweifelten Standpunkt des Zweifels sich zurückziehen und in das Gewebe desselben sich einspinnen. Zur erstern Alternative nun ist der englische Deismus nicht herabgesunken; dem widerstrebte denn doch der Ernst und die natürliche Gediegenheit des englischen Gefühls und der englischen Denkweise. Es blieb die Verwirklichung dieser Alternative einem andern Volke vorbehalten. Dafür aber war es die andere Alternative, auf welche sich die englische Freidenkerei zurückzog, — der

---

[1]) Noack, a. a. O. S. 336 ff.

Skepticismus. Aber gerade damit löste sich der englische Deismus selbst auf, indem der Lehrgehalt, welchen er bisher noch festzuhalten gesucht hatte, der ätzenden Auflösung des Zweifels erlag.

Es ist David Hume (1711—1776), welcher das System des Zweifels proklamirte. — Die christliche Religion, sagt er, ist auf Wunder gegründet. Allein die nähere Erforschung dieses Wunderbeweises läßt im menschlichen Geiste nur den Stachel des Zweifels zurück. Das Wunder ist nämlich eine Verletzung des Naturgesetzes, und da eine feste und unveränderliche Erfahrung diese Gesetze bestätigt hat, so ist der Beweis gegen ein Wunder, eben vermöge des Wesens der Thatsache, so vollständig, als irgend ein Erfahrungsbeweis möglicherweise gedacht werden kann. Um also das Wunder vollkommen gewiß zu machen, müßte das Zeugniß von demselben eine solche Gewißheit haben, daß sie diejenige überstiege, welche die Naturordnung durch die fortwährende Erfahrung für uns hat, oder ihr wenigstens gleich käme. Es wäre nothwendig, daß die Falschheit des Zeugnisses ein größeres Wunder wäre, als dasjenige, was zu beglaubigen ist. Nun ist aber niemals eine solche Gewißheit bei irgend einem Wunder herzustellen; denn keines ist bezeugt durch eine gehörige Anzahl von Menschen von so unstreitiger Intelligenz, Erziehung und Bildung, um uns gegen jede Möglichkeit einer ihnen widerfahrenen Täuschung zu sichern, und von so unzweifelhafter Ehrlichkeit, um allen Verdacht, daß sie selbst betrogen haben könnten, unmöglich zu machen. Verbindet sich vollends mit der natürlichen Neigung zum Staunenswerthen der Geist der Religion mit der Liebe zum Wunder, so ist der gemeine Menschenverstand zu Ende, und das menschliche Zeugniß verliert bei diesen Umständen alle Ansprüche auf Glaubwürdigkeit [1]).

So stellt sich also Hume mit dieser Bestreitung der Verlässigkeit des Wunderbeweises auf den Standpunkt des Deismus. Allein er bleibt nicht dabei stehen; er setzt das Messer des Zweifels auch an die Wahrheiten der natürlichen Religion an. Ausgehend von der Locke'schen Lehre, daß wir alle unsere Ideen aus der Sensation und Reflexion schöpfen, und daß die eigentliche Erkenntniß in der Verknüpfung der also gewonnenen Ideen mit einander bestehe, wendet

---

[1]) Lechler, a. a. O. S. 428 ff.

er sich zur nähern Prüfung des Causalitätsprincips, weil das Verhältniß der Causalität das Hauptsächlichste sei, nach welchem die Ideen mit einander verknüpft werden. Von diesem Princip, sagt er, haben wir weder eine intuitive, noch eine abstractive Erkenntniß; es ist einzig aus der Beobachtung und Erfahrung entsprungen [1]). Indem nämlich unser Gedächtniß im Besitze einer Menge von Ideen ist, erinnern wir uns, daß gewisse Ideen oder vielmehr die ihnen entsprechenden Gegenstände bisher immer einander begleitet haben, und indem wir uns hieran erinnern, betrachten wir ohne weiters den einen als Ursache, den andern als Wirkung, und schließen von dem einen auf den andern [2]). Der Grund, warum wir dieses thun, liegt somit durchaus nicht in einer Forderung unserer Vernunft, sondern einzig in der Gewohnheit, die wir vermöge des immerwährenden Wiederkehrens ähnlicher Fälle contrahirt haben [3]). So beruhen alle Arten von Erkenntnissen der Ursachen und Wirkungen auf zwei Momenten, nämlich der beständigen Verknüpfung zweier Objecte in aller vergangenen Erfahrung und der Aehnlichkeit eines gegenwärtigen Dinges mit einem von denselben [4]), und dasjenige, was uns zu bestimmten Urtheilen oder Schlüssen in Bezug auf das ursächliche Verhältniß veranlaßt, ist blos die Gewohnheit [5]). Das Causalitätsgesetz ist also etwas rein Subjectives, und hat gar keinen objectiven Werth und keine objective Bedeutung.

Verhält sich das also, dann folgt daraus von selbst, daß die Anwendung dieses Princips auf die Erkenntniß Gottes und der menschlichen Seele uns über das Dasein und die Eigenschaften dieser Erkenntnißobjecte gar keine Gewißheit verschaffen könne. Wenn der Schluß von der Wirkung auf die Ursache gar keine objective Begründung hat und blos auf einer subjectiven Gewohnheit beruht, wie können wir denn dann von den geschaffenen Dingen auf das

---

[1]) Hume, A treatise of human nature (Uebersetzung von L. H. Jakob Halle, 1790), l. 1, p. 3, sect. 1, S. 146. — sect. 3, S. 163 ff.

[2]) Ebds. sect. 6, S. 179 ff.

[3]) Ebds. s. 7, S. 198. s. 8, S. 213, s. 13, S. 307. — p. 4, s. 1 S. 369.

[4]) Ebds. s. 12, S. 286.

[5]) Ebds. s. 7, S. 198. s. 8, S. 213. s. 13, S. 295.

Dasein und die Eigenschaften Gottes, von den seelischen Erscheinungen auf die Seele selbst so schließen, daß dieser Schluß objectiv berechtigt ist? Und doch wäre dieses der einzige Weg, auf welchem wir möglicherweise zur Erkenntniß Gottes und der Seele kommen könnten. Es bleibt also nichts anders übrig, als sich gegen diese Gegenstände in reservirter Skepsis abzuschließen, und auf eine gewisse Erkenntniß derselben zu verzichten [1]).

Aber wenn schon diese Grundlagen aller Religion dem Zweifel nicht entrissen werden können, so noch weniger die religiösen Wahrheiten, welche auf diese Grundlagen sich stützen. Hume ist weit entfernt, dieses in Abrede stellen zu wollen. In seiner „natürlichen Geschichte der Religion" [2]) erklärt er den Polytheismus als die ursprüngliche Religion, läßt ihn aber nicht aus Naturbetrachtung oder aus speculativer Neugierde, sondern aus den Hoffnungen und Besorgnissen, welche unaufhörlich das menschliche Gemüth bewegen, und aus den Eindrücken, welche die mannigfaltigen und widersprechenden Lebensereignisse machen, entspringen. Aus dem Polytheismus entstand dann der Theismus, aber wiederum nicht auf rationalem Wege, sondern dadurch, daß abergläubische Vermehrung der Schmeichelei gegen einen der Götter, Erhebung und Erweiterung seiner Prädicate, endlich auf die Vorstellung eines Weltschöpfers führte. „Uebertriebenes Preisen schwellte die Idee göttlicher Macht bis zu den äußersten Grenzen der Vollkommenheit, und erzeugte zuletzt die Eigenschaften der Einheit und Unendlichkeit, Einfachheit und Geistigkeit." Aber auf dieser Höhe kann sich die Religion nicht halten, weil solche verfeinerte Ideen mit der Fassungskraft der Menge nicht im Verhältniß stehen; der Monotheismus tendirt daher naturgemäß wieder zum Polytheismus, um dann aufs Neue in den Theismus überzugehen. Was nun Wahres in diesen oscillirenden religiösen Ueberzeugungen der Menschen ist: — wer wollte das ausmachen? Das Ganze, schließt Hume ab, ist ein Räthsel, ein unerklärliches Geheimniß; Zweifel, Ungewißheit, Suspension des Urtheils sind das einzige Resultat unserer genauen Untersuchungen über diesen Gegenstand. Derselbe Gedanke kehrt wieder

---

[1]) Ebendas. l. 1, p. 4, s. 5, S. 485. – p. 3, s. 6, S. 188 ff.

[2]) The natural History of Religion.

in einer andern Schrift Hume's: „Gespräche über natürliche Religion." Alle Beweisgründe der natürlichen Religion werden in derselben als schwach und haltlos aufgezeigt, und das Resultat ist wiederum dieses, daß alle religiösen Systeme unüberwindlichen Schwierigkeiten unterworfen seien, daß jedes derselben, wenn es angreifend gegen das andere auftrete und dessen Ungereimtheiten aufdecke, Recht habe, daß aber alle zusammen einen vollständigen Triumph für den Skeptiker bereiten, welcher eine völlige Suspension des Urtheils für die einzig vernünftige Aussicht erkenne [1]).

So hatten denn Deismus und Freidenkerei im Skepticismus ihren Ausgang und ihre Auflösung gefunden. Es war dieses Schicksal dem Deismus nicht etwa durch äußere, accidentale Ursachen bereitet; es lag in seinem Wesen; sowie er bis zur äußersten Grenze seiner Entwicklung kam, mußte er im Sande des Skepticismus versickern. Wir haben gesehen, daß, je weiter derselbe fortschritt, je mehr er die in ihm implicirten Momente seines Inhaltes successiv auf die Oberfläche hervortrieb, er auch der skeptischen Auflösung immer näher kam, bis er endlich in derselben sich verflüchtigte. Das ist zugleich das Gericht, welches er über sich selbst hielt. Wer sich dem Lichte der übernatürlichen Offenbarung entzieht, dem geht mit dem Offenbarungsinhalte zuletzt auch der Vernunftinhalt verloren. Eine Negation ruft die andere hervor. Die großen Denker des Alterthums suchten die Wahrheit auf dem Wege der Vernunft, weil sie keine andere Erkenntnißquelle für die Wahrheit besaßen, und ihre ehrlichen Bestrebungen wurden wenigstens theilweise mit Erfolg gekrönt. Nach der Erscheinung des Christenthums ist die höhere Erkenntnißquelle, nach welcher die Weisen des Alterthums sich gesehnt, dem menschlichen Geiste aufgethan, und nun hat er seine Vernunft, seine natürliche Erkenntnißkraft dieser höhern Erkenntnißquelle als dem leitenden Princip seiner Forschungen unterzuordnen. So wie er diese Unterordnung verschmäht, sind seine Vernunftforschungen im Gebiete der höhern Wahrheit nicht mehr mit Erfolg gekrönt, und können es nicht sein, weil er die Ordnung verkehrt hat und eine Verkehrung der Ordnung nicht der Ausgangspunkt sein kann für einen gedeihlichen Fortgang der speculativen Bestrebungen.

---

[1]) Lechler, a. a. O. S. 431 ff.

Er verliert die Wahrheit, statt sie zu gewinnen. Die Entwicklung der englischen Freidenkerei liefert davon eine auffällige Probe. Möchte auch in unserer Zeit diese Wahrheit überall entschieden anerkannt werden, und die „Freiheit der Wissenschaft" nur da gesucht werden, wo sie allein gefunden werden kann: — in der Unterordnung des menschlichen Denkens unter das Licht der göttlichen Offenbarung!

XV.

Die Strafhaus-Seelsorge.

Von Franz Xaver Eckel, Stadtpfarrer zu Stein an der Donau.

Das Strafhaus ist eine Welt im Kleinen. Wer daselbst die Seelsorge auf eine gedeihliche Weise leiten will, muß sich darum kümmern, welche Subjecte er vor sich hat. Unkenntniß der Menschen, mit denen man umgeht, schadet überall, besonders wenn man an ihren intellectuellen und moralischen Eigenschaften pflichtgemäß Manches bessern oder heilen soll. — In dieser kleinen Welt, d. i. im Strafhause, findet man Menschen jedes Alters, vom kahlköpfigen Greise bis zum lockigen Knaben, jedes Standes, jedes Religionsbekenntnisses. Man trifft da Menschen von hoher Geistesbildung und solche, die auf der untersten Stufe der geistigen Cultur stehen; Menschen, die noch glauben, hoffen und lieben und ihren begangenen Fehltritt tief bereuen, und solche, welche die theuersten Güter einer Menschenseele über Bord geworfen haben, über ihr begangenes Verbrechen auch nicht den geringsten Funken der Reue in sich tragen, und tollkühn ausrufen: „Ich glaube an keinen Gott.“ Es ist im Strafhause auch jede Nationalität vertreten, daher da in unterschiedlichen Sprachen geredet wird. Nimmt man auf die physische Beschaffenheit seiner Bewohner Rücksicht, so begegnet man bald einem robusten, markigen Manne, bald einem Schwächling, den entweder sein hohes Alter gebeugt, oder sein thierisches Vorleben entnervt oder die Betrübniß seines Herzens krank und kraftlos gemacht hat. Das Strafhausspital ist wie ein allgemeines Krankenhaus. Der Würgengel wüthet oft erbärmlich darin, denn hat einmal das Laster die Lebenskräfte aufgesaugt, da hält die beste Pflege und geschickteste Behandlung von Seite des Arztes das frühzeitige Hinsterben nimmer auf. Ja, das Strafhaus ist eine Welt im Kleinen. Es wird darin gegessen und getrunken, gearbeitet und gefaulenzt, gelobt und geschimpft, gelacht und geweint, gebetet und geflucht, und in neuester Zeit, wo das Lesen von Zeitungen den Häftlingen gestattet ist, auch viel politisirt und mit dem Munde — reformirt. Es mangeln auch im Strafhause die Ambitionen nicht; gerade diejenigen, welche sich die Ehre auf die sträflichste Weise selbst geraubt haben, wollen von andern in ihrer Ehre nicht im geringsten gekränkt werden; — der verruchteste Hochmuth Einiger besteht aber darin, daß sie sich auf die Menge und Schwere ihrer verübten Verbrechen etwas einbilden. Als einmal gegen einen Sträfling, der in neuerliche Untersuchung kam, sein Mitsträfling als Zeuge vor Gericht aussagte, wie viele Verbrechen er nach eigener Erzählung schon begangen habe, und noch zu begehen Willens sei, gab jener zur Antwort: „Ja freilich habe ich unter den Kameraden von schaudervollen Thaten erzählt, die von mir verübt worden wären, aber du weißt ja, daß man im Strafhause kein Ansehen unter seinesgleichen genießt, wenn man nicht als großer Verbrecher dasteht.“ — Wie in der Außenwelt Keckheit und Verwegenheit einen Terrorismus über ruhige und schüchterne Gemüther ausübt, so ist das um so mehr im abgeschlossenen Strafhause der Fall. — Die Leidenschaften spielen überhaupt in dieser kleinen Welt eine bedeutende Rolle. Hetzereien und Quälereien, Beschimpfungen und Verleumdungen, gefährliche Drohungen, selbst wirkliche Angriffe auf die Person des Nächsten kommen nicht selten vor, und man kann sagen: die Schwere der Strafe, die auf die Uebertretung der Gesetze folgt, sei heutzutage nur mehr im Umgange mit mehreren ganz verworfenen Menschen fühlbar. Es mag diese lästige Conversation für Manche ein Vorgeschmack der Hölle sein, der sie sicher zueilen, so bald sie anfangen, an der Gesellschaft der Gottlosen sich zu erfreuen, oder wenn sie nach deren Grundsätzen sich bilden, und wie jene weder eine göttliche noch menschliche Auctorität mehr anerkennen.

Die christlichen Regenten Oesterreichs haben seit lange her den Zucht- oder Strafhäusern ihre liebevolle Aufmerksamkeit zugewendet, und Sorge getragen, daß darin eine vernünftige Humanität walte und jeder gebessert werde, der noch besserungsfähig wäre. Es sollte den Sträflingen zur Befriedigung ihrer physischen und moralischen

Bedürfnisse nichts fehlen, die Hungrigen sollten hinreichend genährt, die Kranken ordentlich gepflegt, insbesondere sollten die nach dem göttlichen Worte Dürstenden mit demselben getränkt werden. — War für Speise und Trank, für Pflege während der Krankheit, für Elementar- und den geistlichen Unterricht, für den Gottesdienst und die Ausspendung der hh. Sacramente schon vorhin Anstalt getroffen, so geschah dieses um so mehr während der glorreichen Regierung des gegenwärtigen Kaisers Franz Joseph I., allerhöchstwelchem die Strafhäuser in ihren inneren Einrichtungen schon viele Verbesserungen zu verdanken haben. Besonders muß hier erwähnt werden, daß Seine Excellenz, Freiherr Alexander v. Bach, als k. k. Minister des Innern, viele Uebelstände in den Strafanstalten beseitigt und durch Einführung geistlicher Congregationen, denen er die Leitung und Pflege derselben übergab, sich ein großes Verdienst um den Staat und um unglückliche Menschen erworben habe. Wer die Zuchthäuser von ehedem kannte, und die Strafanstalten seit dem Jahre 1856 mit jenen vergleicht, muß, wenn er billig und vorurtheilfrei urtheilt, freudig erkennen, daß in kurzer Zeit mehr geschehen ist, als man hätte für möglich halten können. Der Segen des Herrn begleitete überall das Wirken der barmherzigen Schwestern, die von Gott unterstützt das ihnen anvertraute Amt stets auf die rühmlichste und erfolgreichste Weise verwalteten. Sie führten eine bewunderungswürdige Ordnung in den Strafhäusern ein, pflegten die Häftlinge immer mit der größten Nächstenliebe und wirkten durch fromme und herzliche Zusprüche auf die Tröstung und Verbesserung ihrer Gemüther derart ein, daß viele aus den Sträflingen, wenn sie als neue, bessere Menschen in die bürgerliche Gesellschaft zurückkehrten, dies nächst Gott und dessen Dienern den liebevollen und aufopfernden Bemühungen der barmherzigen Schwestern zuschreiben.

Die hohe Regierung wollte, daß die Zuchthäuser fürderhin nicht blos Straf-, sondern auch Besserungsanstalten sein sollten, und sie fand an den geistlichen Genossenschaften wahrlich die tauglichsten Werkzeuge zur Erreichung dieses schönen Zweckes. Aber, sagen einige, die große Zahl der Rückfälligen beweist, daß man die Strafanstalten umsonst zugleich Besserungsanstalten nenne, man sollte sie füglicher Schulen des Lasters und der Verbrechen heißen, weil Viele schlechter aus dem Strafhause herausgehen, als sie hineingegangen sind. Ist letzteres leider wahr, so ist aber auch das Umgekehrte wahr, denn eine größere Menge geht, Gott sei es gedankt, besser heraus als hinein.

Ein großer Bösewicht, wegen des Verbrechens des vorsätzlichen Todtschlages zu sechsjährigem schweren Kerker verurtheilt, ward im Strafhause zu Stein in der vom Gerichte anberaumten Zeit angehalten. Er besserte sich da von Tag zu Tag, und hielt mit seiner Besserung an, als er schon lange die Strafe vollstreckt und die darauffolgende Zeit wiederum in seiner Heimat zugebracht hatte. Sein Pfarrer machte dem Strafhaus-Seelsorger gegenüber die erfreuliche Aeußerung: „Es ist ehrenvoll für die Strafanstalt, wenn sie so gebessert die Sträflinge der Freiheit zurückgibt." — Aehnliche Beweise von wirklich erfolgter Besserung hat der Schreiber dieser Zeilen wohl viele, theils mündlich, theils brieflich empfangen, ja er hat es oft erfahren, daß die Anstalt, in der er diente, nicht umsonst auch Besserungsanstalt genannt werde. Es sind ihm entlassene Sträflinge vorgekommen, die offenherzig gesagt haben: „Herr, für mich ist es ein Glück gewesen, daß ich in das Strafhaus wandern mußte, denn dort habe ich erst Gott und seine heilige Religion recht kennen gelernt, jetzt erst kenne ich des Lasters Abwege und weiß, welche Waffen ich gegen Versuchung und Sünde ergreifen muß."

Alle Berge lassen sich nicht ebnen und eben so wenig alle Sünder bessern. Es wird immer solche geben, die auf dem Wege zur Besserung nicht vorwärts kommen, wo nicht gar rückwärts schreiten, und wenn dieser Fall eintritt, was gibt es da für ein Halloh in der Nähe und Ferne des Wiedergefallenen, und wie bricht man da unbesonnen den Stab über die Anstalt, welcher der Rückfällige zuvor angehörte, über die Leiter derselben, besonders über die geistlichen Vorstände, während man die auffallendsten Bekehrungen mit Stillschweigen übergeht. Das Böse macht einen größeren Eclat als das Gute, das zeigt sich besonders hier. Es ist nicht zu verkennen, daß die große Anzahl der ins Strafhaus Revertirenden nothwendig zu dem Schluß führe, es müsse noch manches faul in diesem Hause sein. Es läßt sich ferner nicht läugnen, daß in den Strafanstalten, sollen sie noch mehr Erfolge der Besserung der Häftlinge aufweisen, noch so Manches gründlich zu verbessern sei; aber fragen wir, ob nicht auch die Inhumanität, mit welcher man so oft den entlassenen Sträfling überall empfängt, für ihn die Klippe wird, an der seine besten Vorsätze scheitern? Tritt der Arme aus dem

Straforte, so ist er oft der hilfsbedürftigste Mensch, und dennoch wird ihm oft gar nicht geholfen. Ueberall tritt ihm das Mißtrauen, die Verachtung entgegen, man verweigert ihm Brot und Arbeit und ist froh, wenn er wiederum weiter zieht. Ja, der entlassene Sträfling ist wie geächtet, unstätt wandelt er von Haus zu Haus, von Ort zu Ort; er klopft an, aber es wird ihm nicht aufgethan; er bittet, aber empfängt nicht; er sucht Freunde, aber findet sie nicht, und so entsinkt ihm der Muth, sein Vertrauen fängt zu wanken an, er verzweifelt und in der Verzweiflung, ach, da wird er neuerdings ein Verbrecher. „Hochwürdiger Herr", sagte einmal ein Revertent zum Strafhaus-Seelsorger, „mir blieb nach erlangter Freiheit nichts übrig, als entweder zu verhungern oder zu stehlen, als schwacher Mensch wählte ich das letztere." — Ein vom Gerichte schon zum zweiten Male zur schweren Kerkerhaft Verurtheilter rief nach der Publicirung des Urtheiles aus: „Gottlob, jetzt komme ich zu meiner Ordnung!" Die Leute, welche diese Aeußerung vernommen haben, glaubten, es wäre dem Verbrecher im Strafhause zu gut ergangen, und darum sehne er sich nach der Rückkehr; es war aber das Andere der Fall: es war ihm in seiner Heimatsgemeinde, wo er kein Obdach gefunden, zu schlecht ergangen, und darum betrachtete er das Strafhaus als ein Asyl seiner Ruhe und Ordnung. — Ein guter Hirte sucht besonders nach dem verlornen Schäflein und pflegt dasselbe, wenn er es gefunden, fast mit doppelter Liebe. So wird der Seelenhirte jenes Unglücklichen, der sein Verbrechen bereits aufrichtig gesühnet und zu diesem Ende schwere Leiden überstanden hat, sich mit besonderer Liebe annehmen und Alles aufbieten, daß ihm unter den Pfarrangehörigen jenes Erbarmen und jene Unterstützung zu Theil werde, der er unter seinen traurigen Verhältnissen so sehr bedürftig ist; er wird zugleich bemüht sein, dem Vereine, der für entlassene Sträflinge gegründet worden ist, möglichst viele Mitglieder zuzuführen, und auf der Kanzel wie in Privatgesprächen den Nutzen dieses schönen Vereines für die gefallenen Mitmenschen und den Segen für die Mitglieder desselben gehörig anzupreisen. — Wenn in den betreffenden Pfarreien der Priester und das Volk sich die geistige und leibliche Pflege des entlassenen Sträflings, der hilfesuchend in ihre Mitte tritt, angelegen sein lassen, dann wird gewiß die Zahl der Rückfälligen bedeutend herabgemindert werden. Noch sicherer würde dieses Ziel freilich erreicht, wenn die einsame statt der gemeinsamen Haft allgemein eingeführt würde; es mag aber was immer für eine Detentionsgattung bestehen, so wird ein bonus pastor sich des entlassenen Sträflings immer annehmen müssen, um dessen Seele zu retten. Der Strafhaus-Seelsorger und der Pfarrpriester müssen sich gegenseitig in der Behandlung der Gefallenen unterstützen; jener muß das Böse ausrotten und das Gute pflanzen; dieser soll es begießen, hegen und pflegen, und sie dürfen dann beide das Gedeihen des Guten von oben erwarten.

Wenn die Einzelhaft der gemeinsamen Verhaftung vorgezogen und gesagt wird, daß bei Einführung der ersteren das Zurückfallen der Sträflinge in ihr altes Verbrechen seltener stattfinden wird, so hat dies seinen guten Grund. In der Einsamkeit und nicht in der Gesellschaft kann der Mensch meditiren und zur wahren Gottes- und Selbsterkenntniß kommen. Das ernste Nachdenken über Gott und sich selbst ist jedem Menschen und am meisten dem Verbrecher nothwendig. Wenn die Heiligen sich oft zurückgezogen haben um noch heiliger zu werden, um wie viel mehr muß der Böse in die Einsamkeit gehen, um gut zu werden. Es ist wohl nicht anzunehmen, daß im Zellengefängnisse alle Verbrecher gebessert werden, ja es lehrt die Erfahrung, daß auch dort, wo die pensylvanische Einzelhaft eingeführt ist, öfters Rückfälle vorkommen, — aber so viel ist gewiß, daß der Strafgefangene, der an einem einsamen Orte sein Verbrechen abbüßt, eher und leichter zu einem neuen Geschöpfe umgewandelt wird, als derjenige, der im Kreise seiner Mitsträflinge die Strafe vollstreckt. Der erste beschäftigt sich mehr mit Gott, der zweite mehr mit seinen Kameraden; der erste hört während seiner ganzen Strafdauer nur Worte der Belehrung und des Trostes, die der Seelsorger in seine Zelle bringt; der zweite vergißt oft schnell die Predigt, die er in der Kirche gehört, und er hört dafür die verführerischen Reden vieler gottloser Mitsträflinge, die ihn, sobald er nicht standhaft ist, auf eine üble Fährte bringen; der erste sinnt Tag für Tag auf Mittel, nach Ablegung des Lasters sich in der Tugend zu befestigen, während der zweite durch abgefeimte Verführer oft zu den abscheulichsten Entschließungen animirt wird. Die Gefahren für das Seelenheil der Gefangenen sind bei der gemeinsamen Haft jedenfalls größer als bei der Einzelhaft, und es wäre mit Rücksicht auf dieselben die Einführung des Zellensystemes wohl das geeignetste Mittel, die Zahl der Rückfälligen zu vermindern.

Daß in der Einzelhaft viele Detinirte um ihren Verstand kommen, ist eine Erfindung sentimentaler Menschen, der die Erfahrung widerspricht. Wir leben nicht mehr in dem Jahrhunderte, wo man die Verbrecher, mit schweren Ketten angethan, in unterirdische, finstere und dumpfe Löcher sperrt, denen sich nur selten ein menschliches Wesen nahet; da hätte der Hinweis auf Geistesverrückung der im abgesonderten Kerker Schmachtenden einen Sinn. — Die Sträflingszelle unserer Zeit aber ist licht und trocken, mit Arbeitsgeräthen und Erbauungsbüchern versehen und täglich von dem Seelsorger, den Beamten, Arzte und dem Wärter betreten, die Nahrung für Geist und Leib bringen. Das Närrischwerden ist dort, wo der Einzelne oft dem Hohne, der Verachtung und Secatur von Hunderten preisgegeben ist, viel leichter, als wo er ganz allein auf Gott und sich selbst angewiesen unter Gebet und Arbeit ruhig seine Strafe erleidet. Es gehört auch nicht zu den Seltenheiten, daß sich Sträflinge, denen der Umgang mit anderen unerträglich ist, von den Strafhausdirectoren die Gnade der Absonderung erbitten.

Es ist nicht zu verkennen, daß die plötzliche Einführung des Zellensystems mit den größten Schwierigkeiten für den Staat verbunden ist. Es wird da ein totaler Umbau und eine Erweiterung aller Strafhäuser, eine vermehrte Anstellung des Lehr-, Wach- und Wartpersonales erfordert; aber der überwiegende Nutzen für so viele Unglückliche soll den Staat vor einem derartigen Opfer in die Länge nicht zurückschrecken lassen. Unter dem Ministerium Bach wurden die Geschlechter getrennt und sowohl für männliche als weibliche Sträflinge eigene Strafanstalten errichtet. Es war das eine sehr weise Anordnung und ihr Nutzen hatte wahrlich eine große Tragweite. In damaliger Zeit wurde auch darauf gesehen, daß in jeder Strafanstalt die jugendlichen Sträflinge so viel als möglich von dem Umgange mit älteren ferngehalten, und die intelligenteren Sträflinge in eigene Arbeits- und Schlafarreste eingetheilt wurden; alle Häftlinge sollten aber nach Möglichkeit mit Arbeiten, die ihren früheren Verhältnissen entsprachen, beschäftigt werden. Es waren mit diesen Anordnungen schon die Fingerzeige zu dem gegeben, was künftig geschehen soll, nämlich daß eigene Strafanstalten für jugendliche und wieder andere für die intelligenten und erstgefallenen Sträflinge zu errichten wären. Die Vermischung der jungen Sträflinge mit den alten, der intelligenten mit den rohen, der erstgefallenen mit den oft rückfälligen ist dort, wo sie alle in einem Hause beisammenleben, selbst bei der größten Aufsicht nie ganz zu vermeiden, daher die Errichtung von Strafhäusern für jede der genannten Sträflings-Categorien de bono meliori ist. Die Strafanstalt zu Suben in Oberösterreich hat in neuester Zeit Sträflinge der besseren Classe innerhalb ihrer Mauern erhalten, und man muß ihre Errichtung, weil den besseren Principien entsprechend, als einen Fortschritt in dem Strafhauswesen Oesterreichs preisen. Soll aber das Gute zur Vollendung gebracht werden, so darf diese Anstalt nicht vereinzelt für eine bestimmte Sträflingsklasse dastehen; auch anderswo werde eine vernünftige Ausscheidung verfügt und endlich der Weg zur wirksameren Zellenhaft angebahnt. — Das Gute braucht seine Zeit, aber es soll nicht ausbleiben!

Der Staat versucht mit einem großen Kostenaufwande die Lage so vieler Unglücklicher in den Strafanstalten zu verbessern. Es soll in den Gefangenhäusern nicht blos gestraft, es soll da hauptsächlich gebessert werden — hört man allgemein in und außer den Parlamenten. Staat und Kirche müssen sich aber die Hände reichen, soll anders der Zweck erreicht werden. Derowegen sendet die Kirche ihre Diener in die Gefängnisse, um durch sie das Verlorne zu suchen und selig zu machen. Die Priester, welche die Vorsehung zum Dienste für Verbrecher auserwählt, haben einen schönen aber auch schwierigen Beruf. Sie sollen das Reich Gottes in den Herzen solcher aufrichten, welche dem einzig wahren Gott ihren Dienst aufgesagt haben, und dem bösen Geiste gefolgt sind; Gefangenen sollen sie die Freiheit der Kinder Gottes verschaffen, diese sollen sie erheben zu Gott, der auch der Vater der Gefallenen bleibt. Und wie schön ist es, wenn es ihnen unter dem Beistande Gottes gelingt, aus Ignoranten in den Heilswahrheiten, aus Zweiflern, Ungläubigen und Religionsspöttern — wohlunterrichtete, festgläubige, echtreligiöse Christen zu bilden; ja wie erfreut ist des Priesters Herz, wenn derselbe zur Ueberzeugung gelangt, daß er nicht umsonst in den Strafhausräumen herumwandelte und in die untersten Correctionsarreste gekommen, daß er nicht vergeblich in der Schule, auf der Kanzel, beim Altare und am Krankenbette stand, daß er nicht zwecklos im Beichtstuhle saß. Es fällt ja doch nicht jeder Same auf felsigen Boden, oder auf den Weg, oder unter die Dörner; es gibt empfängliche Gemüther auch unter den Sträflingen, viele aus ihnen nehmen die Samenkörner der göttlichen Lehre noch bereitwillig in ihre Herzen auf, und diese tragen ihnen hundertfältige Früchte, Früchte, die ihr Seelsorger in der Freude seines Herzens mitgenießt. — Wer längere Zeit die Seelsorge in einer Strafanstalt versehen hat, der hat gewiß oft die Freude erlebt, daß ein Verbrecher, der anfänglich wie mit versteinertem Herzen vor ihm gestanden, durch liebevollen christlichen Zuspruch so gewonnen wurde, daß er in Reuethränen ausbrach und wegen seines vorigen Trotzes kniefällig um Verzeihung bat. — Der Same reift selten sogleich; so bringt auch das gute Wort oft später erst die gute Wirkung hervor. Der Sträfling A, vom Seelsorger zur Privatbelehrung gerufen und zum Nachdenken über seinen traurigen Seelenzustand und zum Gebete ermuntert, gerieth in flammenden Zorn, als er an die Pflicht zu beten gemahnt wurde. „Was, beten soll ich?" rief er aus, „mich soll während meiner vierjährigen Verhaftung Niemand das Kreuz machen, Niemand beten sehen." Diese Gebetsverweigerung war mit Worten begleitet, die ihrer Abscheulichkeit wegen nicht angeführt werden sollen. Sein Seelsorger hätte weinen mögen über die Gottlosigkeit des armen Sünders; er hörte ihn an, bis derselbe ausgeredet und ausgeflucht hatte, dann erst setzte er in kurzen Worten seine Belehrung fort. Nachdem der Priester dem Sträfling gegenüber sich noch äußerte, wie es kaum denkbar ist, daß sein Herz so böse sei, als sein Mund es jetzt gewesen, — entließ er den Unglücklichen. Es vergehen vier Wochen und der Sträfling erkrankt und wird ins Hausspital gebracht. Hier trifft ihn sein Seelsorger, den der Kranke in gänzlich umgewandelter Stimmung also anspricht: „Euer Hochwürden, verzeihen Sie mir alle groben Worte, die ich einmal gegen Sie ausgestoßen habe, und Gott möge mir gleichfalls verzeihen. Glauben Sie mir, ihre vor einigen Wochen an mich gerichteten Worte sind nicht verloren gegangen, oft habe ich über dieselben nachgedacht, — ich bin nicht mehr der vorige Mensch." — Er war es auch wirklich nicht mehr, denn die ganze Strafdauer hindurch war sein Benehmen ein stets gemäßigtes, den Befehlen der Verwaltung, den Geboten Gottes und der Kirche vollkommen entsprechendes. Die Besserung dieses Sträflings geschah nicht im Momente der erhaltenen Belehrung, aber sie war eine Folge derselben. — An dem christlichen Unterrichte, welchen die Strafhauspriester instructionsmäßig zu ertheilen haben, fand einmal ein Jüngling von 22 Jahren, ein Zigeuner von Geburt, ein solches Vergnügen, und er wurde durch denselben in seinem Innern so religiös bewegt, daß er nicht länger mehr mit der Bitte um die h. Taufe zurückhalten wollte. Sein natürlicher Vater starb als ungarischer Honved, und seine Mutter (beide waren Zigeuner), die ihn auf einer Wiese unweit Preßburg gebar, schleppte ihn ungetauft in der Welt herum, vergaß aber nicht demselben oft und oft es einzuprägen, daß er erst müsse getauft werden. Die Mutter erkrankte plötzlich und konnte für die Taufe ihres Kindes nicht weiter sorgen. Die anderen Zigeuner, die das Kind nach dem erfolgten Tode der Mutter zu sich nahmen, kümmerten sich wenig um die Religion des Knaben, der also wie ohne Taufe so ohne Glauben, ohne Unterricht und Erziehung heranwuchs und auf diese Art um so leichter ins Verbrechen verfiel, wofür er sechs Jahre im schweren Kerker büßen mußte. Er gelangte während dieser Zeit zum christlichen Unterrichte, zur Erkenntniß seines bisher verfehlten Lebensweges, erhielt die h. Taufe und war so für den Himmel tauglich gemacht. Als Neophyt lebte er nach dem Willen Gottes und auch nach den Vorschriften der katholischen Kirche, deren Glied er durch die Erbarmung Gottes geworden ist.

Der Seelsorger soll im Strafhause ein beständiger Missionär sein; er theilt auch die Freuden desselben, wenn er bemerkt, daß in der Jugend ganz verwahrloste Menschen — und solche, die früher gar keinen Religionsunterricht genossen haben, gibt es leider so viele — anfangen, an der Heilslehre einen Geschmack zu finden, oder wenn er das Glück hat, außer der Kirche Stehende in den Schafstall Christi zu führen. Nicht Proselytenmacherei, sondern die Anhörung des reinen Wortes Gottes ist es nächst der göttlichen Gnade, die aus Irrgläubigen Rechtgläubige macht. „Fides ex auditu est.“ Wenn im öffentlichen Leben oft eine Rückkehr zum wahren Christenthume stattfindet, warum soll dieser glückliche Fall nicht auch im Gefängnißleben vorkommen? „Spiritus flat, ubi vult.“ Die Taufe eines Juden oder die Aufnahme des katholischen Glaubensbekenntnisses bei Protestanten geschieht in Strafhäusern nie voreilig und ohne genauere Prüfung der Individuen und ihrer Uebertritts-Motive; ist aber die Ueberzeugung für die reine Absicht des Convertiten gewonnen, so darf der Strafhauspriester nicht zaudern seines heiligen Amtes zu walten, und er kann versichert sein, daß er hiefür noch lange nach der kirchlichen Function ein dankbares „Vergelt's Gott" erhalten wird.

Der Beichtstuhl und das Kranken- oder Sterbebett lassen dem Curaten des Gefangenhauses die Gnadenwirkungen und die Wege der göttlichen Erbarmungen recht augenfällig erkennen. Im ersteren erfüllt sich die Parabel vom verlornen Sohne, der zum Vater mit der Bitte kommt: „Vater, ich habe gesündiget vor dir und gegen den Himmel, vergieb!" Solche Menschen, die oft viele Jahre ihres Lebens das Bußgericht gemieden haben, suchen es endlich im Strafhause auf und es thut ihrer Seele wohl, wenn sie alle ihre Wunden dem Stellvertreter Christi entdeckt und der Sünde abgeschworen haben. „Geistlicher Vater", hat einmal ein so bekehrter Strafgefangener ausgerufen, „wie danke ich Ihnen für Ihre Liebe und Geduld mit mir armen Sünder! Ich trage nun gerne meine Strafe, sie ist groß und schwer, und doch eine so kleine und geringe Genugthuung für mein lastervolles Vorleben!" — Nicht alle Häftlinge schlagen diesen schönen Bußweg ein, und wenn ein Engel vom Himmel käme, sie zum Beichtstuhle zu geleiten, würden viele selbst diesem himmlischen Boten nicht folgen, — aber die Zahl der Reumüthigen ist immer noch überwiegend, und so braucht der Seelsorger den Muth nicht zu verlieren; ist ja doch im Himmel eine so große Freude über einen einzigen Bußfertigen, warum soll er sich nicht freuen dürfen, da ganze Schaaren zerknirschter Sträflinge zum Beichtstuhle wallen, um da die Ketten der Sünde abzuschütteln.

Die meisten und die sichersten Bekehrungen kommen im Spitale der Strafanstalt vor. Am Kranken- und Sterbebette fängt oft der verruchteste Mensch an anders als in den Tagen des Lebensübermuthes zu denken. Das Gute, das er auf unverantwortliche Weise so lange in sich unterdrückt hat, bricht hervor, das Senfkörnlein der Gottesfurcht, das die Mutter dem Kinde, der Catechet dem Knaben ins Herz gelegt hat, wunderbar ist es erhalten und nicht erstickt worden, jetzt erst trägt es Frucht. Der kranke Verbrecher verzweifelt nicht; er denkt sich: „Ende gut, Alles gut!" und er faßt dabei Hoffnung. Auf Eines sinnt er an der Schwelle seines Lebens, auf das nämlich, was er oft am Missionskreuze der Strafhauskirche gelesen: „Rette deine Seele." Unter Anrufung der Barmherzigkeit Gottes, der Fürbitte der heiligen Gottesmutter Maria, als Zuflucht der Sünder, des heiligen Schutzengels und seiner heiligen Namenspatrone verlangt sein Herz nach voller Aussöhnung mit Gott und nach der göttlichen Seelenspeise. Der Priester, der sich ihm mit den heiligsten Gnadenmitteln der Kirche nähert, ist nun sein größter, sein letzter Freund auf Erden. In Strafanstalten, wo barmherzige Schwestern ihr frommes Wirken entfalten, erhält der kranke Sträfling in den Tagen seiner Mühseligkeit Beweise der kirchlichen Fürsorge, die in alle Verhältnisse des menschlichen Lebens eingreift und mit großer Liebe und Sorgfalt auch den Gefallenen begegnet. Treu ihrem schönen Berufe verlassen die guten Schwestern den Kranken keinen Augenblick. Sie reichen ihm Speise und Arzeneien, warten und pflegen ihn wie einen Bruder, trösten ihn und beten mit ihm und für ihn. Der Seelsorger findet in seiner Wirksamkeit am Krankenbette an den barmherzigen Schwestern die kräftigste Unterstützung und er hat Ursache, einen großen Theil der Freuden, die er daselbst erlebt, der unermüdlichen Thätigkeit dieser Engel in Menschengestalt zuzuschreiben. Die Sträflinge gewahren bald die aufopfernde Liebe der Schwestern, achten sie und hören auf ihren sanften christlichen Rath. In dem Zeitraume von 12 Jahren, während welchem die Töchter der christlichen Liebe des heiligen Vincenz von Paul die Strafanstalt von Stein leiten, ist kein Fall vorgekommen, daß ein kranker Sträfling mit vollem Bewußtsein den Empfang der heil. Sacramente verweigert und unausgesöhnt mit Gott sein Leben beschlossen hätte. Die Welt stellet sich vor, als würden alle Verbrecher wie der linke Schächer sterben; — aber nein, fast alle sterben wie der reumüthige Missethäter in Buße und Schmerz, im Vertrauen auf die unendlichen Verdienste Jesu Christi. Der Besuch des Strafhausspitals ist für den Seelsorger eine Quelle des reichsten Trostes, der innersten Freude.

Wie in jeder Lebenssphäre Licht und Schatten, Freuden und Leiden sind: so findet dies vorzugsweise in der Stellung eines Strafhausgeistlichen statt. Neben den erwähnten Freuden, welche dieser oft in größerer Zahl in seinem Berufe findet, als gewöhnlich vermuthet wird, kommen ihm auch Leiden und Schwierigkeiten entgegen, und der Weinberg des Herrn, den er zu bearbeiten hat, macht große Mühe und Plage. Er hat ein hartes Erdreich vor sich, und ungeachtet alles angewendeten Fleißes trägt es nicht überall gute Früchte, oft nur Distel und Dornen. Es kommen ihm nicht selten Erzählungen der betrübendsten Art zu Ohren. Da heißt es z. B.:

„Heute gab es ein wahres Hohngelächter im Arbeitszimmer über die gepredigte Wahrheit“; oder: „Mag diese Lehre glauben wer da will, ich bin nicht so dumm und einfältig, um sie anzunehmen“; oder: „Komme ich in die Freiheit, so werde ich pfiffiger sein, ich werde das 11. Gebot befolgen, welches lautet: du sollst dich nicht fangen lassen“ 2c. 2c. Flüche und Verwünschungen werden oft ausgestoßen, geistliche und weltliche Obrigkeiten werden verdammt, Gott, der Herr, wird sogar gelästert und ein grauenhafter Unflath wird aus dem Munde lasciver Menschen ausgespieen. Es ist haarsträubend, was bessere Sträflinge über die Zungensünden vieler ihrer Kameraden zu erzählen wissen. Da ruft wohl mancher Seelsorger im Herzen auf: „Parce Domine! Parce!“ Würde er vergessen, daß er in einer Strafanstalt pastorirt, wo verwahrloste, unwissende und gefallene Menschen angesammelt sind, so könnte er leicht muthlos werden; aber er sieht neben denselben auch gutmüthige, besserungsfähige und wirklich gebesserte Sträflinge, und findet darin vielen Trost; er setzt zugleich auf Gott seine Hoffnung, der ihn in seinem schweren Berufe erleuchtet und stärkt, und er arbeitet ruhig fort und läßt kein Mittel unversucht, auch die Verworfensten für die gute Sache zu gewinnen.

Jedem Seelsorger in den Strafanstalten ist anzurathen, daß er furchtlos dem Sträflinge entgegentrete, fest und liebevoll zugleich ins Auge ihm blicke, und mit sichtbarem Muthe die Keckheit des ihm gegenüberstehenden Verbrechers entwaffne. Der Freche achtet nur den Muth und die Gewalt, hingegen Angst und Schwäche verachtet er. Es wurde einmal der Seelsorger vor dem Besuche eines brutalen Sträflings, der mit einem Attentate auf dessen Leben drohte, freundschaftlich gewarnt. Aber der Priester meinte, daß es besser wäre, dem Drohenden zu zeigen, daß man keine Furcht vor ihm habe, und er begab sich, mit Anwendung der nöthigen Vorsicht zu dem Arrestanten, faßte denselben scharf ins Auge und er überwand seinen Trotz und Zorn. Der Dialog zwischen beiden ward von Minute zu Minute freundlicher, die Kühnheit des Sträflings war überwunden worden, von einer Gefährlichkeit desselben blieb keine Spur mehr übrig.

Der kluge Strafhausgeistliche wird sich durch eine unerwartete rohe Aeußerung oder Antwort nicht aus der Fassung bringen lassen, noch viel weniger in unnütze Hitze gerathen. Als einmal der Seelsorger an einem hohen Festtage einen wegen excessiven Benehmens in dem abgesonderten Dunkelarreste eingesperrten Sträfling besuchte, saß dieser mit zu Boden gesenktem Haupte starr und unbeweglich da. Der Priester grüßt ihn freundlich mit den Worten: „Gelobt sei Jesus Christus!“ Der Sträfling antwortet aber nichts darauf. Erst als er befragt wurde, was er denn eigentlich hier thue? gab er zur Antwort: „Schelten und fluchen, daß Himmel und Erde erzittern!“ „Und wann fangen Sie dann zu beten an?“ fragte weiter der Priester. Er antwortete: „Niemals!“ — Der Unglückliche befand sich damals in einem kaum zurechnungsfähigen Gemüthszustande. Sein Angesicht glühte in der Zorneshitze, seine Sprache glich jener eines Tobsüchtigen. Der Moment, wo ein gutes Wort ihn hätte umwandeln sollen, war nicht gekommen, aber gewiß wäre derselbe in noch weitere Ferne gerückt worden, wenn der Priester Feuer mit Feuer zu löschen versucht hätte. Der Seelsorger zeigte dem Armen sein Mitleid, gab ihm den Rath, über das jetzige unkluge und sündhafte Benehmen nachzudenken, Gott um Verzeihung zu bitten und nicht zu verzweifeln. Darnach grüßte er ihn wiederum und verließ ihn. Der Internirte hatte seinen Theil zur Betrachtung, und er wurde in der Folge gemäßigter.

Geradheit und Offenheit weiß der Sträfling an seinem Seelsorger nicht genug zu schätzen. Diese Eigenschaften erwecken in ihm das Vertrauen, Liebe und Anhänglichkeit zu seinem geistlichen Vater. Ihm entdeckt er sich ganz und gar, und er fühlt sich stets wohl in seiner Nähe. „O rufen Sie mich öfter“, so bittet er, „denn ich bedarf ihres Trostes gar sehr!“ Es ist nicht nothwendig, daß der Seelsorger den zu sich Gerufenen immer und immer an sein begangenes Verbrechen erinnere, und unausgesetzt vor ihm moralisire; er bedarf auch einer anderen Nahrung, sonst wird ihm Alles widerlich — die Sprache und der Sprecher. Im Gegentheile wird ein theilnahmsvolles Gespräch über seine Familie, über wissenschaftliche Gegenstände bei Intelligenten, und über die Bodenverhältnisse und Verbesserungen in der Agricultur oder ein Gewerbe bei Häftlingen aus dem Arbeiterstande vom besten Erfolge sein. Derlei Gespräche sind die Nothbrücken, die den Uebergang vom Weltlichen und Zeitlichen zum Geistlichen und Ewigen möglich machen, und, wie die Erfahrung lehrt, auch verwirklichen. Man rede mit dem Sträflinge von seiner Heimat und deren Umgebung, von seinen Aeckern und Fluren, von seinen Pflanzungen &c., und bald wird man die Beobachtung machen, daß seine Gesichtszüge heiterer und freundlicher werden, daß sein Herz aufgeht und für jeden guten Zuspruch empfänglich wird. Mit einer freundlichen Miene, biederen und offenen Sprache kann der Sträfling noch ganz gewonnen werden. Ein in der Strafhaus-Seelsorge sehr erfahrener Priester erzählte einmal, daß er so glücklich war, einen lange Zeit sehr verstockten Verbrecher zu bekehren. In der Liebe zur Seele des Arrestanten dachte er auf allerlei Mittel, sein Herz zu erweichen. Die Liebe ist erfinderisch, und so wurde vom Seelsorger das wahre Hilfsmittel auch gefunden. Er reichte dem Unglücklichen seine Tabakdose hin, und wer hätte es glauben sollen — eine Thräne fiel aus des Häftlings Auge; kaum wagt er es eine Priese zu nehmen, er küßt dem Spender ehrfurchtsvoll die Hand, und hört von dieser Zeit mit Eifer und gläubigem Herzen alle seine christlichen Lehren und Ermahnungen an, legt eine aufrichtige Beichte ab, und verläßt die Bahn der Sünde und des Verbrechens. So haben unbedeutende Ursachen auch im Geistesleben bisweilen die außerordentlichsten Wirkungen, der Herr begleitet auch das Unscheinbare mit seinem Segen, so bald dasselbe in heiliger Absicht geschieht.

So schön und erfolgreich Freundlichkeit, Geradheit und Güte gegenüber dem Sträfling ist, so sehr Milde mit Gerechtigkeit gepaart Vertrauen und Liebe in der Brust des Verbrechers erweckt, so verfehlt wäre andererseits die allzugroße Vertraulichkeit des Priesters mit dem Corrigenden. Gespräche und Unterredungen mit ihm sollen nie Zweck, sondern nur Mittel zum Zwecke sein, und es bleibe dabei Alles ausgeschlossen, was in irgend einer Weise verfänglich werden könnte. Jedes Wort soll wohl erwogen werden, ehe es ausgesprochen wird, denn nicht alle Häftlinge sind ehrlich in ihrer Gesinnung; viele aus ihnen sind gar sehr geneigt zur Verdrehung des guten Wortes, was würden sie erst aus dem unüberlegten machen? Es verbreitet sich dasselbe mit Blitzesschnelle in der Anstalt und wirkt nichts Gutes. Das „Trau, Schau, Wem" gilt als allgemeine Regel und muß insbesonders das Directiv des Strafhaus-Seelsorgers sein. Heuchelei und Lüge, Neid und Eifersucht sind nirgends so zu Hause als gerade im Strafhause; — gelingt es dem Seelsorger diese Eigenschaften der bösen Geister an den Sträflingen zu erkennen, und versteht er es, diesen auf die rechte Art zu begegnen, so wird seine Auctorität mit jedem Tage wachsen, während er im

Gegentheile nur die Zielscheibe des Spottes auch derjenigen werden würde, die ihm im Privatgespräche schmeicheln. Nebst dem natürlichen Scharfsinne sind auch psychologische Kenntnisse dem Strafhausgeistlichen unbedingt nothwendig, und damit er im Worte sich niemals verfehle, wende er sich bittend und betend zu Gott, denn es heißt in der göttlichen Schrift: „dabitur vobis in illa hora, quid loquamini.“

Das Gedeihen der seelsorgerlichen Thätigkeit in einem Strafhause hängt vielseitig auch von dem concentrischen Wirken und der schönen Harmonie Aller ab, die als Vorgesetzte der Häftlinge bestellt sind. Der Seelsorger darf nie als Parteimann erscheinen, er soll vielmehr nach allen Seiten hin als Diener Gottes und Vater der Unglücklichen sich darstellen. Charitas ad omnia utilis est; diese Liebe zeige er besonders denen, die mit ihm gleiche Mühe und gleichen Zweck haben. Der eigene unverdrossene Eifer und seine Geduld sei Allen zum leuchtenden Muster, sein Wandel ihnen zum Vorbilde. Auch das Wach- und Aufsichtspersonal lerne von ihm die Berufstreue, und werde durch ihn zum Guten so begeistert, daß sie nicht als bloße Söldlinge lässig ihre Pflichten erfüllen, sondern nach ihren Kräften mit wahrer Nächstenliebe dahin wirken, daß den Anforderungen, welche Kirche und Staat an alle in Strafhäusern Bedienstete richten, auch von ihrer Seite entsprochen werde.

Hat der Strafhausseelsorger seine physischen und geistigen Kräfte nach der Absicht Gottes verwendet, und doch nicht Alles erreicht, wornach er strebte, so bleibt ihm wenigstens der Lohn des guten Gewissens!

XVI.

Ueber die Pfahlbauten.

Von Dr. J. Holzammer, Prof. der Theologie in Mainz.

Im dritten Heft des Archivs für Anthropologie (Braunschweig bei Vieweg 1867), begegnen wir einem Aufsatz des auch in weiteren Kreisen bekannten Conservators des römisch-germanischen Centralmuseums in Mainz, L. Lindenschmit, unter dem Titel: „Ueber die neueste Pfahlbauten-Literatur“, der alle Beachtung verdient. Ueber eine immerhin noch brennende Frage der Gegenwart spricht hier (und hier nicht zum ersten Male) ein Mann, der wohl unter die Autoritäten im Fach der Kenntniß der römischen und germanischen Alterthümer gerechnet werden darf, auch durch seine Stellung hiezu besonders befähigt, durch seinen Eifer rühmlich bekannt ist. Wir glauben, daß es Jedem, der über diese Frage sich wirklich belehren und deren wahren Stand kennen lernen will, insbesondere den Lesern dieser Zeitschrift willkommen sein wird, in einer Sache, mit der so viel Schwindel getrieben worden, das nüchterne, solide Urtheil eines Fachmannes zu hören, der die Dinge nimmt, wie sie vorliegen und kein Interesse kennt, als das, der Wahrheit auf die Spur zu kommen. Darum wollen wir das Wichtigste aus der genannten Besprechung der drei neuesten Werke über die Pfahlbauten mittheilen und unsere Erläuterungen gelegentlich beifügen. Die Titel der drei Werke sind: Dr. K. D. Haßler, die Pfahlbautenfunde des Ueberlinger Sees, mit 6 Steindrucktafeln, Ulm, 1866; E. Desor, die Pfahlbauten des Neuenburger Sees, mit 117 in den Text gedruckten Holzschnitten, deutsch bearbeitet von Friedrich Mayer, Frankfurt a. O. 1866;

Dr. Reinhold Pallmann, die Pfahlbauten und ihre Bewohner. Eine Darstellung der Cultur und des Handels der europäischen Vorzeit. Mit 3 Tafeln Abbildungen. Greifswalde, 1866.

Aus der Besprechung ergibt sich, daß alle drei bereits die maßlosen Phantasiegespinnste eines C. Vogt, Büchner, Pseudo-Zimmermann und anderer Geistesverwandten zum Theil oder gänzlich aufgegeben haben, welche das Alter dieser Pfahlbauten auf viele Jahrtausende zu berechnen suchten, um daraus einen Beweis zu gewinnen, daß das Menschengeschlecht schon „Hunderttausende" von Jahren alt sein müsse. Statt dessen führen uns die mitgetheilten und besprochenen Funde, wenn sie wirklich unbefangen gewürdigt werden, in das römisch-germanische Alterthum, in die nächsten Jahrhunderte vor und nach der Geburt Christi.

Zwar sprechen dies die genannten drei Forscher noch nicht so bestimmt aus, haben im Gegentheil, besonders, wie uns scheint, Herr E. Desor, noch eine gewisse Hinneigung zur Annahme eines möglichst hohen Alters, doch von Annahmen, die mit der heiligen Schrift im Widerspruch stünden, ist keine Rede mehr. So wäre also wiederum, und zwar schon nach Verlauf von kaum mehr als einem Jahrzehnt, eine sehr zuversichtliche, für unumstößlich ausgegebene Beweisführung gegen die Zeitrechnung der heiligen Schrift hinsichtlich des Alters des Menschengeschlechtes schmählich zu Schanden geworden.

Sehr interessant sind die Einzelheiten, die uns in der Besprechung jener drei Schriften entgegentreten. Wir sehen daraus, wie massenhaft zuweilen die steinernen, knöchernen, hölzernen Waffen und Geräthe bei den Resten jener uralten Wasserbauten sich finden; während die bronzenen, kupfernen, eisernen Geräthe zwar in großer Mannigfaltigkeit und hoher Vollendung, aber doch im Verhältniß zu jenen nur in geringer, oft sehr geringer Zahl, oft auch gar nicht vorkommen. Dies allein würde schon genügen, die Unterscheidung einer Stein-, Erz- und Eisenzeit, die um Jahrhunderte oder gar Jahrtausende auseinander liegen, in Mißkredit zu bringen und dafür die so außerordentlich einfache Erklärung zu empfehlen, daß unsere germanischen Vorfahren in ihren Urwäldern in der Regel sich steinerne, hölzerne, knöcherne 2c. Waffen und Geräthe machten, die ehernen und eisernen aber von südlichen Kaufleuten bezogen, eine Erklärung, die durchaus bestätigt wird durch das, was wir aus römischen Schriftstellern über die Culturzustände unserer Voreltern und über die alten Handelsstraßen von Italien durch die Schweiz und Deutschland nach der Ostsee wissen. Ein glücklicher und treffender Gedanke Pallmanns ist die Vergleichung des damaligen Handelsverkehrs mit dem heutzutage noch üblichen Pelzhandel in Nordamerika, durch den auch die Waffen und Werkzeuge unserer fortgeschrittensten Cultur Eingang finden in eine Bevölkerung, die vielfach Aehnlichkeit hat mit der unserer deutschen oder schweizer Urwälder vor tausend und zweitausend Jahren.

Noch im Jahre 1863 konnte selbst ein Schleiden Vorträge „für gebildete Laien" halten und herausgeben [1]), worin der in der Bibel angedeutete Zeitraum für das Dasein der Menschen „lächerlich kurz" genannt und behauptet wird, daß man „das Erscheinen des Menschen auf Erden nothwendig auf mindestens 100.000, ja 300.000 Jahre ansetzen müsse.

Unter den Beweisen für ein so hohes Alter unseres Geschlechtes werden uns verschiedene „Funde" vorgeführt, deren Zeitbestimmung mit Hilfe der Geologie ermittelt wird. Diese muthet uns nun allerdings zu, an dänische Küchenabfälle von 10.000, ägyptische Küchengeschirre von 24.000, einen amerikanischen Menschenschädel von „mindestens" 57.000 Jahren zu glauben, gibt uns dazu noch eine schwedische Fischerhütte mit ihrem Herd und darauf liegenden Reiserbündel, womit sie alle hundert Jahre ruhig und ungestört immer 10 Zoll tiefer in die Erde sank, wonach ihr Alter auf „wenigstens" 70—80.000 Jahre zu „berechnen" ist, und dergleichen Antiquitäten mehr, — denn „die Funde mehren sich von allen Seiten" [2]) — also gewiß ausreichende und ehrwürdige Alterthümer, und, wenn die Berechnung richtig und keinerlei anderweitige

[1]) Schleiden, das Alter des Menschengeschlechtes, Entstehung der Arten und die Stellung des Menschen in der Natur. Drei Vorträge für gebildete Laien. Leipzig, 1863.

[2]) Was man bereits der Gedankenlosigkeit des Zeitungen lesenden Publikums glaubt bieten zu dürfen, zeigt unter anderm die Neue Frankfurter Zeitung in Nro. 128, 129 und 131 d. J., wo der „Beweis" geführt ist, daß das Menschengeschlecht 100-, ja 1000mal älter ist, als man gewöhnlich annimmt, uud daß in unsern Tagen in Canada sogar „Pfeifenköpfe und Stiele von etwa sechs Zoll Länge" gefunden wurden, die „der entlegensten Zeit, welche die Geologie überhaupt dem Menschen anweist," angehören, d. h. also 6000 $\times$ 100 oder auch 6000 $\times$ 1000, mithin 600.000 oder 6 Millionen Jahre alt sind!

Erklärungsweise jener „Funde" denkbar und möglich ist, allerdings unverwerfliche Zeugen für das hohe Alter, für die frühe Cultur unsers Geschlechtes. Ja, wenn! — Es läge darin zugleich, wie es auch bereits ausgesprochen wird, eine tröstliche Beruhigung, daß, wenn denn doch einmal der Mensch den Affen als Ahnherrn oder Seitenverwandten anerkennen müßte, die Verwandtschaft doch schon so weit her datirt, daß sie füglich unberücksichtigt bleiben darf!

Die Pfahlbauten müssen bei diesen Altersbestimmungen eine bedeutende Rolle spielen. Sie wurden, bemerkt Schleiden, zuerst im trockenen Winter 1853 auf 1854 im Züricher See bei Meilen, später in fast allen schweizer (und, fügen wir hinzu, bis jetzt auch in italienischen, bayerischen und in der allerletzten Zeit auch in pommerischen) Seen entdeckt, dergleichen schon 520 v. Chr. von Herodot bei einem thracischen Stamme im See Prasias in Rumelien beschrieben sind. Zugleich fand man im Schlamme dieser Seen zahlreiche Knochenreste, Stein-, Bronze- und Eisenwaffen, Töpfergeschirre ꝛc. Die genauere Durchforschung dieser Reste führte zu einer ganzen Geschichte dieser Pfahlbauer, die wohl auch über 10.000 Jahre zurückreicht und sich kurz so wiedergeben läßt:

„Die ersten Gründer dieser Pfahlbauten kamen aus Asien, mit Steinwaffen aus Beilstein (der in Europa nicht gefunden wird); diese wurden von den kriegerischeren und besser bewaffneten iberischen, und diese wieder von den noch besser, nämlich mit Bronzewaffen ausgerüsteten celtischen Stämmen verdrängt, die nach Mayer noch[1]) 1500 v. Chr. von Kleinasien bis Westeuropa sehr verbreitet waren. Aber auch ihre Stunde schlug: es kamen mit Eisen bewaffnete, wohl die ältesten teutonischen Stämme und bereiteten ihnen das Schicksal, das sie den Iberern bereitet.

Diese (teutonischen) Stämme verließen um 200 v. Chr. (zur Zeit der griechischen Besitzungen in Marseille, aus der sich Münzen fanden) ihre Pfahlbauten, die dann verfielen und vergessen wurden, so daß schon Cäsar Nichts mehr davon wußte." [2])

---

[1]) Statt „noch" würde man sicher besser thun, „schon" zu sagen und der Völkertafel des Moses mit Hilfe der geschichtlichen Ueberlieferung zu folgen (Genes. 10, besonders V. 2—5.).

[2]) Schleiden sagt „nichts mehr"; mit demselben Rechte könnte man sagen: „noch nichts", und wenn denn das Schweigen Cäsars etwas beweisen soll daraus folgern, daß diese Bauten erst nach seiner Zeit ausgeführt worden.

Aber, wird man fragen, worauf ruht denn diese „ganze Geschichte" der Pfahlbauer und namentlich deren Berechnung auf „wohl auch über 10.000 Jahre?" Wie ist es denkbar, daß diese wässerigen Aufenthalte durch zehn Jahrtausende vier einander ablösenden Nationalitäten gedient und deren Reste, der Zeit nach durch Jahrtausende getrennt, gewissermaßen mit Einer Hand aus demselben Schlamme geschöpft werden: rohe Steinwaffen, bearbeitete Steinwaffen, roher und dann zierlicher bearbeitete Bronzewaffen, endlich Eisenwaffen?

Schleiden antwortet: „daß die iberischen und celtischen Stämme auf die mit den rohen und dann bearbeiteten Steinwaffen folgten, ergibt sich daraus, daß beide ersteren dasselbe (indogermanische) Wort für Erz haben, nämlich bei den Basken (Iberiern) urraida, bei den celtischen Iren, Wallisern rc. jaran, hajarn, houarn" rc. Doch Schleiden selbst scheint dieser eigenthümliche „Beweis" nicht recht zu genügen; darum fügt er noch zwei Beweise hinzu, die aber nicht im mindesten besser sind:

„Auch die iberische und celtische Zeit charakterisiren sich in jenen Resten durch eine rohere und zierlichere Bearbeitung der Bronzewaffen, worauf denn endlich die Stämme mit Eisenwaffen, wahrscheinlich die ältesten teutonischen folgten. Auch in der Lebensart und den Nahrungsmitteln gibt sich ein solcher periodischer Fortschritt vom roheren zum civilisirten Zustand zu erkennen." — Als ob die Verschiedenheit von Waffen, Geräthen, Lebensweise rc. nicht derselben Zeit angehören könnte und nicht auch selbst in unserem „fortgeschrittenen 19. Jahrhundert" solche und noch viel größere Verschiedenheiten neben einander bestünden, und das nicht blos in Ländern, die eben erst von cultivirten Völkern colonisirt werden, sondern mitten in Europa und selbst in unsrer Heimat. Zwischen dem Gaslicht und der Kienfackel ist sicher ein weiterer Abstand als zwischen Stein-, Erz- und Eisenwaffen, und doch bestehen beide dicht neben einander. Wie verschieden kann auch jetzt noch die Bewaffnung sein von der Heugabel

---

Sonderbar ist jedenfalls, daß wenige Zeilen vorher Schleiden nur vermuthungsweise („wohl") auf die ältesten teutonischen Stämme gerathen hat, hier aber darauf weiter baut, als sei es gewiß. Was hindert denn, an spätere teutonische Stämme zu denken, zumal da noch lange nach den Cimbern bei den deutschen Stämmen Holzwaffen und dgl. im Gebrauche waren. Vgl. unten S. 606.

und Sense bis zur feinsten Hinterladungsbüchse, vom Pflasterstein bis zur Shrapnelkugel, wie verschieden die Nahrung vom Pumpernickel bis zu den raffinirtesten Erfindungen der modernen Küche. Oder sind die Verkehrsmittel, die Kleidung, die Nahrung wirklich so gleichmäßig unter den Menschen desselben Ortes, daß ein aufgeklopfter Knochen Zeichen kannibalischen Cultur- oder Unculturzustandes sein, daß zwischen den Resten harten, rauhen Brodes und denen eines wohlzugerichteten Bratens Jahrtausende liegen müssen?

Doch es muß ja sein! Aeltere Steinperiode, jüngere Steinperiode, gröbere Erzperiode, feinere Erzperiode, Eisenperiode, — jede im langsamen Fortschritt des Menschengeistes um Jahrtausende von der früheren getrennt, — so fordert's die „exacte" Wissenschaft, und so wird dann der von der hl. Schrift und allen Zeugnissen der Geschichte angedeutete Zeitraum von etwa 6000 Jahren für das Alter des Menschengeschlechtes als „lächerlich kurz" bezeichnet. Man bringt nun freilich noch ein anderes Moment mit in Rechnung, nämlich die Annahme, daß die Menschen wie die ganze Natur in stetem Fortschritt vom Niederen zum Höheren, von roheren zu immer gebildeteren, vollkommneren Verhältnissen fortschreite, daß dieser Fortschritt aber namentlich in früheren Zuständen der Entwicklung außerordentlich, ja unmerkbar langsam vor sich gegangen sei. So müssen wir denn durch lange Jahrtausende zurückgehen zum „Urmenschen" im Zustand kannibalischer Rohheit und thierischer Wildheit, von da noch weiter zurück zum Affen oder einem Seitenverwandten desselben u. s. w. So werden allerdings für die Bildungsgeschichte des Menschengeschlechtes ungemessene Jahrtausende erforderlich sein, zumal, wenn man bedenkt, wie viel Zeit allein schon verfließen mußte, bis ein Affengehirn zum menschlichen sich umgestaltete, die langen Arme sich gebührend verkürzten, die hinteren Hände sich in Füße verwandelten, das Hundsgesicht ein menschliches Antlitz wurde .... kurz bis aus dem wüsten, heulenden, klappernden Kletterthier auch nur ein menschenfressender Kannibale wurde. Und erst von da bis zu einem Schiller, Göthe, Humboldt! Versichert uns doch Schleiden selbst, daß „zwischen einem Göthe und einem Australneger der Unterschied weit größer ist, als der von letzterem zum Thier." Da werden wir mit demselben Gelehrten wohl begreifen, daß man bei solcher Umbildung „die Zeit als wesentlichen Factor nicht außer Acht lassen darf."

Wer von solchen Voraussetzungen ausgeht, muß freilich mit Jahrtausenden rechnen, wie Andere mit Jahrzehnten und kann unmöglich einen unbefangenen Blick zur Beurtheilung von vorliegenden Thatsachen bewahren.

So beweisen z. B. die Thiermumien Aegyptens, daß wenigstens in 3—4000 Jahren keine Veränderung mit den Thieren vorgegangen ist. Man müßte daraus auf deren Unveränderlichkeit schließen; denn, wie hierüber eines der jüngsten Hefte von „Natur und Offenbarung" sehr gut bemerkt: „die Veränderung, welche im freien Zustande Thiere und Pflanzen in 3—4000 Jahren erlitten haben, ist gleich 0; dann aber ist auch 3000, d. h. 0 × 10, oder × 100, oder × 1,000.000 auch = 0. Also sind die Arten constant und müssen ursprünglich so ins Dasein gerufen sein, wie wir sie vorfinden." Das ist mathematisch, also gewiß „exact" und hat alle Thatsachen für, keine einzige gegen sich, da nirgendwo die Uebergänge der einen Stufe zu einer höheren nachgewiesen werden können. Aber Schleiden z. B. zieht es vor, zu einem Gleichniß und Bild seine Zuflucht zu nehmen: die Zeiträume, über die unsre Beobachtungen sich erstrecken, sind zu kurz, die Uebergänge zu langsam und „unmerkbar", als daß wir solchen Nachweis liefern könnten. So sehen wir auch nicht die Bewegung des kleinen Zeigers an der Uhr, und er bewegt sich dennoch. Gut, sagen wir, wenn die Zeit unsrer Beobachtungen zu kurz ist, um die allmälige Entwickelung thatsächlich nachweisen zu können, so ist sie auch zu kurz, um das Gegentheil jener Entwickelung, d. h. die Unveränderlichkeit der Arten, zu läugnen, zumal unter unsern Augen alle Stufen der organischen Welt neben einander bestehen, ein Uebergang einer Art auch nur in die allernächststehende aber nirgendwo je nachweisbar ist. So werden die Dinge auf den Kopf gestellt, und was gegen die Entwicklungshypothese sprechen müßte, muß ihr nun erst recht ihre „Hunderttausende" von Jahren liefern.

Man wird mir vorwerfen, ich habe ja die geologischen Beweise gar nicht berücksichtigt, jene überzeugenden Beweise höchsten Alters menschlicher Gebeine oder menschlicher Kunsterzeugnisse, die aus den sie umgebenden Lagerungsverhältnissen der Erdschichten, den Anzeichen von seitdem stattgehabten Hebungen oder Senkungen des Bodens, Veränderungen des Niveau's der Seen, Flüsse oder Meere gewonnen werden. Es ist hier nicht der Ort, näher auf all' das einzugehen; wir beschränken uns für jetzt darauf, daß selbst ein

C. Vogt wiederholt dergleichen „Zeitmesser“ für durchaus unzuverlässig erklärt, indem z. B. ein Wildbach „in Folge eines Wolkenbruchs an einem Tage mehr Material herbeibringe, als viele Jahrhunderte regelmäßig fortgesetzter Anschwemmung.“ Aber ebenso kann das Niveau eines See's durch Erdbeben, Felsenstürze, einen plötzlichen Durchbruch des Wassers, mehr in einem Tage sich verändern, als bei andern Verhältnissen in Jahrtausenden; und bezüglich des Wachsthums der Torfmoore, das Vogt als „einzige zuverlässige Grundlage“ solcher Berechnungen zugeben will, fehlt nach seiner eigenen Bemerkung „bis jetzt jeglicher Anhaltspunkt“ für verlässige Berechnungen. Er war hier wenigstens vorsichtiger als Schleiden, der „die Torfmoore der dänischen Inseln und die Küchenreste an ihren Küsten“ die Geschichte einer Bevölkerung erzählen läßt, die wenigstens vor 10.000 Jahren gelebt. Hier in Mainz fand man vor einigen Jahren beim Graben eines Brunnens in der Nähe des Thiermarktes (Schillerplatz) 30 Fuß tief, unter einer Torfschicht von 15—20 Fuß die Utensilien einer römischen Schusterwerkstätte: Sandalien jeder Größe, Werkzeuge aller Art, auch römische Münzen — Alles im hiesigen Museum aufbewahrt.

Wir fügen bei: Wo ist eine Höhe oder Tiefe, wohin der Mensch und mit ihm seine Kunsterzeugnisse nicht gelangen könnte, und wirklich gelangte, freiwillig und unfreiwillig? Man denke an Bergwerke, Brunnenbauten, Steinbrüche, Sand- und Lehmgruben u. dgl. Man beachte den Unternehmungsgeist und Vorwitz des Menschen zu Land und zu Wasser, seine Untersuchungen in Höhlen, Felsenspalten, auf Berggipfeln und Eisfeldern.[1]) Man berücksichtige das Verhalten der Menschen gegen einander, oder bei großen Naturereignissen, man denke dabei an Kriege und Völkerwanderungen, an Begräbnisse und Unglücksfälle, an Erdbeben und Schiffbrüche. Man beachte das Alles und wage es noch, aus der Tiefe, in der

[1]) Nur im Vorbeigehen sei hier erinnert an das, was Plinius über den Bergbau der alten Phönicier berichtet, wie man die Berge systematisch aushöhlte und förmlich auseinandersprengte, wie man die gewaltigen Trümmer durch ungeheure Wasserströme auswusch u. dgl.; ferner über das unbeschreiblich armselige Loos der unglücklichen Sclaven, die zu diesen Werken verwendet wurden, über die Unglücksfälle ꝛc. Vgl. Plin. H. N. XXXIII. 21. Aehnlich Diodor über die äthiopischen Goldbergwerke XIII. 13 f., und Herodot über die Goldminen der Thracier VI. 47.; und ein noch viel früherer Zeuge aus dem grauesten Alterthum ist Job 28.

man einen Schädel gefunden, dessen Alter auf 57.000 Jahre zu berechnen, oder Spuren „kannibalischer Mahlzeiten" in Frankreich auf „undenklich frühe Zeit" zu verlegen, weil Jahrtausende verfließen mußten, bis die gallischen Kannibalen sich zu der Civilisation hinaufgearbeitet, die zur Zeit Cäsars sie auszeichnete, während diese Spuren ganz gut auf jenes wirklich kannibalische Brittanenvolk der Atticoten hinweisen könnten, das nach dem Zeugniß des hl. Hieronymus [1]) zu seiner Zeit Gallien durchzog und Menschenfleisch für seine einzige Delicatesse ansah.

Nun gar die Pfahlbauten! Schneller und elender ist kaum je die „Wissenschaft", d. h. eine gewisse moderne, zum Theil wenigstens sehr unbesonnene Geringschätzung, oder offene Befeindung der Bibel, zu Schanden geworden, als mit ihren Phantasiegebilden über das Alter der Pfahlbauten. Gehen wir nur zur oben berührten Besprechung der drei neuesten Schriften über diesen Gegenstand zurück.

Unter den Pfahlbauten der Ueberlinger Bucht des Bodensee's erwiesen sich die bei Maurach und Nußdorf am reichsten. Man fand dort eine solche Menge von Waffen und Geräthen, daß man glaubt, eine Fabrik solcher Gegenstände hier annehmen zu dürfen. Sie sind sämmtlich aus Stein, Knochen oder Holz gefertigt; der Nephrit fand sich hier zahlreicher als anderswo in Form von Beilen und Keilen; der Feuerstein ist zu Sägen, Messern, Lanzen- und Pfeilspitzen verarbeitet; eine Menge Werkzeuge aus Knochen und Hirschhorn, durchbohrte Bären- und Eberzähne und einfache Thongefäße fielen nicht mehr auf, weil sie sich auch sonst unter ähnlichen Verhältnissen finden. Doch fanden sich auch feinere Gefäße, die fast auf den Gebrauch der Drehscheibe schließen lassen, und „für die gewöhnlich sehr hohe Altersbestimmung" fügt Herr Lindenschmit lakonisch bei, „ist hier nur zu bemerken, daß sie bis in die Gräber der merovingischen Zeit herabreichen."

Doch fand sich unter diesen Tausenden von Gegenständen ein einziger von Metall, und zwar eine kleine Axt, merkwürdiger Weise nicht aus Bronze, sondern ohne Beimischung von Zinn aus reinem Kupfer, dergleichen man auch aus dem Pfahlbau von Peschiera und denen in Ungarn gefunden. Flugs war man über die

[1]) Adv. Jovin. l. II. c. 7.

Zeitbestimmung im Reinen; dergleichen Dinge mußten „vor der Zeit der Handelsverbindungen mit den Cassiteriden“ (d. h. den Zinn-Inseln an dem Südwestende Englands) verfertigt sein, also Jahrhunderte, wenn nicht Jahrtausende vor Christus; das gäbe auch noch eine Kupfer-Zeit. „Näher liegt doch,“ sagt Herr L., „die Erklärung, daß dieses aus so weiter Ferne bezogene Metall (das Zinn nämlich) nicht überall und zu aller Zeit in gleicher Menge vorhanden war, und daß in diesem Falle auch Kupfergeräthe ohne Zinnzusatz gefertigt sein konnten. Form und Arbeit dieser Kupferäxte sind genau dieselben wie die der Bronzen.“

Bei den andern Pfahlbauten der Ueberlinger Bucht treten die Steingeräthe etwas mehr zurück; bei Unteruhldingen sind sie theils roh, theils von „ausgezeichneter“ Arbeit; unter den Bronzen finden sich Aexte, Meisel, Sicheln, Armspangen, Messer, Haar-, Strick-, Nähnadeln, Fischangeln 2c. und ein Zirkel, welcher, um mit Herrn L. zu sprechen, „als ein wahres Unicum wohl einer Abbildung würdig gewesen wäre. Denselben Wunsch hat Herr L. bezüglich der eisernen einschneidigen Schwerter in der Form des Scramasax, während er zu der „Pfeilspitze mit Schaft“ ironisch bemerkt, sie sei „doch wohl nur ein in den See gefallener Armbrustbolzen.“ Unter den sehr interessanten Thongefäßen fand sich auch eine rothe römische Scherbe aus terra sigillata.

Im Pfahlbau bei Sipplingen herrscht das Eisen vor, „zum überwiegenden Theile ohne Zweifel von römischer Arbeit und dabei fehlen auch die römischen Ziegeln nicht mit ihrem unantastbaren Zeugnisse.“

Am Ende der Besprechung dieser ersten der drei genannten Schriften finden wir die Bemerkung: „Herr Haßler hat mit dieser Untersuchung abermals einen unumstößlichen Beweis für den Fortbestand der See-Ansiedlungen mindestens bis tief in die Zeit römischer Herrschaft herein geliefert. So wie wir aber damit einen Markstein für die späteste Zeit der Pfahlbauten gewinnen, so erhalten wir zugleich eine Mahnung zu größter Umsicht für die Zeitbestimmung der gleichartigen Denkmale von anscheinend weitaus älterem Charakter.“

Dann wird noch darauf hingewiesen, daß sich die größere oder geringere Menge der Erzgeräthe im Verhältniß zu der der Steingeräthe bei den verschiedenen Pfahlbauten schon durch deren nähere oder entferntere und abgeschlossenere Lage zu den großen Handelsstraßen erklären lasse, auf denen jene Erzwaaren aus dem Süden nach Norden geführt wurden, zum Theil wohl auch aus dem Eigensinn der betreffenden Bevölkerung, die sich sträubte vom überlieferten Brauche abzugehen, wie wir das auch in unsern Tagen noch finden können. So können wir „in einem unsrer benachbarten Großstaaten noch sehr primitive Zustände und den Landbewohner nur im Besitze eines einzigen Werkzeugs, seiner Axt, finden, mit welcher er Alles, sogar seinen Wagen herzustellen weiß, an welchem sich nicht einmal ein Nagel von Eisen befindet. Und so wird auch in unserer Vorzeit länger, als man anzunehmen geneigt ist, die Steinaxt ihre Dienste geleistet haben, und zwar ausgiebig genug, wenn sie sogar den Pflug und den Webstuhl herzustellen vermochte.“ Es war also nicht nöthig, die sog. „Steinstationen“, d. h. die Pfahlbauten, bei denen man blos Steingeräthe fand, in eine 600—800 Jahre frühere Zeit zu versetzen als die sog. „Metallstationen.“

Zu dem Beweis des hohen Alters der Steinstationen, der aus dem Umstande gezogen wird, daß die Cimbern und Teutonen bereits vor ihren jahrelangen Streifzügen an der römischen Grenze, schon in der Schlacht bei Noreja (113 v. Chr.) Metallwaffen führten, bemerkt Herr L., daß es dann hundert Jahre später bei ihren Landsleuten viel schlimmer stand, sofern sie in ihren Schlachten gegen Germanikus „nur eine vordere Reihe besser bewaffneter Krieger aufstellen konnten, während die überwiegende Mehrzahl mit feuergehärteten Holzspeeren und den Waffen wilder Stämme focht.“

Nach einer warmen Anerkennung der verdienstlichen Untersuchungen und Forschungen des Herrn Haßler schließt Herr L. deren Besprechung mit den Worten: „Es wird damit abermals auf die Nothwendigkeit einer Reduction in der bisher nur mit Jahrtausenden geführten Berechnung nachdrücklichst hingewiesen.“

Ueber die Besprechung der beiden andern oben genannten Schriften können wir uns nach dem Vorausgegangenen kürzer fassen. Die Schrift von E. Desor wird um ihrer vortrefflichen Holzschnitte und der Fülle des Materials willen sehr gelobt, dagegen wird bedauert, daß der so richtig aufgefaßte leitende Gedanke nicht strenger durchgeführt worden, daß nämlich nicht blos die Gegenstände selbst ins Auge zu fassen seien, sondern auch gewisse Umstände, wie z. B. die Vertheilung, die Häufigkeit des Vorkommens, das Miteinandervorkommen der Gegenstände.

So will Herr Desor von vorn herein den Stationen nur einen untergeordneten Werth beilegen, welche die Ueberbleibsel mehrerer Zeitalter enthalten und sein Augenmerk nur auf die richten, „die sich durch ein bestimmtes Gepräge auszeichnen und die nach Art der charakteristischen Schichten in der Paläontologie für die Stein-, Bronze- und Eisenzeit als maßgebend betrachtet werden können.“ Das heißt doch, ein falsches System aus einem Gebiet auf ein anderes übertragen, in welchem es noch weniger paßt und sich von vorn herein die Berichtigung falscher Anschauungen abschneiden, indem man das als „maßgebenden“ Ausgangspunkt bezeichnet, was doch erst am Ende aller Untersuchungen sich herausstellen könnte. Es soll ja erst bewiesen werden, daß es eine abgeschlossene Stein-, Erz- und Eisenperiode gegeben habe, und Herr Desor bezeichnet nun ohne weiters als „nicht maßgebend“ die Stationen, die Stein-, Erz- und Eisengeräthe bargen und dadurch den Beweis liefern, daß man vielleicht, ja wahrscheinlich, gar kein Recht habe, in obigem Sinne drei Perioden zu unterscheiden.

Daher bemerkt denn auch Herr L., diese Auffassung könnte eine Berechtigung haben, wenn wir bereits wüßten, daß sich die Pfahlbaualterthümer wirklich in zeitlich streng geschiedene Schichten von Niederschlägen localer Cultur abtheilen ließen, daß die sog. Steinperiode mit dem theilweisen Eintritt des Gebrauchs von Erz ihren Abschluß gefunden hätte und daß es überhaupt eine ausschließliche Erz- und Eisenperiode in der vorgeschichtlichen Zeit gab und geben konnte. Wir sehen damit eine Methode, welche die unbefangenste und freieste Beobachtung voraussetzt (nämlich die geologische), zur Illustration vorher schon feststehender Ansichten verwendet, welche, wenn sie irgend befriedigen könnten, die seit mehr als zwölf Jahren schwebende Untersuchung längst zum Abschluß gebracht hätten.“ Es werden dann einzelne verfehlte Anwendungen dieser geologischen Methode nachgewiesen und hervorgehoben, daß bei richtiger Anwendung ganz andere Resultate erreicht würden.

Der Geolog wird daraus, daß Nephrit (Nierenstein, so genannt von der Form, in der er gewöhnlich vorkommt) und Feuerstein in den Pfahlbauten der Schweiz gefunden worden, noch nicht ohne weiters schließen, daß beide auch den dortigen Erzeugnissen angehören, sondern er wird die geologischen Bedingungen ins Auge fassen. So wird sich herausstellen, daß der Nephrit in der Schweiz gefunden werden kann, weil in Bündten Serpentin-, Talk- und Chloritschiefergebirge vorhanden sind; der Feuerstein aber kann nicht daselbst gefunden werden, weil eben die geologischen Bedingungen fehlen.

Würde man wirklich unbefangen diese Umsicht der geologischen Verfahrungsweise auf die Untersuchung des Ursprungs der Geräthe der Pfahlbauten übertragen, so würde man aus ihrem bloßen Vorkommen an einem Orte noch nicht schließen, daß sie auch an diesem Ort verfertigt seien, vielmehr bald zu dem entgegengesetzten Schlusse kommen, daß nämlich wie dort die geologischen, so hier die Cultur-Bedingungen fehlen. „So können die Erzschwerter und Messer des Neuenburger See's und der Schweiz überhaupt nicht von den Pfahlbauern der Steinzeit erdacht und ausgeführt sein, wäre ihnen auch Kupfer und Zinn, ja die Bronzemischung selbst in Fülle zugeführt worden, weil in ihren Knochen-, Holz- und Steinmanufacten sich nirgends auch nur ein annäherndes Element so entwickelter Formbildungen, wie in jenen Erzgeräthen nachweisen läßt, auch keine Spur von stufenweisen Versuchen, kein Uebergang von dem Geschmack wilder oder halbwilder Stämme zu den Formen jener Erzgeräthe, welche ebenso plötzlich in aller Vollendung auftreten, als auch wieder verschwinden", — sicher Beweis genug, daß es sich hier um Waaren handelt, die aus der Fremde eingeführt wurden.

Man hat nun allerdings zum Beweise dafür, daß jene Erzerzeugnisse des Nordens einheimische sein müßten, auf die Funde von Gußformen und sog. Gußstätten hingewiesen, allein diese vereinzelten Gußformen, sowie die einzige wirklich nachgewiesene Gußstätte (in Dänemark) erweisen sich keineswegs als Zeugnisse für „Versuche und Proben zur Erfindung und Herstellung des Bronzegusses, sondern als die bestimmtesten Zeugnisse einer bereits vollständig ausgebildeten, mit den Gußwaaren selbst importirten Gewerbsthätigkeit, welche sich nach Analogien des Mittelalters und selbst der neuesten Zeit in den Händen von Wanderhandwerkern befand. — Wenn wir die Keßler des Mittelalters und die jetzigen Zinngießer eine in den Städten heimische Industrie auf die Dörfer und Bauernhöfe bringen sehen, so dürfen wir in diesem Verhältniß der gewerklichen Centralpunkte zu der Landbevölkerung einen sprechenden Nachweis, ja selbst den letzten Rest eines uralten Verkehrs der Culturstaaten des Südens mit den barbarischen Ländern und Ländchen erkennen."

„Eine Betrachtung der Metallwaaren gerade vom Standpunkt des naturwissenschaftlichen Verfahrens hätte am ehesten darlegen müssen, daß die in der Schweiz vorkommenden Formen nicht als selbstständige, für sich im Einzelnen existenzfähige Erscheinungen zu betrachten sind, sondern nur sozusagen als Theile eines großen, vollständig entwickelten Organismus, welcher alle Lebensbedürfnisse der alten Culturwelt umfaßte.... Jene Metall-Meißel, Messer, Haarnadeln und Waffen aber, welche diesseits der Alpen gefunden wurden, bezeichnen eine Stufe der Culturentwicklung, welche eine ganze Reihe gleichzeitiger und gleichartiger Bildungen unbedingt voraussetzt, deren Abwesenheit diesseits der Alpen unsere alten Metallfunde in dem Grade isolirt, daß wir sie nicht anders, denn als Producte einer exotischen Cultur betrachten können." Diese fremdartigen Bestandtheile sind in die massenhafte Grundlage der noch primitiven Zustände des Nordens bald in größerer Menge bald vereinzelt eingesprengt und „die geographische Situation, die Handelswege ꝛc. bezeichnen diejenigen Bedingungen, welche einen größeren oder geringeren Zutritt der fremdartigen Elemente bestimmten."

Bei aller Anerkennung der Verdienste Desor's um die Alterthumskunde glaubt Herr L. schließlich „einfach, aber in bestimmtester Weise, Verwahrung einlegen zu müssen gegen dessen Auffassung der Pfahlbautenfrage im Sinne des bekannten Dreiperiodensystems (Stein-, Erz-, Eisenperiode) und er verzichtet auf jedes nähere Eingehen in alle hierauf bezüglichen archäologischen Aufstellungen und ethnologischen Folgerungen, welche sich vorzugsweise den Ansichten der nordischen Archäologen und ihren schweizerischen Nachfolgern anschließen", deren einseitiges, beschränktes und willkürliches Verfahren Herr L. bereits im I. Heft des „Archiv für Anthropologie" [1]) eingehend beleuchtet und gebührend zurechtgewiesen hat.

[1]) Die deutsche Alterthumsforschung von L. Lindenschmit. Es wird da unter anderm „die imponirende Sicherheit" gebrandmarkt, womit die dänischen Gelehrten die Stein-, Erz- und Eisenperiode mit einer angeblichen „drei-

Es ist eben einer der bedeutendsten Kenner der Alterthümer der hier so entschieden gegen grund- und maßlose Hypothesensucht protestirt und der weiß, was er sagt, wenn er die Ueberzeugung ausspricht, „daß eine umfassendere Kenntniß der deutschen antiquarischen Literatur Herrn Desor für die Prüfung der Zuversicht und Einseitigkeit der archäologischen Systematiker nicht ganz ohne Vortheil geblieben sein müßte und vielleicht auf manche seiner Ansichten eine theils beschränkende, theils erweiternde Wirkung geäußert hätte."

Dr. Pallmann hat sich von dem eben angeführten Vorwurf freigehalten und kann sich demgemäß auch die Bronze- und Eisengeräthe nur in Verbindung mit dem Handel der südlichen Culturstaaten nach dem Norden denken, wie sich denn auch „mit jedem Tage die Funde unzweifelhafter südlicher Fabricate und mit ihnen die Zeugnisse eines bedeutenden Handels nach dem Norden mehren, an welchem sich ohne Zweifel in fortdauernder Concurrenz alle Mittelmeervölker betheiligt haben."

Doch ließ sich Pallmann zu sehr von Einbildungen hinreißen, die sich nicht beweisen lassen, vielmehr entscheidende Thatsachen gegen sich haben, so daß Herr L. an seinen Hauptsätzen Manches ernstlich zu tadeln findet, so namentlich, daß die Pfahlbauten nicht als Wohnungen der landsässigen Bevölkerung, sondern als Aufenthaltsorte und Magazine von Handelsleuten aus den südlichen Culturstaaten zu betrachten seien, sowie an dem, was er

fachen Waldvegetation Dänemarks mit dem zeitweisen Vorherrschen der Tanne, Eiche und Buche" zusammenstellten, auch drei verschiedene Bestattungsweisen und damit drei einander folgende Nationen, selbst drei verschiedene Hunderassen zur Bestätigung ihres Systems nachzuweisen wußten. Schon diese Systematik mußte Verdacht erregen. In Deutschland, wo die Sachen theilweise umgekehrt zu liegen schienen, mußte man ein uraltes Culturvolk erfinden, das der Kelten, das in „unvordenklicher" Zeit aus Asien eingewandert, zu hoher Bildung gelangt, dann aber von den rohen Germanen vertrieben wurde, bei welcher Gelegenheit es „seine Geräthe und Gefäße aus Erz, ja sogar seine Nationalwaffe, den Streitmeißel, den Celt, massenweise in die Erde vergrub — zu Nutz und Frommen unserer antiquarischen Forschung." Gerade da, wo dies System seine „schlagendsten Beweise zu finden glaubte, bei der Untersuchung der sogenannten Reihengräber, mußte es die entscheidendste Niederlage erleiden. Die großen Todtenfelder jenes uralten, fremden Culturvolkes, jener merkwürdigen Kelten, verwandelten sich in Friedhöfe der Franken, Alemannen und Burgunden."

über die beiden großen Verkehrsstraßen, über das Vorherrschen des massaliotisch-keltischen Exportes nach dem Norden und über die allerdings sehr wenig wahrscheinlichen Bezugsquellen des Rohmaterials für die betreffenden Fabrikate sagt.

Wir können für den hier beabsichtigten Zweck die an sich sehr interessante und treffende Widerlegung der einzelnen Irrthümer übergehen und heben nur noch hervor, daß Pallmann bei der Frage nach dem Alter der Pfahlbauten den dänischen Kjökkenmöddings (Küchenabfällen) jede wissenschaftliche Bedeutung abspricht, von der Aufstellung eines Stein-, Erz- und Eisenalters sagt, daß dieselbe als wissenschaftliches System eigentlich gar nicht widerlegenswerth ist, und daß die hohen Alterthumsbestimmungen, in denen sich manche Gelehrten gefielen, den wirklichen Thatbestand gegen sich haben. Mit Recht kann Herr L. dazu bemerken, daß er selbst diese Anschauungen, soweit sie richtig sind, schon viel früher vorgetragen und mit den entsprechenden Thatsachen belegt habe. Zeugniß hiefür gibt außer dem bereits erwähnten ersten Heft des „Archiv für Anthropologie“ schon die durch Herrn Lindenschmit als Conservator des Römisch-Germanischen Centralmuseums in Mainz herausgegebene Beschreibung der „Alterthümer unserer heidnischen Vorzeit, Mainz, 1858 ff.“, beschrieben wurde, worin zwar die hergebrachte Eintheilung in eine Stein-, Erz- und Eisenperiode beibehalten ist, aber nicht etwa, um dadurch das Alter der Alterthümer in befangener Weise möglichst hoch hinaufzuschrauben, sondern um eine Eintheilung zu haben, die „in richtigem Hauptumriß den Entwicklungsgang der gesammten menschlichen Cultur in einer Folge bezeichnet, über welche keine Meinungsverschiedenheit herrschen kann und die zugleich alle die Uebergangsstufen umfaßt, welche als der Gegenstand archäologischer Untersuchung erst aus dem Thatbestand der Gräberfunde ihre Zeitfolge und Zeitbestimmung finden müssen“ (Vorwort S. 5). Doch wurde schon damals darauf aufmerksam gemacht, daß „die genaue Feststellung und Abgrenzung einer früheren und späteren Stein- und Erzperiode bei unsern Sammlungen vor der Hand außer Acht bleiben müsse, nicht allein wegen der Mißlichkeit der Durchführung einer solchen Trennung, da z. B. die älteste und einfachste Form der Steinkeile bis in die Gräberfunde der christlichen Zeit herabreicht, sondern weil die Modificationen der Zeitstellung, welche durch die Verhältnisse der einzelnen Länder, zumal durch ihre geographische Lage, bedingt werden, um so schwerer nachzuweisen sind, in je höheres Zeitalter dieselben zuweilen zurückversetzt werden müssen.“

Das heißt mit andern Worten, überall werden die Menschen, je niedriger ihr Culturzustand ist, desto primitivere Geräthe haben, und bei fortschreitender Cultur sich vom Leichteren zum Schwierigeren erschwingen, was im Allgemeinen überall die Reihenfolge geben wird: Stein-, Erz-, Eisengeräthe. In welche Zeit aber absolut genommen die einzelnen Gegenstände gehören, kann man nur aus den begleitenden und anderweitig bekannten Umständen erschließen.

Die genannte Zeitschrift: „Die Alterthümer unsrer heidnischen Vorzeit" gibt nun in den zwölf Heften des ersten Bandes Anhaltspunkte in großer Zahl, woraus ersichtlich, daß die „Steinperiode" wenigstens für unser Vaterland und einige Nachbarländer noch bedeutend in die Jahrhunderte nach Christus herabreicht. Wie wenig man aber berechtigt ist, die drei betreffenden Geräthe nach dem Material in verschiedene Perioden zu theilen und diese durch Jahrhunderte oder gar Jahrtausende zu trennen, ergibt sich schon aus dem Umstande, daß vielfach die Löcher der Steinwaffen mit metallenen Bohrern, aus Erz und selbst aus Eisen gefertigt wurden. Besonders instructive Beispiele finden sich mit den entsprechenden Zeichnungen im achten Heft, Tafel I., wo Nr. 11, auch Nr. 10 und 12 Steinwaffen abgebildet sind, deren unvollendete Durchbohrung deutlich genug zeigt, daß zu ihrer Ausführung ein hohler Metallcylinder benutzt wurde. „Einen solchen röhrenförmigen Bohrer aus Erz", ist dazu bemerkt, „besitzt das (hiesige) römisch-germanische Centralmuseum im Abguß aus der reichen Sammlung des Herrn Hofrath Dr. G. Klemm in Dresden."

Im zweiten Bande genannter Zeitschrift ist, wie das Vorwort ausdrücklich bemerkt, „jede Bezugnahme auf das System des Stein-, Erz- und Eisenalters, welche früher in Rücksicht auf die herrschenden Vorstellungen empfohlen schien, aufgegeben. Zur Rechtfertigung der Lösung jeder Verbindung mit diesem Systeme genügt der Hinweis auf die jetzt wohl allgemein erkannte Thatsache, daß der Gebrauch der Erzgeräthe diesseits der Alpen niemals ein durchaus allgemeiner war und daß selbst die ausgedehntere Nutzung des Eisens die primitiven Waffen und Werkzeuge aus Stein, Knochen und hartem Holze nur allmälig verdrängen konnte. Eine systematische Eintheilung der Grabfunde nach dem Stoffe der Geräthe und Waffen verliert damit ihren Werth gerade für ihren wichtigsten Zweck, für die Altersbestimmung der Funde, welche nach den zahllosen Mischungsverhältnissen und Uebergängen einzig und allein nur in dem Style und Charakter der Arbeiten und der gesammten Erscheinung der alten Gräber zu suchen ist. Förderlicher erschien es deshalb für die Bestimmung dieses Werkes, die hiefür Licht gebenden Punkte anzudeuten, als die einzelnen Gegenstände in eine meist gezwungene Verbindung mit einem offenbar mangelhaften System zu bringen."

Sicher wird kein Vernünftiger gegen solches Verfahren etwas einzuwenden haben, zumal das Aufgeben jenes Dreiperiodensystems (das jetzt sogar als Sechs- oder Neunperiodensystem aufzutauchen Miene macht) auf langjähriger gewissenhafter Beobachtung beruht, wie wir hoffentlich zur Genüge angedeutet. Nur eine Thatsache wollen wir noch nachtragen, weil sie unter unseren Augen vorgegangen ist.

Schon 1854 wurde hier in Mainz ein überaus interessanter Fund in einem oberen Stadttheil, dem sog. Kästrich, dem römischen Castrum Moguntiacum, gemacht, von dem Stadtbaumeister Laske mit der Genauigkeit eines Fachmannes untersucht und beschrieben und in den ebenfalls von Herrn Lindenschmit herausgegebenen „Abbildungen von Mainzer Alterthümern (herausgegeben von dem Verein zur Erforschung rheinischer Geschichte und Alterthümer), Mainz, 1855“ mitgetheilt. Auch daraus schon nahm man Gelegenheit, darauf hinzuweisen, daß Steingeräthe in ganz offenbar römischer Zeit in Gebrauch waren, man also nicht eine eigene getrennte Periode viel höheren Alters für sie in Anspruch nehmen dürfe.

Mit besagtem Funde verhielt es sich so: Als Bauunternehmer Chr. Lothary auf der Terrasse des Kästrich Keller zu zwei Häusern grub, stieß man auf zahlreiche Reste von römischen Wohnungen ꝛc., die durch Feuer zerstört worden, wahrscheinlich in einer der Verwüstungen, die das Castrum Mog. im 3. und 4. Jahrhundert trafen. Unter Anderem fand man auch in einem verschütteten, großen, schön gebauten römischen Brunnen (die Ziegel und Bauart sind unzweifelhaft römisch, ein Ziegel hat die Inschrift: XIII. K. Majas), das Skelet eines Menschen und einer Katze, einen Ziegelstein, gezeichnet L. XXII., ein Büchschen aus Bronzeblech, zwei bronzene Häkelnadeln und zwei Steinwaffen, nämlich zwei Keile aus grünem Taunusschiefer, der eine $15\frac{1}{2}$ Centimeter lang und an der Schneide 6 Centimeter breit, von sehr primitiver Arbeit.

Herr Lindenschmit erwähnt in einer Anmerkung zu besagtem Aufsatze unter Anderm, daß bei dieser Gelegenheit auch noch andere Steingeräthe beim Ausräumen des anliegenden Wasserbehälters und in dessen nächster Umgebung gefunden worden, namentlich auch ein Bruchstück eines Hammers aus schwarzem Thonschiefer mit schön gebohrtem Stielloche. Er weist darauf hin, wie das Vorkommen dieser Geräthe unter den vorliegenden Umständen unwidersprechlich ihre Bestimmung als Werkzeuge und Waffen darlege, welche bei der Zerstörung des alten Moguntiacum thatsächlich mitwirkten, und allzu sonderbar die Annahme erscheinen müßte, daß bei diesem Vernichtungskampfe einige der Germanen gerade an diesem Orte ihre Symbole des Donnergottes verloren haben möchten, — sonderbare Amulette, die in unserer Gegend bis zu sechs Pfund schwer gefunden werden! Daß wir es hier mit Werkzeugen zu thun haben, wird auch dadurch auf das Gewichtvollste unterstützt, daß dergleichen Steingeräthe von der verschiedensten Größe und Gestaltung als Messer, Keile, Meißel, letztere sogar in Knochen gefaßt, in den Grabstätten unserer Gegend, meist nicht vereinzelt, vorkommen. Eine bestimmte Weihe und symbolische Bedeutung gerade steinerner Geräthe auch für den religiösen Gebrauch wird damit nicht ausgeschlossen.

So finden sich also die Steingeräthe unzweifelhaft bis in die spätere römische und selbst fränkische Zeit herab im Gebrauch und die berüchtigte Unterscheidung langer Stein-, Erz- und Eisenperioden ist in dem Sinne, in dem sie aufgestellt wurde, unhaltbar. Ihre neuestens versuchte Stützung aber durch die Entdeckungen, die bei den Pfahlbauten gemacht wurden, darf schon jetzt als mehr denn verunglückt bezeichnet werden. Man weiß nicht, ob man mehr sich wundern soll über die Befangenheit, um nicht geradezu zu sagen Unehrlichkeit, mit der man bei Beurtheilung einiger dieser „Funde" in Dänemark und in der Schweiz die besser gearbeiteten Steingeräthe, die doch an denselben Stellen, wie die rohen, gefunden waren, abhanden kommen ließ, in der Schweiz unter allen gefundenen Schädeln die abnorm gebildeten heraussuchte, während man die große Mehrzahl derer, die nichts Auffallendes hatten, außer Betracht ließ und Anfangs auch an vielen Geräthen die offenbarsten Spuren römischer Cultur nicht bemerken wollte; oder ob man mehr erstaunen soll über die, man möchte sagen, kindische Einseitigkeit und Beschränktheit, die jeden Vergleich mit den allergewöhnlichsten vor unsern Augen liegenden oder in der Geschichte bezeugten Verhältnissen verschmäht.

Man nimmt eine allmälige sehr langsame Culturentwicklung des Menschengeschlechtes von thierischer Rohheit herauf an, während die Geschichte das Gegentheil zeigt. Man beachtet nicht die Thatsache der Verwilderung einzelner Zweige der Menschheit, sowie sie vom gemeinsamen Stamme getrennt wurden. Man übersieht, daß in gewissen Zeitperioden hohe Cultur wieder in Barbarei zurücksank, daß mitten in civilisirten Ländern rohe, selbst kannibalische Horden herumstreiften, was zum Theil noch geschieht u. dgl. Kurz, man legte Scheuleder an die Augen, um stieren Blickes nur das zu sehen, was man sehen wollte.

Nicht einmal dafür hatten die „Geologen", die „Naturforscher" Augen, daß Pfähle von nur einigen Zoll Dicke, wie die an den Pfahlbauten von Robenhausen sind, (ein gutes Modell davon befindet sich im hiesigen Museum), an der Stelle, wo sie aus dem Wasserspiegel heraustreten, sehr bald anfaulen mußten und kaum zwanzig Jahre, geschweige Jahrhunderte oder Jahrtausende ihre Dienste thun konnten. Hier in Mainz zog man vor einigen Jahren bei der „Inundationsschanze" mehrere gewaltige Pfähle eines römischen Pfahlbaues heraus, die im hiesigen Museum zu sehen sind. Trotz ihrer Dicke sind sie oben, wo sie über den Wasserspiegel an die Luft traten, von Fäulniß zerfressen; für Alle, welche sehen wollen, zu allererst für „Naturforscher" zum überzeugenden

Beweis, daß Pfahlbauten nicht nach Jahrtausenden, kaum nach Jahrhunderten berechnet werden können.

Die wilden Völker der Südsee und Amerikas haben bis zur Stunde Steinwaffen und die allerprimitivsten Werkzeuge; das hindert sie aber nicht, daneben in einzelnen Dingen z. B., Geflechten von Matten ꝛc., eine außerordentliche Feinheit des Geschmacks und große Kunstfertigkeit an den Tag zu legen, und für diese ihre Erzeugnisse gelegentlich die Waaren, Geräthe und Waffen der fortgeschrittensten Industrie Europas einzutauschen. So kann der Europäer in den Urwäldern Nordamerikas dem steinernen Tomahawk und Scalpirmesser, wie dem aus Stahl mit dem Fabrikzeichen irgend einer englischen Fabrik begegnen, und es ist jedenfalls keine Unmöglichkeit, daß wir dort bald den Revolver neuester Construction neben der Holzkeule finden.

Wenn wir aber in jüngster Zeit (in der Frankfurter Zeitung 1867 Nr. 129) gar drei Steinperioden unterschieden finden, nach der höheren oder geringeren Vollkommenheit der Arbeit und dabei von einer „aller Vermuthung spottenden Zeitdauer, von vielen Hunderttausenden von Jahren, von unberechenbaren Reihen von Jahrtausenden“ lesen, dann möchten wir am Verstande gewisser „Forscher“ gar irre werden. Sehen sie denn nicht, was um sie her vorgeht? Oder sollen wir denken, daß sie das „Calumniare audacter“ in neuer Auflage auf ein anderes Gebiet übertragen wollen? Nur möglichst viele „Hunderttausende von Jahren“ behauptet, immerhin wird man dann an den 6000 Jahren der Bibel irre werden!

Was zur Bestätigung drum und dran gehängt wird von geologischen Perioden, ausgestorbenen Thieren, veränderten klimatischen Verhältnissen, wozu dieselben „unberechenbaren Reihen von Jahrtausenden“ erforderlich waren, ist in dieser Anwendung derselbe Schwindel, wie er mit jenen Steinperioden getrieben wird, und alle aufgeführten Einzelheiten sind, zum Theile schon lange, von ernsten Gelehrten, von „Fachmännern“, widerlegt worden. „Es gibt auch einen geologischen Köhlerglauben“ hat Professor Quenstedt Herrn Vogt warnend zugerufen, und, fügen wir hinzu, dieser Köhlerglaube möchte leichtlich sich als „bornirter“ erweisen, als der, den Herr Vogt verspottet. Wenn aber Schleiden es beklagt, daß unsere religiösen Vorstellungen der Wissenschaft hinderlich seien, so dürfte im Gegentheil sich aus Obigem zur Genüge ergeben, wie der Unglaube, wenigstens in unsern Tagen, mit großer Leidenschaft bemüht ist, jede ruhige Prüfung und wissenschaftliche Untersuchung unmöglich zu machen, und unfähig ist, die einfachsten Erscheinungen richtig aufzufassen. „Non intelligentes neque quae loquuntur, neque de quibus affirmant.“ (1 Tim. 1, 7.)

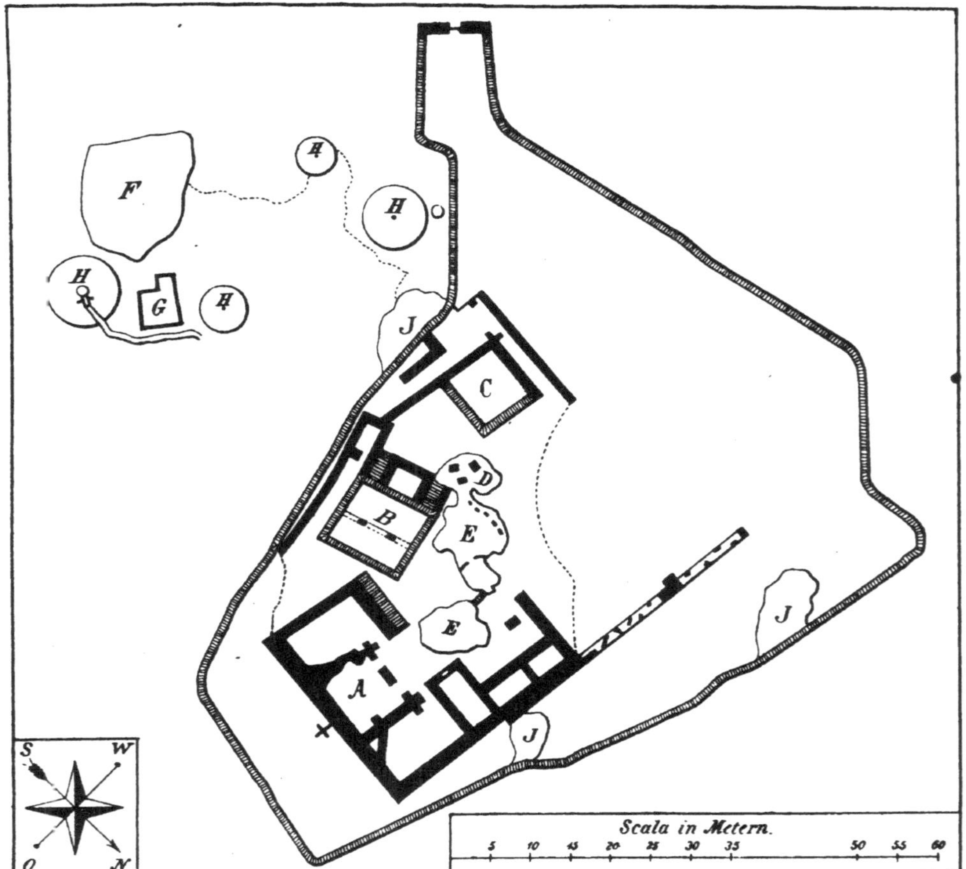

ERKLÄRUNGEN:

A. Kirche.

B. Die grosse Cisterne.

C. Cisterne.

D. Die 3 Gräber der Hirten.

E. Gräber der Mönche.

F. Grosse Grotte f. d. Heerden.

G. Thurm Eder.

H. Cisternen.

J. Grotten.

XVII.

Der Heerdenthurm.

Migdal Eder. Gen. 35, 21.

Von Dr. Hermann Zschokke, k. k. Hofkaplan in Wien.

Jahrtausende sind verflossen, in denen Palästina der Schauplatz jener Ereignisse gewesen, denen bis auf den heutigen Tag die alte Bedeutung und Anziehungskraft ungeschmälert noch innewohnt. Wer sich die furchtbaren Katastrophen, die so oft über dieses unglückliche Land hereingebrochen sind, vor Augen hält, wäre versucht zu glauben, daß aus jener alten Urzeit wohl wenige oder vielmehr gar keine Spuren mehr zu finden seien. Wenn nun aber der forschende Pilger in Palästina fast überall mehr oder weniger Spuren findet, die gleichsam als Nachklänge einer bessern Vorzeit ihm das alttestamentliche Leben veranschaulichen, so kommt das größtentheils auf Rechnung des dem Oriente bis auf unsere Tage herauf innewohnenden Charakters der Zähigkeit, an den alten traditionellen Formen festzuhalten, wobei natürlich die Beschaffenheit des Volkes, seiner Sprache und seines Landes, sowie die in der Neuzeit letzterem besonders zugewandte Aufmerksamkeit nicht unberücksichtigt gelassen werden dürfen. Viele Localitäten, mit denen die Geschichte des alten Bundes uns bekannt macht, gewinnen auch und dies ganz besonders dadurch an Interesse, daß sich an dieselben öfters Thatsachen und Erinnerungen aus dem neutestamentlichen Leben knüpfen, welcher Umstand wiederum jene gute Folge hatte, daß dergleichen Schauplätze und Oertlichkeiten um so leichter und gewisser der christlichen Nachwelt erhalten blieben, wovon noch die Trümmer und Ueberreste vieler zerstörter und verfallener Kirchen, welche die Frömmigkeit der christlichen Vorzeit einst an den durch biblische Ereignisse geweihten Stätten erbaut hatte, Zeugniß geben.

So günstig nun diese frommen Werke des Glaubens und die Reiseberichte der Pilger aller Jahrhunderte, welche Palästina heimgesucht, auf die Erhaltung der ewig denkwürdigen Orte einwirkten, ebenso nachtheilig mußte jene Epoche in dieser Hinsicht ihren Einfluß üben, als der Islam mit fanatischer und Alles verheerender Kraft Palästina überfluthet, das christliche Element ganz in den Hintergrund gedrängt und somit das Pilgerreisen dahin so zu sagen unmöglich gemacht hatte. Es läßt sich daher leicht denken, daß in einer spätern Zeit, als das Christenthum in Palästina wieder mächtiger geworden und den heiligen Orten eine größere Aufmerksamkeit wieder geschenkt werden konnte, jene Oertlichkeiten, deren Tradition, oder deren frühere Spuren durch Verwüstung und Verödung des Landes unkenntlich geworden sind, den biblischen Angaben oder sonstigen vermeintlichen Anhaltspunkten gemäß fixirt worden seien, wobei begreiflicher Weise, will man anders der Kritik ein bestimmtes Recht nicht absprechen, manches Unrichtige sowie naheliegende Verwechselungen sich eingeschlichen haben mögen. Diese heutzutage noch gangbare Tradition nun von diesen Schlacken zu reinigen, nicht aber auf Vorurtheile gestützt von Anfang an gänzlich über Bord zu werfen, möge Jeder sich zum Ziele setzen, welcher seine Studien mit den durch „Selbsterforschung" jenes Landes gewonnenen Resultaten in Einklang zu bringen bestrebt ist.

Nachdem Jakob seinem Weibe Rachel, welche nach der Geburt ihres Sohnes Benjamin auf der Reise gestorben und auf dem Wege, welcher gegen Ephrata (Bethlehem) führt, begraben worden war, ein Denkmal errichtet hatte, dessen Stelle bis auf den heutigen Tag noch durch ein modernes Grabdenkmal uns verbürgt ist, welches die Nachkommen jenes Volkes, dessen Ahnfrau sie ist, ihr errichtet haben, brach er von dort auf [1]) und schlug sein Zelt jenseits des Heerdenthurmes מִגְדַּל־עֵדֶר auf. Im Morgenlande bestand einst und besteht auch noch jetzt der Gebrauch, daß die Heerden nicht blos den ganzen Tag, sondern auch die Nacht unter freiem Himmel auf dem Felde zubringen; um jedoch dieselben des Nachts besonders gegen feindliche Ueberfälle raubgieriger Thiere zu schützen,

[1]) Genes. 35, 21.

wählt man zu deren Behausung Grotten und Höhlen, deren es in Palästina nicht ermangelt, während ein in der Nähe gebauter Thurm den Hirten außer dem persönlichen Schutze noch den Vortheil bietet, die etwa sich nähernde Gefahr aus der Ferne schon wahrzunehmen und abzuwehren. Daß solche Wart- und Heerdenthürme auf erhöhten Plätzen gebaut wurden, ist wohl selbstverständlich; ist ja heutzutage noch dem Reisenden in Palästina die Gelegenheit geboten, eine Menge solcher Thürme besonders mitten in Weingärten und Anpflanzungen aus der Ferne schon zu erblicken.

So viel wir dem Berichte des Buches der Genesis entnehmen können, mußte dieser Heerdenthurm in der Nähe Bethlehems entweder der einzige oder aber immer ein bedeutender unter Andern gewesen sein (der Mangel des Artikels scheint für Ersteres zu sprechen), da die bloße Erwähnung desselben ohne Angabe der Richtung damals genügte. Daß übrigens unter diesem Migdal Eder ein bestimmter, bekannter Heerdenthurm zu verstehen ist, leuchtet schon daraus hervor, daß im Gegenfalle der Autor bei der Kürze seines Berichtes die Erwähnung desselben als einer gleichgiltigen Nebensache ganz außer Acht gelassen hätte. Zieht man hierzu ein neutestamentliches Ereigniß, welches der Ev. Lucas [1]) verzeichnet, in Betracht: et pastores erant in eadem regione (Bethlehem v. 4.) vigilantes et custodientes vigilias noctis super gregem suum et ecce angelus Domini stetit juxta illos ...... so liegt die Vermuthung nahe, daß dieser Ort, an welchem die Hirten die Nachtwache bei ihren Heerden hielten und von dem Engel die Geburt des neugebornen Messias erfuhren, mit dem obengenannten Heerdenthurme identisch sei. Dies schien auch der Prophet Michäas im Auge gehabt zu haben, da er schrieb: [2]) Et tu Turris gregis (מִגְדַּל־עֵדֶר) nebulosa filiae Sion usque ad te veniet: et veniet postestas prima, regnum filiae Jerusalem. Schon der Targumist Jonathan nahm ohne Zweifel Bezug darauf, indem er Gen. 35, 21 also glossirt: „Und nachdem Jakob aufgebrochen war, schlug er sein Zelt bei [3]) Migdal Eder auf, dem Orte, von welchem aus der

---

[1]) Evang. Luc. 2, 8 seq.

[2]) cp. 4, 8.

[3]) Richtiger wäre so zu übersetzen: schlug er sein Zelt auf, entfernt vom Hirtenthurme an dem Orte, von wo aus der Messias am Ende der Tage erscheinen wird. Anmerkung der Redaktion.

Messias am Ende der Zeiten erscheinen wird, welcher Ansicht übrigens auch der h. Hieronymus nicht abhold ist, da er folgende Erklärung gibt: [1]) Turris Ader sive gregis quodam vaticinio pastores Divinae nativitatis conscios ante significans. Diese Erklärung aber setzt keineswegs ein Hinderniß, daß Migdal Eder bei Michäas ob seiner Nähe bei Bethlehem für diese Stadt und dann in tropischer Bedeutung für das Haus Davids genommen werden kann; es sind dies die alten Hoffnungen, welche an das Haus Davids geknüpft waren, der selbst als Hirt seiner Heerde bis an die Grenzen der Wüste gegen das todte Meer hinab vorstand.

Was nun zunächst den Heerdenthurm betrifft, so versetzten ihn verschiedene Annahmen bald in südwestliche, bald in nördliche Richtung von Bethlehem hin, welche Differenzen eben nichts anders bekunden, als die willkürliche und muthmaßliche Annahme einer Oertlichkeit als Surrogat für den nicht mehr bekannten Platz jenes Thurmes. Besser schien die Tradition gesorgt zu haben für die Echtheit jenes Ortes, an welchem die Hirten vom Engel die frohe Botschaft der Geburt des Weltheilandes vernommen hatten, den man einstimmig in jenem anmuthigen Thale, welches in unbedeutender Entfernung östlich von Bethlehem liegt und den Namen Wady el-Cherbe, d. i. Thal der Ruinen trägt, allen Pilgern noch zeigt; — und in Wirklichkeit, wenn man die nächste Umgebung Bethlehems näher in Augenschein nimmt, ist der östliche Theil ob seiner üppigen und fruchtbaren Thäler und Triften ganz besonders für Weideplätze geeignet; gilt ja außerdem das oben bezeichnete Thal der Tradition noch für das Besitzthum des Booz, auf welchem jene anmuthige Begebenheit sich ereignete, von welchen das Buch Ruth berichtet; noch wird der größte Theil derselben bebaut, während auf den übrigen Triften die Heerden der Fellahs, sowie der Beduinen vom Stamme Taamirah weiden; endlich trägt das in der Nähe gelegene Dorf noch bis heute den Namen: Hirtendorf, Beit-Sahur. Alle diese Umstände berechtigen somit zur Annahme, daß man jenen biblischen Ort in dieser Gegend zu suchen habe.

Mitten in diesem anmuthigen, weiten Thale liegen unter Olivenbäumen zerstreut die Trümmer eines einst hier errichteten

---

[1]) Loc. heb.

Klosters mit einer unterirdischen Kapelle, zu welcher man auf 2 Absätzen von je 11 Stufen hinabsteigt. Dieser gewölbte Unterraum ist dürftig, nur mit einem Altare ausgestattet und wird den Pilgern als jener Ort gezeigt, an welchem die Hirten die Erscheinung des Engels hatten. Diese Ruinen tragen jetzt den Namen Deir el-Raauat [1]), d. h. Hirtenkloster, und sind im Besitze der schismatischen Griechen, welche sie den Lateinern vor Jahren mit der ihnen eigenthümlichen Annexionsgier entrissen hatten, da das Geld im Oriente ganz besonders der Schlüssel zu sein pflegt, welcher alle Pforten öffnet und auch das Unrecht zum Rechte zu proklamiren im Stande wäre.

Ich muß gestehen, daß ich gleich beim ersten Besuche dieser Ruinen die Authenticität dieses Ortes mit dem oben bezeichneten Hirtenthurme sehr in Zweifel zog, worin ich auch bei öftern Besuchen nur bestärkt wurde. Einmal ist besagte Kapelle keine Grotte sondern vielmehr der Unterbau eines einst darüber errichteten, nun aber zerstörten Klosters und Kirche, wofür die vielen umherliegenden Steine und Säulen sprechen; anderseits ist es sehr unwahrscheinlich, daß die Hirten mitten auf freiem Felde und im Thale übernachtet, da es doch in nächster Umgebung an zahlreichen Grotten nicht gebricht, die sich besser wohl für ein winterliches Nachtlager eigneten und auch zugleich dem Zwecke entsprachen, gegen feindliche Ueberfälle sich sicher zu stellen. Nicht im Thale, sondern auf Anhöhen errichtete man Wart- und Heerdenthürme. In der neuesten Zeit ist es den Untersuchungen des Herrn Carl Guarmani, der durch sein Werk über Central-Arabien (Neged) bekannt ist, gelungen, den wahren Platz des Heerdenthurmes sowie des Sanctuarium's der Hirten, welche durch die erste Kunde aus dem Munde eines Engels von der Geburt Christi beglückt worden waren, wieder aufzufinden. NNO von den Thalruinen Deir el-Raauat liegt in geringer Entfernung von 8—10 Minuten eine kleine Anhöhe, auf welcher Guarmani zunächst eine große Grotte vorfand, in welcher heutzutage noch die Heerden des Nachts eingestellt werden; dieser Ort ist unter dem Namen Siar el-Ghanem, d. h. Gehöfte für die Heerden, bekannt. Die Züge aus dem Hirtenleben der patriarchalischen Zeit, welche die Geschichte des A. T. uns zeichnet, sind

[1]) Siehe beiliegende lithogr. Tafel.

bei den heutigen Bewohnern Palästina's als heiliges Erbtheil unverkümmert noch erhalten. Es ist dies besonders der Fall bei den nomadisirenden Beduinen, den Wüstenbewohnern Palästina's und Arabiens, welche fester Wohnplätze entbehrend ihr mobiles Zelt bald hier, bald dort aufschlagen und mithin ihren zahlreichen Schaf-, Ziegen- und Kameelheerden kein anderes Obdach bieten können, als jenes, welches die Natur ihnen angewiesen hat; des Tags durchziehen die Heerden die jährlich gewohnten Wege über Berg und Thal willig folgend dem Rufe ihres Hirten, der in sorgenlosen Stunden die um ihn herrschende Todtenstille durch seinen Gesang oder die Töne der Schalmeie oder Hirtenflöte unterbricht, und hat er endlich des Abends seine Heerde aus verborgenen ihm allein bekannten Cisternen getränkt, dann theilt er, der treue Wächter, mit seiner Heerde ein gleiches Lager. Auch selbst die Dorfbewohner lassen oft ihre Heerden in der Nähe ihres Ortes im Freien übernachten, was zu jeder Jahreszeit und selbst auch zur Winterszeit in Folge des milden Clima's geschehen kann. — Jene oben erwähnte Anhöhe nun hat eine prachtvolle Lage; von Norden her mündet das Thal Wady Luca, nordwestlich der Wady el-Assafir, westlich der Wady el-Dschenab aus; südlich breitet sich das schöne weite Thal Wady el-Cherbe aus, während nach Osten hin der Wady el-Sabeh beginnt. Der Hügel Siar el-Ghanem bildet somit seiner Natur nach schon den Central- und Sammelpunkt für die in den Thälern weidenden Heerden. In westlicher Richtung liegt auf der Höhe die Stadt Davids, Bethlehem, welche so prachtvoll und freundlich, wie auf keiner anderen Seite herabblickt.

Die Lage, der Name, die noch bestehende Bestimmung dieses Hügels, so wie einzelne vorgefundene Ruinen bestärkten immer mehr die Annahme, daß hier der eigentliche Ort sei, wo einst der Heerdenthurm gestanden, und die frommen Hirten mit der frohen Botschaft vom Himmel beglückt worden sind. Guarmani ließ deßhalb theilweise nachgraben, und fand in den daselbst vorgefundenen Ruinen ebensoviele Beweise für die Echtheit dieses Ortes. Auf dem oberen Flächenraum des Hügels Siar el-Ghanem findet man die bedeutenden Ruinen aus großen Quadern bestehend, welche von einer Kirche herrühren, mit der noch erkennbaren Absis nach Osten, weiße Marmorsäulen, Bruchstücke von Capitälern und Piedestalen liegen zerstreut umher. Ferner sieht man in einiger Entfernung eine große

Cisterne, welche ihrer Größe und Schönheit nach in Palästina wenige ihres Gleichen zählt; sie mißt 30 Cubikfuß und wird durch 3 Arcaden gedeckt, welche auf zwei mächtigen Pfeilern ruhen; die innern Wände sind mit festem altem Cemente überzogen; das Gewölbe derselben bildet theilweise das Planum der Kirche; in der nordöstlichen Richtung bemerkt man eine zweite ähnliche Cisterne von 20 Cubikfuß; beide Cisternen, welche das Wasser von den darüber befindlichen Gebäuden sowohl, als auch das vom Hügel herabfließende Regenwasser sammelten, konnten das Kloster, welches sich an die westliche Seite der Kirche anschloß, als auch die Heerden mit dem nöthigen Wasserbedarfe versorgen, was um so nöthiger schien, da diese ganze Umgebung sehr wasserarm ist. Hie und da trifft man noch gut erhaltenen, großwürfligen, weißen Mosaik an, mit dem ohne Zweifel das Planum der Kirche belegt war. Besonders interessant sind einige Naturgrotten unter der Kirche, welche zu Begräbnißkammern umgestaltet wurden. Durch eine Oeffnung steigt man jetzt in die eine Kammer, in welcher sich drei Senkgräber vorfinden, welche theilweise noch mit Platten überdeckt sind. Hier fand Guarmani ein kleines marmornes, dreigetheiltes Reliquarium vor, das ohne Zweifel einst Reliquien von jenen drei Hirten enthielt, welche das göttliche Kind in der Krippe anzubeten gewürdigt worden waren. In den übrigen Kammern finden sich eine Menge von Schiebgräbern vor, in denen einst die Leichname hier verstorbener Mönche beigesetzt waren. Außer dem Bereiche dieser Ruinen sieht man in der nordwestlichen Richtung eine große Grotte, welche oft noch den Heerden zur Behausung dient, überdieß noch viele andere kleinere Grotten und Cisternen, und endlich einen viereckigen, aus natürlichem Fels gehauenen Unterbau, wohin man ohne Gefahr eines Irrthumes den Migdal Eder verfolgen kann, welcher neben und oberhalb der großen Grotte sich erhob.

Zur nähern Erörterung liefert uns die Geschichte einige erfreuliche Aufschlüsse, wobei wir uns nur auf einige der hauptsächlichsten Zeugnisse beschränken. Die Erbauung einer Kirche an jener Stelle reicht bis ins Zeitalter der heil. Helena zurück, welche nach Nicephorus [1]) an dem Orte, wo der Engel den Hirten die Geburt Christi verkündete, eine Kirche erbauen ließ, welche den Engeln, später aber den h. Hirten dedicirt war. Dieser Ort blieb auch dem hl. Hieronymus, der lange Zeit in Bethlehem wohnte, nicht

[1]) Aed. Eccl. l. VIII. cp. 38. Edit. Migne.

unbekannt; denn er berichtet[1]) von der hl. Paula, daß sie nach dem Besuche der h. Krippe zum Thurme Eder hinabstieg, bei welchem Jacob seine Heerden gehütet hatte, und wo die Hirten, welche in der Nacht Wache hielten, das Glück hatten, das Gloria in excelsis zu hören; und giebt an einer andern Stelle zugleich die Entfernung an, indem er sagt[2]), daß der Migdal Eder 1000 Schritte von Bethlehem entfernt sei, welche Distanzangabe bei spätern Pilgern häufig wiederkehrt. Veranstaltete Messungen bestätigten die Entfernungsangabe des Siar el-Ghanem von Bethlehem von einer römischen Meile, d. i. 1000 Schritte. Daß jene Hirten drei an der Zahl waren, bestätigt schon Flavius Julius Dexter im 5. Jahrhunderte, wenn er schreibt: Tribus pastoribus, qui fuerint Sancti, primum ostenditur (sc. Christus). Daß nun in unserer Kirche beim Heerdenthurme die Leichname dreier Hirten beigesetzt waren, erfahren wir von einem Augenzeugen und Pilger des 7. Jahrhundertes, Arculf[3]): Trium illorum pastorum in ecclesia tria frequentavi monumenta juxta turrim Gader[4]), quae mille circiter passibus contra orientalem plagam distat a Bethlehem, quos in eodem loco nascente Domino, hoc est prope turrim gregis angelicae lucis claritas circumdedit. In quo eadem ecclesia est fundata eorundem pastorum continens sepulcra. Dieser Bericht des eben erwähnten Augenzeugen verglichen mit Siar el-Ghanem bestätigt beim ersten Anblick die Identität Beider, wozu auch Beda (700 an.) den Beleg gibt: „ad orientem in turre Ader i. e. gregis mille circiter passus a civitate Bethlehem est segregata ecclesia trium pastorum divinae nativitatis consciorum monumenta continens.“ Gleiches ist zu finden bei Haymo E.[5]) aus dem 9. Jahrhunderte: „Distat turris gregis a Bethlehem uno milliario, in qua etiam hodie pastorum corpora requiescunt.“ Gegen Mitte des neunten Jahrhundertes wird eines mit dieser Kirche verbundenen Klosters der hl. Hirten erwähnt[6]): „Milliario denique a Bethlehem est monasterium sanctorum pastorum.“ Nachdem durch die Ungunst der Zeitverhältnisse Kirche und Kloster verlassen und zerstört worden waren, wurden die Reliquien der drei Hirten im Anfange des zehnten Jahrhundertes nach Spanien gebracht, wo sie jetzt noch ruhen nach dem Berichte des Julianus Perez: nunc florint Bletissae prope Salmaticam in Hispania tres s. pastores translati ex turre Eder Hierosolymas, inde Bletissam. Nomen horum, ut in quibusdam libris legi, Jacobus, Isacius, Josephus . . . allata fuisse cre-

---

1) Epithaph, s. Paulae.
2) Loc. Heb.
3) De situat. loc. s. l. V., 2, 6.
4) Auch Eusebius spricht im Onomast. vom πύργοσ Γάδερ.
5) Corn. a Lap. in ep. II. Luc.
6) Bernardus hon. Acta s. Bend.

duntur (corpora) a quodam Bletissano post annum 900." Nach „Sepp" dagegen sollen die drei Hirten in der Legende Misael, Achael [1]) und Stephanos oder Cyriacos heißen. — Uebrigens blieb der oben beschriebene Ort auch späterhin nicht unbekannt, wie dies erhellt aus den Berichten eines Fretellius [2]) (1130), Edrisi [3]), Phocas [4]) (1185) und Epiphanius, der schreibt [5]): „Item ad orientem Bethlehem est conditum monasterium, quod dicitur Poemnium, ubi visus est angelus pastoribus." Ποίμνιον oder ποιμένιον ist mit dem Hebräischen עדר gleichbedeutend. Da nämlich Migdal Eder kein nomen proprium, sondern vielmehr ein nomen appelativum ist, übersetzte man diesen Ausdruck in den verschiedenen Versionen nach dem üblichen Sprachgebrauche. Außer den angeführten Zeugen erwähnen dieses Sanctuariums noch Johann v. Wirzburg [6]), Brocard [7]), Marinus Sanutus ꝛc. Allein aus allen diesen Berichten geht hervor, daß dieser Ort dem Verfalle nahe war. So berichtet z. B. Brocard bloß noch vom Thurme, Phocas aber wiederum nur von der Grotte. Wir scheinen somit an jenem Zeitpunkte angekommen zu sein, in welchem jener Heerdenthurm, sowie das damit in Verbinduug stehende Sanctuarium ob seines Verfalles in Vergessenheit gerieth, wozu die Verwüstung Bethlehems und seiner Umgebung durch die Horden der Kharismier im Jahre 1244 viel beigetragen haben mag; so fand Frescobaldi im Jahre 1384 schon Alles verfallen.

Es darf daher nicht Wunder nehmen, wenn das dieser Oertlichkeit inhärirende Factum in späterer Zeit auf andere mehr in die Augen fallenden Ruinen übertragen wurde, und zwar auf die Ruinen des Deir el-Raauat, an denen es bis auf unsere Tage, wenn auch mit Unrecht noch haftet. Daß diese Verwechslung im 14. Jahrhunderte bereits stattgefunden hat, scheinen Nicola da Poggibonsi [8]) (1345) und nach ihm Sigoli und Fra Noe anzudeuten, welche von einer verfallenen Kirche „im Thale" reden, an der Stelle erbaut, wo der Engel den Hirten die Geburt Christi verkündet hatte. Später zeigte man dem Faber 1483 im Thaldorfe große Ueberreste von einem Kloster der hl. Paula (monasterium ad gloriam), was natürlich in die nachfolgenden Pilgerberichte des Quaresmius, Surius, Troilo und bis auf unsere Tage herauf einfloß.

---

1) Acheel, Vergl. Dr. Joh. Sepp, Jerusalem und das hl. Land, Schaffhausen 1863 I. Band S. 470. Anm. der Red.

2) Hist. loc. terrae sanctae.

3) Geograph. Nub.

4) De loc. sanct.

5) Hagiopol. enarrat. Syr.

6) Descptio T. s.

7) Loc. T. s. desceptio.

8) Manuscp. im S. Salvatorkloster in Jerusalem.

Die Rudera des vermeintlichen Sanctuariums Deir el-Raauat scheinen vielmehr herzurühren von dem Kloster des Cassianus, oder noch besser von dem Kloster des Possidonius, dessen Paladius E. im 5. Jahrhunderte in seiner historia Lausiaca erwähnt: „vixi cum eo (Possidonio) anno uno in Bethlehem, quando sedit ultra Poemnium et multas vidi ejus virtutes.“ Ist ja gerade diese Gegend ganz besonders reich an Klöstern gewesen, da schon die hl. Paula 1 Mönchs- und 3 Nonnen-Klöster in der Umgebung Bethlehems erbaut hatte. Es sind auch mehrere in der neuesten Zeit entdeckte Ruinen von Klöstern verzeichnet; als: Deir el-Amud (Säulenkloster); Em Tuba eine unterirdische Capelle der Mater Beatitudinis geweiht, worunter einige Maria Cleopha verstehen wollen; in deren Nähe das Kloster des hl. Marinus; das Kloster des hl. Lucas Deir Luca; ferner in derselben Richtung des Siar el-Ghanem allein 4550 Schritte von Bethlehem entfernt das Deir Dosi, das Kloster des hl. Theodosius; endlich das noch bestehende St. Sabbas-Kloster. Die Menge der hier errichteten Klöster dient zum Beweise, welchen Aufschwung das Mönchsleben in den ersten christlichen Jahrhunderten in Palästina genommen hat.

Siar el-Ghanem ist also die wiederaufgefundene Stätte, wo der Heerdenthurm einst gestanden; dort hatte Jacob, nachdem er vom Grabe Rachels durch den Wady el-Assafir dahin gekommen war, seine Zelte aufgeschlagen; hier vernahmen die wachen Hirten zuerst die frohe Kunde von der Geburt des Messias; hier erscholl zum erstenmale das Gloria in excelsis Deo; hier sprachen die Hirten das schöne Wort, dessen Bedeutung man erst dann recht fühlt, wenn man mit eigenen Füßen auf diesem Orte steht, und auf das freundliche Bethlehem hinüberblickt. Transeamus usque Bethlehem et videamus hoc verbum quod factum est, quod Dominus ostendit nobis. [1])

Erleidet wohl die exegetische Erklärung dadurch keinen wesentlichen Eintrag, daß man alle biblischen Localitäten aufzufinden und genau zu fixiren nicht mehr im Stande ist, so bleibt dennoch vom archäologischen und geographischen Standpunkte aus betrachtet die Eruirung biblischer Localitäten, und scheinen sie selbst noch so unbedeutend zu sein, immer interessant und wünschenswerth, da bei einer genauen Kenntnißnahme des biblischen Terraingebietes die wissenschaftliche Exegese nur an Bedeutung und Interesse gewinnen kann.

---

[1]) Luc. Ev. 2, 15.

XVIII.

Beiträge zur neuesten Kirchengeschichte Ungarns.

Mitgetheilt von Prof. Dr. J. Danko.

I.

Am 10. Jänner 1866 ist unter dem Vorsitze des hochwürdigsten Herrn Dr. Michael Fogarassy, Bischof von Siebenbürgen, zu Klausenburg eine aus geistlichen und weltlichen Mitgliedern bestehende Versammlung der römisch-katholischen Stände zu dem Zwecke zusammen getreten, jene Schritte zu berathen, die bei den gegenwärtigen staatlichen Verhältnissen erforderlich wären, um damit dieselben in den Besitz ihrer Rechte bezüglich der Autonomie in kirchlichen und Stiftungsangelegenheiten wieder eingesetzt werden. Es wurde beschlossen, im Wege der Petition Seine Majestät um Wiederherstellung dieser seit unvordenklichen Zeiten geübten Autonomie zu bitten, und Seine Excellenz den Herrn k. Minister für Cultus und Unterricht um gütige Befürwortung dieser Bitte zu ersuchen. Seine Excellenz Freiherr Josef von Eötvös hat aber die Analogie dieses Einschreitens auch für passend gefunden, im Monat Juli an Seine fürstliche Gnaden den hochwürdigsten Herrn Fürstprimas und Erzbischof von Gran Dr. Johann Simor ein Schreiben zu richten, in welchem der Herr königl. ung. Minister auseinandersetzt: es sei zur Sicherstellung der Autonomie der katholischen Kirche in Ungarn nothwendig, daß hinfort auch den ungarischen katholischen Laien ein Einfluß bezüglich der Schulen, des Kirchenvermögens und anderer kirchlicher Interessen gewährt werde. Hierauf beeilten sich Seine fürstliche Gnaden der hochwürdigste Herr Primas von Ungarn am 8. September l. J. Z. 927 dem H. Minister zu eröffnen: Er sei gerne bereit diese wichtige Sache im Vereine mit den übrigen P. T. hochwürdigsten Herren Erzbischöfen und Bischöfen der zur h. ungarischen Krone gehörigen Diöcesen zu berathen; um so mehr, da ja die Absicht, den katholischen Laien einen entsprechenden Einfluß auf Kirchen-, Schul- und Stiftungsangelegenheiten zu gestatten, mit dem Geiste der katholischen Kirche durchaus nicht im Widerspruche steht. Dieser Gegenstand sei ja stets der Vorwurf eingehender Entwürfe und fortgesetzter Bemühungen des ungarischen Episcopates gewesen, und auch bisher hatten schon in allen Diöcesen die katholischen Laien einen Antheil an der Verwaltung des Kirchen- und Stiftungsvermögens. Es wird in dieser Antwort die Frage über die der katholischen Kirche nothwendig zustehende Autonomie, über die Stellung der Kirche zu Stiftungen jeglicher Art, über die Schule und über den Einfluß der Laien hierauf so vortrefflich begründet, daß wir in vorhinein sicher sind, unsere geehrten Leser und Freunde werden die nachfolgende neue Uebersetzung eines der wichtigsten Actenstücke unserer Zeitgeschichte mit großem Interesse aufnehmen. Die bisher bekannt gewordenen Uebersetzungen dieses denkwürdigen Schreibens konnten wegen der Eile ihres Entstehens keinen Anspruch auf durchgängige Treue machen. — Inzwischen hat seine Excellenz der Herr Minister Eötvös durch ein Schreiben vom 22. September Z. 896 Pr. den hochwürdigsten Herrn Bischof Fogarassy in Kenntniß gesetzt: daß Se. k. k. apostolische Majestät mit allerhöchster Entschließung vom 19. August l. J. allergnädigst gestatteten, daß die bei der siebenbürgischen Regierung bestandene „Catholica Commissio“ aufgelöst und die ihrem bisherigen Wirkungskreise zugewiesenen Gegenstände, mit Vorbehalt des allerhöchsten Patronats- und Inspections-Rechtes, an die Repräsentanz der römisch-katholischen Stände Siebenbürgens übergehe. Zufolge dieses a. Erlasses hat der hochw. H. Bischof Fogarassy am 1. Nov. l. J. die Versammlung dieser Stände für den 5. Jän. 1868 nach Karlsburg einberufen. Sie wird hundert zwei und siebenzig Mitglieder, darunter vier und achtzig Geistliche, zählen.

Eure Excellenz, hochgeborener Herr Baron und königl. Minister für Cultus und Unterricht!

Es steht über allen Zweifel, daß mich mit der gesammten katholischen Bevölkerung Ungarns das männliche Selbstgefühl und der religiöse Eifer mit innigem Troste und Sympathie erfüllen mußte, wovon die römisch-katholischen Landtagsabgeordneten Siebenbürgens jüngst ein so glänzendes und nachahmungswerthes Beispiel gaben, als sie im Einverständnisse mit dem Bischofe von Siebenbürgen Namens der gesammten katholischen Einwohner unseres Bruderlandes im Wege der ungarischen Regierung an Se. k. k. apostolische Majestät die Bitte richteten: es möge in Siebenbürgen die alte gesetzmäßige Autonomie der römisch-katholischen Kirche hergestellt, und die gemischten geistlichen und weltlichen Stände Siebenbürgens in den unbeschränkten Besitz sämmtlicher Rechte und jenes unmittelbaren Einflusses wieder eingesetzt werden, welcher ihnen im Bezug auf Schulen, Stiftungsvermögen und andere kirchliche Angelegenheiten im Sinne der Gesetze nicht weniger als der Natur der Sache nach mit Rücksicht auf die Autonomie fremder Glaubensgenossen, nach hundertjähriger ersprießlicher Uebung gewiß zukömmt.

Und wenn noch irgend Etwas die Freude und den Beifall, womit diesen zeitgemäßen Vorgang der Katholiken Siebenbürgens ihre ungarischen Glaubensgenossen begrüßten, zu erhöhen vermöchte, so wäre es die ritterliche Bereitwilligkeit, Billigkeit und Gerechtigkeitsliebe, mit welcher eine hohe Regierung, wie ich aus dem geehrten Schreiben Eurer Excellenz vom 20. Juli l. J. ersehe, dieses Gesuch Sr. Majestät zur allerhöchsten Genehmigung befürwortend zu unterbreiten sich beeilte.

Die religiöse und patriotische Gesinnung Eurer Excellenz begnügte sich jedoch nicht damit, das Gesuch Siebenbürgens bestens zu unterstützen, sondern hat sofort die Analogie dieses Falles für passend erkannt, mit Hinsicht auf ihre hohe Stellung nicht minder als auf ihre Glaubenstreue die Lage und die Interessen der katholischen Kirche in Ungarn gleichfalls in Erwägung zu ziehen, und im Hinblicke auf jene Mittel, von welchen nach der Ueberzeugung Eurer Excellenz Stellung und Zukunft unserer Kirche in unserem Vaterlande abhängt, Ihre gewiegten Anschauungen und Besorgnisse mir mitzutheilen, zugleich aber auch durch die öffentliche Presse zur allgemeinen Kenntniß zu bringen. Um es kurz zusammen zu fassen, Eure Excellenz erachten zur Sicherung der Autonomie der katholischen Kirche in Ungarn für nothwendig, daß in unserem Vaterlande hinfort auch den katholischen Laien ein verhältnißmäßiger Einfluß bezüglich der Schulen, des Kirchenvermögens und der kirchlichen Interessen gewährt werde.

Euere Excellenz finden dies begründet in den lauten Forderungen der eifrigsten Katholiken Ungarns, sowie darin, daß kein Grund vorhanden ist, weßhalb die katholische Kirche in Siebenbürgen im Verhältnisse zum Staate eine ausgedehntere Autonomie besitzen sollte, als die in Ungarn, oder weßhalb die katholischen Laien Siebenbürgens in Schul- und Kirchenangelegenheiten einen Einfluß ausüben sollten, den man den Katholiken Ungarns versagen könnte.

Euer Excellenz erachten ferner die Nothwendigkeit dieser Reform durch jene moralischen Nachtheile begründet, welche nach Ihrer Ansicht der katholischen Kirche in unserem Vaterlande nur daraus erwachsen sind, daß die katholischen Laien „nach der bisherigen Organisation der Kirche, weil von jedem Einflusse in Kirchen- und Schulangelegenheiten ausgeschlossen, sich längst daran gewöhnten, alle, die Kirche oder die Schule betreffenden Angelegenheiten als solche zu betrachten, die sie gar nicht berühren."

Als solchen moralischen Nachtheil heben Euer Excellenz schließlich den Mangel des Gemeinsinnes und des Zusammenhaltens hervor, welches unter den Katholiken nach Ihrer Ansicht vergeblich gesucht werde, sowie das Zurückbleiben des Volksunterrichtes und die religiöse Gleichgiltigkeit, welche Euer Excellenz ausschließlich nur unter den Katholiken aufzufinden glauben, und halten dafür, daß der einzige Grund desselben einzig und allein in der Organisation unserer Kirche gesucht werden könne, nach welcher Alles, was mit den Interessen der Kirche in Verbindung stehe, dem Einflusse der katholischen Gläubigen entzogen sei.

Der vorerwähnte, die katholischen Laien betreffende Vorschlag hat mit Rücksicht auf den erhabenen Zweck, der Euerer Excellenz religiösen Gesinnungen und staatsmännischen Bemühungen zur Sicherung der Autonomie der katholischen Kirche in unserem Vaterlande zu Grunde liegt, nicht nur bei mir, sondern auch bei allen Katholiken Ungarns um so freudigere Aufnahme und innigere Anerkennung gefunden, als derselbe nicht blos in dem allgemeinen Wunsche, sondern zugleich im gemeinsamen kirchlichen und nationellen Interesse fußt; der Abgang desselben aber bis jetzt schon sich immer fühlbarer herausstellt, und eben darum derselbe seit Jahrzehnten der lebhafteste

Gegenstand eingehender Besprechungen und Entwürfe des ungarischen Episcopats um so mehr war, als ja dieser Vorschlag mit dem Geiste der Kirche durchaus nicht im Widerspruche steht.

Dies beweist nicht bloß Siebenbürgen, sondern auch die Rechtsgepflogenheit unseres Vaterlandes, auf welche sich Euer Excellenz mit Rücksicht auf das Patronat und die königlichen Städte berufen.

Sowie demnach die Voraussetzung: als ob die bisherige Beseitigung des Einflusses der weltlichen Katholiken auf kirchliche Angelegenheiten in unserem Vaterlande der Organisation der Kirche entspringe, und dies dem Clerus könnte zugerechnet werden, ein Irrthum: — ebenso verwahrt sich die katholische Kirche in unserem Vaterlande mit Recht gegen jedwelche Verantwortlichkeit für die oben dargelegten Nachtheile, deren Euer Excellenz in Ihrem hochgeehrten Schreiben erwähnen; ja sie verwahrt sich mit Recht dagegen selbst für den Fall, daß dieselben ganz oder theilweise aus der Verhinderung des Einflusses der weltlichen Laien abzuleiten wären.

Nach meinem Dafürhalten sind die traurigsten Folgen nicht minder, wie die vorzüglichsten Quellen des religiösen Indifferentismus außer den Grenzen des Katholicismus zu suchen; und es ist gewiß, daß jene Krankheit der Ideen, welche den religiösen Indifferentismus und die sittliche Verkommenheit erzeugt, den Staat und die Gesellschaft mit noch weit größerer Gefahr und nachhaltigeren Verwüstungen bedroht, als die Kirche.

Die eigentliche Kälte und Gleichgiltigkeit in Glaubenssachen wuchert eben dort am üppigsten, wo sie nicht nur nicht für eine tödtliche Krankheit gehalten, sondern vielmehr durch die Presse und die Literatur geradezu als das Merkmal des Fortschrittes gehegt wird.

Daß eine derartige eigentliche religiöse Gleichgiltigkeit in unserem Vaterlande eben nur unter den Katholiken und noch dazu ausschließlich unter diesen zu finden sei, das zu bezweifeln möge mir gestattet werden. Ich meinerseits habe eine bessere Meinung von dem Glaubensleben und dem Eifer der katholischen Laien Ungarns: auf diese stützt sich die Kirche, und ihre Theilnahme ruft sie an.

Ich finde mich diesmal jedoch nicht aufgefordert, mich über alle Behauptungen weiter auszusprechen, mit welchen Euer Excellenz Ihren sehr geschätzten Vorschlag begründeten; so insbesondere bezüglich der Unterstützung der katholischen Kirche durch die weltliche

Gewalt, wie des Zurückbleibens der Schulangelegenheiten und der Volkserziehung bei den Katholiken im Vergleiche zur Minorität der Evangelischen.

Ich glaube, man könne in dieser Beziehung — wie ich es wirklich bin — einer anderen Ansicht sein, ohne das Wesentliche der Sache mißzubilligen, und ohne weniger als Euer Excellenz dasselbe Ziel und das hiezu empfohlene Mittel, das ist die Mitwirkung der katholischen Laien, erreichen zu wollen.

Mag noch so viel auf dem Felde der katholischen Schulangelegenheiten und der Volkserziehung in unserem Vaterlande auch immerhin zu wünschen sein, es wäre vielleicht doch nicht billig, den Werth der in den katholischen Schulen erreichbaren Kenntnisse, so wie der dort gewonnenen sittlichen Richtung und Bildung insolange geringzuschätzen, so lange diese geeignet sind, Männer, und zwar in großer Anzahl, heranzubilden, wie solche zu jeder Zeit, und so auch in unseren Tagen sich durch vaterländische Bildung und Wissenschaft, sittlichen Charakter und staatsmännische Weisheit auszeichneten und dem Namen sowie der politischen Wichtigkeit der ungarischen Nation einen europäischen Ruf erwarben.

Nun ist aber die Mehrzahl dieses Volkes katholisch, und wurde in katholischen Schulen, von katholischen Lehrern herangebildet.

Die staatsmännische Einsicht Eurer Excellenz wird mir die Darlegung erlassen, der Stellung, welche die katholische Kirche in unserem Vaterlande von der Entstehung, Gestaltung der constitutionellen Monarchie an bis in die jüngste Zeit als herrschende Staatskirche einnahm, und wie sich ihr Wirkungskreis in dem Maße veränderte und verminderte, in welchem die weltliche Regierung die Staatsgewalt zu centralisiren und selbe auf alle Factoren des Staatslebens, und sohin auch auf die Kirche und die Schulen auszudehnen bemüht war. In der Ausübung und Erweiterung dieser politischen Macht bezüglich der katholischen Kirche und Schule war die ungarische Regierung um so ängstlicher, je engere Schranken ihrem Einflusse durch das gesetzliche Selbstbestimmungsrecht der protestantischen Confessionen gezogen waren.

Der katholische Clerus Ungarns wäre zwar undankbar, wenn er zu vergessen vermöchte, was er den großherzigen religiösen Gesinnungen unserer Könige verdankt, und wenn er nicht mit warmer patriotischer Hingebung jene hervorragende Stellung in der Verfassung vergelten würde, zu der ihn schon der erste heilige König und nachher die Pietät unserer ritterlichen Nation sowie die Gesetzgebung des Landes erhob.

Doch kann andererseits auch das nicht geläugnet werden, daß die Verfassung Ungarns im pflegenden Schooße der katholischen Kirche und unter ihrem wachsamen Auge entstand und erstarkte; daß der Clerus nie Bedenken getragen hat, um ihrer Vertheidigung willen Hab und Gut, ja selbst sein Blut nicht zu schonen, und daß er, indem er einzig der sittlichen und geistigen Entwickelung der Nation lebte, auch in Bezug auf den besonnenen constitutionellen Fortschritt weder den Ansprüchen der Zeit noch den gesetzlichen Beschlüssen der Nation je entgegen getreten ist. Und so nehme ich denn auch mit innigem Danke jene schmeichelhafte Anerkennung entgegen, welche Euer Excellenz in Ihren sehr geschätzten Zeilen den bürgerlichen Verdiensten des ungarischen Clerus zollen, indem Eure Excellenz unter Einem erklären: „daß die patriotische Haltung des Clerus seit dem Jahre 1848 diesen Stand mit der Nation innig verschmolzen hat."

Dieses glänzende Zeugniß verändert übrigens nichts an den nackten Thatsachen.

Weder der Titel der herrschenden Staatskirche, noch ihre constitutionellen Rechte vermochten zu behindern, daß im Laufe der Zeiten auch in unserem Vaterlande unter dem Namen der apostolischen Rechte des Landesfürsten die königlichen Dicasterien beinahe die unbeschränkte Ausübung der Autonomie der katholischen Kirche an sich rissen. Die Staatskirche bedeutete fortan nichts Anderes, als die Bevormundung durch den Staat.

Das wechselseitige Verhältniß zwischen der Kirche, der Gemeinde und der Volksschule ordnete der Staat unabhängig, ohne alle Direction der Kirche.

Die Kirche diente, brachte Opfer, machte Stiftungen — der Staat hingegen schrieb für alles den Rahmen, das System und die Art der Verwaltung vor.

Man könnte daher kaum eine der Wahrheit weniger entsprechende Anklage erheben, — als die wäre, daß der katholische Clerus darnach strebte, den Volksunterricht ausschließlich unter seinem Einflusse zu erhalten, und als ob er absichtlich darnach getrachtet hätte, die anderen hiezu berufenen weltlichen Katholiken von diesem Einfluß auszuschließen.

Ebenso verhält es sich mit anderen kirchlichen Interessen, namentlich mit dem gemeinsamen Vermögen der katholischen Kirche unseres Vaterlandes, so wie mit ihren beweglichen und unbeweglichen Kirchen- und Schulstiftungen.

Im Namen der obersten Aufsicht und des apostolischen Rechtes verwaltete die königliche Regierung auch diese Güter so unumschränkt, daß selbst der wahre Eigenthümer, die katholische Kirche, auf selbe weder durch Gegenaufsicht, noch durch Rechenschaftsforderung ihren rechtlichen Einfluß erfolgreich auszuüben vermochte.

Es ist Euerer Excellenz aus der fortgesetzten Uebung nicht minder, als aus den amtlichen Actenstücken sicher bekannt, daß auch die sogenannte „Commissio ecclesiastica“, welche unsere vom Gesetze beseelten Fürsten zur Sicherstellung des Kirchenvermögens bei der Regierung errichteten, zu einer fruchtlosen Formalität und Täuschung ausartete, — einerseits weil beinahe die sämmtlichen Mitglieder der Commission zugleich Regierungsbeamten waren, andererseits weil die Ansichten der Commission nicht maßgebend waren und die Regierung nicht verpflichteten.

Nichts destoweniger hat der ungeheuere Verlust, das Verderben und der Schaden, welchen die leichtsinnige, allen Mißbräuchen offene, theuere bureaucratische Gebahrung an dem der sittlichen und geistigen Cultur gewidmeten Gemeingut anrichtete, die mit der Verwaltung Betrauten nicht aufgerüttelt aus dem gewohnten und durch die Regierung geduldeten Schlendrian.

Ja der Clerus, der gesammte Episcopat, mit all seinem Ansehen, mit dem vollen Gewichte seiner Stimme war nicht im Stande, diesem unglückseligen Zustande ein Ende zu setzen, und noch weniger zum Behufe gründlicher Besserung unabhängigen weltlichen katholischen Männern Einfluß zu verschaffen.

Es wäre daher auch in dieser Hinsicht ungerecht, die Vergehen der Staatsomnipotenz der Verfassung unserer Kirche zurechnen zu wollen.

Eben so wäre es, wenn man das angebliche Zurückbleiben der Volkserziehung bei den Katholiken in der That dem Ausschlusse des entsprechenden weltlichen Einflusses zuschreiben könnte, wenn sich der Mangel an Gemeinsinn und Zusammenhalten unter den Katholiken gleichfalls aus diesem Grunde erklären ließe, wenn endlich Ursache und Entstehung der für kirchliche Interessen obwaltenden Gleichgiltigkeit gegen die kirchlichen Interessen nach der Ansicht Euerer Excellenz wirklich als eine Reaction gegen diese Verhältnisse angesehen werden müßte, „zu Folge welcher Alles, was mit den Interessen der Kirche in Verbindung steht, dem Einflusse der katholischen Gläubigen entzogen worden sei", und es daher nicht Wunder nehmen dürfe, „wenn die katholischen Gläubigen das, worauf sie gar keinen Einfluß ausüben können, endlich als etwas derartiges betrachten, was sie gar nichts angeht". Es werden Euere Excellenz nach dem Vorausstehenden gefällig anerkennen, daß die Verantwortlichkeit für die bisherige Beseitigung des Einflusses der weltlichen Katholiken überhaupt nicht die Kirche treffen könne, und der Unterlassungsfehler diesbezüglich selbst nach der älteren Einrichtung der avitischen Verfassung weder der Kirche noch dem Clerus zur Last falle.

So viel war ich verpflichtet in dieser Richtung zur Vertheidigung der Kirche mit Bezug auf die Vergangenheit anzuführen.

In der neuesten Zeit jedoch kann die katholische Kirche unseres Vaterlandes noch weniger der Vorwurf treffen, als ob sie den Mahnungen der Zeit und den eben so unerwarteten, als tiefgreifenden Folgen der politischen Umgestaltung keine Rechnung getragen hätte, und als ob sie vergessen, der Nothwendigkeit jener Mittel und Besserungen bedacht zu sein, die nach der Erschütterung ihrer Stellung als Staatskirche, sowie ihrer Unantastbarkeit sich einerseits zur Erhöhung des rechtlichen socialen Wirkens und des Einflusses der Kirche — andererseits zur praktischen Geltendmachung der durch die neuen Gesetze gewährleisteten Religionsfreiheit, sowie zum weisen Ersatz für die im Principe aufgehobene Vormundschaft durch den Staat, als zweckentsprechende und gesetzmäßige Verfahrensweisen sich dargeboten haben.

In unserem Vaterlande findet zwar die katholische Kirche ihren vollen Schutz außer Gott in der Landesverfassung und dessen Gesetzen, im Krönungseide, in der Reife der Nation, der Mehrzahl und religiösen Treue ihrer katholischen Söhne, weiters findet sie den Hort und die Sicherheit ihrer altererbten Autonomie auch in der Solidarität der allgemeinen, unter den Schutz der allgemein geltenden Gesetze gestellten Religionsfreiheit; — aber eben darum kennt und will die Kirche auch jenen von Euerer Excellenz mit tiefer Einsicht bezeichneten Vortheil gehörig würdigen und in Anspruch nehmen, wodurch „sie auf die begeisterte Unterstützung aller ihrer Gläubigen rechnen kann, und diese in der Unabhängigkeit unserer Kirche ihre eigene Freiheit, in deren Vermögen ihren eigenen Besitz, in deren Einfluß ihren eigenen sehen" — und die Kirche ergreift mit der größten Bereitwilligkeit und Beifall jene durch Eure Excellenz betonte Erläuterung der Religionsfreiheit und des 20. Gesetzartikels vom Jahre 1848, wornach die katholische Kirche unseres Vaterlandes mit Recht verlangt, daß sie hinsichtlich ihrer Autonomie auf dem Gebiete der Kirche, Schule und ihrer Stiftungen nicht blos grundsätzlich auf dem Papiere, sondern auch praktisch „mit jenem Maaße des Selbstbestimmungsrechtes bekleidet werde, welches die protestantischen Kirchen des Landes genießen", und dies um so mehr als derzeit, wo die Katholiken in unserem Vaterlande zur gesetzlichen Sicherung des gegenwärtigen Ausmaßes der kirchlichen Autonomie für die protestantischen Confessionen auf den Landtagen mitwirkten, sie sicherlich den Protestanten nicht mehr zuzugestehen wollten, als wie viel nach ihrer Voraussetzung selbst die herrschende katholische Kirche besessen hat.

Jawohl, die katholische Kirche setzt nicht bloß ihren Beruf, sondern auch ihren Ruhm darein, wenn unter ihrer Leitung die religiös-sittliche Erziehung ihrer Gläubigen, des Volkes, mit dessen intellectueller Entwickelung vereint fortschreitet, und sie wünscht nichts sehnlicher, als daß die kath. Volksschulen [deren Hebung auch bis jetzt die Kirche nicht vernachlässigte, deren bisherige Resultate jedoch bei einer unbefangenen Beurtheilung, im allgemeinen betrachtet, weder in sittlicher noch in intellectueller Hinsicht keinem der anderen Confessionen nachstehen] jenen Grad der Blüthe erreichen mögen, der unter den allgemeinen, drückenden, materiellen und Culturverhältnissen des Landes zu erreichen nur irgend möglich ist.

Eine gleich ernste Absicht leitet die Kirche in ihrer Fürsorge höherer wissenschaftlicher Bildung mit Hinsicht auf die Hebung und Erweiterung unserer höheren Lehranstalten, insbesonders solcher Entwickelung unserer einzigen katholischen Universität, die mit dem beständigen Fortschritte der Wissenschaft in ununterbrochenem Einklange sich befinde.

Euer Excellenz können gerade ihrer hohen Stellung nach die sicherste Gewähr dafür sein, daß die für die Entwickelung unserer Nation dienenden zahlreichen katholischen Lehranstalten, Praeparandien, Gymnasien, Lyceen, Seminarien, Akademien, Convicte, Stipendien und so viele andere, der Erziehung gewidmete Hilfsquellen unseres Vaterlandes, die so zahlreich sind, daß sie welch immer anderem Lande, zur Ehre gereichen würden, zum weitaus überwiegenden Theile ihren Ursprung und ihre Befestigung eben der Freigebigkeit und der Opferwilligkeit der katholischen Kirche und ihres Clerus verdanken.

Hinwiederum sind Eure Excellenz besser als ich unterrichtet über den tiefgesunkenen Stand jener Einnahmsquellen, die vermöge des genau vorgezeichneten Zweckes ihrer Stiftung zur Deckung der gemeinschaftlichen Erfordernisse für Kirche und Schule bestimmt, den Schiffbrüchen der bisherigen Verwaltung entronnen sind; auch belieben Sie zu wissen, daß die wirklichen Einnahmen heutzutage selbst den gegenwärtigen bescheidenen Verhältnissen der zum Ziel führenden Mittel nicht mehr entsprechen, und noch viel weniger hinreichende Kraft zu geben, um die mit dem gesteigerten Bedürfnisse der Zeit entsprechenden wirksamen Mittel herzustellen und zu vermehren.

Während also nach diesem einerseits für die Eröffnung neuer Einnahmsquellen gedacht werden muß, läßt sich andererseits auch jenes Recht der katholischen Kirche nicht in Zweifel ziehen, vermöge welchem sie, nachdem ihre alten staatskirchlichen Bande sowohl mit Rücksicht auf den ausschließlich katholischen Standpunkt der Regierung, als die hieraus entstandene Interessensolidarität gelöst, von nun an im Sinne des 20. Gesetzartikels vom Jahre 1848 die Verwaltung der gemeinsamen Kirchen- und Schulgüter unter Einflußnahme weltlicher Gläubigen in eigene unmittelbare Leitung nehme, sich davon überzeuge und es prüfe, ob nicht etwa einläßliche Sorgfalt, Theilnahme, Folgerichtigkeit, hinreichende Einrichtung und strenge Ueberwachung die Ertragsfähigkeit dieser Güter über das traurige Ergebniß hinaus zu erhöhen vermöchte, das die bisherige bureaukratische, kleinliche, sich selbst überlassene Verwaltung zur großen Verkürzung des Stiftungszweckes und der Nationalcultur aufwies.

Demgemäß haben Eure Excellenz besonders mit Rücksicht auf die gegenwärtigen kritischen Zeiten sehr weise auf die wohlthätigen Folgen hingewiesen, welche aus der Theilung des Einflusses, sowie aus der künftigen Einbeziehung der Laien in die gemeinsame Theilnahme und Solidarität, und hiedurch aus der Ueberwindung der beklagten Gleichgültigkeit nicht minder als aus der reichen Fundgrube eines um sich greifenden Gemeinsinnes zur Erfüllung des Berufes der Kirche in der Gesellschaft ebenso, wie zur Sicherung ihrer Autonomie erwachsen könnten.

Die Kirche hat jedoch immer den Segen dieses Bundes anerkannt, und sich nie geweigert, mit den Laien all ihre wie immer zur gemeinsamen Unternehmung geeigneten Bemühungen und Bestrebungen in Bezug auf Kirche und Schule brüderlich zu theilen, — hat seine Durchführung, nachdem dieselben der Verfassung unserer Kirche im Allgemeinen nicht widerstreiten, in den Gemeinden ihrer diesfälligen Kirchensprengel auch bisher nicht versäumt. In Bezug auf das ganze Land aber, wo ohnehin diesem gemeinsamen Einflusse einzig und allein der Staat im Wege stand, hat der Episcopat der weisen und patriotischen Aufforderung Euerer Excellenz zuvorkommend durch vermittelndes Gesammteinschreiten schon das wahre Hinderniß zu beseitigen versucht, indem er hiezu sich um die Allerhöchste Bewilligung bewarb.

Es möge unerörtert bleiben, daß auch bis jetzt Lehrgebäude und Einrichtung der Volksschulen ausschließlich vom Staate und nicht von der Kirche abhängen, welche außer dem Religionsunterrichte nur die unmittelbare Aufsicht und Leitung unentgeltlich, jedoch mit Berufseifer und Sachverständniß führt, und gerne bereit ist, die Bildung solcher mit Laien gemischter Commissionen aus den vorhandenen intellectuellen Kräften bei jeder Volksschule zu fördern, welcher sich unsere Städte ohne irgend welche Einsprache von Seite der Kirche schon nun erfreuen — es möge auch das im ausgedehnten Maaße durch die Laien ausgeübte Patronatsrecht nicht besonders hervorgehoben werden, welches über kurz oder lang sammt seinen Rechten und Pflichten auf die Glieder der katholischen Gemeinden übergehen wird. — So existirt ohnehin in unserem Vaterlande keine einzige katholische Kirchengemeinde, in der eben in Folge der Verfassung unserer Kirche an der Verwaltung des Kirchengutes und der kirchlichen Stiftungen nicht auch Laien in der Eigenschaft als Syndici oder Kirchenväter theilnehmen würden.

Auf diese Weise ist es in allen Diöcesen.

Als Beweis hiefür kann ich, was insonders die Raaber-Diöcese betrifft, mich auf mein Rundschreiben beziehen, das ich am 19. März 1859, behufs der strengen Darnachachtung dieser Einrichtung nebst einer besonderen diesbezüglichen Anweisung an die Seelsorger der Gemeinden ergehen ließ, in der ich anordnete: „in administratione hac [peculii Ecclesiae et fundationum] partem capit etiam parochiana communitas medio nempe virorum de eiusdem gremio deligendorum."

Daß aber die Bischöfe Ungarns zur Einführung des Einflußes der Laien auch im höheren Wirkungskreise, und beziehungsweise zur Beseitigung jener Hindernisse, welche diesem Einflusse entgegen stehen, und überhaupt zur thatsächlichen Ausübung der Autonomie der katholischen Kirche bereits im Jahre 1848 in Preßburg Schritte gethan, erwähnt Euerer Excellenz hochgeschätztes Schreiben selbst, wo sehr richtig bemerkt wird, daß auf die damaligen [in der erwähnten Denkschrift entwickelten] Entschließungen „die in ganz Europa herrschende Aufregung" und die „revolutionäre Stimmung Einfluß gehabt haben mögen"; denn nur hiedurch läßt sich das in der angezogenen Denkschrift mit Hinsicht auf unsere katholische Universität aufgestellte, aber von der Kirche nie annehmbare Princip erklären.

Die eingetretenen Ereignisse machten jedoch diesen ersten Schritt erfolglos. Er wurde damals sammt der Constitution in den Hintergrund gedrängt — erwachte aber mit dem neuen Morgenroth unseres Nationallebens wieder.

Wahrscheinlich waren Euere Excellenz bisher nicht in Kenntniß davon gesetzt, daß der ungarische Episcopat auch vor zwei Jahren unter der Leitung meines seligen Vorgängers diese Frage neuerdings in Erwägung nahm, und in der That um jenen ersprießlichen und zeitgemäßen Gedanken, den Euer Excellenz gegenwärtig so warm empfehlen, zu verwirklichen, beschloß, sich mit einer unterthänigsten Bittschrift an die Stufen des königlichen Thrones zu wenden.

Gestatten mir Euere Excellenz, daß ich den auf unsere Frage bezüglichen wesentlichen Inhalt dieser Bittschrift zur gefälligen Kenntnißnahme hier folgen lasse.

Nachdem nämlich die von mir erwähnte Adresse die ununterbrochene Abnahme der Einkünfte, besonders aus den unbeweglichen Kirchen- und Schulgütern, mit voller Offenheit dargelegt, fassen die Bischöfe ihre Allerhöchsten Ortes vorgetragenen Wünsche in Nachfolgendem zusammen:

„Nihil igitur aliud remedii occurrit, quam ut huius ipsius fundi religionis et studiorum, unde tantae ecclesiae, et instituta litteraria catholicorum provisionem exspectant, proventus reddantur opulentiores. Quo vero id modo fiet? Certe non alio, quam qui modus alia ecclesiarum bona, per ipsos beneficiatos administrata, ferendis longe maioribus ac antea expensis paria reddit.

Nempe id agere oportebit, ut haec quoque fundi religionis et studiorum bona peculiaribus Ecclesiae catholicae vel potius commissionis alicuius mixtae curis accredita ita administrentur, ut accedente etiam peculiari industria — talis singulis rei domesticae partibus impendatur sollicitudo, qualem innumeris curis distentus status, eiusque dicasteria impendere nullatenus possunt. Quod quidem ita manifestum est, ut dubio nullus omnino relinquatur locus. Ideo status, fundi huius catholici actualis administrator, minus malum exsecuturus, non iam una vice vendere cogebatur, aut meditabatur saltem eiusmodi bona. Maluit enim illis carere quam cum damno suo, et aerarii publici detrimento administrare.

Ut idem cum bonis etiam catholicae fundationis aliquando fiat, admittere episcopatus Hungariae salva conscientia sancti sui muneris nequit. Hoc enim facto non solum manifesta Ecclesiae iura violarentur, sed et omnem melioris aliquando sortis, abundantiorumque proventuum spem succidi oporteret.

Postquam igitur status, hoc ipso, quod eiusmodi bona venui exponat et abalienet, se illis cum fructu administrandis imparem esse fateatur: Ecclesia catholica, quae tutissimum tam praesentis suae fortunae, quam etiam futurae sortis meliorandae praesidium in immobili possessione merito reponit, bona haec et totum in genere catholicum fundum, ita suae curae concredi humillime petit, ut episcopatus et catholicorum corpus, maiorem ac antea habuit, huncque immediatum in illis administrandis influxum obtinens, adscito saecularium etiam virorum catholicorum auxilio, plena cum libertate cunctorum mediorum adplicationem ordinare possit, quorum ope alia Ecclesiae cath. bona ita productiva fuisse videmus, ut non tantum ingentem oneris publici vim sustinere queant, sed et Ecclesias institutaque religiosa et litteraria saltem conservare in antiquo statu potuerint.

Non tamen unicum illud est, immo nec principale petitionis nostrae motivum Maiestas Sacratissima! Est et aliud, quod nos prosperiorem religionis et Ecclesiae catholicae in regno hoc apostolico sortem sollicite pensantes commovet: nempe maior, quam exhinc nobis pollicemur, catholicorum praesertim saecularium in provehendis Ecclesiae commodis voluntas et zelus; ardentius illudque laicis etiam commune in augendo bono religionis, a multis neglectae studium. Tantae molis res, tanti momenti negotium, quale est religionis et Ecclesiae prosperitas, vigor item florensque status — praesertim in regno hoc, in quo milliones animarum quotidie multo dumtaxat aere paranda sibi deposcunt institutionis et cultus publici media — non solum episcopatus et cleri, sed cunctorum omnino catholici nominis hominum, proinde laicorum etiam concursum, promtitudinem et pectora zelo fidei animata deposcunt. Heic quoque viribus nonnisi unitis grandia effici possunt, convenientia nempe gloriae magni Dei, et aere numquam aestimabili saluti animarum.

Est vero impossibile zelum hunc acuere, vel ubi deest, accendere, si nequeant in communem quasi causam, in commune studium et consortium adtrahi saeculares; si non praebeatur illis occasio semet convincendi de reali necessitate ampliorum mediorum, et maioris adhuc fundi, quam praesto est; quem tamen nunc iidem saltem exhauribilem putant, vel plane non nostris solum, sed alterius etiam religionis hominibus [ad quos is nullatenus pertinet] abunde sufficientem; si non fuerint intime persuasi totum hunc fundum, omnesque proventus illius salutaribus finibus, iisque communibus religionis et morum promovendis, non autem privatis nefors ecclesiasticorum inservire: ut adeo ad hunc non solum conservandum, sed etiam augendum ipsi quoque *laici* salutarium eius fructuum participes, omnem conatum et laborem conferre in conscientia obligentur.

Creatio talis convictionis et publicae apud catholicos opinionis, quae omnium ad eosdem fines concurrere obligatorum zelum excitet, non tantum publicitatem certam in administrando, reddendisque rationibus necessariam reddit, sed etiam e genio cumprimis nostrorum temporum postulare videtur, ut commissio administrationis bonorum totiusque fundi religionis et studiorum praeponenda, mixta sit, non ecclesiasticis solum, sed saecularibus etiam, attamen vere catholicis, ideo a Maiestate Vestra sacratissima, qua supremo Ecclesiae catholicae in Hungaria patrono erga propositionem episcopatus benigne nominandis, constet, qui fundum hunc in dies augere velint; illum pro tali, qualis reipsa est, nempe catholico habentes, communi omnium catholicorum utilitati bonoque inserviente."

Da auf diese Bittschrift keine Antwort erfolgte, hat im jüngstverflossenen Herbste während der Erledigung des Primatialstuhles der Episcopat die Sache der gesetzlichen Stellung und Autonomie der katholischen Kirche nochmals in Verhandlung genommen, und seine hierauf bezüglichen Erwägungen in eine Bittschrift zusammengefaßt, die Seine Excellenz der Erlauer Erzbischof persönlich Seiner Majestät am 8. Januar laufenden Jahres überreichte; und in dieser Bittschrift ist zugleich der Entschließung Erwähnung geschehen, nach welcher die Bischöfe übereinkamen, zum Behufe einer Verwaltung der kath. Stiftungs- und Schulangelegenheiten unter Allerhöchster königlicher Aufsicht vereint mit einigen katholischen Mitgliedern des gegenwärtigen Landtages, welche für die unverletzte Aufrechthaltung der diesbezüglichen Rechte der königlichen Krone eifrigst besorgt sind, in einer besonderen unterthänigen Adresse vor das gnädige Angesicht Sr. Majestät zu treten.

Aus dem Vorangehenden geruhen Euer Excellenz sich zu überzeugen, daß der Ungarische Episcopat mit Rücksicht auf eine den neuen politischen Verhältnissen angepaßte Umgestaltung der Ausübung der kirchlichen Autonomie den Formen und Mitteln nach dieselben Reformen betrieb, welchen Eurer Excellenz hochschätzbares an mich gerichtetes Schreiben eine so große und so günstige und fruchtbringende Tragkraft zugeschrieben hat.

Schicksal und Lage der obwaltenden Frage ist demnach heute um so günstiger als bisher, als sowohl betreffs ihrer dringenden Wichtigkeit, als der Art ihrer Lösung ein so glücklicher Einklang zwischen der aneifernden und die Unterstützung verheißenden Aufforderung Euerer Excellenz und den bereits wiederholt ausgesprochenen Wünschen der dadurch interessirten katholischen Kirche sich offenbart.

Indem ich demnach mit inniger Freude über dies glückliche Zusammentreffen sowohl in meinem, als im Namen der katholischen Kirche hiemit dem ausgezeichneten Anhänger der Kirche für *seinen* religiösen Eifer, dem berühmten und aufgeklärten Minister hinwieder für seine staatsmännische Fürsorge — meinen aufrichtigsten patriotischen Dank ausspreche, — beeile ich mich unter Einem Euer Excellenz zu versichern, daß ich die in der vorliegenden Frage ohnehin schon beabsichtigte Berathung gelegentlich der bevorstehenden Wiederaufnahme der landtäglichen Arbeiten im Kreise der zu versammelnden Betreffenden mit um so ernsterer Entschiedenheit wieder aufzunehmen und zur entgiltigen Schlußfassung zu führen bedacht sein werde, je mehr ich mich dazu berechtigt glaube, in der hochgeschätzten Aufforderung Euerer Excellenz das offenste und günstigste Unterpfand für die glückliche Lösung dieser Frage erblicken zu dürfen.

Empfangen mittlerweilen, bis ich Gelegenheit haben werde mich über die weiteren Entschließungen der Betreffenden in dieser Sache zu äußern, Euere Excellenz den Ausdruck jener patriotischen tiefen Hochachtung, mit welcher ich Ihrer hochgeehrten, bisherigen Neigung empfohlen bleibend, verharre

Johann Simor, m. p.
Erzbischof von Gran.

Seine fürstliche Gnaden der hochwürdigste Herr Primas haben demgemäß im October die Bischöfe der Graner, Kolocsaer und Erlauer Kirchenprovinz zu einer Conferenz nach Ofen eingeladen. Diese ist zusammen getreten und hat nach eingehender Berathung seine Vorschläge an das k. ungarische Ministerium für Cultus und Unterricht im Verlaufe des Monat November erstattet. Bei dem Umstande jedoch, daß außer dem Erzabt von St. Martinsberg, welcher Ordinarius ist, nur die p. t. Herren Erzbischöfe und Bischöfe der Conferenz beiwohnten, ist — außer dem Statute für die kath. Volks-Schulen-Vereine — nichts in die Oeffentlichkeit über die gefassten ersprießlichen Beschlüsse gelangt; und sind deßhalb auch alle in- und ausländischen Berichte hierüber, weil leere Vermuthungen, werthlos.

Kirchliche Actenstücke.

Mitgetheilt von Prof. Dr. J. Danko.

Neuere römische Entscheidungen.

I.

Unter die Bescheerungen, welche der freie italienische Staat der freien Kirche brachte, zählt die obligatorische Civilehe, nach welcher auch im übrigen katholischen Europa der Ruf laut wurde, „die wollen wir ja." Wie wichtig dieses Begehren des Liberalismus und gefährlich zugleich sei, erhellt hinreichend daraus, daß den gesammten Bischöfen die Frage zur Beantwortung von der Congregatio Conc. Trid. interpr. [S. oben S. 504.] gestellt wurde: wie den bösen Folgen einer so eingegangenen Ehe begegnet werden könnte. ,Quaenam adhiberi possent remedia ad impedienda mala ex civili quod appellant matrimonio provenientia?' Schon hat mit nachfolgendem Decrete die S. Pönitentiaria an die Bischöfe in Italien Weisungen specieller Art erlassen, die wir näher beleuchtet gefunden haben in der: Dissertatio de Matrimonio Civili ad usum Parochorum. Romae. 1867. Typis Congregat. de Propag. Fide. 18. s.

Instructio S. Poenitentiariae Apostolicae circa Contractum, quem Matrimonium civile appellant.

1. Quod jam diu timebatur, quodque Episcopi cum singillatim, tum una omnes, protestationibus zelo ac doctrina plenis, virique plurimi cuiusque ordinis eruditis suis scriptis, et ipsemet summus Pontifex vocis suae auctoritate, avertere conati sunt, id, proh dolor! videmus in Italia constitutum. Quem vocant civilem Matrimonii contractum, eiusmodi malum haud amplius

est, quod Jesu Christi Ecclesia debeat trans Alpes deflere; sed et quod in hisce Italiae regionibus conitum, pestiferis suis fructibus christianam familiam societatemque minitatur inficere. Atque hosce funestos effectus Episcopi et locorum Ordinarii animadverterunt, quorum quidem alii opportunis instructionibus monitum ac vigilem fecerunt gregem suum; alii vero ad hanc Apostolicam Sedem mature confugerunt, ut normas inde haurirent, quibus in tam trepida re ac tanti momenti tuto dirigerent sese. Quamvis autem hoc sacrum Tribunal haud pauca responsa atque instructiones particularibus petitionibus, Summi Pontificis jussu, dederit: attamen ut postulationibus, quae in dies augentur, satisfiat, mandavit Sanctus Pater, ut per hoc Tribunal ad omnes locorum Ordinarios, ubi infausta haec lex promulgata fuit, instructio mitteretur, quae normae cuiusdam loco cuique eorum inserviret, ut et fideles dirigant et ad morum puritatem, sanctitatemque Matrimonii Christiani sartam tectam servandam uno animo procedant.

2. At vero in exsequendis S. Patris mandatis haec S. Poenitentiaria superfluum putat in memoriam cuiusque revocare, quod est SSmae Religionis nostrae notissimum dogma, nimirum Matrimonium unum esse ex septem Sacramentis a Christo Domino institutis, proindeque ad Ecclesiam ipsam, cui idem Christus divinorum suorum mysteriorum dispensationem commisit, illius directionem unice pertinere: tum etiam superfluum putat in cujusque memoriam revocare formam a S. Tridentina Synodo praescriptam, sess. 24. c. 1. de Reform. matrim., sine cuius observantia in locis, ubi illa promulgata fuit, valide contrahi matrimonium nequaquam posset.

3. Sed ex hisce aliisque axiomatibus ex catholicis Doctrinis debent animarum Pastores practicas instructiones conficere, quibus etiam fidelibus id persuadeant quod Sanctissimus Dominus noster in Consistorio secreto die XXVII. Septembris anni MDCCCLII. proclamabat: id est — Inter Fideles Matrimonium dari non posse, quin uno eodemque tempore sit Sacramentum; atque idcirco quamlibet aliam inter Christianos viri et mulieris, praeter Sacramentum, conjunctionem, etiam civilis legis vi factam, nihil aliud essse, nisi turpem atque exitialem concubinatum.

4. Atque hinc facile deducere poterunt, civilem actum coram Deo eiusque Ecclesia, nedum ut Sacramentum, verum nec ut contractum haberi ullo modo posse; et quemadmodum civilis potestas ligandi quemquam Fidelium in matrimonio incapax est, ita et solvendi incapacem esse; ideoque sicut haec S. Poenitentiaria iam alias in nonnullis responsionibus ad dubia particularia declaravit, sententiam omnem de separatione coniugum legitimo Matrimonio coram Ecclesia coniunctorum, a laica potestate latam, nullius valoris esse; et conjugem, qui ejusmodi sententia abutens, alii se personae coniungere auderet, fore verum adulterum: quemadmodum esset verus concubinarius, qui vi tantum civilis actus in matrimonio persistere praesumeret; atque utrumque absolutione indignum esse donec haud resipiscat, ac praescriptionibus Ecclesiae se subiiciens ad poenitentiam convertatur.

5. Quamvis autem verum Fidelium Matrimonium tum solum contrahatur, quum vir et mulier impedimentorum expertes mutuum consensum patefaciunt coram Parocho et testibus, iuxta citatam S. Concilii Tridentini formam, atque ita contractum matrimonium omnem suum valorem obtineat, nec opus sit ut a civili potestate ratum habeatur, aut confirmetur: attamen ad vexationes poenasque vitandas, et ob prolis bonum, quae alioquin a laica potestate ut legitima nequaquam haberetur, tum etiam ad polygamiae periculum avertendum, opportunum et expediens videtur, ut iidem Fideles, postquam Matrimonium legitime contraxerint coram Ecclesia, se sistant, actum lege decretum exsequuturi, ea tamen intentione [uti Benedictus XIV. docet in Brevi diei XVII. Septembris anni MDCCXLVI. Redditae sunt Nobis], sistendo se Gubernii Officiali nil aliud faciunt, quam ut civilem caeremoniam exsequantur.

6. Iisdem de causis, nequaquam vero, ut infaustae legis exsecutioni cooperentur, Parochi ad matrimonii celebrationem coram Ecclesia eos Fideles, qui, quoniam lege arcentur, ad civilem actum dein non admitterentur, ac proinde non haberentur ut legitimi coniuges, non ita facile ac promiscue admittant. Hac in re multa uti debent cautela ac prudentia, et Ordinarii consilium exposcere; atque hic facilis ne sit ad annuendum: sed in gravioribus casibus hoc sacrum Tribunal consulat.

7. Quod si opportunum est ac expedit, ut Fideles sistentes se ad actum civilem peragendum se probent legitimos coniuges coram lege: hunc tamen actum, antequam matrimonium coram Ecclesia celebraverint, peragere nequaquam debent. Et si qua coactio, aut absoluta necessitas, quae facile admittenda non est, eiusmodi ordinis invertendi causa esset: tunc omni diligentia utendem erit, ut matrimonium coram Ecclesia quamprimum contrahatur, atque interim contrahentes seiuncti consistant. Hac super re unumquemque hortatur haec S. Poenitentiaria, ut doctrinam sequatur ac teneat a Benedicto XIV. expositam in Brevi, cuius supra mentio facta est, ad quod tum Pius VI. in suo Brevi ad Galliae Episcopos „Laudabilem Majorum suorum“ dato die XX Septembris anni MDCCLXXXXI. tum Pius VII. in suis literis datis die XI. Junii anni MDCCCVIII. ad Episcopos Piceni, eosdem Episcopos instructionis gratia remittebant, qui normas expostularant, quibus in simili civilis actus contingentia Fideles dirigerent. Post haec omnia facile est videre, praxim hactenus observatam circa Matrimonium, et speciatim circa paroeciales libros, sponsalia et matrimonialia impedimenta cuiusvis naturae ab Ecclesia sive constituta sive admissa, nullo modo variari.

8. Et hae sunt generales normae, quas huic S. Poenitentiariae, Sancti Patris mandatis obsequenti, tradere visum fuit, et iuxta quas eadem videns plures Episcopos et Ordinarios suas iam instructiones adamussim confecisse, maximopere laetatur: speratque fore, ut et caeteri omnes idem faciant: qui ita se pastores vigiles ostendentes, meritum ac praemium a Jesu Christo Pastorum omnium Pastore consequentur.

Datum Romae a s. Poenitentiaria d. 15 Januar. 1866.

A. M. Card. CAETANO, P. M.
L. PEIRANO, Secretarius..

Ob wohl H. Dr. Fr. Michelis dieses Decret gekannt haben mag, als er die einundzwanzigste seiner 50 Thesen über die Gestaltung der kirchlichen Verhältnisse der Gegenwart, Braunsberg 1867. S. 8. niederschrieb?

II.

De Casibus Papae reservatis.

Decretum supremae Congr. S. Officii editum feria IV, 27. Junii 1866.

Sanctissimus Dominus Noster Pius PP. IX. in solita audientia R. P. D. Adsessori sancti Officii impertita, auditis suffragiis Eminentissimorum Patrum Cardinalium Inquisitorum generalium, attentis rerum et temporum circumstantiis, decrevit ut facultatibus, quibus Episcopi, aliique locorum Ordinarii ex concessione Apostolica pollent, absolvendi ab omnibus casibus Sanctae Sedi reservatis excipiendos semper in posterum et exceptos habendos esse casus reservatos in bulla Benedicti XIV, quae incipit: Sacramentum poenitentiae. Et sacrae Congregationi de propaganda fide iniunctum voluit, ut in expediendis facultatibus formularum post verba: „absolvendi ab omnibus casibus Apostolicae Sedi reservatis in bulla Coenae“

addatur: „exceptis casibus reservatis in bulla Benedicti XIV., quae incipit Sacramentum Poenitentiae."

Nota 1. Casus reservati in praedicta Bulla Benedicti XIV. d. d. 1. Junii 1741. „Sacramentum Poenitentiae" ed. Constit. sel. I, 21. s. Rom. 1763. coll. synod. Dioeces. VI. 11, 9, 10 ed. Rom. 1767. I. 177 s. sunt a) Sacerdotis attentantis absolutionem personae complicis in materia turpi; b) personae cuiuscumque sexus, falso denunciantis sacerdotem aliquem de sollicitatione.

2. Ueber diesen schwierigen Fall hat der selige Verfasser der mit gewissenhafter Benützung eigener und fremder Erfahrungen geschriebenen „Instructio practica Confessarii" (Weihbischof Dr. F. X. Zenner in Wien) das gesammte Material dargestellt in einer kleineren Schrift: „de sollic. a. t. et proc. c. soll.", welche aus seinem Nachlasse 1866 bei dem Universitäts-Buchdrucker A. Holzhausen in Wien als Manuscript 8. 36. S. gedruckt wurde.

III.

Der Processus Beatificationis V. S D. Cl. M. Hofbauer nimmt einen sehr schnellen, in seiner Art einzigen, günstigen Verlauf. Am 24. April 1865 hatte die Schlußsitzung des bischöflichen Processes in Sachen der Selig- und Heiligsprechung des Dieners Gottes Cl. M. Hofbauer stattgefunden, hierauf wurden die diesbezüglichen Acten nach Rom gebracht und dem Secretär der Congregatio Rituum übergeben. Aus diesen Acten wurde vom Advocaten Hilarius Alibrandi, Professor des römischen Rechtes an der Sapienza das sogenannte „Summarium" zusammengestellt. Es führt den Titel: Sacra Rituum congregatione Emo et Rmo Domino Carolo Cardinali de Reisach relatore — Vindobonen. Beatificationis et Canonizationis Servi Dei Cl. Mariae Hofbauer Sacerdotis professi e Congregatione Sanctissimi Redemptoris ac Propagatoris insignis eiusdem Congregationis ultra montes. — Positio super dubio an sit signanda commissio introductionis causae in casu et ad effectum de quo agitur. Romae. Ex typographia J. Aureli 1866. Quart, 331 Seiten, wozu noch ein „Summarium Additionale" von 58 Seiten kam. Einen Auszug gab hievon der um diese Angelegenheit sehr eifrige Priester derselben Congregation P. M. Haringer: Zum Processe der Selig- und Heiligsprechung des D. G. Cl. Maria Hofbauer. Wien, 1867. Derselbe hatte schon früher die Geschichte dieses sehr merkwürdigen Processes in drei Abhandlungen beschrieben, welche in den Nr. 7, 8, 25, 26, 32—34

1864 des Wiener Diöcesanblattes und hieraus als Separatabdruck im Selbstverlage der Congregation S. R. erschienen sind. Nach einer genauen Prüfung des Alibrandinischen Summariums, und der aus diesem angefertigten „Information" ist dem Promotor Fidei Monsignore P. Minetti kein Anlaß geboten worden, gegen die kanonisch vorgeschriebene Form des Processes irgend einen Verstoß zu bemerken. Hierauf hat die mehrerwähnte Congregatio Rituum am neunten Februar l. J. beschlossen, eine Commission zur Einleitung des Processes niederzusetzen, wenn es anders Seiner Heiligkeit also beliebe. Seine Heiligkeit genehmigte diesen Beschluß und geruhte am 14. d. M. den Schlußact der Commission zur Einleitung des Processes zu unterzeichnen. Das diesfällige Decret haben wir bereits im I. Hefte des laufenden VI. Bandes S. 143 f. mitgetheilt, und freuen uns nunmehr in der Lage zu sein, das neueste Decret derselben Congregation geben zu können.

Es lautet:

Decretum Vindobonen. Beatificationis et Canonizationis ven. servi dei Clementis Mariae Hofbauer sacerdotis professi e congregatione sanctissimi redemptoris ac propagatoris insignis ejusdem congregationis, instante R. P. Brixio Queloz Procuratore Generale Congregationis Sanctissimi Redemptoris et Postulatore Causae Beatificationis et Canonizationis Ven. Servi Dei Clementis Mariae Hofbauer praedicti, Emus et Rmus D. Cardinalis Carolus Augustus de Reisach, hujus Causae Ponens, sequens proposuit Dubium in ordinariis Sacrorum Rituum Congregationis Comitiis hodierna die ad Vaticanum habitis = *An sententia lata a Judice delegato ab Emo et Rmo D. Cardinali Archiepiscopo Vindobonen. super Cultu nunquam exhibito praedicto Ven. Dei Servo, seu super obedientia Decretis sa: me: Urbani Papae VIII. sit confirmanda in casu et ad effectum de quo agitur?* = Emi porro ac Rmi Patres sacris tuendis Ritibus praepositis, omnibus accurate perpensis, auditoque voce et scripto R. P. D. Petro Minetti Sanctae Fidei Promotore, rescribere censuerunt: *Sententiam esse confirmandam.* Die 31. Augusti 1867. Facta postmodum de praemissis Sanctissimo Domino Nostro Pio Papae IX. ab infrascripto Substituto Secretariae Congregationis Sacrorum Rituum fideli relatione, Sanctitas Sua Rescriptum Sacrae Congregationis in omnibus ratum habere et confirmare dignata est. Die 5. Septembris Anno eodem.

C. Episcopus Portuen. et S. Rufinae Card. PATRIZI S. R. C. Praef.
Pro R. P. D. Dominico Bartolini Secretario Josephus Ciccolini Substitutus.

Bereits sind von Rom die „Literae remissoriales" S. R. C. für den apostolischen Proceß „de vita virtutibus et miraculis" angelangt und es hat dieser bereits seinen Anfang genommen. Auch ist die ‚Positio super Noncultu' Rom 1867. 27 S. gr. Fol. nebst den ‚Animadversiones Promotoris fidei' 3 S. und die Antwort hierauf 7 S. veröffentlicht worden.

IV.

Die aus allen Kronländern der österreichischen Monarchie entstammenden Mitglieder des k. k. höheren Weltpriester-Bildungs-Institutes zum h. Augustin haben aus Anlaß der achtzehnten Säcularfeier der Apostelfürsten in Rom in tiefer Ehrfurcht Seiner Heiligkeit eine Votivtafel nebst Hymne gewidmet, worin Sie wünschen: „PIO Papae IX. Patri Populorum, quem hostes verentur filii mirantur Urbis et Orbis quum sancti Apostolorum Principes martyres gloriosi diem saecularem octavum decimum celebrant in coelis immortalitatem pie auguramur", und flehen: „Arcique Fidei sedi veritatis feroces inter impetus meritis et precibus B. Mariae V. triumphum perpetuum." Seine Heiligkeit nahmen diese Huldigung gnädigst auf und geruhten sie mit nachfolgender denkwürdiger Antwort zu beglücken: Dilectis Filiis Alumnis Caes. Reg. sublimioris Instituti educationis Presbyterorum ad S. Augustinum. Vindobonam.

Pius P. P. IX.

Dilecti Filii salutem et Apostolicam Benedictionem.

Quod a divino Servatore nostro praenuntiatum est, hoc experimur; et aetas haec nostra satis luculenter assereret, Petri naviculam iactari quidem, sed mergi non posse, etiam si praecedentium saeculorum procellae in vaticinii confirmationem non conspirassent. Qui enim molimina consideret, artes, conatus adhibitos ad quatiendam fidem, disgregandam unitatem, deprimendum visibile Ecclesiae caput, religionem Christi delendam, easque cum exitu conferat; satis mirari non poterit, haec eo recidisse, ut Petri Cathedrae conciliarentur officia christiani nominis hostium, lenirentur heterodoxorum simultates, sacra hierarchia amplificaretur, confirmaretur plerorumque fides, Episcopatus universus in unum vocaretur consensum, omniumque fidelium animi ad hanc Sanctam Sedem ita converterentur, ut voce, scripto, auxiliis, vita ipsa eius iura propugnarent. Quamobrem victoriae omina a Vobis libentissime excipimus; quippe non dubitamus fore, ut Deus tandem populi sui precibus exoratus conterere velit inferorum vires, discutere errorum tenebras, veritatis lucem ostendere, et regnum pacis iustitiaeque restituere. Vos certe non contemnendam in id operam conferre poteritis, si in hac Petra constituti committendum Vobis populum sanis imbuatis doctrinis, et ad pietatem virtutemque informare nitamini. Copiosam ad hoc gratiam Vobis adprecamur a Deo; eiusque auspicem et paternae Nostrae benevolentiae pignus Apostolicam Benedictionem Vobis peramanter impertimus.

Datum Romae apud S. Petrum die 14. Augusti 1867. Pontificatus Nostri Anno XXII.

PIUS P. P. IX.

Miscellen.

Protokolle der kirchlichen Visitation vom Jahre 1544.

Mitgetheilt v. Dr. Theodor Wiedemann.

Fortsetzung.

II. Karmeliten zu den Weissenbrueder [1]).

Vogtherr: Se. kais. Majestät.

* * *

Der Herr Prior Dr. Wolfgang kraukher nach vorlesung des Kuniglichen Credenntzbrief vnnd anzaigung des Gotshauß ersten Stifter hat Er desselben Ersten originall Stifftbrief fürbracht des Datum Wienn an Sannd Peters vnnd Sand Pauls abent nach Cristi gepurt Im 1360 Jar. [2])

Mer ain Stifftbrief vmb die Capellen vnnd Munnshof gelegen in der Stat zu Wienn auf dem Hof darInn die Fursten von Osterreich vor allten verlauffen Zeiten gesessen sambt andern Heusern mer die ¦vmb das Closter gelegen sein, von Herzog Albrechten Hertzogen zu Osterreich 2c. des Datum Wienn Im 1386 Jar am nagsten montag nach Vnnser Frawentag zu der Liechtmeß.

Ain Confirmation vber all des gotshauß gnad Priuilegia vnnd allt Herkhumen von Khunig Ferdinando 2c. der Datum Wienn den 3tag Januarÿ Nach Cristi gepurt Im 1529 Jar. [3])

Noch ain Particular Stifftbrief von wegen singung aines täglichen Ambts in Sannd Maria Magdalena Closter vor dem Schottenthor so des verschinen 29 Jar in S. Laurentzen Closter transferirt worden, von Andre auf Sand Peters Freithof der Zeit Khellermaister in ostreich vnnd Anwalt der munß, vnnd Anna seiner Hausfrawen 2c. des Datum nach Cristi gepurt 1412 Jar des nagsten Phinztag nach Phingsten [4]).

---

[1]) Dieses Kloster wurde gegen Ende Mai 1554 den Jesuiten übergeben und wurde ihr erstes Profeßhaus in Deutschland. Es war eben ganz öde und nur noch von einem Weltpriester bewohnt, der den Habit nur angezogen, um das Kloster dem Orden zu erhalten. Dieser Priester wurde Pfarrer in Bisamberg, Kloster und Kirche den Jesuiten übergeben, und zwar in einem solchen Zustande, daß fast kein Kirchen- und Hausgeräth mehr vorhanden gewesen, die Kirche mit Heu angefüllt, im Convent weltliche Wohnparteien, ein Kornspeicher und ein Zeughaus war. Hormayr, Wien VI. 3, S. 105.

[2]) Cnf. Steyerer, Commentarii pro historia Alberti II. Lipsiae 1725, fol. p. 300—305.

[3]) Vergleiche Beilage.

[4]) 1494 überließ am Freitag nach Oculi in der Fasten „Schwester Helene diezeit Meisterin und der Convent gemain zu sand Marien Magdalen vor Schotten-

Nachdem ein Stifft aines Ewigen gedachtnuß durch Weillennt Herrn Caspar Sligkhen der Fürsten von osterreich Canntzler vnd Agnes seiner Eelichen Hausfrawen bei dem gotshauß der Carmeliten alhie zu Wienn aufgericht, vnnd derhalben 300 Pfd. dl. geraicht, welche durch ainen Prouinciall bey Augsburg Im Reich angelegt vnd järlichen dem Closter alhie 15 Pfd. dl. dafur geraicht sollen werden vnnd denen von Augspurg die Zinnsbrief zu behalten geben, derhalben sein von Inen verschreibung dem Provincial vnd Convent daselbst zuegestellt vnd ist Inen also der Zinnß von der Suma gellts biß auf das XII vnd 13 Jar gereicht worden. Als sich aber die brueder des Ordens da zu Augspurg verzigen, vnnd Inen solch Zinnßgelt die Burger daselbst vnderthenig gemacht, zaigt der Herr Prior an wie er solch gelt weder Hauptguet noch Zinnß sambt den betreffslichen vrkhunden auch khainen beschaidt bisher auf die Stundt von Inen erlangen mugen.

Deßgleichen zeigt der Herr Prior an, wie das Convent ain Ewige gestifte Wochenmeß in Sannd Thoman Capelln auf der Pranntstat [1]) ze lesen vnnd Peter Strasser der Zeit kellermaister in ostreich ꝛc. sambt seinen vorfordern gestifft diweill aber vor Jaren die gestifften gueter darnon khumen, sey ain Ainigkhait zwischen dem Prior mit Namen Doctor Johann Schwindt vnnd Gundlofs als Besitzer des Hawß dar Inn die Capellen ist, das hinfüro järlichen nur 2 meß gelesen sollen werden gemacht worden.

So werden aber nah anregung des Herrn Prior seyd Herrn Sigmunden Pernfueß ableiben wenig meß verricht vnd gelesen. Nach antzaigung des Herrn Priors solle vor Jaren der Brueder sambt dem Herrn Prior Allennthalben vier vnnd damit Sy den gotsdiennst vleissiger verrichten habens zu Inen in dem Chor etlich Hungrisch Briester vnnd studenten souill Sy deren bedurffen.

Gottesdienst:

Den Gottesdienst verrichtens täglichen mit ainem Ambt deßgleichen alle sambstag ain gesungen Vesper vnnd in der wochen mit etlichen gesprochen messen. Auch pettens täglichen Ire tagzeit nach ausweisung Irer Regl vnnd ordnung. Es verkhunnt auch der Herr Prior alle Feyrtag nach tisch das Wortt gottes persönlich.

Wandl:

Nachdem der Herr Prior ain alte betagte Person ist er aines Erbaren wandels.

---

tor zu Wienn dem ersamen hochgelerten Herrn Maister Hannsen von Salingstatt, Lerer der Erzney, unseren Pawmgarten, gelegen außerhalb der Stadt Wien in Werdt, oberhalb der Vischer, zu nagst Jorgen Asslabing Garthen" und verband sich auch zu einem Jahrtag für besagten Meister Hanns Krull von Seligenstadt und versäumten sie dieses, so sollten sie jedes Mahl den weisen Brüdern hie zu Wien verfallen sein. Hormayr, Wien VI. 3, S. 38.

[1]) Diese Capelle befand sich im Strasserhofe, später Gundloch- oder Gundelhof genannt. Die Strasser waren die Erbauer der Capelle. Im Jahre 1616 schloß Augustin Haffner, Inhaber des Gundelhofes, mit Propst Andreas II. Mosmüller und dem Capitel des Chorherrenstiftes St. Dorothea einen Vertrag, durch welchen es das Stift auf sich nahm, am Sonntage und an einigen bestimmten Festtagen den Gottesdienst in der St. Thomascapelle zu halten. Dieser Vertrag wurde 1618 erneuert und durch ein Capital von 2000 fl. erweitert, wofür in Zukunft in dieser Capelle vier Messen gelesen, und am Kirchweihfeste, das auf den Sonntag nach St. Veit fällt, und am Thomastag feierlicher Gottesdienst mit Vespern, Amt und Predigt gehalten werden sollten. (Fischer, hist. Darstellung des Stiftes St. Dorothea, l. c. S. 108).

Einkommen:

Burkhrecht Zinnß auf maister Hannsen Verber Behausung auf der Hohen Prukh 8 Pf. dl.

Auf Herrn Wolfgangen Treuen Behausung gelegen auf dem Neuenmarkht 4 Pf. dl.

Mer auf Friedreichen Puechfelder Hawß in dem Teuffengraben 4 Pf. dl.

Aber auf Georgen Pazinng Hueters am Hof Behausung 3 Pf. dl.

Von dem Closter Sand Leopoldt zu Closterneuburg 2 Pf. 4 ß. dl.

Item von dem Bistumb zu Wienn von wegen aufhebung der Gulten zu S. Veit 15 Pf. dl.

Auf dem Closter Sanndt Jacob 5 Pf. dl.

Mer auf Colman Rab Hueter Behausung auf dem Judenplatz 2 Pf. 4 ß. dl.

Item bey der Stat Augspurg auf etlichen guetern 15 Pf. dl. sein sider des 13 Jar her nie geraicht worden.

Auf Wolfgangen Leittl Pekhen Hauß des auf des gotshauß Grunndt vnnd Freithof ligt 5 Pf. 3 dl.

Diennst von etlich vberlennden zu Inzesdorf 4 ß. dl.

Weinzeheunt auf dem Alserpach 10 Emer.

Weingarten Zwen 6 Virtl Paut dz gotshauß.

Mer hats 5 Joch 3 virtl Weingarten sein zu Halbpaw vmb 26 Pf. 1 ß. dl.

Noch hats 5 Joch Weingerten sider des 29 Jar ödt[1]).

Ausgaben:

Dem Hausknecht VI Pf. dl.
Der kechin zu besoldung 7 Pf. dl.
Irer Helferin 2 Pf. dl.
Auf pauung der Weingarten 40 Pf. dl.
In die Steur Jarlichen 30 Pf. dl.

* * *

Volgen die Verkhaufften gueter vnd Weingarten zu Was Zeit Sy aber verkhaufft sein worden, auch durch wen vnnd wie theur, desgleichen mit was Bewilligung ist dem Prior vnwissent.

Zum ersten sind zway Rachl Weingarten zu Pertholdstorf zwayen Burgern daselbst verkaufft, wie theuer vnd wie Sy haissen ist dem Prior unbewußt.

Mer weillend Anndreen otten Burger zu Wienn sein 3 Rachl Weingarten versilbert worden. wie theuer vnnd zu Was Jar ist dem Prior vnwissennt.

Ain halb Joch Weingarten Im Schofperg ist vbergeben vnnd verkaufft, wemb vnd wie theur hat vnns der Herr Prior nit anzaigen khunden.

Item ain halb Joch Weingarten in den Scheckling Gardten wemb es verkhaufft worden, auch wie theur vnd was Zeit, hat vnns der Herr prior khainen bericht geben mugen.

Gleicherweiß ist noch ain Halb Joch Weingarten am Sunperg bei Syffring verkhaufft worden.

Auch ist ain Joch Weingarten zu Ottakhrin auf der Schmelz verkhaufft worden.

Verrer ain Joch Weingarten daselbst zu Ottakhrin gleicherweiß verkhaufft worden.

Item ain Virtl Weingarten zu Perchtoldstorff des auch versilbert worden.

---

[1]) 1546 verkaufte Prior Kraukher einen solchen öden Weingarten bei Penzing, „der ain Joch ist, Syder der Ersten belegerung der Stat wienn von durkhen in Abpaw khommen ist." (Acten des Archives im kais. Finanz-Ministerium).

Es ist auch ain eck Heusl mit des Closters maur vmbfangen Anndreen Wispekhen Burger zu Wien verkhumert worden. Wie theur vnnd zu Was Zeit auch mit was Bewilligung ist dem Herrn Prior vnbewußt [1]).

In Simili ist ain Heusl zu Herzogenburg verkhaufft worden, Zu was Zeit vnnd auch mit was Bewilligung hat vnns der Herr Prior nicht erInnern mugen.

Weitter ain Heusl gelegen in der Stat Steyr darInnen die Teminiorer wann Sy auf die Samblung gangen Ir Wonung gehabt haben, das auch versilbert worden. Sie theur, auch wemb, desgleichen zu Was Zeit vnnd mit was Bewilligung hbt vnns der Herr Prior nit anzaigen mugen.

In simili ain Hof gelegen zu Symoning den Armen Leuten zu Sannd Marx.

Zustand des Klosters:

Das Closter vnnd kirchen sein in mittern Paw.

Schulden:

Erstlichen dem Convent zu den Minores zu Wienn gelichen gellt 50 Pf. davon gibt der Herr Prior Jarlichen für Interesse 2 Pf. 4 ß. dl.

Mer zu Sannd Laurentzen in das Closter zu des Mesterscher Stifft von 100 Pf. dl. Interesse 4 Pf. dl.

Aintzigerweiß zu notturften des Closters vnnd bezallung der Steur 80 Pf. dl.

Anlehen:

Der Herr Prior zaigt an wie der K. M. den verschinen Paurenkrieg auch in ablösung des vierdten taills furgestrekht worden 50 Pf. dl.

Entzogene Güter:

Der Pfarrer zu Laxenburg [2]) soll dem gotshawß entzogen vnnd vn desselben vorwißen verkhaufft haben Ain halb Joch Weingarten zu Gunderstorf. Wie theur vnnd was Zeit auch wemb ist dem Prior vnbewußt.

---

[1]) Dieses „Häusl" kauften sie von denen von Ebersdorf, 1533 gaben sie es als Leibgeding an den Wiener Bürger Andrä Wißpeckh, der es aber „nit Peillich hielt" und keinen Zins zahlte. Es war ein Herrn oder Freyhauß. 1537 wollten sie es an Christoph Patriarch verkaufen, der bei Ferdinand I. um die Erlaubniß hiezu nachsuchte. 1539 Mitwoch nach sand Andreastag beurkundeten Andreas Stoß, der Rechten Doctor, Prior, Provincial der Clöster in obern Teutschen und hungarischen Landen, Wolfgang Kraukher, Prior in Wien, Doctor der hl. Schrift: „als nach des Turkhen Abzug vor Wien des 1529 Jars die R. K. M. durch seiner M. sonder Comissarien denjenigen Burgersleutten, so durch benuerten Turkhischen belegerungs willen Jre hauser in den vorstetten abgeprennt vnd darnach auch aus J. M. Beuelich gar vmbgestossen vnd geschleifft worden sein, widerumben vnd in ander weg vnderzehelfen genediglich verordennt hat" verkaufen sie dem Meister Andr. Mispeckhen ainer des Stats der Stadt dies „Häusl." Am 13. April 1539 wurde dieser Verkauf bestättiget.

[2]) Ueber Laxenburg vergl. Kirchliche Topographie. Decanat Laa, S. 314—323; Weidmann, der Rittergau im Parke zu Laxenburg. (Beiträge zur Landeskunde Oesterreichs unter der Enns. II, 278—324, IV, 131—155.)

Beschwerden:

Es zaigt der Herr Prior an Wie das gotshauß jederzeit von ainer gemainen Lanndtschafft vnnd Burgerschafft in Ansehung der Steurn, dieweil die maisten gueter vnnd grundt von dem gotshauß verkhaufft vnnd din vbrigen so noch vorhanden lezer gemacht sein worden, groslichen beschwart vnnd gestaigert werde.

Des der Herr Prior für die hochloblich Regierung khumen lassen ist, des gotshauß aber bisher wenig verschont sonder von Jar zu Jar mer betrangt worden.

Verner nachdem durch der K. M. Profantmaister ein Zeither vnnd noch Profant in die Casten eingeschüt, auch in Vassern in die kirchen eingelegt, vnnd dem Closter khain widerlegung noch ergetzlichait weder Wenig noch vill wie anndern Clostern gethon worden sein solle beschehen.

Es sollen auch auf anzaigung des Herrn Prior durch die Profannt Diener vnnder Singung des Ambts auch Lesung der Messen vnnd Wanndlung des Hochwirdigen Sacraments wann Sy die Profannt aus vnnd eingethon haben vill vnvernufft vnnd vnthzucht getrieben sein worden.

* * *

Die Karmeliten waren in den Tagen der Reformation wegen ihrem treuen Festhalten an der Lehre der kath. Kirche besonders gehaßt. Kaiser Ferdinand I. sah sich veranlaßt, in einem Generale vom 9. Febr. 1560 zu erkennen, „daß Uns glaublich fürkommen, wie sich ihr etliche bisher die Geistliche Personen und Ordens-Leuth, und sonderlich die Parfotten-Brüder, wann sie ihrem Samblen und Nothdurft nachgehen, schmählich, verächtlich, und ungebührlich in den Städten, Märkten und Dörffern, auch sonst auf dem Land mit Worten und Werken antasten sollen" und zu befehlen „hinfüro erneunte Geistliche Personen und Ordens-Leuth an allen Orthen und Enden allerdings ungeschmäht und unangetast, ruhlich und friedlich wandeln" zu lassen [1]).

Beilage.

Wir Ferdinand ꝛc. Bekennen offentlich mit diesem brieff vnd thuen kundt allermenigclich daß vns die Erbern geistlichen vnser liebandechtigen N. Brior vnd Convendt der Weissenbruder am Hoff alhie in vnnser Stadt Wienn des ordens von Perg Carmello diemitticlichen pitten haben lassen das wir als Regierunder Herr vnd landsfürst Jr vnd detzselben Gotzhawß, Recht, gnad, brieff, priuilegia vnd alldt loblich Herkhomen, so Jn von weilendt vnsern versaren Fursten von Oesterreich gegeben, auch Jungstlich von vnserm lieben Anherren kaiser Maximilian derselben Zeit Romischen kunigk Hochloblicher gedachtnuß Confirmirt vnd bestadt waren Jnnhaldt Jrer Maiestadt bestattbrieffs vntz deshalben furbracht detz Datum stet zu wienn an Freytag Sanndt Anthonien tagk Nach Cristi geburdt vierzehenhunderth vnd im viervndzwanzigisten Jaren, von Newm zu Confirmiren vnd zu bestattenn genedichlichen geruchtenn Haben wir angesehen der gemelten Closterleutt diemutieg zimblich bethe vnd datz wir Jrs gebets vnd guetten werch, so in dem bestimbten Gotzhawß taglich volbracht, auch tailhafftigk zuworden vorhoffen vnd Jnn dadurch solch Jr Recht, gnad Brieff priuilegia vndt alldt loblich Herkhomen, noch gnediclich Confirmirth vnd bestatt wissenntlich mit dem brief was wir Jn zu Recht daran Confirmiren vnd bestatten sullen oder mugen, in sulcher maß alls ob die von wort zu wortt hierJnn begriffen waren, Maynen setzen vnnd wollen auch, daß sy vnnd Jr Gotzhawß, niemandt daweder beswären noch bekhumbern solle Jnn khain weiß, doch auch nur biß auf vnnser oder vnnser Erben widerrueffen

[1]) Raupach, Evangelisches Oesterreich. Hamburg, 1741, 4. I. S. 140.

vnd wolgefallen, Davon gebieten wir den Ersamen weisen vnnser besunder Lieben vnd getrewen N. Burgermeister, Richter, Rate vnd den Burgern gemaingclich in berueter vnser Stadt Wienn gegenwertigen vnd kunfftigen vnd allenn andern vnsern vnderthanen geistlichen vnd welltlichen ernnstlichen vnd wellen, datz Sy die vorgenennten Closterleuth der weissenbrueder Ir Nachkhomben vnd Gotzhawß, bey den obbestimpten Iren Rechten, gnaden Briefen priuilegien vnd allten loblichen Herkhomben, auch dieser vnser Confirmation vnd bestett genczlich beleiben lassen, vnd dawider nicht thuen Noch detz yemandts anderm zethuen gestatten khain weiß, doch nur bis awff vnnser oder vnnser Erben widerrueffen vnd wolgefallen, als oben vormelldt ist, dann beschicht vnnser ernnstliche Maynnugk. Mit vrkhundt dits brieffs mit vnserm anhanngenden Innsigl verferttigt. Geben in vnnser Stadt Wienn am dritten tag des Monats January Nach Cristi vnnsers lieben Herren geburdt fünfftzehenhunderth vnd im Neun vnnd Zwanzigisten vnnser Reichs Im dritten Jaren.

(Archiv des k. k. Finanz-Ministerium.)

Recensionen.

Das Kirchenpatronat nach den Grundsätzen der katholischen und protestantischen Kirche und dem Particularrecht in und außer Deutschland. Von Isidor Kaim. Auch unter dem Titel: Das Kirchenpatronatrecht nach seiner Entstehung, Entwickelung und heutigen Stellung im Staate mit steter Rücksicht auf die ordentliche Collatur. Zweiter Theil. Das Recht. Leipzig, 1866. M. G. Priber. XIV u. 388 S. 8. Pr. 2 Thl. 24 Sgr.

Der erste Theil dieses Werkes ist bereits im Jahre 1845 erschienen. Derselbe enthält die Rechtsgeschichte des Kirchenpatronats. Der vorliegende zweite Theil enthält das Kirchenpatronatsrecht, dargestellt nach dem gemeinen, katholischen und protestantischen Kirchenrecht und dem Particularrecht, insbesondere dem österreichischen, preußischen, sächsischen, bayerischen, württembergischen, badischen, hannoveranischen, hessischen, englischen, russischen, spanischen und italienischen. Derselbe zerfällt in VI Abschnitte und handelt im I. Abschnitt von dem Wesen, der Eintheilung und den Arten des Kirchenpatronats; im II. von der subjectiven Fähigkeit zur Erwerbung und im III. von der wirklichen Erwerbung des Kirchenpatronats, und zwar A. in erster Hand, B. durch Uebertragung; der IV. Abschnitt behandelt die Rechte, der V. die Pflichten des Kirchenpatrons, und der VI. das Erlöschen des Kirchenpatronats.

Schon aus dieser Inhaltsangabe und dem oben angegebenen Umfang des in Rede stehenden Buches ist zu ersehen, daß in demselben eine reiche Fülle von Stoff vorliegt und das Kirchenpatronat nach allen seinen rechtlichen Beziehungen dargestellt ist.

Auch die Form der Darstellung ist, was das gemeine Kirchenrecht anbelangt, sachgemäß, übersichtlich und klar. Hingegen was das Particularrecht betrifft, wäre es nach unserem Dafürhalten zweckmäßiger gewesen, wenn der Verfasser die betreffenden Rechtsbestimmungen, statt dieselben blos äußerlich, nach den einzelnen Ländern, denen sie angehören, nebeneinander zu stellen, systematisch geordnet hätte; er hätte dadurch nicht blos den Ueberblick des particulären Rechts der verschiedenen Länder erleichtert, sondern auch jede Wiederholung von bereits mitgetheilten Bestimmungen vermieden. Den Standpunkt, von dem aus er das Patronatsrecht betrachtet, spricht der Verfasser in dem „Vorwort" (S. XIII) mit folgenden Worten aus: „Alles Patronatsrecht muß gänzlich abgeschafft sein. Diesen Satz, welchen der verewigte Schleiermacher — ausgesprochen hat, unterzeichnet der Verfasser von ganzem Herzen, ohne vor den Schwierigkeiten zurückzuschrecken, welche hinweggeräumt werden müssen, soll dieser Rath zur That und sein eigenes Werk recht bald schätzbares Material werden", nämlich zur Abschaffung des Patronatsrechtes. Ja der Verfasser betrachtete, nach seiner eigenen Aussage (a. a. O.) die Herausgabe dieses zweiten Theils „als Tilgung einer Schuld, welche er vor zwanzig Jahren übernommen, sei es auch nur zur Entgründung des Patronats." Die Gesinnung, welche der Verfasser gegen die katholische Kirche hegt, ist unschwer zu erschließen aus der bloßen Bemerkung, die derselbe (a. a. O.), über den Syllabus macht, indem er sagt: „Die Verpönung aller Vorschläge für das Schwinden des Patronats, wie sie im Syllabus geschehen, dürfte übrigens nicht von ewiger Dauer sein." Wo denn ist im Syllabus so etwas zu lesen? Aus dem Gesagten ergibt sich, daß im vorliegenden Buch eine durchwegs objective und unparteiische Darstellung des Kirchenpatronatsrechtes, namentlich des katholischen, nicht zu suchen sei. Diese Folgerung findet an mehr denn Einer Stelle des Buches ihre Bestätigung. So z. B. wird S. 293 Anm. 1, bei Besprechung des dem Kirchenpatron zustehenden jus precum, der ehedem in der katholischen Kirche üblich gewesene Brauch, die Namen Derer, welche der Kirche Schenkungen gemacht, in Gedenktafeln (Diptycha) anzumerken, hieraus beim Gottesdienste abzulesen und dem frommen Gebet des celebrirenden Priesters und der versammelten Gemeinde zu empfehlen, kurzweg als Unsitte bezeichnet und dessen Ursprung auf das Judenthum zurückgeführt. „Diese Sitte", so spricht der Verfasser darüber sich aus, „wenn sie nicht den Namen Unsitte verdienen sollte, ist offenbar dem Judenthum entlehnt." Wie ganz anders urtheilt darüber der gelehrte Papst Benedict XIV.! Er äußert über diesen Gegenstand sich in der const.: Cum semper oblatas v. 19. Aug. 1744, §. 14 folgendermaßen: Profecto non solum prioribus Ecclesiae saeculis, verum etiam temporibus haud longe a nostra aetate remotis — servabatur — in singulis Ecclesiis series accurata omnium et singulorum, quorum liberalitate unaquaeque aucta fuerat, eorumque nomina sacris Diptychis — ideo consignata erant, ut eorundem recordatio nunquam interiret, utque pro iis tum preces funderentur, tum etiam Missae sacrificium offerretur; quam ob causam etiam praedictus catalogus in plerisque ecclesiis ob oculos presbyteri celebrantis apponi consuevit, licet iidem pii benefactores in suis donationibus nihil penitus pro se pacti essent, sed tantummodo pro peccatorum suorum remissione se bona sua Deo offerre declarassent. Ecclesiarum siquidem praesules preces pro iis imperandas duxerunt, quamvis illi, propria bona offerentes, ne verbum quidem ea de re fecissent." — Ferner macht der Verfasser S. 196 über das österreichische Concordat die Bemerkung, daß „überhaupt dieser Staatsvertrag es im Sinne hatte", das geistliche Patronat ganz der Willkür der Curie und der Bischöfe anheimzugeben. Auf dem Wege vorurtheilsfreier Forschung ist der Verfasser zu diesem Resultat sicher nicht gekommen. Außer diesen und ähnlichen, mehr oder weniger durch den Standpunkt des Verfassers bedingten, finden in dem vorliegenden Buche sich auch noch so manche andere Unrichtigkeiten. So z. B. sagt der Verfasser S. 191, die Bestimmung des Art. 24 des österreichischen Concordats, daß der geistliche Patron von Curatpfründen bei der Präsentation an den Ternavorschlag des Bischofs gebunden ist, sei „ganz nach Vorschrift des Tridentinums." Unsers Wissens kommt im Tridentinum diesfalls von einem Ternavorschlag des Bischofs nichts vor; es wird darin (sess. XXIV de reform. cap. 18) bezüglich der Präsentation für Curatpfründen geistlichen Patronats nur die Bestimmung getroffen, daß, wofern das Recht der canonischen Einsetzung (jus instituendi) dem Bischof, vor welchem die Concursprüfung stattfand, selbst zukommt, der betreffende Patron überhaupt an gar keinen Vorschlag seitens des Bischofs gebunden, vielmehr berechtiget sei, unter den sämmtlichen von dem Synodalexaminatorium approbirten Concurrenten sich den zu Präsentirenden auszuwählen; nur hat er denjenigen zu wählen, welchen er für den Würdigsten hält. Hingegen wenn das Recht der canonischen Einsetzung nicht dem besagten Diöcesanbischof, sondern jemand Anderm zusteht, dann hat nach der gedachten Verordnung des Tridentinums der genannte Diöcesanbischof unter den vom Synodalexaminatorium approbirten Concurrenten den Würdigsten zu bezeichnen, diesen — also nur Einen — sodann dem betreffenden geistlichen Patron zu benennen, dieser aber den ihm in dieser Weise Benannten oder Vorgeschlagenen Demjenigen, der das jus instituendi hat, zu präsentiren. Die besagte Bestimmung des österreichischen Concordats ist also nicht „ganz nach Vorschrift des Tridentinums", sie ist eine Bestimmung des österreichischen Particularrechts. — Ferner S. 201 sagt der Verfasser, daß in Oesterreich bei Pfründen landesherrlichen (landesfürstlichen) Patronats die Präsentation, wenn die Pfründe nicht über 600 Gulden beträgt, von den Landesstellen, sonst aber von den Hofstellen ausgeübt werde. — Seit Anfang dieses Jahrhunderts schon wird in Oesterreich die Präsentation, auch wenn die fragliche Patronatspfründe über 600 Gulden beträgt, wenn sie nur nicht den Betrag von 1050 fl. ö. W. (1000 fl. Conv. Münze) übersteigt, von der betreffenden Landesstelle ausgeübt, wofern selbe nur mit dem Vorschlag des Bischofs insoweit übereinstimmt, daß sie den von diesem primo loco Vorgeschlagenen zu präsentiren entschlossen ist. Helfert (Besetzung, Erledigung und Ledigstehen der Beneficien. Prag 1828 S. 163 ff.) hat dies ebenso umständlich als gründlich dargelegt. Endlich gegen die Ansicht, zu welcher der Verfasser S. 263 f. sich bekennt, nämlich daß „der Religions- und Studienfond seinem Ursprung und seiner Einrichtung gemäß ein reines Staatsinstitut" sei, hat bekanntlich (in der Sitzung des österreichischen Abgeordnetenhauses v. 30. Mai 1862) selbst der Wiener

Advocat v. Mühlfeld, einer der heftigsten Bekämpfer des österr. Concordats, sich erklären zu müssen geglaubt. Ist denn dem Verfasser unbekannt, daß ursprünglich der Studienfond aus dem Vermögen des unter der Kaiserin Maria Theresia aufgehobenen Jesuitenordens, und der Religionsfond aus dem Vermögen der unter Kaiser Joseph II. aufgehobenen Mönchs- und Nonnenklöster, und somit aus Kirchengut, gebildet worden ist? Nach dem allem könnte man denen, die über das Kirchenpatronatsrecht, namentlich vom katholischen Standpunkte aus, sich erst gründlich instruiren wollen, vorliegendes Buch kaum anempfehlen.

Prof. Dr. **Laurin.**

Die Deposition und Degradation nach den Grundsätzen des kirchlichen Rechtes historisch-dogmatisch dargestellt von Dr. F. Kober, o. ö. Professor an der katholisch-theologischen Fakultät in Tübingen. Tübingen, 1867. Verlag der H. Laupp'schen Buchhandlung. VII. und 830 Seiten gr. 8. Preis $3^5/_6$ Thl.

Mit der Veröffentlichung dieses Werkes, welches die kirchlichen Strafen der Deposition und Degradation zum Gegenstande einer einläßlichen Erörterung macht, finden — wie der Herr Verfasser in der Vorrede sagt — seine früheren Publicationen über den Kirchenbann (Tübingen 1857) und die Suspension (ebend. 1862 s. Beurtheilung derselben in dieser „Vierteljahresschrift" 1863, 1. Heft. S. 137 ff.) ihre nothwendige Ergänzung und ihren endlichen Abschluß, so daß jetzt die Gesammtlehre von den Kirchenstrafen in einer neuen, zusammenhängenden, dem gegenwärtigen Standpunkte der Wissenschaft nach Möglichkeit entsprechenden Bearbeitung vorliegt. — Wie der Herr Verfasser seiner Aufgabe entsprochen habe, wird eine gedrängte Uebersicht des Inhaltes dieser umfangreichen Schrift darthun. Im ersten Capitel bespricht der Herr Verfasser (S. 1—129) die Deposition in der ältern Kirche, indem er die Frage: Worin bestand in der ältern Kirche die Absetzung, welches waren ihr Inhalt, Umfang und ihre rechtlichen Wirkungen? auf historischem Wege in einer eben so reiches Wissen als richtige Beurtheilung beurkundenden Darstellung beantwortet, deren Resultat S. 109 in folgender Definition ausgesprochen wird: „Die (totale) Deposition war diejenige Kirchenstrafe, vermöge welcher die Cleriker aller Amts- und Standesrechte, so wie der kirchlichen Einkünfte auf immer verlustig gingen, aus dem Clerikalstande verstoßen und unter die Laien zurückversetzt wurden, ohne jedoch den durch die Ordination empfangenen geistlichen Charakter völlig zu verlieren." Neben dieser vollständigen Deposition findet sich in der ältern Kirche noch eine partielle Absetzung, die geringern Umfang hatte und überall da zur Anwendung kam, wo die Kirche die Verhängung der vollen Strafe nicht für gerechtfertigt hielt, sondern in Anbetracht der gegebenen Verhältnisse Milde und Nachsicht walten lassen wollte. (S. 113.) Als besondere Arten dieser theilweisen Absetzung werden im Folgenden nachgewiesen: 1. Jene, welche über alle Amtshandlungen sich erstreckt und die Ausübung derselben völlig entzog, aber die klerikalen Ehrenrechte unberührt ließ (S. 114—16); 2. jene, kraft deren die Vornahme einzelner Amtsverrichtungen für immer untersagt wurde (S. 116—18); 3. jene, vermöge deren ein strafwürdiger Cleriker um eine oder mehrere Ordinationsstufen zurückversetzt und ihm nur mehr in den untern Weihegraden zu functioniren gestattet wurde (S. 119—25) und 4. jene Strafe, kraft deren verbrecherische Geistliche verurtheilt wurden, die ihnen nach dem Alter ihrer Weihe gebührende und bisher innegehabte Stelle zu verlassen und unter den Mitgliedern ihres Ordo fernerhin den letzten Platz einzunehmen. (S. 126 f.) Endlich wird noch jener Strafe gedacht, die, als eine Art negativer Deposition, dem Schuldigen die Hoffnung benahm, jemals in einen höhern Orden aufzusteigen. (S. 128 f.) Im zweiten Capitel (S. 130—178) wird von der Deposition und Degradation in der späteren Zeit gehandelt. Bis gegen Ende des 12. Jahrh. wurden die Ausdrücke Depositio und Degradatio durchaus als Synonyma gebraucht, und bezeichneten eine und dieselbe Strafe nach dem bisher vom Verfasser dargelegten Inhalt und Umfang. Von da an aber machte sich ein wesentlicher und noch heute bestehender Unterschied geltend, indem die Deposition im Sinne des bisherigen Sprachgebrauchs die gewöhnliche Absetzung bezeichnete, während das Wort Degradation als technischer Ausdruck für eine weitergehende und viel schwerere Strafe gebraucht wurde. Zum Zwecke eines genaueren Verständnisses und im Interesse der späteren Darlegung des jetzt geltenden Rechtes setzt der Verfasser die geschichtlichen Verhältnisse, welche in ihrer allmählichen Entwickelung diese Aenderung herbeiführten, näher auseinander, indem er (S. 131—42) zeigt, daß die kirchlichen, durch Verletzung der Canones und der kirchlichen Disciplin gegen ihre Standes- und Amtspflichten begangenen Delicte der Geistlichen nach dem römischen Rechte von kirchlichen, die bürgerlichen Vergehen und Verbrechen derselben aber, deren sie sich durch Uebertretung der allgemeinen, jeden Bürger verpflichtenden Gesetze des Staates schuldig gemacht hatten, von dem weltlichen Richter gestraft wurden. — Aber in den germanischen Staaten trat eine wesentliche Aenderung ein. Das dem deutschen Charakter innewohnende tiefreligiöse Gefühl und die Ehrfurcht vor der Priesterwürde, die schlechte Beschaffenheit der weltlichen Rechtspflege, die Unwissenheit und Bestechlichkeit der Richter, insbesondere die gesetzlichen Beweismittel der Gottesurtheile und namentlich des Zweikampfes in der germanischen Gerichtsverfassung erscheinen als die Ursachen, welche in der Kirche das Bestreben wachriefen, ihre Diener den weltlichen Gerichten zu entziehen. Diese gegen das Forum der Laienrichter einmal angeregte Bewegung nahm ihren ungestörten Verlauf und endigte, getragen von den Anschauungen der damaligen Zeit und durch die wohlwollende Gesinnung der Herrscher begünstigt, unter Carl d. G. mit dem vollständigen Siege der kirchlichen Bestrebungen. In dem Capitular desselben vom J. 789 c. 38, von Frankfurt 794 c. 39 und der Longobarden 803 c. 12 wurden die Geistlichen in allen Civil- und Criminalsachen von den weltlichen Gerichten eximirt und ausschließlich der Jurisdiction des Bischofs unterworfen (S. 142—46). Allein die weite Ausdehnung und straffe Anwendung des privilegium fori äußerte auf die bürgerliche Gesellschaft nachtheilige Wirkungen, und gerade Geistliche machten sich der schwersten Verbrechen schuldig. Daher machte sich auch innerhalb der Laienwelt gegen den befreiten Gerichtsstand der Geistlichen eine immer steigende Opposition geltend, welche die Forderung stellte, daß die dem Clerus angehörigen Verbrecher nach der von der Kirche vollzogenen Absetzung dem weltlichen Gerichte zur weitern Strafe ausgeliefert werden, und daß man, wo dieser Forderung nicht Genüge geschah, factisch vorging. So sehr die Kirche gegenüber diesen Bestrebungen die in Rede stehende Freiheit des Klerus — bei dem Fortbestande der Gründe, welche ursprünglich den befreiten Gerichtsstand hervorgerufen hatten — vertheidigte, konnte doch die gegen denselben einmal in Fluß gerathene Bewegung nicht mehr zum Stillstande gebracht werden. Die höchste kirchliche Autorität mußte auf Mittel bedacht sein, den Widerstreit zwischen dem kirchlichen und weltlichen Forum principiell durch eine allgemein gültige Aenderung der bisherigen Disciplin zu versöhnen. Dies geschah durch die Decretale Lucius III. Ab abolendam (c. 9. de haereticis 5, 7), Cölestin III. Cum non ab homine (c. 10. de judiciis 2, 1) und Innocenz III. Ad falsariorum (c. 7. de crimine falsi 5, 20), kraft deren verbrecherische Geistliche der Deposition verfallen, bei hartnäckiger Unverbesserlichkeit aber überdies degradirt, d. h. der clericalen Standesrechte völlig beraubt und als Laien sofort dem weltlichen Arme ausgeliefert werden sollen, um die bürgerliche Strafe zu empfangen. Vgl. Benedicti XIV. de synoda dioecesana l. IX. c. 6. n. 3. Nachdem der Verfasser das Gesagte (S. 156 ff.) dargelegt, bemerkt er S. 159: „Von jetzt an fixirte sich der Unterschied beider Strafen auch im äußern Sprachgebrauch: jene hieß Depositio, diese Degradatio — und wie sich diese Bezeichnungsweise bis auf unsere Zeiten erhalten hat, so blieb eben auch der angeführte Inhalt und Umfang beider Strafformen unverändert." — Obschon aber die kirchliche Autorität durch die genannte Aenderung in ihrer Strafdisciplin den Forderungen der bürgerlichen Gesellschaft Genüge geleistet zu haben meinte, entsprach doch der Erfolg den gehegten Erwartungen nicht. Denn — schreibt der Verfasser S. 165 ff. — schon durch das Gesetz waren der thatsächlichen Anwendung des neuen Princips sehr enge Grenzen gezogen, denn nur für einige speciell genannte Verbrechen war die Degradation und sofortige Uebergabe an den weltlichen Arm direct vorgeschrieben, in allen übrigen Fällen entschied das c. 10. de judiciis, d. h. der kirchliche Richter hatte zuerst die Absetzung, bei andauernder Unverbesserlichkeit die Excommunication, bei weiterer Widersetzlichkeit das Anathem auszusprechen, und erst wenn alle diese Strafen erfolglos geblieben waren, konnte er den Verbrecher dem bürgerlichen Gerichte überlassen. Daß die Bischöfe von dieser Befugniß nur selten Gebrauch machten, und auf die Immunität der Kleriker größeres Gewicht legten, als den Interessen der Kirche wie des Staates förderlich war, läßt sich nicht in Abrede stellen. Sie mochten sich dazu veranlaßt sehen durch die Gründe, welche das forum privilegiatum ins Leben gerufen hatten und der Hauptsache nach immer noch fortbestanden — durch die Befürchtung, es möchten die an den weltlichen Richter ausgelieferten Kleriker von demselben ungeziemend oder ungerecht behandelt werden, so wie durch das Bedenken, der Bischof könnte in Folge der Auslieferung an der nachfolgenden Todesstrafe doch in einem gewissen Grade activ theilnehmen und der Irregularität verfallen. Dazu kam der weitere Umstand, daß man kirchlicherseits damals allgemein der Anschauung war, das privilegium fori sei im göttlichen Rechte begründet, und endlich verlangte das Gesetz, daß bei der Degradation eines Bischofs 12, eines Priesters 6, eines Diakons 3 Bischöfe anwesend seien, was überall nur mit großen Mühen und Kosten, in den ausgedehnten Diöcesen Deutschlands aber geradezu unmöglich zu bewerkstelligen war. Daher erklärten die deutschen Fürsten auf dem Reichstage zu Nürnberg 1522: es sei ein Gebot der Nothwendigkeit wie der Billigkeit, daß die Immunität der Kleriker gänzlich aufgehoben werde und dieselben mit den Laien das gleiche Recht und den gleichen Richter haben. Aber das Concil von Trient ging auf diese Forderung nicht ein, und suchte den aus der Exemtion der Geistlichen hervorgegangenen Mißbräuchen dadurch zu steuern, daß es (Sess. XXIII. c. 6. de Ref.) das privilegium fori betreffs der Minoristen beschränkte, und um die Vollstreckung der Degradation zu erleichtern, erklärte (Sess. XIII. c. 4. de Ref.), es solle dem Bischofe erlaubt sein, entweder selbst oder durch seinen Generalvicar zur Degradation auch ohne die von den Canones geforderte Anzahl von Bischöfen zu schreiten. Aber wie schon früher, besonders in Frankreich, auf dem Wege des Gewohnheitsrechtes die Praxis sich gebildet hatte, daß bei den schwersten bürgerlichen Verbrechen der weltliche Richter selbstständig einschritt, die Untersuchung allein führte und unabhängig die Strafe bestimmte, jedoch vor Vollstreckung derselben den Verurtheilten zum Zwecke der kirchlichen Degradation dem Bischofe auszuliefern hatte, so fiel gegen Ende des 16. Jahrhunderts auch das Letztere hinweg, und die weltlichen Gerichte fingen an, selbst die Todesstrafe an Geistlichen zu vollstrecken, ohne daß sie um die Degradation des Verurtheilten nachgesucht hätten. Motivirt wurde diese Praxis mit dem Satze, daß Kleriker, die ein der Degradation würdiges Verbrechen begangen haben, sich dadurch selbst degradirt haben; und diese Anschauung hat im Laufe der Zeit bei dem völlig veränderten Verhältniß von Kirche und Staat allgemein die Oberhand gewonnen und ist jetzt überall in Uebung. Wie der befreite Gerichtsstand der Geistlichen in allen Staaten aufgehoben wurde, so ist auch die vorausgehende Degradation nirgends mehr die Bedingung für den Vollzug der gesetzlichen Strafe. Darum hat auch der h. Stuhl diese Praxis in den neueren Concordaten (Oesterr. Art. XIII. und XIV.) anerkannt und nur gefordert, daß die weltlichen Gerichte dem Bischofe die

Untersuchungsacten zustellen und ihm möglich machen, den Schuldigen insoweit zu verhören, als nothwendig ist, um über die zu verhängende Kirchenstrafe entscheiden zu können. Zum Schlusse dieses Capitels wirft der Verfasser S. 175 ff. noch einen Blick auf das bezügliche Recht der protestantischen Confessionen, welche die katholischen Institutionen des befreiten Gerichtsstandes und der Degradation der Geistlichen, so sehr sich dieselben im Lichte der Grundsätze, welche die Reformatoren über Priesterthum und Ordination aufstellten, als Inconsequenzen erwiesen, dennoch beibehielten, bis die neuern Staatsgesetzgebungen auch hier dem befreiten Gerichtsstande ein Ende machten; dennoch aber haben die Consistorien heute noch das Recht, vor Vollstreckung einer peinlichen Strafe an verurtheilten Geistlichen die Degradation, deren Form eine Nachahmung des katholischen Ritus ist, vorzunehmen. Im dritten Capitel behandelt der Verfasser Seite 178—286 die Deposition und Degradation nach dem jetzt geltenden Rechte, und stellt, ehe er einzeln und besonders von der einen und andern handelt, bei den verschiedenen Ansichten der ältern und neuern Canonisten über das Wesen der degradatio verbalis und actualis s. realis, indem eine nicht geringe Zahl derselben die degradatio verbalis mit der einfachen Deposition nach ihren rechtlichen Wirkungen auf gleiche Stufe stellt, während Andere behaupten, sie entziehe bereits die Privilegien des geistlichen Standes und finde in der degradatio actualis nur ihre formelle und äußere Vollstreckung — den Unterschied zwischen den zwei Acten der Degradation (S. 183) dahin fest: durch die degradatio verbalis werde über den geistlichen Verbrecher das Urtheil ausgesprochen, daß er die förmliche Degradation verdiene, und diese an ihm zu vollstrecken sei, während die Vollstreckung selbst die factische Entziehung der clericalen Privilegien und die Auslieferung an das weltliche Forum in der degradatio actualis unmittelbar nachfolgt. Hiemit hat der Verfasser unstreitig das Richtige getroffen (s. mein Handbuch des österr. Kirchenrechtes II. Bd. S. 937, welches der Herr Verfasser in auffallender Weise gänzlich ignorirt), hat aber bei seiner Erörterung dem Pabste Benedict XIV., welcher de synodo dioecesana l. IX. c. 6. n. 3. 4. den Rechtsbegriff der zweifachen degradatio vollkommen treffend darlegt, offenbar (S. 181 f.) Unrecht gethan, indem er denselben an die Spitze jener Canonisten stellt, welche behaupten, die degradatio verbalis entziehe bereits die Privilegien des geistlichen Standes; denn der gelehrte Pabst schreibt dort ausdrücklich: Ante degradationem tamen realem et actualem retinet privilegium canonis, ita ut injiciens violentas manus in Clericum, solum verbaliter degradatum, et nondum actu traditum curiae saeculari, incidat in excommunicationem Can. si quis suadente. — Darauf wird unter §. 1. im Besondern von der Deposition gehandelt S. 184—213, und die depositio totalis wird, wie der Verfasser sagt, wenn sie in ihrem vollen Umfange zur Anwendung kommt, als „die durchgängige und immerwährende Entziehung der Rechte des Ordo, der Würde und des Amtes, verbunden mit dem Verluste der Pfründe und mit der Unfähigkeit, je wieder im Kirchendienste thätig zu sein“ definirt, und die Rechtswirkungen dieser Entziehung betreffs der Weihe, des Amtes, der Auszeichnungen und Ehrenrechte (S. 184—98) werden eben so vollständig als richtig dargelegt, so wie ingleichen (S. 205—13) das Wesen einer depositio latae sententiae erörtert, und das Resultat dieser Erörterung S. 211 mit den Worten ausgesprochen, daß diese Form der Absetzung nicht sogleich mit der Verübung des Verbrechens Platz greife und sich selbst vollstrecke, sondern daß der Eintritt derselben eine förmliche Untersuchung, die Citation und Vernehmung des Schuldigen und das richterliche Erkenntniß erfordere, das Verbrechen sei wirklich begangen worden und demgemäß die auf dasselbe gesetzte Strafe in Vollzug zu setzen; daß diese sententia declaratoria aber bis zu dem Momente zurückwirke, in welchem das Verbrechen verübt wurde, und das ganze Verhältniß so anzusehen sei, als ob die Strafe schon damals in voller Kraft bestanden hätte. — Von der totalen Absetzung ist die partielle Deposition zu unterscheiden, welche, je nachdem sie nur einzelne dem Geistlichen kraft seines Standes und Amtes zukommende Rechte entzieht, sich bald als depositio ab altaris ministerio, oder ab officio sacerdotali, bald als depositio ab administratione oder ab officio eccl., bald als bloße depositio a beneficio sich darstellt, und nach der Rechtsregel „odia restringi convenit“ und „in poenis benignior est interpretatio facienda“ (De regulis juris in VI. Reg. 1. und 49) aufs Strengste zu interpretiren ist (S. 214—16). Zum Schlusse seiner Erörterung faßt der Verfasser (S. 216 f.) das Resultat derselben in der Definition zusammen: die Depositio simplex (da der Beisatz simplex nur die Absetzung allein, ohne die mit derselben nach dem ältern Rechte verbundene Degradation andeutet, so verlangt die wissenschaftliche Schärfe, daß hier noch das „totalis“ beigefügt worden wäre) erscheint nach den Bestimmungen des jetzt geltenden Rechtes als diejenige Kirchenstrafe, vermöge welcher die Cleriker aller Amts- und Ehrenrechte, so wie der Beneficien und der Fähigkeit, andere zu erwerben, auf immer verlustig gehen, aus dem geistlichen Stande verstoßen und den Laien gleichgestellt werden, ohne jedoch die in der Ordination empfangene innere Befähigung zu verlieren und der mit der Weihe verbundenen Verpflichtungen enthoben zu werden. Hiebei müssen wir uns erlauben, den Herrn Verfasser aufmerksam zu machen, daß ihm bei Ziehung dieses Resultates seiner Erörterung über die Depositio etwas Menschliches begegnet sei, indem er sich mit dieser Definition der depositio simplex et quidem totalis in offenbaren Widerspruch mit der von ihm S. 184 gegebenen ganz richtigen Begriffsbestimmung setzt (s. oben S. 662); denn wenn man in den Umfang der Depositio auch die Rechtsbestimmung aufnimmt, daß durch dieselbe verbrecherische Geistliche aus dem geistlichen Stande verstoßen und den Laien gleichgestellt werden, so definirt man damit nicht die depositio simplex nach den Bestimmungen des jetzt geltenden Rechtes, sondern die depositio des ältern Rechtes, wie der Herr Verfasser dieß ja sehr gründlich im 2. und 3. Capitel seines Werkes dargelegt hat. Die Verstoßung verbrecherischer Geistlichen aus dem geistlichen Stande und die

Gleichstellung derselben mit den Laien ist ja nach dem neuern, noch jetzt geltendem Rechte die Wirkung der Degradatio, indem diese erst dieselben der Vorrechte des geistlichen Standes beraubt und der weltlichen Gerichtsbarkeit unterstellt. Wie kann man aber von einem Geistlichen sagen, „er sei durch die einfache Deposition aus dem geistlichen Stande verstoßen und den Laien gleichgestellt worden", und andererseits von demselben Geistlichen behaupten (S. 217), die einfache Deposition entziehe ihm die Privilegien des geistlichen Standes nicht, vielmehr bleibe er der kirchlichen Gerichtsbarkeit immer noch unterworfen und vom Forum des weltlichen Richters exemt? Ist dies nicht ein offenbarer Widerspruch in terminis? Von einem Kleriker, der als solcher noch der Vorrechte des geistlichen Standes genießt und der Laienjurisdiction nicht unterworfen ist, kann man doch in Wahrheit nicht sagen, er sei vom Rechte aus dem geistlichen Stande verstoßen und den Laien gleichgestellt worden. Es gilt daher die von Pabst Benedict XIV. de synodo l. IX. c. 6. n. 3. gegebene Bestimmung: „Differentia inter simplicem depositionem et degradationem in hoc sita est, ut scilicit per simplicem depositionem Clericus perpetuo quidem removeatur aut a suscepti ordinis exercitio, aut ab officio, et ecclesiasticae jurisdictionis usu, aut beneficio, aut denique ab ordine simul, officio et beneficio; non tamen spolietur privilegio canonis et fori, sed remaneat subjectus foro ecclesiastico, neque ulla ratione subjiciatur jurisdictioni laicali." — Darauf bespricht der Verfasser im Besondern die Degradatio, und weil dieselbe sich in zwei Handlungen als degradatio verbalis und actualis vollzieht, im §. 2. (S. 217—32) die Degradatio verbalis, worunter die Fällung des richterlichen Urtheils, daß der geistliche Verbrecher die Strafe der Degradation verdiene und daß letztere an ihm zu vollstrecken sei, verstanden wird. Die sich von selbst und zunächst aus dieser wesenhaften Begriffsbestimmung ergebende Folgerung spricht der Verfasser mit den Worten aus: „Wenn demgemäß der Zweck des Actes lediglich auf die Hervorbringung einer materiell gerechten und formell gültigen Sentenz gerichtet ist, so folgt von selbst, daß die einzige, aber absolut unerläßliche Aufgabe der dabei thätigen Personen in der genauen und gewissenhaften Einhaltung aller gesetzlichen Normen des kirchlichen Strafprocesses bestehe." Unseres Erachtens wäre es nun hier am Platze und der Mühe werth gewesen, wenn der Verfasser diese Strafproceßnormen wenigstens nach ihren wesentlichen Momenten (s. mein Handbuch des österr. Kirchenrechtes II. Bd. S. 960—69) dargelegt und sich nicht begnügt hätte, diese Darlegung mit den zwei Zeilen abzuthun, „daß der Geklagte vorgeladen, vernommen und ihm nach Abschluß des gerichtlichen Beweisverfahrens alle Mittel der Selbstvertheidigung geboten werden." Wir können dies Verlangen nach einer eingänglichen Darstellung des kirchlichen Strafprocesses um so weniger unterdrücken, als in den Monographien des Herrn Prof. Dr. Kober über den „Kirchenbann" und die „Suspension der Kirchendiener" von denselben Umgang genommen ist, und es auch nach den betreffenden Schriften von Molitor und Feßler (nebst denen in der Note 1. S. 221 doch auch München, das kanonische Gerichtsverfahren und Strafrecht 2. Bd. Köln und Neuß. 1865 und 1866 hätte genannt zu werden verdient) immer noch ein nicht geringes Verdienst gewesen wäre, das kirchliche Strafverfahren nach seinen wesentlichen Momenten darzustellen. Statt dessen liefert der Verfasser den historischen Nachweis der Thatsache, daß die Kirche zu allen Zeiten eine genau ausgebildete Proceßordnung hatte, und daß kein Cleriker ohne Beobachtung derselben von seiner Stelle entfernt werden konnte, und eine Erörterung der Frage, ob zur Gültigkeit der Degradationssentenz Einstimmigkeit erfordert werde oder ein bloßer Majoritätsbeschluß hinreichend sei (S. 226—230), aus welcher sich ergibt, daß bei Verhängung der degradatio verbalis die gewöhnliche Majorität der Stimmen ausreichend sei. — Im §. 3. S. 232—86 wird die degradatio actualis besprochen, als die Handlung, in welcher das in der degradatio verbalis gefällte Urtheil vollstreckt, d. h. der schuldige Geistliche, der mittelst der Ordination empfangenen Gnaden und Vollmachten durch einen feierlichen, der Weihe entsprechenden, aber zu derselben im umgekehrten Verhältnisse stehenden Act, so weit dies geschehen kann, entkleidet, gleichsam auch innerlich aus dem Clerus verstoßen und als nunmehriger „Laie" dem weltlichen Richter überliefert wird." — Die von uns in dieser Begriffsbestimmung hervorgehobenen Worte „Gnaden" und „innerlich" halten wir für nicht gerechtfertigt im Hinblick auf den Charakter der actuellen Degradation, die als eine rein symbolische Handlung die durch die Weihe ertheilten Gnaden schlechthin nicht entziehen, noch den Schuldigen innerlich der clericalen Würde berauben kann, wie ja der Verfasser S. 284 ausdrücklich mit den Worten anerkennt: „Gleichwohl vermag die Degradation die Wirkungen der Weihe nicht gänzlich zu verwischen, die durch die Ordination erlangte innere Befähigung nicht zu entziehen und den Bestraften auch innerlich zum bloßen Laien herabzudrücken, er bleibt vielmehr auch nach der Degradation ein Geweihter, die Gnaden der Ordination sind potentialiter noch alle vorhanden, sie inhäriren der Seele unauslöschlich, denn das Sacrament verleiht einen character indelebilis." — S. 234—45 wird aus dem Pontificale Rom. der bei Vornahme der degradatio actualis zu beobachtende Ritus durch alle ordines einschließlich der ersten Tonsur mitgetheilt. Dieser Ritus schließt mit der von dem Degradator an den der Entweihung beiwohnenden weltlichen Richter zu stellenden Bitte: ut amore Dei, pietatis et misericordiae intuitu et nostrorum interventu precaminum miserrimo huic nullum mortis vel mutilationis periculum inferatis.

Indem hierauf der Verfasser S. 250—70 den Sinn und die Bedeutung dieser öffentlichen Fürsprache näher darlegt, geht er auf die ältere Disciplin der Kirche zurück und hebt aus derselben einige über die Sache das nöthige Licht verbreitende Momente hervor. Entsprechend der Forderung des natürlichen Gefühls und religiösen Bewußtseins, daß die Priester in unmittelbarem Verkehre mit dem höchsten Wesen stehend von Blutschuld frei seien, hat die Kirche von den frühesten Zeiten den Clerikern nicht nur ausdrücklich verboten, an irgend einem Blutgerichte oder Todesurtheil direct oder indirect sich zu betheiligen, sondern auch die Zuwiderhandelnden für unfähig erklärt, den Altardienst ferner zu verrichten. Aber die Kirche blieb bei diesem Verbote nicht stehen, sondern sie suchte auch gegenüber den Todesurtheilen, welche von den weltlichen Fürsten und Richtern gefällt wurden, dieselben möglichst zu vermindern oder ganz zu beseitigen, nicht in der Absicht, den Verbrechern Straflosigkeit zu sichern, sondern um ihre Seele zu retten. Auf diesem echtchristlichen Gedanken beruhen die Fürbitten, welche die Bischöfe der frühern Zeiten für die zum Tode Verurtheilten bei den weltlichen Machthabern so häufig einlegten, so wie die im Ritus der Degradation enthaltene Vorschrift, daß der Bischof bei Auslieferung des Degradirten den Richter um Nachlaß der Todesstrafe und Verstümmelung zu bitten habe. — Am Schlusse der Erörterung über die degrad. actualis bemerkt der Verfasser S. 284 f.: „So lange die vom weltlichen Richter über den Degradirten verhängte Strafe nicht vollstreckt ist, kann sowohl der Verurtheilte als auch im Namen desselben jeder Dritte gegen die Sentenz Berufung einlegen, und die für Entgegennahme einer solchen Appellation conpetente Behörde ist das Metropolitangericht oder unmittelbar der hl. Stuhl: erweist sich das gefällte Urtheil als ungerecht oder ungiltig, so ist der Degradirte in seine frühere Stellung zurückzuversetzen. In gleicher Weise hat der Papst vermöge der ihm inwohnenden plenitudo potestatis das Recht, eine an sich giltige, a b e r n o c h n i c h t v o l l s t r e c k t e S e n t e n z aufzuheben, und in Folge dieser Gnadenbezeigung ist ebenfalls die Zurückversetzung in den vorigen Stand zu bewerkstelligen.“ In den von uns hervorgehobenen Worten liegt offenbar ein Verstoß; denn die von dem Verfasser für seine Behauptung angeführten Worte des Pontif. Rom. „p o s t t a l e m d e g r a d a t i o n e m j u s t e e t r i t e f a c t a m solus Rom. Pontifex cum tali dispensat“ sagen ganz deutlich, der Papst allein könne einen Degradirten, a n d e m d i e D e g r a d a t i o n g e r e c h t e r u n d g i l t i g e r W e i s e v o l l z o g e n w u r d e, dispensiren, d. h. ihm das entzogene Recht der Ausübung seiner Weihe und die Privilegien des geistlichen Standes zurückgeben. Die Restitution eines Degradirten wird vom Bischofe durch öffentliche und feierliche Zurückgabe der Weihe- und Amtsinsignien an denselben vollzogen — nach Vorschrift des Pontif. Rom. „non solum verbo, sed etiam facto secundum ea quae praemissa sunt, dispensatio et restitutio fiat et insignia sibi detracta seriatim, sigillatim et solemniter ei coram altari restituantur. Das v i e r t e C a p i t e l handelt v o n d e n P e r s o n e n, w e l c h e n d a s R e c h t d e r A b s e t z u n g z u s t e h t, und zwar §. 1 ü b e r d i e C l e r i k e r d e r D i ö c e s e (S. 280—340). Den Satz, der an der Spitze steht, „das Recht, über die Cleriker der Diöcese die Amtsentsetzung auszusprechen, stand seit den Uranfängen der Kirche d e n B i s c h ö f e n zu und wurde von denselben zu allen Zeiten factisch geübt“, begründet der Verfasser durch den Nachweis (S. 286—97), daß der Herr das kirchliche Strafrecht über Laien und Cleriker ausschließlich in die Hände der Apostel niedergelegt habe, und daß dieses ausschließliche Recht auf die Bischöfe als Nachfolger der Apostel übergegangen sei; daß dieses Recht der Amtsentsetzung (S. 297—300) aus dem wesentlichen Rechte des Episcopates zu ordiniren resultire, indem rechtlich nur

Derjenige nehmen kann, der ursprünglich gegeben hat, und daß diesem bischöflichen Rechte (S. 300—302) durch die Mitwirkung des Clerus und Volkes bei Aufstellung der Kirchendiener kein Abbruch geschehen konnte, indem, da diese Mitwirkung nicht entscheidend war, auch bei der Absetzung dem Clerus und Volke kein entscheidender Einfluß zukam. Dennoch aber bedienten sich die Bischöfe bei Zumessung der genannten Strafe des Rathes von Männern, die ihnen nahe standen, des Presbyteriums (S. 303 f.); weil dies aber von ihrem freien Willen abhing, so wurden im Abendlande auf dem Wege der Gesetzgebung der persönlichen Leidenschaft und den aus derselben entspringenden Ungerechtigkeiten die nöthigen Schranken gezogen, um zu verhüten, daß der einzelne Bischof bei Bestrafung seiner Cleriker den Eingebungen der Laune und Willkür folge (S. 305—10). Das Decretalenrecht aber bestimmte c. 1 de excess. prael. 5, 31: der Bischof solle, damit Mißgriffe und Ungerechtigkeiten möglichst verhütet werden, die Untersuchung und Fällung der Sentenz „non sine judicio Capituli" vornehmen, was offenbar mehr besagt, als in Gegenwart seines Capitels, wie der Verfasser S. 311 angibt. Aber auch diese Art des strafrechtlichen Vorschreitens vermochte sich niemals praktische Geltung zu verschaffen, oder sie kam, falls sie je eingeführt worden war, allmälig wieder außer Uebung und zwar Beides wegen der äußeren Stellung und inneren Beschaffenheit der Capitel (S. 313), so daß diese dem geschriebenen Rechte entgegengesetzte Gewohnheit schon c. 3 de consuet. in VI. (1, 4) als zu Recht bestehend anerkannt wurde (S. 315). Darum nahm auch die Gesetzgebung des Tridentinums an diesen Verhältnissen keine Aenderung vor, und verwies namentlich die Untersuchung und Aburtheilung der Vergehen, bei welchen es sich um Deposition handelt, vor das Forum des Bischofs Sess. XIV. c. 6. XXV. c. 14. de Ref., so daß die Deposition über die Cleriker der Diöcese zu verhängen ausschließlich in die Hand des Bischofs gelegt und es lediglich seinem Ermessen anheimgestellt ist, ob er als Einzelrichter vorgehen oder sich Mitrichter mit berathender oder entscheidender Stimme beigesellen wolle, und ob er in eigener Person oder durch seinen Generalvicar kraft eines speciellen Mandats dieses Strafrecht ausüben wolle; sede vacante aber geht dieses bischöfliche Recht an das Capitel, beziehungsweise an den Capitularvicar über (S. 315—19). Mit den Bischöfen stehen in Anbetracht dieses Rechtes die praelati nullius dioecesis auf gleicher Linie (S. 321—23), und das Absetzungsrecht des Bischofs erstreckt sich über alle Geistliche der Diöcese, die Glieder des Capitels nicht ausgenommen, Conc. Trid. Sess. XXV. c. 6 de Ref. Der Papst hat das Depositionsrecht über die Geistlichen aller Diöcesen; betreffs der Cardinäle vindicirt der Verfasser denselben eine jurisdictio quasiepiscopalis an den Kirchen ihrer Titel und daraus das Recht die an denselben angestellten Geistlichen abzusetzen, wogegen ich mir zu bemerken erlaube, daß der Const. Religiosa Sixti V. a. 1587 durch die Constitution P. Innocenz XII. Rom. Pontifex vom 3. September 1692 derogirt wurde, und die Jurisdiction der Titularcardinäle sich nur betreffs der an ihren Kirchen angestellten Geistlichen auf die disciplina und morum correctio erstrecke (s. m.

Handbuch des österr. Kirchenr. I. Bd. 1. Abth. S. 201). -- Hierauf zeigt der Verfasser S. 325—31, daß die Deposition nicht vom Staate oder einer politischen Behörde ausgehen könne. So sehr wir im Grundsatze hiemit einverstanden sind, hätte doch auch der Erwägung Raum gegeben werden sollen, daß Geistliche, welche sich infamirender Verbrechen schuldig machen, der Irregularität verfallen, und der Staatsgewalt es doch nicht gleichgiltig sein kann, daß solche verbrecherische Geistliche, die selbst das canonische Recht als „infames" erklärt, in ihren kirchlichen Aemtern bleiben. Darum verordnet das österreichische Strafgesetz vom 27. Mai 1852 (welches Herr Dr. Kober gar nicht zu kennen scheint, da er immer nur das außer Geltung gesetzte Strafgesetz vom J. 1803 berücksichtigt) §. 26. „Mit jeder Verurtheilung wegen eines Verbrechens sind kraft des Gesetzes folgende Wirkungen verbunden: c) bei Geistlichen die Entsetzung von der Pfründe und die Unfähigkeit, ohne ausdrückliche Bewilligung des Kaisers je wieder eine solche zu erlangen" (s. m. Handb. des österr. Kirchenr. I. Bd. 2. Abth. S. 32 f.). In Folge dieser strafrechtlichen Bestimmung ist es eben an den Bischöfen Oesterreichs, auf Absetzung zu erkennen, wenn Geistliche wegen Verbrechen, auch solche, welche die Religion betreffen, wider welche die Strafgesetze des Kaiserthums gerichtet sind, vor das weltliche Gericht gestellt werden, und das wider einen Geistlichen gefällte Urtheil auf Tod oder auf Kerker von mehr als fünf Jahren lautet (Concordat Art. XIV, Note Ecclesia catholica s. X. mein Handb. d. österr. Kirchenr. II. Bd. S. 936 f.). — Die einfache Deposition kann, lehrt der Verfasser S. 331—37. von dem competenten kirchlichen Obern nur mittelst einer richterlichen Sentenz ausgesprochen werden, eben so die degradatio verbalis als ein Act der Jurisdiction nur vom Ordinarius des Straffälligen, dessen speciell dazu delegirten Generalvicar und sede vacante vom Capitel oder Capitularvicar, so wie von jedem Dritten, den Bischof oder Capitel dazu bevollmächtigt hat; dagegen kann die degradatio actualis, als ein Act des bischöflichen Ordo, nur von dem consecrirten Bischofe giltig vollzogen werden, und zwar jure proprio von dem consecrirten Ordinarius des zu Degradirenden, oder jure demandato des eigenen Bischofs von jedem andern consecrirten Bischof. Der Herr Verfasser bemerkt hiezu S. 336: „ein einfacher Presbyter kann mit einem solchen Mandate nicht betraut werden, obgleich er — nach der richtigeren Meinung — mit dem Bischofe einen und denselben Ordo hat." Diese Meinung, welche Herr Dr. Kober für die richtigere hält, muß ich mir schon erlauben als den Irrthum des Aërius zu bezeichnen, in welchen zurückzufallen von Seite eines hervorragenden Theologen und Canonisten unserer Tage gegenüber den Bestimmungen des Conc. Trid. Sess. XXIII. cap. 4 et can. 7 de Sacramento Ordinis ich für unmöglich gehalten hätte (vergl. Phillips Kirchenrecht. I. Bd. Regensb. 1845. S. 305 ff. und mein Handb. d. österr. Kirchenr. I. Bd. 1. Abth. S. 108 ff.). Hierauf wird §. 2 S. 340—79 von der Absetzung der Aebte gehandelt, indem gezeigt wird, wie die Klöster unter bischöfliche Jurisdiction kamen, und die Unterordnung derselben unter die Gerichtsbarkeit des Bischofs, in welcher die Befugniß, nöthigenfalls auch über die Klostervorsteher die Absetzung auszusprechen, enthalten ist, auch gemeinrechtliche Anerkennung fand, und zwar mit der Bestimmung, daß bei Absetzung der Aebte der Bischof nicht an die strengen Formen des canonischen Strafprocesses gebunden ist, sondern summarisch verfahren soll. Seit aber die Orden der bischöflichen Jurisdiction entzogen und dem hl. Stuhle unmittelbar unterstellt wurden, konnte und kann, wo diese Exemtion heute noch besteht, die Absetzung der Aebte nur vom Papste ausgehen. — Von S. 379—487 handelt §. 3 von der Absetzung der Bischöfe, welche principiell nur dem Papste zusteht, die aber, weil die persönliche Ausübung dieses Rechtes sich als eine Unmöglichkeit erwies, von den auf einer Provincialsynode versammelten Bischöfen gehandhabt wurde. Es wird dann des Breiteren auseinandergesetzt, wie im Laufe der Zeit dieses Recht sich gestaltete, mit besonderer Rücksicht auf die hiebei eine große Rolle spielenden Beschlüsse von Sardika und den anfänglichen Widerspruch der orientalischen und afrikanischen Kirche gegen denselben, welche alsbald in allen Theilen der abendländischen Kirche bereitwillige Aufnahme und gesetzliche Giltigkeit erlangt hatten. In dem Maße aber, in welchem das Ansehen der Provincialconcilien im Laufe der Zeit sank, ging von ihnen die Ausübung des päpstlichen Rechtes der Strafgewalt über die Bischöfe nicht nur in letzter, sondern auch in erster Instanz wieder an den päpstlichen Stuhl zurück, so daß die Deposition der Bischöfe von da an als ein dem Papste reservirtes Recht sowohl in den Decretalen (c. 2 de transl. episc. 1, 7) als vom Concil zu Trient (Sess. XIII. c. 8. Sess. XXIV. c. 5. de Ref.) erklärt wird. Zum Schlusse werden diese tridentinischen Rechtsbestimmungen, mit denen die mehr als tausendjährige Entwicklung der judicia episcoporum ihren Abschluß gefunden und die noch heute geltendes Recht sind, S. 467 ff. aus einander gesetzt. — Im §. 4 S. 487—523 wird die Absetzung der Metropoliten und Patriarchen dargestellt, indem die Genesis und Gestaltung der Metropolitan- und Patriarchalverfassung des Breiteren erörtert, und gezeigt wird, daß die Absetzung der Metropoliten und Patriarchen de jure dem Papste zustand und von demselben auch factisch gehandhabt wurde. §. 5 handelt S. 523—49 von der Absetzung der Cardinäle, und zeigt, daß nur dem Papste die Strafgerichtsbarkeit über diese hohen Würdenträger zukommen könne, mithin er allein das Recht habe, gegebenen Falls über sie die Strafe der Amtsentsetzung auszusprechen, und daß die gemeinrechtliche Bestimmung, welche zur Verurtheilung eines Cardinalbischofs 72, eines Cardinalpriesters 44 und eines Cardinaldiacons 27 Zeugen fordert, durch das Gewohnheitsrecht abrogirt worden sei. Endlich wird §. 6 die Absetzung des Papstes S. 549—86 besprochen und gezeigt, daß derselbe als höchster Richter und Gewaltträger in der Kirche keinen Richter über sich habe, und dieser Grundsatz allezeit in der Kirche anerkannt war, daß daher weder die Cardinäle, noch der Kaiser, noch ein allgemeines Concil zur Absetzung des Papstes berechtigt sei; und es werden die Häresie und das Schisma als die zwei Fälle bezeichnet, welche von der Regel, daß der Papst nicht abgesetzt werden könne, eine Ausnahme begründen, daß aber dieser Ausdruck doch nur im uneigentlichen Sinne zu verstehen sei, indem ja ein häretischer oder schismatischer Papst nicht abgesetzt werden kann; denn jener hat schon vorher aufgehört, Oberhaupt der Kirche zu sein und dieser ist es nie gewesen, folglich läßt gegenüber einem rechtmäßig gewählten und allgemein anerkannten Papste der Rechtssatz „prima sedes a nemine judicetur" keine wirkliche Ausnahme zu. Das fünfte Capitel des Werkes handelt von den Verbrechen, auf welche die Deposition, als die äußerste und schwerste Strafe der Cleriker, gesetzt ist, und zwar wird §. 1 die Disciplin der alten Kirche (S. 594—699), §. 2 die Gesetzgebung der spätern Zeit und das gegenwärtig geltende Recht (S. 699—730) dargestellt. Nach der Disciplin der alten Kirche wurde die Deposition über Geistliche verhängt, welche sich der gemeinen Verbrechen „crimina capitalia" der Unzucht (Fornication und Ehebruch), des Meineides, Diebstahls, Mordes und Todschlages (Abtreibung der Leibesfrucht, Selbstentmannung, Aussetzen der Kinder, Verrath und Anzeige der Christen vor den heidnischen Behörden zur Zeit der Verfolgung, Zeugniß vor Gericht, wenn es die Hinrichtung eines Unschuldigen herbeiführte, Anwohnen bei öffentlichen mit Blutvergießen verbundenen Schauspielen), des Betrugs und der Urkundenfälschung, des Zinsennehmens und Wuchers, und der Majestätsbeleidigung schuldig gemacht hatten. Eben so wurden die gegen Religion und religiöse Pflichten gerichteten Verbrechen an Geistlichen mit Absetzung gestraft, als da sind die Idolatrie oder Verläugnung Christi (die sacrificati, thurificati, libellatici, acta facientes und traditores, später die Apostasie zum Judenthume, Besuch der Synagogen, gleichzeitige Feier des Osterfestes), Häresie und Schisma, Wahrsagerei und Zauberei, Mißachtung der kirchlichen Fast- und Festtage, grobe Sinnlichkeit, Trunksucht, Würfelspiel und überhaupt schwere Verfehlungen gegen die öffentliche Sitte, so wie Theilnahme an scenischen Productionen, Gladiatorenspielen und Thiergefechten. Unter den mit der Deposition bedrohten gegen die Pflichten des geistlichen Amtes und Standes gerichteten Verbrechen werden zuerst jene genannt, deren sich die Bischöfe beim Erwerb und der Ausübung ihres Amtes schuldig machten: gewaltsame Intrusion oder Mangel der freien Wahl nach Bestimmung des Rechtes, Mangel der Dreizahl der consecrirenden Bischöfe, willkürlicher und eigenmächtiger Wechsel des bischöflichen Stuhls, gewaltthätige Occupation eines besetzten Stuhls, Intrusion durch weltliche Gewalt, Simonie, ferner: simonistische Ertheilung der Weihen, Ordination fremder Diöcesanen, Wiederholung der Ordination, Spendung und Empfang der Wiedertaufe, Eingehung einer Ehe von Seite der in den höhern Weihen stehenden Geistlichen, Verläugnung des Clerikalstandes, Aenderung der Taufformel und des Taufritus, Vernachlässigung des Gottesdienstes, Verletzung der Residenzpflicht, Uebertritt in den Dienst einer fremden Diöcese ohne Zustimmung des Bischofs, Anmaßung bischöflicher Functionen, Schisma, Recusation des bischöfl. Forums und Berufung an die weltlichen Gerichte, Mißhandlung des Bischofs, Nachlässigkeit in Erfüllung der speciellen Amtspflichten, Schlagen und Mißhandlung der Gläubigen, allzu große Strenge in Behandlung der Sünder, Ausübung der Criminalgerichtsbarkeit, Leistung von Kriegsdiensten, Uebernahme öffentlicher Aemter, Führung von Privatverwaltungen und Rechtsgeschäften, Vormundschaften u. s. w. — Diese Verbrechen waren es, welche die Gesetzgebung der ersten sechs Jahrhunderte mit der Absetzung bedrohte, aber vom Beginne des siebenten bis zur Mitte des zwölften Jahrhunderts, in denen die staatlichen Einrichtungen der Völker eine völlig veränderte Gestalt darbieten, ist auch die Gesetzgebung hinsichtlich der Deposition in vielen Beziehungen eine andere geworden. Da aber diese Gesetzgebung nur mehr ein culturhistorisches Interesse hat, so machen wir nur noch jene Vergehen namhaft, welche nach der Darstellung des Verfassers S. 719 ff. im Corpus juris canonici mit der Absetzung bedroht wurden, weil sie einen wichtigen Bestandtheil des noch heute allgemein geltenden Rechtes in sich schließen. Dahin gehören die gemeinen Verbrechen: Mord und Todtschlag, schwere Körperverletzung, Selbstverstümmelung, Diebstahl und Meineid, falsche Anklage und falsches gerichtliches Zeugniß, Urkundenfälschung, Theilnahme am Aufruhre und Rebellion, gewaltsame Entführung, Unzucht, Ehebruch, Incest und Sodomie. Zu den die Würde des geistlichen Standes verletzenden Vergehen, welche, so sie zu habituellen Gebrechen geworden, mit Deposition bestraft wurden, gehören: Trunksucht und Würfelspiel, Errichtung und Führung von Schänken und Wirthshäusern, Possenreißerei, Läster- und Schmähsucht besonders gegen Vorgesetzte und Standesgenossen, häufiger und verdachterregender Verkehr mit Frauenzimmern, wiederholter und nicht hinlänglich motivirter Besuch von Frauenklöstern. Von den Verletzungen der Religion und religiösen Pflichten werden an Klerikern mit Absetzung bestraft: Häresie und Abfall vom Glauben, Verrath und Auslieferung der Christen an Heiden, allzu vertrauter Verkehr mit Juden, Blasphemie, Befragen von Wahrsagern und Vornahme abergläubischer Gebräuche, Empfang der Wiedertaufe, Wucher und Simonie. Als Verfehlungen gegen die speciellen Standespflichten werden an Bischöfen mit Deposition geahndet: die Consecration eines uncanonisch oder gar nicht Gewählten, eines der gesetzlichen Eigenschaften Ermangelnden oder wegen Verbrechen Unwürdigen, Vornahme bischöflicher Amtshandlungen in einer fremden Diöcese, unerlaubte Ordination fremder Cleriker, Weihe von Neophyten, Unwissender oder sonstwie Irregulärer; an Priestern Fornication mit der geistlichen Tochter, Bruch des Beichtsiegels, Annahme eines fremden Pönitenten, Absolution und Beerdigung unbußfertiger Plünderer und Zerstörer von Kirchen, unehrerbietige Behandlung der h. Eucharistie, willkürliche Verweigerung der Taufe, falls der Katechumen ohne Empfang der Taufe stirbt; an Diaconen hochmüthiges Erheben über Priester und Bischöfe bei liturgischen Handlungen und Anmaßung eines Sitzes unter den Presbytern; und an allen Geistlichen unrechtmäßiger und gesetzwidriger Empfang der Ordination, Annahme der Laieninvestitur, unerlaubter Uebertritt in eine andere Diöcese, Errichtung eines Altars gegen Wissen und Willen des Bischofs, theilweise

Beibehaltung des frühern Beneficiums und Fortbezug seiner Einkünfte nach erfolgter Versetzung auf eine andere Pfründe, Vernachlässigung der Amtspflichten, Ausübung der Criminalgerichtsbarkeit und Fällung von Todesurtheilen, Annahme von Geschenken für die Thätigkeit in kirchlichen Gerichten, Uebernahme von weltlichen Aemtern, von Privatverwaltungen, Betreiben weltlicher Geschäfte um Gewinnes willen, Uebernahme von Bürgschaften, Kriegsdienst, Duell, Schlagen und Mißhandlung der Untergebenen um Furcht einzujagen, Verlängerung des Interdicts aus Persönlichkeit und Rache, Verschleuderung und ungerechte Veräußerung des Kirchenguts, Zurückweisung des geistlichen Forums und Provocation an die Civilgerichte in rein kirchlichen Angelegenheiten, Verweigerung des canonischen Gehorsams, hinterlistige Nachstellungen, offener Angriff und Aufruhr gegen den Bischof, Nichtbeachtung der Excommunication, Suspension und des Interdictes, Verletzung des Cölibats durch Concubinat oder Eingehung einer Ehe oder Fortsetzung der bereits vor der Weihe geschlossenen ehelichen Verbindung. — Die Frage, ob der kirchliche Richter in jedem der oben erwähnten Fälle die Amtsentsetzung aussprechen müsse, beantwortet der Verfasser S. 724 ff. dahin, daß er als oberste Regel den Satz aufstellt, der Richter habe als Executor des Gesetzes die für das abzuurtheilende Verbrechen vorgeschriebene gesetzliche Strafe zu verhängen, und als zweite Regel, der Richter sei nicht absolut und unter allen Umständen verpflichtet, die gesetzlich angedachte Strafe der Deposition zu verhängen, sondern er habe das Recht (und wohl auch die Pflicht), die obwaltenden Verhältnisse zu berücksichtigen, und je nach Befund derselben von der Amtsentsetzung Umgang zu nehmen und an ihre Stelle eine mindere Strafe zu setzen. Im sechsten Capitel seines Werkes behandelt der Verfasser S. 730—807 die mit der Degradation bedachten Verbrechen der Häresie (mit einer längeren Erörterung über die von der weltlichen Gewalt an den Ketzern vollzogenen Strafen), Fälschung päpstlicher Schreiben, Falschmünzerei, Banditenmord, Abtreibung der Leibesfrucht, Sodomie, Sollicitatio ad turpia in confessione, Messelesen oder Beichthören durch Nichtpriester, Raub oder sonstige Wegnahme der h. Eucharistie. — Das ist der Inhalt des 51 Bogen starken Buches, in welchem Herr Dr. Kober eine eben so gründliche als erschöpfende Darstellung der Grundsätze des kirchlichen Rechts über Deposition und Degradation geliefert hat, welche in gleicher Weise das umfassende historische Wissen wie den außerordentlichen Fleiß des Verfassers beurkundet. Das Buch, dessen Gebrauch durch ein sehr eingängliches Register (S. 808—30) erleichtert wird, ist sehr correct gedruckt (mit einziger Ausnahme des Wortes „liegen“, das einfach und zusammengesetzt durch das ganze Buch hindurch „ligen“ geschrieben wird), und in Papier und Druck hübsch ausgestattet.

Dr. Ginzel.

Chronologische Tabellen zur Universalgeschichte der christlichen Kirche. Von P. Joh. Paul Ehrenberger, Katecheten am Obergymnasium zu Botzen. Zweite vermehrte und verbesserte Auflage. Innsbruck, Druck und Verlag der Wagner'schen Buchhandlung 1867. Großoctav 88 Seiten. Preis 42 kr. rh.

Sollen chronologische Uebersichts-Tabellen ihrem Zwecke entsprechen, so müssen sie einer zweifachen Anforderung genügen. Ihr Inhalt muß die möglichste Vollständigkeit anstreben, d. h. er darf, gleichweit entfernt von Ueberfüllung wie von Mangelhaftigkeit, keine jener historischen Thatsachen vermissen lassen, die auf dem weiten Gebiete der Geschichte wie leuchtende Punkte hervortreten, und als Ergebnisse einer Reihe vorhergehender Ursachen, so wie als Quellen nachfolgender Wirkungen zu betrachten sind.

Neben dieser mit größter Sorgfalt getroffenen Auswahl des Wichtigsten muß der Inhalt durch die Zuverlässigkeit der Thatsachen und der Chronologie vollkommene Beruhigung gewähren.

Die zweite Anforderung betrifft die technische Seite der Tabellen. Da sie Uebersichts-Tabellen sein sollen, so muß ihre technische Einrichtung so beschaffen sein, daß diese vorzugsweise und zwar mehr noch als der Inhalt dem Zwecke solcher Tabellen entspricht. Sie muß deßhalb so beschaffen sein, daß sie die Uebersicht über das weite Gebiet, welches sie zur Anschauung bringen will, nicht blos erleichtert, sondern insbesondere die Schnelligkeit des Ueberblickes ermöglicht; zugleich muß sie dem Gedächtniß die Anhaltspunkte in einer solchen Form oder in einem solchen Bilde bieten, welches demselben es möglich macht, sich sowohl die einzelnen leuchtend hervortretenden Punkte als auch das Gesammtbild leicht und bleibend einzuprägen. Auf die technische Ausstattung kommt es daher bei Uebersichts-Tabellen wesentlich an; sie muß es deßhalb auch zu ihrer unerläßlichen Aufgabe machen, auf das Auge des Lesers zu wirken, und zwar dadurch, daß sie theils durch Anwendung verschiedener Lettern, theils durch eine auffällige Disposition des Textes ein Bild schafft, welches die wichtigsten Punkte auf den ersten Blick (metaphorisch zu sprechen) in die Augen springen läßt. Enthalten die chronologischen Tabellen überdieß eine Darstellung von Ereignissen, welche gleichzeitig und nebeneinander fortliefen, so wird es die technische Ausstattung als ihre Pflicht erkennen müssen, den Synchronismus in leicht ersichtlicher Weise zur Darstellung zu bringen. Beurtheilt man die vorliegenden Tabellen nach diesen Grundsätzen, so kann dem Herrn Verfasser die gebührende Anerkennung seiner verdienstlichen Arbeit nicht versagt werden. Man wird in Bezug auf den Inhalt eine Vollständigkeit vorfinden, wie sie bei Uebersichts-Tabellen von so mäßigem Umfange ohne Ueberfüllung nur erwartet werden darf. Die Vertheilung des Stoffes ist unter Rubriken gebracht, welche einen ebenso leichten als erschöpfenden Ueberblick über den äußeren und inneren Entwicklungsgang der christlichen Kirche gewähren. Selbst in Bezug auf die technische Anordnung macht sich das Bestreben des Herrn Verfassers, sowohl die wichtigsten Punkte für das Auge in auffälliger Weise hervorzuheben, als auch den Synchronismus festzuhalten, überall bemerkbar. Allein nicht günstig kann das Urtheil lauten über den Antheil, welchen die Typographie an der Herausgabe der Tabellen nahm. Diese ließ es geradezu an Allem fehlen, was bei Uebersichtstabellen, wenn sie ihrer Bestimmung entsprechen sollen, von Seite der technischen Ausstattung als das Wichtigste bezeichnet werden muß. Mag es Raumersparniß oder was immer für ein Grund gewesen sein, für das Auge wurde nicht einmal die allernothwendigste Sorge getragen. Der Herr Verfasser wollte offenbar dadurch, daß er das, was er als wichtig herborgehoben wissen wollte, in seiner Handschrift unterstrich, der Buchdruckerei den Wink geben, daß sie mit den ihr zu Gebote stehenden Mitteln das Wichtige von dem Minderwichtigen auffällig unterscheiden sollte. Anstatt nun Gebrauch zu machen von verschiedenen Lettern, behielt die Druckerei die einmal gewählten bei, und unterschied das vom Verfasser unterstrichene nur dadurch, daß sie die Lettern durchschoß. Dies hatte zur Folge, daß der Text ein höchst eintöniges Aussehen bekam, und weil auf mancher Seite beinahe Alles durchschossen erscheint, das Wichtige von dem Unwichtigen sich gar nicht mehr abhebt. Wie ganz anders wäre für das Auge und den Ueberblick gesorgt worden, wenn, um es an dem nächsten besten Beispiele zu zeigen, die Typographie den monotonen und durcheinander geworfenen Text, der hier mit A bezeichnet wird, in der Form gegeben hätte, wie diese unter B vorgeschlagen wird.

A. Gedruckter Text S. 36.	B. Vorgeschlagene Form.
„Deutschland.“	**Deutschland.**
Deutschland. Conrad I. König (911—918.) Deutschland Wahlreich. Sächsisches Haus. König Heinrich I. (919—936.) Tournire. Burgen und Städtebau. Erzämter. Königliche Pfalzen. Niederlage der Magyaren bei Merseburg. (934.) Heinrich besiegt die Dalemincier, Obotriten und Böhmen und legt den Grund zur Größe Deutschlands.	**Konrad I.** 911—918. Deutschland Wahlreich. **Heinrich I.** 919—936. Sächs. Haus. Tournire. Burgen und Städtebau. Erzämter. Königliche Pfalzen. Niederlage der Magyaren 934 bei Merseburg. Sieg über die Dalemincier. Obotriten, Böhmen. Gründer der Größe Deutschlands.
Sein Sohn Otto I. (936—62) besiegt die Dänen (948) und die Magyaren auf dem Lechfelde (953) wird König von Italien durch seine Gemahlin Adelheid. (951.)	**Otto I.** Heinrich's Sohn 936-962 besiegt die Dänen 948 und die Magyaren auf dem Lechfelde 953, wird König von Italien durch seine Gemahlin Adelheid 951.

Ein gleicher Mangel zeigt sich in der technischen Anlage der Tabellen bezüglich des Synchronismus. Was soll das für ein Synchronismus sein, wenn Ereignisse auf eine Linie gestellt werden, die nahe um 50 Jahre von einander abstehen? Man vergleiche die nächste beste Seite der Tabellen, z. B. Seite 34:

888. Arnulf deutscher König. Sein Sieg über die Normannen bei Löwen 891 und über die Mährer 893.	Der böhm. Herz. Borziwoi vom h. Method getauft 870.	Das Concil von Cordova 852.	Photius zum Patriarchen erhoben. Pabst Nicolaus entsetzt ihn 763*) *) Wohl nur Druckfehler.

oder wenn, wie es in der ersten Rubrik fortlaufend der Fall ist, die gleichzeitigen Begebenheiten der „Abendländischen Nebenreiche" des „Morgenlandes", des „Chalifats" etc. nicht neben den Hauptereignissen, sondern unter denselben, auf der zweiten untern Hälfte der Seite angebracht sind? Da hört aller Synchronismus auf. Das allgemeine Urtheil über die vorliegenden Tabellen läßt sich demnach dahin aussprechen, daß die Arbeit, so weit sie aus der Feder des Herrn Verfassers floß, ihre Verdienste hat, die Mängel der technischen Anlage hingegen der Brauchbarkeit derselben bedeutenden Eintrag thun.

Prof. Dr. **A. Jäger.**

Lateinische Hymnen und Gesänge aus dem Mittelalter. Deutsch unter Beibehaltung der Versmaße. Mit beigedrucktem Urtexte und Anmerkungen von Dr. G. A. Königsfeld. Neue Sammlung. Bonn, 1865. E. Weber. XVI. und 374 S. in kl. 8° Preis $1^1/_3$ Thl.

Sehr anerkennenswerth ist die liebevolle Sorgfalt, mit welcher Herr Königsfeld in Düren seit mehr als zwanzig Jahren das hymnologische Gebiet pflegt. Schon im Jahre 1847 hat derselbe eine Sammlung lateinischer Hymnen und Gesänge herausgegeben, die sich damals u. a. des Beifalls und der aufmunternden Zustimmung König Friedrich Wilhelms IV. erfreute. In der vorliegenden, vor zwei Jahren erschienenen Schrift tritt der Verfasser mit einer Reihe neuer Uebersetzungen und Bearbeitungen kirchlicher Hymnen vor das Publikum. Manche der hier gebotenen Poesien sind allbekannt und in zahlreichen Uebersetzungen verbreitet; Herr Königsfeld suchte also nur Besseres, als seine Vorgänger zu liefern. Andere Lieder dagegen sind wahrscheinlich den meisten Lesern, denen das auf einen größern Kreis berechnete Büchlein in die Hand fällt, noch unbekannt und unzugänglich geblieben: dem Verfasser gebührt also das Verdienst, sie in einer handlichen und billigen Ausgabe zugleich im Original und in Uebersetzung allen Freunden geistlicher Poesie erschlossen zu haben. Die Anordnung des Buches ist die chronologische.

Den Anfang bildet Hilarius v. Poitiers, dann folgen Lieder und Hymnen von Ambrosius, Prudentius, Sedulius, Ennodius, Elgis, Fortunatus und Claudianus Mamertus, Eugenius v. Toledo, Gregor der Große, Beda, Karl der Große, Alkuin, Notker, Walafried Strabo, Rhrabanus Maurus, Odo v. Clugny, Petrus Damiani, Hermannus Contractus, Benno v. Meißen, Marbod, Petrus Venerabilis, Abälard, Hildebert v. Tours, Adam v. St. Victor, Flavius, Hugo v. Orleans, Bernhard v. Clairvaux, Bonaventura, Thomas v. Aquin, Thomas v. Celano, Innocenz III., Jacopone da Todi, Johann Mauburnus, Thomas v. Kempen, außerdem 39 Stücke von unbekannten Verfassern des XIV.—XVI. Jahrhunderts. — Allbekannt sind die Schwierigkeiten, welche sich der Uebertragung mittelalterlicher Hymnen in die Volkssprache entgegenstellen. Eine gute Anzahl dieser Poesien sind Meisterwerke und von vollendeter Schönheit des Gedankens und der Form: ein Erreichen oder vollkommenes Wiedergeben des Originals wird hier also ebensowenig möglich sein, als bei jedem andern Kunstproduct einer fremden Sprache. Im Ganzen wird nichts übrig bleiben, als entweder ängstlich den Wortsinn des Urtextes wiederzugeben, oder das fremde Lied frei zu bearbeiten, und, dem Geiste unserer Sprache entsprechend, es künstlerisch umzuschmelzen. Welches von beiden den Vorzug verdient, scheint mir außer Frage. Der Gelehrte, dem es auf genaue Kenntniß des Urtextes ankommt, braucht keine Uebersetzung: eine solche kann also nur auf die große Masse gebildeter, aber nicht gelehrter Leser berechnet sein; ja sie soll sich wesentlich an das christliche Volk richten, das keine philologische Tüftelei will, aber im Grunde seines Herzens tief poetisch ist, wenigstens überall da, wo noch natürliches und volksthümliches Wesen sich erhalten hat, und nicht mit dem christlich-nationalen Sinn auch die Poesie von der „Cultur" beleckt und weggeleckt worden ist. Das sklavische Uebersetzen hat viele der schönsten Lieder bei Schlosser und A. verdorben; man muß sich zwängen und winden, um dem Text zu folgen: das verwischt alle poetische Frische; dazu kommt, daß unleugbar manche Hymnen unter dem Schönen auch Mittelmäßiges und Inhaltsloses bieten, dessen Sinn der Uebersetzer nicht recht finden kann, weil eben keiner zu finden ist: um so tiefer sucht ihn der sklavische Interpret, und so wird die übersetzte Phrase erst recht platt und verschwommen. Herr Königsfeld scheint sich im Ganzen einen Mittelweg gewählt zu haben: ich glaube mit Unrecht; so war es meiner Meinung schon gefehlt, daß er allenthalben die Metra der Originale beibehalten wollte. Es ist ein großer Irrthum, wenn man von demselben Versmaß in so ganz verschiedenen Idiomen, wie es das lateinische und deutsche sind, die nämliche ästhetische Wirkung erwartet. Gerade der Wunsch, durch die Uebersetzung ganz ähnlich wie das Original auf das ästhetische Gefühl zu wirken, muß darauf führen, in der Wahl der Form sich nicht zu beschränken, damit man allezeit, was wegen der Sprachverschiedenheit unvermeidlich verloren geht, von einer andern Seite ersetzen könne. Und wer darf sich einbilden, den musikalischen, Würde, Kraft, Grazie und Gelenkigkeit vereinenden Fluß der lateinischen Sprache nachzuahmen, wenn er unsere rauhe, unbiegsame Muttersprache in das Corset fremder Versmaße hineinsteckt? — Im Allgemeinen hat Dr. Königsfeld seine Aufgabe recht gut gelöst; und ich zweifle nicht, daß er bei einer neuen Auflage dieses Bändchens noch manche Härten und Mängel beseitigen wird. Solche Härten sind allerdings noch stehen geblieben, Lückenbüßer und falsches Verständniß des Urtextes finden sich auch. Sogleich im ersten Hymnus, dem Morgengesang des Hilarius.

„Gott ewiger Vater auf dem Thron,
Und du, sein eingeborner Sohn,
Die zu der Dreiheit Einigkeit
Des heil'gen Geistes Band geweiht."

Vergleicht man diese Strophe mit dem Original:

„Deus pater ingenite,
Et Fili unigenite,
Quos Trinitatis unitas
Sancto connectit Spiritu",

so sieht man, wie die Prädikate von Vater und Sohn ganz verwischt sind, der erste Vers schon einen Lückenbüßer („auf dem Thron") aufweist, und die beiden letzten im Gegensatz zu dem correcten lateinischen Texte eine dicke theologische Ungenauigkeit enthalten. Was eine wörtlich getreue Uebersetzung Abgeschmacktes leisten kann, zeigt z. B. S. 169, wo die Uebersetzung von

Deus, dum tumuit
Esse non potuit,
Quod concupierat,
Factus est humilis,
Fit Deo similis
Et coelis imperat,

also lautet:

„Aufgeblüht konnte er,
Wie er wollt', nimmermehr
Hienieden göttlich sein;
Nur erst durch Niedrigkeit
Ward ihm Gottähnlichkeit
Und Himmelsmacht allein."

Auch die folgende Strophe ist nicht gerathen, wie das Versfüllsal in Vers 3 zeigt:

„Ihn, der in Wasserfluth,
Der in der Flammengluth
Weiland gewohnt zuvor"; u. s. w.

Nicht überall hat Königsfeld besser als seine Vorgänger gearbeitet, namentlich nicht bei Liedern, die längst Eigenthum des Volks geworden sind. Das berühmte

„Media vita" etc.

übersetzt er also:

„Von dem Tode hier auf Erden,
Stets umgarnt ist unser Leben;
Woher soll uns Hülfe werden?
Du allein, Herr, kannst sie geben,
Den mit Recht im Zorn erbeben
Machte unsrer Sünden Schuld!" u. s. w.

Die alte lutherische und andre ihr verwandte Uebertretungen sind hier bedeutend gefühlvoller und volksthümlicher. Uebrigens ist nicht wahr, was Herr Königsfeld S. 366 sagt, daß dies schöne Lied in der katholischen Kirche jetzt nicht mehr im Gebrauch sei. Das, überhaupt durch Zurückgreifen auf ältere, ins Volk übergegangene Weisen ausgezeichnete „Gesang- und Gebetbuch für die Diöcese Trier“ (Trier 1847), hat dieses berühmte Lied sehr wohl, und zwar den Text des Gesangbuchs von M. Vehe (1537):

„Mitten wir im Leben sind
Von dem Tod umfangen;
Wer ist, der uns Hülfe thu',
Daß wir Gnad erlangen?“ u. s. w.

Auch das

„Stabat Mater“

S. 239 kann mir nur schlecht gefallen:

„Thränenvoll, in Gram zerflossen,
Stand am Kreuz des göttlich Großen (sic)
Mutter (!), wo er sterbend hing;
Durch das Herz, das Gram durchwühlte,
Das ganz mit ihm litt und fühlte,
Ihr des Schwertes Schneide ging.“

Besser dagegen, zum Theil recht gut zu nennen sind z. B. S. 201 das Bernhard'sche

Cum sit omnis homo foenum,
Et post foenum fiat coenum,
Ut quid, homo, extolleris?
Cerne, quid es et quid eris;
Modo flos es, et verteris
In favillam cineris“,

was Königsfeld übersetzt:

„Mensch, was soll dein Ueberheben!
Schwankes Rohr nur ist dein Leben,
Jetzt noch frisch, dann faules Laub.
Denk, was bist du, wirst du werden,
Kaum noch Blume, dann zur Erden,
Wie ein winzig Häufchen Staub!“

S. 312 ff. lautet das Lied an's Jesukindlein, von einem unbekannten Verfasser:

„Dormi fili, dormi, mater
Cantat unigenito,
Dormi puer, dormi, pater
Nato clamat parvulo.
Millies tibi laudes canimus,
Mille, mille, millies.

„Kindlein, schlaf, die Mutter singet,
Eingeborner Sohn, Dich ein,
Schlafe Söhnchen, schlaf', es klinget
Dir des Vaters Liedchen fein;
Tausendmal, tausendmal lobsingen wir,
Tausend, tausendfältig dir.“

Die folgenden Strophen:

„Auf dem Bettchen, das ich streue,
Schlaf, du liebes, süßes Kind;
Sieh, aus weichem, duft'gem Heue,
Schlaf, mein Herzchen, mild und lind. — —
Schlaf, mein honigsüßer Knabe,
Hold und milde ganz und gar,

Meines Lebens Sein und Labe,
Den mein keuscher Schooß gebar. — —
Willst Musik du, laß ich bringen
Flugs die Hirten Dir herein,
Niemand kann so lieblich singen,
Keiner, ach, so fromm und rein.“

S. 317 und 24 das durch Tauler bekannte alte Weihnachtslied

„En, navis institoris,
Procul ferens panem,
Longis adest ab oris,
Novam vehens mercedem“ etc.
„Es kommt ein Schiff beladen“

gibt Königsfeld also:

„Ein Schifflein kommt gezogen,
Mit Brod von fernem Strand,
Und trägt uns durch die Wogen
Gar neue Last an's Land.
Vom Vater ist's gekommen,
Und bringt uns dreimal hehr,
Durchs hohe Meer geschwommen
Das Jesukindlein her.“ u. s. f.

Ebenso dankenswerth wie der Abdruck des Originaltextes müssen dem Leser die kurzen biographischen Notizen sein, welche den einzelnen Autoren vorangeschickt sind. Am Schlusse des Bandes gibt Königsfeld endlich kritische, exegetische und litterärhistorische Anmerkungen zu 109 Stellen der Hymnen. Diese Erläuterungen sind meist sehr kurz und im Durchschnitt auch gut. Doch finden sich auch einige Verstöße, z. B. S. 362, wo ein Bischof Nicetas von Trier (statt Nicetius) als einer der muthmaßlichen Verfasser des „Te deum“ figurirt. S. 365, Z. 6 ist der „Papst Ludovicus Pius“ wohl nur ein lapsus calami. S. 51 sollte es „Rhetor“, statt „Rhetoriker“ heißen. Eine selbständige kritische Behandlung hat Königsfeld dem Texte der Hymnen nicht angedeihen lassen, es scheint dies auch nicht seine Sache zu sein und er verläßt sich darum stets auf andere. Ob unter den Liedern von unbekannten Verfassern des XIV.—XVI. Jahrhunderts nicht einige ursprünglich in einer der lebenden Volkssprachen verfaßt sind, also der beigedruckte lateinische Text selbst nur Uebersetzung ist, sei dahingestellt. Sicher ist es wohl der Fall bei dem

„O Deus, ego amo te,
nec amo te, ut salves me“ u. s. w.,

S. 280, welches die lateinische Uebertragung des

„No me mueve, mi Dios, para quererte
El cielo, que me tienes prometido“ u. s. f.

der h. Teresa von Jesus ist. (Vgl. W. Stork, Todas las poesias de s. Juan de la Cruz y de s. Teresa de Jesus. Münster 1854 S. 61.)

Die Ausstattung der Sammlung ist sehr freundlich. Möge also das schöne Büchlein sich der besten Aufnahme erfreuen und das Seine zur Verbreitung und Wiederaufnahme heiliger und mittelalterlicher Kunst beitragen.

Dr. F. X. Kraus.

1. **Theologiae moralis christiano catholicae principia e probatissimis auctoribus** in usum et subsidium cleri dioecesani Jaurinensis collecta et curae pastoralis regulis adaucta per Josephum Mayrhofer theologiae moralis atque studiorum pastoralium in Lyceo episcopali Jaurinensi professorem. Tom. 1. De actibus humanis, de lege et conscientia, de peccato et censura. Jaurini 1863. Typis Victoris Sauervein. XX. et 582 pp. 8. maj.

2. **Compendium ethicae christianae catholicae.** In usum lectionum academicarum conscripsit Bernardus Dieckhoff SS. Theol. Doctor ejusdemque in academia Monasteriensi Professor publ. ord. — Addidit commentarium de charitate christiana intra familiae, civitatis, ecclesiae fines actionibus exhibenda et annotationes Paulus Scholz SS. Theol. Doctor, eandemque in universitate Vratislaviensi docens. cum approb. ordinarii. Paderbornae sumptibus Ferd. Schöningh 1864. XVI., 422, VI. et 57 pp. 8. maj. $1^1/_3$ Th.

1. Das Recensiren würde eine sehr unangenehme Sache sein, wenn man nur mit Büchern zu thun hätte, die zu sehr von der katholischen Gesinnung, dem guten Willen und der Belesenheit ihrer Verfasser zeugten, als daß man es über sich vermöchte, ihnen kurzweg den Stab zu brechen, und dabei wieder so verworren und unbeholfen wären, um jede Möglichkeit einer Empfehlung hintanzuhalten. Ob solch eine Betrachtung an dieser Stelle passend sei oder nicht, wird sich zeigen, wenn wir den Autor von Nr. 1 über die Oekonomie seines Werkes einvernehmen und ein wenig nachforschen, wie er seine Intentionen ausgeführt hat. Herr Mayrhofer schreibt in der Vorrede ad benevolum lectorem folgendes: His (er meint die kirchliche Approbation der Moral des h. Alphonsus Liguori) inductus demisse subscriptus quoque iterato intelligens, quo cultu in S. Alphonsum feratur illustrissimus dioeceseos nostrae praesul, animi propositum conceperat e pluribus theologis moralibus ..... praeprimis pro dioecesis Jaurinensis et junioribus presbyteris et alumnis duce Scavinio opus aliquod morale concinnare, quod non minus completum adaequatumque quam perspicuum practicum capacitatique studentium accomodatum esset, quodve demta theoria institutionis publicae religiosae (Homiletik) integram insimul pastoralem complecteretur..... Itaque.... praesumsit humiliter subscriptus praemeditato labori debilem admovere manum librumque manualem in omnibus suis partibus ex probatissimis auctoribus nominatim Petro Scavinio, Gousset, Gury, Stapf, (er zählt nun fast sämmtliche deutsche Moralisten der Neuzeit auf) ...

aliisque ... nec non e cursu theologiae universae Migneano (von dessen Benützung Referent keine sicheren Anzeichen entdecken konnte) ... servatis in plerisque ipsis auctorum verbis adornatum suppeditare, quem non velut proprium scribentis sed potius ceu aliorum opus .... in nonnullis abbreviatum in pluribus vero adauctum exemplis dilucidatum et passim libero ordine, nec non propria forma per modum principiorum digestum considerare .... velit benevolus lector. Hierauf erwähnt er die Beigabe dogmatischer und kirchenrechtlicher Partien rc. quae lubenti excipientur animo ab iis .... qui pro examine concursuali se praeparare intendunt. Quantum ad stylum; est ille S. scripturae theologorumque communi usu tritus, ideoque non tam classicitatis habebatur ratio, quam potius sollicitudinis, ut „unusquisque audiat vocem proximi sui" Gen. 11. — Was nun die Absicht betrifft, dem Clerus eine im Sinne des h. Alphonsus bearbeitete Moral in die Hand zu geben, so ist dagegen nichts einzuwenden, obschon der Autor vielleicht die eigentliche Tragweite der päbstlichen Approbation der Werke des h. Alphonsus nicht ganz richtig erfaßt hat. So viel steht fest, daß dem Priester als Ausspender des Bußsacramentes mit einer blos theoretischen Moral nicht gedient ist, von den casuistischen aber die des h. Alphonsus durch die oberste kirchliche Autorität als ganz unverfänglich bezeichnet worden ist, während die Verläßlichkeit anderer Autoren immer noch in Frage gezogen werden könnte.

Neben St. Alphonsus oder besser gesagt neben Scavini (denn H. M. scheint nicht auf die Werke des h. Bischofs selbst zurückgegangen zu sein) sollen laut der Vorrede noch die meisten anderen Verfasser moraltheologischer, pastoralistischer und kirchenrechtlicher Werke der Neuzeit ihre Beiträge geliefert haben. Dies hat namentlich in Bezug auf Gousset, Probst, Martin, Fuchs, Ficker, Friedhoff und Hähnlein seine Richtigkeit; allein man darf sich keine innerliche Benützung, kein wirkliches Verarbeiten denken, sondern in der Regel werden nur mehr oder minder umfangreiche Excerpte dieser Autoren dem (Scavini'schen) Texte wie Actenfascikel beigelegt. Dem Scavini'schen Texte, dann jenes „nominatim ex Petro Scavinio" und „servatis in plerisque auctorum verbis" der Vorrede ist in des Wortes verwegenster Bedeutung zu nehmen, dergestalt, daß etwa vier Fünftel des bis p. 517 reichenden eigentlichen Textes (das folgende enthält nur Casus- und Concursfragen) eine wörtliche oder höchstens in der Stylisirung leise geänderte Wiedergabe Scavini's sind. So z. B. liest man über den Unterschied von Begehungs- und Unterlassungssünden bei Scavini: Utique differunt peccata commissionis et omissionis et etiam cum eidem adversantur praecepto, quia adversantur semper diverso modo. Sic differant specie inter se odium Dei et omissio actus amoris; ideoque qui Deum odisset, peccatum suum sufficienter non declararat dicendo, se contra charitatem divinam peccasse. Imo in hoc etiam differunt etc. Und bei Mayrhofer: Peccata commissionis et omissionis inter se omnino differunt, utut eidem forsan praecepto adversentur, quia differunt diverso modo. Sic e. gr. differunt specie inter se odium Dei et omissio actus amoris; ideoque qui Deum odisset, peccatum suum sufficienter non declararet dicendo se contra divinam charitatem peccasse, taliter enim species infima peccati non exponeretur. Immo in hoc quoque differunt etc. Man sieht, daß beide Texte, mit Ausnahme des letzten Satzes bei Mayrhofer fast wörtlich zusammentreffen! Doch hat Mayrhofer den Scavini'schen Sätzen hin und wieder erläuternde Beispiele eingefügt. Die in der Vorrede angekündigte Vollständigkeit ist aber allerdings und fast zu reichlich vorhanden, das heißt, durch die Zugaben zu Scavini haben sich so viele Wiederholungen und Weitschweifigkeiten ergeben, daß die Lectüre des Buches zu einer mühsamen, und wie wir fürchten, das Studium desselben zu einer unmöglichen Aufgabe geworden ist. Damit erledigt sich auch das angebliche adaequatum und perspicuum. Letzterem Zwecke scheint noch ein mechanisches Hülfsmittel dienen zu sollen. Fast in jedem Satze sind nämlich die Worte, denen größere Wichtigkeit zukommt, mit fetten Lettern gedruckt. Allein dies ist ein nimis, welches am Ende gerade das Gegentheil von dem bewirkt, was es wirken sollte. Der Leser wird durch den buntscheckigen Druck ermüdet, und unterscheidet am Ende die Accente nicht mehr. Wenn der Autor aber das Praktische seines Werkes als einer Verbindung von thetischer und casuistischer Moral- und Pastoraltheologie betont, so wird gewiß Niemand läugnen wollen, daß eine weitläufige congeries von Scavini, Gousset, Martin ꝛc. des Brauchbaren in Hülle und Fülle darbieten müsse. Allein alle Umstände, welche die Uebersichtlichkeit und Lesbarkeit eines Buches beeinträchtigen, werden auch seine Brauchbarkeit compromittiren. Das specifisch Praktische von Mayrhofers Moral liegt übrigens vorzüglich in den casibus p. 517—573, die ohne sonderlich interessant zu sein, zahlreich genug und so geordnet sind, daß sie eine vollständige Recapitulation des Vorausgegangenen veranlassen. Dagegen ist über die Brauchbarkeit des Verzeichnisses der Raaber Pfarrconcursfragen von 1858—1862 schwer zu urtheilen, so lang man nicht weiß, ob die nämlichen Fragen nächstens wieder, oder ob sie nicht mehr auf's Tapet kommen werden. — Der Verfasser bemerkt noch, daß er libero ordine und propria forma gearbeitet habe. Die Reihenfolge der Materien ist im Großen und Ganzen wohl die von Scavini, nur steht der Abschnitt de conscientia nach der Abhandlung über die Gesetze, vielleicht weil das Gewissen factisch eine Application des schon erkannten Gesetzes ist. Freilich aber müßte man bei consequenter Durchführung dieses Grundsatzes nicht nur das Allgemeine der Gesetze, sondern die ganze specielle Moral vorausstellen. Die andere Abweichung von Scavini ist, daß der Traktat de obligationibus einstweilen noch zurückgelegt wird, und an seiner Statt die Lehre von den Kirchenstrafen den Schluß des Bandes ausmacht. (Scavini hat sie bekanntlich im 2. Bande zu Ende des Artikels de peccato). Jedoch gehört etwas so Specielles, wie die Censuren sind, nicht in den allgemeinen Theil der Moral, und überhaupt nicht in die Moral, sondern in das Kirchenrecht, und will man mit Rücksicht auf die einschlagende Casuistik davon handeln, so mag man es in einem Anhange thun. Die propria forma des Autors oder seine Behandlung der Moral per modum principiorum, wovon er auf dem Titel und in der Vorrede Erwähnung thut, ist aber nichts Anderes, als daß die Ueberschriften der kleinen Abschnitte (etwa den Paragraphen anderer Werke vergleichbar) die Gestalt von ganzen Sätzen haben z. B. Dantur peccata commissionis et omissionis u. dgl. Was nun die Einzelnheiten betrifft, so ist schon vorher gesagt worden, daß man in diesem Buche eine Sammlung der meisten guten Lehren Scavini's, und vieler aus anderen Autoren vor sich hat. Jedoch gibt es auch viel Anlaß zu Tadel im Detail, theils mit Bezug auf Scavini'sche, theils Mayrhofer'sche Mißgriffe. Als Beispiel diene p. 8—9 die Planlosigkeit in der Beschreibung der Erkenntnißquellen der christlichen Moral, p. 28—30 das völlig Unzulängliche der Literaturangaben (Gott weiß, warum M. den Johannes Jejunator unter den lateinischen Autoritäten für Moral anführt. Von den Schriften dieses griechischen Prälaten ist ja mit Ausnahme des unbedeutenden sermo de poenitentia und das poenitentiale so viel wie nichts bekannt. Oder hätte Mayrhofer ihn etwa mit dem von St. Benedict und St. Gregor dem Großen so hoch geschätzten Johannes Cassianus verwechselt?), p. 30 werden Vasquez Suarez, Lugo als Coryphäen der Casuistik aufgeführt, p. 39 ist zwischen liberum und voluntarium noch kein Unterschied wohl aber p. 48, p. 40 ist die (allerdings wörtlich aus Scavini genommene) Unterscheidung von naturale und supranaturale ganz ungenügend, p. 36, 44, 381 u. ö. sind Tugenden und Sünden Motive des Handelns (offenbar ein Mißverständniß der theologischen Lehre von habitus), p. 42 bei objectum meriti fehlt gerade die Hauptsache, d. i. das ewige Leben, p. 186 macht Mayrhofer richtig Scavini's Confusion mit, daß die Kirche keine politischen Gesetze geben könne „nisi pro iis provinciis, quae eidem qua potestati etiam politicae (Scavini: quae suae ditioni etiam politicae) subjiciuntur" und macht dann einen kleinen Excurs in die weltliche Souverenität des Pabstes, als ob die Kirche eine politische Gewalt wäre, und nicht vielmehr dieses oder jenes menschliche Individuum, welches durch einen kirchlichen Rang gekennzeichnet ist, in einer anderen Eigenschaft eine weltliche Jurisdiction besäße. P. 274 adoptirt Mayrhofer ganz naiv eine der beiden gräßlichen Etymologien Scavini's über conscientia (cordis scientia oder concludens scientia), nennt p. 401 u. ö. die Concupiscenz causam peccati, obschon selbst Scavini nur den Ausdruck causa occasionalis oder nach unserer Redeweise occasio peccati hat u. s. w. Einen Satz auf p. 174 hat Referent nicht verstanden. Dort heißt es: Dicitur lex (humana) agendi norma, non mera norma vapulandi. Soll das vapulare vielleicht eine witzige Anspielung auf das Stringente des Gesetzes sein?

Noch wäre über die Latinität des Buches zu klagen, von der das citirte Fragment der Vorrede einen Begriff machen kann. Worte und Phrasen wie viatio, proximius, dum et quando (dann und wann), finis ad quem contendendum habeo (Zweck, den ich anzustreben habe), völlige Regellosigkeit im Gebrauche der tempora, des perfectum passivi mit fuit statt est u. dgl. belästigen den Leser ohne Unterlaß. Die Ausstattung des Buches ist sehr gut, aber die Correctur hätte viel sorgfältiger gepflogen werden sollen.

2. Mit einem Werke von ganz anderer Beschaffenheit haben wir es hier zu thun, nämlich einem kurzen und sehr gut geschriebenen Abrisse der

Moraltheologie, welches sein Verfasser (wir meinen hier zunächst die dem sel. Dieckhoff angehörige Hauptpartie) zu einem Leitfaden für akademische Vorträge bestimmt und deßhalb vorherrschend theoretisch gehalten hat, mit Ausnahme der Restitutionslehre, die breiter ausgefallen und auch mit einer ziemlich reichhaltigen Casuistik durchflochten ist. Das Buch ist übrigens nicht neu, sondern fascikelweis in den Jahren 1852, 1853 und 1855 herausgekommen.

Dieckhoff glaubt in der Vorrede seiner Schrift die Wahl der lateinischen Sprache motiviren zu müssen. Er sagt: In ipsis quidem scholis de ethica christiana habendis (und das Gleiche gilt wohl auch von den übrigen theologischen Fächern) patrii sermonis usus praeferendus esse videtur tum ad expositionum et argumentationum perspicuitatem tum magis etiam ad animi et voluntatis commotionem adjuvandam: sed nil obstare videtur quin in compendio theologico (in dem den mündlichen Vorträgen unterlegten Leitfaden) etiam theologica lingua adhibeatur. Wir meinen, daß man diesen Punkt insbesondere in Oesterreich noch in ernstliche Erwägung ziehen wird, da es wohl Selbsttäuschung wäre, die allgemeine Wiederkehr vollster Vertrautheit mit dem lateinischen Idiom zu erwarten, wogegen es keinem Zweifel unterliegt, daß der Gebrauch einer Sprache, in die man sich nicht gänzlich eingelebt hat, sowohl den Schwung des Vortrags als auch das Verständniß und die Wirksamkeit desselben in hohem Grade beeinträchtigt und ein unübersteigliches Hinderniß des so dringend nothwendigen wissenschaftlichen Fortschrittes ist.

Die Anlage des Werkes ist folgende: p. 1—40 stehen prolegomena, in welchen der Autor manches unterbringt, was andere Verfasser in dem allgemeinen Theile des eigentlichen Werkes behandeln. Er redet also vom Guten und Bösen, von Pflichten und Räthen (einen eigenen Abschnitt de legibus hat er nicht), vom Erlaubten und Indifferenten, von der natürlichen und der positiven Ethik, ihrem Verhältnisse zu anderen Disciplinen, von ihren Quellen und ihrer Construction. Hierauf folgt p. 41—148 die allgemeine Ethik in sechs Kapiteln, nämlich: 1. Vom obersten Moralprincip. 2. Vom Gewissen. 3. Von der Zurechnung. 4. Von den Tugenden. 5. Von den Sünden. 6. Von der Bekehrung (!). Die Disposition des speciellen Theils hat viel Auffallendes. Dieckhoff hatte nämlich die Lebensgemeinschaft mit Christo als Moralprincip aufgestellt, und meint nun die besondere Pflichtenlehre so abtheilen zu müssen, daß in einer ersten Section von der pia animi ad Christum applicatio und in einem zweiten von der imitatio Christi gehandelt werde. Man wird sich aber zunächst über das eigentliche Theilungsprincip nicht recht klar, und trifft dann auf so viel Berührungspunkte beider Sectionen (nur daß die vorkommenden Zustände oder Handlungen einmal in ihrer R i c h t u n g, nach Christus hin, und ein anderes Mal nach ihrer B e s c h a f f e n h e i t, als Aehnlichkeiten mit Christo, betrachtet werden), daß man sich für die gegebene Eintheilung nicht recht begeistern kann. Uebrigens handelt die erste Section (p. 149—203) von der Demuth, den drei göttlichen Tugenden, der Verehrung des h. Geistes und der Anhänglichkeit an die Kirche. Die zweite Section (p. 203 bis zu

Ende des Buches) bringt den Rest also mit Ausnahme der göttlichen Tugenden so ziemlich die gesammte specielle Moral unter dem Gesichtspunkte der fortschreitenden Verähnlichung mit dem Heilande zur Sprache, redet also zuerst von der christlichen Gesinnung, sodann von den Handlungen

a) religiöser Natur (Gebet, Gottesdienst, Eid, Gelübde, Heiligencult),

b) von der christlichen Selbstliebe, 1. in der Richtung auf innere, 2. auf äußere Güter,

c) von der christlichen Nächstenliebe, und zwar wiederum 1. in Bezug auf innere, 2. äußere Objecte. Hierauf folgt der Traktat de restitutione (p. 370—422), welchen der Autor vermuthlich wegen seiner abweichenden Behandlungsart als Anhang des Buches bezeichnet.

Man sieht, daß diese Anlage aus dem Streben nach einer organischen Gliederung der Ethik hervorgegangen ist, mit der man sich bekanntlich neuester Zeit in Deutschland viel abgemüht hat. Dieckhoff ist aber hier und da wohl zu weit gegangen, und mehr als eine seiner Abweichungen von der alten Gepflogenheit muß als zweckwidrig bezeichnet werden. Einer der schwersten Fälle dieser Art ist das neue Schema der Cardinaltugenden (p. 92, 267 sqq.) nach prudentia (welche Dieckhoff obendrein als Pflicht der Geistesbildung oder des geistigen Fortschrittes nimmt), temperantia und benevolentia. Bei temperantia, oder genauer bei mortificatio als dem Schlusse des Artikels temperantia, bringt er seltsamer Weise auch den Ordensstand unter, obschon derselbe offenbar nicht hieher gehört. Ueberhaupt ist das Ordensleben nicht gehörig erfaßt, und fast nur in seinem Wirken nach außen dargestellt worden. Auch die Pflicht zum Empfange der Sakramente und die zur brüderlichen Zurechtweisung sind nicht naturgemäß postirt worden, und die Einschaltung der Lehre von der Freiheit zwischen Pflicht und Rath nimmt sich ebenfalls nicht am besten aus. Angesichts solchen Strebens nach Systematik ist es aber zu wundern, daß Dieckhoff die offenbar unrichtige, obschon sehr oft vorkommende Stellung von magisterium ecclesiae (bei den Bekenntnißquellen der Moral) neben Schrift und Tradition ruhig beibehalten hat. — Und nun noch ein und das andere Wort über einzelne Ansichten des Verfassers. S. 19—22 beantwortet Dieckhoff die viel controvertirte Frage, ob es für die Christen indifferente Acte in concreto gebe mit Rücksichtnahme auf die Lehre von St. Thomas und St. Alphonsus*), daß alles Thun ad finem (supranaturalem) geordnet werden solle, aber auch in Erwägung, daß dies nur gerathen und nicht geboten ist, dahin, daß es für uns keine indifferenten Acte, wohl aber

*) Wir müssen an dieser Stelle den Wunsch ausdrücken, daß man nicht wie Dieckhoff S Liguorius, sondern entweder bloß Liguorius oder S. Alphonsus mit oder ohne Beisatz des Familiennamens schreibe, und diese Sitte bei allen Heiligen beobachte, deren Tauf- und Familiennamen man bestimmt unterscheiden kann. Das Abjectiv Sanctus darf nur mit dem Taufnamen verbunden werden, und jede andere Ausdrucksweise ist eben so fehlerhaft, als wenn man von einem brittischen Knight oder Baronet redend sagen würde: Sir Dutton, Sir Peel statt Sir Francis D., Sir Robert P. Hoffentlich wird man diese unsere Bemerkung für keine Nörgelei ansehen; denn wo die richtige Ausdrucksweise so nahe liegt, dort ist wirklich kein Grund vorhanden, sich einer unrichtigen zu bedienen.

vielerlei erlaubte gebe. Indessen läßt sich die Allgemeingiltigkeit dieses Urtheils doch bezweifeln. Wenn wir z. B. unter gleich guten Handlungen, deren wir zur Zeit nur eine vornehmen können, die Auswahl treffen, so wird wenigstens diese specificatio etwas völlig Indifferentes sein. S. 27 ist das Verhältniß von Furcht und Hoffnung zu Liebe recht gut beschrieben, dagegen S. 33 die patristische Ethik nicht hinlänglich charakterisirt. Nicht bloß die Privatmeinungen der Väter, sondern noch häufiger der Mangel einer klaren Scheidung von Pflicht und Rath erschwert uns den Gebrauch der ältesten christlichen Literatur. S. 35 scheint Dieckhoff mit Unrecht zu läugnen, daß das contradictorium jeder censurirten These festgehalten werden müsse. Wenigstens nimmt die Mehrzahl der Theologen an, daß auch geringere Censuren z. B. temeritatis nur wider irrige Lehren verhängt werden könne. Recht gut wird aber die Tragweite einer päpstlichen Approbation von der Art, wie sie z. B. den Schriften des h. Alphonsus ertheilt worden ist, geschildert. S. 47 ist die Polemik gegen das „Diliges Deum et proximum“ als Moralprincip zu minutiös. S. 48 ff. werden Tutiorismus, Probabilismns ꝛc. besprochen, und der Verfasser entscheidet sich am Ende für eine Art von Probabiliorismus, der aber vom gewöhnlichen Probabilismus wenig abweicht. Auch das Liguorische Princip: Lex dubia non obligat und seine Consequenzen nimmt er an. S. 67—72 wird die Pflichtencollision sorgfältig und ausführlich besprochen, nur daß hierbei eine eigentliche Vollständigkeit kaum erzielt werden kann. So hat Stapf noch einiges, was bei Dieckhoff übergangeu worden ist. S. 75 steht, wie bei so vielen Autoren, das leidige: concupiscentia principium et fons malarum actionum. Welche Concupiscenz hat denn als principium et fons der mala actio im Paradiese oder des Engelfalles gewirkt? Sie ist, um mit der alten Theologie zu reden, eine der causae occasionales, und weiter nichts. S. 80 Anmerkung. Sollte wirklich Dieckhoffs Meinung sein, daß die Ueberwindung von Hindernissen bei der Werthbestimmung der Tugendacte ohne Weiteres den Ausschlag gebe? Der Werth einer Handlung hängt doch wohl von der Vollkommenheit der Hingabe an Gott oder von der Energie des Tugendstrebens ab, gleichgiltig ob es Hindernisse zu überwinden gab oder nicht, und Mühe und Kämpfe kommen nur als Nebenumstände in Rechnung. Oder hätte die Mäßigkeit und Keuschheit der seligsten Jungfrau eine geringere Güte besessen, als unsere Uebungen dieser Tugenden, weil wir dabei mit Versuchungen zu kämpfen haben, deren sie überhoben war? S. 124 redet Dieckhoff vom Einflusse läßlicher Sünden auf den Gnadenstand, und wenn er auch die Gemeinlehre der Theologen, daß selbst eine Vielzahl läßlicher Sünden nicht die Wirkung einer Todsünde habe, nicht direct bekämpft, so kommt er doch auf einem Umwege zu diesem Resultat. Oft wiederholte venialia seien zwar nicht Ursache, wohl aber Anzeichen des geistlichen Todes. Insoweit sie nämlich die Concupiscenz vermehren und das Tugendstreben beeinträchtigen, sollen sie allmählig einen habitus peccati herbeiführen „quo quidem virtus et cum virtute etiam gratia sanctificans exstinguitur.“ In der Anmerkung polemisirt Dieckhoff noch obendrein wider die communis sententia „mortem spiritualem seu gratiae sanctificantis privationem semper ab actuali aliquo peccato mortali initium capere." Hier hat Dieckhoff ohne Zweifel Unrecht. Der Gnadenverlust wird in diesem wie in jedem andern Falle durch eine todsündliche That herbeigeführt. Die oftmalige Wiederholung läßlicher Sünden steigert nämlich allmählig den affectus ad peccata, so daß endlich eine Regung dieses affectus als wirkliche Opposition wider Gott, d. i. als actuelle Todsünde, stattfindet. Wie wenig sich Dieckhoff's Ansicht mit der Lehre des Tridentinums vereinbaren lasse, zeigt Scholz in den Anmerkungen p. 49. Rücksichtlich der Streitfrage, ob Jemand in diesem Leben von der Gnade völlig verlassen werde oder nicht, neigt sich Dieckhoff S. 133 gewissermaßen zur bejahenden Antwort. Wenn aber ein Sünder durch diesen Gedanken in Verzweiflung gestürzt werde, und schon jetzt der Gnade verlustig zu sein glaube, so dürfe man ihm gerade diese Erschütterung als einen Beweis der noch vorhandenen Gnade auslegen. Allein diese Interpretation ist sehr unsicher, und der Anhänger der Hypothese könnte, wenn er ganz aufrichtig werden wollte, dem Verzweifelnden nicht vorhalten, daß er, indem er verzweifelt, gewiß Unrecht habe, sondern nur, daß es nicht gewiß sei, ob er Recht habe, was, wie man sieht, einen ungeheuren Unterschied ausmacht. — Die Lehre von contritio und attritio hat Dieckhoff gut gegeben, doch scheint er bei der Beschreibung von charitas perfecta p. 139 das „diligere super omnia" des h. Alphonsus mißverstanden zu haben. Der h. Bischof meint ja nicht die dilectio affective, sondern appretiative summa, wie er schon durch seine Stylisirung (vel remissa charitas) ersichtlich macht. Wie aber die Liebe vollkommen sein könnte, wenn sie nicht einmal appretiative summa wäre, ließe sich schwer absehen. S. 244 findet der Autor, und wohl mit Recht, den eigentlichen Verpflichtungsgrund des Ordinirten zum Cölibat in der durch die Annahme der Weihe factisch acceptirten lex ecclesiastica und nicht in einem angeblichen votum. Die Lehre de voto ist überhaupt gut gegeben. — S. 289. Castitas conjugalis wird kurz aber recht gut besprochen. S. 324—333 wird der intrikate Artikel von der Amphibologie, Mentalreservation rc. abgehandelt, und so ziemlich in der gewöhnlichen Art der Probabilisten erledigt. Allein Dieckhoff vermochte so wenig als ein anderer Autor dieser Richtung unsere Bedenken vollends zu beschwichtigen. Kann die Amphibologie von einem gewissen animus fallendi frei sein? Warum wird sie thatsächlich angewendet? Bloß um die Auffassung der Wahrheit zu erschweren? Nicht vielmehr aus dem Wunsche, eine irrthümliche Vorstellung herbeizuführen? Daß es im Leben ungemein schwer ist, dergleichen Ausflüchte und Zweideutigkeiten völlig zu vermeiden, ist richtig. Allein hieraus ergibt sich vielleicht nur ein Entschuldigungsgrund für das Subject, nicht aber eine Rechtfertigung des Objectes. Freilich darf man die gewichtigen Autoritäten für die sententia affirmans nicht geringschätzen, und dies mahnt zur Bescheidenheit. — S. 360 erklärt Dieckhoff die Offenbarung geheimer Fehler des Nebenmenschen bloß für ein peccatum contra charitatem und nicht auch contra justitiam, und zwar aus nicht zu verachtenden Gründen, obschon er gesteht, daß die gegentheilige Meinung verbreiteter ist. Gut ist die Bemerkung, daß hierbei die Liebespflicht gegen die Hörer solcher diffamirenden Reden oft mehr als gegen die Opfer derselben verletzt wird. Aus dem ein Achtel des Buches einnehmenden appendix de restitutione hätten wir hervorzuheben: p. 377 die Lehre, daß der Beichtvater, welcher den Pönitenten nicht auf die Restitutionspflicht aufmerksam gemacht, nunmehr selbst restitutionspflichtig werde. (Soll diese Besorgniß vielleicht zur unverhältnißmäßigen Ausdehnung dieses Abschnittes mit beigetragen haben?) Allein der Grund Dieckhoffs, daß der minder Unterrichtete nur das für pflichtmäßig halte, was ihm vom Beichtvater als solches bezeichnet worden sei, steht auf schwachen Füßen. So schlecht unterrichtet werden wenig Katholiken sein, eine Belehrung über alle irgendwie mit dem bisherigen Lebenswandel zusammenhängenden Pflichten während der kurzen Zeit, die man vor dem Beichtvater zubringt, auch nur für möglich zu halten. Jedermann weiß, daß die eigentliche Aufgabe des Beichtvaters das (absolutorische oder nicht absolutorische) Urtheil sei, und die Belehrungen und Ermahnungen, die sich hier allerdings wie von selbst anknüpfen, nur eine Nebenaufgabe des Beichtigers bilden. Insofern aber der Pfarrer zur Belehrung seiner Parochianen überhaupt, sei es in, sei es außer dem Beichtstuhle verpflichtet ist, würde er durch die Vernachlässigung seines Lehramtes allerdings contra justitiam sündigen, aber nur in Bezug auf seinen Pönitenten, nicht aber in Bezug auf diejenigen, welche der Pönitent beschädigt hat, und wäre, wenn man so sagen will, wohl zur Restitution guter Lehren, nicht aber der entwendeten Sachen verpflichtet. Etwas anderes wäre natürlich, wenn er seinen Pönitenten durch Verneinung der Restitutionspflicht zur Unterlassung dieses Actes der Gerechtigkeit verleitet hätte. — P. 372 bei Besprechung der Frage, ob Jemand zur Gutmachung eines großen Schadens, den er zwar schuldbar aber (etwa wegen subjectiven Schuldmilderungsgründen) nur durch einen venialiter sündhaften Act angerichtet hat, sub gravi verpflichtet sei oder nicht, plagt sich Dieckhoff behufs der bejahenden Antwort mit dem Einwande, daß die Pflicht zur Restitution als Straferduldung ja nicht schwerer qualificirt sein könne, als die Sündenschuld selbst. Allein die rechte Lösung ist, daß die Restitution keineswegs den Charakter einer Strafe, sondern einer einfachen Uebung der Gerechtigkeit hat. Die Sünde verdient neben der Restitutionspflicht noch eine Strafe, und letztere kann in einer Zahlung bestehen, die neben der simplen Restitution entrichtet werden müßte, z. B. wenn eine Gesetzgebung die poena dupli auferlegt, oder Zachäus mit seinem „Si quid aliquem defraudavi reddo quadruplum“ noch ein pönales Triplum zum Simplex der Restitution auf sich nimmt. Aber an und für sich ist die Restitution wie gesagt keine Straferduldung, sondern ein ganz gewöhnlicher Act der commutativen Gerechtigkeit. — P. 413 wird ein sehr gesundes Urtheil über den bekannten Avignoner Fall (Eine Frau hatte mehrere legitime Kinder, aber auch ein im Ehebruche erzeugtes. Niemand wußte darum, als die Mutter. Es handelte sich nun um die Erbfolge) geäußert. — S. 422 hätten noch ungerechte Gesetze z. B. solche, welche die Confiscation des kirchlichen Eigenthums verfügen, hinsichtlich ihrer inneren Verbindlichkeit, und den etwa daraus entspringenden Restitutionspflichten besprochen werden sollen. — Hiermit ist die Recension des Dieckhoff'schen Werkes zu Ende, und nur noch einiges über die von Dr. Scholz verfaßte Beigabe zu erwähnen. Letztere zerfällt in einen Tractat de charitate intra familiae civitatis et ecclesiae fines und in Zusätze und Bemerkungen zu Dieckhoff. Der erste Theil ist durch den Titel nicht gut charakterisirt. Er enthält nämlich nach einer kurzen die Hausgenossenschaft betreffenden Pflichtenlehre im Wesentlichen den von Dieckhoff übergangenen Artikel de legibus (humanis) (p. 11—40). Scholz schließt sich enger als Dieckhoff an die Casuisten an; so verficht er z. B. die Existenz der lex mere poenalis, ohne übrigens in dieser vielfach controvertirten Materie entscheidende Gründe vorzubringen. Die Beispiele p. 24 haben für die Anhänger der gegentheiligen Meinung kein Gewicht, weil sie dergleichen Gesetze für innerlich ungiltig halten und deßhalb die compensatio occulta gegen sie zulassen, während die lex poenalis ein entschieden giltiges Gesetz sein soll. Es erübrigen also nur noch die Statuten mancher Orden, in denen gesagt wird, „non obligare neque sub mortali neque sub veniali peccato.“ Allein die Frage ist, ob man solche Statuten nicht vielmehr als consilia oder directiones, denn als leges zu betrachten habe. — S. 28 soll aus Thes. 28. condemn. ab Alexandro VII. „Populus non peccat, etiamsi absque ulla causa non recipiat legem a principe promulgatam“ folgen, daß zur Rechtskraft eines Gesetzes die acceptatio populi nicht erforderlich sei. Letzteres wird sich so verhalten, allein aus der genannten Censur folgt es noch nicht, weil das „populus peccat“ nur beweist „populum debuisse legem acceptare“, nicht aber „legem non acceptatam nihilominus valere.“ — S. 40 heißt es, daß der Dispensirte nur mit Gutheißung des Dispensgebers auf die erhaltene Nachsicht verzichten könne, und wird dafür S. Alphons. Lig. citirt. Aber mit Unrecht. Der h. Alphonsus sagt nur, daß der Obere ex justa causa die Benützung der Dispens verlangen könne.

Die Scholz'schen Annotationes zu Dieckhoff (p. 40—57) 49 an der Zahl sind meistens Zusätze und Ausführungen und nur zum geringeren Theile Widerlegungen u. dgl. Letztere fallen hie und da mit unseren eigenen Bemerkungen zusammen, doch gibt es auch welche, die uns zu subtil z. B. zu Dieckhoff p. 109 und andere die überflüssig erscheinen z. B. zu Dieckhoff p. 373 über ein von Benedict XIV. den Besitzern von Kirchengut ertheiltes Indult. Denn in der Ethik cap. de restitutione handelt es sich nicht darum, was der Pabst nach einer vorgefallenen Spoliation der Kirche thun soll, sondern welche Pflichten dem unrechtmäßigen Besitzer vor einer etwaigen Condonation obliegen.

Prof. Dr. **Tosi.**

S. Vincentii Lirinensis Commonitorium Adversus Haereses. Secunda editio emendata notisque nonnullis aucta a Clerico Dioecesis Herbipolensis. Augustae Vindelicorum 1867, Manz 12, XVI, 122 pgg. 1/4 Thl.

Officium Defunctorum ad usum Sacerdotum. Editio altera. Frisingae 1867. Datterer, 12. 96 pgg. Pr. 6 ngr.

Was soll's mit dieser neuen Ausgabe des Commonitorium des hl. Vincentius von Lerins sein? Nichts, gar Nichts! Im Jahre 1843 erschien in Augsburg eine Ausgabe, die einfach als schlecht bezeichnet werden kann. Vorliegende Ausgabe ist nur eine neue Ausgabe und zwar eine „emendata notisque nonnullis aucta" dieser schlechten Augsburger, ist aber bei weitem nichtswürdiger als die editio prima. Was die erste Ausgabe an Druckfehlern geleistet, hat die editio secunda nicht nur nicht aufgenommen, sondern respectabel vermehrt und als auctum den Text verschlechtert. Es ist doch eine Schande, ein so treffliches Büchlein, wie das Commonitorium ist, in einer solchen nichtswürdigen Gestalt den Theologen vorzuführen! Der Herr aus Basbühl als Herausgeber und Herr Manz als Verleger dürfen den Psalm Miserere fleißig beten! — Die kleine, aber kostbare Schrift verdient gerade in unseren Tagen, in denen Judenjünglinge und unbärtige Studentlein von bärtigen und unbärtigen Notaren und Advokaten geleithammelt das große Wort führen, eine fleißige Lektüre zu sein. Vincentius beweiset eben, daß die Tradition in der wahren Kirche Christi nächst der Bibel die zuverlässige Glaubensquelle sei, und daß die heilige kath. Kirche nur das zu glauben lehre, was immer, überall, und von allen Gliedern der einzig wahren katholischen Kirche geoffenbart geglaubt wurde. Der Beweis ist einfach und kurz durchgeführt. Vorliegende schlechte Ausgabe verdient keine Empfehlung. Ich empfehle die von Ed. Herzog auf Befehl des Bischofes Anastasius Sedlag von Culm 1839 (Breslau, bei Aderholz) besorgte.

Im Jahre 1775 erschien in Salzburg „typis et impensis orphanotrophii" in 16 zu 96 Seiten: Officium defunctorum ad instar Breviarii Romani sub Urbano VIII. recogniti. Ubi omnia suis locis sunt extensa. Animas pauperum tuorum ne obliviscaris in finem. Unsere Freisinger Ausgabe ist eine wirkliche editio altera, nur sind die Orationen nach dem München-Freisinger kleinen Rituale gemodelt und statt der Sequenz: dies irae der Salzburger Prima ist das „Libera" des kleinen Münchner Rituale gesetzt. Mehr zu sagen ist unnöthig.

Pfarrer **A. Moser.**

Druckberichtigung:

S. 122, Z. 29 ist statt objectio „objectiv" und Z. 30 statt subjectio „subjectiv" zu lesen.

Milton Keynes UK
Ingram Content Group UK Ltd.
UKHW012356221123
433084UK00003B/116

9 783752 519495